Staread
星文文化

十四夜 作品

醉玲珑（上）

十年藏珍版

浙江出版联合集团
浙江文艺出版社

图书在版编目（CIP）数据

醉玲珑 / 十四夜著． -- 杭州：浙江文艺出版社，2016.11
ISBN 978-7-5339-4634-0

Ⅰ．①醉… Ⅱ．①十… Ⅲ．①长篇小说－中国－当代 Ⅳ．①I247.5

中国版本图书馆CIP数据核字（2016）第242725号

责任编辑：瞿昌林
责任印制：朱毅平

醉玲珑（十年珍藏版）

十四夜 著

出版	浙江文艺出版社
网址	www.zjwycbs.cn
经销	浙江省新华书店集团有限公司
印刷	北京毅峰迅捷印刷有限公司
开本	700毫米×1000毫米 1/16
字数	1080千字
印张	54
版次	2016年11月第1版 2016年11月第1次印刷
书号	ISBN 978-7-5399-4634-0
定价	89.00元（全三册）

版权所有　违者必究

（如有印装质量问题，请寄承印单位调换）

目录
·上册·

001 _ 第一章
玲珑九转几世醉

005 _ 第二章
萍水相逢天涯人

013 _ 第三章
锦瑟无端五十弦

018 _ 第四章
万里星辰万里心

023 _ 第五章
火海风波平地起

030 _ 第六章
风流零落从此始

036 _ 第七章
漠北西风瀚海沙

041 _ 第八章
前尘今生几度情

049 _ 第九章
笛音深处水云天

056 _ 第十章
接天莲叶无穷碧

060 _ 第十一章
山有木兮木有枝

067 _ 第十二章
莫道天命知几许

074 _ 第十三章
浅碧轻红复卿卿

081 _ 第十四章
驰骋不让须眉意

089 _ 第十五章
蝶衣翩跹流光色

093 _ 第十六章
名门钟鼎玉马堂

097 _ 第十七章
紫藤花轻是谁家

101 _ 第十八章
繁华过后成一梦

107 _ 第十九章
熙熙攘攘天涯行

113 _ 第二十章
歌舞升平今宵曲

120 _ 第二十一章
万马千军只等闲

126 _ 第二十二章
素手兰心弦中意

132 _ 第二十三章
一剑光寒十四州

137 _ 第二十四章
三秋楚堰江水长

144 _ 第二十五章
只道江湖是江湖

154 _ 第二十六章
云破日出青山远

161 _ 第二十七章
梅香雪影春离落

168 _ 第二十八章
扑朔迷离起萧墙

175 _ 第二十九章
玉洁冰清冽寒深

179 _ 第三十章
纵马击鞠奔月场

185 _ 第三十一章
花令缤纷各自春

190 _ 第三十二章
城深血泪故人心

194 _ 第三十三章
登山踏雾凌绝顶

199 _ 第三十四章
只怨生在帝王家

204 _ 第三十五章
无情不似多情苦

210 _ 第三十六章
风云凌肆银枪冷

215 _ 第三十七章
宫闱娇枝不堪俏

219 _ 第三十八章
路漫漫其修远兮

222 _ 第三十九章
吾将上下而求索

227 _ 第四十章
一朝选在君王侧

234 _ 第四十一章
金銮高处不胜寒

238 _ 第四十二章
太液莲池未央柳

244 _ 第四十三章
奈何此事误苍生

249 _ 第四十四章
情字心底苦自知

《目录》
· 上册 ·

254 _ 第四十五章
瀚海阑干百丈冰

259 _ 第四十六章
正在有情无思间

263 _ 第四十七章
竹箫寂寥沧海笑

266 _ 第四十八章
九峰晴色散溪流

270 _ 第四十九章
争似是非弹指间

275 _ 第五十章
拨云开雾见月明

279 _ 第五十一章
怜取苍生千载泪

282 _ 第五十二章
我笑他人看不穿

287 _ 第五十三章
碧血青天赤子心

291 _ 第五十四章
笑里江山风满楼

295 _ 第五十五章
相共凭栏看月升

298 _ 第五十六章
天生我材必有用

301 _ 第五十七章
只舟行见水穷处

306 _ 第五十八章
如寄空翠渺烟霏

312 _ 第五十九章
抽刀断水水更流

318 _ 第六十章
醉笑陪君三千场

323 _ 第六十一章
释得缘故春风生

326 _ 第六十二章
明眸慧心窥先机

329 _ 第六十三章
地动山摇天珠落

332 _ 第六十四章
乾坤始知九霄清

336 _ 第六十五章
十里红尘迎卿来

◆ 目 录 ◆
· 上册 ·

第一章 玲珑九转几世醉

屋子里很黑，宁文清回到家，几乎是用了全身的力气将一只高跟鞋踢得远远的。鞋子撞在名贵的檀木地板上，发出砰的一声闷响。她随手将外套丢落在地，站在黑暗里发了会儿呆，慢慢地把另外一只高跟鞋也甩掉，光着脚迈进卧房。

地板微凉，踩上去恍如冰水，月光清亮穿窗斜洒，在精致的家具摆设上覆上一层朦胧的轻纱，宁静中带着些许诡异的幽美。

她丝毫没有开灯的想法，在床沿坐下，缓缓后仰倒在床上。天花板惨白如雪，李唐和徐霏霏的神情话语清晰如在眼前，一幕幕情深意长，她目光中浮现出微薄的厌恶。

没有别的原因，只因李唐是她的未婚夫，而徐霏霏又恰好是她的好朋友。烂俗的八点档情节，这是半个小时前她提着新婚礼服在停车场看到两人抱在一起时的第一念头。命运弄人毫无新意，她以为永远不会发生在自己身上的故事，却毫无预兆地在眼前上演。

数载相恋，一夕鲜活残忍的真相。骤然目睹的那一瞬间她脸上居然浮出了莫名其妙的笑，唇角的弧度一直维持到现在，于是有些酸楚。她突然对着黑暗噗地笑出声，气息仿佛吹得月光一动，李唐那句话以一种幻觉的姿态生成浮光般的刀刃穿心划过——

"不要着急，等我娶到宁文清，宁氏企业一半的股权就到手了。"

瞬目呼吸，她很奇怪自己居然没有因此愤怒流泪。眼看着完美支离破碎的一刹那，如果可以选择，她依旧会在深夜十一点三十九分突发奇想，兴致勃勃地驱车去找李唐，只是想告诉他她要把礼服上粉色的扣饰换成淡紫。

那种三更雨下梧桐花一样的淡紫，她本来打算这样对他描述。

她打赌他一定会问：你们医学院楼下那排梧桐树开花时的颜色？

那么她就补充给他：从左边数第四棵，晚春细雨飘过以后的颜色。

数年前曾有那么一个落雨的季节，她回头寻找自己失落的笔记时，转头看到了俯身微笑的李唐。

梧桐花清疏坠落的声音，一点淡淡宁静的浅紫，他指尖拈着那抹浪漫的颜色，连同那本笔记交到她手中。

她在他温柔的注视中抬头一笑，一笑却如今。

她下意识地把弄着手腕上的碧玺串珠，月光仿似穿过身躯照得心中无比清晰，没有歇斯底里的痛苦，只是有点儿过于清醒的麻木。又或者温存幻灭疼痛太甚，一时间根本不敢碰触，唯有用自卫般的清醒，以示绝情。

应该庆幸事情发生在婚前吧，至少保住了公司的股权。宁文清自嘲似的笑了笑，清透的七彩碧玺触手温凉，月光莹亮，隐没在交睫一瞬的墨线之后。她静静躺着闭目伸手，摸到置于床头的一个花纹古朴的小银盒。盒内收藏着几副不同的水晶串珠，静陈在深蓝色的丝绒上，玲珑剔透。

晶石纯净的温度幽凉如水，她扭头挑出一副有着"黑金刚武士"之称，可以驱邪辟晦的黑曜石，抬指一撑滑上手腕，晶黑色衬着皮肤细腻的白，十八粒黑曜石颗颗都开了彩虹眼，幽幽浮于月前。

晦气退散。她挑指，勾起另一副串珠，纯金色灿烂的钛晶，吉祥华贵，如神佛加持……

淡蓝色清亮之海蓝宝，地水火风，净化灵通……

莹白色幽柔之月光石，平和心绪，清净安神……

深绿色诡奇之绿幽灵，蕴生慈悲，开放心灵……

幽红色华丽之石榴石，驱魔辟邪，护身驻颜……

明紫色尊贵之紫水晶，集中意念，聚气化煞，还象征着……坚贞的爱情……

芙蓉色星光冰种粉晶，温柔晶莹的颜色，代表愉悦的亲和力，治愈爱情的创伤……

她对着月光眯起眼睛，看着一串串晶石在手上幽静陈列，微微蹙眉，忽然感觉这简直就像喧闹的夜市地摊上卖杂货的小贩。

贵与贱，爱与恨，不过在人一念间。

若你真心喜欢，它们就是手心眸底璀璨生辉的珍宝；若你眼中无视，它们便是路边泥中滚入尘埃的顽石。

如所谓爱情，如所谓爱人，如所谓海枯石烂地久天长。

水晶石天然的凉意在手臂上纠缠蔓延，仿佛深秋寒冷的湖水轻涌，凉意透心。她一把将八串水晶褪了下来丢在一旁，只余了初时的碧玺，恢复仰面的姿势闭上了眼睛。

然而她没有注意，丢出的水晶恰巧摆成了一个整齐的半弧形，在幽曳清亮的月光下，不约而同地发出了淡淡的光彩。

八道彩亮的光芒在空中汇成一道，照亮了整个房间，而后缓缓地、缓缓地注入了她左手那串碧玺之中。

睡梦中觉得有些冷，衣服潮湿地贴在身上，寒意沁骨，四周有流水的声音和阳光的温度，宁文清颇不情愿地睁开眼睛，刺眼的亮光顿时照入眼底，她不由侧首躲避这突如其来的光线，好一会儿方才适应。

高山峻岭，碧水浅滩，风过幽林醉人心神，仿佛置身一处幽美的梦境。宁文清微微瞬目，一时有些迷茫。如此真实的梦境……四下青山环绕，密林葱郁，无边无垠的碧色里，山巅一道清流飞瀑，如白练挂川，碎珠溅玉。水声隐隐，沿山峰层层飞落直下，聚成一道清河奔流，斗折蛇行蜿蜒西去，最终消失在苍翠的山间。而她现在就在这水边，身着一件白色衣衫，缠弦抱腰，长襟广袖，手边翻落一个竹篮，其中装了些不知名的花草。

宁文清起身环顾，手掌突然被尖石硌得生疼，这一点切实的感觉牵着千番思绪万马奔腾般涌来，证明眼前景象不是梦中。她四下打量，心中渐生不安，荒山野岭里鸟兽无踪，唯有微风拂面，溪水潭中倒映出一个淡淡身影。

水中女子白衣长发，全然不同的模样。宁文清蹙眉，上前一步俯身看向水中，那倒影随着她的动作越发清晰，令人蓦然一惊。

那水中之人分明不是自己，又偏偏神似自己。如瀑般的长发沿肩泻下，黛眉修长，樱唇淡薄，若有若无的水色中唯有那双眸子，眼波如旧，是她熟悉的。一片叶子落下水面，涟漪荡漾处晃散了影子，再看时，那眉眼也如水，朦胧之处，连这一分也不像了。

就在这时，她耳边突然响起一声几不可闻的叹息："唉，想必是成了。"

宁文清吃了一惊，脱口问道："谁？"

水里倒影丹唇微启，道："我叫凤卿尘，但可能从此以后你才是凤卿尘了。"

"你说什么？"宁文清莫名所以地看着水中，一时弄不清状况。

那倒影再叹一声，盈盈道："此事原委并非三言两语能够说清，你且将手伸到水中来。"

宁文清犹豫了片刻，只觉眼前之事诡异莫名，但迟疑过后，还是依言将手伸入溪中。手腕上的碧玺碰到水流的时候，蓦然发出淡淡清芒，映照着折射在水中的阳光，晶莹夺目。片刻之后，不知是水的清凉还是碧玺的冷意，轻轻沿着手臂向周身扩散开来。

便这刹那，她似是看到无数纷繁复杂的镜头在眼前掠过，人影交错，寂静无声，仿佛浮光掠影，几番轮回，经历了数万年后尘埃落定，不经意间，便有什么东西就这样进入了思绪，静静地留驻。

等到光影消逝，清光收敛，水中倒影开口问道："现在你知道了吗？这些是属于我的记忆，好像不够完整……但我不得法门，也只能做到如此了。"

宁文清不由抬手抚额，想去理顺那些突如其来的东西，脑海中首先清晰的就是草药医方，和她多年医科大学所学的知识冲撞结合，交织成一团。时光纷乱，一重重涌上心头，多少感触心思纷涌不绝，却有一点寒意随之扩散，隐隐蔓延出恐惧与不安。

正想着，她突然微抽一口冷气，看向水中影子道："你这是……"

"是心疾，"水中那倒影叹道，"我虽自幼学习医术，其实也算久病成医。"

宁文清手压胸口，并未察觉异常，近前一步，忍不住追问："这是什么地方？我怎么会在这里？又怎么会变成你的样子？"

面对她一连串的发问，倒影在水中静默片刻后道："此处乃是天朝之境，地近漠北。着实对不住，是我因心疾忽发，迫不得已借助巫族禁术用来续命，却不想事出意外，竟然连累了你。"

"天朝……巫族禁术？你到底在说什么？"宁文清蹙眉再问。

那倒影道："师父曾说这禁术叫'九转玲珑阵'，乃是数百年前巫族不传之秘。据说此阵借九转灵石之力，能够更替万象、操纵轮回，若九石齐聚，可开四界八亿重天，九百九十九万空境，令人移魂换魄，不受天道循环所限，甚至轮回他世，变成另外一个人。"

"九转灵石……可这和我又有什么关系？"

那倒影叹道："冥冥之中自有定数，你拥有九转灵石，也是你自己摆出了九转玲珑阵，这或许是早便注定的因缘。"

宁文清想起睡前取出的九串水晶石，张口欲言，却只觉匪夷所思，不知该说些什么，只听那倒影再道："无论如何都是我连累了你，再多抱歉也已无益。我先前并不知后果会如此严重，为了保你元神无恙，我已将自己的精神记忆尽数传你。我得先师多年教诲，所知所学亦算广博，至少那些星相医术应该有用，也算是一点补偿吧。我所能做的只有这些，或者……你可凭手中的碧玺灵石去寻冥衣楼，日后一切便听凭造化，祸福随缘了。"

宁文清下意识地摸了摸腕上的串珠，俯视水中，问道："这么说我变成了你，那你呢？"

那倒影摇头不语，在水波的涟漪中露出清清淡淡的笑容，笑容逐渐地破碎、融化，最后消得无影无踪，变成了宁文清陌生的一张面容，一模一样的，除了那满脸的惊愕。

"喂！你别走，冥衣楼是什么……"宁文清连续问了几声，水中再无动静，不由跌坐在旁边岩石上，也不知现在的自己究竟是活着，还是已经死去。身体发肤、思想神魂，哪一个才算生命的存在？眼前的她是谁，另外一个她呢？她到底在哪里，又该做什么？

两厢混杂的记忆伴着前赴后继的无助感极其强烈地涌上心头，宁文清将手指徐徐扣进岸边的青石，尽力说服自己这只是一场荒唐的梦境，梦醒后一切都会恢复正常。但是刺目的阳光和清晰的流水声却提醒着她眼前所有都是真的，而且从此以后她再也不是以前的自己，这个陌生的世界现在真实地存在着。

日渐西移，一轮血色孤独地沉没天际，慢慢平静下来的宁文清，或说是凤卿尘打量着将要笼入暮色的山野凝神思索，在她想了很久准备回头的时候，身后突然伸来一双大手紧紧捂住了她的嘴。

第二章 萍水相逢天涯人

卿尘大惊，张口欲喊，声音未出喉咙便被阻断。那手用力捂在她的嘴上，有着烟草唾液恶心的浊气，她奋力挣扎，从水中混乱的倒影中看到一个满脸络腮胡子、身着铠甲的大汉正挟持着自己。惶急中她用尽全力将手肘向后撞去，趁那大汉吃痛松手的当儿拼命一挣。

"小美人！哪里跑？"那人冷不防被她推得一个趔趄，一把抓空，却不着急，只是招手一挥。

眼前身影一晃，卿尘骇然发现那人已至近前，而另有两个装束相仿的大汉早将两边出路拦住。

"还挺有胆量，模样也够标致，没想到这荒山野岭里竟还能遇上这等货色。"之前那人用一种看待猎物的眼神将她上下打量，赤裸裸的目光仿佛要将人衣衫剥尽。

"合该咱们兄弟有艳福，这趟也算没白跑。"另外一人跟着狞笑道。

三人一边说笑，一边向前走来。卿尘心下惊骇，看他们形容似是军中之人，言语之中却绝非善类。她被迫一步步后退，对方不疾不徐地逼近，慢慢将她逼向水边，却并不急着动手抓人，脸上尽是淫邪玩弄的奸笑。

卿尘在他们逼迫下踏上一块突起的岩石，猛地回头，眼见下方已是山涧水潭。她回头看向潭中深流，再退一步道："你们要干什么？别再过来！"

"想寻死吗？要死也伺候完大爷再说，说不定咱们还舍不得你呢。"其中一人放肆大笑。旁边之人呸地吐出口中烟草，道："还跟她废什么话！"话音未落，合身便向前扑来。

卿尘见状大惊，不及多想，将心一横，转身便向水中跃去。

岸上一声怒喝，跟着有人纵身跳下水来。

卿尘其实不谙水性，先前只是抱着宁为玉碎不为瓦全的想法，不愿落在这种人手中受辱，慌乱之中尽力往深水处游去。水流不宽，却似乎越来越深，水从腰部迅速漫到胸口。不过片刻，她依稀感觉追来的人迫近身边，对岸就在眼前，一道急流却蓦然冲来。

此时，身畔突然响起强劲的破风声，岸边哧哧两道激响夹杂一声惨叫，有个清冷低哑的声音在她耳边道："伸手！"

卿尘下意识遵从那声音，一只几乎和流水同样冰冷的手大力将她从水中拉向岸边，眼前闪过一双沉寂的眼睛。她还未及看清那人模样，先发现两支金翎羽箭钉在岸上两人脚前，一分不多一分不少，箭入山岩直没羽翎，可见力道非凡。

追入水中的人却被一箭射中胳膊，惨声痛呼，连滚带爬地向岸上摸去，水中立刻拖出一道殷红的血线。

"你们是哪个营的？竟敢擅离驻地！几个爷们儿合伙欺负一个女子，算什么本事！"岸旁一个手握缠金长弓、身形英挺的年轻男子断声喝道。

卿尘这才发现射箭的和救她的并非一人。拉她上岸的人靠在岩石上，挺拔的身形被一袭修长的黑色披风裹住，脸上戴着副古铜面具，遮住了大半张脸。因为面具的原因，卿尘看不到他确切的样子，唯有面具之后一双深沉的眼睛，幽黑无垠，不见丝毫情绪，露在外面薄而坚定的唇，和那冷清的眸子如出一辙。

"十一，留心，他们是突厥人。"

那人救上卿尘，突然低声说了一句。旁边年轻男子目现精光，手中箭锋微闪，一支羽箭破空而去。水中那人不及上岸，一箭透背而入，挣扎一下沉入水里，潭中顿时冒出一摊血水。

岸上两人见状齐声怒喝，双双拔刀出鞘，凌空跃起，向着对手攻来。那年轻男子唇角一扬，金弓再响，手下连珠箭出。半空中只听短暂的惨呼，两条血花骤现，那两人几乎同时滚落岸边，再无动静。

卿尘惊魂未定，却见那男子连杀三名恶人，笑容不改，只漫不经心地收了弓箭上前查看，回头道："还是四哥眼利，这几人的军服是假的，不知他们怎么……"

那被称为"四哥"的人微一摇头。年轻男子便不再多说，掠回他身旁，目光落到卿尘身上，突然一愣，急忙转开脸。

卿尘下意识低头，发现自己身上的衣服全然湿透，几与透明无异。她呆了片刻，顿时俏脸飞红，正不知如何是好，对面却有一件宽大的披风迎头罩来，落在她的肩上。

卿尘急忙将披风扯紧，抬头正迎上面具后安静的眸子，目光往下移了几分，心中不由得一惊。

面前那男子胸口赫然插着支短箭，先前被披风裹着看不到，现在丢开披风，露出的玄色衣衫早已被鲜血染透，半边呈现出一种浓重的色泽，就连她手中拉着的披风上亦沾染了不少血迹。

难怪这人一直靠在石上，看起来伤势竟是不轻。可能因方才用力的缘故，此时又有新鲜的血液殷殷从他伤口流出，紧抿的薄唇苍白到没有一丝颜色。

卿尘正愕愣间，听他沉声道："十一，拔了这箭。"

那被称作"十一"的年轻男子无暇顾及卿尘，上前扶那人坐在石边，犹豫地看着伤口。

那人从怀中掏出一块令符样的东西交给他："你见机行事，动手吧。"

十一剑眉紧蹙，用力一握令符："四哥，你忍着点儿。"抬手握住露在他身体外的箭尾。

"慢着！"卿尘从震惊中反应过来，急忙阻止道，"你这样拔箭不行，他不疼死过去也会流血死掉。"

"那如何是好？"面前伤口的血随着那人的呼吸不断涌出，十一停下手，有些心急地道，"这箭不拔一样要命。"

卿尘过去在他旁边蹲下，她之前便是学医出身，更是外科专业，应付这般情况可谓驾轻就熟。她垂眸仔细打量箭伤的位置和情形，估计并没有伤到心肺，否则人怕也熬不到现在，便问十一道："有刀吗？最好是小一点儿的。"

十一自身上取出一把长约三寸的小刀，刀鞘简约却精致，一看便非凡品。卿尘道："我懂一点医术，你如果相信我，可以让我试试。"

十一迟疑，扭头看向那人。那人和卿尘对视片刻，卿尘在他眼中没有捕捉到任何情绪的波动，便仿佛面对一片静冷的湖水，无底无尽的目光，只一瞬短暂的停留，便似将人看得透彻分明，而他的声音亦同样简单平静："好。"

那样清冷的声音，在人心中倏然划过，带来些许意外。卿尘没想到他会信她，回望一眼，接过十一递来的小刀。这刀入手略沉，锋刃窄薄，相当锋利，虽不能和外科手术刀比，但也可用。

她反手将长发束起，复又挽起衣袖，对十一道："轻一点儿扶他躺平，让伤口高于心脏。再找找有没有酒之类的东西，没有的话就想办法点火过来。"

十一道："酒有一点儿，也有火折子。"说着从怀里掏出一个银质小壶。

卿尘点点头，很快把小刀将披风相对干净些的里料裁下一幅，分作几块，就着一旁的清水洗了手，然后接过十一递来的酒壶，蘸了酒将刀子擦拭一番，小心地将伤口四周的衣服割裂，整个伤口便呈现在眼前。

她俯身仔细检查，发现伤处的血随着呼吸不断流出，整个呈暗红色，说明并未伤到动脉，这样拔箭时的危险便不会太大。卿尘将刀子在十一燃起的火上烧炙后，交给十一拿着，又用酒擦了手，拿蘸了酒的布将伤口附近简单地处理了一下，接过刀子道："没有麻药，可能会很疼，你要忍一忍。"

那人不语，只是微微点了下头。

箭有倒刺，不能直接拔出，卿尘抬手压住他静脉血管，复又抬头问道："你刚刚怎么知道那两人是突厥人？"那人闻言一愣，她手中小刀趁机准确利落地划上伤口旁边的肌肉，随着那人一声闷哼，握上箭尾略一用力，断箭应手而出，紧跟着鲜血涌出，但由于处理的手法正确，并没有大量地喷出血液。

卿尘随手将断箭丢到一旁，对十一道："布。"她方才的问话只是为了转移那人注意力，并不在乎答案。十一此时也不及细思，急忙将刚才叠好的布递过去，看她层层压在那人伤口上，紧张地问道："四哥，觉得怎样？"

那人唇色惨白，但在这样的剧痛下居然还保持着神志清醒，隔了会儿，方慢慢道："没事。"

卿尘将静脉血管的位置示意给十一看："你用手压着这里，我去看看能不能找到止血的草药，记着别松手，也别太用力。"

十一依言接手。不多会儿，卿尘拿着些绿色的山草回来，洗净碾碎敷在那人伤口处，换了块干净的布重新按压包扎，那血果然逐渐止住。

此时天色渐暗，黛山凝紫，已入黄昏。天边暮云火烧般地燃起，透过夕阳的余晖弥漫山间。飞鸟自霞色中成群飞掠，投林归巢，寨窣一片。

卿尘替那人处理完伤口，坐在一旁岩石上长长松了口气，抬起头来："天黑了。"

十一蹙眉打量了一下四周，转身问道："这附近可有人家？"

卿尘沉默了一下，略微思量，笑笑说："转过山坳有间竹屋，是我的家，你们若不介意便随我来吧。"

十一见那人不反对，便道："如此叨扰了，还未请教姑娘芳名？"

卿尘又抿唇想了想，道："我叫……凤卿尘，你呢？"

听她问起来，十一沉吟一下，抱拳道："姑娘萍水相逢援手施救，在下本该将姓名如实相告，但我兄弟二人另有苦衷，如编造欺瞒，非是君子所为，不知姑娘能否见谅？"

卿尘抬眸看他一眼，笑道："你不愿说，我就不问了，是你们先救了我，我也该谢谢你们才是。"

十一稍加斟酌，再道："在下家中排行十一，你不妨称我'十一'。"

"好，十一。"卿尘点头，看向一直闭目养神的那人。

那人睁开眼睛，清冷中带着沉沉倦意，淡声道："多谢。"

卿尘微微一笑："不谢，听他叫你'四哥'，那你一定排行第四了？"

十一道："四哥大我几岁，看你我年龄相仿，不如……你也称一声'四哥'好了。"

卿尘点头站起来："他伤得不轻，我先带你们找地方休息吧。"

三人一起溯河而上，待到了山间竹屋，天色已全然黑下。卿尘一路凭着陌生的记忆寻到这里，见到这屋子时心中方松了口气。带着一种奇异的心情，她赶在十一之前伸手推开竹篱小门，借着天上星光依稀看到这院中植了不少草木，夜风拂面带着若有若无的清香。

　　进入屋中摸到烛火，点燃后光线也并不十分明亮，恍惚柔和，令人更觉身在梦中。然而这梦境十分熟悉，卿尘一手执灯，一手打起垂帘。这竹屋并不大，分为前后两进，收拾得清雅干净，一应用具皆以碧色青竹制成，几案桌椅摆放得错落有致，烛火摇曳下映着一层柔和的光色，显然已是历经了岁月。再往里面是间卧房，正中低榻上垂着青纱罗帐，一侧摆了张小案，其上铜镜光可鉴人，镜旁放着的玉簪木梳说明这是间女子的闺房，而靠近窗子的一边，有张质朴的古琴。

　　卿尘深深吸了口气，安顿好伤者后挑帘而出，发现另有间侧室，里面放着些瓶瓶罐罐，还有不少整理好的药草，另一边则摆满了各种各样的书籍。她随手翻过，只见大半都是医书，剩下则是琴谱、星相之类的抄本，甚至还有一些兵书。

　　但此刻她来不及研究这些书籍，也暂时无暇多想其他事情，借着灯火拿了药瓶逐个细看，略略思索片刻，从中挑出两个小瓷瓶，又找到些干净的布带。她拿了这些东西转身出来，顺便再看隔壁，原来是间灶房。

　　环目四周清幽自在，一切井井有条，这屋子之前的主人也当得上是兰心蕙质了。卿尘不由想起白天离奇的经历，一时出神地站在屋中，此时此刻，只觉眼前一切于真实和虚幻中交替浮沉，就像是自己正在扮演着戏中的角色，无数陌生的念头在脑海中穿梭，但一转眼却又是真实的自己。真真假假轮转不休，莫名的感觉说不出也理不清，但不知为何，在内心最深处，偏又有些奇异的安宁，仿佛这发生的一切都是理所当然，很久很久以前自己像是到过这些地方，见过这些人。

　　卿尘微微蹙起眉头，独自看着周围发呆，不知道站了多久，直到身后垂帘一响，十一步出内室："凤姑娘。"

　　卿尘蓦然回神，双眸略带迷茫地看着十一。十一见她神色有异，上前问道："怎么了，出什么事了？"

　　卿尘急忙摇头，道："没事。这里有药，我给他换药包扎一下，那边是灶房，你去想办法弄点儿吃的来吧。"

　　十一愣了愣："灶房？好，我看看去。"话题的转移让他暂时忽略了卿尘眸中的异样，并未多加追问。

　　卿尘打了盆水回到卧房，将药和布带放在榻前，转身道："那些草药只是权宜之计，不太管用，我得帮你换药，你能坐起来吗？"

烛火在榻前落下淡淡温柔的晕黄，那人露在面具外面的脸却煞白如雪，只是眼神清朗明了，不像重伤之后的模样。他略微吃力地用手撑起身体，卿尘伸手搀扶，在他身后垫上被褥扶他靠好，复又帮他解开衣衫，准备换药，却未注意这毫不避讳的举动令那人原本静漠的眼中掠过一丝诧异。

伤口果然因途中震动再次裂开，卿尘皱了皱眉头，从一个白玉瓷瓶里倒出些清透的汁液，小心清理了一下血污，再取出一些乳白的药粉，轻轻敷在伤处，重新用干净的布带开始包扎。

利箭贯胸而入，几透后背，虽然侥幸未中要害，但处理伤口时的疼痛可想而知。那人却默不作声，卿尘手指碰到他的肌肤，那触手处仿佛蕴藏着某种沉稳的力量，受伤和流血并没有使他放松，他似乎随时保持着一种不易察觉的警戒。

他随身的长剑亦放在近侧，如他的人一样有着一种冷冽的气质，令人隐觉寒意。卿尘心中想着这一日的经历，那三个假扮的士兵，十一引弓杀人时的果决与利落，直觉他们并非寻常路人那么简单。这些对她来说也并不重要，只是各种事情接踵而来，反而暂时冲淡了她对目前处境的迷惑和忧虑。

身前之人似乎亦在打量着她，卿尘回过神来，感觉到他的注视，眸光轻动，对他投去淡淡一笑，那笑落在了他深黑的眼眸底处，转瞬便被吸了进去。

换完药扶他躺好，卿尘起身收拾东西。那人疲倦地闭上眼睛，忽然又睁开，道："……凤姑娘。"

"嗯？"卿尘一边抬头，一边整理着总是碍事的衣袖。

"十一弟，身上也挂了彩。"分明是关心别人，声音却不带什么感情，一径的波澜不惊。

卿尘方才已看到十一肩头有伤，只是不太严重，忙乱中没时间理会，经他提醒便也想了起来，道："我知道，我出去看看，你先休息。"说着替他轻掖被角，掀帘出去。

刚刚步出屋外，忽然一阵浓烟迎面扑来，呛得人睁不开眼睛。卿尘看到灶房那边不停涌出的浓烟，急忙前去查看，冷不防和一身狼狈掀帘而出的十一撞个满怀。

十一伸手拉住她，抹把脸道："怎么回事儿？灶火点不着。"

卿尘看着他被烟灰抹了个唱戏一样的花脸，忍俊不禁，扑哧笑出声来。十一剑眉飞挑："你……笑我！不然你去试试？"

卿尘笑想，不就是生火嘛，把木头用火点燃又有什么难？她挽挽袖子道："看我的。"信心十足地步入灶间。十一见她胸有成竹的模样，心下好奇，倒不知这灶中点火究竟有什么诀窍，便返身跟在后面决定虚心请教。

半盏茶的工夫，两个人回到外屋，灶间乱七八糟一片狼藉。

十一看着卿尘，眼中带着三分笑意三分戏谑三分无奈。卿尘不服气地抿嘴站着，她从未想到生火居然如此不易，非但那所谓火石百敲不着，小小炉灶更加难办，最可气的是眼前十一一脸调侃神情，眼见他忍得辛苦，她没好气地道："想笑就笑，干吗表情那么古怪？"

十一看着她黑一道白一道的小脸，忍了忍，终于还是大笑起来。

他爽朗的笑声带着几分快意潇洒，便好似阳光万丈千里无云，使那俊秀眉目一时英气逼人。卿尘却看着他跺脚道："笑！我现在是没时间弄，你不快点生火，别说药不能煎，大家也都饿着好了，到时候看谁着急。"修眉一扬，做个要挟的表情，甩手走人。

不管十一在外一脸哭笑不得，她自顾自入屋配药。品种繁多的草药有些她之前便认识，有些是根据得到的记忆才知道，在需要的时候突然便会冒出来，时常叫人措手不及。她思索着仔细挑选药材，亦尽量适应着那些原本不属于她的东西，丝毫不敢马虎，片刻后，冷不防十一掀帘道："哈，成了。"

"成了？"卿尘随他出去，颇带怀疑，"没再灭掉？"

"烧得好好的。"十一神情中带着点儿得意，"此等小事，难不倒本……少爷。"

卿尘步入灶房，看着炉火不以为然地挑挑纤眉，道："哦？那么煮饭的事情想必也难不倒十一少爷，那边有米有菜，拜托了。"说着趁十一愣神，抬手一拍他肩头的伤口，在十一哎哟痛喊时举起手中药瓶，"还是先看看你的伤吧。"

十一肩上、左臂都有轻伤，左臂一道稍重，流了不少血，几乎将衣袖染透。卿尘低头检查，发现竟似刀伤，抬头时话到了嘴边，想了一想却又停住，只仔细替他上药包扎。桌旁放着金弓长剑，锋刃锐利，隐约尚含杀气。卿尘因顾虑自己现在不明不白的情况，始终也未曾问过他们任何事情，此时想起他先前诛杀恶人的情景，不知为何却不觉恐惧，反而他的坦荡与英朗更加令人印象深刻。

待伤口处理妥当，十一笑道："多谢。"

卿尘道："谢就不必了，不如你煮好饭，就当诊费好了。"

十一摇头道："伶牙俐齿，一点儿亏都不吃。"

卿尘抱起桌上的药，道："承让，彼此。麻烦你先点火煎药如何？"

"好说。"十一故技重施，从屋中拎出坛酒洒了点在卿尘备好的药炉中，加了木柴，打了火石一碰即燃。

卿尘凑上前去看了看那酒，蹙眉道："真是牛嚼牡丹，这坛可是浸了许多珍贵药材的好酒。"

"哦？"十一闻言，以小盏倾出酒来饮了一口，半晌道，"好酒！"

卿尘好奇心起，伸手在酒坛中蘸了蘸，以舌尖品尝。只一滴，入口清苦的药香混着酒的纯冽，久久不散，丝丝回味叫人心神舒泰。

她点头道:"果真不错。"又伸手去坛中,突然轻呼一声将手缩回,坛底那层深色的东西原来竟是条蛇。

十一仔细一看,突然笑道:"这酒莫非不是你制的?这么害怕,当初这蛇你怎么抓来的?"

卿尘微怔,随即道:"自然不是,这是很久以前别人制的酒,既然给你找到,便敬你一杯吧。"她顺口转移话题,担心有些事被人追问起来自己都不知如何回答。

十一又看了她一眼,目中颇带探询。卿尘见他欲言又止,索性抬眸道:"有些事你不说,我不问,我不能说的,你能不能也不要追问?你我皆无恶意,却又各存苦衷,就当我们扯平了好吗?"

十一听她说得直爽,反觉不再疑惑,朗朗一笑,随手倒了两盏酒,道:"好,便如你所说,今日有幸相识,我先敬你一杯。"

卿尘将酒盏接在手中,唇角轻扬,低声道:"今生有缘相见,或许命中注定。"

两人举杯,饮尽后彼此照杯一亮,酒劲酽冽入喉清醇,都觉十分痛快,一阵笑声响起在屋中。

第三章 锦瑟无端五十弦

两人一番忙乱弄好吃的，卿尘端了碗粥去房里。出于医生的习惯，她伸手想试试那人额头的温度，却又在半空中停住，一副面具隔在那里冷冷划开两人之间的距离。

灯色轻淡，他看起来像是睡着了。卿尘迟疑片刻，最后还是放弃了心中那点好奇的念头，正犹豫要不要将他叫醒，一抬眸，发现他不知何时已睁开眼睛，黑沉沉的眸子中有点儿疲倦的神色，却掩盖不了那种天生入骨的峻冷。

卿尘和他对视片刻，心中再次生出整个人都被看透的感觉，仿佛那目光可以穿透一切，令人没有任何保留的余地。她却没有回避，轻轻将眉一挑，转身去端粥："醒了吗？吃点儿东西吧。"

那人闭了一下眼睛，缓缓摇头。

"不吃东西就没法恢复体力，对伤势毫无益处。"卿尘劝道。

本以为还要再费些口舌才行，那人却只停顿一下，又安静地闭了会儿眼睛，便没有任何异议："好。"

卿尘扶他半躺起来，试了试粥的温度。瓷勺随着她手腕轻翻碰到碗沿，发出细微的声响，那人看了她一会儿，淡淡道："面具是戴给敌人看的，摘了吧。"

"嗯？"

卿尘停下手中的动作，心里揣摩着那面具之后的模样，不知为何居然有些紧张，过了片刻方道："那，我摘下来了？"

那人不再说话，她便伸手，轻轻将那副面具取了下来。

面具之后露出一张轮廓分明的面孔，因伤势的关系不见血色，显得略有些苍白，漠然而淡定。没有想象中的英俊潇洒风流倜傥，但是卿尘一下愣住，仿佛在千万年之前，曾见过这清峻的面容。

那一刹那的恍惚，让她似乎沉沦梦中，时光流转，坠入了未知的轮回。

蓦然回首，那人却在，灯火阑珊处。

如此奇异的情绪，无端在心中蔓延开来。两人静默对视，那人眸中无底的幽黑倒映出她窈窕的身影，一抹淡淡清光悄然掠过。

卿尘突然回过神来，方才那杯酒仿佛化作了满腔热意突然烧上脸庞，她急忙转眸避开他的眼睛，将面具放到一边，端过粥来。

那人没有接，一瞬不解后卿尘暗想自己真是粗心，想了想，便舀了一勺送到他唇边。他坦然任她服侍，并未有丝毫不适，身上有种清贵的气度，仿佛自然便该如此。

只喝了半碗粥，他便摇头不想再喝，卿尘也没有勉强，问道："还有没有别的不舒服？"

"没有。"他不带波澜地回答，明明精神不济，目光却还是可以一直看到人的眼底心底。

"嗯。"卿尘也不再说话。屋子里一下子很静，一旦静下来便没有人打破这样的气氛，她觉得和他在一起所有语言似乎都是多余的，待再喝了药，不多会儿他便昏昏沉沉睡了过去。

窗外月色如水，透过细竹窗棂明明暗暗洒入些花影。夜色渐深，十一也趴在外面睡着了，不知为何，卿尘却一点儿倦意都没有。

空旷的夜里只有她独自一人，在这样陌生的世界，面对陌生的一切。迷茫趁着黑夜悄然滋生，她毫无目的地在铜镜前坐下，拿起梳子理顺着垂肩长发，镜子中淡淡映出人影，恍然仍旧沉梦未散。

卿尘抬头看向窗外，月华如练，寒照长夜，清辉落影悄然覆上心底，带着无尽的幽凉深黯。一种孤独的滋味蓦地涌上心头，杂草一样蔓延生长，渐渐令人有种窒息的感觉。她很想把十一喊起来和自己说说话，免得独自胡思乱想，可见他睡得那样沉，又不忍心叫醒他，反而找了件薄衾给他搭在肩头。

即便唤醒他又能说些什么呢？谁会相信这样一个故事，就连她自己都弄不清楚。或许这真的就只是个梦吧，他们都是梦中的人，一转眼便会醒来，从此只是记忆。

榻上的人一直睡得不很安稳，她放轻脚步走过去，伸手试了试他的额头。许是药力作用，他没有如前几次般睁开眼睛，只是微微蹙了下眉，肌肤触手滚烫，终究还是烧起来了。

卿尘蹙眉站在榻前，就她以前所知的方法，原可以更加有效的一些药品现在无处可寻，伤口的处理便不尽如人意，目前这种状况也在意料之中。她斟酌一番，便去院中打了盆清水，又将十一找到的那坛酒取来。

夏日井水冰凉刺骨，正好合用，卿尘将布巾蘸湿敷在那人额上，稍后再换下，反复保持清凉，又将浸凉了的布巾垫在他颈后和腋下，每隔一会儿，便用酒小心地替他擦拭身子。

　　这种降温的方法简单却有效，就在她挽起那人衣袖时，有样东西沿他手腕滑下。卿尘借着烛光看去，见是一道黑色晶石串珠，她立刻认出那是串极其纯正的黑曜石，光泽沉敛，每颗珠子上面都开了双面彩虹眼，在寂静的夜色深处发出幽亮的微光。

　　烛火莹亮，卿尘腕上的碧玺串珠幽然流过七彩的光芒，她不由便想起那所谓的九转玲珑阵，还有神秘的巫族禁术，既然是不同的晶石一起发动了九转玲珑阵，那么如果找到这九种水晶，是不是她就可以重新回去原来的世界？

　　这念头让她一阵激动，正胡思乱想，那人突然轻轻动了一下。卿尘怕他翻身动到伤口，急忙压住他的手，不料突然被他紧紧握住。卿尘一愣，试着抽了抽手，却觉得他握得很紧，似乎正隐忍着某种剧烈的痛苦，心中一软，便没有再动。

　　一边替他换着额上的布巾，一边乱七八糟想着发生的事情，如此折腾了半夜，天色将明时，卿尘终于撑不住趴在榻前睡去。等到醒来的时候，晨光已淡淡地洒满四周，原来披在十一身上的薄衾不知何时罩在了自己肩头，她的手反盖在那人修长的指下，有种被保护的感觉。她轻轻把手抽出，再将他的手放进被中，他看起来已经退烧了，睡得很沉的样子。

　　卿尘如释重负，轻声道："太好了。"

　　"什么太好了？"十一的声音突然在身后响起。

　　卿尘吓了一跳，回头瞪他道："干吗蹑手蹑脚，吓死人了！"

　　十一没像之前一样和她斗嘴，反而一笑，低声道："昨夜辛苦你了。"

　　卿尘知道他连日疲惫，昨夜其实也没睡安稳，也不介意，只随口道："唔，记着你欠我一份人情好了。"

　　十一双手抱在胸前，笑问："那怎么还？你说。"

　　"我还没想好，想好了再说，你先欠着。"卿尘道。

　　"行，算我欠你的便是。"十一爽快说道，"这样难得的机会可不要随便用，我可轻易不答应别人的要求。"

　　卿尘睨他一眼，满脸不以为然。十一跟着笑道："我去外面看看，顺便弄点野味回来。"

　　"好啊！"卿尘对这附近环境亦是好奇，便道，"我和你一起去。"

　　十一摇头，做了个拜托的手势，指了指榻上。

　　卿尘回头看去，挑挑眉梢，接着明眸一转，道："两个要求。"

　　"趁火打劫。"十一低声轻笑，却并不推辞，"只要四哥无恙，区区两个要求又算什么？"

　　卿尘原本只是跟他玩笑，见他竟是一口答应，不由抿唇笑道："哈！去吧，这里有我。"

　　十一露出个爽朗笑脸，转身离开。

卿尘透过窗子目送他远去，竹屋依山而建，半隐于茂林修竹，夏日山风微凉，外面一碧如洗的天色，阳光似金，淡淡铺泻长空。

她站在窗前伸出手去，仿佛想握住那一丝穿窗而入流动的光，那光芒落入眸心，有一点刺痛。

就连阳光，都感觉如此陌生。

她轻叹一声，百无聊赖地坐到案旁，随手拨了一下那张古琴。琴弦悠长颤于指尖，发出似有似无细微的声音。这琴和她以前见过的不甚相同，那些奇异的记忆却仿若潮水一般，再次冲上心头，两相交错，仿佛融合一个新的自己。她一时好奇，便抬手一弦弦挑抹，慢慢摸索弹法。

弦动琴微，仿佛依稀可见白衣身影，桃红满山，微雨深处一曲又一曲的琴声，一重又一重的落花。

花落如雪，琴声入幻，有些悲伤与怀念，温柔与依恋，那是她从来没有过的感觉。琴声中流光碎影却不清晰，多少过往凌乱成片，唯觉情深如许，是说不出的忧伤，动人心弦。琴弦声音极轻极轻，一曲终了，她抬手压着琴弦出神，尽力想抓住思绪中飘忽的碎片，突然听到一个清冷的声音道："商音往角音时再慢些，会更好。"

卿尘意外回头，却见那人不知什么时候已经醒了，正靠在榻上听她弹琴。

"是不是我吵醒你了？"她平复一下情绪，站起身来。

"什么曲子？"他不答她的话，反而问道。

卿尘微微一笑："随手拨弄而已。"

那人也不再追问，只淡淡道："有些烟雨苍茫，世外花落的意趣。"

卿尘抬眼看他，听他口气，想来也是通晓音律。

那人又道："此曲若以箫相和应该不错，可以一试。"

"你会吹箫？"

"会。"

一时间，两人似乎再无话说，一个静静地靠着，一个静静地站着。

卿尘觉得和这人在一起总是特别安静，不像和十一，可以随性地斗嘴说笑。不过就连十一对着他都一副认真的模样，不是人变得安静，而是有他在的地方就会自然而然地静下来。他身上似乎有种奇怪的气质，一点儿淡然的清寂，一点儿峻冷的高贵，让人不敢在他面前放肆胡闹。

她自顾自地想着，无意抬眸，正遇上那人看向她的目光，眼底带着若有所思、研判的意味。而当她回望过去，却只见无尽幽深，如同一口古井，唯有他吞噬别人，由不得人探索他。

看不透，也经不住再这么看下去，卿尘转回琴边，随口道："你若不嫌吵，不如就听我练琴？"

"佳人抚琴，岂会嫌吵。"那人道，看起来精神尚好。

卿尘坐在琴前，淡淡思绪记忆沿着阳光流入指尖，一丝丝若即若离的縠波，慢慢沉淀成清泉静水，与琴间明澈的光阴相映相融。她随手轻拨丝弦，抬头看向窗外，缓缓理韵，一声悠扬的琴音应手而起。

曲调低缓，沉远平旷。

"数尽江湖千万峰，无极浩瀚吾心胸，走遍中原到南疆，看我大翼展雄风。魔道崎岖路难通，明日青山又几重，人生运命各不同，但求屹立天地中……"浅声低唱，平川策马，天高地广，如吟如诉渐渐铺展。

忽而，原本平缓广阔的弦下隐隐生出金戈剑影，气势逼人："势似奔雷，威震山河动，剑如白虹，出鞘追元凶……"

霸气正浓，却化作绕指丝柔，随着她轻缓的嗓音透出深情无限："也有情深处，何必相约再相逢，自古英雄多寂寞，将相本无种……"

曲终弦收，余音袅袅，缭绕在窗前清淡的阳光中，浮沉微动，悠悠散去。她垂眸坐在琴前，心中竟觉万念纷涌，如潮而至。悲喜爱恨情仇怨，透过这七弦冰丝入心动魂，似有千年之前尘封于世的故事，被这琴音蓦然惊动，但又转瞬即逝，只留下淡淡余痕，丝缕不绝。

正出神间，忽听屋外有人拍手道："好琴！"垂帘一动，十一拎着尾活蹦乱跳的鲜鱼进来，"好词好曲，甚合吾意！"

卿尘闻声抬头，见他笑嘻嘻凑到近前，问道："刚才琴是你弹的？"

"嗯。"卿尘起身轻应了一声。

"人生运命各不同，但求屹立天地中！"十一点头道，"不错，不像出自女子之手。"

"人生运命各不同。"卿尘回过神来，不由笑了一笑，"都说人生命定，但若一句命运便能主宰一切，人活着还有什么意思？"

她说这话时神情略有异样，榻上那人的目光不着痕迹地掠过她的脸庞，十一却看着她微微一停，突然道："喂，会做鱼吗？"

他的笑容如此明朗，仿佛可以将一切消沉的情绪融化。卿尘抬头，怔了一怔，而后扬唇道："我会吃鱼。"

十一朗声笑道："那麻烦了，我也只会吃鱼，做的鱼能不能吃可不知道。"

"我看有点悬。"卿尘想了想道，"不然……我们烤了它？这个我以前试过，后院应该有现成的香料。"

"哈，好主意！"十一立刻赞同，"四哥你且歇着，待会儿等鱼吃。走了，来帮忙！"

卿尘回头看了看那人，笑着随他而去。

第四章 万里星辰万里心

夜半无人，清风不问流年，自在青竹翠色间淡淡穿拂。星光点点泼溅了漫山遍野，卿尘悄悄推开门，来到院中，清新的气息扑面而来，依稀风摇翠竹的轻响，反而更衬得四周寂静，叫人连呼吸都屏住。

仍是睡不着，虽然连续几日都没好好休息，入夜之后依旧无眠。从那天遇到十一他们，已经过去了数日，卿尘独自抱膝坐在横搭的竹凳上，低头轻抚腕上的碧玺串珠，那种空落落的感觉再次浮上心头。

抬头遥望天上星辰，璀璨星光在广袤的夜色上流出一道宽阔的天河，遥远深灿，无边无垠。夜凉似水，繁星如许，人说每一颗天星都代表着一个灵魂，谁能知道哪一颗是自己，来自何方，又去向何处？

如此陌生的世界，只有她孤零零一个人，如今这缕魂魄究竟是谁？面对这样天翻地覆的变化，每当黑夜独处之时便会感觉周围徐徐陷入黑暗，没有一丝光线，没有半声轻响，死寂骇人。

这里不属于她，她也不属于这里，一切都弄错了，弄错了，却回不去。

心底的悲伤悄然涌上，慢慢吞噬着勉强维持的平静，随之而来却是几近绝望的孤独，心底一直压抑着的，无法言说的孤独。

她想念亲人、朋友，一切曾经熟悉的人，甚至李唐。

李唐，她爱了五年的李唐，他的完美连同她的世界一起，轰然倒塌，干净而彻底，甚至都不给她留下半分留恋的余地。

没有时间去想时，心中似乎不会感觉难过，但是一旦碰触，泪水竟然不期而至，几日来紧紧绷着的那根弦好像突然断了，弦丝如刃，抽得心腑生疼。

啾啾清鸣的夜虫似乎受到了惊吓，悄然收敛声息。黑夜里一片寂静，唯有晶莹的泪水，流淌在破碎的前尘里，仿若点点溅落的星光。

无尽的黑暗，空茫心痛……卿尘紧紧抓着手中的串珠，努力想要让自己平静下来，但越是如此，眼泪越是难止。她抬头仰望夜空，索性任泪水流了满面，压抑了太久的情绪如同洪水破堤，便再无法控制。

泪水合着星光，化作片片迷蒙的光影。不知过了多久，突然有片深深的影子落在眼前，无声无息，遮住了清冷的星夜。

漫漫夜色映入来人眼中，那双眸子带着令人沉没的幽深，如它的主人一般。卿尘之前并没听到丝毫脚步声，一惊之下转过头去，胡乱伸手抹了抹眼睛。那人慢慢地在她身边坐下，并不说话。

好一会儿，卿尘平静了一下心绪，闷声问道："你的伤还没好，怎么不好好休息？"

那人目光投向无垠的夜空，简单地道："睡不着。"

卿尘也不再出声，不知他在身后站了多久，是不是看到她在哭，哭出来后才发现，原来人往往并不像自己想象的那样坚强。如果此时可以选择，她宁愿自己并不需要坚强，有人陪伴，有人安慰。她将双臂抱在一起，紧紧抵着膝头，过了片刻，方才迟疑地问道："四哥……你……陪我坐一会儿好吗？"

"好。"那人依旧淡声回答，似乎根本未曾考虑。

"你可不可以，不问任何事情，就只陪我坐在这里？"卿尘茫然相问，话一出口又觉后悔，他不过是萍水相逢的陌生人，又有什么必要深更半夜不去休息，待在这里陪伴同样陌生的自己？

但是，她听到他用平淡的声音道："好。"

同样并没有考虑，他还是给了这个答案。

简简单单的一个字，似乎蓦然触动了卿尘拼命压抑的情绪，碎珠般的泪水滑下脸庞落在衣间，她执意抬头，睁大眼睛看着早已模糊不清的星光。

那人终于扭头看向她，道："哭并不能解决问题。"

卿尘不想去反驳，只是下意识叫道："四哥……"声音中散碎的无助让自己觉得陌生，她想寻找一个认识的人，喊一个存在的名字，这样或许能抓住什么，不会陷入黑寂的深渊。

那人看着她，眼底仿佛洒落了漫天的星光。他对她示意了一下，向她伸出手。

卿尘略微犹豫，便将手伸去。

他握着她的手翻转过来，手心向上，用手指在她掌心中写了个"凌"字："我的名字。"

"凌。"卿尘默念，缓缓地握手成拳。

他将手收回，带走了原本包裹她手掌沉稳的温度："哭虽然没用，不过你想哭的时候还是可以哭。"

他望向她泪水盈盈的眼睛，语声淡淡似无情绪，却又像是温柔流水，带来无边安宁。听到这话，卿尘竟然再也忍不住，孩子般抓着他的衣襟失声痛哭起来。

青竹幽幽，阳光半洒在地上，斑驳明暗。

门前竹帘半垂，几只青鸟在晨阳中蹦跳几下，啄食地上的草籽落物。风过帘动，它们展展翅，跳远几步。

"这如何能行？"屋中声音略高，十一站起来大步走至帘前，惊得鸟儿们匆忙飞走，唧喳一片。

凌依旧靠坐在案前，用那亘古不变冷淡的声音道："我们在这待了几天，必定牵扯到她，带她一起回去，也有个照应。"

十一略微有些急躁："这是当然，近年来漠北战事频繁，这山中并不太平，带她回营反倒安全，但你要我自己先走，我怎能放心？"

凌压抑着微微咳了一声："我这伤一两天走不了，如此耽搁下去前方恐生变故，此事轻重缓急你当清楚。你先回去，一是定人心，二要长征带兵来接，否则单凭你我二人之力，也难保她平安。"

十一蹙眉道："事涉归离剑，恐怕突厥那边不会善罢甘休。前日我们遇到的三人身着我军服饰，汉话亦说得异常流利，显然混入军中已非一日，若不是遇上四哥，等闲人根本分辨不出，军中怕是已有些不妥。"

凌目光一转，落在案边长剑之上，道："你的猜测不无道理，但看情形，他们应该并未得知归离剑的消息，否则便不是现在这般境地了。"

十一低声道："四哥，若非我一时大意，也不会害你受伤。"

凌抬了抬手道："军情紧急，不能再多耽搁，对方一路追查，此处也不能久留。"

十一道："但就怕对方真有心，已然寻到此处，所以你让我走，我不放心。"

凌闭目稍歇片刻，睁开眼睛道："那样的话即便你在也于事无补，不过多条人命。反是你走，赶得及回来，才是脱身之策。"

十一皱眉，但也知他所说有理，盯着地面透过竹帘落下的细长光影沉默片刻，随即抬头，当机立断："两天之内我必定赶回。"

"你将归离剑带走。"凌缓缓道，"自己小心。"

十一答应一声，又道："也不知她有何打算，是否愿跟我们走。"

凌转头往内室看去，道："她若不走，恐遭杀身之祸，说得明白，她当会了解。"

"去看看她醒了没有。"十一回身掀帘，迈入内室，却见卿尘抱膝坐在榻上，对他两人一前一后进来似乎并无诧异之色。

十一一怔，问道："咦，何时醒的？"

卿尘笑了笑，道："你们两个说要把我带到什么地方去的时候。"

凌扶着长案在一旁坐下，看了她一眼。十一道："你都听到了？"

卿尘抬眸相望，点了点头。

十一和凌对视一眼，难得认真地问道："既然如此，你可愿跟我们回去？"

卿尘略微侧首，垂眸思量，无意间看到凌手上的那串黑曜石，心中微微一动。

十一见她半天不说话，道："可是住惯了舍不得这里？"

卿尘不料他有此一问，愣了愣，抬眼打量这竹屋。竹色青青，淡黄浅绿，耳边鸟鸣清脆，婉转悦人，倒真是个不错的住处，只是本不应该属于她。

十一又道："或是，不相信我们？我与四哥不会害你。"

卿尘抿了抿唇，抬头道："我相信你们不会害我，但我也不知道究竟发生过什么事，不知道你们要带我去哪里，甚至不知道你们是谁……"

十一似是想说什么，最后却转向凌："四哥，你看……"

卿尘便也扭头看去，蓦地便撞入一双透彻的眼睛，那如水如墨冷冷的黑，一泓深湖，无情无绪，偏又让人觉得湖底隐着万千颜色，耐人寻味。她不知道他是何人，甚至还没弄清自己是谁，但是他让她感到安全，那是一种奇怪的感觉，或许只是因为孤单，陌生一世界，举目无相识，他和十一是她现在唯一认识的人。

他的声音仍旧波澜不惊："你可以自己决定，我不会勉强你。"

十一却接着道："但你继续待在这里，有可能惹上杀身之祸，此事不开玩笑。何况你自己独居在此，方圆数里无人照应，便更加危险。"

"我明白，其实我并不想待在这里。"卿尘起身坐到榻前，微微咬唇，过了会道，"跟你们走也可以，但是……"她转头对十一伸出一根手指，"加一个要求！"

"嗯？"十一一时没反应过来。

"加在一起，三个要求。"卿尘重复道，其实她原本是想凌答应借她一样东西，但话到嘴边却生生改了主意，反而将话抛给了十一。

"你……"十一语塞，稍后哈哈笑道，"成交！就这么点要求，莫不成我还怕了你？"

卿尘道："男儿一言既出……"

"驷马难追！"十一痛快答应。

卿尘忍不住笑起来，十一无奈摇头，心中却觉颇为轻松，终于放下一桩心事。卿尘站起身来，垂眸想了会儿，便道："事已至此，我愿意听从你们的安排，反正我无亲无故，到哪里也都是一样的。方才不是说要走吗？既然四哥要你回去，就必定有他的道理，赶快上路才是正事。"

十一也收敛了嬉笑，微一点头道："我速去速回，最多两天，四哥的伤还要拜托你。"

　　"好。"卿尘道，"你放心，我照顾着，不会有什么差错。"

　　凌沉默着听他俩说话，用一种研判的目光注视卿尘，似是从未见过她。

　　这个女子，嬉笑时俏皮狡黠，忧伤时安静幽凉，冷静时沉定从容，言行举止别具一格，清风静流底下如云似雾的感觉，引人入胜的奇异，和他见过的女子都不同。

第五章 火海风波平地起

十一走后，竹屋中变得极为安静。

凌性子肃静，再加上伤势未愈，多数时候卿尘不说话，他便独自闭目养神，想要揣摩他的心思，如探深海，难比登天。

和他共处一室，如同自己一人，卿尘倒并不十分在意，多数时候都待在药房里翻弄那些琴谱医书。

此处藏书全是清一色手抄的蝇头小楷，其中还有不少抄书人的心得，扉页上多数用工整的字体写着一行小字：某年某月某日卿尘谨录先师教诲。卿尘由此推断那水边见过的女子应是有位博古通今的师父，但对其人其事却没有太过清晰的印象，只是偶尔惊鸿一瞥的感觉，常常伴着依恋与怀念的心情稍纵即逝。书籍的记录中也没有更多确凿的信息，尤其是与九转玲珑阵相关的记录，更是毫无头绪。手边书卷种类繁杂，琴棋星相、奇门兵法、医书剑谱应有尽有，有些东西她常要停下稍加琢磨，慢慢回忆才能寻到吻合的记忆，静下心来细细理顺，便像进入一个无休无止的寻宝游戏，自觉妙趣无穷，一时竟有点儿废寝忘食的样子。

两天过去，十一还未回来，四处倒也平静。卿尘一来醉心医术，二来想要寻找和九转玲珑阵相关的记录，空闲时有书在手常常看得入迷，这天晚上还是抱着书卷静坐于灯下研读。凌这几天调息用药，伤势已然稳定，见她整晚坐着不动，起身过来随手翻了翻她丢在手边的书，道："在看什么？"

卿尘从书中抬起头来："这些都是医书，你拿的那本是写如何用毒的。"

凌目光落到翻开的书上，略加看读："亦有不少解毒之法。"

卿尘道："不错，世间诸物相生相克，凡毒必有解药，但有些毒因用法太过阴损，几乎无解。像这个被列入天下九品奇毒的'红尘劫'，若要解毒，必先种毒，以毒攻毒，毒复生毒，看记载是从古时巫典中流传下来的，但除此之外，也再没有多余的记录。"

凌顺她手指看去，只见书上写道：红尘劫，源出西域，连环奇毒。绝神志，断脉息，血逆全身，关脉三寸处隐有红线如镯，镯绕九指，无解……

卿尘再道："还有这'碧罗烟'……"

凌手掌一翻，将书合上，道："你的医术已经很好，整整看了两天，难道不累？"

卿尘抬眸一笑，道："以前有人跟我说过，生不能为相济世，亦当为医救人，何况学无止境，多看些书总没有坏处。"

凌点了点头，拿起她随手乱写的东西看去。卿尘吃了一惊，急忙伸手去抢："字太差，你别看！"

凌早已翻了两页，被她抢了回去，也不坚持，淡声道："还不错，略欠笔力而已。"说着在桌边坐下，取笔过来，于纸的空白处走笔落墨：

数尽江湖千万峰，无极浩瀚吾心胸，走遍中原到南疆，看我大翼展雄风。
魔道崎岖路难通，明日青山又几重，人生运命各不同，但求屹立天地中。
势似奔雷，威震山河动，剑如白虹，出鞘追元凶……

一气呵成，字如其人，迎面而来一袭冷然孤傲，潇洒的行体清劲峻拔，稳中笔锋含锐，傲处隐透沉敛，自有种令人神往心折的气势。

卿尘暗赞一声，佩服他竟能将听过一遍的词一字不误地记下来，而这字着实漂亮。她细细端详取笔临摹，运笔尚觉生疏，但风骨间却隐含其神。

不多会儿写了几张，凌淡淡看她灯下清眸似水，佳人容颜映了灯光，柔美隽雅，令这夜色平添几分旖旎。

"这几日没见你弹琴。"片刻后他突然道。

卿尘闻言停笔，扭头问道："可有想听的曲子？"

"便听你喜欢的吧。"他道。

卿尘笑了笑，敛衽落座琴前，挑了几首散曲，随意轻弹。这些日子她处处留意，言行举止尽量适应，除了医术外，笔墨琴棋之类也格外用心。她人本聪慧，又因那些离奇的记忆，不过数日，这些东西已不觉生疏，此时按弦成曲，倒似自来便会，毫无突兀之感。

弦声袅袅，曲意淡淡，悠然于夜色风中，曲清月高，月光苍茫一片，天地间仿佛变得无比辽阔。

凌负手立于窗前，目光穿透重重夜色不知投向何方。微风迎面轻拂，吹得他衣衫飘荡，卿尘突然觉得这身影如此孤寂，仿佛沉淀了难言的清冷，挺拔与俊伟都难以掩饰他身上那种突如其来的落寞。

她凝神看他轮廓分明的侧脸，弦下羽音尚自悠扬，凌本来静如深海的眼底突然掠过一丝警觉，一抬手压住了琴弦，悠悠弦音顿时拦腰中断。

卿尘诧异抬头，看到他转为凝重的神色，便知有什么事情发生，否则以他沉稳的性子，绝不会做出如此唐突佳音的举动。未等她开口相问，风中已然传来阵阵隐约的马蹄声。

"是不是十一回来了？"她敛襟起身，但见凌微蹙的眉头便知并非如此，想到那日他和十一的对话，心下隐约掠过不安。凌的眸中似有精光稍现，转身道："有什么非带不可的东西，去拿。"

卿尘将桌上几本手记收到怀中，方才写的几张字也夹在了里面，快步取来一瓶药给他："这是伤药。"

凌看她一眼，收药入怀，抓住她的手沉声道："跟我走。"

两人出了竹屋，一旁山崖上火光点点，不知何时燃起了无数火把。凌沉声冷哼，淡淡不屑，原本清淡的面容透出冰寒冷冽，风云暗涌，隐约竟是杀机。

敌人如此大动干戈，着实出乎卿尘的意料，耳边骤然响起呼啸声："小心！"随着凌的低喝她突然被大力拉过，护在他身下。

随着利响而来的是敌人发出的十数支火箭，天女散花般落在院中屋上，干燥的竹枝见火即燃，院前院后瞬间冒起大片火光。

那方高崖距此尚有一段距离，凌护着卿尘避往屋后，四周隐隐传来马蹄声，来者甚众，此时若被困在院中无疑死路一条，但若出去便是正中对方下怀。

敌我力量悬殊不能硬碰，他低声问卿尘道："这里可有其他出路？"

卿尘极力在脑海中搜索，但是越急越乱，记忆纷纭随着火光模糊成一片。

凌倒不催她，低头汲起井水，撕下一块外袍浸湿，给她遮住口鼻，以免被漫天浓烟呛坏，同时问道："屋子是何人所建？"

卿尘道："我……我不知道。"

"屋后是山崖？"

"好像是。"

"有没有暗道机关之类的地方？"

"有。"她几乎是没有思考就脱口而出，像是一种本能。

"在哪儿？"凌追问。

"在哪儿？"她居然反问一句。

凌伸手扶住她的肩头，用一种安定沉着的声音对她说："别着急，慢慢想。"

卿尘心中一团乱麻，一时毫无头绪，周围火势渐猛，烟随风走越来越浓，噼里啪啦竹子爆裂的声音接踵而起，火舌汹涌，敌人的利箭亦不间断地射来。

凌挡下一支冷箭，将她拽到屋角暗影处。她看到灼热的火光映在他脸上恍然一闪，有什么东西也在脑海中倏然掠过。"药房！"她喊道，"药房有秘道。"

"通往何处？"

"不知道。"

凌闻言，冷冷抿成直线的嘴角居然向上一挑，仿佛在笑，卿尘正以为自己看花了眼，他将手中浸湿的长袍往她身上一披："走！"

竹屋早被冲天而起的火势染成了一片血红，所幸还未倒塌。两人冲进去后，只觉热浪灼人浓烟滚滚，不时有东西砸落下来，四处焰苗狂舞，星火乱窜。

好在屋子不大，两步便冲入药房，卿尘此时思维清晰了些，指着已经被火舌舔舐过半的书柜道："那里！"

火旺烟浓，几乎什么也看不清，凌将她往后一拉，一道掌风劈下。

轰的一声，书柜摧枯拉朽一般随着飞溅而出的火焰倾颓一地，露出个一人大小的洞口。一阵冷风顿时从洞中涌出，推得熊熊火势迎面扑向两人。

凌护着卿尘往旁边躲开，顺势拉过已半干不湿的外袍猛抽两下，火势应声向两边翻滚开来。"走！"他先将卿尘送入秘道，自己随后进入。

秘道还算宽阔，避开了灼人的热浪，里面湿闷的空气反而显得凉爽，徐徐微风不时从前方送至，看来离另外一端的出口并不太远。卿尘随凌的脚步摸索着一路向前，他的手始终牵扶着她，她觉得自己手心冰凉，而他掌心的暖意如旧，似乎无论多大的变故都不会影响他的情绪。

四周漆黑如幕，脚下高低不平，偶尔会踩到积水，可以推测这所谓"秘道"应该是天然形成而非人工开凿。约莫走了一盏茶的工夫，身后剧烈的火声越来越远直至消失，凌突然停下来道："前面便是出口，我先去看看。"

卿尘一步没跟上，他已拨开草木出了洞口，接着转身回来："他们很快会发现这里，先出去再想办法。"

出了洞口才发现，原来这里并未远离竹屋。这出口和竹屋的入口实际上是一个山道的两端，一端建了竹屋，一端被自然生长的树草掩住，便是他们现在所在。

往后看去只见一片火光，火势盛极后渐趋衰落，接着很快熄灭，像是被人为扑灭的样子。如此大火瞬息而灭，这些人纵火灭火迅捷有序，显然是受过训练的正规军队，并非山间盗贼。风中隐隐传来喝呼声、马蹄声，不过片刻，暗中本来四散山崖的点点火把迅速集合在一处，复又分开数支，一支追往上游，余下三支追向下游。那奔向下游的三支，一支快速向他们这边而来，另外两支又扇形散开慢速前进，进行密不透风的搜索。

喧嚣声由远而近，山影暗处，凌的目光冷如刀锋，淡淡扫过敌势。敌人发现竹屋之后，大概是认定他们人在此地，兵马皆尽集中在这边，对岸反而空无一人。他略微斟酌，低头对卿尘道："一会儿进到水里抓紧我。"

卿尘心知他要涉水渡河，点头答应。凌伸手揽住她，带她往深水中去，水的浮力缓缓地将他们托起，他的手臂有力地环在卿尘腰上，两人不至于被水流冲散。

这截河段水流颇深，不像竹屋前仅是溪流一般没过脚踝。敌人即便发现他们在对岸，也唯有弃马过来追，如此他们便可扳回几分劣势。夜色河水，恰到好处地掩藏了两人的行迹，片刻后听到马蹄声近岸，凌在卿尘耳边低声道："吸气，屏住呼吸。"

卿尘依言而行，忽觉被他大力带入水中，顺流潜了下去。

卿尘水性不好，两人身处水下，她起初尚能勉强忍耐，但很快便觉得胸口气闷，非常难受，不由得挣扎一下，几乎要昏过去。凌似乎感觉到她的不妥，身后追兵在岸，无法带她浮上去换气，手臂一紧，便俯身用嘴渡了一口真气给她。

卿尘胸间顿时泛起一股暖流，带着莫名的温热冲撞心房，水流漂浮的感觉令人如坠云端。此时追兵的马蹄声沿岸继续向下游奔去，凌也及时带着她潜到对岸。两人蓦地自水中浮出，卿尘周身乏力，扶在凌的肩头大口喘息，心中几有再世为人的感觉。片刻后她缓过气来，抬眸看去，他亦恰好低头看来，那一双清冷的双眸出其不意印入心底，此身不再似梦，日月光阴因此一人，渐渐变得如此真实。

"四哥……"她不由轻轻唤了一声。

凌深深看她一眼，目中似有一丝波动，低声道："此处不宜久留，走吧。"

此时天边已隐约透出微弱的青光，若待天亮之后，他们要掩藏形迹便将越发不易。两人上岸歇息片刻，拣了偏僻的小路进入山中。一路上卿尘不断思索，那些断续的记忆逐渐拼凑起来，较之先前更加清晰。在她的指点下，两人进入一片桃林，沿溪而上，寻到一处尚算隐秘的山洞暂时容身。

清晨时分寒意最甚，山间冷风阵阵，吹得草木窸窣，重影晃动。卿尘摸索到洞中，记得这里应该存有火石之类的东西，真正的"凤卿尘"以前经常会来此处，而四周也有曾经打扫过的痕迹。这时她的感觉已不像前几日那般混乱，很快便能熟悉周围的环境，果然片刻后，便在石壁中找到了一个油布包，里面有火石刀具，还有些常用的药品。凌在她之前便已进入，四处察看过后确定没有危险，此时转身回来，见她因洞中寒气身子微微发抖，便脱下自己外袍递给她道："若是生火取暖怕会引来追兵，暂且忍耐一下。"

卿尘对他感激地一笑，低头时却感觉他衣服上沾有血迹，道："是不是伤口裂开了？我帮你看看。"

夜光下他脸色略有些苍白，并未出言反对。卿尘找出火石和伤药，跪在地上撕下衣襟，重新替他处理伤口。凌手中燃着一点微弱火光，朦胧的光线下两人呼吸相近，她几乎可以听到他的心跳，一声一声沉稳坚定。随着这轻微的声音，她原本些许慌乱的心也慢慢平静下来。这一刻安静的所在，生死相隔甚远，无论他和她是谁，前路凶险如何，此时可以相互依靠，那所有事情似乎也都没有什么大不了。

"你怎会知道有这么个地方？"突然间，他开口问了一句。

卿尘手底停了一下，没有抬头，低声道："这里……不远处，桃林之外是我师父的墓冢。"

他似乎低了下头，道："你师父？"

"嗯。"卿尘此时方才抬眸，无奈一笑，"但我不清楚他的来历，只知道称他师父。他……懂得很多东西，但好像从来不笑。"她侧首回忆了片刻，透过光影依稀的洞口向外看去，突然轻轻道："我想他是个伤心人。"

凌在火光下凝视她瞬间，淡淡嗯了一声，便也没再多问，随手熄灭火种，四周一下子没入黑暗。卿尘收了药瓶准备起身，突然身子一晃，复又跌坐在地。凌察觉她的异样，伸手一扶，道："怎么了？"

卿尘向后靠在岩壁上，只觉心跳得异常厉害，呼吸窒闷，极是难受。她抬手按住胸口，想起这身体的主人曾经提到过"心疾"这回事，脑中倏然闪过一个念头，若是就这么发病死掉，或许再次醒来，一切都会恢复正常也说不定？

凌见她半天不说话，抬手抚上她额头，试了试并无异样，剑眉微锁。

卿尘在黑暗中睁开眼睛，隐约见到他的面容，不知为何，他看着她的目光令人感觉异样，而那双眼睛仿佛带着某种魔力，能够驱散很多纷杂的念头，安住漂游不定的灵魂。这时胸口窒闷略缓，她深深呼了口气，道："没事，可能刚才跑得太急，累了。"

凌点了点头，放开手，站起身来。他独自走向洞口，环目四周，似乎在思索什么，过了会儿，转身道："他们在对岸寻不到人，定会再往这边搜索，很快便会寻到此处。你待在这不要出去，我去引开追兵，再回来接你。"

卿尘忽听他要孤身涉险，想起方才敌人的阵势，心有余悸："不行，你怎么躲得过那么多追兵？"

凌走回洞中："两天时间已过，十一弟必然已到附近，我自有办法联络他。外面那些人的目标是我，你只要不出此处，便不会有危险。"

卿尘虽不知他的身份，但对方花这么多兵力和时间搜索他们兄弟二人，必是极其重要的事情，更何况十一是否能及时赶到也是未知，思及此处，更觉不妥，道："他们的目标是你，你就更不能出去。不如我去引开追兵，你便可以脱身去找十一。对方投鼠忌器，即便抓到我也不会怎样，即便有万一，我孤身一人无牵无挂，也不损失什么……"

凌闻言蹙眉，卿尘还想再说什么，却听他沉声喝道："胡说！"抬头见他的眼底一片凌厉深寒。

卿尘从来没见过他这种眼神，心神微震，后面的话就没再说出。

凌似乎发觉吓着她了，神色稍缓，恢复那种不着痕迹的漠然。他在她身边蹲下，直视她双眼，道："记住不要出去，我一定回来。"

卿尘凝视他的眼睛，不由得在他无声而笃定的目光中缓缓点头，他低头相望，片刻后嘴角轻轻上扬，向她露出相见后初次的微笑。

仿若深湖之上云吹雾散，白雪冰峰，清光水影，那笑容转瞬即逝。凌抬头起身，走出几步，突然停住，微微回头对她道："我叫夜天凌。"

"夜天凌。"卿尘愣愣看着他颀长的身形消失在葱郁草木之外，低声默念。

外面林密影深，黑蒙蒙一片，过些时候，隐约从遥远的地方传来人马嘶鸣，突然间喊杀声起，仿佛有激战交锋，又仿佛只是错觉而已。

卿尘手触冰凉的岩石，静静站在原地等待。身后是深黑的山洞，寂然无声，堪堪隐藏着慌乱和担忧。

远方的天际终于缓缓拉开淡青色的天幕，月落日出，天色渐渐放亮，开始有鸟儿婉转的清鸣传来，空气中弥漫开清晨的气息。

随着日光层层盛亮，卿尘心中却渐生担忧，仿佛一粒种子见了阳光再也抑不住生长的姿态，逐渐苏醒，蔓延成势。时间越久这种感觉越是折磨，她在洞口站了许久，终于不安地左右走了几步，怀中却突然有东西掉出来，低头一看，原来是临走前随手带着的医书。书页被水浸湿，上面一团一团模糊了的字迹。一屋子的医书已经付之一炬，现在这仅剩的几本怕也保不住。她懊悔地皱眉，急忙走出洞外找到块平坦的大石，把书晾在上面。幸而中间一本倒只是微湿，里面夹的几张字也幸免于难。

凝神将书铺开在那里，她几乎忘了夜天凌叮嘱过不要出来。

时间一点点流逝，似乎希望渐渐渺茫。

她将一张晾好的字收在怀中，站起来向山间眺望，突然耳边响起细微的风声，紧接着颈后一痛，最后看到的是一片湛蓝的天，阳光在翠绿的枝头跳动闪耀，仿佛十一英气的笑容掠过，而后整个人便失去了知觉。

第六章 风流零落从此始

山高水深，一艘客船自玉奴河破流而上，船头逆水，轻浪翻涌。

船身颇具规模，分作上下两层，甲板上微风带着水意潮湿，长波浩荡，是北方江河独有的气息。

船头船尾不显眼处，站着几个劲装大汉把守四周，戒备森严，但若不留神去看，却也只是再普通不过的客船。

卿尘醒来时眼前昏暗，神志模糊，呼吸像被扼在胸间不能顺畅，混沌不知身在何处。

她挣扎着摸到身后的墙壁，靠着坐起来，那墙壁时而微微轻晃，时而又恢复平稳，这是在船上的感觉。

舱中好像不止一人，似乎有断断续续低声的抽噎，黑暗中看不清楚。她仔细分辨，依稀看到身旁近处有个女子，正怀抱着另一个年纪比她稍小的女孩不停抹泪。

"你怎么了？"卿尘见她哭得伤心，开口问道，却被自己沙哑的声音吓了一跳。

那女子自抽泣中抬起头来，哭道："他们不知给我们吃了什么，丹琼快要死了……"

卿尘想站起来，却觉手足酸软浑身无力，她靠到那女子身边，伸手试了试那叫做丹琼的孩子的颈动脉，确定她还活着。又将手指搭上她的臂腕，须臾之后她皱眉对还在哭着的女子道："别哭，把手给我。"

那女子见她会诊脉，急急抓住她问道："丹琼怎么了？"

卿尘道："应该没什么事。"执她手腕细酌脉象，一息一迟几如浮絮，寸关尺三部脉皆无力，轻按几不可得，重按空虚。她心下震惊，照脉象看来，她们竟都是被下了迷药，再看四周，尚有不少妙龄女子，少数还没醒的躺在地上，醒来的大都坐在舱边低声哭泣。

"先放她躺在那里，一会儿就会醒过来。"卿尘对那个抱着丹琼的女子道，"你叫什么名字？"

那女孩子抬起泪眼看她："碧瑶，你……你呢？"

"我叫凤卿尘。"

卿尘撑着墙壁慢慢起身，去看那些还没醒来的女子，皆是相同的情况。再问了几人，从她们断续的哭诉中得知她们无一不是被用各种方法掳至此。

是被人劫持了吗？她靠在船舱一隅呼吸着潮湿阴闷的空气，微弱的光线从一个极小的勉强可以称作窗户的透气孔穿入，在眼前投下斑驳的光影，些许的浮尘飘在光中，若隐若现。

船舱并不十分宽敞，对面便是上了锁的舱门。她打量四周，举步往门前走去，因迷药的效力刚过，脚下略有些虚浮。

摸索着将门拽了拽，纹丝不动，于是她握拳捶上那厚重的木板："有人吗？开门！"

沉闷的捶门声突然响起在舱中，惊动一众啜泣的人。

碧瑶自昏暗的船舱中抬起头来，看见卿尘站在门口，隐在暗处的半幅白衣略显凌乱，却似一抹冷光中的雪，白得刺目。卿尘的眼睛明锐而清亮，似乎给人带来一丝信心，于是她也勉强站起来，撑着走到门前："我们怎么办？"

"试试喊人来。"卿尘道，又用力拍了拍门。

"别费力气了，喊人来又能怎样？"暗处忽然有个声音冷冷道。

她们借着微弱的光线循声打量过去，说话的人靠在船舱深处，面容隐在昏暗的角落看不清晰，只能看到她身子被绳索缚住。

卿尘摸索着走向那边，此时眼睛略微适应了光线，半明半暗间只见那人面容苍白，几乎不带血色，细眉薄唇，眸光冷淡，长发高束绾在脑后，一身贴身黑衣透着冰冷的英气，仔细看去却也是个颇具姿色的女子。

那女子似乎要靠舱壁才能支撑身体，看上去有些虚弱，卿尘伸手去解她身上的绳子，但绳子用独特的手法打结，凭她现在的力气根本无法解开。

她抬头想寻找锋利的东西割断绳子，那女子看了她一会儿，忽然道："我袖中有刀。"

卿尘自她袖口处找到一把光刃潋滟的软刀。刀上绯色如一抹轻艳的桃花，细巧轻薄，是把杀人的好利器。她只微微一划，绳索便应手而断。"他们是什么人，为什么要绑着你？"

那女子仍旧不动："长门帮。"

"长门帮？"卿尘将绳索丢开，还刀给她。她却没有接，卿尘伸手扶她，却发现她根本不能动。

那女子面无表情地道:"他们还点了我的穴道。"

卿尘手指搭上她的关脉,寸寸上移:"天井、臑俞、曲泽、天泉、玉堂、中庭,这几处穴位皆气血阻滞不通。点了穴道还要绑着你,他们一定对你很是顾忌。"

那女子冷哼一声,卿尘伸手到怀中,发现之前收着的一包金针侥幸没有弄丢,想了想道:"我可以试着用金针刺穴解开你的穴道,但是需要点时间。长门帮是干什么的,他们要将我们带到何处?"

"天都伊歌。"那女子道,"长门帮在江湖上专营卑鄙勾当,向来为人所不齿,这船上的女子十有八九都是被他们掳来,想要卖入歌舞坊的。"

卿尘分辨穴道,将金针刺入她手臂,闻言蹙眉抬头:"歌舞坊?那我们得想办法离开才行。"

那女子漠然道:"就凭你们,怎么逃得出去?这船上四处都有人把守。"

卿尘手下停了停:"你有办法吗?"

那女子闭目道:"没有,先恢复体力再说。"

卿尘思索了片刻,慢慢道:"说得也是,即便要逃,也得等机会才行。"她不由想起夜天凌和十一,如此横生变故,就这么断绝了再相见的可能。所有的事情都在不及思索时相继发生,她蹙眉打量眼前的处境,昏暗的光线下觉得回去的路越来越远,而前途茫茫,思之堪忧。

如此过了半日时间,那女子在卿尘的帮助下先后解开被封的穴道,也不多说话,只盘膝坐在角落中闭目调息。卿尘向碧瑶她们问了几句话后,也没弄清再多的情况,抱膝靠在舱壁上出神。这时,门外忽然传来脚步声,几声响动后,低矮的舱门被人打开。

外面新鲜潮湿的空气涌入,伴着蓦然照入的刺目光线,叫人一时看不清眼前景象。卿尘抬手遮挡,眯了眼睛向前看去。只见舱门处出现数人,当先一名女子一身艳红色罗纱长裙,看去不似寻常中原服饰,生得长睫深目,腰细腿长,风情万种。她站在那处扫视了一下船舱,向后挥手道:"给她们换洗衣服,打扮得好些,再过两天便要到天都了。"

后面跟着有人拿了衣物清水进来,舱中女子颇为惊慌,先后躲向四周。那红衣女子移步上前,道:"都消停点,别给我找麻烦,否则,滋味可不好受。"她一边说着,一边走到了冥魇面前,蹲下来笑道:"怎样?冥魇,这几日够你消受了吧?得罪我胡三娘便是这般下场,此时你知道了?"

冥魇睁开眼睛道:"胡三娘,你长门帮这次是铁了心要和我们较劲了?"她在门响之前就已靠回角落,并在卿尘的帮忙下将绳索重新缠好,胡三娘隔得虽近,却未发现异样。

"咱们本是井水不犯河水,是你处处坏我好事,偏要跟我作对。"胡三娘懒洋洋地道，"若不是碧血阁肖阁主留你这丫头还有些用处，我定让你尝尝更销魂的滋味。"

冥魔冷笑一声道："长门帮与碧血阁狼狈为奸，做尽伤天害理的勾当，当真是越发毫无顾忌了。"

胡三娘抬头娇笑："那你能拿我怎样？好好等你大哥来救你吧，到时候看他怎么落入我们的……"话音未落，冥魔眼中倏地闪过一丝寒意，空气中一声疾利的轻响，一刃绯光，突然沿着昏暗的光线向着胡三娘腰间射去。

胡三娘面色骤变，饶是她身手敏捷，纤腰一转向侧避开，冥魔手中的薄刀仍是贴着她右肩划过，唰地带起一溜鲜红的血花。

冥魔一招得手，翻身而起，薄刀快如轻闪，连绵不断地攻向对手。

胡三娘踉跄落地，怒叱一声，红衫影下一柄鸳鸯短刀飞出，斜架上迎面而来的利刃，反身一绞，同攻至身前的冥魔缠斗在刀光中。

周围女子吓得纷纷躲避，外面帮众忽闻变故，提了兵刃冲入舱中。便在此时，冥魔身影鬼魅般一闪，手中刀光倏忽变幻，便听叮的一声，胡三娘兵刃脱手，被她用刀指住要害。

"都退开！"冥魔微微喘息，反手将胡三娘带到身前，对帮众喝道，"放开她们，谁敢再动，我便要她性命！"

四周帮众闻声停手，放过乱成一团的女子们。卿尘拉了碧瑶她们趁机向后躲开，退出他们的包围。这时冥魔押着胡三娘缓缓向前走去，胡三娘一时大意，被她偷袭得手，银牙微咬，恨道："冥魔，你好手段！"但只一瞬，她便恢复如常模样，目光一转，娇声对帮众们吩咐："你们都退开，让她走，我看她带着这群丫头，能走到哪里去。"

卿尘站在冥魔身侧，亦有些担忧地看了看周围，正担心冥魔穴道解开不久，恐怕内力不济，忽地眼角一动，瞥见胡三娘左手自衣袖中伸出，指尖捏了个小小的红色药丸，一缕淡烟悄然而上，向着冥魔漫去。

"小心！"卿尘直觉不妙，刚刚出声提醒，冥魔面色骤变，突然极其痛苦地捂住胸口。胡三娘倏地回身，一掌向她当胸击去。

冥魔身子飞退，砰地撞在舱壁之上，一口鲜血喷出，竟再也站不起来。胡三娘掠至她身前抬手一挥，五指锁住她脖颈，笑中透出杀气："臭丫头！跟我玩花样，你还太嫩了点，别以为我当真不会杀你。"

卿尘见冥魔唇角溢出乌黑的血丝，心知胡三娘是用了极其霸道的毒药，以内力逼毒伤敌，再过一刻冥魔便会命丧当场，上前一步叫道："慢着！你方才说过她还有用处，杀了她不好跟……跟碧血阁交代！"

胡三娘目光一转，向她看来。看清卿尘的模样，她眼中微微露出诧异之色，却一松手，放开了冥魔。

冥魔摔倒在地，卿尘扑过去扶住她，只觉她浑身冰冷一片，就这片刻，几乎便是生机全无。这时胡三娘却又将袖一拂，抬手钳住冥魔下巴，将一颗药丸丢入她嘴中。"就这么死太便宜你了，留着当诱饵，一网打尽才好。"

那药效极快，冥魔周身疼痛立止，却无力起身，狠狠盯着胡三娘道："你少打如意算盘，想算计我大哥，我不会让你得逞。"

胡三娘放声大笑，笑声未落，忽然手起刀落，旁边一个离她最近的女子惨呼一声，血溅当场。卿尘大吃一惊，冥魔猛地撑起身子，怒喝道："胡三娘！"

"你再敢玩什么花样，有一次我便杀一个，有两次，我便杀两个，不乖乖听话，我杀光你们所有人。"胡三娘语声娇媚，却透着冷冷的杀机，眼波转处，扫过一众人等，最后落在卿尘身上，道："记住了吗？"

四周女子早已被吓得魂魄出窍，连哭声都全然止住。卿尘扶着冥魔，心头恨极胡三娘滥杀无辜，但却苦无良策，直视她半晌，说道："杀光我们所有人，你便做了一桩赔本生意，你既然抓了我们，自然是想有所获益，何苦跟银子过不去，我们也犯不着拿自己的性命开玩笑。就如你所言，我们不逃，也不惹事，但你要保证我们所有人，包括她的安全。"

胡三娘饶有兴趣地打量她："好个有趣的丫头，还会讨价还价，但你有什么资格？"

卿尘垂眸思索了刹那，方才她已看到船舱外面，一片戒备森严，知道毫无机会逃脱，心中千般念头闪过，抬头再道："留着我们都有用处，这对你是最好的选择，你又为何要拒绝？"

胡三娘一双美目上下端详，似是在琢磨什么，片刻后笑道："不错，有意思，想必这样的姑娘，肖阁主定然喜欢，暂且成全你就是。"她说话时总是在笑，却每一句都如淬了毒的刀，听得人心头生寒。

卿尘看着她不说话，胡三娘许是懒得再和她们纠缠，娇笑一声，挥了挥手，即刻进来两个大汉将死去的女子拖了出去。她扫了眼面色苍白的冥魔后，抬手轻掠发梢，道："记住了，逃一个，死两个，我可没闲心陪你们闹腾。"说罢扭身出门。

舱门哐当合上，碧瑶她们惊惧的哭声传来，卿尘脱力一般靠上船舱，耳边是冥魔吃力的呼吸声，眼前幽幽可见一摊液体的暗光，依稀还带着未尽的体温。

四周再次陷入了黑暗。

转眼又过两日，舱中的女子中间被带走几名，再也没有回来，除此之外，一切还算平静。

冥魔服了胡三娘的药浑身无力，半分内力也使不出来，恹恹地靠在舱中。手边无药可用，卿尘也拿她服下的毒药没有办法，一筹莫展地透过那个狭小的窗口向外看去。碧瑶搂着丹琼坐在她的身旁，丹琼年纪尚小，仰头问道："姐姐，这里为什么这么黑，我们什么时候能出去？"

碧瑶踌躇着不知如何回答。卿尘叹了口气，伸手对着窗口的光线比量了一下，只能看到巴掌大的一方天色，触不到也摸不着。她忍不住握起拳来，似乎想要聚集一点信心，抬手时宽大的衣袖散开，沿臂滑下，小窗口洒进的阳光在她手腕处一晃，照上她的碧玺串珠闪过七彩的光，一瞬耀目。

"这是什么？"耳边突然传来冥魔的声音。

卿尘回头道："什么？"

"你手上戴的是什么？"

"这个吗？是碧玺串珠。"卿尘收回手来答道。

"你从哪儿得来的？"冥魔撑起身来。

卿尘奇怪地道："我从小一直戴着。"

虽在黑暗中，卿尘还是看到她眼底闪过极深的诧异："怎么了？"

冥魔方要说话，忽然抬头看向舱门，秀眉隐约蹙起。这时舱门被人霍然推开，江风灌入，阳光下数人的影子憧憧而立，当中一人负手问道："在里面吗？"

"阁主要的人，我们当然好好照料，怎敢出什么差错？"胡三娘娇媚的声音跟着传来。

"带她过船来，寻个舒服地方问话。"那人转身而去。胡三娘命人入舱将冥魔带出，复又对着卿尘微一示意，伸手点了包括碧瑶在内的几个女子，道："连这几个也一起，送到天舞醉坊的画舫上去。"

第七章 漠北西风瀚海沙

漠北荒山。

绵延数里的军营里点点闪着些篝火，不时有将士匆忙出入帅帐。远离帅帐的火堆旁席地坐着些士兵，刀剑碰击声中，火上烤着的刚猎来的野味眼见已冒了油。

"见鬼！这仗打的，绕了几日到处都是飞沙荒漠！"一个军士猛敲火炭，禁不住骂道，"看得人眼都花了！"

另一人立刻接上："谁说不是，什么平房中郎将，那迟成竟连人都不见了踪影！"

"叛军脱逃，若让老子遇上，非一刀宰了他不可！"

"哪里还用得着你动手？五殿下那边先饶不了他！延误大军的罪名，谁担待得起？"

"杀头也便宜了他！"

你一言我一语，士兵们一边骂嚷着，一边议论："咱们这边倒好说，凌王的玄甲军在前面可成了孤军，若不撤军，弄不好一个也回不来。"

"撤军？按说此时早该遇着突厥人了，说不定在什么地方干上了！"

话说至此，营火一暗，不知是谁叹了声："唉……常胜不败，这次悬喽！"

"这迟成还是凌王帐下大将，谁知竟干出投敌的事。"

"呸！你看他那文文弱弱的样子像哪门子将军？"

"放屁！"暗处突然有人喝骂一声，粗大的嗓门喝道，"谁说迟成投敌了！"

众士兵纷纷扭头，一人叫道："迟成趁黑逃了，丁关你不知道吗？若不是投了敌，又是什么？"

那丁关往营火前一靠，道："哼，你们知道什么？老子和迟成一同跟着凌王打过仗，那家伙文绉绉的叫人看着不爽，但这漠北可是没人比他更熟。圣武十九年大破东突厥，说起来还有他三分功劳，凌王派他来带路，他敢背叛凌王，我就不信！"

在这儿的大多是年轻士兵，丁关此话一出，许多人便问道："丁老哥参加过十九年那场大战，跟的是凌王的大军？"

丁关将嘴中骨头往地上一啐："当然，老子那年随凌王一直打进可达纳城，生生灭了东突厥的王庭！"

士兵中立刻有人道："丁老哥何不给咱们说说当时的情形？让兄弟们也长长见识。"

那丁关闻言，隔着荒漠遥望出去，似乎看到了多年前攻城略地的一夜，那目光被火映得明亮："圣武十九年的那场仗，嘿！那是咱从军来打得最痛快的一仗！咱们兄弟跟着凌王趁夜奔袭三千里，万余人自支连山神不知鬼不觉抄断东突厥大军，直逼可达纳城，城里号称十二万守军愣是没防住。那始罗可汗弃城北逃，凌王亲领玄甲军将他截个正着。老子没见着他献剑投降的场面，着实可惜……"

"老哥不是跟随凌王吗？怎就没见着？"有人插口问道。

丁关抬手将衣服一扯，自脖颈至胸前露出道长长的刀疤，火光之下狰狞万分："那仗打得惨烈，一万五千人回来八千，老子这条命也差点儿搭在了那里！"

年轻的士兵中不少人抽了口冷气，这样的伤竟活下来了。身旁一人问道："听说玄甲军神出鬼没，当真那么神？"

"玄甲军？"丁关眼睛一眯看向跳动的营火，"说不得。"

"说不得？"

"此话怎讲？"

"那不是人做的。"丁关脸上被火光映得时明时暗，想了会儿摇头道，"能跟着凌王的兵，五天五夜，没有一人下过马，到了可达纳城照旧生龙活虎，回来的八千人，他们占了近七千，身上那杀气，鬼神见了都得避三分。啧啧，你看着是上万人，一声军令下来，那就是一个人，不好说，说不明白。"

"玄甲军再厉害，此次也成了孤军啊！"有人忍不住道。

一阵风将营火鼓得通明，丁关将那烤好的兔子挑起来，闹哄哄分了一圈，仍旧粗着嗓门道："这又不是第一次，圣武二十二年斩杀西突厥左贤王那一战，凌王率玄甲军越离侯山，过瀚海，孤军深入敌腹两千余里，杀敌五万而归，漠南一带不就是那时打下的！"

二十二年的那次战役，倒有不少人也亲身经历过，顿时你一言我一语地议论起来。正闹嚷着，营前忽见快马疾驰，一名玄甲骑兵飞身下马，直奔帅帐。

帅帐内仍是灯火未熄，诸将皆在帐中。天朝领军的五皇子夜天汐面上虽看不出十分焦虑，但手指频频敲击长案的声音却让这帐中始终带着点儿不安。

大军初入漠北，熟知道路的平房中郎将迟戌突然不见了踪影。漠北动辄荒漠成片，飞沙连天，地形极其复杂，非熟知之人难寻去路，如今十八万人行军数日，却迟迟不能按原定计划与四皇子夜天凌所率中军会合，人人心中都十分担忧。

"启禀殿下,"忽有将士入帐来报,"有中军的消息了!"

"什么?"夜天汐猛地抬头,"说!"

"玄甲军日前与西突厥谷兰王在胥延山交战,谷兰王兵败退出代郡一带,损伤万余人!"

夜天汐自案前站起:"我军如何?"

"伤亡不详,我们遇上前锋探报,只知四殿下与十一殿下已率军前来会合。"

后日初晓,朝阳刚在荒漠天际映出霞光,玄甲军已达营前。

怒马如龙驰入营中,天光泛金,似在玄衣玄袍上镶出浮动的光芒,耀目之处带着金戈铁马的寒气。夜天凌翻身下马,大步走向帅帐,身后数人相随。

夜天汐已同诸将迎出,夜天凌对他微一颔首,步入帅帐,战袍一扬坐入主位,目光冷清扫过帐中。

自夜天汐之下,诸将皆垂首避过,似是不敢与之对视,一同抚剑行礼:"见过殿下!"

帐中一阵沉冷,十一在夜天凌身旁微挑了挑眉,方听夜天凌淡淡开口:"五弟,本路大军延迟数日未到,究竟是何缘故?"

因他是主帅,夜天汐退在一旁,与十一并列而立,答道:"大军迷失方向,滞留此处,是我领军不慎。"

夜天凌往他那处看了一眼:"迷路?"眸色一沉,声音转冷,"迟成何在?"

"平虏中郎将迟成投敌,已失踪多日。"夜天汐道。

夜天凌闻言诧异,十一更是一惊:"迟成投敌,这怎么可能?"迟成自圣武十四年起便跟随凌王南征北战,因对漠北地形了如指掌屡建功绩,乃是极得凌王信任的一员大将,随军十余年的人,岂会有投敌之举?

夜天凌目光和十一微微一触,眼中惊讶尚未成形,便被深墨般的眸色吞噬,沉声道:"五弟此话有何根据?"

夜天汐冷哼道:"三日前大军安营北地,第二日拔营行军迟成不见了踪影,后经人奏禀我方知道,他竟早有效力西突厥射护可汗之意,此去其心可昭。听说这迟成原本便是塞外人氏,不知四哥是否知情?"

夜天凌面无波澜,问道:"是何人奏禀迟成有不轨之心?"

一名军将上前一步:"末将邱平义,行军以来一直和迟成共处一帐,迟成曾经游说末将与之一同叛投西突厥!"

夜天凌淡淡扫了他一眼:"迟成曾同你提起叛投西突厥之事?"

"是!"

"何时？"

"初入漠北之时，已有多日。"

"你早便知道他要投敌？"

"不错！"

"你确定他投敌无误？"

"末将确定！"

"绝无异议？"

"……绝无异议！"

夜天凌唇角现出一丝淡冷的锋芒："你知情不报，令迟戍顺利离开营中，而致大军困于此处延误战机，如此该当何罪！"

邱平义猛地一怔，抬起头来看向几位皇子。

夜天汐神色阴沉，十一面带懒散谑笑，夜天凌面无情绪，然眼中冷锋如刃，洞人肺腑。他浑身一震，急忙垂首。

"五弟，此事依军法当如何处置？"

夜天汐看向俯首在地的邱平义，沉声道："叛国者诛九族，隐瞒、藏匿、知而不报者，当以同罪论处，但可依情不涉亲族。"他说得极慢，一字一句无比清楚。

"邱平义，你可听明白了？"夜天凌缓缓道。

邱平义扶在佩剑上的手青筋凸起，面上有一瞬间的犹豫，但片刻后，他俯身拜下："末将明白，还请殿下宽赦末将亲族，末将……不胜感激！"话落之时猛然拔剑，横往颈中一抹，帐中血溅三尺。

众将不料有此一变，皆是震惊，十一已迈出一步欲要阻拦，但仍是迟了。

夜天凌目视邱平义伏尸眼前，眼底深处一瞬的惊涛骇浪，到了边缘也只见无底幽黑，只是眉心不留痕迹地一紧，漠然道："众将听令，回营整顿各部，即刻快袭乌浒河！"

众将领命而去，立即有人进帐收拾了邱平义的尸体。

夜天汐看着地上血迹长叹一声："幸好是四哥领兵在前，不但全军无恙，反而大败谷兰王，这几日接应不上，真是让我捏了把汗。接下来这仗，不知四哥有何打算？"

"谷兰王败走叶撒城，意在等待休斜王支援，我们务必要在乌浒河歼灭休斜王援军。"夜天凌道，"此战要胜在一个'快'字。"

夜天汐点头道："如今大军会合一处，逐个击破，他们绝不是对手。"

夜天凌道："不错，劳烦五弟亲自督军，尽快发兵。"

"四哥放心！"

目送夜天汐出帐，夜天凌忽然面色略变，抬手抚上左胸。十一急忙上前，问道：

"四哥！你的伤还未痊愈，要不要宣军医看看？"

夜天凌微微闭目，强忍下喉间一股异样的腥甜，道："不必，此事无须声张，军中既然有人与西突厥通风报信，将我们一举一动摸得如此清楚，此后任何事都得多加小心。"他眼中泛起深深冷意，岂止是清楚，对方连他同十一乔装离开大军的事竟都知晓，可见手段非常。

十一道："但这人绝不可能是迟成。"

夜天凌略事调息，胸间频频袭来的剧痛逐渐缓和。少顷，他冷眼看向地上未尽的血迹，邱平义自刎谢罪，便将迟成钉死在了叛军的罪上，令所有人不得不信他所言。

十一在旁沉思一会儿，突然道："四哥，你不觉得，那日追击我们的似乎并非西突厥的军队。"

"是东突厥始罗的部将。"夜天凌站起来，这始罗可汗入天都朝见天帝，以示不与西突厥联手，看来还是不耐寂寞，要蹚这趟浑水。"走吧。传令下去，迟成活要见人死要见尸。"他冷冷吩咐，同十一步出帐外。

第八章 前尘今生几度情

天都伊歌雄踞大江上游，屏倚岐山，东逾麓江，南系易水。其城依山而建，城池宏伟，岐山首高二十余丈，尾七十丈，天子帝宫以此为基，周回四十八里，遥遥高于伊歌城，巨制恢宏，雄浑壮丽。

伊歌城顺势而下，街道平直呈纵横经纬状，将整个城池分为九九八十一坊。

上九坊地势略低于帝宫，圈列其外，坊间府邸星罗棋布，高檐飞柱，华美风流。麓江、易水在远郊宝麓山脉交汇而成的楚堰江横穿天都街坊，入此一分为二，其中一支转入帝宫，名为上九河，金水玉带，两侧以盘螭雕栏护卫，专供皇族出入之用。

此时一艘描金画彩的丹凤飞云舟自帝宫驶出，前后各有八艘略小的虎贲舟随护，以明紫广帆开道顺水，徐徐转入楚堰江水路，向西而行。

云舟上层宽阔的通廊中，一名女子拨开飘垂的幕纱缓步而出。她走得极慢，步履轻缓，长长的青莲裙裾拖曳身后，凸显了曼妙的身姿，乌发流泻肩头，以素青色丝带束成坠云髻，带身纤袅，随着她的步履轻拂飘逸。

临江迎风，她似踏着波光走到雕栏之侧，扶着舷窗向外看去，淡纱掠过她容颜，恍似惊鸿一瞥，而她看着帘幕之外水天茫茫，眸中一片空澈。

"莲妃姐姐，站了这么久，在看什么？"舫中传来一个温柔的声音，苏淑妃手扶着侍女转出锦帘。

莲妃回头，淡淡道："没什么。"声音清漠，如她的眉眼。

苏淑妃遣退侍女，步来近前。芙蓉绢裳，烟笼轻柔，眉清如柳，温婉似水，一行一动里的柔软，款款叫人如沐春晖，她已并不年轻，但岁月仿佛不曾在她身上留下痕迹，她有着与莲妃不同的美。

"许久不曾出宫，这坊间热闹比起深宫景致倒别有一番风味。"她微笑着道，似是对莲妃的淡漠习以为常。

甲板处脚步声响，大步走上个眉目飞扬的年轻男子，到了雕栏之前，手中折扇拂开纱幔，笑着上前对苏淑妃和莲妃行礼："儿臣命人备了新鲜瓜果，母妃和莲妃娘娘可要些什么？儿臣叫他们送上来。"

苏淑妃目露柔和，笑道："漓儿，你总是这么风风火火的，什么时候能像你四哥，沉稳着点儿。"

莲妃对十二皇子夜天漓的见礼只轻轻领首，见提到自己儿子，如若未闻，依旧静靠在帘前。

夜天漓笑道："母妃放我像四哥一样领兵出征，我便是不沉稳也得沉稳了。"

提到漠北的战事，苏淑妃微微蹙眉，十一皇子夜天澈带军出征，如今前方竟许久不见消息，令她这做母亲的心里日夜担忧。

她往身畔看去，此次出征仍旧是凌王挂帅，莲妃这做母亲的却是漠然相待，便如那个战功赫赫却冷面待人的王爷并非她亲生，甚至根本与她毫无关系，陌路一般。

母亲的淡，儿子的冷，如一道相连的鸿沟，隔阂之处却又如此相像。

今日在莲池宫，天帝降旨要莲妃与她同去度佛寺祈福，莲妃便静静看着天帝，以一种疏离的姿态俯身应命，领旨登舟，却哪有半丝是为了儿子？但这也不是一日了，凌王自出生便在太后宫中抚养，母子间生疏得很。苏淑妃轻轻叹了口气，对夜天漓道："你待有了你四哥的本事再说。"

"母妃便只准十一哥随四哥历练，把我留在身边。"夜天漓嬉笑，"可是舍不得我？"正说笑着，突然船身猛地摇晃，几人毫无防备，都踉跄一步，身后侍女急忙上前来扶。

莲妃脸上不见波澜，淡淡拂开侍女的手。

夜天漓抬手搀住苏淑妃："母妃小心！"随即剑眉一拧，转身喝问，"怎么回事？"

几人放眼看去，竟是有艘画舫破水而来，正撞上他们乘坐的丹凤飞云舟，虽未损及船身，但也阻了船驾前行。

下层已有侍卫的呵斥声响起，夜天漓道："让母妃受惊了，儿臣去看看。"转身冷哼一声，大步走下去。

卿尘她们被从大船带上画舫时，早有长门帮一众属下在此。船舱中，众人簇拥着一名鼠目鹰鼻、身量高大的中年人坐在桌前，旁边却是个身着金绣挑花飞纱绡裙，身量窈窕的貌美女子。那女子见她们登船，起身来迎，眼光在卿尘等人之间一扫，娇声笑道："不错，真真不错，不愧是三娘的眼光。"

胡三娘将冥魔往前一推，道："真正不错的是这个，阁主这次要怎么奖赏三娘？"

那中年人迈步上前，绕着冥魇缓步端详，点头道："没想到冥衣楼的护剑使竟然落到你手中，这次我倒要看看冥玄老儿如何是好。"

卿尘站在离冥魇不远的地方，听到"冥衣楼"三个字一瞬惊诧，转头向她那边看去。

冥魇仍是一脸冷若冰霜的模样，斜睨了对方一眼道："肖自初，你别痴心妄想了，冥衣楼宁舍我冥魇一人，也不会跟你这种人做任何交易。"

肖自初手臂一晃，抬手钳住她下巴，目中透出邪异的光芒："你越嘴硬，本阁主便越是喜欢。冥衣楼跟我碧血阁作对不是一日了，若不让你们多吃点苦头，怎能泄我心头之恨！"

"阁主。"胡三娘近前柔声道，"冥衣楼在天都的势力不容小觑，还是先将她带走，召集十二血煞再做打算。此地不宜久留，这几个女孩是我特地从漠北带回来的，阁主看看是否满意？"

肖自初冷哼一声，拂手松开冥魇："漠北之事你办得很好，最后虽然棋差一招，未能置对方于死地，但那位已经非常满意。"

胡三娘娇笑道："都是托阁主的洪福，咱们办事才顺风顺水，日后三娘还有更多地方要替阁主效力呢。"肖自初面露笑意，伸手摸了胡三娘一把，跟着转头向着卿尘等人看去。

冥魇虽然气力未复，却将身子一侧，挡在卿尘面前："肖自初，你要是敢动她分毫，冥衣楼必不会放过你！"

卿尘一怔，不解她为何如此维护自己，悄声道："冥魇……"肖自初却是放声大笑，"好大的口气！我倒要看看你们七宫护剑使究竟有什么能耐！"

他狂妄的笑声震得人耳膜生疼，冥魇一把将卿尘推后几步，手中薄刃徐徐展露，面对步步上前的肖自初，竟似存了以死相搏的决心。卿尘惊讶之余，只怕她面对强敌必然吃亏，却在此时，忽闻江上传来一阵若有若无的乐声。那声音轻远隐约，听不出是什么乐器，隔着浩荡的江面时断时续，似乎几不可闻，但却偏偏如此清晰地传来此地。随着这突如其来的乐声，画舫四周忽有人朗声笑道："肖自初，我七宫护剑使说过的话，从来不做儿戏，你若不信，不妨一试！"

肖自初与胡三娘霍然色变，冥魇却喜形于色。随那话声落后，这原本泊在近岸的画舫不知为何突然转舵，如同离弦之箭一般，向着江心疾冲而去。长门帮帮众齐声呵斥，数人转身扑向船尾。那船尾的艄公哈哈大笑，将头上斗笠一掀，露出张瘦长脸来，手中长竿如蛇出洞，两名帮众未及近身，身前溅血，摔下船去。

"好胆！"肖自初怒喝一声，五指箕张，凌空向着那人扑下。眼见劲气压顶，那人大笑道："肖阁主！今日时机不巧，少陪了！"说着足尖一点拔地而起，一个转身没入江中。肖自初一招扑空，落上船舷，怒不可遏。这时船身失控，速度却只增不减，笔直向着对面一艘丹凤飞云舟冲去。

江风助势，两船蓦然相撞，画舫被庞大的云舟带得向侧横转，险些翻覆江中。肖自初一眼扫去，看清那飞云舟上的旗帜，面色再变，叫一声："不好，快撤！"说着抛下帮众，抽身疾退。

胡三娘亦是面露惊色，狠狠一顿足，闪身抓向冥魇。冥魇拼尽内力接她一招，口角溢血退向船舷。船身剧烈摇晃，卿尘等人站立不稳，皆被撞向对面舱壁，舱内几案移位，金樽玉盏纷纷跌落，一片狼藉。

冥魇一把没能抓住卿尘，胡三娘攻势又至。此时船旁剑光忽现，一个黑衣人凌空掠至，手中长剑寒芒疾射，一剑破风，逼得胡三娘狼狈闪避。那黑衣人落到冥魇身边，一把扣住她手腕："走！"

舱外传来呼喝声，船身微沉，已有侍卫落在船头。

冥魇来不及说话，回头看了卿尘一眼，反身同那人奔向后舱，双双跃入水中，消失了踪影。胡三娘等人见势不妙，亦是抽身而退，不远处泊着的大船迅速起锚，趁乱离开此地。

卿尘同碧瑶她们扶持着站稳，惊魂未定，船上长门帮来不及逃脱的帮众被侍卫拿下，押在一旁。

船舱处珠帘大开，夜天滟步入船舱，怒目扫过乱成一团的局面："发生何事？"

那先前在肖自初身边服侍的女子急忙俯跪在他身旁，媚声道："奴家见过十二殿下。"

夜天滟抬眼看去："嗯？这不是天舞醉坊的武娉婷吗？你好大的胆子，竟敢在此胡闹！"他往卿尘等人打量过去。卿尘心中微微一动，眼前这男子眉眼英气与一人很有几分神似，乍然望去，让人有种熟悉的感觉。

武娉婷心里忐忑不已，这位十二王爷因是当今圣上膝下最小的皇子，备受恩宠，性情骄纵不羁，平日天都中人人都要避让三分，今日竟偏冲撞了他。她勉强露出个还算动人的笑容，道："奴家……奴家带姑娘们……游河……谁知惊扰了殿下……"

话未说完，夜天滟冷眉喝道："大胆！武娉婷你当本王是什么人，容你欺瞒！岂有你们这样游河的？"

"十二弟这是和谁动气呢？"舱外突然传来一人的声音。

如珠玉轻击，那声音润朗，船舱中的混乱纷杂似乎随着这一句话风息云退，当真化作了游河赏景的雅致风流。

夜天滟一愣："七哥？"来人却是夜天滟的皇兄，七皇子夜天湛。

垂帘微掀，一人缓步而入，众人入眼便见一袭雨过天晴色长衫，织锦的料子舒雅，

蓝似静川明波，着在他身上随着那闲闲步履，仿佛看清风过碧水，朗月上东山。

他手执一支白玉笛，含笑的眸子扫过众人，卿尘抬眼看去，浑身一震，呆立当场。在众人纷纷俯身行礼的声音当中，她怔视着身前翩然微笑的人，蓦然扭头，心间波涛狂涌。

"我正乘船回府，远远便见淑妃娘娘的座舟停在江中。"夜天湛扫视满船狼藉，问道，"怎么，出了何事？"

夜天漓道："这恰是京畿司的职辖，正好有劳七哥，冲撞母妃座舟，得给我个交代。"

夜天湛笑道："什么人竟敢招惹你这个霸王？"俊目身前一带，看往伏了一地的人。

武娉婷迎上他的目光行了个礼，匆匆展开笑意娇声道："回湛王殿下……"一旁夜天漓毫不客气地打断她："若还是游河，你便不必说了！"

武娉婷见两位皇子插手，情知今天这事难以善终，饶是她见过不少世面，不由得也慌乱起来，一时竟不知如何说辞。

夜天湛对卿尘等几个女子微一示意："要她们说。"

一众女子连日被困，复又受此惊吓，无不六神无主，只知低头啜泣。碧瑶挨着卿尘跪在近旁，听到问话欲言又止，心下终觉胆怯，不由求助似地看向卿尘。

卿尘眼底淡影微微一动，少顷沉默，终于抬起头来，两泓深湖般的眸光漠然望向夜天湛。这眉眼、这神情、这身形，如月如玉的俊朗，风流倜傥的潇洒，分明便是李唐。

莫名的喜悦过后，恨恼伤痛如影随形，原来说不伤心都是自欺欺人。涩楚滋味凝成冷利的薄冰直冲心间，堵得胸口刺痛难耐，她意兴阑珊地将眼眸重新垂下，望着地板上碎盏流水一片狼藉，淡淡道："这些人用卑鄙手段……"

话未说完，身边忽听有人惊呼，不及抬头，她便被人猛然揽向一旁。

眼前白影骤闪，当的一声金玉交击的声响后，有样东西坠落舱板之上，白影回转，落入夜天湛手中。

呵斥混乱再次充斥舱中，一支白玉笛静陈在夜天湛指间，光泽柔和，仿佛刚才的利芒只是一时的幻觉。

夜天湛手扶卿尘，唇角仍带着闲逸浅笑："姑娘小心。"

卿尘向后一步退离他的手臂。落在地上的是柄刀，长门帮中有人趁侍卫不觉之时忽然发难，许是借机一搏，想要挟持她逃走，又或者怕她供出肖自初等人的事情，做了杀人灭口的打算。

她望向被夜天湛逼退一旁，正押在侍卫刀下挣扎的人，眼中泛起不屑的鄙夷，冷冷如一道浮光："你们掳了这么多人来，杀我一个容易，却杀得光所有吗？七尺男儿敢作敢当，事到临头怕些什么？"

夜天湛眸心一动，再次含笑将她打量，问道："究竟发生何事？"

卿尘道："这些人绑架了许多女子，从漠北一直乘船来到这里，要卖到什么天舞醉坊。她们都是清白人家的女子，被强掳离家，父母亲人难免伤心牵挂，一路上也吃尽了苦头，请……请殿下为她们做主。"

眼前温朗的俊眸中掠过极微淡的精光，似是冷月照水一晃，然而夜天湛不动声色，盯住卿尘看了半天，却问道："她们？那你呢？"

卿尘细眉一挑，不想他如此细心，竟然注意到她话中细微的措辞。她低头避开夜天湛的目光，抑下心间烦躁，道："我无牵无挂孑然一身，去到哪里都是一样。"

"你要我救你们？"

"是。"

夜天湛眼中闪过兴味："既然到哪儿都是一样，又为何求救？"

卿尘眉心一紧："我一样，她们不一样。"

说完后半晌不见回答，刚要抬头，又听那漫不经心的声音缓缓道："我又为何要救她们？"

卿尘眼波微动，深静里堪堪隐去了丝怒意，凤目一抬，直视他道："天子脚下，皇城之中，有人目无王法，为非作歹，国家法纪何在？天家颜面何存？殿下贵为皇子，上承天恩，下拥黎民，莫非竟要袖手旁观？"

夜天湛仍是那样不愠不火："管自然是要管，只不过既在天都地界，这该是京畿司的职责，要经实查审问方可定案，诸位姑娘少不得羁押入狱过堂听审，看几位娇弱模样，难道受得了那牢狱之苦？而掌管京畿司的五皇兄受命带兵在外，一时怕不得归，我不过暂代其职，这案子也不好办。"

卿尘听他口气中并非没有松动余地："殿下要怎样才肯救人？"

夜天湛微笑，眼中隐含兴味："那便有人，值不值得救。"

卿尘沉默片刻，道："既然如此，殿下不妨说出条件，值不值得，自见分晓。"

夜天湛眉峰略挑，似是在考虑她的提议。武娉婷见是话缝，连忙插口道："你这丫头好大的胆子，竟敢和七殿下谈起条件来！哼，说什么值不值得，你有本事赢了七殿下手中玉笛，便算你值得！"

此言一出，众人不禁都向卿尘看去。伊歌城中人尽皆知，七皇子夜天湛一支玉笛名动京华无人能及，倘若与他斗曲，无异于自断出路。夜天漓心直口快，当即便道："笑话！谁人能和七哥……"忽然间眼前蓝衫一闪，后半句却被夜天湛挥手拦住。

卿尘目光落在夜天湛手中玉笛之上，稍加思量，抬头道："好，不知殿下可愿与我赌一局？殿下若赢了，一切听凭处置；我若赢了，便请殿下搭救她们。"

夜天湛饶有兴趣地听着她的提议："怎么赌，你说来听听？"

卿尘道："我们便依她的说法，这船上现成有琴，我献丑弹奏一曲，若殿下能以笛声相和则算赢，不能则输。"

夜天湛静静看了卿尘一会儿，点头道："好，你去试琴吧。"

两个侍卫帮忙将摔落的琴摆好，卿尘在长案前席地而坐，重新调音试弦，稍后眉目略抬。夜天湛扬起嘴角微微抬手，示意她可以开始。

卿尘调弦之时便已暗中思索，若论琴技，她虽然通晓但还称不上顶尖，倘若与精通音律的高手斗技，恐怕最终难占上风。但是有些她所熟悉的曲子，对于夜天湛来说却必然意外，若要赢他，就只能靠一个"奇"字。思量间静静侧首，她将指尖轻轻滑过细弦，举手如兰，抚上古琴一端。

江风拂帘，一室静谧，她不再理会众人，平静无波的目光落在前方空处，徐徐抬起的右手顺着此时心境，突然弹拨琴弦。

铮然一声，清脆中略带了些暗哑，在座每人心头都似被什么东西倏地划过，不由心神微颤。

一声方落，弦弦声紧，质朴的古琴在纤细的手指之下，竟骤然生出金戈铁马的气势。

纵然身处江中画舫，人人眼前却隐见行营千里，兵马嘶鸣的战场，大战在即，风云暗动，一颗心仿佛被这肃杀的音色缓缓提高，一弦一丝，吊到不能承受的极致。

正在暗处心惊，忽听急弦突起，仿若银瓶乍破，珠玉迸落，千军万马横扫大漠，风沙狂涌天地失色。

琴音摇曳之中，杀伐驰骋，惊心动魄；细弦波荡之时，剑气四溢，骇人听闻。

一缕缕清丝冰弦之上似生万千气势，转而女子玉指翩翩，忽又弦轻音低，稍现即逝的幽咽纠缠其中，跌宕荡漾。

夜天湛玉笛在手，却始终没有举到唇边，只是静坐听曲，仿佛早已随着这七弦琴音到了浩瀚沙场，看风云激荡，兵锋压城。

待到萧索的低音转回，琴音顺势高起，大开大合，大有直拔云霄之势，不由得叫满舱人闻声色变。

卿尘星眸低垂，琴音越拔越高，指下陡然用力，却听砰的一声闷响，古琴再承受不住这激荡曲意，猛地长弦崩断，曲消音散。

白玉般的手指被断弦裂出一道伤口，鲜血瞬间涌出，滴在琴上，仿若溅开朵朵红梅。

她却无动于衷，只是凝眸看那张琴，认真的神情使人觉得她所有感情都倾注其中，专注得叫人不安。

半晌，一双金边皂靴停在了琴前。她沿着那抹晴蓝的长衫向上看去，对上的是夜天湛清泉般的双眼。

他伸手递过一方丝帕，见她不接，握起她的手，替她裹上伤口，动作轻柔，同时吩咐道："来人，寻个去处安顿这几位姑娘先住下，好生看待。将剩下众人押入京畿司大牢，持我令牌封禁天舞醉坊，若有人敢反抗，一并拿下。"

武娉婷大惊失色，不想一向以温煦著称的湛王行事如此毫不留情，顿时跪下求道："殿下，且看在……看在郭大人分上……"

夜天湛淡淡一瞥："本王自不会忘了郭其，让他等着大理寺问罪吧。"

说罢对身后哭求再不理会，只看住卿尘仰头时略带疑问的双眸。

那清澈的眸中幽深的一抹颜色震撼着他，心中似是空却了一方，说不出的滋味悄悄蔓延。

许久，他微笑着摇了摇头，低声道："我输了，即便能和上这曲子也和不上你曲中心境。"

一个温婉纤弱的女子，究竟是什么事情，竟使这一首琴曲之中饱含了如此的辽远激昂，肃杀哀烈，更有那份挥之不去的凄凉，深深几许。

卿尘凝视他俊雅面容，唇角缓缓向上挑起，露出苦涩的微笑，她轻轻起身："多谢……"话未说完，突然一阵心悸，眼前一片天旋地转，人便落向琴前。

心力耗尽，如那断弦崩裂，居然再也坚持不住。

夜天湛眼疾手快，及时将她扶住。看了看她的情形，眉头微皱，一把将她轻盈的身子打横抱起，迈向舱外。

卿尘一阵眩晕过后，勉力睁开眼睛，看到俯身注视自己的夜天湛，那温柔神情脉脉无语，和李唐如此相像，恍惚中时光回转，相拥低语，轻柔沉醉。

她动了动手想去触摸那依稀熟悉的眼睛，却又疲惫地放弃，心力交瘁的感觉缓缓将人淹没。

第九章 笛音深处水云天

紫绡烟罗帐,羊脂白玉枕,卿尘自榻上撑坐起来,却觉周身乏力,仍旧有些昏昏沉沉。

帐间悬着一双镂空雕银熏香球,幽幽传来安神的淡香,无怪睡了这么久,她勉强扶着床榻下地,四下打量。

屋中并无繁复装饰,却处处别致。长案上放着花梨笔架,几方雪色笺纸,琉璃阔口的平盏盛以清水,其上浮着一叶碗莲,素叶白瓣,干净里透着些许贵气,衬得一室清雅。明窗暖光,洒上玉竹方席,让她想起将她安置此处的那个人,夏日炙热的气息中心底却莫名生出黯然,她环视四周,目光落在墙上一幅画卷之上。

画中绘的是月夜清湖,满室明亮之中看去,微风缓缓入室,这画似乎轻轻带出一脉月华银光,清凉舒雅。着眼处轻碧一色,用了写意之笔淡墨勾形,挥洒描润,携月影风光于随性之间,落于夜色深处,明暗铺陈,幽远淡去。微风翻影,波光朦胧,中锋走笔飘逸,收锋落笔处却以几点工笔细绘,天天碧枝,皎皎风荷,轻粉淡白,珠圆玉润,娉婷摇曳于月夜碧波,纤毫毕现,玲珑生姿。

远看清辉飘洒,近处风情万种,人于画前,如在画中,仿佛当真置身月色荷间,赏风邀月,无比雅致。

她在画前立了半晌,心中微赞,却见卷轴尽处题着几句诗,似乎记的正是画中景致:烟色浮微月,月移引清风。风动送荷碧,碧水凝翠烟。

这诗首尾相接,以奇巧为游戏,但不仄不韵,也不甚上口,她念了一遍便蹙眉,但突然眼中一掠而过诧异神色。

诗下附着题语:辛酉年仲夏夜奉旨录大哥、五弟、九弟、十一弟联诗雅作于凝翠亭,以记七弟妙笔丹青。

落款处书有一字——凌。

她抬手抚摸最后那字，笔锋峻拔，傲骨沉稳，于这幽美的月湖之间略显锋锐，似乎是冷硬了些，便如画卷舒展之时，平江静流忽起一峰，江流在此戛然而断，激起浪涛拍岸，然山映水，水带山，却不能言说地别成一番风骨。

这字，这落款，触手处几乎可以清晰感觉到落笔的锐力，如带刀削，令她不知不觉想起一人，她怔怔站在画前，犹疑地揣摩着，没有听见有人进了室中。

"凤姑娘醒了？"一个柔雅好听的声音突然传入耳中，她一惊回头。

说话的是个高挑纤袅的女子，婀娜移步来到身边，含笑看她，一旁随行的侍女道："这是我们府中靳王妃。"

卿尘敛衽以礼："卿尘……见过王妃。"

靳妃转头对侍女道："你先去吧，请医侍立刻过来，就说凤姑娘醒了。"

卿尘道："不敢劳烦王妃，我自己略知医理，一点小事并无大碍。"

靳妃有些惊讶，道："不想你非但弹得一手好琴，还通晓医术，当真是兰心蕙质，叫人见了便欢喜。不过还是看看放心，殿下将你交给我照顾，可不能马虎。"

卿尘见她如此，也不好执意推辞，便道："琴曲医术都是一知半解，让王妃见笑了。"

靳妃微微笑道："你在楚堰江上一首琴曲让咱们殿下甘拜下风，如今伊歌城中都已传为奇谈了。他的玉笛还从未在别人面前落过第二，能得他称赞的，又岂会是一知半解？"

卿尘想起昏睡前一幕幕情景，仿佛又跌入了一场莫名其妙的闹剧中，回身处剧情角色走马灯似的转，叫人应接不暇。

那刻手触琴弦的感觉，似是要将这多日来压抑的伤痛苦闷尽数付之一曲，扬破云霄，利弦划开手指飞血溅出时，心里竟无比的畅快。她轻轻一握手，指尖一丝伤口扯出些隐约的疼痛。

卿尘暗自叹息，往那画中看去："画境意境，琴心人心。我那时急于求胜，琴音起落外露，失于尖锐悲愤，只怕殿下其实是不屑一和。"

靳妃道："我虽没听着曲子，但他既评了'剑胆琴心'四个字，想必是不俗。"她见卿尘正看着那画，便又道："这是殿下亲笔所画，画的是这府中闲玉湖的荷花，你若觉得闷可以去那里走走，这几日荷花正吐苞，眼看着就快开了呢。"

卿尘回头道："画和诗似乎并非出自一人手笔。"

靳妃望着那诗笑道："说起这诗，倒还是件乐事。这是那年入夏，府中荷花开得极好，殿下请了皇上和诸位王爷来闲玉湖赏花，大家高兴多饮了几杯，殿下借酒作了此画。太子殿下他们那时在旁看着，随口便联了几句，却不知怎么就让皇上听见了，立刻命人'把这几句歪诗题了画上挂起来，让他们几个酒醒了自己看看'。在场就

只凌王一个没醉的，便提了笔录在画上。过几日他们再来府里，一见这诗，十一王爷当时便将茶笑喷了，直问他们那晚多少佳句，怎么单录了这首七歪八扭的？凌王瞅着他，给了两个字，'奉旨'。最后他们说什么也不准将画再挂在前厅，殿下又爱这画，无奈只好挪到此处。这说起来，都是好几年前的事了，闲玉湖的荷花年年开得好，倒也少再那么热闹过。"

卿尘将诗再念，莞尔一笑，道："原来这是凌王的字，我还以为这个'凌'字是题诗人的名字呢。"

靳妃道："你有所不知，当今夜氏皇族，凌王排行第四，行'天'字辈，单名一个'凌'字。"

卿尘眼中波光一扬，"夜天凌"三个字险些脱口而出，只觉心跳陡快，不由抬手抚上胸口。

靳妃见状问道："可是还觉得不舒服？快让人看看。"

此时恰好翡儿也请了医侍过来，上前对靳妃行了礼，便请卿尘坐了诊脉。卿尘此时已觉恢复了许多，那医侍替她细细把脉，取来纸笔开下药方。翡儿复又端来一盏汤药，却是之前便已熬制好的。靳妃看卿尘喝了药，复又接了药方看过，柔声吩咐道："翡儿，你遣人跟去配药，别马虎了。"

"是。"翡儿答应着带了医侍出去，方走几步，外面传来问安的声音，似是有人低声问了句什么，便听那医侍回道："那位姑娘心脉血弱，亏损不足，近日怕是受了些颠簸劳累，更兼心气郁结，所以才昏睡了这么久。不过她现下已然醒了，之后按臣的方子服药调理，过几日便无大碍了。"

一个温玉般的声音道："知道了，你将药仔细配好，明日再来。"

随着说话脚步愈近，靳妃起身迎了过去："殿下回来了。"

庭风温暖，带过廊前几朵花叶，夜天湛越帘而入，唇边一抹淡淡微笑，偶倜风雅令人心旷神怡。许是阳光太耀眼，刺得卿尘微微侧首，恰好避开他看来的目光。

"可好些了？"夜天湛温和的声音叫人心中一滞，卿尘退了一步，低头施礼，"多谢殿下搭救之恩。"

夜天湛道："举手之劳，何必言谢？何况'天子脚下，皇城之中，有人目无王法，为非作歹'，我这'上承天恩，下拥黎民'的皇子，怎也不能袖手旁观吧。"他语中略带笑谑，却并不叫人觉得局促，适然如话闲常。

卿尘不想他竟将自己在船上的话原本说来，只好道："此事于殿下是举手之劳，于我们这些女子却是大恩，该谢还是要谢。"她抬头，却发现靳妃不知何时已带着侍女离开，屋中只剩了他们两人。

夜天湛道："这案子我既管了，长门帮和天舞醉坊的人就一个也走不了，如今已大多羁押在狱，过几日等你精神好些，便带你去指认一下，问一问案情，届时也好为证。"

卿尘道："我已经没事了，若要指认他们定案，现在就去吧。"

夜天湛道："你身子刚刚好些，也不急在这一时。"

卿尘低头，微微抿唇，心中惦记这案子，亦担心碧瑶她们的处境，但一时也找不到太好的借口坚持。不料却听身边一声轻笑，夜天湛站起身来："也罢，且先带你去看看天都景致，走吧。"

卿尘诧异抬头，他转身对她一笑，拂帘而出。

王府侍卫得了吩咐，早已备好马匹，骏马矫健，金辔玉鞍，显然都是精挑细选过的良驹。夜天湛行至门前，忽又停步，回头看了看卿尘，传来侍卫道："今日风大，便备车吧。"

卿尘亦停下脚步，却道："没事，我可以骑马。"

夜天湛扭头微微一笑，道："也罢，天都中纵马赏景最是惬意，既如此，便让他们换匹小巧些的马来。"

他谈笑之间总是体贴细心，无论对任何人都是这般优雅从容。卿尘上前抚摸马身，想起少年时候父亲总是喜欢带自己去马场骑马，从小把自己像个男孩子一样教养，令她性格中多了几分果决独立。可惜母亲去世得早，自从几年前父亲再婚，同后母移居国外之后，她便真正离开了孩子的角色，很少能有机会陪父亲喝茶、钓鱼，骑马散心了。

不知道父亲现在可好，是否正在替她担心，此时此日，此身无亲无靠，以后也不会随处都有人特意为你换马备车，照顾周到，唯有适应现实，才能保护自己。卿尘轻轻抬眸，道："不必了。"言罢伸手握住缰绳，踩上脚蹬，手扶马鞍微微用力，翻身上马。

这骏马虽然高大，但因训练良好，并无任何不妥。卿尘翻上马背后坐稳，心中暗暗松了口气。夜天湛一直在旁看着，这时才接过侍卫递来的缰绳，拂衣上马："走吧。"

卿尘轻带缰绳，夜天湛似乎为了迁就她，只是驭马缓行，因是便装出门，除了几名贴身侍卫之外，亦未带太多随从。出了湛王府，卿尘渐渐适应了马匹，便觉轻松了许多，不由在马背上环目打量伊歌城。但见宽近百步的街道两边尽是店铺商坊，行人往来商贾如云，店家叫卖迎客，熙熙攘攘中时见胡商胡女，服饰别致多姿，更在这繁华中增添了几分热闹。

沿途路过几间华丽的楼坊，卿尘看到其中一家高挂着"天舞醉坊"的招牌，垂帘旖旎，雕栏画栋，尚能见倚红偎翠、香车宝马的风流影子。但门前两道醒目的白色封条却将朱门封禁，门口亦有数名玄衣带甲的侍卫把守。

　　夜天湛顺着她的目光看去，笑道："封了天舞醉坊还不到两天，不想连右相卫宗平都欲过问，这底下牵扯起来倒有不少官司。"

　　卿尘想起船上诸事，无论如何对于夜天湛的援手终是存了感激，道："这件事是不是给你惹了不少麻烦？"

　　夜天湛漫不经心地一笑："麻烦不能说没有，但也未必尽然，凡事皆有利弊。再者，这等事既然让我遇上，便没有不管的道理。"

　　正说话间，突然城门处一阵喧嚣。守门将士以长戈挡开行人，强行让出道路，便见几匹骏马疾驰而来，带起一片烟尘飞扬。

　　马上几个年轻人策马扬鞭，锦衣玉袍，光鲜神气，所到之处惊得众人匆忙趋避，他们却丝毫不曾减速，瞬间呼啸而过。

　　卿尘不料他们这样冲过去，来不及纵马避开，身下马匹陡然受惊，长嘶一声便要立起。幸而夜天湛眼疾手快，一把替她带住马缰，那马打了几声响鼻，四蹄躁动，好一会儿才安静下来。

　　卿尘蹙眉向前看去，那些人已奔出数步，其中一人猛提马缰回身立住，"七哥！"却是十二皇子夜天漓。

　　他这一停下，其他众人亦勒马兜转回来，见了夜天湛都纷纷下马："见过七殿下！"

　　夜天湛抬眼扫视，原来尽是些士族子弟，平日都嚣张惯了，难怪这么不知收敛。他眉梢不易察觉地一紧，却淡笑着说了句："免了。"又对夜天漓道："又干什么去了？入了城还横冲直撞，也不怕惊着行人？"

　　夜天漓正打量卿尘，认出她后笑道："原来是你，抱歉，方才一时跑得快了，惊吓了你的马。"再对夜天湛道："刚从昆仑苑回来，大伙儿今天猎了只豹子，兴致正高，难免忘了这些。"他马上拴着不少猎物，看来的确所获颇丰。

　　夜天湛道："整日快马疾驰，被淑妃娘娘知道少不了又是一顿责备。"

　　夜天漓近前笑说："母妃身居宫中，又怎会知道这些？拜托七哥可别给我说漏了嘴。对了，你们去哪儿？"

　　"京畿司。"夜天湛知他性情便是如此，无奈摇了摇头。

　　夜天漓对身后诸人挥手道："你们先走，到裳乐坊备上酒菜，我随后便来！"众人答应着去了。

　　夜天漓扭头道："七哥，长门帮那些乱贼都归案了吗？听说卫宗平要保郭其？"

　　"说不上是保，"夜天湛一带马缰，三人缓缓并骑前行，"他不过想将案子压下罢了。"他抬眼望向打马远去的一众士族子弟，方才见卫家大公子卫骞也在其中，老子正为案子头疼，这位大少爷惹了是非倒还如此张扬，仗着位列三公的父亲和贵为太子妃的姐姐横行天都，卫家上下也是出了名的霸道。

"卫家难道真搅在这事里？"夜天漓道，"他们没想到七哥当日便奏知父皇彻查了吧？哼！郭其难道还想给天舞醉坊撑腰？"

夜天湛笑道："你一回宫便告了天舞醉坊冲撞娘娘座舟的御状，想不彻查也难。再加上贩卖民女逼良为娼，郭其哪里撑得住局面，能不把卫家往外搬吗？如今卫相该是看准了我们正同西突厥交战，父皇此时不愿因这些影响朝局，想将这事往后拖，大事化小，小事化无。"

卿尘一直在旁边默默听着，至此忍不住看了夜天湛一眼，入眼的侧颜俊朗如玉，蓦然同心底最深处的模样重合，揪得人心头狠狠一痛。她出神地看着那熟悉的眉眼神情，那马背上的挺拔身姿，竟没听清他们又说了什么，更没有看到夜天湛有意无意往她这儿一瞥，随即唇角逸出一缕春风般的微笑。

隔着京畿司大牢粗壮的栅栏，卿尘再次见到了胡三娘。

和其他人不同，她被单独关在了一间牢房，恹恹地靠在墙壁之侧，神情有些萎靡，饶是这样狼狈的情况下，浑身仍带着柔若无骨的媚意，妖冶撩人。

卿尘在外驻足，胡三娘听到脚步声抬起头来，看到她时眼中毫不掩饰地闪过恨意："不想这次栽在你这丫头手中，你究竟是什么人，竟能调兵围剿我们，下手如此狠辣，难道要将长门帮赶尽杀绝？"

卿尘尚不清楚京畿司到底是什么衙门，听到"调兵围剿"四个字，不由扭头向夜天湛看去，入眼却只见他温雅微笑，一派云淡风轻。

她对长门帮和碧血阁印象十分恶劣，也不理睬胡三娘的质问，只淡淡对夜天湛道："那些帮众我多数没见过，不敢随便指认，但这个人肯定是案子的主谋之一。还有一个碧血阁，长门帮似乎是听命于他们的。"

夜天湛扫了一眼胡三娘，点头道："好。"说着一抬手，几名锦衣侍卫立刻开打牢门，将胡三娘带往他处。

胡三娘在侍卫的押解下狠狠盯着卿尘："你记得，今天这笔账早晚会有人找你算！"

卿尘本已转身离开，听到此话停步回头，想起那些被关在船舱遭受折磨，甚至连性命都丢掉的无辜女子，更恨胡三娘现在仍旧如此嚣张："长门帮自作自受，本来与我无关，你们今日的下场也并非拜我所赐，但是若有一日我有能力，必然不会放过长门帮和碧血阁，你不妨也记清楚。"说罢转身便走，在对方充满敌意的目光中和夜天湛出了牢房。

夜天湛和她并肩而行，自始至终未曾多言，这时随口道："看这女子形貌打扮不像中原人，倒似是胡女。"

卿尘摇头道："我不知道她的底细，只知道她在长门帮中地位特殊，他们在漠北也好像拥有不小的势力。"

夜天湛道："自东突厥归降，这些年越来越多漠北和西域的胡人来中原经商，如今在天都已不稀奇。不过这些外族人习俗各异，很多不通天朝律法，时常招惹是非，这胡三娘不过只是其中之一。这问题若不解决，日后难免会成麻烦。"

卿尘在路上便见到许多异族人，对天朝的繁荣颇为惊叹，心有所感："说起来往来通商也是互利互惠，各国皆来贸易，说明天朝盛世吸引他们，越多的人来，越多的货物交往，便会越加造就天朝的兴盛。暂时的混乱总会慢慢趋于融合，归根到底还是好的。固国本，通四境，则长盛而不衰，其实商旅贸易远比战争更容易控制一个国家。"

夜天湛停下脚步向她看来："这倒是少见的说法。"

卿尘笑道："我随口说说，你别见怪，人多杂乱也确实难免。"

夜天湛点头道："此事当设法引导疏通，使得各族和睦共处，往后朝廷也该留心。"

这时夜天漓自别处牢房走了回来，一边笑一边道："天舞醉坊的姑娘竟也被羁押了，里面一群莺莺燕燕哭哭啼啼，大牢里可少见这样的风景。七哥，我说一句情，不相干的人便莫为难她们了。"

夜天湛失笑道："十二王爷是天都出了名的护花使者，你既开口，这个面子我如何不给？放心，她们说起来也就是受了连累，里面并没有几个真正与案子相关的，很快便会放回去。"

"七哥怜香惜玉。"夜天漓笑说，"这案子打算怎么办？"

夜天湛道："京畿司毕竟是五皇兄职辖，我不过因他带兵暂代其职，这样的案子，还是应等他回来最后定夺，除非，父皇另有旨意。"

卿尘闻言轻轻蹙眉，夜天湛看了看她，却道："你放心，我经了手的事，便有始有终。何况这是输给你的，必定给你一个交代。"

卿尘目光在他眸心停留了片刻，垂眸道："我还是那句话，多谢。"

面前明亮而柔和的眼神依然会灼得心底烧痛，她恨自己没出息，可以从容凝视任何一个人的眼睛，唯独除却这一模一样的温柔。他的眼睛会让她想起醉梦之后落空的痛楚，那样深切的痛楚，会在心底不知不觉蔓生出荆棘刺丛，逐渐将人带入窒息的深渊。

想忘而不能忘时，才知道漠然底下埋藏的记忆原来早已深入骨血，每一次触动都是撕心裂肺……

第十章 接天莲叶无穷碧

漠北的天空空旷而荒凉，夜幕降临时云淡星稀，遥远的青黑底子上掺杂着深浅的灰色，长风过境带起沙尘，一卷打在营帐之上，呼啦作响。

日前一场追击战，天朝大军在乌浒河旁歼灭西突厥休斜王部队近两万人，生擒休斜王及其部将、官员三十八名，降敌四千七百人，今夜军营中气氛极为高涨，各处都燃起火堆，饮酒吃肉，将士们欢笑痛饮，以庆祝这大快人心的胜仗。

白日战场上不知何时便会降临的死亡，在入夜之后化作每一处营地盛大明亮的篝火。有人唱，有人笑，有人喊，有人哭，浴血杀伐归来的将士们，借着庆祝的一刻尽情发泄。这个时候，中军也从来不会下令约束，稍事休整后，大军即将全力追击仓皇退往燕然山的西突厥谷兰王，届时依旧是以命搏命的血战。

中军一座较大的营帐离热闹的篝火并不十分远，但所有哭笑到了此处似都化作无声，明晃晃的光亮下有种格格不入的孤寂，仿佛只有天上几点稀疏的星子落在其间，异常安静。

其后几座营帐虽也有火光人声，但相较四周便收敛很多，整齐地安扎在主帐之后，不时有巡逻士兵出入经过，松弛的气氛中不动声色地保持着警戒。

夜天凌独自在主帐之中，一灯明照，投在他眼前的漠北地图之上，亦映得脸颜轮廓深邃，如若刀削。

"殿下！"凌王府侍卫统领卫长征入内求见，风尘仆仆，似是刚从什么地方赶回来。

夜天凌自地图上抬起头来："如何？"

卫长征递上一包东西，道："属下几乎带人寻遍了整个屏叠山，只找到这些东西散落各处，遇到几户山间人家亦打听过，都说以前认识那位姑娘，但已经很久不见了。"

夜天凌伸手将他呈上的东西一翻，正是那日看过的几本医书，眉间轻微印上一抹蹙痕："你自神机营抽调人手继续寻找，南沿玉奴河往横岭，北上东突厥，无论生死她绝不会无缘无故失了踪影。"

"是！"卫长征领命退出。

夜天凌转身继续看向地图，继而抬头思量，眸中深黑纯粹如同夜色，将一片光影静然覆灭。许久后目光落在那些医书上，他抬手将书取来，上面依稀残留着竹屋中灯色清浅，伊人以手支颐静阅书卷的痕迹。若不是行动间牵扯伤处，疼痛仍旧极为真实，几乎让人以为那是前尘入梦，转眼一晃踪影散尽。

书册因浸了水，多处已模糊不清。他翻动几页，拂衣坐于案前，静看一会儿，提笔补写了几处，如此慢慢看下去。

帐幕忽被掀开，十一大步走进来，身上带着炭火和烤肉炙热的气息，立刻将帐中的清寂同外面的热闹混杂起来："四哥！你不去外面看看？唐初那小子和我比箭，快连军甲都输上了！"

夜天凌略略一笑："他哪一次比箭赢过你？竟还不长记性。"

十一在案前坐下："刚才见长征回来了，有消息吗？"

夜天凌摇头："只找到几本书。"

十一明朗的脸上带出忧虑："这么多天了，只怕是凶多吉少，不想终究连累了她。"

夜天凌目光往前方落去，过了一会儿，方道："一天找不到便找下去，是凶是吉必要见着人才能说。"

伊歌城的夜晚不同于漠北，风暖人静，花草葱茏处幽香旖旎，不时飘闪着飞虫的微光，盈盈一晃穿过夜色，轻巧地落去远处，再一闪，却又点点来了近前。

月影悄上东山，如一双清寂的眼眸，在渐深的夜色下洒照着安静淡然的银光。

卿尘立在窗前仰首以望，室中尚留着些汤药的味道，靳妃刚来看她服了医侍开出的药，又遣人送来了补血益气的膳汤。这些日子她待卿尘如同姐妹，事无巨细皆是亲自过问，替她设想周到，如此相处，日渐熟悉，卿尘也从她口中慢慢了解了不少事情。

天朝自皇族之下，另有凤、苏、靳、卫、殷等门阀士族，地位显赫，分掌朝政，再加上历来与皇族联姻，开国至今已成蔚然气候，形成盘根错节的门阀势力。

靳妃名慧，出身士族之一的靳家，虽只是夜天湛的侧妃，但夜天湛多年来未立正妃，是以王府上下都对她以"王妃"相称，内外诸事也皆由她掌管。

靳慧性情柔和，温婉贤淑，同夜天湛之风华温雅相得益彰，便如紫藤绰约依于兰芝玉树，树朗花清赏心悦目，使得整个湛王府中总透着种舒缓的闲适，含笑偶倪的风流浸透着一草一木，如同春日不败，雍容并雅致。

卿尘自那日从京畿司回来便再没见到过夜天湛，她并不知道，天舞醉坊的案子一出，便在天都掀起轩然大波，甚至连朝局也因此起了颇大的震动。

天舞醉坊在伊歌城经营多年，原是最具盛名的歌舞坊，其后牵连着的门阀卫家权势极盛，族主卫宗平在朝为相多年，其女卫如贵为太子妃，身份地位非比寻常，而今次天舞醉坊交结长门帮正与其长子卫骞有着莫大关联。

湛王之母乃是门阀殷家之长女，贵为皇妃，深受天帝宠爱。卫、殷两家明争暗斗素来不合，京畿卫封禁天舞醉坊后，大肆搜捕长门帮帮众，一时间沸扬天都，最终惊动了天帝。事关朝中大臣与江湖帮派结党为祸，天帝对外戚势力早有顾忌，听闻此事更添恼火，却因国有战事在外，暂且按压不发。

数日之后漠北传来捷报，西突厥休斜王遭擒，谷兰王接连大败退出燕然山以北，射护可汗遣使者求和，请求息战。

至此天朝大军全胜，再无顾虑，天帝即刻下旨革去郭其吏部侍郎之职，将天舞醉坊一案移交刑部及大理寺联办，并命湛王主理会审。如今三省、六部、九司各级戒严查办，声势惊人。

卿尘是这案子中关键的证人，是以一直被安置在湛王府，对于夜天湛，她始终存有莫名的心结，今日借机便对靳慧提出告辞。

靳慧闻言却也不提天舞醉坊的案子，只微笑问了一句："你去哪里呢？"

去哪里呢？卿尘默然自问，一时竟无话作答。

却是靳慧笑道："难得你我这么投缘，你既然孤身一人并无去处，便在这里住着又何妨？不管有什么事，至少得将身子先调理好了再说，以后告辞的话，可莫要再提了。"

卿尘对着当空明月苦笑，叹了口气，转身沿着长廊漫无目的地缓步前行。走不多远，渐闻清香扑面，回廊一转，眼前豁然开朗，一望无际的湖水展现在眼前。垂柳依岸，碧叶连天，湖中荷花伴着细柳长堤遥遥没于渐浓的夜色中，远远看去，月光如轻纱般朦胧飘拂，仿若一片清静迷人的幽梦。

水中九曲回廊精巧曲折，与湖心凝翠亭蜿蜒相连，廊前每隔几步便悬着盏青纱明灯，灯色融融映入清水暗波，幽幽然温柔柔岸。

卿尘独自往湖中走去。四面深夜静谧无声，夏日微风醺然，穿枝过叶迎面抚来，碧色荷姿，或有含苞待放，或有迎风展颜，凌波依水，绰约娉婷。

她在枝叶的清香中沿着凝翠亭的台阶迈下几步，坐在临水之处望着月影发呆，伸出手去，月影在指尖盈盈一晃，伴着涟漪碎成金光片片，幽然荡向湖心。

水光摇动，心绪亦仿佛随着暗波起伏，空落落无处着力。唯有在失去之后，才知道原来一个"家"字对人如此重要。没有家，人便如漂泊的浮萍，无着无落，无依无靠，何去何从，又该如何面对？

忽然之间，宁静的夜里响起悠悠笛声。

卿尘诧异抬头，看到不远处与凝翠亭相连的白石拱桥上，潇洒立着一人。

白衣、长桥、玉笛，眼前是十里碧荷，天上是月华如练，他眼中清波荡漾，湛湛温柔似水。

清亮的笛音自他唇间飘然婉转，时而悠扬低诉，时而清高闲逸，时而跳脱欢悦，时而柔情无限。水月清光似是交织而成柔软的丝网，流泻在这闲玉湖上，星星点点银辉如玉，花间荷叶也似镶上了一层淡淡珠光。

卿尘似被蛊惑，默默站起在湖心，一动不动凝望着桥上的身影。

天边满月之下，波光粼粼处投落她一身黯然神伤的清寂，她仿佛痴立在梦中，看着前尘的影子、今生的自己。

一时间四处安寂，只有夜天湛幽美的笛音起起落落，随风飘荡，那笛音一丝一转缠进心底，绕出隔了爱恨的情丝万缕。卿尘无声地描摹着他的眼睛、他的微笑、他的温柔，多年以前他是谁？多年以后他又是谁？脸上浅浅清愁，心间利刃交织，和着泪水徐徐滑落，跌碎在湖水中，激起道道苦涩的縠纹。

谁说情深不悔，谁说生死相依，谁说此生与共，谁说海枯石烂？

原来姹紫嫣红开遍，似这般都付与断壁颓垣。

若说有缘，为何他要负心欺她？若说无缘，为何在此，还要遇到他？

笛声余音袅袅，悠然沉寂，夜天湛目光笼住她清幽的眸子，隔着夜色深深凝注。

相对而立，咫尺凝眸，远近纱灯温柔照出一对风华绝代的剪影，随着一波轻荡，重叠而后消失。

夜天湛含笑缓步穿过回廊，走至她身前，月影清亮斜洒两人之间，朦胧处他俯身低头，轻轻抬手抚上她的脸颊，手中温暖拭去了冰凉的泪痕。

"你可知道，你比这月色还要美？"

牵手处、细语时，多少记忆如同巨石迎面撞来，卿尘猛地后退扶住栏杆，眼底惊起碎裂的伤痛。夜天湛微微愣愕之时，她反身冲出凝翠亭，一刻也不愿再留。

第十一章 山有木兮木有枝

"人生运命各不同，但求屹立天地……"

一折墨痕断在半路，有些拖泥带水的凝滞，卿尘颓然停笔，将笺纸缓缓握起，揉作一团。

案前已经丢了几张写废的纸团，仍是静不下心来，她握着笔紧紧将眉头一皱，这一日不是茫然失神，便是心浮气躁，每每闭目，心间便会响起阵阵飘荡的笛声，如真似幻，如影随形。

她有些恼恨地将笔丢下，站起来走到廊前却突然停住，转身回到案前，盯着笔墨看了一会儿，毫无仪态地掠开襦裙偏坐席上，伸手用力磨墨。

一方金星月砚被磨得哧哧作响，墨痕一道深似一道，圈圈溢满了一盏，她的动作却越来越慢，逐渐地平缓下来。

刚垂手舒了口气，外面传来靳慧的声音："卿尘，在吗？"

卿尘忙将裙裾一拂换了端正的跪坐姿势，靳慧已步了进来。

靳慧今天穿了件云英浅紫叠襟轻罗衣，下配长褶留仙裙，斜斜以玉簪绾了云鬓偏垂，窈窕大方。看到案上的笔墨，她笑道："每天都见你练字，字是越来越好了。"

卿尘道："是写得不好才要练，左右也无事可做。"

靳慧道："看来是个闲不得的人，前几天你问我有什么事可帮忙，如今还真有件事要你帮我。"

"是什么事？"卿尘问道。

"你跟我来。"靳慧说着挽了她的手往闲玉湖那边去。

跨过白玉拱桥，沿湖转出柳荫深处，临岸依波是一方水榭，平檐素金并不十分华丽，但台阁相连半凌碧水，放眼空阔，迎面湖中的荷花不似夜晚看时那般连绵不绝，一枝一叶都娉婷，点缀着夏日万里长空。

踏入水榭，檀香木宽廊垂着青色纱幕，微风一起，浅淡的花纹游走在荷香之间，携着湖水的清爽扑面而来。靳慧拂开纱幕边走边道："这是烟波送爽斋，里面有很多外面不易见到的藏书，交给别人我不放心，你若愿意，我就把这儿拜托给你。"

"是王府的书房吗？"卿尘欣喜地道，"里面的书我可以看？"

"自然可以。"靳慧带她走过台榭，步履轻柔，"既交给你打理还有什么不可以？只是千万别乱了丢了，这些繁杂的事情不知你愿不愿做？"

"怎会不愿，"卿尘道，"既有事做，又有书看，我真的要多谢王妃。"

靳慧扭头看她："怎么听着还这么生疏？我比你虚长几岁，你不介意便叫我一声'姐姐'，这才不见外。"

卿尘静默片刻，清淡一笑："姐姐说得是。"

"这就对了。"靳慧笑道，"你不妨先在这儿四处看看，若有不懂的晚点我再跟你细说。"

靳慧走后，卿尘步子轻巧地往水榭深处走去，长长的裙袂飘拂身后如云，同碧纱轻幕一并绡缦于清风淡香，方才恹恹的心情也散了大半。

过了临风回廊，水榭的主体其实建在岸上，先前几进都放着各色书籍，其收藏之丰富，单是浏览书目便要许久。待步入里面，才是真正的书房。

书房里的书少些，但显然常有人翻动，她抽了几本看，见是《国策》《从鉴》《治语》《六韬》《武经》等不甚易懂的书，当中宽案之上，犀纹墨、湘妃笔、薛涛笺整齐摆放，处处洒扫得一尘不染，案头散放着几册《遗史书话》，旁边则是些叠摞的本章。

案后挡着黛色洒金屏风，其旁月白色素面冰瓷盏中养了紫蕊水芝，白石绿叶，玉瓣轻盈，悄然绽放着高洁与隽雅。室中摆设处处随意却又透着清贵，卿尘目光落在一件色泽剔透的黄玉雕玩上，她隐约猜到这不是普通人的书房，湛王府中恐怕只有一个人会在如此清静的地方，看这样的书。

刚刚提起的兴致顿时落了几分，她站在案前随手拿了样东西翻了翻，一见之下却是夜天湛陈奏天舞醉坊一案的本章，犹豫了片刻，终究禁不住想知道案情，便浏览下去。

草草看了一遍，内容一时还不得甚解，只觉得本章上的字润朗俏傥，风骨清和，落笔走势间近乎完美的搭配，字字珠玑，通篇如玉带织锦，几乎叫人只顾赏字却忘了里面写的是什么。最后几笔朱墨，批着"慎重、严办"四个字，卿尘合上本章默默细想，再回头看了一遍，方知原来这样简单的案子，说小，可以只办一个天舞醉坊；说大，可以上至三公，牵连内外。

从这奏本上看，此案引出朝中大臣借势枉法、营私牟利等诸般情况，矛头所指，令歌舞坊这类行业中的官商勾结，遭了措手不及的打击。除了听说过的吏部侍郎郭其外，尚有一连串牵涉其中的重臣，卿尘甚至有些怀疑这是否是夜天湛的奏本，其语言之犀利不留情面和他平素的温和相差甚远，叫人不太相信出自他的手笔。

不过数百字文章，却得用七心八窍仔细推敲。卿尘将奏本放回原处，方察觉待了这么久，天色已近黄昏。室内的光线渐渐暗了下来，她起身将两盏琉璃银灯点燃，稍稍整理了一下书案，走出了烟波送爽斋。一面走一面想，如今既已答应下来，也不好再说不愿，白天夜天湛似乎并不常在府中，若稍加留意错开时间应该不会遇上，这里藏书甚多，说不定便有与九转玲珑阵相关的记载，对她很有吸引力，她不想错过。

刚走入长堤柳荫，冷不防有个黑衣人闪至身旁，将她一把带入树影深处。卿尘脱口惊呼之时，那人手指在唇间一按，将面纱取下。

"冥魇？"卿尘十分惊奇，"怎么是你？"

冥魇依旧是那副冷淡模样："找了几日才知道你被单独囚禁在湛王府，跟我走吧。"

"去哪里？"

"你想待在这儿？"冥魇说着将面纱重新戴上，回头问道。

卿尘摇了摇头，看着冥魇露于面纱外漠然的眉眼："虽然不想，但我也不能糊里糊涂就跟你走。"

冥魇闻言微微皱眉："我大哥要见你。"

"你大哥是谁，为什么要见我？"卿尘记得当时在船上肖自初曾经提起过冥衣楼，也想跟冥魇问个究竟。冥魇却只简单说道："见了后自然会知道。"

卿尘无奈地道："即便我跟你出府，也该和湛王或是王妃说一声，不能不辞而别。"

冥魇道声"不必了"，说着伸手将她挽住，袖中一道黑索射上高墙，足尖轻点，身子便借力掠起飘往墙外。

"哎，等等……"卿尘话音未落，两人尚在半空，忽见一点白光惊如闪电，直袭冥魇背心。

轻啸声中，来势凌厉，冥魇心中微惊，袖刀绯色一闪挥手击出，和来人凌空交手，身子却不缓，反而借势一升。

那白光毫无停滞，穿过薄刀微微一晃，化作千重万影，迎面逼来，刹那间便封死了冥魇所有出路。

冥魇半空无处借力，身形急退，飘落地上。

暮色柳下，夜天湛一身明净的水色长衫，气定神闲握着玉笛，唇角略含笑意："姑娘好身手，只是出入王府是否也该和主人打个招呼，更何况还要带走我府中之人。"

冥魇目光在他身上一转，也不说话，冷哼一声，手中薄刀已再次袭向夜天湛，趁机反身带着卿尘掠起。

夜天湛眼中笑意一盛，映着精光微现，手中玉笛斜点，破入薄刀攻势。一道寒光如影穿飞，叮当不绝的金玉相交声中，卿尘只觉得身子一轻，已被他抢手揽过，眼前红光飞起，冥魇一柄薄刀脱手而出，玉笛攻势不减，挟着清锐的光影直点她的咽喉！

卿尘脱口叫道："住手！"

玉笛闻声收势，潇洒自如，方才的凌厉瞬间消于无形，夜天湛低头看向她，眉梢微扬。

"她是我的朋友，没有恶意的。"卿尘急忙道。

"若是朋友，以后可以走大门进来，本王必以礼相迎。"夜天湛微微笑道。

卿尘道："抱歉，她……想必是误以为我被囚禁在王府，所以才偷偷进来。"

夜天湛目光落在她眼中，神色淡雅："哦？那方才倒是我鲁莽了。"他俯身将那柄被激飞的刀捡起，看向冥魇，"艳若桃色，光似流水，想必姑娘人也和这刀一样美。"说罢将刀托在掌心，递还过去。

冥魇眼中闪过戒备，冷然看着他。

夜天湛含笑而立，似乎方才根本没有同人交过手，刀光剑影都在他翩翩如玉的笑中化作无形，这一方天地只余柳轻风暖，新月微明。

卿尘问道："可以让她走吗？"

夜天湛微微低头："你同她一起走？"

卿尘眼眸微垂，冥魇今日闯入湛王府，可以是寻一个朋友，也可以是私闯、图谋不轨，甚至行刺。若夜天湛执意追究，他能使长门帮在伊歌再难立足，想必冥魇也会很麻烦。她抬头迎上夜天湛询问的目光，微微一笑："天色已晚，出府多有不便，若有事不如改日再说吧。"说话间她接过夜天湛手中的薄刀交给冥魇，对她轻轻摇头。

夜天湛眼中拂过俊朗的明亮，扭头问道："那这位姑娘意下如何？"

冥魇略一沉默，对卿尘道："我会再找你。"说罢看了夜天湛一眼，身形掠起，便消失在红墙碧瓦之外。

夜天湛摇头失笑："这倒真是比走正门方便许多。"

暮霭沉沉远带长堤，堤上一行烟柳，月色悄然挂起枝头，如一幕安静的画影。黄昏暖暮中卿尘看不清夜天湛的神情，只感觉他身上有着淡淡湖水的清爽，松散而舒缓。

"去过那儿了？"夜天湛将此事丢下，举步往烟波送爽斋走去，含笑问卿尘。

卿尘却站着没动："我不打扰你了。"

夜天湛停住脚步，回头笑道："为何躲着我，我会吃人吗？"

卿尘一愣，随口道："应该不会。"

夜天湛忍俊不禁，只笑着看她。这话让卿尘自己也觉得有些好笑，她挑了挑眉梢，不由得亦扬起唇角。

两人间的气氛轻松下来，夜天湛眉眼覆了暮色，有着温柔的清朗："带你去看看烟波送爽斋入夜的景致，不同于白日，和在凝翠亭也十分不一样。"

沿着柳堤，走到湖上时清风拂面而来，卿尘扭头问道："这是你的书房？"

夜天湛点头道："你若是平日练字看书都可以来这儿，下人们未经吩咐不会来打扰，既清静又方便。若想看医书也有不少，你自己找找看。"

卿尘道："此间藏书包罗万象，难道你都一一看过了？"

夜天湛负手身后，闲闲道："多数看过，但天都藏书当属东宫太子府中为最，太子殿下文华高绝爱书如命，我这里的书尚不及其万一。"

卿尘突然一抿嘴，他问道："笑什么？"

卿尘道："我想起你那幅画中题的诗。"

夜天湛望向湖中轻轻一笑，笑中有些不明的清淡，却又似乎带着点儿怀念的意味："我一幅最为得意的好画，他们也真舍得糟蹋。"

烟波送爽斋中因夜天湛回来多了几个侍从，其中一个上前道："殿下，前面已备好晚膳了。"

"挪到这边。"夜天湛吩咐道，"看看我既不吃人，平日都吃什么。"他扭头一句笑语，便将卿尘借口离开的话挡了回去。

碧纱影里临水布案而坐，侍从很快上了几样精致的菜肴，而后皆退了下去。

卿尘坐在夜天湛对面，安静地看着他，他的一举一动，他的言行笑语。席间有酒，她突然有痛饮一醉的冲动。

酒有莲枝清香，她浅浅地啜了小口，再进半杯，随着仰头的幅度一倾入喉，酒不烈，却勾得人神志飘忽，舒舒服服地暖着。

夜天湛起初陪她饮了两杯，忽而察觉她喝得很快，夹了菜布在她面前："慢些喝。"

卿尘抬眸看了看他，酒上双颊绯色新，那眼底淡淡的清波带来，竟叫他微有失神。

她没有理他，径自将酒灌了下去，连日来束手束脚彷徨的感觉随着酒的诱惑直直逼上心头，倘再不能发泄出来，她就要在这样的压抑中窒息过去。若举杯能消愁，她情愿把盏长醉，或者醒来便发现不过是黄粱一梦，是谁和自己开了个天大的玩笑。

再添酒，半杯入腹，半杯却洒了湖中，卿尘咬着唇微微眯眼，将手一松，白玉杯噗地落入水中，幽幽沉了下去。她靠在栏前低眸看着闲玉湖一波一波地荡漾，月色很淡，落上她侧脸一片朦胧，却笼不住如玉的一抹流光。

"卿尘，"夜天湛看了她半响，问道，"你到底能不能喝酒？"

卿尘扶着木栏站起来，清风牵着广袖飘逸，月光绉绉地浮动在她的笑中，她不答话，只看着他一字一句问道："你是谁？"

她的神色有些迷离，翦水双瞳却深得清澈，似乎执意要将他看穿。

"告诉我，你是谁？"她再问。

夜天湛放下银箸，微笑着将她扶住，回答道："夜天湛。"

"夜天湛。"卿尘重复了一遍，"你是夜天湛。"她突然抬头粲然一笑，月光、湖波、晚灯都在那眸底的澄澈中陷了进去，化作深浅光泽，透过清亮的雾气缓慢升起。

夜天湛拦住她执壶的手，柔声道："酒已经没了，不喝了，好吗？"

"嗯。"卿尘乖巧地将酒交给他，"我想听你的笛声。"

"好。"夜天湛答应她，卿尘以手撑额坐在案前，安静地等着。

夜天湛轻抚玉笛，榭下水波静静拍着栏杆，他望着卿尘好一会儿，对她暖暖一笑。

修长的手指起起落落，笛声便轻缓地响起，音色并不清越，低吟徘徊，只在两人之间，只有他们听得到。曲调清和古雅，声声叹咏，仿佛自远古红尘中生出了繁华万千的明亮，落在心间最柔软的地方，照亮了阑珊的一方。

卿尘唇角始终带着笑，笑容干净而明澈，碧纱的飞影在眼前变得朦胧，宁静地化作另一方天地。什么都没有，只有柔和的笛声缱绻飘荡，脉脉地陪伴着她。

她看向夜天湛的眸中有着醉色的浮光，话语也飘忽，慵然伏于案上低声问："你是不是，命运给我的补偿？"不期望任何回答，她沉沉闭上了眼睛。

夜天湛将玉笛放在一旁，俯身轻轻将卿尘抱起，她只星眸半睁迷蒙地看了他一眼，复又阖上，安静地靠在他臂弯中。

他笑着摇头，今日这酒并不烈，却不想她如此不胜酒力。

将她送回住处，他站在榻前看了她一会儿。印象中她的脸色常常有些苍白，但此时淡淡的几许红晕仿佛一抹妖娆桃色，落了妩媚于冰肌玉骨，格外地动人。笼烟般的眉清秀，顾盼生姿的明眸被羽睫浅影遮挡，使她的容颜柔和而宁静，那微抿的樱唇线条淡薄隐约，夜色下如同藏了一个秘密，而唇角如玉的浅笑不经意诱惑，叫人一点点沉沦。

他含笑看着醉卧玉枕的女子，突然微微俯身，兰芷般的清气带着温暖的酒香，几乎便叫人恍惚坠落，但他在咫尺间停住，只是伸手拢了拢她的发丝，无声轻叹。

他直起身来，唇角弯起一个舒缓的弧度，用目光描摹着她媚色中的清隽，心情突然变得畅快。这个女子，从见她的第一眼便奇特地被她吸引，他不想逢场作戏唐突佳人。

他转身缓步走到案前，略一思索，潇洒执笔落墨：

悠悠比目，缠绵相顾。婉翼清兮，倩若春篌。

有凤求凰，上下其音。濯我羽兮，得栖良木。

悠悠比目,缠绵相顾。思君子兮,难调机杼。
有花并蒂,枝结连理。适我愿兮,岁岁亲睦。
悠悠比目,缠绵相顾。情脉脉兮,说于朝暮。
有琴邀瑟,充耳秀盈。贻我心兮,得携鸳鹭。
悠悠比目,缠绵相顾。颠倒思兮,难得倾诉。
兰桂齐芳,龟龄鹤寿。抒我意兮,长伴君处。

这首古曲《比目》,希望她醒来看到,能有一笑。

第十二章 莫道天命知几许

天高气爽，几缕淡云飘在天际丝丝牵扯，随意地涂抹着轻灵的风色。碧空如洗，阳光毫无顾忌地铺展开来，耀得天如美玉云似水。

湛王府园囿里一地的青石散水，浓郁的花阴下四处透着清凉的影子，紫藤花飘，清香馥郁。

卿尘抱着几本书往烟波送爽斋走去，神情略有些无奈的意味。昨晚又翻了一夜的书，这些天烟波送爽斋中奇门异类的笔记几乎都被她查了个遍，却始终没有见到那所谓的巫族禁术。天舞醉坊的案子迟迟未结，她暂时还不能离开湛王府，冥魔自那日之后也再没有出现过。她闷闷地迈着步子，想起那山间竹屋、桃林深溪，下意识地把弄手腕上的碧玺，低头叹气。

两个平日跟随夜天湛的侍从正在烟波送爽斋前低声说话，看到卿尘过来都是面上一喜，其中一个远远便迎上前叫道："凤姑娘！"

"秦越，是殿下回来了吗？"卿尘随口问道。

"殿下和殷相爷刚从朝上回府。"秦越近前作了个揖，低声笑道，"姑娘来得正好，殿下在里面大发雷霆，我们没人敢进去奉茶，拜托姑娘。"

以夜天湛温文尔雅的性子，竟也有大发雷霆的时候，卿尘一时好奇，在水榭廊前站住，奇怪地问道："出了什么事？"

"我们也不清楚，只是远远听着殿下发作殷相，"秦越苦着脸道，"这时候进去没准就落个不是。"

卿尘不由失笑："敢情是找我给你们做挡箭牌？"

"姑娘就当可怜我们，殿下总不会对您发脾气。"秦越又作了个揖，自另外一人手中接过茶盘，低头恳求。

卿尘眉梢淡淡一掠，还是自他手里接过茶，又回身问道："还有谁在里面？"

秦越道："只有相爷和殷家大少爷。"

卿尘点了点头，端着茶走往书房，走到门口便隐约听见夜天湛的声音："舅舅，殷家的生意已经遍布天都，哪一处不足不够，偏要去蹚歌舞坊这潭浑水？"温朗中不疾不徐，他的语气听起来和往常没什么不同，只是稍加留意，却能察觉凭空多了几分疏冷。

"殿下说得是，但事已至此，还是要想个两全其美的法子才好，何况事到如今，牵扯进来的也不止殷家一个，皇上的意思恐怕有变，我们也得多方衡量。"一个略老些的声音道。

卿尘加重脚步，轻咳了一声，伸手打起垂帘，屋中靠窗坐着个四五十岁的中年人，正是夜天湛的嫡亲舅舅，尚书令殷监正，其旁一个年轻人则是殷家大公子殷明瑭。

夜天湛坐在案前，面色淡淡倒不像发怒的样子，只是眉宇间丝毫不见往日的温和，那神情令屋中显得有些静穆。见卿尘进来，他眼中的淡漠似是微缓，卿尘对他笑了笑，将茶轻放在三人面前。

夜天湛继续对殷监正道："往后我会斟酌行事，舅舅先回吧，该放的早放，莫再拖泥带水。"

殷监正和儿子对视一眼，都知他正在气头上，此时什么话也不宜再说，便起身告辞出去。

卿尘见客人这便走了，心中暗觉这茶十分多余，回头定要找秦越算账。

夜天湛目送两人离开，缓缓叹了口气，伸手拿了方凉巾拭手。他闭目沉思，不知想到了什么，手里凉巾有意无意地握下，便有水从指缝流出来，滴到一旁的奏章上。

"哎！"卿尘轻声提醒，伸手将奏章抽出，夜天湛蓦地睁开眼睛，见她拎了本湿了一角的奏章正无奈地站着。

卿尘将奏章上的水迹拭去，放回他面前，他看了一眼道："丢了吧。"

卿尘抬眸相询，他眼角轻轻往上一掠，淡淡道："得重新拟了。"

卿尘也没说什么，转身取了火折子过来就着个铜盆将奏章一燃，丢进去看着烧了。

几点飞灰跳起，夜天湛凝视那火光片刻，拿起茶盏微微啜了口，再抬头时先前些许情绪已然消泯无踪，含笑开口："这几日常和十二弟一起出去？"

"嗯。"卿尘点头道，"我想熟悉一下伊歌城，十二殿下便带我看了些地方，城中好玩的去处他似乎都知道，还带我去了几次昆仑苑，教了我好多骑马的技巧。"

夜天湛道："哈，十二弟是有名的会寻乐子。"

卿尘接道："如假包换的花花公子潇洒王爷，倒不似你每天都忙得不可开交。"

夜天湛笑了笑道："过几日便清闲了，届时我亲自带你好好在天都玩一下，有些去处十二弟也未必知道。"

"那自然好。"卿尘笑说。

"殿下，"这时，秦越在外面低声禀道，"莫先生来了，见不见？"

"莫先生？"夜天湛一怔问道，"哪个莫先生？"

"以前钦天监的莫先生。"

"哦？"夜天湛自案前站起来，"莫不平莫先生？"

"正是。"

夜天湛道："还不快请！"说罢竟亲自迎了出去。

卿尘有些惊讶，夜天湛能在烟波送爽斋见的客人必是极为重要的人或者私密之交，但似这般亲自相迎的却也不多。她随后走出，将茶盘交给旁边侍从，道："你有客人，我先回去了。"

夜天湛却道："一起见见无妨，莫先生早年是我和几位皇兄的老师，曾任钦天监正卿，精通星相命理之术，素来被称为我朝星相第一人。先前听说他辞官后云游四海去了，多少年难得一见，我看你这几日总翻看些奇门五行的书，应当有兴趣和他谈谈。"

卿尘眼底微微一亮，说话间秦越已引着一位老者远远过来。夜天湛快步迎上前去，笑道："十余年不见，莫先生何时回的天都？"

莫不平亦拱手笑道："老夫昨日方到，今日路过王府，一时兴起便想进来叨扰殿下一杯清茶，还望殿下莫要见怪。"

"莫先生客气了，先生能来，我可是求之不得。"夜天湛一边说，一边命秦越前去备茶。莫不平眸光微抬，不经意间在卿尘脸上略微停留，眼底隐约掠过探寻，夜天湛转身介绍道："这位是凤卿尘凤姑娘。"

卿尘抬眼打量，只见这莫不平一身布衣长衫，身形瘦顾，除了颔下一缕五柳胡须看去颇有几分仙风道骨外，相貌平平毫无过人之处，但她清晰地感觉到他看向自己的眼睛深湛莫名，意味平平的目光在人身前一落，便似是知晓了些什么，让人有些说不出来的异样。她隐下心中惊异，含笑对莫不平施礼道："卿尘见过莫先生。"

莫不平微微点头还了一礼，伸手捋着五柳须。

几人进了烟波送爽斋，夜天湛却不在书房停留。水榭往后还有几进亭台，一路曲折蜿蜒，境地极是幽深，待过了几转走到尽头，便是一间茶室。

茶室依着一侧山岩，幕纱重重微风徐至，半边窗下洒着点点枝叶斑驳的光影，清凉而幽静。门前秦越早已候在那里，另有两个青衣小僮，见了几人躬身打起垂帘。室内一张古木方几，一脉清泉不知来自何处，随着相连的竹节引至近旁，注入一个小小的白石浅潭。竹节随水时而轻轻一落，水入石中其声琤琤，如微风轻点瑶琴，衬得满室清静。

廊前银炭烹水，其声微沸。夜天湛遣退侍从，竟然亲手取茶布盏。一缕缕水汽微微紫绕，卿尘接过他手中的茶具道："你陪莫先生说话，让我来吧。"

夜天湛虽将冰瓷小罐递到她手中，却道："烹茶可是门学问。"

卿尘望向他眼中那一抹清湛，淡淡笑道："品茶也是学问。"举手开罐，但觉幽香扑鼻，滋味独特，这茶未品已知不凡。夜天湛从旁相看，指点道："茶名'幽意'，乃是出自南疆云顶雾峰，千载古树。等闲茶叶都是明前采摘、当年新制方为最佳，但这一款茶，新制时固然鲜爽，但是年岁越久，越是别具滋味。说起来，这茶还是上次莫先生离京时候存的呢。"

莫不平拈须而笑，卿尘轻嗅茶香，点了点头，垂眸静待水开。片刻后，炉上水沸如同蟹眼，她便取过银铫沐盏淋杯，依次放置一旁，转身纳茶。

茶叶在雪纸上倾开，深敛的色泽衬着她修长莹白的手指微动，窸窸窣窣，赏心悦目。茶形如索，色深近墨，闻之幽香沉敛。待茶入壶，卿尘抬手执起一旁小火炉上烧着的银铫，缘壶注水。

细柔的水流徐徐流注，热力直透壶底，茶香散开，顿时溢满了净室。

卿尘静静看着清水逸至壶口，茶中色泽渐开，层层珠玑磊落，明净生辉。水气沿着茶壶渺渺缭绕，卿尘不慌不忙漱杯醒茶。夜天湛见她手法娴熟，优雅从容，不由微微点头。片刻之后，低斟洒茶，卿尘执盏微笑奉茶："请殿下和莫先生指正。"

观盏中茶色橙黄明亮，其上轻云淡生，华彩焕然。闻茶之香气飘溢馥郁，轻啜一口，韵味十足，流连齿颊，便似花开古涧，流水淙淙，却更有药息陈香，层层分明。夜天湛不禁赞道："好茶，早不知你这么好的茶艺。"

卿尘道："是府中的茶好，尤其还是水好。烹茶本就讲究三分茶品七分水，这水清澈甘冽，滋味甜醇，无论怎么冲泡都不会错的。"

夜天湛道："烹茶之水，山水为上，江河次之，井水为下，这道'半日泉'的泉水，入茶的滋味算是上品。今天莫先生来，十有八九还是念着我的茶吧？"

莫不平回味无穷地品完杯中之茶，任卿尘又将冲好的第二汤斟入，笑道："十年才得一次，殿下莫非还心疼老夫讨这一杯茶？"

夜天湛温雅一笑，做了个请的手势。

莫不平闭目细品半日，对卿尘道："凤姑娘这置茶的心境一番从容气象，淡然自若，着实难得。老夫品茶无数，此茶入喉甘冽清雅，却有丝缕岩韵于幽微处隐现，聚而不散，好啊！"

卿尘道："我于茶道得之皮毛而已，还请莫先生不吝赐教。"

莫不平闻言捋着胡须道："为茶之道便如抚琴弈子，其中只在一个意境，得其技易，知其道难。凤姑娘以心入茶，神骨浑然天成，老夫岂敢言教？"

这一盏茶，带得人心境空幽，深得真味。夜天湛漫不经心地看了卿尘一眼，忽觉她身上似有无数的谜团。言行举止，她不像他见惯的普通女子，她的过去隐约难见，眼前更是扑朔迷离，就如同烟波轻雾下的闲玉湖，深静幽远，神秘莫测，总叫人忍不住想去探究。

卿尘笑了笑，放下茶盏道："方才听说莫先生相术天下第一，殿下可是试过？"

夜天湛微笑，看向莫不平："几年之前莫先生便说天机不可泄露，如今可还是这句话？"

莫不平看着夜天湛神采如玉的面容，旋即笑着低头品茶。

夜天湛身为皇子，已然尊贵非常，现在既问天命，这一问一答，不经意间已非普通的问答。

莫不平啜完一盏茶，见夜天湛依然不着痕迹地看着自己，知道他是不打算再听搪塞之词，悠悠道："殿下尊贵不止于此。"

此中深意不言而喻，夜天湛不露心绪，面带淡笑，对莫不平举杯道："先生请。"

莫不平拈须点头，饮了一口茶，却若有所思地看向卿尘。

卿尘此时正将沸水再次注入壶中，冲泡第三道茶，心想以夜天湛如今的声望地位，只要不是行差踏错，自会步步晋封爵位，莫不平这句"尊贵不止于此"，明摆着便是语焉不详。同样的话，不同的人，不同的心思，便有不同的答案，这模棱两可的说法任他如何解释都不会出错，当真是深得江湖真味。

莫不平自是不知卿尘这一番念头，只是深深打量她。他于相术之上确实颇具心得，但眼前这女子看去浑身澄透言笑清澈，却偏偏是他生平首次参不透的一个，他既不能知其过去，亦不能知其未来。如此异数叫人惊奇，他终于忍不住开口问道："凤姑娘，不知老夫可否请问一下生辰八字？"

他突然这么说，夜天湛倒是上了心。朝野皆知莫不平一双火眼金睛，推知天命向来不问生辰，更从不主动开口相询，为何今日竟然例外？

卿尘这边却一愣，生辰八字？若论生辰八字，甲乙丙丁子丑寅卯的，她哪里一时间便说得出来？

她低头掩下乍现即逝的异样，不疾不徐将茶一一斟入两人盏中，先道："茶名幽意，重重滋味不可尽知，这茶的确名副其实，无怪莫先生十余年未在天都，一回京就来七殿下这里。"有了这几句话的时间缓冲，她心中打定主意，托了茶盏对莫不平淡定一笑，"莫先生，生死祸福皆是天命，既由天定，我等凡人何苦自扰？"

一个不软不硬的钉子，叫莫不平好生愣愕，他这一生阅人无数，还从不见有人不想知晓自己命数的。眼见卿尘一脸清淡恬静，他却忍不住又问一句："凤姑娘难道不想知道？"

卿尘唇角淡笑，望去的一泓秋水幽然不见深浅："知即是不知，不知即是知。"

莫不平碰了第二个软钉子，眸色中略过丝丝光泽，更加深了几分。

第十二章 莫道天命知几许

纱幕轻飞习习送爽，穿过茶香满室，卿尘轻啜了一小口茶。

此时夜天湛突然问道："那先生看卿尘的面相，可有所得？"

谁知莫不平却半日不语，待卿尘几乎将杯中茶饮尽实在沉不住气再抬头时，方听他慢慢道："老夫不知。"

"此话怎讲？"

莫不平一双锐利的老眼再次审视卿尘，卿尘压住情绪平静地和他对视。最后莫不平摇了摇头坦然道："老夫就是看不出凤姑娘的命数，所以才相询生辰。"

此言一出，夜天湛十分惊诧，卿尘见面前两人不约而同地看向自己，只好继续不动声色浅浅笑道："不知道以后会发生什么，活着才有趣；若是什么都知道了，反倒没了这乐趣。偏偏我是个生怕活着没乐趣的人，如此甚好。不如以茶代酒，再陪莫先生饮一杯吧。"举杯饮茶，云袖静垂，避过了夜天湛研判十足的目光。

一个时辰之后，卿尘看着夜天湛送莫不平走出水榭，自己快步进了书房翻找天干地支时辰图，手指沿着书页一溜滑下，将自己的生日对照出来牢记在心，免得再被问个哑口无言。

一边翻看，她一边皱着眉心叹了口气，知晓未来的机会错过了，方才旁敲侧击问了莫不平几句关于巫族和九转玲珑阵的事情，同样一无所获。至于冥衣楼，因为牵扯着天舞醉坊的案子，朝廷江湖毕竟不同，为防牵扯到冥魇，也不敢随便开口相问。外面夏日炎炎，她心中却凉凉泛着一缕失望，来易来，奈何去却难去，怎能不叫人心生烦闷？

夜天湛送客回来似是心里想着什么事，站在窗前远远望着闲玉湖中接天碧荷，突然问她："你看这湖中的荷花今年开得如何？"

"极美。"卿尘道，复又加了句，"但我没见过往年是什么样子。"

"起初种得并不多，慢慢竟也占了半湖颜色，似乎年年花开年年多些。"夜天湛微微一笑，扬声叫道，"秦越！"

秦越立刻应声而至："殿下有何吩咐？"

"将凝翠亭四面整理清爽，下月初九我要在闲玉湖宴客。"夜天湛未曾回头，仍旧看着湖波清远，淡声道。

"下月初九？"秦越抬头道，"那日不是殿下的寿辰吗？"

夜天湛点头："对，记着备下几位王爷都喜欢的桃夭美酒。"

听是要宴请各位王爷，秦越不敢马虎，立刻答应着去办。

卿尘笑道："原来初九是你生日，你有没有想要的礼物？"

这倒把夜天湛问得一愣，回身打量她半晌，今天还确实有一样想要的，低头道："我要什么，你便送？"

卿尘爽快地道："只要我能做到，便一定遂你心愿。"

"好。"夜天湛步到桌边，"我要的东西，你现在就能给。"

卿尘想了想，猜不出他是想要什么，于是道："那你说来听听。"

只见夜天湛抽出一张薛涛笺，挑支狼毫笔轻轻在砚中润了墨，递到她面前："你的生辰八字。"

"嗯？"卿尘不想他要的寿礼竟是这个，当真出乎意料，"想知道告诉你便是，何必借寿礼这么大的由头？"

夜天湛摇头："方才莫先生一再相问你都不说，我怕你现在也不肯。"

想起方才的事，卿尘嘴角牵了牵，庆幸在他进来之前已翻过书，不至于再被问个措手不及，便接过他递来的笔道："这又不是什么不可说的秘密，只是不想告诉他罢了。"

夜天湛静立案前，待她写好后拿起笺纸来看，少顷墨干，将那张纸收好："我记得了。"

卿尘道："这真是你要的寿礼？"

夜天湛含笑点了点头："没错。"

如此简单，卿尘恍惚了一下，面前的夜天湛似乎又一次和李唐重叠在一起。

同样的面孔底下，虽是不同的人，但一样的体贴宠溺，一样的柔情似水，一样的从不让对方为难，一样的风度翩翩关照有加，总叫人沉迷其中，流连忘返。

想忘掉，这段时间一直在为此努力，却每每在看到夜天湛时都功亏一篑，爱了恨了，为何深深浅浅，连自己都不知究竟用情几分？

或许，即便她现在坚决不愿承认，曾经交出的那颗心原来真诚得近乎脆弱。那一刻心间的裂痕，执着地凝固在远远未知的地方，直到很久以后才传来碎片坠落的声音，掷上冰冷的地面，清晰而决绝。

她眉心轻锁，正在上扬的嘴角收敛了笑意，眸底掠过黯然，却又随即浮起一抹倔强。没想到无意转过目光，却发现夜天湛正似笑非笑端详着她脸上精彩的表情，看来已经看了好久。

她像是偷糖被逮到了一般怔然无语，却见夜天湛今天眉宇间始终隐着的阴霾终于散开，他扬唇轻轻地对她笑起来，俊美的眼中掠过风华无限，那温柔瞬间包裹了全身。她愣愣站在他身前，竟就这样沉浸了在了里面，不想不愿不能自拔。

第十二章 莫道天命知几许

第十三章 浅碧轻红复卿卿

夏日天光渐渐隐没在一片微暗的云边，夜幕降临，雕窗之下垂帘半卷，透过碧纱送进丝丝凉风。卿尘收起案上纸笔，扭头望向窗外。

隔着月色，闲玉湖上的灯火似是飘浮在极远的地方。湛王府今日热闹非常，因是湛王寿辰，往来宾客皆是皇族宗亲，府中上下忙得足不点地。卿尘一早便给夜天湛贺过寿，待到黄昏，湖中宴席准备停当，上下传话吩咐，恭候诸王驾临。卿尘本非府中之人，亦不熟悉那些烦琐的规矩，此时乐得清闲，独自回房翻书练字，不知不觉夜色渐深。

庭前风动花香，正是醉人时分。桂子香气时浓时淡，盈风缭绕，满树枝叶亭亭如盖，一片繁华轻影。卿尘爱这婆娑花树，不由起身步出门外。夜空新月一痕，无垠清远，四周静谧如梦，仿佛能听到朵朵桂花在夜色深处悄然绽放，风过树梢，流连忘返。

不知为何，每次她仰望夜空，便觉这苍穹深处有着另外一个世界，原本那里才真正属于她。然而一日日过去，有些时候，恍惚中又会觉得眼前一切那样自然熟悉，每一人每一物，熟悉到心生欢喜。

这种矛盾的心情时常出现，奇异莫名，就连自己都无法解释。她一时想得出神，独自站在树下发愣，突然间，感到什么东西自脸侧一晃而过。她吃了一惊，未回头便听到一阵爽朗的笑声，只见夜天漓懒洋洋地以手撑树，随手将一剪花枝丢了过来，笑问："想什么呢？神游太虚，再看便飞上月亮成仙了。"

经过这些日子，卿尘已经和他颇为熟悉，知他生性跳脱，最是不拘小节，也不刻意拘礼，道："你不在凝翠亭待着，怎么跑来这里了？"

夜天漓挑挑眉，一副玩世不恭的模样："凝翠亭那儿有什么意思？父皇今天兴致好，同太子殿下一起来了王府，人人都在御前立规矩，闷得要命。我跟七哥说了过来找你，明天我去昆仑苑，你要不要一起？"

卿尘点头道："好啊，跟你去看看那匹受伤的白马，上次见它伤已经好很多了。"

夜天漓道："还惦记着它，早跟你说过，云骋是西突厥进贡来的宝马，性子可烈着呢。"

卿尘执了花枝与他前行，道："我不觉得，是你们总想着要驯服它才觉得它不好相处。上次它被驯马师拿绊马索伤了，我给它敷药它也不曾反抗，后来几次还肯从我手里吃东西呢。"

夜天漓道："哼，你不说这事我倒忘了，那些奴才驯服不了云骋，竟敢用绊马索伤它，再让我撞见，当场便扒了他们的皮！"

卿尘睨他一眼："天都第一霸王爷。"

夜天漓扬眉笑道："爷就这脾气！走，陪我去寻七哥的好酒。湛王府最好的酒是府中自酿的菡苕酒，每年盛夏花开才有，可不比天都桃天差。"

提起那菡苕酒卿尘立刻觉得脸上发烧，连连摇头道："我不会喝酒，你又不是不知道。"

夜天漓也不管，拽了她便走："又不要你陪我喝，要你陪我去偷酒！"

卿尘听他说得有趣，笑着揶揄道："堂堂天朝王爷，什么好酒没有你喝的，偏要摸黑去当偷酒贼？"

"书非借不能读，酒非偷不能喝。偷来的酒格外香，不信一会儿你试试看。"夜天漓笑得贼兮兮的，哪儿有半分王爷的样子。他对湛王府熟门熟路，放轻步子七弯八拐净挑安静的地方走，竟一路都没遇上人。

花影重重，两人转到花墙拐角处，突然听到对面过来脚步声。声音既乱且急，来得极快，夜天漓闻声伸手要拽卿尘躲开，那边却匆忙转出几个人，当前一人走得甚急，冷不防便撞在卿尘身上。

卿尘没想到有人如此冒失，往后踉跄几步险些跌倒，幸而夜天漓在旁及时一扶，还没看清来人，对方已怒喝道："混账！瞎了眼了？"

卿尘听着这无礼的言语没出声，只是凤目微挑，淡淡打量来人。那人一时没看见夜天漓站在灯影里，只当卿尘是湛王府中的侍女，见她既不行礼也不说话，心中火起，抬手便向她脸上扇去。

"三皇兄！"旁边两人不约而同喝止，夜天漓一步挡在了卿尘身前，另外却是夜天湛将那人拦下。原来那和卿尘撞了个满怀的，正是同当今太子一母同胞，如今被封为济王的三皇子夜天济。

夜天湛陪在济王身边，神色温润如常，细看去却似乎略微带些焦急，扭头问卿尘："没事吧？"

卿尘听他叫三皇兄，方知来人是谁，今天这日子不好扫兴，于是轻轻摇头，对着济王无声一福,算做赔礼。

济王心下疑惑,惩戒个侍女,不想两个弟弟竟都拦他。再打量卿尘,见她神情淡淡,夜色下看不甚清晰,白衣素裙,容颜依稀平常,但眉眼中却自有一种不屈于人的高洁气度。他方要开口相询,前方闹哄哄的一群人奔过来,当先有人抱着个昏迷不醒的孩子,几个女官跟在后面,急得六神无主。这孩子正是济王膝下独子元廷,方才偷溜出宴席自己去玩,不知怎么竟晕倒了,济王他们正是听闻此事,才从前面匆忙赶来。

济王见儿子这般模样,也顾不得其他,急对身边人喝道:"御医呢,怎么还没到?"

夜天湛劝道:"皇兄少安毋躁,已去传御医了。"

夜天漓见元廷呼吸急促,身子不断抽搐,看情形竟不是很好,轻声对卿尘道:"这是三皇兄府中的小世子,皇兄方才定是心里着急,你也别放在心上。"

卿尘对他笑了笑表示没事,抬眼打量元廷,略觉吃惊:"咦?"

"怎么了?"夜天漓问道。

"好像是剧毒引起的窒息。"卿尘见御医迟迟未至,忍不住轻轻一拉夜天湛,"让我看看。"

夜天湛想起卿尘通晓医术,侧身将她让到近前。卿尘就着灯火查看元廷的情况,片刻后眉心微紧,转头对夜天湛道:"小世子怕是碰到了毒虫,得赶紧设法去了毒性,不然很是危险。"旁边女官帮忙解开元廷的衣衫仔细检查,果然在小臂上发现了又红又肿的伤口,周遭皮肤隐隐有细小的水泡,看去甚是骇人。

夜天湛在旁看着,不由面色微变,低声吩咐侍从:"再派人去催御医,快!"

卿尘随手解下发带,自怀中取了银针出来,一边命女官抱着元廷平躺,一边迅速用发带在他胳膊上方缠绕绑扎,取针在手。

"你干什么!"济王见状一把拦住,怒道,"你好大的胆子,竟敢随意对世子动针。"

卿尘眉心一蹙,也不反驳,只抬眼看向夜天湛。夜天湛看她一眼,对济王道:"御医怕是没那么快赶来,元廷性命要紧,皇兄不妨信她,我府上的人,出什么事有我担待。"

济王虽将信将疑,但听他劝说徐徐放手,看着卿尘道:"若有什么差池,仔细你的性命。"

卿尘也不答话,只对夜天湛道:"麻烦王爷叫人立刻准备清水,还有蜂蜜、艾绒、雄黄、麝香、青黛。"

不待夜天湛吩咐,旁边侍从已小跑着去办。卿尘以银针刺穴,数针下去,元廷呼吸暂缓,身子亦不再痉挛抽搐。王府侍女们捧着东西匆匆而至,卿尘令女官喂元廷喝下蜜水，复以艾绒温针拔毒，待水泡略消，便调了雄黄、麝香等药物敷治。一番救治，元廷面色回缓，已不似先前那般骇人。

这时宫中御医匆忙赶到，卿尘交代了几句，便让到一旁。女官们簇拥着将元廷移到就近的屋室，御医诊后擦了把汗，对济王禀道："万幸万幸，小世子手臂是被毒虫咬伤的，幸好施救得及时，否则世子年幼体弱，再晚一点可就危险了。"

卿尘见元廷已无大碍，又有御医在旁，便悄悄起身离开。夜天滴抬眼看见要喊她，却见夜天湛已转身跟去，便笑了笑作罢。

夜风送来湖水潮湿的味道，将慌乱的气氛冲淡了几分。卿尘听到脚步声回头，见夜天湛含笑看着自己，目光在夜色下温润而柔和，亦对他微微一笑。

夜天湛行至近前，道："今天真要多谢你，元廷若在我府上出了什么意外，我还真不好和三皇兄交代。"

卿尘道："那解毒的法子是我在烟波送爽斋翻医书时看到的，若一定要谢，该谢你自己收藏了那么多好书才对。"

夜天湛道："宝剑赠烈士，美玉赠佳人。那些医书我并不常看，闲置着也是可惜，不如送你如何？也算是物尽其用。"

卿尘笑道："今天做寿的人倒送我一份大礼，哪有这个道理？"

夜天湛挑唇一笑，看去十分愉悦，方要说什么，却见秦越小跑着过来，俯身道："殿下，前面传话，皇上听闻了小世子的事，要见凤姑娘。"

月上中宵，湖风盈面。

侍从在前提了一行琉璃灯沿闲玉湖的回廊蜿蜒而行。明亮迤逦的灯火下，卿尘白衣胜雪随风流泻，衬着夜天湛水色蓝衫翩若惊鸿，远远看去，一双人儿好似自碧叶荷色间凌波而来，玉容俊颜，清逸风流，叫人几疑入了画境。

济王他们已先一步过来，正和天帝回话。凝翠亭里明灯点缀，依主次布着案席，玉盏金杯琥珀光，华贵中处处清雅。夜天湛目蕴笑意，亲自引卿尘步入其中，近前禀道："父皇，这便是凤姑娘。"

听他此言，卿尘便知这位一身云青龙纹长衫的老人便是当今天帝，还不及看清身边其他人，只觉有一道深锐的目光直投眼底。

这一瞬间，居然有心头凛然的感觉，卿尘眉梢轻轻一跳，敛衣施礼，一个威严沉稳的声音在耳边响起："免了。方才听人回禀，是你医好了朕的皇孙？"

卿尘谢恩起身，答道："回陛下，是。"

她趁隙往前一看，天帝身边坐着东宫太子夜天灏，云色长衫紫绶缓带，俊面白皙如美玉，浑身一脉书卷之气温文儒雅。他极安静地坐着，却自有这夜色也难以掩盖的高贵气质，若说天帝是让人不敢忤逆的峻严威仪，而他便是让人无法亵渎的高洁出尘。

"嗯，不错，"天帝点头道，"朕听说你是天舞醉坊一案的人证？"

卿尘垂眸道："是。"

面前一阵安静，卿尘感觉到天帝正在看着自己，片刻之后，那个威沉的声音复又响起："朕今日看了大理寺的奏疏，天舞醉坊的案子已该结了，结案之前，朕想亲耳听听你这个当事者怎么说。"

几乎刹那之间，数道目光不约而同落在了卿尘身上。卿尘亦在此时方知，天帝传召自己，并不只是因为济王世子那么简单，看来天舞醉坊之案确实牵涉甚广，竟令天帝亲自过问。沉默的瞬间，她脑中闪过日前殷监正与夜天湛的对话，却不敢多做迟疑，徐声道："若非陛下圣明，卿尘如今已不知流落何处，身遭何难，私心里说，恨不得将所有涉案之人严惩，杀头问斩都不为过。但惩恶扬善、施政安民当不动根本，所以，雷霆雨露皆是君恩。"

这一席话音方落，天帝眉梢微微一动，再道："哦？朕倒想听听，何为根本？"

卿尘低头道："国之本为民，朝之本为官。"

天帝接着道："于此案情何解？"

卿尘道："损国本则官腐，损朝本则民刁。诸方平衡，谓之胜局。"

"好一个诸方平衡，抬起头来让朕看看。"天帝的语气微微一扬，却丝毫听不出喜怒。卿尘闻言抬头，眸光静静便对上天帝的眼睛。

极深沉的一双眼睛，似乎可以包容所有情绪，喜怒哀乐到了这里一晃即无，滴水不漏，而后产生一种居高临下的肃穆与威严。她有些好奇地看着天帝，淡然自若的神情下没有回避或是惧怕，同样的平静无波。

如此对视说起来已是冒犯天颜，天帝似是故意不发一言，卿尘亦不曾垂下目光。夜天湛眉梢极轻地一紧，方要说话，太子已在旁道："父皇，你看这位凤姑娘可有些像一个人？"

夜天湛闻言即刻笑说："殿下也看出来了，若说乍见是觉得有点儿像，但再看又有些不同。"

如此一说，在座诸人都上了心。卿尘疑惑地掠了夜天湛一眼，却听天帝笑道："可是说鸾飞？"

"正是。"太子道，"刚刚远远看去，我还以为是鸾飞来了。"

卿尘还没弄清这话中之意，却又听夜天漓跟上一句："其实若说像，我倒觉得更像九嫂些。"

突然被人这样评论比较，卿尘心下疑惑，不由微微蹙了眉，此时，却忽听一个低抑的声音缓缓道："是像纤舞。"她心头无端一紧，仿佛被一只无形的手狠狠地抓了一下。这声音中不知为何带着那样沉郁的痛楚，依稀有什么哀伤无法化解，纠结缠绕，叫人不由得便替他伤心断肠。

说话的是九皇子夜天溟，夜天漓收起了跳脱的笑意，略有抱歉地道："九哥，我并非有心……"

夜天溟脸上浮起丝苦笑，摇头道："我知道。"说罢眼光淡淡落在卿尘身上，"倒不是眉眼像，只是这形貌之间一举一动一颦一笑，不知哪里竟有些神似。太子殿下方才以为是鸾飞来了，我倒误以为纤舞又活了过来。哈，鸾飞和纤舞她们姐妹本就是一个模子刻出来的。"

卿尘后背一阵发凉，原来是拿她比作了已经去世的人，难怪夜天湛他们之前都不曾提起。听言语中，似乎这九皇子和王妃之间感情颇深，只不知是怎样的红颜薄命，落得这里一人伤心。

她微微转身望过去，目光所至，心中不由得一赞，夜家几个男子个个生得英俊，但要说美，却真要以这九皇子为最。

浮光溢彩的琉璃灯火中，他的肤色似乎过于苍白，微挑的眉下一双细长的眼睛，虽寂然看着一方，却似敛入浮沉万千的光影，散布出极尽妖娆的蛊惑，配上挺直的鼻梁红润的薄唇，搭配得几近完美。一个男儿生得如此容貌，怕是连女子亦要自愧不如。他手握冰玉酒盏，在卿尘看来的时候亦将她细细打量，目光沿她的眉眼渐渐移下，突然浑身一震，竟自席间猛地站起来失声叫道："纤舞！"

所有人都愣愕，卿尘沿着他的视线低头。她今天穿的对襟流云裳是天朝女子寻常的装扮，外衣绢纱淡薄如清雾笼泻，里面衬着白丝抹胸，一袭飘洒长裙，因在盛夏，非但广袖宽松，亦露出脖颈玉色肌肤，而夜天溟正失神地看着她衣衫掩映下锁骨处一记凤蝶文身，手上青筋凸起，微微颤抖，几乎要将酒杯捏碎。

卿尘下意识抬手，夜天湛温言道："九弟。"语中带着疑惑和一丝几难察觉的不豫。

夜天溟似被蓦然惊醒，手上一松，颓然转身对天帝道："儿臣……儿臣失礼了，还请父皇恕罪。"

天帝对儿子无法掩饰的伤心既不出言宽慰，然也并未苛责，只是挥了挥手命夜天溟坐下。

夜天溟细美的眼眸自卿尘脸上拂过，坐下后将手中的酒一饮而尽："凤家女儿锁骨处都有一记凤蝶文身，是自小便请丹青名家朱姜情用漠云山的瑶砂文上去的，形态栩栩如生，再加上漠云瑶砂浓艳饱满历久不衰的色泽，堪为人间一绝。"他说话时神情有些恍惚，几分酒意几分迷离，仿佛已经跌入一个遥远的回忆之中，目光有些阴暗地再看向卿尘，"不知凤姑娘身上为何也会有一样的印记，是否和凤家有些渊源？"

位列士族之首的凤家百年门庭鼎盛，宗族子弟遍布内外，盛极之时，一族在朝为官者多达两百余人，几乎把持着天朝所有中枢政要。已故孝贞皇后的兄长凤衍官拜两朝宰相，权倾朝野，是与卫家、殷家鼎足抗衡的一大门阀势力。

太子方才提起的凤家小女儿凤鸾飞受封"修仪"一职，多年来跟随天帝，深得信任。修仪女官虽不握实权，但时刻伴驾临朝听政、批阅奏章、起草诏书、传达口谕，身处政务中枢，地位尊贵，对士族女子来说是一种极高的荣誉。

凤家长女凤纤舞数年前嫁与九皇子夜天溟，两人情深意浓恩爱非常，本是这天都之中一段风流佳话，只可惜凤纤舞身子病弱，年前一病不起，药石无效，终究香消玉殒。夜天溟自王妃去世后伤心欲狂，卧病年余方见起色，却自此性情大变。

卿尘对凤家亦有耳闻，迎着夜天溟幽暗的目光摇了摇头，表示和这门阀世族并无关系。夜天溟自嘲般笑道："即便是有，又如何？"说罢又饮尽了一杯酒。

太子和夜天溟同出一母，母后早亡，太子对这个胞弟格外爱护，见他时隔日久仍旧如此消沉，不免心下担忧，便道："或者只是巧合，九弟不必放在心上。父皇，咱们不妨去湖上走走，也清清酒意，七弟这闲玉湖风雅秀丽，今年荷花似比往年开得更好了。"

天帝点头起身，对于天舞醉坊，再未多问一词："湛儿带路，去看看你这府里又添了什么好景致。"

前面内侍立刻掌灯，卿尘暗中舒了口气，既没人让她跟着便趁机退下。众位皇子都随驾陪着往闲玉湖上走去，夜天漓经过她身边略一停步，低声道："明天去昆仑苑骑马。"对她露个飞扬的笑，举步伴着天帝去了。

第十四章 驰骋不让须眉意

昆仑苑位于宝麓山与伊歌城交临之处，自来是供天家及士族子弟游幸狩猎的场所。其苑地跨天都、连直、蓝安、合谷、怀滦五境，纵四百里有余，其中灞、沣、祀、易、镐、郎六水出入交汇，聚山湖美景如画，八大殿、十七宫、二十四观、三十九苑星罗棋布，气势壮丽，巧夺天工。

天朝穆帝迷恋仙道之术，在位时因宝麓山风水绝佳，曾动用十万民夫移山叠土连昆仑苑而造宣圣宫，历时十三年方成。

宣圣宫构造精巧，美奂绝伦，其前天阙高二十余丈，上有九凤展翅迎风而立，铺玉为阶通往神明台。神明台拔地而起，铸有一尊高举玉盘承云接露的仙人，神姿缥缈，出伊歌城百里仍遥遥可见。宫中多处造设复道飞阁，相连琼台瑶池，恍如九霄仙境。当今天帝虽对炼丹求仙之事不感兴趣，但却喜爱此处风景，登基后便将这里定为皇族祭天及举行重大典礼的场所，逐步扩建行宫，每年必有一段时间在此居住。

南苑围场深入山脉圈养百兽，形成可容千骑万乘的猎苑。卿尘同夜天漓纵马入内，眼前豁然开朗。天气一改往日闷热，不时飘着若有若无的蒙蒙细雨，丝丝缕缕涂抹着大地。丛林山野起伏铺展，似乎和远天接为一线，广阔连绵。

卿尘将马鞭在近旁一抖，收回手中。刚刚一路上她都十分气闷，夜天漓座下"追宵"宝马异常神骏，同她数次比试总占上风。她见夜天漓笑得意扬扬，不甘心地道："若不是马好，哪容你这么嚣张！"

"哈哈，早说了，别忘了你的马术可是我教的，难不成还想赢过我？"夜天漓抬手指了指方圆数百里的马场道，"这昆仑苑中骏马无数，你且尽管去选，换了马咱们再比。"

卿尘撇嘴道："我青出于蓝而胜于蓝才能显出你这师父的厉害，你不会是怕我赢你，还暗中留了一手吧？"

夜天漓哈哈大笑，道："你先叫声师父，我再多教你点驯马的法子如何？"

"哼！"卿尘没好气地白他一眼，"你等着，待我去寻云骢，不信你不输！"

夜天漓笑道："好说！来来来，本王带你去寻，只要它肯跟你，我就当场认输！"

两人话音未落，便见不远处猎猎驰来马群，当先一匹骏马色如霜纨长鬃扬风，似明月皓日雪影流光，自广阔的原野迎面飞奔而来。待到近前，那马似是奔驰得尽兴，冠领诸骑，缓步停下，奕奕双眼桀骜不驯，傲气十足地往这边看来。

卿尘眼眸一亮："云骢！"

"呵，正说它呢！"夜天漓扭头笑说，卿尘已翻身下马向云骢走去。

云骢见到有人过来，不屑一顾地迈着长长的步子转身，嘶鸣声中众马分群，各自散开。卿尘知道马儿若不肯亲近你，追也没用，站下叫道："云骢……"

云骢侧过头来，停了一停，大概是认出了卿尘的样子，记得她曾经照料过自己，轻轻打了个响鼻。

卿尘试着伸出手，云骢似乎并不排斥，慢慢靠近她身边，试探着嗅了嗅她的掌心，仿佛能感觉到她的友好，纯粹而漂亮的眼睛中流露出亲近的意味。卿尘连忙取出一粒松子糖，云骢显然很是喜欢，耳朵微微竖起，开始在她手心慢慢舔食，不时地抬蹄轻嘶，一副惬意模样。卿尘便借机抚摸它的脖子，柔声道："云骢真乖，你的伤都好了吗？我上次来马场没见到你，你跑到哪里去了？"

她腕上的碧玺灵石散发着幽柔的微芒，云骢的眼睛映着微光，就像能听懂她的话一般，居然任她牵住缰绳，温顺低头，撒娇一样蹭了蹭她手掌。卿尘笑道："你不喜欢那些驯马师对吗？我就知道，他们总想强迫你，换作是我，也不会喜欢他们。"

她一边说着，一边又拿出松子糖给云骢吃。夜天漓见她一本正经和马说话，不由失笑，难得今天心情好，便丢开缰绳让追宵自去吃草，自己去近旁的树下休息。谁知不过回神的工夫，突然听得云骢一声长嘶，卿尘竟然翻身上马，一人一骑如银光闪电般向前奔出。

"卿尘！"夜天漓吃惊大喝，他深知云骢戾烈非常，这几年已不知有多少驯马师死伤在它蹄下，惊出浑身冷汗，呼哨一声召唤追宵，迅速上马追去。

云骢这时早已冲出数丈，追宵虽然神骏，放蹄疾驰，但云骢如御风腾云遥遥领先，始终与他拉开一段距离。

这时旁边随行的侍卫亦从四面追截过来，一时人声马嘶，吓得场中飞鸟小兽纷纷逃窜，方圆内马群皆尽惊驰。

卿尘大着胆子上马，起初亦被云骢的速度吓了一跳。但云骢奔跑虽快，却并不发性乱跳，只要略通骑术保持平衡，在马背上反而异常平稳。她发现云骢并不抗拒自己，又惊又喜，索性大胆将缰绳一抖，不但不加约束，反而纵容云骢尽情奔驰。

云骓时而放蹄长奔，时而左右疾冲，跑得尽兴时四蹄凌空，便如腾云驾雾一般。卿尘先前经夜天漓指点，此时马术已大有长进，俯身马上始终任它放纵，只是偶尔试着轻带缰绳。云骓果然是难得一见的宝马，非但神骏而且通晓人性，对卿尘的指挥十分顺从。如此人马相互适应，跑出数十里开外，云骓似是十分欢喜，在卿尘的约束下抬蹄轻嘶，速度稍缓。追宵纵蹄如飞瞬间赶至近前，夜天漓对卿尘喝道："稳住身子！"他靠近云骓探手扣向马缰，谁知云骓本来急速向前，此时却猛地停在当地，将追来的人马尽数闪到了几步开外，一个神龙摆尾般的大转身，扭头向后射出。

夜天漓兜马回身，手腕一抖，甩出套马索圈向云骓。

云骓灵巧地偏身斜冲出去，套马索竟蓦然落空。侍卫们先后出手尽皆无用，反而被耍得团团转。

跟着卿尘和云骓转了几个圈，夜天漓突然隐约觉得不对，留心一看，卿尘眼中波光盈盈满是恶作剧的神情，脸上尽是没心没肺的坏笑，哪里有半分害怕的影子？再看她身形稳当灵活纵马和侍卫周旋，他将马缰一带停住，心里又笑又气。

卿尘瞥见夜天漓的神情，知道被他看穿了，勒马回身，对他笑说："敢不敢再比比看？这次绝不输给你。"她满心欢喜地抚摸云骓，云骓如她一般扭头给了夜天漓一个挑衅的眼神，竟是和她同声出气。

夜天漓惊讶万分，却更哭笑不得："你想吓死我不成？你若有个好歹，我怎么跟七哥交代！"

卿尘抿嘴一笑，夜天漓狠狠瞪她，又被她用无辜至极的眼神看回，再看云骓那漂亮的眼中居然亦带着狡猾笑意，当真有气又不知如何发泄。

云骓与卿尘如此投缘，不但之前待她亲热，让她敷药疗伤，现在竟肯任她驯骑，毫不反抗。夜天漓惊魂方定，心下诧异万分，忍不住上前打量，啧啧称奇。"不想你跟这马儿倒有缘分，还真肯听你的话了。"

"怎么，怕输给我们吗？敢不敢再比一场？"卿尘笑看着他，突然出其不意扬鞭往追宵身上抽去。追宵一惊之下扬蹄怒嘶，顿时向前冲去。

"开始！"卿尘娇笑声落，云骓如离弦之箭，飙射而出，竟瞬间便冲过追宵，领先而去。

"竟敢使诈！"夜天漓剑眉一扬，当即纵马紧追不舍。少年英姿，怒马如龙，两人于围场中尽兴奔跑，畅快淋漓。云骓确是百年难见的良驹，追宵纵是马中极品，却依旧频频落在它后面，终于让卿尘扳回败局。

正奔驰在兴头上，迎面远远过来一群人，竟是夜天湛带了两队御林侍卫。夜天漓一见之下便道："不好，是七哥，若让他知道你驯骑云骓，少不了要训斥。"

前方马背之上，紧身窄袖武士服将夜天湛俊朗身姿衬得卓然不凡，白袍洒脱，飞马疾驰，片刻便到他们身前。卿尘和夜天漓一同下马，云骋毕竟非同寻常，她这时才觉得双腿又酸又累，晃了晃竟险些没站住。

夜天湛神情微变，翻身落至她身旁，抬手将她扶住，问道："这怎么回事儿？"

云骋自己施施然步去一旁，卿尘抚胸不语，感觉这一番折腾身体颇有些吃不消，片刻后喘息稍定，才低声嘟哝了一句："骨头要散了。"

夜天漓道："谁让你去招惹云骋，人没摔着便是命大。"

卿尘抬眼，神采飞扬地道："云骋肯听我的话，不好吗？"

夜天湛扫了他俩一眼，卿尘被他看得立刻不敢再说。夜天漓忙笑问："七哥不是奉旨陪始罗可汗吗？怎么竟来了御苑？"

夜天湛道："不来还不知道你们俩这么大胆，云骋上个月刚摔死了一个驯马师你也知道，竟敢让她去骑！"

夜天漓指着卿尘："我怎么管得了她？刚才是我差点儿被她折腾得没命才对。"

卿尘悄悄瞅着夜天漓的苦脸，忍俊不禁，随即抬手打了个响指，云骋高傲地轻嘶一声才过来这边。卿尘伸手摸它鬃毛，又掏出一块松子糖，云骋毫不客气地舔去含在嘴里，顺便还用鼻子蹭了蹭她的脸，卿尘"哎呀"笑出声来，伸手将它微乱的鬃毛理顺，十分开心。

夜天湛看着云骋对卿尘亲热的样子诧异万分，转向夜天漓目露询问。

卿尘道："云骋很听话，不会伤害我的，反正也没出什么事，你就别生气了。"

夜天湛俊眉微蹙，道："父皇和始罗可汗来了马场，正找云骋。"

夜天漓向那边一望，隐约能见御林军张起的黄色大旗，知道是天帝亲临了，冷哼一声道："始罗可汗一来便找云骋，可是又想看我天朝的笑话？"

却说突厥一族盘踞漠北，数十年前因王位之争分裂为东西两部，一者建都可达纳，一者在古列河立国，虽然内战连连，却也自来便同中原干戈不断，时战时和。

圣武十九年东突厥频频兵扰边境，烧杀抢掠。天帝震怒之下发兵二十万北上，一路深入漠北腹地，直破可达纳城。东突厥不敌而降，始罗可汗亲入天都朝贡，同时带来了风驰、云骋两匹宝马，美其名曰是贡品，但大漠烈马难驯，等闲人碰都碰不得，若是天朝上下无人驯服得了风驰、云骋，即便是战场获胜，也难免有失颜面。

但始罗可汗未想到的是，往年两军征战，他们几乎每仗都败在天帝四皇子夜天凌手下，此次带来风驰、云骋，夜天凌眼见烈马摔伤了数人，便向天帝请命。虽然始罗可汗恨不得夜天凌摔死在马下，却眼睁睁地看着两匹马中性子最烈的风驰几个回合之后乖乖向他俯首称臣。

神情冷漠，天神般驾驭风驰的凌王像是一道寒冰孤峰，在以万余人孤军深入攻破可达纳城后，再次使东突厥自中原大地铩羽而归。那双清冷深寂的眸子，那种淡漠不屑的目光，便如同一柄锋利的长剑，深深插在突厥人眼底心头。屡败屡战，屡战屡败，突厥军将现在是见玄甲军旗丧胆，闻凌王之名色变，视为鬼神一般，遇之绕道。

但眼下凌王不在天都，风驰也随他在前方战场，始罗可汗虽是为显示自己不与西突厥合作特来朝见，言行举止却总带着些居心叵测的意味。

卿尘自他们两人说话中大概听出端倪，扭头对夜天湛笑道："这些日子承蒙你照顾，既然云骋认我，今日便帮你去杀杀那始罗可汗的威风如何？"

夜天湛面上风云清浅，眼中却淡淡一沉："你这是报答我吗？"

卿尘粲然一笑："不是，是我看你板着脸时十分不好看！"说罢翻身上马，"走了！"

夜天湛微微一愣，夜天滴靠到卿尘身旁低声道："咳，这听起来像……美人博七哥一笑。"

卿尘横眉瞪去，几乎就想扬鞭给他那没正经的笑脸一下，他已大笑着催马避开。

卿尘眼角余光滑过，见夜天湛在一旁闲闲策马，唇角笑意十足。两人目光一触，他眼中的柔和如同无边的碧草细雨将人瞬间包围，湖波微澜轻柔地覆上岸边，润入心底就这么暖暖散开。她慌忙垂下眼眸，催云骋快跑几步，却无意中自己也舒畅地笑了起来。

前方黄旗迎风，仪仗威肃，两排御林军甲胄林立，御驾已在近前。天帝和一个目深鼻高的突厥人各骑一匹骏马，九皇子夜天溟亦陪侍在侧，其旁尚有一个身着火红骑装的异族女子，乃是始罗可汗的掌上明珠琥玥公主。

天帝见到云骋对卿尘顺从亲密，深眸之中掠过惊奇，却不发一问，只扭头同始罗可汗闲话："朕也好久没来御苑了，你看云骋比在突厥如何？"

始罗可汗笑道："神采飞扬似是更胜从前，中原水土神奇，当真叫人羡慕。"一口汉话竟字正腔圆，说得极好。

那琥玥公主美目艳艳，骄傲火辣，带着几分中原女子少有的爽快率真，上下打量卿尘，扬声问道："你骑的是云骋？"

卿尘淡笑道："是云骋没错。"

琥玥公主在突厥吃过云骋的亏，俏眉高扬，马鞭一指："我不信你能驾驭云骋，你可敢同我比试骑术？"

事关国体，卿尘不欲自作主张，转身看向天帝，等候示下。

始罗可汗对天帝道："陛下，不妨要年轻人自己玩乐去，我们在一旁看着也热闹。"

天朝女子每逢春秋节日或是诸国朝贡，骑马、击鞠、射猎等等皆是寻常游戏。天帝不便驳始罗可汗面子，但却不知卿尘骑术如何，一时沉吟不语。

卿尘见状笑道："陛下，卿尘的骑术在我天朝女子当中只是普通，不敢与公主相争,但可汗远来是客,既然有此兴致,总不好让客人失望。我去陪公主试试马,请陛下与可汗移驾旁观,便当我们少年人游戏就是了。"

这话说得甚是得体,天帝点头而笑:"说得也是,这倒是朕老了,忘记少年人最爱玩这些。"

夜天漓方才见过云骋的厉害,又是唯恐天下不乱的性子,跟着道:"父皇,咱们即便赢了,也是可汗进献的好马。卿尘的骑术是我教的,父皇放心便是。"

那琥玥公主闻言杏眸一挑,道:"你莫要夸口,有本事我们比一比!"

夜天漓哈哈一笑,道:"好男不与女斗,公主且先赢了我的徒儿再说!"

琥玥公主狠狠瞪了他一眼,对卿尘道:"好!我在前面等你。"说罢纵马而去。卿尘对天帝和始罗可汗施了一礼,召唤云骋随后去了。

夜天湛眉梢轻蹙,侧身对天帝道:"父皇,赛马毕竟危险,莫要伤了公主,不如儿臣陪她们一起,也好有个照应。"

天帝准道:"去吧。"

夜天湛等人打马到了近前,正听琥玥公主对卿尘道:"单单比快有什么意思,你们天朝大军不是战无不胜吗?你可敢和我比一比过枪阵?"

卿尘抚着云骋抿了抿嘴,点头道:"公主定夺便好!"

夜天湛立刻掠了她一眼,这过枪阵的马术比试乃是军中常用的法子,赛场上除了以长枪横设障碍外,还会在上下四周搭设剑阵,骑者纵马穿梭其中,以快速通过和不受损伤为胜。

夜天湛俊眉微蹙,转身对侍卫们道:"寻前方平坦的地方设二十杆长枪,全部去掉枪头,不必搭设剑阵,将四下里的鸟兽都驱开,莫要惊了公主的马。"

卿尘听他如此吩咐,颇带感激地朝他笑笑,纵马往前行去,忽然遇上夜天溟在旁别样的眼神,心里不意突地一跳,竟觉说不出的怪异。

琥玥公主闻言目露不满,方要发作,身旁黑影一闪,夜天漓凑上前来道:"依我天朝的规矩,枪阵剑阵得一关关地过,公主先赢了我徒儿第一场,后面我亲自上场跟你比剑阵,怎样?"

琥玥公主哼了一声转过头去:"你且等着!"然后扬鞭催马,绝尘而去。

侍卫们按照吩咐架好长枪,双方定了比赛规则:两人以箭筒中金箭的多少为准,碰掉一根长枪入箭一支,骑手落马算做两支,以快速击鼓一百声计时,最后谁的箭筒中箭少便是赢家。

天帝和始罗可汗移驾一旁观战,顺便做了裁判。

琥玥公主和卿尘并骑在前,云骋像是感觉到赛场的气氛,抬蹄轻嘶,似乎极其兴奋。待到鼓声一响,两人两马同时飙射而出。

天上早就收了雨意，一道阳光破云而出，草场上雷鼓声声旌旗高扬，一众侍卫齐声喝彩为她们助威。

卿尘原本还担心自己骑术不及琥玥公主，胜算不高，谁知云骋瞬间便冲到了琥玥公主前面，根本不需主人费心驾驭，御风踏云，仿如电光轻闪腾空过境，稳稳落地，直奔第二枪而去，看得众人齐声叫好。

卿尘暗里一声夸赞，顿时信心倍增。琥玥公主亦不落后，俯身催马，紧追而至，两匹马几乎同时连过两枪，红衣雪影各擅胜场。

云骋迅如闪电快如疾风，放开速度，始终快对手一头。待到了第七杆长枪前，琥玥公主欲要赶超卿尘，娇叱一声挥鞭催马，座下快马放开四蹄冲向长枪，却不料速度未及，正巧前蹄踏中枪身。

长枪当中折断，半截枪杆陡然飞向马首。马儿惊声嘶鸣，立时向斜冲去。琥玥公主被受惊的马匹猛地一甩，惊叫一声，顿失平衡。这边云骋为避阻挡，突然加速跃起，四蹄腾空而出，卿尘毕竟新换马匹，还不十分适应，一惊之下身子便向外甩去，眼见便要落马，手中缰绳急收。

云骋腾云驾雾一般落向前方，稳稳冲出几步。琥玥公主那边一道墨影飞驰，有人纵马俯身将她拦腰救起。卿尘身边也有人马一闪而至，却是两人的手同时扶来。

卿尘扭头，见是夜天湛和夜天溟并骑而至，下意识勒了缰绳轻轻往后退开。身边两人无声无痕地对视了一眼，一人细长的眸中亮光闪逝，如细刃般刺得人心头惊颤；一人眼底风云轻淡，冷月照水的清光一晃而过。

卿尘连忙笑说一句："多谢两位殿下。"夜天湛也不答话，常带微笑的唇角温温冷冷地抿着，神色淡淡看得人心中暗自发毛，待打量她安然无恙，淡声道："去看看公主吧。"

夜天溟眯眼盯着卿尘，眼中明光衬着他绝美的脸庞有种几近妖异的魅惑。卿尘心头微微一凛，不禁回马避让，跟上去看琥玥公主。

琥玥公主坐在追宵背上，俏脸飞红，银牙暗咬。夜天漓倒悠然自得一脸漫不经心的笑容，低头挑眉看了看美人赌气的模样，纵身下马，抬手扶她。琥玥公主美目一瞪，但还是把手交给了他跳下马来，回到始罗可汗身边。

夜天漓随后笑道："两人不分先后，今日便算扯个平手。眼下时候不早了，日后有机会，我带公主去看舞马表演，那才有趣。"

琥玥公主险些落马，输赢实已分晓，天帝却笑而不提。琥玥公主看了卿尘一眼，闷声不语。始罗可汗心疼爱女，但夜天漓一席话给足了突厥颜面，倒也不好再说什么，赔笑带过。

这时却见远远一匹快马驰来，到了近前，马上之人飞身下来，将一封六百里加急快报递到一个御前侍卫手中,那侍卫快步上前恭呈给天帝。

天帝伸手接过,见是前方军情报,交给夜天湛:"看看说什么。"

夜天湛拆除信上火漆,看了一遍,回道:"父皇,西突厥答应退兵、称臣、朝贡的条件,四皇兄大军休整后启程归京,不日即到天都。"

云破天开,阳光渐渐驱散整日的雨意,洒照在草色离离的原野之上。万千金光穿透层云,以震慑人心的光明勾勒出一片辉煌天际。天帝目光自始罗可汗处掠过,投向遥远的原野尽头,满意笑道:"很好,这次朕要亲自在神武门犒赏三军。"

始罗可汗同西突厥射护可汗为争夺漠北王庭结下无数怨仇,此时无论是否诚心归降天朝,也都愿意看着西突厥兵败,笑道:"恭喜陛下大军得胜回朝。"

夜天湛借机对天帝道:"父皇,想必可汗和公主也累了,不如回宫歇息一下,澄明殿里还设了宴。"

天帝点头道:"起驾澄明殿吧。"临去往卿尘处看了一眼,卿尘静静垂眸送驾。

第十五章 蝶衣翩跹流光色

在御苑待到日落西山，云骋似乎能感觉到卿尘要独自离开，始终亦步亦趋地跟在她身旁，夕阳将它欺霜赛雪的长鬃染上一片柔顺的光泽，人马皆是依依不舍。

卿尘每走几步，都忍不住要回头抚摸云骋。夜天漓无奈，靠在追宵身上等着她们道别，却见两名内侍骑马从澄明殿那边过来，到了近前，下马面南而立，对卿尘道："凤姑娘、殿下，圣上口谕，良驹遇主乃是奇缘，今日姑娘在突厥人面前替咱们天朝争了颜面，便将这宝马云骋赏赐给姑娘了。"

卿尘闻言大喜，急忙领旨谢恩，待传旨的内侍一走，回身搂着云骋喜笑颜开。云骋竟似解人意，扬蹄轻嘶，绕着卿尘跑了两圈，看去亦是欢畅。夜天漓见她们一人一马投缘，摇头笑道："这下总能回城了吧，再走晚了被父皇传去澄明殿侍宴可要麻烦了。"

卿尘答应一声，翻身上马。两人自北门出了御苑往天都方向而去，不多会儿身后马蹄声响，赶上来一群人，走到他们面前纷纷勒马，有个文静的声音叫道："是十二弟吗？"

夜天漓回身看去，即刻笑道："原来是皇嫂，你们也从御苑回来？"

太子妃在黄骢马上对他微笑点头，仕女裙静垂身侧典雅大方，气质柔美，看上去同太子倒是极相称的一对。她身边一个眉眼俏丽的少女，紫衣骑装鹿皮长靴，背挂飞燕银弓，看着夜天漓脆声笑道："十二殿下，许久不见了！今天猎了什么好东西？"

夜天漓道："今日没狩猎，只兜了几圈马，怎么刚刚在围场里没见着你们？"

那少女咯咯一笑，悄声道："我和太子妃老远看到御驾就偷偷躲了。"

太子妃皱眉道："你见了御驾就往东苑跑，现在还敢在殿下面前说嘴。"

那少女显然和夜天漓他们都很熟，也没什么顾忌，道："十二殿下又不是没在皇上眼皮底下偷溜过。"边笑着往卿尘这边看来，见到云骋时"咦"了一声挑起杏目。

夜天漓笑说："那你可错过了一场热闹，东突厥的琥玥公主今天和卿尘比试骑术吃了大亏，父皇将云骋赏了卿尘。"说着对卿尘道，"这位是太子妃，这是七皇兄的表妹，殷家大小姐采倩，你没见过她吗？"

卿尘一一施礼，太子妃颔首微笑，殷采倩惊奇地将卿尘和云骋上下打量，突然道："哎呀！你就是湛哥哥府里藏的那个美人儿？"大伙儿都愣住，她笑着说，"靳嫂嫂说得果然没错，前几天我还特地去湛王府想要看看，结果你出去了没遇上。大哥说湛哥哥最近脾气大，让我少去添乱，我正着急见不着呢。"

卿尘见她活泼可人，不禁莞尔失笑："我也听七殿下提起过你，特意不如赶巧，今天就在这儿遇到了。"说话间一起前行，远远已见着天都城门，殷采倩道："好久没去湛王府了，走，咱们叨扰靳嫂嫂去！"

太子妃柔声道："你们去吧，出来这么久太子殿下还不知道，我得先回东宫了。"

夜天漓侧身对卿尘道："万一皇兄今晚自宣圣宫回来，定还要说云骋的事，我可不陪你去挨训斥。"说着扬声道，"我约了人，也先走一步！"

卿尘没好气地看他幸灾乐祸地打马离开，殷采倩撇嘴笑道："太子妃一日不见太子殿下便牵肠挂肚，十二殿下从来没有闲着的时候，咱们不管他们！"

两人并马前行，一路说说笑笑，到了湛王府，卿尘随掌管马匹的内侍去安置云骋，殷采倩则将马鞭往侍从手中一丢，一路向着里面喊去："靳嫂嫂！"

靳慧带着两名侍女含笑出来："就知道是你，从来都是大呼小叫地进门，一点规矩都没有，府里有客人呢。"

殷采倩吐了吐舌头往里面看去，靳慧身后步出个光彩明丽的佳人，一身轻红银丝斜襟罗衣，外罩玉色云痕纱，如云飞仙髻插了玲珑步摇，细长月眉下，她眼中潋滟的波光随着娇俏步履焕然生姿，似乎藏着几多繁复的神采，似颦似笑，似清似媚，柔软里亦有着夺目的光。

她笑着对殷采倩问了声好，谁知殷采倩却将眉眼一凉，原本俏生生的笑意瞬间没了踪影，不冷不热地道："原来是凤修仪在这儿，那我还是先回去了。"

靳慧见她无礼，略带薄责地看了她一眼，轻轻摇头。

凤鸾飞却并不在意，对殷采倩笑道："看这打扮是刚从御苑回来，一见我便走，不是还为上次春猎时那只獐子怄气吧？"

殷采倩纤眉一挑："谁为那点儿事跟你怄气？獐子又没说是我的，你光明正大猎了去算你身手好，不过有些人你最好离远些！"

凤鸾飞依旧笑容明媚，靳慧却微微加重了语气："采倩！"

殷采倩冷哼一声："我走了！"卿尘正迎面过来，见她一脸晦气模样，还不及喊她，她便快步往府外去了。

靳慧无奈蹙眉，凤鸾飞却似乎并未将此事放在心上，凝眸看向卿尘。卿尘来到近前亦静静将目光在她身上一落。靳慧无暇去顾殷采情的小姐脾气，扭头柔声笑说："卿尘，正等着你回来，这位是御前修仪凤鸾飞。"

卿尘恍然，无怪看着她有些似曾相识的感觉，原来她和"凤卿尘"眉眼间确实带着几分相似。靳慧道："你们进里面聊，我还有几件事要交代下人去办，一会儿再过来。"

卿尘将凤鸾飞请去自己房中，凤鸾飞见到墙上那幅画卷，再细看室中摆设，隐约觉得卿尘在湛王府中身份有些特殊，转身笑道："凤姑娘，我是借着皇上休息的空当出来的，不能久待，恕我直言，你身上是不是绘有一记凤蝶文身？"

卿尘今日为了骑马方便穿的是叠襟窄袖骑装，领口遮挡着颈下肌肤，是以不见文身。听凤鸾飞如此相问，她略一迟疑，点头道："是有。"

凤鸾飞见她如此说，在榻前跪坐，伸手将自己的衣襟解开，往下轻轻一扯露至锁骨处，顿见灿灿银蝶翩跹肤上，娇媚动人。

一见之下，卿尘不禁愣神，那蝶翼流连间轻灿的银光似乎在她心底轻轻牵扯，有种奇妙的感觉悄然升起，那样缓慢清晰，像是自己身体的一部分。琐碎的片段不断涌出，若有若无地穿插于心间，在她想抓住时一晃而过，又似乎没了踪影。这样的感觉先前也曾有过，她不明所以，一时间看着鸾飞没有说话。

凤鸾飞道："听说那日九殿下见了你身上的凤蝶文身险些将你当作纤舞姐姐，不知那只凤蝶是否和我身上的相同？"

卿尘沉默了片刻，伸手将衣服缓缓褪下，一片玉白肌肤呈现在凤鸾飞面前。小巧轻柔的锁骨微微凸起，其上绘着同样的银蝶，轻须薄翼，蝶姿招展，仿佛飘然于雪色花间，极其动人。

凤鸾飞靠近细看着那银蝶，目中掠过惊喜之色。她不能置信地抓住卿尘手臂，颤声道："是一样的文身，你竟然真的是姐姐，是凤家的女儿！你可知道我们找了你多少年！"

卿尘对这突然而来的显赫家族却似不感兴趣，微笑道："我想可能只是巧合，凤蝶文身并不难绘制。"

凤鸾飞道："不会这么巧，这样的凤蝶是仿制不出的，漠云山的瑶砂和朱美情的笔法，天下不可能再有第二家，还有这蝶须，看去似是银色比别处深沉，但其实用的是暗金点缀，深入肌肤，这文身是凤家女子独有的印记，绝不可能出现在不相干的人身上。"

卿尘低头垂眸，不细看连她自己都没注意到这点。她伸手抚在领口上，慢慢将衣襟轻拢，似乎在借着这动作理清思绪，不知为何，她对"凤卿尘"的身世全无印象，所有的记忆都只从那山间竹屋开始,而在此之前,几乎一片空白。过了一会儿,她摇头道:"如果说是凤氏门阀的女儿,便更不会是我,我从来没见过父母亲人。"

凤鸾飞眼中闪过轻微的诧异,对她的推辞似有些不解,道:"姐姐幼时便被恶人掳走,父亲寻了这么多年都杳无音信,还以为早已不在世间,你不记得以前的事也不奇怪。"

卿尘眉目淡然:"我确实什么事情都没有印象,所以,不太好轻下论断。"

凤鸾飞沉默片刻,似乎在斟酌她话中之意,这分明有着几分拒绝的意味,她又如何会听不出?

卿尘安静地看着凤鸾飞,修眉凤眸,琼鼻樱唇,她微微扭头,旁边一面铜镜映出自己的影子,恍惚间如出一辙,心里便渐渐有些疑惑。

凤鸾飞亦看着那铜镜,许久之后,方轻声道:"很像,不是吗?"

卿尘无法否认眼前的事实,心不在焉地"嗯"了一声。

凤鸾飞道:"还有纤舞,我们姐妹生得十分相像。小时候我总喜欢跟着纤舞,连衣服都要和她穿一模一样的,大家常常都分辨不出我们谁是谁,我还学她跳舞,她舞跳得很好,叫人看着就着迷。"她停了下来,神情怅然,美目轻鬓时似是含着一种复杂的黯淡和伤感,仿佛在回忆什么,"可是纤舞已经不在了,那年在晏与台上,她为九殿下跳了一支《踏歌》,一曲未完,突然就倒了下来,再也没有醒。她在最美的时候离开了我们,我们谁也忘不了她。"

卿尘想起夜天溟提到纤舞时的模样,叹道:"原来如此。天妒红颜,在最美的时候结束,只留下动人的记忆,其实也未尝不好。"

凤鸾飞软声道:"但母亲自纤舞故去后便病倒在床,她也惦念了另一个女儿一辈子,伤心了十几年。如今她旧疾缠身,已然时日无多,不管是真是假,你可否见她一面,令她宽心?"

卿尘心中一软,便想起自己少年时候便已失去了母亲,母女天人永隔的滋味,最是清楚不过。此时此刻,面对一个牵挂女儿一生的母亲,如何忍心视而不见?思量片刻,她终于点头道:"好,其他事情暂且不论,我随你去见夫人也无妨。"

凤鸾飞一直留心她的神情,见她终于答应,粲然一笑拉住她的手:"今天晚了,明天一早我便派人来接你。"

第十六章 名门钟鼎玉马堂

清早阳光极好,带着初秋的凉意温暖干爽,毫无遮拦地铺泻下来,落到依旧青翠的枝叶间便洒落一地。

卿尘早早骑着云骕在王府射场中遛马,心情如这秋阳金光般舒畅,不禁张开双臂对着蓝天欢呼了一声。云骕感染到她的兴奋,也跟着扬蹄嘶鸣,轻快奔跑,神气非凡。

一人一马在场中兜了几圈,卿尘笑意盎然地带马转身,却突然发现夜天湛独自站在一旁,微笑看着这边。

蓝衫似水,玉冠如月,秋阳微耀模糊了俊面轮廓,只见一抹比风儿更洒脱比云儿更清闲的笑意挂在他眼底眉梢,仿佛眼前湛蓝无际的天空,一时间叫人失神。

他昨日在宣圣宫陪同始罗可汗并未回府,此时出现在射场显然是早起赶回来的,卿尘下马问道:"始罗可汗走了吗?你怎么回来了?"

夜天湛并未答她,目光往云骕处一落:"你真是常常都给我些惊奇,仅我所知这云骕便曾伤了八个驯马师,其中有三个重伤不治,昨日若有个闪失怎么办?"

卿尘想起昨晚夜天漓临走时说的话,悄悄自睫毛下瞥了他一眼,终究是要教训了。

夜天湛见她不出声,一双俊眸微眯着看定了她:"怎么?"

她笑了笑:"后来才想到是挺危险的。"

夜天湛不想她痛痛快快认错,倒有些无话可说了。谁知她接着又说了一句:"不过很刺激。"

他顿时有些哭笑不得:"回头我饶不了十二弟!"

卿尘一愣,忙道:"不怪他,是云骕亲近我,我自己偷着骑的。你饶了他,我任你责罚,怎么都行。"

夜天湛眼底微敛了笑意:"当真?"

卿尘挑挑修眉:"说到做到。"

夜天湛嘴角扬起个轻笑的弧度，声音悠悠拖长："那好……罚抄十遍《女诫》！"

"啊？"卿尘大惊，苦着脸道，"太过分了啊！换别的可好？我宁肯抄一百遍《国语》！"

夜天湛看着她的模样蓦地笑出声来："还真打算抄？不过《国语》比《女诫》长了不止一倍，你可要想清楚。"

卿尘才知道被耍了，狠狠瞥了一眼过去，刚才夸下了大话一时又不能反驳，只能站在那里赌气瞪着他。

倒很少见夜天湛这样大笑，平日里他虽常带笑容，但那温润中总有些疏离。此时的他意气风发，淡金色阳光落在身上英气逼人，看上去分外潇洒。她不免有些感慨，老天将风流富贵才貌贤德全都给了这一人，少年得志，不知这世上还会有什么是他不称心的？

夜天湛笑够了，见卿尘正扬唇看着自己，眼中目光一柔："相府的人在外面候着了，我和靳慧陪你一同去。"

卿尘微怔："不用这么麻烦吧？"

夜天湛却已举步向外："走吧。"

简单二字，他温润的语气中却是不容推拒的决定。卿尘微微抿唇，只得随他而去。

相府马车宽敞华丽，软屏夹幔紫罗烟褥，幔中淡淡熏着樱草的清香，有种安神的贵气。

窗外车水马龙，人烟阜盛，所经上九坊一路植有古树，将近百步的大道分作三条。当中平坦宽阔乃是御道，专供天子出行之用，金秋阳光中显得高高在上，遥遥延伸，直至消失在目不可及的城门之外。

到了凤相府前，门中侍从远远见着湛王，慌忙飞奔入府通报。夜天湛笑着回身亲自扶靳慧下车，接着自然而然握了卿尘的手带她下来。

凤衍同凤鸾飞自内迎出，皆未想到湛王和靳妃居然双双陪同，眼见这一幕，亦明白湛王身旁的女子非比常人，心中便已拿定了三分主意。

卿尘抬眸看向这权倾朝野的凤相，只觉其人气度深沉言笑慎稳，看似平缓的目中暗带精光，心志深藏，不愧是历经两朝位列公卿之首的权臣。那迎面一瞬的对视，卿尘自知由上而下尽收凤相眼底，陡然有种互探根底的感觉。她静静凝眸过去，平湖秋月悠然不波，谁也未占上风。

相府朱门深苑，庭院雍容，前庭广阔可容车马，卿尘随着夜天湛步入其中，向前看去，突然停住脚步，说了声"这里不是有个鱼池吗？"话说出来，她自己先吃了一惊，仿佛那刻思维游离了一下，摆脱了心神的控制。

身边众人齐齐看她，鸾飞望了望空阔的中庭道："这里从我记事起便是四面植树，中庭留空，从没有过鱼池。"

"哦。"卿尘心不在焉地应了声，却听凤衍问道，"你可记得是什么样的鱼池？"

卿尘侧头笑道："不知为何，我突然觉得这里该有个鱼池。非常大，而且一边白色一边黑色，中间像是太极图一样隔了开来，太奇怪了，哪里会有这样的鱼池？"

凤衍眼角轻轻一动，道："其中白色里面养了黑鱼，黑色里面养了白鱼，本就是一幅太极阴阳八卦图。有这太极鱼池之时鸾飞也还在襁褓之中，府中也只有一些老人知道。"阳光下他眸光微微眯起，看不清是什么神色，"你可还记得别的事情？"

卿尘茫然摇头。鸾飞道："父亲，姐姐被恶人掳走时年纪尚幼，恐怕记不得多少事情，但她身上的凤蝶文身和女儿的一模一样，这点是绝不会错的。"

凤衍点了点头，反身对夜天湛抱拳笑道："真要多谢殿下当日搭救了卿尘，才有今天老臣一家团聚，老臣感激不尽。"这言下之意已是将卿尘当作了丢失的女儿，卿尘下意识地蹙眉望向夜天湛。

夜天湛对她微微一笑，道："凤相言重，不如先带卿尘见见夫人再说。"说话间往靳慧那边一瞥，靳慧挽了卿尘的手道："我陪你一同去。"

卿尘不好拒绝，便同靳慧一起随凤衍入了内室。屋中隐隐约约尽是药香，入眼一副富贵牡丹掐金屏风，其后碧纱垂幔中躺着一个沉睡的妇人，似乎曾经保养得很好，但显然久受病痛之苦，面上已经失了神采。

鸾飞请了兄长在外陪夜天湛说话，自己随后而来。卿尘行至榻前细看凤夫人的脸色，出于医者的本能伸手搭试她的脉搏，心中一凛，回头问道："这是……心疾？"

凤衍沉声道："宫中御医也是这么说，自来已有多年，只是这些日子越发不好。你姐姐纤舞亦患的同样病症，更是早早便不治了。"

卿尘下意识抬手抚上自己胸口。靳慧见她神色微变，想起什么事来："卿尘，这岂非和你一样？"

凤衍和鸾飞愕然相视，卿尘轻轻点头，对鸾飞道："可否让我试试你的脉？"

鸾飞迟疑地在榻旁坐下，将手交给她。她细细地诊了一会儿，道："现在看来是无恙，虽说夫人的病症并不一定会牵涉所有子女，但你自己也要小心。至于夫人的身子……心气郁结已久，沉疴固滞，大概只能保数年无恙。"

鸾飞反手握住她惊问："数年？御医说能熬过今冬便不错了。母亲这几天时好时坏，我们都……"说着略有些哽咽。

卿尘低头想了想："若能用药剂配以金针调理，我倒有些把握，但一定要好生调养，不能受半点儿刺激，惊忧怒痛都需谨慎避免，即便是大喜大笑也不宜。"

凤衍一直在旁细细端详她，此时问道："不想你竟通晓医术，这些年你都在何处，与何人在一起？"

卿尘抬头，清水般的眸子在他注视之下微微一漾，似有些许縠纹轻轻泛过那一湾明净的色泽："之前发生过一次意外，很多事情我都不记得了，一直以来，我都是一个人。"

凤衍蹙眉再问："那你是否还记得是什么人将你掳走？"

卿尘摇头道："我不知道。"

"哎呀！"鸾飞握着卿尘的手，不由娇嗔道，"父亲！姐姐才刚刚回家，你便急着问这么多，以后有机会慢慢再说不迟嘛。"

凤衍呵呵一笑："为父关心卿尘，也是太过心急了。"复又叹道，"唉！你母亲这一生便是为儿女伤神，之前伤心纤舞一病不起，现在若是得你们兄妹承欢膝下，说不定会有些起色。"

卿尘闻言回头看了看床上气息微弱的病人，面对鸾飞殷切的目光，一时也不忍出言否认，垂眸一笑，不说好也不说不好，只细细嘱咐了鸾飞一些事宜。脸上淡淡的神情落在凤衍眼中岂会看不出她心下踌躇，出门时便落后一步和她并肩而行。待鸾飞与靳慧走得远些，凤衍似是漫不经心闲话道："为父自知这十几年亏欠你不少，如今难得湛王殿下有心，你认祖归宗后为父自会替你安排这一桩好姻缘，届时便是双喜临门。"

卿尘不料他有这番话，愣了片刻，才醒悟到他在说什么，待要抬头作答时，已然到了外室。夜天湛正与凤家大公子凤京书说话，含笑的眼神明若朗月，轻轻带往她身上，眸中眼底浸透了温柔神色，毫不避讳地看着她。

此情此景，不好多说什么，卿尘静静低下了头。凤衍见此情形只当女儿家羞怯，深深一笑，意味深长。

第十七章 紫藤花轻是谁家

清烛爆开了灯花，轻轻噼啪一声。

卿尘抱膝坐在榻上，怔怔地望着不远处的铜镜。每当看到这样的面容，依然心中恍惚，不知是不是真正的自己，还是大梦未醒。

雪肤花貌映了烛火，笼上淡淡的嫣红。她安静地想着还有什么地方可去，还有什么路可走，并不是每一个明天都可以轻易决定，但凡事却必然要有选择。

每当见到夜天湛时常常以为，命运给了她那般残酷的事实，或许又在另一处还给她近乎完美的补偿。爱与恨的缝隙之间，他的一颗心如同万里晴空般坦荡荡地呈现在面前，温润柔和却又丝毫不加遮掩。原本看在眼里，总是欺骗自己说无动于衷，但今日凤衍一句话，便像是掀开了帷幕将所有东西推到台前，他的眼神、话语、笑容，无可回避地从压抑最深的地方涌起，瞬间和记忆中的美好重叠在一起，分不开，理不清。

这样完美的机缘，她知道只要伸出手，他会毫不犹豫地握紧她，他一直在等着她。

在麻木了很久很久以后的记忆中回头，曾有疼痛像潮水一般赶上，几乎使人溺毙。她想知道自己有没有勇气再一次伸手去触摸美好，同样的美好，背后的痛苦和丑陋又是否相同？

想要回到自己的地方，又到底是不是一个正确的决定呢？

没有人知道。

想得累了，靠在枕榻间慢慢地睡去，似乎感觉夜天湛站在自己的面前，那样云淡风轻的微笑，温柔如水，湛蓝无垠。

醒来时锦衾的温暖让人身心松散，卿尘起身将花窗推开一道细缝，带着雨意的微风悄悄流进。

外面零星飘着飞雨，颇有些秋凉的意味，心中像是无端多了些什么，淡淡的，又沉沉的。

花廊那处，靳慧带着翡儿正向这边走来。卿尘看着这个秀美女子隐约的身影，似乎想见夜天湛潇洒的风姿，比翼双飞举案齐眉，她才是应该陪在他身边的女人吧。

突然间感慨涌上心头，一个人的心，要承受别人的分享，一个人的爱，要分成几份来周旋，换作自己，绝对不会接受。抛开所有过往不论，她岂会去分享其他女子的幸福？而且这个人一直如姐妹般待她。想到这里，心中陡然轻松了许多，自嘲似的笑笑，枉自辗转反侧，其实只是参不透，看不破。

在木兰色仕女罗裳的衬托下，靳慧举手投足有着高贵的温婉，见了卿尘温柔笑说："卿尘，快过来，有件喜事跟你说。"

卿尘微微怔神，问道："什么喜事？"

靳慧从翡儿手中接过一个凤纹玉盒，吩咐她："你先下去吧。"

卿尘取盏斟水，添了闲时晒制的桂子茶。水汽一起，桂子幽香氤氲满室，便犹如靳慧柔和娴雅的微笑。

靳慧将盒子搁到她面前："打开看看。"

卿尘接过来道："是什么好东西？"随手打开玉盒，只见一袭雪白素锦上衬着串澄澈如水的蓝色晶石，微光映处晶莹剔透，美得像是月色下一汪幽静的湖泊。

海蓝宝！如此清透无瑕的海蓝宝，是水晶中的极品。这正是卿尘想要寻找的东西，集齐了晶石串珠或许便有机会发动九转玲珑阵，那她说不定就可以回到原来。

卿尘抬头望向靳慧，靳慧柔美的眼中淡淡的，一瞬间带过恍若错觉的轻暗。卿尘心中电念百转，轻轻将玉盒合上："好漂亮的串珠。"

靳慧抬手抚上玉盒，将它打开，晶蓝色的宝石在她白玉般的指尖流动着清淡光泽，柔和而通透。她缓缓道："这串冰蓝晶是殷氏家族的珍宝，贵妃娘娘嘱咐殿下，说是传给湛王妃。"话说到此，抬眼看定了卿尘。

卿尘和她四目相对，而后一笑："那怎么之前都没有看姐姐戴过？"

靳慧松手，盒盖轻轻滑落，重新合了起来。她用那样极淡的语气道："我只是殿下的侧妃。"

卿尘有些意外，以前从没有人和她提起过，她一直以为靳慧是夜天湛的正妻，不解道："可现在你是他唯一的妻子，正妃、侧妃又有什么区别？"

靳慧细致的眼光掠过卿尘眉目，深深地叹了口气，复又一笑："卿尘，殿下的心思，其实你我心里都清楚。湛王府中正妃空置已久，这么多年始终没有哪个女子能入他眼中，但今日却是他要我来问你，可愿入这家门？"

单刀直入，没有了遮掩。卿尘虽隐约预料到可能会有这样一天出现，但乍听到此话还是无比尴尬。她一时沉默不言，纤细的手指轻轻敲动在桌案上，发出细微的声音，一声声撞进靳慧心里。

时间太长，靳慧等得忐忑，忍不住又道："卿尘？"

恰好卿尘此时也抬头道："姐姐。"

短短相视一刻，靳慧便移开了目光，只道："你说。"

卿尘目中有着因某种决断而显现的清利，低声道："要我说，他于此事上实是万般不该。"

靳慧愣愕万分，不由抬头："你……"

卿尘摇手阻止她，眸色澄明如水，淡淡看着身前："我并非指责他的不是，从来没有人像他待我这样好，我心里清楚，也一直很感谢他，但是此事却不能混为一谈。何况，他不管对我，还是对别人，两人之间一旦认定了对方，便该情深意专，我若有情便只能容下一人，他若有心也只能有我一个，三房六院妻妾成群，即便天下人尽如此，我也不愿。"见靳慧望来的眼中满是惊讶，她淡淡一笑，再道："再者，他要你来问此事，又于心何忍？你是他的妻子，他本该一心一意对你，现下却要你来问别人愿不愿嫁给他，他难道不顾你的心？天底下哪个女人愿将丈夫拱手让与他人分享，自己还要从中穿针引线？姐姐你贤淑大度宽容忍让，我却无法接受。"

靳慧闻言，眼中微微一酸，叹道："我只是靳家庶出的女儿，能嫁得他做侧室已然足矣，难道还能求他只有我一个？今天便不是你，明天也自会有别人，湛王府中正妃，总还是要有的。"

卿尘道："若如此说，我更加是个来历不明的女子，自己都不知道自己是谁，又怎能做什么王妃？"

靳慧道："你若认了凤相为父，封为湛王妃则是门当户对。殿下为此没少费心思，我从未见他对一个女子这般上心。那日也是因他亲自问了凤家曾走失过女儿的事，凤相知道后即刻让鸾飞上门拜访，如今看来十有八九不会错，你还担心什么？"

"是吗？"卿尘凤目微挑，"那若我并非凤家的女儿，是不是即便跟了他，也只是他妻妾中的一个，永远要仰视他，永远也不能和他并肩而立？"

"并肩而立……"靳慧几乎被这样的想法震惊，即便是士族女子地位尊贵，多有特权，却毕竟也不能完全同男子相提并论，谁又曾有过这种想法？

卿尘并不奢望她能理解，只道："话虽鲁莽，但却句句是肺腑之言，我的心意，姐姐当明白了。"

靳慧道："卿尘，你真心待我，我也与你说我的真心话。确如你所言，没有哪个女人不想独占自己的丈夫，但皇族之中，自天帝之下哪个又不是有妻有妾？这是我们女人的命。迟早有一天，湛王府会娶进一位正妃。你在这里时日虽短，但从进府的第一天，他便对你百依百顺，你我姐妹更是投缘。说句私心话，我其实也是为自己想，所以宁愿进府的那个人是你，而不是别的女人。你和他也是情投意合，如何竟不愿答应这门亲事？"

卿尘犹豫了一下，道："我对他……"话到嘴边只觉得无从说起，"他和我的一个……朋友长得很像，我常常会把他当作是他，这种感觉很奇怪，虽然有时和他比较谈得来，但不是那样的，我对他，仅仅是……亲切。"乱七八糟说完了这些，她愣愣地盯着窗外飘零的细雨，心中就像是初见夜天湛时的那种感觉，酸甜苦辣喜怒哀愁一应俱全，刹那间全部涌上心头。

靳慧似乎意识到了什么，凝视她半响，突然叹了口气："这串珠暂且留在你这里，你再好好想想。此事并非勉强得来，我也不能多说什么，只是真心盼你能成全他一番情意。"说罢，静静起身，"我先回去了。"

卿尘站起来，迟疑道："靳姐姐，对不起。"

靳慧道："这句话你得自己去对他说。"

卿尘摇头："不是，我是对你说，我……"

"卿尘。"靳慧低声道，"你不必对我抱歉，只要他高兴，我愿意为他做任何事，我希望你能答应他，他是真心待你，我也一样。"

卿尘送走靳慧，对着荧光幽微的冰蓝晶默默出神。指尖滑动在冰水般的圆环中，一圈又是一圈，犹如层层心事，无穷无尽。

爱到不能爱，聚到终须散。这一条路，是走到尽头了吧。

她纤细的手指轻轻握紧，终于拿起冰蓝晶放回到玉盒之中，步向烟波送爽斋。

夜天湛并不在府中，她将那玉盒放在了书案上，又回房将之前从这里借走的诸多书籍一一取来，整齐地放回原位。惊觉这短短时间，她竟然在他这里看了这么多书，有些还没有看完，便站在那里再翻了几页。偶尔还看到夜天湛在眉边页脚的小注，想起当时和他在闲玉湖前笑谈这书中种种，脸上淡淡浮起轻柔的微笑。

所有的东西归于原位，就像从来都没有动过。她又转回房中将住了多日的房间仔细收拾整齐，这里没有任何一样东西是属于她的，除了穿在身上的衣服和一支从竹屋带来的玉簪外，别无他物。

而实际上，这些又何尝是她的？她拥有的只是一抹奇异的灵魂，在这里没有人会理解的灵魂。

这使她想起那一日在水边醒来时的感觉，孑然一身的迷茫。而今似乎也是一样，孤独地存在于不属于自己的地方，偌大的空间不知何去何从。她勉强扬唇笑了笑，事到如今，还有什么是不能面对的，当整个世界在自己眼前翻天覆地的那一瞬间，心里的承受能力早已经化为无穷大了。

窗外的雨淅淅沥沥一直不停，是个告别的好日子。

第十八章 繁华过后成一梦

案上静静地放着四只碧色翠玉杯，是那日夜天湛来找她品茶带过来，便一直放在这儿。

杯子十分精巧，用了四块水头清透的翡翠巧琢花色，玲珑精致赏心悦目，是夜天湛颇为心爱之物。

卿尘怕有损伤，不敢乱放，便将它们细细清洗了一番，装好后打算去寻人来收走。

一日的秋雨使得天色暗沉许多，风吹云动灰蒙蒙涂满天穹。偶尔有几片尚见青翠的叶子禁不住风吹雨打，落到撑起的紫竹油伞上，遮住了工匠笔下精美的兰芷，只见雨意潇潇。

她低了头缓步穿过本是花木扶疏的长廊，见那蔷薇花飘零一地，往日芬芳依稀，已不见了馥郁色彩，沿着这九曲回廊蜿蜒过去，星星点点残留着最后的美丽。

她在回廊处立了片刻，抬头去看细细飘来的雨丝，心中忽然被什么牵扯了一下。

不远处的回廊尽头，有人负手身后，站在通往凝翠亭的那座白玉雕琢的莲花拱桥之上，和她一样静静地望向漫天细雨。那一如既往的湛蓝晴衫，像是破云而出的一抹晴朗，却不知为何在这秋雨中带了些许难以掩饰的忧郁。卿尘驻足犹豫，夜天湛却在她望过去的那一瞬间转身过来，看向了她。

不远亦不近的距离，两人谁也没有动，隔着闲玉湖寂静相望。一时间四周仿佛只能听见细微雨声，在整个天地间铺展开一道若有若无的幕帘。

莫名地就有种酸楚蓦然而来，卿尘手中握着的纸伞轻轻一晃，一剪落花悄然滑下，轻轻跌入雨中。

第一次见到李唐，就是在这样的雨天，他低头帮自己捡起笔记那一瞬间的微笑，留在心中很久很久。她很想现在就找到李唐问他，那时候他曾有过的微笑，究竟是为了什么，就在那一个凝固的刹那，是不是仅仅是因为遇到了她而微笑，抑或是，其他。

　　夜天湛在拱桥之上凝视卿尘自淡烟微雨中缓缓而来，紫竹伞下水墨素颜仿若浅浅辰光，雨落星烁，飞花轻灿。

　　依稀仿佛，在遥远的不真切处曾经有这样一个女子向自己走来，那样确切却又如此的虚缈。是什么时候，这个人就在自己心头眼底，不能不想，不能不看？

　　是她在楚堰江上低眉抚琴，弦惊四座时？

　　是她在自己怀中疲惫柔弱，楚楚不禁时？

　　是她在黄昏月下悄然伫立，对月遥思时？

　　是她在闲玉湖中黯然落泪，对酒浇愁时？

　　抑或是见她在白马之上笑意飘扬，英姿飒爽，看她在书房灯下的美目流转，玲珑浅笑的一刻？

　　世上百媚千红弱水三千，独有这一人像是注定了如此，注定要让你无可奈何。

　　待到卿尘自伞下抬起头，夜天湛唇角露出了微笑，一如千百次的天高云淡，万里无垠。

　　他没有遮伞，发间衣衫已落了不少雨，身上却没有丝毫狼狈，风姿超拔泰然自若，仿佛是一块被雨水冲洗的美玉，越发清透得叫人惊叹，叫人挑不出丝毫瑕疵。

　　雨比方才落得急了些，卿尘将手中的伞抬了抬，想替他挡一下雨，却又觉得这样的动作过于暧昧，一柄紫竹伞不高不低地停在两人之间，光洁的伞柄几乎能映出两人的影子，进退不得。

　　夜天湛看着她一笑，开口道："陪我走走，凝翠亭中赏雨，也是别有景致。"说罢转身举步，卿尘静静和他并肩而行。

　　"这几日事情太多，不日四皇兄大军便将归朝，礼部就要着手筹划犒军，诸般细节繁杂得很。"像往常一样，夜天湛看似随意地和她闲聊朝事，像是理清自己思路，也时常听她的意见。

　　这么久了并未觉得不妥，现在卿尘反而察觉有些异样。这些话，本是丈夫在外忙碌一天，回家在温暖的房中松散下来时只有对妻子才会说的。大事小事有的没的难的易的喜的烦的，有一个人倾听着，回以一个淡淡的关怀的笑容，一句体贴轻柔的话语，便足以令疲惫尽去，成为相对一刻的安然。

　　而他将这样的话对她说，他的妻他的妾都不会见到听到这样的他，只能远远看着他潇洒自如政绩斐然，依于他挺立的身姿。

　　夜天湛见她盯着自己出神，低声道："卿尘？"

　　"啊？"卿尘回过神来，对他抱歉地一笑，"礼部在你职中，那不是更忙了？"

夜天湛若有所思地看她："等五皇兄随军回来，我交了京畿司的差事便可松散几日。"

卿尘点头道："你难得空闲，到时候该好好轻松一下。"

夜天湛道："往下深秋时分就到了纵马巡猎的好时候，我们不妨去昆仑苑待上几天，听十二弟说你的骑术又有长进，届时可别让他失望。"

卿尘微微垂眸："这一次，可能真的要让他失望了。"

夜天湛笑道："你的云骁不是早赢过他的追宵吗？"

卿尘摇头："不，我是怕没机会和他比试骑术了。"

夜天湛眸中笑意微微一敛，看定了她。

卿尘避开了他的眼光，去看那越来越急的雨幕。闲玉湖上隐约已见初秋的凋零，曾经饱满的花朵卸了红妆，急雨打在残存的荷叶之上，激起一层淡碧色的烟雨。

"我是来向你告辞的。"许久的沉默，卿尘终于开口，"我想我应该走了。"

话音落后，两人又陷入了无声的安静之中。

卿尘轻轻扭头看夜天湛，却猝不及防遭遇了他的眸光。那眼底仿佛被晴衫映透，清蓝一片，这满天满地的雨都似落入了他的眼中，带着某些叫人无法琢磨的神情，叫人无法对视的温润和那一点儿深藏的无奈，或者说，忧伤。

而这一切只在瞬间，就在她以为他不会再说话的时候，他淡雅的声音在耳边响起："是我鲁莽了。"

卿尘摇头道："抱歉，我并非有心让你失望。"

夜天湛面上早已恢复了之前的俊朗平静："她没有说清楚原因，所以我想来找你，可走到这儿，又觉得不知要问什么。"

卿尘手指轻轻抚上手中紫竹伞柄细致的花纹，暗暗叹了口气："你我不是属于一个世界的人，你要的我给不了，我要的你也给不了，便不如不要破坏原本的美好。"

夜天湛手微微一抬，又放了下来："卿尘，你到底是谁？"

听到这话，卿尘突然淡淡笑起来，似无声无形嘲弄什么，她答道："我也不知道。"

夜天湛终于皱了眉头："你也不知道？我看不透你，连莫先生都看不透你，而你说不知道。"

卿尘伸出手让雨滴噼噼啪啪在手掌敲落："是的，我不知道。"

"那你要的是什么？"夜天湛神色平静，却显然不打算给她空隙逃避，再问。

"我要的？"卿尘面无表情地盯着空旷处，"可不可以还是回答不知道？"

"不。"

"或者你该告诉我想知道什么？"

"所有的。"

"我只是要我想过的日子……"卿尘顿了顿，很认真地说，"和专一的……感情。"

夜天湛的眼底微微一波："因为这个？"

"就算是吧。"卿尘扭头问，"你给得了吗？"反客为主，她觉得自己很残忍，向一个人要他没有并且也不可能有的东西。

夜天湛的手握上了凝翠亭凉意十足的栏杆，卿尘清晰地看到他皮肤下微微突起的血管和手骨，泄露了他些许的情绪。她很少看到夜天湛皱眉，但是现在分明看到他蹙紧了眉头，大概从来没有女子对他要求过这样的东西，或是用这样的口气说话，这是个很好的借口和方式。

"我先回去了。"见他不回答，她放弃了询问。

"卿尘。"夜天湛在她转身时低声叫了她的名字。

紫竹伞撑开一半，几点雨斜斜地落上伞面。

暮霭沉沉，卿尘回眸望他，见他目光远远投向迷蒙的天际："你可知道，我的王妃，本该是靳慧的姐姐？"

卿尘不知他为何突然说起此事，不解地摇头。

夜天湛从天际收回目光："当朝靳家正室所出之女，士族之中有名的才女，靳慧的姐姐靳菲。我曾经很欣赏这个女子，才华似锦，品貌端庄，当时父皇将她指做我的王妃，我们也算情投意合，天都之中传成一段姻缘佳话。可是她在大婚两天前进宫，回府后饮鸩自尽，当夜靳府便传出女儿暴病而亡的消息。后来我的妻子便换作了靳慧，因是庶出封了侧妃。"

卿尘心里一沉，从未听说过他和靳慧还有这样一段故事，不由问道："为什么？"

夜天湛嘴角轻轻牵动，似笑非笑："我一年后方才知道缘由，只因她身患不孕之症，当时父皇赐婚的圣旨已然颁下，母妃知道后召她进宫不知说了什么，她便饮鸩自绝了。"

卿尘一时没有反应过来，夜天湛突然转身直视她："若换作是你，会不会如此行事？"

她几乎被这句话问住，随即毫不犹豫地一摇头："我？怎么可能？"

夜天湛一笑："所以我要的你能给我。我身边的所有女子，她们身上有着共同的一种难以明说的东西让我厌倦，似乎总是隔着很远的距离，远得人根本就不想走近，而你没有。这些时日相处，我总感觉你就在身边，仿佛我们相识多年，早已相互了解。但偏偏实际上，你总是一步步躲着我，甚至离我越来越远。"

卿尘选择了沉默。

夜天湛看了她一会儿，突然伸手轻触她的脸庞，用那温润如玉的声音低低地问："若我愿尽我所能给你你想要的，卿尘，你可愿答应？"

　　他手心的一点雨水在卿尘脸上留下了细微的凉意，那一瞬间她仿佛只能听到整个世界雨丝落下的声音，淡淡的、静静的，如同他语气中可以包容一切的温柔。她被他说出的话震惊了，那短短几个字后面意味着什么她一时间无法估计，在大脑几乎变得空白时她轻轻向后退了一步，一阵细雨打来，让她恢复了清醒。

　　她抬眸，在雨中露出一个冷静到可谓无情的微笑："我不会，你也不会。我不会去伤害别人，你也做不到。"

　　夜天湛收回手："你怎知我做不到？"

　　卿尘淡淡道："因为你不仅仅是夜天湛，还是天朝皇子，更是多少人眼中的湛王殿下。"

　　夜天湛愣了片刻，突然叹了口气，而后扬起嘴角："你的确和她们每一个都不同。"

　　卿尘亦保持着微笑："或许我可以看作这是你的夸奖。"

　　"你可以不走。"风神如玉，温文尔雅，些许的情绪波动之后，他又变成了朝堂上众人前的湛王。

　　卿尘摇头："我有自己要做的事情。"

　　"很重要？"

　　"或许吧。"卿尘想了想答道。

　　"可要我帮忙？"

　　卿尘再摇头。

　　"你曾说自己无处可去，此时又要去哪儿？"

　　"我也说过天下之大，不是吗？"卿尘暗拧眉心，每当夜天湛温雅背后的锐利出现，总需要她尽全力去招架，即便这锐利很久也难得一见，她相信任何人也不愿应付眼前这样的他。

　　夜天湛失笑："看来我这里是不能待了。"

　　他自怀中取出那个装着冰蓝晶的玉盒，递给她道："送给你的东西，岂有收回之理？"

　　卿尘看着他轻轻将玉盒托于掌心，她虽然很想要那串晶石，但记起靳慧的话还是摇头道："这是给……"

　　"这并非给什么王妃所备，"夜天湛打断她的话，"不过是送你而已。"

　　卿尘皱眉，抬眸看夜天湛的神色。以这些日子对他的了解，每当他眼梢微微上挑之时，便是有什么事情下定决心不打算再更改，而这正是他脸上现在的表情。

她摊开手掌任他将玉盒放入手中，微凉的玉石握上去还带着他掌心的温度。

"无论何时，你可凭这冰蓝晶在任何一家殷氏钱庄提取足够的银钱，便当我送给你的礼物。"夜天湛道。他的母亲殷贵妃来自富甲一方的殷氏门阀，天朝银钱流动十中有五与殷家有关，伊歌城几乎所有的钱庄亦都在殷家名下。

卿尘待要说不需要，却又想反正自己不去取用就是，何必当面拒绝他的一番好意，便道："多谢你。"

夜天湛深深地看了她一会儿，而后向亭外雨中走去。待到她身边，脚步一缓，低声叹道："卿尘，我不管你是谁，这世上只有一个你，但愿有朝一日，这冰蓝晶真的能成为湛王妃专有的饰物。"他语气中带了无尽感慨，举步没入雨中。

卿尘失神地望着白玉桥上夜天湛越走越远，雨意下渐渐模糊了的身影像是他的眼睛，淡淡的，无端的忧郁。

有时候拒绝一个人的爱，几乎比爱一个人还要难。

情不重不生娑婆。红尘之中偏偏有几多执迷不悟，人人超脱不得一个"情"字，生生世世千百年轮回的纠缠，终究苦苦难解。

第十九章 熙熙攘攘天涯行

雨洗清秋，天高气爽，秋日的天蓝得有些不真实，看上去似乎总带着深透的忧郁。

白衣白马，长街闲闲而行。卿尘置身伊歌城坊肆林立人来人往之间，却对四周的热闹视而不见，只是漫无目的地穿梭在人群之中。

熙熙攘攘云浮烟过，明明身在其中，却仿佛看戏，荒诞无比。

心情低落到极点，面对夜天湛时无比的冷静，聆听、微笑、回答和拒绝，将他置于身外，划清界限。依稀觉得那一刻大概产生了刹那快感，似乎竟是在报复李唐，那张一模一样的面孔。

她弄不清是不是真有这种想法，时而会把夜天湛当作李唐来看待，也当作了李唐来爱和恨。

那种利刃划心的滋味，她为之痛过却又残忍地把这样的痛加之于他。他在说那句话时望来的眼神，眸底是怎样的深情。

"若我愿尽我所能给你你想要的，卿尘，你可愿答应？"

他并不是可以轻易如此承诺的人，这句话中带了多少放弃多少退让，却被她生生剥离，丢弃一旁。

在被拒绝的刹那他用天生属于皇族的高贵掩饰了什么，风平浪静地在她面前转身，身后雨落满湖。

姻缘凌乱，究竟是他欠了她，还是她欠了他？

是来世的他辜负了她才得今日无情，还是此生的她伤害了他才有来世的背叛？

这一切都在他转身的刹那碎落成可笑的尘埃，那时她清楚地知道，他是夜天湛，这一生，她亏欠了他。

突然云骋往身边蹭了蹭，提醒她给一辆马车让开道路。

卿尘从思绪中回过神来，想起当她问是不是可以带走云骋时，夜天湛不无感慨地道：看来这府中，反而是云骈和你最有缘。

如霜似雪的叹喟一丝丝渗进心间裂开的一处，她几乎是匆匆逃避，怕自己一回头便要在他的凝视中推翻一切决定。

云骈纯净的眼睛映出自己的影子，卿尘抚摸它长长的鬃毛，暂时抛开心事着眼打量四周，停留在一家殷氏钱庄前思索片刻，扭头走入对街一家当铺中。

安静的一间向阳街铺，阳光射到门厅的一半便驻足不前，显得屋中有些古旧的凉意。

她带着几分好奇环视其中，前方柜台上的老先生抬起头来道："这位姑娘可是有东西要当？"

卿尘见问，笑着取出那支玉簪递到柜台上："请先生看看，这个值多少银两？"巧笑倩兮，美目盼兮，老先生从未见过当东西当得这么笑语嫣然的，不由得仔细打量眼前的人和东西。

卿尘伸手在柜台上半天，老先生看着她的手一直不语，许久方从她手掌处抬起头来，目光在她脸上再打了个转，接过玉簪道："姑娘想当多少？"

她垂眸一想："先生能给多少？"

老先生顿了顿，道："请姑娘稍候，待我问过掌柜方好说价钱。"

卿尘微觉奇怪，听说但凡当铺柜上的老先生都是一双火眼金睛，怎么一件小小玉器还去询问掌柜？却不多会儿，老先生自后堂回来，手中捧了一个小包递给她道："我们掌柜给姑娘的价钱。"不知为何，话语中略带了几分恭敬。

卿尘随手一翻，见到几张银票，挑了挑眉梢，这老先生似乎是看定了她不会再讨价还价，直接便取了银票包好，她也确实对价格满意，将银票丢到怀中，起身道声谢走出门外。云骈见她出来，轻嘶一声凑上前。

卿尘在上九坊寻了间衣坊进去，再出来已是纶巾束发窄袖长衫。其人清隽文秀，云骈神骄如龙，翩翩如玉少年公子，引得路人频频侧目。

似是正遇上什么祭祀的日子，不少年轻女子聚在天都神庙前两株亭亭如盖的大树下笑闹纷纷，将求来的签语扔往枝上，碧叶彩签，裙袂飞扬，十分赏心悦目。

卿尘勒马略走慢了些，几个女子偷眼看来，其中大胆的抬手将什么东西丢上马来。卿尘冷不防接在手里，却是个绣制精美的签囊，她故意扬眉翩翩一笑，侧身点头施礼道："多谢小姐厚爱！"

那女子竟也嫣然而笑，大方一福道："神佛灵验，愿公子前程似锦！"

对面一片娇语清脆，女子们召唤着结伴往神庙里去了。伊歌城风流兴盛民风开放，卿尘一时觉得十分有趣，一时却也有些遗憾自己为何生是女儿身。此方世界入可登堂拜相，出可经营四海，男子有诸多可为之事，然女子却终究还是有些不同。

她不欲在上九坊久待，催马往中城走去。沿路经过天舞醉坊，再前行便是中二十四坊，楚堰江已近眼前。

不远处，江上船只往来热闹喧哗，商旅忙碌，人迹繁华，四处一片生机勃勃。江畔勒马，似乎面对了一个全新的天地，放眼望去天高地广，只觉心胸畅远神气陡清。

往前行人渐密，卿尘并无明确的目的，信马由缰，沿江而行，走不多远，忽然听到哗的一声，眼角感觉银光闪过，一盆冷水自楼上花窗兜头泼来。她急忙带马闪避，纵然如此，仍是慢了一步，顿时湿透半边衣衫，周围亦有人一并遭殃，指着楼上叫嚷起来。

卿尘暗叫倒霉，云骓也被淋了一身水，不满地抬蹄长嘶。卿尘怕它惊着路人，急忙提缰避到一旁，一边安抚云骓，一边下马拍衣。这时那楼里早有人出来，对众人团团作揖，连说道歉，看样子像是楼里管事。另有一个文士模样的中年男子快步上前，到了卿尘身边，赔着笑脸抱拳施礼："楼中下人一时疏忽，弄湿了公子衣服，还望公子勿怪，抱歉抱歉！"

伸手不打笑脸人，卿尘见他不断赔罪，倒也不好说什么，只能笑了笑道："不碍事，不过以后你们还是小心些，这窗下就是大街，人来人往，怎好直接泼水下来。"

那男子道："公子说得是，在下定当好好管教他们。不知公子府上远近，衣衫湿成这样十分不便，若不嫌弃便请进来稍作歇息，喝杯茶水换洗一下，顺便让下人收拾一下马匹。"

卿尘自己倒还好说，只是有些心疼云骓，想了想道："如此……倒要麻烦兄台了。"

那男子笑道："在下姓谢名经，是这歌坊的主人，公子里面请！"

"在下宁文清。"卿尘依礼报上姓名，却是化了本名。她举步抬头看去，见那高楼之上金匾行书"四面楼"，其楼不若天都其他建筑，却成矩形而起，南面临江，北接商铺，前连上九坊，后向中二十四坊，倒真是个四面来客的好地方，占尽地利之便。但走到门前看到一张白榜，却是主人出售歌坊的告示。她在门前微微驻足，不由奇怪道："谢兄这四面楼开门便迎八方客，无论做什么生意都是得天独厚，如何竟舍得卖？"

谢经摇头道："公子有所不知，近日天都歌舞坊的生意一落千丈，多少地方都已经撑不下去，纷纷关门售地了。"

"哦？"卿尘眉梢淡掠，"可是因天舞醉坊的缘故，受了牵连？"

谢经颇觉意外，问道："看来公子倒知道些，天舞醉坊一案，京畿司直接会同刑部、大理寺连续查禁歌舞坊，牵扯甚广，弄得人人自危，门庭冷落。而且就连吏部侍郎郭其都被革职流放，现在歌舞坊既无人敢开门经营，也无人敢上门花销，这行生意恐怕是不能再做。"

卿尘随口道："谢兄此言差矣，此时正是应该买进而非卖出，歌舞坊的生意坏不了。"

"公子何出此言？"谢经探寻地看向她，问道。

卿尘心中忽然一动，笑问："谢兄可有意与我做笔生意？"

谢经倒不急着问是何事，只道："难得你我一见如故，不如里面详谈。"

入了四面楼，谢经遣人带卿尘换了干净衣衫后，请至楼上奉茶，方道："公子方才所说，在下愿闻其详。"

卿尘淡淡啜了口茶。天舞醉坊一案没有人比她更清楚，夜天湛虽然有些事情不便对她直说，但她也看得明白。此次案子说是奉旨严办，乌云密布之下处处雷霆霹雳，但到了雨落之时，却只是星星点点无声无息。或是因为着实不能想到，从门阀殷家开始，歌舞坊背后内臣、外戚、士族、门阀等各方势力早已盘根错节根深蒂固。湛王贤德之名冠盖京华，多年来俨然是这些朱门显贵唯马首是瞻的人物。如此庞大的阵营，其树泱泱枝繁叶茂，去些侧枝无妨，但若大肆砍伐动到根本，一举一动如剔骨肉，如何不逼得他弃刀收剑？

自那日在烟波送爽斋之后，卿尘便极少再听到夜天湛提起相关之事，反而有时看他进保奏的本章，朝中大概已落了一波急浪，在他翻转的手腕下慢慢恢复如常。

她微微笑了笑，抬头道："其实很简单，如今天朝外退突厥内安民政，海内升平四境来朝，大治之下，可谓世道盛兴，无论如何，这个大势不会变。所以歌舞坊这种生意，在天都绝不会销声匿迹，此时只是潮落低谷，待风声一过便会死灰复燃，甚至愈演愈烈，绝不会错。"

谢经道："公子怎敢言定歌舞坊会再行兴盛？"

卿尘凤目一扬，说了个字："赌。"

"赌？"谢经皱眉。

卿尘气定神闲地道："生意经营十有八九要敢赌，只要看准了行情，获利自然不是什么难事。"

谢经问道："那公子又凭什么下注呢？"

卿尘在湛王府中多日，每天看着案子进展，深知此中关键，亦没有人比她更了解夜天湛处理此事的真正方法，对自己的判断十分有把握，微笑道："凭我所知所想。谢兄若无意经营此事，不如你我寻个别的合作方式。我每月付纹银百两的租金，你将四面楼完全交与我打理，此后除租金之外，每月四面楼的盈利你从中抽取五成。换言之，谢兄依然是老板，在下不过是一个经营人。但一年后我若想买下四面楼，谢兄需按现下告示的价钱将此楼出让与我。"

谢经放下手中茶盏，望向她道："外面告示的价钱，公子可看清楚了？"

"纹银三万两。"卿尘说着，嘴角勾起浅笑。

"公子既然有意买下四面楼，为何此时又不买，要待一年之后？"谢经再问。

卿尘坦然道："谢兄是痛快人，问得直爽，在下也坦白相答。目前我手中只有百两银钱，需要先用四面楼一年，来赚买楼的钱。"

此言一出，谢经不由皱眉，半响方道："你的意思是，一年内以四面楼赚取纹银三万两？"

卿尘摇头，更正道："不是三万，是五万，还要加上谢兄五成的利润。"

谢经满面疑惑审视于她，卿尘笑意清隽，凤目生辉，淡淡看进他眼底。

对视片刻，谢经轻轻掸了掸衣衫道："谢某经营半生，少见公子这样想法奇特之人。"

卿尘笑道："大千世界芸芸众生，各自不同方有人间百态，若都同出一辙，岂不无趣？"

谢经闻言亦笑道："单凭公子这份气度，在下便是佩服。只是可否听听公子究竟要如何经营？"

卿尘眸光微挑："谢兄若肯赌得大些，说不定连本带利，博个意料之外。"

"在下洗耳恭听。"谢经道。

卿尘缓叩茶盏，浅笑从容："若往简单说，伊歌城乃天都中心，城中多少高门显贵风流士族，整日歌舞游猎华赋清谈，不惜奢靡但求风雅，所以无论何事，只要符合那些高门贵族的口味，何愁生意难做？就说城中现在的歌舞坊，皆是奢华有余，却欠一个'雅'字。琴棋书画诗酒茶，坊间不是没有，但这个'雅'字必要投其所好，才能让人回味无穷，一掷千金，如此行事亦不会因过于张扬而遭官府顾忌。"

谢经微微点头，面露赞同之意："若往深处说呢？"

卿尘站起来，步到窗边远远看去，入目处练空如洗一望无垠，其下商客过往中有胡女身姿高挑，风情摇曳，十分引人注目。

她看了一会儿道："中原虽与漠北、西域诸国屡有战事，但各自百姓却随着商旅贸易逐渐交融，谢兄可有发现最近伊歌城中胡商胡女都十分多？"

谢经亦凭窗而望："确实如此。"

卿尘徐徐道："经营买卖，除了眼光长远，看定局势后也要有耐心等待。谢兄若是敢做，不妨暗中出资并购因受天舞醉坊牵连而倒闭的歌舞坊，趁此机会控制天都歌舞坊生意的命脉，与此同时，可以收容一批胡女点拨调教，静候时机。西域歌舞热情妖娆，漠北歌舞奔放明快，南番歌舞旖旎多姿，与中原风格大不相同。等到歌舞坊重新在天都兴盛，这些胡女不但能成为新鲜亮点，亦能为天都除去不少混乱的因素，促进胡汉交好，朝廷不但不会干涉，反而还会扶持，如此一举两得，一本万利。"

谢经暗中将她打量，沉思片刻，道："公子不但深知天都朝势，所见所闻也颇为广博，如此深藏不露，倒叫谢某十分好奇。"

卿尘修眉微挑，扭头笑道："谢兄又如何不叫在下好奇，这四面楼虽好，但纹银三万的价钱也着实高了些，谢兄怕并非真的想卖此楼吧？"

谢经一愣，随即呵呵笑道："与公子相交如饮甘饴，谢某对这赌局动了心，还望日后合作愉快！"

卿尘潇洒一笑，抱拳还礼。

第二十章 歌舞升平今宵曲

四面楼台榭错落，中有高阁，卿尘喜欢入夜时分坐在楼阁的屋顶上看伊歌城。夜幕下的城池灯火辉煌，比起白日的雄伟壮阔多出几分神秘的味道，隐在暗处的热闹格外诱人，时而也会有温暖的感觉。

隔着沉沉夜色，眼前情景多少会有些不真实，却也正因如此，方使人愿意沉迷一刻，想想看不见的灯影深处有着怎样的红尘人间。

自此处望去，眼前点点灯火中最亮处便是曾经一度死寂的天舞醉坊，如今歌舞灿烂，热烈喧哗，宝马香车，宾客盈门。除了开始一段时间打点布置外，生意步入正轨后卿尘并不经常过去，天舞醉坊名义上的主事是素娘。

素娘帮谢经在四面楼打理事务已有多年，心思细密，聪慧精明，天舞醉坊中清一色的胡女在她手中调教得十分妥当，令人放心。在歌舞坊最低迷的时候，卿尘与谢经五五分利，一者出资一者经营，或者低价并购，或者插手经营，蚕食垄断天都歌舞坊生意，待价而沽。果然不过半年，朝中雷霆散尽，伊歌城很快恢复了往日纸醉金迷的风流气象。天舞醉坊以及其他数家歌舞坊此时重整旗鼓，其独特的舞姿、新奇的曲目如同一股异域来风席卷天都，先前那场变故便在这繁华气象中悄无声息地淡化了下去。

卿尘将目光自远处收回，眼前的四面楼却安静，透过琉璃灯火只能依稀听见低声浅语，丝竹清幽，少有人能想到天舞醉坊和四面楼是同一人在经营。

四面楼里能歌善舞的女子并不是最出色的，这些时日卿尘自原来的女子中挑选聪慧者，不惜重金聘请师傅，对她们以仕女的标准讲解词赋，调教谈吐，指点琴棋书画、酒艺茶道，有些灵气的女子几经点拨立见不同。为了教，卿尘自己亦学，随时应付莺莺燕燕们公子长公子短的询问，自觉大有长进，获益匪浅。

如今的四面楼乐而有舞悦目，静而有茶盈香，有酒醉人而不颓败，有美相伴而不荒淫，堪称品格高雅，意趣清新。此处来人并不十分多，但不是一掷千金的高门贵族，便是盛名在外的墨客鸿儒，慢慢便在天都创出清名。

卿尘此时刚刚在楼中的小兰亭奏了一曲琴，白日里翩翩佳公子，晚上云裳迤逦，重纱后一手出神入化的琴技震惊四座，四面楼之所以声名鹊起与此不无关系。而谢经那里她只说是请了妹妹"文烟"过来相帮，谢经从未真正见过所谓"文烟"，却似并不相疑，甚至连问也不多问一句。

入秋之后夜风已渐寒，卿尘微微抬头，凝眸时点点清光落入眼中，轻闪着亘古不灭而逐渐遥远的记忆。她想起不久之前曾在一个孤单的夜晚，也是这样独自坐在星空之下，那时候她抬头看到了一双深邃的眼睛，广袤星空落入其中，带着清冷的安然。不知现在这双眼睛的主人是否平安，在这伊歌城中或许有一日还能相遇，倒也是叫人思之愉悦的事情。夜风拂面，卿尘正自顾自微笑，身边突然有人道："文清，你果然在这儿。"

她被吓了一跳，却不必回头便知道是谢经，这人走路似乎从来不带声音，她甚至怀疑他上这屋顶不是像自己一样从阁楼沿着梯子爬上来，而是飞上来的，苦笑道："拜托谢兄以后出现的时候先有点儿声响，否则总有一天我会被吓死。"

谢经笑道："改日我上来前先在下面敲锣打鼓知会一声。"

卿尘明眸轻挑："那明日伊歌城便会传开，四面楼新增了耍猴的节目，谢老板亲演，三文钱一场，精彩得很。"

两人如今称兄道弟甚是熟络，言语调侃也是家常便饭。谢经一笑而过，在她身旁坐下："听说你又买了间歌坊，如今歌舞坊的价钱已不似之前，似乎不是时候吧？"

卿尘看着夜幕灯火一笑："我正要和你说，这笔生意可能是赔钱的买卖，所以我打算自己经营，免得连累你。"

"哦？你不是说过在商言利吗？能否告诉我是什么生意赔钱你也要做？"谢经问道。

卿尘道："那间歌坊我是想改做医馆，治病救人不是什么太赚钱的事，或者其下再开间善堂，如此还要赔钱。"

谢经奇怪道："怎么会突然想起开医馆？"

卿尘将手闲闲搭在膝上看了看，道："我既自幼学了一身医术，便不想浪费。何况银钱之物没有赚尽的时候，如今算算小有收获，不妨取之何处，用之何处。"

谢经道："你难道要从四面楼的生意中抽身？"

卿尘扭头笑道："这么赚钱的生意，我怎么舍得？"

谢经看向下面庭院，玩笑道："不是便好，不过如今这四面楼再这么赚下去，只怕过些时候我都不舍得出让给你了。"

卿尘道："不舍得便算了，我又不是非要买。"

她漫不经心的语气叫谢经有些愣愣："当初你我有契约在先，我说不卖难道你便算了？"

卿尘道："这四面楼和其他歌舞坊里里外外多是你和素娘在操心，谢兄所做早已超出那一纸契约。再者，经营有利，交友却有趣，我当谢兄是朋友，朋友不愿的事我绝不勉强。你若是不想出让四面楼，咱们那契约便就此作废。"

谢经眼中微微一震，四面楼目前日进斗金炙手可热，更牵扯着其他数家歌舞坊的进项，不知惹得多少人眼红，卿尘却说放手便放手，竟然如此轻松，如何不出人意料。他沉默了片刻道："商场江湖中经历这么多年，文清是我第一个佩服的人，得友如此可抵十座四面楼。你既有义，我自不会言而无信，这四面楼随时可以过到你的名下。"

卿尘不在乎地一笑："约定之期未到，我都不急，你急什么？"

说话间隐约听到一阵乐声，声音轻远缥缈黑夜中几不可闻，但却又似清晰如在耳边。卿尘凝神听了听，似乎不是四面楼的乐声，奇怪问道："你听到了吗，这是哪儿来的声音？"

谢经扭头笑了笑："不甚清楚，或许是哪家歌坊吧。对了，我突然想起有点儿事情要出去一下。"

卿尘便站起来道："你去吧，这边有我。"

一夜繁华尽，日升月落，翌日上午四面楼人少安静，卿尘自楼上下来，吩咐备马出门。

前庭低案旁，几个身着披帛仕女裙的女子正明明媚媚聚在一处，执笔铺墨，你一言我一语笑说着什么，倒叫这儿显得格外热闹。

卿尘看过去，正有个女子将玉纸镇往案上一放，站起来嗔道："哎呀！不玩了，不玩了，你们几个定是合伙儿算计我。"

众女子笑道："快看，兰玘输急了要赖！"

大家抬头见着卿尘，纷纷边施礼边笑问："公子来了，兰玘你羞不羞！"

卿尘笑着问她们："在干什么，这么热闹？"

兰玘忙请她入座，回头便道："公子来得正好，看她们还得意！她们不知从哪儿弄了些对子好生难为人，我都输了几局了，公子快杀杀她们的威风。"

其他女子羞她："你拉公子来助阵，赢了算谁的？"

案前纸墨微香，轻粉香笺珠玑秀丽，正是她们书下的巧对。卿尘瞥了眼道："联对子定是兰珞赢的最多。"

兰玘道："可不是！每回都是她对得好，我们就不行，都赢了我两支翠筝去了！"

一旁黄衣羽衫的兰璎抬手拎着两粒紫玉晃动："我这儿还有一副玉珰呢！"

兰玘丢过罗帕笑啐她，卿尘笑道："下注的游戏你也不多想想？若去和兰珞比诗赋，和兰璐比巧算，和兰璎比琵琶，你不输光才怪。攻伐之道需以己之长克彼之短，你怎么不和她们下棋，看谁赢得了你？"

兰玘道："她们就是棋盘上输惨了才想这法子的！不行，公子一定要先帮我赢回这局。"说着将粉笺取到眼前，卿尘见笺上写道：虞美人穿红绣鞋，月下行来步步娇。

"这上联出得倒巧，意境也美。"她提笔轻轻过墨，见楼中另外几个女子正在庭前荷花池旁引箫练琴，抬手往那边一指，对兰玘道："下联不就在眼前？"

兰玘一时不得解，见卿尘落笔书道：水仙子持碧玉箫，风前吹出声声慢。立刻拍手问兰珞道："你有虞美人步步娇，公子便有水仙子声声慢，服不服？"

兰珞道："咱们几个加起来也不能和公子比，你赖皮！兰璎方才出了一对我还没想出来，公子帮了兰玘也得帮我。"

卿尘微笑道："不妨说来听听？"

"雨洒灰堆成麻子。"

卿尘抬头环目，略一思索，笑指那荷花池："你们倒左右不离咱们院子，这个下联仍在那处。"

兰玘问道："怎么还是那儿？"却是兰珞看过去低头一想，突然笑了起来。

卿尘问道："想到了？"

兰珞掩嘴低头道："想到一个，只不知和公子想的是不是一样？风吹荷叶像……像……"

卿尘替她道："风吹荷叶像乌龟！"

众女子顿时笑成一片，兰玘边笑边说："你们都输给公子了，快快把翠笄玉珰都还我！"

兰珞道："还也是给公子，你是别想了！"

兰玘道："公子又不是女儿家，要那些做什么？"

卿尘忍俊不禁，偷偷支案而笑，她可正打算去当铺赎自己那支玉簪。见她们闹得不可开交，于是道："不陪你们了，我还要出门去。给你们个上联，谁对得上，这翠笄玉珰就当公子我送她。"

"公子快说！"她们便催道。卿尘手中落墨生香，笔走龙蛇写了一联：日进月出云多少。

兰玘看着道："这上联似乎也不难啊。"

兰珞却思索摇头："字上看去是简单，但不好对呢，公子这上联中一说了日升月落有云其中的景色，又说了时光流转岁月变迁的过往，最难是其下还隐了一日一月收支算账的问算，可要好好想想才行。"

兰玘道："收支算账的事，兰璐算得快！"

卿尘笑着站起来："过会儿我回来若有了下联，本公子另有赏。"说罢刚回头，就听堂前有人道："今晚留着小兰亭，酒菜精致些，茶要你们的'青衣'和'丝竹'，最要紧是文烟姑娘的琴，都记下了？"

楼中管事陪着一人进来，恭声道："这就差人去办，请十二殿下放心。"

卿尘修眉惊挑，忙不迭地一撩衣襟转身坐下。兰玘她们见她神情奇怪，还未等问，夜天漓已看向了这边，突然微怔，接着叫道："你，给本王回过头来！"接着便大步走来。

大呼小叫的霸王，卿尘暗中叹气，知道躲不过他，只好起身回头对他道："见过十二殿下。"

夜天漓见她男装的模样愣了愣，又惊又奇："原来你竟在这儿，居然这么久也不……"

卿尘怕他接下去再道破自己女子身份，连连作揖："殿下，有话外面说！"

夜天漓疑惑地打量她身边美女如云，兰玘她们有认得他的急忙施礼问安，都悄悄看着，不知究竟是何事。卿尘轻咳一声道："看什么，十二殿下难道比公子我还好看？都回楼上去。"

众女子向来对她言听计从，闻言纷纷娇声道："谨遵公子吩咐！"优雅起身依礼告退。衣袂飘扬袅娜生姿，一片钗环叮咚散去后，夜天漓在旁早已笑得不行。

卿尘颇无奈地等他笑完，道："我正要出门，你若空闲不妨一同。"

两人举步出了四面楼，上了马夜天漓还满面带笑，道："你倒是会享受，这么多美人也不想着送我几个？"

卿尘扫他一眼："我四面楼的女子都是来去自愿，你什么时候听说过送人的道理？"

"这四面楼竟是你经营的？"夜天漓回头看了看，"那这里名满京都的文烟姑娘……"

"便是我。"卿尘干脆承认。

夜天漓气道："我来过这么多次你竟都瞒着！"

卿尘道："这不怪我，你自己看不出听不出又能怨谁？"

夜天漓"哼"地一声："你怎么突然离开了湛王府？我问了七哥几次，连他都不知你人去了何处。"

卿尘微微垂眸，问道："七殿下好吗？"

夜天漓道："看上去不错，但七哥面上总不过就是这样子，究竟好不好你得自己问他。"

卿尘也不语，到了那家当铺门前下了马，夜天漓奇怪问道："你来这儿干吗？"

卿尘道："前些日子当了件东西要赎回来。"

夜天漓抬头看了看，笑道："哈哈！你当东西居然当到殷家的铺子来了，那不如直接当给七哥算了。"

卿尘正举步入内，闻言身上一僵，回头问："你说什么？"

夜天漓随口答道："这铺子和对面钱庄都是殷家的产业，贵妃娘娘一族富甲天都，伊歌城中钱庄、当铺十有七八是他们家的。"

卿尘愣在当场，心中说不清缘由地来了一股无名火，难怪那么普通的簪子竟能当出纹银百两，原想不再受夜天湛恩惠，不欠他人情，谁知到头来还是靠了他才有今日。

夜天漓见她皱眉不走，问道："怎么了？"

卿尘气道："你身上可带了银票？"

夜天漓出门向来怀中多金，点头道："有。"

卿尘伸手："借我一千，回头还你！"

夜天漓见她脸色古怪似有怒气，随手自怀中抽出几张银票："什么事用这么多银子？"

卿尘又拿出自己带的一千两银票，愤愤想道：事已至此，加倍奉还给他！扭头便往堂前去，走到一半，突然心底一黯，脚步停下来，觉得此举太过无聊。有心无意，这事难道还能怪他怨他？自己这是想拿什么出气，还是惹是生非？

想到此处，一皱眉头，回头又将银票递还夜天漓："多谢你，还是不用了。"

夜天漓见她一瞬面色不善转而又恢复正常，走在身旁突然问道："你不会是为什么事在和七哥赌气吧？"

卿尘颓然摇头："没有，不过刚刚想岔了些事，现在没什么了。"

夜天漓笑道："真是女人，翻脸如翻书。"卿尘凤眸往这儿一扬，他接着道："当我没说！"

卿尘没好气地瞅了瞅他，柜前那老先生不在，她便将当票递给里面的小伙计。小伙计看了眼当票，道："姑娘要赎东西吗？这可是死当。"

"死当？"卿尘愣住，拿回当票一看，白纸黑字果真写得清楚，当日拿了银票便走，竟根本没有注意。

她眉心轻锁，再往柜上问道："多少钱也不能赎？"

小伙计道："姑娘便当没了这东西，兴许现在都已经不在我们柜里了。"

卿尘道："麻烦去问问你们掌柜，看还在不在，能不能赎。"

小伙计道："没这个道理，去问掌柜我是找骂，姑娘还是别想了。"

夜天漓在旁忍不住将柜台一拍："让你问你就去问，怎么这么啰唆！"

那小伙计吓了一大跳，一时骇得话都说不出来。卿尘忙伸手拽着夜天漓一言不发扭头出门，他不满地道："叫掌柜的出来拿了东西，回头让七哥给这边一句话不就得了。"

卿尘道："去找他我宁肯不要了，又不是什么要紧的东西。"

夜天漓道："你躲着七哥干吗？"

"我哪儿有？"卿尘道。

夜天漓一脸疑惑地看着她，她翻身上马，心里越想越不是滋味。在拒绝了一个人后，却不断接受着他的保护，自以为不再依靠他的时候突然发现原来依然处于他的庇佑之下，这叫人有种挫败感，或者更确切地说还带着三分愧疚，仿佛在这里一天，便始终欠了他什么，永远也还不清。走了会儿她闷声问道："他应该不知道我在四面楼吧。"

夜天漓道："还说不是躲着他。我来过几次都没认出你来，他又不常来这些地方，八成是不知。"

卿尘道："来过几次，但都只待了一会儿。"

"那便不好说了。"

卿尘抿了抿唇，又问道："你今晚约小兰亭干吗？"

夜天漓方要回答，又顿了顿，然后道："宴客。"

"要紧的客人？"

"要紧。"

卿尘也不再问，有些神思不属地策马往白虎大街而去。夜天漓提缰卜前道："今日此路不通，四哥率玄甲、神御两路大军驻扎城外休整一日，稍后入城必经此处。父皇亲登神武门举行阅兵大典，御林军和京畿卫一早便封路戒严了。"

第二十一章 万马千军只等闲

卿尘扭头一勒马:"今日大军回朝?"

夜天漓道:"奇怪了,你数月前便打听大军回朝的事,怎么现在倒不知道?"

卿尘忙问道:"哪里能看到阅兵大典?"

夜天漓道:"这时候能看的地方怕都人满了,你若先前便说,还能趁早偷偷带你上呈云台,现在四处戒严,若在父皇眼皮底下放肆,那可是找骂。"

卿尘轻抖缰绳,云骋微嘶一声,掉头而行:"去明光阁!"

夜天漓纵马跟上:"想看大典怎么不早做打算?"

卿尘微微拧眉,近日张罗着将新购的歌坊改做医馆,忙得不可开交。如今她手中这家"牧原堂"以重金聘请了天都数位医术独到的大夫,楼上设药间病房,其下开了善堂,每日救死扶伤活人医病,有时候连药钱都一并搭上。她除了打理四面楼必要的事务外,几乎日日和几位大夫谈医论药,深觉医道精粹妙不可言,越发沉迷其中,医术也较之前大有长进,一时真没想到日子过得飞快,夜天凌所率大军竟已回师天都。

青山峻岭中转身离开的背影,便在秋阳下如此清晰地浮现在眼前:"记住不要出去,我一定回来。"当时他看着她的眼睛笃定而霸道的话语仿佛仍在耳畔,他一定会回来,现在,可是他回来了?

明光阁果然人满为患,实际上天都自外城雍门始过下三十九坊宣平门、中二十四坊丹凤门直至内城神武门附近都早已被围得水泄不通。

天都中出动了数千铁卫清出开阔大道,沿途旌旗林立,御林禁军自神武门高台而下,十步一卫,遍布内城,甲胄鲜明,剑戟耀目。

夜天漓今日出门没带侍卫,人山人海比肩接踵,他少不得在旁护着卿尘怕有闪失。卿尘扭头笑说:"有劳殿下了。"

夜天漓道:"若你有个损伤,今晚小兰亭岂不是空了场?我多不划算。"

卿尘低声道:"原来是有求于我。不管你什么客人,四面楼没人知道我身份,可别给我拆穿了。"

夜天漓笑道:"好好,随你就是。"

这时外面围观的有人看到他们,高声问道:"那边可是宁大夫?"卿尘循声望去,有几人早已挤开道路,"宁大夫要去明光阁?"她认出其中一人是前几日来过牧原堂的小六,笑道:"正是,不想这么多人,你母亲可好些了?"

小六忙道:"多亏了宁大夫妙手回春,我娘这几天都能下地了。"一边说着一边招呼道,"大伙儿让一让,牧原堂的宁大夫在这儿。"

楼下尽围着些普通百姓,倒有不少受过牧原堂的恩惠,闻言推推挤挤硬将他们送到了明光阁前。卿尘一路拱手称谢,夜天漓不禁奇怪,挨近前问道:"你这些日子到底都干了什么,牧原堂也有你一份?"

卿尘笑道:"没干什么,赚银子花着玩。"

明光阁中里外都坐满了人,夜天漓此时早已不耐烦,一把抓过掌柜的,还没等他说话,掌柜的已吓得直作揖:"十二殿下您要看犒军怎么还来这儿?现在楼上楼下实在是无处可坐了,您让小的如何是好啊!"

夜天漓喝道:"碍事的都给我轰出去,天都什么时候竟有这么多人!"

卿尘自身后拉他:"没你这么霸道的,人家开门做生意,你偏来难为人。"

夜天漓道:"这不是陪你来凑热闹,我变着法了躲出来不去神武门站着,难道跑这儿站上半天?那还不如神武门清静。"

正说着,店里伙计一溜烟自楼上小跑下来,在掌柜的耳边轻言几句。掌柜的如释重负,转身求道:"殿下,楼上雅阁有人请,说是与殿下相熟,还请殿下凑合这一时,赏小的个方便。"

朱栏窗前,正有人俯身下来对这边抱拳招呼,卿尘和夜天漓都觉意外,原来竟是莫不平。

"莫先生?"夜天漓挑了挑眉,转头对掌柜的道,"去,一壶'青峰奇云',再打点几样好菜送来楼上。"拉了卿尘举步上去。

一进门,莫不平目光先在卿尘脸上停了一停,方对夜天漓道:"十二殿下别来无恙!"

夜天漓见了莫不平竟规规矩矩,言行不缺礼数,笑道:"早几日听说先生回了伊歌便想去拜访,却都不知先生身在何处,今日倒巧。"

卿尘暗觉莫不平来头十分不一般,不但令夜天湛奉若上宾,连夜天漓这样骄横的人都对他恭敬有加,浅笑道:"莫先生好!"

莫不平笑道:"多日不见,方才险些没认出来,凤姑娘如此打扮倒比十二殿下都多几分潇洒。"

卿尘瞥了夜天漓一眼:"我比他文雅倒是真的,方才若不是先生,这明光阁怕要遭殃。"

夜天漓也不介意,扬了扬眉拂襟落座,三人笑谈闲聊。

北征大军在外城驻扎,神御、神策两军二十余万战士整装待命,唯有一万玄甲军随凌王至神武门面圣。

卿尘细细品了口茶,转头望着窗口出神,想象一会儿大军入城不知是何等场面,期待中竟有些不明所以的紧张。明光阁中热闹嘈杂,不断传来"凌王""玄甲军""突厥"等字眼,似乎所有人都在议论着此次北征大捷,处处洋溢着兴奋喜悦的情绪。

过不多时,远处忽闻一声金鼓摇动,肃然威仪,直击人心。

四周议论之声顿止,卿尘等人亦回头看去,但闻鼓声沉肃动如雷鸣,一声传来,徐缓发动,滚滚响彻四方。随着金鼓隆隆,低沉的号角声仿佛自天边响起,催动长空云动,西城雍门缓缓开启。

"我出我车,于彼牧兮。自天子所,谓我来矣。召彼仆夫,谓之载矣。王事多难,维其棘矣。"

高大的战车之上,手持金槌的赤衣女子击鼓而舞,歌《出车》之曲,先于凯旋之师徐徐而行。

鼓乐煌煌,四方应和之声沉雄厚重,显示出天军兵威,泱泱浩气。天都百姓早闻战事得胜的消息,复又见此壮丽场面,潮涌山呼,翘首以待,皆欲一睹横扫漠北的玄甲军之军容。

战车行至神武门而止,禁卫军列阵如龙,奉迎天子。天帝亲率三公九卿诸臣遥登城台,身着五色介胄的骠骑上将率金甲仪仗传圣旨,召见王师。

九门号角之声再次响彻天都,列阵雍门之外的玄甲军徐徐升起金色龙旗。

威沉如仪的铁蹄声,即便身处明光阁高楼之上,众人仍能感觉到大地隐隐震颤。放眼望去,城门处如若神迹般出现一片凛冽无际的玄色铁潮,随之而来的迫人气势使这深秋高远的天地突然变得肃杀,四合之下寒意遍布,威慑八方。

一时间满城的喧闹像是遥遥退去,整个天都自歌舞升平的鼓乐中蓦然安静,陷入一片肃穆之中。

卿尘不由得起身站到窗前,只见碧空晴冷,映衬金色战旗凛然耀目,其上九爪蟠龙神形威怒,昂首腾云,猎猎于长风之中,显示出独属皇族的威严。

三军之前,当先两将白马银盔,一万铁骑人人玄甲玄袍,兵戈锋锐,组成十列长阵顺序而行，随他二人缓缓入城。

军容肃整，军威凌云。

自高处望去，整条白虎长街像是被这玄潮徐徐吞没，所有人都能清晰地听到整齐划一的步伐落地，震动着雄伟的伊歌城。

卿尘极目眺望，想要看清领兵之人的模样，但因相隔较远，两人又甲胄在身，只能依稀看清眉眼轮廓。她握着窗棂的手微微一紧，左边那个银甲白缨身形挺拔的人分明便是十一，但他身旁却并非她记忆中的人。

她望着远处，怔立在窗前，蓦地被一声巨响惊醒，却是上万铁骑不见一丝错乱地同时立定，端的震慑人心。

蹄声入耳，夜天漓突然略含感慨地道："四皇兄练兵之精，治军之严，当真无人能出其右。"

卿尘凝视十一身边之人，一种落空的失望覆过心间，不禁转身问道："前面领军的便是凌王？"

夜天漓抬了抬下巴，一笑道："别急，你自己看。"

卿尘重新将目光投向神武门，但见万军寂静，肃然无声，只闻四周招展的战旗猎猎作响。围观百姓被这军威所震，一时皆尽肃穆。

玄甲铁骑已全部进入雍门，军前仪仗击响重鼓。

原本依次排列的十个长方形的军阵中，最后一阵的战士突然向两旁分开。一骑白色战马裂阵而出，马上之人带甲佩剑，飞骑前驰，白袍胜雪，披风高扬肆意风中，所到之处军阵一一中分，如同夺目寒光将玄甲铁骑一划为二。

其人在前，身后立刻有战士策马相随，填补分裂的空隙。整个军阵随之推进，缓缓风云涌动，移宫换位，变换成一个完整的九宫阵形。

阵前，两名领军大将双骑微分，那人勒马当中，抬手，身后玄甲铁骑迅速肃整军容。

随着那人右手轻挥，只见数列玄色齐齐变动，战甲声动，铿锵如一，所有战士几乎在同一瞬间翻身下马，行军礼，振声高呼："吾皇万岁，万万岁！"

这一声自一万铁血战士口中同时喝出，真正震天动地，九城失色。

这是逐战千里的沙场英雄，寒剑浴血的生死男儿。

唯有身经百战攻城夺命的铁血战士，方有如此慑人的杀气；唯有驰骋边疆纵马山河的常胜之师，方得如斯豪情威势。

不必夜天漓再说，卿尘已清楚明了，她静静看着神武门前那个遥远的身影。

凛冽孤高，傲然马上。这个人，以他传奇一般的精兵铁骑，南征北战，攻城略地，扫荡西域大漠四方强族；以他骇人听闻的辉煌战绩，称雄宇内，威震六合，征服中原疆野万里河山。

那晚的背影似乎和马上的身影合而为一，变成千军万马中那一点孤傲的白。卿尘眼中竟无由酸涩，于青峰奇云的雾气后生出一层异样的清亮。她怕被人看出端倪，若无其事地反身低头饮茶："久闻凌王大名，果然英雄非凡。"

莫不平拈须微笑，看着神武门前肃杀的军阵："好个凌王啊！"

夜天漓远眺神武门的目光里带着难得一见的肃穆，似是震动，又似是佩服，于满脸飞扬不羁中透出慑人的精光。他回身一笑，摇头把玩茶盏："四皇兄这支玄甲军攻无不克战无不胜，征战多年竟从未吃过败仗，真看得人心里痒痒。"

卿尘见他似是心驰神往，问道："你这么感兴趣，如何不去领兵出征，不也一样威风？"

夜天漓没滋味地一哂："除四皇兄外也就五皇兄还算是真正带兵，我便是去，也不过历练一下作罢，有什么意思？何况我一提此事母妃便着急，说什么也不肯。"

卿尘道："看来淑妃娘娘偏疼你，倒放心十一殿下。"

夜天漓挑眉道："十一哥自幼便跟四皇兄习武，自然不同些。他这次出征一直瞒着母妃临走才说，回来定挨数落，说不得还要我帮他去哄。"

莫不平笑道："突厥一族凶猛悍勇，淑妃娘娘也是担心两位殿下。再者便是寻常士族子弟，也没有必要远赴漠北去受征战之苦，何况是殿下。"

夜天漓道："说得也是，便如五皇兄，若非因着母亲的身份，又何必执着军功？"他见卿尘脸上满是探寻的疑问，一笑道，"五皇兄的母亲原是先皇后宫中一名侍女，机缘巧合受了父皇宠幸诞下皇子，如今也只是封了才人。虽说兄弟间没什么不同，但五皇兄心里是在意的，事事都比我们用心些。"

卿尘不由问道："那凌王呢？"

夜天漓道："四皇兄的母亲是莲妃娘娘。"

"莲妃娘娘怎样？"卿尘再问。

夜天漓轻描淡写说了句："莲妃娘娘是个冷人。"也只说这一句便没了下文。

卿尘听他语气似乎无意多说，也不便再问。夜天漓对莫不平道："莫先生多年前曾是几位皇兄的老师，四皇兄也一样得过先生指点，只可惜我当时年幼，未能与先生有师生之缘。"

莫不平品了口茶看着神武门，徐徐道："殿下言重了，若别人或者便有，但凌王殿下老夫却不敢说什么指点。记得当年临华殿中也曾给皇子们讲解兵书，凌王听完一讲便道'兵者，出奇之道，诡变之事，当得其意而不用其法，知其谋而不师其巧，如此细究十分多余。'那时凌王十岁，凡书过目不阅二遍，如今用兵奇险诡绝，似是与兵书无关，老夫也不敢贪功。"

卿尘看着神武门前玄衣铁骑,夜天凌等三位皇子已登上高台接受御赐犒赏,之后便都是些繁文缛节,自有礼部官员引导执行。夜天漓看了一会儿便觉无趣,对卿尘使了个眼色,两人便向莫不平告辞出来。

云骋见了卿尘,蹭到身前,有些躁动不安地在她旁边打了个转。

卿尘伸手抚摸它,低笑道:"风驰回来了,你着急了吗?"说罢拍了拍它以示安慰。云骋低声轻嘶,才任她翻身上马。

她勒马回头,人头攒动,已经看不到威肃的大军,唯有高台上飘飒的明黄旗帜,若隐若现。她面向高台,透过层层人群,依稀能感觉到身着战袍的夜天凌,记忆中他的样子仿佛越来越近,那双清冷的眸子异常清晰。

第二十二章 素手兰心弦中意

秋夜风清，萤光浅淡。依稀能听到四面歌酒喧闹。远远江水的凉意拂来，已是夜深露重。

举目望去，楚堰江上画舫流连，灯火依稀，如同一条莹莹玉带穿过天都。一艘船舫悠悠靠向四面楼南面临水的栈头，船头立着一人，素色青衫，身长玉立，负手临江，夜风迎面吹得他衣衫飒飒，意态逍遥。

栈头引客的伙计一双眼睛久经客场，早看得船上之人来头非凡，船还未靠稳便迎了上去。

舱内爽朗的笑声传来，一个年轻男子一边掀帘而出，一边回头道："四面楼到了。"再问船头那人，"四哥，十一哥这次跟你从漠北回来，怎么反而疏懒了？"

那人淡淡瞥了舱内一眼："你被强灌下七瓶御酒试试看，父皇的酒给你们几个白白糟蹋了。"

那年轻男子正是夜天漓，此时笑道："四哥这次又大败突厥，我们才喝得到朔阳宫窖藏的好酒，父皇今晚兴致甚高，岂可扫兴！"

舱内一人笑骂道："灌我七瓶御酒还嫌我疏懒，你倒是发什么疯，偏要今晚来这四面楼？"

夜天漓笑道："这里好茶好琴，正是给十一哥你醒酒的。"

十一摇摇晃晃自舱中出来，扶住夜天漓的肩膀。两个人并肩站着，乍看去身形相仿，两双眼睛尤其神似。若非十一此时醉态醺然，倒像是一个模子刻出来的。

"不是四哥、七哥都说来，谁跟你来瞎闹？"十一说着，抬头眯眼打量四面楼，"咦？数月不见，变了这副模样？"

夜天凌回头看他兄弟俩，唇角逸出丝笑意，举步迈上楼前的木栈道，同时随口道："五弟、七弟他们慢了。"

十一笑道："早说船比马快，五哥偏要骑马。"

楼中管事早得了通报，亲自迎出来："见过几位殿下，小兰亭洒扫干净，略备酒水，文烟姑娘已等候多时，请移步楼上。"

几人随他转去楼上，欢声笑语渐渐淡去，楼高风轻，空气中越发有了几分清凉。

待到最里面一间，迎面一方素雅小匾，上面写着"小兰亭"几字，字迹清秀如空谷幽兰，飘逸如浮云出岫，中有三分疏朗之意，情高意远。

进到阁中，一方宽畅内堂，两面皆是雕花透光长窗，窗前点点放了几盆兰芷，阁中四处透着若有若无的兰香，叫人神清气爽。

几幅轻纱随风微微荡漾，将雅室一分为二。一面四处点了清透琉璃灯，光彩明亮，成对摆着八张样式朴拙的花梨木长案。每张案上都有几样精致小菜，陈列玉盏美酒，案前放了素白色绣兰花方垫，供客人起坐之用。

两边靠花窗的地方各有一副茶具，小炉烹水，微微轻响，秋日干燥清冷的空气便盈盈透出几分暖意。

轻纱的另一边，灯影沉沉，似乎只燃了盏清灯，依稀可见一名女子广袖静垂坐于席上，瑶琴在前，却又看不十分真切。

夜天凌等人方入阁中，便听轻纱之后叮咚几声弦音轻起，清泉流珠空山凤鸣，余音袅袅不绝如缕，似有迎客之意。

案旁静立的两个清秀女子，此时娉婷拜倒，柔声道："恭迎尊客驾临小兰亭。"

夜天漓面向轻纱扬扬眉，笑说："今夜叨扰文烟姑娘。"

卿尘坐在重纱之后，因光线明暗不同，外面看不到她，她却可以清晰地看到琉璃灯下人们的一举一动。

虽知夜天漓在此宴客，却没想到竟是他们兄弟几人，猝然相遇，若非隔着重重轻纱，此时玉容之上的震惊、喜悦、怔愕、欢欣定当将心中所有情绪泄露无余。她手下不由自主地微微一颤，原本平稳的音调无意滑高，直飘出去，急忙收敛心神顺势轮拂，指下带出流水般的清音，风回浅转，随着纱幕淡入了夜色。

卿尘轻压冰弦，静静地看着来人，眸光落在夜天凌和十一身上，不由得浮起笑意。夜天凌看起来略微消瘦了几分，颀长身形中淡淡透着清隽的气度，举手投足间沉冷如旧，难以捉摸的深邃双眸，薄而不动声色的唇，偶尔微微挑起，算是表达过笑意。

十一站在夜天凌身边，数月不见，他仍是那副潇洒自在的模样，三分酒意，更显不羁，这时似乎酒醒了几分，正打量着墙上挂的一幅卷轴："兰衣当风，金樽酒满，明月云时，碧山人来……这是何人所书？"

那卷轴乃是卿尘亲笔所录的清词。夜天凌也转身去看，静静看了半晌，只是剑眉微挑，说了两个字："不错。"回头望向轻纱背后。

卿尘虽知他看不到自己，却还是觉得那道清冷的目光穿透幕纱，将背后一切洞悉无余。心中无由生出奇异的感觉，仿佛在隔着重纱对视的一刻，早已蔓延缠绕的藤蔓于尘埃中悄然绽放出花朵，一瞬妖娆，静静明光如玉。

一旁侍宴的兰玘和兰珞煮水烹茶，一一为三人奉上碧盏。此时楼下又引了几人进来，却是随后而来的夜天湛、夜天汐两人。

夜天湛见他们几人已在阁中品茶，笑道："你们把五哥弄醉了丢给我，自己却在这儿享受。"

卿尘见到他顿时轻抽了口气。夜天漓笑着向幕帘内看来，眼神似是有意无意往夜天湛那边一带，十分笑意八分调侃，恨得卿尘牙痒痒，无怪他白天只说宴客，原来有心作弄她。

她抬眸瞪视过去，夜天漓当然看不见，转头上前去问道："五哥怎么才喝了几杯便成这样？"

夜天汐看去文质彬彬，比夜天凌的冷然多了几分亲和，比十一两兄弟的率性更见些许平稳，比起夜天湛的俊雅风流却有几分沉默无声，此时他也早带醉意，几乎比十一还不如，闻言无奈摇头："你们不敢去招惹四哥，便折腾我和十一弟。"

夜天湛一身晴天长衫，发束银带，腰间一块瑞玉精雕环佩，越发衬得人俊雅温文，笑道："十一弟是自己抢着喝的，怨不得别人。"

十一以手撑头，随口道："你们耐不住早晚去招惹四哥，四哥身上伤刚见好……"

话刚出口，夜天凌淡淡道："十一弟，莫扫了大家兴致。"

十一顿时住口不说，几人却早已听到，夜天湛皱眉道："四哥受伤了？"

夜天漓接着问："何人所为？突厥军中竟有如此人物？"

夜天凌微一点头："一点小伤，早已无碍了。"

"四哥竟连我也瞒着，可是不该了。"夜天汐眼中闪过诧异，随后道，"哈！今晚他们灌酒，我和十一弟替四哥挡着。"

夜天凌唇角淡淡一挑，旋即不再言语，目光投向墙上那幅卷轴，修长的手指在花梨木案上微微轻叩。

十一知他心中有事，岔开话道："方回天都，便听说四面楼文烟姑娘琴艺天下无双，方才轻抚琴弦已叫人心思神往，冒昧请文烟姑娘抚琴一曲，不知可否？"瞥了一眼夜天凌，见他始终凝视那幅卷轴，无奈暗叹一声。

那晚他虽及时率兵赶回，接应夜天凌成功突围，但自此便失了卿尘的消息。回营之后他们数次派人寻找，小半年来却是芳踪全无生死不知。夜天凌虽然面上淡淡，运筹帷幄一如往常，但十一却知他始终惦记着此事。西突厥此次算是时乖运蹇，遇上夜天凌心绪不佳，玄甲铁骑长驱直入，杀得他们接连失掉燕然山北近千里土地，经此一战元气大伤，怕是短时间内无力再犯中原。然此时即便得胜回朝，夜天凌仍将自己一队心腹侍卫留在漠北，继续在附近打探卿尘下落。

夜天湛等人知道这四皇兄性情冷淡，若是他不愿说的事，便是多问无益，丢下前话举杯笑道："我们醉酒来此，已是唐突佳人，以茶代酒先罚一杯，但求一曲。"

卿尘对那晚山中遇袭究竟发生了什么事很是挂念，轻纱之后细看夜天凌的脸色，不甚清楚，但想来数月过去，伤势应该已无大碍。本来专注于他，突然听到众人将话题引到自己这边来，急忙收拾心神，右手轻挑琴弦，发出柔柔清韵，作为应答之音。夜天湛，温文尔雅的他，言行举动总是叫人挑不出瑕疵。

指下轻轻一挑，余音犹自袅袅，流水般的琴声已婉转而起。

曲调安详雅致，似幽兰静谧，姿态高洁。但闻室中乐音悠扬，周遭似有淡淡琴声相和，竟叫人分不出是否为七弦之上所奏，仿佛随着流连清风，四面八方都飘来琴声，悠悠扬扬无止无尽。

琴声之中如有暗香浮动，令人心旷神怡，悠然思远，仿佛身置空谷兰风之间，身心俱受洗涤，通体舒泰。卿尘双目微闭，指下弦音略高，点点兰芷在山间岩上摇曳生姿，无论秋风飒飒，冰霜层层，犹自气质高雅，风骨傲然。七弦琴音渐缓渐细，几不可闻，化作一丝幽咽，却暗自绵绵不绝。

低到不能再低，琴韵悄然而起，翩翩如舞，仿佛历经风霜，兰苞绽放，曲调极尽精妙，无言之处自生缕缕幽情，高洁清雅。

一曲终了，余韵绕梁，室内静静无声，众人似乎都沉浸在这琴韵中，回味无穷。

卿尘抬眼望去，却冷不防看到夜天凌望向这边，那冷冷目光穿过轻纱直至心底，让她心中无由一动。

纱影淡淡，使他棱角分明的轮廓柔和了许多，远远如坠梦中。蓦然回首，那人却在，灯火阑珊处。曾经在第一次取下他的面具时，她想起过这首词。她从来都不知看到一个人会有这样的感觉，似曾相识，恍若前生。

夜天凌的眼睛一直没有离开轻纱，此时十一轻敲花案，朗声道："玉人空山，步履寻幽。如月之曙，如兰之秋。好曲意！兰亭曲下蕙风来，为此当浮一大白！"说罢，拎起面前酒瓶，痛饮一口。

夜天凌这才从轻纱上收回目光，看了十一一眼。

夜天滴也斟酒一杯，吊儿郎当地笑道："好琴好酒难得今夜，文烟姑娘，我敬你。"一饮而尽。

卿尘在轻纱之后笑意盈盈看着他们兄弟俩，微动琴弦，以示答谢。转眼间看到夜天湛轻握杯盏，正神情温雅地看着这边，唇角带着她十分熟悉的微笑，眸光中竟是出人意料的欣赏与温柔。她心中一凛，只怕他听出端倪，短短抚了一段清音，以曲告辞，悄悄起身退了出去。

一路回房，卿尘大大松了口气，换上素白文士衫，长发束以玉带，顿时化作翩翩公子模样，抬头看看三楼小兰亭，窗口明亮的灯光，在心底里晕出淡淡欣喜。

四面楼今晚生意不错，她前后照应了一下，忽听堂前传来吵闹声，楼中管事快步找来，道："公子，请您前边去看看，卫家少爷怕是喝多了几杯，缠着兰璐不放。"

卿尘皱眉，卫骞是见过她的，不知会不会认出来。偏偏此时四处不见谢经的影子，她怕惊动了小兰亭中诸人，只好快步赶去前堂。到那儿一看，卫家大公子卫骞正醉态醺然地拖着兰璐往外去，兰璐不敢使劲抗争，只能软声哀求，一旁兰璎她们跟着劝拦，见到卿尘出来便像见了救星，急忙喊道："公子！"

卿尘上前一步，抬手在两人之间挡住，笑道："卫少拉着我们兰璐的衣裳不放，这是做什么？"

卫骞和她只当街见过一面，此时她又着了男装，横眼看来，朦胧间也不辨眼前是谁："少爷今天要将兰璐带回去做二夫人，你说给她赎身多少银子？少爷我付双倍的！"

他看上去是喝了不少酒，脚下蹒跚不稳。卿尘顺势将兰璐拉开护在身后，扬唇笑道："卫少说笑了，咱们四面楼的女子没有卖身这一说，都是来去自由。兰璐承蒙卫少抬举，这事是好事，但也得两相情愿才美满，卫少说是不是？"

卫骞将手一摆，指着兰璐："少啰唆，过来！少爷看得上你是你命好！"

兰璐吓得直往卿尘身后躲去，卿尘仍笑道："人来人往都看着，有什么话外面说也不方便。兰璐，后面刚制的菊花蜜酿，快去看看好了没有，给卫少送去雅阁等着。"她抬手一让，"兰璎的琵琶曲卫少还没听全吧，不如里面再坐坐，何必急着就走？"她知道一时半会儿要将人打发走是不可能了，但求息事宁人，先离开这招眼的前堂，莫要惊动楼上诸人。

兰璐如获大赦，匆忙福了福便往后堂快步而去。卫骞怒道："你去哪儿！"

卿尘半请半拦道："卫少何必着急，里面请！"

卫骞甩手喝道："跟少爷我玩这花招，你小子活得不耐烦了，今天不把人给我带出来，我拆了你四面楼！"

卿尘修眉微挑，堪堪忍住心中火气，正恨卫骞惹是生非，忽听楼上一个声音传来："卫骞！你像什么样子，不嫌丢人吗？"

声音并不高，温润文雅，却无形中有种透骨的震慑，压得乱哄哄的场面一静。卫骞抬头看去，忽然清醒了几分："七殿下，十二殿下？"

紧接着夜天漓带着怒意的声音喝道："你好大的胆子！闹事也不挑个地方，有本事拆了四面楼给本王看看？"

人人都往楼上望去，卿尘侧身对着卫骞一动不动地站在那儿，看起来十分奇怪。她却顾不得其他，只是不敢回头，慢慢垂身往旁边蹭去，挨着堂前高柱在飞纱后一躲，对管事使了个眼色。管事有些莫名其妙，不过人也精灵，急忙往前笑道："当真该死，打扰了两位殿下雅兴，小的在这里赔罪。"

卫骞酒意已被吓醒了大半，卫家再怎么得势也不敢当面与皇族相抗，但因天舞醉坊的事怀恨在心，垂首处恨恨看了夜天湛一眼，悻悻道："没想到两位殿下在此，今晚和兵部几位大人多喝了几杯，还望殿下恕罪。"

夜天滴冷哼道："原来是新升入了兵部来庆祝，这才几个月，我看四皇兄不在天都，兵部是没遮拦了，你也不问问今天谁在，竟敢如此放肆！"

卫骞低垂的眼中交杂着得意又生暗恨，却终究不敢再生事。夜天湛脸上似乎仍挂着温温冷冷一丝笑，话语听去也是平淡："怪不得，是入了兵部自觉腰杆硬了，你且记得，四面楼不是你撒野的地方。"

夜天滴素来行事张扬倒罢，湛王亦对四面楼出言维护，莫说是卫骞，在场的都有些意外。卿尘见终究惊动了他们，有些懊恼，但心里毕竟松了口气，若非如此今晚还要折腾。隔着幕帘依稀见夜天湛站在楼栏前，蓝衣如水，俊面不波，徐徐对卫骞道："还不快走？今后莫让本王再在四面楼看到你。"

这话已说得十分不客气，卫骞心中压着的火气陡然上冲，猛将身子一直便欲发作，却不防正见夜天凌负手缓步自小兰亭出来："十二弟，什么事？"他峻冷身影出现在楼前，目光淡淡往这边扫来，卫骞心中似被惊电劈中，浑身凛然，尚有的三分酒意被彻底吓醒，衣襟一振，单膝一跪行了个军礼："四……四殿下。"

夜天凌眼中无情无绪，在他身前停了停。整个前堂忽然寂然无声，仿佛斑斓缤纷褪尽了颜色，一片清白，冰冷静陈。

"免了。"终于听他说了两个字，众人竟都有种如释重负的感觉。卫骞起身垂手而立，额前隐有微汗。便是伊歌城最张狂的士族子弟也知道，若敢在凌王眼底造次生事，那是自讨苦吃，尤其自身还在其职辖管束之中，心中不由上下忐忑。

夜天凌似对眼前究竟发生何事并无兴趣，只道了句："明日兵部里，莫让我见你一身酒气。"说罢对夜天湛他们道，"进去吧。"

夜天湛目光自楼下带过，唇角逸出如玉浅笑，先行转身入了小兰亭。

夜天凌随后举步，无意中略微回头。卿尘正挑起幕纱悄眼向上望去，他立时如有所觉，意外的对视中眸底蓦然震动。卿尘在那转瞬而逝的惊讶中对他眨了眨眼，笑着抽身而去，只留下紫绡长纱飘飘摇摇，灯盏明照。

第二十三章 一剑光寒十四州

微香飘动，兰珞步履轻轻，手捧汤盏呈至案上。夜天凌正饮了口茶，眼角余光看见一折信笺落在身边："殿下请！"兰珰轻声说了句，垂首退下。

他将笺纸取在手中，展开看去，上面写着行清隽的行书：秋宵风淡，月色清好，不知四哥和十一宴后是否有兴致跃马桥上一游？

他无声无息地抿了下嘴角。十一坐在近旁，此时扭头见他若有所思，低声问道："四哥？"

他反手掩下信笺，抬眸道："时辰不早了，明日还得早朝，我们也别耽搁太晚。"

那边夜天湛笑道："四哥说得是，你们刚回来一路辛苦，今晚当早些歇息才是。"

几人出了小兰亭，夜天凌看了十一一眼，十一和他素来默契，笑说："我和四哥骑马走，一路散散酒气。"

夜天漓道："那四哥陪十一哥，我送五哥他们乘船回府。"

待夜天漓他们上了船，十一问道："四哥，什么事？"夜天凌将那信笺交给他，他看了看道："这是……"

"刚才出去时，好像在四面楼见到了卿尘，不过只打了个照面她又穿着男装，也不十分确切。"夜天凌放眼往楚堰江上看去，夜已深沉，江中游船比来时少了好多，点点灯火三三两两游弋远去。

"卿尘！"十一惊讶道，"我们在漠北四处找她，她怎会在天都？莫不是看错了吧。"

夜天凌似乎微微笑了笑，道："现在看这字迹，应该不会错，这个'有'字的写法是我教她的，还有小兰亭里那幅字有几处用笔也一样。"

十一熟悉夜天凌的字，此时仔细一看，笺上"有"字乃是反笔连书，除了夜天凌外少有人会如此走笔，他笑道："难道真是她？走，去看看！"

两人并骑往跃马桥而去，卫长征等几名候在楼外的侍卫纵马跟随其后。跃马桥位于上九坊中部，横跨楚堰江中乐定渠，以白石造砌，长逾十丈，宽可容六车并行，远远望去如白练卧江，气势平稳，静谧无声。

　　金钩细月，清亮一刃，遥遥衬得暗青色的天幕格外分明。江中水波若明若暗，隐隐起伏，几分光影随之一晃，远逝在暗夜深处。

　　青石路上只闻不疾不徐的马蹄声，秋风微凉时而拂面，丝缕寒意叫人分外清醒，似乎身体感官都在这静冷的黑暗里无限伸展，能够探触到四周极轻微的风月清光。

　　夜天凌在空阔的跃马桥上缓缰勒马，淡淡望向楚堰江水滔滔长流。何处轻闻玉楼箫曲，隔着江岸依稀传来，十一在旁轻叹道："良辰美景，佳人有约，但愿一会儿不叫人失望。"

　　一阵马蹄声入耳，夜天凌扭头往声音来处看去，长街深处有人策马前来，白衣轻影，飞马快驰。

　　那人到了近前将马一勒，在十数步外的桥头停下往这边看来。那双湖光幽深的眸子带过笑意，缓带轻衫的清秀模样和曾经青灯影下执笔询问的形容交叠如一。

　　清淡的光亮微微浮现在夜天凌的眸中，那一笑带来清静舒缓。便在他身心松弛的片刻，身后弦月之光似乎陡然长盛，杀机如冰刃遽起。他深眸中异芒一闪，风云惊变，剑已出鞘。

　　卿尘一路纵缰，马蹄轻快，远远看见跃马桥上人影，云骋似乎也能感觉到主人的欢喜，纵蹄如飞，将星光树影纷纷遗下，转瞬便至桥前。

　　卿尘微微收缰，在桥头回马一转，往前面看去。一人黑眸惊讶，一人青衫淡定，沉沉夜色中有道清锐的目光落在身前，于暗影中浮出鲜有一见的微笑。

　　她隔着江水细月扬眉，笑着将十一和夜天凌打量，轻叱一声打马上前。忽见玉白桥栏处寒光骤现，冰冷江水蓦然生波，冷月倒影化作一道锋刃，直袭夜天凌背后。

　　那一瞬间四周空白，卿尘猛带云骋飞纵而去，疾呼道："四哥！小心身后！"

　　猝变之中，原本淡寂的秋风随剑影铺卷而来，仿佛寒江怒浪化为暴雨遍洒长桥。

　　桥上落叶被剑气所激，凌乱飞舞，铺天盖地的寒芒中，一点有若实质的白光驰往夜天凌后心。

　　卿尘被激荡的剑气迫得目不能视，只觉寒意及身，左臂微微一痛，接着云骋缰绳被人大力前带。

　　身旁剑啸刺耳，呵斥声怒。

　　就在此时，无边夜色中突然亮起一道长电般的惊光，光芒凛洌，撕天裂地。

　　当！双剑交鸣，一人黑衣蒙面出现在被攻破的剑影中。

夜天凌手中剑华骤盛，势如白虹，夺目亮芒伴着清啸直追那人后退的身形，迫他回剑自守。

一剑光寒，天地失色。

散去了先前剑气的压力，卿尘睁开眼睛，只见刺客右肩血光迸现，踉跄后退。

十一足尖微点自马上跃起，佩剑出鞘，四名玄衣侍卫也已和刺客缠斗在一起。

一切只在瞬间，快得仿佛不真实。

卿尘扭头，夜天凌傲然马上，清冷目光凝注于她的脸庞，手中三尺青锋斜指，鲜血染了寒光，缓缓流动，滴滴没入尘土。

漫天黄叶此时方纷纷飘落，他浑身散发着令人望而却步的凛冽。夜色、秋寒，仿佛都沦为了那双深眸的陪衬，一切都在寂冷中低俯收敛。

"果真是你。"夜天凌手臂微微一动，长剑回鞘。

"是我。"

夜天凌对近旁剑光纵横视若无睹，淡声道："方才在四面楼抚琴的人是你。"不是问，而是陈述早已知道的事实。

卿尘愣了愣，笑道："文烟便是卿尘，卿尘便是文烟，竟然瞒不过你。"

夜天凌又道："小兰亭里那幅卷轴也是出自你笔下。"

卿尘微微汗颜："我已经尽力好好写了。"

夜天凌薄唇扬起个轻缓的弧度："不错。"继而目光一动，唇角瞬间恢复不着痕迹的坚冷，左手握着的缰绳一抖。云骋被他牵过几步，不满地低嘶出声，但却没有做出反抗的举动。

卿尘冷不防到了与他并列的位置，才发现云骋的缰绳不知何时已握在了他的手中。他座下的风驰微微嘶鸣，同云骋两首相依蹭了蹭，似是久别重逢，显得十分亲热。夜天凌伸手握住她的手臂，随着他的动作低头，卿尘这才发现自己衣袖上竟有鲜红的血迹，不由轻呼："啊！"

夜天凌眸底生寒，手下却微微一松，接着抬手哧地撕下她那截染血的衣袖。她本能地往后一缩，但被攥住动弹不得。底下白色丝衣并无多少血迹，她急忙道："应该是刺客的血。"

"嗯。"夜天凌松开手，回身叫道，"十一弟。"

十一兴致已过，懒得和刺客再纠缠，手底清光疾闪，一剑挑飞刺客蒙面的黑巾，半空旋身抄中，潇洒退回，落在两人身边。他漫不经心地用黑巾拭过剑身，抬手丢开，呛的一声长剑入鞘，扭头将卿尘上下打量："真的是你！你怎么这副打扮？"

卿尘道："这样方便啊，好久不见你们了！"

十一朗朗扬眉："我们还以为……哈！急坏我和四哥！"

卿尘微笑答道："我也是。"

三个人同时沉默了一下，十一和卿尘突然开怀大笑，就连夜天凌也目蕴笑意。

卿尘心情畅快，无意间扭头看去，那刺客的面容倏然在眼前闪过。她忽然浑身一震，脸上所有颜色仿佛都在刹那间落尽，失声叫道："谢大哥！"

那刺客本已被夜天凌剑气所伤，听到呼声手下微滞，与卫长征硬碰一招难以支撑，长剑脱手飞落，卫长征的剑已指在喉间。淡淡月光洒下，清楚照出他的形容，赫然正是谢经。

卿尘不能置信地望着对方，夜天凌看了她一眼："你认识他？"

卿尘迟疑许久，终于听到自己干涩的声音道："他是……四面楼的人。"

"四面楼的人？"夜天凌面无表情，声音中听不出喜怒。

卿尘脸上的震惊已然褪去，取而代之的是一种死寂的静默，她依旧目视着谢经，缓缓道："不错，他是我四面楼的人。"

四周气氛仿佛因这句话一窒，围困谢经的玄衣侍卫警惕地看向这边，其中有两人身形一侧，剑气寒意悄无声息地蔓延开来。

夜天凌黑眸沉沉，落在谢经身上。

谢经松开肩头伤口，对他遥遥抱拳："江湖上能够一剑伤我的人不多，今夜得遇如此对手，在下败得心服口服。"

夜天凌道："阁下方才剑中若再果决些，我倒有兴趣同你多较量几招。"

谢经神情异样地轻笑一声，微微侧身道："抱歉。"似是对夜天凌，又似是对卿尘。

卿尘静静看了他一会儿，扭头望向对夜天凌："似乎我每一次遇见你，总有人想要你的命。"

夜天凌淡淡道："似乎我身边很多人，都想要我的命。"

跃马桥上，月色清好，良辰美景，佳人有约，都在这刀光剑影的暗杀中化作了诡异而阴谋的味道。

如果说上次是巧遇，这次却是，相约。

卿尘修眉蹙拧，刚想说什么，忽然听到一声凌厉的刀啸，黑夜中绯光急闪，两柄薄刀凌空飞来，袭向卫长征制住谢经的长剑。有人闪现谢经身旁，娇声叱道："大哥！快走！"

卫长征怒声低叱，挺剑攻向来人。那薄刀在半空轻啸回闪，银光绯色交织如练，两人以快打快招招疾拼。余下三名玄衣侍卫无声无息步履一错，已封住四周出路。

卿尘见到那两柄薄刀，脸上闪过难以掩饰的诧异，随即又在疑惑中化作惊怒交替的神色，凤眸之中渐生寒意，轻微地，如弦月光刃一浮。

"放他们走。"夜天凌看了她一眼，忽然冷冷开口。卫长征几人闻言怔愕，但即刻罢手撤剑，抽身后退。那人与谢经身形同时一晃，水声哗然响起，转瞬便恢复之前的寂静。

　　卿尘慢慢回头，夜天凌眸心深冷无垠，仿佛一个无底的黑洞，纯粹的暗色可以吞噬所有，可使一切无所遁形。

　　她便那样安静地看着他的眼睛，在他的注视下，两厢无言的沉默久久隔于其中，无法逾越。

　　偏偏这时，云骋向前迈了一步，风驰似乎是回应它一样，亦缓步靠上前来。两人间的距离骤然缩短，夜天凌剑眉微挑，卿尘终将心中万般浪涛敛下："四哥，给我三天时间，三天后，此事我一定给你个交代。"

　　说罢缰绳在手上狠狠一缠，勒得云骋猛然惊嘶，扬蹄转身。低头时一刻的郁闷，在极深处点燃一簇幽冷的怒意，但在这时，她突然听到夜天凌沉稳的声音在身后响起："我相信你。"

　　短短数字，风息云退落入心间。

　　秋凉淡淡掠过衣衫，新月深明，静叶轻飞。她没有回身，望向前方寂寂的长街，低声道："多谢四哥。"说罢扬鞭抽马，绝尘而去。

第二十四章 三秋楚堰江水长

夜声初静，歌舞阑珊。四面楼中半隐着琉璃灯光，幕纱在秋风中明暗飘扬，偶尔带出环佩叮咚轻响，似一段风流袅娜的余音。

卿尘在门前甩蹬下马，面上神色让上前伺候的伙计一愣。她不发一言掷下马缰，抬手掠过迎面拂来的绡纱，快步入内。

幕帘影里，兰玘等姑娘还在堂前，素娘不知为何自天舞醉坊回来这边，正轻声和她们说话。大家一见卿尘都起身过来，兰璐深深福下，对她道："今晚多谢公子！"

卿尘静了静，神情冷淡地看了素娘一眼，方伸手扶起兰璐，温言道："谢什么，我四面楼的人岂会容别人欺负？"

兰璐她们此时都察觉她脸色有些异样，眉宇间似隐着怒意，声音虽说温和，却不似往日清水冰丝般的柔润，叫人听起来不太敢回话。

卿尘平时与她们总是谈笑自如，从未有过这种态度，众人一时间都悄声不语。卿尘见状眉间微松，笑道："都怎么了，难不成是没见过喝醉的人吓着了？"

兰璐迟疑一下，怯怯问道："是不是今晚……给公子添麻烦了，那卫少爷不肯罢休吗？"

卿尘对她微微一笑，道："没事，以后他也不敢对你怎样，凡事有我在，不会让你们受委屈。"

素娘拍了拍兰璐的手道："有公子维护着，是你们好福气，公子定是累了，大家各自回房吧。"

卿尘凤眸轻挑，似是随意在素娘眼中落下，无声一带扫遍全身，竟看得她心中无由一颤。却见卿尘唇边仍挂着淡笑，道："不早了，都先去歇息吧，有事明天再说。"说罢拂袖转身，径自上楼去了。

素娘打发大家散去，看着楼上疑窦丛生，心中本就带着的几分不安逐渐扩大开来。

卿尘穿过飞阁沿长廊直至后楼，一把推开谢经房门。室内寂静无声，人没有回来，她转身在案前坐下，四周静冷的空气叫人渐渐平定，却仍有几分怒意在心间时隐时现。

惯用薄刀的冥魔、刺杀夜天凌的谢经、精明细心的素娘，她从走进四面楼的一刻起，便似是踏入了一个精巧而完美的布局。她坐在黑暗中细细回想，那日当街一盆水莫名其妙地泼来，分明是早有预谋，故意设计引她进四面楼。谢经、素娘他们统统都是知情人，不但清楚她女儿身份，更加了解她的一举一动。这一切是否跟冥衣楼有关？他们究竟目的何在？如果说他们的目标一开始便是夜天凌，似乎又有些牵强。

正凝神思索，门外忽然一声响动，接着有人踉跄推门入内。她自案前站起，听到冥魔焦急的声音："素娘，快！大哥受了伤！"

室中忽然一亮，微明的火光下冥魔抬头，猛然见卿尘站在光影深处，凤目微凛，玉面生寒，正冷冷看着他们。

其后素娘正好赶来，灯光下见到谢经的样子低声惊呼。卿尘看过去也微微一愣，谢经几乎全靠冥魔的扶持才能支撑身子，人已陷入半昏迷状态，身旁一摊鲜血正在缓慢流淌扩大。借着月色可以看到，门外地上星星点点皆是血迹，想必是他一路留下的。

素娘急忙上前帮忙搀扶，见卿尘挡在榻前，叫道："公子！"

卿尘眸中浮光一亮："何必还要装下去，难道你还当我是宁文清？"

素娘与谢经日久相处，彼此情意深重，顾不得许多，急道："……凤姑娘，此事容我们慢慢解释，先救人要紧！"

卿尘脸色虽不变，眸中却略微缓和，眼见谢经确实伤重，侧身让开。

素娘和冥魔将谢经扶至榻上查看伤势。卿尘在旁冷眼看着，只见除了先前被夜天凌所伤的右肩，谢经身上深深浅浅竟有多处伤口，最严重的是腿上一剑，显然已伤及动脉。鲜红的血液不断自伤口喷涌而出，在黑衣上浸出浓重的暗色，很快便洇上被衾，而他面色惨白如纸，已是失血过多几近休克。

即便冥魔路上已动手封了他穴道，血似乎还是止不住。冥魔素来没表情的脸上此时已失去冷静，俯身替谢经压着伤口，不停地低声叫道："大哥，大哥！"素娘匆忙取来伤药，一敷上伤口，便被涌出的鲜血冲得四散流开，她正心急如焚，忽听到卿尘沉声道："让开！"

素娘知道卿尘医术高明，急忙退到一旁。卿尘衣襟一掠跪在榻前，抬手压住谢经股动脉，血流之势立刻放慢："撕些布条来。"

冥魔撕裂床上绸帛递过来。卿尘用熟练的手法将绸带在伤口靠心脏一端缠绕了两三周，打个半结，指着案上闲置的象牙骨扇道："把那个给我。"

素娘伸手取来，卿尘将骨扇放在半结上打了个全结，再轻轻扭转，谢经伤口血流顿缓，逐渐停止。她将伤药敷在此处，才开始着手处理其他伤口，和腿上的伤比起来，其余都还算轻伤，但肩上夜天凌那一剑也颇为严重。她迅速包扎处理，隐隐蹙眉，不知谢经为何重伤至此，那下手之人分明是要置他于死地。

待伤口处理得差不多，她回头将药丢给冥魇，起身问道："暂时不要动他，没有生命危险。凌王既然说放你们走，便不可能再行追杀，发生了什么事？"

冥魇道："我们遇上了碧血阁的人。"

素娘神色一变，卿尘亦是心间微凛："是肖自初动的手吗？"

冥魇道："是他门下十二血煞中的六人，他们因长门帮之事前来寻仇。哼！若不是大哥之前受了伤，十二血煞算得了什么！"

提到今晚之事，卿尘凤目微冷，回身道："你们究竟是什么人？若是冥衣楼的话，为何要刺杀凌王？"

冥魇和素娘对视一眼，似乎有些迟疑，却听到身后有人答道："事出有因，冥衣楼并无恶意。"

三人往榻上看去，只见谢经已然醒来。卿尘注视他片刻，淡淡道："谢兄，你瞒得我好苦。那日一见面便故意诓我进四面楼，设法让我留在此处，你明明清楚我的真实身份却故作不知，今晚又演了这么一出好戏，是不是该给我个解释？"

谢经在素娘的扶持下靠在榻前，对她道："文清……"

卿尘打断他道："既然心知肚明，何必再做掩饰？不管你为何与我结交，我凤卿尘曾经当你是朋友。"

谢经神情微微一动，道："好，卿尘，与你为友是我谢经生平一大幸事。我知道你现在心里定是生气，虽说一切都是奉命行事，但之前种种是我隐瞒在先，我先给你赔个不是。"说话间自榻上吃力地起身，便要对她赔礼。

卿尘上前止住他："你这是干什么？不要乱动。"她轻吐了口气，问道，"气归气，但这么久相交，我相信自己不会看错朋友，所以你必有理由。那么你们奉谁的命，行什么事，又为什么找上我？为什么针对凌王？"她目光自谢经那里掠到素娘和冥魇脸上，不知为何他们三人像是对她有些敬畏，竟都将眼睛避开。

过了会儿，还是谢经道："你所问的问题我不能做主回答，有些不能说，有些我也不十分清楚。"

卿尘眸光轻锐，依旧看着面前三人："那么找能做主的人来，今天我必定要个答案。"

谢经沉吟了一下，对素娘道："去请冥玄护剑使，同时传令下去，防范碧血阁。"

素娘看了看卿尘，快步出去。谢经和冥魇都沉默不语，屋中一时安静下来，气氛便显得略微尴尬。

卿尘立在榻前，突然皱眉对谢经道："冥玄护剑使是什么东西，能不能吃？"

她说完眼梢微挑，咄咄相视。谢经和冥魇同时一愣，谢经苦笑道："啖其肉，食其骨，不至于有这么大的怨气吧？"

却听卿尘又道："说实话，我的确很想待会儿把他炖了给谢兄补补身子。他派你刺杀凌王，难道不知这分明是去送死？"

气氛微微一松，谢经知道她言语中实际上是在维护自己，笑了笑道："我们兄妹自小在冥衣楼长大，此生此身都是冥衣楼之人，若有需要百死莫辞，这种任务不算什么。"

卿尘道："刺杀皇子，无论成功与否，将置四面楼于何地？你、冥魇、素娘，楼中的这些女子，甚至天舞醉坊，岂非统统都要陪葬？"

谢经略一思索，道："事情原委冥玄护剑使会向你解释清楚，不过说明白了我可能便喝不到补汤了。"

此时连冥魇都莞尔，卿尘更是忍不住抿嘴一笑。谢经看了看她，道："笑了便好，没想到你沉下脸来还真骇人。"

卿尘眉梢轻掠，道："你该知道今晚之事有多严重，不弄清原因，我可没有说笑的心情。"

谢经道："我只能告诉你，对于冥衣楼这样的组织，刺杀不过是受人委托，还能有什么原因？"

卿尘道："是何人如此针对凌王？"

谢经摇头道："委托人的身份绝不能透露，这是规矩。"

卿尘唇角微抿，方要再问，忽听身后有人道："此事凤姑娘不妨猜一猜，其实并不难。"

说话间，素娘和一位老者进来室中。那老者以黑巾遮面，看不到容颜，气度深藏如山渊空谷，平和冲淡，抬眼时目光如若实质般落到卿尘脸上，拱手道："冥衣楼天枢宫护剑使冥玄，见过凤姑娘。"

卿尘道："久仰。"心中只觉得这人眼神语气十分熟悉，但一时又摸不着头绪，便问道："听方才的话，冥衣楼莫非并不打算替事主保密？"

冥玄摇头道："规矩不可破，但凤姑娘却与他人不同。更何况，若是姑娘自己猜到何人以黄金五万两的价钱要凌王性命，那也是没办法的事。"

黄金五万两，好大的价钱！卿尘暗自一凛，脱口道："是天朝皇族之人？"

冥玄笑道："中原皇族间虽有争斗，但尚未到这等地步，恐怕还没有人这么想要凌王的命。"

卿尘垂眸，一时静而不语，稍后说了简单的几个字："突厥王族。"

冥玄眼底掠过一丝赞许的笑意，卿尘心领神会。能出得起如此价钱的人，非富即贵，而对于突厥一族，莫说五万两，即便是十万两黄金能买凌王的命或许都肯。要知凌王自十五岁领兵以来，先后数次大败突厥东西两部，令其失却漠南漠北数千里疆土，葬送兵将无数，其中还包括东突厥始罗可汗的胞弟戈利王爷。突厥一族对其可谓畏似鬼魅，恨入骨髓，不会有人比他们更想看到凌王死。

思及此处，她不由轻声道："阴谋诡计，难成大器，难怪次次败给凌王。"

冥玄显然早知她与夜天凌颇有渊源，在旁负手含笑道："凤姑娘似乎和凌王十分相熟。"

卿尘道："他救过我，我也救过他，便凭这两点，此事我不能坐视不理。冥衣楼受了这委托，可否取消？"

"取消委托需遵从楼主的命令。"冥玄道。

"那不知是否能与尊主一谈？"卿尘道。

冥玄微微叹了口气："冥衣楼楼主十余年下落不明，据老夫观星推算，恐怕早已不在人世。"

卿尘眉心微微一收，"阁下这是在拿人寻开心吗？"

冥玄却是一笑，不急不忙地道："凤姑娘莫要误会，不知可有兴趣同到外面一观天象？"

这提议有些意外，卿尘盯了他一眼，略一思量，先行举步迈出房门。冥玄随后而来，同她缓步走到中庭飞阁之上立定，仰头道："凤姑娘对星相可有了解？"

卿尘抬眸静望，秋夜之下，细月如眉，其旁云淡星稀，并不像夏日那般绚丽璀璨，夜空看去清远通透，广而幽深："略知一二。"

冥玄道："那姑娘能否看到那颗星？"卿尘随着他所指望去，深远的夜色之下，有一颗天星遥挂云际，其光清冽，冷而深灿，在那弯细亮的新月之侧丝毫不见逊色，甚至透过丝缕浮风竟压过了月光云影，便似墨蓝天幕中一颗静冷夺目的光钻，令所有的星子都黯然失色。

"那是什么星？"卿尘不解地问道，记忆中无论以前还是现在，从未见过这样一颗星。

冥玄意味深长地道："此乃百年难见的异星之象，清光澄宇，紫微天合。而此颗天星现在正逐渐进入我冥衣楼主所对应的北斗天宫之位，乃是入主七星之势。"

"哦？"卿尘道，"那就是说，冥衣楼新主将立，方才我们所说之事，便可商讨？"

冥玄看向她道："不错，这上应天星之人目前便在伊歌城中。"

"是何人？"卿尘问道。

"远在天边，近在眼前。"冥玄微笑。

卿尘十分意外，微一怔愕，失笑道："阁下说笑了吧，难道你们便是因此一直盯着我不放？"

冥玄却正容道："老夫并非说笑，天星变动，下应其人，老夫寻找此人已经很久了。凤姑娘曾在漠北停留，仲夏之时来到伊歌城，正与星相相符。再者，姑娘可有一串碧玺灵石？"

卿尘略一沉吟，将衣袖轻抖，示与他看。冥玄看着她皓腕上幽然清亮的碧玺串珠，感慨道："此乃冥衣楼失踪了多年的楼主信物。实不相瞒，我曾查过凤姑娘的来历，但却一无所获，不知姑娘与先楼主可有关系？"

卿尘闻言惊讶万分，记起当初竹屋里那些医书上所提到的"先师"，那白衣淡然隐约的身影，而真正的"凤卿尘"也曾经提过"冥衣楼"，显然两者之间有着某些不为人知的联系。她垂眸细思，脑海中却再没有什么清晰的印象，不由暗暗蹙眉，若是能够记起一切，说不定她连那巫族禁术九转玲珑阵都能得知，哪里还要整日在此发愁？但在冥玄面前，这些自然不能表露。推测蛛丝马迹，"凤卿尘"与冥衣楼，冥衣楼与那传说中的巫族似乎息息相关，却不知他们和凤氏门阀之间又有怎样的瓜葛？九转灵石其中的两条都在天朝皇族手中，碧玺灵石乃是冥衣楼主的信物……这些想法似是黑夜中的点点星火，在她眸心深处微微闪过。

正思索间，她忽听冥玄道："凤姑娘若有所顾忌，老夫也不强求，天命难违，自有定数。先楼主的生死老夫心中早有推断，现在既然冥衣楼信物在姑娘手中，姑娘不妨考虑一下，倘若入主冥衣楼，不但凌王之事我们要悉听调遣，你尚可得知一些巫族的情况。这碧玺灵石自上古时便是巫族之宝，想必你对其来历会有些兴趣。"

卿尘眼梢一掠，眼前这个冥玄似乎对她颇有了解，句句切中人心，却不知他从何得知。她略略斟酌，道："如此诱人的条件，看来阁下早已深思熟虑，请恕我自有苦衷，有些事情无法说明。至于对冥衣楼，我也只能说若有需要，自当尽力，还望冥衣楼能审时度势，与人方便，但楼主一职我恐怕难当重任。"

冥玄摇头道："凤姑娘若不肯接任楼主，一切方便都是空谈。"

卿尘蹙眉道："阁下未免有些强人所难，再者冥衣楼偌大组织，难道就凭你我一席话，或是一件饰物，便能随随便便认个来历不明的主人？"

冥玄笑道："自然不是，凤姑娘接任楼主必须得到云生兽的认可，并在其后以楼主的身份做三件事，令七宫部属信服。"

卿尘方要说话，突然低头想了想，道："倘若那什么云生兽不认我，或我不能服众呢？"

冥玄道："事在人为，凤姑娘若没有做楼主的能耐和胆识，诸事免谈。不过姑娘若真想让冥衣楼放弃刺杀凌王，或是了解巫族的秘密，想必定会有法子做到这些。"

卿尘本打算权且应付他一番，待解决了这两件事便来个有负众望，辞职挂印，却谁知对方早已料到，一句话断了她的念想。夜天凌的安危和巫族的秘密，任何一事她都不可能置之不理。她从来不是优柔寡断的性子，略加衡量便也有了决定，眼前这潭水无论深浅，恐怕都要先蹚上一蹚了，目视冥玄，不由一笑："阁下步步设计，为此费尽心思，当真不怕错认其人吗？"

　　冥玄似乎笑了笑，淡淡道："冥衣楼并非第一日知道凤姑娘，在下自信天命无差。"

　　卿尘微微挑眸，事到如今，再多纠缠枝节于事无益，点头道："好，那我们便各取所需，你即刻收回刺杀凌王的命令，我接受你的提议。"

　　冥玄眼中现出笑意："若这是凤主的吩咐，属下即刻遵命。"

　　"我既答应，便不会食言，如何来认我这个楼主，你且安排便是。"卿尘从他身上收回目光，抬头遥望天际，心中浮现前所未有的感觉。

　　夜微明，天星亮。千年之间，谁将继续谁人的故事？此身一世，谁又将成为谁的牵绊？命运之路或许并非每个人都能掌握，但在每个人的心中却必有一些重要的东西，牵引着前行的脚步，更有甚者，改变既有的一切……

第二十五章 只道江湖是江湖

京郊宝麓山，山脉悠远，依江带水，自天都一直向西蜿蜒而去，青山翠林起伏连绵，至百里而不绝。

卿尘接受冥玄提议的第二日，便同谢经、素娘、冥魇一起，启程前往冥衣楼总坛。几人西出天都沿江入山，先经水路再换快马，两三个时辰之后便深入山岭。前路转折错综，不见村落屋舍，越是前行，越是山高林深，景色幽奇。复又行得数里，面前陡峻高山豁然开朗，出人意料地，竟有一个占地颇广的低谷。

谷内暖意洋洋丛林青幽，错落长瀑自迎面的高崖飞坠直下，至山脚汇聚翻涌，溅起一潭碧色深泉。自潭水起始，四面依山顺势建了楼阁街道，构思精妙，巧夺天工。卿尘举目遥望，只见山间七宫点缀而成高飞之势，便是冥衣楼天枢、天璇、天玑、天权、玉衡、开阳、摇光护剑七宫。七宫连珠，隐含星势，遥遥拱卫山前一座半月形建筑。抬头看那牌匾，上书"紫微垣"，星行紫微，上应帝宇之意，气度非凡。

进入紫微垣内，玄石为地，青石为壁，高堂深阔肃穆庄正。迎面早有三人等候在此，便是除了冥玄所主之天枢宫、谢经所主之天璇宫、素娘所主之玉衡宫、冥魇所主之摇光宫外，余下的三宫护剑使。

三人皆如冥玄般身着黑衣，腰束银带，单看神形气度便知皆是一流好手。当中一个面目古板之人率其他两人上前对卿尘道："天权宫冥则、天玑宫冥赦、开阳宫冥执，恭迎凤姑娘。"

七宫护剑，下衍二十八分座，暗合星宿，相生相制。谢经在冥衣楼中地位仅次于冥玄，二十八分座遍布各地，皆受他节制调遣。其余人中素娘掌内事，冥魇掌暗杀，冥则掌刑罚，冥赦掌财度，冥执掌训教，权责分明，彼此制衡，最终以天枢宫为首。几人之中，冥执年纪最轻，冥则眉目严厉，不苟言笑，冥赦身形微胖，相貌和气，看去倒最是平易近人。

卿尘留心一一记下，发现冥玄名义上和其他人并列七宫，实则相当于冥衣楼真正的执掌人。如果没有她这个"楼主"，整个冥衣楼其实都在他的掌控之中，不由得对他再多了几分思量，只觉此人老而成精，深藏不露，若非之前从冥衣楼和长门帮的恩怨能够判断他们并非邪门异教，还真要仔细掂量此番决定是否妥当。

将众人简单介绍后，冥玄对她一抬手，道："凤姑娘请入内堂！"

卿尘移步前行，随他们走进堂中，却见偌大的内堂几乎空无一物，唯有正中一扇青玉石门，上绘暗金纹饰，形制奇特，不似寻常。其前玄石地上绘有同样纹路，四周分布七个金丝蒲团，除此之外，便再无其他多余的摆设。

冥玄将卿尘引至近前，沉声道："此处乃是冥衣楼历代楼主居住、议事所在，内中亦存有近百年来楼中守护之物。此门唯有姑娘手中的碧玺灵石能够开启，就连七宫护剑使亦无权入内。云生兽身怀剧毒，姑娘还请多加小心。"

卿尘点了点头，近前抬手，依冥玄先前指点，将碧玺灵石置入石门之上的圆环。触手之处，青石透寒，一阵轻微的震动自掌心传来，随着灵石幽莹的光芒，石门中间竟整个向前推动，入口果然开启。移动的石门形如影壁，任何人身处其外都无法看到内中情形，卿尘取下灵石，回头看了冥玄等人一眼，举步向门内走去。

随着石门缓缓复原，呈现在她眼前的是一个宽阔的拱形空间。室中四壁皆以白石镶嵌，石中点点泛出晶光，令得整个空间无须火烛亦能清楚地看到一切。前方入目之处，是供奉在石台正中的一柄古剑，剑后墙壁之上成弧形悬挂着冥衣楼历代楼主的画像。

卿尘曾听冥玄说过这柄数百年前流传下来的古剑"浮翾"，由冥衣楼七宫护剑使守护，象征着楼主至高无上的权力。她举步上前，细细端详，只见浮翾剑锋锐修窄，长仅不足两尺，紫鞘吞口纹路飘飞，清娆剑气隐然其上，媚而不浮，清而不利，便如风中浮云一抹，月下一色花影。

当她抬手触摸剑身时，腕上的碧玺灵石幽光流动，映衬前方高悬的画像，仿佛有无声的画面迎面浮现。那一个个风神迥异的女子，或玄衣魅颜，或轻袍素容，或执花，或舞剑，更有甚者，竟着宫装艳艳，雍容夺目，神情气度皆非寻常。

卿尘一时看得出神，遥想数百年变迁，江湖多情，不知曾有怎样的故事于这世间轮转起落，前世今生这些超卓的人物，与他们相关的零星传说，隔了万千时光几多风云，仍旧令人心驰神往。冥冥之中，身处此间，心底莫名的感觉油然而生，她突然觉得这一世至此或许是一种幸运，能够触见这些传奇般的风流人事，若与他们同在，必然不枉此生。

卿尘缓步徐行，一一细看周围画卷，目光停留在最后一名玄衣女子的身上。那女子幽丽的眉目略带果决，神情飞扬格外引人注目。驻足画卷之前，她隐约听到阵阵水流之声，便知这偌大的石室必另有通道与外界相连，若无意外，应该毗邻群山之中的水瀑。

水瀑声响时隐时现，恍惚令人想起屏叠山落红成雨、桃林如染的景色。记忆中那些琴曲的悲伤，低吟浅诉，重重荡漾，似乎有一白衣身影逐渐变得清晰，落花深处孑然独立的寂寞。所有感觉一闪而逝，卿尘如临梦中蓦然惊醒，终于感觉到曾与"凤卿尘"相依相伴、悉心教导她的师父。那是如此孤独的一个人，他究竟与这女子有着怎样的牵绊？当年又究竟发生过怎样的变故，以致今日的机缘？

所有的一切都已随落花消逝，只余下灵石的微光，在她指尖幽幽闪烁。待到思绪稍平，忽闻身后传来轻微的响动，她转身回头，猛然见一双长蛇在石台上迅速游动。那蛇大约手腕粗细，周身漆黑闪亮，唯有两条红线自腮旁绵延而至身侧，双目冰冷，其色艳丽，显然乃是剧毒之物。

如此一双毒蛇游至，不多会儿又是一双。卿尘在此乍见毒蛇，不由大吃一惊，刚刚后退一步，肩头一声风响，一个白色的影子自高处跃下，落在石台之上，却是一只似猫似貂的小兽。

那小兽身形不大，尾巴如狐狸般修长松软，通体雪白，唯有额前带着一缕金色，双眼金芒闪动，熠熠摄人，高踞台上望向下方。不知为何，那些毒蛇游动至此，像是听从号令一般乖乖伏在地上，先后竟有十余条之多，看去甚是骇人。那小兽扫视群蛇，过不多会儿，突然闪电般扑下。当中一条大蛇被它咬住要害，蓦地翻滚几下，即刻毙命。那小兽吸食蛇血，其他毒蛇盘伏四周，居然一动不动，待它再选择了一条毒蛇为食后，低低呼啸了一声，群蛇方如蒙大赦般地散去，瞬间便没了踪影。

卿尘站在石壁之前惊讶地看着这一幕，便知这小兽即是冥玄口中所言寿可五百、生性通灵的云生兽。传说它乃是冥衣楼初代楼主以自身血气豢养，世代跟随楼主的灵兽，名唤雪战。雪战食过毒蛇，返身跃回石台，卿尘自台后转出，徐步走到它身前，打量这漂亮奇异的小兽。

雪战见得人来，侧目以视，一双金瞳映出她白衣浅影，潋滟流闪。卿尘并未从它的注视中感到敌意，反而像当初遇见云骋一般，心中升起亲切的喜爱。她站立石台之前，向雪战伸出手，在触到小兽的一刻，它额前的金芒倏然闪动，卿尘腕上的碧玺灵石亦蓦然大亮，整片清澈的流光充盈了整个空间。

青石门重新关闭之后，七宫护剑使依次坐于堂前蒲团之上，几人注视石门，一时肃静。少顷，冥则收回目光，蹙眉道："如此柔弱的一个女子，难道当真能胜任楼主之位？"除了谢经，包括冥魇和素娘在内的诸人都带着如此疑问看向冥玄。

冥玄眼中声色无波，一片深邃平静："她身上非但有楼主信物，更是应合天星，我们不妨看看云生兽的反应。"

冥赦看了看石门，道："有句冒昧之言，不如趁局势未定说在前面。冥衣楼多年失主，眼下亦是多事之秋，只怕其人应合一切，继任楼主之后却没有掌控局面的能力。"

冥执等人亦微微点头，虽未说话，却显然也有与冥赦同样的顾虑。

谢经因身上伤势未愈，半日来一直较为沉默，独自盘膝闭目养神，此时却睁开眼睛，低声道："诸位多虑了，她并非一般女子。"

"哦？愿闻其详。"冥赦道。

谢经思量片刻，却摇了摇头："一言难尽。"

"那你方才所说恐怕难以服众。"冥赦道。

谢经睨了他一眼，道："那不如便举一事，当初我奉命设计与她接近，共同经营四面楼，你可知自她接手以来，四面楼获利如何？"

冥赦别有他意地道："四面楼以及各处商脉的经营账目向来不由我天玑宫经手，此事又叫我如何回答？"

谢经清楚冥赦对自己在楼中的地位高于他、并通过手下商脉节制二十八分座一向多有不满，却只当不知，微微一笑道："都是自家兄弟，何需分得这么清楚？四面楼的账目从来都是按时上报总坛，现在每月获利比以前整整翻了数倍，诸位心中大概也有数。我只能说从经营手段到识人用人，她行事十分独特，不像个涉世未深的年轻姑娘，甚至心怀气度、眼光见地可说是少有的让我佩服之人。当初冥魔传回消息，说发现碧玺灵石，我们从湛王府一路追查到漠北，但一场大火将所有东西烧得干干净净，什么线索都没留下。如今细思，她的来历当真有些奇异。"

冥玄道："屏叠山中虽未找到什么实物，却有一座巫族传人的墓冢。巫族与冥衣楼原本关系密切，只可惜先楼主失踪之后，便也断了联系，此女的来历只怕与此有些渊源。"

冥执接口道："来历权且不说，日后一问便知，只是她能让谢兄都觉佩服，可见有些特别的地方。"

谢经道："不错，按理说单凭楼主信物，我们也该迎她入楼，云生兽认主与三件服众之事本是因楼主失踪，我们七宫为防止变动才立下的约定。至于她是否能够胜任，此后自见分晓，我们拭目以待便是。"

冥魔扫视众人一眼，道："你们当初让我将人带回，我曾表示过怀疑，现在也只有一句话，若她能够服众，我冥魔甘心奉其为主，如若不能，凭我们七宫护剑使，废掉楼主也是易如反掌。"

"开阳宫执俍请见本宫护剑使。"

冥赦似乎还要说话，突闻有人在外扬声求见。冥执眉梢一扬，道："我去看看。"不见他如何动作，人已自蒲团之上飘出堂外。

执俍身材魁梧，一脸精干模样，见了冥执低头禀道："属下在南山侧道发现摇光宫

第二十五章　只道江湖是江湖

魔切的尸首,还请护剑使示下。"

冥执脸上微微一动,回头叫道:"冥魇!"

话方出口,身边人影一闪,冥魇已到了近旁,眸中一丝戾气飘闪,冷冷问向执侲:"何时之事?"

执侲恭敬答道:"尸身刚刚发现,但已验明人是死于半个时辰之前。"

"去看看。"冥执同冥魇对视一眼,双双掠起赶往出事地点,瞬间消失在丛林深处。

总坛惊现敌踪,恰逢新楼主废立未明之际,冥玄眼中掠过凝重的气息,即刻命冥则、冥赦等人分头召集部属彻查四方。不料半盏茶的工夫,南面突然响起一道尖锐的破空声,竟是冥赦遇险求援!

天空中一道烟信入云,划出令人心悸的血红色。东西两面立刻有两道蓝光升起,天权、玉衡两宫已赶赴增援。

南面林中,冥赦扶着几乎已陷入昏迷的冥执踉跄奔回,冥则和素娘半途遇上,只见他小臂鲜血淋漓,冥魇却是不见踪影。

冥执脸上青黑灰暗,唇色苍白如死,牙关紧咬,显然在忍受着极大的痛苦。素娘抢上前扶住他惊问:"什么毒,竟如此霸道!"

冥则伸手把了冥执脉搏,磐石般的脸上抽动了一下:"从未见过。对方是什么人?冥魇何在?"

冥赦惨然道:"冥魇被擒,我遭敌人伏击,只尽力抢了冥执出来。碧血阁十二血煞倾巢而来,已攻进总坛。"

冥则眼中精光一闪:"先回紫微垣,再行决断!"

"冥衣楼果然会享受,如此山清水秀,不愧是用来送终的好地方。"不过须臾,紫微垣外传来嚣张挑衅。随着这声音,十二个身着红衣之人出现在堂前,其中有一人负手其前,徐步缓行,一副得意模样。同他们一起的几人身着异族长袍,长发结辫腰配弯刀,竟是来自漠北的突厥人。

冥玄不动声色地扫了来人一眼:"碧血阁肖阁主大驾光临,冥衣楼不胜荣幸,只不知碧血阁何时成了突厥一族的走狗?"

肖自初脸色微变,阴森森地道:"冥玄老儿,你休逞口舌之利。冥衣楼处处与我碧血阁作对,日前害得我折损长门帮这条臂膀,今日也该算一算总账了吧?"

冥玄缓缓道:"冥衣楼看不顺眼的事,自然不会姑息,不过若说与人作对,恐怕还轮不到碧血阁。"

"死到临头还大言不惭!"肖自初眼中怒意骤闪,手指冥魇,"不如在下先拿这人的血来祭血煞，你以为如何？"

制住冥魔的红衣人抬手在冥魔背后便是一掌。冥魔浑身剧颤，一口鲜血喷满衣襟，人却清醒过来，嘴角余血缓缓流下，一双美目却冷冷看着那人，毫不屈服。

冥玄眼中一凛。素娘同冥魔素来交好，早已忍耐不住，方要纵身救人，忽觉丹田内剧痛难忍，如同钢刀乱搅，闷哼一声几乎站立不稳。

肖自初见状阴恻恻地笑道："冥执身上的毒滋味不错吧，冥则护剑使，你呢？"

冥则一言不发，暗自运功抵抗发作起来的毒性，然而握在剑柄微微颤动的手却泄露了他的处境。

敌人刚一照面，冥衣楼竟有四人受伤一人落入敌手，再加上谢经旧伤未愈，形势颇为不妙。此次碧血阁蓄谋周详出其不意，处处占了上风，但冥衣楼根基雄厚，七宫二十八座好手众多，早已团团围住紫微垣，眼见一场恶战在所难免。

肖自初身边那突厥人道："冥衣楼既杀不了夜天凌，便莫怪本王反悔，五万两黄金你不赚，自有人抢着要。不过本王接到密报，听说冥衣楼与中原皇族颇有些渊源，你们不如将实情上禀本王，说不定还能保得性命。"此人正是东突厥始罗可汗的独子统达。

冥玄冷笑一声："蛮夷之族，欲来中原撒野，白日做梦！"

肖自初对统达道："碧血阁先帮王爷结了这笔账，以示诚意如何？"

统达放声大笑，这时紫微垣中忽然传出一个清亮的声音："肖自初你前日乘人之危伤我冥衣楼护剑使，是不是应该先清算一下这笔账才是？"随着话音，卿尘怀抱雪战，缓步而出。

步若凌波，白衣飞扬，一双翦水双瞳潋潋泛着明净光彩，举手投足气度飘然。饶是肖自初生平阅美无数，也觉得眼前一亮，双眸微眯，突然认出卿尘，道："是你？"

统达更是目不转睛地看着卿尘，心想此处竟有如此美色，不枉来此一趟，故作文雅地作揖道："姑娘国色天香，貌美如花，本王十分欣赏。"

七宫护剑使见到卿尘怀抱雪战，便晓得云生兽已然认她为主，一同上前："属下参见凤主。"

卿尘抬手虚扶，腕上的碧玺灵石隐隐发出幽亮的光芒，较之先前更加晶莹剔透，映得白衣似水流转。雪战自她手中一跃而下，卿尘仔细察看冥执脸色，而后方瞥了统达一眼，丹唇含笑，眸心却冷冷一漩幽深："王爷过奖，只可惜王爷的手段却叫人难以欣赏。"

统达脸色一沉。肖自初却忍不住仰首长笑，声震屋宇："想不到冥衣楼竟认了个弱不禁风的女子为主，当真是气数已尽！"

卿尘淡笑浅浅，不疾不徐地对肖自初道："肖阁主，你在冥执身上下了四种毒，一是五步草，一是凤梃仙，一是蓝烟子，还有便是苏瑾黄。素娘沾了你的凤梃仙，丹田内劲气杂乱冲撞，难以控制；冥则中了苏瑾黄，若是一运功便会血脉逆流，剧痛无比。至于冥执，五步草你掺了蓝烟子，所以他才浑身冰寒，穴道犹如针扎般痛苦，不过蓝烟子没了五步草就不会发作得这么快。我说得对不对？"

肖自初目光一变，在她脸上一停，阴阴笑道："哦？原来竟是用毒的行家，不过只知毒性又有何用？一个时辰内不服解药，他们几个便性命不保。"

卿尘傲然道："我既说得出，便能解毒。不如我们试试看，你用四种毒，我只用一种，我若是解了你这毒，你便给我乖乖滚出冥衣楼去，你若是解了我的毒，我这楼主拱手让与阁下，如何？"

"很好！"肖自初毒蛇般的三角眼眯了眯，"王爷，这丫头你可感兴趣？"

统达目露淫色，道："若得此等美人，本王定当好好疼爱，不让她受半点委屈。"

肖自初道："王爷既然喜欢，那我便留她一人活口，以供王爷享用。"

统达奸笑道："如此甚好，可千万不要伤了本王的美人……"

不料话音未落，众人身后骤然响起凌厉的风声。统达只觉左耳一痛，当的一声，一支羽箭带着他象征王族身份的耳环钉在他面前一棵参天大树上。箭身几乎全数没入树干，只剩下尾羽在外，阳光照在耳环名贵的宝石上，闪过一道刺目的光泽。

只听一个冷淡的声音远远道："统达，闭上你的臭嘴。"

众人大吃一惊，统达惊魂未定，匆忙回头，瞬间脸色大变，惊道："夜……夜天凌！"

不远处山崖之上，夜天凌身着一袭墨色武士服，背插长剑手握劲弓，冷冷地望向这里。阳光闪耀，那一双清隽的眸子仿佛倒映着整个山林翠色，却又如同雪岭冰封，令这繁花碧叶皆在那冷冽深处寂灭无声。

统达被夜天凌看得脸色青白，寒意丛生。他曾数次在夜天凌手中死里逃生，畏之甚深，勉强挤出点笑容："凌王殿下……别来无恙。"

夜天凌淡淡道："你不老老实实待在漠北，竟敢偷入天都兴风作浪，始罗可汗管教的好儿子。"

统达仗着肖自初等人护持在旁，勉强壮胆道："殿下昔日所赠，本王记挂在心，不敢有片刻遗忘。"

夜天凌眼底掠过一丝冷笑："方才好像听你说想要我性命，不如现在来拿，还能省下那五万两黄金。"

肖自初上前一步："我碧血阁对这五万两黄金倒很感兴趣，凌王殿下，请。"

夜天凌神色冷冷，眼角都不曾瞥向肖自初。原本安静的山间突然出现了无数玄甲战士，居高临下包围山谷，重重劲弓铁弩瞄准谷中众人。

十一自一棵大树之巅落至夜天凌身旁，笑道："要和四哥动手你还不配，刀剑无眼，千万不要乱动。"

肖自初和统达同时色变，粗略估计，四周数千之众，劲弓环绕，任他们武功再高，也敌不过如此训练有素的兵马。

肖自初惊疑不定，先前留在谷外的部众此时毫无声息，看来已经被一举歼灭，夜天凌带来的部属之中，定然不乏好手。

卿尘趁此机会，忙设法替冥赦等人解毒疗伤。夜天凌冷冷注视统达："还不快滚！"

统达极不甘心地环视四周，意识到己方完全处于劣势，恨声道："殿下今日之赐统达铭记在心，后会有期。"

夜天凌眼中精芒掠过，突然身形一动，黑色披风随风荡起，人便自山崖斜掠而下。

统达只觉剑锋压顶寒气扑面，骇然之下弯刀挥出，和夜天凌长剑在头顶凭空交击，发出一声震人耳鼓的清鸣。

叮当数声清响，夜天凌已落到统达身后。统达被他激起狂性，挥刀向他后背砍下。

夜天凌身也不回，剑鞘自披风之下快如闪电反撑而出。统达痛呼一声，被击中腹部踉跄倒退，接着脸上剧痛，却是夜天凌剑锋微偏，以迅雷不及掩耳之速自他面颊狠狠抽过，虽不见伤口却痛彻骨髓，半边脸立刻红肿。

"这是警告你以后莫要在天朝放肆。"夜天凌长剑不知何时已然归鞘，"回去转告始罗可汗，他若是不会管教儿子，便多娶几个王妃，免得后继无人。滚！"

肖自初老谋深算，知道今日决计讨不了好。他倒也当机立断，见统达狼狈离去，假意笑道："碧血阁不敢与凌王殿下争锋，先行一步了。"说罢对属下一示意，"我们走！"

"留下冥魔！"卿尘上前一步道，"四哥，不能让他们带走冥魔。"话刚出口，突然想到冥衣楼与夜天凌目前敌友难分，他怎会援手去救冥魔？

夜天凌回头看了她一眼，对碧血阁众人道："凤姑娘说话你们可听到？"

挟持冥魔的红衣人将冥魔拽至身前："凌王殿下不妨放箭试试，看谁先死在前面！"

夜天凌刀削般无情的嘴角露出一丝讥诮笑意："我说最后一遍，放下人。"

那红衣人拖着冥魔慢慢后退。夜天凌目光清寒，负手身后，闲庭散步般一步步向他走去。

那人喝道："站住！再过来便杀了她！"

夜天凌目若青锋，看似沉寂却冷冽慑人："那么你们便一同陪葬。"

语意森然无情，那人不由心底生寒。就在他心神动荡的那一刹那，两人之间骤然爆起凌厉寒光，白练如雪，剑气催得阳光似乎霜冻，天地换颜。

一道夺目光华魅影般自夜天凌手中斩向那人咽喉，光芒之中，那人仓促后退，横剑身畔，骇然不敢上前。冥魔无力的身子已被夜天凌抬手接过，软软靠在他身上。

出剑，退敌，夺人，一切尽在弹指间。

碧血阁其他人被夜天凌的剑气激起杀性，目露凶光。几人足下方动，却见一排长箭劲风激荡迎面飙来，连珠九箭擦身而过齐齐钉在他们身前，虽不曾伤人，却逼得他们无法展开身形。

"抱歉，手痒了。谁再上前一步，便莫怪我不客气。"十一手持缠金长弓，满脸飒爽的笑容如那蓝天下的阳光一般，比起夜天凌的清冷无情，更叫人恨得牙根痒痒，无奈他身旁黑黝黝成排成列的弩箭杀气十足，无人敢妄动一分。

肖自初惊疑万分，盯着夜天凌手中之剑："归离剑！你自何处得来的？"

夜天凌看了眼半昏半醒的冥魔，将她打横抱起交到卿尘身边，丢下几个字："你不配问。"

冥魔恍惚中看到一双眼睛望向自己，眼底依稀冰封万里，却犹如深夜无垠，带着某种魔力般叫人感到安定。心中一松，她强撑着的心志终于溃散，昏昏然逐渐失去知觉。

肖自初强忍心中杀意，抱拳道："青山不改，绿水长流，他日定再向凌王殿下请教。"

夜天凌漠然不理，只低头看了看冥魔，发觉她内伤不轻，便将掌心贴在她后背缓缓以内力助她疗伤。卿尘将伤药送入冥魔口中，抬头看到夜天凌棱角分明的侧脸，轻声道："四哥，多谢你。"

夜天凌从上而下将她打量，目光停在她脸上："没事便好。"

十一收了弓箭，带着几名侍卫过来，正听到卿尘在问夜天凌："你们怎么会找到这里来？"他十分头疼地接口道："你也不算算日子，那晚跃马桥上说是三天，如今已是第五日。四哥留在漠北寻你的近卫还没赶回来，这里又险些将伊歌城翻了个底朝天。若不是今日追踪统达竟在此处遇到你，还不知找到什么时候。刚从战场上回来，你倒是让我清闲几日也好。"

卿尘神情微微一动，并没想到她离开四面楼数日不归，夜天凌竟会如此反应，心中感动又略有歉疚，面上却不和十一服软，悄悄对他做个鬼脸，眼见十一一脸无奈，扑哧一笑。雪战自脚下蹿来，待她招呼时嗖地跳入怀中，蹲在她胳膊间神色目视十一，一双异瞳金光隐隐，神气非凡。

十一手撑身旁大树，俯身和雪战对视片刻："这是……"一边说着，一边伸手去扯雪战的耳朵。

不料雪战金瞳一竖，猛地一声低啸，极为不满地盯着他，作势欲扑。十一吓了一跳："哈！一只小兽这么大脾气，你从哪里捡来的？"

"雪战！"卿尘拍拍雪战的脑门，抬眸道，"莫要惹它，它是冥衣楼的灵兽，只认楼主一人。"

十一道："啊？冥衣楼主的灵兽为何跟着你？"

卿尘笑了笑道："这个……好像是因为我手上的串珠，它把我当成主人了。"

十一和一直未曾作声的夜天凌交换了一下目光，复又打量雪战。此时冥执、冥则等毒性已去了八九分，一同上前对夜天凌道："冥衣楼承蒙两位殿下援手，不胜感激。"

夜天凌面无表情地将目光自卿尘身上移开，站起身来。卿尘心想不妙，看他神色冷峻，莫要再起冲突，谁知他只是扫了冥玄等人一眼，并未如何。

冥玄又道："恭喜凤主接任楼主，七宫护剑使定当全力辅佐，绝无懈怠。"

卿尘微笑道："有劳诸位。"见夜天凌眸中掠过疑问，她正容道："四哥，那晚跃马桥之事我无力阻止，但现在可以冥衣楼主的身份保证，绝不会再有类似事情发生，还望四哥不计前嫌。"说罢携七宫护剑使一拜，以示赔罪。

夜天凌似是并未将此事放在心上，淡淡道："若此间事了，便该回去了。"

卿尘起身道："我还有些事情未了。"

夜天凌虽不清楚她和冥衣楼究竟发生了何事，但也看出两者关系已变得非同一般，当着冥玄等人不便多问，只简单道："还有何事？"

卿尘笑意一敛，对冥玄等道："冥衣楼总坛非常之地，竟被敌人轻易突袭，可想过是何原因？"

冥玄先行谢罪："属下失职，请凤主责罚。"

卿尘眸光清锐："我要的不是自责，而是原因。"说话时目光自七宫护剑使身上一一掠过，众人在她的注视中无不生出异样的感觉。夜天凌从旁冷眼相看，突然一抹薄锐的笑意自唇边掠起，满是有趣的神情。

冥玄在卿尘的目光中沉吟一下，终于自嘴中吐出两个字："内奸。"

第二十六章 云破日出青山远

卿尘眸底波光一动:"你有何想法?"

"查。"冥玄就一个字。

"从何查起?"卿尘问。

"还请凤主示下。"冥玄答。

七宫护剑使无一例外地看向卿尘。卿尘道:"我要先行验看魇切的尸身。"复又转身问道,"四哥,可愿一同?"

夜天凌点头,对十一道:"十一弟,整肃三军,稍后返城。"

十一道:"好,我在谷外等你们。"又对冥玄笑说,"外面碧血阁那些死人,我负责杀,你们自己埋,大家公平合作。"

冥玄拱手道:"多谢殿下。"十一一耸肩,转身先行离开。

天瑶宫后堂,魇切的尸体静静躺在地上,盖了一层白布。

冥魇伤虽未愈却坚持一同前来,上前轻轻掀开盖着尸体的白布,原本没有感情的眼中涌出森寒的杀意。

一刀毙命,自脖颈处横切而过割断颈动脉,当时大量喷射的鲜血布满魇切周身。

夜天凌征战沙场,比这惨烈数倍的情形也是司空见惯,因此无动于衷。冥玄等人出身江湖,更不把生死当回事。却见卿尘亦不动声色地俯身下去,仔细察看魇切的伤口,夜天凌眼中多少有些诧异,却不知曾经学医出身的她面对尸体司空见惯,相比寻常女子自有不同。

"是刀伤。"冥魇低声道。

"嗯。"卿尘点头,伸手道,"你的刀借我一用。"

冥魇手腕轻轻一动,那柄细巧的薄刀落入掌中,刀身犹如蝉翼,微微泛着妖艳的血色，是一把杀人的利器。

卿尘放雪战下地，雪战对着尸体嗅了嗅，发出呜呜低吼。卿尘接过那刀，对身后众人道："你们在外面等我，不得吩咐勿要入内，冥则护剑使请留下。"

除了谢经和素娘，冥魔等都是神色一冷，却是冥玄道："遵凤主令。"带头退出天瑶宫，冥则板着张脸一丝不苟地立在原地。

夜天凌自然没有随他们离开，而是留在一旁饶有兴趣地看卿尘，只见她俯身蹲下察看一番，将手中薄刀小心地沿魔切颈中伤口插入，伤口和刀似乎吻合。她一边看伤口，一边对冥则道："我来查凶手，你在旁看着，到时候也好有个见证。"

冥则注视着她手中一举一动，点了下头。

卿尘将刀左右动了动，皱起眉头，又细细地研究了一下伤口情况，方收起刀来。她认真地在魔切周身寻找蛛丝马迹，突然发现魔切右手紧握。人虽已死去多时，但尸体还未完全僵硬，她迟疑片刻，终于抬手。

此时身旁一只手挡来，是夜天凌。她不解地收回手，却见夜天凌替她将魔切握起的手指慢慢掰开。

立刻，有样东西落入两人眼中，夜天凌拾起来托在掌心掂了掂，那东西随着他修长的手指微微晃动，沉沉的。冥则看到此物，本来死气沉沉的眼中瞳孔猛地一收，但也没有出声。

"金的？"卿尘问。

"嗯。"夜天凌淡淡道，随手撕了角衣襟将东西包起来，递给卿尘。

卿尘接过来后，夜天凌提起魔切右手。卿尘和冥则看到尸体扭曲的手指处有几点瘀青，该是死前重击了什么东西留下的。

冥则伸手将魔切睁大的眼睛轻轻合拢。夜天凌站起来，随手将白布蒙上："没什么了？"

"嗯。"卿尘若有所思，对他俩道，"再去发现尸体的地方看看。"

"好。"夜天凌没有反对。

卿尘出门前又示意雪战在魔切尸体上嗅了一圈，和夜天凌、冥则一起来到魔切被杀之处，山谷南边一处茂密的丛林中。

沿途看到冥衣楼部属在处理善后事宜，粗略估计一下，死伤不在少数，但三人都没有料到发现魔切尸体的地方也已经清理过，卿尘皱眉："只能大概看看是否还有意外收获了。"

三人在四周细细察看，雪战跟着他们在草木间嗅来嗅去。过了一会儿，卿尘和夜天凌对视一眼，彼此摇头一无所获。

此时却听到雪战发出低叫，冥则在旁回头看去，突然长叹一声。他目光落处，几片树叶的阴影下有样金色的东西，和方才在魔切手中发现的一模一样。

冥则上前捡起那东西："不想他真的做出此等事情。"语意中尽是惋惜。

卿尘接过那物，对冥则道："回去吧，一会儿还要有劳你。"

冥则低头道："凤主放心。"

卿尘道："若是你们不忍动手，不如看凌王殿下愿不愿帮忙到底？"

冥则看了夜天凌一眼："清除叛徒是天权宫分内职责，殿下今日已多有照拂，不敢再加劳动。"

卿尘点头道："如此便好。"

回到分堂，冥魇等早已等得焦躁，从卿尘神色中看不出什么端倪，更别说夜天凌和冥则脸上一成不变的模样。

谢经一见卿尘，便问道："可有何发现？"

卿尘扫视众人一周："大概已经知道了凶手，不过，我还想验证一下。"

她对七宫护剑使淡淡一笑，指着旁边一张桌子道："诸位可否将随身兵器放在这张桌子上？"

冥玄之下，众人脸上神色各异。兵器离身，对于江湖中刀头舔血之人来说，是为一大忌。几人和卿尘对视片刻，谢经率先将一柄长剑放在桌上，接着冥则亦将自己的宽刃剑放下。

余下几人，除了冥玄从不用兵器外，素娘的是一条细巧银鞭，冥赦的是一把金算盘，冥执的是一道索魂钩，冥魇的则是那对贴身薄刀，一把在她自己手中，一把还在卿尘处，卿尘自袖中取出来，也一同放于桌上。

卿尘看着各样兵器，道："抱歉，我将凶手锁定在几位护剑使中，只因能助碧血阁进入总坛而不为人察觉，并非轻而易举之事，只有七宫首脑人物才能做到。所以诸位，得罪了。"她停顿一下，见大家并无异议，继续道："我方才检查魔切尸身，发现致命的是他颈中刀伤。这道伤口左浅右深，凶手若非惯用左手，那必定是自魔切身后下手，才会造成此种情形，而从伤口划痕的走势来看，可以确定此人应是从魔切身后袭击他的。方才路上你们说过，魔切在冥衣楼中算得上是好手，那么能悄无声息自身后置他于死地的，若非武功高出他数倍便是他非常熟悉之人。请问冥玄护剑使，诸位之中，谁最能令魔切毫无戒心？"

冥玄沉默了一下，没有立刻回答，但却看了冥魇一眼，冥魇脸色一变。

卿尘顺着冥玄的目光看向冥魇，接着道："而且自伤口的开裂程度可以判断，凶器是一把极其薄而锋利的短刀。"

话说到此，素娘忍不住轻呼了一声："冥魇，你……"

冥魔心中怒意陡生，脱口而出道："你什么意思？魔切是我部下，七人之中只有我用刀，难道你是说我杀了魔切？"

卿尘微微一笑："少安毋躁，凡事都要有证据，我话还没有说完。推算魔切遇害的时间，你和我、冥玄、谢经、素娘都在一起，并没有杀人的机会。"她抱着雪战走到桌前，道："大家都知道雪战是难得的灵兽，我方才已让它在魔切身边闻了气味，不如我们看看它对谁的兵器有反应，如何？"雪战从卿尘手中跃至桌上，先在冥魔的双刀上嗅了一下，立刻发出叫声。卿尘道："这把刀我用来动过魔切的伤口。"

雪战继续将桌上兵器一一辨认，到了冥则的剑时，又抬头示意，卿尘道："冥则同我一起检验尸体，自然也留下了气味。"

谢经的剑、素娘的银鞭、冥执的索魂钩，雪战依次走过，最后在冥赦的金算盘处停下，再次发出了低吼。

卿尘走上前去，随手拨弄那金算盘："咦？这算盘似乎不太准，少了两粒珠子怎么算账呢？那两粒算珠哪里去了？"

冥赦唇上两撇小胡子动了一下，面不改色："前些日子不慎丢了。"

卿尘点头："原来如此。"回头对夜天凌笑道："殿下贵为皇子，手头定然不缺金银，不如请殿下赏赐两粒算珠如何？"

夜天凌剑眉一动，伸出左手，现出两粒黄澄澄的算珠，淡淡道："冥衣楼财大气粗，一个死去的主事手中都握有此物，山野之中也可捡拾黄金，哪里用得着本王多事？"

众护剑使闻言色变，冥魔厉声喝道："冥赦！"

冥赦却不慌不忙，毕恭毕敬地对卿尘道："凤主，属下对冥衣楼忠心一片，与魔切情同兄弟，岂会做出这等事情。这两粒算珠丢失已久……"说罢话锋一转，"何况……有人既随凤主验尸，想必趁人不备丢两粒算珠在现场也不是什么难事吧？"话中之意竟直指冥则。

冥则脸色一黑，本就呆板的表情更为骇人，方要发作，卿尘对他一抬手："哦，原来情同兄弟。听起来你说得也不无道理，但我还有不明之处，尚要有劳。方才肖自初在冥执身上下了几种剧毒，素娘和冥则略一碰触皆难以幸免，你救护冥执一路回来，为何毫无中毒的迹象？是不是知道那凤梃仙和苏瑾黄滋味都不太好受呢？你臂上那道伤口浅了点儿倒没什么，却为何是由外向里一刀，难道是自己划伤的？我方才检查魔切伤口，又怎么觉得和你臂上的伤口像是同一利器所致？这些事情我百思不得其解，不知你能否指点一二？"

冥赦终于色变。卿尘不给他喘息的机会，眸光一沉，直视冥赦双眼："冥赦，你的刀放在哪里？靴底？腿侧？腰间？还是袖里？要藏一把贴身薄刀是不是有很多种方法不被人发现？"

谢经等人早已将自己兵器收回手中，封住紫微垣四方，冥玄沉声道："冥赦，枉我对你信任有加，你竟做出如此无义之事。"

冥赦眼神闪烁不定，脸上慢慢显出惧怕的神色，突然向卿尘跪倒在地："凤主，属下知错，属下……"随着话音骤然发难，两柄淬着蓝光的袖刀出其不意，带着尖锐的啸声射向卿尘。

刀来得虽快，卿尘身边却有两点黄芒比刀还快，叮地撞飞偷袭的袖刀。夜天凌手中一直把玩的两粒金算珠击落袖刀余势未衰，破空袭向冥赦面门。

冥赦骇然惊退，人向门口掠去。素娘银鞭横空而至，封死他的出路；冥执、冥则钩剑双至，逼至他身前。谢经同冥魔没有上前夹击，分别守住门窗要位，冥玄却始终不动脚步，留在卿尘身边。

以一敌三，冥赦被几人逼得完全处于下风，冥玄感慨道："冥衣楼待他不薄，他却做出这等事情。"

卿尘看向冥玄："这可算第一件事？"

冥玄躬身："属下心服口服。"

卿尘淡淡一笑，不再理会室中争斗，转身道："我送凌王殿下出谷，剩下的就交给你们了。"

冥玄躬身答道："属下遵命。"

雪战见卿尘转身，立刻跟来跳上她的肩头。卿尘冷不防被它吓了一跳，抬手笑拍它脑袋，雪战在她肩头轻巧地转身，找了个最舒服的位置稳稳蹲下。

卿尘同夜天凌并骑而出，数千玄甲战士等候在谷外，肃静无声。夜天凌挥手，各领军整顿兵马，准备启程回城。

卿尘却带住缰绳："我暂时不能回伊歌，就送你们到这儿吧。"

夜天凌意外地回头："什么？"

十一过来和他们会合，闻言亦是一愣："你不和我们回去见父皇？"

卿尘对他笑笑："见皇上？那自然就更不想了。"

"为什么？"十一问道。

卿尘犹豫了一下，道："不光是皇上，凤相、湛王……都……最好是不见。"

夜天凌眉心微拧，目光落在卿尘握着缰绳的手上，她衣袖滑下一截，手腕处正是夜天湛送给她的那串冰蓝晶。

只一瞬，夜天凌移开目光看向冥衣楼总坛，淡淡道："那便不必勉强了，十一弟，我们走。"掉转马头，径自离去。

"哎！四哥！"十一没想到夜天凌费尽周折找到卿尘，现在却说走就走。卿尘见夜天凌转身而去，心底竟蓦地一沉，那种被抽去了原本坚固的支撑，突然落往深处的感觉，让她怔立当地，说不出话。

"卿尘！"十一的声音把她唤回来。她意外发现他脸上没有一贯懒散的微笑，却是正色道："我不知道你同凤相或者七哥怎么回事儿，但四哥此次找你动用的虽是自己麾下的玄甲军，却也惊动了父皇。不想凤相在父皇面前给我们打了圆场，说刚刚回府的女儿被歹人掳走，恰好被四哥遇上，才出手帮忙。四哥回去是必定要给父皇一个交代的，否则……"十一没有说下去，但是两人却都心中雪亮，像夜天凌这样带兵的皇子，在天都调动兵马本就忌讳，一旦天帝心中起了其他猜疑，怕是会惹出无谓的麻烦。

卿尘皱眉："凤相？"

十一点头："凤相说那位二小姐闺名凤卿尘。你……究竟是……"

横生枝节，卿尘叹了口气，凤衍这是何意？惊动了天帝，无事也生出事来，事到如今她又如何置身其外？她扭头看夜天凌沿着狭长的山谷越走越远，黑色深衣掠过微风，渐渐淡去在深秋静暖的阳光下，不知为何竟叫人觉得如此孤寂。

她愣愣凝视着前方，突然眼中掠过一丝繁复的光泽，掉转马头往夜天凌的背影追去。

蹄声清扬，带着秋风快意阳光轻柔，驱退山间初起的凉意，踏碎天长日久的冰寒。夜天凌马速似乎略微一缓，那背影在卿尘眼中瞬间变得清晰，深黑色依稀染上了淡淡金边，逐渐融入秋阳余晖的温暖中。

"你们俩简直是我的克星，我跟你们回去！"卿尘对并骑而来的十一无奈道。

十一挑了挑眉毛，那气死人不偿命的笑容回到脸上："你是我们俩的克星才对吧，我自从见到你，就没睡过一夜好觉。"

卿尘没好气地白他一眼："相害相克水火不容势不两立不共戴天，这下你满意了吧？"

十一扬声大笑："你怎么不去和四哥说这话？"

卿尘毫不示弱，回道："有本事你去和他说，你敢吗？"

十一一摊手："兄长在上，我不敢。"

真够坦白，卿尘愤愤瞪他，在他眼前伸出手指："作为交换条件，我要去吃裳乐坊的蜜汁脆鸽，还有千月坊的御品菱叶酥，归鸿楼的一品鲜，还有……"

"强盗！"他们此时已赶上夜天凌，十一笑道，"四哥，你要破财了！"

夜天凌显然已经听到刚才他们说话，看卿尘鼓着嘴和十一一左一右来到自己身边，淡淡道："我自会和父皇说清，你可以不回去。"

卿尘无奈笑道："四哥不会舍不得几块点心吧，刚刚丢了我两颗金算珠，才换……"

夜天凌目光扫来，她急忙摇手："你别皱眉头，我坦白从宽。"于是将自己如何在山间被劫，如何到了天都，如何被夜天湛救进王府，如何见到天帝，如何被凤家认作丢失多年的女儿，如何经营四面楼，又如何同冥衣楼扯上关系，以及突厥人的阴谋诡计——细说给他们，只是略过了夜天湛托靳慧所提之事。

夜天凌静静听完，突然问道："你为何要做这冥衣楼主？"

卿尘唇角微扬："因为这样就可以号令冥衣楼。"

夜天凌似乎一直凝视着她的眸心，道："你要号令冥衣楼做什么？"

卿尘在他的眸光中转出一抹清澈的笑容，她侧头看他，微微扬唇："不做什么。"

夜天凌眼底不着痕迹地逸出丝淡笑，未再言语，过一会儿方道："近日是皇祖母寿辰，父皇心情该当不错，不会怎样。"

卿尘点了点头，片刻后又问："那日在跃马桥上，四哥为何那么轻易便相信我？"

夜天凌道："当初在漠北，你全然不通水性，又为何那般信我，敢跟我泗水渡河，躲避追杀？"

卿尘微微一怔，夕阳下飞鸟归林，暮色余光落在心头有种暖暖的感觉。两人不由相视一笑，飒然一带马缰，风驰、云骋并骑而去，青山渐远，山回路转又一峰。

第二十七章 梅香雪影春离落

待到进了伊歌城,几条道路便分开来,南往四面楼,东往凌王府,西往凤府,他们在路旁勒马,十一问道:"怎么走?"

夜天凌看向卿尘,卿尘沿着楚堰江望出去,似是在想什么,突然回头一笑:"劳烦四哥送我去凤府吧。"

夜天凌片刻沉默过后,道:"你不必顾及我调动玄甲军之事,我既如此做了,就必然有和父皇交代的说法。"

卿尘道:"凤相已在天帝面前说下那样的话,我这个女儿他看来是认定了,躲不过,不如不躲,我也无处可躲。"她将马鞭轻抖,在手上缠了一圈,半真半假地叹道:"一入侯门深似海,不知我这到底是好运还是背运。两位殿下到时候别忘了送份大礼恭贺凤家二小姐认祖归宗,什么金盏银瓶玉如意之类,最好折现。"

看着夜天凌剑眉半蹙,十一俊面犯愁,卿尘一笑打马先行。十一赶上来打量她一番,问了句:"你最近是不是经常和十二弟在一起?"

"是啊,我们几乎把伊歌城都玩遍了。"卿尘道,"怎么了?"

十一摇了摇头,道:"怪不得这吊儿郎当的样子和他如出一辙,一个他再加上你,以后在天都的日子还怎么过!"

卿尘俏眉斜飞,黠笑道:"别人好说,你就可能真的不好过!"话未落地,忽而扬鞭作势往他马后抽去,在他一惊之下,却又撤鞭落空,原来只是吓他。

十一俊眸一扬,道:"好啊,竟敢诓我!"手中微抖,鞭如灵蛇缠来,立刻卷中卿尘的鞭梢,方要给她点儿小小惩戒,却听她突然喊道:"来人啊!有人欺凌民女!"

声音虽不大,却引得旁边不少人奇怪地看过来。十一愣住,手底一松,竟被她反手将马鞭拽去,怒目瞪她:"真是小人手段!"

卿尘策马躲往夜天凌身后,顺便丢来个得意的笑:"难道你没听过,唯女子与小人难养也?"

夜天凌就在近旁,安静地注视着她和十一笑闹。卿尘在他马前擦身而过时突然发现,不知是否因为夕阳暖光格外轻柔,他素来冷冽的面容之上分明带着淡淡笑意,清朗而柔和。

她突然觉得,如果他的脸上常常出现这样的笑容,那么寒冬亦会化作春日。风轻暖,花微香,山高远,水东流,少年裘马多快意,不枉人生长风流。

当晚,凤府上下一片喜气洋洋。次日,卿尘收到了一份礼物。

凤府花园中,秦越手中捧着个檀木小盒,递到卿尘身前:"七殿下听说凤姑娘回来了,让我送来这个。"

卿尘接过来一看,盒中竟是那套碧色翠玉四君子杯,她知道那是夜天湛极钟爱的东西,现下却整套送给了她。他的心意,还是这样轻轻淡淡却又明了万分。她将杯子把弄在手中,不由得有点儿犯难。

轻轻地抚摸了一下杯上的花纹,她将盒子盖好,复又交给秦越:"你替我带回去转告七殿下,如此贵重的东西,我不能收。"

秦越为难道:"姑娘还请留下,我若这么带回去,定会被殿下骂死。"

卿尘微笑道:"不会,你们家殿下脾气好得很。"

秦越皱着眉头还要说话,忽见卿尘移开目光,身后有人淡淡笑道:"看来人脾气太好有时也不是什么好事。"只见夜天湛缓步走来,对他一抬手,他忙将东西双手递上,先行退了下去。

卿尘没想到夜天湛亲自来了凤府,无奈笑说:"平日温和的人若是发起脾气来,那才真的吓人。"

"我吓过你吗?"夜天湛笑问道。

"没有,"卿尘道,"那是因为我不招惹你。"

夜天湛俊目含笑,将那碧玉杯递到她眼前:"收下吧,记得你说过,用这套杯子品茶,光看也是享受。"

卿尘道:"若不收的话,是不是便能见着你生气是什么样子?"话虽这么说,毕竟还是伸手将盒子接了过来。

夜天湛温文笑道:"我自然也有生气的时候,但不会对你。"

卿尘眼中的笑意微微顿了顿,随意问道:"今日太后大寿,你怎么不在延熙宫?"

夜天湛道:"本来是没时间过来的,不过知道你回了凤府,忍不住便想来看看。难得你在外面玩够了,肯回家来。"

听他语气像是宠溺一般带着融融笑意,卿尘心间略微有些异样的感觉,然而那个"家"字却突兀地显现出来，她抬眼向四周煊煌庭院看了看："突然有了这么个'家'，还真不适应，才一天便觉得有些无聊了。"

夜天湛俊朗一笑："比起外面轻歌曼舞的热闹，相府深苑倒确实有些单调。但也无妨，以后你想回四面楼，我抽时间陪你。"

卿尘随手折了一片叶子，拈在手里，站在那儿深深看着他，而后叹了口气："你一直知道我在四面楼，对吗？"

夜天湛低头微笑道："你的琴我虽然只听过一次，但不可能忘得了。"

卿尘想到这些日子以来，四面楼如此大张旗鼓也很少见人挑衅闹事，想必是他在背后多般维护，那日遇上卫骞醉酒，也是因他才得以化解。从相识的第一天，他总是于她需要之时伸出手，在她心头温暖覆盖。若时时在他身边，她不知道哪个女子能躲过这样的温柔体贴，不禁后退了一步，道："我早该猜到是如此，四面楼当真要多谢你。"

夜天湛道："其实我也没做什么，但歌舞坊间毕竟不同于他处，你在那儿总叫人有些不放心。"

"无论如何还是要谢的。"卿尘低声道。

许久不见夜天湛说话，她奇怪地抬头，却正见他脸上有种极轻的失落一闪而逝："这话听着十分见外。"他淡淡说了句。

卿尘垂下了眼眸，只是无言应对。如果说她是在拒绝他，那么每一次刻意的回避都在他清风朗月般的微笑中显得如此苍白，甚至让她怀疑一直以来都在沿着一个错误的决定，做着十分荒唐的事情。

她情愿夜天湛如李唐，假情假意，虚伪负心，或许那样她便能以一种决绝的姿态唾弃或者报复，倒会比现在快意轻松。

夜天湛有事在身，只站了一会儿便要赶回宫去。卿尘送他到相府门口，待他走后方要转身回府，听后面有人叫道："凤姑娘！"

她回头一看，见一个年轻男子正走过来，玄衣轻甲，似乎有些眼熟。正思索间，那男子手扶剑柄行了个礼，她猛然想起这是夜天凌的近卫统领卫长征，那晚在跃马桥上曾经见过。

卫长征上前将手中两包东西交给她，道："四殿下让我给姑娘送两样东西来。"卿尘掂量一下，觉得其中一包似是几本书，便抬手打开来看，"哎呀"一声，喜出望外。

里面居然是在屏叠山丢失的那些医书，有些纸张因沾了水，字迹变得模糊，被人用笔在一旁或多或少地补了起来，看那峻峭的笔锋很像是夜天凌的手迹。而另一包则是千月坊的点心，她见里面一半是她爱吃的菱叶酥，心情雀跃，笑着对卫长征道："有劳你了，回去转告四殿下，就说……就说他还欠我裳乐坊的蜜汁脆鸽！"

卫长征脸上似乎有难以掩饰的笑意："殿下还有句话，说裳乐坊的东西要现出炉的才好，听说最近新多了不少西域的小吃，改日再请凤姑娘一同去品尝。"

卿尘笑道："如此多谢了。"

太后八十大寿，因为是整寿，所以格外隆重些。天都九九八十一坊华彰溢彩贺仪隆重，天帝为母亲祈福纳寿，特地下旨大赦，四海一片升平，普天同庆。

当晚太后赐宴延熙宫，宫中燃起无数盏琉璃万寿灯，光华炫彩入云霄，碧檐金阙和太液池中的倒影相互辉映，恍如瑶池琼筵。

龙柱之旁每隔数步，便有内侍手捧云鹤宫灯，照得殿宇光如白昼。不时有宫娥鱼贯出入，托玉盘，执金杯，袅娜长裙飘洒而过，脚步轻盈，带着酒香芬芳清冽。

殿前歌女长袖善舞，婉转多姿，轻扇约飞花，曼声绕梁柱，一曲华美的歌舞唱毕，齐声恭贺太后福寿绵长，流云般退了下去。

夜天凌正同身旁太子说话，突然听到太后叫道："凌儿。"

"孙儿在。"夜天凌站起来应道，"皇祖母有何吩咐？"

太后道："你这一带兵出去便是大半年时间，漠北山高路远，原以为你难赶上今日的寿筵呢，谁知竟是回来了，皇祖母心里真是高兴。"

夜天凌从小便在延熙宫长大，同太后感情甚笃，道："皇祖母八十大寿，孙儿说什么也要回来的，只是平日不能在身边陪伴尽孝，还请皇祖母不要怪罪孙儿。"

太后笑道："这何罪之有？皇祖母问你，你小时候从延熙宫讨去的那紫竹箫还在吗？"

夜天凌答道："皇祖母所赐，孙儿自然好好收藏着。"

太后扭头对天帝道："凌儿箫吹得好，可是许久都没听着了。"

天帝也笑道："他经常带兵在外，朕也极少听到，今日不如借母后的光，让他为母后吹奏一曲贺寿如何？"

太后道："正是这个意思，凌儿，你赏不赏你父皇和皇祖母的脸？"

夜天凌向来不会拂逆太后："孙儿遵命。只是怕箫音太过清淡，热闹不足，扫了皇祖母的兴。"

太子在旁笑道："皇祖母，有箫无琴未免美中不足，不如请琴师来与四弟合奏，岂不是热闹许多？"

太后对太子道："这主意倒不错，但凌儿那性子心高气傲的，哪个琴师能入得了他的法眼？"

凤鸾飞侍立在天帝身边，突然看到凤衍对她递了个眼色，当即会意，俯身在天帝之旁耳语几句。天帝闻言对凤衍道："朕还真忘了，听说凤家的二女儿弹得一手好琴，连湛儿的玉笛都给比下去了？朕倒想听一下，不知母后意下如何？"

太后点头道："是不是鸾飞提起过的那个姐姐？哀家也早想见见，来人，快去传来。"

左右领旨，立刻安排内侍去凤府宣旨。

深秋晴朗的这个夜晚，卿尘第一次踏入凌驾于整个伊歌城上的天子帝宫——大正宫。

沿着次第辉煌的灯火，目所能及之处，满月光华与万盏宫灯错落相接，大殿高阁在光影的辉映下壮阔铺展，遥没在远处似无尽头的天边。

台阶甬道流光溢彩，回首看去，伊歌城内外尽览眼中。城池白日规整的布局在夜色灯火下化作万丈红尘，高高在上的大正宫便如天阙，执掌着人间生死悲欢。

卿尘从来不曾想到，命运巨大的齿轮从这一晚开始无可更改地沿着它既定的轨道缓缓契合，转入了另一方既定的宿命，改变了她，甚至是所有人的未来……

她在宫娥的引领下进到延熙宫正殿，一眼便看到夜天凌坐在太子身边。和这热闹的廷筵相比，他那身天青色的衣衫未免有些肃淡，宫中华丽的灯火倒映在他的眼中，慢慢沉淀，给那清隽的脸庞增添了一点儿暖意。

夜天凌目光淡淡扫过她的脸庞，自一旁宫娥手中铺了丝缎的托盘上拿起紫竹箫。

卿尘敛衽俯身，对天帝和太后叩拜行礼。

"好个俊俏的女孩。"太后满眼赞赏地对凤衍道，"凤相好福气，膝下儿女个个出落得非凡。"

凤衍笑答道："太后娘娘洪福齐天，臣等不过得了您的庇佑而已。"

太后微笑点头，问卿尘道："你可愿奏一首曲子，给哀家贺寿？"

卿尘路上已得知是为此事来的，只是没想到合奏的人会是夜天凌，盈盈拜倒："卿尘不胜荣幸。"

左右内侍已备上鸾纹卷云案，取来连珠琼瑶琴。大殿正中卿尘席地跪坐案前，微微侧首调试丝弦，金灯玉影下似一幕安静的画面。随着指下琳琅轻声数点，大殿中诸声皆静，缓缓地退入一方清净的天地。她转头对夜天凌道："殿下请。"夜天凌目光落到她眼底，她微微一笑，静候他引曲。

紫竹箫在夜天凌手中打了个转，轻抵唇边，一缕明彻空灵的箫音悠悠飘出。

众人只觉耳目一清，随着这箫音，巍巍金殿仿佛化作空灵天地，一片清洁纯白辽远无垠。琼瑶玉雪中，似乎有若有若无的清香浮动，伴着纷纷轻雪洒落人间。

出人意料地，卿尘闭上了眼睛侧耳倾听，手落琴弦却久久不动。

箫声渐行渐远即将消失，忽而她的手指随意自弦上拂过，玲珑清音起，乍然明亮，仿似在这洁白无瑕的世界中绽开晶莹的光泽，一片冰清玉洁。

夜天凌的箫音就在琴音飘出时回转扬起。卿尘手指轻动细挑琴弦，每一个音符都那样完美地追随着紫竹箫的清扬，冰天雪地中点点寒梅迎风绽放，一片醉人艳红欺霜压雪飘落于天地之间。

她嘴边露出一丝浅笑，睁开眼睛时正看到夜天凌深沉的眸子，那眼底是看不到边的广袤，无止无尽。有一点星光在那幽暗深处悄然绽放，她从那里看到了寒梅睥睨风霜的凌傲，万里冰封，千里雪飘，有谁知梅的风姿、梅的不屈、梅的孤高和寂寞。指下随他峻峭，琴声如玉，清澈的低韵在这孤寂幻影中迎风流转，翩跹起舞。

箫音不绝，如歌似泣，琴声乍舒，低吟浅唱，似箫而再非箫，若琴已不是琴。

金碧辉煌的延熙宫仿佛出现了一片宁静的世界，雪光莹莹，疏枝缀玉，微风带起纷纷然雪影梅香。一个是青衫磊落，一个是白衣翩然，令人惊叹，令人神往，令人心中尘虑尽去，只余这无限风姿久久萦绕心头。

清音尽收《梅花落》，箫声远，琴音淡，夜天凌与卿尘面向太后拜倒，同声道："恭贺太后福寿万年，慈恩绵长。"

"好，好！"太后满意地对卿尘道，"过来让哀家看看。"

卿尘轻轻敛襟起身，身后披帛委地铺展，步履从容迈上席边玉阶，再对太后一福。

太后慈祥地打量她，频频点头："嗯，才貌双全，知书达理。"复又对天帝笑道，"这样的好女孩再到哪里去找，皇上，咱们不如和凤家要来做媳妇如何？"

天帝对卿尘也颇为喜爱，道："母后所言极是，只是中意给您哪个孙儿？"

卿尘心间大惊，蓦地有数道目光齐刷刷地落在她的脸上。却听太后道："凌儿经常带兵在外，府中总没个人也不是办法……"

话未说完，夜天凌已跪下打断了太后的话："皇祖母！孙儿……"他没有说下去，而太后也突然停住了没有再继续。

夜天凌面无波澜，卿尘从他抬起的眸中看到了某些东西，那是令人不解的惊讶、决绝、漠然，还有隐藏至深的一抹矛盾与痛楚。所有的情绪都在他黑寂的眼底一掠而过，快得叫人怀疑是不是真正存在。

延熙宫中突然陷入了一种莫名的安静中，没有任何人说话。

短暂的沉默瞬时消失，太后满是担忧地看了夜天凌一眼，叹道："也罢，算了。"

似乎有数人同时松了口气，一旁，夜天湛随即对太后笑说："皇祖母，凤相才刚刚寻回女儿，您便给嫁了出去，这叫凤相和夫人如何舍得？"

本来凝滞的气氛随着他风趣温润的声音顿时一松，春风拂面，凤衍跟着笑道："太后娘娘疼她，这是小女的福分。"

鸾飞和父亲对视一眼，也忙笑着对太后道："娘娘若是真喜欢我姐姐，不如留她跟在您身边，我们姐妹也能常常得见，岂不两全其美？"

卿尘惊魂甫定，听了此话目光落往凤衍处，又默不作声地看了看鸾飞。

太后问卿尘："丫头，可愿意？"

卿尘只沉默了片刻，心中那番疑虑在微笑中未曾有丝毫表露，恭恭敬敬地对太后拜下："卿尘年轻不懂事，日后还请太后娘娘多加教诲。"

"如此甚好。"太后对夜天凌道，"凌儿，回去坐着去，罚你一杯酒。"

"是。"夜天凌淡淡答道，退回席上，将面前的酒一饮而尽，随即又自己斟满一杯，整整一个晚上，没有再向卿尘这里看一眼。

卿尘随在太后身边，偶尔转眸看到夜天凌瘦削的侧脸，想起很久以前听人说过，薄唇的男人，心中无情。夜天凌那冰冷锐利的唇角便像一道利刃，无声划过，清晰地将他和所有人分隔两面。

方才那一瞬间，凛然、忧惧、惊怕等等的一切，都不如看到他的反应时心里的酸涩。

拒绝了呢，卿尘对自己苦笑，那样清楚地告诉了所有人，他不愿意。

自己心中，为何竟如此难以平静？手指在广袖之下轻轻握紧，她不禁自嘲，女人，虚荣的化身，即便是被不想要的人拒绝，一样会心有不平。那么，换了他呢？

信目看过席下，除了埋头饮酒的夜天凌，太子、夜天湛、十一、夜天漓他们每一个人都有意无意地向自己看来。

或安抚，或微笑，或温暖，或还有一点儿叫人咬牙的戏谑。但是有一道目光带来的却是清晰的不安——夜天溟，他那叫人心悸的注视，自她本就不甚轻松的心头沉沉压过，仿佛刻意地留下了一道无法忽视的辙痕。

第二十八章　扑朔迷离起萧墙

圣武二十四年秋，延熙宫懿旨，凤家次女凤卿尘封为清平郡主，以延熙宫御女职随侍太后。至此，凤家两个女儿分别身处大正宫中内廷要职，备受天帝及太后恩宠，即便是孝贞皇后病逝多年，凤氏一族依然在朝堂后宫根基稳立，无人能够动摇。

自那日以后，卿尘几乎没有和夜天凌说过太多话，虽然他每日必来延熙宫，但总也来去匆匆。两人都对发生过的事情绝口不提，有时候甚至令人怀疑是不是曾经有这么一件事情存在过。一个淡静通透，一个面冷心深，只是偶尔的念想、对视和平常言笑，一切都像那无波无澜的深秋湖水，澄明中带着无尽的幽深，叫人永远无法明了。

而这些日子，卿尘倒是见到了她一直以来有些好奇的人，夜天凌的母亲，莲妃。

天帝自孝贞皇后病故以来，多年未再立后，后宫之中以湛王之母殷贵妃居首。殷贵妃美丽华贵，像大多数士族女子一样，带着天生慑人的高傲，近乎完美的仪态和姿容有时让人生出敬而远之的想法。卿尘与她初次见面便犯了个疏忽，无意中将那串冰蓝晶戴在手上。殷贵妃一眼望去，立刻投来近乎严厉的目光，众人之前，那种居高临下的质疑只是瞬间，便又化作了雍容高贵，端庄大方。

与殷贵妃艳冠六宫不同，莲妃以一种安静的姿态存在于人们的视线中，这个身处普通封号之下，却美得几令日月无光、星辰失色的女人，在整个大正宫中似乎是个异样的禁忌，极少有人提起。

卿尘偶尔会在太液池旁看到莲妃。晚秋的太液池往往笼着迷离不散的水雾，空气中有浅霜般的凉意，眼前是望不透的高远苍穹，她便驻足在这样的深秋中寂静地凝望太液池。

仙姿临水，恍如天人，没有人愿意去惊动那一方天地，一切的声息对于她仿佛都是唐突和亵渎。她渺远的姿态如一痕冰月，冷冷于瑰丽多姿的宫苑，寂寥相对太液池旁琼瑶碧阁，玉影繁华。眼底无声无痕的忧伤，在淹没了身边所有的同时，却又漠然与一切无关，甚至包括她自己。

一个几乎可以让女人迷恋的女人，作为男人的天帝理应十分宠爱莲妃。然而事实却是，天帝从不传莲妃侍寝，从不曾额外恩赏，每月去莲妃宫中的次数也不会超过一次。不仅仅是天帝，就连亲生儿子夜天凌，也从小在延熙宫长大，很少去看望母亲。太后在见到莲妃时，总是会有一种比较特别的态度出现，至少，卿尘觉得和对其他妃嫔不同，但是她又不知哪里不同。

与这些相比，让卿尘额外惊喜的是，她居然在延熙宫中遇到了碧瑶、丹琼两姐妹。近一年未见，妹妹丹琼都长大许多，眉眼清秀，乖巧可人，姐姐碧瑶更是出落得亭亭玉立。

原来当初夜天湛将其他女子一起自长门帮手中救出，案情了结后，问清家世背景后，各自妥善安置。因碧瑶姐妹无家可归，又正遇上宫中添选宫娥，于是便将她们送入了宫中，说来已经有些日子了。

琼阁秋浓，转眼已带深寒。禁宫殿宇在肃穆的秋冬之际更显高峻，飞檐卷翘的琉璃瓦上覆着风过初霁的清冷，龙壁玉阶耀目生寒。

天地已是萧索万分，延熙宫中早早便添上了火盆。太后往年惯有腿疼的毛病，每年到了秋冬之时更因天寒加重，几乎难以行走。卿尘熟知病理，每日用金针刺穴之法慢慢调治，再加以药敷，不过半月时间，太后便觉得痛楚减轻，浑身亦轻松许多。

天帝得闻此事龙心大悦，卿尘趁机请求天帝准许她入御医院翻阅院内典籍，此事虽无先例，但也不算逾制，再加上太后从旁说项，天帝竟破例准了她。

这日午后，卿尘如往常一样到御医院翻书。御医院典藏云集、药草丰富不是民间能比，她如同进入了得天独厚的宝库，每天都要看上一两个时辰才回去，运气好碰到老御医令宋德方，便向他虚心请教。宋德方一来知她深受太后宠爱无法拒绝，二来常被她一些独到见识吸引，再加上她聪敏好学，痴迷医术，一老一少谈得无比投机，渐成忘年之交。

但今日宋德方却不在，卿尘自己拿了卷《古脉法抄本》正看得入神，突然听到身后有人低声叫道："凤主。"

以"凤主"相称必是冥衣楼之人，卿尘诧异回头，这一看，却意外道："莫先生？"

身后，曾经总领钦天监、被称作大朝星相第一人的莫不平，捋着颔下五柳胡须正笑眯眯地看着惊讶的她。

时值正午，整个御医院悄无声息，卿尘将书卷合上，看着莫不平，疑惑不语。

莫不平手底翻出一块紫玉牌："属下见过凤主。"

见了那天枢玉牌，卿尘方相信眼前的莫不平就是冥衣楼的冥玄，之前在心中呼之欲出的疑惑迎刃而解，低声道："居然是你，莫先生，你竟瞒了我这么久！"

莫不平含笑欠身："凤主之前也未曾相询。"

这话说得倒在理，卿尘挑眉问道："你怎么来了这里？"

莫不平答："属下曾任钦天监正卿祭司，得陛下特许可随意进出皇宫。再者和宋德方相交多年，来御医院也在情理之中。"

"你既是钦天监正卿，又如何会和冥衣楼扯上关系？"卿尘为避人耳目，起身同他往御医院深处而去。

莫不平道："冥衣楼虽出身江湖，但自始帝开国之后便归附了天朝，历来只听命于夜氏皇族。"

"哦？"这个卿尘倒是从未听说过，"那么说，冥衣楼现在的主子是陛下？"

莫不平神色中带了些许肃然："不，现在的冥衣楼依旧效忠于先帝。"

"穆帝？"卿尘不由得微微扬眸，"愿闻其详。"

莫不平知她对冥衣楼尚不了解，自解决了跃马桥之事后似乎更加没有兴趣，便解释道："凤主有所不知，实际上冥衣楼自天朝开国始，便一直是监督皇权的秘密组织，从来只效忠于帝后，一旦皇族之中出现异常，便是冥衣楼行使职责之时。"

卿尘不想冥衣楼竟是这样的背景，微微沉默后，干脆问道："简单些说吧，冥衣楼找上我，要干什么？"

"凤主真是痛快人。"莫不平对她的聪慧利落一直十分欣赏，道，"不是冥衣楼找上凤主，是凤主找上冥衣楼，或者属下相信，是先帝托付了凤主。"

卿尘对他的措辞感到奇怪，忍不住提醒他："先帝已经归天多年了。"

"二十四年。"莫不平答道，"当今陛下弟承兄业，登基整整二十四年。"

"然后呢？"卿尘问。

莫不平自怀中取出一个小包，打开来送到她面前。

卿尘一看，居然是一截人骨："这是……"话未说完，又"嗯"的一声，眼中露出凝重的神色，凑到那骨头前仔细看了看。和普通的人骨不同，这骨头依稀发出一种青灰色，她伸手自怀中取了一包银针，挑出一根微微用力插入那骨头中，再拔出来时，银针已成了淡淡的黑色。

"这是穆帝的遗骨。"莫不平沉声道。

好大的胆子！卿尘神情一敛，抬头道："你们偷入穆陵，把这个盗了出来？"

"虽是大不敬，却亦是不得已而为之。"莫不平眼中闪过一丝精光，"凤主对此有何看法？"

卿尘接过那遗骨，细细察看，沉吟稍会儿："如果我没猜错，这是一种慢性毒。你的意思是先帝……"

莫不平点头:"不错,那么凤主可知是何人下的手?"

卿尘盯了莫不平半晌,叹气道:"问我?要我猜,最大嫌疑唯有……"说罢抬头,看了看天帝理政起居的致远殿。

莫不平亦将目光投向致远殿:"他若是正常登基,自会知道如何掌控冥衣楼,但这么多年过去,冥衣楼从未见过有人持皇族信物前来接掌,反而屡遭剿杀,以致先楼主下落不明。所以冥衣楼要做的,是辅佐正统皇族登基,而绝不是效忠眼下之主。"

卿尘略一思索,问道:"难道先帝还有血脉在世?据我所知,先帝膝下子嗣单薄,虽余有两子,但已于圣武十年和十五年先后过世。若陛下是弑兄登基,那你所说的正统皇族又指何人?"

莫不平没有立刻回答她,反而道:"凤主是否和凌王很是相熟?"

卿尘看了他一眼,不知他何出此问。夜天凌和十一对她来说,是来到这个陌生世界时最初的相识,亦曾共历生死,性命相交,这其中的感情无法言喻,更甚至有一点亲人般的依赖,这和任何人,都不一样。

"要说熟也未尝不可,他救过我,是以比起其他人特别一些,但真要说熟,倒不如说我和湛王熟些,我在湛王府中住过许久,这你知道。"

莫不平点头:"那凤主看好凌王还是湛王?"如此敏感忌讳的话题,自他嘴中说出却自然而然,毫不为奇。

卿尘睫毛下的阴影微微一动,似是一抹笑痕轻掠:"我记得你曾说过,湛王尊贵不止于此。"

莫不平微愕,不想她提起此事,被那清灵目光一扫,他忍不住低咳一声:"凤主莫打趣属下了。"

"莫先生不是我朝相术第一人吗?难道看不出天命所在?"卿尘唇畔笑意淡淡,"不过你若想听我的意见,我看好太子殿下。"

莫不平停了脚步,她也站住:"太子夜天灏,文才武功足以治国平天下。就地位、政绩、人缘、性情、实力和陛下的恩宠,现在还没有哪个皇子能够替代,所以,我看好太子。"

莫不平叹道:"可惜龙子龙孙皆非凡种,诸位皇子却未必甘居其下。"

卿尘静垂的广袖随风一掠,淡然道:"这与我何干?"

莫不平道:"凤主是冥衣楼楼主。"

微风拂面,卿尘抬眸,眼底清澈仿佛一缕阳光映在了微缩的瞳孔中,瞬间被那幽静的黑色吸了进去,她笑道:"那么你的意思是,让我带着冥衣楼出师勤王废了夺位的天帝和目前的太子,让你所说的正统皇族登基即位君临天下?"

大逆不道当诛九族的话,像吃饭喝水一样自她嘴中说出,就连莫不平也着实有些受不了她的坦白，干咳了一声："咳，凤主。"

"不是吗？"她凤目中淡淡闪过光华，"你知道，我不太喜欢拐弯抹角。"

莫不平和她在御药房前遥遥站住，承认道："这是冥衣楼的责任，凤主是整个冥衣楼认可的主人。"

卿尘安静地站着，云晴风冷，举目天色无际。正午的阳光似乎太过耀目，将无数秘密接二连三透露出来，曝晒在冬日干冷的空气下，片片无声地陈列，覆盖着足以惊天动地的波潮。她并不想在这时做什么决定，于是话题一转，问道："冥赦的事处理得怎样了？"

莫不平道："属下这次进宫最重要的便是这件事。"

"说吧。"卿尘道。

莫不平道："天玑宫一向总掌冥衣楼财政，冥赦背叛总舵，暗地里将楼中财产挥霍大半，我们看到的账，多数是他伪造而成，真正所余不足两成。他是知道总有一天难逃败露，方才铤而走险。"

卿尘淡淡道："他恐怕还不甘心屈身于你和谢经之下吧。"

莫不平沉默片刻，长叹一声道："二十四年前天朝皇位更迭，先楼主察觉有异，一直暗中调查此事，不料冥衣楼忽遭不明势力剿杀，几经重创，十余年前先楼主亦突然失踪，楼中一片大乱。属下深受先帝与楼主重恩，费尽周折收拾乱局，四处查找楼主下落并调查先帝突然驾崩的原因，对楼内诸事多有疏忽，管束不严，使得冥赦趁机惹下大祸，实在无颜面对先帝与楼主。"

卿尘忽然间心思一动，似是有浮光掠影般的记忆自心海中一掠而过，仿佛轻羽点水，转瞬消泯。那一刹那，她感觉依稀记起了一人盘膝而坐的画面，年幼的少女跪在床前，仰首微笑，画面里幽暗的灯火和那女孩纯净的目光如水展流，在记忆最深之处，激起一圈圈波动的涟漪。

她不由停下脚步，轻抚额头："先师……先师似乎提过……"

下意识喃喃低语，却让莫不平目光一震："凤主？"

卿尘微微抬眸，神情瞬间恢复了清醒。但她已断续记起了一些事情，那是曾属于真正"凤卿尘"的经历，在灵魂交替的时候以某种奇异的方式注入她的神思，若隐若现，看着现在的自己。

那神情忧郁的白衣人，女孩对他莫名的敬畏与依恋，那些淡淡话语，传授教导，她因先天不足而无法修习武功，但学到了最好的医术、神妙的星相，还有那些奇门兵法。那人虽性情冷淡，却曾是天纵奇才，傲视江湖。后来她叫他师父，他在临终前殷殷嘱托，却始终不曾说出她的身世……

再往前的记忆如同浮冰入水，越来越淡，渐渐不再清晰。除了一剪剪凌乱的光影，隐约能见雕梁画栋的府邸，庭院草木，其他便是一片空白。

无论是凤卿尘还是宁文清，都已不可能再记起多年之前天都中曾经发生的血雨腥风。那曾经不安的朝局，黄袍加身的新君，相府中缜密的谋局，夜探机密的黑衣女子，不该存在的冥衣楼楼主。辅国重臣的陷阱，出其不意的暗算，白衣男子的救护，浴血拼杀的突围，以及那在混乱之中，睡梦之下，被当作人质带走、改写了一生命运的幼小女孩。

当那飘逸的黑衣在血光之中凋零，满身鲜血的白衣人悲伤如狂的目光，倒映在夜雨深处女孩漆黑的眸中，如一片散落的曼陀罗花……

那前尘的一切都再与凤卿尘无关，幼时的记忆已然泯灭，即便沿着相同的轨迹前行，所有的故事都已截然不同。

卿尘面对着莫不平的惊诧，略微垂眸，最终，也只是淡淡一笑："没什么，我只是想起一些事情。在其位，谋其政，说起来我这个冥衣楼楼主应该还有两件事没有做，冥赦此事若不能解决，我亦没资格当这楼主了。"

莫不平看了她一眼，知道有些事情她不愿说，即便追问也没有用，微微皱眉道："冥赦此举几乎掏空了我们的财力，冥衣楼内忧外困，局面艰难，凤主于此时担当大任，无论如何，属下等必将誓死追随。"

卿尘抛开那些凌乱的记忆，往日一切已是过去，于事无补，她要面对的是并不乐观的现实，她在心中粗略盘算，像冥衣楼这样规模的组织，运转起来当需一笔很大的费用，徐徐向庭前踱步而去："你去跟谢经说，四面楼和其他歌舞坊我所有的获利以后一并归入冥衣楼总账，牧原堂的善堂也暂且停了，若我估计没错，至少能够维持三个月，这些时日我会设法周转。从今日起天玑宫的职责暂由天枢宫代管，让谢经和素娘从旁协助，莫要再出差错。"

她平缓的话语中自有股淡定气度，从容果断，仿佛眼前困境指点之间自将迎刃而解。莫不平恭声道："属下遵命。另外还有一事想同凤主商量。"

卿尘微挑眉梢："何事？"

莫不平道："不知凤主是否听说过皇族宝库的传闻？"

卿尘道："略有耳闻，一些老宫人经常闲聊此事，但似乎也都是传说而已，无人知道确切的情况。"

莫不平道："并非只是传说，皇族宝库确有其事。这个秘密一直由冥衣楼负责守护，历代相传，以备不时之需。"

卿尘心念一转，立刻道："如此说来，既有宝库在手，冥衣楼现在的困境岂非不成问题？"

莫不平道："话是如此，我也正是因眼前的困境才想到此事，但开启宝库需要一道紫晶石雕琢而成的串珠，这串珠却并不在冥衣楼手中。"

　　紫晶串珠？卿尘眼底轻轻掠过微光，追问道："那在何处？"

　　莫不平将声音略微低下："莲池宫，属下查了很久，先帝当年并没有将此物交给敬惠皇后，而是赐给了当时还是贵人的莲妃娘娘。"

　　卿尘修眉淡蹙，十分不解："怎么会是先帝赐给莲妃娘娘？"

　　莫不平道："莲妃娘娘曾是先帝的宠妃，当今天帝即位后，先帝所有妃子依律削发送至千悯寺礼佛，唯有她留在宫中，晋封为妃并于圣武元年诞下了皇子。"

　　卿尘沉默着跨过一道侧门，往前走了一会儿，忽然伸出只手在莫不平面前，用手指在掌心写了个"四"字，然后抬眸以问。

　　莫不平看着她，唇边皱起笑纹："凤主聪慧，但属下也只是猜测，尚未证实。"

　　卿尘缓步踩在青石砖上，看着红瓦宫墙上露出的蓝天，一串她想要的紫晶石，一个帝王的驾崩之谜，一脉皇族混乱的血统，从江湖到庙堂，这潭水竟越来越深了。

第二十九章 玉洁冰清冽寒深

腊月微雪、百花尽偃的时节，延熙宫东苑却有几株一抱多粗的素心蜡梅开得甚好，玉质金衣、凌寒怒放，未进宫门便有梅香盈面，浮动于冬日静冷，沁人心脾。

今日朝中有事耽搁，夜天凌来延熙宫略晚了些，他却也并不急，只是缓步而行。

延熙宫的每一处都透着祥和与安宁，便是时至寒冬，万物萧索，宫中仍旧随处可见绿意。他依稀记得有些花木还是自己随太后亲手所植，其中便有不远处的一排忍冬藤，在天地清寂之时于朱墙苑影中攀挟着深碧的色泽，几分雪意反而成了陪衬，更显出这翠绿的醒目。

夜天凌脚下稍微停了停，一向冷淡的唇边略略浮出轻浅的弧度。微风偶过，薄雪细细地卷起一层风色，苑中蜡梅树微微一晃，数瓣清香落下，跟着飘来几点女子轻声的嬉笑。夜天凌转身往那边看去，只见有宫娥站在蜡梅树下，树上似是有人正在采摘梅花。

眼见玉色百褶长裙在枝头掠过，晃动梅香点点，碧瑶满是担心地仰头道："郡主，您还是下来，我去叫内侍们来折吧。"

细枝雪间，卿尘一手提着个小小竹篮，一手扶着枝梅花，借着树下木梯，有些惊险地踩在平伸出来的花枝上，自旁看去，俏然立于一树玉色花影中，风过时衣袂飘摇。

随着修白的手指轻巧一动，便有几点蜡梅被她托在掌心，她不时低头和树下站着的碧瑶说话，见碧瑶提心吊胆，笑道："这么矮的树，你怕什么？自己采多有趣。"

碧瑶道："若给太后娘娘知道了，说不定便要挨数落。"

卿尘道："你不说，谁知道？若知道了，就是你说的！"

丹琼和卿尘一样也在树枝间，道："就是，姐姐不说，没人知道！"

碧瑶瞪她："就你话多！"

卿尘笑着又将几朵蜡梅收入篮中，抬头望去，这个方向恰巧正对着莲池宫。

她扶着花枝，透过斗角重檐遥想那座大正宫中唯一以后妃封号命名的宫殿，似看到莲妃绝色漠然的神情。这个幽美更胜清莲的女子，究竟在两代帝王数十年光阴中扮演了怎样的角色？自那日莫不平离开，她一连几天反复思量，还是难以决断究竟该怎么做。倘若一切皆为事实，这大正宫中的每一个人，岂非都将面临天翻地覆的命运？

正胡思乱想，突然听到下面碧瑶叫道："四殿下！"

她低头一看，夜天凌正负手站在树下，目光刚刚自莲池宫方向收回来，落至她的眼底，一抹异样的神色无声掠过。两人一上一下对视了片刻，卿尘被他看得有些心虚，面对那似能透穿心腑的目光，那些与他有关的秘密仿佛不知该藏往何处，怎么都逃不过他的眼睛，无所遁形。

夜天凌开口问道："在树上做什么？"

卿尘扶着树枝笑道："采蜡梅，你要不要？"说着俯身将手中一朵梅花托在掌心给他看。

夜天凌垂眸看去，那素黄的花瓣片片轻绽，其中细蕊分明，薄玉雕成般轻盈地衬着她柔软的手，带着蜡梅独有的醇厚香气。卿尘示意他抬手，手掌一倾，便将花朵放入他手中，他似是微微笑了笑，道："下来吧，上面危险。"

卿尘看看篮中："我才采了小半。"

夜天凌道："底下这么多，为何偏要采枝头的？"

卿尘笑着仰首："你看，那枝头的梅花和下面的不同，昨日雪前下了会儿冰雨，那几枝蜡梅是别样的呢。"

夜天凌随她手指的地方看去，原来高枝处有几枝梅花着了冰雨，天气忽冷便包裹上一层寒冰，此时自轻薄的阳光下看去，如同一件剔透的冰坠，高高挂于枝头。冰坠中偶尔闪过清透光泽，似给中心梅花镶上了晶莹的外衣，冰蕊含香，独具仙姿。

卿尘侧头微笑问他："好看吗？"

夜天凌目光自蜡梅的花间落在她清秀的脸上，停顿一下，方淡淡道："很美。"但却伸手示意，仍旧要她下来。

卿尘顺着梯子离开枝头，撑在他手上一跳落地，道："你今天来得不巧，太后午睡未醒，你若不急着走便等一等。"

夜天凌点头，伸手帮她压下花枝，卿尘自上面挑了几朵，道："换一枝，这样各去几朵，一树花还是疏密有致，便不会破坏原先的美。"

夜天凌道："怪不得你采得这么慢。"话虽这样说，他倒也不急，在旁随手攀着花枝，令卿尘去挑。

两人在几株树下走走停停，卿尘仰着头指点选取，夜天凌身形颀长，只一伸手便能触到她手不能及之处，不多时便又采了半篮，她笑道："你若早来，我倒不必麻烦了。"

夜天凌神情轻松，唇角隐约噙着丝淡淡的笑意："你要这么多蜡梅做什么？"

卿尘见花已足够，便同他一起往宫中走去："蜡梅清热解毒，顺气止咳，是很好的药材，还可以做成香料或用来浸水研墨。延熙宫中其实很多草木都很有用，你看那忍冬藤，它的花性寒、味甘，能治风除胀，消肿散热，取汁液敷面还可去皱驻颜。那两株白果树，其果实敛肺气、定喘咳，可以促进血液循环，减轻手脚冰冷麻木的症状，但不能多吃，因有微毒。还有些花木现在被冰雪掩了看不到，但都各有用处。"

夜天凌负手缓步，环视自幼便十分熟悉的宫苑，听她娓娓道来，竟如洞天别样，换成另一番风景。他今日似是格外空闲，待在延熙宫看卿尘摆弄采摘来的蜡梅，又一直陪太后用完晚膳。

膳后碧瑶她们呈上来几个岫玉小盏，卿尘道："这是用前日晒好的蜡梅浸水煮的茶。"

太后对夜天凌道："什么花草一经她的手就多出许多妙用来，如今我这里光花茶便有十几种。"

夜天凌道："早知如此，孙儿当初便该陪皇祖母再多种些草木。"

卿尘笑道："听说这延熙宫中竟有不少植物是殿下亲手种的呢。"侍女捧上清水净手，她一边说着，一边扭头向夜天凌望去，见他袖袍微微撩起，手腕上戴着一道黑色串珠，正是很久以前她曾见过的那串黑曜石。

那串珠颗颗透着深敛的光泽，沉稳而安静，卿尘看着他强而有力的手腕，一时间握着茶盏思绪万千。

关于九转玲珑阵，她曾详细问过莫不平。莫不平对巫族和九转灵石的来历倒十分清楚，只因冥衣楼本身便曾与巫族有着千丝万缕的联系。但自冥衣楼归附天朝后，巫族势力便慢慢抽身其外，如今近百年变迁，巫族一脉已然凋零，如今很难再见踪迹。对于她关心的移魂禁术莫不平也只是知有其事而不明具体，并指明所谓禁术必定是有违阴阳之理，逆天而行，其法门往往或残忍或诡异，是以才遭禁止，十有八九已然失传。

而九转玲珑阵更是从来没有人见过，那九转灵石于战乱之中多有流失，尚存于世间的则在始帝一统天下之后被收入宫中。对于这些说法，卿尘觉得事情似有那么一点儿进展，却叫人细思之下又心灰意冷，看来唯一能做的便是找到所有灵石串珠……她正看着夜天凌的手腕兀自出神，却冷不防听到夜天凌轻轻咳嗽了一声。

她惊醒抬头，太后正满含笑意地收回目光，而夜天凌眼中则带着几分探究与她对视。她心中有事，没精打采地抿了下嘴角，抱歉一笑，低头慢慢饮茶。夜天凌心下奇怪，待要问，碍在太后前不好开口，亦不知从何问起。

此后卿尘似乎情绪有些低落，并不像下午那样说说笑笑。夜天凌在旁看了看她，起身道："时间不早了，皇祖母早些歇息，孙儿明天再过来。"

太后点头道："卿尘，你去送送四殿下。"

卿尘一愣，夜天凌每日来去，从未要人送过，延熙宫如同他家，又不会迷路。但太后既吩咐了,她便依言陪夜天凌出去。一路未语,她神不守舍地低头走路直至宫门,见凌王府的侍卫已经候在那里,福了一福:"殿下慢走。"

不料夜天凌却不动,她不解地抬头,见他正侧头看向自己,深深黑眸如若点漆,意味深长:"什么时候多了这么多礼数出来?"他看似随口道。

卿尘将心中复杂的情绪暂时丢开,道:"禁宫之中你总是凌王殿下,我若尊卑不分,只会给你我惹麻烦,四哥。"最后两字轻轻喊出,对他一笑,指着他手腕处,"对了,这个黑曜石最好戴在右手,方可驱邪避害,护佑平安。"

夜天凌抬了抬手:"你方才是在看这个?"

卿尘点头:"很罕见也……很配你。"

夜天凌剑眉微挑:"这是父皇所赐,否则便送了你。"

卿尘知道天帝所赐之物不可随意赠人,便笑道:"那我只有惦记着了。"

夜天凌神情带了几丝戏谑的意味:"喜欢什么可以私下告诉我,以后别在人前愣神了。"

卿尘知道刚刚让太后看了个笑话,俏脸一红,嘟哝道:"若是能控制得了,也就不叫愣神了。"

一丝笑意自眼底掠过,夜天凌站在阶前扭头看向灯火明暗的延熙宫,道:"皇祖母最近精神不错,多年痼疾竟也减轻许多,说起来倒要多谢你。"

卿尘知他对太后极其孝顺,道:"太后这么多皇孙,唯每日惦念你,也唯你每日都来延熙宫。"

"这儿清静。"夜天凌淡淡道,"我自幼随皇祖母长大,自然和别人不同。"

卿尘随口问道:"为何不是跟莲妃娘娘呢?"

此言一出,顿时后悔,夜天凌原本清癯柔和的脸上骤然掠过一丝阴霾,眸底星子深寒,仿佛什么东西丝丝碎裂,不复再现。夜风带着初冬的寒意吹起衣袂,卿尘微微打了个寒战。整整半日里所有的轻松、闲暇忽而被风雪卷尽,一瞬间冬日又切实地占据了眼前。

夜天凌清冷的声音传入耳中:"夜深天寒,回去吧。"言罢转身而去,寂寥的夜色下那天青长衫划出一道别样颜色,又转瞬和浓重的黑暗融为一体,消失在宫城深处。

卿尘怔怔地站在原地许久,一点点难过从心口生出,丝丝缕缕慢慢变成整片扩散开来。并非因他突然冷颜相向,而是看着他离去的背影和那一瞬间眸底的冰寒,她知道其实他只是用那无情去掩饰些什么,一些不能言表的疼痛无奈或是,孤独。

一时间卿尘有种冲动,想将心中所知的那些秘密统统告诉他,如果可以解开他心底的那个结,如果可以留住他眼中那抹清淡的柔和,她愿意去尝试。然而黑暗中已看不见他的身影,卿尘转回身去面对重重宫门,夜空如幕,钟鼓迟迟,偌大的禁宫深深几许,无声地靠近过来,逐渐笼罩了一切。

第三十章 纵马击鞠奔月场

天朝幅员辽阔，疆土广大，自立国始边境虽常有兵戎之争，但亦与四域各国往来频繁，尤其与西北吐蕃最为密切。

圣武二十五年春，吐蕃赞普赤朗伦赞率王族子弟一行二百七十人东入天都。穆帝时下嫁吐蕃和亲的景盛公主离京二十六年后由儿子陪伴回朝，天帝降旨以长公主规格迎接，仪仗隆重浩大，乃是春暖花开之际天都一大盛事。

四月辛卯，天帝为景盛公主、吐蕃赞普设宴宣圣宫韶光殿。往年逢春秋两季，天都都有盛大的击鞠大赛，参赛者一般以军中将士为主，但自皇宗士族、文武百官而至后宫妃嫔亦皆可上场竞技，场面非常壮观，今年更是因吐蕃王族来朝格外热闹。

当日巳时，韶光殿击鞠场上早已立起两个金绘彩雕球门，其后以细鳞韧丝笼球，两旁各如雁翅般斜插一行明黄五龙旗。浅草绿茵的球场四周皆立金边绣旗，迎风招展，每隔十步有明甲禁军护立。主席之后设教坊乐队，四角高台皆陈红漆金铆大鼓，其中又各有八面双鸟长鼓排列场周四方。数名紫衣鼓手手执玉槌，单双滚击，大鼓之低沉与长鼓之高实，配合着教乐坊中舞娘腰间小鼓间插，击鞠场中气氛喧闹动地，十分热烈。

场中各队激烈竞逐，旁边数名禁中侍卫官身着红衣，手持偃月杆巡边拾球。天帝与太后、景盛公主于南面主台观战，东西两侧宴列三公九卿、妃嫔仕女及门阀宗族子弟，而吐蕃赞普赤朗伦赞却率了一支十人的击鞠队亲自下场，与各队较量。

击鞠之技原本便相传来自西地，吐蕃游牧民族，马匹骏壮，骑术精良，击鞠之技亦十分精湛。赤朗伦赞率众奔驰场上，东西突击，几场下来，天朝禁中御林军及神策营马球队竟先后输给吐蕃。

击鞠之戏，用兵之技，天朝自圣武朝以来兵事长盛，尤其与突厥常年交战，轻甲骑兵无往不利，军中向来以击鞠训练士兵骑术及马上砍杀技巧，三军将士多善此技，如此接连败北，莫说天帝，在场众人皆十分气闷。

场中欢呼再起，赤朗伦赞一球透门再胜神御营。卿尘随太后在天帝身旁，只见天帝眼中略有深沉，侧案处夜天漓已哐地将酒盏一顿，双拳紧握，几乎便要拍案而起。

此时她忽然见夜天凌略一仰头，将酒饮尽，随手置盏于案，扭头和夜天湛对视了一眼，双双起身至天帝面前，道："父皇，吐蕃球队技艺精湛，赞普远道而来不能尽兴未免遗憾，儿臣们想组支球队与之切磋一下，还请父皇恩准。"

太子在旁微微一笑，看似书卷气十足的俊面上掠过英朗："四弟与七弟所言甚是，儿臣亦有此意，请父皇恩准。"

天帝点头道："如此甚好，你们便随太子下场击鞠。"

太子妃却闻言轻呼道："殿下……"

太子轻轻皱眉，回头看了她一眼，天帝眼光扫去，以目相询。

却听夜天凌道："殿下前日射猎不慎伤了手臂，御医嘱咐应当静养，恐怕不宜做此剧烈运动。"

太子妃低声道："还望殿下保重。"

夜天湛笑道："父皇，此等小事自有臣等替父皇和殿下分忧，何须殿下亲自下场？"

天帝于是挥手令太子回座，问道："你们要如何组队？"

夜天凌邀了夜天汐、夜天溟同十一、十二两兄弟，道："儿臣只需兄弟六人。"众仕女宫娥见几位皇子亲自下场对战吐蕃，纷纷笑闹招呼，争相往前去看。卿尘与鸾飞一同坐在太后身边，见她亦面露惊喜，神采飞扬，目不转睛地看着球场。

过不多会儿，再闻金鼓雷击缓缓作响，夜天凌率诸皇子换了骑装，策马现身场中。但见夜天湛等五人皆着云白武士窄衣，银纹紧袖收腕，足蹬乌皮长靴，手持红漆偃月球杖，唯夜天凌引马当前，以金箍束腕，手中球杖亦为金漆。

广阔球场上，各有白驹黄骢、紫骝青骥、赤骅黑骊。卿尘凝眸遥遥看去，同是一色白衣，于他们兄弟身上却显出不同的风神。凌王之冷，汐王之稳，湛王之雅，溟王之魅，十一之俊，十二之狂，各具其色，与吐蕃粗犷之风迥然而异，无怪乎身后仕女们窃窃私语，嬉笑相争，大有眼花缭乱之势。

夜天凌虽率众上前，却并未立刻开赛，反对赤朗伦赞道："赞普与球队刚刚赛完一场，不妨休整片刻。"

赤朗伦赞笑说："多谢殿下美意，方才休息已然足够，可以开始了。"

"好。"夜天凌与他相对一笑，各尽其礼，淡淡道，"赞普请！"

双方策马入场，依礼仍由吐蕃开球。数十面金鼓隆隆击响，声势震天，场中诸人目光炯炯，座下骏马突突打着响鼻，已是兴奋难耐。

赤朗伦赞驭马当先，起手挥杆，明漆七宝球在空中遥遥化作一道弧线，直击对方门前。随着众马兴奋长嘶，鼓声大作，场中呐喊声、马蹄声混作一团，杂沓扬尘，拉开大战。

赤朗伦赞击球而出,即刻打马进击,数骑左右随上,正是吐蕃善用的快攻之术。

夜天凌手中金杖轻挥,兄弟六人快驰之时分别各据一方。赤朗伦赞定睛看去,却是一、二、二、一梭形阵势。此阵攻守皆宜,行动迅捷,乃是初时交锋最佳阵形,便知遇到了对手。

果然短兵相接,吐蕃立刻有数名队员被阵中四骑截下,而他身旁黄骢一闪,夜天汐策马紧逼,阻他攻势。

球落之处己方接应,正有三人打马攻球,却见一柄金杖横空而至,一晃穿入吐蕃队员杖下,倏忽如同修月金光,将球断下当场,再见数柄杖前划出一道利落金弧,彩球高飞直落中场。

夜天凌断球之后纵马飞驰,梭阵立刻变守为攻,化作锋矢阵形,射往吐蕃球门。

赤朗伦赞大喝一声:"好!"与吐蕃队员反身追击。

马球落处似众矢之的,争逐时一匹黑马以迅雷不及掩耳之势断开两名吐蕃队员,正是夜天漓冲入对手阵中。

红杖轻划,夺球而下。那球在他杖头略停,晃过一人阻挡往前飞送。

十一恰在此时纵马门前,但见他英挺身姿于马上忽而侧俯,尚未待球落地,嗖地一杆漂亮长击,马球应声擦着对方守门官的衣角破门而入。

这一瞬间球过全场,连转三人一气呵成,快得几乎叫人不及反应,观战诸人似乎都愣了片刻,才猛然爆发出动天欢呼。

十一和夜天漓双杖相击,痛快一笑,他们甫入球场便以快攻破吐蕃球门,使得天朝众人士气大振,擂鼓声中摇旗呐喊,一时久久不息。

场中战事却不停顿,吐蕃败而不馁,合军反攻,天朝一击得手,迅速回防。

夜天凌驾驭风驰,快如闪电,金杖之下阵化偃月,吐蕃凌厉的攻势如遇铜墙铁壁,顿时一滞。

赤朗伦赞再次带球前攻,却被夜天汐如影随形俯身拦阻,他左右突击,忽而横杖一扫,球随杖出,传往己方队员马下。

却见马侧白影闪来,夜天凌不知何时忽至近前,再次断球。其后夜天湛同夜天溟即刻并骑随上,接球进攻。夜天凌白马迅疾,与夜天汐双杖交架,赤朗伦赞顿时被挡在阵后。

只见球场上吐蕃队员纷纷合围之中,明漆彩球贴地滚动,穿花乱眼,在夜天湛和夜天溟的球杖间往来交纵,配合得天衣无缝,瞬间跨越半场。

临至球门,他两人却忽然驰马逼开拦阻。夜天湛回身前球杖从容一钩,彩球应手前去,在他翩翩如玉的笑容中,其旁凌空一道黑影飞跃而来,半空里红光电闪,一杖划过,那球携着风驰电掣之声,以强劲之势吊角入门,正是夜天漓全力一击。

这球进得煞是漂亮,卿尘在观台上忍不住暗喝一声彩,身后宫娥更是齐声惊叫,击掌俏呼。

夜天漓高举球杖纵马奔驰,对她们这边遥遥致意,惹得众女子笑闹一片。他与十一兄弟两人本就较为相像,此时并骑场中快如风影,看上去更加不易分辨开来,只听众女子频频争论:

"十一殿下又进球了!"

"分明是十二殿下!"

"骑黑马的是十二殿下!"

"刚刚进球的是十二殿下!"

"骑黑马的是十二殿下!"

"刚刚进球的是十二殿下!"

说着说着便混乱不清,鸾飞忍不住回头笑道:"刚刚进球的不就是骑黑马的十二殿下吗?都糊涂了?"

两个宫娥"哎呀"一声笑成一团,太后及天帝等亦难耐笑意。一时间观台之上笑语连连,春光溢彩。

卿尘突然玩闹心起,悄声对鸾飞低语几句,鸾飞抿嘴轻笑,回身招呼了几个宫娥过来吩咐了什么。场中人声马嘶争击如战,这边观台上忽有女子们齐声喊道:"十一殿下,加油!十二殿下,加油!"娇声脆语,彩衣飘飞,闻之如珠玉齐鸣,观之如百花怒放。教乐坊不失时机地鼓乐大奏,顿时将击鞠场中热烈的气氛推上一个高潮。

卿尘笑倚在案上悠悠然看着十一和夜天漓一瞬愣愕,接着先后露出阳光般的笑容,双双挥杆回应。绿茵翠碧,春风明媚,美人如玉,儿郎英气,好一番相映生辉。

偶尔转眸间,她突然发现一众妃嫔中莲妃漠然地坐在落英点点的宴席前,神情冷淡地看着如火如荼的赛场。场中所有的华彩纷飞、绚丽激烈在她冰雪般的眼底都悄而无声化作了苍白。她便如同一抹幽凉,清冷落于天朝一壁繁华江山,三春暖阳亦无法融化她的神情,晴天碧日在其中支离破碎,落下微薄的声息。

卿尘在莲妃和夜天凌之间轻轻转过眸光,似觉得一缕薄冰化开暗凉,渐渐浸入心间,那一瞬间,似乎有心疼的感觉浮现,让她默默蹙起了眉心。

此时场中奔星追月,长楸走马,吐蕃亦在赤朗伦赞的带领下进了两球,一时两方平分秋色。击鞠以五球定胜负,余下一球至关重要,先得者胜,两队球员攻守中人人神色凝重,无一懈怠。

双方皆是乘骑精熟,驰骤如神。天朝这方一直凭夜天汐紧身相随固锁赤朗伦赞攻势,以十一和夜天漓为前锋驱驰快攻。吐蕃似乎已然察觉,亦派两人紧盯十一和夜天滴，彼此皆不相让，渐成胶着之势。

　　此时吐蕃队员将球传至赤朗伦赞杖下，他快速带球正欲抢攻，却被夜天汐当头拦截。便在他驱杖躲避之时，一支耀目的红杖忽而横入眼前，电光石火的一瞬，那球已被此杖带去。夜天溟细长的眼眸妖魅般闪过，青骢快马东西驱突，已如利剑般插向吐蕃球门。

　　夜天溟甫一夺球，观台之上的女子们立时为他欢呼助威，四面鼓声急响，似将天朝迅猛的进攻不断推进。

　　但见吐蕃球员左右夹攻而上，两支球杖交错而来，直击夜天溟杖前，竟欲以蛮力强行阻止。

　　夜天溟眼中异芒暴涨，手下红杖带球不缓，只听哧的一声摩擦闷响，在他球杖错绞之时，对方球员长杖竟脱手而飞，直往另一人头上飙射而去。

　　在场众人尽皆大惊，却有一柄金杖破空扫过，那球杖猛然受阻，在金杖之上疾绕一圈，下落时被夜天凌抬手抄中。

　　人人都松了一口气，夜天溟细眸长睐，阴鸷的目光扫向那吐蕃队员，两方皆有些恼火，台上的天帝脸色微微一沉。

　　夜天凌纵马上前，与夜天溟擦身而过时淡淡看了他一眼，上前将球杖还与那吐蕃队员。赤朗伦赞用藏语对那人呵斥一句，夜天凌转身时几乎与他同时道："抱歉。"

　　赤朗伦赞含笑一礼，夜天凌略微点头，小小变故就此揭过。比赛并未因此中断，夜天凌金杖当中号令，天朝队中迅速合拢成车悬阵势，攻守合一，滚滚推动，往吐蕃门前紧逼而去。

　　吐蕃队员全线回防，夜天溟带球送入夜天湛杖下，夜天湛于马上轻侧俯身，驰纵之间浅笑温文，手中球杖如附鬼神，那球便像黏在半月一端，贴着地面灵巧趋避长驱直入，一连越过数道障碍。

　　待到球门之前，赤朗伦赞摆脱拦截，驰马弯腰举杖来断。夜天湛忽而微微一笑，作势攻门，球杖划了个半弧在球前一落，竟出其不意向往后击去。

　　赤朗伦赞不由一愣，夜天湛这一球竟如长了眼睛般，精确地落入己方阵势中心。夜天凌猛带缰绳，风驰长嘶声中前蹄腾空，但见他立马挥杆，一道耀目金芒之下，那球如流星乍现，在长空卜划出一个完美的弧线，高高越过数名队员头顶，飞往吐蕃球门。

　　夜天凌一击之后，手中金杖傲然举起，似已料定此球必胜。

　　风声穿过彩球镂空的花纹，带出入耳轻啸，吐蕃守门官飞身扑球。那球自他身边一闪而过，嗖地擦着金雕门柱破入门中，门后丝网被球上力道猛然撞出，悠长地回荡一下，彩球静静滚落草地之上。

　　五支红杖同时上举，搭上夜天凌高擎的金杖，四面观台轰然爆发出惊天动地的欢呼。

金钟长鸣以示胜负分出，天朝球队拔得头筹。

"哈哈！"赤朗伦赞打马近前，高声笑道，"殿下好身手！痛快痛快！"

夜天凌亦在马上抱拳道："赞普承让。"两人场上一番较量，语中竟都有些惺惺相惜之意。

赤朗伦赞带了吐蕃队员回席，夜天凌与五位皇子在天帝席前下马复旨，天帝龙颜大悦："凌儿今日做得很好，朕心甚慰，该当重赏！"

夜天凌面色平静，淡淡道："兄弟齐心，其利断金，这场球是必胜的，儿臣不敢居功。"

天帝笑道："说得好，朕有子如此，我天朝必将百世兴盛！"

第三十一章 花令缤纷各自春

赐酒之后，天帝令众皇子归席，与吐蕃赞普继续宴饮。教舞坊献上新演练的胡歌鼓舞，席上觥筹交错，斗酒愉乐。

过不多会儿，待歌舞结束，四周忽闻鼓声再起。众人皆停杯张望，只见场中几道红绸突然高高吊起一个铜镜大小的雕花金球，与此同时，场外一匹赤鬣锦鬃马奔驰而来，马上有一骑装女子于疾驰之中弯弓搭箭，箭去如风，正中金球。

金球遇箭而裂，化作两串金花迎风飘落，那女子还弓身后，竟脱开缰绳俏生生立于马背之上，双手一伸，准确地抄中半空落下的花朵。

众人惊赞声中，只见她驰至主台之前马速渐缓，轻盈翻身，下马将一串金花托起，送至赤朗伦赞面前，娇声笑道："听说吐蕃有以哈达敬献贵客的风俗，我们天朝也用花环欢迎赞普东来中原！"

赤朗伦赞微笑受了她一礼，她转身再对景盛公主献上花环："欢迎公主回朝！"

殷贵妃随侍在天帝身边，此时笑道："原来是采倩这丫头，就她古灵精怪的花样多。"

天帝亦笑说："嗯，骑术箭术都很不错。"

殷采倩道："陛下，咱们天朝男子驰骋潇洒，女子也不输于人，采倩想借击鞠场地为陛下和赞普表演射花令，以助酒兴！"

这射花令是士族子弟闲暇时常玩的游戏，融合了箭术、骑术、击鞠和文字词令于其中，也是十分有趣。天帝道："光是游戏不行，朕命你们也比试一场，你觉得如何？"

殷采倩道："那便是双队抢令，采倩遵旨！"

天帝问道："你想邀谁和你抢令？"

殷采倩略一思索，扬眸道："登山要登高山，比赛要寻高手。"说着她上前几步在夜天凌身前一拜，"四殿下的箭术在军中是数一数二的，采倩斗胆，请四殿下赐教！"

夜天凌微微一怔，场中声息哗然，顿时议论纷纷，谁也未曾想殷采情竟敢向凌王叫阵。

夜天凌坐于席间，在她说完之后略静了静未曾回答。殷采情杏眸明亮，灼灼逼人地抬头看向他，光彩飞扬的深处略有一点儿羞喜。夜天凌深邃的眸子和她淡淡对视，其中只是无底似的幽黑。

太后见状问他道："凌儿，人家向你叫阵了，你还不快应下？"

夜天凌闻言，方站起来对太后轻轻躬身，淡声道："孙儿遵皇祖母命。"眼光一抬，却正落在卿尘身上。卿尘也恰往他处看来，与他目光相触的瞬间唇角似有些许笑意浅影，在阳光下清透浮过，转而消失在眉梢眼底。

鸾飞手指叩了叩身前长案，突然低声对卿尘道："姐姐，咱们下场杀杀她的威风去，不能让殷家太得意。"

卿尘听她如此说，微微挑一挑眉梢，问道："你想要和四殿下组一队？"

殷家与凤家相互试探较量，已非一日之事，凤鸾飞同殷采情向来不和，自然不会让她在此独占风光，如今要借凌王的强势，压制她的彩头，点头道："没错，这正是好机会。"接着对太后轻声道，"太后娘娘，射花令没有好配合可不行，我和姐姐去帮四殿下可好？"

卿尘颇为无奈，却也暗思鸾飞聪明，借太后懿旨行事，谁也没有话说，况且队中有夜天凌这样的高手，几乎亦是稳赢的局面。果然太后听了便允了她们。夜天凌此时已上马入场，似并不在意与何人搭档，只对她们点点头，静候殷采情那边邀人出赛。

观台之上，殷贵妃恰对夜天湛看过去，夜天湛微微一笑，长身而起："男少女多也没意思，不如我与四哥一起陪她们玩两局吧。"

他笑意润雅，话说得在情在理，但如此一来，众人多少都觉出了些别样的意味。此时天帝似是随意道："灏儿，你下场与湛儿他们一队，凌儿箭术厉害，别让他们受欺负。"

此言一出，殷贵妃脸色微变，凤衍亦是神情一动。太子有伤在身，天帝却依旧如此安排，生生压了湛王一头，其中深意耐人寻味。

太子道："儿臣遵旨。"便在太子妃满是担心的目光中起身入场。

殷贵妃面上神情转瞬即逝，即刻笑道："陛下，看着他们竟叫人想起年轻时候，那会儿咱们也常玩这射花令的游戏呢。"

天帝神情淡缓，道："朕记得当初你可是射令的高手。"

殷贵妃道："臣妾还不是常常输给陛下？"天帝笑而不语。

卿尘手抚云骝鬃毛，远看着形势微妙变化，好好一场游戏弄得如此复杂，既觉无趣又有些好笑。她含笑侧首，意外看到夜天凌唇角亦泛起一丝讥诮冷笑，在她目光落去时他突然转头，两人都在对方笑谑的神情下一愣，随即不约而同地微微扬眉。

鸾飞见对方定了人，便道："我猜他们一定是殷采情射令，七殿下抢令，太子殿下接令，咱们这儿如何应对？"

射花令的游戏素来是每队三人，场中四周高吊多个击鞠用的镂空彩球，每个彩球下挂着一道金牌，牌上书有不同的花令。场外先由令官给出花令首句，射令之人便要据此射下对应的彩球，彩球落地，第二人随即跟上抢令。射失或射错的一方必须对出花令的下句才有资格去抢，抢令时用击鞠的长杖，要以最快的速度将球传给接令之人，如此击鞠的快和巧就十分关键。接令之人徒手接球，最重要的便是马背上的身手要好，但接令之后若连不上尾句，还是要将彩球拱手让人。如此环环相扣，每一环节都讲究配合默契，考较典故诗词，最后依据所获彩球数量，多者胜出。

卿尘曾在宫中玩过几次射花令，想了想道："四殿下是定了要射令的，我们两人需得扬长避短，马上俯身接物我并不是很擅长，不如由你来接令，我的马快，对七殿下击鞠的手法也比较熟悉，便来抢令好了。"

鸾飞悄声对她笑道："太子臂上有伤，姐姐是让着我呢。不过七殿下击鞠之技虽十分厉害，但对姐姐也定会让上三分，咱们赢面颇大。"

卿尘轻轻瞪了她一眼，忽然感到身旁一道深邃的目光落来，看去时，见夜天凌黑眸之中微亮的光瞬间扫过，听他淡淡道："待会儿跟紧我的马。"说罢率先策马入场。

对方的安排果然如鸾飞所料，夜天湛见对手是卿尘，似乎并不意外，依稀轻叹了口气，于阳光之下微笑俊雅，朗目如春。

吐蕃众人倒是从未见过射花令的游戏，人人拭目以待。只见早已备好的彩球经红绸拉动开始旋转，边鼓三通之后一声金钟玉鸣，随着令官高声吟道："誓挥铁骑破千城。"场中骏马轻驰，两道箭影同时激飞，彩球应声落下，偃月长杆前后竞逐。

但见碧草飞花，彩令缤纷，快马时羽箭电射，球飞处长杆奔月，中有轻衫如玉，频频妙语连珠，直看得人眼花缭乱，目不暇接。

殷采情敢向夜天凌挑战，箭术果然不凡，轻快精准，虽先被夜天凌压了一筹，却始终紧追不舍。卿尘驾驭云骋，紧紧随在夜天凌身旁，三箭之后，她便感觉到夜天凌每射一球必定分毫不差地落于她马前，力道控制之巧叫人惊叹称奇。

随着花令越转越快，场中众人马速渐急。每逢射令，风驰、云骋并驾齐驱，如风云电逝，流光轻闪，场外只能看到两道白影倏忽疾驰形影相随，踏风腾云，浑若一体，忍不住纷纷喝彩。

鸾飞在旁马快人俏，与太子左右周旋，紫衣黄衫各擅胜场，明媚高华交错风流。一旦卿尘得球，她即刻上前接应，驰马俯身，裙带飘摇，如同彩蝶穿花，香风飞掠，已将花令抄在手中。

如此对方连失两令，卿尘再接一令，忽而觉得手下吃紧，身边人影微闪，夜天湛佩倪微笑出现眼前，球杖已电闪般触往球身。

卿尘知道他带球的技术十分了得，球一旦到了他杖下便绝难夺回，长杖斜带抢至球旁。谁知双杖相交，夜天湛杖上便如生出黏力，卿尘把持不住，球杖几欲脱手。夜天湛却抬手一送，竟于错身瞬间将球杖重新递还与她。

卿尘愣愕，见夜天湛俊眸中似盛着愉悦春光，微笑示意她继续，她心中生出些异样感觉，亦对他报以浅笑，手下球杖却避开，这一令不再争击。

"万点春，一枝秀。"

双箭轻啸，几乎同时射中花令，彩球坠落，卿尘和夜天湛难辨胜负，同时吟出下句："千秋岁，燕双飞！"杖出双月，横空送球，鸾飞与太子跃马腾空，抢上近前，便是最后输赢。

不料高处双箭相交，殷采倩不敌夜天凌箭上力道，原本应该落至场外的羽箭竟改变方向飞坠场中，坠落之时力道未衰，竟恰恰击在鸾飞马首。

那马受惊失蹄，电光石火之间，太子马速骤然加快，抬手已将鸾飞抄住，回臂一带，鸾飞借势松开缰绳，轻如飞燕般落在太子马前。她惊魂甫定低头一看，手中竟正握着那飞来的花令，忽而扑哧一笑，美目盈盈望向太子，将花令奉上："殿下赢了，鸾飞认输。"

太子接过花令，抬手时似有些吃力，微皱了皱眉，却于低头处含笑看了鸾飞一眼。

殷采倩与众人纵马上前，十分不豫地瞪视鸾飞，眼中颇含敌意。鸾飞却视而不见，只笑着对太子称谢。

如此一来，双方便以和局告终，赤朗伦赞虽是外族，但本身精通汉文，一向仰慕天朝文化，这场花令让他大开眼界，遂命侍从倒了数盏烈酒，亲自敬与六人。

赤朗伦赞先干为敬，太子与夜天凌等举酒还礼，三口饮尽。鸾飞和殷采倩多少也都有些酒量，亦先后将酒喝干。

卿尘自一次醉酒后知道自己不能饮酒，接过这大盏烈酒后十分踌躇，勉强喝了一口，酒液似刀，入喉劲呛，如烧如灼。先前半日奔马疾驰，她本便觉得有些心慌，烈酒便似添柴加薪，自腹间烧上来直逼胸口，不禁暗自皱眉。

但照吐蕃礼俗，拒绝第一盏酒极为失礼，她见赤朗伦赞正看着自己，当着两国文武大臣无论如何退却不得，心下一横，便准备将酒喝下。却不料身旁有人突然抬手，却是夜天凌挡了她的酒盏："赞普，清平郡主不善饮酒，依我天朝之礼，这盏酒可由他人代饮，不知赞普意下如何？"

赤朗伦赞亦看出卿尘勉强，笑道："入乡随俗，殿下请！"

卿尘对夜天凌感激地一笑，夜天凌接过她手中酒盏，仰头干尽。赤朗伦赞喝道："好酒量！"吐蕃人以酒交友，坦诚豪爽。方才击鞠之时他便十分欣赏夜天凌，转身复命倒酒，抬手道："我再敬殿下一盏！"

夜天凌面不改色，亦不推辞，接过酒盏对赤朗伦赞微微致意，再饮而尽，照杯一亮，四周吐蕃勇士哄然叫好，无不佩服。

赤朗伦赞十分高兴，以手按胸对天帝道："陛下，酒烈情浓，吐蕃与天朝情同兄弟，愿结永世之好！"

天帝龙颜大悦，率群臣举盏，与吐蕃宾客共饮，以祝两国交好之盛事。

第三十二章　城深血泪故人心

趁着四周喧闹，卿尘悄悄起身离开了宴席，独自往韶光殿内苑深处走去。

今天内侍宫娥们多数都在前殿，后面人静声稀，唯有成片的樱花层层簇簇绽放，如云霞织锦，落英缤纷，于芳草鲜美的山石湖畔处处显出热闹的姿态。

她慢慢走至临湖的樱花树下，或许是方才活动得太剧烈，现在心头狂跳不止，几乎便要破腔而出。那口烈酒却滞在胸口，令人觉得气闷。樱花轻浅，纷飞飘摇落了满身。她扶着树干站了会儿，胸口的不适才略觉得好些，一时也不想回席，便沿着翩跹满园的樱花缓步往前走着。

"我说怎么不见你人影，原来自己到这儿来了。"刚走不远，突然有人在身后道。

卿尘回身，见十一正过来。他仍穿着刚才击鞠时的白色窄袖武士服，阳光下显得俊秀英挺，一边走，一边随手抄住了几片飘至身前的樱花，复又抬指一弹，飞花旋落，笑容里说不出的潇洒。他看了看卿尘神色，忽然皱眉问道："怎么脸色这么苍白？"

卿尘笑了笑道："没事，吐蕃的酒太烈，我有些受不了。"

"才喝了一口。"十一笑道，"没想到你这么没酒量。"

卿尘问道："你怎么不在席间待着，出来干吗？"

十一道："太子殿下右臂疼得厉害，我陪他一起去内殿歇息，顺便传御医来看看，现在太子妃和鸾飞在一旁伺候着，我便出来了。"

卿尘想起方才射花令时太子将鸾飞带至马上，想必是牵动了旧伤，微微笑道："看来英雄救美总是要付出点儿代价才行。"

谁知十一看她一眼，笑着往前殿抬了抬头："还有一个英雄救美的现在仍在席间，和吐蕃赞普又干了三盏烈酒，代价想必也很大。"

卿尘一愣："谁？"

十一道："刚刚谁替你挡的那盏酒，竟这么快便忘了？那些吐蕃人轮番敬酒，我是当真受不了了，所以寻了个借口溜出来，不过四哥可惨了，没人替也躲不了。"

卿尘不语，寻了身边一方坪石坐下，看着苑中湖泊点点，青草连绵。

十一凑上近前看了看她神色，问道："看你和四哥一直不冷不热的，不会这么久了还因上次延熙宫的事生他的气吧？"

卿尘摇头道："不是。"那次赐婚的尴尬，在她和夜天凌彼此刻意的回避下似已逐渐淡忘，只是自从上次提到莲妃后，每当她再试着和夜天凌谈起相同的话题，夜天凌总是变得异常冷淡，与莲妃亦始终近乎仇视，形如陌路。

卿尘也曾思量，如果眼前换成自己，对于一个从出生就不愿抱自己的母亲，一个毫不掩饰地厌恶着自己的母亲，她也无法做得更好。但从莫不平的话中推测，她相信莲妃心里或者存着不得已的苦衷，又或事情并不是大家看到的那样。她曾小心翼翼地尝试将夜天凌和莲妃拉近，却每次都以夜天凌那种彻骨的冰冷而告终，以至于那种冰冷有时候会蔓延到他们两人之间，就像十一所说，不冷不热，叫人看起来似是十分生疏。方才射花令时，除了入场前说了那一句话，他们两人未曾交谈只言片语，夜天凌会突然帮她挡那盏酒，着实也有些出乎意料。

她抬手压下一枝伸在眼前的樱花，一松手，满天满树的花瓣不禁此力，便层层散落了下来。日子渐渐进入春夏，群花争相开放，满苑缤纷，在温暖明媚的大正宫中，却总有某一个角落带着属于冬日的寒冷，不知要持续到何时，每每思及，都叫人心中有种莫名的伤感，说不出，也抹不去。

十一拂开石上的落花，坐在一旁，有点儿意味深长地道："有些事你别怪四哥，我一直没告诉你，那晚离开延熙宫他早早便独自回府，想必心里也不好受。从小在宫中长大，四哥其实是个戒心很重的人，轻易不会容别人近身，有时候我也是。"卿尘闻言扭头看了看他，他微笑道："但我看得出来，四哥待你不同，像上次在跃马桥，你还记不记得他最后说过什么？"

卿尘低声道："我相信你。"

十一道："不错，当时那种情况下，他会说出这句话，叫人很是吃惊。而且接下来几天你没了踪影，他竟调动了玄甲近卫，你可知道，带兵这么多年，四哥纵然军权在握，却从来没有在天都动用过玄甲军。"

卿尘低头将指尖一片落花揉碎，道："我知道你和四哥都对我很好。"

十一认真地看着她："我是想说，不仅仅是一个好字，四哥他心里很在乎你。"

卿尘心头微微一动，好似被阳光轻灼了一下，莫名悸动，又觉突如其来的温暖。她轻轻叹了口气："我真的没有怪他，虽然当时觉得很没面子，但我知道他一定不是故意要我丢人。人和人之间有些东西是无法解释的，就像那日在跃马桥上，他曾信我，当初甫一相见，我亦信他，又岂会为此耿耿于怀。"

十一笑了一笑，思忖片刻，随口问道："你知道四王妃的事吗？"

卿尘意外道:"四王妃?你是说,四哥的妻子吗?"

"嗯,算是吧。"十一道,"那日从延熙宫回来,四哥提起过她,当年,她是死在四哥的箭下。"

卿尘吃了一惊:"什么?"寿宴上夜天凌眼中闪逝过的痛楚就这么浮现出来。

"延熙宫没人敢提这件事,不过事隔多年,也没什么好提的了。"十一看着樱花如雨片片落入湖中,回忆道,"说来都是圣武十九年的事了,四哥带兵远征漠北,随营副将是佑安侯唐老将军和他的长女唐忻。唐忻出身将门,从小随父在军中长大,骑马领兵堪与男儿相较,是当时我朝难得的一员女将。唐忻和四哥同在军中多年,对四哥早有心意,父皇也有意指婚他两人,只是四哥总是淡淡地不应,加上那些年军情多变,便一直拖着。那战东突厥领兵的是始罗可汗的亲弟弟戈利王爷,此人兵法战术都十分厉害。唐忻先锋军趁夜偷袭敌军粮草,中了戈利埋伏,被擒到敌营。隔日我军强攻阿克苏城,戈利抵挡不住,亲自将唐忻押上城头要挟四哥退兵,谁知竟被四哥一箭穿心,贯透两人,戈利固然一命呜呼,唐忻也香消玉殒。东突厥没了主帅,城破兵败,佑安侯也在此役中阵亡殉国。四哥破城后挥军北上,一直攻下东突厥都城可达纳,从此东突厥才归附了我朝。回天都后,四哥请旨追封唐忻为王妃,当时皇祖母曾经反对,但最终还是封了。这些年父皇和皇祖母多次想再给四哥册妃,却没有中意的,即便有,四哥也总是一口回绝。众人都道四哥面冷心热情深意重,说四王妃死亦无憾了。"

卿尘怔怔地听十一说,听到最后,叹道:"确是死亦无憾,只是那一箭,怎么射得下去?"

十一摇头道:"这个,可能只有四哥自己知道。不过唐忻在城头曾喊过一句话,'与其丧命敌手,不如死在殿下箭下'。那时戈利想要当众侮辱于她,她本便欲以一死以全名节,想来这般结果也是求仁得仁,她该是不怨四哥的。"

红颜早逝,竟是如此惨烈,卿尘不由对唐忻心生敬意,更有几分哀怜惋惜。想那时的情形,倘若真心爱着那女子,她不信夜天凌能射出那一箭,虽有王妃之名却终究得不到那颗心,对于一个女人,其实生与死又有多大区别?

却听十一又道:"前些日子,其实我也问起过四哥赐婚的事,四哥只是说,何苦连累他人,听得我糊涂。总之你也知他的性子,那晚确不是有意。"

"嗯。"卿尘微笑,"所以我没有生气,你也不必特地替他再解释了。"

十一哈哈一笑:"如此便好,我得去看看太子殿下怎样了,你呢?"

卿尘道:"席间太闷,我想在这儿透透气,你先去吧。"

十一起身道:"别待太久,快些回去。"

待十一走了,卿尘独自坐了会儿,想着刚刚十一说的话,心头不知为何竟觉有些难过。她不知道夜天凌清冷的背后究竟担负着多少他人无法了解之事,但却能体会那种有什么压在心底、不能说也无法说出的感觉。就像她存在于眼前这一片世界中的心情,所有一切只能藏在自己心里,无法向任何人描述,那种孤独的感觉。

怎么会想起这些？不能想，至少现在不能想，否则会控制不住自己。她摇摇头，像要摆脱这种心情似的突然站起来，却骤觉一阵眩晕袭来，身子方微微踉跄，扶住樱花树之前便已跌入一个坚实的怀抱。

那眩晕的感觉转瞬而逝，她回头看去，夜天凌正一手扶着她，低头审视她的脸色。她在抬眸间撞上他的目光，不知为何，竟觉得此时他的眼睛异常黑亮，似乎满天满地的阳光都吸入了那深邃的眸心，反射出淡金色的光芒，叫人几乎不敢直视。而那亮光的深处，却是丝毫未曾掩饰的关切："怎么了，不舒服吗？"

卿尘扶了扶额头，笑道："不想这吐蕃的酒竟有这么足的后劲儿。"

夜天凌眉梢轻轻一挑："不能喝酒刚才还要逞强。一转眼便不见了你的踪影，不想你竟在这儿。"

卿尘有些诧异，只见他锋锐的唇角向上扬起，不似往常那般淡淡的无声无息，带着十分明显的笑。她方知道原来薄唇的人纵然无情，笑起来却也会如此动人心肠，便如冰封万里的雪域中忽然绽放出一点绿意，便如高绝孤独的险峰云破天开的阳光。暖风微微地穿过身前，几瓣柔软的樱花似乎故意翩跹旋转着落在了夜天凌的肩头，在他轮廓分明的脸庞和清拔的身形中融入了罕见的温和。卿尘一时觉得自己看花了眼，停了一会儿，方道："刚刚遇到十一，便在这儿聊了几句。"

"聊什么呢？"夜天凌随口问道。

"聊……"卿尘想了想，抬眸看向他。他见她停下不语，侧眸以问。卿尘凤眸中一丝清澈的光彩猝不及防划过他的眼底，随之流泻的笑意却淡隽，她慢慢道："聊那天延熙宫的赐婚。"

夜天凌神情一滞，眉宇间立刻掠过丝异样。卿尘眸光悠长而毫不避让地看着他，这是第一次，他们中的一个人主动提起了延熙宫的赐婚这个话题。在此之前两人不谋而合地回避，简直就是配合得无比默契。

而也是破天荒的第一次，夜天凌先行避开了卿尘的注视，将目光投向了他处。

卿尘看到他唇角微微抿紧，这是再熟悉不过的他转向冷然前的先兆，心中突地一跳，一时间有些后悔说了那句话。然而只有须臾的时间，夜天凌重新看向她，看似平静的眼眸底处似乎有深浅的波纹涌动，竟浮动着水样的清光，叫人无端地迷惑。他一动不动地静静看了她一会儿，突然握住她的手："跟我走。"

"去哪儿？"卿尘问道。

夜天凌并未回答，带她出了韶光殿，道："在这儿等我一会儿。"

卿尘站在原地，不多会儿，听到轻快的马蹄声，白影一闪，风驰已经到了眼前，夜天凌伸手道："上马！"

卿尘被他带上马背，他沿着一道偏僻的侧门很快出了宣圣宫，一直往宝麓山中而去。

第三十三章 登山踏雾凌绝顶

两人共乘一骑，夜天凌从后面握着缰绳，卿尘低头看到他修长的手指，稳定而隐藏着莫名的力度，他的手臂和胸膛在自己身边形成一个环抱，安全、温暖，似乎很小很小的时候在父亲怀中有过这样的感觉，因为知道有保护所以可以全身放松地倚赖着，绝对不会被松开。

不知从什么时候起，已经很久没有这样的感觉了，久远得让人以为是记忆出了问题。

她带着这样的心情抬头，从这个角度看向夜天凌，却立刻触到了他的目光，那副清淡的面孔下，有种别样的愉悦的神态。

夜天凌见她看过来，低头微微一笑，道："带你去个地方。"

"什么地方？"卿尘道。

"去了便知道了。"他道。

风驰脚程极快，不多会儿便进了偏僻的山路，看方向似乎是宝麓山的支脉。两人一路而上，几乎到了这山峰的最高处，待到前面已没了出路，夜天凌方缓缓勒马。

卿尘坐在马上放眼一望，不禁惊叹一声。从他们所立之处看去，宝麓山连绵的山脉尽收眼底，天都伊歌远远坐落在前方，偌大的城池变得只手可握。楚堰江自城中穿插而过，同另一条江流合而为一化作奔腾宽阔的大河，滔滔滚滚奔向远方。人仿佛立于无边无际的天地之间，心胸开阔，无限伸展，直与这苍茫自然合为一体，亦被这壮丽江山震撼着心灵。

她无比惊喜地看着这山林江河，突然听到夜天凌在耳边问："怕吗？"

闻言低头，她才发现原来风驰停下的地方是一方悬崖的尽端，只要再前进一步，人便会坠入万丈深渊。

绝壁刀削，一落遽下，山谷间偶尔飘起缭绕的云雾，风过时急速地飞掠消失，露出深不见底的峡谷。卿尘兴奋地回头看夜天凌，凤眸之中是惊是喜是笑，明亮的光彩照人眼目，道："这是什么地方？"

夜天凌俯视她，嘴角亦荡起微笑，突然一提缰绳，风驰长嘶一声双蹄腾空人立而起，几乎要纵入悬崖之下，随着卿尘刺激的尖叫，转身稳稳落在后面几步处。两人同时放声大笑，皆觉得痛快无比。

夜天凌翻身下马，伸出手，卿尘扶着他的手跳下来，一起站上前面高起的岩石。夜天凌道："我常常一个人来这儿。"

卿尘在大石上随便坐下，无尽神往地看向远处："这么好的地方一人独享？"

夜天凌淡笑道："除了风驰，别的马哪能登上这峰顶？"

"云骋也能。"卿尘道。

夜天凌含笑点了点头，卿尘扭头看他一会儿，问道："你每次来这儿都这么开心吗？"

夜天凌笑容收了收，目光在她眼中一停，摇头："以前，都是心里有事才会来。"

"哦？"卿尘问道，"那么现在呢？"

"喜欢，想来。"夜天凌答道。负手前行两步，淡淡俯视巍巍群山，衣襟在山风中飘摇激荡。

卿尘静静地从侧面看着他，他深邃的目光中似透出一种桀骜不驯的意气，目之所及，似是这万里山河尽在指点，苍茫大地不过挥手沉浮，那神情中的傲然将一切都不放在眼里，天地亦如是。她不由得轻轻道："高高在上，请君看吧，朕之江山美好如画。登山踏雾，指天笑骂，舍我谁堪夸？"

夜天凌突然回头，看她。她笑道："有些大逆不道吧？不过是我很喜欢的词。"

夜天凌道："我从未听说过。"

卿尘道："这词来自我的家乡，写的是传说中一个丰功伟绩一统四海的帝王，如何叱咤风云，夺万世之潇洒。"

夜天凌却问道："你的家乡？"

卿尘遥望长河奔流天际茫茫，道："嗯，我的家乡，不属于这里的一个地方。"

夜天凌道："那是什么地方？"

卿尘回答："我也不知道，你说，这里又是什么地方呢？"

夜天凌道："这里便是这里。"

卿尘便道："那里也便是那里。"

两个人像参禅一样打了几句哑谜，突然同时一笑，夜天凌道："不管身在何处，只要自己心中清楚便罢。"

卿尘神情略略黯然："似我原非我，谁真正知道自己是谁，谁又能清醒不惑呢？"

夜天凌淡淡道："知道自己想要什么的人，自然不会有无谓的迷惑。"

卿尘起身同他并立，衣袂飘然，长发凌空："那么四哥，你想要什么？"

夜天凌扭头和她对视，卿尘看着他的眼睛道："可以不回答。"

夜天凌将目光投向眼前无边江山，稍后，伸出一只手，缓缓地在两人眼前无尽处画了一个半圈，手指的最终处，落在了天都中心若隐若现的大正宫上。

卿尘随着他的手看过去，扬唇而笑，她低头看了看他的佩剑，见他今天腰间只是一把普通的乌鞘长剑，略加思索，问道："四哥，归离剑在你手中？"

夜天凌微微沉默，却没有否认："是。"

卿尘道："若如此，以后还是不要轻易带出来。"

夜天凌眉梢一动："你知道归离剑？"

卿尘淡淡道："归离剑曾是百年前始帝登惊云山号令九域、一统天下时的佩剑，乃是皇族至宝，在成帝永治八年一次宫变中下落不明，世间曾有传说，得此剑者，得天下。"

夜天凌唇边逸出丝笑，道："不过传说而已。"

卿尘道："皇权天授，纵然只是传说，却会有无数人深信不疑，甚至膜拜拥戴。那柄剑绝不是天帝赐予你的，皇族之中除了你和十一，想必也还没有人知道归离剑重现踪迹。你那时去冥衣楼总坛，不该将它随身携带着。"

夜天凌并没有否认她的推测，道："你对归离剑的来龙去脉这样清楚，那可知其剑自鸣，示主以警？那天归离剑十分异常，频频警响，直到进入那山谷才安静下来。"

"原来如此。"卿尘面对着眼前高峰绝岭深深沉思，忽而微笑道，"四哥，浮翾剑在我这儿。"

夜天凌略有诧异："什么？"

卿尘道："与归离剑阴阳相辅，曾为始帝昭明皇后佩剑的浮翾剑，四哥应该也听说过吧。"

夜天凌须臾震惊之后静然不语，似是等待她继续说下去，她从容和他对视，随后一笑："如果四哥真的确定自己想要什么，我愿意陪四哥玩这场游戏。"

夜天凌道："原因呢？"

卿尘静静笑道："自古英雄多寂寞，登高者，孤绝，有人做伴或许会多些意趣。"

夜天凌神情一动，眸底不见声色，只淡淡问道："那你想要的又是什么？"

卿尘清澈的眼中掠过些许茫然："我想要的……我也不知道自己究竟想要什么，或许我所经历的一切事情都只是个过程，因为我看不到终点，所以只能将这个过程掌握在自己手里，如果有一天突然发现终点在眼前了，会觉得做了一场精彩的梦。再者，或许每个人的终点都是一样，所不同的便是怎样往这终点走去。有人蹉跎终生，有人潇洒风流，有人碌碌无为，有人叱咤天下，个中滋味，不尽相同。"

人生如梦,梦如人生,仿佛庄生晓梦,不知是入了蝴蝶之梦,还是自己梦到了蝴蝶。

此生便只是一出拉开了大红帷幕的台戏,又何必在意扮演了什么样的角色?只要流云水袖扬起,一板一眼唱得真切叫彩,便是梦也绚烂,何况这帷幕已然掀起,难道由得你唱还是不唱?

看戏的人何尝不在戏中,不如唱个满堂红罢了。

夜天凌道:"你不知自己想要什么,又如何便能肯定,我们会选同样的路?"

卿尘笑了笑,道:"直觉。这条路我似乎已经站在上面了,我对前程也有些好奇,所以想邀人一起走一程,不知四哥是否愿意?"

夜天凌道:"走一程?走到何时,何处?"

卿尘道:"我不知道,有些事情已是天定,便如我站在这条路上,开始也并非自己的选择,我只能选择以后该怎样去走。"

"天定?"夜天凌清淡的眼底忽而显出一丝孤傲光芒,转身看向她,"天定又如何?即便真有天意在前,我也不在乎逆天而行。"

卿尘不知他何以突然毫不掩饰身上霸道的气势,微笑道:"四哥好魄力。"

夜天凌将她深深看在眼中,他仿佛做了什么决定,以那样的目光要将这个决定同样烙上她的心头,缓缓道:"你可想过,这条路并不好走。"

卿尘道:"所以才有趣,亦唯有如此险径才会达到常人所不能及之处。"

夜天凌问:"你不怕?"

卿尘俯瞰眼前山河:"四哥,这个问题你刚才问过了。"

夜天凌唇角上挑,过了会儿,说了一个字:"好。"

下山时,一路风景奇秀,风驰走走停停,并不急着赶回。夜天凌似对宝麓山一脉极其熟悉,带着卿尘又看了几处景致。山间林木葱茏,绿草茵茵,有时偶尔一转,便有各色的野花丛丛簇簇撒了漫山遍野,卿尘不时喊着要他停马,俯身去采那些花儿,一会儿便捧了一大把。

山花清秀质朴,散开来看似毫不起眼,凑在一起却似携了满山的春光,十分烂漫可人。卿尘笑意盈盈摆弄着花朵,手指挑来挑去,金丝般的阳光便随花枝灵巧地穿织于一处,一个花环慢慢成形。夜天凌带着风驰慢慢前行,自身后看着她,突然道:"上次延熙宫的事,你别放在心上。"

卿尘闻言指间一顿,眉梢淡挑,她将一枝花草拈了拈,问道:"这……算是道歉吗?"

没有听到回答,只见夜天凌手下缰绳轻抖,风驰的速度加快几分。卿尘暗中笑想,要让他开口道歉，可能比登天还难，故意道："如果是道歉那这次便算了，不过你不稀罕的话以后一定先和太后娘娘说明白，免得她老人家乱点鸳鸯谱，大庭广众之下我很丢人。"

夜天凌却依然不语。卿尘奇怪，回头看他，夜天凌正低头自身后俯视过来，幽深的瞳孔似是变幻着深浅，神情捉摸不定。

卿尘扭头低声嘟哝了一句："看起来不像是道歉，至少没诚意。"

环在她身旁的双臂却微微一紧，听到夜天凌在头顶淡淡道："谁说我不稀罕了？"

卿尘诧异地抬头，却见他早已将目光投向前方。突然有一种奇怪的感觉，似乎四周充斥了某种奇异的气氛，他的身上清冷的气息、温暖的呼吸、包容的体温、臂膀的力量在那一瞬间都变得清晰无比，她几乎可以感觉到他的心脏紧贴着自己微微跳动，血脉在缓缓地流动，逐渐涌往全身。她小心翼翼地体会这种感觉，虽然很想反驳一句"如果稀罕那就真是不可原谅"，却一句话也说不出来。

第三十四章 只怨生在帝王家

圣武二十五年的冬天，草木萧条，山石肃远，气候日益深寒，禁宫中越发令人觉得沉肃静穆。再有几日便是元旦，照宫中规矩，元旦、除夕都是天家家宴的日子，元旦虽不如除夕隆重盛大，但也自有一番热闹。大正宫中早早准备下去，各宫各殿都多了些欢乐祥和的气氛，忙碌一片。

然而恰是此时发生了一件大事，在这个本来安静平稳的冬天掀起了一股汹涌激荡的暗流。自此以后几多年岁，无数人事浮沉其间，尽始于此。

卿尘回想起来，那是一个安静的夜晚，事情发生得毫无预兆。而实际上，所有的事情都有着多多少少的先兆，只不过没有人注意，又或者注意到了也无法从中预料些什么罢了。

那晚睡得并不算早，卿尘和碧瑶丹琼两姐妹说了会儿话方回到住处，一个人躺在床上望着时明时暗的烛火发呆。

时间慢慢地在身边流逝，有时候想起之前的事情，恍如隔世。

抬手看那碧玺灵石，七彩光泽有着幽幽难禁的美丽，她突然生出个想法，若有朝一日真的能发动那个禁术从此处消失的话，是不是一样会流泪。

这个突如其来的想法很奇怪，好像现在的自己切实地变成了自己，而以前真正的那个，却像一场梦。她闭上眼睛，眼底仍存留着烛火点点的倒影，慢慢地又消失了去。

夜露中宵，更漏深深，本该随侍在致远殿的孙仕却在此时来了遥春阁。

宫灯明暗下，孙仕那张平时看起来庸碌低沉的脸上没有任何端倪，只是垂眸道："老奴奉圣上之命来请郡主。"

卿尘眉梢淡淡一拧，心中有些不祥的预感，问道："可知所为何事？"

孙仕道："是凤修仪出了事。"

卿尘甚是意外："鸾飞？她出什么事了？"鸾飞跟在天帝身边多年，素来精明细心进退有度，事事处理得八面玲珑。这样的人，岂会出什么事情？

孙仕声音仍旧压得低沉："请郡主添件衣服快随我去，晚了恐不好收拾。"

卿尘随手拿了件披风，便随孙仕出了延熙宫。孙仕看似四平八稳，脚下却丝毫不缓，一边急向成宣门而去，一边对卿尘低声道："凤修仪同太子殿下私下出宫，圣上闻讯震怒，着汐王殿下领京畿卫将两人追回，不料素日护卫太子殿下的御林军赶到，现下两方在外城僵持起来。"

卿尘心底一惊，私下出宫而去，这若说重了，便是私奔。她看向孙仕："他两人……"

孙仕微一点头："太子殿下还留书与圣上，请去太子位。"

依天朝规矩，位列修仪的士族女子在二十五岁前严禁婚嫁，二十五岁后由天帝指婚方可出阁。但为了避免使某个皇子权力过大，一般来说也只是配与门阀权贵，而极少嫁入皇族。鸾飞和太子之举，可谓冒天下之大不韪，弃祖制宗法于不顾。他两人乃是天帝至亲至信之人，不但私自出宫还惹起了京畿司同御林军的冲突，天帝现在岂止震怒而已。

夜深人静，马蹄敲击在上九坊青石路面的声音打破了静谧安详，格外令人心生不安。

前方火把林立，京畿卫和御林军对峙城中，双方人马竟有数千人之多。

夜天汐似乎正在和太子说些什么，想必是在劝说两人。太子和鸾飞并立在他对面，脸庞隐在火光暗处，看不清神色。

京畿卫同御林军素来不和，平日小打小闹是常有之事。此时各为其主，刀剑出鞘，看来一触即发。所谓保护太子或许也只是一个由头，这一场冲突压抑了许久，终于因此爆发，若处置不慎，必然引发更大的风波。

卿尘和孙仕纵马上前，京畿卫立刻让开一条通道让他俩行到前面。

明火之下，鸾飞卸去钗环素面朝天，简单绾了坠云髻，青布衣裙一副小家碧玉模样。太子亦穿了身普通布衫，白皙脸上静雅如玉，粗布衣袍掩饰不了他举手投足的高贵气质，却自有一种叫人不能冒犯的平静和远离尘世的洒脱。

卿尘翻身下马，眼看如此翩翩然一对佳偶璧人，依稀竟觉得事情十分蹊跷。这些日子冷眼旁观，鸾飞虽一直和太子有些亲密，但何时竟到了如此地步？以她的精明，怎会做出这般不明智的举动？太子弃储君之位和她逃离出宫，即便他们能离开伊歌，天下之大又何处容身？即便现下回头，禁宫幽暗，怕亦就此永无天日。

鸾飞见了卿尘和孙仕，一双明媚杏眼浮起了复杂神色："姐姐，妹妹不忠于君不孝于亲，怕是不能在父母膝下尽孝了，以后便有劳姐姐。"

卿尘蹙眉劝道："鸾飞，听姐姐的话，速与殿下一同回宫，我们向圣上求情，还不至于太迟。"

孙仕亦道："殿下，圣上痛怒难当，老奴斗胆，恳请殿下三思。"

太子微微一笑："你们不必再说，我既已走了这一步，便不打算再回皇宫。禁军侍卫，自此起我已不是天朝太子，你们速速回去，不要胡闹。"

卿尘看着甲胄鲜明护在太子身边的御林侍卫，心底掠起一阵无由的凉意。

夜天汐已经劝得口干舌燥："殿下，父皇已命四皇兄率玄甲军封了上九坊，内城九门戒严，即便我放你走也无济于事。事已至此，唯有跟我回去见父皇才好。"

听到凌王已奉命调军封锁出路，太子和鸾飞相视一眼，两人眼中尽是恻然。鸾飞惨笑道："不想我终究是害了殿下。"

太子却神色安然，甚至看向鸾飞的目光中更多了几分温柔："一切是我自愿，岂能说你害了我？"

鸾飞看了看围困森严的京畿卫，知道今日无论如何也逃不出天帝掌心，终于道："殿下，你随姐姐他们回去吧，只要向皇上认错，皇上会原谅你的。"

太子唇边露出一丝微笑，摇了摇头。他凝视鸾飞，柔声道："春有风花秋有月，岁岁长相伴。"

鸾飞微微一震，喃喃道："上穷碧落下黄泉，处处与君同。"她闭目抬头，脸上浅笑动人，突然道："殿下保重，鸾飞不能再连累你，先走一步了！"说罢长袖一遮，便将什么东西扬手服下。

"鸾飞！"

太子色变，匆忙伸手去夺，却眼睁睁地看着鸾飞在众人的惊呼声中倒下，他只来得及将鸾飞接在怀中，顿时悲绝欲狂，哑声喊道："鸾飞！鸾飞！"

卿尘不想鸾飞竟会服毒自尽，上前几步："让我看看！"

太子却猛地将她一挡："都别过来！"御林侍卫得太子令，护卫上前，一牵百动，京畿卫顿时做出反应，四周突然间暗流汹涌，骚动起来。

卿尘急道："殿下，让我看看鸾飞，或许还有救。"

太子惨然抬头，握着从鸾飞手中抢下的瓷瓶："这是鸩毒，不会有救了。"

卿尘定睛看去，那青玉瓷瓶果然是来自宫中、专门用来赐死后宫妃嫔用的鸩毒，一颗心骤然沉到谷底。

"上穷碧落下黄泉，处处与君同。"太子凝望鸾飞恍然如生的玉容，突然间仰天大笑，"上穷碧落下黄泉，处处与君同！"笑声未绝，仰头便将鸾飞余下的剧毒倒往嘴中。

夜天汐等面色大变，飞身去救却已来不及。

千钧一发之际，黑夜中精光凌厉，一支狼牙墨羽箭破空而来，赶在所有人之前准确无误地击中太子手中的瓷瓶，当地一声爆响，瓶中药汁溅满太子半身，人却毫发无伤。

长箭擦着太子的面颊飞过，插入不远处的石缝之中，京畿卫与御林军被这一箭震住，安静了片刻。夜天汐和孙仕立时围上前去，半扶半按稳住太子。

卿尘亦伸手接过鸢飞的身子，抬头看去，风驰已到了眼前，夜天凌一身墨色武士服，手执缠金长弓，飞身下马，几步来到太子身前。

太子无恙，夜天凌沉声道："皇兄何苦糊涂？"众人心中此时才涌起后怕，这一箭若是稍偏一点儿，太子便已丧命箭下，那这弑杀太子的罪名，他如何向天帝交代？此举着实比太子要服毒身亡还来得凶险。

太子木然被团团围住，却不闻周遭人事，只是静静地看着鸢飞。卿尘看了鸢飞情况，纤眉一皱，默然不语。

却不想短暂的停顿后，突然一阵喝骂，京畿卫和御林军竟有人动起手来，刀枪拳脚，眼见愈演愈烈，局面更添混乱。

夜天凌回头看去，眼底骤生寒意，身形微动，人已穿入两阵之间。叮当一道清光闪过，几名动上手的人踉跄着退了开去，空出大片空地。

"造反吗？"夜天凌冷喝道，手底长剑映着月光，如同修罗魅影般森然。

两边人马同时一静。夜天凌领兵多年，在军中威信极高，少有人敢在他面前放肆。何况"造反"两字，谁人担当得起？他冷冷地看了看仍旧跃跃欲试的御林军，"张束，管好你手下侍卫，再有人妄动，莫怪本王无情。"收剑回鞘，又道，"五弟。"京畿卫一向由夜天汐统领约束，他不欲越权，只是一抬手，回身去看太子和鸢飞。

随着夜天凌的手势，京畿卫和御林军突然发现外围阵列多了数倍于双方的玄衣铁卫，同神武门犄军的威势震天相比，这些战士出现得悄无声息，隐藏在夜色的黑暗中，叫人心底陡生恐惧。可以想象如果两边再这样闹下去，以夜天凌的手段，恐怕谁都讨不了好去。

夜天汐方从太子这里脱身出来，对京畿卫喝道："统统归队，反了你们！"

御林军统领张束慑于夜天凌的威严，亦约束禁军莫要再起事端。

夜天凌面色淡淡，对太子道："请皇兄回宫，父皇深夜难安，你我为人臣子于心何忍？"

太子无动于衷，只是看着鸢飞。

夜天凌俯身下去，问卿尘："怎样？"

卿尘皱眉，似乎遇到了很难理解的事情，道："不好说，或许还有救。"

太子闻言眼底猛地掠过一道光泽："你说什么？"

卿尘抬头道："如果来得及，或许还能救回鸢飞性命，殿下，就算为了鸢飞，先回宫再做计较吧。"

太子脸上露出一丝讥讽的笑意："你无非想诓我回宫罢了，鸾飞饮下鸩毒，还有谁人能救她？"

卿尘静静道："鸾飞体内生机未绝，胸口尚有余温，殿下回不回宫我都要救她。殿下若还想待在此处，那我要先带鸾飞回去了。"此话说得软硬兼施，不容置疑。夜天凌亦深知此时只有鸾飞能打动太子，俯身帮卿尘抱起鸾飞："我送你们回宫。"

太子急道："当真能救鸾飞？"

卿尘正色道："殿下尚且关心鸾飞，我是她的姐姐，又岂会拿她的性命玩笑？"

太子眉心皱起，闭目长叹一声，心灰意冷地道："罢了，我跟你们回去。"

第三十五章 无情不似多情苦

烛火明灭，长灯暗影。

本应宁寂的大殿层层透出光亮，宫帷无风静垂，却遮不住深寒。

天帝手压龙案上早已凉透的茶盏，面色阴沉地看着跪了一地的几个人。

当先一人，布衣素衫，正是今晚私自携美出宫，险些惹起京畿卫和御林军纷争的太子。夜天凌同夜天汐陪跪在一旁，身后是御林军统领张束，屋中静可闻针，风雨将至的平静沉沉压得人心悸。

"朕生的好儿子。"天帝声音痛怒难分，终于一字一顿地道。

太子缓缓叩了个头，伏地不语。

天帝猛地抄起手中瓷盏，劈头便向太子身上砸去，伸手指着他怒道："你……你给朕说！你到底想干什么！"

太子跪在原地不躲不闪，一盏茶泼面而来，洒遍全身，冰纹玉瓷盏铮然迸裂一地，在这死寂的大殿中显得格外刺耳，连身边两人亦被溅了一身。

天帝见太子闭口不答，一腔怒气转至张束处，叱道："张束你好大的胆子，御林军要造反吗？朕将禁宫安全交与你，岂非命悬他人之手！"

这几句话说得极重，张束顿时惊出一身冷汗，捣蒜般磕了几个头，颤声道："臣知罪，臣未能约束部属，罪责难逃。御林军素来受太子殿下统调，请陛下看在他们忠心护主的分上……"

话未落地，夜天凌皱了皱眉头，果然天帝喝道："混账！谁是你们的主子！"

张束一呆，然错口已出，深悔愚蠢，张口结舌哆嗦道："陛下……恕罪……"

天帝冷哼一声，转向太子："朕苦心栽培你二十余年，竟换来你一句'愚顽驽钝，不足以克承大统'！江山社稷祖宗基业，在你心中尚不及一个女人！鸾飞呢，鸾飞哪里去了？"

太子闭目，深深掩抑痛楚，一时竟连话也不能回。夜天凌看了他一眼道："回父皇，凤鸾飞饮鸩自绝，清平郡主正在施救。"

"给朕救过来！"天帝气得来回踱步，"有胆自绝就有胆来见朕，朕倒要问问她用了什么手段迷惑太子，做出此等事情！"

太子闻言在地上连磕两个头："一切都是儿臣的错，请父皇饶恕鸾飞……"

此言无异火上浇油，话未说完，只听天帝砰地以手击案："你眼中哪里还有朕这个父皇！事到如今仍不悔改，朕，留你何用！"心中怒极，竟反手抽出殿前金龙宝剑，挥手往太子身上劈去。

众人大惊，夜天凌同夜天汐双双抢上前去，夜天汐抱住天帝："父皇息怒，保重龙体！"太子神情恻然，一言不发，任由夜天凌将他挡在身后。

夜天凌沉声道："大哥，莫再惹恼父皇。"压低声音迅速在他耳边道，"反害了鸾飞。"

太子眼底一震，抬头见天帝气得面色铁青，给夜天汐在前拦着，身子微微颤抖。想起二十余年父恩深重，深悔自责，重重叩首痛声道："儿臣该死，请父皇保重……"

天帝恨铁不成钢，用手中宝剑指着他道："你……你是想气死朕才罢休！"

众人皆不敢妄言，只能从旁相劝，这时，殿外突然传来内侍惶惑的声音："参见太后！"

话音未落，太后已在卿尘的搀扶下踏入殿中："皇上，莫要伤了太子！"

卿尘抬眼往殿前看去，只见青石深冷，太子、夜天凌、夜天汐都一身狼狈跪在天帝面前。天帝手中三尺剑锋明晃晃指着太子，素来威严的面孔此时满是怒容，却看起来竟突然苍老了许多。

四周碎瓷遍地，乱作一片。内侍们匍匐四周，人人噤若寒蝉。

天帝见惊动了太后，更是恼意丛生："母后，夜深天寒，您何苦过来？"

太后看了看太子，道："哀家若是不来，皇上岂不要了太子的性命？"

天帝怒道："孽障东西，母后莫要袒护他。"

太后松开卿尘的手，握住天帝，慢慢道："太子乃一国之本，不护他护谁？我有话要和皇上说。卿尘，同凌儿一起将太子送到延熙宫，好生照看。其他人都回去，管好自己部属，莫让皇上再操心。"

几人虽得了太后吩咐，但天帝盛怒之下，谁也不敢动。

太后神情肃穆，深深看着天帝，那眼神仿佛波澜落尽后的瀚海深沉，极平静，却强有力地穿透人心，连天帝也被震慑住。

天帝无法违拗母亲，对跪了一地的人道："都给朕出去！今晚之事谁敢传出去半分，朕定不轻饶！"

卿尘和夜天凌扶了太子退出致远殿。太子身上布衣长衫被冷风吹得飘摇，见他两人都蹙眉不语，淡然一笑，反而先开口问道："鸾飞怎样了？"

卿尘面带忧色，沉吟道："我只能保住她性命，但人却昏睡着。"

太子痛声道："何时能醒来？"

卿尘沉默一下："不知道能不能醒过来。"

"什么？"太子声音骤紧，但随即黯然道，"如此也好。"

月上中天，在重重宫殿间投下一片幽深，映上太子的脸上有种不真实的苍白，而他立在风中的身影仿佛原本便是一抹月华，并不应属于这噬人的深宫，此时看来杳然而轻暗。

鸾飞即便醒来，也难逃天帝严惩，卿尘默默想着，问太子："殿下怎知鸾飞服下的是鸩毒？"

太子道："我和她出了宫便知早晚有此一日，这鸩毒备了两瓶，各存其一，只是没料到竟这么快就用上了。"

"那殿下这儿也有一瓶？"卿尘立刻问道。

太子轻轻笑了笑，点头，笑意索然。

卿尘道："能不能给我看看？若知药性，或许对鸾飞有帮助。"

太子默立片刻，自怀中取出一个同样的青玉瓷瓶。卿尘接过来拔开瓶塞仔细分辨，这瓶中所盛的确是鸩毒。她不敢交还太子，随手一翻，尽数倒在了宫苑花草之中："剧毒不祥，殿下莫要留在身上了。"

太子倒也未去阻止她，似是万念俱灰，无论何事都已无关紧要。

夜天凌皱眉道："大哥与鸾飞何以如此行事？此次父皇是动了真怒。"

太子不语，卿尘却低声道："鸾飞已有了近两个月的身孕。"

太子凛然看向卿尘。卿尘摇头："放心，我没有告诉任何人。"

太子深深地叹了口气，叹息声飘了开去，远远散落月色中，目光穿过琉璃金瓦高墙重重："鸾飞喜欢清静简单的日子，采菊东篱，放舟五湖，不想孩子再生在这红墙禁宫帝王家。"

卿尘反问道："鸾飞？殿下当真是为了鸾飞？"

太子笑了笑："或许也为了我自己。我自幼随在父皇身边，习圣贤礼仪之道，学经纬治国之方，迄今已有二十余年。众人看我风光无限艳羡不已，我却早已厌倦了宫中权谋疆土杀戮，即便不是鸾飞要走，这太子我也早不想再做了。"

身旁两人不想他竟说出这样一席话，半响，夜天凌缓缓道："有得必有失，这个道理想必大哥明白。我们生在皇族之中，既然享有常人不可企及的尊荣，便必定会有常人无法想象的付出，与其怨怼挣扎，不如顺其出路奋而直上，或许峰回路转反能登临绝顶。"

太子看着同样幽暗的月光，却在夜天凌侧脸上雕琢出冷峻和坚毅。眼前这个四弟，自幼便有开疆拓土的凌云壮志，十五岁起征战四合，领军不过十载，天朝疆域扩展十之有三。天朝军中兵员臃赘，人浮于事，唯他敢大胆裁汰，提拔寒门猛将，整治到兵强马壮；中枢历来腐败亏空，也唯他浊中独清，上书天帝请求彻查。或者只有这样的人才适合千古帝业，而不是自己。

他迎着月下清辉深深一笑，对夜天凌道："四弟，你的心，在安邦定国平天下；我的心，却只在那文史书稿中。你或可以不世伟业垂千古，我却只愿文华传百世。所以这帝王之家，你能进退自如，我却是苦苦挣扎，这是个人的命。"

夜天凌面如深湖，叫人看不出他那平静的眼底究竟是什么神色，只听他淡淡道："命虽天定，却亦由人，只看你和老天谁强些。"声音虽淡，却掷地铮然，似是带着不容抗拒的力量。

太子道："如今是天是命都无所谓了，我只想见见鸾飞。"

卿尘看向夜天凌，夜天凌若无其事地道："我去皇祖母寝宫看看。"转身离去，留下两人在原地。

卿尘望着他的背影微微一笑，面冷心热的人，太后寝宫有什么好看？她将太子带到鸾飞所在的至春阁："殿下请莫久待，我一会儿会回来。"

太子默立在鸾飞身边，苍白的手指抚过鸾飞如画细眉，眼底无限温柔，卿尘暗叹一声，掩门出去。

夜天凌负手站在太后寝宫殿前，望着窗外如水的月色，皎洁银光映在他脸上，格外的清冷。

卿尘静静地走至他身边，也未出声，两个人并立在这深旷大殿之中，各自寂静。

过了会儿，夜天凌问道："在想什么？"

"想那瓶药。"卿尘答道，"确实是鸩毒。"

"嗯。"夜天凌随口应道。

"太子手中的是鸩毒没错，但是鸾飞喝下的，却不是。"卿尘继续道。

夜天凌扭头看过来："不是鸩毒，那是什么？"

卿尘摇头："我还不能确定，但是如果猜对了的话，或许是江湖上一种被称作'离心奈何草'的药草熬成的汁液。"

"离心奈何草？"夜天凌重复了一遍。

"嗯，"卿尘道，"我曾看到医书上记载这种药，严格来说，这应该不算是毒药，人服下之后不会气绝，只会出现和死亡相同的症状，呼吸、心跳、脉搏、血压、体温甚至各器官的新陈代谢都达到一个极限低度，不仔细分辨是会被误认为死亡。嗯……这可能是一种深度麻醉剂也说不定。"卿尘说着看了夜天凌一眼，见他因这些奇怪用词皱起眉头，忙道，"简单说，就是一种使人假死的药。"

夜天凌微微点头，卿尘继续道："鸾飞和太子手中其实是不同的药，若是确如太子所言，他两人早有一同赴死的准备，那么当两瓶药喝下去，你说会是什么情形？"

夜天凌黑瞳微微一收，精光轻闪。

卿尘又道："我虽对鸾飞这个妹妹了解不深，但有两点我可以肯定，其一，以她的性情，说她有翻覆朝政的心思我信，说她向往采菊东篱泛舟五湖……"她轻笑了一下，"此言差矣！其二……凤氏满门深以家族为荣，族中利益高于一切，鸾飞会做出这种可能使凤家获罪之事，我不解。"

夜天凌看着她清秀的玉容，淡淡问道："还有呢？"

卿尘对他一笑："你不觉得御林军十分古怪吗？"

夜天凌冷哼一声："忠心护主，言过其实，不知是护主还是火上浇油。"

"说得是。"卿尘笑，眼中掠过一抹月光清澈，"太子私自出宫，禁军侍卫不加阻拦反而借护主之由和京畿司冲突，将事情闹大，无异于火上浇油。再者，太子出宫必定极其隐秘，为何无论是陛下还是御林军，消息都这么灵通？"

夜天凌道："父皇知道太子出宫，是鸾飞的贴身侍女锦书深夜到致远殿告密，才泄露出去的。"

"锦书？"卿尘意外地道，"呵，事情似乎变得有趣了。"

夜天凌侧头不语，盯住她扬眉浅笑的模样。卿尘见他半天没有动静，眼波一抬："怎么了？"

月色穿过雕花木窗静洒一地，明明暗暗，落影点点，整个寝宫寂静无比。夜天凌收回目光重新投向窗外："为何告诉我这些？"

卿尘道："需要原因吗？"

夜天凌声音清冷："你方才所说的任意一样，都足以让凤家遭获诛族之罪，别说鸾飞，你自己性命都可能不保，此事你不说出来谁人又会知道？为何要告诉我这些？"

月光在卿尘脸上投下一层若有若无的轻纱，潜静而柔美。她长长睫毛投下的阴影微微一动，丹唇轻启："不为什么，只因你是夜天凌，而我，是我。"

夜天凌道："你不怕我如实禀告父皇，自己一并获罪？"

卿尘笑："你会吗？"

夜天凌嘴角微挑："或许会。"

卿尘点头，笑靥依旧："那我已经说了，话也收不回来，如今便只能听凭凌王殿下处置了。"

夜天凌终于一笑出声，虽然听起来还是那样冷冷淡淡，但却如同风过流水破开长河寒冻，叫人格外记忆深刻，但也只是一瞬间，笑意逝去，他低头嘱咐道："不要再对任何人提此事，宫廷之中不比外面。"

卿尘点头："放心，我知道分寸。"

夜天凌道："去请太子殿下回来吧，久恐惊动他人，要父皇知道了平添麻烦。"

"好。"卿尘向门口走了几步，突然回身站住，"四哥，我能信任你吗？"

夜天凌剑眉轻挑："这个问题似乎应该你自己去回答。"

站在高大的台阶边缘，夜风吹动卿尘衣袍上镶边的雪白貂毛，簇拥着她清秀的脸庞，她笑了笑又问："那么，你是不是能像当初在跃马桥一样相信我？"

夜天凌顿了一顿，只回答了一个字："能。"

听他一字落地，卿尘凤目之中浮起一点清丽的光彩："那么游戏真正开始了，也是时候带你去见一个人了。"说完她微笑着转身向偏殿走去，长发随风轻轻散开，映在夜天凌眼中，似是张开了一张柔柔的丝网，转眼与那黑瞳融为一体沉没在幽深的眼底，无声无息。

第三十六章 风云凌肆银枪冷

雪轻，深寒，整个宫中清静得叫人不安。内侍宫娥低头垂目匆匆来去，似乎生怕惹祸上身一般，人人谨言慎行。

太子和鸾飞之事不胫而走，一夜之间竟传遍天都，官民朝野无人不知。天帝对此大为震怒，翌日禁中降旨，将太子囚禁松雨台闭门思过，凤鸾飞革修仪职，出族籍，因着太后发话，所以并未送进大牢，暂押延熙宫。

凤衍出使在外，大公子凤京书代父请罪，天帝免了凤衍太子太保衔，罚俸一年。原禁军统领张束官贬沧州，凌王暂领禁军，着吏部速拟修仪及禁军统领人选报呈圣阅。

卿尘坐在遥春阁的玉阶上，十一来寻她，一身朝服尚未脱，却是早朝此时方散。

"凤家虽出了事，你也别着急，父皇该不会过于迁怒。"十一见她独自发呆，在她身边坐下，安慰道。

卿尘淡淡一笑："凤家在朝中根基深厚，不是少了一个鸾飞便能动摇的。"

十一见她脸上毫无忧色，奇怪道："是亲不是亲，总也有三分亲，何况怎么看你也有八分是凤相的女儿，却如何一点儿也不操心父兄姐妹，难道真的是弄错了？"

卿尘自不会告诉他自己这个"女儿"是鬼使神差，只道："亲不亲也未必全由血缘而定，何况我本便是这般无情，他人生死荣辱与我何干？"

十一摇头轻笑，道："你不去求皇祖母，鸾飞能这么好命留在延熙宫？怕是此时早在大牢里了。"

卿尘被说中，抿嘴瞥了他一眼："谁说是我求太后了？"

十一道："不是你还会是谁？"他随手捞起一块碎石掂了掂丢开老远，"可惜了太子殿下和鸾飞，若能忍这一时，何至如此？"

卿尘看着殿宇重重的禁宫，情之迷人惑人，躲不得，挣不开，一旦陷入其中，水可为火，火可成冰，人人难过一个情关。

想起太子平日温和大度，不禁深深惋惜。为何这样的人遇到的不是别人，偏是鸾飞。她将脸贴在膝上，扭头对十一道："忍一时得一世天下，却不见得人人能忍。也只有忍的时候失去了些什么，老天才让你得到另一些罢了。"

十一打量她道："怎么突然多愁善感起来？"

卿尘笑了笑，方要说什么，见十一的侍卫远远地寻了过来，便道："找你了，怕是有事。"

十一看那侍卫跑得甚急，问道："什么事慌慌张张？"

那侍卫俯身施礼："殿下，凌王殿下动手整治禁军，内廷校场那边现在热闹得很，殿下不去看看？"

十一知他们这些宫外侍卫素来看不惯御林军趾高气扬的模样，私下里不知闹过多少官司，不由笑骂道："幸灾乐祸！"

那侍卫笑道："殿下平常不是也说他们不务正业吗？这下凌王殿下去了内廷校场，他们有得受了。方才听说他们想给凌王殿下来个下马威，校场集合，十成只到了不足三成，都窝在营中自顾自午休，却被玄甲侍卫冷水泼了御林军营，全轰了出来。眼下凌王殿下正在校场和方卓比箭呢。"

御林军平日除了巡防禁宫护卫皇家亲贵以外，并无其他职责。但因是御林亲卫，不但俸禄丰厚，地位官职也高于其他将士，是以士族名门多将子侄充塞进御林军中。如此长久下来，御林军中多是门阀贵子，常常混迹天都斗鸡走狗，打架斗殴惹是生非，天帝虽数次整饬却收效甚微。此次天帝将御林军交到夜天凌手中，也是知他治军严厉冷面无私，欲要借机修整这些纨绔子弟，果真一上来便让御林军吃了个大亏。

十一起身笑道："走，看看去。"又问卿尘，"去不去？"

卿尘左右无事，便道："那便去看看好了。"

内廷校场在禁宫外城，穿过奉天门便是。十一和卿尘到那儿时，除了正在当值的以外，数千御林军已然集齐，几乎将整个校场围得水泄不通。四周远远近近尚有许多仕女宫人驻足，聚在一起观看。

卿尘和十一一看那场内，偌大的校场尽头远远立了十个红靶，离红靶近两百步的空地上，两人双骑，手挽劲弓，箭影激射，正一番龙争虎斗。

卿尘见了风驰，便知身着玄色衮龙朝服的那个是夜天凌。而另一个虎背熊腰的，问过十一方知道，乃是定国老将军膝下长孙方卓，现领御林军副统领之职。此人虽出身权贵，平日目中无人骄横气盛，但将门虎子，一身武艺却是真材实料，是御林军中数一数二的好手。

夜天凌和方卓纵马交错奔驰场中，满天飞尘随风激荡。方卓向远处红靶心频频出箭，夜天凌总有一箭凌厉射至，目标却是方卓的箭。两人每对一箭，四周急怒惊叹，闹哄哄一片喧哗，尘土飞扬中地上已落了数十支长箭。

十一对身旁侍卫问道："这是怎么个说法？"

侍卫躬身道："凌王殿下让方卓在校场之内任射靶心，一百箭内只要有一箭射中，他即刻请皇上收回代管御林军之命。"

卿尘凝神看向校场，见夜天凌为挫方卓锐气，非但让他挨不到靶心，更是每箭一出必将方卓长箭一折两段，无论方卓如何闪避，总是能后发先至绝无落空。

只这一会儿两人又有十数支箭出手，方卓杀得性起，全然不顾面前是何人，猛喝一声，竟双箭离弦，照夜天凌当面射去。

卿尘心中一紧，围观仕女们已是娇呼迭起，莺声燕语更添混乱。

却见夜天凌马速不减反增，不躲不闪抬手箭出快如闪电，交睫瞬间，半空中四箭利芒交击，迸出数道白光。

两人同时回手摸箭，却都掏了个空，原来已是最后两箭。

方卓虎目棱威，策马反身，弯腰而下将落在地上的两支羽箭一把抄起，却忽然听得周围哗然一片。

抬头一看，夜天凌手中竟已有一双长箭搭于弓上，对准他身前要害。

他动作虽快，夜天凌却比他更快，何况座下赤鬃马也不及风驰，自然落了下风，遂愤愤道："殿下无非仗着马快。"

夜天凌冷冷一笑："你若驾驭得了风驰，本王拱手让你无妨。"

风驰之烈天下皆知，方卓再怎样也不会自寻无趣。他其实早已人疲马倦，却仍旧倔强地和夜天凌对峙。

夜天凌面无表情，问道："服是不服？"

方卓拒不作声，满脸硬气。

夜天凌黑瞳微微收缩，缓缓撤臂拉弓，随着长弓受力发出的摩擦声，原本激动的场中一点一点安静下来，取而代之的是一种叫人窒息的杀气。

十一剑眉深蹙："方卓虽以下犯上，杀了怕也麻烦。"

周围陷入死一般的寂静，似乎连风声也被冻结在半空，就在众人被这浓重的杀气折磨得几乎难以承受时，卿尘看到夜天凌刀削般的嘴角微微一挑，一双羽箭应手而出，两道灼目的寒光自方卓脸旁呼啸而过，风驰电掣般奔向红靶，在众人的一片惊呼声中，同时命中百步之外的靶心。

远处仕女宫娥顿时纷纷喝彩，一片崇拜仰慕。再看场中，方卓虽毫发无伤却已愣在当场，夜天凌迎风立马，长弓一丢反手将马后银枪握在手中，斜指御林军："哪个不服便放马过来，身在军中就拿出男儿大丈夫的模样，你们平日滋事哄闹的本事呢？"

男人和男人交往，军人和军人说话，往往拳头是最直接有效的途径。

御林军中有人喊道:"殿下千金之躯,若有个闪失,谁敢担当?"

夜天凌傲然道:"秦展,你伤得了本王再说大话。"说话的正是另一个副统领,工部侍郎秦敬天之子秦展。

御林军士早被激得血性汹涌。秦展和方卓对视一眼,不知是谁先动手,十数名御林军士擎枪提剑冲出,霎时间便在场中结成一片刀影剑网,迎面向着夜天凌罩来。

夜天凌不待他们近前,策马前冲,反手一枪便将追来的方卓劈退数步,手中银枪如怒龙回身横空出世,当前遭遇的两名御林军已被震飞出去,点点枪花到处必有人狼狈退下。

一众御林军中,白马矫腾枪影横空,银光飙射挡者披靡,所到之处尽是人仰马翻,混战一片。

卿尘目不转睛地随着千百人中那个挺拔坚毅的身影,只觉霸气凛然,满场弥漫的无情杀气,几乎将呼吸也慑住。

不过一盏茶工夫,夜天凌长枪所至,御林军扑倒摔跌,滚翻一地,就似夜天凌以银枪画了一个完美的圆,在他掌控的范围内,没有人能再站着说话。

呻吟痛呼声中,后面的御林军看着这骇人场面,竟无人再敢上前。

好在夜天凌不欲伤人,下手极有分寸,多数只是以力打力重击对手,或者断其兵刃,即便见血也不算严重。扑倒在地的御林军东倒西歪勉强爬起来,人人心中震慑,先前不可一世的骄狂早被凌迟粉碎。

只有亲身领教方知何为千军万马如入无人之境,凌王之所以战无不胜,绝非凭空吹嘘。花拳绣腿的御林军和沙场百战而回的铁血峥嵘相比,顿时成了绣花枕头,不堪一击。

所有人都远远看着校场中心,还是那冷然神色,还是那卓然英姿。如此激烈的厮杀中,凌王一身玄色衮龙朝服肃然静垂,竟连半分血色也未沾染,星眸睥睨,傲视马下,风华狂肆。周身方圆之地,仿佛化出一片修罗战场,魑魅魍魉在他清冷的俯视下号哭挣扎,却不能使他有丝毫动容。

方卓、秦展弃剑跪倒:"末将服了,愿从凌王殿下调遣!"

他们一跪,御林军无人再支撑得住,数千人俯身行军礼,齐道:"愿从凌王殿下调遣!"

夜天凌冷冷看着跪了一片的御林军,回枪马上:"方卓、秦展整顿军容,还能站着的都到校场台前集合。"说罢,缰绳一抖,风驰掉转马步先往高台去了。

下面御林军动作倒还迅速,除了少数带了伤的军士被送去医治外,大都集合到齐。

夜天凌扫视了一下这令人皱眉的军容,肃声道:"御林军跟本王一日,就少在外面给本王丢脸。即日起,凡当值擅离职守、集训缺席迟到或不得军令随意行动、闲暇时在京中闹事游手好闲的，无论是谁，皆以去军籍论处。若有人想以身试法，不妨就试试看。"

他这番话远远传去，就连站在最后的军士也听得清清楚楚，御林军中这些陋习已久，不禁人人大叹倒霉。夜天凌仿佛充耳不闻，继续道："今日尔等无视军纪以下犯上，方卓、秦展，带全体御林军即刻绕校场快跑五十圈。"

众军士顿时哗然，叫苦连天，夜天凌眼中一冷："一百圈。"众人大惊而呼。

"一百五十。"语气决然，掷地有声，毫无转圜余地。

场内安静了大半，但毕竟还有人埋怨出声，方卓、秦展两人也算机灵，不待夜天凌"二百"两字出口，急忙俯身领命："末将遵命，甘愿受罚。"

夜天凌看了看他们："一百五十圈，跑不下来便自己脱了军服回家，本王军中不要废物。卫长征！"

卫长征立刻上前一步："末将在！"

夜天凌道："带人看着，若有一人少跑一圈，全体再加五十。"

卫长征道："遵令！"

卿尘不由得微微扬唇，突然却看到校场对面有个熟悉的身影随着另一人离开，竟是内侍省监孙仕。那他身前之人，自然便是天帝，不知为何只远远地看，却不过来，夜天凌这一番狠手整治御林军，不知天帝又会是什么想法。

第三十七章 宫闱娇枝不堪俏

宫中近日因太子之事沉闷无比，地处楚堰江畔的裳乐坊却依旧是丝竹声声，轻歌曼舞，觥筹交错，宾客如鲫。

临窗一带隔着镶金屏风，是极好的位置。四周银炭添香，暖意融融地散发着木芙蓉的香气。司酒的少年不过十二三岁，口齿伶俐："蜜汁脆鸽、翡翠金丝、白玉双黄、龙井虾仁，再加一道合时令的汤，郡主今天不尝尝我们的红柳羊肉和馕包肉？滋味很是不错。"

卿尘问道："这是什么新菜？"

眉清目秀的少年笑答道："这红柳羊肉是新近自胡地传过来的菜，单是味道独特不说，而且无论怎么烹制都是皮肉相连，绝不分离，因此得了个别名叫'红柳鸳鸯'。馕包肉外焦里嫩，入口酥脆，细品滑软，也是叫人回味无穷。"

卿尘道："还有这种说法？听起来倒不错，便都要吧。"说话间门口已有乐女娇柔的声音传来，"十一殿下、十二殿下！"

十一和夜天漓一同进来，卿尘下意识往他们身后看去，十一对她挑挑眉梢："四哥有事耽搁了，一会儿自己过来。"

卿尘对他那调侃的语气似笑非笑的神情早已刀枪不入，立刻收敛目光，给他来个见怪不怪，其怪自败。十一见她故意不在乎的模样，忍不住心中偷笑。

夜天漓大大咧咧于案前落座，吩咐道："上次的酒不错，今天还是那个。"说罢扭头往窗外看了看："呵，天舞醉坊又这么热闹。"

裳乐坊对面便是天舞醉坊，现在门前高台之上正集了坊间所有胡女在练舞，一小段《破阵乐》演练完毕，众胡女腰肢妖娆裙袂摇曳，纷纷入了坊内，尚不忘对周围众多观者抛去媚眼。司酒在旁道："天舞醉坊如今每天都在门前演练歌舞，时间倒不长，就那么一会儿，便把客人们引得纷纷而至，白日还好，到了晚上慕名而去的岂止千百。"

夜天漓道:"如今伊歌城里怕没有哪家歌坊能有如此盛况,先前因故被查封,还道它就此一蹶不振了,谁想这里竟是块宝地,又一番风生水起。"

十一笑道:"这经营的人精明,哪里都是宝地。天舞醉坊光是敢用胡女胡歌就已经够惹眼,又像这般不断弄些新鲜玩意儿出来,如此花样百出吸引众人,不红火也难。"

卿尘抿嘴笑了笑,十一他们虽都知道她和四面楼有瓜葛,于天舞醉坊却一无所知。自从入宫之后,她已很少过问歌舞坊的经营,全权交由谢经理,所以也不多提。

"七殿下!"身边司酒忽然麻利地行了个礼,几人扭头一看,白袍如月,玉树临风,夜天湛正闻声微笑着往这边看来,他身边没带随从,倒是和殷采情一起,笑道:"今天倒巧了,你们也在这儿。"

夜天漓招呼道:"七哥,这边坐!"

夜天湛在案前落座,看了看面前已经端上来的菜,问道:"怎么好像差一道蜜汁脆鸽?"

卿尘轻咳一声:"不会是所有人都知道我爱吃这个了吧?"

十一笑道:"都知你嘴馋。"

殷采情虽坐在卿尘身边,却显然不甚喜欢这样的安排。自从知道卿尘是凤家的人之后,她以前对卿尘的亲热便越来越淡,发生了太子之事后便简直是敌视了,此时看起来十分不悦,只在旁闷闷地听着几人说笑。

司酒捧上酒盏后,便退了下去,夜天湛见卿尘倒了酒在盏中,抬手挡了挡,道:"你不能喝酒,还是算了。"

卿尘道:"只是应个景,你们喝你们的,别管我。"

夜天湛笑着收回手,突然听到殷采情不冷不热说了句:"凤家现在说不定便喜事临门,是应该喝两杯庆祝一下。"

这话显然是冲着卿尘说的,卿尘微怔:"此话怎讲?"

殷采情道:"凤鸾飞一旦成了太子妃,凤家百尺竿头更进一步,不是喜事吗?"

这话一出口,夜天湛沉声喝道:"采情!"

殷采情哼了一声:"我说得不对吗?太子妃这几天形容憔悴,哭得泪人一样,还不都是因为凤鸾飞勾引太子殿下!"

卿尘纤眉微挑,殷采情和太子妃一向交好,如今是将对鸾飞的气撒到了她这儿了,淡淡道:"这种事情向来是两相情愿才行,若有一人无心,便也到不了这个地步。"

殷采情杏目生寒:"那也是凤鸾飞先不检点,上次射花令的时候,凭她的骑术,难道还躲不开那支箭?她明明是故意落马,招惹太子殿下救她。后来又前后陪太子殿下宣御医看伤,嘘寒问暖,太子殿下自有太子妃照顾,她献什么殷勤?"

那日的事其实是有些蹊跷,卿尘微微蹙眉。夜天湛看向殷采情,语气不悦:"胡说些什么？还不道歉！"殷采倩见他神情中隐含警告，慑于他目光的压力，一时没再开口，但道歉亦是绝不可能，只满是敌意地看着卿尘。

"采倩。"夜天湛淡淡提醒她。

殷采倩恼道："湛哥哥你为何护着她！凤家向来靠的便是这些手段，你难道不比我更清楚？我又没有说错！"

夜天湛俊雅的眸子不易察觉地微微一挑，卿尘见状心中一惊，忙对他摆手，笑道："好了好了，我们不说别人的事，各自能管好自己便行了。"

谁知殷采倩咄咄逼人地道："哦？那不知你自己看中的又是哪根高枝？可莫要像上次在延熙宫一样选错了人！"

她此言显然指的是上次太后寿筵，凌王当众拒婚之事。话一出口，夜天湛看着她的眼神遽然严厉，十一和夜天漓尽皆色变，恼她出言不逊。

卿尘不愿当众生事，抬眼看了看她，强压下心中不悦，轻描淡写地道："我对所谓高枝不感兴趣，也不想被庇护于他人荫下。当初延熙宫中是太后娘娘的懿旨，你的意思是太后娘娘不对吗？"这番话不软不硬不卑不亢，殷采倩被堵得愣愕，想张口反驳，抬头间脸上表情忽然一僵，话到了嘴边竟生生收回。

几人顺着她目光看去，只见夜天凌不知何时已经到了，青衫寒峭，正冷冷站在身后看着他们，显然已听到了方才的对话。

十一等忙起身招呼，想要缓解尴尬的局面。夜天凌在案前坐下，目光在殷采倩面上一停。殷采倩心中微凛，轻声叫道："四殿下。"却见他已看向卿尘，原本沉冷的黑眸几不可察地泛出一丝异样，便如同海底微澜，一波之后便在浩瀚深处无影无踪地隐去，没有留下半分痕迹。然而她凭着女子的敏感切实地感到了这一点，心底更加不快。

夜天漓此时笑道："好了，四哥来了，让他们上红柳羊肉，看看到底是不是说的那样。"

十一亦亲手斟酒："那道蜜汁脆鸽怎么还不来？有人怕是等急了吧。"

卿尘看着夜天凌的脸色，暗思糟糕，殷采倩若再当着他的面言语无状，便真不好收拾了，忙道："不急，先尝尝这个馕包肉，据说味道也很不错。"

殷采倩玉齿细牙紧咬着嘴唇，极力抑着脾气。夜天湛眼底已恢复平静，微笑着敬了盏酒，翩翩风仪依旧无懈可击，然后起身道："四哥，我府中还有事，先走一步。采倩，跟我回府。"

他温文的语气中带着不可抗拒的命令，殷采倩一时冲动后其实已有些后悔，但要道歉面子上却过不去，左右不是，猛地站起来，甩手先出了裳乐坊。夜天湛未加理睬，回头对卿尘道："抱歉。"

卿尘淡淡笑道："到此为止。"话如此说，便是让夜天湛回府亦不要责怪殷采倩了。殷采倩虽说冲动了点儿，但其实的确没有说错，事实上鸾飞不仅仅是勾引太子，更是蓄谋陷害，被人责备两句也是自作自受。她无论如何在人眼中都是凤家的人，宫里宫外此时冷眼看着的不知还有多少呢。

夜天湛深深看了她一瞬，微微点头，先行离开。

如此一来大为扫兴，案前红柳羊肉虽烤得浓香四溢，卿尘亦面上毫不在意先前之事，气氛却始终有点儿沉闷，就连夜天漓也只是略说笑了几句便似没了兴致。夜天凌向来少言寡语，卿尘说了句话，十一和夜天漓也答得漫不经心，她抬眸看看他们，心思轻转，突然将筷子一丢："不吃了！"说罢便要站起来走人。

十一急忙将她拦住："怎么，还真恼了？"

卿尘紧着眉头道："真没意思，我不恼你们还非得把人逼恼才作罢，都闷着不说话，各自回去算了！宫里规矩再多，也好过在这儿看你们脸色。"

十一笑道："这是什么话，谁给你脸色看了？我是突然想起母妃交代了件事还没去办，这事不能耽搁，十二弟，和我一起去，咱们快去快回。"说罢竟不由分说将夜天漓拉了便走。

夜天漓随他到了门口停下来回头看，笑道："十一哥，卿尘和四哥……"

十一道："如你所见。"

夜天漓颇带兴味地说："再加上七哥那边，这官司有得打了。"

十一笑了笑："卿尘是个明白人，乱不了。"

夜天漓没大没小攀了他的肩头，指着对面："走走走，我请你到对面消遣去。呵，这丫头还会发脾气，真想回去看看四哥怎么办呢。"

第三十八章 路漫漫其修远兮

卿尘没料到人一下子都走光，有些哭笑不得地站在原地，回头去看夜天凌，夜天凌见她站着不动，抬头道："坐。"

没人了，或笑或气，忽然懒得再遮掩下去，卿尘换了副极真实的表情，没有表情。她靠在案前用筷子去夹眼前的红柳羊肉，鲜肥的羊肉串在纤细的红柳钎子上尚有余温，果然牵牵连连，肉皮不分离，每一块都是。她有一下没一下地轻轻扯着，想从钎子上将羊肉褪下，眼前突然伸来双象牙筷子，帮她一压，她沿着那月白的筷身上修长的手指往上看去，便对上了夜天凌清冷的眼眸。

其实并没心思吃东西，卿尘收回手，夜天凌道："我没想到这么久了还会有人拿那件事说话。"

卿尘倒满不在乎地笑了笑，想当初宫里议论得还少吗？再加上如今鸾飞的事，看凤家不顺眼的说几句话是客气："他们要说便说，听多了也就习惯了。明枪易躲暗箭难防，当面说出来的反比那些暗地里落井下石的要好。"

夜天凌淡淡道："流言蜚语最是伤人，更甚刀剑，有时候即便听多了也习惯不了。"

卿尘心中微微一动，因着莲妃的原因，夜天凌同其他皇子颇有些不同，想必自幼一些别有用心的言辞没有少听。她扬了扬眉，不以为然地道："区区几句话算什么？又不是他们说说便会怎样，若在乎了，反而称了他们的意。"

夜天凌唇角忽然轻轻一弯，卿尘觉得他神情转变的刹那似是告诉她听懂了她的话，明白她指的是什么并且报以微笑。那种被了解，亦发现看透你的人打开了一扇门并不对你掩饰心绪的感觉如此奇妙，似乎在两两相望的凝视中一切距离都已消失，却有炙热的感觉在其中悄悄燃烧起来，点点夺目如星辰，照亮了心底每一个角落。

她便笑道："反正该发生的事情已经发生了，之前的谁也改变不了，悠悠众口，权当消遣。"

"之前的事情虽然已不能改变，但却也可以在以后的事情上让那些人闭嘴。"夜天凌道。

"怎么说？"卿尘问。

夜天凌眸中不经意的柔和落于她脸上，想了想，道："变得和这红柳羊肉一样。"

卿尘却没有想过话中的意思："红柳羊肉？吃起来有木枝的清香，无论怎样做都相连一处，永不……"她一下子停住，十分惊异地看夜天凌，夜天凌道："永不什么？"

卿尘脸上忽地烧起一层红云，再无法面对着他的注视，那黑亮的眼睛将人彻彻底底看在其中，即便避开，仍能感觉到他目光的温度，灼人心扉。她垂下眼帘，默然吃惊，永不分离？话到了嘴边，却无论如何也说不出。

便在此时，夜天凌轻声道："永不分离。"

卿尘大窘，一下子站起来："该，该回宫了。"说罢匆匆便走。夜天凌眉宇间尽是笑意，亦不多言，陪她往外走去。

路上卿尘偶尔悄眼看去，见夜天凌在旁意态闲适，缓缓策马而行，在她看来时漫不经心地扭头，深眸之中带着询问的淡笑。

卿尘急忙收回目光，正有些神思不属，无意瞥到有个身着胡服的女子匆匆进了一家歌舞坊。她觉得眼熟，只往那个方向看去，却听到夜天凌问："牧原堂的善堂为何突然关了？"

卿尘沿着他的目光转头，牧原堂前围着不少求医之人，临近的善堂大门紧锁，屋檐下瑟缩着几个衣衫褴褛的乞丐，其中一个不过七八岁的孩子正眼巴巴地看向这边，那清亮的眼睛看得人心头滋味难言。

这一年时间，她命谢经、素娘等悉心经营四面楼与天舞醉坊，同时孤注一掷，调用了冥衣楼所有剩余资金，迅速吞并伊歌城中其他歌舞坊。或联合，或买断，逐步将伊歌城大部分歌舞坊生意笼络下来，形成了一股强大的垄断势力。起初也做得十分艰难，后来步步为营，精打细算，终于替冥衣楼重新建立起稳固的财源基础。只是经过此次事件，冥衣楼元气大伤，还不能承担善堂这样的消耗。

卿尘叹了口气，道："冥衣楼因冥赦的事出了些状况，再过段时间，我一定会有法子重开善堂。"

夜天凌勒住马缰，抬头打量牌匾上所书"济世救人"四个大字，道："你让谢经来我府上，需要多少银子给我个数。"

卿尘有些讶异："你这是……"

夜天凌道："一个善堂不过是举手之劳。"

卿尘笑说："做王爷果然有钱，但一时善事易做，一世善事难为。"

夜天凌却淡淡道："空施救济，这种善事便是做一世也做不完，不如令这天下用得着善堂的人越来越少才好。"

卿尘品味他话中含义，不由笑了："四哥把这游戏的好处留给了别人，又可想过，可能自己会失去什么？又可有面对路途险恶的准备？"

夜天凌唇角孤峭地挑了挑，很简单地说了一个字："有。"

卿尘点头，沉思一会儿，道："之前我说过要带你见一个人，四哥可愿陪我去一趟四面楼？"

夜天凌并不急着问是什么人，点头道："好。"

第三十九章 吾将上下而求索

卿尘请夜天凌从四面楼正门而入，先到小兰亭稍候，她则回以前的房间换了男装，叫来谢经吩咐一句，让他去请莫不平。

谢经应命去了，卿尘独自站在房中，案后屏风前放着那把古剑"浮翲"。这把剑现在本应是她随身之物，但出入宫中多有不便，便一直放在四面楼。她抬手握住剑身，轻轻抽剑出鞘，剑如秋水，其锋清利，然而却丝毫没有寒意和血腥，淡淡地，一泓浮光呈现于眼前。

卿尘指尖缓缓划过剑身，触手处如拂清流，同归离剑之刚烈自有不同。得归离者，得天下，然而天下的另一半秘密却系于这浮翲剑，她抚剑沉吟，若有所思。

"属下见过凤主。"莫不平的声音在身后响起，卿尘回头道："莫先生，我在想一柄剑无论怎样神奇，也需要有个好主人才行，有时候，剑是因其主人而锋利。"

莫不平道："凤主所言甚是，便如这浮翲剑空置数十年，如今在凤主手中，方有出鞘之日。"

卿尘笑了笑："归离剑同样如此。"听到归离剑的字样，莫不平老眼一抬。

卿尘轻振剑身，一抹寒光乍现，她扬眸笑道："我已为冥衣楼做了两件事，按道理，还有第三件没做。"

莫不平道："请凤主示下。"

卿尘归剑入鞘道："你可知太子出事了？"

莫不平道："太子一事如今在天都已是谣言纷纭，想不听说也难。"

卿尘冷笑道："真是好手段呢！那边陛下严禁泄露，这边却早已人尽皆知。这或许就是你说的天意吧，凌王现在小兰亭，你不妨去见一见。"

"哦？"莫不平道，"凤主的意思是……"

卿尘道："太子之位已不是有没有人保、保不保得住的问题，而是他自己已没了这份心。"

莫不平很快领会到卿尘话中之意，眼中精光一闪："凤主！"

卿尘神色清明："倘若不是凌王，先帝便早已断了血脉，除非冥衣楼就此罢手退出江湖，否则便只能择良木而栖，辅佐明主。"

莫不平道："凤主是为冥衣楼这把剑选了主子。"

卿尘道："莫先生以为如何？"

莫不平手捻五柳须眯起眼睛："凤主好眼力，天朝这半壁江山本就是凌王打下的。"

卿尘眼中光彩淡淡："他是先帝的血脉。"

莫不平亦道："自然，也不可能再有第二人。"

卿尘一笑，和莫不平说话还真是省心，一点就透，与其说是她选择了凌王，何不说是莫不平，甚至冥衣楼也选择了凌王？

事实亦的确如此，冥衣楼所寻找的那缕血脉，凌王是唯一一个存在可能性的人，是与不是，他是唯一的也是最好的选择。方才几句话，不过是卿尘和莫不平达成了绝对默契的共识。

莫不平有些感慨地道："天星变幻，朝局更迭，冥冥宿命，已然天定。"

卿尘问道："莫先生可有想过自己的天命？"

莫不平笑道："既然是定数，思之无用。"

卿尘神情清远，道："凌王有句话说得好，即便真有天命，只要是他想做，也必逆天而行。"

莫不平若有所思地看了她一眼，转而望着窗外楚堰江，悠然道："真假天命，说不得还要看凤主。"

"哦？"卿尘颇有些意外。

莫不平道："帝星已动，一切尽在人事。"

卿尘手按窗沿，看远远的天色阴沉了下来，风中隐约带了雨意，便道："那先生就莫让凌王久等了。"

推门进去，兰香淡淡，夜天凌正站在屋中看卿尘以前写的那幅字，闻声扭头，见卿尘又是一身男装打扮，再一见莫不平，显然非常意外："莫先生？"

莫不平微笑道："见过殿下。"

兰玘、兰珞在旁见到卿尘，当真喜出望外，抢上前来："公子，你可回来了！"

卿尘对她两人展颜一笑，风流倜傥当真像个翩翩公子哥，对莫不平和夜天凌道："你们慢谈，我还有事找谢经。"说罢左拥右抱，将兰玘和兰珞带了出去。

带着兰玘和兰珞楼上楼下看了看，姑娘们听说公子回来，莺莺燕燕都聚到了堂前，又是说又是笑，立刻将卿尘团团围住。

兰玘道："公子一出门就是好久，可算盼回来了！"

卿尘笑嘻嘻问道："想我了？"

兰玘脸一红，小声道："想有什么用？"

卿尘心中闪过个怪异的念头，想起自己现在着了男装，便不再逗她们，喝了口兰璐奉上来的茶，突然问道："上次给你们出的对子，这么久了还没想出来？"

兰珞道："想出几个下联，可公子总是忙，来去匆匆的都没有机会说，我们还道公子早忘了呢。"

卿尘抚了抚额头，道："我记着呢，说说看，对了什么下联？"

兰珞道："别的都不好，只一个还勉强，公子的上联是，日出月进云多少，我们对了一个，山上水下雾几何。"

卿尘闭目琢磨一会儿，道："不甚工整。"

兰玘跺脚道："这已经是最好的一联，我们实在不成了，公子快告诉我们下联吧。"

卿尘抬眸看她们都满是好奇，扬唇一笑，慢悠悠道："其实……出对子的时候，这个下联我自己也没想出来。"

"哎呀！"兰玘、兰珞她们都不依了，"公子故意戏弄我们！不行！"

卿尘笑着摇头，目光落向小兰亭，唇边的笑淡淡一缓，道："不过巧得很，方才在外面却突然想到了一个下联，还算马马虎虎。"

兰玘催道："公子快说。"

卿尘轻舒了口气："天南地北道东西。"

姑娘们听了各自思想，兰珞道："嗯，这比我们那个好多了，以天南地北大路通天的景对日出月进云影浮沉，以天高地阔的遥远对日月交替的变迁，最后下面隐的意思，公子是说那些流言蜚语吧？"

"还是兰珞聪明。"卿尘道，见谢经不知何时已来到前庭，正笑着看她们说话，"都先各自回房去吧，我和谢兄有话说。"

大家虽依依不舍，但都乖巧地告退散去，谢经笑道："你一回来四面楼便格外热闹。"

卿尘叹了口气："当初在这儿那段日子最是自在，又不无聊，又没心事。"

谢经道："那会儿张罗四面楼和天舞醉坊，也没少操心吧。"

"那不一样，"卿尘道，"小巫见大巫。"

她见谢经将近来的账目递上前，摇头道："我不看，你清楚便行了。"

谢经道："冥赦前车之鉴不远，你竟这么放心？"

卿尘微笑道："用人不疑，疑人不用，我自信还有这个看人的眼力，再说，若连你都不可信，冥衣楼中我还信谁？"

谢经呵呵一笑道："话听起来像是有些道理，你这么一说，我怎么好意思让你失望。"

卿尘道："凡事稳扎稳打，并不着急，不过当前有两件事要即刻办。"

谢经道："你说。"

卿尘道："有种叫'离心奈何草'的药，只有汝阳宫家有种植，要冥执亲自去一趟汝阳，我想知道近段时间什么人从宫家得到了这种药，还有，这些人中有没有人和凤鸾飞接触过。"

"凤鸾飞？"谢经奇怪地道，"凤家三小姐？"

"不错。"卿尘确定道，"第二件事，挑选一批人，务必忠诚伶俐，我会慢慢安排他们进宫进府，以后或许会需要。"

谢经看了看楼上，问道："凌王殿下来了？"

"嗯。"卿尘道，"往后便不那么轻松了。"

"知道了。"谢经道，"我会尽力，事情这便去办。"

"有劳谢兄！"卿尘对他一笑，谢经先行离开。

楼上夜天凌和莫不平已经谈了许久，卿尘没有上去打扰，步出四面楼站在江边看着滔滔流水，风驰和云骋见她出来，踱步上前靠在身旁。

江面阴云欲坠，衣衫挡不住寒风，面前丝丝飘起冷雨。卿尘出神地想着事情，并没有察觉雨意，突然间风驰轻嘶一声，转身跑开。

卿尘回头看去，夜天凌站在身后不远处，目不转睛地注视她，清隽的面色虽然淡然无波，但那眼中抑郁低沉，隐隐暗云涌动，比这天色更多几分阴霾。

他手在身侧紧紧握着，显然在极力压抑着某种异样的情绪，卿尘方要说话，他忽然伸手抓过风驰缰绳，纵身上马，径自往东快驰而去。

卿尘忙同云骋一起追去："四哥！"

云骋放蹄疾奔，渐渐追上风驰，夜天凌神情阴沉，嘴角冷冷抿成一条直线，也不言语，只是一个劲儿沿楚堰江打马狂奔。卿尘默默跟在他身旁，纵马相随。

冬雨迎面扑在脸上，刀锋一般冰冷，却使人异常清醒。天晚雨寒，路上行人稀少，不知过了多久，夜天凌终于在江边停住。卿尘亦缓缓策马立在他身后，两人一前一后，看着江水浩浩汤汤，浪涛东去。

雨骤风急，激得江面不复往日平静。过了许久，夜天凌方开口道："我一出生，母妃便不愿要我，将我送至皇祖母处不闻不问。这二十几年，她即便在延熙宫见到我，也都是冷冷淡淡，话都不肯多说一句。她对父皇也是一样，尽管父皇什么都依她，甚至为她单独修建了莲池宫，她却从来没在人前笑过。我只当她不愿顺从父皇，亦厌弃我，更怪她当初为何不反抗到底，要侍奉两朝天子，还要生下我来。我亦冷淡她，疏远她，从来不肯踏进莲池宫，连她病了也不去看……"说到这里，他闭目仰面让雨水倾淋脸上，长叹一声。

卿尘道："她是一个母亲，母亲哪有不爱自己孩子的。她越是疏远你，就越不会有人怀疑其他，皇上也会因此格外疼爱你器重你。她心里，其实未必比你好受。女人有时候很傻，为了自己想保护的人，即便舍弃一生的笑容，也是心甘情愿的。"

夜天凌深深吸了口气："何苦！她可知我宁愿年年带兵在外，也不愿在宫中看别人承欢膝下，我样样都要比别人强就是为了让她看一眼，笑一笑，她为何不把一切坦然相告，难道我连自己的母亲都保护不了，连弑父之仇都束手无策！"

卿尘道："或许，她就是不想让你了解真相，不想让你知道仇恨，只愿你在皇上面前做个好儿子、好王爷，平安一生。我虽没做过母亲，但可以想象到母亲对孩子最大的护佑是什么，她只要你平安罢了。"

夜天凌决然道："我宁肯面对的是千疮百孔满目疮痍，甚至卑鄙龌龊肮脏不堪，也只愿听真相。"

卿尘道："但事实往往极为残酷，人却难得糊涂。"

夜天凌道："活了二十多年，竟不知父亲是谁，岂不可笑？"

卿尘道："人只要清楚自己是谁就行了。"这正是夜天凌对她说过的话。

夜天凌回身，见她浑身湿透地跟在自己身边，雨水缕缕沿着略微苍白的脸庞流淌，却将她的双眸洗得清亮。他心底隐约一紧，皱眉道："回宫吧。"

卿尘见他已然收拾心绪，恢复了往日的平静，望着他道："四哥，我……真的做对了吗？"

夜天凌亦望着她的眼睛，淡淡道："多谢你。"

卿尘对他微笑，宁愿清醒着痛苦的人，永远不能忍受糊涂的美好，注定要比别人承受更多的东西。这或许是他们自己选择的生存方式，必要为此跋山涉水、披荆斩棘，终其一生都不会，也无法放弃。唯一幸运的是，这条路上有人同行，那么所有的一切都不那么艰难，也不会感觉孤单。

远远的大正宫在冬日阴雨中笼上了沉重的面纱，风雨飘摇中见证了多少古往今来，多少更迭变迁，如今等在眼前的，又将是怎样一番风云跌宕？

不管是对是错，这一步已然迈出，她相信，一定是对的，她知道夜天凌也相信。

第四十章 一朝选在君王侧

一连几天，夜天凌都没来延熙宫，太后有些奇怪，卿尘更是颇为担心，这日寻空隙见着十一，忍不住问道："四哥这几天怎样？"

十一被问得奇怪，道："什么怎样？好好上朝，下朝便不见人影了，没怎样。"

卿尘嗯了一声，十一端详她脸色："出什么事了，那天在裳乐坊不会又和四哥闹别扭了吧？"

卿尘微微抬眸，如果夜天凌是穆帝的儿子，如果天帝弑兄夺位，那么以后，夜天凌将如何同十一相处，他会如何对待十一？想至此处，她下意识地避开，只一笑答道："没事……我和四哥有什么好别扭的？"

十一深深看了她一眼："神神秘秘吞吞吐吐，你奇怪。"

卿尘故意轻松笑道："我本就如此，难道你第一天认识我？"

十一边走边道："我第一天认识你就被整治得够呛，又是烧火又是捉鱼，当时就有种不好的预感。"

卿尘见他说得一本正经满脸感慨的样子，突然伸出三根手指晃到他眼前："你还欠我三个要求，别忘了！"

十一摇头："交友不慎。你大小姐开口，何必要求，我能做的自然便做了。"

卿尘看着他英气爽朗的神情，不由得对未来产生了一丝惧怕。这一刻，她竟有些后悔让夜天凌见了莫不平，若他对旧事一无所知，兄弟父子间至少没有仇恨。

静默了一会儿，她问十一："真的我说什么，你都会答应？"

十一笑道："你说。"

卿尘摇头："不是现在，我是说以后。"

十一见她问得认真，也收起了嬉戏神态，道："我既答应了你，便是答应了，不反悔。"

卿尘道:"无论何事?"

十一道:"无论何事。"

卿尘又道:"你不怕我无理取闹?"

十一反问了一声:"你会吗?"

卿尘看他坦然地望过来,低眸一笑,摇了摇头。

十一道:"虽不知你心中担忧何事,但车到山前必有路,既然是以后的事,何必为明日事愁。你怎也如此前顾后怕起来?"

卿尘微微一哂,明日愁来明日愁,十一倒比她通透了:"卿尘受教。"

十一方要调侃她两句,话未出口,突然停住了脚步。

前方不远处夜天凌独自站在那里,静静地看着已近在咫尺的莲池宫。

禁宫原本宽阔的青石甬道,因两面高起的红墙而显得狭窄了许多,抬头能见一道青色的天空,干净透明,却十分遥远。

夜天凌似乎已在这里站了许久,静立中一身孤独,天高地阔,世间之大,却四处清冷,唯他一人。

卿尘正想出声打破这寂寥,十一已大步上前,一声"四哥!"兴冲冲地喊去,英气勃勃的笑容顿时让四周空气都暖起来。

夜天凌回头见是他,应了一声,道:"还没出宫?"

十一道:"没呢,遇上卿尘,四下走走。"

夜天凌目光在卿尘这里停了一刻,仍旧对十一道:"若闲着便琢磨一下北疆的事宜,父皇看了提议分设都护府的条陈,说不定这几天会问话,心里要有个底。"

十一应道:"此事还要和四哥再行商讨,北疆那边有谁比四哥更清楚?"

夜天凌微微点头,突然又道:"你不是整日说聚元坊的弓好吗?前些时候我让长征去订了套长短弓,昨日送了来,你闲时拿去试试合不合手,我看倒未必及得上你原来那副。"

十一笑道:"我不过是随口说说,四哥倒记得了。"

卿尘见夜天凌神色如旧,冷静清淡,连她这知晓内情的人也看不出什么来,不禁佩服他隐忍的功夫。听他对十一一如既往多有照拂,方才心里一点儿不安慢慢地淡了下去。这时夜天凌转头问她:"皇祖母这几天可好?"

卿尘道:"心里惦记着,便去看看,又用不了多久。"

虽是说要夜天凌去看太后,夜天凌却知她指的是莲池宫,眼底轻轻一动,淡淡应道:"嗯。"

卿尘知他一时难解多年的心结,也不再说什么。突然见甬道那端碧瑶快步走来,远远便对卿尘道:"郡主,皇上圣旨到了延熙宫,快回去接旨吧!"一面说着一面给夜天

凌他们问了安。

"圣旨？"卿尘错愕，"说什么？"

十一道："你糊涂了，圣旨未宣，她怎会知道？"

夜天凌道："谁来宣的旨？"

碧瑶答道："回殿下，是内侍监孙总管，已在延熙宫等了些时候了。"

夜天凌对卿尘道："先去接旨吧，有什么事及时知会一声。"

卿尘答应道："能有什么，想必也就是鸾飞的事，最多将我这个姐姐也训斥一番罢了。"

夜天凌和十一对视一眼，都有些担心。卿尘笑了笑，先告退离开。

待步入延熙宫，不想夜天湛竟然在这儿，正含笑同孙仕说话。夜天湛因那日殷采情出言不逊，今日得空便来延熙宫看卿尘，遇上前来宣圣旨的孙仕，问了几句，孙仕只毕恭毕敬地答话，终究探不出天帝下了什么旨意。正在此时卿尘回来，孙仕道："圣上有旨意，请郡主接旨吧。"

卿尘看了看夜天湛，见他微微摇头，知他也不明就里，敛衣跪下。

孙仕面南站了，展开黄龙锦帛，高声念道："今有凤氏之女卿尘，受封清平郡主，天资聪敏，通慧灵淑，举止温婉，行事有度，德才兼备，深得朕心……"随着这一连串的褒赏之言，卿尘心底越来越不安，终于被接下来的话震惊，"着其暂代修仪一职，随侍致远殿……"

后面的话卿尘几乎什么也没听到，挺直脊背跪在那里，双手在青石地上慢慢握紧，强抑心中波澜。直到孙仕一声"钦此！"她才缓缓道："凤卿尘领旨谢恩。"叩首接过圣旨。

孙仕收起了宣旨时的严肃，笑道："恭喜郡主。"

卿尘淡淡道谢，却一直低垂着双眸，生怕泄露了心底波涛汹涌的情绪。任她如何天资聪敏、通慧灵淑，也没猜到天帝下的竟是这样一道圣旨。鸾飞刚刚获罪被囚，尚在昏迷之中，太子禁闭松雨台未有处置，凤家几天前方被废了一个修仪，满朝皆猜测凤家是否就此失了帝心，此时天帝竟又立了凤家另一个女儿跟随左右，怕是所有人都没有料到。

孙仕那安稳的声音继续道："圣上的意思是，郡主今日就请到致远殿去，明日便随驾上朝，房间用度已差人去办了。"

卿尘沉默了一下："我知道了。"

孙仕带了同来宣旨的两名内侍离开，延熙宫偌大的正殿只剩了卿尘和夜天湛两人。卿尘掌心的冷汗已将那沉重的圣旨浸透，她甚至可以感觉锦帛上浓墨丝丝化开，在丝绸的纹路里错综生根。

缓缓靠在高耸的楹柱上，她啼笑皆非，翻手为云，覆手是雨，这便是九五之尊。去职罚俸作为惩戒，接着恩典加身以示隆宠依旧，信任有加，为君之道在天帝手中随心自如，任谁能翻出这个掌心？

自从踏入了大正宫，卿尘此时才彻头彻尾地明白，她和凤家，怕是永远也分不开了。

夜天湛在听到圣旨的那一瞬间，温润的眼中先后掠过千百种情绪，他看出卿尘神色不对，柔声道："卿尘，父皇如此恩典，你这是怎么了？"

恩典……卿尘抬眸望向夜天湛，他复杂的目光在她的注视中一晃而过，只余下淡淡的微笑。卿尘亦悄无声息地蹙了蹙眉心，鸾飞出事之后，修仪一职炙手可热，殷家和卫家都志在必得。原以为凤家把持内外终于栽了个大跟头，殊不知圣心不移，反有日盛之势。虽不见凤衍如何行事，卿尘对其手段已深有体会。昨日他甫一回京，今日天帝便下了这样的旨意，这身处中枢的元老重臣，于君心是得了三昧真谛，无声息处高明到了极致。只不知当初刻意安排自己成为延熙宫女官时，他是否早已料到今日的局面。

卿尘勉强笑了笑："确实是给凤家的恩典，只是入了致远殿便不像在延熙宫这么自在了，对我来说似乎算不上十分的恩典。"

夜天湛云淡风轻的眸子倒映着卿尘那丝笑容，道："不想笑的时候，可以不笑。"

卿尘笑容微敛，却依旧维持着丹唇柔美的弧度："我不喜欢哭丧着脸。"

夜天湛在殿中缓缓踱了几步："这道旨意，你不愿？"

卿尘往至春阁那边看了眼，半是认真半是玩笑地道："身为修仪岂止是不自在，便连终身大事也只能由皇上做主。鸾飞还躺在那里昏迷不醒，前车之鉴，后事之师，这个修仪岂是好当的？"

夜天湛停在她身前，想了想道："这旨意中尚有可以斟酌之处。"

卿尘问道："怎么说？"

夜天湛对她淡淡笑道："旨意上面说的是暂代修仪，既是暂代，一切规矩皆可量情而定，这时若有变动，比如说赐婚，都未必要循例去办。"

"赐婚？"卿尘心中微怔，夜天湛轻轻看着她，"不错，我方才想过了，或许也唯有请旨赐婚方可还你自由。"

卿尘微微一惊，急忙道："此时请这种旨意，岂不是自找麻烦？"

夜天湛道："我又没说即刻便办，你怕什么？"一双俊眸如水，悠然看着卿尘微笑。

卿尘道："我不是怕，我……"

"不怕便好。"夜天湛截住了她后面的话，"既然今日便要去致远殿，想必还有不

少事情得安排交代，你快去吧，别耽搁了。"他往外走去，又站住回身道："采情自小便被舅父宠得无法无天，我也纵容她惯了，所以有时脾气刁蛮了些，你多多包涵。还有……这旨意一下，卫家那里恐怕也不会有多少好脸色，若躲不开，便忍着些。"

"能躲自然便躲了。"卿尘心不在焉地答了句。眼看着夜天湛出了延熙宫，她一人站在殿前，寒风吹得衣袍翻飞，方才心里巨浪般的情绪却渐渐平静下来。她低头将那黄帛圣旨展开，一字一句再研读了一遍，唇边眼底勾出自嘲的笑。镇定的功夫还是不够啊，先前尚问夜天凌可有想过会失去什么，现在恐怕也要问问自己了。游戏越大，筹码便越大，既然选择了入局，便早知会有这么一天。有得必有失，得失之间，知道是一回事儿，待到真正发生，种种无法言说的感觉里却依然会有挣扎抗拒。

这便是人心的矛盾。

手中的旨意，应该说为那条路打开了一道入口，既然已经踏上此路，便再也没有瞻前顾后的理由了。夜天湛刚才的话语在心中化成极深的叹息和担忧，卿尘慢慢将手中圣旨收好，再抬头时，太极殿巍峨处落日的余晖，缓缓映入了她淡定的微笑之中。

冬日天短，暮阳早早地沉入西山，金碧辉煌的宫殿在夜色下收敛了白日的恢宏气派，沉沉暗暗殿影起伏。

九瓣镏金莲花烛台上燃了数支明亮的烛火，卿尘坐在铜镜前任侍女将自己的长发高高绾起，镜中映出清素面容，光华淡淡。

身后两名侍女小心地帮她将锦带系好，其中一人笑道："郡主穿了这身衣服，美得叫人移不开眼睛。"

流云洒金蝉翼披帛，长襟广袖的明紫宫装，剪裁得体收腰曳地，暗银花纹盘旋其上，流畅缥缈，将镜中冰肌玉颜映得高华明艳，与平日在延熙宫的闲雅迥然不同。卿尘不太习惯地动了动，发髻沉沉向后坠去，迫得人随时都要仰起脖颈，仪态端庄。

卿尘轻轻叹了口气，整了整衣领挺起身子："走吧。"转身随早已候在外面的内侍往天帝看折子的宣室而去。

致远殿因是天帝日常起居之处，内侍宫娥都比它处更多规矩，人人谨慎有度，偌大的宫殿显得安静沉肃。

宣室中燃着温暖的火盆，内侍引卿尘入内，孙仕见了她，恭声对天帝禀道："陛下，清平郡主来了。"

卿尘屈膝行礼："陛下。"

天帝倚靠长榻，正以朱笔写了句什么，闻言只抬了下头，随手一点："那边的折子，先替朕看看。"

卿尘看着一旁金丝楠木长案上放着小山似的奏章，微微有些错愕，领了旨走到长几旁坐下，随手翻看，心下喟叹。这已是三省筛选后拣重要的上呈御览，便有如此之多，怪不得天帝今天便要她过致远殿来，奏章累积，光是翻看也需时甚久，何况还要一一处理得当。想必鸾飞随在天帝身边这么多年，也不是白受荣宠的。

她收敛心神，专注于这些林林总总的条陈之上，所幸这诸般政务倒也并不陌生，昔日在湛王府曾不止一次看过这些，亦曾和夜天湛闲谈讨论，因此早有眉目。她一边挑拣紧要的奏报，一边抽纸润笔列了纲要附上，将其中几份先放了天帝手旁。

天帝没有言语，卿尘便继续陪在一旁，将整理好的奏章依次取来。不知过了多久，孙仕轻声道："陛下，快二更了，该歇息了。"

天帝"唔"了一声，自案前站起来，走到一旁张挂于墙上的皇舆江山图前，突然问："南靖侯问安的手本，为何同北疆善后的军情放在一起？"

卿尘知道是在问她，低头答道："北疆边境自来隶属北晏侯管辖，诸侯事务息息相关，牵一发而动全身，细枝末节皆可影响大局，是以将涉及诸侯国的奏折无论何种总归一类，以便陛下查阅。"

天帝又道："将奏报平隶大疫的条陈额外挑出，却又是何意？"

卿尘回道："赈济司禀报平隶大疫的条陈上详述了目前采用的赈济方法，有些措施怕是有害无益，需再斟酌。"

"哦？"天帝回身过来，"那你倒是说说，平隶地区瘟疫蔓延，数月不消，该如何是好？"

卿尘想了想道："刚刚看赈济司的奏本上说，此次瘟疫染者'头疼身乏，憎寒壮热，咽喉肿痛，高热昏愦，不知人事，十死八九'，而最可怕的是其扩散迅速，一旦沾染，绝无幸免。疫情既已发生，赈济司只治不防，是以始终控制不下，应该先将疫区封锁，身在疫区的百姓亦要严令禁止群聚，以免疫情继续蔓延。奏本中'瘟神作怪，阴阳失序'之言，实属无稽，百姓多因求拜巫医胡乱诊治，才会延误病情，若不及时遣派医者分发药物，怕是越发耽搁。还有，已死的病人要妥善处置，最好是火化，以断瘟疫蔓延之源。"

话说至此，天帝眉头猛地一皱，卿尘停了下来。天帝看了看她："说下去。"

卿尘继续道："疫情起因各异，不知底细不敢轻言药方，但有几味药或者可以预防一二。朝廷能否出资购药，在百姓之间分发，着未感染病症之人以水煎煮饮用，防患于未然。平隶地处京郊，距天都不足百里，天都内外八十一坊都该小心防范为是。"

天帝听她说完，默想了一会儿道："本朝至庆十年，景州曾有过一次大疫，前后瘗者近二十万人，枕藉于路。疫后惹起大乱，数年方平。不想此次平隶竟又出了疫事，朕甚是忧心。"

卿尘回想了一下，道："御医院的典籍有至庆十年瘟疫记载，那次应该是鼠疫，和

此次并不相同。疫情蔓延必然影响百姓生计，疫后大乱是因之前未加防范，若在救治疫情的同时施赈济、减赋税、开义仓、设粥厂，便可缓解疫区困苦，安定人心，恢复生产，乱自然不起。"

天帝思量半晌，点头道："就照这个意思，替朕拟旨给赈济司，并着户部划拨三十万两太仓银，开局散药，广施救治。情况如何，每日报朕知道。"

卿尘遵命拟旨，写到一半，突然抬头道："陛下，凤家愿捐银千两赈灾，虽只是杯水车薪，但也能替国库略微分忧。"此话虽未同凤衍商量，但这深得圣心之事，凤衍该是心里点灯笼透亮的。凤家不缺这点儿银子，但这钱亦不能多捐，只能点到为止。

孙仕立刻跟上道："老奴也愿将本月俸禄捐出，替陛下分忧。"

天帝满意地道："难得你们有心。孙仕，传旨意下去，朕本月的用度直接拨去赈济司，后宫除了太后处，各宫用度减半，以赈灾民。"

孙仕忙道："岂能委屈了陛下和各宫娘娘？"

天帝道："百姓忧困，朕寝食难安，你去办吧。"

孙仕也不能再劝。卿尘拟好旨，对天帝道："陛下身先表率，王公臣子必能领会陛下苦心，同心协力何愁疫情不解？夜深了，陛下还请歇息吧，五更便要早朝呢。"

天帝看了看她："嗯，不错，你明日随朕早朝，下去歇着吧。"

第四十一章 金銮高处不胜寒

翌日早朝，虽然天帝亲定修仪人选，早在昨日延熙宫宣旨后便以敕命的方式通告中枢，多数朝臣已经知晓，但当卿尘身着修仪例制的月白锦貂宫装，头戴象征着兰台女吏最高级别的紫玉錾金冠，手持象牙白笏随天帝踏入太极殿时，朝中仍是掀起一股轻微的骚动。

天帝对众臣私下的表情视而不见，卿尘亦淡然站在天帝身后，一脸从容自如。

一切都在眨眼间恢复如常，就像小小的石子投入深水，很快又平静如初。

凤衍和卫宗平两人脸色一笑一阴，殷监正眼中的怨怼之情闪现，三位宰辅相臣之下，百官各具神情。卿尘在扫视之间尽收眼底，纤毫毕现，她知道天帝比她看得清楚百倍。

文臣武将，各部依班奏事，卿尘立在龙阶玉壁之旁，目光投向殿外遥遥可见的一片晴冷天空，神思飞扬。

紫绶玉冠，绯服蟒袍，尽皆匍匐在下，金銮殿上，俯瞰众生，高绝而孤独。

人生在世，却又有几人不是孤独的？孤独的每一个人，在天高地广之下找寻生存的意义，寻觅着知己、伴侣或者是对手，若能拥有其中任何一个，都是一种幸运。

这大正宫中至高无上的权力，诱惑着人们前赴后继，不惜代价，但对她来说，只不过是发现了志同道合的人，将这新的人生与他做了一场豪赌。

她脸上露出淡淡的微笑，却听到众事议毕，天帝宣夜天凌和十一随驾致远殿，额外询问增设都护府之事。

天朝异姓诸侯自开国分封以来便镇守边疆，已是延续百年。四境之内，北方幽蓟十六州尽数掌控在北晏侯手中，南部沿海一线由南靖侯统管，西蜀粮仓之地隶属西岷侯，东方山海关隘则有东越侯。四侯国虽受皇族管制，但世袭罔替，已在其辖地盘根错节，势力深植，尤其北晏侯凭借天险，北接大漠各族，处于极其重要的军事地位，早是天帝一桩心事。

天帝垂询北疆诸事，夜天凌在皇舆江山图前从容作答，话虽精简，却将诸侯国的形势尽数收于其中，别有见地，心思透彻。

卿尘在旁暗自打量，自身侧看去，只觉夜天凌和天帝极为相似。她曾听太后闲聊时说，夜天凌和天帝年轻时生得一模一样，就连行事的性子也像，天帝向来对他极为倚重，而他也从未让天帝失望过。若这一幅父慈子孝图改天换日，会是什么样的情形？

正想着，冷不防夜天凌看过来一眼，极短的瞬间，他看似平静的眼神划过心扉，清光黑亮，竟令人如此猝不及防。卿尘心里像被细薄的冰刃带过，竟莫名地泛出丝疼痛。夜天凌依旧在回答天帝的问话，手却在身侧缓握成拳。

事情眉目渐清，天帝伸手揉了揉额角，孙仕趋前奉上参茶。天帝接过饮了一口，道："朕老了，最近总觉精力不济，以后这些事，你们兄弟要多商议着办。"

十一笑道："父皇正当盛年，如何言老？"

夜天凌亦淡淡道："儿臣们还有许多事情需听父皇教诲。"

天帝摆摆手："老了就是老了，何须回避。你们去吧，卿尘，去看看卫宗平在不在，叫他来随朕用膳。"

卿尘欣然应命，方迈出致远殿，便感到一道极其强烈的目光落在身上，抬头处与夜天凌四目相对，他似是有很多话想说，却只是沉默地看着她，倒是十一立刻问道："这便是父皇昨日的旨意？"

卿尘点了点头道："旨意里说是暂代修仪。"

十一道："说是暂代，除非德行差池，否则便是铁板钉钉的事。"

"你可愿意？"夜天凌突然问了简短的四个字。

卿尘抬眸一笑："愿意。"

"七年？"夜天凌道。

面对夜天凌紧接着的问话，卿尘轻轻吐了口气："愿意。"

到制定的二十五岁，这七年时间身处修仪之职，除非和鸾飞一样铤而走险，卿尘的一切都握入了天帝手中，同诸皇子间也必得划清界限。

这正是她心中极力回避去想的，也是夜天凌早朝上深掩在清冷面色下的烧灼。昨夜他在凌王府的书房接连走笔写下了十数个"志在必得"，这个决心在今天太极殿中见到卿尘的时候更加的坚定，眼前两声毫不犹豫的"愿意"似乎令心底深处翻涌的情绪平静了几分，他听到卿尘轻声道："四哥的意思我知道，但开弓没有回头箭。"

十一叹气道："也没有别的法子了，七年虽是长了点儿，但也只能慢慢来。"

卿尘笑谑道："我豆蔻年华大好青春，你在旁说得倒轻巧。"

十一敛声笑道："快十八的人，离豆蔻已经远着了，再过七年，正好由不得你挑挑拣拣……"

话未说完，卿尘暗地里瞪他，因是在致远殿不敢放肆，十一也忍着笑没再多和她斗嘴。

夜天凌负手前行，沿着白玉龙阶远远地望出去，许久道："在父皇面前需谨言慎行，未有十分把握勿要随性建议，一旦提议，心中当理据充足，亦不要轻易反口。遇迁调录用之事要格外小心，父皇对此甚为忌讳。最近无非几件大事，诸侯、瘟疫、修编历法，还有便是冬祀，多听、多看、少言。"

卿尘默默听着他话中嘱咐，点头记下。

十一亦道："无论何事，切勿轻率，跟在父皇身边不是轻松差事，自己要当心身子。"

卿尘想到每日早起晚睡，苦笑道："昨晚被叫到致远殿，看了一夜的奏章，方才在早朝上差点儿睡着，现在只一个字，困。"

十一笑道："这还嫌困？辰时随驾听政已经够舒服了。我们当年在临华殿读书，每日寅时便要起来，直到酉时才完成功课，那才叫困。"

卿尘闻言咋舌，一扭头，见远远有两个宫娥往这边来了："我先走了，盼咐人寻了卫相好交差。"

夜天凌扭头深深看了她一眼："戒急用忍。"

卿尘知他苦心，粲然一笑，沿另一旁去了。

天帝召大臣随膳并不是常有的事，今天这午膳却召卫宗平整整随侍了一个时辰有余，卿尘和孙仕皆未准在旁，无从知晓两人谈了些什么。

膳后天帝着卫宗平随驾去了松雨台，无论父子君臣，天帝即便极为恼怒，心中还是不愿因此废掉太子。从松雨台回来，却叫人揣摩不出喜怒，依旧没有下旨着太子迁回东宫，只如往常一般屏退左右，小憩片刻。

然而，致远殿午后的安宁很快被赈济司带来的消息打破：天都外九城发现同平隶症状相同的瘟疫，染者数十人，已有七人不治而亡。

对于这样的情况，天帝固然忧心忡忡，卿尘却更多感到一种令人恐惧的征兆。

史上每次大规模的疫病，无一不是死者数以万计，甚至可以灭绝一方生灵。瘟疫，令人思之色变、毛骨悚然，若不能及时控制，后果当真不堪设想。

致远殿中女官自修仪以下，另有修言、修容、修华三品。卿尘奉天帝命带了几个女官巡戒后宫，传令内侍宫娥一律不得随意出宫，并自御药房领取药物分发下去，告知各种预防办法。皇宫内城一律戒严，进出都做了严格的限制。

后宫中殿宇无数，哪处也不好应付，直忙到晚膳过后，卿尘方去致远殿复命，侍奉天帝又到子时，才回自己住处去。

月上中天，茜纱宫灯逶迤，明暗点缀深宫。

卿尘拉紧身上银裘抵挡冬夜清寒，作为一个医者，她其实很想亲自去平隶疫区巡查，看能不能找出救治的方法，只是方才和天帝提了一下，天帝却未置可否。

她眉心微拧，遥望夜空如墨，将瘟疫的症状情形翻来覆去掂量心中，不免越走越慢，忽然听到身旁有个熟悉的声音叫道："郡主。"

一个身穿御林军服饰的人躬身行礼，卿尘正疑惑，那人对她抬头一笑，眉目清朗，竟是冥执。卿尘诧异，低声道："你怎么这副打扮？"

冥执道："四殿下安排我和几个兄弟进了御林军。"

动作这么快，卿尘不由心想，轻而易举地便将人安排进了御林军，夜天凌不知用了什么手段。而人亦是冥衣楼的人，看来他已经做了些决断，她对冥执道："你进来太危险了，天都认得你的人不少。"

冥执道："凤主放心，天都中富家子弟捐个闲职也是常事，不会惹人怀疑。"说着从怀中掏出一小包东西，"这是属下从汝阳取回来的。"

卿尘接过一看，两瓶药，一张名单。她借着灯光将名单扫视两遍，全是陌生的名字，于是将药收到怀中，名单又交还冥执："带给四殿下看看。"

冥执接过来道："凤主若没别的事，我得快回去了，四殿下六亲不认，当值擅离职守要丢差事的，昨日刚刚办了两个侍卫，我可不触这个霉头。"

卿尘笑道："革了你的职回去最好，省得我里外不放心。"

谁知冥执正色道："殿下吩咐了，安排人入宫不为别的，是为随时保护凤主周全，若换别人来，我们也不放心。"

卿尘沉吟了一下，道："对了，还有一事你设法去办，现下天都及平隶瘟疫蔓延，你们以'牧原堂'的名义辟几间药坊出来，分发药剂救治病患，一律义诊义卖。记着这药坊不是冥衣楼的，不是牧原堂的，也不是我的，而是四殿下的，不过眼下先别声张。"

冥执道："凤主要替四殿下在民间造势？"

卿尘道："水能载舟，亦能覆舟，这是千古不易的理。而且眼下平隶百姓甚苦，我们手中有一分力便尽一分也好。"

冥执应道："此事好办，我明天便命人安排。"

卿尘点头，冥执微微躬身告退。

卿尘回到住处，却睡不着，反复把弄那两个小瓷瓶。冥执除了带回解药，亦多带了一瓶离心奈何草的汁液。此药若十日不解，鸾飞还是难逃一死，从人体机能的角度来说，也没有人能再撑下去。现下解药是有了，解了毒又会是何种情形呢？鸾飞所有的举动都叫人疑窦丛生，凤家又究竟想做些什么？

她习惯性地自枕下取出了夜天湛送给她的那串冰蓝晶，把玩深思。黑暗中依稀看到一点点清蓝的光泽，透过那个完满的圆，似乎可以望向属于她的世界，但前路茫茫，无从寻觅。她将冰蓝晶合在掌心，默默闭目，不再去想过去和将来，她所拥有的唯有现在。

第四十二章 太液莲池未央柳

晓寒深处，三两点晨光初绽，落在微枯的枝叶上清亮一片，在禁宫冬日的肃穆中增添了缕缕轻柔。

借去延熙宫的机会离开致远殿，卿尘扭头看着白露霜落，迎着天光向九霄高处伸手，深深地呼吸着这清冷的空气。

却一转身，蓦然落入一双深邃的眸中。数步之外，夜天凌不知什么时候站在她身后，正目不转睛地看着她，锋锐唇角似是噙着一分清洌的笑意。

卿尘一怔之下，垂眸避开了他那亮灼的目光："四哥。"

夜天凌淡淡一笑："去延熙宫吗？"

"嗯。"卿尘同他缓步而行，夜天凌不说话，她也安静了一会儿，方才问道，"冥执可将东西带给你了？"

夜天凌点头道："我看了。其他倒罢，唯有一个叫魏平的，前些年在九弟府里似曾见过，是九弟乳母的儿子，但已好久没了踪影。"

"溟王？"这个结果倒是出乎卿尘意外，问道，"你可确定？"

夜天凌道："应该不会错，我已着人再查。"

卿尘低头思量了一会儿："既拿到了解药，或者可以设法从鸾飞那里问出实情。"

夜天凌嘴角微微一挑，眸色深远："这宫里有心的人岂止一二，究竟是谁也没什么太紧要，我心里大概有数。"

卿尘点了点头，这些事夜天凌自然比她要清楚些，她突然想起一事："四哥，冥执说你昨日拨给牧原堂五万两银子？"

夜天凌道："嗯，你不是要他施药治病吗？"

卿尘沉静的眼眸向上轻挑，侧头问道："这么大的数目，你不心疼？"

夜天凌想起近几日频频传来的灾情，微微蹙眉，道："你有这个心，难道我就没有？若区区银子便能买京畿平安，多少都好说。"

卿尘对他笑道："那我先替两地百姓谢四哥了。"

夜天凌只淡然一笑，两人沉默着走了会儿，听他那一贯清冷的声音又在耳边响起："这几日没睡好？"

"嗯？"卿尘别过头去，见夜天凌目光落在她脸上，眼底一点不易察觉的柔软闪了一下，等着她说话。她笑了笑，"怎么，我的样子很难看吗？是有些折腾，不过还撑得住。可是这冬天还真冷，我最不喜欢冷天，怎么都不舒服。"

夜天凌道："这才刚刚入冬，待到三九才是滴水成冰。"

卿尘想到深冬严寒，无比不情愿，一时兴起，道："如果只有春天没有冬天该多好呢。"

夜天凌见她一脸单纯向往的模样，心中有种说不清的情绪微微一动，轻笑道："有冬日彻骨之寒，方知春之温暖。"

卿尘每次看到他笑，心里都格外的轻柔，就像是冬去春来的畅然，叫人那样留恋和欢悦。刚想说什么，突然见夜天凌唇边那缕笑意一僵，消失得无影无踪。沿着他的目光看去，太液池旁，莲妃静静地站在白玉栏杆处，一身白裳曳地，长发细软飘逸，在冬日里显得格外单薄。

卿尘看看夜天凌，见他举步不前，不过前方咫尺的距离，母子两人却如隔天涯，忍不住轻声催他："四哥……"谁知竟惊动了莲妃，莲妃自太液池旁回身过来，见是夜天凌，纤弱的身子明显一震，身后侍女急忙俯身道："见过殿下、郡主。"

夜天凌淡淡应了声："免了。"亦微微躬身，"母妃。"声音里是说不出的疏远隔阂，却又压抑着一丝复杂的情绪，听得人心底一滞。

那曾经如火枫树已然凋零，残叶翻飞。莲妃血色淡薄的唇轻轻颤抖了一下，似乎想说什么，但终究什么也没说，只抬了抬手，默默带着侍女从夜天凌身边擦肩而过。

卿尘待要留她，又无法开口，眼见莲妃身影消失在前方。

回身看夜天凌，见他站在原地，出神地望向太液池，剑眉轻蹙。卿尘叫道："四哥！"夜天凌蓦地回神，看向她。

卿尘"哎呀"一声，一把拖着他的手，拉他转身："都被你急死了，快走快走！"

夜天凌被她拽得回身走了几步，反手将她拉住，沉声道："别闹。"

饶是卿尘自认不急不躁的性子也真耗不过他了，拉他不动，跺脚道："去莲池宫就那么难吗？你真是熬得住，你没见她看你的眼神，多苦多难！"

夜天凌眼底倏然波动，握住卿尘的手一紧，卿尘被他握疼皱了眉头。夜天凌手底松了松，却没有放开她。

卿尘任他修长的手指握住，掌心传来干燥而温暖的气息，突然觉得这嶙峋冬日也柔软了许多，竟悄悄绽放出暖意来。抬眼见那眸中渐渐浮起的清冷，已将先前的沉闷吹散了几分。她的影子倒映在那泓深冽的泉水中央，随着幽深的漩涡心底一点异样的情愫轻轻一动，叫她一时无言，只能愣愣地对着他。

夜天凌握着她的手紧了紧，慢慢放开。卿尘绕到身后推他："去啊，难道比攻城略地还难？平日见你雷厉风行的，怎么竟拖拉起来？快走，不去莲池宫就不准你去延熙宫看太后！"

夜天凌素来果断，人人在他身前只有噤声从命的份，何时被人这样逼着去做什么事，忍不住皱眉回头。

卿尘对他一笑："皱眉头的应该是我才对吧，真是急惊风遇上慢郎中，我一向自觉沉得住气，如今才是甘拜下风。"见夜天凌自己往前走去，收回手，"就是嘛，怕什么呢？"

夜天凌道："不是怕，只是不知说些什么好。"

卿尘奇怪道："这还要想？就算什么都不说，只陪她坐坐也行。"

夜天凌沉默，卿尘又道："怨也怨了二十几年，还不够吗？难道这时候你都不能原谅她？"

夜天凌寂然叹气："非是怨她，而是继续疏远下去，怕是也好。"

卿尘一愣，随即领会到他的心思，母子两人竟选择了同样的方法，想要保护对方莫要卷入到总有一天会到来的争斗之中。她道："她是你的母亲，若有万一是脱不了干系的。换言之，你是愿她为了护你而疏远，还是愿她像个常人样对你？便也该知她宁愿你如何待她了。"

这答案夜天凌不想也知道，如此却更体会了莲妃的苦心。眼前已到莲池宫，卿尘道："我不陪你进去了。"目送夜天凌终于迈进了莲池宫的大门，才放心地离开。

夜天凌立在庭中望着这清冷素净的莲池宫，园中本来种植了一池繁盛的莲花，现在早已枝残叶败，只留下枯萎的枝干远远地伸向烟蓝色的天空。

四周安静凄凉，仿佛一点儿生机都没有。

多年来从未踏入过莲池宫，然而这里的一切却都异常熟悉，总在不经意间会留心别人对莲池宫的评说，这二十余年下来，心中早已沉淀了这座宫殿的模样。

他缓缓举步向里面走去，莲妃不喜人多，这里也实在过于清静，稍会儿方遇上了一个伺候莲妃的宫女，那宫女见到夜天凌吃了一惊，连礼都忘了行："四……四殿下……"

没有人想到他会来这里，就连夜天凌自己都没想到，他看着那宫女沉默片刻，淡淡问："娘娘呢？"

那宫女方回过神来，被夜天凌看得心慌意乱，急忙俯身下去道："娘娘在寝宫，奴婢这就去通报。"

"不必。"夜天凌阻止了她，"你下去吧。"

"是……"那宫女小心翼翼地退了下去，夜天凌又在原地站了一会儿，终于向莲妃寝宫走去。和方才那名宫女一样，方才随莲妃在太液池旁的贴身侍女迎儿见到夜天凌，惊讶之情溢于言表。不过她反应快得多，立刻屈身一福，道："见过四殿下……"

夜天凌轻轻抬手打断了她，看着寝宫内人影依稀，隐隐传出琴声。和卿尘的清越飘逸的琴声不同，这弦音轻柔低泣，幽咽难言，抚琴之人似乎有着无穷的哀愁，都在这七弦琴上淡淡倾诉。

"……母妃……可在里面？"他凝神听了一阵，问道。

迎儿忙答："娘娘正在抚琴，殿下请。"她跟随莲妃多年，深知莲妃心事，急忙打起静垂的珠帘让夜天凌进去，自己则识体地留步。

寝宫深处，金兽八角暖炉并没能驱散冬日的深寒，更无法掩饰纠结弦中的寂寞。

莲妃因听到身后的脚步声，指下轻轻缓了下，淡声道："迎儿，我不是说莫来扰我，让我静一会儿吗？"

身后无人回话，一片安寂中，莲妃忽然听到一个清冷的声音慢慢地道："儿臣，给母妃请安。"

弦音骤乱，高起一个极不和谐的音符，莲妃惊愕回头，见夜天凌立在身后不远处，触手可及。

缠绵的沉香气息飘飘零零若断若续，袅袅萦绕在母子之间，仿佛隔了一层雾气迷蒙不清。

莲妃颤抖着伸了伸手，胸中一阵气血翻涌，突然用丝绢掩唇呛咳起来。

夜天凌眉头一皱，见莲妃咳得辛苦，想上前扶却又似被什么羁绊着伸不出手，只道："冬日天寒，母妃可是咳喘之症又犯了？"莲妃身子柔弱，每到秋冬常有病痛，夜天凌是早知道的。

莲妃略略平息了些，扭转身子看向窗外："你不好好用心朝事，来我这里做什么？"

夜天凌淡淡道："朝事对儿臣来说，并不繁杂。"

莲妃道："你刚回天都，又接了北疆的差事，有多少事务等着去办，哪里能不繁杂？"

夜天凌唇角突然轻轻扬起，脸上的沉冷消融了几分："母妃足不出后宫，倒知道儿臣要应付这些。"

莲妃微微一滞，她又岂会不知？儿子的一举一动做母亲的何时不挂在心里，有时候只是迎儿从别的宫女那里听来一星半点儿说给她听，也足以安慰许久。他终于像她希望的那样，平平安安地长大，优秀、出众，那么还奢望什么？她硬起心肠道："我乏了，你回去吧。"

夜天凌神色一敛，迈步到莲妃面前，抑声道："母妃，你还要瞒我多久？"

莲妃惊道："你……你说什么，你知道了什么？"

夜天凌缓缓道："儿臣已经不是当年懵懂幼儿，母妃何必还辛苦瞒着？该知道的，都已经知道，父皇、天帝，儿臣都明白了。"

莲妃看着夜天凌冷澈的眼神，那里面不容置疑的笃定、沉敛和隐藏至深的狂肆就像是沉静了数千年的湖水骤然迸裂，淹没一切，她一把抓住夜天凌："不准你胡说！"

夜天凌反手将她握住："我没有胡说！"母子两人这么多年来第一次直面对视，莲妃的手在夜天凌手中难以抑制地微微颤抖。

夜天凌看着莲妃终日笼罩在忧郁中的面容，多年来纵千般怨、恨、痛、伤，终抵不过血浓于水，在母亲面前郑重跪倒："儿臣不孝，让母妃受苦了。"

一行清泪夺眶而出，莲妃颤声道："我……我的孩子……"

夜天凌扶着莲妃："从今日起，儿臣不会再惹母妃伤心。"

莲妃目光幽幽，越过夜天凌的肩头看向深深几许的莲池宫，像是对夜天凌又像是自言自语道："多少年了，当初先帝攻伐我柔然族，柔然抵挡不住，大败于日郭城，投降后父汗将我献给了天朝。柔然亡了，我在先帝身边一待便是七年，族人都说先帝是因知道了我的容貌，所以才起兵灭亡柔然，骂我是红颜祸水不祥之人。直到先帝故去，我原想在千悯寺吃斋念佛了却残生，谁知天帝即位第一天便将我召入宫中侍寝，那时我发觉腹中有了你。天帝建了莲池宫，封我为妃，而我却遭尽众人唾弃，亡族、失节，就连自己的儿子都不能好好抚育，若不是放心不下你，我早已不留恋这个人世了。"她那遥远如在天际的声音淡淡传来，仿佛风一吹便散了，飘落四处，依稀还能听到碎散的声音。

穆帝在位时，曾有一次大规模讨伐北部柔然族的战役。当年柔然族战败，于日郭城投降，自此后便一蹶不振，终被突厥灭族，不复存在。

莲妃原是柔然族颉及可汗的女儿，自幼便以美貌称著称，甚至中原也流传着她绝世风姿的种种说法。那次战役后莲妃被带回天都，穆帝对其极尽宠爱，民间传说纷纭，多言穆帝攻打柔然便是为了莲妃。

千军一动为红颜，背负灭族的骂名，亦因侍奉两帝而被朝臣后宫所不齿，纵使倾国倾城又如何？

夜天凌眸中掠过森寒利芒，冷冷道："母妃宽心，他们既要胡说，我便将这天下拿来送给母妃，什么灭族失节，我要他们没人再敢说母妃一句不是。"

莲妃惊悸，匆忙摇头："什么都不要说，什么都不要做，凌儿，你不知道……"

夜天凌断然道："母妃，我心意已决。"莲妃看着夜天凌挺拔的身形，她要抬头才能望着他，他眼中的凌厉，让她突然一句话也说不出来。

　　眼前已经不是当日襁褓中待哺的幼儿，而是驰骋万里横扫边疆的将军，左右朝局平靖宇内的王爷，争锋天下舍我其谁，任何人也阻止不了他的脚步。

　　莲妃静静地看了夜天凌一会儿，嘴角突然露出一丝浅笑，目光慢慢地再次游离起来，像是离开了这个世界，却又带着无声的嘲弄。夜天凌轩眉微蹙，看着莲妃的样子心底隐约浮起一丝担忧，道："我未必能时常来看母妃，不过会让卿尘有时间来陪您说说话的，母妃这宫里也太清冷了些。"

　　"卿尘？"莲妃轻轻道，"是凤家那个女孩儿？"

　　夜天凌点头。莲妃道："你怎会和她如此亲近？"

　　夜天凌淡淡道："有缘。"

　　莲妃又轻轻笑了笑："倒是个玲珑女子，可惜了是凤家的人。"

　　夜天凌亦微微一笑："她只是卿尘罢了。"

第四十三章 奈何此事误苍生

卿尘此时在延熙宫的至春阁，身旁放着一碗清淡的碧玉糯米羹。鸾飞安静地躺在榻上，宫锦之下眉目如画，肤色玉白，静静地沉睡着。

卿尘疑惑地看着那张和自己有几分相像的容颜，终于自怀中拿出离心奈何草的解药，扶起鸾飞，将药汁慢慢喂到她嘴中。

见死不救，她是不会的。

过不多会儿，鸾飞长长的睫毛轻轻动了一下，卿尘低声唤道："鸾飞。"

鸾飞胸口微微起伏，呻吟一声，徐徐睁开眼睛。似乎适应了一下眼前刺目的光线，她目光逐渐凝聚到卿尘脸上："姐姐……"

卿尘微微一笑："醒了？"

鸾飞看着卿尘不说话，斜飞入鬓的柳叶细眉轻蹙着。卿尘先取来一点儿温水："喝点儿水，然后把粥吃了，也好恢复一下体力。"

鸾飞就着她手中的茶盏喝了几口水，突然道："延熙宫？"

卿尘道："嗯，是延熙宫。"

鸾飞看向她："我怎么会在这里？姐姐怎么在这里？"

卿尘淡淡笑道："我若不在这里，你还能醒过来吗？"

鸾飞低头，眼中现出一丝儿警惕的神色。卿尘纤眉微挑，坐到身旁将粥递过来，似是随意道："九殿下给的解药果然有效。"

"九殿下？"鸾飞一怔，神色复杂地看着卿尘，就在卿尘几乎以为自己押错了筹码的时候，她突然幽幽说了句，"不是诈称自尽身亡，将我带出宫吗？太子呢，他怎样了？"

原来如此，出宫以后再服解药，或者便在溟王府中隐姓埋名以待日后。卿尘道："太子殿下为救你，和你一起被京畿司带回宫来，现在被幽禁在松雨台思过，究竟怎样，我也不知道。我只知若是现在不服解药，你便真的是自尽身亡，任谁也救不了。"

鸾飞目视着前方道："这药性可维持一个月使人不死，既出不了宫，他为何要你现在将我救醒？"

卿尘凤目中闪过微微光彩："一个月？不吃不喝一个月，光饿也把人饿死了，离心奈何草只能保人十日平安。"

"什么？"鸾飞身子一震，"你胡说！"

卿尘也不和她争辩："你若心中笃定，便当我胡说也无妨。"

鸾飞静默了会儿，道："即便如此，他还是要你来救我了。"

卿尘低声道："你们到底想干什么？"

鸾飞抬眸，那抹警惕再次出现："他既给了你解药，难道什么也没告诉你？"

卿尘点头道："对，他什么也没说，只因这解药根本不是他给的。"

鸾飞猛地抬头，卿尘静静看向她，姐妹两人一坐一站，默然相对。鸾飞眼中尽是繁复神色，卿尘面色清冷，眸中幽深："枉太子殿下为你不惜和皇上冲突，致远殿中险些被皇上盛怒之下以剑刺死，你是否自始至终都一心要置他于死地？"

鸾飞眼中微微一动，但冷冷道："你诳我。"

卿尘淡淡道："兵不厌诈，你既能诳别人，便该想到总有一日别人也会诳你。"

鸾飞沉声道："你想干什么？"

卿尘反问道："父亲是否知道此事，凤家参与了吗？"

鸾飞道："参与了又如何，不参与又如何，难道你还想毁了凤家？"

卿尘道："毁了凤家对我有什么好处？一荣俱荣，一损俱损，我难道还和凤家脱得了干系？"

鸾飞胸口缓缓起伏，显然心思澎湃，犹疑不决，突然慢慢说了句："姐姐是在替湛王谋划吧？"

卿尘不想她问出这样一句话来，眉间眼底清流若水，掠过她咄咄的目光，摇头道："我谁都不为，只为我自己。"

"只为自己？"鸾飞冷冷笑道，"说得好，我也不过为自己罢了，不过当然也为凤氏一族。"

卿尘目光多了一分怜悯："九殿下布了一盘棋，棋走到今天，你已经是他的一颗弃子，若我没有拿到解药，你想想会怎样吧。就算出了皇宫，你也是见不得光的人，难道，你还想与他平起平坐？"

鸾飞自少迷恋夜天溟，是多年隐在心底的情愫。无奈夜天溟娶了她的姐姐纤舞，浓情蜜意、伉俪情深，她也只能远远看着，自思心事。

然而好景不长，纤舞病故，于她却成了天赐良机，夜天溟伤痛欲绝时，她殷殷劝慰诸般体贴，时常借机陪在身边。她们姐妹本就极其相似，时间一久，夜天溟也慢慢待她不同。鸾飞曾不止一次想象自己能和心上人执手并肩，但也知道自己身为修仪，绝不可能被赐婚皇子，是以积极助夜天溟谋划，以期有朝一日能助他登位，册立自己为后，成就凤愿。

然而卿尘方才一席话，就像一把毫不留情的利刃，将这一厢情愿寸寸剖开。至尊皇权面前，父子兄弟尚可刀戈相向，何况其他。登上帝位的夜天溟，怎会允许后宫中出现这样一位曾经同前太子私奔、诈死、来历不明的皇后？鸾飞玉指紧紧收起，握住身上被角，贝齿暗咬，却依旧并未死心，道：“他答应过我，共富贵，同天下，他不会负我的。”

世间男女，往来纠缠一个"情"字，熏染神骨，误尽苍生，任谁也参不透，说不得。

鸾飞和夜天溟何其相似，不但深藏野心亦工于谋略，只是鸾飞是女人，而夜天溟是男人。女人之于男人，在这一个"狠"字上，永远是差之毫厘，失之千里。

卿尘不能久待，话说至此，也差不多了，起身道："信与不信，我言尽于此，或者哪天让他亲口说给你听吧。现在暂时不会有人知道你已经醒来，自己千万小心。"说罢出了至春阁，将殿门轻掩，吩咐外面侍卫严守，任何人不得入内。

沿着宽阔平坦的青石大路，卿尘快步往中书省值房走去。连接后宫前殿的广场之上，偌大的禁宫显得极其空旷，似乎唯有她一个人穿行在这里，永远也走不到头。

参知官见卿尘忽然来中书省，多少有些意外，卿尘道："礼部筹备冬祭事宜的本章递上来了吗？皇上等着要。"

参知官答道："巳时刚送了来，还没来得及上呈圣阅。"

卿尘道："拿来给我，然后请一下凤相。"

参知官答应着去了，一会儿捧出奏章交给卿尘，接着退了下去。

凤衍随后出来，卿尘欠身一福，叫道："父亲。"

长风暗冷，吹得凤衍身上明紫色金纹蟒袍微微一动，他颔首笑道："不想是你。"往日丞相的气度是早就养成的，此时看来，非但不带权臣的骄横，却似有几分亲和。

卿尘道："父亲请移步说话。"自卿尘认祖归宗至今，因父女两人分别执掌官府政要，为避嫌疑，极少私下见面，而卿尘也总刻意避开凤衍，此时主动前来，凤衍倒真有几分意外。

凤衍随她离开中书省庭院，问道："可是圣上有什么旨意？"

"没有。"卿尘道，"母亲最近身子可好？"

凤衍点头："服着你给她配的药，一直不错。"

卿尘道："鸾飞的事，父亲和哥哥们瞒着她吧？"

凤衍叹气道："若她知道怕是会受不了，只是也瞒不了多久。"

"嗯。"卿尘点头，"鸾飞醒了。"

凤衍脚步一顿，面上却还平静，低声问道："当真？"

卿尘看了他一眼："我没有奏禀皇上，父亲要不要和九殿下商量一下，眼前要如何处置？"

凤衍一双久经人事的眼睛抬了抬，缓缓道："你都知道了？"

卿尘不露声色地道："鸾飞告诉我了。"得了凤衍这句话，看来凤家表面上四面圆滑，实际上和夜天溟才是最亲密的联盟，暗中经营不知已谋划了多少事情，此时陷害太子，不过是一个开始罢了。

天空缓缓地积起了乌云，越发厚重低沉，凝滞在禁宫上方久久不散，看样子很快便会有一场大雪降临。

凤衍皱眉道："鸾飞怎会此时醒来，难道是九殿下给的药有误？"

卿尘反问道："那该当何时，一个月？"

凤衍面色沉沉，道："能拖一个月，为父自会设法将她送出宫外，此时却是不宜妄动。"

若不是被识破了离心奈何草，他们这计划也算周详，鸾飞会被带出禁宫，从此变成另一个人。人算不如天算，卿尘丹唇轻扬，整个人带着一抹沉静潜定的意味："父亲那时候怕是只能运一具尸体出去。"

"此话怎讲？"凤衍扭头看她。

卿尘笑了笑："离心奈何草十日不解便是无解，鸾飞若今日不醒，便再也醒不过来了，九殿下难道没有告诉父亲？"

凤衍眼底猛地闪过一道精光，恰被卿尘看在眼中。稍后，凤衍竟沉声道："如此鸾飞醒来又有何用？"

卿尘凤目轻轻睐了一下，听这言外之意，鸾飞已经真的是一颗弃子了，醒来反而可能牵连凤家。凤衍倒真是干脆，所想所问竟是这样一句话。

"鸾飞是凤家的人。"卿尘淡淡道，"岂能任人如此欺瞒利用？九殿下这是欺我凤家无人吗？"

凤衍道："九殿下同凤家渊源已久。"

卿尘道："那父亲想必了解此人，狡兔死，走狗烹，飞鸟尽，良弓藏。"

不知是谁的脚下踩到一截枯枝，咔嚓一声，寂静的寒冷中格外刺耳。凤衍突然笑道："看来你是给湛王做说客来了。"

在他人眼中，她同夜天湛的关系自是非比寻常，卿尘也不分辩，脸上不变的淡笑款款："父亲此言差矣，依女儿看，倒还是不偏不帮来得好些。现在鹿死谁手言之尚早，天下毕竟还在陛下手中，几位殿下谁也占不了先。若是真为凤家着想，不如表里一致，八方和气，以静制动才是上上策。"

凤衍意味深长地看着卿尘，鸾飞是他押在夜天溟身上的棋，而卿尘便是他琢磨夜天湛的另一颗棋。

卿尘扬眉，从容静慧，弈者棋者，谁知谁是谁？

数日之前，卿尘在天帝面前以凤家的名义带头捐银救灾，深受天帝赞赏，亦使得凤衍对这个"女儿"刮目相看，眼下一席话，更加令他分外上心，对卿尘的意见也颇感兴趣："为父倒想听听，你觉得凤家至此如何是好？"

卿尘敛眉淡淡："萌芽初生，锋芒方露，此时押定一人的话，一旦错算，则覆巢之下焉有完卵？不如静待脱颖而出的黑马，再设法驾驭之，岂不多些胜算？比起此时便亲身迈入局中，或者要好得多。"

凤衍满意地捋须笑道："不愧是凤家的血脉，老夫没有认错女儿。"话中已有些许动心，毕竟太子之事天帝的态度暧昧不定，而鸾飞这里又横生变数，轻举妄动自非上策。

卿尘眸中光华璀璨，看的却是远远天际。凤家若能中立于各势力之间，至少断去溟王一条臂膀，一切依然保持着微妙的平衡。棋局变幻，善恶人心自在其中，此时此刻，谁也无法断定，谁又敢孤注一掷？

纷纷扬扬的雪花终于悄然洒落，点点飞舞，笼罩了澄明黄瓦朱红高墙。卿尘抬手轻拂雪花雪，对凤衍道："一切还要父亲自行决断才是，我要回致远殿了，皇上还等着。"

凤衍点头道："如今你在皇上身边，也方便许多，凡事多留心。"

卿尘一笑："这不正是父亲想要的吗？"说罢微微施礼优雅转身，月白裘袍在雪中划了道轻灵的半弧，如兰芷般轻逸，又如桃木雍容稳秀，看得凤衍也一惑，转眼间眼前人儿已经消失在雪中。

第四十四章 情字心底苦自知

微雪迎风飘洒,碎银烂玉般落个满天满地,很快层层枝叶银装素裹,明瓦飞檐此时看去格外清冷,素寒一片。

天帝这个时候必是有一会儿小憩,卿尘倒也不急着回致远殿,在这轻雪飞舞中缓缓独行,回头看去,身后留下一行浅浅足印。

她站在雪中遥望来时的足迹,一时思绪纷杳,片刻后,忽觉有些不自在,一抬头,只见不远处石山顶上凉亭里,一抹人影着了赤红披风,雪中静静望着这边。

那看过来的细挑长眸带着魅惑轻笑,薄唇斜抿噙了丝缕邪意,雪影里妖魅般的赤色如此刺目,卿尘想要回避,然而却已不及,那人沿着石山上的小路举步而下,直向她这边走来。

卿尘怀中抱着的奏章紧了一紧,淡淡施礼:"见过九殿下。"

夜天溟立在雪中,看着白裘素服里裹着的盈盈身姿,一时间恍然以为纤舞重新站在自己面前,然而抬头处那张清水般的矜秀面容,慧眸流盼,分明却是另外一人。

卿尘同夜天溟如此孤身相对还是第一次,心里隐隐不安,见他不言不语,忍不住诧异抬头,却见迎面一双沉郁的眸中尽是伤痛,正目不转睛地盯着自己。

他既来了眼前却不出声,卿尘亦不知说什么好,只得静静站着。夜天溟注视眼前人,长眸渐渐眯起,雪光明暗间,便似有无数媚光齐齐射来,带着一片令人迷醉的蛊惑。若是此前,卿尘见他如此阴郁的神情,总会替他和纤舞感到惋惜,但现在却只觉暗暗心惊。

血色披风随风微微招展,阴暗的天色下映着白雪,越发诡异。夜天溟粼粼眼波中依稀有光影变幻着深浅,逐渐现出卿尘印象至深的,那种纠缠弥漫的阴鸷,浓得甚至生出几分煞气。她忍不住向后退了一步,道:"殿下没什么事的话,我先告退了。"

夜天溟眼底一瞬恍惚,随即跟上她:"去哪儿?"

卿尘道："致远殿。"

夜天溟见她刻意与自己拉开距离，道："何必躲着我？"

卿尘谨慎答道："殿下又不是洪水猛兽，我何用躲着？"

夜天溟举步沿雪地前行，侧头看了她一眼："如此便陪我走走。"

卿尘只觉那目光说不出的叫人心悸，不躲才是假的，借口道："我还要回致远殿复命，殿下若是没带跟着的人，我差人去通传一声。"

夜天溟却道："你是纤舞的妹妹，算起来我也是你姐夫，鸾飞见了我都以'姐夫'相称，你却为何一口一个'殿下'？"

卿尘眉色轻柔，垂眸不软不硬地说了句："那姐夫为何不代姐姐去看看鸾飞？迟些恐再难见了。""姐夫"两字特意一顿，格外加重音调，叫人听去有异却又说不出哪里不对。

夜天溟那狭长的眼睛一动，映着血红披风极尽妖媚，不知是因这冰天雪地还是其他，卿尘只觉四周格外森冷，静得几乎连自己的心跳也听得见，落雪厚厚地覆上，亦不能掩盖得住。

夜天溟嘴角轻轻一挑："我正要去看鸾飞，不想在此遇到了你。"说罢一放手，身上披风迎风散开，"不妨随我一起去。"说罢踏雪往延熙宫而去。

卿尘见他说去便去，倒是意外，虽然不愿和他有什么瓜葛，但想了想终究放心不下，还是随后跟上。

鸾飞元气未复，自卿尘走后独自躺在床上，浑浑噩噩中诸般事情在心头浮沉不休，却不像平时那样智谋丛生，能解得眼前这个将死之局。突然听到门外轻响，是有人又进了至春阁，她随即闭目屏息，便如同之前昏迷一样，丝毫看不出痕迹。

卿尘同夜天溟进了房中，见鸾飞好好地睡在那里，牡丹色的宫缎浓浅回转，映在夜天溟那妖异的眼中，却浓浓覆上了一层叫人窒息的晦涩，卿尘听到夜天溟低声说了句："纤舞。"

极低的一声呼唤，似乎来自遥远的深夜，带着无尽黯然划过这清冷的冬日。卿尘微微一怔，此时夜天溟心下清朗了些，哑声对卿尘道："你可知今天是你姐姐的祭日？"

卿尘心头被他沉痛的语气带得一阵滞闷，天帝对莲妃、太子对鸾飞，夜家男子当真个个痴情。但夜天溟对纤舞情深，于鸾飞却难免薄幸，卿尘心思轻转，道："既然如此，殿下何不帮忙找找离心奈何草的解药，以告慰姐姐在天之灵。"

夜天溟心底一凛，身上透出一丝危险的气息，但很快便掩饰过去，说了句："我如何会有那种东西？"

如何会有那种东西，便是知道这东西了，卿尘感慨道："看来明年今日便是我凤家姐妹两人的祭日了，不知纤舞泉下有知，又会作何感想。"

夜天溟狭长的眼中隐有怒意闪过："你说什么？"

卿尘在他怒视中不经意地一笑，眉眼间尽是纤舞的影子，虽少了那份纤弱无助多了丝清灵，却叫人心底浩然翻腾，再挪不开眼睛。

话在将明未明间，卿尘看了看静卧的鸾飞，不知她现在是醒着还是睡着，淡淡道："殿下是明白人，我也不绕圈子了，打一开始，殿下就没想过要给鸾飞解药吧？"

夜天溟扫了鸾飞一眼，又将阴柔的目光转回卿尘处："鸾飞说过可以为我做任何事情，生死无惧，还要解药做什么？"

卿尘瞥见鸾飞的睫毛微微颤动，慢慢踱步往旁边走去。夜天溟既要看着她，便回身背对了鸾飞。

"有的虽亡难舍，有的却弃之如履，"她不无讽刺地道，"虽是姐妹，看来却命不相同。可怜鸾飞白白为你了，殿下对着她，心中难道就没有一丝怜惜之情？"

夜天溟眯了眯眼睛，薄唇抿成冰冷的直线："谁人能替代得了纤舞？"他一步步往卿尘身边走来："不过你倒是比鸾飞更像纤舞，所有像纤舞的女人，我都不会放过。"

随着两人逐步靠近，危险的感觉越来越重，自夜天溟那双妖冶的眸中，卿尘看到自己的身影渐渐清晰，而此时鸾飞的手，紧紧地，仿佛正用尽全身力量抓着锦衾，本已瘦削的指节苍白突兀，几乎将要断折，似已到了忍耐的极限。卿尘惊觉若是让夜天溟知道鸾飞并无性命之忧，只怕会再施毒手。心中电念闪过，她往后退了一步，伸手将门推开："既如此，殿下也不必在此久待了，咱们移步说话吧。"

偏殿中少有人走动，长廊一片安静，只有窸窸窣窣的雪声入耳。夜天溟阴冷一笑，将身上披风随手抖开，丢落在鸾飞身上："纤舞最喜欢红色，今日便当我以此送鸾飞了。"说罢头也不回地举步迈出房门，卿尘悄然看了看鸾飞，随后掩门而出。

走出至春阁，卿尘正要抽身离开，不料夜天溟回头一步拦在了她身前。她急忙往后退去，却发现身后是高大的楹柱，已然无处可退。夜天溟却没有因此停下来，直把她逼至楹柱前，抬手一撑，将两人圈在一个狭小的空间内，盯着她道："不必想法子躲我，你总有一天会是我的。"

卿尘凤目沉冷，熠熠和他对视，声音中丝毫不带感情："凤家不过三个女儿，九殿下害死纤舞，利用鸾飞，如今又想娶我入府，是打算扳倒湛王，还是对太子赶尽杀绝？真不知殿下究竟是有情还是无情！"

夜天溟身子向前一压："本王是有情还是无情，你不妨亲自试过以后再说。"

卿尘将手中的奏章向前一挡："殿下小心皇上的折子，若是弄坏了，你我谁担待得起？"

夜天溟往下瞥了眼挡在两人之间的奏章，空闲的右手缓缓将它压下："我担不起，你也一样担不起。"

卿尘眉梢轻轻一挑:"那太子之事,不知殿下自问在皇上那里担得起几分?"

夜天溟慢慢直起了身子:"我担几分,凤家也就有几分,郡主不会想去自曝家丑吧?"

卿尘冷冷地将手挪开:"凤家这点家丑和皇家的比起来,不过寥寥罢了。"

夜天溟眼底竟又生出几分柔情,衬着那张绝美的脸格外炫目:"要说我无情,凤相也差不到哪儿去。回去转告凤相,就说我不会亏待凤家,丧女之痛,自有相当的获益,绝不叫他亏本。不过也告诉他,他现下这个女儿,我一样也要定了。"

卿尘缓缓道:"殿下莫要忘了,这世上不是你想要什么,便都能得到。"

夜天溟那妖魅的眸光微微一跳,泛起一丝蛊惑人心的温柔,仿佛血色,渐渐浓郁:"那你就太不了解男人了,男人若真想要一个女人,就没有人挡得住!"

卿尘冷颜道:"太自信了未必是好事,有鸾飞和太子的前车之鉴,殿下还是三思而行的好。"

夜天溟微怒,出其不意地伸手捏住卿尘的下颌,声音阴沉:"你不信我有这个胆量?那不妨现在试试看!"说罢他手下用力一抬,俯身便向她唇上压下。

卿尘挣扎怒道:"放手!"

"放手!"与此同时,一声夹杂怒意的呵斥响起,卿尘趁夜天溟一怔时摆脱他的挟制,猛地推开他。长廊上夜天湛俊眸微挑,脸上早已不见平日的温雅,如笼严霜。

夜天溟惊愕过后恢复常态,竟笑着问了声安:"七哥!"

"你干什么?"夜天湛冷声问道。

夜天溟道:"没干什么,不过和卿尘闲聊几句罢了。"

卿尘恼他竟敢在延熙宫如此放肆,道:"我没兴趣和殿下闲聊,殿下还请自重!"

夜天湛强压下心中怒意:"皇子与修仪间是什么规矩,九弟想必都明白,不必我再提醒。"

夜天溟向前迈了两步,走到夜天湛身边,低声笑道:"七哥何必如此恼怒,难道是因为我做了你想做又不敢做的事?"

夜天湛闻言冷冷看着他:"你说什么?"气氛顿时剑拔弩张,飞雪卷来,冷风如刀,穿透锦衣裘袍令人遍体生寒。

夜天溟停下脚步:"人人都知道卿尘是从七哥府中出来的,七哥待她十分上心。"

夜天湛眸底微冷,道:"你既然知道,便最好收敛些。"

夜天溟却道:"可惜有些东西我是志在必得,今天先和七哥打个招呼了。"

夜天湛冷哼一声,他毕竟涵养极佳,亦不欲在延熙宫生事,即便恼怒也只淡淡道:"如此我奉陪到底。"

只言片语，如冰似雪，与夜天溟狂妄的挑衅针锋相对，擦肩而过的对视几乎迸出灼人的火花，夜天溟若无其事地道："看到七哥动怒当真不容易，没想到竟是为了一个女人！"

　　夜天湛目视他离开，那一瞬间，眼底温润春水翻作三九寒冬，寒意陡似剑光，那锐利的冷芒看得卿尘心中震慑，然而他回身却对她缓缓一笑："你没事吧？"

　　卿尘摇头道："没事，我得赶快回致远殿了。"

　　"卿尘……"夜天湛微微蹙眉，叮咛道，"眼下多事之秋，凡事千万小心。"

　　卿尘静然垂眸，太子之事虽未见处置，但所有的格局已然开始变动，身处机要中枢，她凭着一种直觉便能感到，方才夜天湛和夜天溟简单几句话，又岂是只为眼前这点儿小事？片刻沉默，她对夜天湛道："什么都不要做，尤其是为我。"话也只能说到这里，她不再多做停留。

　　夜天湛看着卿尘转身迈入雪中，似是想喊她，但又没有出声。纷纷扬扬的飞雪很快在两人之间垂下无边无际的幕帘，卿尘的身影消失于茫茫雪幕中时，夜天湛极轻地叹了口气，抬手处，一片薄雪落入他的掌心，转而化作了晶莹的水滴。

第四十五章 瀚海阑干百丈冰

初冬的第一场雪停停下下，竟持续了几日，静谧的寒夜里纷纷扬扬覆了一地，衬得月色更多几分清寒。大正宫中层层起伏的琉璃金顶上厚厚着了一层雪，仿佛整个化作素白的世界。白雪掩盖了一切，一切又在雪中悄然地滋生，没有人察觉，也无从察觉。

夜已深沉，卿尘却还未睡，一手握卷靠在床头细细研读，身上搭着一件狐裘，狐皮色泽柔顺堪与户外白雪争光，映得她雪肤如玉淡淡莹莹。

夜天凌前日差人送了这件狐裘过来，卿尘看了会儿书，下意识地伸手抚摸，便想起夜天凌坚实的怀抱，一样带着暖意的呵护，层层包裹在身边，叫人从心底生出踏实。如今每日站在太极殿中，众人间看到他挺拔沉定的身影，便感觉一切事情都不难，时时刻刻都有着希望，她可以等可以忍，不知不觉里，他的影子已经那样深刻地镌刻在心底，随着光阴愈染愈浓。

桌上放着几册医书。数日之内，伊歌城中患病人数再增，这场突如其来的疫情，像是洪水猛兽毫不留情地吞噬着人们的生命，愈演愈烈。苦于条件有限，卿尘知道的许多法子都派不上用场，只好在医书之中详尽钻研，以期能有新的发现。

转眼已至三更，她才熄灯睡下，迷迷糊糊间，忽听窗外有人轻声叫道："郡主，郡主……"声音轻急，依稀像是碧瑶。

她披衣下床，开了门，见碧瑶只穿了件单袍，在雪地里瑟瑟发抖，一见她出来，扑前拜倒："郡主，你救救我们姐妹，求你……求你……"

卿尘急忙拉她起来，低声道："你这是干什么，竟敢深夜私来致远殿？"

碧瑶跪在雪里只是磕头："我们没有办法，只能来求郡主了。"

卿尘见她如此，知道定是出了事，一边扶她一边沉声道："莫惊动了他人，先进屋来。"

碧瑶方随她起来，卿尘看她冷得瑟缩，找件衣服给她披上："出什么事了？"

碧瑶眼中血丝密布，神情惶急："太后……太后娘娘今晚突然头疼发热，现下已经人事不知了。"

卿尘心底一惊："糊涂！你不快宣御医，怎么反来我这里？"

碧瑶哽咽道："我不敢……丹琼她……她也高烧不退……"

卿尘目光猛地一抬，顾不得追究其他："什么！"她一把抓住碧瑶，"还有什么人？"

碧瑶吓得只会摇头，卿尘冷声道："是什么症状？"

碧瑶哭道："头疼……浑身发热……咳嗽……都昏昏沉沉的……"

卿尘听着她的话，心下寒意渐生，这和伊歌城中瘟疫的症状一模一样，立即抓了披风道："走，去看看。"

到了延熙宫，今夜同碧瑶一起当值的紫瑗早急得像热锅上的蚂蚁般，直在寝宫前殿打转。一见碧瑶带了卿尘来，像见了救星，顿时哭道："郡主救我们。"

卿尘见紫瑗竟大胆同碧瑶一起瞒着，心中奇怪，但来不及深究，对她们道："在门口守着。"

她独自进了太后寝宫，碧瑶和紫瑗无法可施，只握了手垂泪。不多会儿卿尘出来，面色隐在昏暗的檐下看不清晰，碧瑶急问道："郡主……"

卿尘对她摆摆手："带我去看丹琼。紫瑗守在这里，任何人，包括你自己都不准进寝宫。"

丹琼和碧瑶共住一室，一床锦被盖在身上，人已昏睡不醒，脸上因高烧泛着不正常的潮红。卿尘进屋前便以丝帕掩了口鼻，此时搭她脉搏，神情越发凝重。很快出了屋子，她一言不发直往太后寝宫快步而去。碧瑶跟在身后一路小跑，又不敢叫她。卿尘低头思索，出了抄手复廊方抬眼问道："这是什么时候的事？"

碧瑶回道："就是今天。"

卿尘冷不防停住，直视她："丹琼是不是出过宫？"

碧瑶屈膝跪倒在地，磕头哭道："不敢瞒郡主，紫瑗挂心家中只有母亲一人，晌午偷偷出去送了些药。丹琼年少贪玩，趁我不知道缠着她跟了去，谁知回来就这样了。"一边抽泣一边只是磕头。

卿尘抑声道："你们真是不要命了！我前几日都白白嘱咐了吗？出宫带了瘟疫进来，即便能瞒过所有人，丹琼也未必能活得了。何况这是多大的事，谁能瞒得住！"

碧瑶闻言脸色惨白，已是骇得只知哭泣："求郡主救命……"

卿尘皱眉道："你起来，哭有何用？你和紫瑗竟未染上已是命大。她两人出宫，还有谁知道？"

碧瑶摇头："没人知道，简宁宫后有一道上了锁的宫门无人看守，年久日长门锁已坏，她们想私下出宫都是从那里悄悄去的。"

卿尘知道这瘟疫来得凶猛，心中焦虑万分，强自镇定道："你现在马上去御医院，报说太后不舒服，宣御医过来。御医看过后若查问起来，绝不能承认有人出过宫，就说丹琼一直跟在太后身边伺候，紫瑗和你在一起。只要真没人看见，谁也查不出来，最多治个照护不周的罪，比你们犯下的可轻多了。"

碧瑶吓得不轻，道："这……这若查出来，可是欺君的大罪。"

卿尘眸中一沉："欺君之罪，无人知道便是没有。切记和紫瑗两人所说不能有二，生死便在这上面。"夜色中延熙宫明暗不定的光映过来，雪地里投下一片寂暗的影子，灯火沉沉，若隐若现。

碧瑶听着她冷静的语气，心神清明了许多，叩首道："郡主为了我们竟冒这样的险，我们来世衔环结草做牛做马也不能报。"

卿尘叹道："能不能逃过这一劫尚未可知，说这样的话还早。这病我现在是不能治，也还没有方子医得好，究竟怎样要看造化。"碧瑶知道事情严重，磕了个头，匆匆去了。

卿尘悄悄回到致远殿，不多会儿御医院便有人来报天帝，说太后病重。

不待天明深夜惊扰，那必是极不好了，天帝闻讯即刻起驾延熙宫，谁知到了延熙宫却被御医院的人拦在寝宫外面。孙仕上前喝道："大胆！竟敢阻拦圣驾，还不快让开！"

太后的病状，诊脉的当值御医何儒义早就怀疑到了疫症上面，虽是禀了上去，但说什么也不敢让天帝以身涉险，跪着道："陛下龙体为重，恕臣斗胆，不敢请陛下进寝宫。"

倒是天帝还沉得住气，肃声道："何儒义，你倒是给朕说说为何不能进去！"

何儒义道："太后脉象虚浮，高热不醒……事关重大，臣不敢妄言，但请陛下先顾及龙体。"

卿尘见天帝渐有怒色，这何儒义是宋德方的高徒，医术虽不错，却是御医院中出了名的迂腐不通人事，得了个"何榆木"的外号。卿尘怕他一言不慎触怒天帝，便上前道："陛下，何儒义阻拦圣驾也是职责所在，不若先让我进去看看，再请陛下定夺。"

孙仕此时也听出事情不简单，不敢令天帝涉险，在旁跟着劝："陛下息怒，不妨让凤修仪先去看看也好。"

天帝对卿尘的医术倒有几分信任，思索一下，终于准奏。卿尘随何儒义进了寝宫，她对太后的症状早就一清二楚，再次诊看后便问何儒义道："怕真是那病，你看该如何？"

何儒义摇头道："郡主既也认定是那疫症，怕是没错了。这病症甚是厉害，我等无论如何要劝着皇上莫要近前，若是在宫中散开，后果不堪设想。"

卿尘道："如今第一怕是要先封锁病源才好，否则想要不传播也难。"

何儒义道："事不宜迟，我这就去禀奏陛下，请陛下定夺。"

卿尘心想如此便只有封了延熙宫，隔离宫中之人，但这又岂是易事？待要劝何儒义委婉些对天帝说，何儒义早已步入瑞春阁面圣。卿尘随他而入，将太后病症细细禀呈天帝听，天帝亦略知医理，愈听面色愈是沉重，问道："你们御医院怎么说？"

何儒义躬身回道："太后此症与京隶两地疫症相符，臣斗胆请陛下暂封延熙宫。"

话音甫落，天帝果然不悦道："大胆！延熙宫乃是太后寝宫，岂容你说封便封？"

何儒义立时跪下叩头道："臣据实而言，还请陛下斟酌，延熙宫不封，宫中人人性命堪危。"

天帝喝道："一派胡言！宫中一直谨慎防范，怎会有疫病传入？"

何儒义再磕个头道："臣不清楚疫病如何入宫，但太后娘娘病症厉害，万万不能马虎。"

天帝怒道："何儒义，你医不好太后的病，竟胡乱往疫症上推，朕必要亲自去看看！若有差池，你有几个脑袋？"说罢便要往太后寝殿去，孙仕等人忙劝，但天帝至尊之躯，却也没人敢硬拦，反而卿尘一步赶上，跪在雪地中道："请陛下留步！"孙仕等随后跪下一片。

天帝被她拦下，道："卿尘你也大胆了，敢挡朕的驾！朕的母亲卧病不起，朕却不得探视，天下岂有此理！"

卿尘微微叩首道："卿尘宁肯忤逆陛下，也绝不能让陛下进寝殿。陛下不仅仅是太后娘娘的儿子，亦是万民的天子，岂能因一己之私而弃天下于不顾？"

天帝不料卿尘如此直言不讳，但她话中有理，一时也难驳斥回去，在雪地里来回踱了两步，心绪烦乱："好，你们一个个知医懂药，倒是给朕说说要怎样才好！"

卿尘道："请陛下即刻下旨封宫，使疫症不能四散。卿尘愿自请留在延熙宫，一来服侍太后，二来寻方求药，以期能解此瘟疫。"

天帝虽为太后的情况焦虑万分，却并不糊涂，御医院和卿尘结论一致，疫情入宫是何等凶险，岂容大意？冷静下来后问道："你可有把握？"

卿尘垂眸道："只求尽力而为。"她自帮碧瑶她们隐瞒的那一刻便早已决心如此了。太后是夜天凌在这宫中最亲的人，她心底又何尝不怪紫瑷、丹琼鲁莽闯祸？但是即便说出来，除了多赔上几条人命，又有何用？

此时本在太后身边伺候的紫瑷匆匆过来，跪下回道："陛下，下午一直伺候太后的宫女丹琼突然晕倒，似乎……似乎也发起了高热。"

所有人同时一惊，唯有卿尘依然淡淡地看着面前一方白雪。这正是她方才借机吩咐紫嫒来报的，如此或可让天帝下定决心封锁延熙宫，而一旦查起来也好说丹琼是伺候太后染上了疫症，不至于牵扯出事情缘由和紫嫒、碧瑶两人。

何儒义忙问紫嫒："可是刚刚一直跟在太后身边的那个宫女？是不是和太后一样症状？"

紫嫒点头："是，丹琼和我一直伺候在太后身边。症状……症状奴婢不敢妄断。"延熙宫中宫女众多，何儒义也不能一一认识记得，丹琼与碧瑶姐妹二人容貌又极其相似，所以何儒义只当方才是丹琼伺候在侧。

借此机会，卿尘再次深深向天帝叩首："请陛下降旨封宫！"

何儒义也跪倒雪中俯首道："请陛下降旨封宫。"

身旁跪了一地人，天帝面向延熙宫方向伫立半晌，终于缓缓道："传朕口谕，封禁延熙宫。"卿尘那一瞬间在天帝的脸上看到了极沉痛的神色，她俯在雪中，浑身冰凉，冰雪随着身体的温度缓缓地化作雪水，浸湿了衣袍，砭透肌肤。

第四十六章 正在有情无思间

延熙宫的封禁对外只以太后患病需要休养为由，禁止出入探视，各宫上下却已在不寻常的空气中察觉到了紧张。

殷贵妃在此时显出了她不同于众人之处，恩威并施协助天帝震慑着后宫，手腕独到处处得当，使这三宫六院看起来还是一片平和。无怪天帝即便有如花娇宠三千佳丽，也动摇不了殷贵妃实际上六宫之首的地位，只因为她是天帝需要的女人，她用自己门阀贵族特有的骄傲和端庄，美丽和手段，牢牢俘获着天帝的心。

朝堂政事如往常一般有条不紊地进行着，唯有几个深得天帝信任的重臣和几位皇子知道实情。天帝因京隶两地疫情，一天之内连颁五道圣旨，亲自督促防疫。御医院、赈济司连遭贬斥，却依然没有有效的方法防治疫情，当真人人坐立不安，提心吊胆。

御医令宋德方、御医何儒义奉旨随清平郡主当晚便入了延熙宫。随着宫门缓缓合拢，延熙宫和外面全然隔离，身在其中，没有人知道是不是还能活着离开。

恐慌、不安悄无声息地充斥了每一个角落，那种毫不知情的恐惧，如影随形的危险感，在所有人心中一点一点滋生、蔓延，就像完全陷入一片黑暗之中，明知某处有着致命的危险，却半点光亮都寻不到摸不着，只能提心吊胆，等待着随时可能降临的死亡。

等待死亡，岂不是最可怕的事情？

卿尘入宫第二日正午时分，即令留在延熙宫的所有人集中于前殿广场中央，将延熙宫目前的状况详细地、毫无隐瞒地公布于众，与其任人枉生猜测，不如坦言相告。当时便有胆小的宫女吓得瘫软，互相抱在一起哭出声来。

卿尘暗自叹息，或许每个人都会以为自己不怕死，但当死亡的阴影笼罩过来的时候，又有几人能面不改色、镇定如初？

她站在白玉长阶的最高处，用缓慢而清晰的声音道："我知道你们怕，但是现在，没有人出得了延熙宫，包括我。任谁私自迈出宫门一步，便是杖毙的下场，死得更加难堪。如今咱们只有同进共退、齐心协力，才有可能逃过此劫。我也怕死，但我凤卿尘绝不会弃大家于不顾，人定胜天，老天即便要亡我们，我们不妨也跟它争一争！"

话说至此，本来慌乱的众人似乎安定了些，延熙宫上下皆知清平郡主精于医术，此时的她，就像众人一根救命稻草。所有人眼巴巴地看着听着，却有个小内侍蓦然惊呼："瘟疫！瘟疫！我不想死！我不想死！"竟大喊着往宫门处拔腿狂奔而去，剩下的宫娥内侍顿时一阵骚乱。

卿尘一惊，喝道："王兆！"

延熙宫内侍监司王兆立刻下令："快！抓回来！"几个执行内侍早已动手，那小内侍没奔上几步便被擒回，在执行内侍的钳制中苦苦挣扎："我不想死！不要！不要！"满面的涕泪，早已几近狂乱。

卿尘看着周围骚乱更甚，不少人似是都有了逃走的心思，微一咬牙，冷冷道："杖毙！"

那声音不高却犀利，铮然掷进了骚动中心，像是带过一道无情的锋刃。随着执行内侍将杖刑的长凳咣地置于场前，四周猛然安静。

执行内侍捏开小内侍的嘴，塞进一条木棒，牵着两端的绳子手脚利落地往后一紧，缚上双手，杖起杖落，发出敲击在人身上的闷哑声响。眼前血珠飞起，一道道浓重的暗红溅入厚厚白雪之中，留下触目惊心的痕迹。

那小内侍起初还嘶声挣扎，渐渐便没了动静。卿尘立在那里，静静望着，一杖杖似是重重击在心底，她却硬挺着丝毫不为所动。

众人吓得噤若寒蝉，没有人注意到，延熙宫原本紧闭的大门突然打开，有两个人迈步进来，那朱漆金门又在他们身后缓缓关闭。

场中死寂，无人再敢妄动，突然有个清冷的声音遥遥传来："好！拖下去埋了，再有犯者，当同此例！"卿尘凝眸一看，这一惊非同小可，竟是夜天凌一身云青长衫，身披白裘，踏着逐渐消融的冰雪往这边而来。身后跟着随从晏奚，两手小心翼翼地提着一样东西，上面严严实实蒙着黑布。

众人惊醒，黑压压俯身一片。夜天凌摆摆手："都起来吧。"举步上了殿前高阶。

卿尘早迎了过来："四……殿下，延熙宫已然封禁，任何人不得出入，还请快快回去！"又对晏奚怨道，"你这是怎么回事儿？竟容殿下入此险地！"

晏奚道："郡主，殿下早朝之后去向皇上请命侍奉太后，坐镇延熙宫，在致远殿求了两个多时辰皇上竟准了，我们谁能拦得住啊？"

卿尘自昨晚入宫，此时心里才真正知道什么叫做着急，低声对夜天凌道："你这是干什么！"所谓平心静气，原来只因事情没有触到心中软处罢了。

夜天凌登上最后一层台阶，脚步微停，在卿尘无比焦虑的眼神中淡淡说了句："既知是险境，我岂容你一人面对。"这话说得极轻，只容她一人听见，说罢他转身和她并肩而立，望着延熙宫众人："皇上虽封了延熙宫，但十分惦记忧心。圣驾不能亲自前来，本王子代父身，尽孝心，除疫情。清平郡主方才所言都听清楚了，各尽职守，谨慎行事，莫要让本王知道有人趁乱生事，否则，方才便是先例。"

不知是因之前的极刑震慑，还是因凌王的到来，偌大的场中无人敢再出声，终于安静下来。卿尘却被夜天凌方才一句话搅乱了心神，当着这么多人也不好争执要他回去，纤眉轻蹙，吩咐众人："该做什么想必你们已经清楚，都散了去做事吧，有事到遥春阁来回。"众人惊魂甫定依命散去，各司其职，倒也有条不紊。

卿尘和夜天凌往遥春阁去，晏奚知趣，不再跟着。

遥春阁离当日鸾飞所居的至春阁甚近，封宫之前，卿尘借了这个时机，给鸾飞再喝了离心奈何草，御医院几位御医亲自看验，皆道数日过去，人已无救。天帝此时诸事忧烦，无心计较鸾飞之事，只命将尸身发还凤家安葬。卿尘命人暗中带了消息给凤衍，诈称鸾飞乃是在延熙宫沾染瘟疫不治而亡，要凤家速速安葬，莫要拖延声张。鸾飞之事本就是凤家大忌，瘟疫一说更加令人心惊。凤衍接了卿尘密函，当日便将鸾飞下葬，而卿尘则早命冥衣楼安排妥当，持解药去救，此时当已将人安全带出。从此以后，世上便再无凤鸾飞此人。

但是此时卿尘却已无暇思量鸾飞的生死，进了遥春阁见四周无人，转身便对夜天凌急道："你这么进来，还出得去吗？要坐镇延熙宫自有他人，你这是抢什么风头？何况延熙宫哪里就非要人坐镇了？多进来一个人就多一个人危险，我不是禀报皇上谁也别来，谁也别插手吗？"

夜天凌从来没见过卿尘这般焦急的模样，静静看着她。卿尘见他不说话，又道："延熙宫现在不知道什么时候就又出了病症，这病现在谁也治不了，你在这里若是不小心有个沾染怎么办……"

她还要说，突然被夜天凌一把揽进怀里，她本能地挣扎了一下，却没有挣脱他的手臂。

他身上特有的男儿的气息立刻包裹了她的周身，冬日正午的阳光洒下，冰雪中反射出细微的耀目的光泽，亮晶晶，闪熠熠，点点生辉。一时间四周安静得几乎能听到阳光流动的声音，偶尔有檐上冰雪消融，滴答一声落下，反更衬得遥春阁空寂安静。

夜天凌将卿尘圈在怀中，下巴轻轻靠在她头顶，那熟悉到不能再熟悉的声音带了些令人不解的复杂的意味，慢慢道："你也知道着急，将心比心，难道我不急？"

卿尘呼吸凝滞，脑中瞬间一片空白，她怎也没想到他会说出这样一句话。微侧的头贴近在他胸膛，正能听见他心脏一下一下有力地跳动着，感觉他紧紧地抱着自己，突然就明白了他的心意。

但将君心换我心。是什么时候，深沉无波的心境也为之牵肠挂肚，冷冷淡淡的模样也为之频频动容？是那萍水相逢的邂逅，是那恍如几世的相识，还是那相对忘言的凝视？

只缘身在此山中，云深不知处。却谁道，已是眉上心头，无计相回避。

她轻轻地动了动，将脸埋在夜天凌身前，突然间泪水不受控制地流落。或许这一天一夜里担惊受怕，其实每时每刻都想着能见到他，哪怕只是看着那双永远平静清明的眸子，便会得到心中希求的安定。

夜天凌远远望着天空雪晴一片，抬手抚摸她流泻香肩的一头秀发，柔声道："不怕，我来了。"

卿尘闭了眼睛，有些赌气地道："你干吗要来？"却是明知故问。

夜天凌答："不干吗。"却是避而不言。

卿尘闻声不语，只是紧紧抓了他衣襟一下。夜天凌低头淡淡道："十一弟说得真没错，每次都不叫人省心。"

卿尘眼泪还没擦干，先不服地反驳一句："那是他，不是我。"

夜天凌薄薄的嘴角勾起一抹微笑，将卿尘俏脸抬起，手指在她面颊轻轻滑过，拭去了那未干的一点泪水。两人的影子在彼此眼底淡淡相映，一个是七窍玲珑，一个是淡淡清峻，只将这缱绻柔情细密镌刻，潺湲流连。

夜天凌低声道："即便是你又如何，我也认了。"话中带着三分柔和三分淡笑，还有三分霸道，牢牢将人裹住，他眼底的幽深似化作了波光粼粼，深深浅浅带着醉人的魔力，如同一道低沉的咒语，蛊惑人心。卿尘俏靥微红，急忙侧开头去。

夜天凌却只轻轻一笑，心神微正，低声问道："延熙宫中怎样了？"提起这事，两人却都敛了笑容。卿尘沉默一会儿，道："四哥，你既来了，也走不了了。若你走，这里我不可能再镇得住。但有一点，你不能进太后寝宫，一步也不能。"

夜天凌不置可否，沉声问道："你实话告诉我，皇祖母她究竟情形如何？"

卿尘在他面前怎么也说不出欺瞒的话，他的眼中此时什么也没有，只是黑得慑人，让她深深地陷进去，不敢，也不愿去欺瞒。宁肯面对的是千疮百孔满目疮痍，甚至卑鄙龌龊肮脏不堪，也只愿听真相，他要的只不过是真相。

她咬了咬唇，轻轻道："给我点时间，或许太后娘娘福大命大，能度过此劫。"

夜天凌缓缓闭了下眼睛，卿尘见他唇角冷冷抿着，知道他只有在痛极而又不愿发作的时候才会有这样的表情，忙道："一定会没事的，四哥，我会想办法。"

夜天凌定了定心，道："你要那些白鼠干什么？我给你带来了。"

卿尘道："我要用来做实验，找出能治疫病的药方。"

第四十七章 竹箫寂寥沧海笑

遥春阁东室隔离了所有人等，连夜天凌也不例外。

整间屋子一边摆满了大大小小的笼子，一边陈列着草药、书籍和各种备用的器皿。卿尘埋首医药之中，直到夜深寒重方站起来揉了揉脖颈。她推门而立，仰望天上如丝如缕轻云飘过淡月，屋外扑面而来的冷意驱走了深夜的困倦。

她遥望无垠的夜空，脑中却还是各种各样的草药方子，似乎生了根似的穿插不休。

突然耳边隐约传来一阵箫声，侧首细听，这曲子竟是她很久以前弹过的那首琴曲，夜天凌那时还曾说过，若以箫相和应当不错。她伫立片刻，举步循着箫声一路寻去，畅春殿的台阶上夜天凌遥遥独坐，夜色中一袭白裘显得如此清冷，几乎连这将融未融的冬雪也比了下去，手中握着一支紫竹箫，悠悠箫音正来自他处。

卿尘拾阶而上，箫声悠然而止，紫竹箫在指间转落掌心，夜天凌望着她单薄清秀的身影没有说话。

她来他身边坐下："怎么一个人在这儿，夜深了也不歇息？"

夜天凌侧了侧头："你呢？"

卿尘笑了笑："我反正也睡不着，听着有人吹箫，便出来看看。"说话间夜天凌身上的白裘落到了肩头，她随步出来只着了件寻常冬衣，将带着他体温的白裘紧了紧，暖暖地窝在里面。

夜天凌修长的手指在紫竹箫上轻轻滑动，清隽的目光望着面前层层而下的高阶，问道："是你让晏奚和王兆寿他们跪在寝宫门口拦我的？"

"嗯？"卿尘愣了愣，她是嘱咐过晏奚千万不能让夜天凌进太后寝宫，不想他们竟用了这法子，道，"法子倒不是我教的，不过是我吩咐他们拦着的。"

夜天凌道："你当他们拦得住？"

卿尘看了看他："拦得住，你不是糊涂人，也不会做无用之事。御医会随时呈禀太后病情,你堂堂王爷之尊,哪里又会照顾病人?想进寝宫不过是自己心里忧急罢了,非常之时,晏奚他们是好意。"

夜天凌沉默了会儿,淡淡道:"我知道。"

卿尘微微一笑:"四哥,你还记得刚才那首曲子?"

夜天凌点了点头:"那日你在屏叠山的竹屋曾经奏过此曲。"

卿尘在膝头静静地趴了会儿,将歌词轻声唱道:"沧海笑,滔滔两岸潮,浮沉随浪记今朝;苍天笑,纷纷世上潮,谁负谁胜出天知晓;江山笑,烟雨遥,涛浪淘尽红尘俗世知多少;清风笑,竟惹寂寥,豪情还剩,一襟晚照……"

夜天凌安静地听着,卿尘清美的声音在阶前雪影中寥寥荡荡,几分柔润,几分飘逸,几分洒脱,几分空寂,仿佛此处已随着她的歌声化作烟雨飘摇,寂寥人世。

一缕明澈的箫音悠然而起,潇洒峻旷,伴着歌声曲意,低诉苍茫江湖。一叶扁舟,海潮澎湃,千载英雄,几度夕阳。

沧海笑,滔滔两岸潮,浮沉随浪记今朝;
苍天笑,纷纷世上潮,谁负谁胜出天知晓;
江山笑,烟雨遥,涛浪淘尽红尘俗世知多少;
苍生笑,不再寂寥,豪情仍在痴痴笑笑。

卿尘轻靠在夜天凌身畔,道:"可惜没有琴,你那日说过,此曲可以箫琴相和。"

夜天凌伸手将她揽过:"这又不难。"

卿尘轻声道:"放舟五湖,青山远,不惹凡尘。四哥,你喜欢那样的日子吗?"

夜天凌低头问道:"你喜欢?"

卿尘没有说什么,将头埋在他的膝间。

夜天凌见她不说话,也静声不语,四周寂然无人,只有依稀的月色穿过薄云映在雪光深处。

眼前的景象让他觉得如此熟悉,似乎曾经就是这样和她一直坐着,已经千年万年,很久都没有变过。一会儿,他淡淡道:"你若喜欢,日后我带你去。"

卿尘轻轻"嗯"了一声,伏在他温暖的怀中神志有些迷糊,折腾了这么久没有休息,此时是有些撑不住了。

夜天凌俯身看了看她,她迷迷糊糊道:"四哥,原来你也会着急。"毫无意识地呢喃。

夜天凌一愣,随即眉间掠过柔软,轻轻起身将她抱起。

卿尘只在半梦半醒间觉得身子一轻,随即安安稳稳地睡了过去。

夜天凌将她送回遥春阁，看她在睡梦中依然蹙着眉头，但人毕竟是在面前了，转眼可见，触手可及。想起今早听到延熙宫消息时，心里那种猛地被利刃穿透的感觉，几乎立时便沁出血来。今日他若是不来这延熙宫，便真的要被那焦虑不安逼得发疯。

是什么时候，眼前人成了心中盈盈淡淡挥之不去的牵挂？总是在不经意间想起，却凝神静气也忘不掉。

窗外有一点月光透进来，在卿尘脸上映出轻浅的影子。

众里寻他千百度，蓦然回首，那人却在，灯火阑珊处。

夜天凌静立着凝视她半晌，方转身出去，轻轻将门掩上，刚走没几步，突然低喝一声："出来！"

暗中有个身影转出来："殿下！"竟是冥魔，一身绯色的宫装，更衬出面上冷艳。

夜天凌扭头问道："谁准你私自进延熙宫了？"

冥魔垂首道："大家得知凤主和殿下都进了延熙宫，怕有不测。"

夜天凌道："有事我会找你们，延熙宫现在是非常之地，你们不得擅自涉足，你也尽量不要离开莲池宫。"

"是，我定会保护好莲妃娘娘。"冥魔答道，"雪战这几天十分不安稳，我擅自做主将它带了来，请凤主看看。"她怀中有什么东西窝在那儿，一松手，雪战便自衣衫掩盖的地方跳出，嗖地就不见了踪影。冥魔一惊，夜天凌道："无妨，它去找主人了。"

冥魔往卿尘的房间看了下，取出一封信交给夜天凌，道："我们已将鸾飞姑娘接出来了，她将事情真相写了一封信给太子，请殿下过目。"

夜天凌将信看过，稍后道："送去松雨台给太子过目。"

冥魔不解道："将计就计，若太子被废，岂不是我们的大好机会，殿下何必如此呢？"

夜天凌负手身后，看着一轮轻月缓缓地隐入云中："我自有分寸，你将信送去便可。"

冥魔便不再多言，垂眸道："属下知道了，此地凶险，请殿下和凤主多加小心。"

"去吧。"夜天凌挥挥手，冥魔借着月色悄悄看了他一眼，身形轻闪消失在树影深处。

夜天凌独自立在夜色下，抬头往松雨台方向看去，眸底瞬间带过复杂的光泽，似喜似悲，慢慢地沉淀到那幽黑至深之处，了无痕迹。

第四十八章 九峰晴色散溪流

一连数日，卿尘待在遥春阁东室，几乎足不出户不眠不休。用来实验的小白鼠不断死掉，为怕传染扩散，只能用火化来处理，今日已经正好是第十只了。她只觉疲惫、失望、愁苦一股脑地涌了上来，心口就像压着块大石头一样难受，气闷地以手撑头看着那些医书草药。如果有实验器械和必要的药物，这疫症或许并不是无解的东西。而现在她就像在一片沙漠中站了三天三夜，明知道身边就有水却怎么也拿不到，简直快要发疯。

所有人都被隔离在外，只有雪战没人拦得住，赶出去再跑回来，一直赖在卿尘身边，卿尘伸手按着它的脑袋，一筹莫展。

雪战安静地趴在那儿任她按着，突然金瞳一瞪，嗖地蹿了出去，吓了她一跳。她抬头看去，发现它正叼住只小白鼠，原来是方才喂药后有笼门没关紧，跑了一只出来。她忙喝道："雪战！"

雪战极通人性，听得主人命令便将小白鼠放下。小白鼠因挣扎得厉害，脖颈上被咬出伤来，殷殷流出鲜血，雪战舔舔舌头，瞬间将嘴边一点血痕清得干干净净。

卿尘一时没来得及阻止，心中担忧。雪战乃是神异灵兽，身含剧毒，这只小白鼠怕是活不成了，但小白鼠都是特意喂服了病人痰液用来试药的，万一雪战也被染上，便十分麻烦。卿尘为防意外，特地设法将雪战也隔离开来。谁知到了第二日，非但雪战无事，那只被它咬过的小白鼠竟也活蹦乱跳，一点儿病态都没有。

卿尘甚是惊奇，脑中灵光一现，引逗雪战再咬了一只小白鼠，可这次小白鼠浑身抽颤，没撑上半个时辰便死了。她却并未灰心，凝神思索，翻书配药，又抓来一只已然发病的小白鼠，如法炮制先喂了大黄等药物，再放去令雪战咬伤。隔日再看，发现和第一次一样，这小白鼠虽腿上受伤，一瘸一拐，但精神已经不似前日那般委顿不堪。

卿尘大喜，想到了以毒攻毒的方子，抱起雪战一边哄慰，一边小心翼翼自它前爪放了些血出来。雪战对她甚是顺从，虽然呜呜不满，但却没有太过挣扎。

卿尘给它包扎好伤口，将血和药物调和熬制，再在小白鼠身上试药。一夜趴在桌上迷糊，几次醒来去看那些小白鼠。待天亮时，之前奄奄一息的几只小白鼠，有两只已然死了，两只并无明显好转，却还有三只竟恢复了精神。她又小心喂了些调好的药物，再过了两个多时辰，剩下的两只小白鼠竟也开始在笼子里找东西吃。卿尘心中一阵狂喜，只觉得突然云破天开，多日疲累再也不顾，举步便往外跑去，一边喊："四哥！"

夜天凌这几日除了巡查各处，起居理事都在西室，就近陪着卿尘，卿尘身边的医书倒被他翻阅了不少，此时听到她突然大喊，丢下书起身来看。

卿尘沿着复道长廊小跑了几步，猛然间心口一痛，像是被只无形的手狠狠捏住一般，身子一个踉跄便往前栽去。夜天凌身形极快，闪到面前一把将她抱住："卿尘！"

卿尘靠在夜天凌怀中，只觉得心间一阵阵钝痛，扩散出去连呼吸都滞住，难受地握住胸口，断断续续道："扶……扶我……躺……下……"

夜天凌一边慢慢托着卿尘就地躺平，一边急喊："宣御医！快！"

随后跟来的晏奚没等他说完，答应着转身向外奔去。卿尘缓了缓，对夜天凌道："药……太后……"

夜天凌见她脸色苍白如纸，冷汗涔涔，原本波澜不惊的声音也带了几分焦急："先别说话，御医马上就来。"

卿尘摇了摇头，心里清楚这是心疾的症状，却不想此时毫无预兆地发作了起来，只能勉强调整着呼吸，以期缓解痛苦。

不过片刻，晏奚同宋德方快步冲了进来，一边跑着一边催促："宋御医，您快点儿。"

寒冬之日宋德方却出了一头的热汗，见状一惊，急忙跪在地上把了脉，对夜天凌道："殿下，这是心疾，莫要移动郡主，平躺为宜，老臣这就拟方子。"

赶来伺候的侍女拿着宋德方的方子去熬药。卿尘神志还算清醒，此时疼痛倒稍缓了些，她虚弱地道："我找到……了……方子……白瓷盅里……有药……"

宋德方猛地抬头和夜天凌对视一眼："郡主找到了医治疫症的方子？"

卿尘点了下头："还不……确定……要小心服用……"

夜天凌道："你先歇着，什么都别想，自有他们处理。"

卿尘心中阵阵闷痛，只觉得夜天凌关切的声音越来越远，无边的疲惫逐渐淹没了意志，天地似乎在眼前化作一片空白，一个沉沉的浪头扑来，周围便陷入了黑暗之中。

迷糊中似乎有苦涩的东西流入唇间，卿尘醒醒睡睡不知多久，再次醒来依稀已是清晨时分。

卿尘一时间不知身在何处，只觉得浑身软软的提不起力来，目光落在窗前，看到一个颀长的身影一动不动地站在那里，如水般的晨光自窗外静静洒进，在他襟边勾勒出清淡的影子,越发衬得那身形峻拔。

古木窗棂,丹云纱帐,一切开始变得熟悉起来,尤其是夜天凌的身影。她刚试着撑了撑身子,夜天凌便转过头来,眼中骤然掠过惊喜,即刻吩咐外面伺候着的侍女:"宣宋德方。"

他快步上前,将卿尘扶在怀中低声道:"别急着起来。"

卿尘淡淡笑了笑:"没事。"

夜天凌一瞬不瞬地看着她,仿佛从未见过她一样,许久方叹了口气:"可觉得好些了?"

卿尘点头:"好多了,只是有些乏,我是不是睡了很久?"

夜天凌审视她苍白的脸色,眉间微蹙:"整整一天一夜,宋德方说你这是心疾,这几日累着了才发作的,你这当大夫的只顾治病救人,却连自己都照看不好。"

卿尘将头靠在他胸膛,嘴角噙着丝笑意:"宋德方没有交代,这时不能惹我激动吗?你还教训我。"

夜天凌一愣,似是拿她无奈,便道:"皇祖母昨夜用了药,今早便退了热,情形好多了。"

卿尘一喜:"真的?"撑着身子便要起来,道:"我去看看。"

夜天凌抬手将她压下:"你躺着,我刚刚去看过,御医在旁守着,有事会随时来报。"

卿尘道:"你还是进了寝宫。"

夜天凌道:"已有药了,你怕什么?"

卿尘静静地靠回他怀里,此时才仿佛真正松缓下来,心落到了实处,竟有种再世为人的感觉,她侧了侧头:"我怕……那种束手无策、心急如焚的感觉……"

夜天凌静了会儿,低声道:"我这一天一夜便是这样过来的,你可知道?"

他沉缓的声音中夹杂着无尽的忧虑,卿尘听了心中微微一酸,便轻轻握了他的手。

侍女荷风的声音自外传来:"殿下,宋御医来了。"

夜天凌站起来道:"让他进来。"

卿尘同宋德方一向相熟,也不放珠帘回避。宋德方细细诊脉,再看神色,过会儿道:"现下是无碍了,只是郡主这病症大意不得,务必好生调养才是。"

卿尘笑道:"我知道,这几日太后那边要有劳你了。"

宋德方道:"这是分内职责,待郡主好些,还要和郡主商讨如何用药。"

卿尘细细问了问太后情形,知道丹琼先试了药,问道:"丹琼现在怎样?"

宋德方道:"昨夜便醒过来了,虽是虚弱了些,但性命已保住了。"

卿尘点点头:"太后年迈,和丹琼不同,还是要小心。"说话间看到夜天凌露出若有所思的神情,心里微微有些不安。夜天凌此来延熙宫,除了亲自坐镇,控制事态,也必会调查疫病如何传入宫中,这几日碍着太后的病没有严加追查,现下怕是马上就要有雷霆手段了，这些又怎瞒得过他？何况，她并不愿欺瞒他。

夜天凌对宋德方道："你先下去吧，如何调养拟个方子出来。"

宋德方退出去后，卿尘见夜天凌眼中隐隐尽是血丝，知道他夜里没休息好："四哥，你也去歇会儿吧。"

夜天凌在她身边坐下："无妨，陪你坐一会儿。"

荷风端了几样点心小菜过来，金丝如意卷、云锦小天酥、玉露团子、紫龙糕，再加一碗熬得香软的药膳粥，卿尘便靠在榻上慢慢地吃着。

夜天凌在旁看着她，屋中暖炉驱散了寒气，融融如春。这样安静的一刻，让人觉得若此生便就这样过去，未尝不是心满意足。

卿尘抬眸笑道："四哥，看什么呢？"

夜天凌道："看你吃得香。"

"我饿了。"卿尘道，"你要不要尝尝？今天尚膳司的手艺好像大有长进。"

夜天凌摇了摇头："尚膳司的手艺一向不错，以前有个老厨子，做得一手好菜，记得有道燕尾桃花虾，还有凤穿金衣、九品鲜笋、生丝江瑶都做得极好。"

卿尘问道："我怎么没见过？"

夜天凌道："宫里的老人，早没了，后来虽有这菜也再不是那个滋味。"

卿尘便央他说些儿时旧事来听，不想夜天凌如此沉稳的人，幼时竟调皮至极，这延熙宫整日被他折腾得天翻地覆。

但这所谓放肆的童年却极为短暂，夜天凌九岁始便随军历练，那时带他的正是穆帝长子，德王夜衍昭。

便是圣武十年那次讨伐南番战后，年方二十岁的德王同当今天帝在对部将的封赏中有了分歧，为天帝当众怒斥，说了些重话，回府后竟一时想不开，自刎而亡。

五年后，穆帝次子夜衍暄病亡，从此穆帝便断了子嗣。次年元月，天帝封长子夜天灏为太子，告祭太庙，大赦天下。

同年九月，十五岁的夜天凌首次领兵出战突厥，一战扬威。自此十数年，天朝出了一个贤德宽仁的太子，一个凌厉肃冷的王爷，而穆帝的两个皇子渐渐再也无人记得。

说话间夜天凌面如平湖，仿佛在说着别人的事情一般。以他如今的身份再回想前事，自是另一番心境。早早冷眼看遍父母兄弟几番恩怨，或许就是自那时起，心中便有一处开始变得坚硬，再容不得有人靠近。

卿尘知他心思，暗中叹了口气，此时晏奚进来禀报说："殿下，延熙宫所有宫人都在畅春殿候着了。"

夜天凌点点头："知道了。"站起来对卿尘道："我去看看。"

卿尘点头，目送夜天凌出去，却蹙起了淡淡纤眉。

第四十九章　争似是非弹指间

雪战不知从哪里钻了出来，偎到卿尘身边，找了个舒服的位置趴下。卿尘伸手抚弄它，心里又想起那能治疫症的药。单凭雪战这小小身躯，又救得了多少人？这疫症终究说不上是解了，依旧困扰着她。

不多会儿，一个小侍女自畅春殿过来，在外对荷风道："姐姐去畅春殿吧，四殿下挨个传着问话呢，我来替姐姐。"

荷风见卿尘闭目歇着，出来悄声嘱咐道："一会儿郡主若醒了，小心伺候着，桌上药还没喝，怕凉了……"却忽然听到卿尘在里面叫道："荷风，你进来。"

荷风忙道："奴婢吵醒郡主了。"

卿尘淡淡一笑："我没有睡，你去畅春殿见四殿下，请他回遥春阁来，就说我有急事找他。"

荷风答应着去了，卿尘起身坐到镜前，低头梳理着静垂腰畔的长发，从来没有想过自己会留这样长的头发，以前那么多年，都是一头利落的及肩短发。"宁文清"三个字，似乎已经一点点消失变成前尘一梦，在记忆中越来越遥远，偶尔记起反觉得陌生万分。

"发什么呆？"突然耳边响起夜天凌的声音。

卿尘吃了一惊，抬头见镜中映出他的影子，青衫磊落，虽一副闲逸模样，眼中却透着未退的锐利，回头笑道："悄无声息的，吓人一跳。"

夜天凌看了看桌上搁着的药，皱眉道："药都凉透了，怎么还不喝？"

卿尘微笑道："一时忘了。"

夜天凌伸手将洒在她肩头的秀发理了一下，发丝自指间滑过，温凉柔顺："找我有事？"

卿尘低头想了片刻，道："四哥，你可是要严查延熙宫疫病之事了？"

夜天凌道："此事来得蹊跷，岂能不查？"

卿尘叹了口气道："你叫他们散了吧，我将事情原委说与你便是。"

夜天凌眼中微光一闪，正对上卿尘清隽的目光沉沉静静望过来，掩映在潜淡风华中，叫人心里一时看不透："你是说，你知道这瘟疫是如何入宫的？"

卿尘点头，夜天凌拂襟在一旁坐下："你说。"

卿尘便自那夜碧瑶求救说起，将当日情形一一说给他听，一字不瞒。夜天凌半晌未言，面色静冷，眸底沉沉深不可测，不怒而威，越听越是峻严，待卿尘说完，冷冷道："这是诛九族的死罪。"

卿尘道："紫瑗父亲早亡，一个兄长死在战场，还有个幼弟年前违背母意，自行投了辽州军中，家中唯有一个哭得双目失明的老母，靠邻居照拂度日。丹琼父母双亡，除了姐姐碧瑶外举目无亲，要诛也无非就是这些老少病弱，倒是凤家怕是要受我连累了。"

夜天凌眉峰蹙拢："你这是替她们求情，还是拿自己和凤家挡我？"

卿尘淡淡一笑："不是求情，错了便是错了，你若是要罚也是应该的。"

夜天凌起身在窗前站了会儿，问道："你既然早就知道，为何此时才说？"

卿尘坦然道："若是侥幸不查，或来查的是他人，我便设法替她们瞒下。但如今查的人是你，我何必要你劳师动众费时费力，结果还是一样瞒不住，不如告以实情，凭你决断。"

夜天凌回头看她："你既不想求情，那是要和她们一起领罪了？"

卿尘摇头："我不想领罪，这个罪不好领。欺君之罪……"她笑了笑，"我领不起。"

"领不起？"夜天凌声音里有丝怒意，"这么大胆的事都做下了，此时再说领不起？"

卿尘松手，一缕丝缎般的发丝落至脸旁，衬得脸色有些透明的白，如同眼底清水无痕。她扶着几案站起来，拢了拢披在身上的长衣："四哥，你先别气，这事是我做得大胆了。但事已至此，即便是杀剐了紫瑗她们也是这样。紫瑗伺候太后多年从未出过差错，没有功劳也有苦劳，以前太后常说她心善诚孝，方才对她喜爱有加，她此次私下出宫，无非便是因着一片孝心。碧瑶、丹琼姐妹同我有患难之情，何况丹琼不过是个十三岁的孩子，无心之过，险些连自己性命也搭上。那时我帮她们几人瞒下，其实心里想着事已至此，能少伤一条人命，便是替太后积一份福德，希望老天护佑，能渡此难关。现在想来，也是欠了思量，有些鲁莽。"

夜天凌见她脸上血色未复，裹在一袭白衣中的身子弱不禁风，心中反再增了几分隐怒，但却不忍对她发作，只沉声道："还说不是求情？"

卿尘微微笑道："那便算是求情吧，请四哥放她们一条生路。太后自来心地仁慈，定不会过于怪罪。"

夜天凌虽然性子清冷，但也不是无情之人，纵恼紫瑷她们无知惹祸，但真说以诛族赐死论罪，便是卿尘放得开，太后那里也难免伤心一番，心中早便有了计较。只是见卿尘做事实在大胆，在这宫中如此行错一步，便是百死的罪，要唬她收敛些："求我有何用？这等事情，谁瞒得住？"

卿尘却早看出他不会痛下狠手去惩处几人，话虽说得严厉，但紫瑷她们命该是保住了，便自怀里取出样东西："我刚刚倒想到件事，四哥不妨听听。"打开来一张名单，是鸾飞临出宫前给她的，"你看过这名单，内廷司总管周历是溟王的人，宫里宫外定是传了不少消息，若能让溟王失了这条臂膀，倒是塞翁失马焉知非福。"

夜天凌轩眉微扬："还跟我讨价还价起来，求情也不白求？"

卿尘唇角带着丝若有若无的笑，将名单重新折起，递给夜天凌："顺水推舟，何乐而不为？延熙宫的事，或许是有人传了什么东西进宫，沾染了疫症也说不定，内廷司这疏漏可捅得不小，怕是要劳烦四哥好好查查了。"

夜天凌似是没将那名单看在眼里，却只凝视着卿尘，眼中有道亮光微微一掠："我现在越发盼着皇祖母快些好起来了。"

"嗯？"卿尘不知他为何突然这样说，微觉奇怪。

夜天凌深深注视她，认真道："卿尘，我要求皇祖母再指一次婚。"

卿尘闻言愣住，却淡淡一笑，避开他眸光逼人的注视："这种事情，错过了一次，岂会还有第二次？"

夜天凌道："正因错了一次，才不能再错第二次。"

卿尘摇头道："我现在在皇上身边，此事哪里那么容易？"

夜天凌闻言道："且先别管这个，此话便是你已答应我了。"

卿尘纤眉淡挑："我何时说过？"

夜天凌眸底光影一沉，忽而沉默，像是有丝微叹自唇畔逸出，轻轻落到上人心头。稍后，他才缓缓道："卿尘，之前是我想岔了些事，我心里想的、要的、做的，甚至我这个人，处处皆是危险。我一直在等一个心甘情愿随我，也配得上'凌王妃'这三个字的女人。知我意者如你，牵我心者如你，我等了这么久终于等到了，只是不知，你可愿意？"他向卿尘伸出手，等着她。

修长的手指白皙而稳定，似是拨开了千万年的云雾，将此生托在了她面前，邀她携手共度。

他不只是要和她走一段路，他要和她走这一生。

卿尘几乎可以听到自己的心跳声，这一步迈出去，就真的再也不能回头了。

她在他清朗的眸中微笑浅淡，低低往前走了一步，毫不犹豫地抬手轻轻放在他手中："四哥，我的心意，难道你还不知道？"

夜天凌几乎立刻便握住了她的手，面上竟是不能自抑的狂喜。他深吸一口气，手一紧便将卿尘揽在了怀中："你现在是暂代修仪，并非实职，我想过了，此时求皇祖母把你要回身边也不是难事，而后再讨指婚的旨意。"

卿尘心中却不能避免地想到些事情，若有一日，一切能够恢复正常的时候，她还会留在这里吗？这个她毕竟不是她。想到此处，轻声问道："四哥，若是有一日我走了呢？"

夜天凌一愣，道："去哪里？"

卿尘摇了摇头："我也不知道，只是或许会有一天，生老病死，聚散离别，你不怕吗？"

夜天凌淡淡道："想那些，不如有一天便真心过一天。"

卿尘抬眸一笑，将自己埋在他身上干燥而清爽的气息中："那有一天，我就陪在你身边一天，好吗？"

夜天凌伸手自她的眉眼间滑过："你可知道，说了这句话，你便是我的女人，也是凌王府将来的王妃了？"

卿尘笑道："听说凌王府规矩森严，上下都没个笑脸，这王妃岂不是闷死人？"

夜天凌亦笑道："这些日子笑得还不够多？凌王府是什么样子，待有了女主人，要看她自己的本事。"

卿尘抿嘴不语，只看着夜天凌越来越多的笑容，透心的一种甜美，融融的、暖暖的，缠缠绵绵心旌动摇，叫人透不过气来。夜天凌见她以手按着心口，笑意敛起："可是还觉得心口疼？"

卿尘摇头："好多了，只是胸中有些闷。"

夜天凌扶她坐下道："你好好休息，此事我只有一句话，那两个侍女死罪可免，却绝不容再在延熙宫待着。"

卿尘道："这我也知道，你把她们交给我吧。"

夜天凌皱眉道："说了不再劳神……"

卿尘求道："只这一次。"夜天凌想了想，终究答应了。

待隔了一日，天色晚了，卿尘屏退了身边诸人，将紫瑗和碧瑶叫到遥春阁。两人一进门，双双跪倒在地，便磕头下去。

卿尘伸手将她们扶起，叹道："这些都免了吧，之后行事心里多有分寸才好，这事莫要再提。"

紫嫒仍是满面忧色，道："四殿下这几日盘问宫中各人，虽还未问到我们，但依四殿下的手段，岂能瞒得过，早晚会追查下来。"

卿尘道："四殿下那里，你们待左右无人时带丹琼去请个罪，他心里早就明白，昨日没治你们的罪，以后也不会追究了。"

紫嫒和碧瑶对望一眼，露出不能置信的神色："郡主，这……这可是真的？四殿下竟饶了我们？"

卿尘笑了笑："他也不是铁石心肠，只是有一样，延熙宫你们是不能待了。"

如此说来碧瑶倒还罢了，紫嫒却是在太后身边服侍了多年，心底一酸。但戴罪之身，此时太后平安无恙，自己也能保住性命已是万幸，还有什么可说的？却听卿尘道："我给你们几个去处，你们看看自己可愿意。"

碧瑶道："自相识以来，郡主几次救我姐妹，我姐妹的性命早就是郡主的了，但凡郡主吩咐，碧瑶莫敢不从。"

卿尘道："那你可愿跟在我身边？"

碧瑶喜出望外："能伺候郡主是我的福气，岂会不愿？"

卿尘点了点头："好。至于丹琼……"她看着碧瑶有些紧张的脸，微微一笑："松雨台那里先前便要个外面伺候的侍女，我送她去那儿，如何？"

碧瑶愣了愣，原想丹琼即便不出宫也会被送去做低下杂役，谁想竟是如此出路。松雨台虽然僻静，但毕竟是在太子身边，怎么也委屈不着，忙道："我替她多谢郡主。"

卿尘道："既如此，那便这样了，你先下去好生照看丹琼。"

碧瑶答应着去了。卿尘静默了半晌，凝神望着紫嫒，红烛盈盈照得紫嫒一脸暖色，亦平添了几分娇美之情，细看下也是个端秀的美人胚子。紫嫒见卿尘望着自己不说话，以为她为难，也不敢多言，只低眉顺目站在那里。

碧瑶这些日子和紫嫒患难与共，毕竟亲近许多，等了良久不见她回来，已到屋外看了几次。直过了快一个时辰方见紫嫒低头慢慢沿着回廊走来，急忙上前拉住问："郡主怎么说？"

紫嫒脸上忧喜难辨，看起来倒是平静，轻声道："待太后娘娘大好了，郡主会启禀她老人家，指我去九殿下身边做他的侍妾。"

碧瑶蓦地一愣："九殿下？"

紫嫒神色中似是有了一丝坚毅，让她整个人看起来带着些温柔的笃定，点头道："我此次犯的错，百死莫赎，郡主大恩无以为报，便是粉身碎骨也情愿。"

第五十章 拨云开雾见月明

几日大雪过后，冬日又恢复了往常的干冷，阵阵北风寒意十足，掀得致远殿宣室外的风帘不时轻晃。凤衍同卫宗平两人看着天帝负手沉思，谁也不敢先开口。近日朝中诸事不顺，各处官员都没少挨训斥，还是谨慎些好。

天帝看了眼案前的一道条陈，心内说不出什么滋味，松雨台处频频来报，太子近来不知为何性情大变，情绪时好时坏，日日纵酒言语无状。昨天方传口谕斥责了他几句，他今日便上了个手本，其中多有涉及当年先皇子嗣亡故之事，无端惹人恼火。

想到这个长子自幼经自己苦心栽培，在诸兄弟中也是拔尖的，本寄望江山社稷与他，处处为他铺石开路，他也不负厚望事事行得漂亮，其他皇子兄友弟恭，也都对这个兄长颇为敬服，如此何愁天下不稳？谁料竟出了如此悖逆之事，教训安抚全不见效，非但不见悔改，反而变本加厉地胡闹，如何叫人不着恼？每每念起亡故的结发妻子孝贞皇后，更是深叹不已，心里不免还存了几分愧疚。

奉茶的侍女将御案上的茶换了又换，端下去的还是满满一杯凉茶。孙仕快步自屋外进来，躬身将两道手本递上："皇上，延熙宫送来凌王和清平郡主的手本。"

"哦？"天帝立刻接过来翻看，竟是太后无恙，请旨取消延熙宫封禁的手本，后面还附了御医院两本条陈，龙颜大悦："此才是叫朕欣慰，快！传朕旨意，延熙宫即刻开禁。"

孙仕忙答应着去了，天帝对仍候在一旁的凤衍和卫宗平道："你们随朕一起去看看。"

御驾到了延熙宫，朱漆金门已豁然大开，夜天凌率众人门口接驾。

天帝已知是卿尘找出了方子，回头对凤衍道："凤家生的好女儿，将来嫁到谁家便是谁家的福分。"

凤衍恭谨俯身，心里不免对天帝话中之话掂量猜测，揣摩圣意。卫宗平在旁却听得不是滋味,只因自己女儿是太子妃,近日太子无端反常,也没少跟着遭训斥。他同凤衍在朝中龙争虎斗,此次太子之事正是凤家小女儿鸾飞招惹的祸端,越发恨起心头。只是为相多年早已历练得喜怒无形,反而顺着天帝一番称赞。

卿尘听在耳中没来由地有几分警醒,见凤衍眯眼看了卫宗平一眼,突然觉得很是有趣。径自抬头欣赏这层层雕梁画栋,四方屋檐钩心斗角,自上而下无不是这番光景。

夜天凌却也扭头看了一眼卿尘,见她站在那里,便在近前却又离众人远远的,不由想起那日她问:"若是有一日我走了呢?"心头浮起直觉的不安,盘旋不去,相识以来的种种疑问随之而来。他眉头一皱,感到身旁有人亦向这边看来,旋即恢复了冷然无波的模样,却叫凤衍和卫宗平心底同时翻腾了几下。

倒是天帝无暇理会众人心思,大步进了寝宫。此时其他皇子得了信也前后进宫请安,十一他们见卿尘站在天帝身边,几日不见人竟消瘦了不少,神情中都带了关切。夜天湛向卿尘投去探询的一眼,卿尘对他微微一笑,却不知这一望一笑又落在了凤衍眼中。

太后经这几日调养,精神已好了许多。天帝亲奉汤药给母亲服下,太后叹道:"这些日子难为凌儿和卿尘,不是他们,我便见不着皇上了。"

夜天凌淡淡道:"只要皇祖母平安,什么也值得。"

天帝道:"凌儿和卿尘此次当真是为朕分忧解难,朕刚刚也还说凤家生的好女儿,嫁到谁家是谁家有福。"

太后笑道:"皇上算糊涂账了,福气哪有往外送的?"

天帝一愣,哈哈笑道:"母后说得是。"

太后在儿孙中看了一圈,见连最小的瑞阳公主都由奶妈抱着来了,却唯独不见太子,问儿子道:"皇上,怎么不见灏儿?"

天帝皱了皱眉头:"母后身子刚好,且莫为他去操心。"

太后叹了口气:"皇上可还是把他禁在松雨台?我不知还能看着他们几天,灏儿虽有错,也已罚过了,便算了吧。"

天帝叹道:"母后……"

夜天凌借机跪倒替太子求情:"请父皇饶恕皇兄。"他一跪,身边诸兄弟亦纷纷跪了下来:"求父皇开恩,赦皇兄回宫。"既称"皇兄"不称"太子殿下",自是弟弟为哥哥求情,将君臣搁在了一边。天帝看着脚下儿子们跪倒一片,心里百味杂陈,斟酌片刻:"都起来吧。"对亦俯身在一旁的卫宗平道,"传朕口谕,遵太后懿旨,着太子即日迁回东宫。"

卫宗平忙叩头道:"臣领旨。"弯腰退了去办。

卿尘冷眼看向夜天溟,见他嘴角却带着一抹妖冶的笑,细长如水的眸中神色阴柔,

只轻轻动了动，似乎并不将此事放在心上。

因怕扰了太后休息，天帝坐了会儿便出来了。诸皇子也随着天帝告退。卿尘送驾到寝宫门口，天帝站定回头问她："你此次医好了太后的病，朕方才一直在想赏你点儿什么才好，不如你自己说说。"

卿尘垂眸道："卿尘不敢请赏，这治病的方子只是侥幸得之，不能彻底解决疫病。京隶两地还有无数百姓深受其苦，请陛下准卿尘到平隶实地察看，找出根源祛除病因。"

提到京隶两地疫情，天帝神情严肃起来："不想你竟有此心。"

夜天凌亦道："这几日在皇祖母身边，儿臣也对这疫病留心甚久，请父皇准儿臣同去疫区。"

天帝点了点头，似是遇到了难以决断之事，皱眉不语。

济王在旁劝道："四弟，你有所不知，如今平隶那边官府都封不住地界，天天报上来的死者不断，这疫区不比宫中，父皇岂能容你去涉险？"

天帝看向夜天凌，夜天凌淡淡道："多谢皇兄提点，但若如此便更要去了，平隶官府封不住，便当调军封禁。儿臣近日和郡主研讨这疫病情势，觉得若预防不当，即便有药也难奏效。望父皇准儿臣奏。"

十一道："父皇，四哥这几日侍奉皇祖母已是辛劳，不如让儿臣去好些。"

夜天漓接着道："父皇，还是儿臣……"却被十一暗中瞪了一眼，愣了愣，便没再说。

夜天湛在旁方要说话，天帝一摆手止住了他："朕知道你们想说什么，宋德方，你御医院可有什么法子？"

宋德方躬身道："此事需得据疫区实情才好处置，老臣也请旨去平隶看个究竟。"

天帝扭头对卿尘道："都和你一个说辞啊！"

卿尘笑笑道："不入虎穴焉得虎子。"

"好个不入虎穴焉得虎子！"天帝负手走了几步，"都散了吧，容朕再想想，凌儿你随朕来。"

几人恭送天帝去了，卿尘暂时还留在延熙宫侍奉太后，不必回致远殿当差。

十一兄弟两人落在众人后面，并肩而行。夜天漓道："哥，你方才干吗拦着我？"

十一道："平隶是什么地方？每日上百人死过去，你请这样的旨意岂不叫母妃担心？"

夜天漓剑眉一扬，不以为然地道："既知危险，你又自己请旨，难道母妃就不担心？"

十一笑道："你倒会替我挡差事了。"

夜天漓道："自小你便事事护在我前面，难道还不容我挡一次？"

却听身后有人俏声笑道："兄弟俩说什么呢？"

回头见卿尘正走过来，十一打量她道："前几日听说你病了，我们也不能来看你，现在可好些了？"

卿尘只道："没什么，不过有些累，歇了两日便好了。"延熙宫封禁乍解，整个宫中像是焕然一新，惶恐、惊怕等等一切叫人坐立不安的情绪都从这厚重的宫门一泄而出，消失得无影无踪。卿尘深深吸了口气，似乎深冬凋零的树木都带了些勃勃的生机，此时方觉重见天日。

夜天漓摇摇头，笑谑道："你却不知有人急得要命。"

卿尘知他意有所指，也只能报以一笑："多谢惦念。你们在说疫区的事？"

"嗯。"夜天漓应道，"十一哥拦着我不让去。"

"拦得好。"卿尘道。

十一笑说："你看，我就说不成吧。"

卿尘接着道："你也不能去。"

十一皱眉："此话怎讲？"

卿尘道："还要我说吗？那儿可不比战场，明刀明枪的，疫病防不胜防，一不留神便不好了。"

夜天漓笑道："都说险，都要去，这算怎么回事儿？"

三人同时笑了笑，十一对卿尘道："你拦得住我们，可四哥那儿呢？"

卿尘无奈："他心里定了的事，若谁能拦下便好了。所以我说，你们谁也别想去。"

如此他两人倒没了话说，却远远地见孙仕带着两个内侍往延熙宫这边来，说话间便到了近前，见十一他们还在，俯身见礼道："见过两位殿下。"

夜天漓问道："拿的什么东西？"

孙仕道："皇上给郡主的赏赐，命老奴送过来。"说罢将一道覆着丝锦的金盘呈上。

卿尘叩谢皇恩，伸手接过金盘，将丝锦掀开一看，里面放了个精巧圆盒，打开盒子，内中一串白色晶石，朦朦胧胧发出柔和的光泽，月华般晶莹，流水般清澈。

卿尘心中一喜，竟是一串九转灵石。夜天漓看了道："父皇竟将这个赏给了你，这传说是九转灵石中的月华石，同历代皇后佩戴的金凤石一样，都是难得的宝物。"

"金凤石？"卿尘追问，"可是那种透明晶石里面带了道道金丝的宝石？"

夜天漓点头道："正是，你怎么知道？"

原来是钛晶，卿尘笑笑："我听说过。"将盒盖慢慢合上，这已是她所知的第六串灵石了。

第五十一章 怜取苍生千载泪

圣武二十六年春节将至，礼部官员早已拟了礼仪典章上奏天听。往年春节大正宫内外必有一番热闹，今年天帝却将礼部洋洋洒洒的奏章留中，颁下了一道谕旨：赈济司长吏赈灾不力，特革职查办。着清平郡主暂领赈济司，御医令宋德方、御医何儒义、黄文尚辅之，赴平隶灾区，赈灾济民。

紧接着一道旨意：四皇子夜天凌加京隶观察使衔，着统调兵马，巡查、封禁京隶两地，会同赈济司全权处理灾疫事宜，平隶地方官员一律从其调遣。

两日后黄昏时分，便又有了第三道旨意：着七皇子夜天湛加侍御史衔，领礼部筹划新年典礼诸事宜。

此时卿尘和夜天凌已赴平隶，一出京，玄甲军便驻扎城门，自京郊始设卡封关，在疫区之外拉开了一道严密的防线。

玄甲军治军之严名副其实，军中将士无一像之前的赈济司，不是惧怕瘟疫先开了小差便是收受贿赂私自放行，人人恪守严令，如铜墙铁壁般迅速布防各处。

冥衣楼早依卿尘之令将牧原堂扩出几家分堂，施医布药赈济灾民，着实救助了不少百姓，很快成了京隶一带有名的善堂。卿尘为方便起见，出行便换了男装，京郊百姓也有曾去牧原堂看病的，认出她来，奔走相告，相传来了牧原堂妙手回春的大夫，疫病便有救了。

卿尘他们且停且走，一路下来，直到平隶，见城中几乎户户悬挂白幡，家家有丧，有的甚至合家不治，倒死路边者更不计其数。四周郡县亦多有波及，人人自危。

时近新春，平隶却一片悲风怨气，惨绝人寰。死的死，逃的逃，剩下的人心惶惶，不可终日。卿尘说不出什么滋味，只觉得心里震动非常，恨不得立刻能将这瘟疫驱散干净，还百姓以平安，还天地以宁和。

深冬清晨，街上几乎空无一人，冷冷清清静如鬼城。长风吹起漫天冥纸飘飞，隐隐还夹杂着断续的哭声，更添几分凄惶。平隶郡府后堂，宋德方只睡了几个时辰便早早起了，几夜辛劳，一把老骨头几乎要吃不消。到了前堂，却见卫长征候在那儿，招呼道："卫统领起得早啊。"

卫长征笑道："宋御医早，我们是随四殿下这些年征战惯了，您倒该多歇会儿才是。"

宋德方道："人老觉便少了，殿下起了？"

卫长征道："殿下和郡主已出府去了，郡主要我将这几个方子交给您试试。"

宋德方接过他递来的方子，凝神看了看。几日下来，清平郡主拟定了严密的防护措施逐步推行，这疫病似乎已见遏制的势头，想必凌王和郡主又是亲自出去巡访。只愁那神兽之血毕竟有限，每日救不成几人。他也不敢耽搁，立时便往药房去试药。

此时夜天凌和卿尘方出了一户人家，身后几队侍卫全副武装，抬着数副白布盖着的担架。这家竟是无一幸免，老少五口尽皆亡于瘟疫，连收尸送葬的人都无处去寻。

夜天凌见卿尘看着前方出神，担心她大病初愈身子吃不消，低声问道："可是累了？"

卿尘一笑："还好，这是最后几家了吧。"

夜天凌点点头："城里已走遍了，城郊那边想必也差不多了。"这几日他们两人亲自巡访全城，卿尘逐户收诊病患，安抚百姓，推行防范之法，亦劝说幸存之人将亡故的亲友火化，断绝病源。纵有不愿的，体谅他们丧亲之痛，谆谆抚慰劝导，多数人还是遵从了命令。东郊一片荒地设了火场，每日火化死者无数，如此已烧了五日。

卿尘抬头看向夜天凌，他这几日既要调兵布防，又要操心疫情，眉头从未舒展过。两人一心扑在这疫病之上，连独处的机会都少有。但只在抬眸转身间能看到彼此，自然安心，一步一动承辅并济，配合得天衣无缝，行事便也事半功倍。两人只觉此生从未如此舒畅，愁云惨雾的疫区竟也无由多了几分叫人回味之处。

夜天凌见她看过来，清隽的眼底微微一波。晏奚在旁问道："殿下，今日可还去东郊火场？"

"去。"夜天凌淡声道，连烧了五日，但愿今日是最后一次。

城中到东郊路上，沿途祭拜者哭声震天。

登上高台，前方熊熊火起，吞噬了无数消亡的灵魂。晏奚已看了几日，仍不敢面对这番惨状，忍不住扭开头躲避。所有人都垂首闭目，不忍相看，但却掩不住耳边的凄惨号哭。

高台顶处，夜天凌面无表情负手而立，冷冷望着前方一片狰狞烈焰，冲天热浪仍化不了眼底冰寒，看起来好像对这地狱火场无动于衷。卿尘静静站在他身边，热气将掩面的白纱逼得不住晃动，只一双清丽的眸子露在外面，翦翦秋水映着妖冶浓烈的火焰，天

地万物在烈焰上空扭曲升腾，直冲云霄。她不躲不闪地直视着眼前的死亡与挣扎，像是要将此情景印刻在心底，永远记住。

这一刻，似乎剥离了"宁文清"这颗心，亦忘记了"凤卿尘"此人，有种难以言述的心情渐渐滋生。几日的烈火仿佛令她脱胎换骨，那些往日看不到的世界在面前缓缓地铺展开来，仿若涅槃重生。

城中幸存的僧人自行聚集，为死者念诵着《往生咒》，庄严梵音带来些许平定。卿尘侧头听了会儿，低声道："四哥，我们该早来的。"

夜天凌薄唇微抿，低声道："尽力而为，现在也不迟。"

许是苍天有好生之德，不过十日后，天帝接到奏报，清平郡主自剧毒番木鳖中炼取药液，配以大黄、防风、青黛、桔梗及少量的太白乌头等草药，合制而成一味"苦若丸"，对京隶两地瘟疫极其有效，已然活人无数。天帝当即再拨了二十万两赈灾款，自各地调集药材赶制此药，一时间药行之内闻风涨价。

牧原堂早在卿尘的授意下囤积了大量药材粮食，朝廷的银子一到，便转手买进卖出，当即便多了二十余万两的进项。一边彻底解了冥衣楼燃眉之急，一边再购药过来，按方子配制了"苦若丸"广为发放。月余之后，收留在牧原堂的病人日渐减少，伊歌城外城已开禁通行，平隶也慢慢恢复安定，只是民生经济元气大伤，不是一时便能恢复。

疫后赈灾，天帝免平隶地区两年赋税，开仓放粮。

在平隶又待了近一个月，眼见四方安定下来，一行人便定了腊月二十二回京述职交差，只因再几日便是新年了。

车驾离开平隶县衙时，平隶百姓空城而出，跪地相送者比肩接踵，更有人随在车后步行十余里方归。卿尘透过车窗布帘，望着追随在后依依不舍的百姓，感慨万分，突然觉得自己已是真正活在了这里，这种感觉从来没有如此强烈。

平隶东郊隆起一座"万人冢"，冢前丈余高的白石碑上，撰文以记圣武二十五年大疫。同年，城中百姓集资修"凭春祠"，祠内供奉白衣踏莲的女子神像，世代为医者尊。

第五十二章 我笑他人看不穿

瑞雪兆丰年，今年的雪似乎比往年的多些，往往清晨一睁开眼睛，便是"忽如一夜春风来，千树万树梨花开"的景象，银装素裹中夹杂着洋洋喜气，叫人从心底里舒坦。

因入年关，各州各府的奏报都挑好的说，倒真是四海升平的气象。成片的恭贺之词看得卿尘目不暇接，只觉得泛滥成灾，反而天帝倒是心情甚好，或者人上了年纪，便当真喜欢听些喜庆的话。

新春庆典之后，是天帝在位期间第二次册后大典。

贵妃殷氏系出名门，才德兼备，数年来佐理后宫，足孚众望，天帝降旨册立为后，母仪天下。旨意是卿尘拟的，礼部、皇宗司接了旨后，即刻着手准备皇后金册宝玺，夜氏皇族象征着皇后身份的金凤石也依祖制赐给了新后。卿尘奉命前去宣旨，百般无奈地看着那金凤石送到了殷贵妃宫中，近在眼前，却远在天边。

天帝看了礼部呈上的册后大典折子，对卿尘道："传朕旨意，就照礼部拟的办，此次大典便由太子主持。"又顿了顿，"孙仕，去东宫看看太子身子可大好了，今年天坛冬祭要他代朕祭祀。"太子迁回东宫后便一直称病，已有数日未朝，天帝虽知这病也未必便是真病，但却一概不究，只每日遣御医前去请脉。

卿尘低头飞文走墨，隐隐从天帝话里听出些意思。近日来封赏册后，天帝对湛王母子可谓圣恩眷隆，太子之事如今尚未有个明确处置，难免便有人猜测此或是湛王将入主东宫的先兆。然国之大事在祀与戎，四季祭祀历来都是由天子亲行，天帝命太子代皇帝祭天，无疑是昭告天下，储位牢不可动。

二月初一的册后大典上，紫袍玉带的夜天灏比先前多了几分清瘦，眉眼间却仍是风姿高洁，气度华然，一日下来遵礼守制，近乎完美地执掌着大典进程。天帝瞩目于他，唇间始终挂着满意的微笑，只因这个长子看起来终于恢复了正常，几乎便忽略了身边刚刚册立的殷皇后。

卿尘站在天帝身边，总觉得夜天灏表面的平静下隐藏着某些叫人不安的东西。整个人站在众星捧月的群臣中间，他却似乎脱离了这雕龙绘凤的太和殿，随时都会飘然而去。这种感觉是如此清晰，清晰得几乎伸手便能触摸到他深深掩藏的哀伤，然而眼前却只能见到他白皙俊面上高贵的微笑，叫人一时困惑无比。

深夜的东宫正殿，夜天灏唇角含着一丝笑意，目送与他一母同胞的三弟和九弟消失在宫门外。白雪覆盖的长长甬道上，留下了深深浅浅清晰可辨的脚印，一直蜿蜒到了黑暗深处。

片刻之后，他一仰头，将一杯琼浆倒入嘴中，继而放声大笑，似乎发现了世上最有趣的事情，笑得眼泪都要流出来，一个踉跄险些跌倒，吓得身边内侍急忙上前扶住："殿下……"

"滚！"夜天灏突然怒道，"统统出去！"原本儒雅温文的脸上因酒意显出几分粗暴，一只嵌珠金杯咣当摔在地上，伴随着数只白瓷玉碟碎落，刺耳的声音在大殿里空荡荡地回响。

"如今父皇封了殷皇后，怕是早将母后忘了……"

"殷皇后和七哥如今深受荣宠，殿下难道就不担心……"

"我们三人一母所生，自会全力扶助殿下……"

"殿下莫要犹豫，若看得他们坐大，便无法收拾了……"

"殿下，迟恐生变……"

"殿下……"

"殿下……"

"殿下……"

"给我住口！"夜天灏狂喝一声，不可笑吗？这就是自己的亲生兄弟，刚刚害了鸾飞，一步步谋夺储君之位的兄弟。都疯了，从数年前看着父皇的所作所为，到今日兄弟明枪暗箭，身边所有的人，疯了……

不知何处而来的冷风穿入高堂大殿，撩起宫帷长幔，整个天地仿佛在眼前被人扭曲，大正宫中高高在上金碧辉煌的那张龙椅，驱使着所有人为之疯魔。

夜天灏大笑不止，忍不住呛咳，却被人颤抖着扑上来抱住："殿下……殿下你醒醒！"

这娇声泪雨，他分辨着看去，却是自己的结发妻子，太子妃卫如。

太子妃已被太子吓得手足无措，只是唤道："殿下这是怎么了？来人哪！快宣御医！"

夜天灏一把将她拽到眼前，一边笑一边道："回去告诉卫相，他找错人了，我不稀罕！叫他速速将女儿另嫁别人吧！"还有每日伺候在身边的女人，哪一个不是争夺那龙椅的筹码？亦步亦趋地环绕在自己身边，就连鸾飞也是一样。

太子妃被他伸手推开跌倒一旁，哭道："殿下，你……你在说什么？"

夜天灏眼底映着殿中明晃晃的烛火，如同山泉冷冽："从今日起再没有东宫太子，也没有太子妃。"他在四周寻找片刻，抓起幕帷后长案上的纸笔，龙飞凤舞写下一纸休书丢到太子妃面前："你自由了，快走，快走！"说罢长笑着往大殿深处而去。

太子妃妆容凌乱地坐在那里，怔怔看着夜天灏的身影消失在黑暗中。白纸黑字的休书缓缓地落在眼前，被寒风吹得反复几下，又远远飘走了。不知坐了多久，泪痕已干，她终于扶着身边长案站起来，将发际钗环理好，挺直了脊背，一步一步走向大门。

宫门洞开，惨白雪地阴森一片，一阵刺骨的长风呼啸而入，吹得金帷乱舞。重重烛火禁不起寒风，纷纷熄灭，华丽的东宫完全陷入了黑色的深渊。

半个时辰后，伺候太子妃的小侍女端着参汤送到寝宫，只见梁上白绫长挂，太子妃一身素白宫装悬在半空，早已香消玉殒。

小侍女吓得惊恐大叫，参汤摔落满地，转身往外跑去："救命！太子……太子妃……"却骇然发现，寝宫深处点点燃起妖烈的火焰，整个东宫浓烟滚滚而上，火借风势，沿琼楼玉宇迅速攀升，吞噬着人间富丽堂皇的美梦。

寝宫正中，太子白衣玉冠，手持一盏燃烧的长烛，笑着站在明烟烈火间，清澈眸中染满了冲天长焰，那里是属于死亡的平静和满足。

刑部尚书吴起钧自致远殿退出来，天光未明，入眼尚是一片冷冽的黛青色。深冬彻骨严寒，然而他却汗透衣衫，站在阶前稳了稳心神，这才慢慢往宫外走去。

东宫前夜走水，大火险些烧至大正宫，幸亏扑救及时，未曾酿成大祸，只是好端端的东宫却已化作一片焦墟。侍卫们拼死救了太子出来，然太子妃却惨死火场。提案司奉旨一路查下，竟有宫人说太子妃死于自尽，而这大火亦是太子亲手纵的。

事情非同小可，谁也不敢怠慢，紧接着便报奏了天帝，如今这宫里哪还有半点儿新春册后的大喜光景，人人噤若寒蝉，生怕一句话说错，惹祸上身。

吴起钧尚未出致远殿，便见几个内廷侍卫同太子往这边来，避到一旁："臣吴起钧见过殿下。"

夜天灏神色淡远，朦胧的晨幕下看不甚清晰，只觉得他似乎微微笑了笑："吴大人，什么殿下，如今我只是你刑部的戴罪之人罢了。"

吴起钧额头渗出汗来，忙道："殿下言重，臣岂敢。"

夜天灏哈哈一笑，径直往宣室里去了。

卿尘和孙仕默不作声地站在天帝身侧，一天一夜未睡，却谁也不觉困意。

自吴起钧出去后，天帝面色阴郁，一言不发地看着那奏报东宫失火的条陈。太子对亲手纵火供认不讳，将太子妃的死也尽数揽到自己头上。不是第一日侍奉天帝，两人都知道，天帝此时是怒极了，心里想必也伤透了，反倒静了下来。

金貌火炉中炭火虽烧得红旺，西宣室却弥漫着叫人窒息的冰冷和死寂，直到太子进来跪在地上，天帝都没有抬头。也不知过了多久，他将手中的条陈合起，点头道："好，好，好。"连说了三个"好"字，"竟连杀人放火也学会了，朕的好儿子。"

夜天灏深深叩首，将象征着储君身份的白玉冠取下，放在面前青石地上，叩首道："请父皇成全儿臣。"

天帝冷冷地看着那顶白玉冠："成全你什么？做下这样的事，拖出午门去斩了吗？！"

夜天灏淡淡一笑："多谢父皇。"

"你！"天帝猛地站起来，手指太子，身子气得哆嗦，头上袭来眩晕，竟一晃险些摔倒。

卿尘和孙仕大吃一惊，连忙上前搀扶："陛下！"

两人扶着天帝坐下，卿尘知道这是急怒攻心，劝道："陛下请息怒，保重龙体。"

夜天灏跪在那里，双手紧握成拳，眼里瞬间掠过无法掩饰的关切，却很快又恢复了那漠然的态度。

天帝扶额坐在龙榻上，语气中尽是失望："朕这么多年，在你身上花了多少心血，竟换来你今天这样！"

夜天灏神情哀切："是儿臣的罪，若不是因为儿臣这个储君，衍昭和衍暄两位皇兄或许便不会死，这储君之位，本就应该是他们的。"

当年穆帝病故，其长子衍昭年方十岁，次子衍暄尚在襁褓之中。太后因幼主当国，恐生政乱，同凤衍、卫宗平等辅政大臣力保当今天帝即位登基，封穆帝长子夜衍昭为储君。但没过几年，夜衍昭自尽，夜衍暄病故，储君之位才落在了夜天灏身上。

天帝缓缓地站起来："你说什么！"

夜天灏再叩了个头："圣武十年，衍昭皇兄平定西番羌族叛乱回京，属下诸将却连遭贬斥，自己也去了上将军衔，空有一个储君的名位。衍昭皇兄一向心高气傲，哪受得了如此折辱？衍暄皇兄和儿臣年龄相当，一向身体康健，圣武十五年澄明殿秋宴，好端端的回去便暴病身亡。还有三皇叔……"

"够了！"他还要说，天帝挥手狠狠给了他一记耳光，用力之大连自己都踉跄了一下。

夜天灏嘴角立刻溢出一缕殷红的鲜血，天帝看着跪在身前的儿子："你当真，枉费朕一番苦心。"

鲜红的血迹沿夜天灏白玉般的肌肤流下，滴滴溅至青石地上。他神色轻蔑凄苦，笑容刺目惊心:"儿臣,谢父皇一片苦心。"

天帝已气得面色青白,被孙仕搀着,不断摇头,怒喝道:"出去,你给朕出去!"

卿尘和孙仕对视一眼,忙上前扶起夜天灏:"殿下先回去吧。"

夜天灏凝视日渐苍老的父皇,深深拜了三拜,默默起身毫不留恋地转身离开。

卿尘随着送到外面,低声道:"殿下同皇上毕竟是父子,何苦如此相逼?"

夜天灏扭头看了看她,嘲弄般一笑:"我的父皇、我的爱人、我的兄弟,哪个不是一片苦心?不妨成全了他们,皆大欢喜。"说罢高吟道,"他人笑我太疯癫,我笑他人看不穿……"披发仰首大笑而去。

卿尘注视他远去的背影,廊前长风吹来,卷起残雪纷飞,想他方才竟是故意惹怒天帝句句求死,微微蹙眉,转身对几个内廷侍卫吩咐道:"跟去照看好太子殿下,记住,若有半分差池,唯你们是问。"

那侍卫中领班的正是冥执,微一点头,带人紧随着夜天灏去了。

卿尘回去宣室,见天帝脸色已好了些,上前轻声道:"陛下,太子殿下只是一时糊涂,陛下莫要着急,待他想明白了便好了。"

天帝声音疲惫而痛楚,合目摇头,沉声道:"你替朕拟旨……"停了许久,终于继续道,"太子自入主东宫以来,不法祖德,不遵朕训,淫乱肆恶,难出诸口,自即日起废为庶人,贬放涿州……"一字一句,痛心疾首,说到最后,竟是老泪纵横。

卿尘心中一凛,涿州,天寒地劣,山高路远,这一去怕是便不能回了:"陛下三思……"孙仕已跪在地上:"陛下,涿州苦寒之地……"

天帝骤然打断他们:"朕意已决,你等无须多言。卿尘拟旨!"

卿尘徐徐走到案旁,手中之笔似有千斤之重,黄绫刺目,朱墨似血。写完了呈到天帝面前,天帝挥手不看:"去宣旨。"

父子情,君臣义,都在这一道旨意中化为乌有,灰飞烟灭。

第五十二章 碧血青天赤子心

晴朗了半日的天，过了正午便隐隐堆起重云，北风骤紧，卷着阶前残叶扫荡而过，窗格一动便灌了进来，立时叫人打了个哆嗦。

卿尘偷眼往外看了看，一杆紫玉狼毫笔握在手中，却不知该写些什么。眼见天帝正聚精会神地看着奏章，一动不动，丝毫不曾在意屋外，不由得更添几分忧急。

致远殿前滴水檐下，静静跪着个人，白袍肃冷，脊背挺直，神情清淡，嘴角浅浅抿成一条直线，透着几分漠然的笃定。卿尘看在眼中，心中如同烧滚了油锅再添柴薪，焦急万分。

已是大半日了，自从早朝颁下废黜太子贬往涿州的旨意，夜天凌便跪在了那儿。涿州此处没有人比他更清楚，穷山恶水临近北疆，不但苦寒，更是突厥进犯中原首当其冲之地，夜天灏若当真前去，此行必是有去无回。

灰暗的天空终于飘起了鹅毛般的大雪，纷纷扬扬铺天盖地，只一会儿便积满了庭树枯枝。琉璃金瓦宝盖顶，都在银装素裹之下收敛了雍容霸气，天地间显得格外宁静。大雪纷飞，一时竟不见停意，夜天凌眉头一皱，这雪若是再如前几日那般没个停时，百姓怕又有压塌屋室、冻倒路边之事，倒不是瑞兆反成了天灾。

突然一阵脚步声自身后传来，雪地里发出细微声响。有人踏雪而来，在他身旁站定，长袍一掠，竟也跪在了厚厚积雪中。夜天凌微觉诧异，扭头正看到夜天湛那双温润的眼睛："四哥。"

"你干什么？"

夜天湛一笑："他也是我的大哥。"

夜天凌眼底微微一动，映着冰莹雪光清冽无比，不再言语。两人身前很快落了一层白雪，天寒地冻的却只把孙仕等人急出一身汗来。

卿尘将今日奏章理好，左手边厚厚一摞竟都是弹劾废太子的，就连当日天舞醉坊的案子竟也能被人翻出来，拐弯抹角编排到一起。

如今因太子妃的惨死，朝中原本以卫宗平为首的太子一派纷纷倒戈，更不论其他早有图谋之人。倒是凤衍作壁上观按兵不动，不曾落井下石。然夜天灏对这一切不听不看不问不言，接旨后即刻启程前往涿州，此时只怕早出了伊歌城。

销金火盆之上，热浪逼得屋中九龙华帐如隔水雾，盈盈晃晃。夜天灏出京前，卿尘设法要冥执带去了一纸书信，不知那"红颜未去，娇儿将至，心若有情，当图此生"几个字能否打消他求死之心，若他对鸾飞尚存情意，或者还好；若恩断义绝，那便是不去涿州也无用了。

卿尘起身将折子放至案前，又瞥了一眼屋外："陛下……"

"嗯？"天帝抬头。

"下雪了。"卿尘轻声道。

"哦。"天帝随手拿起一道奏章，看了两眼，丢至一旁，人靠往软垫之上疲惫地闭了眼睛，"说说，怎么看？"竟只问朝事，对外面天气骤变视而不见。

卿尘见天帝指着这些弹劾废太子的奏章，斜飞入鬓的纤眉之下，隽丽清眸隐藏着担忧，略一思索，说了四个字："言过其实。"

天帝眉头一动："继续说。"

卿尘将一道折子取出："别的卿尘不敢妄言，但半年前天舞醉坊一案却是亲身经历过的。郭其目无王法，抢掠贩卖民女，实属私为，这与大皇子何干？不凭别的，单是依大皇子的心性脾气，他岂屑与此等人同流合污？如今不过是墙倒众人推罢了。"

天帝皱了眉："人心会变，如今的他，连朕也不认识了。"

卿尘道："大皇子其实一直未变，人之真心真性永远不会变。只是有的时候未必人人看得到。"

天帝抬头，苍老却严峻的目光直透卿尘眸底。卿尘眼波不兴，静如深湖，淡淡如旧。

天帝看了她一会儿道："朕倒想听听，你心里又是怎么想的。那日你从平隶回来，是立了大功啊，最后却跟朕讨了个不封修仪，可随时出宫的恩典。这更有甚者，朕给他天下都不要，说说，都怎么想的？"

卿尘低头勾起唇角："卿尘身世特别，虽说生在士族，却来自江湖，得蒙圣恩随侍在旁，不敢多求，大皇子或者不同。"

"怎么不同？"天帝道。

卿尘心中有了主意，回身将一摞东西搬来："卿尘日前奉命整理近年来的文档存卷，看到许多大皇子所作的文章、奏折和处理的政务。"

天帝看着那高高堆积的卷册，昔日与长子秉烛夜谈、父慈子孝的情形蓦然再现，心里一阵难受："拿走，朕不想看。"

"是。"卿尘答应，但却继续道，"陛下，放眼朝野，几人能有大皇子的文笔才思，诗情博学，陛下不也曾以此为荣吗？只是治国平天下，却不是这才华的好去处。"

天帝一愣，露出若有所思的神情，随即不悦地道："难道你是说朕将这社稷天下交与他，反而错了？"

外面雪落声簌簌作响，沉沉压在卿尘心头，她摇头道："不，陛下把最珍贵的、最好的都给了儿子，是大皇子志不在此。"

"说。"天帝声音冷冷。

卿尘不急不缓据实道："大皇子那日离开致远殿时曾说过一句话，他的心在青史书稿中，他所求的，是文华传百世。"

天帝伸手压按额头："文华传百世，天下也不放在眼里……好啊……好啊……"

孙仕此时进来，身上落了不少冷雪："陛下，外面下了大雪。"

天帝看了会儿窗外茫茫白雪，却还是只道："知道了。"

孙仕犹豫一下，又道："湛王……已同凌王一起跪了半日了。"

"哦？"天帝站起来。卿尘眉梢一动，兄弟几个这点儿倒像，倔强脾气一旦上来，凡事誓不罢休。

天帝手指在龙案敲了几下："愿意跪便让他们跪着！"

卿尘为天帝奉上一盏热茶："陛下，眼见着雪越发大了，外面冷得厉害，两位王爷若真冻出个病痛，到底心疼的不还是陛下吗？"

天帝为太子一事正在气头上，只道："他们这是什么意思？朕的旨意岂是说收回便收回！"

卿尘轻声劝道："两位王爷也是因骨肉亲情，不忍眼见大皇子离京远去，陛下看在他们这一片真心的分上，便请开恩吧。四殿下多次领兵北疆，深知涿州乃是凶险之地，若真如他所言，这一去岂不是生离死别？光这一路风餐露宿，如今又是大雪，便是常人也难经受得住啊！"

天帝冷声道："朕便是要好好管教这个儿子！"

卿尘又道："但那涿州乃是北晏侯封地，大皇子储位已废，此去便是虎落平阳。他心性高洁，岂受得了那些藩王的折辱？何况北疆若有个动荡，他在那里也不是妥善之计。"她情知北疆未靖，北晏侯一直蠢蠢欲动甚为天帝所忧，因此徐徐进言，借此规劝。

果然天帝神情一动，孙仕忙接上道："陛下，两位王爷都快成雪人了，即便铁打的身子也经不起这样啊。"

卿尘柔声再道："大皇子即便再有不是，也请陛下多念着孝贞皇后的情分。"

提起孝贞皇后，天帝不由叹了口气，终于往殿外走去。卿尘和孙仕连忙跟上。

大雪丝毫没有停的意思，迎面扑了一身，殿前内侍忙撑了伞过来。天帝见两个儿子跪在雪里，一个傲然自若，一个温文从容，亦想起长子，如何不心疼？

远远雪地里过来几个人，却正是侍女们簇拥着殷皇后前来。殷皇后得了宫人报信匆匆而至，远远便见儿子跪在雪里，当真心都揪了起来，也顾不上雪深风紧，几步上前："陛下，这是……"

天帝深深皱眉，冷声道："你们还真就不起了？"

夜天凌依然是神情淡淡，却坚定地道："儿臣求父皇宽赦大皇兄。"

夜天湛亦跟着道："求父皇开恩。"

殷皇后看了一眼儿子，随即上前，软声对天帝道："陛下，儿子们都是念着兄弟的情分，也是一片孝心，您就体恤他们这份苦心吧。这么大的雪，天寒地冻的，闹出病来可怎么办？"

天帝深深看向眼前两个儿子，在廊前来回踱了几步，似是略有迟疑。

殷皇后见状，亲手接过孙仕递来的披风替天帝披上，挽了他手臂道："儿子们友爱诚孝，陛下应当高兴才是。灏儿之事，也是我这个做母后的平日里疏忽，没有管束好他，才让他惹下如此大祸。陛下若真要降罪，不如连妾身一并责罚。"

说着她敛衣后退，便要跪地请罪。身边宫人们跟着纷纷俯身跪下，卿尘和孙仕对视一眼，亦上前跪在了雪中："望陛下开恩，宽赦大皇子！"

"朕什么时候说过怪你，你又何苦如此？"天帝伸手扶住殷皇后，看着她长长一声叹息，最后终于道："难得你们有心，朕心里又岂是不念父子之情？"眼前皑皑白雪洁净铺展，叫人心里也不由宁静下来，天帝目光遥遥透过琼楼玉宇，仿佛看到了很远的地方："孙仕，去吧，传朕口谕，就说皇后求情，命大皇子回京。"

"是。"孙仕忙答应着去办。

夜天凌和夜天湛齐声道："儿臣代大皇兄谢父皇隆恩。"

殷皇后忙吩咐内侍："这下好了，快扶起来。"

夜天湛起身抖落衣衫上的雪迹，复对殷皇后行礼道："儿臣叫母后担忧了。"

殷皇后执了他的手轻轻拍了拍，目光无意中自天帝面前轻轻掠过，似是闪过无痕的笑意。

夜天凌亦扶着内侍的手站起来，身子微微一晃。

卿尘近旁看着，疼在心里，却又不能上前。两人目光交错于一瞬，便一瞬，已将千言万语熨烫在心底，融融地，化了漫天冰雪。

第五十四章 笑里江山风满楼

二更刚过，白日喧闹的伊歌城繁华褪尽，一片安宁寂静。上九坊凌王府前两盏通明的灯笼照着门口的石狮子，映得路边积雪红彤彤一片。长街尽头，夜空显出难得的清朗，数点星光映着漫天雪影，平添几分清冷的意味。

一辆马车悄悄停在了凌王府后门，车帘微动，有人躬身下车，一袭黛青色斗篷随着脚步悄然垂落，光影暗处看不清容颜。晏奚早已等候多时，一路将来人带到夜天凌的书房，毕恭毕敬地打起锦帘。那人低头进了室内，将斗篷上的风帽拨下，露出张清淡素容，正是卿尘。

书房中迎面立着几个朴拙的古木书格，上面堆满了书册文卷，一个戴书生头巾的年轻人正在执卷翻看，旁边夜天凌和几人坐着说话。

卿尘看了一眼，除了莫不平，还认得其中一人是如今台院侍御史褚元敬，年纪轻轻放了两年外官，便调回天都擢入御史台，是朝上新秀中的佼佼者，亦是上将军冯巳的乘龙快婿。此时莫不平同褚元敬亦看见了她，双双起身道："见过郡主。"

书格旁那年轻书生闻言将书册一丢，回头乍见雪衣白衫一张水墨素颜，一双明锐潜定的眼睛清清淡淡，却带着叫人不敢逼视的光泽，如同微光下晶莹的黑宝石，一瞬惑人。他不由呆了呆方上前见礼："这位便是清平郡主？"

卿尘一笑，轻敛衣襟与他们还礼："莫先生和褚大人是见过的，敢问这两位……"

夜天凌清隽的双眸在卿尘脸上微微一转，神情愉悦："一早说过要给你介绍。"一指那年轻书生，"江南陆迁。"

卿尘略觉惊讶："可是五岁便以诗作誉满江东、人称'天下第一才子'的陆迁？"

陆迁长揖笑道："郡主说笑，都是少时玩闹，有褚兄杜兄在座，区区岂敢妄称才子？"

卿尘俏眸一亮，看向褚元敬身旁之人："如此说来，这位难道是'疯状元'杜君述？"

杜君述哈哈一笑，意态不羁，当真有几分癫狂之态："杜君述如今只是殿下府中一个小小幕僚，哪里还来的什么状元？"

这杜君述乃是圣武十八年天帝御笔钦点的状元，其人文才高绝，名动天下，却是不拘小节，性情狂放。当年金榜题名后曾当朝与谏议大夫辩议，驳斥古制礼法，为此遭天帝降旨训斥，命他闭门思过。谁知他打马回府竟然挂印而去，誓说不见旧法革新，此生永不入朝为官。

卿尘笑着看了看夜天凌，不知他如何能将这般狂放人物都收入麾下。此二人于江南天都，乃是当今天下文士之首，如同褚元敬一般，都是立志革新的俊杰人物，正合夜天凌所需，将来势必有一番作为。

卿尘道："久闻二位大名，今日终于有幸一见。"

谁知杜君述站起来，对卿尘兜头一揖到地："杜某虽未曾有缘早与郡主结识，却听殿下常常提起，对郡主钦佩非常，请受杜某一拜。"

卿尘吃了一惊，忙侧身道："受之有愧。"然听闻夜天凌既然常常同杜君述提起自己，便知此人是他的心腹谋士，不由得对杜君述多了几分打量。但见他虽行为无状，布衣长衫看似潦倒，却难掩胸中丘壑，同莫不平的深稳老到相比，更多了几分倜傥狂气。而那江南陆迁，腹有诗书气自华，年纪虽轻，一双眼睛却透着慑人明光，看去亦是足智多谋之人。她扭头对夜天凌微微一笑，颇是感慨他识人的手段。

夜天凌和她目光相触，挑了挑眉梢："这疯状元不是徒具虚名，久了你就知道了，不必理他。"

杜君述这边却执意拜道："年前大疫，郡主搭救京隶数万百姓，牧原堂多行善事，杜某这一拜是替百姓谢郡主。"

卿尘笑道："你若要谢，谢殿下才是正途，这牧原堂的钱都是他出的，人亦多是经他举荐，便像老神医张定水，我哪里请得动？"

杜君述道："杜某对殿下早已是死心塌地的佩服，现下亦有莫先生同郡主辅佐，何愁天下不定？"

莫不平捋着五柳须道："朝堂中尚有险路啊！郡主，现下皇上废了太子，可有其他打算？"

灯火映着玉颜静如止水，卿尘淡淡道："皇上虽废了太子，但心中仍是只有一个太子。人老了，身在其位难免警醒，侍之以诚孝，友爱兄弟，方为其道。"

陆迁道："如此便是以静制动的理了。今日殿下为废太子求情，倒是一步好棋。"

卿尘看了夜天凌一眼，那峻峭面容逆了烛光，淡淡投下倜傥的影子，唇角刀锋般的锐利，清晰可见。

现下夜天凌身世唯有她和莫不平知晓，诚孝父皇，友爱兄弟，短短数字他人或是举手可为，于他却是隔着一道鸿沟深渊，那其中数十年骨血仇恨，又岂能轻易带过？这些日子朝堂宫中，他将自己掩藏得那样深，一言一行若无其事，这一个"忍"字之下，究竟有多少悲恨抑在他心底，跪在致远殿外大雪之中，他又在想些什么？

灯影里夜天凌微微一动，幽邃眸底似将这深夜入尽，无边无垠，冷然道："我不过做了该做的事。眼下四侯国坐大，北疆迟早生乱，我岂能容大皇兄远赴涿州，看那北晏侯脸色，荒废一身文华？"

褚元敬皱眉道："殿下是当真担心废太子的安危，不过湛王今日行事却有些出人意料。"

杜君述道："也不意外，湛王在门阀士子间早便有礼贤下士的盛名，如今中宫又立了殷皇后，尚且联姻靳家，其势不可小觑。"

陆迁却突然笑道："倒是走得太高了，行事越明，走得越高，越招惹是非。"卿尘闻言轻轻瞥了他一眼，一语中的，倒真是个通透的人。

莫不平点头道："湛王在明，尚不足为惧，反是溟王那处隐藏得极深，此次太子之事数度暗中发难，恐怕之后也有一番计较。还有济王，他与溟王都是孝贞皇后所出，按长幼论，尚在诸王之首。"

褚元敬道："济王有勇无谋，性情急躁，皇上曾说他难成帅才，既有如此论断，岂能将社稷交与他手？"

杜君述接着道："溟王多方经营，但手中最大的筹码还是凤家。"说罢，看向卿尘。

卿尘原本只听他们议论，见杜君述看来，微微一笑："是明是暗，不过是一层之隔，他既要在暗，不妨将他往高处推，自然便明了。"

"愿闻其详。"杜君述道。

卿尘凤目清凛，掠过淡淡光华："太子已废，储君之位岂会长久空置？过些时日，皇上必然召集众臣重新择储，届时不妨一起推举溟王，不怕人多。溟王那边也不会放过这等良机，至此不明也明了。"

"如此一来，若当真立了他呢？"陆迁问道。

玉容沉敛，卿尘樱唇浅挑，光影下掠起个好看的弧度："湛王又岂是易与的？溟王这边加上一笔，则不偏不倚两相抗衡。何况，立不立，立何人，终究只是在皇上心中，他们众望所归，皇上又会如何去想？"

几人静默，灯火下夜天凌一直沉默不语，似乎若有所思。偶然抬眼，却正遇上卿尘也向他看来，眼底细细密密带了秋水似的明净，叫他心底轻轻一动，竟有种柔软入骨的错觉。

杜君述同陆迁对视一眼，道："好个鹬蚌相争，渔翁得利，然行事的关键还是在凤家。凤家开国以来世代与皇族联姻，士族中以之为首，当年皇上即位，便是凤家力保，若凤相偏向任意一边，怕是皇上也难抑其势。凤相一言一动关乎重大，孝贞皇后同凤相乃是嫡亲兄妹，溟王是孝贞皇后亲子，亦是凤相的女婿。郡主可能给我们一句话？"

卿尘抬眸，眼中灯影一晃，无论怎么说，她也还是凤家的人。

然而凤家，像一潭无底的深水，她同凤衍这"父女"，相互试探掂量，却谁也摸不透谁。这句话，叫她如何去给？

卿尘无奈挑眉："凤家数代以来靠的都是联姻，纤舞已亡，鸾飞亦去，若我所料不错，凤家该是会暂且观望。毕竟在凤衍看来，此事上他手里只有一颗棋子了。"

杜君述和陆迁对卿尘直呼凤相之名甚为意外，然而卿尘语中之意却已是清楚明了。

卿尘此话叫夜天凌心里微微一动，开口道："士族门阀虽权倾一时，但也有盛极必衰的时候，如今储君之事不足言道，反而对诸侯国必得有所警戒。中枢一动，诸侯必趁机生乱，却也正是撤藩的好机会。削了侯国势力，则中原一统无忧，方能放手整治外敌，彻底绝除连年兵患。"

他一席话，竟是将眼光放到长久，百世基业勾画在了面前，对此时人人聚焦的储位不屑一顾，眉宇间那一抹深隽的自信，仿佛进退尽在指掌之间。

莫不平点头道："殿下说得是，诸侯门阀分庭抗礼，外患不绝，莫说储君，便是皇上也如坐针毡。"

褚元敬暗自思量，这一番话也是明了士族必衰之路。本朝文臣多出自门阀士族之家，世袭罔替，然武将却多是浴血征战出来，身属寒门。自凌王执掌兵部，一概只论军功，不论家世，提拔了大批寒门将士，军中带兵的大将已逐渐形成寒门一派，隐隐与士族门阀相抗。士族佐政已久，以凌王之刚冷专断，岂容他们继续坐大？这也使得他同一些新进文臣情愿追随其后，便因眼前这个主子同其他皇子都不同，睥睨间早有一番挥刃百岳的泱泱气度，励精图治的高远抱负，这一切都使他甘心臣服。

更漏声声，夜色越发深沉，夜天凌看了看黑寂的窗外，道："那事便如郡主说的安排吧。"

几人会意，莫不平道："殿下，已是三更，我等也该回去了。"对陆迁三人递个眼神，便一同告辞出来。

杜君述临走前深深看了卿尘一眼，想起数年前酒后狂放同凌王品评天下女子，竟无一人能入其眼。当日可曾想到，世上有这样一个女子，叫人心折倾慕？凌王如今看来是情已深种，缘分之微妙，妙不可言。他想到此处，心情舒畅，搭了陆迁的肩头道："陆老弟，人生痛快，今夜不醉不归！"

陆迁对他这随性早就习惯，呵呵一笑："小弟奉陪。"随他并肩去了。

第五十五章 相共凭栏看月升

卿尘看着杜君述等人出了门，未及转身，便被一双坚强的手臂圈在怀中。

夜天凌身上干净温暖的气息瞬间包裹了全身，她只觉心一跳接着一跳，漾漾潋潋地泛起涟漪，连呼吸都不由屏住，只温顺地靠在他臂弯，动也不能动。

屋中没有一丝声响，烛光也似醉人一般，柔柔注视着这一对璧人。夜天凌静静环着卿尘，一缕如兰清香自身畔幽幽绽放，叫人心神俱醉。他轻轻将手覆在她手上，十指相扣，握紧了彼此。

"喜欢这儿吗？"夜天凌低声在她耳边问道。

卿尘抬眼打量这间书房，清简利落没有一件多余的摆设，手边眼前多是书卷，整齐地摆放着，却让人看着舒服，唇角展开一韵浅笑："若是有张琴便更好了。"

夜天凌带着她转身面向窗前："放在这儿可好？"

卿尘笑着，柔柔应道："好。"

夜天凌想了想道："'春雷'或是'一池波'，喜欢哪张？"

卿尘随意答道："一池波，听说清韵质朴，想来当是甚好。"

"好。"夜天凌淡淡道，"这窗外种了一片湘妃竹，雨后最是清爽。院里是兰花，原本只有大雪素、小雪素两品，后来每年添种，又多了文心、交鹤、桃姬、银边大贡、瑞玉水晶好些名种，今年还植了一株珍品梅瓣寒兰，一株落叶三星蝶，却不知你会不会照看？"

似已见兰庭芬芳，葳蕤生姿，卿尘忍不住往窗前走了几步："届时春来，你便看着就是。"

夜天凌眸底含笑："不日皇祖母便从宣圣宫回来了，你说，四月可好？"

卿尘愣了愣，却突然明白他话中之意，四月，那不就是再下月了？螓首微侧，玉光明暗，盈转几分娇羞："这么快？"

"快吗？"夜天凌冷锐的嘴角挑起笑意，"本是想下月，只是天刚回暖，怕你冷着。但如若再往后延，保不准便错过这府中花期了。"

卿尘轻轻一笑，抬眸娇嗔地觑他，心底却是柔情万分。夜天凌伸手挽了她纤腰道："跟我来。"

两人出了书房，夜天凌牵着卿尘随步王府。虽是夜里，卿尘却因是第一次来此，心中满是好奇，借着月光细细打量。

整个王府地势高起，重院深藏，格局层进，一时哪里看得过来。夜天凌带她徐徐漫步，一直走到开阔的前庭，几株老梅遒劲清疏，落了点点寒香，雪也压不住。水磨青石平地之上，嵌着一道碧玉镶金中轴线，映着雪光深入府中。

"我们刚刚是在四学阁，府里的书籍画卷都收在那处。这边连着我平日里练剑的地方，往后是落远轩同漱玉院，里进院落多了，我也并不常去，只这两处，一处高畅一处清静，倒是不错。还有，"夜天凌抬手沿着中轴线指去，眼中敛了沉远锋锐，尽头一幢建筑立在重阁正中，"那是天机府。"

"那便是天机府？"卿尘道。

"不错。"夜天凌道。

卿尘看着那似乎并不起眼的楼阁，谁人想到在那里，聚集着统领风骚的良才贤士，蕴藏着天朝盛世的中兴，驭人谋心，他是得其术而用之以道啊。她微微一笑："尽在其中了。"

夜天凌眸中似有精光闪过，慑人心魂，黑夜中那道金底碧玉中轴线寒光隐隐，直伸向目所难及之处："如今莫先生能来，更是如虎添翼。我天机府中文有文才，武有武将，便如杜君述之狂妄，陆迁之清傲，底下都是一腔丹心热血。有朝一日，这些人都将为天下之栋梁，天机府亦必如太庙高堂，备受后世之景仰。"

卿尘道："听你这样说，真叫人有些等不及想看他们各展才华的那一日呢！"

夜天凌负手身后，傲然一笑："不远了，不出十年，必叫天朝内政清明，四陲安靖，如此方才快意。"

卿尘秀眸清远，盈盈如深湖潋滟，顺着他的目光看去，便是深夜也难掩的锋芒。抬首见他意气飞扬的眉目，一颗心便被这沉敛的霸气深深圈住，隔了万世千年柔柔牵扯，多少轮回寻觅，多少姻缘注定，从此再也挣脱不得。

却不知为何，心底深处那份羁绊微微一顿，叫她心神微乱，纠缠难言。或许终是错了，一切当真是梦，因在梦中，方得如此幸运，近乎完美？

夜天凌见她出神，问道："在看什么？"

卿尘泠泠如山泉的眼波似笼了月色，樱唇轻启："看你。"

虽只两字轻语，却低低萦绕耳根，化作深浓盟誓，夜天凌低声道："看得这么出神？"

卿尘微一侧头，语气中不觉带了几分幽柔："看得清楚，以后便记得清楚。"

夜天凌低笑一声："以后有的是时间看。"

卿尘眸光一黯，心里竟生出些许惧怕："若没有呢？"

夜天凌不语，却看定了她，深邃瞳仁尽是研判。

"你不知，我是谁。"卿尘有些茫然地道。

夜天凌抬手滑过她入鬓细眉，迷蒙凤眸，又沿着挺秀鼻梁按上柔唇，修长的手指轻轻一勾，托起她小巧的下颌。淡淡夜色中深寂的眼波一如瀚海，星光璀璨般闪了几下："你谁都不是，你只是我的女人。"

那么柔软的声息里，话语却异常笃定，每一个字都带着夺人心魂的力道。卿尘心底微微一烫，这眼神、这话语、这怀抱，总是在忐忑迷茫的时候，让那一抹四顾彷徨的灵魂安定地落入温暖。纷扰红尘来去，天地长河无尽，与他携手，便可笑对此生，艰难险阻亦无惧。

清光流转，柔柔一缕微笑印上唇边。寒梅幽香浮泛，悄悄在月中绽放开来，盈了满庭清芳。

因不能久待，只一会儿卿尘便该回宫了。夜天凌亲自送她出府，车轮方动，突然青布垂帘被纤玉般的手指挑起，卿尘轻轻叫了声："四哥。"似乎有什么话要说，但最终还是只淡笑了下："早点歇息。"

夜天凌立在门前，含笑点一点头："好。"

帘落，掩住了那清澈容颜，马蹄声轻，消失在夜色深处。

冬夜里寒冷的气息叫人格外清醒，夜天凌独自在门口站了会儿，方才转身入府。回了书房将几件政务一理，想起方才卿尘暖暖的嘱咐，嘴角不由一挑，抬手轻拂，熄灭常常彻夜长明的灯烛，便往落远轩去了。迎面见晏奚抱着个金铜暖炉过来，剑眉微蹙："这么晚了干吗？"

晏奚笑着将暖炉递来："郡主来时叮嘱说，殿下今天在雪地里跪了大半日，怕伤了膝盖，晚上要暖着点儿，别落下病根。还有，这是郡主给的药，说是化瘀祛寒，殿下今晚得用上才好，要不改日郡主问起来，我们怎么回话？"

夜天凌眉梢一动，静静看了看那铜炉，身边寒夜也似融融，只觉一道暖意落入心间。见晏奚满眼似笑非笑的喜劲儿，沉声道："话这么多。"负手前面走了。晏奚连忙跟上，却见他冷惯了的唇畔漾出笑意，凌王府中有些什么变了。

第五十六章 天生我材必有用

轻寒料峭，暖绿春红还覆在将融未融的雪下，迎面风吹已不再那般刺骨逼人了。数株苍松都是合抱粗细，雪色消融，依旧是苍翠欲滴，亭亭如盖掩着松雨台。偶尔有飞鸟扑下，窸窣几点残雪，却衬得四周格外清寂。

阳光却是难得的好，碧瑶捧着几本书册随卿尘往这边来，远远便见丹琼在廊前晾晒些画卷。绿松影里春衫薄，好一副静谧如画的光景。

丹琼自延熙宫之事后，死里逃生，性子沉静了许多，不再似先前那般孩子气，像是一下子长大许多，叫人很是放心。如今太子虽被废了储君之位，自涿州回来便幽居松雨台，说是失了势，但清平郡主隔几日便往松雨台来，众人见风使舵，揣测圣意，也没人敢给这边脸色看。

拾阶上了前庭，卿尘回头对碧瑶道："去寻丹琼说话吧，我自己进去便好。"

碧瑶答应着去了。卿尘入了内进，夜天灏俯首案前正援笔疾书，见人进来，抬头看去，却也不说什么，再写了几句，方将笔放下，一笑道："如今你倒成了松雨台的常客了。"

卿尘上前翻看他刚刚完成的一沓书稿，笑道："我是冲着这个来的。"近日她常来松雨台，越发同夜天灏熟稔了起来，每每听他闲聊史话，一坐便是半日，两人颇为投机。

夜天灏抬手研墨，斜飞的剑眉之下，丹凤清眸微微上挑，带着几分难得一见的笑意，如同星光般闪了闪："不妨评说对错。"

卿尘抬眼看那一抹笑容，往日常见的那个温文尔雅却又总叫人觉得疏离的太子殿下如今举手投足都多了几分放浪，谈笑风生毫不羁绊，纸下千言品评古今政史，妙笔生辉，脱胎换骨般叫人觉得新奇。想他当真是对废立之事淡到了极致，九重深宫，帝王家中，竟生了如此人物，也不知是福是祸。她将文稿暂且一放，微微笑道："不过今日倒不光为此，有旨意。"

端砚上那只白皙的手忽然顿住，墨影里晃过优雅的倒影，长袖一掠，夜天灏抬头。卿尘道："是口谕。"

夜天灏面上若有若无地挂了丝笑，起身拂襟而跪。卿尘面南背北立定，敛容宣旨道："封皇长子灏为祺王，钦此。"

面前修长的身子明显一僵，眉峰紧锁，看过来。卿尘笑盈盈道："旨意仅这一句。"

夜天灏回神，忽而展颜而笑："儿臣谢父皇恩典。"叩首下去。

"好了。"卿尘宣了旨，神情轻松地坐回案前，"现在可以看书稿了。"

夜天灏不语，轻拍衣襟，坐到案前继续研墨，微微墨香荡漾了几圈，却凝在那里，人怔怔望着前方。

"这一稿便完结了吧？"卿尘翻着书稿随口问，却不见回答，抬头见夜天灏沉思的模样，知道他心里必不能全放下，轻咳了一声。

夜天灏往她看来："嗯？"

卿尘将手中书稿整理了一下："若这一稿完结了，殿下不妨亲自拿去给皇上看看，也省得我背下来有个疏漏。"

"什么？"夜天灏一愣。

卿尘嫣然笑说："皇上如今对这部《列国奇志》已上了心，时常问起。"她隔几日便来松雨台，回去后一旦得闲，便趁机将记在心中的书稿一一说给天帝听，如此月余过去，见天帝竟为这书稿所吸引，恨铁不成钢的怒气渐渐也消了，终于有了今日的旨意。然而却也只有这么一句口谕，封王的宝册、金印、仪仗、府邸却都不见吩咐，也未曾说让人离开松雨台。

夜天灏不想她竟如此有心，叹道："难为你了。"

卿尘道："父子哪有隔夜仇，皇上做父亲的已然退步，殿下便莫要僵着了。"

夜天灏面上虽无异样，心中实对那日酒后意气纵火烧了东宫一直耿耿于怀，道："是我愧对圣恩。"

卿尘突然想到什么，将放在案头的书册推了推："险些忘了，看看这个。"

夜天灏打开书卷外裹着的青布，一见之下，眉峰轻挑："《撷芳集》？"他翻看道："这是柳传成的孤本，极难得的。"语中尽是惊喜。

卿尘道："确实是难得，有人费了不少心力为你寻来。"

夜天灏原本欣悦的神情微微一僵，知道他喜欢这套书的，怕只有一人。

卿尘接着淡淡说了句："前些时候动了胎气，静养了好些时日。"

夜天灏终忍不住投去探询一瞥："怎么？"

卿尘见他终于还是着急，道："已不碍事了，现如今看起来人倒丰腴不少。"

夜天灏心中出乎意料地一松，记起那日冒雪出京，眼中现出痛楚却矛盾的神色。长风肆虐，大雪凛冽，远去涿州的路上，有个身影执着相随，从伊歌城往北若远若近地跟在后面，深雪之中跟跄前行，长长的黑色斗篷掩住了身形，遮挡着面容，他却一眼便知是谁。

心里最温柔的地方似被什么东西紧紧压住，几乎透不过气来，迫得人要发狂。虽狠心看也不看她，却是因早就镌刻得深了，一动便痛彻骨髓。

那日鸾飞听闻天帝旨意，情愿自己随夜天灏远赴涿州，也是因此不慎动了胎气。卿尘想了想，终也没再细告诉夜天灏。他对鸾飞依旧挂心，如此便好。

夜天灏沉默了一会儿，道："多谢你。"

卿尘笑道："我也是受人所托，何况，鸾飞毕竟是我妹妹。"

夜天灏将心中情绪敛下，也笑道："你同四弟万事小心，只别走我和鸾飞的老路便好。"

卿尘一愣，宫中人人都以为她是湛王的人，不想夜天灏竟看得明白，抑或他这样的人，就是看得太明白了，反而难得糊涂。

夜天灏见她吃惊，却笑道："四弟自小与我亲近，不免比他人多几分了解，这宫中人人污浊，唯他有一份真心待我。只是他性子冷淡，心里有事也是不愿说的，若哪日有了冲撞，你多担待着些。"

卿尘凤眸微抬，那淡淡波光之中透着柔和的深情，"我认定了他，便就是他了。"

夜天灏眼中那一抹爽朗再现："四弟比我有福气。"

卿尘道："祸福都是缘，你也莫错过了。"

夜天灏语中深深带了感慨："各人各命，造化弄人。"

卿尘道："命虽天定，却亦由人，只看你和老天谁强些。"正是夜天凌曾说过的话。

夜天灏笑叹："也就是你这样的性子，方降得住他啊！"

卿尘笑而不语，眼底无限温柔，深深如许。柔情底处，印着抹清冷的坚定，她不知道路有多远多久多难，但她知道，自己同他，已没有人能再放手。

天朝《禁中起居注》，卷五十七，第十三章，起自天都凡一百二十六日。

"……祺王入见，呈《列国奇志》稿，帝悦，彻夜与之论。圣武二十六年春，擢祺王进英华殿太常司，主修历朝通史。"

第五十七章 只舟行见水穷处

天朝《禁中起居注》，卷五十七，第十三章，起自天都凡一百二十六日。

"帝微恙，召九卿议储，众推湛王。太学院三千学士联名上书，具湛王贤。帝愈，不复议。"

翠瓦金檐，早春的晴朗在重阁飞宇上染了琉璃色彩，阳光下渐渐透出些清晰。远望梨花正盛，冽风中几树繁花落蕊芬芳，雪压春庭，衬着朱红宫墙莹莹铺了开来，暗香浮动。

卿尘一身月白贡绢轻衫，独自静立在树下。几缕春风轻摇，花雨纷飞，她伸手接住了一瓣，修长指间落着一抹莹白，细微的蕊丝轻轻颤了颤，不胜娇柔，恍惚间只以为轻雪未融，寒色仍在。

她抬头轻舒了口气，握紧了手指，细眉微锁，似是遇上了什么难解之事。

春来乍暖，仍是凉意十足，天帝前些日子偶染风寒，朝中立时便将立储之事提了出来。

或是迫于形势，天帝召众臣公卿推议储君。今日朝上，除几位首辅相臣外，三省六部九司竟有半数以上推举了湛王。更有甚者，三千太学士联名保荐，上《贤王书》请立湛王为储君，一时间内外同声，势不可遏。

太后自宣圣宫休养慈驾方回，卿尘奉旨前去陪伴，近几日并未在致远殿，但也知早朝上夜天凌一手提拔起来的官员们都不约而同上了请立湛王的折子。就连褚元敬都不知为何，推举溟王的折子早便拟好了，却被夜天凌昨日深夜一道急令改了内容，这里面透着的奇怪，无由地叫人不安。

夜天凌落的是一着绝棋。若如前议，令湛王同溟王成掎角之势鼎立，隔岸观火，网宽线长，兵行稳妥。如今他忽然反手，一力将湛王推上巅峰，峰凌绝顶光芒万丈，云端之下却是万丈深渊。

欲抑先扬、欲擒故纵，这法子是她出的，却怎也没想到竟用到了湛王身上，心里若说没有歉疚，不过自欺欺人罢了。

剑走偏锋，一招既出断绝湛王前路，却令溟王安然隐在暗处伺机而动，卿尘第一次觉得猜不透夜天凌究竟在想什么。奇险快狠，深稳诡绝，便如传说中他行军布阵，他人无论身在局中还是置身局外，都是莫测其意。

宫中不期而遇，她默默陪夜天湛走了半日，几度隐忍心中挣扎，话到嘴边生生咽住。若设法点醒他的险境，便是将夜天凌置于危处。面上看起来雍容祥和的大正宫，暗波之中动辄生死，刀尖剑锋上，她既选了他，便死也要护着他跟着他帮着他，绝不能有半分犹疑动摇。

揉碎一抹清香，指尖抵在掌心隐隐生痛，春日晴空恍如夜天湛风神俊朗的笑，映在眼中，印入心底，此时想来竟是深刻如斯。

救命之恩、收留之情、扶助之意，他时时都在身边，而自己终究放开了手。

又或者，从未将手伸出。

她缓缓转过身，落蕊掠过肩头，任其飘零，无心去看。

卿尘方要举步，但见华伞迤逦彩裳云动，迎面正遇上殷皇后凤驾。她往旁轻轻一避，叠起些许心事，敛襟施礼下去："见过皇后娘娘。"

殷皇后优雅站定，春光下五凤朝阳宫装华美夺目："免了吧。"卿尘谨慎抬头，却意外见那精致妆容漾出亲和的笑意，不免微觉奇怪。

殷皇后凝眸细细打量卿尘，梨花树下柔雪浅舞，她便轻盈立着，款款淡淡，明明艳艳，翩然流曳的轻罗宫装温婉娇柔，眉目出尘却暗敛冰雪之姿，一笼清光傲洁，一抹秋水入神，让人挪不开眼，也难怪夜天湛钟情于她，点头道："越发出挑得清丽了，别说皇上舍不得，本宫看着也喜欢。"

卿尘听她这话，心中突地一跳，但如今已养成了习惯，面如止水，静静回道："皇上同娘娘厚爱，卿尘惶恐。"殷皇后面前，她是无论如何也不敢露半分心性，亦是十二万分的警醒，绝不肯再有一丝疏漏。

殷皇后看了看她空着的一截皓腕处，竟笑道："湛儿既把那串冰蓝晶给了你，你便戴上无妨，空置着也辜负了那宝物。"

听她话中有意，卿尘暗锁轻眉，低声道："卿尘不敢。"

殷皇后微笑抬了抬手："本宫只有这么一个儿子，断不会为难你们，如今你只要好生侍奉皇上便是。"

卿尘被这话惊住，直到殷皇后一行远去，仍旧怔在当场，几乎忘了自己原是要去看莲妃的，过了许久，才慢慢往莲池宫走去。

飘逸宫装如同蒙蒙烟水，自白玉桥上一掠而过，淡波一现，清远脱俗。御林侍卫见了卿尘，纷纷恭敬行礼。如今的御林军，怕已无人再敢轻看，枪明剑冷，甲胄森严，总觉比之前多了些叫人说不出的肃穆来。

卿尘没有像往常一样微微笑应，只点了点头。行走间一瞥，不去细看，很难发现御林军中已替换了不少新面孔，而这离夜天凌那一道严令才不过数月而已。

举步踏入莲池宫，早春来到，这里却依然未脱寒冬的清寂，亭阁幽深，静得能听到自己的脚步声。卿尘低头前行，忽然脚步一顿，折入园中小径。莲池宫正殿，天帝正缓步沿阶而下，身后跟着孙仕。

卿尘避了开去，不欲让天帝看到自己来此处，却听天帝站在庭中半晌，突然道："朕记得这处原是种了一片满庭芳，如今怎么不见了？"

孙仕道："陛下，莲妃娘娘不喜满庭芳纷闹，当年便清去了。"

"哦。"天帝想了想，"还是你记得清楚，朕都忘了。"

孙仕道："陛下日理万机，操心的是社稷天下，这些事就让老奴替陛下记着也一样。"

天帝点头："莲池宫建了快三十年，看起来和当初也没什么不同，连里面的人也是一样，终究不待见朕，连儿子也不上心。"

孙仕却不敢贸然回答，只揣摩着道："莲妃娘娘便是这个性子，终有一日会知道陛下的苦心。"

天帝一笑："朕哪里再有个三十年啊。"语中尽是感慨，听起来竟有些萧索意味。

孙仕忙道："陛下福寿康健，老奴还要再伺候陛下几个三十年呢。"

"听听，你都也跟了朕大半辈子了。"天帝道，"不必忌讳言老，朕这几日常觉得力不从心，是老了啊。"

孙仕道："近日政务繁多，陛下何不命清平郡主回来，也好分忧。"

天帝声音肃沉，冷冷透着股静穆："朕身边的人，他们哪个不打上了主意，卿尘这个修仪是早晚要去的。朕倒要看看，除了老七，还有哪个也有这心思。"

孙仕道："老奴在旁看着，清平郡主倒是忠心为君，政务上也丝毫不差。"

天帝道："若单说政务，她比鸾飞处理得通透清楚，胆识见地也有过之而无不及，是块可雕琢的料。但在朕身旁，要看她知不知道分寸，迟些再说吧，看着她便能知道他们几个。"

卿尘心中一凛，既在天帝身侧又是凤家之女，她这个修仪的确是内廷中枢关键的一环，天帝将皇子们一一看在眼里，同时也将她看在眼里。

此人彼人，是弈者又是棋子，进退攻守，分也分不清。

孙仕随着天帝渐渐远去了，声音再也听不清楚，卿尘心中却明镜一般，寒风淡淡，方觉自己出了一身冷汗，只一步啊，一步之差便不是这个局了。

风冷料峭，竟仍是透骨的冰寒，卿尘静静回身离开了莲池宫，一路低头，思量着天帝同孙仕的对话。

延熙宫中常年萦绕着若有若无的沉香气，叫人心神安宁，饶是重重心事也淡下几分。太后正同碧瑶说话，见了卿尘回来，问道："你这丫头哪里疯去了，半天都不见人影？"

卿尘微笑着道："太后娘娘找我吗？"

碧瑶道："郡主也真是，偏偏这时候不在，四殿下来了半日，前脚刚走。"

卿尘一笑："既有四殿下陪您说话，正好我就得空偷闲嘛。"

太后招手令卿尘来身边，挽起手细细看她，慈目中透着欣慰："你可知凌儿今天为何而来？"

卿尘原本便纷杂的心情缓缓沉下去，低声道："还请娘娘示下。"

"害羞呢？"太后见她低垂着眸子，笑说，"凌儿这冷脾气，如今可算是转弯了，终于有个人能降住他，方才竟是来求我指婚的。卿尘，我问你，你可愿意？"

细微的一点喜悦，自卿尘心底冲出尘埃噗地绽放开来，然而瞬间落入了无尽深渊，犹如黑夜一抹烟花，短暂而灿烂。

这一日，曾看着他清隽的双眸想象过，曾在他温暖的怀中憧憬过，曾在夜深人静时心间泛起幽柔的涟漪，曾在晨光潋滟中望见彼此深切的期盼，就在眼前了，就在指尖了，就在唇边了。

卿尘慢慢站起来，微垂的羽睫遮住了眸光，她离开锦榻，跪在了太后面前，一字一句地回道："太后娘娘，卿尘……不愿。"

屋中一滞，太后同碧瑶都面色诧异地看着神情冷淡的她。碧瑶同她情意深厚，多少也知她心事，急道："郡主，你这是……"

卿尘叩了个头，道："卿尘仗着太后娘娘疼爱，斗胆请娘娘收回成命……"话未说完，心中已酸楚难耐，晶莹剔透的泪水串串点点，早抑不住滚落满襟，竟再也说不下去。

太后看着卿尘眉宇间的忧伤，放下手中的茶盏，挥手遣退碧瑶："你先起来。"

卿尘轻轻叩了个头，默然起身。太后道："凌儿从小在延熙宫长大，他那个脾气我知道，整日里待人冷冷淡淡，心性又傲，不是个好相处的人，这么多年也没人让他看得上眼，但今天他来求我指婚，我却看得出他是真心真意的。卿尘，你跟了我这些时日，女儿家的心事我多少也看得明白，你倒是说说，这是怎么回事儿，你为何却不愿意？"

卿尘脸上泪痕未干，神情却不再有异样，低头淡淡道："卿尘和四殿下，无缘。"

太后道："为何这么说？"

卿尘道："娘娘刚才也说了，四殿下的性子并不好相处，多少时候他都冷脸对人，叫人难以亲近。何况，鸾飞刚刚出事不久，卿尘只想一心一意侍奉皇上，没有，也不敢有别的心思。"

太后半合着眼思量良久，再睁开眼睛，其中多了几分了然的惋惜，轻叹道："这生在天家，想要得个知心人难如登天。原以为你二人会是一场好姻缘，可你既然不愿，不管是为什么，我也不能强求。这件事再不提了，只有我知道便罢。"

泪已积满了心底，然也冷到了平静，卿尘眼底覆着一抹不易察觉的坚毅，低声道："谢娘娘恩典。"

太后摇头："这真的是缘分不到啊！"

第五十八章 如寄空翠渺烟霏

顺水行舟，桨橹轻摇，水波破开涟漪，一晕荡开一晕，楚堰江到了静处，两岸映着一片湖光山色，似是满城风雨喧闹隔在了春色迷蒙外，只剩下烟波浩渺，欲近似远，将盛世天都遥遥抛却。

便有弱柳扶风，悄吐了嫩芽，一枝梨花清新淡雅，自岸上伸绽开来，临水斜照，落下碎芳点点，浸在风里，淡淡地顺了江水归去。老渔翁粗糙的手有力地握着桨，只一荡，船便徐徐地行着。看看始终静立船头的女子，一袭纤秀背影裹在流澹回转的烟岚轻绢中，似乎融入了这浓稠淡渺的山光水色，一时竟觉得小舟已随她凝伫，反是这山这水，悠悠地退了开去。

自上了船，也不说去哪儿，就这么随波逐流。一程一道地过了，眼见这天色渐沉，家里老婆子必已升了炊烟，等着开饭，小孙儿也不知是不是哭闹起来。老渔翁摇摇头又荡了一橹，眯眼看去，远远江上来了艘小船，听着水声，不多会儿便到了近前。

船虽不大，却透着气派，持桨的人倨傲中带着礼数，抱拳道："老人家，我家公子想过船去，还请这边靠上一靠。"

老渔翁磕磕烟嘴，笑道："小船被这位姑娘包下了，得问问客家才行。"

说话间那船一晃，舱中走出个蓝衫公子，俊眉星目，温文如玉，唇边一抹儒雅笑意，压得这冷冷春寒也是一暖，对刚转过身来的女子道："卿尘。"

卿尘见是夜天湛，先是一愣："是你？"

两船轻靠，这边小舟微微一沉，夜天湛已落步身前："隔了船说话不方便，不如到这边船上。"

卿尘沉吟一下，点了点头。秦越早一旁付了船钱，老渔翁掂着手中沉沉的银子，也不知是遇上了哪家公侯小姐，眼见一对神仙般的人物随船去了，心底啧啧称奇。

船行缓缓，远日西斜，在江面上细细粼粼地覆了一层波光，渐渐敛入了烟青色天水深处。卿尘同夜天湛并肩立于船头，淡光洒金落了满身，衣袂纷飞飘举，宛若出水洛神，迎风脱俗。

卿尘心下郁结，不想说话，只是静静看着远处。夜天湛陪她站了一会儿，道："说是你不舒服，回相府住几日，怎么了？"

卿尘想起自己出宫的借口，笑了笑："没什么，只是跟了皇上这么多日子，颇有些心力不支的感觉，想歇歇。你怎么会寻到这里？"

夜天湛深深看了她一眼，虽不多说，眸底却是细密的关心，道："秦越说在楚堰江见你上船，我便沿江过来，不想竟真遇上了。"

卿尘将飞拂脸侧的秀发掠回耳后："江上爽阔，与宫中相比自是另一番风景。"

夜天湛举目远望，暮色四合，山水影影绰绰隐入天际，梨花烟雨笼入一川轻暮，渐渐模糊一片。他转过头，柔声问她："想出宫吗？"

卿尘抬眸，不知何时，江中圈圈点点起了涟漪，氤氲湿润，雨意盈面。

暮雨清新不期而至，细细密密随风扑来。夜天湛侧身，自然而然将她挡在雨后，衣襟立时着上了几点浓重的颜色："早春天凉，莫要着了寒气，先入舱里去吧。"

卿尘伸出手掌，接住几点雨丝，凉凉地印在掌心中，微笑道："我没有那么娇弱，只有出宫才得这样清静，是的，我从来没有这样想出宫过。"

夜天湛注视烟雨茫茫的江面，微微一笑："再过几日便好，昨日我已求了母后，向父皇请旨赐婚了。"

卿尘猛地转头过来，夜天湛目不转睛地看着她，眼中落满了清亮雨丝。卿尘抑声问了句："为什么？"先前若隐若现的猜测终于明了，一切都有了解释。殷皇后改变态度，突然亲近，夜天凌中途转意，要将他置入不归之路，都为他这一步，或者就连天帝，也不能再任他继续荣耀下去，更不可能让他成为天朝的储君。

夜天湛目视卿尘，眸中笑意带着几分隐现的涩楚："我知道你或许不愿，但我还是做了，卿尘，我早便不该让你离开我那里，这一次我不会再错过这个机会。"

"即便赔上你现在所有的一切也愿意？"卿尘一瞬不瞬地直视着他。

夜天湛眼中掠过一道精光，声音却依然温润如玉："我不会赔上，否则即便能留你在身边，也无法护你周全。"

雨丝扑面袭来，卿尘深深吸了口气，用一种近乎无情的方式道："我即便成了你的王妃又如何？我待你之心，连靳姐姐一分也及不上，你要我做什么？你对我越好，便是对自己越残忍。"

夜天湛眸中的柔软凝滞了一下，声音有些低哑，道："相处日久，难道你就没有一丝感觉？"

"有，不但有而且很强烈，从第一眼开始直到现在。"卿尘微一闭目，狠心道，

"但你对我来说是另一个人,一个我爱过,现在却恨着的人。我想忘却忘不掉,每当看到你就如同他在眼前,因为你和他生得一模一样。如果我说爱你,那么我其实是没有忘记对他的爱,我会选择任何人,但没有办法选择你,我不知道该怎样面对面前的你,你明白吗?"

强烈而直白,那一刻她是宁文清而不是凤卿尘,破釜沉舟般的话语自口中毫不犹豫地说出,带着压抑了许久的情绪。断了他的心意,是给他一条生路,也同样放了自己重生。李唐也好,他也好,她统统不要,统统忘掉。

或者是因雨意,夜天湛脸色微微有些苍白,卿尘看不清面前这双清湛的眼中现在是什么神情,只能感觉他猛然转身离开。然而就在这时,夜天湛却又停下了脚步,回身过来,良久看她。

卿尘静静回视他,眸中深不见底。直到他终于长叹一声,徐徐说道:"就算如此,我也认了。"

一字一句,决然不改,楚堰江上,风雨之中,夜天湛眼梢微微上挑,神色平静如初。

卿尘只觉得四周窒闷的雷声令人心头发慌,身子不由得晃了晃,扶住船舷:"我这一生或许注定是要欠你的。"

夜天湛似乎笑了笑:"欠着好,总有还时日。"

卿尘轻锁眉心,避开他的目光,"四面楼到了,我在这里下船,天色已晚,你早些回府去吧。"

夜天湛道:"你不回相府?"

卿尘其实本未打算回相府去住,只道:"我晚些时候自会回去。"

夜天湛点点头:"我送你上去。"他看来已然恢复了常态,温柔依旧,船缓缓靠上栈头。

卿尘拦住他:"不必,雨下得大了。"秦越见雨越落越急,递上了伞。天边隐隐雷声传来,由远至近闷响滚滚,天地昏暗,想必立刻便是一场倾盆大雨。

卿尘接过竹伞,往岸上迈去,谁知船身摇动,脚下不稳,冷不防身子一晃。不及心惊,有人在旁伸手一扶,夜天湛已将她稳稳护在怀中。

卿尘稳住身子,急忙向后退开,低声道:"多谢殿下。"

夜天湛却反手将她握住,雨中俊眸流光清朗:"卿尘,无论如何,我认定了你就绝不后悔,总有一日,你会把我当我。"

卿尘轻轻地将手收回,避开他的目光:"殿下请回吧。"

夜天湛眼中似是含了千言万语,但终究还是一笑,回身上船离去。

卿尘怔怔看着被急雨笼罩的江堤,直到那船只渐渐没入江雨深处,方才转身,忽见四面楼前，一个熟悉的人影立在那里。

不知何时而来，夜天凌暗沉的眼中冰冷一片，注视着伞下的她，注视着这风雨中长浪拍岸的楚堰江。

栈道两头，一段若远若近的距离，两人静静立在那里，谁都没有说话。

风雨早就不见春日的柔软，掀得卿尘手中竹伞不断晃动。伴着震耳闷雷，一道惊电裂开乌云，在暗空中划出灼目的长光。

电闪之下，卿尘清楚地看到夜天凌眼底风云狂涌，终于明白为什么战场上杀人如麻的将军也不敢如此与他对视，眼前肆虐的闪电都似退却，那慑人的目光如同一把利剑直逼心头，让人只觉阵阵闷痛。

卿尘稳了稳心神，举步向前走去，头顶翻滚的雷声听在耳里并不真切，一切都失去了色彩，只能见到他的眼睛，天地间仿若只剩下那双眼睛，看着自己，清晰如许。

急雨斜斜打了满身，罗绢沾了雨水紧贴肌肤，透心的冷。他来了，她有多少话想同他说，现在，他来了。

夜天凌一动不动地看着她，沉冷的目光夹杂着深切的痛楚。卿尘叫道："四哥。"

"难怪，"夜天凌熟悉的声音却无一丝感情，"我在这儿等你半天了。"

卿尘低声问道："你见过太后了吗？"

夜天凌眼里怒意闪过，一把将她的脸抬起，低头俯视，声音暗哑："难怪你追问褚元敬为什么我要那么做，难怪你不愿皇祖母赐婚，难怪四处找不到你，原来是他。"

油纸伞跌落身畔翻滚着吹入了雨中，卿尘感到他的手狠狠捏着自己，因用力过度而隐隐颤抖，挣扎道："不是……"

"那是什么？"夜天凌抑声道，"你亲口拒婚，我亦亲眼看见。"

他眼里的伤怒连同这语气，尖刀一样刺入卿尘心头，一刀接着一刀，痛得她几欲窒息，只能勉强扬头道："是……是……你放手！"

夜天凌猛地松手，卿尘踉跄着扶住一旁栏杆，心里那痛丝毫未缓，越发翻涌起来，千言万语堵在胸口却一个字也说不出，只靠在那儿喘息。

夜天凌见她惨白着脸不答，一阵怒意连着莫名的心痛涌上，薄唇紧抿，极力压抑着自己翻腾的情绪，忽而仰头闭目，雨水激了一身一脸，转身拂袖而去。

"四哥……"卿尘想叫他，眼前却忽然一黑，心口抽起一道剧痛，一步便迈不出去。冥魔随夜天凌自宫中回来，早和谢经在楼中看着两人情形不对，却谁也不敢上前，此时见夜天凌突然离开，雨中卿尘摇摇欲坠，双双抢出来扶住："凤主！"

卿尘恍惚见了他们两个，艰难地道："跟去……看看……莫要出……出事……"

谢经对冥魔抬头示意，冥魔展开身形，沿江岸追去。

谢经扶着卿尘，只见她浑身湿透，苍白的脸上不知是泪水还是雨水，早已流尽了痛楚，淹没一切。

神御军营前，门旁两株老树干枝遒劲，桃红错落，虽没有依水堤旁"一色锦屏三十里"的繁丽，却也热热闹闹绽了满树。雨打春庭花零落，轻红粉白碎锦似的铺了一地，如今风一吹，柔柔洒洒飘扬起来，倒给这兵戈肃杀的军营添了几分旖旎光景。

营中出入的武官兵将本就是些豪放不羁的人，少有闲情驻足赏春，反而比平时更多了匆忙，兵马长靴不免践踏落红，一晃，便碾入了尘中。

自凌王提了增设北疆都护府的条陈后，天帝尚未有所决断，南靖侯府六百里急报传来，年前南靖侯重病，四月乙丑薨于镇州。

诸侯封地本是世袭罔替的制度，理应由南靖侯长子继承爵位掌管南疆，但老侯爷长子失德无能，其他五个儿子多有不服，竟乱起灵前，一发不可收拾，直闹到天都来请决断。

这正是撤藩的一个由头，天帝召众臣共议。凌王虽力主撤销诸侯封地，却反对急功近利，认为尚非最佳时机，遂向天帝进言分地而封，将南疆封地化为六郡分封给南靖侯六个儿子，如此相互牵制，诸侯国的势力亦被无形中削弱。若此时直接下诏撤销封侯，诸侯历来互通声气，牵一发而动全身，一旦有心作乱，朝廷尚未准备充足，海防、边陲、关陇都将陷入危局，唯稳扎稳打，才是上策。天帝纳了凌王之议，但为防有变，军中仍是厉兵秣马，以备战事，自然一刻不得停歇。

连着忙了几日，夜天凌同十一出了军营。一阵暖风轻盈，落花飘洒夹着微香拂面而来，丝丝点点沾上素净黑衣，他侧头避了避，眉峰紧锁，深海般的眼底一片暗沉，连这明媚春光都冷了去。近日这副神情叫整个军中人人小心翼翼，谁也不敢有半点儿疏漏，生怕一不留神触了霉头。

十一忧心忡忡地看着夜天凌，落后一步，对卫长征低声道："这到底怎么回事儿？"

卫长征轻声道："我也不知道，昨日问过晏奚，他只说大雨那夜殿下从外面回来，自己在倾盆大雨中整整淋了一宿，殿下不开口，谁也不敢问是怎么了。"

十一皱眉，深知夜天凌这般模样，定然不是小事，思量着上前道："四哥，父皇前些日子赐下来的新王府修整得差不多了，武英园连着畅音园，离你府邸只一条街，我和十二弟想将院墙打通，两府相连，往来也方便。"

夜天凌停了一下："倒是不错，什么时候搬过去？"

"下个月吧。"十一道，"几日不得闲，好容易没事了，不如陪我去看看？"

夜天凌虽心里抑郁，却也不愿扫他兴，便点头道："也好。"

武英园同畅音园对称而建，里面景致就如翻转了一般互为映衬，却又各具特色，是伊歌城中极难得的府院。天帝日前赐给了苏淑妃所生的两个儿子，降旨扩建为新王府，可谓圣恩眷隆。

嫩柳吐翠，春池冰融，园中曲径通幽，错错落落，四下芳菲怡人。冷冷冽冽的一道清泉自地下引至石上，融融流了一池碧水，分花拂柳曲曲折折往畅音园去了。

夜天凌负手入了园子深处，却对这满眼春色视而不见，眉心始终紧着。

只这一点空隙，没有军务没有政事，那种感觉便如影随形地涌了上来。无比清晰一幕一幕，桃红、轻柳、醉香、流泉，都如她，笑盈盈清冽冽地在自己面前，一泓秋水似的明净，一弯新月般的轻柔，从没有此刻这样清晰。

那一道利痛，自心口丝丝浸入骨髓，只要脑中有一瞬空闲，便是她，无声无息满了心怀。

冷面下隐着能融了冰川的火，灼得五脏欲焚。他闭了闭目，唇角凌厉地抿作一刃，耳边却突然传来说话声："沿这边过去便是十一哥的武英园，咱们看看去。"正是夜天漓的声音。

似是有人应了一声，夜天漓又道："春雨才过几日，竟连桃花都开了。卿尘，去年冬天咱们还说下了雪饮酒赏梅，谁知被平隶疫情搅了，如今换作桃林饮酒，不也是美事一件？"

卿尘似是笑了笑，道："若有'桃夭'美酒来，才配这景致。"

夜天漓道："这有什么难，倒是你没精打采的，怎么好好的说病就病了呢？好些了便该出来走走，总闷在屋里也不行。"

卿尘淡声道："大惊小怪，我不过懒得动，皇上都放我歇着了，你还特地拉我来这儿。"

这熟悉的声音叫夜天凌猛一晃神，十一笑道："不想正遇上他们……"回头却一愣，只见夜天凌面色冷冽，眼中隐隐掠过丝缕的寒光。

夜天凌沉声道："十一弟，我府中还有事，先走一步。"说罢竟转身便出园而去。

第五十八章　如寄空翠渺烟霏

第五十九章 抽刀断水水更流

"四哥！"十一叫了声，突然顿住，心中恍然。身后夜天漓已喊道："今日真巧了，十一哥也在园中。"

十一回头道："刚从兵部出来，就顺便过来看看。"却见卿尘目视蜿蜒消失在山石后的小径，眼底光阴深浅，若明若暗，衬着月白衣衫脸色淡淡，颇有些黯然的意味。

夜天漓仍是那副散漫模样，一袭窄袖长衫下举手投足都是不羁，笑道："听说兵部最近忙得人仰马翻，几天都见不到你，母妃今早还说呢。"

十一道："也就这一阵，再忙也不及四哥，都几日没正经合眼了。"却见卿尘细眉微微一蹙，转而又恢复了平淡模样。

"四哥是能者多劳。"夜天漓笑道，"我们才说饮酒赏花，正要差人去找你们，也不知四哥、七哥他们是不是空闲。"

卿尘眸光微滞，拦住他道："他们都忙着，人多了反而吵闹，就我们三个人好了。"

"也好。"夜天漓打量她一眼，抬头和十一交换个眼神，转身吩咐人去备酒。

三人往桃林而去，远远便见云蒸霞蔚，绚烂无边，当真是芳菲四月，人间美景。

十一趁空将卿尘扯到一边，低声问道："你和四哥怎么了？"

卿尘凤眸低垂，淡淡道："没事。"

十一一皱眉："还说没事？一个玩命似的难为自己，一个大病一场现在还惨白着脸，好端端的会这样？"

卿尘抬头，对他一笑，认真地道："真的没事，只是一点误会，过些时日自然便好。"

十一道："既知是误会，怎不解释清楚？"

一抹桃色自卿尘眼中掠过，她远远看着那花林，沉默片刻方道："不解释自有不解释的好处，再说，也不必解释。"想了想又道，"往后你们不要常来找我，但凡行事，谨慎收敛。"

十一自她话中感觉到几分不寻常，道："四哥这几天心情可坏到家了。"

风过芳菲起，翩跹发间，卿尘只应了一声"嗯"，便转身先行。

林下轻红铺了一地，夜天漓已伸手将一小坛"桃夭"拍开，花香添了酒香，清清冽冽溢了开来，未饮人已醉。

三人寻了一方平石，随意而坐。卿尘将那衔珠杯执起，白玉中一抹嫣然轻红，妖娆万分。抿一小口，既不烈，亦不呛，只是一点飘忽莹彻的酒意，满是桃花缤纷的风流，偏生又化入喉舌一般，柔柔萦绕缠绵。

仰头入喉，那一股暖流自腹中直冲上来，不觉双颊已微热，方才那丝缕清气，忽然便漫开了醉人的醇浓，浸透四肢百骸、心魂神窍。

这酒，浅酌豪饮都是荡气回肠。

十一早将杯中酒一饮而尽："好酒，桃夭引鹤，醉中风流。"

卿尘抬手斟酒，举杯道："借这灼灼桃花烈烈美酒，贺你二人即将新迁府第之喜。"

兄弟两人笑着受了，一杯饮尽，卿尘再替他们满杯："这一杯，为我们有缘一场相识，缘深缘浅都在酒中，今日不醉不归。"

桃花影里落英缤纷，几巡过后，十一忽觉卿尘今日已饮了数杯，不由道："这酒后劲烈，你又没酒量，别多喝了。"

卿尘笑道："许你醉中风流，不容我酒里乾坤？"依旧把盏在手，斜靠着一株桃树徐徐啜饮，腮侧淡飞轻霞，星眸微醺，眼底却澄澈一片，朦胧笑意似幻似真，映在那琼浆玉液中。

不管人在何处，前世今生，她看得清楚，扬眉一笑。

再斟满，同夜天漓饮一杯，将那白玉杯丢下，半醉中偏偏心底明晃晃地清醒，酒入愁肠，只觉胸口热辣辣的，那酒意不知怎么便化出了泪，点染落红纷纷。

夜天漓正觉痛快，突然见卿尘落下泪来，不禁诧异："这是怎么了？"

卿尘却笑道："来，再喝！"

十一已将她杯子拿开："卿尘！"

卿尘见他阻拦，也不去找杯子，挥手道："好吧，已经醉了，我不喝了。"靠在树下，仰起头，妖艳桃红在她水蒙蒙的眸底映得分明，但脑中千头万绪，也不知在想什么，只是这酒像掀开了五脏六腑，将沉淀至深的东西一并翻腾上来，再也抑不住。

恍惚间似是回到了属于自己的地方，也曾同那些朋友买酒言欢，高谈阔论，笑灯红酒绿，将年华纵歌。那是什么时候的事？她嘲弄地看了看衣间桃花，糊涂了，忘了现在她是谁呢，果然酒是会醉人的。

但是醉又如何？

有些事一样不能做，有些话一样不能说，有些人一样不能见。

醉得清醒，亦不允许自己糊涂，莫不是人生最痛苦的事情？

白石广场平坦庄严，宽二十丈有余，遥接致远殿前殿。一旁大道两侧植着各色树木，虽都是参天直立，却因广场空阔并不显得十分高大，数日春风过，雨水又足，如今枝头已绽出巴掌大的小叶，阳光下轻荫点点，十分惬意地招展着。

夜天凌踏上殿前的玉阶，当职的内侍上前道："四殿下，陛下今日在武台殿，请您和十一殿下来了便即刻过去。"

夜天凌点点头，也没说话，负手而行，若有所思。"四哥！"十一在身旁道，"你就这样去见父皇？"

"怎么？"夜天凌停下脚步。

十一道："眼下大好春光，你一脸严霜看着倒像三九寒冬，父皇能不问吗？"

夜天凌眉心微皱，高处望去，大正宫北侧岐山一脉峰峦起伏，如今尽带春意，深浅翠绿层层叠叠，叫人眼前一清。他站在殿前静了静心，转身道："走吧。"

十一暗中摇头，说是误会，却也不知要僵到什么时候。进了武台殿，没想到卿尘竟在，接连几天早朝没见到她，两人都以为她尚未回宫。夜天凌身形微微一顿，卿尘正在和天帝说话，此时闻声回头，本来便没多少血色的脸上似乎更添了苍白，却衬得一双眼睛越发幽深。

"儿臣见过父皇。"

"四殿下，十一殿下。"

淡到极致的声音，听在耳中却如千斤。夜天凌面无表情地看向他处，卿尘亦静静转身，重新面对天帝身前的皇舆江山图。

"卿尘，给他们看看。"天帝抬手命夜天凌和十一起身，仍旧注视着地图在想事情。

卿尘自龙案上取过一道本章，犹豫了一下，上前递到十一手中。十一背着天帝，目光中带着担忧地在卿尘和夜天凌之间看过。卿尘缓声道："这是东越侯上的本章，请求增加海防军费，扩招水军。原因是自去年始东海一线常常遭到倭寇袭击，今年以来已有二百八十多艘商船及渔船遭劫。其中最严重的一次是本月壬午，倭寇竟攻到琅州府重兵布防的近海，虽被击退，但双方都损失较大，只能说是惨胜。"

夜天凌接过十一递来的本章，习惯性地并没有立刻翻看，而是听卿尘略说重点，听到这里问道："四个月来二百八十多艘船只遭劫，岂非每天都能遇上倭寇？"

卿尘道："照这个数字推算，是每天至少有两艘船只遇事，听起来非常频繁。"

"未免太过频繁。"夜天凌道。

"倭寇攻到近海,是上岸交战了还是海战?这不是小事,究竟是个什么状况?"十一也思量着道。

"本章中一笔带过,语焉不详,显然重点不在此。"卿尘道。夜天凌这时才浏览了一下本章:"重点在军费。"

天帝此时转身问道:"凌儿怎么看?"

夜天凌斟酌了一下,道:"儿臣认为,这道本章应该驳回。"

"说说看。"天帝道。

夜天凌道:"东越侯此时上这种本章,显然是因南疆分封六郡之事投石问路来的,既然定了要撤藩,便没有必要再往里面填银子。何况,去年年底琅州水军军费刚增了四十万,现在竟再要六十万,也没有这个道理。"

"那倭寇呢?"天帝再问。

夜天凌略一沉思,道:"禁海。"

天帝蹙眉思量:"禁海?"

"陛下,"卿尘淡声道,"四殿下的说法有欠考虑,禁海一事不可轻易为之。"

天帝道:"怎么说?"

卿尘禀道:"东南沿海一线的商船贸易是当地税收之重,亦是百姓生存之道,一旦禁海,两面都将失去依恃,非但不能解决问题,反会因噎废食。对倭寇越是忌讳退避,他们便越张狂,以攻为守才是根本。"

十一十分诧异地看向卿尘,夜天凌眼底一动,天帝点头道:"卿尘说的也不是没有道理。"

夜天凌声音中不带丝毫感情,道:"儿臣所说的禁海,只是权宜之计。只因现在我们没有精力同时应对北疆和东海两面夹击,只能先以一方为重。所以这六十万军费的本章,还是应该驳回。"

天帝看了眼卿尘。卿尘淡眉轻掠,道:"我倒觉得,这本章可以准。"夜天凌和十一不约而同地皱眉,今天似乎夜天凌所提的每一条意见,卿尘一定有相反的看法。

卿尘在他们各自不同的眼光中缓缓道:"朝廷要撤销侯国封地,对诸侯来说绝对不是个好消息,他们也不可能束手待毙,一个不慎遭其反噬,后果不堪设想。既然知道东越侯这道本章有目的,便应该顺水推舟,大大方方地准了他,表面上不露丝毫异样,消除他们的戒心,才是稳妥之计。"

夜天凌冷声道:"东越侯若是真因撤藩而有异动,这六十万的军费岂非正中他下怀?"

卿尘立刻道:"并不是说准了本章便要给钱,六十万两也不是小数目,哪里是说拿便拿的。难道没有法子可以拖？去年的四十万军费还有二十万没兑现呢，慢慢耗着，耗到无疾而终。"

夜天凌道："如此一来，出击倭寇还是一句空话。"

十一暗中以眼神示意卿尘，卿尘却视而不见，道："但禁海事关重大，也不能解决根本。"

夜天凌道："禁海是缓兵之计，目前而言就事论事，难道有更好的法子？"

天帝忽然一抬手，沉声道："争什么呢！"争执不休的两人蓦然收声。天帝目光威严地一扫，道："朕问你们，撤侯国、退倭寇、军费、禁海，你们说的这些都是为了什么？"

"肃边境，固国本。"几乎是异口同声，夜天凌和卿尘一并答道。

天帝哼了一声："都还没糊涂。"

十一及时赶在他们两人之前笑道："说了这半天，原来是殊途同归。父皇，其实四哥和卿尘说的各有道理，军费一事，卿尘这法子不错，咱们不妨和东越侯扯皮，军费的奏本就准了他，但兵部、门下都可以上本章封驳质疑，让他们列预算，再议再审，这都容易。"

天帝指了指卿尘："也就是女人才想得出这等法子。"

卿尘轻声道："兵法有云，明修栈道，暗度陈仓，和这是一样的。"

十一道："若说兵法，四哥那便是擒贼擒王。诸侯之中最棘手的是北晏侯，所以撤藩当以北疆为重，若是拿下了北疆，其他三处都不足为虑。所以说一段时间的禁海也不是不可以考虑，先以治标之法暂缓，待腾出手来再治根本。若两边同时下手，顾此失彼反而得不偿失。"

夜天凌道："父皇，儿臣虽职责不在户部，却也大概知道，现下国库并不宽裕，也容不得我们处处兼顾。"

天帝点了点头，却问道："朕看你今天怎么不比往常冷静？"

夜天凌深深吸了口气："儿臣知错。"

十一急忙道："父皇，这几日京郊各州郡驻营换防，四哥连着几晚都在兵部衙门没回府，想是有些累了。"

天帝道："朕也知道，兵部的担子着实不轻，你们兄弟两个也不容易，今天没别的事，都回府吧。卿尘也去吧，这几天不必时时过来，待身子好了再说。"

"谢陛下体恤！"

卿尘谢了恩，与他二人一同跪安退出武台殿，走到殿前便道："我还有别的事，不送两位殿下了。"说罢屈膝一福，就要往复廊那边去。

"卿尘！"十一叫住她，"你这是干什么，回宫来也不见说一声，刚才为何处处要和四哥过不去？"

卿尘停下来，平静地看了夜天凌一眼，道："方才只是就事论事，请殿下不要介意。"

夜天凌注视着卿尘淡墨样几无血色的容颜，似乎不过几日，从神情到语气都生分得异样，不由得便有一丝滞闷掺着疼惜，如粗粝的砂子般纷纷堵在心间。片刻之后，他低声开口道："很久没去裳乐坊了。"

谁知卿尘头也不抬，垂眸说道："殿下见谅，今天靳姐姐约了我去湛王府，裳乐坊怕是不能去了。"

夜天凌脸色猛地一沉，再不多言，径直拂袖而去，但走出几步，又忽然侧身回头。卿尘亦正在长长的殿廊处驻足回眸，遥遥一望自他身前直透入了心内，如同浮春下一道干净却犀利的阳光。

卿尘停了片刻，加快脚步拐入了边廊，冷不防被人拽着入了一道侧门，才发现原来十一一直跟在身后。

十一盯着她，有些不悦："你分明存心招惹四哥！"

卿尘凤眸一抬："我说了只是就事论事。"

"我不是说在武台殿，是你刚才那句话，你明知道定会惹怒四哥，偏偏还要那样说。听说这些日子七哥和九哥都常去凤府，你到底怎么回事儿？"十一沉声问道。

卿尘轻攒细眉，徐徐道："皇上手中压着两道请旨赐婚的手本，一道是九殿下的，一道是七殿下的，皇上在等着看，还有没有人上第三道手本。你说我该如何？在皇上面前支持四哥的所有政见，还是和你们一起毫无顾忌地去裳乐坊？"

十一听到夜天溟也请旨赐婚，先是有些吃惊，继而道："这些话你能和我说，难道不能和四哥说？两人之间偶尔误会不要紧，但若拖得太久，再要弥补便难了。"

卿尘淡淡垂眸："他需要听我的解释吗？"

十一十分无奈地道："七哥刚请旨赐婚，你便拒绝了皇祖母的指婚，刚才还说出那样的话，四哥这算是好的，但凡男人都忍不了。你也看见了，这几天他忙得不可开交，你真忍心？"

卿尘眼前闪过夜天凌清癯的面容，轻声叹道："十一，你替我带句话给他吧。蒲苇韧如丝，磐石无转移。"

十一看她半晌，稍后点头道："一定带到。"

第六十章 醉笑陪君三千场

练功房里一片剑声清啸，隔着门都能感到那种逼人凌厉，晏奚小心翼翼地推开门，唤了声："殿下。"

"出去！"夜天凌冷冷的声音传来，骇得人一个哆嗦。晏奚忙道："十一殿下来了。"

十一对晏奚挥挥手，叫他暂且退下。青石地上丢着件外衣，夜天凌只着了墨色劲装，手持长剑，见他进来，道："来得正好。"将剑斜横，正是"归离十八式"的起手式。

十一眉梢一挑，招未动，那剑上已满是杀气，可不好对付，道："四哥指教！"反手将一杆银枪挑起，足下不丁不八，整个人顿时肃然，挺劲如松，抵着那逼人剑气。

夜天凌眼中精光微闪，手间骤然爆起一团耀目的寒光，就在此时十一银枪出手。

剑如白虹，枪似银龙，铮然清鸣伴着叮当数声，两道人影似是隐入了剑雨枪影之中，尽是以快打快的招数。

剑风凌厉，砭人肌肤，似将这浓浓春日逼得无处遁形，几乎换作了肃杀寒冬，十一一杆银枪使得出神入化也颇感吃不消。两人平日常在一起练武，熟知对手，见招拆招直战了四百余回合，但听一声刺耳的交撞声，十一手中银枪竟被脱手震飞。他哈哈一声长笑，人站也站不稳地仰面躺倒，酣畅淋漓地道："四哥，痛快！"

夜天凌身子晃了晃，以剑拄地，单膝跪倒，虎口处鲜血长流："枪法有长进。"说罢终于一松手，像他一样躺在了青石地上。

一时间屋中只有两人的喘息声，汗水贴着凉地慢慢浸下来，歇了半晌，十一道："四哥，卿尘有话让我带给你。"

夜天凌黑瞳微微一缩，便听十一道："蒲苇韧如丝，磐石无转移。"他嘴角隐隐浮起一丝苦笑。

十一见他不语，扭头道："四哥，我们误会卿尘了。"

"我知道。"夜天凌淡淡道。

"你知道？"十一诧异，忍不住撑起身子问，"你知道是误会？"

夜天凌静静仰面看着高高在上的栋梁，目中幽深："那天在四面楼看到她和七弟在一起，我是气糊涂了。其实自她回凤府的第二日，那里便有父皇的人在，如果我没有猜错，她这个修仪现在一举一动都在父皇眼里，若在此事上有什么差池，父皇必定不会轻饶她。而且父皇是要借她来看我们，她在武台殿说的做的都是故意的。"

十一松了口气道："你什么时候知道的？我还以为你刚才气她说那样的话呢。"

"那一刻确实有些气，"夜天凌落在身侧的手掌紧握成拳，"但却更恨自己护不了她周全，反要她为我受委屈。"

"她有那一句话，你该知道她的心。"十一道。

夜天凌闭上了眼睛，想起卿尘的话："蒲苇韧如丝，磐石无转移。"低声默念，心底渐渐一片安然。

绝谷峭壁，悬崖上一丛雪色山花似是撷取了山川灵气，临渊怒放，招展多姿。

卿尘随地坐在崖边，注视着那高山峻谷，衣袂迎风，前方依稀传来激流的水声。雨水裂开冬日干枯的峡谷奔腾而过，穿越万山丛林，翠绿迤逦覆着苍山。夜天凌曾经带她来过这个山谷，她记得此处一草一木，如今却年年春相似，空余人独立。

莫道不销魂，相思深处已成痴。四野空寂，如同此时一颗心，怅怅然，空落落。

只有在这儿，她才能肆无忌惮地想他。曾提缰立马开怀畅笑，曾衣袂临渊傲视天地，曾指点江山意气飞扬，如此清晰，清晰得触手可及，如同一湾清冽深潭，一纹一波漓漓荡漾，不休亦不止。

阳光如缕，七彩碧玺玲珑剔透，映着她清丽的眸子。曾经纠缠心间的一缕执念，此时只余了渺远的印记。参不透红尘，望不穿恩怨情仇，众生苦，苦为情生。她自知是认定了，没有征兆亦无丝毫犹豫，是他，为他，只有他，他也一样不会离开，她知道。

唇角掠过一丝浅淡的微笑，她站起来对着山谷大喊："四哥！"面上湿湿的，风吹来有些凉意，浸着肌肤，同那笑化在了云间。

风驰蹄声轻快，蓦然停驻，夜天凌意外地看着山花前飘逸的白色身影，临空摇曳，几欲乘风归去。

那一声呼喊，自四面八方回荡过来，一瞬涨满了心口，苦涩酸甜，恍惚间竟叫人有种不顾一切的激狂。他飞身下马，落在卿尘身后，张口欲喊，一眼见那下临绝壁的山石摇摇欲坠，怕惊吓了她，只轻声叫道："卿尘！"

卿尘浑身一颤，不能置信地回身过来，怔怔看着夜天凌站在面前，早蓄满了眼的泪水悄然而下，一言不发。

夜天凌往前迈了一步，卿尘突然摇头："别过来，你别过来。"抬手将泪水抹掉，躲开了他的注视。

夜天凌眼底猛地波动，她转身之下便是深渊，他沉声道："卿尘，那里危险。"

卿尘有些怔忡，静静看着他。夜天凌伸手道："你先过来。"

卿尘闻言向前走了一步，还没站稳，人已被他一把拥入怀中，紧紧抱住，臂上力道透着一种深入骨髓的力量，叫人一动也不敢动，一动也动不了。

她伏在夜天凌胸前安静了一会儿，突然气恼地挥手捶他，又被他环着挣扎不得，连日来心中的委屈无处发泄，竟扭头往他肩头狠狠咬下。

夜天凌闷哼一声，只是搂住她。那痛真真切切，却一瞬模糊了，散在心底若有若无的，牵起层层怜惜温柔。过些时候，他才低声问道："气消了？"

卿尘将头抵在他肩头，泪流满面，闷声不语。

夜天凌手指沿着她温凉的秀发滑下，感觉到她的泪水缓缓渗入衣襟，却又不知该怎样安慰，隔了片刻，终于说了几个字："卿尘……对不起。"

山林四寂，眼前远空万里，浅翠轻碧云笼烟峰，迷离了双眸。

冷傲如他，自负如他，竟说了这样的话出来。卿尘怔怔听着，普通莫过这寥寥几字，却像一张细细密密的网，让人失了思绪，一步迈入了他设下的领域，想着想着，一股欣慰甜蜜自心底升起，垂眸笑了起来。

夜天凌扶着她双肩轻轻一退，微皱了眉头："又哭又笑，这是怎么了？"

卿尘不语，望着他，却见夜天凌也只是这般垂眸凝视，向来无情无绪的眸心明暗涌动，阳光下如一片深沉的海，生出万般波澜的色泽，渐渐将人卷入其中。她一动也不能动，痴立在他身前，突然听他一声低叹，一个闪神柔唇已被他俯身吻住，他唇间切实的热度带着霸气与温柔深深攻陷了心底最柔软的一处，浓浓烈烈，千回百转，霸道地让她无处可逃，却又轻柔地让她沉醉下去。一切喧嚣皆退却，天地一片空白，只余他唇吻温热和陌生而熟悉的气息。

不知过了多久，卿尘颤抖着睁开眼睛，长长睫毛微微一动，羞怯低下。夜天凌唇角勾起一丝微笑，转瞬即逝，轻轻抬起她的头，修长手指将她脸上隐约残留的泪痕抹去。一刹那，卿尘意外地在他眼中看到一种深痛不安的神色，仿佛他竟在惧怕什么，有什么东西隐在他心底不愿想起偏又挥之不去。

"四哥。"她轻声叫道，"你在想什么？"

夜天凌沉默了一下，目光投向了远山叠嶂，简单道："想你。"

卿尘微微一愣："我不是在这里吗？"

"嗯。"夜天凌应道，回神凝视眼前人，眼底已恢复了那清淡深锐。两人携手在一处岩石上坐下，卿尘侧头看了看夜天凌："你有心事。"

山间明净的阳光透过薄雾，映着夜天凌棱角分明的侧脸，举目处险峰深谷，他的目光便凌驾于那云峰之上，遥遥地看了出去。

卿尘微一晃神，只觉此时的他浑身透着一股孤寂，她微微皱了皱眉头，却听到夜天凌声音别于往日的淡漠："真的愿意跟着我吗？"说话的时候他依然看着远方，像是在自言自语。

卿尘没说什么，只轻轻将手覆在他的手上。夜天凌反手将她握住："莫先生有没有和你说过什么？"

卿尘问道："说什么？"

夜天凌眸底静寂，但在看向卿尘时却有一抹苦涩流过："莫先生是我朝奇门相术的第一人，多年之前还在钦天监时，曾为我占过一卦。"

卿尘道："是什么卦？"

夜天凌淡淡道："孤星蔽日。"

"天乾六十四卦中，孤星蔽日？"

"是。"夜天凌答道。

"莫先生怎解？"

夜天凌眼睛微眯，极冷一笑："其芒盛，天合无双，亲者去，近者离，虽日月而蔽之，孤绝独以终。"

卿尘眼中一动，眉目淡远："我不信卦。"

夜天凌唇角微抿，带着抹孤傲："我亦不信。但是那日皇祖母在延熙宫中指婚的时候，这忘了许久的卦语却在那一瞬掠入我脑中，还有唐忻，她是死在我的箭下。戎马半生，我冒过不少险，但却偏偏不敢冒这个险，拿你赌这一卦。所以那时我几乎什么都没想，便回绝了皇祖母。第二次求皇祖母赐婚前，我特地去找过莫先生，莫先生却道天数无常，要我顺心而为。我思量了许久，斟酌了许久，却是放不下，所以终还是去求了皇祖母，谁知这竟险些害了你。你拒婚，出宫，去见七弟，我几乎便要控制不住自己，心底深处偏又有一丝难言的滋味，觉得或者这才是对的。待明白了你那么做的原因，我却更不知道该怎么对你。卿尘，你究竟从何而来？为什么会出现在我身边？"

夜天凌静静地说着，卿尘从来没有听他说过这么多话，第一次，他那样坦白地将自己展现在她面前，清澈得如同一道山流，却又偏偏带着丝深忍的惆怅，叫人痛至心口。

"莫先生奇术独步天下，却看不透我的命。四哥，我在这里，或者是因我不在其中。"卿尘在微笑中轻叹，"这或许就是我的命数，我子然一身，我只有你，我也不想管其他，你若认定了我，便是孤星该散了。"

生生世世，轮回皆缘法。既来了，便是该来了。

夜天凌听着她的话，转头凝视她许久，她眉目间镌刻着坚定与勇气，令他心中微微震撼，他突然扬眉长笑一声："这惧怕的滋味，我竟也会惑在其中。卿尘，世上有你，得之我幸。"

卿尘淡定道："与君同在，此生无悔。"

夜天凌眼中有一抹极灿亮的光彩，将她拢住，两人轻轻握了双手，一笑中，心相印。

第六十一章 释得缘故春风生

暖风醺醉，蜂蝶流舞，御花园中染了春意，百花热热闹闹地争相绽放，浓郁花香铺叠明艳，一丛丛一簇簇，绚丽地张扬了满院。

翠柳细叶初展，静静地在玉瑶池的水面上照出一弯纤细的倒影，随风微微一晃，荡起几丝涟漪，划开一晕平静，远远地淡去了。

金丝楠木案上，长长铺着一道奏折，奏折上是一笔柔和优雅的行书，风骨清丽，舒放有致，隽秀中锋芒略隐，转折处飘逸从容。

沿着这明黄折子纸一路行云流水般地书下，卿尘手中的紫玉笔杆轻轻晃动，最后微微一勾，棱角锋锐，带出了一丝琥珀松墨的清香。

她直了直身子，轻轻将笔放于一旁溢着墨香的蕉叶纹素池端砚之上，随目浏览过去，日日练习，如今这字早已得心应手，和他的像，却又不尽然。她笑了笑，待墨干后便将折子收起，如今天帝身旁这道长案几乎成了她的专用。这一"病"，又拖了半月有余，当她再次每日随着天帝早朝的时候，天帝便将更多的政务交与了她，甚至有些本章也只是看看说说，一并由她代批。这在历朝也是少有的事，众臣言论非议，天帝一概留中不发，人人都看得明白，凤家的恩宠权势是达到了鼎盛。

卿尘心底澄明，对这日盛的隆宠不骄不躁，只在政务上用心，常是深更已过人还在灯下。逐日以来，天朝历来的人政越发烂熟于胸，她行事也如鱼得水般通透。然她只少言慎行，除了拟旨批奏这样的代笔之事外，朝事上谨言慎行，尤其是遇上各皇子经手的政务，更是不着痕迹地避开。

卿尘将复好的奏章理了理，正准备向天帝请示，忽见天帝猛地将手中折子拍在龙案上，大怒道："真是岂有此理！"

整个殿中蓦然一静，伺候在旁的侍女们被吓得面色发白。卿尘悄眼看去，似乎是刚呈上来的密折，不知出了什么事惹得天帝大发雷霆，却听天帝难抑恼怒地对孙仕道：

"去把湛王叫来！"

卿尘心中一凛，孙仕不敢怠慢，急忙领旨去办，未出殿门，天帝又喝道："回来！"

孙仕和卿尘都知道天帝为朝事发怒的时候万万不能劝，一同屏息站着，果然片刻之后，天帝似是怒气稍息，问卿尘道："上次在天都清查歌舞坊，湛王是怎么复的旨？"

怎么竟是为这事？卿尘轻轻蹙眉，清查歌舞坊的时候她虽还未曾进宫，但前面的朝政都曾一一了解过，这件事又是她留心的，于是小心答道："那次天都中共有四十六家歌舞坊被查禁，都是和朝中大臣有关的，另有十三家因为涉嫌勾结江湖帮派贩卖人口，亦被彻底清查。"

天帝伸手指着那道密折："四十六家里面偏偏就没有殷家的，不但没有殷家的，还有多少家都是分毫未损！更可气的是，朕要他清查歌舞坊，他竟然在什么四面楼为了一个歌女当众同人争执！阳奉阴违，说的和做的完全是两回事，这就是他办的差事！"

卿尘心底一惊，随即知道朝中有人要与夜天湛争势了。密折上所说之事夸大其词甚至无中生有，从头到尾她再清楚不过，她现在可以替夜天湛辩解，但要冒着让天帝认为她袒护夜天湛的风险。她也可以什么都不说，但夜天湛却会因此陷入不利，只刹那迟疑，她上前一步跪在御案前："陛下，这说法与实情颇有出入！"

天帝回身看着她，"有什么出入？"

卿尘斟酌，先舍难取易，道："湛王那时在四面楼并不是为歌女和别人争执，而是因为有人借酒闹事，仗势欺人，恰好被他遇上了，才呵斥了几句。"

"你是如何知道的？"天帝话语阴沉。

卿尘静静抬眸："那日事情的前后经过我恰好都曾亲眼所见，当时若湛王不出面阻止，那个歌女必定遭人凌辱，但湛王根本就不认识她，只是不能眼看着有人在天都如此胡闹而已。"

"什么人借酒闹事，非要他去管？"天帝冷声问道。

卿尘迟疑了片刻，不想落井下石，回道："那人也是朝中官员，别人都压制不住。"

天帝沉着脸道："即便此事如你所言，那些未曾彻底清查的歌舞坊又怎么解释？"

卿尘从容道："陛下明察，湛王的做法其实只是掌握了一个分寸。这被清查的四十六家歌舞坊，都是欺行霸市仗势为恶的害群之马，所以一律封禁并未手软。除此之外，还有一些只是略有出格之举，便限时勒令整改，允许继续经营。更有许多正当经营的，便不在查禁和整改之列。歌舞坊一行本就鱼龙混杂，不同的情况区别以待之，也是有效的做法，而实际上现在天都中歌舞坊的情况，也已经完全达到了陛下当初的要求。"

"照你这么说，他做得对，这些歌舞坊都该留着了？"

卿尘微微点头："歌舞坊从某种意义上说，是天都兴盛繁华的一种体现，不论是何人经营，只要善加利用，便可起到一些意想不到的作用。就如这案子当中曾被查封却又重新开张的天舞醉坊,他们专门收留西域漠北而来的胡女,使得原先流浪无家的胡人慢慢在天都安定下来,大大减少了此前胡人动辄械斗生事的情况,胡汉之间的关系也日趋缓和,这显然不是坏事,何乐而不为呢?"

天帝听完了未曾表态,过会儿道:"你对湛王倒十分了解。"

这一问早在卿尘意料之中,她和夜天湛多有交往是众所周知的事,天帝更是一清二楚,此时回避反是下策,索性磊落言明,于是道:"卿尘以前流落江湖,曾蒙湛王搭救,也在湛王府中住过许久。"

天帝点点头:"你今天敢替湛王说话,难道不怕朕迁怒于你?"

卿尘一身轻薄的罗衫底下其实已尽是冷汗,她轻轻直起腰身,抬头道:"于公于私于情于理,这些都是应该说的,卿尘只是将自己知道的实情说出来,以便陛下决断。"

天帝坐在龙案之后,俯视着她。卿尘从容不迫地面对眼前犀利的目光,在这一刻,她将自己眼底、脸上、心中的所有情绪坦荡地置于天帝的审视下,她知道这是赢取天帝信任的唯一方法。

清明如水的容颜,透彻淡定的眸光,没有丝毫的瑟缩或退避。

天帝方才的怒意早已不见,脸上喜怒难辨,他将手边的密折翻了翻:"起来说话。"

卿尘略微松了口气,谢恩起身,心中揣摩这密折究竟来自何处。致远殿中所有的奏章她都可以查阅,唯独密折只有天帝一个人能看。这道密折最大的可能是夜天溟上的,但他又怎会对那日四面楼的情况都如此清楚?今日之事虽大事化小小事化无,但无论对于她还是夜天湛,都只是两害相较取其轻而已。她正静静站在一旁寻思,天帝闲话般问道:"朕倒不记得,你今年多大了?"

"回陛下,再过几个月便十八了。"卿尘答道。

"十八了?"天帝道,"嗯……寻常女子早已出阁,为人妻母了。"

卿尘心头猛地一跳,不敢接话,却又不得不说话,眉目低敛,仍笼在那股平静中,道:"卿尘愿在陛下身边多历练几年。"

天帝一笑,目中的严厉缓了下来:"朕登基以来用了三个随侍的女吏,你是朕最欣赏的一个。但女子早晚要嫁人,几年青春转瞬就没了。"

卿尘道:"按制卿尘是要跟陛下到二十五的。"

天帝道:"祖制上说的是修仪,朕答应了你不封修仪。"

卿尘怔住,竟颇有种作茧自缚的感觉,一抹深暗,暗到了心里,只低声道:"陛下……"

天帝看着大殿外面那方明媚的春光,缓缓道:"朕必不会委屈你,便给你指一门婚事如何?"

卿尘僵立在大殿之中,在天帝肃沉的目光下,几乎可以听见自己的心跳,一拍又一拍,极沉,极静,似乎已用了全部的力气在跳动。

第六十二章 明眸慧心窥先机

天子问话，不能不答，不能不说，就在这一刹那的安寂再也不能维持时，孙仕站在殿门侧突然禀道："陛下，钦天监正卿祭司乌从昭有急事求见。"

天帝一抬头，暂且放过了卿尘："宣！"

钦天监因掌管监天事务，在朝中颇有些超然的意味。乌从昭未着朝服，一身长衫显得极潇洒，仙风道骨，声音稳而清平："臣参见陛下。"

天帝抬抬手："卿有何急事见朕？"

乌从昭道："回禀陛下，今日钦天监的'八方地象仪'忽有异动，臣亦卜得'大壮'之卦，青龙临坤宫，内乾金临月建旺地，而动克震木，震木受克而动，动而必震。"

卿尘闻言一惊，钦天监的八方地象仪是为测地动而制，一旦出现异常，便说明发生天灾，更何况乌从昭的卦象鲜有失算，若当真如此，便是朝中一件大事，立刻对天帝道："陛下，请允许卿尘至祁天台一看。"

天帝脸色微沉，自古历朝都将地动等灾祸视为天象示警，乃是政有弊端，民生之哀所致，起身道："朕亲自去看。"

孙仕忙安排摆驾，卿尘随驾祁天台，见八方地象仪一方水纹不住波动，她推断方位问乌从昭道："看这样子可是天都西北一带？"

乌从昭道："不错，当是怀滦、永安等地，离天都不过百里，地象仪既然示警，说明可能已有地方发生异常，只是金珠未落，想来尚不严重。"

天帝仔细看了看那八方地象仪，问道："这便是那能测知地动的仪器？有几分把握？"

"回陛下，便是此物。"乌从昭据实道，"钦天监据古时典籍记载新近制成，尚未试过。"

卿尘举目天际，只见晴朗无垠的空中遥遥出现一带黑蛇般的乌云横亘不散，其色深浓如墨，与澄澈的天空分明相衬，令人感觉到一丝异常的气息。她想起以前曾听过地震云的说法，秀眉紧锁，在旁沉思一会儿，对天帝道："陛下，天象生异，很可能大灾将至，卿尘想去怀滦城看看，如当真有异，也好使百姓迁避，免受灾祸。"

天帝神情不豫，平隶大疫方安，再有地动是极不祥的征兆，沉声道："妄言天灾，可是大罪。"

卿尘眉目微凌，俯身道："卿尘不敢妄言，是以要去怀滦才知真伪。"

天帝负手在祁天台来回走了几步，终于道："朕准你去，但若是危言耸听，必不轻饶。"

"是。"卿尘淡淡应下。

纵马急驰，官道上扬起飞尘满天，一行人赶到怀滦已是黄昏。路经荥江，遥看江水无风自起汹涌奔腾，漩涡深绕，江潮击在堤岸上，溅起波浪高涌，声势惊人。

怀滦城中倒没什么异常，夕阳近晚，阡陌交错，商者息市，农者归田，一片安居乐业悠然自得的融融景象。怀滦地近楸江、荥江交界之处，湖湾颇多，隔段便出现大小不等的水塘，甫进此地界，卿尘便觉颇为闷热，似是大雨将至般的情形。

无论地动之说是真是假，今日借机出了天都，算是暂时避过天帝那呼之欲出的旨意，但却不知能避到何时。云骋不安地嘶鸣一声，卿尘收住心神勒缰下马，快步走到近处的一湾池塘边，俯身看去。只见水面荇叶交萦，泡沫无端腾吐，仿若沸水煎茶，塘中不时有鱼跳跃，显得极为躁动不安。连看几塘皆有此兆，湿泥之中尚见大量蚯蚓钻出，虫蚁等物更是随处可见。

寻来几名百姓相问，知此地几日前连下倾盆大雨，接着便越来越热，往年此时还带着春寒，如今只一件单衣便过了。

谢经同另外三名侍卫跟在卿尘身后，颇有些摸不着头脑，只见卿尘走了几处，直奔怀滦城府，求见郡使岳青云。

这岳青云本是一员武将，也曾带兵出征戍守边疆，却因得罪了权贵被无端寻了个差错，贬至怀滦城做了七品郡使，但为人刚正，政清令明，倒也为怀滦做了不少利民之事。

闻禀来者是清平郡主，岳青云亲自迎了出来。卿尘开门见山免了虚礼："岳郡使，我奉圣命来此察看，怀滦不日将有地动，望岳郡使速速调遣安排，使百姓预防避难，以备不测。"

岳青云显然愣了一下，一时间似乎没弄清楚卿尘话中之意，问道："是圣上的旨意?"

卿尘摇头："皇上对此还将信将疑，是以没有旨意。"

岳青云也是久经官场，其中利害自然清楚，迁动一城数千居民本就不是易事，又是无旨行事，弄不好杀头的罪都有。他将手一摆："郡主请里面说话，此事容再商讨。"

卿尘俏眉微锁，就她所知的征兆，再加乌从昭的预测，这场地震已有七成可能，八方地象仪显示异常，想必怀滦附近已有轻微震动，只是未曾发生大灾，亦未传到城中。

举步落座，府中小厮上了茶，岳青云道："郡主远途而来，请先歇息片刻。"

卿尘略一思索，道："今天恐怕要请岳大人冒一次险了，此事非同小可，事关怀滦数千百姓性命，还请大人速速定夺。"

岳青云端起茶盏："郡主请。敢问怀滦将有地动，有何为据？"

卿尘一路辛劳，先饮了口茶，尚未答话，突然皱起了眉头，细看茶水。岳青云见她神情有异，一品盏中茶水，入口又苦又涩味道怪异，怒道："这是谁泡的茶？"

那上茶的小厮不知出了何事，吓得脸色都变了，扑通跪下道："是……是小的泡的。"

"这是什么茶？"岳青云喝问。

那小厮哆嗦道："是老爷平素待客……待客用的首山……毛峰。"

首山毛峰那是好茶，卿尘心中灵光一动，见岳青云不悦，拦住道："大人且莫怪他，可是水不对？"

那小厮回道："府里用水一向是取的井水，老爷明察！"说罢不住叩头。

卿尘问道："你取水时井水可是浑浊不堪，其中多有泥渣？"

那小厮道："是……是，城中几口井今日都这样，小的冲茶前滤了许久才用的。"

"大人。"卿尘对岳青云道，"井水翻扬污浊，这便是地动的一个前兆。钦天监卦象示警，如今荥江浪潮无风汹涌，怀滦气候异常，城中湖塘涌动不安，虫蚁出土纷乱，虽不敢说十成把握，却有个七八成。我要立刻回天都复命，但天灾无常，不知何时便会发动，怕等不及请旨，怀滦数千人的性命如今便握在大人手中。"

岳青云将信将疑，这几日的天气的确沉闷得异常，坊间亦听几个老人言"霪雨后天大热，宜防地震"，那时只当是乡野闲话，并未放在心上，此时听卿尘说得认真，不由得琢磨起来。

卿尘见他沉吟不语，知他顾虑，激将道："大人可是怕朝廷事后怪罪？若有偏误，我愿一力承担，绝不连累大人半分。"

岳青云抬头，见卿尘眸底神光锋锐，坦坦荡荡的飒然正气竟叫人一时不敢逼视。那坚定清明的目光让人心中微动，铁血方刚一股男儿豪气凛然而生，他同卿尘对视片刻，忽而浓眉一扬："好！我岳青云便陪郡主赌这一局。"

卿尘眉目一敛，唇角勾起浅笑，深深拜下："我替怀滦百姓谢大人大恩。"

岳青云恍然出神，全折服在她那份从容的傲岸中，怎样的深邃，怎样的淡定亦压不住的清越傲岸。早听闻清平郡主是女中英杰，今日一见，为其风华所深惑，暗叹名不虚传。

简单商议了预防之事，并告知岳青云留心地声等征兆，卿尘出了怀滦府衙。人刚上马，见早已暗沉的北方天边一片奇云当空，姹紫嫣红诡异万分，少顷天边一片明亮，蓝白色的冷光照得地面发白，连人的发须都清晰可见。她心中一沉，诸象大异，怀滦怕是难逃这场灾难了。

第六十三章 地动山摇天珠落

太极殿中，钦天监正卿祭司乌从昭出班奏表，言昨夜天象五星错行，卦有震木，必地动，以怀滦为最。

天灾异动非比寻常，众臣哗然议论起来。夜天凌见卿尘未随天帝早朝，心中微觉诧异，正思量时，殿前中常侍入内禀道，清平郡主归京复旨，殿外求见。

"哦？"天帝忙道，"宣！"

淡淡晨光中卿尘举步踏入太极殿，白衣翩飞在身后撒开飘逸弧影，浑身上下带着股风尘仆仆的飒爽之气，清利肃然。

绕路一并察看了楸江后，卿尘连夜自怀滦赶回天都，进殿面圣，一路忧虑尽数掩在微微清凛的凤目之中，从容叩首禀道："启奏陛下，卿尘奉旨去怀滦察看，楸、荥两江无端起浪，怀滦地界气候异常，湖井之水翻涌沸腾，虫蚁蛇鼠躁动不安，天际出现明显的震光，此都是地动之兆。望陛下速速颁旨，着怀滦及其邻县百姓避灾。"

卿尘话音甫落，立刻便有大臣出班驳道："启奏陛下，天灾异祸乃是政有所失，天象示警之兆，如今四海沐天圣泽，升平安乐，岂会有此警戒之灾？清平郡主所言，臣不能苟同。"此言一出，多数大臣赞同，自古皆言地动乃是"龙王发怒，鳌龟翻身"，预兆之言纯属空穴来风，唯有乌从昭附清平郡主之议。

夜天凌皱了皱眉，沐天圣泽，升平安乐，如今朝臣们就只会说此等祥瑞之言。

卿尘静听大臣辩驳声落，继续奏道："地动之灾乃是自然常理，与德政民生无关。物理有常有变，率皆有法，非但不足畏忌，亦可预测防范。若忌讳不言，知而不救，实非百姓之福。"

天帝垂目沉吟，不少顽固老臣坚持己见。卿尘不欲同他们纠缠，没有圣旨，即便怀滦能在岳青云的努力下勉强趋避，事后究查起来亦会牵连岳青云，更何况楸、荥两江一线岂止一个怀滦城，若确是大震，后果堪忧，只决然道："凤卿尘愿以身家性命立生死状，求旨避灾！"

此言一出，满朝哗然。夜天凌眉目不动，眼神却往褚元敬等人那处一扫，褚元敬立刻会意，出列奏道："启奏陛下，臣以为清平郡主所言甚是，天地行有其法，郡主曾助平隶百姓逃得瘟疫之难，已说明天灾可避，人力亦可胜天。地动之灾破坏极强，宁可信其有，不可信其无。"

褚元敬奏毕，兵部尚书何竟之、刑部尚书吴起钧、上将军冯巳及其他几名朝中颇有分量的大臣皆上前附议。夜天灏亦奏道："儿臣查看历朝史记，有关地灾皆在之前便有异兆出现，同清平郡主所言颇为吻合，灾前时机宝贵，请父皇速做决断。"

天帝目视卿尘，见她神情极为坚定，眼中那抹隐露的自信，叫人觉得不容置疑，对一直未发话的首辅大臣道："两位丞相可有奏议？"

卫宗平道："臣以为此事虚玄，尚待议。"

凤衍目中微光一闪，道："臣以为，信之无害，若真有地动，反避过一灾。"两人针锋相对，自来如此。

年前平隶瘟疫，卿尘见地独特力挽狂澜，天帝对她倒是颇为信任，思索片刻，沉声对殿前侍御官吩咐："就按清平郡主所奏，降旨避灾。"

卿尘甚喜，即刻叩首谢恩。天帝点了点头，又道："众卿随朕摆驾祁天台，若果真地动，朕必定论功而赏，若无……"瞥了卿尘一眼，起驾。

卿尘落后几步跟上，见夜天凌似是无心般投来一瞥深深注视，眼中星光微掠，极柔地拢进心底。知道他担心自己，和他对视了一瞬，微微笑得清明，擦肩而过，随驾祁天台去了。

正午已过，乌从昭看着八方地象仪对应西北方的水纹仍在不断颤抖，金铜盘上透过清水映出当空艳阳，晃着明灿灿七彩光芒。上方一条栩栩如生的金龙嘴中含着颗铜珠，纹丝不动，没有一点儿声息。

天珠落水，地动山摇，如今迁民避灾的圣旨应该早到了怀溇及其周郡，高阔的祁天台亦站满了文武百官，天帝坐在华幢宝盖之下，眯着眼看那八方地象仪，面色莫测。

气势极沉，先前尚有低声议论，如今静得有些逼人。天帝似乎是有意如此，天灾地动，从未在发生之前便这么大张旗鼓地呈上朝堂，钦天监为天家做卦象预言，绘星图测地理，但若说当朝请旨避灾，谁也不敢担这份危言耸听的风险。可是清平郡主，亲入怀溇现场查实，朝堂上敢立生死状，不同寻常女子啊！

想到此处，乌从昭忍不住看了卿尘一眼，却见她静立远望，一袭飘逸的白衫随风拂动，模样甚是清傲，然而偏偏浑身上下都透着一股淡定，似乎那潜静从容的气度已深到了骨子里，泰山崩于面前而不能动其分毫。那双深邃明澈的凤眸如今淡笼着一丝忧色，放眼长空，这顾虑牵的是目光另一头遥不可见的怀滦城，而后为己忧。乌从昭暗暗点头，八方地象仪中水光一闪，遮掩了眼底层层神情。

时间久了，众臣都有些不耐。夜天凌站在济王身边，黑色衮龙朝服落了一层耀目阳光，衬那身影清拔超卓，负手看着祁天台高处用于观星制历的九天乾坤仪，相比较济王的烦躁不耐，越发显得气定神闲。

天帝目光深沉一如瀚海，滴滴不露，微敛了犀利看着几个儿子。几年过去都能独当一面了，倒是个个不负所望颇有政绩，想都是孩子时那么一点儿，光阴催人老，他往后轻轻一靠，雕龙金椅硌得后背生疼，这个位子不好坐啊，真的是老了。

日头一丝一丝地偏斜，大地安然。台上安静之中慢慢又扬起些波澜，百官渐有不满的，不断出言议论。

乌从昭的嫡传首徒，钦天监少卿傅千菲看着卿尘，突然不冷不热地道："一日将尽，看来这地动一说纯属子虚乌有了。郡主不想想自己怎么交代？"声音虽小，但近旁几人也听得清楚。夜天凌嘴角一冷，眼底深处不易察觉地掠过丝森寒的锐光。

卿尘知道总不免有人落井下石，望着远处的目光并未因此而收回，淡淡道："若是子虚乌有倒叫人宽心，无非我凤卿尘一人受罚而已，怀滦地界便少了一场祸事，不知有多少人得以活命。"温婉的声音略带了些肃沉，叫傅千菲心中一滞，竟有种无言以对的感觉。四周几员大臣听在耳中不免微微点头，若说这份气度，是学也学不来的。

傅千菲冷哼了一声，却就像是回应她这声令人不适的冷哼般，八方地象仪中一条金龙的含珠突然当地落进了下面的清水中，击得水花四溅。

与此同时，所有人都觉得脚下猛地一震，似乎整个祁天台都向侧移了几分，瞬间又恢复平静，叫人几乎以为这是错觉。

身旁侍卫慌忙护驾，天帝倒镇静，一抬手喝道："慌什么！"只看着那八方地象仪。

众臣目光尽聚于此，夜天凌反深深看着卿尘，心里蓦然松下，只无端泛起一丝疼惜。

卿尘幽澈的目光倒映在八方地象仪一波一波猛晃了几下的水纹中，面向天帝，静静俯身："怀滦地动，请陛下怜悯灾民，速施赈济。"

第六十四章 乾坤始知九霄清

《天朝史·怀滦》，卷十二。

圣武二十六年春，怀滦地动。荥水高浪，见异光，闻有声如雷。山崩地裂，黑水翻涌，坏败城墙及楼橹民居，城乡房屋塔庙荡然一空。郡使岳青云迁出百姓，举城走避，是以未酿大祸，只伤男子妇女共九名。

连夜自怀滦送回的奏报，怀滦昨日地动，震塌历山一角，城中裂开一道丈余宽的长沟，荥江之水横灌其中，深可载船。在此之前，离怀滦不远的汝乡已然发生小规模地动，只因山村僻远，未及禀报。

怀滦城中，百姓房屋损毁甚重，几乎不见其城原貌，但因郡使岳青云在前一日便发动百姓预防迁避，只伤了九人。其临近须城、清池、莫州、衡城、原寄、红古等郡皆有震感，但相较而言只是轻微，唯清池郡城隍庙倒塌压毙两人，其他只见伤者。京郊亦有震感，并无人员损伤。

翌日早朝，天帝在太极殿中看了奏报，眉头紧皱，叹道："此终是朕的不是，政治未协，以致地动示警。"

此是君王自责之言，凤衍却笑奏道："圣心仁厚，聪以知远，明以察微，顺天之意，知民之急，及时降旨应灾，已使百姓避过大难，此实乃黎庶之福。"话如春风，说得合情得体，本是灾事，如今也算是幸事。

臣众不免跟上圣德隆泽、裕民为先、天人感应、地灾退怯之词。天帝挥手止了，命出内币三十万以赈济，免赋蠲租，一并封赏怀滦郡使岳青云。卿尘本想领了赈灾的差事前去怀滦，至少能待上三两个月，暂离天都这是非中心。天帝未准，却将此事派了湛王。

钦天监上下皆有赏赐，正卿乌从昭加殿前章机行走，官进一级，赏金制元宝五十锭，锦帛一百匹。少卿关岳、傅千菲各赏纹银通宝三十锭，锦帛五十匹。

乌从昭乃是辰州彬县人氏，圣武七年任钦天监正卿祭司，二十几年里于朝堂间处得甚是疏离，当年主理这钦天监无非是因着亦师亦友的莫先生一力推荐，如今也有了辞官云游的心思。可惜自己身边两个徒儿一个天分不够，一个野心勃勃，都是难以调教，想来不堪大任，也是一桩憾事。

这日乌从昭正在九天乾坤仪前，少卿祭司关岳引了孙仕来见。乌从昭颇有些奇怪，上前寒暄："孙总管有日子没来钦天监，里面请坐。"

孙仕笑道："不能久坐了，此番是有事烦劳乌大人。"自袖中掏出个信封，"上面两人生辰八字，还请乌大人起卦推算。"

乌从昭接过，随口道："什么人还要孙总管亲自来一趟？"

孙仕向南拱手一笑，乌从昭抽出封中一张金底笺纸，已知是致远殿出来的，早已会意，只问道："所问何事？"

孙仕道："婚配，姻缘。"

"好。"乌从昭点头，"请稍候。"命关岳陪同孙仕，自己进了卦房。

笺纸上写了两个生辰八字：壬子年十一月壬午，寅时一刻；庚申年七月丁卯，未时三刻。笔力苍迈，看起来竟是天帝亲书，乌从昭只觉得这生辰八字颇为眼熟，未曾深思，静心起了一卦。

卦出，乌从昭凝神看去，却大吃一惊：乾知大始，坤作成物，卦中竟是潜龙出海，凤翔九天的兆，非但姻缘天合，更隐了君临天下之意。蹙眉一思，凝神想了片刻，起身取来钦天监中掌管的夜氏族谱，一番翻阅，拍案道："是了！"这壬子年十一月壬午寅时一刻，竟是凌王生辰！

凌王，乌从昭深吸了口气，印象中立刻掠出一双清冷深湛的眸子，二十几年冷眼旁看，这是个叫人看不透的主。这一卦若是上呈天听，必然后果叵测。

历年来凌王于战、于政、于民诸般行事历历在前，乌从昭静静坐在卦前，手指不停地敲着桌面。少顷，似是下定了决心，提笔润墨，在纸上写道："爻象中上，夫妇平和，相敬如宾，家安无妄。"最后一笔缓缓一顿，那墨微亮，映出道平澈的光泽，极清，极暗，一径入了心底。

"乾知大始，坤作成物吗？"淡灰的身影负手立在亭前，衬着四周春意浓转，这一方天地褪去了白日蜂蝶喧嚣，夜色中透着几分寂静。莫不平悠然看着前方，笑得有些意味深长。

"老师……"乌从昭抬手轻掸了掸飘上石桌的几丝落花，开口道。

"从昭。"

"哦，先生。"乌从昭无奈摇头，"从昭心中始终待先生如师。"

莫不平嘴角微微一勾，一道清晰可见的笑纹漾在脸上："急着找我，便为此卦？"

乌从昭站起来踱到他身边："学生从未见过如此乾坤之卦，是以想请教先生。"

莫不平笑道："于卦象上，从昭你自比我精深呢。"

"学生不敢。"乌从昭道，"学生所知无非皮毛，还请先生不吝解惑。"

莫不平遥看星空："青出于蓝而胜于蓝，自古此理，你也不必过谦。近年来于星相上，可有所得？"

乌从昭仰观天象，夜空繁星如许，浩瀚无垠。广袤而璀璨的星海幽深不可测量，似乎包含了宇宙间无穷无尽的奥妙："天星预灾，前些时候学生倒验证了一回。"他道。

莫不平点了点头，目光锁定一颗遥远而明亮的天星："你可能查知帝星？"

乌从昭凝神远眺，那颗颗灵光四射的天星似乎化作了一片浩海，包容了世间万物，令人深深沉迷其中醉而忘返。忽而一道慑人的星光骤现，乌从昭浑身一震，自那种奇妙的窥探中惊醒过来："帝星明动，入紫微天宫！"

"还有呢？"莫不平看似随意而问。

"请先生赐教。"乌从昭躬身道，知尽于此，难再深预啊！

星空之下，莫不平看似昏暗的眼中掠过一丝不易察觉的精光，那一瞬间他整个人竟带了些凌人气度，四周幽深的花枝叶影也似微慑，悄然敛了声息："孤星主天下，覆紫微七斗，凡光避之锋芒，近宇澄清。然有异星盛芒相伴，纵横成双星镇宫之势，如今其势已成，无人能遏了！"

"双星镇宫？"千古相传的卦象令乌从昭颇为惊愕，"其后如何？"

莫不平语中透了丝感慨："双星镇宫，老夫一生浸淫星相之术，却也是只有听闻而从未见过此象。此之为天数之神奇，诱人深入。呵呵，从昭，你的卦数倒是越发精妙了。"

乌从昭似是沉浸在一恍的深思中，突然想起什么，道："对了，学生这一卦，是孙总管奉圣上旨意来卜的。"

"哦？"莫不平抬眼看他，"你将卦象解了？"

乌从昭顿了顿，道："学生……解了。但只书呈了夫妇平和、相敬如宾之语，并未言及其他。"

习风扑面微醺，馥郁的花香盈溢在这浓浓夜色中，静谧醉人，莫不平挑了挑微白的眉毛，突然畅笑起来："天意，天意！你怎敢做此欺君之言上呈天听？"

乌从昭皱眉道："此卦之生辰应自凌王，凌王纵为人冷肃，却谋事正，处政明，清而不见阴柔，傲而不为狭隘。学生素来敬重其人，不愿以一卦而误之。"

莫不平笑道："更何况尚有江南陆迁、疯状元杜君述、南蜀左原孙等人尽心辅佐，但凡有些刚硬严峻、不近人情之处，也差不多弥补了。"

乌本昭恍然明白了什么，先生出京十年有余，此时并非无故而回天都啊！他随即诚然而道："从昭愿追随先生。"

"老夫不过顺天应命尔。"莫不平淡淡道。

"学生知道。"乌本昭道。

莫不平看着深深夜色，目光中透着些辽远的神情，多处的隐忍如今收效一时，当今想必是出了以凌王抑湛王之势的布局。钦天监虽不涉朝政，关键时却有莫大的用处。心内长叹，穆帝知遇之恩铭记在心，二十余年不敢相忘，唯有一力辅佐其血脉登临大统，是以为报了！

两日后，大正宫中颁下恩旨：文渊殿首辅大学士、开府仪同三司、中书令凤衍之女、清平郡主凤卿尘，册凌王妃，敕封一品诰命夫人，择吉日五月壬申奉旨完婚。

第六十五章 十里红尘迎卿来

五月春暖红尘，凌王府的兰花早已娇姿多展，静静绽放春庭，冰肌玉骨，玲珑高洁，娴雅里透着几分清傲，却也悄然带上了盈盈喜气。

数日之前，伊歌城中几大花窖的兰花都供不应求，尤其是珍品瑞玉水晶、妙法莲华同蕊蝶凤羽，凌王府差人尽数订下，吉日一到，天尚蒙蒙亮便送入府中。

王府上下华灯结彩，早便布置得雍容喜庆。内侍宫娥奔走忙碌，热闹非常。凌王府的主事白夫人，亦是自延熙宫始便照看凌王的乳母，这一早便梳洗整齐，着府中仆从仔细收拾了"亮轿"的百支红烛，将迎亲的旗锣伞扇一一察看。盼了这些年了终见到这一日，听说这将入门的王妃温婉通慧，人也是极美，白夫人不由得念了声佛，眼角逸出一丝慈爱的微笑。

依皇家制，礼部据典备三书，行六礼，纳采、问名、纳吉之后，凌王府的大聘便在纳征吉日送入凤府：黄金五百，白银一万，内制宝钱十万，东海明珠十斛，金辔银鞍文马二十匹，九寸大璋一对，和田玉璧一对，翡翠如意一对，金银宝器各一具；白头雁一对，金丝鸳鸯一对，金尾红鲤鱼二十条，彩翼锦鸡二十只；陈年百果酒二十坛，百花贡酒二十坛，古法花雕二十坛，仙酪蜜封酒二十坛；另有玄纁洒金鸾鸟玉锦十丈，香色地红茱萸纹锦十丈，四色显纹散花贝锦十丈；闪色隐花水波纹孔雀云锦十丈，七彩仙草奇卉八角星锦十丈，夔龙游豹散点彩绒圈锦十丈。再者紫金盆一对、琉璃盏一双，俪皮两副，鸾凤结一双，并合欢、嘉禾、双石、朱苇、九子蒲、五色丝，金缕延寿带等吉祥物件，一一齐备。

宫里出来的赏赐更是丰厚，只延熙宫便赏了紫牙乌水晶串珠一副，錾金联珠纹臂钏一对，莲叶如意纹金镯一对，七宝众华璎珞一对，玉玲珑步摇一对，嵌珊瑚累丝花簪一对；俏色兽首玛瑙杯，金丝宝羽翠华扇，连年有余长命锁，玉锦软香龙涎带；并珍宝如意柜、福寿百子帐，九色云水地琉璃屏风……都由女官执送，络绎不绝地赐至凌王府。

吉日那天，伊歌城自中轴天街往外，玄武大街和朱雀大街两条迎亲必经之路皆有朱砂覆道，净水洒扫。星星点点朱红金粉映了晴空骄阳，不时有微光流闪，满眼鲜艳雍容之色。这却是天都及平隶、怀滦等地的百姓闻知清平郡主出阁，连日齐集商讨而为。

天街两边除了护卫的御林军、皇家仪仗外，挤满了各处而来的百姓，天都上下九九八十一坊商铺收业万人空巷，都只为看这相府嫁女、凌王纳妃的场面。

吉时一至，凤府朱门悬彩，金玉生辉，竟比凌王府铺张了数倍不止。单是陪嫁的妆奁，嵌金檀木人箱上系锦霞长帛，两人一抬，两抬一箱，随着皇家浩荡林立的华盖仪仗先王妃车驾而行，直过了半条玄武大街，众人方见到行至街口的鸾车。

七宝鸾车之侧飘垂绛色流苏凤纹帷幔，重瓣婆娑的瑞玉水晶、妙法莲华、蕊蝶凤羽几色妙兰奇花，尚带着颤颤晶露点缀其上，清艳明丽，灵动飘逸。掌仪女官手捧制书册宝，导从如仪。禁中内侍各持宝器仪仗，另有一十八对紫衣宫女，每人手中托了湘妃竹篮，盛满新鲜采摘的兰花迤逦随行。

轻风雅乐中花香明动，衣袂飘然，竟引得无数彩蝶翩翩而至，在长街之上形成一番叹为观止的神奇美景。

四周百姓淳朴，本就将救人活命的清平郡主敬为天人，见得此景，不由便有诚心高呼"恭贺王妃""王妃万福"者，进而连成一片，如雷般送着鸾车前行。

夜天凌策马在前，清冷如玉的神情纵在礼服的映耀下也只是淡淡的，然众人都看不透的眼底却真切地透着深深的欢悦与明亮。骅骝金鞍衬着傲岸身影，骄阳下逆着天光，风神凌俊，成了天都多少女子心中可望而不可即的念想。

即便亲身登上鸾车，卿尘心中却依旧有种不切实的感觉。这一天竟然就在眼前了，猝不及防地叫人几疑是梦，生怕一动便醒了。这一路行来，她猜中了天帝的心思，却没有猜中那棋路，天帝料尽了这棋局，却又偏偏，错漏了一个"情"字。

"情"之一字，千回百转，累世缠绵，却又有谁能料得到，参得透？

四周隐隐萦绕着兰芷清香，手腕一侧，晶石温润而微凉的感觉那样清晰。卿尘低头，自凤冠珠帘摇曳间看着这灿然华贵的紫晶串珠，伸手轻轻抚摸，没想到莲妃竟将这开启皇族宝库的钥匙神使鬼差地赐给了她。然此时纵然金山银库亦不及母亲对孩子深切的祝福，紫晶石，这是象征着坚贞而永恒的深情呢。

卿尘嘴角漾开一丝清浅的微笑，耳边传来百姓的祈福声，礼乐声中显得那样质朴和真诚，叫人微微湿润了眼眶。

这便是那种不能言说的感动吧，就连她一向敬而远之的凤府，凤衍夫妇的关怀倒似真情流露，还有送亲的凤家长子凤京书、次子凤呈书，照应张罗忙了不下月余。在这样的日子里，她情愿忘了所有权谋算计，便将他们当成是真正的亲人，以凤家女儿的身份，步入这千年宿命的姻缘。

山重水复疑无路，柳暗花明又一村。卿尘犹自出神，思绪万里，那日喜悦又犹疑的心情犹在，也曾因担忧朝势同他商议是否要推拒。他却断然，断然而坚决地道，绝不容再有一次反复。说话时那语气那神情，霸道得逼人，一字一句将她的一生深深俘虏了去。

鸾车微微一顿，将卿尘神游的思绪拉了回来，已是到了凌王府正殿之前。

外面钟鼓喧哗震得人心神微荡，卿尘心头无端快跳了几拍，一抹娇红不由得染上双靥，在白玉般的容颜上更添几分清丽妩媚，明妍不可方物。

忽而眼前微亮，鸾帷向两边挽起，礼官高唱之声传来。卿尘微微抬头，在两名女官的引导下步下鸾车。云裳飘曳，凤服迤逦，一步步踏着芬芳而过，流云霞帔之前广袖轻拂，伸来一只修长而稳定的手。

这手的主人，曾带她纵马极峰，共览山河世界，曾拥她花前月下，多少耳鬓厮磨。而今他在眼前，用他无声的深情，邀她一世的承诺。

卿尘隔着珠帘半垂着眸，笑意漫过唇畔，纤细的手指轻轻放至那手中，立刻便被握住，轻微地温柔地一带。

卿尘随着手上那丝沉稳的力道站到他的身边。喧哗声中，一丝熟悉的气息带着动人的温暖，在他扭头低低一笑时飘落耳边，惹得她双颊霞飞，娇羞中又带来十分的安定。

任他牵着，虽看不太清前方，却放心地一步步迈上白玉殿阶，跨过高高金槛，步入今后他和她共同的家。

在他的扶持下，接过金册宝印，一切行礼如仪。依稀听得韶乐声声，许多人都在近旁，却满心只有身边一人。十指相扣，殿宇中的喧嚣似也远远褪去，只有他伴在身旁。

拜天地，原来不是以前想象得那样简单，真正地举手齐眉，叩拜行礼。带着心中的期盼与深情，每一拜，都许以白头相伴的盟誓，虔诚地、不悔地四拜，刻在了彼此的生命中，一生一世，来生来世。

死生契阔，与子成说，执子之手，与子偕老。生生世世携手并肩，她已是他的妻。

目录

- 339 第一章 落花流水春去也
- 342 第二章 斗转星移奇算数
- 346 第三章 芙蓉帐暖度春宵
- 350 第四章 比翼连枝当日愿
- 356 第五章 善恶悲欢其心苦
- 362 第六章 千帆过尽长江水
- 367 第七章 一池波静小屏山
- 373 第八章 乱生春色本无意
- 378 第九章 等闲变却故人心
- 382 第十章 红绡帐底卧鸳鸯
- 389 第十一章 往来姻缘谁是非
- 394 第十二章 心痴至此意难平
- 400 第十三章 三千青丝为君留
- 408 第十四章 千古江流百回澜
- 413 第十五章 惊雷动地移山海
- 418 第十六章 三愿如同梁上燕
- 424 第十七章 但愿长醉不愿醒
- 429 第十八章 奇谋险兵定蜀川
- 437 第十九章 昨夜西风凋碧树
- 442 第二十章 却说心事平戎策
- 450 第二十一章 不意长风送雪飘
- 458 第二十二章 断马斜风江湖剑

·中册·

464 — 第二十三章
烟云翻转几重山

468 — 第二十四章
山河半壁冷颜色

475 — 第二十五章
山阴夜雪满孤峰

482 — 第二十六章
横岭云长共北征

487 — 第二十七章
轻笛折柳知为何

491 — 第二十八章
婉翼清兮长相顾

497 — 第二十九章
双峰万刃惊云水

503 — 第三十章
此身应是逍遥客

510 — 第三十一章
多情自古空余恨

518 — 第三十二章
黑云压城城欲摧

523 — 第三十三章
但使此心能蔽日

529 — 第三十四章
百丈原前百丈冰

536 — 第三十五章
满目山河空念远

543 — 第三十六章
人生长恨水长东

549 — 第三十七章
重来回首已三秋

555 — 第三十八章
边城纵马单衣薄

562 — 第三十九章
青山何处埋忠骨

569 — 第四十章
一片幽情冷处浓

577 — 第四十一章
英雄肝胆笑昆仑

585 — 第四十二章
树欲静而风不止

592 — 第四十三章
子欲养而亲不待

目录
·中册·

第一章 落花流水春去也

韶乐悠扬，琴瑟和鸣。

殿前仪官宣布礼毕，请王爷、王妃入内殿，卿尘随着交入手中的红绫往前走去，忽闻远远传来一声通报："湛王殿下到！"

只一停的工夫，一个温雅的声音由远而近，立刻便到了正殿："四哥今日大喜，怎也不请我们看看新娘子的花容月貌？"声音淡朗，依稀含笑，韶乐声中，给这殿前更添热闹。

卿尘心中微紧，怀滦赈灾，连着揪、荣两江春汛，夜天湛奉命监察，天帝并没有旨意召他回天都，他怎会在此时到来？尚未待人思量清楚，平日里往来甚密的皇亲贵族已经一呼百应，闹着要看新王妃。

夜天凌清冷的眸子往众人身上一带，卿尘感到他回身过来，手扶在自己腰间微停顿了下。帘影之外透来熟悉的目光，她敛眉，柔唇淡淡勾出抹轻盈的微笑，面前细细密密的珠帘轻挑，那笑便如同琼宇天光落在了众人眼底。

大殿中的哄闹顿时一静，卿尘大方抬眸，两痕秋水潋滟映着凤冠霞帔，妩媚明丽，从容中带着温婉，矜持里透着隽秀，如一朵娉婷清兰，绰约淡雅处偏偏慑人心魂。

而这清水眸光却只落向了一人。夜天凌薄唇噙着丝若有若无的笑意，亦看着她。

相对凝望，全不知身前还有一人已痴到了骨子里。

逆旨回京只为这一眼，夜天湛定定地看着柔彩娇红中的人。

九翠凤冠，珠玉累累，半掩面前似水容颜，如隔重山深梦。广袖翟衣上繁复的花纹红得夺目，美得绝艳，似一片飘逸的红云，却化作利剑，瞬间刺入心房。

面上温文如玉的笑掩了锥心之痛，他起手斟酒，举杯勉强笑说："我来得匆忙，没备下贺礼，便敬……敬你一杯酒……"

一盏喜酒，斩不断理还乱。

卿尘看着夜天湛递来的金盏，眸子微抬，清澈里映出那张熟悉而又陌生的容颜。

总有一日，你会把我当我。

曾几何时，早已忘却了前尘。

纠错爱恨，繁华一梦，今宵酒醒。那双俊朗如斯的眼眸却也从此印在了心中，刻上了今生。

她不想亦不能拒绝这杯酒，静垂的鸾红广袖微动，便要接过来。

突然身边伸来一只手，在她之前将酒杯接下："多谢七弟，卿尘不善饮酒，这杯不妨由我代她。"夜天凌淡淡说着，将那酒抬头饮尽，照杯一亮。

夜天湛深深望来，笑容下复杂、隐忍、不甘、痛楚种种神情合成杯中苦酒，仰头时宽袖遮下，尽数随这辛辣烈酒呛喉入腹，抑回了心底。

酒入愁肠，深底里烧心地痛。

亲贵之中，夜天溟饶有兴趣地看着几人，脸上突然逸出抹妖魅冷笑，细眸轻轻上挑，也端杯道："大喜的日子，不如我们也敬四嫂一杯？"兄弟闹喜堂，这在行礼之时并不稀罕，便是皇家规矩森严也难免。年轻的皇族子弟便有人跟着起哄闹酒，纷纷自案前举杯而起。

夜天凌眸底深沉，掠过丝冷然神情。十一早觉气氛微妙，方要设法阻挡，却见夜天湛剑眉一挑，回身一笑，抬手揽住夜天溟，挡下面前众人，俊朗笑容中带着几分薄醉："还是咱们兄弟先饮几杯的好，莫要误了新人吉时，稍后再敬四哥不晚！九弟，你说是不是？"

俊眸望去隐着丝微锐，和夜天溟无声对视，仍是那翩翩儒雅、玉树临风的湛王。卿尘静静望着夜天湛，看着他一如既往的袒护，心海波澜顿起。

夜天溟眼中魅光一动，意味深长地笑道："七哥说的也有理。"回身对卿尘端了端杯，倒也没再纠缠下去。

礼部仪官正怕这些皇子闹起喜堂来不好收拾，见机忙再高唱："入洞房！"

珠帘轻落，再度遮挡了卿尘的秀颜。夜天凌却将红绫微收，握住她的手往新房走去。卿尘知道他是怕自己不悦，<u>丝丝柔情悄然萦绕</u>，暖入了心底。

龙凤花烛高照，一室流光溢彩。

入了内殿，几个侍女托着金盘上前，伴着吉利话将五色花果撒入凤帐鸾榻，红枣、栗子、桂圆、莲子、花生，圆圆的滚动着喜气，藏入了各个角落。

待到安床过后，掌仪女官便请王爷王妃并坐玉案之前，将两人衣角牢牢打了个结。紫玉盘捧上如意秤，夜天凌伸手接过，轻轻将那道珠帘挑开，再放回盘中。

白夫人看着新王妃轻赞了声，红妆粉黛不掩清颜，只周身那潜定的书卷气，淡然而幽静，清隽而高洁，便叫人形容不出她的美。再看自家王爷，朗目含星，一身叫人仰视的峻冷潇洒，在这红烛下更添了几分难得一见的柔情。这才真是天造地设的一双璧人。

纵已看过千回万回，夜天凌仍醉在那一瞬的抬眸中。

红烛微动，似是带出了流光如水，恍若旧梦前尘浮光掠影，化作一缕幽香覆上心头。

金钗凤冠的华艳都不及那双眼睛，如秋水，如淡波，如清月，波光粼粼里带着点点温柔和羞涩，自细羽般的长睫下看向他。极静的，极轻的，似是一触便蒙蒙漾了开去，然那微藏在水色清光后的灵黠便这么一带，偏又勾起心中深深涟漪，漾得人心口震荡。

掌仪女官手托金盘，将合卺酒跪送到身旁。夜天凌含笑取过那一双翡玉如意盏。

湿湿楚璞，既雕既琢。玉液琼浆，钧其广乐。

冰纹玉盏鸳鸯丝，柔柔绾做同心结，纤细如缕，却牢牢牵扯丝丝柔韧，跨过这万世千生山高水长，在大红的幔帐前生出枝叶缠绵的连理。

卿尘静静望向夜天凌，一抹灿亮炫目的笑在他的凝注下漾起，倒映在轻红醇浓的美酒中。朱唇微抿，琼浆入口，是你中有我的盟誓，是同甘共苦的约定，似苦而甜，缕缕缠绵。

酒未沾唇已微醺，夜天凌只觉一道清凉甘冽带着兰芷幽香直润肺腑，千回百转心神俱醉，忍不住轻轻抬手，将卿尘鬓角的一缕青丝绾起。

女官上前跪请了两道发丝，以五彩丝系成如意同心，笑道："恭贺王爷、王妃，喜结连理，百年好合！"

白夫人带着几个侍女并碧瑶等亦贺道："恭喜王爷、王妃！"说话间见晏奚在影壁外探头探脑的，笑说："哎呀，这就等不及来请了！"

夜天凌微一叹气，站起来，眼光却始终没离开卿尘，只觉她是如此牵绕心神，低头柔声道："我去去就来。"

卿尘知道外面华宴张设，多少人等着他，轻柔一笑，亦殷殷叮嘱："别让他们灌酒。"

短短数字，激起万丈柔情，直如瀚海旭日一般喷薄荡漾。夜天凌几欲开怀畅笑，回头深深再看她一眼，方往前殿去了。

第二章 斗转星移奇算数

待到房中只剩下碧瑶，卿尘松了口气，由碧瑶帮着将那凤冠取下，去了沉甸甸的钗钿，只插一道翡玉呈凤华胜在发间。

碧瑶看了看，不依道："郡主，眼下是大婚之夜，殿下还没回来，怎好卸了妆容。"

卿尘伸手将一处发髻松开，回头笑说："压得人脖颈都酸了，便饶了我吧。"

碧瑶拿起玉梳替她理着头发，抿嘴笑道："这可是规矩，今日不能太随意了，何况郡主成了王妃，为人妇者需得绾发，哪能这样。"她一边说着，一边轻巧地替卿尘绾着长发，自镜前挑了一双金蝶玲珑步摇，又配了缀玉细钿，看了看道："不能再少了。"

铜镜中映出个妆容清美的影子，步摇上盈盈颤颤的蝶须自发间流泻下来，韵致别样，妩媚动人。卿尘只得依了她笑道："这嫁人的规矩你竟比我都清楚，也好，等哪日自己出阁，倒是方便了。"

碧瑶俏脸一红："我还不是生怕今天错漏了哪样，郡主倒来取笑我！"

卿尘笑着放过了她，起身打量这新房，却见窗边摆着一株金沙树菊、一株妙法莲华，娴雅清致，都是兰中上品，随口道："这花开得正美，难为他记得，选了放在新房中。"

碧瑶抿唇轻笑道："郡主可是不知道，今日新房里鸾车上用的所有兰花，可都是凌王殿下亲自挑选的呢。"

卿尘微微一愣，却不想夜天凌竟会操心这些微不足道的小事，心思流转，不由低头浅浅一笑。

碧瑶帮她将沉重的喜服换作一身明红贡缎重锦流云纹裳，随口将迎亲路上的情景说给她听。卿尘听到天都、平隶、怀溱等地的百姓洒扫铺地之时，微微愣住。当日治疫救灾，并没想有如此回报，却不料百姓都记在了心里。

碧瑶说到进了王府："后面入了正殿，郡主都知道了，便不用我说了吧？"

卿尘无可避免地想起方才夜天湛那杯酒，扭头看了会儿窗外，道："碧瑶，你替我去趟前厅,悄悄带句话给十二殿下,让他无论如何今晚也要将七殿下送回怀滦。"便是如此,天帝若真要追究起来,也足以降罪了。

碧瑶颇有些不满地道:"七殿下方才当着众人……"

话未说完,卿尘微微摇头。碧瑶撇嘴,稍后轻声叹道:"唉,其实七殿下对郡主也算是一片痴心,当时整个天都的人都传说郡主是要嫁给七殿下的。"

"这话以后不要再提。"卿尘垂眸,隐约一叹。她不能违拗自己的心,就像他也压抑不了他的心意一样。这世间多少事归根到底便是谁也无法说服自己,为情所困,闻之可笑,但当有一个人入了自己心里,原来当真是挥之不去,避之无从。如今她终于能体会他的心境,却可惜从此以后,无法再给他一分一毫的回报。

碧瑶奉命前去传话,她刚走不久,门外便轻轻传来笑声,原来是素娘同冥魔来了新房。

素娘给卿尘道喜之后道:"天机府中设了宴,等着敬凤主和殿下喜酒呢,殿下在前面走不开,大家便要我二人来请凤主,不知凤主肯不肯去?"

卿尘笑道:"你们有心,我又岂能扫兴?"说话间见冥魔一如既往漠然地站着,看向这新房的神情有些复杂的怅惘,目光落在她身上时,立刻便避了开去,像是在躲着那耀目的红妆。

卿尘望一望冥魔,也只微微一笑,举步向天机府走去。

天机府中除了莫不平等七宫护剑使,陆迁、杜君述都在,还有上次未见着的几位,南宫竞、夏步锋、唐初、史仲侯,皆是夜天凌手下得力大将。另有善治河工水利的斯惟云,通典籍博古今的周镈和一位中年儒士左原孙。卿尘听这左原孙的名字有些耳熟,却一时想不起在何处见过。

斯惟云正同陆迁在争论什么,左原孙亦在旁负手看着。一见新王妃,大家都丢下话题上前来贺喜。

卿尘知道能在这儿的都是夜天凌心腹,也并不拘束,含笑受了他们的大礼,问道:"看陆迁愁眉苦脸的,在做什么?"

陆迁挠头道:"斯兄方才和我赌酒,出了几道算题,我若解出来他才喝酒。"

卿尘瞥了眼他们划下的题目,只见一乃"束水攻沙",一乃"圆城图式",最后却是"大衍求一术"的算题,不由笑道:"陆迁,他这是诓你呢。这束水攻沙是治河筑堤的实例,需配以演段术计算土方,推导变化甚是复杂。圆城图式若要全部推演出来,共有六百余条算式。如此难缠的题目,你今晚这酒怕是劝不成。"

陆迁文章绝天下,于数术上却所知有限,此时方知上了斯惟云的当,道:"好啊!若不是王妃提点,险些被你蒙混过去。"

斯惟云哈哈一笑，摆手道："我本不胜酒力，怎敌得过你和杜兄两人轮番劝酒，若非这几道算题挡着，现在怕是已不能醒着见到王妃了。"

"不行！今天是王爷王妃大喜之日，说好了不醉不归！"

陆迁、杜君述等人自然不依，纷纷嚷着要请王妃做主，罚他再饮三杯。卿尘见状笑说："不如这样，我也出一道算题，若他解了，这酒便作罢，若解不得，便当真罚他三杯如何？"

"王妃一眼便看破这几道题目的难易，看来也是精于数术，惟云愿请教一二，只是确实酒量有限，还请王妃高抬贵手。"斯惟云欠身笑道。他自来痴迷数术，听闻要开解题目，心下颇感兴趣，倒不执意推拒，移步案前，将笔墨呈上。

卿尘道："我只是记性好些，曾在先贤书中见过些算题罢了，想必也难不倒你。"说罢在纸上画出一图，此题一出，身旁左原孙忍不住道："七衡六间无极图？"

卿尘暗中奇怪，这算图是她在宫中文澜阁收藏的一本《九周算经》中看到的，左原孙怎会知道？脑中突然一闪："是了！《九周算经》之后有一章附论，以这七衡六间无极图演化出一列阵法，可是左先生的手迹？"

这《九周算经》本是当今圣上胞弟瑞王府上的藏书，圣武十九年瑞王因事获罪，流放客州死于途中，府邸被查抄后多数藏书流入宫中。左原孙当年是瑞王府首席幕僚，素有军中智囊之称，因事瑞王曾被收监三年，后来其人便不知所踪了。卿尘无事在宫中翻阅群书，最喜看些奇门术数、五行阵法，她记性颇佳，又有先时留下的记忆，印证书中记载倒也知晓了不少奇巧之术，闲暇时推演玩乐，也觉甚是有趣。

左原孙垂眸看了看那七衡六间无极图，面色微动："多年前一时兴起之作，不想王妃竟然知晓。"

卿尘取了几根象牙银箸，一箸代表一千精兵，就着那算图将阵法列出："我对那阵法很是好奇，但有些许不明之处，还请先生不吝赐教。"

南宫竞等人皆是带兵的武将，于阵法多有研究，闻言一同围上来看。

左原孙短暂的惊讶过后，依旧气定神闲，一袭长衫衬着鬓角略见的几丝白发，周身沉淀着闲淡的自信，立在桌旁："王妃请说。"抬手将几根银箸挪动了位置。

卿尘见他移阵，凝神看去，稍后叹道："左先生这三根银箸，已将我要问的全然解答了。"

"哦？"左原孙不禁看向她，"王妃先前可是要问那阵法的几处破绽？"

"正是。"卿尘道，"先前那阵法虽精妙，但却有生死之门可破，而如今想要破阵怕需费周折才行。"说话间她将几根嵌金的象牙箸取在手中，看似随意地摆放下去。

左原孙不语，伸手拨动原先的银箸，阵法忽变。卿尘眉梢轻动，立刻撤了两箸。

左原孙道声："妙！"手下再动，银箸围成的圆阵忽然开裂，形如长翼。卿尘却不

以为惑，知他乃诱敌之计，若按鹤翼阵去破说不得便全军覆没了。

金箸兵马紧合，成八卦状而列，却暗藏机锋。左原孙微微点头，阵归浑圆，立时将金箸困在其中。

卿尘稍思片刻，以不变应万变稳稳周旋，几个回合，却有两路兵马忽往左原孙阵中巽门杀去。此处正是左原孙阵中帅位所在，他嘴角一挑，合阵而成锋锐之势，众人只看得眼花缭乱心驰神摇，似乎这小小木桌化为惨烈沙场，陈兵列马刀光剑影，一时惊心动魄。

如此不知过了多久，卿尘突然以箸点桌，笑道："不行了，以此兵力只能自保，要破阵尚难，我认输了！"

左原孙抬头，语中透出些感慨："王妃将在下逼得甚苦！"

卿尘看着那满桌筷箸，摇头道："是先生承让，当真兵临城下，敌人岂会待我这般思量布阵？先生这阵势既来自七衡六间无极图，待我请莫先生开解了几个星相上的问题，再请教先生高明。"

左原孙呵呵一笑，笑中亦带着几分爽朗，隐约透出当年戎马驰骋的豪情。夏步锋此时方从阵中回过神来，叹道："不想一道算术也能化成如此阵势，今日当真增了见识！"

"天数之道自与物合，夏将军可知方才那大衍求一术中也藏着点兵的学问？"卿尘笑问道。

"愿闻其详！"

"三岁孩儿七十稀，五留廿一事尤奇，七度上元重相会，寒食清明便可知。"卿尘将算题重复，随即铺纸润墨，笔走龙蛇，边写边道，"依此解算口诀，点兵之时，若兵卒以三三、五五、七七的阵势排列，默察阵势便可反推兵员总数，瞬间即知。"

杜君述不懂兵法，只看字赞了一声："不想王妃写得一手好行书。若再锋峻些，竟和殿下如出一辙。"

卿尘笑着搁了笔："这字当初便是随他学来的。"一边将那点兵之道细细说与夏步锋等人听。

道理听起来简单，但用起来却难之又难，必要有出神入化的心算才行。几人之中反是不曾带兵却精通算术的斯惟云略一推演便得心应手。

过得片刻，南宫竞亦入其门径，演示几遍后，兴奋道："果然奇妙，兵贵神速，这点兵的法子甚是有效，当要好好研究才是！"

"南宫什么事大呼小叫的？"话音方落，门厅处传来夜天凌沉稳的声音。众人自一处抬起头来，才知看得专注，竟连夜天凌来了也不知道。

倒是冥魔原本望着外面出神，第一个看见夜天凌进来，先叫了声"殿下"。夜天凌点头，眼底似一片清冷天星，微微一抬，那星光便尽数落在了卿尘身畔，嘴角笑意轻荡。

第三章 芙蓉帐暖度春宵

"殿下不是在前厅吗？"史仲侯刚从那点兵奇法中回神，随口问道。

"都什么时辰了？"夜天凌似是语带微责，却掩不住那丝笑意。

众人方觉已至亥时了，素娘笑道："殿下定是回了新房发现不见了王妃，看我们只顾闹，竟忘了时辰，今晚可是洞房花烛夜呢！"

南宫竞一拍大腿："哎呀！被这阵法算数迷住了，酒也没敬，喜也没道，这真是罪过，还请殿下和王妃恕罪！"

"说起来就没完没了，谁让你们此时去研究什么算数。"杜君述失笑，"如此喜酒也不能多饮了，春宵一刻值千金！"

卿尘低头，红唇轻抿。夜天凌笑骂："一群没规矩的！"

众人再道了喜，纷纷笑着辞出，一时间便走了干净。夜天凌见他们神情暧昧，无奈摇头，回身却见卿尘立在桌旁，笑盈盈地看着他。

她一身鸾服换作了烟霞流云般的重罗纹裳，那明红的颜色是一道醉人的浓烈色泽，却又偏偏浓浅回转透着些烟雨朦胧的绰约，捉襟绣着一双细羽鸾鸟，和发间那微颤的步摇相映生辉，只衬得人款款淡淡，明明滟滟，微微一动便似笼在了轻云之后，动人心弦。他上前执了她的手道："哪有这样的王妃，新婚之夜便找不见人了。"

卿尘侧头看他："他们事先没知会你吗？"

"说了。"夜天凌挑挑眉梢，"前面闹得厉害，一时竟没记起来。"

"那不怪人家了。"卿尘柔柔道。

夜天凌微微一笑，不与她争辩，只道："别动。"

"嗯？"卿尘刚一愣神，却被他一把打横抱起在臂弯，眼角看到外面伺候的侍女都笑着低下了头，急忙轻声道，"还有人呢！"

夜天凌只往后一瞥，晏奚早知趣地挥手将众人遣开，自己也一溜烟地消失在长廊那端，刹那便静静地只剩了他们两人。"现下好了？"夜天凌低声笑问。

卿尘双颊飞红，轻声道："你抱着我去哪儿？我自己会走！"

"回新房！"夜天凌被她娇羞的模样惹得大笑，几分薄醉畅然心怀，微醺在这柔静的春夜里。

卿尘被他笑得嗔恼，却偏又无计可施，只能任他抱着自己沿回廊往漱玉院走去。一路上夜天凌低头看她，也不说话，仿佛看也看不够。卿尘便安静地环着他的脖颈，依偎在他温暖坚实的怀中，那刻温存，浓浓的、深深的、眷眷的，似这天地也一同沉醉。

金风玉露一相逢，便胜却人间无数。

浩瀚耀目的星空中，一道天光漫漫的银河清晰划过，飞星碎玉，绚丽如织。星光落处，一叶叶梧桐轻碧浅紫，风微动，点点坠了满地，落下一声淡淡温柔。

夜天凌自身后挽着卿尘站在窗前，侧脸微动，碰到了一点清透的玉坠。

"玉琢锁兮，充耳诱莹，玉制珰兮，充耳诱矣……"他低声道，那温热的气息萦绕在卿尘耳边，轻轻地，激起阵阵神妙感觉。

削薄的唇自那玉石上掠过，沿着她修长的脖颈一路流连而下，带来醇酒入喉的酥软和炽热。卿尘轻轻依靠在他怀中，浑身柔若无骨，在他温柔的攻陷下缓缓沉沦，眼波到处，是醉人心神的烟雨迷蒙。

夜天凌嘴角勾起一抹迷人笑意，仿佛耀目的阳光穿透冰凌，绝峰雾散，微微用力便将她带入帐中。

芙蓉帐暖，龙凤花烛流光溢彩，轻纱一般笼在人的身上，朦胧而妩媚。卿尘静静看着他，星眸微醉："四哥……"

夜天凌俊朗的身影倒映在那湾清光灿渺的深潭之中，手揽她不盈一握的纤腰，低声在她耳边道："叫我的名字。"

那半命令半诱惑的声音倏忽而至，轻轻掠入了她心底，攻城略地，悄然便将人掳了去。"凌……"卿尘低声呢喃，环上了他的脖颈。红酥玉指带来微凉的碰触，却点燃了满腔爱恋。夜天凌一抬手，将最后那道半拢的丝绢掠开。

青丝婉转散覆，流泻在香肩枕畔，隐约掩映了一抹清丽桃色。

夜天凌静静望着卿尘，幽深的眼中满是惊艳，修长手指带着无尽的疼惜和怜爱滑过莹莹雪肤，抚上那只冰清玉洁的银蝶。

丹纱帐影春宵醉，那银蝶灿烂，轻舞招展，翩跹流连在花间帐底，云池琼宇。

此生与君共，万世千生，比翼双飞，不思归。

金殿，明烛，孙仕立在朱红的九云盘梁柱旁，眉眼低垂。

堂高殿深，是望不尽的迷暗。烛芯噼啪一声轻响，琉璃灯罩上映出一抹奇妙异彩，那龙纹栩栩似欲升云腾空，却转瞬便没了去，叫人几疑看花了眼。

安息香沉静缭绕，礼部官员匡为一板一眼有条不紊地呈报着凌王同清平郡主的婚典。

天帝一身青缎闲衫，斜靠在云锦软榻上，手中暖着盏新沏的君山银针，手指有一下没一下地叩在茶盏上，为臣子的不免越发谨慎了几分。

待说到三地百姓朱砂铺道送婚祈福，天帝指下微微一顿，半眯的眼睛略抬了抬，一道威沉的目光掠来。匡为顿时语下微滞，偷眼看去，却只见君王闭目养神的龙颜，便深吸了口气，继续说下去。

孙仕略带灰白的眉毛不自觉地动了下，虽是晚春了，夜里却还带着丝轻寒，将睡意驱得全无。他怔忡，父子君臣，这一局棋愈走愈深了！

"你方才说湛王自怀滦回来了？"匡为停了说话，似是过了许久，天帝随口问了句。

匡为略一斟酌，据实回道："臣今晚确实在凌王府见到了湛王。"

"嗯。"天帝挥挥手，"跪安吧。"

"臣告退。"匡为见状，躬身退了出去。

天帝闭目深思，直至内侍托了个嵌金木盘进来，孙仕恭声道："陛下。"

见皇上睁眼看来，内侍跪着将诸后妃的名牌呈至近前。天帝目光一动，停在莲妃的牌子上，手指由那处缓缓掠过，似是滞了下，却转而在殷皇后那金凤展翼的牌子上点了点。孙仕上前将那牌子翻过来，内侍便俯身退下，自去传旨接驾。

孙仕侍候天帝看了会儿书，轻声提醒道："陛下，时候不早了。"

天帝将手中书稿合上，"列国奇志"四个字高华飘逸，映入了眼帘，一时有些出神，稍后方对孙仕道："还不困，随朕走走去。"

淡月一痕，掩了如织星空，御庭春径繁花余香。天帝颇有些不耐地看了看亦步亦趋跟在身旁的内侍们，道："叫他们不用跟着。"

孙仕回身摆摆手，内侍们退了开去，却不敢散，只远远伺候着。再看着方向，竟是往莲池宫去了，孙仕心知不能劝，唯有快步跟了上去。

甫至宫门，便听得一阵低低的吟诵声入耳，在这原本静谧的夜色下婉约恍惚，却又带着十分的虔诚和庄穆。

如此熟悉的《圣源经》，天帝在一棵木樨树下站定，遥望莲池宫正殿。

依稀曾记得那日，他的西征大军带回了柔然最美的女子，送至宫中等待皇兄的召见。

那一夜，他也是在庭中树下站了许久。一晃经年，每每心头仍会浮起那淡寂的经文，似是哀伤，似是轻愁，伴着三更细雨，落花纷纷飘碎了一地。

一路征尘南北，这《圣源经》的吟诵曾日日相伴军中，不绝如缕，如泣如诉，一丝一波早已入了神魂。

三十余年前那抹冰山雪莲样圣洁的身影，同如今大殿中青灯下的白衣素颜依稀仿佛，过尽千般岁月，依旧能勾起昔日年少气盛铁血柔情。

浮光掠影，仿若褪至了极轻、极淡，却又丝丝韧韧，纠结如许。

静谧的夜中木樨树悄然招展，枝叶芬芳，带着些蛊惑似的迷离。多少年隐忍，步步为营，如今坐拥天下，却换不见伊人一笑，天帝眼中不自觉掠过一丝深沉精光。

眼见站得久了，孙仕谨慎地上前道："陛下，皇后娘娘那儿怕是还等着呢。"

天帝眉头一皱，望向四周层叠起伏的殿阁，突然吩咐道："告诉皇后，朕今晚不过去了。"说罢袍袖一甩，大步走向莲池宫中。

第四章 比翼连枝当日愿

自大婚之后，告祭太庙、入宫谢恩、相府回门，尚有不少礼仪要做。夜天凌分寸不差地陪着卿尘，处处滴水不漏，只是两人于众人面前却显得疏离，当真应了那相敬如宾之语。

夜天凌之清冷，卿尘之沉静，落于人眼难免便有些若有若无的生分。一时间，天都中流言蜚语明起暗传，当初凌王拒婚，如今湛王伤情，都如同亲见一般说得有板有眼，倒成了段天家风流秘事，绘声绘色惹人遐思。

卿尘偶有听闻也只付诸一笑，云鬓广袖宫装矜持，与夜天凌同进同出，风姿高华中总带着抹清澈却又隐约的潜静。也遇上那宫闱士族搬弄口舌，却不是慑于夜天凌峻冷凝视，便是惑于卿尘淡定浅笑，往往消遣的话语到了嘴边竟生生咽回，反成了落远轩中不时玩笑的话题。

却有一日，五皇子设宴汐王府，王侯公卿多在其间。汐王侧妃郑夫人颇受宠爱，一同随侍在席。

酒过三巡，许是带了几分薄醉，郑夫人同卿尘话了几句家常，忽而瞥了夜天凌一眼，半酸半笑道："听说湛王殿下自怀滦回来在府中闭门思过，近日微染风寒。都知道四嫂精于医道，怎也不过去看看，说不定便药到病除了呢？"

按天朝历来祖训，皇子领命在外不得御诏严禁私自回京。夜天湛怀滦的差事虽办得出色，却因卿尘大婚那日私回天都为天帝所斥责，不但没有嘉赏反令他在府中闭门思过，一月不许外出。为此殷皇后对卿尘甚是着恼，卿尘颇为无奈，但心中因着对夜天湛一份挥之不去的愧疚，也只能处处避让着。

郑夫人之话方落，夜天凌微锐的目光往汐王处一掠。如同巧合，卿尘也抬眸似有似无地看定汐王。

席间陡静，来去无人答话，郑夫人惊觉失言，怔在那处笑也不是不笑也不是。汐王面色一沉，不豫地喝道："还不下去！"

卿尘眉梢微挑，一抹淡笑便悄然在唇边轻漾，虽不悦有人出言无状，却也是酒后，便笑着挽了郑夫人的手道："方才那个绣描的法子，我还没明白呢，还要请妹妹再说给我听。"

夜天凌闻言，嘴角微微一掠，便往汐王处举了举杯。席间秦国公、长定侯等忙笑着圆场，汐王妃也跟着对卿尘说："郑妹妹精于刺绣，四嫂若有喜欢的样子便叫人拿来，让她绣给你。"

郑夫人自知闯祸，尴尬道："四嫂……四嫂尽管画了样子给我，我绣好了给四嫂送去。"言下尽是赔罪的意思。

卿尘也不咄咄逼人，便道："我对这些甚是外行，改日有空还要向你请教。"

三言两语笑着便过去了，汐王妃在旁谨慎地觑了卿尘一眼，宫府里百花齐放见得多了，却从未见过这样行事的。方才若说没恼，竟直接将眼神往汐王那里问罪，一句言语都不同郑夫人理论，再看却偏偏又不似着恼，水波不兴地清静笑着，一径地淡然，叫人不疑有他。

还好没计较下去，汐王妃暗中舒了口气，早听说是个柔中带锐的女子，跟在天帝身边时朝堂上也从容不畏，这倒真和凌王登对，若让湛王娶了回去，怕还吃不消。

隔了两日，卿尘都将这事忘了，郑夫人却特地差人送了幅并蒂花开的绣屏来。

做工精细，栩栩如生，卿尘心想若要她绣上这么一幅，怕是还不知要几年。想自己总是将线丝绢布并手指弄到惨不忍睹，她只好挑挑眉梢作罢，反正这又不是什么要紧的东西。

雪战趴在卿尘身边似是知道她的心思般，眯眼瞅了瞅她，尾巴扫扫，盖住鼻子继续埋头假寐。卿尘不意捉到这小兽一丝目光，丢下刺绣别有用心地伸手揉它脑袋。雪战惨被蹂躏，无奈抬爪拨弄她的手，卿尘袖口一滑，露出条深红色晶莹的串珠。

大婚时太后赏赐的血玲珑，便是水晶灵石中的石榴石。碧玺灵石、冰蓝晶、月华石、紫晶石、血玲珑，这已经是她寻到的第五条玲珑水晶了，金凤石在殷皇后手中，卿尘不由自主回身往夜天凌那边看去，还有一条黑曜石在他那。

因大婚的缘故，夜天凌这几日放下政务并连早朝都免了，这平日处事不误分毫的人竟心安理得，闲散得出奇。除却外面那些虚礼，他每日只陪着卿尘，青衫淡淡，浑身透着股叫人新奇的闲逸，仿佛以前如影随形的清冷只是种错觉，眉间眼底地一带，往往被那意气风发的潇洒冲淡了去。

目光沿着他的手腕慢慢落到他坚实的胸膛、稳持的双肩、削薄的嘴唇、挺直的鼻梁，和那双沉淀了幽深的眼睛上，卿尘一转便忘了为什么扭头，索性只托了腮看他。

夜天凌无意抬头，正落入那湾盈盈的注视中，一径的温柔带得人心头微暖，犹如暗香浮动的黄昏，透着柔软入骨的桃影缤纷，落了满襟。

修长手指一动，手中书卷虚握，安静地回望过去，朝夕相对，此生静好，竟似永也不见厌倦。

四周人事竟都成了虚设，这情形也不是一天一日才有了，于是碧瑶、晏奚甚或白夫人，常常低头抿嘴悄悄退了出去。凌王府那严肃中渐渐透出些玲珑和美来，翠荫微浓，和风清畅，阳光下便一日日温暖了这暮春如画。

闲散的日子没过几天便恢复了往日的节奏，朝中诸事繁多，夜天凌原本每日都要到晚上才能回府，今天却格外早些。

窗外花轻，阳光半洒席前，卿尘靠在窗前正对着棋谱解一个古局，见他回来了，有些奇怪地问道："这么多日没上朝，竟没什么事缠身？"

夜天凌在她身边坐下，随手抄了几颗棋子把玩。玉色棋子跳动在他修长的指间，清脆作响："怎么，难道盼着我忙？"

卿尘笑道："也不是，只是好奇，前些时候忙得什么似的，怎么今天却能闲下来？"

夜天凌掸掸衣袖，闲闲地靠在了案上，看向那棋盘，淡淡道："我将虎符交了。"

卿尘闻言愣住："什么？"

"今日朝上，我将神御军的兵权交回了父皇。"夜天凌重复了一遍。

卿尘手顿在半空，抬头看他。兵权，那是多少人想而不得的东西，又有多少人对夜天凌手中的兵权深感忌讳，他竟这么潇潇洒洒的一句话，交了？

她细想了会儿，便大概明白了其中缘由。在湛王和溟王都请旨赐婚时，天帝偏出人意料地将她这个凤家的女儿指婚给凌王，看来是想以凌王制衡湛王，同时分化外戚势力。夜天凌手握重兵，太过忌讳，此时只有主动退步，才能使得天帝安心。

"是因我们的婚事？"她问道。

夜天凌不甚在意地道："也算是吧。"

卿尘将几粒棋子缓缓收握在掌心，不由便蹙起了眉梢："没了兵权，等于失去半边天下，我这个妻子竟让你失去了如此重要的东西。"

夜天凌见她认真了，薄唇微扬，不疾不徐地道："带了这么多年的兵，难道调兵遣将还非用那一道虎符？莫要小看了你的夫君。"

卿尘凝视他片刻，面前他深邃的眸中一点星光微绽，极轻，却慑人夺目般傲然。她心间豁然开朗，眼波轻漾，转出一笑，将手中棋子缓缓放在棋盘之上，一子落下，盘中纠缠不明的局势隐有变动："如此的话，溟王神策军那边不是也得交了？"

夜天凌道："那要看他是不是聪明。"

"聪明，只可惜有时候聪明太过。"卿尘一直不喜欢夜天溟，"我赌他不交。"

"他交还是不交，都无关大碍。"夜天凌语气略有些锋峻，"只是他千不该万不该，不该陷害大皇兄，更不该对你有不轨之心。"说话间他将一颗白子啪地丢入局中。

黑白双子散落经纬，那黑子原本攻势凌厉，咄咄逼人，但此子入局，一大片黑子顿时成了死棋。黑子长驱直入的锋芒受阻，再兼后方空虚，顿时有些难以为继，白子先前步步为营稳扎稳打的格局瞬间反占了上风。

这时候，夜天溟若交兵权，则失了手中一枚至关重要的棋子，在军中他断没有夜天凌这般影响力；若不交兵权，那么除非起兵夺位，否则天帝也容不了他几时了。显而易见，天帝如今也是有了一步步上收兵权的打算。卿尘含笑挑起了几颗黑棋，却忽然一愣，夜天溟那些非分的举动她并没有对夜天凌提过，探询地看去："你怎知道他对我……嗯……"

"嗯？"夜天凌剑眉轻扬，继而淡淡冷哼，"他每次看你，便如当年看你姐姐纤舞，我岂会不知？"

卿尘突然笑道："你知道他在看我，那岂不是你也在看着我？"她丹唇微抿，眸中灵动，颇有些调皮的意味。

夜天凌将手中剩下的几颗棋子随意丢下，一局棋顿时乱了套。他似笑非笑中有些不明含义的暧昧，低头在她耳边："嗯，我一直看着你。"

卿尘本来揶揄别人的神情毫无抵抗地转成羞涩，往他臂弯里躲去。夜天凌环着她，嘴角挂着丝调侃的微笑。卿尘嗔他一眼，靠在他怀中："四哥，过些时候我送你样东西，或者也能弥补一二，只是要费些时日。"

夜天凌低头问："什么东西？"

卿尘微笑道："先不告诉你！"

夜天凌倒也不追问，只看着她清澈的眼睛道："能换得你在身边，莫说什么兵权，即便倾尽天下又如何？"

淡淡一句话，直撞入心湖，倾覆了神魂。卿尘心里涌起前所未有的痛快的感觉，眉一扬，如他般傲然道："我可为你深闺添香，便能同你披荆斩棘，你娶了我，定也不负天下。"

夜天凌眼中一波，转而笑说："这样的女人也只有我敢娶，别人谁要？"

卿尘不服抬头："你不要，总有人要！"

夜天凌臂弯一紧，缓缓道："他敢。"

卿尘见他霸道，却开心不已，扬声清笑，夜天凌也抑不住，笑了起来。

笑声依稀，穿窗而去，连走过外面的晏奚都感染了几分，不禁咧开嘴，只觉暮春醺然，人生如斯，竟是无比的美好。

天机府是夜天凌每日必到之处，今日同卿尘一并前去，正巧冥执自外回来，带了他前几日要的东西来，问道："殿下看看这些可够齐全？"

夜天凌接过来翻了翻，往案上一掷，面上竟带了几分薄怒："混账东西，竟至如此无法无天！"

卿尘伸手拿来，见都是些官员欺民霸市贪赃枉法的罪证，有些当真出人意料的可恶，也难怪夜天凌动怒。

陆迁他们已看过了，道："殿下，户部不整国将危矣！我等虽知门阀腐朽有官必贪，却谁也不想竟到了如此地步。"

夜天凌眼光微利："我此次将兵权暂放，便是要腾出手来拿这个毒瘤开刀。"

杜君述问道："殿下终究是将兵权交了？"

夜天凌点了点头。

"那殿下之后打算从何处动手？"左原孙问道。

"便从这些人身上。"夜天凌指着案上，冷冷道。

"为不惹人注目，殿下还是不出面的好。"杜君述道，"也最好不要从户部查起，否则恐怕千难万难。"

"那便从军饷查。"卿尘将手中东西放下，淡淡道，"查军饷，一查一个准，既面上已在兵部放开手，便正好由兵部来，借刑部的手整顿兵部，从而往户部查。"

杜君述道："军饷也不是没查过，但因根还是在户部。别说下面官官相护，就是皇上那处似是也没那么大的决心去动，之前也整过几次，都只是点到为止。"

"这次能走得远些。"卿尘凤眸微挑，"事情一定要从神策军军营里起，闹大了到皇上那处，现在皇上正盯着兵权，一定会顺水推舟。"她点了点案上的纸页，"至少这些，到时候一个也跑不了，而此事的关键在于可以动他。"

"他？王妃是指……"陆迁看过来问。

"嗯。"卿尘点头，"人人自顾不暇时，便是最好的时机。"

"倘若他自己将兵权交出来呢？"陆迁道。

卿尘笑着摇头，看向夜天凌："还是那句话，我赌他不交。"

夜天凌道："军饷不得严整，以后的硬仗就更难打，正好借此时机一并办了。"

说话间南宫竞、夏步锋等几员大将求见。夏步锋进门几乎连礼数都忘了，急匆匆问道："殿下何故竟放了军权？兵部里面议论纷纷，说是殿下再不管这摊子事了，以后我们仗还怎么打？"

夜天凌扫了他一眼："嚷什么嚷？带了这么多年的兵，还是一副急躁性子！"

夏步锋打仗是难得的猛将，但天生性急率直，为此也没少遭夜天凌斥责，当下没敢再作声。

南宫竞这些事上比夏步锋要稳当，但也存着疑问："殿下，您就这么交了兵权，神御军将士们听谁的？"

夜天凌淡淡道："听你们的。"

南宫竞错愕，随即便恍然，郑重道："我等定不负殿下所托。"

夏步锋仍是忍不住问道："殿下，那北疆的事要等到什么时候？本想痛痛快快打一仗，这么一来岂不要变哑炮？"

夜天凌负手立在窗前，道："若我所料不错，过不久诸侯便会有自行请撤的折子来。届时若处理不当，他们必反，如今业州、定州、燕州、景州、肃州这几处尚都在北晏侯控制中，此时兴兵怕是事倍功半。"

左原孙点头道："战火方平，国本空虚，大江沿岸今春又有洪灾，似乎不是时机啊。"

陆迁道："此时若削藩，的确胜负难料，弄不好前功尽弃。"

左原孙斟酌道："若能拖到明年，业州等便无大碍，只是燕州……殿下，那柯南绪恕我无能为力。"

夜天凌看着他道："柯南绪此人和你并称双绝，看来很快便可一见高下了。"

左原孙闭目一笑，卿尘瞬间从他眼中看到了一闪而过的痛恨，那样闲逸潇洒的人身上露出的令人心悸的冷厉，那一刻冰寒，竟是杀气。然而左原孙的语气仍是平静的："殿下可有想过，若是朝廷硬要在此时削藩，该当如何？四方诸侯，尤其是那北晏侯，怕是早也耐不住了。"

旁有掣肘，胸有良策而不知能否得行，窗外明媚的春光在夜天凌脸上投下分明浅影，却有淡淡凌厉的精芒自他眼中透出："他耐不住了？本王也没耐心再和他耗下去了。数次与突厥之战都因他从中作梗而难尽全功，他倒知道一旦没了异族之患，诸侯国便形如鸡肋，削藩势在必行。此次便颠倒过来，先靖内后攘外。"他缓步站到案前，在那摊开的地图上一点，修长手指沿北直上，"削藩的仗是必打的，早来便有早来的打法。安了内境直接指兵漠北，毕其功于一役，我要让东西突厥一并再无翻身之日。"

数人无语，都凝神在那图上打量，南宫竞看了半晌，道："燕州，易守难攻，怕是最难的一处，不过在这图上还看不出究竟。"

夜天凌对左原孙道："这些还得劳烦左先生。"

左原孙微笑着看了卿尘一眼，道："殿下还有……"卿尘忙悄悄摇头，左原孙话锋一转："还有时日，殿下便放心。"

陆迁从图中抬起头来："便是全胜，之后休养生息也大费年月。"

杜君述亦道："虽说不是不能打，但只苦了将士百姓们，实乃下策。"

夜天凌眉峰微锁，众人不说，却都清楚知道，握权，也是势在必行的了。各自心中细细斟酌，前方后方，都得有最坏的打算，亦要十分稳妥才行。养精蓄锐，志图高远，等了许久的一刻，如今箭已在弦上。

第五章 善恶悲欢其心苦

度佛寺庄穆的钟声下了舟船便听得清晰，山门迎面，镌刻两条石联：

大梦闻钟，香雨迷蒙当醒眼，
浮生若絮，碧云飞坠且回头。

佛寺的建筑有别于他处，以大佛殿为中心的各处殿堂成圆弧形重重递进，形成规模宏大的建筑群。殿前广场上御赐的鎏金五百罗汉像神态万端、各具形容，予人整齐肃穆，却又不似凡尘的感觉。

佛殿之外，八方林道相间，长年不息的烟香悠然弥漫，渐入青山，显示出这座皇家古寺超然的地位。西方以大青石砌成八角九层佛塔，挺拔突出于重林之上，几欲刺破天穹。沿青塔后行，渐有僧舍掩映在山林之间，石道蜿蜒，转折渐收，两旁直立的崖壁上现出依山势雕凿而成的诸佛之像，宛若天成，历经风雨岁月现出沧桑古朴的痕迹。

愈行愈高，路分为二，一条通往天家禁地"千悯寺"，点缀半山的一片青瓦殿院既是历代未能诞育子女的妃嫔出家之处，亦是关押皇族待罪宗人的地方。一条沿路而上，有方丈院建于崖沿处，佛道行尽，眼前却豁然开朗。

苍松翠柏，点缀岩层，禅院庄宁，菩提荫绿。

黄竹山舍中，一道月白色起暗纹的清淡素衣将那蒲团轻轻遮住，外罩的素银浅纱缀着几点细纹流泻袖边，朦胧中稳秀的长襟微垂，从容而淡定。

卿尘素手执杯，抿了一小口度佛寺独有的"其心"茶，纤眉忍不住微微一掠。初沾唇齿的清甜，一缕辗转送入喉间，化作渐浓的悲苦久久不散，余留齿间尚带着些酸涩，再一回味，却仍是萦绕不绝的淡香。

百味纠缠，浸入肺腑，半日不知再饮。真不知是什么制的茶，竟将人间七情六欲都占了去。

敬戒方丈已年近九旬，寿眉长垂，静坐在卿尘对面，看向她时眼中透出一丝深睿的笑意："王妃每次喝这茶都几欲皱眉，却又为何每次都要饮呢？"

卿尘将老竹茶杯放下，杯中水清如许，若非一旗一枪浮了几片枯叶，便只觉得是空置在眼前。她笑了笑："方丈既知这茶苦得出奇，却又为何要制？"

敬戒方丈道："老衲看王妃神情，这茶岂止是苦？"

卿尘唇角微扬："五味俱全，这茶品得说不得。"

敬戒方丈展颜道："此茶便是为知其味者而制，只可惜人们往往一沾唇便觉得苦不堪言，即便饮完也是勉强。这么多年来，王妃是第二个喝过这茶后还愿再喝的人。"

卿尘一时好奇，便道："敢问方丈，那第一个人又是谁？"

敬戒方丈合十："有缘之人。"

卿尘会意，不再追问，只道："茶中滋味，人间诸境，若众生皆得其真，世间又怎会有佛祖？"

敬戒方丈道："众生皆佛，佛亦为佛。"

卿尘道："佛上有进境，云外有青天。"

敬戒大师淡淡道："佛法无边。"

卿尘笑着扬头，绾在脖颈后的坠马髻稳稳一沉，那柔顺的乌发丝丝如墨，随着她的笑动了动："我不和方丈论佛，那是自讨苦吃，我本不是诵经念佛之人，再说便要亵渎佛祖了。"

敬戒方丈望着面前案上一方锦盒，道："王妃不诵佛经却行善事，资助度佛寺活人无数，如此诵不诵经，又有何干？"

此时碧瑶自外面进来，对敬戒大师恭敬地一礼，在卿尘耳边轻声道："郡主，信已经交给紫嫒了，她说想见您。"

卿尘点了点头，眼中静静的一抹微光淡然，对敬戒方丈道："方丈这么说，我还真是受之有愧，我非是慈悲之人，很多事也只凭自己心中善恶。便如当日我请方丈遣散部分百姓，善堂中不要养些不务正业的懒人，方丈怕是不以为然吧。"

"阿弥陀佛！"敬戒方丈低宣佛号，"佛度众生，所谓存者去者，是非公道如何评说？"

卿尘微笑："既不能说，不如不说。"说罢站了起来："打扰方丈清修，我该告辞了。下次再来还要叨扰一盏方丈的其心茶。"

敬戒方丈平和一笑，合十送客。

卿尘步入度佛寺后山鲜有人迹的偏殿，紫嫒正跪在佛前，低首垂眸，虔诚祷祝，一袭淡碧色的绢衣衬着窈窕的身形,纤弱而柔美。

卿尘没有惊动她,轻声走到她身侧,微微闭目,香火宁静的气息萦绕身边,悄无声息。紫瑗抬头看向高大庄重的佛像,目带祈求,忽然看到卿尘站在身边,吃了一惊:"郡主!"

卿尘淡笑道:"看你如此诚心礼佛,都不忍出声喊你,许了什么心愿?"

紫瑗低声道:"我求佛祖保佑郡主和四殿下,平安喜乐,长命百岁。"

卿尘道:"你有心了。"

紫瑗笑容中有着些许的愁绪,垂下眼帘,却欲言又止。卿尘看在眼里,道:"倘若有话不妨直说,莫要闷在心里。"

紫瑗轻咬嘴唇,突然跪下求道:"郡主,您能不能……放九殿下一条生路?"

卿尘淡淡看着她,没有立刻回答,转身望向殿中佛坐金莲。宝相庄严,拈花微笑处,那神情是看透世情的悲悯,芸芸众生无边苦海都在这一笑中,过眼如烟。

她回身,缓缓问道:"紫瑗,我让你做这些事,你恨我吗?"

"不!"紫瑗立刻摇头,"郡主救了太后娘娘,救了我,亦保全了我们全家性命,恩同再造,我只会为郡主祈福,岂会有所怨恨?"

"即便我要你害人?"

紫瑗抬眸道:"郡主不会害人。"

卿尘轻声一叹,问道:"他对你好吗?"

面对这一问,紫瑗神情迷茫:"他若要对人好,能将人都化了,可他偏偏喜怒无常,转眼就变成另外一个人,比地狱的修罗还骇人。我从来都不知道他是个什么样的人,但我看得出,除了溟王妃外,谁也入不了他的眼了。王府中的女子虽多,他也不过就是逢场作戏。他平常在人前那么张扬,可我在府中常常看到他一个人待着,却觉得他很孤单,很可怜。"

卿尘抬手燃了香,静静奉于佛前,道:"可怜人必有可恨之处,我不想告诉你他都做过什么,知道太多对你并没有好处。有些事情,既然做了就必得承受后果,所种何因,所获何果,这或者便是他的业障。"

紫瑗沉默了半晌,低声道:"紫瑗明白。"

"你愿意?"

紫瑗点头以答。

卿尘眸中深色如同秋湖月夜,光华淡凛:"紫瑗,抬起头来,你真的愿意?"

紫瑗抬头看着卿尘,眼中有些忧伤,但却并不能掩盖肯定的神色:"我可以为郡主做任何事情。我求郡主饶过他的性命,只是因为这些日子以来眼看着他的痛苦,于心不忍,他毕竟……毕竟是我的夫君。但他若对郡主和四殿下不利,那便是我的敌人。"

卿尘并没有因她的话而欣喜，浅浅蹙眉，道："我并没有想要他的性命，只因他早已生不如死。你回去吧，若心甘情愿，便照我说的去做；如若不然，我也不会怪你。"

紫瑗俯身道："请郡主放心。"

紫瑗走了后，卿尘独自在佛前站了会儿，才举步下山。

未至山门，她无意中抬头，却在来往的香客中看到一个人。

一个人，一身墨黑色的武士服，匀称而修长的身形如剑，然而剑入匣中，锋芒深敛。

与往日长街奔马的恣意放肆不同，他沿着青石台阶一步步独自走着，神情奇异而安静。

卿尘不由停下了步子，驻足在不远处的大殿前。

夜天溟原本看着大殿上方一片浮沉纷扰的青天缓步前行，忽然若有所感地扭头。

卿尘这一次没有避开那双眼睛，隔着人来人往，青烟缭绕，她看到了他，他也发现了她。

芸芸众生，浮尘过眼，熙熙攘攘，擦肩而过，如一幕幕无声的画面，轮回眼前。

听不见纷扰与嘈杂，半幅红尘，万丈烟云。

一双魅异而平静的眼睛，一对纯净而清利的眸子。

青山深处庄严的钟声遥遥传来，夜天溟似是恍然惊醒，忽然眉眼一吊，那种妖媚的光泽刹那间从黑暗中迸射，明耀刺眼。他举步往大殿走去，穿过了人群纷扰，几乎是瞬时便到了卿尘面前，暗光异亮的眸眼一垂："四嫂。"语调微长。

温热的呼吸几近眼前，卿尘羽睫轻扬，不露声色地缓缓退了一步："不想殿下也会上山拜佛。"

夜天溟盯着她："我也没想到四嫂是吃斋念佛之人。"

卿尘一笑："吃斋念佛我做不来，不过上山叨扰方丈大师一盏清茶罢了。"

夜天溟背着手侧头打量她："方丈大师？他那里只有苦茶其心。"

卿尘想起方才敬戒大师提到的喝茶人，心中一动，道："其心何苦？"

夜天溟细眸轻睐，微光浮动："其心皆苦。"

卿尘道："善恶其心，悲喜其心，苦乐其心，是非其心，其心百味，如何只有一苦？"

夜天溟道："百味如一，其心自苦。"

卿尘道："殿下的茶斟得太满了，杯满茶溢，百味难入，是以独具其苦。"

夜天溟唇角勾着抹似明似暗的笑："观一切境，若喧若寂，若物非物，若欣若厌。苦满空溢，明心见性，见性成佛。"

卿尘淡声道："大悟无言。"

夜天溟道："大悲无泪。"

卿尘凝神看了他一眼，见他神情上有种异样的东西如轻羽点水般一闪而过，人却往前一倾，低声在她耳边道："本王独爱此味，时时心存惦念。"

卿尘微微斜眸，两人近在咫尺："殿下既读经论禅，想必也听说过，无妄想时，一心是一佛国；有妄想时，一心是一地狱。众生造作妄想，以心生心，故常在地狱。菩萨观察妄想，不以心生心，故常在佛国。"

夜天溟突然仰头哈哈大笑，神情狂妄，惹得周围不少人往这边看来："佛国又如何，地狱又如何？本王难道还怕了他？相由心生，命由我立！"

卿尘方要说话，突然见他从自己脸上收回目光往旁边看去，原来却是紫嫒从度佛寺的大殿中沿阶而下，想是在正殿上过香后，此时才下山。

紫嫒初时没有看到他们两人，只是低着头步步缓行，待走到快近前猛地见到夜天溟，着实吃惊，停住脚步匆匆一福："殿下！"

夜天溟转身："你怎么在这儿？"

紫嫒轻声答道："妾身见殿下这几日事多心烦，想来此敬香拜佛，求个吉利，只是不知殿下竟也来了。"

夜天溟望着她柔顺娇怯的模样，抬手将她带到身边，言语听起来格外温存："我倒不知你有这份心，忘了该见过王妃了吗？"

被夜天溟挽着，紫嫒略有些慌乱地抬头看卿尘，心中怦怦乱跳："紫嫒……见过王妃！"

忽然身边暖气扑面，夜天溟魅亮迫人的眼神在她面前一落，手底微微用力将她拉近，紧靠在她耳边道："你在发抖。"

紫嫒心中存着事情，不敢看他，只是柔声道："殿下……"

"你在害怕什么？"夜天溟继续问道，神情有些阴郁，"害怕本王吗？"

他阴晴不定的性情紫嫒向来是知道的，定着心神回道："紫嫒怎会怕殿下，只是觉得殿下的手很凉，山高风冷，殿下出府该添件衣服，这样一件单衣怎么能行？"

山风飘荡，确实是有些凉意，夜天溟眼中阴鸷的颜色缓缓收敛，倒没再说什么。

此时卿尘忽然对他笑道："很久没见着紫嫒了，殿下若不介意，不如让紫嫒乘我的船回天都，一路也好说说话。"

夜天溟闻言，深眸之中笑意一晃，衬着那张完美的脸庞有种勾魂夺魄的美："那么便有劳四嫂了，改日请四哥四嫂来我府中宴饮，还望四嫂赏光。"

卿尘静静道："多谢殿下。"

紫嫒暗中松了口气，夜天溟转身离去时，卿尘已经伸手握了她的手，她掌心全是冷汗:"郡主!"

卿尘道:"委屈你了。"

紫瑗缓缓摇头,看着夜天溟远去的背影,道:"此后一生,我愿为他抄经诵佛,只求若能赎那万一的罪业,便也知足。"

佛钟如诵,山寺渐远,卿尘与紫瑗一路缓行,步出山门,佛界尘世交临的一线,她驻足回头遥望寺阶高起。登山祈福的善客步步攀登,俯首低身,神情各异。大佛殿中释迦牟尼巨大的尊像尚依稀可见,镏金重彩庄严肃穆,深檐飞阁下缭绕在青烟之后。

她微笑拂袖,飘然往山下而去,人说佛度众生,红尘中却有多少轮回苦难,求佛何如求己。奈何世人总是苦苦执着,舍近求远,难怪佛祖永远垂眸浅笑,永远不言不语……

第六章 千帆过尽长江水

禁宫北苑，击鞠场上长杆飞月，球似流星，一片人马奔腾。

莺飞草长、春光明媚的日子，一年一度的击鞠赛又到了近期。往年这时候，夜天凌若要击鞠一般都去神御军营，顺便督促将士们练习马技，今年却因交了兵权，不愿招人耳目，便被十一拉来了这里。他并不沉迷击鞠之戏，只下场玩了两局，便将球杆丢给侍卫，自去外围观战。夜天湛已经连战数局，正想出场略作休息，一边纵马和他并行，一边道："四哥的球技是越来越厉害了，十二弟他们这回可输得心服口服。"

夜天凌翻身下马，侍卫忙上前接了马缰，他微微一笑道："刚才若不是七弟配合得好，也攻不破他们的球门。"

场内掀起欢呼，却是十一带球攻破了对方球门。夜天湛喝了声彩，突然听到除了场中的热闹外，不知何处传来阵阵喧哗。夜天凌也听到了，扭头往开仪门方向看去。击鞠场因在宫城外围，离开仪门较近，此时留意去听，那些吵闹声便越发清楚。

夜天湛叫来侍卫道："去看看什么事。"

那侍卫领命而去，不多会儿小跑着赶回来禀道："启禀殿下，神策军的将士在开仪门前闹起来了！"

"所为何事？"

侍卫答道："听说是因为军中传出了有人侵吞军饷，将士们气愤不过，要面请陛下圣裁。神策军三品以下的将士差不多都到齐了，简直就是……就是兵变！"

夜天湛吃惊，天都之中守军兵变，这是开国来从未有过的事，非同小可，脑中第一念头便是神策军既然如此，不知神御军情况怎样，扭头往夜天凌看去，却听他问了一句："溟王人呢？"

侍卫道："没有见到九殿下。神策军大将都到了开仪门，但还是镇不住场面，已经派人去找九殿下了。"

夜天凌微一点头，夜天湛瞥见他的神情，心间蓦地闪过丝异样。虽说这位四皇兄向来遇事冷淡不惊，但作为统领军务之人，这也太过镇定了，他略略思忖，问道："事涉军饷，凭几员大将恐怕压不住，四哥要不要去看看？"

夜天凌已命侍卫退下，道："神策军向来归九弟统调，此事该由他去处理。"

"倘若神御军也闹起来呢？"

"那便该尊请父皇圣裁。"

这显然是不打算插手，夜天湛心思敏锐，已将此事大概料到了几分："四哥言之有理，出了这等大事，想必九弟很快便到了。"

正说着，致远殿传旨内侍匆匆寻来，传天帝口谕宣凌王、湛王即刻入见。

天帝这边得报神策军兵变，偏偏四处找不到夜天溟的踪影，正龙颜大怒。尚书令殷监正早已被宣见，刚递给夜天湛一个眼神，便听天帝质问下来："私吞军饷，激起将士叛乱，你们兵部和户部都干什么去了！"

夜天凌虽然不再掌管神御军，但仍挂着兵部的职衔，同湛王一并先行请罪。天帝刀锋般的眼神带过去，盯住夜天湛："越来越不知收敛了，朕高官厚禄养着他们，他们还不知足，连军饷都敢动，你户部怎么说？"

夜天湛不慌不忙，从容奏道："依儿臣之见，此事非严办不可。当务之急应先稳住军心，承诺将士们彻查此事，然后从兵部始，清查户部，绝不能有所姑息。将士激变虽触犯天威，但若能借此清正吏治，则焉知非福？还请父皇息怒。"

他这一番话让在场几人都意外至极。清查户部，必然牵连百官，谁都知道湛王是朝臣士族的大树，按道理他保还来不及，谁知竟主动提出清查。他这样的态度，顿时将眼前火药味甚浓的场面压下去几分。夜天凌不动声色地往他那里看了一眼。天帝并未作声，目光中隐含思忖，脸色却渐渐有所缓和："照你这么说，这是个得罪人的差事，该让谁去查？"

夜天湛道："儿臣愿为父皇分忧。"

"哦？"天帝反身坐下，抬眸看向夜天凌，"你觉得呢？"

夜天凌道："儿臣附议。蠹虫噬木，久必断梁；硕鼠食粟，终可空仓，贪吏窃国形同此二。今天既可因军饷激起兵变，日后就难免国将不国，请父皇降旨严办。"

天帝合目沉思，稍后道："既如此，朕便将此事交与你二人。凌儿代朕去开仪门告知诸将士，军饷一事，朕绝不姑息！"

几人退出致远殿，夜天凌先行赶去开仪门宣旨。殷监正待他一走，便问道："殿下，我们为何要自行清查户部？"

夜天湛遥望着夜天凌远去的背影，神色静如冷玉。方才夜天凌在殿中警钟一般的话语，让他心中颇有些不谋而合的感觉，但这场兵变的真正目的，恐怕远非表面这么简单。

"自己不查，难道等着让别人一网打尽？"

殷监正沿着他的视线看去，已有些明白他此举的用意，却又道："可是如此一来，我们岂非自毁长城？"

正午骄阳照在夜天湛的朝服之上，嵌丝银线轻微的光泽一闪，映着那白玉龙阶上耀目的阳光，恰如他眼底一丝锋利："蠹虫噬木，久必断梁；硕鼠食粟，终可空仓。你没有听到这话吗？不查才是自毁长城！告诉他们，若再不知收敛，谁也别怪本王无情。"

殷监正被他语中的严厉震得一顿，没有立时接话。夜天湛似乎轻叹了声："欲速则不达，我们失策了。"说完此话，他淡淡一扬眉，眼光往开仪门方向瞥去，俊雅的微笑又回到脸上："走吧，为时不晚。"

无论何时，莲池宫总是如此安静，卿尘几乎可以听到自己的脚步声。安息香缭绕的青烟婉转直上，伴着静垂的帷幔偶尔飘摇。

凝眸看去，眼前每一处金丝木梁上，都细细雕刻着幽美的清莲，鬼斧神工极尽精巧，千姿百态地深深镂刻成整座宫殿，历经数十年岁月却没有分毫改变。

莲妃合目靠在绣榻之上，清丽绝伦的面容依旧带着辽远和缥缈，透明白皙，几乎不见丝毫血色。

接连病了多日一直不见好。卿尘将搭在她关脉的手指收回，担忧地道："母妃……"这病分明是由心生。

莲妃微微睁开眼睛，摇摇头："陪我坐会儿，说说凌儿这几天都干什么了？"

卿尘淡笑了下："朝堂上也无非就是那些，闲时在府中看书、写字，也练剑。偶尔四处走走，说王府中好些地方他都不知有那样景致。"

一抹慈爱在莲妃眼角微晕。迎儿进来轻声禀道："娘娘，陛下又有赏赐来。"那祥和的神情尚未化成笑意，便在莲妃脸上微微淡了。她只点点头："知道了。"

迎儿又道："这次是孙总管亲自送来的，还有口谕说陛下今日晚膳来咱们宫里用。"一边说着，一边将那赏下的东西呈给莲妃过目。

一对玉光通透的翡翠镯并同色莲花玉簪，这是年前南使朝贡的贡品，极难得的成色质地。如此赏赐连皇后都不曾有，天帝竟将一整副都赏了莲妃。

如今似是不同往日，天帝不但赏赐频频，常来莲池宫，更连晚膳都要到这里来。

莲妃只看了一眼那些东西，便让迎儿拿走，静静叹了口气，对卿尘道："如今凌儿有你，我便放心了。"

卿尘道："母妃只要把身子养好，不必多虑挂心。"

莲妃眼中有些迷蒙，轻声道："这么多年，你不知道我有多怕，凌儿，他是一步一步踩在刀锋上过来的。这些年因着我，宫里朝外多少人不待见他，但是他更难的还在后头，你以后要多帮着他，也多劝着他。"话中说不清的一抹疼惜，混杂着沉积多年的爱、恨、伤、悲，起伏沉寂，此时听来却似过尽千帆，落木萧萧，无限凄怆哀凉，仿佛已经无力再想再看。

卿尘道："母妃放心吧，四哥他心里都清楚得很。"

莲妃咳了几下，卿尘忙轻轻替她抚背，莲妃却握住她的手道："卿尘，你记得一句，若有那么一日，你便告诉他，陛下……陛下待他还是不薄的，无论他要做什么，千万莫让恨迷了自己的心。"

卿尘一时间有些怔忡，夜天凌虽从未对人表露出半点儿心思，仿佛什么都不曾改变，就连那句"父皇"也从未私下改口，但他心里的确恨着天帝。

弑父之仇，逼母之恨，他那样的人，若恨起，便会恨到深处吧。

顺风而上，船行稳健。楚堰江天堑平阔，江面之上船只密集，两岸坊间盛设帷帐，檐宇如一，繁华楼市，商贾如云。

凌王府的舟驾一路出宫回府，卿尘在船舱坐了会儿，便站到船头。江风长起，吹得她衣衫飘摇，白江如练，遥见苍茫天际，有如一线。她靠在船头，沿着江岸随意看去，突然觉得有什么人在盯着自己，一回头，迎面横陈江面的跃马桥上，正有人勒马伫立，往船上看来。

众多侍卫簇拥之下，一人身着银色武士服，贴身修长，衬着江上反射来的斜阳有些耀眼，几乎看不清是何人。

但卿尘很清楚地感觉到那双眼睛，妖魅而邪气十足的眼睛，一瞬不瞬地看着她。那种饱含侵略性的目光如影随形，几乎想将她吞噬。

夜天溟，她淡眉微扬，亦凝眸看去，目光中隐着三分怜悯的伤感。夜天溟面色沉沉，煞气浓郁，隔着江水长流，目光始终锁定在她身上。

不知为何，面对这样的注视，卿尘却突然想起度佛寺前，浮烟影中踯躅独行的那个人。

江水滔滔自两人之间奔流而去，夕阳下空寂的青天，在天都喧哗的背后呈现出一片奇异的琉璃紫色，浮云游荡在天底，如无声的梵音缥缈缭绕，凡尘一世，纠结不休。

每一次偶遇，每一次相望，她总觉得他那魅异的眸中隐藏着太多的东西，浓得仿佛可以燃尽一切。沉重的炽热和灼烈总叫人不愿去看，憎厌之后亦会涌起极深的怅叹。

船缓缓地穿过桥洞沿江前行，将"跃马桥"三个大字抛在身后。

江流渐远，夜天溟与卿尘的目光亦同时消失在对视中，但卿尘知道他依然在看着这边。她将目光投向天际，斜晖脉脉，已近黄昏。

日暮之下，伊歌城渐渐笼罩在一片柔和的余晖之中，雄伟的大正宫背倚群山，俯视着这片繁华的人世。

卿尘合目叹息，若所料不差，夜天溟应该是刚从宫中出来。方才船只路经开仪门时，神策军的将士们虽已散去，但宫城四周重兵戒严，紧张的气氛仍在，可以想见前时万人拥聚、愤慨激动的情形。这一场兵变，不知夜天溟会作何感想。

便在几日前，鸾飞顺利产下一名男婴，母子平安。做了母亲的她看起来似乎比以前多了几分温柔，然而她对夜天溟的恨并没有因此停止，甚至更多了难言的决绝。

冤冤相报，情缘孽缘，事到如今又会有怎样的终了？

上九坊沿河宽阔的街道旁皆是华坊高阁，王公府邸，不时见到士族子弟纵马驰乐，男子呵呼女子娇笑交错扬起，绝尘而去。王府船驾在栈头停靠下来，卿尘举步而下，正巧遇上凤衍亦乘船回府。

凤衍迈步下船，老眉微拧，负手前行，似是有什么事情想得出神，一时没有注意旁边是凌王府的舟驾。卿尘略加思量，主动招呼道："父亲！"

凤衍乍闻声音，一怔，见是卿尘，随即停步笑道："王妃。"

卿尘命碧瑶原地等候，抬眼看了下凤衍身边跟着的人。凤衍会意，回头道："你们在此候着。"便同卿尘往一旁慢慢走去。

浩荡江水，轻涛拍岸。走了几步，卿尘道："父亲，陛下往后还是有很多事要靠着凤家的，些许事情何足为虑？"

凤衍花白的眉毛微动。他也是刚刚入宫回来，天帝因神策军的兵变余怒未消，他和卫宗平皆遭斥责，同时得知天帝已派凌王和湛王平乱严查。他一路上正权衡此事，卿尘的话到了他心里不知又有了几番思量，自然品出个中滋味。这话自然是实话，只是此时此刻，说话的人是他的女儿，凌王妃。

天帝赐婚凌王之后，再未指定女吏随驾，反而时常召卿尘入宫，或者听琴散步，或者下棋闲聊。天朝修仪一职如今已是名存实亡，但凌王妃的话，却是分量犹重。

凤衍颔首轻笑："雷霆雨露皆是君恩。"抬眼注视卿尘，"大婚也有些日子了，凌王……可好？"

这试探的一问意味模糊，卿尘报以浅笑："殿下待我很好，请父亲放心。这段时间朝事不那么忙了，他还说要陪我回府探望父亲母亲呢。"

"哦，哦。"凤衍点头。卿尘清亮的凤眸淡淡么一挑，"有句话，父亲请多斟酌。当断不断，必受其乱。"

凤衍何等城府，闻声知意，但不露声色，再行探问："王妃这话是指？"

"咱们凤家。"答是答了，却答非所问，让凤衍没摸着半点儿确切的说法。凤衍看过去，只见暮色下一张水波不兴的淡颜，隐隐含笑。

卿尘停住脚步，如今这关系，总还是要护着凤家才行，毕竟面上有一份血缘在。凤家已因夜天溟断送了两个女儿，她不打算做第三个。

第七章 一池波静小屏山

暮春倏忽，一晃夏日已至，满园草木历了暖风润雨，郁郁葱葱地舒展开来，骄阳透空洒下淡淡光影，斑驳幽静，化作一片细碎的明媚。

天机府前峻峭的青岩稳稳牵了石桥，只一转，便园色阔朗，一波莲池在阳光下反射出金芒银光，湖波粼粼，不时耀人眼目。左原孙立在门前，细柳依依绿荫深处，一抹淡淡的轻罗烟色渐行渐远，凌王妃临去时那一笑似乎还在，叫人不由得也随着她透出几分笑意来。

左原孙回身不无感慨地看了眼案前，卷轴宽密，尽览山河格局，徐徐平铺，将眼前一方屋子占了小半。由东而西，由南往北，绘的是天朝及四境军机图，山关海防、重镇边城历历在目。如今已到西北一片，便是这一角，却也是最难的，还要再费些时日。

图中各处皆是一手清隽的蝇头小楷，锐意微露，傲骨放逸，行行点点如星火燎原，收揽这万里疆域入画。很难想象是出自那看似柔弱的女子之手，然她随手指点细细而谈，又叫他不得不信。再看那些书简资料，已在他这里堆了小山样的一片，卷卷之上都留着频频翻阅的痕迹，不知凝聚了多少心思在其中。

这些日子同心研究，将这图中不足之处勘正弥补，竟叫他也痴迷了进去，仿似当年纵横疆场的心又回来了。左原孙笑了笑，这些都瞒着凌王，天机府中不准一人走漏此事。那日陆迁无意撞上，硬是被逼着发誓保守秘密。左原孙摇头，认真往那北端幽蓟十六州处看去，一时又陷入沉思。

这军机图有左原孙相助，事半功倍，眼见便可完成。卿尘抿嘴浅笑，转过临水回廊，迎面见白夫人同两个女子自园中过来。

她看到那两人形容衣着，在一丛紫藤花前停住了脚步，繁花投影悄然暗上心间，遮住了骄阳煦暖。

风过，掠着几丝淡紫色的飞花扑上透迤绡裙，夜天凌的两名侍妾千洳和写韵见到卿尘，同着白夫人一起俯身行礼，话音略有些娇媚，带着点吴女的酥软动听，低眉柔顺，颇楚楚动人。

大婚之后白夫人带着阖府女眷叩拜王妃时似是见过一面，卿尘凝眸，打量过去，其后再未想也未见，更无人在她面前提起，她只当是没了这两人。

这府中尚有人可以名正言顺地分享她的丈夫，这个念头带给她一阵些微的不快。

白夫人抬头，见她迟迟不语，轻声再道："王妃。"

卿尘将目光轻带，投向姹紫嫣红深处，蜂蝶翩跹，丛丛花香熏人欲醉。她微微颔首："起来吧。白夫人，你随我来一下。"

白夫人往身后一瞥，起身随在卿尘身后去了。待到漱玉院，卿尘却只坐着不语，眸中远带着窗外清碧一色的流水出神，直到碧瑶奉上两盏清茶，方抬头问道："她们两人来府里多久了？"

白夫人想了想道："千洳来得早些，有四五年了，便是写韵，也服侍殿下快两年了。"

"这么久了。"卿尘没想到，一时沉默。

穿窗望去，一道清流蜿蜒，极安静地绕着那竹林，澄澈明净。漱玉院中多流水，深深浅浅远远近近，珠玉琤琤，水声衬了修竹茂林，总叫这院中带着三分清幽的静寂。

白夫人道："说起来其实也不算早，像济王、汐王府里的，连子嗣都诞下了呢。湛王府中的靳妃，不是也有了身子？"

"子嗣？"卿尘别过了头，"为何她们这些年却没有？"靳慧前些时候有了身孕，她倒很想去看看，但想起夜天湛，却又总有些犹豫。

白夫人叹了口气："也不知殿下是怎么想的，每次总会有药赐下，为此还惹得太后很不高兴。"

卿尘淡锁眉心："殿下常去她们那里？"

白夫人道："殿下每年最多也不过三五个月在天都。以前太后派女官催，他便去，只这次带兵回来，却半夜里都常在书房，也许是太忙了吧。"

卿尘听了，修长黛眉轻微地一挑，低头啜了口清茶，细品那茶香，略带着微微的清苦。

白夫人侧面看着，那茶中清袅的水汽在卿尘面上淡淡缭绕，整个人似是笼着一抹烟云般的轻愁，浮光婉转只略作流连便化在那深湖似的黑瞳中，继而被周身的淡定所取代。倒不似是容不下，却无由地比那些容不得闹起来的还叫人心疼，她微微叹了口气。

待白夫人走了，卿尘便一直倚在窗口静静看着那片幽幽青竹。

日前春时几场雨后，竹林里齐齐地冒出几多嫩芽，细翠地清爽地破开了黑土，如今挺拔有力地伸展着。夜天凌喜欢竹子那份清傲，她喜欢竹子那份幽静，两人常常就站在这里看着。他会从身后环着她，她靠在他怀里。

她轻微吐气，将掠到腮边的一缕发丝吹开，心中若有若无地怅然，似乎又清楚地远离了这里，便如当初，迷茫中暗藏的孤独。

如此盼望他怀抱中的安定，他清淡却熟悉的语气，甚至他平静到寂冷的眼神，那里总有一点幽远的星光在望向她的时候微微地将她拢住，告诉她，她属于他。

那样的怀抱、语气和眼神，可曾为另外的女人有过？

她不知，她对他的过去一无所知，正如他对她曾有的世界无从探寻。

碧瑶见她在窗边待得久了，忍不住上前道："郡主，咱们园子里水多，虽入了夏也总还是凉的，可别着了寒气，否则我怎么向殿下交代？"

卿尘回过身来，问道："你交代什么？"

碧瑶笑道："殿下说了，郡主心血不足身上怕冷，我得多记着，一旦有个不舒服便唯我是问的。"说罢添了杯暖茶过来："前几天郡主要的药材送了来，要不要看看？"

卿尘将茶盏轻叩着，道："先放着吧。"语中淡淡，不是平时的清静，略带几分倦意。

碧瑶跟她日子久了，多少也能摸到她的心思："郡主，您若是不喜欢她们两人，只消一句话打发出去便是了，殿下绝不会说什么的。"

卿尘略皱眉，淡声道："打发出去吗？一个王爷的侍妾，进了王府几年又被送出去，定会遭尽冷眼闲言，怕是连家人都未必容她们。"

碧瑶沉默了会儿，道："郡主行事向来果决，怎么今日遇上了这事，竟会心软？"

卿尘似是笑了笑，笑意隐约在唇边一掠便逝去，淡若浮痕："事有可为不可为，这与果决并无关系。同为女人，将心比心，又何苦如此为难？"

这也是个道理，碧瑶倒再说不出什么，只叹气道："那郡主这到底是怎么了？"

卿尘但笑不语，站起来走到书案前，漫无目的地随手抽了卷书，却一翻，掉出张纸来，上面密密列着些人名。

扫了一眼，目光落在几个字上，郎中令李暄，说起来倒是个可用之才，只可惜投了溟王麾下，浊中难独清，此次自是难免牵连了。

不过两个月，兵部原是溟王的人已查办了十之八九。查饷，自然跑不了户部，夜天凌早将户部摸得一清二楚，一根线牵起，雷霆手段步步紧逼，竟牵出了数百万的亏空。一时间朝中官员人人自危，怕是不少人多日没睡上安稳觉了。

神策军之事让夜天溟在天帝眼中信任尽失，事情到了这地步便已足够。卿尘默默看着这笺纸上娟秀的梅花小楷，当一个女人的爱被无视和践踏后，曾经爱有多深，那恨便有多深。没有人比鸾飞更了解夜天溟，她几乎能猜出夜天溟的每一步动作，步步为营，先其而行。真正和夜天溟博弈的是鸾飞，恩断义绝，她用这样的了解将夜天溟慢慢逼向山穷水尽。

卿尘合卷立在案前，心中一时空荡无着。夏日蝉声细细地吟唱着，此时听起来格外烦躁："我去园子里走走，你不用跟着我。"她吩咐了碧瑶，举步走出房门。

闲步踩过石径，竹荫幽林在阳光下细影斑驳，草木秀润远带碧水三千，湖光蒙蒙。漱玉院中流水百转，最终都聚在了这处望秋湖，湖水澄明如镜，遥遥倒映着天高影淡，幽雅平和似是能洗净人一身机锋，满心凡尘便落了碎淡。

卿尘俯身下来，在这深静的湖水中看着自己的影子，那样切实，却又隔着千山万重。

她将衣袖挽起，伸手进水里，阳光透了水波有些圣洁的光泽，腕上的碧玺折射了天水浅影，发出灵动的七色微彩。水波静谧不见异样，她颇有些沮丧地收回了手，坐在了湖边。

岸边浅波打湿了绣鞋，在天青色的素淡中浸出一抹浓重的深意，更增添了其上花纹的繁美色泽。她索性赤脚弄水，纤袅白衣静展于石上，似有流云之姿。

抬头仰望晴空淡云，风微过，云带逍遥，无拘无束。

湖光一晃，孤单的影子旁多了个人，身形颀长，青衫磊落，夜天凌俯身问道："怎么一个人待在这里？"

卿尘回答道："这里清静。"

夜天凌一握她的手，眉梢微拧："会着凉的。"不由分说便把她拉了起来。

卿尘却握住他的手："陪我坐一会儿好不好？"

她语气中少见的央求意味让夜天凌微怔，他垂眸探到她眼波深处邈远空蒙的痕迹，点头："好。"寻了块平石，挽她坐下。

卿尘反手环到他身后，紧紧将他搂住。

夜天凌低声问道："怎么了？"

卿尘只靠在他身上，过了会儿闷在他肩头道："你是我的。"

"嗯？"夜天凌将她的头抬起来，"什么？"

卿尘扬眉，凤眸微挑："你是我的！"简短字语，说得清晰。

夜天凌薄唇扬起无声的弧度："谁说不是了？"

卿尘在他的笑中盯着他眼睛，极认真地道："谁也不准说不是。你的人、你的心、你的一切，统统都是我的。"声音清雅、低柔，却带着分决然的味道。

夜天凌从未听哪个女人用这种口吻和他说话，微微眯了眯眼睛，打量眼前人："怎么，想霸占着我？"

卿尘点头道："既然你娶了我，我嫁了你，你便只是我一个人的，我也只是你一个人的。今日之前的事我不管，但从今往后，你要是去碰别人，我就碰别人；你要是爱了别人，我就爱别人；你要是再娶别人，我就也必然另嫁别人。"

夜天凌眼中映着淡淡波光一亮，剑芒般慑人："哦？那我倒要看看，谁敢动我的女人？"

卿尘起身，回眸看着他："他人如何，我不管，但我说到做到。"

夜天凌依旧坐在石上，双手撑在膝头。卿尘此时站在他面前，赤着脚，裙衫半湿，秀发垂腰，依旧不耐烦那繁复的钗环，散散泻在身前，叫他想起第一次见到她的模样。黛眉清远，翦瞳似水，垂眸时柔静的闲定，闲定里偏偏带着一丝月华般的光芒，那光芒冷静，有种清傲而从容的东西让他感到异样，异样得不谋而合。

依稀便从那时候起，这个来历不明的矛盾的女人在自己心里下了一道蛊，慢慢地，一丝丝地蚕食着他的心，直到他眼底心头只容得下她。越只有她，偏又觉得她的一切都是谜，仿若曲径通幽，每一转都惊叹着，这一生都能让人心醉神迷。

他眼底饶有兴趣地带着抹笑："我倒还真不知道，原来我的王妃这么霸道。这样的女人有一个就够人消受，难道我还自找麻烦，再去招惹其他人？再者说，"他那洞悉一切的目光微微一抬，"我若做得到，你也要做得到。"

轻言淡语连消带打，消弭了一丝铮然。卿尘忍不住笑了，用一只脚尖去触湖水，夜天凌抬手将她扶住。

卿尘自然而然地握着他的手，保持平衡，玩心忽起，突然用脚尖将湖水掠起，往他身上溅去。

水珠在阳光下洒开道晶莹的半弧。凭夜天凌的身手岂会让她这小伎俩得逞，只往后一闪便让水滴尽数落了个空，他仰面躺往那大石上顺手轻带，将她一把拖了过来。

卿尘惊叫一声被他稳稳地接在怀里。夏日的温度覆在石上，有股暖流在脊背上熨过，夜天凌淡淡道："怎么，不信我？"

"不是。"卿尘只回答了一下就撑起身子，"你怎么躲得这么快？"

夜天凌实在忍不住，笑道："是你自己太慢，竟怪我太快，还真不讲理。"

卿尘眼中烟波轻横，撇嘴以示怀疑："怎么可能？我心念刚起，你便已经向后躲开了。"

夜天凌悠然道："人体经脉交错牵连，牵一发而动全身，这是最简单不过的道理。你转那小心思的时候难道不知自己手上在用力？"

卿尘好奇地在石上趴下，享受着那微烫的温热，如同一只收起爪子的小猫："你教我好吗？"

夜天凌轻轻伸手轻抚她的秀发："你要学什么？"

卿尘道："我不会的那些，还有箭术、剑法……很多的。"

"很辛苦。"夜天凌淡淡说了句，执起她细长的手指，"这手还是弹琴的好。走，跟我去看看。"

卿尘随他一路往四学阁去，迈入室内，一眼便看到窗旁静静摆着张古琴。她颇为意

第七章 一池波静小屏山

外,走上前去仔细抚看。

那琴古朴,典雅中正,阳桐圆而为面,阴梓方而为底,天地方圆,阴阳召和。琴身前广后狭,下喻六合,上应周天度,龙池为八风,凤池聚四气,腰腹法四时,五弦如丝,冰洁莹长,凛然峻华中透着一股清逸之气。她惊叹:"好琴!"

"喜欢吗?"夜天凌道,"本来说了要给你找来那张'一池波',寻了小半年,方知那琴在江州席家收藏着,人家爱如性命怎么也不肯出让,也不好夺人所爱。不知这张你是不是中意?"

卿尘将手指轻过琴弦,如龙吟低绕,似凤鸣婉转,带出一道清越圆润的弦音,只觉这琴一雕一琢如此合人心意,静静叹道:"很喜欢。"

夜天凌笑道:"那我就没白费心琢磨,还真想不到制琴有这么多讲究。"

"你做的?"卿尘再次讶异。

"怎么,不像?"夜天凌嘴角淡噙着笑意。

卿尘眸光映着他深溺的温柔:"那这琴就来得珍贵了。"

夜天凌笑了笑,道:"琴还没有名字呢。"

卿尘略一沉吟,步至案前,展纸润墨走笔写下"正吟"两字,其后书道:

岐山之桐,斫其形兮,冰雪之丝,宣其声兮。

夜天凌立于身旁,一手挽了她纤腰,一手将她执笔的手握住,续道:

巍巍之魂,和性情兮,广寒之秋,万古清兮。

一柔一峻,一笔一锋,淡淡墨香落在滑如春冰的素笺纸上,神里髓中,一丝不乱的清傲峻远,锋锐暗隐。卿尘微微一笑:"他们都说我的字像你的。"

夜天凌看了看:"嗯,比初见的时候好多了。"

卿尘将笔放下:"你取笑我,不理你了。"

夜天凌将她揽得紧紧的,笑说:"那你走吧,看你走到哪里去。"

卿尘又好气又好笑:"你当我真的走不了?"

夜天凌在她耳边轻笑,淡淡却又万分笃定地道:"你走到天涯海角,我也把你抓回来,这一生一世你都别想。"

卿尘在他怀中安静下来,幽幽地叹了口气:"四哥,只要你一日属于我,我便不会走。"

夜天凌不语,若有所思,以一种深静的眼光凝视她,很久。

第八章 乱生春色本无意

翌日凌王府前，中庭一色的水磨青石地平整宽阔，绿树成荫，一个内侍快步自后院出来，步履慌忙，走得甚急。

夜天凌刚从外面回府，正将马缰丢给侍卫，那内侍见了他，匆忙收住脚步："殿下。"

夜天凌点点头，随口问了句："干什么去？"

内侍躬身答道："白夫人遣小的速去请王御医。"

夜天凌眼底一动，站在阶前回身："什么事宣御医？"

"府里没说。"

王御医素来是给王府女眷诊病的，夜天凌担心卿尘，入府便往漱玉院去。

漱玉院水色宁静，几个侍女在洒扫殿院，卿尘却不在，也无人知道去了何处。得知夜天凌传人，凌王府总管内侍吴未匆匆赶了过来。

夜天凌问他："王妃呢？"

吴未垂手答道："回殿下，王妃在思园千泖夫人那儿。"

夜天凌有些意外："怎么回事儿？"

"千泖夫人……悬梁自尽了。"

夜天凌闻言，眸中掠过隐隐诧异。吴未低声道："殿下昨日吩咐将两位夫人送去别院，今日差人去请千泖夫人时便见夫人寻了短见。幸好发现得及时，王妃正在以金针施救。"

"王妃怎么说？"

"什么也没说。"

"知道了，你下去吧。"沉默片刻，夜天凌淡淡吩咐。

吴未觑了觑夜天凌脸色，极冷，如高峰峻岭，无动于衷。他躬了躬身，退出漱玉院，略一思索还是往思园去了，却见白夫人掩门出来摇了摇头。

"怎么，救不了？"吴未心里一沉，问道。

"人倒是救过来了。"白夫人朝屋里看了一眼。吴未隐约听到有人哭道："王妃，千泇不敢奢求别的，只求能留在府中，求王妃别逐我出府。"

一时间屋中似乎只有千泇的抽泣声，吴未轻声道："说起来，王妃也不像计较的人。"

白夫人掠了掠微白的鬓发，道："依我看，王妃和殿下真是一个性子，那股子傲气半点儿不输。根本没放在眼里，还谈什么计较？"

吴未亦愣愣，摇头道："我是看不明白了，王妃既然不计较，殿下这又是为什么突然赶人，闹得千泇夫人寻了短见？"

"你糊涂了不成？"白夫人叹了口气，"咱们殿下对王妃是真真用了心了，这一样再明白不过。"话语之中略略感慨，谁能想到会有这么个人呢？昨日不过是听说王妃在花园遇见过两名侍妾，殿下跟着便入宫求见太后，下令将人送出王府。若是无所谓的人，三千粉黛也做寻常，但若真真喜欢了，九天十地哪怕只有这一人，便已足够。

两人心领神会，同时看了看屋中。像是过了许久，一个低婉的声音淡淡道："你愿意留在凌王府，我也不说什么，但性命珍贵，往后不要用这种法子轻贱自己。殿下身边多少朝事军务已够他劳神，不管府里以前是什么规矩，现在既然有我在，我不想有这样的事再给他添乱。"

千泇那柔软的、带着丝微哑的声音凄然道："千泇知道，千泇可以永远不让殿下见着自己，只求王妃别赶我走。"

极深的一丝叹息，那淡雅的声音又道："好好歇着吧。写韵，你跟我来。"

门帘轻响，卿尘带着碧瑶和写韵出来，站下道："白夫人，差人好生照看着这边，别轻待了。"

白夫人答应着，卿尘回头问写韵："你打算什么时候走？"

写韵敛眉答道："但凭王妃做主。"

卿尘不语，蹙眉看她。写韵一愣，顿时醒悟，以前的路是身不由己，现在生死去留，所有的都是自己说了算啊！她略有些激动，道："写韵想等……等千泇姐姐身子好了再走。"

卿尘微微一笑，点头道："好，需要什么便找白夫人取，牧原堂那里我会送书信过去。"想了想，又将手中那包金针递给她："这个送给你，你很有天分，以后好好学。"

写韵双手接过了那金针，竟像是在梦中一般。

天都最大的医馆，有着最好的名医。牧原堂开医科招弟子，是男女都可以入学的，难道她真的也可以去学医术吗？写韵抬头，正遇上那双清澈的凤眸，秋水潋滟，潜静里带着丝鼓励的笑意，似是看透了她的心思："能不能入了医科还要看你自己，牧原堂也不收无用之人。回头我叫碧瑶给你送几本医书过来，若有什么不懂的可以随时来问我。"

写韵俯身便拜了下去，语中哽咽："多谢王妃！"

卿尘挽手将她扶起来："既然选了这个，以后定然还要吃苦，到时候别为今日后悔。"

"写韵绝不会后悔。"一声坚决的回答，似是充满了希冀，让一旁的白夫人看得疑惑，眼前这双向来温顺的清水杏眸竟是从未有过的明亮，她不得不承认这时的写韵，是她见过的最美丽的一刻。

夜天凌负手站在窗前，看着远远水榭上杏黄的纱幔被微风扬起，金线绣成的细纹游走在清淡的云中，湖光潋滟，倒映着琉璃般的天色。

他的心思一时还没自朝堂上收回，转瞬又想了过去。殷家，竟如此根深势大，千层万层密不透风。亏空看起来查得一帆风顺，但从上到下都有人护持得滴水不漏，竟没有一个多余的人能动。溟王的党羽——落马，不过是湛王也乐得见此情形，顺水推舟罢了。

初时汹涌波涛如今化作细水缓流，更何况天帝也有了收手之心。权倾百年的士族门阀，便是天子帝王要动他们也得斟酌万分，一个不好，便是进退两难的局。

夜天凌眼底掠过冷芒肃杀，清寒的神色却在抬眸时微微一敛，明淡水色中卿尘沿着水榭静静走来，竹廊低影在她身后清远曲折，回绕湖中，如同一幅淡淡的画卷。

在夜天凌看向她的时候，卿尘似是无意抬眸，潜静的一丝星光微锐，如水，幽幽一晃，掠过几丝飞花飘旋在望秋湖上。

"不去看看？"卿尘抚开绡缦轻纱走到夜天凌身边，淡淡开口问道。

"不必了。"夜天凌亦颇不在意地道。

"那我便做主了。写韵喜欢医术，也颇有些天分，她想去牧原堂学医，过几日便送她去。千泇还是留在府里，就依旧住思园吧。"卿尘转身在旁边坐下。

夜天凌垂眸看她，轻轻将手抚上她后背："为什么？"

他手心温热的顺抚让胸臆间的窒闷松缓许多，卿尘道："千泇说，她来了凌王府四年零十一个月二十五天，你什么时候去过她那里，穿什么衣服，说什么话，她每次都记得清楚。她知道你不在乎她，但她可以记一辈子，她心里存了你，忘不掉，只有你。对一个以死相胁的女人，我厌烦，一个哭着在我面前这样求着的女人，我亦不喜欢，但我也无法拒绝她的请求：她可以不让你见到她，只求留在这府中。"卿尘微挑着秀眉将夜天凌深深打量,"我倒不知道有人这么迷恋我的夫君。她既愿意留在府中,也就不必往别处送了。"

夜天凌静静回望她,唇角略扬:"枕榻之旁,岂容他人安睡。"

卿尘一笑:"之前说过,我不在乎你曾有千娇百媚姹紫嫣红,我要的是,此后你只属于我一个人。"

"在我眼中,你已是千娇百媚姹紫嫣红。"夜天凌的手轻轻沿着她的耳侧抚过,说得极轻,甚至带着一丝漫不经心的随意,如同一道冷冽的清泉微转,划过心扉。

卿尘回头妩媚一笑,淡淡容颜晕着丝浅绯,在夜天凌黑瞳中央映出一抹桃色清艳。她抬手将发丝理顺:"好了,这府里上下,难道我还管不了了吗?"

夜天凌将她掠着发鬓的手捉住,手指在腕处滑下,挑起那串剔透的冰蓝晶,突然问道:"为何戴着这个?"

卿尘素手微垂,那冰蓝晶自腕上脱下,挂在夜天凌指尖晃了晃:"这个又叫作海蓝宝,具有治疗净化和灵通力量,早晨喉咙不太舒服,便随手拿来戴了。"

夜天凌神色微怔,似是出乎意料,沉声道:"这是殷氏门阀的珍宝,湛王妃的信物。"

卿尘不想他竟知道此物由来,微微垂首,却突而扬眸看他,笑说:"你在吃醋?"

夜天凌指尖微松,冰蓝晶落往花梨木案上。他顺势将她下巴轻轻捏住,依然用那低沉的漫不经心的声音道:"是又如何?"

卿尘脸上露出丝狡黠的意味,似是极得意,孩子般地笑着。她将夜天凌腕上的那串黑曜石勾过来:"那你把这个给我,我以后就再也不戴这串冰蓝晶了。"

夜天凌反手握住她:"你对这串珠很感兴趣。"

一如往常地清冷淡然,深不见底的眸中却掠过洞穿人心神的幽光,那样深锐的探究,叫卿尘不由得垂眸避了开去。"我有吗?"她矢口否认。

"你已经不是第一次看着这个发呆了。"

"我喜欢。"卿尘道,却没听到夜天凌说话,一抬头,见他只静静地看着自己,一言不发。

卿尘扭头望向窗外,眉宇间如那渺远的静湖烟色,笼上了一层轻愁。极轻地蹙眉,几乎未来得及在眉心留下一丝痕迹便逝去了,却叫夜天凌看得如此清晰,心底深处浓浓一滞,眼中锋锐不由得便换作了淡淡柔悯。

隔了一会儿,夜天凌清冷的声音在卿尘耳边响起:"不想说可以不说,以后若想要什么便直接告诉我。"他将那串黑曜石取下递给卿尘:"放在你那儿也是一样。"

谁知卿尘却摇头:"我不想要。"夜天凌微微诧异,卿尘又道:"至少现在还不想要,放在你那儿也是一样。"

夜天凌蹙眉，卿尘却微微笑着，取过铜镜，反手抽下发间的簪子，发丝如瀑，衬在雪白轻绢上，黑白分明。

夜天凌扶在她肩头的手顺势接过玉梳，替她梳理着长发。发丝带着若有似无的清香锦缎般垂泻在他指间，这种温凉的感觉异常熟悉，隐约在灵魂最深的地方多年前便有过如此景象，一丝一梳，久远而宿命的纠缠。

"卿尘。"夜天凌看着镜中淡影成双，"我们是不是，这样过了很久了？"

铜镜微光，映着缱绻柔情似水，卿尘扬起笑颜："嗯，很久了。"她认真地道。

听着这颇带点儿傻气的答话，夜天凌薄唇优美而舒展地扬起，整个人似是笼在了一层异样的柔软中。

卿尘微微垂眸，窗边风淡，远远送来水的气息。夜天凌方才提到殷家时的一抹神情却浮现在眼前。极复杂的眼神，他不仅仅因那串冰蓝晶而不满，是六部之中夜天湛的手段开始显现了吧。

她沿着那水榭远远地望出去。浮光掠影淡笼着如烟水色，若是植上荷花，倒有几分像湛王府中闲玉湖，想必轻粉玉白露珠凝翠，闲玉湖中的荷花今年也是开得极好。领士族之风骚，聚天下之贤德，夜天湛岂会容人动摇了那些门阀的根基？他与夜天凌，之前还算携手对抗溟王，待到道路渐清，恐怕便再也没有理由齐心协力。

卿尘将目光投向清远的一片天际，看似温润，看似清冷，这两个人，却是谁也不会轻易罢手。

第九章 等闲变却故人心

入秋过了几日,日头依旧似火般炙热,风中似是偶尔带了几分微凉,却被晒得不及一转便全无了踪影。倒是空气中浮动着草木干燥的气息,不时送来身畔,叫人觉得还真是晚夏近秋了。

卫府宽逾数亩的庭院,南麓白石砌成一片颇具峥嵘之态的假山将西北角占了大半。奇花异草间引水而下,一幅流瀑珠玉飞泻,飞阁建檐,有高亭成临渊之势,俯瞰之下山水并成美景,可谓煞费苦心。秋风带着高爽水意荡入掩在树荫影里的相府居室,卫宗平却正着恼。

"嘱咐过多少次,让你胆子别那么大,你倒好,如今兵部到户部两面查下来,你还来和我商量什么?趁早自己去投案痛快,省得丢我卫家的人!"那声音抑着怒气,连着燥热的空气一并冲卫府大公子卫骞去了。

卫骞扭头避了避老爷子的怒火,手里拿着块雕坐佛的玉佩把玩,却拿眼觑着母亲。卫夫人瞪他一眼,道:"老爷,话不能这么说,骞儿可是咱们的亲生儿子,哪有不管的道理?"

"管?"卫宗平更是气不打一处来,"你生的好儿子,上次他做下天舞醉坊的事,湛王和凤家双双盯着不放,若不是我叫人咬死了郭其替罪,你今天还能见着这个儿子?他倒好,非但不知道收敛,反变本加厉,弄出这么多亏空来,你叫我怎么管!"

卫夫人道:"不就是几十万的空缺嘛,咱们又不是拿不出来,补齐了不就得了。"

"妇人之见!"卫宗平叱道,"那也得由你补得进去!你知道这次是谁在查?那殷家身后又是谁?怎么补?"

卫夫人急道:"又不是就咱们一个挪用,自上而下朝里多少人都这么办,怎么偏偏就骞儿这里查得紧!"

卫骞将手里坐佛一扔,不耐烦地掸着身上精制的云锦长衫:"户部也不是整过一次了，我就不信，这次还能往死里整？"

卫宗平冷哼一声："这等事落在凌王手里，什么时候见过轻办的先例？朝中唯一能扛得住他的便是殷家，咱们同湛王历来便是两边，哪一个能让你好过？你当这还是太子在的时候？"

提到太子，卫夫人便想起惨死的女儿，哭道："我不管，老爷，我已经没了一个女儿，这个儿子说什么你也得想办法。"

这一哭更是添堵，又不好训斥。卫宗平紧着眉头想，户部这亏空查得确实蹊跷，明明天帝都有收手的势态，唯有卫家被盯着不放，说不得还得从湛王那里寻出路，凌王处是想都别想。却听外面侍从禀道："相爷，殷尚书来了，见不见？"

"哦？"卫宗平倒一愣，"请去前厅奉茶，我稍后便来。"

"老爷，这殷尚书此时来，会是什么事？"卫夫人不禁停了啜泣问道。

"我如何知道？"卫宗平敲了敲长案，"来得真巧啊！"

"不管是什么事，老爷便从他身上想想办法，说不定便有转机？"卫夫人急忙叮嘱，"对了，前几日秦国公夫人倒提起件事，那殷家小姐已到了出阁的年纪，老爷若觉得殷家肯松口，不妨这事上拉拢着他们，倘真成了亲家，他们难道还见死不救？"

卫宗平点点头："待我先去见见他再说。"

客厅里殷监正品着上好的春茶，定窑刻花白瓷盏，微微地润着抹茶香。剔透白瓷衬着澄明，观色已是一品，入口鲜醇高爽，幽幽甘香不绝，是西王今年新来的春贡，宫里有的也不很多，卫府却是拿来待客用的。

他眯着眼往那一双紫檀嵌金低架上看去，一尺余高的珊瑚树成对摆着，天然奇形衬着正红的色泽极为抢眼，映得近旁几件玉雕都没了光彩。但若近看，便知那是整块翡翠琢成的青瓜缠藤，但看瓜下嬉戏的孩童眉眼传神栩栩如生，定是出自"一刀斋"的手笔。单这几件拿出去已是价值不菲，更不要说其他陈设，这主人还真是极尽奢华，毫不收敛的人呢。

想卫宗平当年若不是力保天帝登基即位，当朝相臣也轮不上他，却也就是这一注押对，赢得半生富贵。殷监正忍不住捋了捋颔下微须，在朝为官是务必要选对了主子才好。一抬眼，见卫宗平迈进门来，起身拱手迎了上去："卫相。"

"呵呵，叫殷相久等了。"

"是我来得冒昧。"

起手端茶润了润喉，卫宗平将茶盏搁下，开口道："殷相此来……"却正瞥见殷监正看了看刚奉茶上来的侍女，卫宗平会意："你们都出去吧。"

看着客厅的透花门微微掩上，殷监正一笑，声音压了压："卫相，宫里出事了。"

"哦?"卫宗平只抬了抬眼,宫中若有什么大事,难道他还会不知道?

"今日皇宗司封了溟王府,溟王被软禁在府中了。"殷监正沉声道。

"什么?"卫宗平明显一惊,"所为何事?"

"谋逆。"沉沉二字,如重锤敲入卫宗平心里,几乎叫人一抖,这是重罪啊,却听殷监正继续道:"说是溟王身边一个叫紫瑗的侍妾在府里发现了魘镇祺王的巫蛊,那侍妾原是延熙宫的侍女,便入宫上禀了太后娘娘。陛下即刻便下令锁拿溟王,皇宗司接着在王府里搜出了紫金九龙朝冠和明黄龙袍,这不是谋逆是什么?"

卫宗平只觉得手心凉透,此事他事先竟毫不知情,立时想起最近溟王很是拉拢卫家,难道因此失了天帝的信任?想到此处,浑身一阵冷汗。见殷监正正看着自己,道:"难得殷相此时能记着我卫家。"

殷监正不慌不忙道:"七殿下常说卫相乃是元老重臣,向来行事明白,此等事情得同卫相多商量啊。"

"七殿下?"

"七殿下。"

这是向来不算和睦,却亦是不得不留心的主。自前些日子为众人举荐之后明明被压制着,谁知不声不响便扳倒了溟王,现在又分明是不计前嫌。想必最近户部的事也是握在他手里,难怪只有卫骞身上查得严。湛王,看去一身温煦风雅,处处透出的凌厉可真叫人喘不过气来!

卫宗平深深地饮了口茶,抑住心里波动,识时务者为俊杰,他叹了口气,转了一下话题:"最近朝堂上诸事杂乱,人心惶惶啊!"

殷监正却像能知道他心思一般:"听说卫相问过户部的事?"

卫宗平道:"还不是那逆子惹祸,着实叫人烦心。"

"户部里怎样,全在七殿下一句话。"殷监正笑道,"不过小事一桩,卫相大可放心。"

"不愧是七殿下。"卫宗平终于下定了决心,"便请殷相先代为回话,改日我必当亲自答谢。"

殷监正领会了话中之意:"如此甚好。"

卫宗平却想起夫人刚刚所言,正好探问一下,便道:"听说府上千金正当妙龄,不知可许了人家?"

殷监正却摇头叹道:"别提小女了,都是被我宠得无法无天,婚姻之事也要自己做主,这几日正闹着呢!"

"这是为何?"

"天都多少英俊才少,她偏偏看上个不能招惹的人,愁煞我也!"殷监正倒不似做

戏，看来是真的毫无办法。

卫宗平笑道："小女儿家难免闹闹脾气，不妨让她和骞儿多去游玩，说不定反而能成了一桩喜事？"

"呵呵！"殷监正一愣，笑说，"说得是，说得是。不过若说喜事，皇后娘娘前几日倒提起为七殿下纳正妃的事，卫相府上的二小姐还未许配他人吧？"

卫宗平听出言下有意，道："皇后娘娘的意思……"

殷监正笑道："卫相，咱们两家看来倒是真有儿女缘分呢。"

两人心照不宣，卫宗平极感慨地抿了口茶，湛王，眼下看来是最明智的选择了！

第十章 红绡帐底卧鸳鸯

秋夜清浅，月色隐隐地笼在云后，一片淡淡暗寂。

溟王府中早已下了灯火，除了夜天溟被禁在内院，府中所有家眷都被集中在偏殿看守，一重重院落悄无声息，黑暗里掩着沉闷的不安。唯有府外皇宗司守卫职责所在，偶尔能听到长靴走动的声音。

夜已中宵，府中一道僻静的侧门处微微响动，一人悄然推门而入，周身罩在件黑色斗篷里，连着风帽遮下整张容颜，丝毫看不清晰。

几乎是熟门熟路地入了内院，那人微微抬头，廊前一盏若隐若现的风灯轻晃，在她苍白的脸上掠过丝光影，眸中是片深寂的黑暗。

院里香桂坠了满地，风过后，丝丝卷入尘埃。

日日复日日，年年复年年，盛时花开飘香朝，零落又成泥。

那人驻足，似乎看了看这花木逐渐凋谢的庭院，伸手将室门推开。

秋风微瑟，随着她卷入屋内，带着片早凋的枯叶，吹得本已昏暗的烛火一晃。

夜天溟却还未睡，神色微见憔悴，抬眼处，一抹魅色却在烛火中显得分外美异。见到来人，他略有意外："四嫂？"

那人将手中一个食盒放下，冷冷地注视着他："不，是我。"她将斗篷的风帽向后掠去，露出张消瘦的容颜，映在夜天溟魅光微动的眼底。

夜天溟长眉一皱，将她打量，突然神情大变："是你！"

"对，是我。"那人微微冷笑道，"很诧异吗？"

夜天溟眸中满是惊骇："不可能，你……不可能！"

"你太低估凤家了。"那人极冷地一笑，自食盒中取出一壶酒，"没想到今日是我来陪你饮酒吧？"

夜天溟此时已然镇定下来，走到案边再次将她打量，终于说出两个字："鸾飞。"

鸾飞提壶斟酒:"殿下。"

"怪不得他们事情策划得如此周详,原来是你。"夜天溟眼中阴鸷的目光骤闪。

"殿下应该亲眼看着我死才对。"鸾飞目光微寒。

"你来干什么?"夜天溟心中暗怒,冷哼一声道。

"来陪殿下饮酒。"鸾飞面上却带了温柔的神情,将斗篷解开丢在一旁。

她身着一袭绛红云绡宫装,其红耀目,似血般浓浓婉转而下,流云裙裾衬得身姿俏盈,轻罗抹胸,长襟广带,似是整个人带着回风起舞的风情,惑人心神。

鸾飞托着酒盏,步步轻移,丹唇微启:"君若天上云,侬似云中鸟。君若湖中水,侬似水心花……"

歌声妙曼,勾魂摄魄,夜天溟瞳孔猛地一缩,听她道:"殿下,你可记得这支《踏歌》舞,在这府中的晏与台上,你见过的。"低低的声音,幽迷而怨恨。

夜天溟却似乎已被魔住,痴痴地看着她转身,起舞。

鸾飞回眸一笑,笑中透着刻骨缠绵的寒意:"像吗?穿上这身衣服格外像是不是?我从七岁那年便看着你们俩,我学着她的一举一动,她走路,她跳舞,她皱眉,她欢笑,只为了你多看我一眼,你看,是不是很像?"酒盏已托到夜天溟面前:"殿下!"

秋波温柔,是纤舞的呢喃击在心头。夜天溟一把将那盏酒握住,倾酒入喉,呛烈灼人。

鸾飞托盏的手带来一阵幽香,罗袖滑下,露出玉白皓腕。夜天溟眼中似是跳过炽热的焰火,疯魔了一样将她揽住,狠狠地吻了下去。

红唇轻软:"纤舞!"他低唤,唇上却重重一阵剧痛,瞬间鲜血长流。

夜天溟猛地松手退开,迎面那双眼睛如此强烈的憎恨,似是化作了尖刀,要将他寸寸割透。

"很像,是不是?"鸾飞再问。

夜天溟嘴角殷殷一道鲜血流下,阴鸷的目光带着几分狂乱,他忽然仰天大笑起来:"哈哈,哈哈……像,太像了,可惜不是纤舞,永远也不是,你是凤鸾飞!纤舞死了,你也该死!你为什么还活着!"

"因为你说过和我同生死,共富贵。"鸾飞伸手将沾在唇上的血缓缓抹去,在灯下抬手细细审视,"我若死了,你怎能活着?你若活着,我又怎能去死?"

唇间那抹血色将夜天溟一双细长的眸子衬得分外妖异:"好,不愧是凤鸾飞,所以你永远不可能是纤舞!"

"被人陷害的滋味怎样?"鸾飞冷冷地问道,"被自己身边的人出卖,即将一无所有。"

夜天溟心底生怒,眼前却突然一阵晕眩:"你……"他踉跄扶了长案:"你给我喝了什么？"

鸾飞笑着："你应该很熟悉，离心奈何草。"

夜天溟愣了愣，似乎听到了极好笑的事情，不由便笑出声来："你应该用鸩毒！我早就活够了，纤舞死了，我活着又如何？"

他身子摇摇晃晃，面前的身影越来越模糊，却变得如此熟悉。红衣翩跹，轻歌长舞，玉楼宴影，上阳三月新春时，风正暖，花正艳，蛾眉正奇绝。

"纤舞……"

鸾飞静静看着夜天溟倒下，眼角滑落泪水："我爱了你一生，随了你一生，等了你一生，最后，你想着的念着的爱着的，还是纤舞。"她跪下来，伸手抚摸夜天溟的脸："不过现在，你只能和我在一起，我们一起还了欠下的债，等见到了纤舞，我也把你还给她。"

她执起那盏明灭不定的烛火，慢慢地划过纱帐、窗帷，艳红的舞衣在骤然明亮的火焰中带出一道决然的风姿。

火起势成，她将夜天溟用过的酒杯斟满，就手饮尽，轻轻念道："常来夜醉酒，月下霓裳舞，胭脂玉肌雪，唇齿琼液香，笙歌满春院，横波媚明霞，轻飞牡丹裙，临水看君来。"

秋夜风高，烈焰长飞，终于映红了上九坊的天空。

圣武二十六年秋，溟王谋逆，事败，畏罪纵火，焚府自绝。帝诏，溟王出皇宗，除爵位，眷属七十六人入千悯寺。

溟王府一夜大火，如同当年东宫焚毁，风流落去，只剩下了断瓦残垣。

因前几日微有不适，卿尘一直未曾进宫，再次踏入这殿宇连绵的宫阙，突然竟有种恍如隔世的感觉。

似是一夜秋风，已换了世颜。

宫闱生变，朝政纷乱，北晏侯虞夙却恰在此时上了道称病请撤的表章，如同夜天凌所预料，四藩趁隙欲乱，已是迫在眉睫。

卿尘自延熙宫中出来，有些出神地驻足远望，御苑中不知何时开了盏盏秋菊，摇曳纤弱，素色如雪。

她将手掌轻轻伸开，湛湛秋阳在指间映出近乎透明的莹白，隐约可以看到丝丝血脉川流其间。

或许这个身体里真正流淌着的便是权臣门阀的血，没有怜悯亦没有优柔寡断，翻手为云亦可覆手为雨，将别人的命运倾覆于指掌。

只是即便罪有应得，究竟谁有权利去审判，去惩戒，这审判与惩戒又究竟是对是错？

天帝膝下最小的瑞阳公主正咿咿呀呀，由几个常侍女官引着在苑中玩耍。

远远看着那小巧的身影蹒跚学步，卿尘心底有一丝酸楚微微泛上。

金檐丹壁的宫廷，在孩子眼中似是华彩溢美琉璃世界，不知等她长大后，历尽红尘万丈，是否依旧记得这琼宇仙境中曾有的嬉笑与欢闹。

多少人困在其中，为权痴，为情狂。鸾飞之痴狂，宁愿与夜天溟同归于尽，撇下尚未足月的孩子。

遗书托孤，以身还情，以命抵债，却又种下新的孽缘轮回。

她从未想问夜天灏是不是会原谅她，亦从未看到同样的痴恋心碎，只因此生眼中只能容下一人，即便早知错付终身。

那孩子似是能感到母亲的离去，终日哭闹不休。卿尘无奈，只得同夜天凌商量去请夜天灏。

许是血脉相连，孩子见到夜天灏竟然停止了哭泣，睁开眼睛一瞬不瞬地看着他。瞳仁乌黑清澈，映着隽雅面容苍白如死。

"狠心弃子，她心中终究只有九弟。"夜天灏语出哀痛，却当即入宫请求天帝准许收养婴儿，天帝没有追究只语片言，默然应允。

鸾车离开宫门，驶在回府的路上。卿尘轻轻掀开繁华重绣的锦帘，秋阳下的街道，行人安恬，有父子、母女、夫妻，或行走，或交谈，或叫卖，或闲暇。

盛华风流的坊肆间，天高云淡，迎面秋风飒飒。

如此琐碎而又平淡的生活，禁宫朱墙里，却是一片片刀光剑影。万里江山锦绣下，亦是烽烟将起。

回到府中，卿尘见前面有客来访，也没注意来了何人，颇有些神不守舍地往天机府走去。穿过垂藤回廊，雕花长窗半掩，几人声音传入耳中。

"此时若联姻殷家，倒也并非全无益处。眼前殷家先提出嫁女，只不知殿下怎么想。"

"殷家既请了朝中老臣来提亲，殿下多少也得给个情面，究竟怎样，待会儿问问便知道了。"

卿尘心谷骤沉，然而推门的手已不及收回。屋中杜君述、陆迁等人见到她都是一愣，顿时停止了说话。

气氛微僵，白绡裙裾逶迤而过门槛，身后紫薇花正落了末期，飘零廊前。

"王妃！"杜君述起身叫了一声。

卿尘强抑着心底翻腾，淡淡看了他们一眼："是什么人来提亲？"

陆迁犹豫了一下，回道："殷相托了秦国公和长定侯，呃……正和殿下在前面说话。"

卿尘站在门前光阴中沉默了片刻，道："你们的意见？"

杜君述他们相互对望，似是不知如何作答。卿尘眸光微微一抬，语气听去倒是平静："殷家是湛王的直亲，岂是嫁一个女儿便能改变的？殿下倘若答应了此事，便等于附翼于湛王，秦国公和长定候在朝中的立场，你们比我更加清楚。陆迁去前面告诉殿下，就说我不同意，请殷家小姐另择高门吧。"

陆迁迟疑道："王妃，这……恐怕不妥……"

"去。"卿尘只再说了一字，转身拂袖而去。陆迁方要追上，一直不曾作声的左原孙抬手将他拦住，摇了摇头道："去吧，按王妃说的做。殿下的心志我等皆知，拒绝殷家，这个理由再合适不过。"

苑中秋风乍起，黄叶匝地，一路踏碎在脚下，传来枯枝残叶纷纷断裂的声音。卿尘初时走得极快，渐渐却缓了步子，方才莫名的情绪涌过，一股难言的孤独兜上心头，便如退潮之后的海滩，一片茫茫空荡。

她了解陆迁等人心中的打算，游戏的规则自来如此。皇族门阀，联姻、结盟、娶妃、纳妾，对他们来说本就是再正常不过的事。此时此地，哪个男人不是三妻四妾？自王公大臣而至皇子帝王，哪个身边不是粉黛佳丽如云，百媚千红无数？

暂时的虚与委蛇，无非谋略手段，何况与殷家联姻，若成，则胜算大增；若不成，则无非是牺牲一个殷采倩，凌王府中多了一个女人而已。

只是对她来说，那不仅仅只是一个女人。

他是他们的皇子王爷，却是她的丈夫，她唯一的亲人，这误入此间的一抹游魂，生生死死只有他，只有这一个人属于她。

回到漱玉院，卿尘只身靠在榻上，怔怔地瞧着紫绡云纱帐。

屋中很静，他不在身边，没有人在身边。隔着烟罗轻纱，眼前是锦席低案，雕窗画栏，往日看似熟悉的景象突然变得如此陌生，陌生到恍惚，那种熟悉的感觉一丝丝从心底渗透出来，逐渐包围了她整个人。

仿佛自己突然不是自己，一片迷茫，无依无靠，好像已经很久没有这种感觉了。

她差一点儿就忘记了那样的痛，什么山盟海誓，什么两情弥坚，统统都可以在一句话中化作飞灰，这世上最脆弱的是爱情，最不可靠的是男人。

或许无论到了何时，无论到了何处都是一样。

她轻轻握着腕上的灵石串珠，苦笑着闭上眼睛。自从嫁入凌王府，寻找九转灵石的想法似乎越来越淡，她好像真正变成了凤卿尘，随着时间的沉淀慢慢改变自己，慢慢忘

记前尘。直到今天，那念头重新回到心间，这里终究不是属于她的地方吧，或许一切仍旧是梦，梦中短暂的幸福毕竟不是她的归宿。

卿尘心中思绪纷乱，一时想到从前，一时想到以后，却都空无着落，在这样混乱的疲倦中，光阴渐暗，而她不觉昏沉睡去。

梦中似睡似醒，依稀见到好多熟悉的人，但他们周身都模糊，一个个地消失离去，看不清容颜。她伸手欲留，却无论如何呼喊都发不出丝毫声音，只能眼睁睁地看着物是人非。四处陷入陌生的暗潮，夹杂着孤独、绝望、恐惧层层涌上，如影随形地缠绕上来。黑暗中仿佛有人站在面前，一双寂冷的眼睛淡淡看着她，可是当她向他走去的时候，他却渐渐消失在无尽的暗处。

"四哥……"她似是听到自己喊了出来，脸上冰凉全是泪水，身边有人叫她，"卿尘，卿尘，醒一醒。"

卿尘猛地自噩梦中惊醒，周身冷汗涔涔，只觉得心脏似是越跳越快，几乎要破腔而出，只能抚了胸口喘息，一句话也说不出来。是挣扎的痛，那恐惧压在胸口，久久不肯散去。

夜天凌将她拥在怀里，见她脸色煞白，急忙吩咐道："传御医来！"

"不要！"卿尘紧扣着他的手指，使劲摇头，"我不要御医。"

"好，不要。"夜天凌对赶进来的碧瑶一抬头，转身柔声安慰道，"没事，只是梦魇而已，醒了便好了。"

所有的东西满满地抑在心头，卿尘见了他却恍然如梦。泪水潸然而落，湿了面颊，湿了衣襟。

夜天凌静静环着她，目光中隐约带着歉疚和疼惜，轻轻替她抚着胸口，良久道："卿尘，你心里究竟要装多少心事，难道连我也不能说？我并不想要一个柔顺隐忍的妻子，在我面前，你可以随心所欲，我要那个真实的你，曾经的，现在的，以后的，我都要。我是你的丈夫，有什么我不能替你承担？只要有我在，你不必强迫自己坚强，你在想什么，告诉我。"

他的话语低沉在耳边，引诱着卿尘心中所有的秘密。她俯在他的怀中，含糊不清地哭道："我想回家，可是回不去，我不知道在什么地方，找不到家……"浑浑噩噩，断断续续，她也不知到底在说什么，夜天凌却一直认真地听着，眼中慢慢由惊诧变为柔软的怜爱，只是将她越发抱紧。

纱帷清浅，曳地静垂，朦胧中只见相依。

碧瑶轻声转身出去，将赶来的御医请去偏室暂候，悄悄掩上房门。

过了许久，仿佛所有的东西都在他温暖的怀中化作一片轻鸿，淡淡飘远。

尘埃渐落，归于熟悉的平安和清寂。

卿尘耳边传来夜天凌低声叹息:"清儿,上天何其眷顾,竟万世千生将你送来我的身边!"

清儿,已有多久没有人这样唤她?卿尘蓦然抬头,正落入夜天凌柔情似水的深眸之中,他淡淡一笑:"对吗?清儿?"

卿尘只怔怔地看着夜天凌,一时竟说不出话来。

夜天凌抚过她微湿的面颊,语意温柔:"怪不得你总是在意这些串珠,是我不好,从今以后有我的地方便是你的家,即便回不去又怎样?"

他的目光幽静而深亮,灿若星辰,照亮了漫漫黑暗。一串黑曜石套入了卿尘的纤细的手腕,依稀带着他的体温,温凉地圈上心头。

"你……不怕我走?"卿尘迟疑问道。

夜天凌剑眉微挑,似是说得轻描淡写:"家既在这里,你要去哪儿?何况,你走了我怎么办?"戏谑调侃异于常日,显然故意逗她。

卿尘垂眸侧首:"联姻,你还有天下。"

短暂的一阵寂静,她听到夜天凌缓缓道:"我夜天凌此生只会有一个妻子,即便是江山天下,也不必委屈她去得。"不变的清淡的声音,却带着丝不容置疑的凝重,如同一道盟誓镌上心底:"以后不管有什么人提亲,咱们就这样告诉他们,你的笑容没有任何东西可以交换。"

黑曜石沉光潋滟,映在他深邃的眸中,卿尘在他的凝注下闭上双眼,笑着,泪水却如断线之珠落了满襟。

情深至此,夫复何求?即便前途是披荆斩棘又如何,这一生,已注定随他。

常不过之事，却谁也没想到十一的王妃会是殷采倩。

"怎么又是她？"卿尘不禁有些恼怒。前事方隔不久，殷家的女儿难道是急着出阁，人人可嫁？

殷家曾向凌王提亲之事少有人知，但十一却清楚，一时哭笑不得："胡闹什么！我找母妃说去！"

"十一哥！"夜天漓拦住他，"是皇后娘娘的懿旨。"

十一一怔，停下脚步。除去莲妃，后宫之中苏淑妃最受天帝宠爱，因此早惹得皇后不满，常为些小事便招来斥责。苏淑妃向来柔顺，处处忍让，皇后倒也不能拿她怎样，但若因此事违抗懿旨，恐怕往后便有委屈可受了。

夜天凌嘴角浮起一抹讥诮的冷笑，殷采倩要嫁的怕是十一身后的苏家吧。士族之中，苏氏一族历来最为清高，门庭严谨，一向同殷家生疏，自然是殷家最急于笼络的对象。

天家门阀，无论男女都逃不过这联姻的命运。从天帝后妃三千到诸王妻妾，或娶或嫁，他不记得有哪个不牵扯了门庭权位。思及此处，忍不住看了卿尘一眼，目光到处心中总有柔情似水，对于她，这个阴错阳差出现在自己生命中的女子，他自是无比珍视。

卿尘却正不悦："是殷家的主意吗？即便是皇后娘娘，也不能强娶强嫁吧？"

夜天漓道："殷家事事都是皇后做主，听说殷采倩不知为何被皇后召进宫中狠狠训斥一番，随后皇后便同母妃提了此事。"

所因何事几人心知肚明，十一对夜天凌苦笑道："四哥，这真是阴魂不散。"

夜天凌拍了拍他肩膀道："少安毋躁，先进宫看看情形。"

十一虽随性却不鲁莽，点头道："也好。"

夜天漓陪十一进宫，十一心绪不佳，路上皱眉不语。到了宫门，夜天漓突然站住叫他："十一哥。"

十一在玉阶之上回头，夜天漓笑嘻嘻地对他道："你若不愿娶殷采倩，不如我向父皇求旨赐婚好了，反正他们要的是联姻。"

十一剑眉微拧："你娶她？难道你喜欢她？"

夜天漓似是一本正经地想了想，笑道："人长得不错，脾气娇蛮了点儿，但想必应该比我那几个侍妾有趣，我无所谓。"

十一看他吊儿郎当的模样，瞪了他一眼："胡闹什么？趁早打消这主意！"

夜天漓自宫中出来，便已知这事很难有转圜余地，懒洋洋笑说："苏家毕竟是门阀之重，他们不会轻易罢休，这点你比我清楚。别的不说，单说应付这种女子，我可比你容易得多。"

"倘若当真谈婚论嫁，你们两人倒是般配，只可惜殷家打的如意算盘。"十一冷冷向远处一望，秋风过，阶前落叶微卷，"哼，我已经想好了，北疆一开战我便请命带兵出征，到时候哪里还有时间大婚，让他们等着去吧。"

这倒是个能拖延一时的办法，夜天漓问道："倘若北晏侯按兵不动呢？"

"北疆这一仗打定了。"十一大步前行，"北晏侯若明日便起兵造反，我真还要多谢他！"

满阶黄叶瑟瑟，又是秋来，夜天漓负手身后摇头跟上十一，无可奈何地耸了耸肩。

圣武二十六年十月庚寅，北晏侯虞凤斩杀朝廷北疆镇抚使，自蓟州起兵。

蓟州守将尽皆归附虞凤，唯有副帅常立不服叛逆，据理抗辩，终于激怒虞凤，被当场斩首祭旗，血溅辕门。

虞凤谋划叛乱已久，此次布置充足，两路叛军趁夜奔袭，连取合州、原州、辽州。中军至燕州与其谋士柯南绪所率兵马会合，一路南下直逼肃州。

肃州守将威远将军何冲率军布防抗敌，千里烽烟冲天，急报帝都。

天帝诏告天下，出兵平叛，长定将军南宫竞率十二万先锋军星夜驰援肃州。

十一皇子夜天澈领十万兵马即刻入防幽州，迎击西路叛军。

另有三十万天军集于平州，整装待命。

六军待发，唯有主帅悬而未决。

秋雨缠绵，淅淅沥沥已下了几日，却始终没有停的意思。

黄叶翩飞转眼零落泥中，天地间灰蒙蒙一片，秋浓，已是寒意袭人。

凤府宏伟富丽玉马金堂，两尊石狮子被雨水冲刷得干净，静卧在朱门两侧。卿尘沿那青石长阶走下，凌王府的鸾车已经候在门前。碧瑶收起紫竹伞，打起车帘，待她上车便递了暖炉过来。

偎着手中一团暖意，卿尘闭目在锦垫上靠了会儿，车行渐远，相府朱门已消失在连绵雨中。

她嘴角突然勾起一抹淡静的微笑，凤衍，真是个不错的对手。名门钟鼎，多少风雨起伏，凤家稳列士族之首果然并非侥幸。

这一番密谈似是父女叙话，实则明枪暗箭相互试探，最终做了一场赌注。

赌局是这场形势未明的战争，赌的是凤家的去从。

卿尘睁开眼睛，明净的眸中掠过好笑的神情。联姻，皇族名门以姻亲交结，巩固势力，掌控朝政宫闱。而夜天凌这个王爷娶了她这个凤家嫡女，却仍与凤家形同陌路。

既然已成姻亲，何必浪费？她笑了笑，凤家毕竟是她名义上的亲族，族人门生遍布朝堂，根植深广，很多事情可以事半功倍。无论如何，岂能容凤家相助他人？

眼前浮起夜天凌听她说到凤家时的样子，不过一笑置之，神情傲然，似是原本便未放在眼中。这问鼎逐鹿的游戏中，他根本是想将这百年风流的士族挥手抹掉，越是难为，他竟越是乐在其中。

凤衍分明是低估了夜天凌，不仅仅是凤衍，所有人都只能看到他驰骋疆场的锋芒而不知那似海深心。夜天凌的冷漠如一道清寒的利刃，从来无人能近其身。

而这场豪赌中，卿尘唯一的赌注就是对他的了解。因为了解，所以毫不犹豫地信任，甚至可以赌上自己的一切。

方才提到莫不平时，饶是凤衍稳如泰山亦忍不住惊诧万分。何止莫不平，左原孙、杜君述、陆迁……这任何一个名字都足以令人侧目。女为悦己者容，士为知己者死，凌王麾下又岂是只有精兵猛将而已。

细雨轻轻打在鸾车之外，车中显得格外宁静。卿尘随手掀开虚遮的垂帘向外看去，路上行人落落，此时的上九坊笼在雨幕深处，风流清冷。

十一出兵那日也是如此天气，大军齐发，整个伊歌城一片肃然。

殿前请战，堪堪避开那荒谬的赐婚，国事为重军情紧急，连皇后也毫无办法。

卿尘随夜天凌在城门之上遥遥相送，烟雨迷蒙，不觉离人断肠。却看到十一回身向这边一笑，仿佛天空又恢复了秋高气爽，再看时，银甲骏马已率大军没入雨中。

第十二章 心痴至此意难平

卿尘正要放下车帘，依稀听到有声哭求自近处传来。她奇怪地看去，原来是路过了湛王府，有两个人正将一个女子拖往府中，那女子面容熟悉，竟是靳妃身边陪嫁的侍女翡儿。

"停车。"她对外面吩咐，"去看看什么事。"

翡儿正在两个掌仪女官手中挣扎，一见凌王妃的车驾，拼命喊道："王妃救命！救救我家夫人！"

卿尘步下鸾车，纤眉一蹙，低声喝道："放手，这成何体统！"

那两个女官见是凌王妃，不敢造次，忙俯身施礼。翡儿扑至卿尘面前，跪地哭道："王妃，看在过去的情分上，请您救救我们夫人！"

"出什么事了？"卿尘伸手扶她。

"府中一点儿小事，不敢惊动王妃。"一个女官赶在翡儿之前道。

卿尘淡淡瞥了那女官一眼："我问的是翡儿，什么时候要你回话了？"

声音清淡，目光中却含着冷然的意味，那女官微微一震，不敢再说。

"王妃，我家夫人要临盆了，求您想法救救他们母子！"翡儿松手给卿尘磕头，眼泪一个劲地往下掉。

"什么？"卿尘蹙眉问道，"你们为何不宣御医？"

"王妃……王妃不准……"翡儿话说到一半，被身旁那女官抬手一掌掴在脸上，"胡说，还不闭嘴！"

这些宫中出来的女官自幼在掖庭司中受教，专门训诫侍女宫人，下手都十分狠辣，翡儿脸颊顿时肿起，人便跌往一旁。

"放肆！"卿尘叱道，"在我面前也敢如此！"她心中顿时明白，夜天湛三个月前娶了卫家的二女儿卫嫣为王妃，定是卫嫣容不得靳慧，趁她临盆之际暗施毒手，翡儿情急护主想偷偷出府求救，却被掌事女官抓回。

卿尘背心不由涌起一股寒意："七殿下人呢？"

"殿下朝事缠身，已有几日未曾回府了。"翡儿哽咽哭道。

"速去宫中宣御医，将靳妃临盆之事奏禀太后及皇后娘娘知道。"卿尘回身对侍从吩咐，"还有，将七殿下请回来！"

那两个女官脸色一变，事情奏禀到太后和皇后那里，谁也不敢再做什么手脚，一旦有事，都要担上干系。

侍从立刻去办，卿尘狠狠瞪了两个女官一眼，长袖一拂，顾不得碧瑶撑伞，便往湛王府中快步而去。

残叶萧萧，雨敲长窗，层云阴霾，四处暗沉沉的叫人心烦。

殷采倩在屋里踱了几步，往靳妃住处悄悄看了一眼，终于还是开口问道："真的不让人进去吗？"

卫嫣倚在榻前，拨弄着身旁的镂空细藤花银香球，头也不抬："不给她点儿颜色瞧瞧，这府里还都当她是湛王妃呢。"

殷采倩平时常来湛王府玩，靳妃一向待她亲厚，心中颇有不忍："万一出事怎么办？"

卫嫣扬唇冷笑："那又如何？行事手软便是给自己留后患，看看我姐姐便知道了，待嫁到十一王府，你也得好生记着。"

一丝冷风透了窗缝袭来，雍容风流下的狠辣叫殷采倩心中微微一寒。自从卫嫣嫁进湛王府，与靳妃便是一山不容二虎。靳妃行事还算忍让，但卫嫣却处处咄咄逼人，假若当初太子妃也和她一般强硬，东宫或许便不是今天这个局面。她突然想起今日是为何事而来，急忙道："湛哥哥怎么还不回来？你帮我和他说，我不嫁给十一殿下！"

卫嫣精致的面容之上微笑端庄："好了，你也别闹了，皇后娘娘的懿旨谁能说不？何况嫁做十一殿下正妃是光耀门庭的事，你还别扭什么？"

殷采倩将柳叶眉一扬，不满地站起来："什么光耀门庭？我干吗要嫁给自己不喜欢的人？"

"十一殿下出身高贵俊朗潇洒，哪点儿不让人喜欢了？"卫嫣问道。

"他好，自有喜欢他的人，反正我不喜欢。"殷采倩嗔道。

卫嫣抬头看了看她："都行了及笄礼，还像个长不大的孩子。那么多上门求婚的公子，你看不上也就罢了，偏着了魔似的念着凌王，害得舅舅也遭母后训斥。出身士族，婚嫁系着家族荣辱，岂由得你自己喜好？"

殷采倩俏面微红，眼前不由便浮起那个清傲的身影，那日看着他纵马驰入神武门便再也忘不掉，像是刻在了心头。她冷哼转身："姑姑为什么就非要我嫁给十一殿下，你嫁给湛哥哥，难道不是喜欢他？"

卫嫣责怪道："胡说什么，别人怎能同他相比？天都之中哪个女子不想做他的妻子？"

话虽如此，眼中却透出一丝怅然。只是他心中，念念不忘的又是谁？温润之中的疏离，风流之下的落寞，谁能得他真心一笑？良宵新婚酩酊大醉为谁？宿立中宵独自望月为谁？她清清楚楚知道答案，明明离他那么近，却觉得如此遥远，完美无瑕的姻缘偏偏叫人无从看顾。卫嫣心中一腔暗恨都转到了靳妃身上，狠狠地将手中绢帕一捏，白首鸳鸯图扭曲在绿阳春晓中。

门帘掀动，掌事女官匆匆进来，神色颇为慌张："王妃，凌王妃派人将靳妃生产之事上禀太后和皇后，还命人去请殿下回府了。"

"什么？"卫嫣怒道，"凌王妃？"

"她人已往靳妃那边去了。"那女官俯身道。

"看看去！"卫嫣拂袖起身。

雨打残荷，在水面上溅起清冷波澜。

卿尘正走到靳妃住处，迎面卫嫣同殷采倩带着几个侍女赶来。

"不知四嫂来了，有失远迎！"卫嫣上前拦了去路，屋内依稀传出靳妃阵阵呻吟。

卿尘向她看去："不敢劳动大驾，请让开。"脸上虽淡淡笑着，眼中却没有丝毫温度，幽深里一星微锐直逼卫嫣眼底。

卫嫣脸色一变，抬眼看卿尘立在阶前。风雨潇潇中玉色纹裳轻飞，容颜似水带着高华傲气，如这灰暗的天地间一抹清色，飘逸出尘。

这便是他牵肠挂肚的那个女人，连新婚之夜醉中都喊着她的名字！她心底嫉恨翻腾，不由语出尖刻："四嫂又没嫁到湛王府，何必来管这里的闲事？"

"我若是嫁进湛王府，说不定现在躺在里面生死不知的便是你。"卿尘明澈眸底隐有怒色，恼她狠毒，丝毫不留情面，"一尸两命，即便专宠于七殿下，晚上在他身畔你合得上眼吗？"

"我与殿下之事哪用你一个外人妄加揣测！"卫嫣怒到极点。

卿尘玉容清冷，声音隐寒："靳姐姐若是有什么不测，即便七殿下不追究，我也绝不会饶你！让开！你是想让我进宫去请太后，还是皇后娘娘？"

"你……"卫嫣气结，却被殷采倩拉住，"接生嬷嬷不是候着了嘛，我们里面坐着等吧。"说着对卿尘使了个眼色，似是让她快些进去。

卿尘一愣，不料她来打圆场，却也不及多想，快步往靳妃房里走去。

殷采倩虽庆幸卿尘赶来救靳妃，心中却亦百感交集。伊歌城中哪个女子不想嫁给夜天湛，偏偏她凤卿尘不想，偏偏她要嫁给那个人，偏偏那个人心里眼里只有她。她好不容易等到及笄，想尽办法相胁父亲去凌王府提亲，却只换来寥寥几句顾全场面的婉拒之辞。银牙微咬看着卿尘背影，到底意难平。

秋风骤紧，暮霭沉沉天暗。

夜天湛翻身下马，将缰绳丢给侍卫，迅速往府中走去，披风轻扬，轻甲佩剑一路微响，步履匆匆。

方至门前，室中隐约传来一阵婴儿的哭声，他猛地抬头，眸底忧喜难辨。

"殿下，你可回来了！"卫嬷笑意娴柔地上前迎他，亲手接过披风，看到他这身装束突然一愣，"这是……"

"怎么样了？"夜天湛问道。

"从清早到现在，急坏我们了，又不敢去催你回府。"卫嬷转身接过侍女递上的热茶，"快先暖暖身子。"

"你辛苦了……"夜天湛对她温和一笑，伸出的手却突然停住，话音断落，目光越过她肩头凝滞在那里。

卫嬷回头，看到卿尘举步出来，夜天湛目光中泛起轻涩的温柔，全部落了那白衣浅影之上。她端茶的手微微一抖，脸上却强自留着笑意。

刚刚掌起的茜纱灯下，卿尘一手扶着屏风，低头对御医嘱咐着什么，那御医恭谨地记下。卿尘长舒一口气抬眸望去，正遇上夜天湛熟悉的目光。她忽然微微一颤，眼前夜天湛长剑在身，戎装束甲，墨色战袍给他温文尔雅的风华中添加了一抹罕见的肃锐，整个人如同剑在鞘中，深敛着秋寒。

三十万大军虚待主帅，如今终于尘埃落定。军情紧急，连日不眠不休布置停当，即刻便要挥军北上。

天帝教子从不偏颇，自太子始诸王无人不曾身披战甲历练疆场。虽不是人人如凌王般威震六合，却都是可用之才。

亦曾带兵平夷寇，肃边防，夜天湛的军功掩在文雅贤德的名声下，几乎被人遗忘。身后宗族显赫并不需要他将自己放逐征战浪迹边疆，他本已拥有得太多。

竟真的是他，面对此情此景，卿尘什么也不能说，什么也不愿说。她同凤衍赌，赌天朝的皇权更迭，赌凤家的荣辱兴衰，赌这场战争唯有夜天凌能胜。

疆场青冢埋白骨，古来征战几人回。如果她赢，陪送的是否会是夜天湛的一切，乃至性命？

但她无论如何也不能输。

卿尘眉宇深锁，原本积了满心的责备停在嘴边。面前那双向来湛如晴空般的眼眸，此时隐隐尽是红丝，他显然是彻夜未眠，倦意满身。

"恭喜殿下，母子平安。"卿尘终于轻声道。

夜天湛方回神："哦，有劳你了。"

卿尘笑了笑，转眼看往卫嫣。卫嫣垂头掩去眸中神情翻涌，盈盈拜倒，声音柔软得像是最温顺的妻子："恭喜殿下！妾身已叫人备下了十全汤，靳妹妹生产辛苦，需得好好补养才是。"

夜天湛点头柔和地一笑："还是你有心。"

雨已停，风萧萧。

"那妾身先告退了。"卫嫣盈盈施礼，宫灯在她脸上投下明暗浅影，只能看到一点红唇娇艳欲滴。

整日的疲惫骤然袭来，心口泛起的一丝丝隐痛让卿尘无力再去分辨这是是非非，她稳了稳心神，在卫嫣之前举步向外面走去："天色已晚，殿下进去看看吧，我告辞了。"

乌云未散，天穹仍灰暗得压抑。却是这冷落秋风带来一阵凉意，舒缓了心中的窒闷。

卿尘筋疲力尽地扶着阶栏站了一会儿，手中握着的金针透过软缎微微刺痛了掌心。

这忙碌中降临的生命是天家尊贵的血脉，在尚未看到这个世界的时候便背负了如此恩怨纠葛，生命，究竟是喜还是悲？

殿宇连绵的湛王府中，他如春风般的温雅风流攫获了多少女子的心。她们为他痴为他狂，他竟任她们痴，任她们狂。

多情总被无情伤。

抬眼望去，那片记忆中碧叶连天的闲玉湖隐没在渐暗的天色下，残枝败叶，零落水中。

身后靴声微响，一阵寂静后传来温润的声音："卿尘。"

卿尘回头，看到夜天湛站在身后，戎装衬托下的俊朗风神，无比熟悉却又陌生。

相对无言，自从嫁入凌王府，再未单独见过。眼前这一瞬间，卿尘恍然又回到了很久以前，在这闲玉湖近旁，看夜天湛蓝衫倜傥，笑得云淡风轻。

那微笑像极了李唐，勾起七情百味，却更驱散了伤痛阴霾，暖风拂面，夏日浓荫，层层涌上心头。

沉默中，夜天湛目光落在卿尘手中金针之上，终于还是先开口道："你的医术越来越好了。"

卿尘淡淡一笑，若再晚些时候，靳慧怕是当真危险，她庆幸自己学得一身医术，还能救人活命："靳姐姐元气大伤，需得用心调养。孩子虽然平安，但在胎里受了损伤，眼下还十分虚弱。宫中那些御医也只是中流，不妨让人去请牧原堂的张定水老神医来

看，他的医术才是妙手回春，我不过是得了他几分传授罢了。"

"嗯，我知道了。"夜天湛答应。

说了这两句话，卿尘似乎突然再无话可说，看着他束甲佩剑的身形半隐在长天暮色之下，喉间涩涩竟是酸楚。

"我明天便带兵出征。"夜天湛站在一步之外凝视着她，目色如玉，透着安静的矛盾。

"时间不多，进去陪陪她吧。"卿尘低声道。

"你似乎只惦念着靳慧，急着将我往她身边推。"夜天湛沉默了一下道。

"你该比我还惦记着她。"神情掩在淡淡的暮色中，卿尘眉间眼底流露出一种若有若无的伤感，"你娶了她，为何让她受这样的委屈？你是她的夫君，她那样依赖你，你应该好好保护她。"

夜天湛似乎愣了愣："什么？"眉头不由自主地一皱。

卿尘看着他的眼睛："至少，在她最需要你的时候，你应该在她身边，而不是让别人几乎置她于死地。"

夜天湛眼中忽而闪过一丝锐光，看定卿尘，却旋即又归于疲惫的平静："是我疏忽了。"语中几分落落自嘲，似乎在那一瞬的震惊后，一切都微不足道。

"靳姐姐若有什么三长两短，我会恨你。"卿尘转身沿阶而下，走了两步，终究回头，深深地将他看在眼中，"沙场凶险，你……要小心。"

夜天湛微微闭目，脸上慢慢浮现他一如往常清湛的笑容："临走前竟能见到你，我很高兴。"

简单的一句话，却叫温热的泪水冲入眼底，卿尘猛地回身避开他的注视："保重。"长裙拂转，快步离去。

湛王府的大门突然变得那样遥远，胸臆间的不适渐渐袭来，天地越发昏暗，旋转。

"卿尘！"夜天湛焦急的声音传来，卿尘一个踉跄，站立不稳，身子落入他的护持中，"你怎么了？"

抓着他的手待那阵晕眩终于过去，卿尘摇摇头："没事，只是累了，我要回家。"

孑然一身，无家可归。很久以前她在湛王府中说过的话突然那样清晰地回想起来，有什么东西从心底被抽离，缓慢而疼痛。夜天湛深深吸了口气，他终究没能留下她，以此为家。

但他的手仍坚定地扶着卿尘："我送你回去。"

卿尘轻轻放开了他的手："有人比我更需要你，既娶了她们，就好好待她们。"

可怜之人必有可恨之处，可恨之人挣扎于爱怨情仇，又何尝不是可怜？

夜天湛微微一僵，看着卿尘转身，消失在渐浓的夜幕下。

第十三章 三千青丝为君留

不知是怎么上的鸾车，不知究竟有什么人和自己说了什么话，红罗锦垫已被秋冷浸透，卿尘靠在上面，疲惫自四肢百骸丝丝渗出，缓缓将身心淹没。

眼前层层尽是夜天湛身着戎装的样子，只瞬间的一瞥，为何让她恐惧至深？

不是从未料知，只是潜意识里一直回避这个可能，似乎不想便不会发生。自一开始，她便选择了，从来没有为这个选择后悔过，但并不代表心不会痛。

她太了解夜天凌，在这一刻，却因为了解而陷入了莫名的惧怕。不论南宫竞的十二万先锋军和十一的西路军，此次出征三十万精兵之中过半来自神御军营，就连主帅左右先锋也分别是夏步锋及史仲侯。

夜天凌早已料到一切，信手拈子，已布好了这局棋。虚座以候，且待君来。

这不合时宜的战事在他翻手之间化为最可怕的利刃，一旦兵动北疆，寒剑出鞘，马踏山河，谁能掠其锋芒？即便是朝堂上步步退让看似艰难，又有几分是真，几分是假？

进可攻，退可守，一切进退都在他的手中，游刃自如。

闭目，心底深处是那双清寂的眸子，幽若寒潭，深冷难测。

撑了一日神志疲倦至极，一路昏昏沉沉，直到鸾车停下，碧瑶打起车帘轻声叫道："郡主，已经到了。"

卿尘自半昏半明间醒来，撑着额头又稍坐了会儿，方下车往府中走去。

门前候了许久的晏奚迎上前来，俯身道："殿下回来多时了，一直在等王妃。"

卿尘在幽篁长廊处停下，吩咐道："你们都下去吧。"说罢独自一人进了寝室。

青衫肃淡，夜天凌正在案前看着几道表章，听到她进来，头也未抬，只淡淡问道："去哪里了？"

卿尘赤足踩上锦毯，松手一放，微湿的外袍落在地上。她将头上束发华胜随手抹下，丢往一旁，人便靠着软榻躺下，闭目不语。

夜天凌手中走笔未停，眉心却微微一拧，紫墨至处银钩铁画锋锐透纸。待写完，他方回头看去，突然错愕，掷笔于案起身上前，伸手抚上卿尘额头："怎么了，弄成这样？"

卿尘脸侧发丝散落，仍带着点雨水的湿意，她知道自己现在定是一身狼狈模样，微微睁开眼睛安静地看着他，秋水澄明，似若点漆，更衬得脸色雪白。

夜天凌深深皱眉，转身对外面吩咐："备水沐浴！"

卿尘瞬目，懒懒抬手拂了下湿发。夜天凌眸中猛地掠过暗怒，握住了她的手，沉声道："这是怎么回事？"

白皙的手上隐隐有几道瘀青，是方才被靳慧握得紧了，此时才觉出疼。卿尘勉强笑道："靳姐姐今日生了个男孩，有人不想看孩子出生，我差点儿就救不了他们母子。"

夜天凌面色阴沉："你便只知道救人，自己也不管了？"

"四哥。"卿尘轻轻地喊他。

夜天凌唇角微抿，眼中虽怒色未褪，却伸手取过一件衣袍罩在卿尘身上，小心地将她抱起，大步往寝室深处走去。

伊歌城中多温泉，宫中府中常常引泉以为浴房。转过一道织锦屏风，潺潺水声依稀入耳，迎面水雾氤氲，暖意便扑面而来。

夜天凌遣退侍从，直接便抱着卿尘步入泉池。热水的熨烫叫她微微一颤，却驱散了透到骨子里的冰冷。

池水不深，坐下刚好及肩。夜天凌让她靠在怀中，为她除去衣衫，动作轻柔，似乎生怕弄疼了她。卿尘闭着眼睛任他摆弄，突然反手环上他的胸膛，长发落入水中漂起如丝浅网，明眸荡漾迎着他的目光。

"疼吗？"夜天凌握起她的手问道。

卿尘摇头，原本苍白的脸上因水汽而浮起一层别样的嫣红，仍旧一瞬不瞬地盯着他的眼睛。夜天凌清冷的眸底微亮，似是灼灼火焰自幽深处燃起。卿尘伸手环上他的脖颈，夜天凌臂弯一紧，俯身便将她吻住。

几乎是狂热的，寻找着彼此柔软的缠绵，呼吸温热纠缠在一起，深深探入心腑。

良久，夜天凌将她搂在肩头，长叹一声低头道："野丫头，跑出去一天弄得这么狼狈，回来还不安分。"

卿尘在他怀中一转，慵然自睫毛下瞥他一眼："那又怎样？"

夜天凌深眸一细，露出丝危险的神情，手臂猛地使力，便将她自池中捞起，大步往一旁宽大的软榻走去："那本王便要罚你！"

流水溅落一地，卿尘懒懒地蜷在那里。烟罗轻纱如雾般泻下，仿佛水汽渐浓。

雪帛素锦，三千青丝零散枕畔，清水晶莹，点点滴滴沿着冰肌玉骨流连坠落。夜天凌俯身将卿尘挽在身下，吻住她锁骨处一颗水珠，沿肩而下在那如玉雪肤上挑起桃色清艳。

卿尘闭目，身边耳畔尽是他的气息。不由得，那心跳便随着他急促而轻微的呼吸声越跳越快，仿佛被下了蛊，控制不住，再也不属于自己。

勾着她柔软的腰肢，夜天凌却突然安静了下来。卿尘奇怪地睁开眼睛，见他正看着自己，眼底尽是疼惜。"累不累？"见她看来，夜天凌低声开口，"若身子不舒服便和我说。"

淡淡地，似清流潺湲没过心房，卿尘扬唇浅笑妩媚，伸手抚过他的胸膛，勾住他的脖颈："凌，我要你！"

夜天凌手臂一紧，长叹声中低头覆上她醉人的红唇。暖雾迷蒙一室，天地轻转，水乳交融，一切陷入幽沉迷离的梦中。

没有试探，没有猜测，没有痛楚，没有嫉疑，没有他，亦没有她。情到深处，心神无尽伸展，探入彼此最隐秘的领域，眷恋纠缠合而为一。身体乃至灵魂，在最深最浓的爱恋中燃烧，欲火销魂成为彼此的一部分，永远不能分开。

软帐轻烟，春色旖旎。

缠绵过后，夜天凌闭目靠在榻上，伸手有一下没一下地抚着卿尘后背。卿尘慵懒地伏在他肩头，一动不动像只疲倦的小猫，因微微觉得凉，便往他身旁蹭去。夜天凌嘴角淡淡一扬，捞过身旁薄衾给她罩上，她转身找了个最舒服的姿势，贪婪依偎着他怀抱的温暖，不觉竟昏昏欲睡。

夜天凌亦闭目养神，不知过了多会儿，外面晏奚低声请道："殿下。"

"什么事？"夜天凌淡淡问。

"夏将军和史将军都已经来了。"

"嗯。"夜天凌睁开眼睛，"让他们稍等。"

"是。"

卿尘睡得本不沉，朦胧中听到说话，觉得夜天凌轻轻将手臂自她枕下抽出。她缠住他的臂膀："四哥。"

夜天凌抬手拍了拍她的面颊："赖在这儿继续睡，还是我抱你回房？"

卿尘摇头："我不要你走。"

夜天凌挑眉一笑："怎么今天这么缠人？听话，我很快回来。"

"若我不让你去呢？"

"哦？"夜天凌勾起她小巧的下巴，目光研判，"我的清儿虽然调皮，但却不是那么不懂事的。"

卿尘无奈松开手，夜天凌随手拿起一件干净的衣袍披上。卿尘出神地看着他宽阔的脊背："四哥。"她低声唤他。

"嗯？"夜天凌应道。

卿尘沉默了一下，终于问道："他，能活着回来吗？"

夜天凌手在领口处微微一顿，背对着她停住，不语。

"只要……只要活着。"卿尘心底随着他的动作微沉，深吸一口气道。

满室寂然，唯有池边水声琤琤，入耳分明。

夜天凌静默了一瞬间，卿尘微微咬唇看着身前的他，那挺直的后背撑起素青色的长袍，冷然如山。

无言等待，分明只是转瞬之间，却似是熬过漫长千万年的光阴。

"好。"简单而清淡的一个字，就像他以前常常答应陪她去什么地方，答应随她品梅子新酒，答应听她弹一首新曲那样微不足道。夜天凌将衣衫轻抖，整好，袍摆一掠，回身深深地看向卿尘，目光直迫进她心底。

那样熟悉的回答，不问因由，只要是她的请求。他答应她的，从来都没有做不到。百感交集翻上卿尘心头，然而如释重负的轻松却猛然被一股酸楚狠狠揉过，碎成了喑哑的苦涩扼在胸间。

仿佛轻描淡写，她却知道他这一字允诺的背后意味着什么。她迎上夜天凌的目光，尽量平静地道："我欠他一条命。"

夜天凌目光在她脸上流连片刻，眼底冷锐隐去，慢慢泛起柔和，闻言一笑："妻债夫还，天经地义。"语气清冽，带着丝倨傲，更多柔情。

心如割，偏柔软，泪如雨，却不觉，卿尘轻声叫道："四哥……"

暗叹一声，夜天凌坐下将她揽在身旁："不过是一句话，何必如此？你是我的妻子，这一生一世都要和我相伴，我所求所想若是成了你的痛苦，那还有什么意思？"

水雾婉转，纱帐轻扬，缭绕在淡白的玉石阶柱之间，恍如仙境般安然缥缈。卿尘伏在他的胸前，看着这梦幻似的眼前，轻轻道："四哥，谢谢你。"

夜天凌在她身畔沉默，稍后抵着她的额头，低声道："若真的要说谢，或许是我该谢你。直到遇见你，我才知原来人竟真是有七情六欲，笑也不是很难。你就像是我丢失的那一部分，将另外一个我从很远的地方带来了，如果这世上所有的东西只能选一样，我宁肯要你的笑。清儿，若你苦在其中，即便是天下，我得之何用？"

清浅低语，字字情深，眉间眼底，是无尽的轻柔，万分怜惜。

卿尘将十指与他相扣，紧紧握住，在他的注视下抬头。他眸中星光清柔，深亮幽灿，点点照亮了这漫漫人生，她报以微笑，温暖他的喜怒哀乐，携手之处，便是天下。

锦衾微寒，灯花渐瘦，已是月上中天。

漱玉院中隐隐还有灯光,夜天凌自府外归来,遣退跟随的侍从,缓步往寝殿走去。

中庭临水,月华如练映在湖中,带着清隽的柔和。风微冷,他负手望向深远的夜空,地上淡淡地投下一道孤寂的影子,四周悄无声息。

致远殿中一番长谈,机锋谋略如同这夜色,悄然深长。

月光在他深沉的眼底带过清冷的痕迹,棱角分明的面容此时格外淡漠,仰首间思绪遥遥敞开,这样熟悉的月色清寒,似乎常在关外漠北的夜晚见到。

西风长沙,万里戎机,相伴而来的往往是兵马轻嘶,金柝寒朔,面对千军万马铁衣剑戟,每一次抬头都冷冷清清,这二十余载孤身一人,无论做什么事心里那种感觉都是一样。

在清晰至极的地方,一点模糊的孤独,会不经意地袭入心间。

他嘴角勾起淡淡自嘲,五官的线条更添冷峻,然而透窗映来一束朦胧的烛光却出其不意地在侧首时覆上了他的脸庞,将那份漠然轻轻遮掩,使得他的目光突然变得柔和。

室内罗帐轻垂,淡淡地萦绕着凤池香的味道。卿尘只着了白丝中衣,手中书卷虚握靠在枕上假寐,雪战伏在她身旁蜷成一个小球,睡得香甜舒服。

夜天凌迈入寝室看着这样的情形,不由自主便扬起了唇角,俯身悄悄拿起卿尘手边的书,目光一动落到了她的脸上,一时间流连忘返。

红罗轻烟,那微微散乱的青丝如瀑,细致长眉斜飞带入乌鬓,睫毛安静丝丝分明地衬着梨花雪肤,挺秀的鼻梁下淡淡的唇,衣胜雪,人如玉。他看着她,竟有些深夜梦回的错觉,异样的轻软温柔地生遍心间,淡去了一切惊涛骇浪。

烛花噼啪一声,夜天凌看了看那半明半暗的宫灯,起身脱掉外袍。然而再回身,却见卿尘已经醒了,正嘴角含笑,慵懒而温柔地看着他。

"总是这样睡,小心着凉。"夜天凌无奈笑道,将被角一扯替她盖好,神情平常。

"谁让殿下总彻夜不归?"卿尘撑起身子故意嗔道,声音里却分明是心疼。

夜天凌眉梢轻挑,目光中微带歉疚,淡笑道:"怎么,王妃独守空闺,心生寂寞了?"

卿尘红唇微抿白他一眼,见他眉宇间带着几分闲淡不羁,甚至更多满足的安然,不似前几日凝重,便问道:"父皇怎么说?"

"准了。"夜天凌躺到她身旁,淡淡道,"即日便可启程。"

奉旨入蜀,明为壅江水利,实为安定西蜀,乃是撤藩的一步妙棋。

自从虞凤起兵之后,朝中一团忙乱,夜天凌却带卿尘游山玩水,钓鱼品酒,对北伐之战不闻不问,全然是置身事外的态度。然而多年领兵征战,他早已是天朝军中之灵魂,凡动兵锋天帝必有倚重,几乎已是一种习惯,也是不争的事实。削藩,乃是天帝毕生之愿,此时执意而行未尝不是有一了夙愿的意思。面对夜天凌的退,天帝虽不多言,却如何不是无可奈何。

数日前开始，天帝每日召夜天凌入宫下棋，夜天凌便奉旨陪天帝下了数天的棋。

如今棋下完了。既然要动兵，那便必然将按他的部署，事事因势而成，处处可为己用，这便是夜天凌可怕之处。

卿尘舒了口气，侧头见夜天凌手臂垫在枕上静静地看着帐顶，方才的温柔褪去，脸上连平日人人熟悉的清冷都不见，极漠然的，没有丝毫的感情。唯有那眸中，深冷一片幽暗的背后依稀竟似慑人的杀气，如锐剑浮光般，令人望而生畏。

戒急用忍，他究竟能将这几个字做到何等地步？

弑父夺位之仇，看似无动于衷，夜天凌对天帝始终维持着父子君臣的相处，只因二十余年，他们本便是父慈子孝。

一切都没有丝毫变化，那从来不说的恨，他所失去的，因为太深而不愿提起。爱亦到极处，恨亦到极处。卿尘看着他闭目皱眉，眉间的那道刻痕如同揉进了她的心底。她像往常一样伸手，轻轻地抚上了他的眉心。

夜天凌微微一惊，猛地睁开眼睛，却在看到卿尘那双潜静的眸子时怔住，仿佛被她自某处深暗的梦中惊醒，心中竟涌起如释重负的感觉。

卿尘淡噙着笑意，轻声道："回家了，就不想了，总皱着眉头心里会累的。"

夜天凌握住她的手抚在额头，沉默了一会儿，突然道："清儿，人人都说我无情，我若让他一无所有，是不是当真无情无义？"

手掌遮住了眼睛，再也看不清那道锋利，寂冷的话语淡淡自他口中说出，似悲似恨，一丝压抑在骨髓里的痛楚极其隐约，却叫人心头一痛。

卿尘知道他心中压抑了太多的东西，无从开解，只温柔道："不管你要做什么，都有我陪在你身边。"

夜天凌扭头看她，眉宇清隽，眼中却带着丝歉然："此次入蜀不知何时回京，将你一个人留在天都，总觉得放心不下。"

卿尘唇角弯起淡淡弧度，安静道："不管你到哪里，我也都要陪在你身边。"

夜天凌微愣，眉头再次皱起："此行征战难免，沙场凶险，你不能去。"

卿尘问道："若我有理由，你会带我一起吗？"

夜天凌扬眉揣度，不置可否。卿尘起身披上外袍，执灯道："四哥，你随我来。"

"去哪儿？"夜天凌不解问道。

"天机府。"

府中静悄悄一片，卿尘手中宫灯淡淡，朦胧遥远沿着回廊轻转，她在天机府的偏殿停下，回头对夜天凌一笑，推门而入。

随着殿内火光微亮，夜天凌看到卿尘站在墙壁之前举起那盏琉璃宫灯，灯火摇曳，映着她白袍透迤玉容清浅，身后隐约悬挂着一幅军机图。

他上前一步凝神看去，心中微微一震。卿尘回身将身旁的烛火点燃，听到夜天凌头也不回地伸手道："把灯给我。"

卿尘将宫灯递到夜天凌手中，一一燃起殿中明烛。烛光大亮，那幅凝聚了无数心血的军机图如画卷轻展，清清楚楚地呈现在夜天凌面前。

夜天凌立在殿中，目不转睛地看着面前。万里疆原，山河格局，尽在这卷下一览无余。无数繁华都郡、边防重镇随着那熟悉的字迹缜密铺展，历历清晰，细致处点点滴滴，杂而不乱，将四境尽收其中。

笔下精准奇巧，轻重得当，绘揽六合指点八方。只一眼，他便知道对于行军打仗这是无价之宝，反复看察，不能置信地回身："这是你绘的？"那卷中之字，府中不会再有第二人。

卿尘淡定一笑，将一盏宫灯托起，看着面前。灯火清亮，在她潜静的脸上映出从容，她傲然道："四哥，我说过，你娶了我，定也不负这天下。"

夜天凌眼底深深映着卿尘白衣倩影，那目光中是惊是喜，像望向一件梦寐以求的珍宝。宁静的灯火下他执着地凝视，叫卿尘只能痴痴回望，竟忘了自己是谁。

他抬手，温暖的手指抚过她的眉、她的眼、她的唇，深叹一声将她紧紧拥在怀中，低声道："得妻如此，夫复何求！"

卿尘靠着他，手掌处传来他稳健的心跳，那切实的温度带着动人心弦的力量一波一波传入她的心房，让她觉得永远也不愿离开："带我去，让我陪着你，好不好？"她柔声道。

夜天凌将她身上裘袍轻拢，抚摸她散在肩头的秀发，目光柔软："我何尝不想时时有你在身旁，只是行军征战太过艰苦，你身子不好，怕你会受不了。"

这并不属于自己的身子啊！她因为这颗心而来到这里，是否也会因此而分离？卿尘心头泛起一缕涩楚，静静伏在他怀中道："所以我才更要和你在一起，人生短促，我不想浪费一天一日。"

夜天凌因她语中的哀伤猛然皱眉，脸色瞬间微变，低声道："不准胡说。"

灯下浅影明暗，卿尘被他狠狠握住，却露出从容淡笑。纵使前面是未知的人生，她也不后悔赴这前世的殇恋，义无反顾。

"我自己的身子，自己再清楚不过，好歹我也是个大夫，哪有那么容易死……"

话未说完，夜天凌手臂一紧，俯身便封上她的唇，斩断了她的话语。极为霸道的炙热和深柔的怜惜随着他的呼吸搅进心湖，碎起千层浪，散入心神醉浓。

直到卿尘觉得自己几乎要融在他的气息当中，化成飞沫淡烟，化成他的一部分。夜天凌轻轻放开了她，眸中沉淀下深深担忧。他低语："你若要陪着我，便要陪我一生一世。"

卿尘笑着环上他的胸膛,猛地拉着他在殿中旋转,俏声笑道:"我会的,四哥,我要陪着你,看你君临天下,看你马踏山河,看你靖安四海,看你缔造盛世,我要你天天都笑着和我在一起!"

她笑得那样清脆,那样开心,仿佛整个世界的欢乐都握在自己手中。白袍貂裘在身后长长地撒开,迤逦秀美,大殿里回荡的余音随着轻纱飘扬,烛火摇曳,舞出耀目的绚丽。

夜天凌似是被她的笑声感染,清寂、冰冷、忧痛、伤恨都化作无形,纷纷碎淡。这一刻他情愿与她做一对痴男怨女,坠入红尘万丈,梦醉神迷,永远也不要醒来。

第十四章 千古江流百回澜

大江东流，波澜千古。

蜀中平原天府之国，田畴万顷，沃野千里，中有大小江河一千五百二十六道，东蜀壅水汇三江之流一路开阔，接沧浪江贯通南北，乃是入川重要的水路。

天晴万里，云淡，风冷。

深秋寒浓，迎面江风拂来，吹得裘袍猎猎，凉意袭人。卿尘随夜天凌踏上壅水大堤一侧，江岸数十万征夫往来挑抬，以竹笼装石截水筑堤，数月之中壅水渐缓，十二道陡门分布江上，将这滔滔江水扼于指掌之间。

斯惟云自堤头回身，迎上前去："殿下、王妃！"

夜天凌微微点头，沿江放眼而望，赞许道："不过数月之间，如此浩大的工程完工在即，惟云，我没有看错人。"

斯惟云深深一揖，笑道："惟云幸不辱命，更要多谢王妃奇思妙想，若无这十二道陡门控制水流，届时要毁堤放水，损失也不小。"

卿尘迎着江风往远处极目能见之处看去，青州郡城立于壅水下游，隐约可见，她浅浅一笑，道："筑堤不易，能保全自然要保全。这陡门我不过信中这么说说，原是纸上谈兵，谁知你竟真的造成了，若不是亲眼看到，还真不敢相信。"

斯惟云随着卿尘目光远望，神情中却略见忧虑："殿下，尚有一事……"

"说。"夜天凌淡淡道。

斯惟云迟疑一下，道："壅水拦坝截流将在分水塘中逐渐蓄水，水量不可小觑，陡门一开洪峰泻下，将使江中水位陡增，恐怕青州、封州及沿岸各郡将有半数成汪泽一片，惟云斗胆，请殿下三思。"一边说，一边看向卿尘。

卿尘自前些日子斯惟云的来信中早知道他有此顾虑，另有原因便是筑堤的百万工匠多数是来自青、封两州郡属，若亲手截江水淹家园，恐怕民愤难平。她曾试着与夜天凌提过此事，却并无结果。

夜天凌负手静立前方，远望蜀中平原江河山野，浑身上下散发着一股深冷的气度，叫人不敢直视。他眉峰微锁，眸间一片深沉，久久不语。

西岷侯的势力与北晏侯不相上下，蜀中天险，易守难攻，不出其不意剿灭东蜀军，则极有可能是将这天府平原拱手让与西岷侯自立为王。即便双方开战，若不能一举摧毁其主力，整个蜀中早晚亦将沦为杀场战地，一旦西岷侯与北晏侯叛军的势力合而为一，比起水淹两州或许要付出更大的代价。

卿尘对斯惟云微微摇头，让他暂且不要提此事。事关行军胜败，斯惟云清楚夜天凌做此决断之前早经深思熟虑，也不能再开口妄言，只得静候身旁。

夜天凌转身看了他一眼，于此事未置一词，只道："回行馆吧。"

方入别馆，卫长征入内送上前方军报。十一同南宫竞等人几乎每日都有密信快马送至，夜天凌虽人在蜀地，却对北疆战况了如指掌。

连日兵马交锋，十一率大军迎击北晏侯之子虞呈所率的西路叛军，拒敌于幽州，铁马横枪封锁西线。

南宫竞先锋军增援肃州，与叛军主力遭遇黄岭谷。双方短兵相接，南宫竞兵锋精锐，以少敌多巧计周旋，突破敌军防守抵达肃州。

肃州守将何冲率军出城接应，内外夹击迫虞凤退守城外三十里。双方连日血战多次，肃州兵士死守城池，终于候得湛王大军杀至。

虞凤久攻肃州不下，转走景州，取定州。

湛王趁机挥军北上，收复辽州。随即整顿大军，兵分两路成合围之势，于铁勒原大败叛军，俘敌一万四千人。

平叛大军士气高涨，势如破竹一路北上。如今虞凤且战且退，回军临安关据守不出，已与湛王相持多日。

夜天凌接过军报随手拆看，唇角微微一勾，卿尘抬头："怎么了？"

夜天凌将军报递给她，卿尘看了笑道："夏步锋还真是员猛将，竟连斩虞凤三员大将，难怪你如此器重他。"

负手闲步立于窗前，夜天凌眉峰一扬，神情倨傲："虞凤此番损兵折将，倒知道收敛些了。"

"相持着也好，这边能腾出时日来。"卿尘看着案前的军机图道，"四哥，惟云说的不是没有道理，青州封州两处壅水河段狭窄，陡门一开，江水暴涨，必定会酿成水祸的。"

阳光微闪，在夜天凌眼中映下一道明锐的光泽，他看着窗外风卷落叶淡淡道："两害相较取其轻。"

卿尘知道他说得在理，轻叹一声站起来："不如我去惟云那里看看吧。"

夜天凌回身看着她："惟云和你比较谈得来，你同他聊聊也好，否则他总是难以释怀。"

卿尘点头道："我知道，这也在所难免，不能怪他。"

世事总难全，卿尘心中倒对斯惟云极为赏识，他虽多有顾虑却顾全大局，日夜监工修筑大堤未有丝毫懈怠。夜天凌识人用人非但使其各尽其才，亦能令他们忠心不二、令出必从。

秋阳自高远长空铺洒而下，卿尘转身看着夜天凌清拔的身影沐浴在阳光中，淡淡金光洒落在他青色长衫之上，那逆着光阴的深邃轮廓如若刀削，沉峻锋锐，坚毅如山。

眼前这个使天下贤能者俯首称臣的人是自己的夫君，卿尘眸底淡淡转出一笑，没有什么能动摇他的心志，一个同样让自己臣服的男人，或者，这便是她情愿一生随他的因由吧。

独坐轩中，埋首层图长卷，斯惟云抚额皱眉，忍不住心生烦躁，推案而起。

封州，那是故乡所在。

少时嬉戏江畔的情景犹在眼前，不想如今此处竟要亲手毁在自己引以为傲的壅江水坝之下，情非得已，却是情何以堪？

他踯躅良久，喟然抬头，猛地看到卿尘白衣轻裘，面带微笑站在身前，正看向那一案凌乱的图纸。斯惟云吃了一惊："王妃，惟云失礼了。"

卿尘习惯了陆迁的少年潇洒，杜君述的疯癫不羁，总觉得斯惟云工整严谨，倒还有些不习惯。"还在想壅水蓄洪之事？"她对斯惟云一笑，随手展开一卷图纸。

字如其人，斯惟云的字瘦长有力一丝不苟，正如他的人，瘦削似有文人之风，却处处透着风骨严整。若不是这样的人，如何能将如此浩大的水利工程一手策划？卿尘看过那繁杂的图纸，不禁慨叹。她在千百年后曾经听过看过的东西，不过只是大概模糊的轮廓，但和斯惟云提起之后，他却真的能在大江之上将其变成现实。这番奇巧心智，当世之中怕是无人能出其右。

斯惟云无意一瞥，眼前秋阳穿窗，淡映在卿尘白衣之上，明光澄透，风华从容，那周身透着的潜静气度如清湖深澈，竟叫他一时挪不开眼，胸口的那股郁闷便在她明净一笑中烟散云淡，心底无由地安静下来。

见他久不作声，卿尘奇怪抬眸。斯惟云忙将目光一垂，不敢与她对视，道："王妃，我知道此事是不得已而为之，却仍不甘心。"

卿尘微微点头，细长的手指在斯惟云精巧的水利图上划过，思虑片刻，问道："我记得日前信中曾与你商讨过，开山凿渠，支分壅水，穿定峤岭绕两州而过的构想，你有没有想过？"

这数月来书信频繁，斯惟云自那日天机府中与卿尘笑谈算数到如今共商水利构建，早已引为知己，凡事经常与她商讨。俯身抽出另外一张图纸，指给她看："此法确可使壅水分流，避开青、封两州。原本为平衡水量趋避洪峰，亦会在此设筑分水坝相连南北二渠调节江水，使之枯季不竭，涨季不溢。但北渠虽早已动工，却进程缓慢，只因定峤岭岩石坚硬，整个水道才开凿了小半，即便夜以继日赶也来不及。"

卿尘注目看去，而后笑了笑："殿下其实也希望你能设法筑成此渠，方才在堤上看到定峤岭那边一直没停工，不是也一言未发吗？"

斯惟云抚过手下图纸点头道："殿下予我临机专断之权，如此信任，我又岂能辜负？壅江水坝绝不会耽搁行军大计，只可惜事到如今，恐怕难以两全其美了。"

卿尘转身问道："你对蜀中甚为熟悉呢。"

斯惟云神情悠远，似带着些怀念，却隐着深深痛惜："我自己便是封州郫城人氏，此处民风淳朴风景怡人，是极美的地方，加之物产富饶，年有丰余，若眼下这筑堰引渠的构想完成，则蜀地水旱从人，便更不枉'天府之国'的美称。"

"所以殿下才必取蜀中。"卿尘抬眼远望，别馆临江不远，耳边依稀传来江水浪声，"蜀中乃天下粮仓，至关重要，绝不容失。"

"我知道。"斯惟云凝重答道，"我可以只想一个封州，殿下却要兼顾四域，所以我并无怨言。"

卿尘自他清瘦的脸上看到一丝笃定，壮士断腕豪情在，令人佩服赞许："水利乃农耕之本，农耕乃民之所倚，民生即是天下。你手中实是系着我朝根本，待蜀中安澜，尚有沧浪江水患待整，殿下对你甚为倚重。至于青、封两州也已有安排，调百万之资重建两郡，或可略为补救吧。"

斯惟云疑惑看来，百万之资，即便是国库征调也要大费周折。卿尘却只是淡笑，不再多言。离开天都之前她已将莲妃所赠的紫晶串珠交与莫不平，着冥衣楼暗备军资粮草以防战中不测，更要以此善后蜀中。

"何不相信殿下？"她扬眉举步，"走，陪我去江边看看，这功在千古的水利工程只听你在信中频频提起，既然来了，我倒真想好好见识一番。"

斯惟云自愣愕中回过神来，即刻命馆内侍从备马。

一路指点交谈，卿尘同斯惟云到了江岸之前。

定峤岭山高险峻，如一把锐利的长剑直插云际，拦截大江。山风江水料峭而来，扑面冰寒，几乎吹得人睁不开眼睛。

卿尘扶着风帽策马缓行，岭前北渠并不甚广，只约有一人之深，十余步宽，较迂曲小冲积平原而过的南渠而言，只能容三分江水。然就是这三分江水，尽可将良田化作泽国，房屋毁为废墟。

临川涉水，有不少征夫正在凿山穿渠，艰辛抬挑。自古以来，庶民所知政情不过寥寥，生死变迁无不是掌于当政者手中。这江畔近百万民众，不过是靠劳力养家糊口，期求丰年盛世，安度生活，又有几人知道家园将毁，甚至性命堪忧？

在位者玩弄权术覆雨翻云，纵然有幸身为施政一方，心中也无法不生感慨。若无坚硬如山的心志，所谓天下，不过只是苦累折磨罢了，不苦自己，则毁苍生。

斯惟云随卿尘并骑而行，见她仍往深处走去，出言阻止道："王妃，前面开山凿岭甚为危险，莫要再行了。"

卿尘微勒马缰，举目遥看，耳边已能听到叮当不绝的斧凿之声，她看了会儿，突然问道："这开山凿渠用的是什么法子？"

斯惟云道："此乃蜀中古法，在山岩之上架柴灼烧使之炙热，而后取冷水或醋猛浇其上，则岩石淬裂，再以铁凿开剥。如此逐层烧凿，周而复始，则贯通山岭。"

"那岂不是很慢？"卿尘诧异抬头。

"但除此之外别无他法。"斯惟云道，"这已是最省时省力的法子了。"

"为何不以炸药开山？"卿尘再问。

斯惟云一愣："用什么？"

卿尘恍然，火药在此时应该并没广为应用，心中电念飞转，催马道："走，我们回去！"扬鞭转回行馆。

斯惟云路上相询，都被卿尘抬手阻止，只对他道："快些去把冥执叫来，我有事问他。"

不过一会儿，冥执同斯惟云来到别馆，见卿尘正在案前翻书查找。

"王妃！"

卿尘抬头，对他们一笑，问道："冥执，江湖上可有火雷弹之类的东西？"

冥执道："有，王妃要做什么？"

"你可会制作？"

"虽不精通，略知一二。"

卿尘在纸上抄了些什么，她记得火药乃是古时道士炼丹求仙时无意发现的，果然在这种书上查到了蛛丝马迹。她将笺纸拿给斯惟云："书中自有千般计，惟云，看我设法保你一个完好无损的封州。"

第十五章 惊雷动地移山海

别馆清幽，后院忽然轰隆一声巨响，远近可闻，震得栖鸟惊飞，屋宇簌簌作响。

一座小假山被炸飞一角。卿尘不想这东西如此猛烈，虽自觉站得够远，却仍被飞石击得睁不开眼睛，匆忙回身举袖遮挡，面前突然人影一暗，却是斯惟云快步挡在了她身前。

冥执满身狼狈地自不远处飞掠过来，抖落飞灰尘土："王妃，不用木炭果然也行。"

卿尘躲过沙石，对斯惟云投去感激的一笑。斯惟云微微怔忡，却低头轻拍衣衫，避过了她的眼睛："此处太危险，王妃还是避一避吧。"

卿尘却只凝神思量："去掉木炭，这次加的是清油、松蜡和干漆，我们不妨再加桐油试试。不过这引信不行，常人没你这般身手，如何躲得过去？"边说边指着冥执灰扑扑的一身笑道："看你都成什么样了？"

话音刚落，卫长征带了几个近卫匆忙过来，夜天凌身形出现在拱门处，看到院中情形，目光往卿尘身上一带，剑眉蹙拢，眼中生出丝惊怒。

卿尘吐吐舌头心叫不妙，刚对他露出个笑容，已听他沉声问道："这是干什么？"夜天凌打量卿尘无恙，眸中怒色褪了几分，但看向四周乱石狼藉仍旧神色未霁。

卿尘伸手抹了抹发间灰尘，笑道："没什么，做个试验而已。"

她白裘之上覆满灰土，再怎么整理也是狼狈。夜天凌语气微冷："整个别馆都快让你们拆了，岂能如此胡闹？"

先前多次失败，并未料到这次真能引发爆炸，卿尘自知理亏，早知如此，便该去外面寻个开阔的地方才对。她对斯惟云和冥执使个眼色让他们先走，免得一并遭训斥，笑着道："妾身知错，殿下大人大量，还请息怒。"

身边众人退尽，夜天凌怒瞪她一眼："没一日安分，哪有点儿王妃的样子？"

卿尘撇撇嘴："我若寻出办法，能保全青、封两州呢？"

夜天凌眸中闪过诧异："什么？"

卿尘被灰尘呛得皱眉咳嗽："小女子自有妙计，咳咳，虽未成亦不远矣！"

夜天凌揽她走到廊下避开浮灰，审视她那花猫一样的脸庞，突然失笑："你若真能保全两州，本王重重有赏！"

卿尘耸耸鼻子："谁稀罕！"

夜天凌不以为忤，伸手替她抹了抹脸颊："还不洗把脸去，黑一道白一道的，不知道还以为登台唱戏呢。"

卿尘抿嘴笑着，突然想起和十一在竹屋生炉火的情形，历历在目，如是眼前。

那时萍水相逢，夜天凌有伤在身，形容清冷，言语淡漠，却在见到他的一刹那，她像是坠入百世千生宿命轮回，无端地沦陷在那双眼睛中，一切便在不经意间注定。

当胸一箭，竟成了千年姻缘，此时想起仍然会心疼，卿尘回身抬眸，看向夜天凌的目光融融浸浸，不禁多了几分柔软。

夜天凌触到她的眼神，心头微微一荡，深秋静阳风中回暖，在他清冷眸底洒下温柔淡定，浮浮沉沉："发什么呆？"他笑问。

卿尘被他这一问，却不由挂念起十一来，问道："十一今日有信来吗？幽州可好？"

"只要虞呈不妄动，十一镇守幽州有山有水，比在天都逍遥多了。"夜天凌道。

十一这番"逃婚"可真不枉此行，卿尘抬头向着湛湛秋阳呼了口气："哈！多日未见，还真有点儿想他了呢。"

"哦？"夜天凌眼波动了动，隐带微笑，"竟当着自己夫君的面想别人？"

纤眉高挑，卿尘转眼妩媚，挑衅道："就是想，怎样？"

夜天凌不动声色地笑着："小女子恃宠而骄，看来不立点儿家法不行了。"

卿尘眼中狡黠，盯着夜天凌笑意盎然，趁他不注意猛然抽手，竟让他一把抓了个空："谨遵殿下令旨洗脸梳妆去，换衣服啊，你不准进来！"

夜天凌倒也不追，只负手闲闲走去，戏谑道："还怕我看？"趁卿尘闻言脸红，身形一动便将她逮到怀中，反手掩了房门。

屋中笑声轻扬，秋叶随风，金灿灿地沐着阳光翩跹而下，舞尽缠绵。

一夜秋风紧，瓮江水冷，长浪微退，露出峥嵘岸石。

自那日后，夜天凌下了严令，不准卿尘再靠近那火药分毫。令出如山，从斯惟云到冥执人人严守，自到山边去改进试验。

卿尘几次想偷跑去看，夜天凌却似乎知道她的心思，无论何事都将她带在身边，害得她也只能跟着他，听他和唐初、卫长征等商量如何布兵，如何行军之事。

夜天凌此次只带了一万玄甲铁骑，加上本城守军，不过三万有余。他却要以这三万兵马，破西岷侯十五万东蜀军，奇谋险兵运筹帷幄，直叫卿尘看得咋舌。

蜀地秋冬并不十分寒冷，夜天凌理事的室内却因卿尘怕冷早早生起了炭火。卿尘倚在窗前坐了会儿，不耐烦地将手中书卷丢下，去拨弄铜炉中烧得通红的银炭，一边叫道："四哥！"

"嗯？"夜天凌看着案前文卷淡淡应道。

"我去看看他们弄得怎样了吧。"卿尘将目光从铜炉上空朦胧流动的热气中投向夜天凌。

"不行。"

"那你和我一起去总行了吧。"卿尘仍不死心。

"前几天不是去过了吗？"

"可是又过了几天了。"卿尘可怜巴巴地托着腮，看着他。

夜天凌抬眸一瞥，眼中掠过丝笑意："心浮气躁的，自从到了蜀中怎么竟不像在天都那么安静了？"

"你指望我待在别馆深闺画眉窗前描绣大门不出二门不入啊？"卿尘道。

"你？"夜天凌失笑，"你昨天刚和唐初热火朝天地将我此次行军方略大肆研究了一番，各说各有理，哪有时间画眉描绣？"

"最后还不是都被你给否了，害我白操心一番。"卿尘道，"坐得久了会冷，得出去活动一下才好啊。"

"冷吗？"夜天凌身上只着了件云青长袍，看了看那铜炉。

卿尘丢下盖子，绕到他身后环着他脖颈，不由分说便将手塞进去："你试试看！"

指尖冰凉，夜天凌却只微微躲了一下，便任她暖着："怎么这么凉？"

倒是卿尘反而抽手出来："凉你干吗不躲？"

夜天凌一笑，伸手握着她："此处离东蜀军驻地太近，何况今日外面风大，你在这里陪我不好？"

卿尘被他语中那若有若无的温柔圈住，只能贴着他耳边笑说："好好好，我不过是看他们还没有进展着急嘛。"

夜天凌微微侧头，道："等此间大事落定，我再抽空带你好好游玩。"

卿尘点头，越过他的肩头往案上看去："四哥，这一仗你有几分把握？"

夜天凌眉目不动，淡淡道："十成。"

"哦？"卿尘撑着身子打量他，"战事百变，岂能如此夸满？西岷侯手中可是有大军十五万呢。"

夜天凌目中掠过一丝微冷的光泽："知己知彼，百战不殆。那西岷侯善勇无谋，一举一动尽在我眼中，十五万大军又有何惧哉？待他兵葬壅江，才知后悔莫及。"

沉敛里那份桀骜如兵锋慑人，若西岷侯大军甫动便以惨败收场，恐怕这四合之内无人再敢随虞夙妄图天庭，对北疆叛军将是沉重的打击。

案上散放着南宫竞今日快马传书，大军兵攻临安关数次不下，双方皆有损伤，卿尘心中泛起丝矛盾的苦涩。

夜天凌见她目光落在那军报上突然默默不语，倒笑说："放心，他定当破得了临安关。"

卿尘微微一震："为何？"

"中军兵占优势，破关不过是个时日问题而已。何况，虞夙亦会让他破。"夜天凌淡淡道。

"临安关是蓟州之咽喉，一旦破关，大军长驱直入，北藩岂不是兵败如山倒？"卿尘不解地问道，"虞夙怎会容他破关？"

"临安关外北疆寒冬，届时胜负难料。"夜天凌微微闭目，"虞夙此人老奸巨猾，又岂如西岷侯这么好相与？"

"但久攻不下，粮草补给都将越发艰难。"卿尘道，"这临安关，不破也得破。"

"对。"夜天凌只简单说了一个字，便不再言语。

卿尘亦沉默，却听到外面卫长征禀道："殿下，斯大人求见。"

"让他进来。"

"殿下，王妃！"斯惟云自外进来，步履匆匆，神色似惊似喜，风尘仆仆，显然刚从定峤岭赶回来。

"坐下说。"夜天凌道，"定峤岭那边怎样？"

"谢殿下。"斯惟云在下首落座，道，"那火药威力非常，比起烧石开山快了不下数倍，如此一来，南渠指日可成！"

"当真好用？"卿尘问道，"究竟是怎么弄的，快说来听听。"

斯惟云道："七分硝，三分硫，不用木炭而加清油、桐油、浓油、黄蜡、松蜡及干漆。初时也只能像在别馆一样炸开些松散山石，后来我寻了蜀中一家善做烟花的老工匠来，他研究过后，便改了些工艺，一旦点燃，当真石破天惊，开山辟岩如无阻碍。只是那引信和烟花的引信不同，老工匠还在改进，近日着实辛苦冥执了。"

"那照此来说，开凿南渠尚需多少时日？"卿尘问道。

斯惟云微一沉吟，道："怕是还得两月左右，殿下！"话虽如此，但若军情不容耽搁，也无可奈何。

卿尘和斯惟云同时看往夜天凌。

夜天凌自案前站起来，负手静立，将墙上军机图看了半晌，稍后道："我给你五十日时间，此已是极限。"

　　"多谢殿下！"斯惟云长身而起，深深拜下，神情激动。

　　时间虽极为紧迫，但青、封两州终于有望得以保全。人定胜天，这破山开渠之举，是保全两州百姓数万性命百年家园，亦是泽被蜀地功名千古的浩大水利构建，思之便令人热血沸腾。

　　"惟云，若你能精测细量，自不同地方同时穿山开凿，或可事半功倍。"卿尘伸手找出夜天凌案前备份的水利图，展开道，"真正实地测量这些东西我就不懂了，便看你自己有几分本事能抢在西岷侯动兵之前。"

　　"臣知道！"斯惟云语出坚定，"定峤岭快得一分，殿下这里便多一分胜算。"

　　夜天凌微微点头："五十日，只少不多，且不能耽误大堤完工，你去吧。"

　　斯惟云长身一拜，不再多做停留，立刻动身赶回定峤岭。

　　案前的军机图上勾着几道浓重的红色，乃是连日来商定好的行军路线。几道箭头锋锐，蹙于壅水古浪河河段，转而与两路兵力相合，划往幽州，将同十一的西路军会师，过合州，取横岭，入北疆，兵锋直指临安关。

　　卿尘站到夜天凌身边，看着军机图上辽阔疆土，目光落在蜀中古浪河："四哥，如此无论如何也要引西岷侯出动，在此处渡江了。"

　　先前既有弃卒保车的想法，只要西岷侯兵马在壅水河段，哪怕窝于青、封两州不出都可一举歼之，但现在很多地方都要重新思量布置。

　　"不错，若要保两州无恙，唯有这道河段可行。再往下游，水分两渠汇入他途，便无用处了。"夜天凌深邃的眸底锋锐微绽，唇间掠出一丝淡笑，"待我亲自引军陪那西岷侯练练兵，给你看出好戏。"

第十六章 三愿如同梁上燕

常年带兵,夜天凌一向有早起的习惯。卿尘以前随侍在天帝身边早朝,被逼得不能贪睡,嫁入凌王府后倒没了这个规矩,早晚随她。但她却不知自何时起,竟养成了每天清晨都要亲手为他整束衣容的习惯,只要夜天凌起身,她便再难入睡,已经许久没有贪睡的时候了。

这日却不知为何,夜天凌起身后见卿尘懒懒地窝在那里不动,半睡半醒地看着他,他伸手抚了抚卿尘散在额前的发丝,俯身问道:"怎么了,今天不跟我去校场?"

卿尘轻声道:"不去。"

夜天凌微微一笑:"我看你这几日是越发偷懒了,前些时候还总闹着要出门,如今倒安分起来。"

卿尘似笑非笑瞥了他一眼:"我安分,你岂不是省心?"

夜天凌替她将被角轻掖:"如此便饶你再睡会儿吧。"

卿尘"嗯"了一声:"四哥,今日若没什么要事,就早些回来。"

"好。"夜天凌随口答应一声,起身出去。天光轻淡,远远透出晨曦,几名玄甲近卫早已等在门外,翻身上马,便往校场去了。

夜天凌此次带来蜀中的玄甲军乃是军中精锐,天色未亮便早已装束整齐,对阵操练,十余年寒暑如一日,从无间断。

别馆所在的江水郡城中驻军两万三千,自夜天凌到后,便日日随玄甲军一起操练。开始将士们都颇有些吃不消,但因底子还不错,到现在逐日习惯,似是阖军换颜,大有长进。

夜天凌一到校场,大将唐初同江水郡督使便自点将台迎上前来:"殿下!"

这江水郡督使正是当年曾冒险相信卿尘,使百姓避过地震之灾的怀滦郡使岳青云。他本就是武将出身,那次赈灾后夜天凌赏识他人品胆识,借封赏之机设法将他调放外官到了蜀中。

　　这一步棋安排在蜀中，事事料先，环环相扣，也是十分关键之处。岳青云到任之后，整顿民生勤练兵马，倒真未辜负夜天凌一番提拔。

　　夜天凌登上点将台，唐初抬手施令。

　　玄甲军闻令而动，瞬间集于台下，行动之迅速纵使岳青云已不是第一次领教，仍旧暗中慨叹。

　　校场中轻尘飞扬，肃静无声，映着点点铺洒开来的晨光，玄甲慑人，兵戈耀目，军威如山。

　　唐初抬眼一扫，扬声问道："何故缺了一人？"

　　领兵副将出列答道："禀将军，神机营张争昨天不慎扭伤脚骨，是以在营中休息，今日未曾随军操练。"

　　唐初点头，回身道："殿下。"

　　夜天凌自阵中收回目光，问那副将："伤得可厉害？"

　　那副将答道："回殿下，只是普通的扭伤，并无大碍，但为不耽搁过几日出兵，特稍事休养。"

　　"嗯。"夜天凌挥手令他归列，"待会儿一起去看看。"

　　那副将俯身道："谢殿下！"后退一步，自行入阵。

　　岳青云目露诧异之色，不想一个士兵受点儿小伤，夜天凌以王爷之尊竟也要亲自垂询探视。昔日从军不在夜天凌帐下，只耳闻其治军极严，这些日子随行在侧，亦深深领教，但见如此恩威并施，怎不令三军将士人人誓死效忠。

　　他却有所不知，眼前这些玄甲军将士无不是夜天凌自带兵以来便亲手挑选训练的精锐之士，多年来随他纵横边疆征战南北，几乎从来不离左右，攻城略地立下汗马功劳。

　　这支精锐之师曾如利刃长驱奇兵突起，一日之内攻陷南番重镇百色城，未伤一兵一卒，反而将夷族援军杀得丢盔弃甲，狼狈弃守。曾仅凭七千兵力驻扎潼阳关，震慑西突厥八万大军不敢轻举妄动，连夜退兵。更曾深入西域，周旋于大小三十六国战乱之间，平息干戈，使西域诸国多数臣服天朝，亦使吐蕃控制西域的想法落空，长久以来只能友好相交，不敢有所妄动。

　　无论北疆西陲，玄甲军皆威名远扬，锋芒所指，闻者色变。一场场铁血征战，夜天凌与之同生死共患难，名为部属，实胜兄弟，诸将士亦深感他知遇之恩，追随身畔，赴汤蹈火在所不辞。

　　一万兵马此次入蜀，神不知鬼不觉，就连岳青云这个督使都丝毫未曾察觉。事后思及，若这是攻占江水郡的敌军，当真防不胜防，暗中惊出一身冷汗。莫说夜天凌有调军龙符在身，便是没有，谁人又能逆其行事？

而甫入蜀地十日之内，玄甲军中的神机营已将青、封两州驻军情况摸得一清二楚，沿江山岭城郡各处地形也尽在掌握，纤毫不遗。

冥执依夜天凌之命归入神机营，一身轻功来去无踪，有日竟将西岷侯送给爱妾的玉锁环佩取了来挂到雪战脖子上，不过自然遭了夜天凌训斥，还被雪战极为不满地吼了一通，直把卿尘笑得不行。

神机营本便集中了军中善工事、机关、间谍的顶尖人物，再得冥执调教点拨，更是如鱼得水。便如前几日，照斯惟云用来开山的火药方子，弄出个名为"玄甲火雷"的东西，一枚轻弹随手丢出，爆炸连连，瞬间便浓烟四起烈火焚烧，极具威力。

卿尘同神机营这些年轻将士处得极熟，不时偷偷出些鬼点子让他们去研究，总有意外收获。幸而这帮小子深知轻重缓急，军纪严肃，决不误事惹祸，否则还真会叫夜天凌头疼。

江水郡所属两万三千士兵遵夜天凌之令，每日沿江边负重快跑以增强体力，这时候已在操练中。夜天凌便对岳青云道："走，到江边看看去。"

唐初却道："殿下请留步，兄弟们今日有话对殿下说。"

夜天凌微觉奇怪，回头道："何事？"

唐初俊面带笑，转身走到夜天凌面前，扬手挥下。校场中玄甲军一整军容，突然随他一起单膝行军礼，齐声道："玄甲军十营将士恭贺殿下寿辰！"

天际晨光万里，朝阳破云而出，映出万道金芒。贺声自万名将士口中齐声喝出，如同出自一人之口，气势慑人，撼天动地。

饶是夜天凌平日喜怒不形于色，看着校场中一片玄色亦面露惊诧，但只愣了一瞬，便扫了眼唐初："什么时候竟也学会这些花样了？"

唐初俯身："今日是十一月壬午，兄弟们都记得殿下寿辰。呵呵，不过也得了高人指点。"

夜天凌心中微微一动，看向场中这些随他刀林剑雨过来的将士。多少年并肩征战，似是早已血脉相连，平日不想倒不觉如何，此时面对众人，心中竟是深深感慨，一股铁血豪情亦是凌云而生。

但他平日在军中人前肃冷惯了，仍是面无波澜，负手淡淡道："起来吧，近来大家都辛苦。唐初，晚上备美酒犒劳兄弟们，畅饮无妨，但不可醉酒生事，听清楚了？"

"谢殿下！"唐初及众将士哄然应命。

岳青云拱手道："不知今日是殿下寿辰，未曾备得贺礼，不如今晚这酒便让末将预备如何？"

夜天凌薄唇微挑，似是想到什么事而带了抹不易察觉的笑意，道："难得你有心，你们商量着办吧。"

出了校场，夜天凌巡看江水郡驻军操练，后同卫长征等人去了定峤岭。

五十日时间已过大半，定峤岭这边昼夜不停地抢筑水渠。斯惟云计算准确，自两处同时开山通渠，并在山岭至江水间设了一道横空铁索，炸开碎石就地装入竹笼，沿铁索运至江边，即刻乘船送上壅水堤坝。

如今大堤已成，北渠也进入收尾，只南渠还剩一小段，照此情形，不日亦将完工。

事多不觉，转眼过了大半日。夜天凌在山岭间立马，突然记起卿尘嘱咐他早些回去。一旦思及，心里竟不知为何格外想她。练兵筑渠，无论多大的事情，周遭这忙碌似是便在这种情绪里远远地荡开了去。这些日子无论何事形影不离，乍然一日不见，她的轻语浅笑缠绕心间，出其不意地竟如中了什么毒一样，百转难解。

夜天凌迎着山间冷风不由一笑，清寂的眼中略带自嘲偏又深软幽亮，十分无奈不敌情浓。

斩不断理还乱，此般滋味不亲身尝得永远也无法想象，七情六欲竟是如此惑人。何况今日最是想同她一起啊！

便是立时回程，到了别馆也已近黄昏。夜天凌下马步往房中，走到门前突然一停，推门的手半空中顿了顿，眼中笑意微绽，方将房门推开。

刚刚迈入门槛，立刻有双柔若无骨的手蒙上了他的眼睛，身边那熟悉的淡香若有若无，衣衫窸窣，不是卿尘是谁？

"四哥！猜猜面前是什么？"夜天凌身形高挺，卿尘勉强踮脚才能从身后捂着他的眼睛，清声笑道。

夜天凌嘴角扬起个愉悦的弧度，微微侧头："很香，有酒……"

"还有呢？"

"这味道极是熟悉。"

"是什么？"

"燕尾桃花虾。"

"还有？"

"九品鲜笋？"

"还有？"

"猜不到了。"夜天凌失笑。

卿尘笑着引他去案前，一下子放开手，夜天凌微微一怔，眼前冰盏玉壶伴着几道精致菜肴，赏心悦目，香气扑鼻。

卿尘俏盈盈环着他的腰，秀发长垂，自身后探身出来："看是不是都是你爱吃的？"

夜天凌眸中含笑，反手将她揽过来，只见如意豆腐、燕尾桃花虾、凤穿金衣、九品鲜笋、生丝江瑶、玉板翠带，六道菜肴盛在一色的冰色浅碟中，佐了几样精致小点并一品龙井竹荪汤，色香味俱全。"观之不错，却不知味道怎样。没想到这别馆的厨子竟也会做宫中的膳食。"他笑道。

卿尘抬眸看他，却哂道："咳，味道大概马马虎虎，这是我做的，那小厨房已经被我折腾得人仰马翻了。"

"你做的？"夜天凌惊讶，随即恍然道，"怪不得今天赖床不随我出去，原来是想偷偷弄这些。"

卿尘娇俏浅笑："今天特别嘛。"

"今天特别？"夜天凌故意板起脸，"特别到连我帐前大将玄甲铁骑你都敢私下支使了？"

卿尘吐了吐舌头："我不过出了个主意，反正他们早便要给你贺寿，是唐初自己来找我讨法子的。"

夜天凌修长手指一动，在她额角轻弹，卿尘伸手拉他坐下："我第一次做菜，尝尝看！"

夜天凌轻声叹道："其实这些事自有人伺候，何必你亲自去做？"

卿尘抬眸看他，目光清亮，柔声道："别人做的不一样，我就是想亲手做来你尝，只做给你一个人。以后只要你不嫌难吃，我便常常给你做。"

夜天凌一时竟不知说什么好，宫中府中山珍海味无数，此时都不如眼前简单几道菜肴，他伸手取过象牙筷，"那让我先试试你的手艺。"

卿尘目不转睛地看他脸上表情，见他尝了一块鲜笋，故意不语，便催促道："好不好吃？"

夜天凌露出一点儿悠远的神情，道："让我想起儿时在延熙宫的日子。"

卿尘雀跃道："那便是不难吃了？"

夜天凌笑道："我的清儿最是聪明，做出来的菜哪里又会难吃？"

卿尘知道自己这临时学来的手艺也就是勉强说得过去，不过仍旧十分开心，执壶替他将酒斟满，道："这酒今天你得好好喝，这可是十一差人从幽州快马送来给你贺寿的'冽泉'酒。十一还带信来，说自小至今未得逞的心愿便是看他四哥一醉，今日碍着战事不能前来，要我借着好酒怎么也把你灌醉看看。"

盏中琼浆如玉，微带着点儿冰蓝颜色。酒香清冽，似是撷了山间灵气水中精魂，飘逸悠远透彻清明，未饮便已沁入肺腑。夜天凌执杯笑道："摆酒叫阵，看来胸有成竹呢。"

卿尘浅笑妩媚，嫣然道："我可比十一有自知之明，反正论酒量我是敌不过你，只看你是不是自觉。你不是说自己酒量不大吗？怎么就不见醉过？"

夜天凌挑挑眉梢："饮酒过度，伤身乱性，昏聩者为之。"

"人生得意，纵酒一醉也不为过。"卿尘反驳道，"总是醒而不醉，岂不无趣？"

夜天凌将盏中酒香深嗅，扬眉畅笑，一饮而尽："你怎知我没醉过？"

"咦？"卿尘顿时好奇心起，"十一都没见过，快说什么时候，我好告诉他！"

夜天凌把玩手中冰玉盏，目光一动，极专注地看她，那眸中深邃处清光幽灿，静静无声却铺天盖地："我自娶了清儿那日便早已醉了，不知道什么时候能醒来。"他淡淡笑着，不无感慨地道。卿尘未沾酒香，却已霞染玉容，被他看得羞怯，垂眸小声嘀咕："这种话怎么和十一说？"

声音虽小，却清晰地传入夜天凌耳中，他促狭笑道："你便和他说，我若醉也只为一人，让他此生惦念着吧！"

卿尘含笑嗔他一眼，手却被他握住："陪我喝一杯。"

一双冰盏，酒色醉人。"冽泉"入喉，如同一道炙热的暖流直润肺腑，这酒果然如十一所说，清澈中性烈无比，饮之回味无穷。

卿尘微微闭目细品那酒香醇冽，转而款款起身，夜天凌亲手为她做的那张"正吟"琴安然放在窗前。她步到琴前，拂襟而坐，按弦理韵，指下一抹澄透清音悠然扬起。

春日宴，绿酒一杯歌一遍，再拜陈三愿：一愿郎君千岁，二愿妾身长健，三愿如同梁上燕，岁岁长相见。

月色初起，伴着一丝轻云如缕，清光淡淡流泻满院，斜窗而入。七弦琴，红酥手，余音袅袅，绕梁不绝。

卿尘随性弄琴，低吟浅唱。这琴声，似有似无，如仙如幻，仿佛空彻浩渺又自四面八方萦绕飘来，处处不在处处在，丝丝扣着神魂，牵着心弦。

夜天凌知道她没酒量，不敢让她多喝，只静静看着她，把盏独饮。不知是这酒当真性烈，还是眼前人太美，歌太柔，琴太妙，月色朦胧一片，心间已没有任何事情可想可念，只愿此情此景一生常伴。

玄甲军中设宴，卫长征受命来请夜天凌，方走入院中便听到这里琴声清绝伴着优雅低歌，深情缠绵，柔肠百转。他驻足不前，低头思量一会儿，忽而一笑，转身退了出去。

第十七章 但愿长醉不愿醒

　　酒微酣，人初醉，夜天凌略饮了几杯，便知这酒确是烈酒，亦是好酒。前劲清润而后劲深醇，那五脏六腑间恍惚的香绵，叫人纵醉也值得。

　　诚然从不醉酒，却并不是他海量，不醉只是因不能醉，不愿醉，亦没有人让他醉。

　　卿尘抚琴而歌，玉箸布菜，轻声低语同他谈笑。夜天凌撑着额头安静地听她说话，面色清冷如常，削薄的嘴角乍一看就像平日遇到事情时不经意地抿起，然而那却是一丝淡淡的笑意。

　　卿尘也曾见过无数人醉酒，就连夜天湛那样温文尔雅的人，酒至酣处亦会有三分狂放不羁。而他偏偏如此安然，静静地一言不发。

　　你若说他醉了，他真要答你话时清晰如许；你若说他没醉，他已不是平常的他。

　　中宵月影，朦胧入室，卿尘倒是真的不胜酒力，自己早已迷蒙，拎着酒壶一晃，笑道："又空了，四哥，你不能再喝了，再喝便真的醉了！"

　　夜天凌淡淡一笑，低头看向她："你不是想见醉酒的我吗？"

　　"那你醉了吗？"卿尘问道。

　　夜天凌望向窗外月色，停了片刻，握手成拳，又在自己面前伸开，修长的手指干燥而稳定，若握上剑，叫人丝毫不怀疑可以一剑封喉。

　　他静静看了半晌，道："酒，确已经喝得太多，但却不像，是吗？"

　　"没有这样醉酒的。"卿尘轻声道。

　　"嗯，或许没有。"夜天凌眼中黑得清透，淡淡道，"但我从第一次喝酒便告诉自己，不管喝多少，人不能醉。"

　　"为什么？"

　　"因为醉了，便不知道自己究竟要做什么了。"夜天凌道。

　　"一直清醒着不会累吗？"

"醉而复醒，实则更累。"夜天凌缓缓闭目，轻嘲道，"何苦自寻烦恼。"

卿尘专注地看着他，眼前那刚毅的轮廓因唇角浅浅的笑意而柔软，叫她看得痴迷。她伸手触摸他的唇："在我面前，你也要这样控制着自己吗？"

夜天凌睁开眼睛，眼底浮起神色温柔："有你，我不因酒醉。"

卿尘双颊飞红，笑着站起来，身子却软软一晃，她伸手去扶桌案，不料落入了夜天凌的怀抱。

夜天凌俯身看她，瞳仁深处如有魔力，叫人晕眩迷失在里面。他略一用力，将她带往身后烟罗帐里，锦被柔软丝滑，触到因酒意而烫热的肌肤，温凉如水，划过心扉。

月光如同轻纱，淡淡地铺泻窗棂，洒了一地，清亮而幽静。

卿尘身边尽是夜天凌身上熟悉的气息，他的体温如同深沉的海洋，无处不在地包容着她，叫她几乎溺毙在这样的温存中。

夜天凌靠近她，在她额头轻轻印下一吻，拥着她靠在榻前，静静看她。卿尘亦没有说话，那一刻的宁静中她能听到他心脏的跳动，那轻微的声音在她的心灵间如此清晰，没有任何的隔阂，他属于她，就如同她也属于他，完全地毫无保留地拥有彼此。

一室静谧，此时无声胜有声。

不知过了多久，夜天凌自卿尘微笑的容颜上移开目光，闭目长叹道："清儿，希望此生此世我都能护佑你，让你永远这样笑着，远离人间悲恨愁苦。"

"若悲恨愁苦里你都在身边，那其实也无妨。"卿尘轻声低喃。

夜天凌缓缓摇头，唇边似有似无荡起微笑："我在的话，便只给你欢笑。"

"那你得宠我疼我爱我，便管不了我了。"卿尘道。

夜天凌抬手刮了她鼻子一下："你要是开心，我管你做什么？"

卿尘抬眸："你不怕我闯祸？"

夜天凌剑眉微挑，却道："不怕。"

卿尘故意叹道："殿下果然是善用兵谋之人，欲擒故纵，这样一来我倒不好意思闯祸了。"

四目相对，两人同时失笑，突然夜天凌目光一动，掠向窗外。

卿尘听到一阵远远的破空声，随他看去，夜空中绽开一声轻响，银光洒落，竟是耀目的烟花。

"哎呀！"卿尘起身叫道，"险些忘了，四哥，我们去看烟花！"

夜天凌见她步履还踉跄，就要往外跑，一把拉住："刚喝了酒便出去吹风，什么烟花？"

卿尘道："是斯惟云请老工匠特地做的，说是极为精巧，只有蜀中才能得见。我让神机营送上壅水大堤，今晚给你贺寿，也是贺堤坝落成！"

第十七章　但愿长醉不愿醒

"就你花样多。"夜天凌无奈笑着,同她一起向外走去。

壅水江畔,神机营几个年轻将士已将烟花安放在大堤之侧,偶尔随手点上一支穿云箭,啸声清锐破入夜空,带出一道似有似无的烟火。

时至戌半,空中几朵花炮首先亮起,层层开放,映照江水山岭。

斯惟云立在江畔仰首望去,转身对卫长征道:"还未见殿下同王妃过来,要不要等一会儿?"

卫长征一笑,回头示意。斯惟云沿他目光看去,山岩临江不远处一块高起的岸石上,不知何时静静地立着两个人,白衣轻裘,携手相依。

一朵巨大的烟花高高升起,在半空骤然爆开数层,金银两色交织,映得四方夜色有如白昼。

烂银碎金,炫耀长空,清晰地照在凌王妃的脸上。江风飒飒,吹拂白裘微动,她双手合十似是在默默祷祝,雪琢玉雕的面容带着圣洁与虔诚,炮声热闹的夜风中显得如此淡静,似乎一切尘世喧嚣都寂灭在她的温柔中,如此深刻的温柔。

那是一个妻子想起丈夫时的神情,柔软而宁静。

斯惟云恍然失神,曾经在太极殿上俯瞰朝臣的从容高华,曾经在天机府中不让须眉的果断锋锐,曾经在壅水高岭指点山河的奇谋聪慧,曾经在军机图前挥洒谈兵的运筹帷幄,这一切似乎根本都是错觉,让他几乎以为自己的记忆出了差错。

清平郡主,凤家嫡女,御前修仪,这一切都不曾存在。

她只是一个女人,一个安静地站在丈夫身边的女人,同他并肩而立、不离不弃的女人。

或者,便是那只挽在她肩头稳定而温暖的手,让她的神情如此沉静,让她的微笑如此炫目。

所有人的目光都望着绚丽烟火满天,唯有凌王,静静看着自己身边的妻子,少有情绪的眼中映着淡淡火光,一片柔情无边。

命中注定,只有这个谜一样的女子,才能让凌王的无情万劫不复,也只有凌王这样的男人,才会让如此女子倾心相许。更是只有这两个人,才值得他,值得岳青云,值得唐初,值得卫长征追随左右,誓死相从。

斯惟云深深舒了口气,望向远处的定峤岭,暗中遥祝。人世间总有些事情不尽如人意,说不得,却偏偏亦叫人终生不悔。

"许了什么心愿?"见卿尘那样认真地合十许愿,夜天凌在一旁看着,终于忍不住问道。

"不告诉你。"不知是被一朵烟花映红，还是突然害羞，卿尘脸上掠过淡淡的娇红绯色，妩媚动人。

夜天凌笑了笑，也不追问，只不紧不慢地道："我刚刚也许了个心愿。"

卿尘抬眸询问，夜天凌道："要不要交换听听看？"

女人天生好奇，怎经得住诱惑，卿尘咬着红唇想了想，终于踮脚在夜天凌耳边悄悄说了一句。

夜天凌眸间笑意隐现，臂弯微收，低声道："这个不难，咱们今晚便努力就是了。"低沉的声音，暧昧的呼吸逗得卿尘颈间痒痒的，躲又躲不开，挣扎道："轮到你了，快说！"

夜天凌抬手替她将一缕秀发掠回风帽中，清峻的眼中深亮无垠，微微扬眉，淡看这漫天烟火，缓缓道："但愿长醉不愿醒。"

心有灵犀，情意绵绵，卿尘明白他话中之意，含笑不语。

烟花耀目此起彼伏，似是绽开了无数的喜悦，丛丛簇簇，天上人间。

夜风激荡飘摇，江水带着无数流星般的光芒流逝东去，滔滔拍岸，浪声高远。

逝者如斯夫。卿尘微微仰首，看着彩亮光明洒照长空，绚丽多姿，绝艳惊人。

如此的夺目明亮，却又如此的短暂。

星辉流火，将最灿烂辉煌的一刻尽情绽放，转瞬即逝，陨落凡尘。

美丽的悲哀，最是叫人痴迷，她目不转睛地看着，心间喜悦骤然落入一点哀伤。江风寒凉，刺得双目微酸，不觉竟有两行清泪悄然流下。

夜天凌像是立刻感觉到了她心绪起伏，俯身问道："清儿？"

卿尘却转眼带着泪笑了："不知道是不是太高兴，总觉得不真实。"她拉着夜天凌的手："四哥，你陪我去放烟花好不好？"一边说着一边就拉着他向大堤那边举步跑去。

"慢点，"夜天凌无奈道，"没有人和你抢。"

卫长征他们见两人突然过来，纷纷俯身见礼。夜天凌抬抬手，还没来得及说话，便见卿尘从一旁侍卫手中取过香火，笑着准备去点引信了。

"我来！"他一把将她抓回，"不准你胡闹。"

"那我们一起。"卿尘和他一同持了香火，触上引信。火花轻闪，夜天凌很快带着她后退几步，那烟花冲天而起，星星点点落得四处尽是光芒繁亮，却是那种近看的火树银花。

层层星光似是将周围化作了神奇的花火世界，璀璨明炫，卿尘拍手笑道："太美了！"

老工匠特制的烟花果然是难得一见的精工巧做，品样繁多，卿尘挑挑拣拣，一个个亲自燃放来看，一时间笑闹嬉戏，玩得不亦乐乎。

夜天凌始终陪在她身边，光影此起彼伏，在他清淡的脸上投下若隐若现的笑意。卫长征在旁新奇地看着，忍不住同斯惟云相视而笑，突然有神机营中兵士寻到他身边，说了几句话后将一样东西交给他。

"殿下！"卫长征上前一步，低声请道。

夜天凌回身，听他轻声禀报了什么事情，复又接过他手中一张信笺就着烟火明亮浏览看过，略一思索，交代了几句，便又回到卿尘身边："还有哪个没试过？"

唐初和岳青云都立刻离开了大堤，卿尘知道定是军中有事，虽是意犹未尽，却懒懒道："我累了，不想玩了，咱们回去吧。"

夜天凌俯身一笑："正在兴头上，怎么就累了？陪你再玩会儿。"

卿尘摇头："真的有些乏了，留几个以后玩。"

夜天凌岂不知她的心思，道："并无大事，不过神机营截住一个虞凤遣来蜀地的密使，自有他们审着，明日再去也不迟。"

卿尘柔声道："事关军情，怎好耽搁？还是去看看吧。"

夜天凌却接过她手中的香火，道："今晚哪儿也不去，就陪你。"眼中清光淡淡，一片干净的深黑，似是真的丝毫不挂心那些军务。

卿尘见他当真不打算过去，倒有些诧异，夜天凌剑眉一挑："怎么，整日都是这些，竟连一晚也不容我歇歇？"

话说得随意，卿尘却蓦然心疼。他一年到头眼前心中尽是朝事军务，且不说那些艰难险阻，纵然事事游刃有余，却也难免操心疲惫，就这特别的一刻奢侈放纵，又如何？

那一夜，夜天凌陪卿尘燃尽了所有的烟花，夜色无边，似是永远会这样炫美，留在记忆深处，经久不褪。

后来真的累了，两人才意犹未尽地回到别馆，夜天凌待卿尘睡熟后却仍去了军营，回来已近清晨。卿尘醒来时，只知道她依旧睡在夜天凌的臂弯中，人说百世修得共枕眠，而他和她，已是修了万世，千生。

第十八章 奇谋险兵定蜀川

圣武二十六年冬，长风，晴冷。

青州西岷侯府，两名便衣侍卫携西岷侯廖商的密信手令，护着北晏侯来使秘密出城，行至江边临岸雇了舟楫，顺水东上。

壅水悠悠，过尽千帆。

长楫入水轻点，不急不慢。船上舟子年纪不过二十左右，身量挺瘦，形容朴实，招呼客官进了舱中避风，自在船头掌楫。

客船杂在往来行舟间，远远看去似是大江之上一片落叶，行了几程，悄无声息不见了踪影。

河道愈窄，渐渐入了密林山岫。

一个侍卫自舱内出来，咦了一声，回身对舟子喝道："这是何处？为何离了土江？"

"这是一段近路，大爷没走过？"那舟子漫不经心地往他身后瞥了一眼，随意道，"此程尽处，便是丰都鬼城。"

前途曲幽，杳无人迹兽踪，寂静得叫人心底悚然。那侍卫隐约觉得不妙，突然看到舟子眼中闪过与身份极其不符的精光，惊觉后方要发作，猛地脚下船身晃动，身体失衡的片刻，眼前微花，一杆竹楫已迎面袭来。

侍卫骇然抽刀，那长竹如附鬼魅，挟着劲风锐利，千重虚影中一点淡光疾驰，破入他匆忙抵挡的刀势中，不偏不倚穿喉而入，骤然带起一蓬细微的血花。

手中之刀似是戛然而止，凝空僵住。他双目圆瞪，不能置信地低头看着身前，喉间咯咯两声哑嘶，伏地倒毙。

另外一个侍卫察觉有异，匆忙持刀扑出舱外。

身形未稳，背后杀机袭来，猝不及防时颈间轻电般带过一丝冰凉，回头处，见那北晏侯密使手中寒光闪过，白练耀目，锋芒之上的那抹鲜血，变成了他看到的最后景象。

举手之间，一切悄无声息。小船依旧沿水行驶，平稳悠然。

那北晏侯密使顺势一带，身前侍卫倒入舱内，反手亦将另一具尸体拽入。抬手在面上抹了抹，露出本来面目，身上长袍抖落，底下是件粗布衣服，杀人的剑早不知隐往何处。

他自一个侍卫身上搜出什么东西，躬身出了船舱，捞起搭在近旁的竹竿笑道："卫统领好枪法。"

卫长征亦笑道："冥执兄的快剑，叫人看得手痒。"边说边伸手在船篷之上摆弄几下，乌篷客船化作渔船，再看不出先前痕迹。

冥执道："若不是殿下有令军中不准私斗，倒真要讨教几招。"

卫长征无奈地耸肩，两人相视一笑，长风顺水，转过几道河湾，施施然往江水郡城中去了。

三日后，虞凤接到入蜀密使飞鸽传书，报说已与西岷侯达成协定，一切依计而行。白纸黑字加盖朱红信印，确凿无疑。

与此同时，蜀中壅水双渠穿山越岭大功告成，命名"安澜渠"。

十一月壬辰，西岷侯廖商以"正君位"之名自青州起兵举事，与虞凤两相呼应，兵分水陆沿渊江而上，欲取壅江水道南攻天都。

当日，虞凤叛军出临安关迎击湛王大军，一反避退之势，行动狠辣，北疆战况立时吃紧。

虞凤长子虞呈率西路叛军猛攻幽州，幽州地势平原坦荡，不易死守。十一皇子率幽州将士化守为攻，与叛军多次激战，将虞呈叛军生生阻于城外二十里。双方日有交战，战事不定，频频多变。

各处消息传至天都，举朝皆惊。

两路平叛大军被北晏侯攻势缠住，无暇兼顾蜀中，不过数日，青州、封州、岳州、衡州等几处重镇已完全落入西岷侯手中。

朝臣各执己见，太极殿朝议，竟有大臣上书天帝言议和之策。

天帝震怒，连贬中书郎奉恒、按察使成纶、都指挥同知唐匡等几名重臣，即刻降旨革西岷侯廖商世袭爵位，撤西侯国，发讨逆檄文，却未动一兵一卒。

廖商兵取扼于雍、渊两江咽喉处的江水郡城，江水郡督使岳青云拒绝归顺，率将士两万迎击叛军于丰岭，寡不敌众，且战且退。

西路叛军声势夺人，兵锋大盛。

烽烟四起，西北皆乱，中原数十年安定分崩离析。

军报战情频频飞奏入城，时日渐寒，江水郡似是极为冷清，城中军禁，坊肆街道空无一人，倒真显出几分冬季的萧索来。

卿尘同斯惟云遥立在甕水高处，风冷刺骨，长浪击岸。

斯惟云虽是身着裘袍，却仍不住咳嗽，卿尘极为担忧地看了他一眼："惟云，你这病是思虑忧劳过甚，兼之外感风邪，着实不宜在此吹风。"

斯惟云原本便清瘦的脸上此时更添苍白，强忍下胸中不适，道："不在这一时，事关重大，岂能让王妃一人在此承担。"

卿尘叹了口气，常听人道呕心沥血，这一坝双渠工程之大时日之短，令斯惟云耗尽心神，如何能不伤身？安澜渠一成，他便是一场大病，今日非常之时，他硬是挣扎起身与她一起前来江上，否则要她自己掌控这长堤陡门助夜天凌行兵，说是无碍，心中倒也真有几分忐忑。

千古江水，在人的超卓智慧下蓄水成湖，改流入川。眼前战事成败在即，自此蜀地水旱从人，斯惟云所做之事，不敢说后无来者，但确实前无古人。

卿尘知道斯惟云刚正严谨，是个非常执拗的人，劝而不得，只好道："待此间之事落定，不管这渠坝还有什么未曾完结之处，你必须歇息些时日，按昨日我说的方子先服用着，好好调养。"

斯惟云心里泛起一股暖意，偏偏亦杂着酸楚，低头微微咳嗽，再开口时声音已平寂无澜："惟云遵命。"

卿尘无奈摇了摇头，斯惟云似乎永远不会如杜君述或是陆迁一样在她面前谈笑自如，不过这正是杜君述之所以为杜君述，斯惟云之所以为斯惟云。

每个人都会用不同的方式生存于世间，这便也是人生精彩之处。

沿着这山河远远望去，斯惟云心中似乎畅快了许多。

目所能及之处，甕水大坝截江而立，十二道陡门交错分布扼于各处，分水湖蓄水拦洪，安澜渠穿山过水，蜿蜒长流。

自然山川之力人所难及，却又处处可为人所用，造福苍生。人生于自然，长于自然，用于自然，眼前一切看来都如此和谐平静，却又暗藏生机。

浮生短暂，多少人荒唐虚度，蹉跎岁月。而自己却能将毕生心愿付诸现实，这番作为足以为傲，他迎风一笑，不由道："今生不枉来世上一趟，斯惟云虽死无憾了！"

卿尘深深看了他一眼："这是什么话，难道人世中再无留恋了吗？今后还有多少大事等着你去做呢。"

斯惟云闻言怔忡，人性有七情六欲，苦苦执着，岂会真的了如浮云无牵无挂？他与卿尘清隽的目光微微对视，默然不语，过了一会儿，方道："此后王妃但有用得着惟云之处，请尽管吩咐，惟云在所不辞。"

卿尘眸光通透，在他脸上一顿，淡淡笑说："怕是难，此时要你卧床静养都不行。"

斯惟云语塞，正尴尬，卿尘却放过了他，静静转身望向前方，俯瞰山峦，眼底是一片幽深的清肃。斯惟云心中轻轻一震，她这神情竟似极了凌王，叫人几乎不敢逼视的风神中沉敛的是深稳与从容。一身冲淡平和下仿佛看尽一切，一切又都不在心中。

惶惑时醍醐顿悟，他眉心舒展，同卿尘一并望向远处，瘦削的身子如松柏迎风挺立，风骨肃然。这世上还有多少事等着他去做，能共同处事，得使天下安澜，亦何其幸也！

前方突然响起破空之声，一道烟花升上半空，爆开鲜明的血色，刺人眼目。

"来了！"两人同时一震。烟花为信，表示己方兵将已撤出江岸。卿尘与斯惟云对视一眼，纤眉微扬，目中掠过清光明锐，回身断声喝道："传令开闸！"

令出，隆隆声响，几乎同时传入耳中。

江上十二道陡门水闸缓缓升起，分水湖中所蓄江水应势而出，洪峰奔腾，挟着千军万马之势铺天盖地泻往江中。

飞流激溅，白浪滔天，如同十二道怒吼的蛟龙，撼动江河。

辽阔的江面上激起猛烈的水雾，脚下大地亦微微震动，声势惊人。

平静了许久的壅水瞬间卷起洪浪咆哮怒吼，再不复往日温柔风貌，似乎要毁灭一切，狰狞万分。

谋出于智，成于密，败于露。

称病不朝，暗中入蜀，筑堤蓄水，练军调兵，一切都行得极为隐秘。夜天凌将西岷侯一举一动看在眼中，但连朝中近臣也鲜有几人知道他已到了西蜀，多少人还在猜测凌王失势，甚至更有凌王已被天帝幽禁的传言。

此处，西岷侯起兵之机，朝中不早不晚传出凌王奉旨治江的旨意。岳青云亦适时散布消息，令西岷侯得知凌王到了江水郡军中，而后引兵节节败退，诈作不敌。西岷侯果然下令水军骑兵两路夹击，紧追不舍，务必要将凌王生擒活捉。

以凌王在军中威信，多年领兵不败的神话象征着天军常胜之势，他若被擒，必然给天朝军心带来致命的一击，这正是叛军迫不及待想要的效果。

失之毫厘，谬以千里。

对与错，成与败，生与死，往往便在这一步之间。

等待十五万东蜀军的，不是匆忙迎战的玄甲军，而是壅江沉寂了多时的大水。

西岷侯部下五万骑兵贪功冒进，自水流浅缓的古浪河段渡江追击退往江水郡的天军，却不料遭逢灭顶之灾。

洪水无情，往日脉脉江水化作猛兽深渊，同时将陈列江中的十万水军数百战船瞬间吞没，几乎没有留下任何痕迹。

岳青云待洪水稍退，挥军反攻，紧追穷寇。

西岷侯在亲卫拼死救护下幸免于难，率残兵往青州方向退去。

丛林荒野，萧索于瑟瑟寒冬。

曾威震西陲的东蜀军残部尚余三万人许，深夜仓皇回军，行至桐岭飞仙渡，离青州已不足百里。一路行军，人马皆疲，几近极限，领军方传令安营暂歇。

散兵疲将狼狈歇于林间，为怕引来追兵，一律不得燃火照明，但黑夜中尚秩序井然，倒不愧历来训练有素。

高石嶙峋，枯树残叶，黑魆魆一片瘆人的死寂。忽而不远处夜鸟飞起，掠得深林一阵微响。

廖商一生戎马，此时纵然疲惫却警觉犹存，手按住剑柄，沉声喝道："传令警戒，以防有变！"

像是呼应他这句话一般，四周本来沉寂的山林突然亮起火光，几乎瞬间照亮四野，将东蜀军余部所处的地方映得清晰无比。

如此迅捷整齐的火把，看人数不在万人之下。而最可怕的是两边山崖同时燃亮，陷他们于居高临下的包围之中，这悄无声息却又分毫不差的行动，普天之下唯有一支军队可以做到。

前方微微伸出的山崖之上火光最盛，映出百名玄甲战士，肃然而立。当先一人傲然立马崖前，火光明暗，一身利落的轻装武士服在黑夜中勾勒出清拔的轮廓，正是叛军欲先擒之而后快的凌王。

"侯爷别来无恙。"夜天凌居高临下，遥遥问候。

廖商此时既反，早已废了臣属之礼，凌王灭他十余万东蜀军，此时仇人相见，恨不能生啖其肉，喝道："夜天凌！你竟敢蓄水淹城，与老夫使诈！"

夜天凌唇锋略挑，似是带了一丝轻蔑的笑意："兵不厌诈。"

廖商骁勇善战，此生经历大小战役无数，向来极为自负，今日虽经惨败，却仍不将对手放在眼中："以巧为谋，侥幸得胜，何足称道？如今既狭路相逢，正好一较高下，让老夫看看你究竟有何过人之处！"

"败军之将，有何资格再与本王对阵。"夜天凌淡淡道，"你若自己束手出降，本王或可留你一命。"

廖商仰天长笑："小子狂妄，以眼下你我兵力，胜负尚且难料，你口出狂言为时过早。"

夜天凌冷眸扫过东蜀军，黑夜深沉，面对眼前三倍于己的兵马，他锐利的目光似乎穿人肺腑，清淡话语却若闲谈风月："若本王所料不差，侯爷定是想杀回青州，东山再起吧？"

廖商冷哼道："老夫兵归青州，必先取你首级祭旗！"

"哦？"夜天凌轻描淡写应了声，随意抬手。身后暗处纵马转出一人，廖商一见之下心中大震，此人正是青州巡使罗盛。

"见过侯爷。"罗盛拱手，上前致礼。

数日之前，罗盛将青州城拱手让与廖商起兵立事，供兵械、粮草辎重之物，出谋划策左右随行，不料竟在此时现身凌王军中。

廖商只道罗盛因己方兵败而归顺凌王，怒极拔剑喝道："反复小人！无怪你青州守军不出一兵一卒，原来私下背叛于我！"

罗盛神情肃穆，扬声道："侯爷此言差矣！我罗盛受君之恩食君俸禄，岂会当真从逆叛乱？我等不过是遵凌王殿下密令行事罢了。"

青州如此，封州想必难免。此时东蜀军由进可攻退可守顿时变作进退两难，廖商本欲据蜀中天险重新立足的方略再不可行。

夜天凌漠然道："本王遣工匠军民抢修水渠保全青州、封州，从来没有打算送与侯爷谋逆作乱。"

壅江大水，沿江重镇原本绝无幸免，东蜀军众将士不少当地人氏，此时听得青、封两州居然无恙，多数暗中松了口气，败兵之事倒成了其次。

罗盛趁机道："侯爷若体谅这些跟你的将士，便莫要执迷不悟。如今蜀中多少父母妻儿翘首盼归，你们何必去同逆贼虞夙一并送死？"

东蜀军阵后突然掀起骚动不安，廖商喝道："何事惊慌？"

有士兵飞奔来报："北面追兵临近，约有两万人许，请侯爷示下！"

这正是岳青云率军追至，前后夹击，东蜀军残部已入合围之势。一方初逢大败，兵疲马倦；一方乘胜追击，士气长足，优劣之势立判。

天边月上东山，波澜清冷。

夜天凌早已料到岳青云行军的速度，沉声喝问："侯爷可知本王为何要在这飞仙渡拦你？"随着他的话音，身后火光高亮，那方山崖之上原来刻有几个大字。

蜀中安澜。

银钩铁画，每字如有丈余，刻于高耸的岩石之上，年岁过尽，风雨犹坚。

这岩壁石刻乃是开国之初安定蜀中后，蜀中民夫工匠自发所凿而成。既是昭显天朝盛世，亦希望自此蜀中安靖平定，永无乱日。

东蜀军中一阵寂静。山风强劲吹得火光招展涂满高岩陡壁，摇摆不定的明暗映入人人心底。

"这四个字侯爷应当熟悉。自古战者，胜败百姓皆苦。你既镇守川蜀天府之地，却为何不体恤蜀中军民，偏要枉自兴兵，倒行逆施？"

廖商冷笑："冠冕堂皇之言，蜀中兴亡都在老夫掌间，你休想以三言两语乱我军心。"

夜天凌语锋微冷："以一己之私，陷百姓于不安，陷将士于不忠，你若不降，便莫怪本王无情了。"

"休得胡言！"廖商含怒喝道，"老夫生平不识降字！"

"好！"夜天凌眼中精光骤盛，"本王佩服，便凭此言留你全尸无妨。"抬手处，长剑离鞘斜指天峰，"东蜀军众将士，廖商叛逆欲乱川蜀，本王念汝等无知被惑，不欲深究。此时弃械投明，既往不咎，若负隅顽抗，杀无赦！"

话音落时，万剑出鞘。

杀气，玄甲军浴血疆场的狂肆杀气弥漫于黑夜之中，慑人心魂。

东蜀军气势完全被压制，其中突然有人扬声道："我等已然随军作乱，此时纵然归降，也难逃叛逆之罪！"

夜天凌剑锋侧处耀起一刃寒光："你等能保得性命至此，足见皆是东蜀军中精锐，本王素来惜才，愿归顺我军中之人，本王以夜天凌三个字保其无恙。"

夜天凌三字，乃军中之信，兵中之义，凌王言出素来无悔。

廖商幡然醒悟，再拖延下去，己方军心必乱，不觉又中了凌王之计，挥剑喝道："三军听令，与我杀出重围！"

话音甫落，身侧几名部将对视一眼，扬剑而出，竟齐齐发难将廖商挟持在手。廖商身旁的亲兵猝起反抗，却寡不敌众，数合之后便被斩杀拿下。

唐初传下军令，玄甲铁骑强弩戒备。东蜀军阵前生变，乱作一团。

冰冻三尺非一日之寒，廖商性情暴烈刚愎自用，众将中早有不满。罗盛得凌王授意，暗中设法笼络，致使廖商起兵难以齐心合力。壅水一战，廖商又一意孤行几乎葬尽东蜀军精锐，如何能再使众将为之卖命？

游刃有余，不战而屈人之兵，兵之上者。夜天凌居高临下看着眼前骚动，面如平湖，漠然冷肃。

"我等愿归顺殿下！"几名东蜀军将士率部属俯身请降。

身后军中数处响起呼声："西岷侯已然被擒，都降了吧！"夜天凌嘴角不易察觉地微微挑起，罗盛安插进东蜀军的这些人倒很懂得如何把握时机。

东蜀军残部经此大劫，皆不愿再为叛乱而战，此时主帅已然被俘，一旦有人呼吁，纷纷附和，去剑解甲就地跪降。

夜天凌持缰纵马，率玄甲铁骑缓缓行至阵前。

廖商横遭大将叛变，破口大骂众人无义，须发皆张怒到极处，直骂得几名军将神色尴尬。

夜天凌眉目冷然，眼中寒光微慑："廖商，他们既愿归降，便已是本王部属，本王帐下将士岂容你辱骂，再不收声莫怪本王不念情面。"

廖商被兵将压持却依旧暴躁如雷，白眉扬起，大声骂道："老夫兵定西陲之时，你这竖子小儿还不知身在何处，如今竟敢如此同老夫说话！满腹阴谋诡计，有本事真枪实剑一见高低！"

"北王阴，西王烈，果然名不虚传。事到如今还是这副口吻，便是不败在我手中早晚亦斗不过虞凤。"夜天凌俯视他道，"你可叛我天朝，如何怨他人叛你？"

廖商双目圆睁，突然哈哈大笑："天朝夜氏一族又是什么好东西，你叛我我叛你，你们这些皇子哪个不是包藏野心！"

夜天凌不怒反笑，目如惊电掠往廖商眼中，慑得他猛然住声。他在马上低身于廖商耳边，淡淡道："那你就更不妨留着性命，看看什么叫真正的谋事。"

语中孤绝，气度狂傲，廖商蓦地愣在当场。夜天凌挥手道："押下去。"瞬间冷冷一瞥，"本王耐心有限，你若再敢妄言一句，马粪灰土总够你吃！"

凌王言出必行，此乃人尽皆知。倘若在人手中受辱还不如战死，廖商想到此节倒收了斥骂，立刻被人押走。

夜天凌看了看东蜀军，淡声道："东蜀军仍是蜀中重兵保障，自此时起既入本王麾下，本王一视同仁。罗盛，协助众将即刻清点人数，救治伤员，分发补给，整顿休息，天明时前来复命。"话声淡淡却透着凛然霸气，传遍三军。

东蜀军将士早折服于凌王手段之下，此时稍整队列，数万人单膝跪俯行军礼，齐声道："东蜀军愿追随殿下，将功折罪！"

夜天凌傲然回马，遥望天际，风飞大氅，峰峦尽处薄云飞扬，天，便要亮了。

第十九章 昨夜西风凋碧树

七日之功定川蜀，以三万轻骑破敌十二万六千人许，降两万八千，损兵仅一百三十二人。

八百里战报飞来，一时间天都上下震惊于凌王精兵奇谋，争相传说。

当初持议和之辞的朝臣尽皆汗颜，无怪天帝对蜀中军情无动于衷，原来是早有安排，君心似海，深不可测。却更有多少人依稀觉得，凌王，似比眼前高高在上的天帝更为难测，看不透，摸不清。

夜天凌在奏章中详述壅江水利大事，战况却写得极为简略，无非两州诈降，引水破敌，乘胜追击，蜀军倒戈之语，明列众将之功，并为东蜀降军请赦旨。

朝中一片惊疑赞佩声中，天帝降旨加凌王为三公昭武上将军。

军中将士论功行赏，为定蜀中人心，东蜀军叛乱之事不予追究。江水郡督使岳青云平叛有功，擢升麓州巡使，暂领东蜀军。

与此同时，十一皇子夜天澈以奇兵诱虞呈叛军入幽州城北峰指谷，大败其军，晋封澈王、加镇军大将军。

湛王大军不急不躁，表面稳扎稳打与虞夙叛军主力步步交锋，却暗中兵分两路偷袭临安关。

虞夙匆忙回军自守，被两路骑兵乘虚猛攻破关而入，平叛大军临于燕州城下，深入北疆。

捷报频传，湛王由征北将军衔加晋武卫上将军，增赐一万食邑户。

连日颓废之局幡然逆转，乾坤朗朗，冬日阴霾的天色云退雾散，透出许久未见的晴天。

轻烟，淡幔，莲池宫依旧冷冷清清。

这里似是寒冬最深最远的地方，尘封的寂寞令岁月退避，光阴荏苒，亦不曾驻足。

斜阳已暮，穿透宫闱长窗散照在白玉地面上，清美的浮雕间，莲花百态落上了层层淡金，呈现出庄严的华妙风姿。

如往昔每一个傍晚，莲妃独自在殿前静堂诵念着《圣源经》，从来不曾间断。

沉香安寂的气息淡淡缭绕，伴着低浅的诵吟声盘旋，飞升，消失在高深的大殿尽处，烟过无痕。

轻微的脚步声自身后传来，莲妃身侧出现了一双金丝绣飞龙的皂靴。诵经声平平淡淡没有丝毫停滞，莲妃也未曾侧目半分。

那靴子的主人便站在那里，不动，微微闭目，耳边低缓的声音传入心间，一片宁静祥和。

一人站着，一人跪着。

天际层云凝紫，暮色渐浓，最后一丝暖色缓缓收拢，退出了雕梁画栋，留下无边无际的清寂。

光滑的黑玉石珠衬着莲妃纤长净白的手指，微微地落下一颗，经声余韵低低地收了。

莲妃睁开眼睛，玉石如墨倒映着她绝色的容颜，也倒映出另一个人的身影："臣妾参见陛下。"她静静起身，再静静对来人福下。

纤弱的身子因跪得久了而微微一晃，一只持稳有力的手已扶上了她的胳膊。

"爱妃平身。"

"公主请起。"

那只手的力度叫她恍然错觉，每一次时光都像重复了三十多年前的那一天，也是这只手，在千军万马前将白衣赤足出城献降的她稳稳搀起，她抬起头，看到了一双明亮惊羡的眼睛。

那双眼睛，撞入昆仑山的冰湖，融化了寒冰积雪。

那一望，望过了万水千山，遥遥岁月。

她抬起头，看到了那双锐利深沉的眼睛。

眼角几丝皱纹刻下岁月，唯有不变的目光仍旧透过眼底掠入心间。

相对一瞬，似穿过过往万余个日夜，将红尘光阴定格在那风沙漫漫的大漠，定格在长云蔽日的日郭城前，定格在铁马金戈的血泪中。眼底那抹白衣身影，从来都没有变过，极淡，却又极深。

她在这个男人的身前拜服，举起族人的降表。她随他的大军千山万岭离开故土，一去便是一生。

"这静堂太清冷，你身子刚好些，还是不要久待。"天帝的声音将她从恍惚中惊回,本该是柔软的体贴,却仍带着君王的威严,不觉早已入了骨髓。

她退身,垂眸:"谢陛下体恤。"

天帝眉心一拧,原本高昂的兴致不知为何便淡了下来,看了看她,道:"凌儿此次带兵出征又大获全胜,朕很是高兴。"

莲妃心里深深一震,墨玉串珠在指间收紧,带兵出征,不是单单的督察水利。所幸是胜了,却不知人怎样,有没有伤着,是不是疲累,什么时候能回来。千头万绪不言不说不问,仍旧垂眸:"恭喜陛下。"

天帝站在面前等了一会儿,见她只说了这四个字便恢复了沉默,问道:"你就不问问儿子怎样,毫不关心?"

莲妃静静道:"陛下教子有方,不会有差错。"

"从领兵打仗到大婚立妃,这么多大事你都置若罔闻,"天帝语气微微沉了下来,"朕有时真怀疑,他究竟是不是你的儿子!"

"他是陛下的儿子。"莲妃的声音低而淡,如同这竹节香鼎中透出的烟,不待停留便消逝在了大殿深处。

天帝垂首俯视着她,面上难以掩饰地显出一丝不豫:"抬起眼睛看着朕。"

随着这不容抗拒的命令,莲妃优美的脖颈缓缓扬起,睫毛下淡淡眸光对上了天帝的视线。

那双眼睛,如同雪峰轻雾下千万年深静的冰湖,几分清寒,几分明澈,带着幽冷远隔着缥缈,分明看着你,却遥远得让人迷失其中,以为一切只是入梦的错觉。

天帝黑沉的目光将她深深看住,久久揣摩,终于开口道:"你知道朕为何要将凤家那个女儿指给凌儿?"

"陛下自有陛下的道理。"莲妃道。

天帝伸手一抬,将她慢慢离开的目光带回:"就因为她那双眼睛,像极了你的,所有的女人,只有她和你一样,敢这样看着朕!"

莲妃目中平静:"陛下识人,断不会错。"

天帝手下微微一紧,随即颓然松开,那丝不悦的神情慢慢地化作了哀伤,隐约而无力:"你一定要用这种语气同朕说话?"

莲妃轻轻后退一步,俯身请罪:"陛下若不喜欢,臣妾可以改。"

"莲儿。"天帝沉默了一会儿,突然唤了她的乳名。

灼灼之仙姿,皎皎于清波。

因为这个名字,冒天下之大不韪册嫂为妃,兴天下之精工修造寝殿,莲池宫中美奂绝伦雕满清莲,前庭后苑遍植芙蕖。

刻痕深寂,默然相伴流年,残荷已萧萧。

这两个字，在莲妃心头轻轻划过，极隐约地带出丝痛楚。

"你恨了朕这么多年，连凌儿也一并疏远了这么多年，还不够吗？这一生，有多少个三十年！"天帝长叹一声道。

"臣妾并不恨陛下。"莲妃淡淡道。

"是吗？"天帝语中颇带了几分自嘲的讥诮。

"是。"莲妃安静起身，"若恨过，也早已抵消了，臣妾只是不能忘。"

天帝眉目突然一冷，不悦道："你忘不了谁？"

她看着天帝，竟对他转出一笑。

尘封多少年的笑，有着太多的复杂纠缠，也无笑声，也无笑形，一径地暗着："我忘不了你。"

不是臣妾，是我；不是陛下，是你。

我忘不了你。

甲胄鲜明凌然于马上的大将军，抬手遮挡了跪伏的羞辱，帅旗翻飞，蔽去漫天飞沙。

雄姿英发的少年郎，抬手拭去肝肠寸断离别的泪，俊然朗目，抚平愁绪万千。

木樨树下，多情人，抬手搭上温暖的衣衫，神色轻柔，暖暖一笑。

就是这一笑，俘虏了谁，迷惑了谁，沉醉了谁，或许终生都不能相忘。

天帝浑身微震，伸手握住莲妃："你都记得吗？多少年了，我以为你都忘了。"

不是朕，是我；不是爱妃，是你。

莲妃却轻轻地抽回了手，凝视着天帝双目道："你叫我怎么忘？我的族人在你的铁骑精兵下家破人亡，我的兄弟非死即伤，我的父亲，在跪降后饮下你送来的毒药。柔然族已是苟延残喘，遭突厥大举围攻，你作壁上观按兵不救。"

渺渺的柔情，铁血的心。

何处的因由，此时的果。

天帝的神情在她一字一句中冰冷，渐生悲戚："原来你记得的是这些。"

"只有这些吗？"莲妃神色凄迷，眸中覆上了一层水雾深浓，"你给我希望，却又亲手将我送到别的男人怀中，我认了，可你连他也不放过……"

"住口！"天帝猛然怒喝，"你可知道你在说什么！"

"我当然知道。"莲妃面无表情道，"你以为可以瞒过所有人，却瞒不过我，那些丹药我都认得。"

天帝容颜寒冷，而后缓缓道："你怎会不认得，那本就是你自柔然带来中原，亲手进献给先帝的。"

一道清泪自莲妃面颊潸然滑落，她极凄惨地仰面，望向已陷入深黑的殿堂，道：

"我是个罪人,我从一开始便想要他的命。但他对我那样好,我下不了手,可你却令他沉迷于修仙之术,频频服用丹药,他还能活吗?"

"这不正是你想要的结果?"天帝语气越发冰寒。

莲妃看着他,目光穿透了他,越到了遥远的地方:"所以我们都活该受到惩罚。"

长风微动,扬起宫帷淡影,穿过莲妃的长发,吹动白衣寂寥。香炉中点点明红燃到了最后,挣扎几下,灰飞烟灭。

天帝的脸色便如这漫长的冬日,极深,极寒,更透着沉积不化的悲凉。

死一般的沉默,大殿中静到了极致。

昏暗中两人面对面站着,仿佛已经站了多少年,对视的双目了无生机。无力的哀凉生自心底,久久存留。

很久以后,天帝终于开口道:"你不是我,永远无法体会那种屈于人下的感觉,就连自己心爱的女人,也要拱手送至别人怀中。我做了的事,从不后悔。"

"便是后悔,又有何用?"莲妃淡淡道,"此生已往,我每日诵念经文,或者可以为你我赎罪。"

"你何必要自苦于你我二人,也更苦了凌儿。"天帝道。

莲妃俯身下去:"臣妾恭送陛下。"

天帝看着身前这抹淡淡的身影,夜色灰暗渐渐地失去了清晰,在殿前染上晦涩的浓重。他长叹一声,转身而去。走了几步,忽然又回头道:"我今日是想来告诉你,凌儿很好,让朕极为放心。朕一直以来总觉得愧疚于他,不知现在是否弥补了一二,上一代的恩怨莫要再在他们身上牵连重演了。"

莲妃柔弱的身姿一动未动,泪却早湿了衣襟。

殿前,天幕如墨,月如钩。

天朝《禁中起居注》,卷八十,第二十三章,起自天都凡一百二十四日。

圣武二十六年十二月壬申,帝以凌王军功显赫政绩卓然,母以子贵,晋莲池宫莲妃为贵妃,六宫仅次于皇后。

御旨出,中书、门下两省散骑常侍、谏议大夫、左右拾遗、礼部及十三道言官奏表谏言,非议激烈,以为制所不合。

帝置谏不闻,一意行之,贬斥众臣,以儆效尤,举朝禁言。

北疆军营,大地冰封,飞雪处,万里疆域苍茫。

夜天凌将那八百里快马送来的恩旨和杜君述等人的密函掷之于案,站在帐前放眼看向长风送雪的江山,唇角一抹薄笑,清冷如斯。

第二十章 却说心事平戎策

幽州位于天朝北疆边缘，东系洄水，西接勐山，南北两面多是平原，中有低山起伏，阔野长空，连绵不绝。

北风过，苍茫茫枯原无尽，远带天际。

万余人的玄甲精骑穿越勐山低岭，出现在一处开阔的平川，马不停蹄急速行军，遥遥看去像是一刃长驱直入的剑锋，在半黄的山野间破出一道玄色锐利，将大地长长划开。

当先两骑却是白马白袍，率先奔驰于众骑之前。十数名近卫落在身后，分作两队如同鹰翼般展护左右，激起尘土飞扬。

奔上一道低丘，众人勒住马缰，停下稍事休息。云骋在丘陵前兜了一圈，停在风驰之旁。卿尘因方便穿了男式骑装，轻裘胜雪意气从容，一双秋水清瞳深若点漆，顾盼间竟别有一种风流俊俏潇洒的美。她在马上纵目四野，见前后尽是连绵不绝的平原，不禁道："幽州这地势无险可守，真难为十一竟能在此挡下虞呈叛军。"

"所以要尽快收复合州，合州凭祁门关天险，乃是幽州以南各处的天然屏障。"夜天凌遥望平川，眼中隐有一丝深思的痕迹。

卿尘道："只可惜守将投敌，合州轻易便落入叛军手中，恐怕失之易，得之难。"

"无妨。"夜天凌神色沉定，"这世上没有攻不下的城。"说话间目光自远处收回。

卿尘带马笑道："四哥，咱们比比看谁先到幽州城怎样？"

夜天凌眼底划过有趣的神色："你可知多少年来，天朝上下无人敢和我比试骑术，更别说是女人？"

卿尘凤眸清扬："所以她们都不是凤卿尘，更不是凌王妃。"

夜天凌俊冷的眼中清光微闪："说得好！"此时忽见前方轻尘飞扬，有先锋兵飞骑来报："殿下，前方探报，虞呈叛军轻骑偷袭幽州被守军阻截，现下双方短兵相接，正在交战！"

"所在何处？"

"城西二十里白马河。"

"地图。"

身后侍卫立刻将四境军机图就地展开，夜天凌翻身下马略一察看，问道："我方何人领兵？"

"澈王殿下亲自带兵阻击。"

"兵力如何？"

"各在五到七千之间。"

"传令。"夜天凌战袍一扬，"全速行军，抄白马河西夹击叛军，若见虞呈生擒活捉！长征，率四营兵士护送王妃先入幽州城，不得有失。"

"得令！"将士们领命声中，卿尘对他深深一望，"一切小心。"

夜天凌微微点头："先入城等我。"

"嗯。"卿尘唇角带笑，目送他翻身上马，率军而去，回头命卫长征整队，微一带马，当先驰出，四千将士便随她往幽州奔去。

澈王大军驻扎于幽州城北，卿尘等人过幽州城不停，直奔军营。

营中将士同凌王部将一向相熟，留守副将闻报出迎，却见玄甲军中多了个白衣轻裘、眉清目秀的人物。

凌王妃随军之事知道的人并不多，那领先的左副将柴项对卫长征打了个询问的眼色。卫长征俯身说了句，柴项神情一震，看向卿尘，卿尘在马上对他颔首微笑。

柴项知晓分寸，亦不多礼，即刻安排驻军扎营。方安置停当，便有侍卫来报凌王、澈王已领兵回军。

卿尘远远见夜天凌同十一并骑回来，身后将士井然有序，略带着些气血昂扬兴致勃然，显然是得胜而归。

十一一身戎装轻甲，外披绛紫战袍，身形挺拔，英气潇洒，待到近前，打量着卿尘笑道："哪里来的俏公子，怎么我都不认识？"

卿尘数月未见他，心中着实挂念，抬头含笑相望，闻言潇洒作揖："见过澈王殿下。"

十一扬眉长笑："大战归来有美相迎，人生快哉！"

卿尘刚要反驳，目光一转落在他左臂上。长风翻飞处带起战袍，下面的甲胄之上竟有血迹，她眉梢弧度尚未扬起便蹙拢："受伤了吗？"

"没事。"十一轻描淡写道,"不过一时疏忽,那虞呈倒聪明,竟让他走脱了。"

夜天凌对十一道:"去让卿尘替你看看,这里有我。"

十一点头:"四哥来了我便轻松了。"笑着下马入帐,将军中事务尽数丢给了夜天凌。

卿尘命人将帐中火盆添旺,小心地帮十一解了战袍,一见之下便皱眉:"再深几分便见骨了,流了这么多血,你定是伤着以后还逞强。"

十一未受伤的手撑在军案上,闭目了养神,睁开眼睛依旧是明朗带笑:"身为主帅,便是这条臂膀废了也不能露怯。"

卿尘边替他重新清理伤口,边轻声埋怨:"你是皇子之尊,何必这么拼命?"

十一道:"军中一视同仁,只有将士兄弟没有什么皇子王爷。"

"倒不愧自小便跟着四哥,说话口气都一样。"卿尘无奈。

淡淡清凉将伤口火辣辣的疼驱退几分,药汁的清香盈于身边,十一笑说:"还是你这伤药灵。"

"走前不是给你带了吗?"

"赏给受伤的将士了。"十一随意道。

卿尘知道他便是这般性子,也没办法,取来绷带敷药包扎,突然看到他肩头一道淡淡的伤痕,随口道:"这是以前的旧伤。"

十一侧头看去:"也是你上的药,不过那时候可没现在这么温柔。"

卿尘不怀好意地将绷带一紧,十一"哎哟"一声,满脸苦笑:"古人诚不欺我,得罪什么人也不能得罪女人!"

卿尘挑着眉道:"不怕受伤就别喊疼,澈王殿下现在会生灶火了?"

十一抚着伤口,目光往她身上一带,突然露出饶有兴趣的神情,他抬起胳膊活动一下,寻个舒服的姿势靠在案前:"我不会生灶火,却总比有人不仅不会生火烧饭,还不知家里有什么没什么,进屋被自制的蛇酒吓着,出门找不到回路,甚至家住什么山,在哪一州哪一郡也不清楚,要好得多。"

他长长说了一通,卿尘微怔,眸底轻波,淡淡半垂眼帘,薄露笑意。原来有这么多破绽,看十一平日随意率性,其实事事都逃不过他敏锐的眼睛,清楚明白。

十一眼光扫至她身前,黑亮而带着点儿笑谑:"我说四嫂,就凭你这持家的本事,当初在那竹屋日子到底是怎么过的?"

卿尘抬手便将药瓶丢去,十一侧身避开一手接住,放声大笑。卿尘将睫毛一扬,迎着他的注视带出流光微转,眼眸弯弯含笑将药瓶要回来:"要你多管闲事!"她将手边的东西收好站起身来,却突然间身形一顿,抬手按上胸口。

十一见她脸色瞬间苍白，忙扶住她："怎么了？"

卿尘缓缓摇头，心口突然袭来阵闷痛，一时间说不出话。她靠着十一的搀扶慢慢坐下，自怀中取出个白色玉瓶，将里面的药服下后好一会儿才缓过来。

十一剑眉紧锁，满是担忧地看着她，问道："还是那病症？"

卿尘淡然一笑："已经习惯了。"

十一道："定是这些日子随军奔波累着了。"

"没有。"卿尘立刻否认。

"不必瞒我，"十一道，"四哥的玄甲军我再清楚不过，没有多少人吃得消，何况你这身子。其实我早便想说，你跟来军中太辛苦了，何必呢？"

卿尘沉默一会儿："别告诉四哥，一路上他已经很迁就我了，我不想拖累他，但我一定要来，这时候我要和他在一起，有一天便在他身边一天。"

十一眉头不由得一皱："你这话叫人不爱听，像是……"他顿住不言。

卿尘眉梢微微一带似笑，苍白里透着明澈，将他未说完的话说出来："有今日没来日，所以有一日便珍惜一日。"

十一抬手止住她："别再说这样的话，天下名医良药总能找来，宫中还有御医，待回天都好生调养，怎么会治不好？"

卿尘扬唇笑了，抬头看着帐顶半晌，清静的眸光落在十一眼中："你和四哥一样，总不把我当成大夫，其实我不比这天下任何大夫差，这病在这里治不好，此话我只告诉你，你该信我。"

十一只觉得面对她的平静心中莫名的沉闷，许久才问道："四哥不知道？"

"他只知道这病难医，但这些我没对他说过。"卿尘答道。

十一突然在她刚才的话中想起什么："你说在这里治不好，那就是有能治好的地方？"

卿尘眸色极深极远，始终安然地笑着："有，但我不会去。"

"为什么？"

"如果要冒着再不能见的风险，那和不治并无区别。"卿尘淡淡道。

"卿尘。"十一十分不解地道，"你在和我打什么哑谜？"

"十一。"卿尘喊他，并没有回答他的问题，"你答应过我三件事，你说过无论何事都可以。"

十一道："我说过只要是你托的事，我一定尽力做到。"

卿尘平静地看定他的眼睛，说："如果，我是说如果有么一天，我便把他托付给你了。不管他要做什么，也不管是对是错，请你在他艰难的时候帮着他，在他危险的时候护着他。"

十一深黑的眼中似有苦笑一掠而过:"倘若真有你说的那个'如果',他还能活吗?"

卿尘压着衣襟的手微微一紧:"能,他比任何人都坚强。"

十一叹了口气:"四哥于我既是兄长,亦同师友,这些你不说我也会做,换成四哥对我,也会如此。"

"那我便放心了。"卿尘道,唇边勾起笑容。

"但我担心。"十一道。

"嗯?"

"你最好是给我保证没有那个如果,否则我也不知会发生什么事情。"十一认真道,"四哥无情,是因他不轻易动情,你比我更清楚。那种痛苦,你叫我怎么帮他替他?"

"我会的。"卿尘微微扬头,眼中透出潜定的坚韧,"我也答应你。"

十一向她伸出一只手,两人在半空击掌为誓。

过了会儿,卿尘笑着道:"这病虽不能痊愈,但也不会轻易致命,调理得好一样会长命百岁。你也放心,我毕竟是个不错的大夫。"

十一靠在案上闭目,神情略有些疲累,再睁开眼睛,淡淡凝视她双眸:"卿尘,你心里害怕。"

卿尘闻言笑容一滞,十一明亮的目光直看到她心底,将她看得透彻。她深吸一口气,静静道:"知我者,十一。"

情到深处即生忧怖,她确实是怕,却不是怕生命的消亡。从来到这里的第一天,她便知道隐藏在自己身上的危险,但那时候孑然一身生死由命,她并未放在心上,甚至想过如果那病症突然发作,是不是一切就能回到原来的世界。但是现在,她怕,这种怕,不知何时生出,一点一点不断地沉淀,无法言说亦无处可说,就这么悄无声响地盘踞在一隅,似有似无。她往心底深埋着不去想,不去想便当没有,却被十一一眼看出。

"卿尘,你心里存了太多事情,你可记得我和你说过,莫为明日事愁。"十一道,"你只要相信你看定的人,也相信你自己,就足够了。"

看着眼前和往日略有不同的十一,卿尘报以清澈的微笑。

可以在一个人面前不必顾虑和遮掩,包括一切情绪的起伏,是件令人愉悦的事情。

她希望能一直这样下去,青山常在绿水长流,年年岁岁岁岁年年,每一个春夏秋冬日升月落都不会改变,有夜天凌,有十一,她知足。

"你们都好,我便无忧亦无怖。"她低声道。

十一脸上浮起一如既往俊朗的笑容:"对了,有东西给你。"

"什么东西?"卿尘问道。

十一自案前取出个小锦袋，卿尘打开一看，惊讶地抬头："你从哪儿弄来的？"

托在她掌心的竟是一道小巧的幽灵石串珠，清透的水晶体中静静生长着神秘的暗绿色的花纹，晶莹雅致，相得益彰。第七道玲珑水晶，卿尘白皙的手指轻轻握起，指尖触到水晶冰凉的温度，心中浮浮沉沉恍若突然溯回过往，一时不知在想些什么。

"听四哥说你喜欢这些串珠，收集了不少，偶尔得到便给你留着了。"十一道。

卿尘月眉淡扬，低声笑道："若是让四哥知道你给我这个，怕是要怪你。"

"嗯？"十一奇怪。

"什么事背着我呢？"随着清淡的声音，营帐被挑开，夜天凌进来正听到卿尘的话。

卿尘将那串珠一握，往身后一藏，巧笑嫣然："保密！"

夜天凌眼光掠过她眸底轻轻一停，她不说他便不问，只自己抬手倒了杯茶，不慌不忙坐下来。

终于是卿尘忍不住："你怎么不问十一给了我什么？"

夜天凌低头喝茶，淡淡笑道："过会儿把你们两个分开审，才知道说的是不是一致。"

卿尘撑不住笑了，十一亦笑道："我看还是招了吧，倘被带到神机营去审那可吃不消。"

卿尘便将那串珠拿出来，夜天凌深黑如墨的瞳孔微微一敛，薄唇轻抿，意味深长地瞥了卿尘一眼，道："很漂亮。"

十一对夜天凌心情神色再熟悉不过，立时知道这串珠关系着什么，而且是夜天凌颇为在意的事情，一种隐而不发故意淡去的在意，不提不说却放在心底的在意。

卿尘不待他问，便道："东西我笑纳了，事情便有时间让四哥慢慢说给你听，到时候方才你问我的也就明白了。"

夜天凌看看十一："改日再说此事，只要届时你不大惊小怪。虞呈今日虽侥幸逃脱，但损兵折将也够他消受。"

十一听谈到军务，便收起了满不在乎的神情："仗虽是胜仗，但虞呈六千精锐骑兵险些全军覆没，以后要引他出战便难了。我此次是费了不少工夫把他诱来，他们似是想用拖延的法子。何况虞呈此人原本便谨慎多疑，现在既知玄甲军也到了幽州，怕是更不会轻易出战。"

将西路大军拖在此处，中军过了临安关便失了呼应。兴兵之事拖得越久，天下人心便越乱，人心不定，必生新乱，如此下去步步将入艰难。但于叛军，却是恨不得四境皆兵灾祸迭起，就此动摇天朝皇族的统治。

夜天凌修长的手指在案上轻叩，陷入深思，稍后道："虞凤生有两子，长子虞呈率西路叛军,次子虞项可是随他在燕州?"

"对。"十一道,"听闻二子素来不和,虞凤自不会将他们放在一处。"

"不和便好。"夜天凌神情肃淡,"不妨派人散发消息,便说虞呈率军久无功绩,虞凤欲以次子虞项取代西路指挥权。"

"逼迫虞呈急于建功,引他出兵。"十一接着道,"这消息最好是从燕州那边过来。"

"便让左先生设法成就此事。"夜天凌突然想起什么事,"你这几日将柴项闷得可以。"

平业将军柴项乃是十一军中一员骁将,近几日总不能率兵出战,着实郁闷得无法可施,几乎每日都来请战,却都被十一轻描淡写地打发回去。

十一呵呵一笑:"他胸中那股气憋到这份上,届时定如猛虎下山势不可当,我自有重用他之处。"

卿尘这边早已铺纸研墨,片刻后将拟给左原孙的书信递来,一边调侃十一:"可怜柴项不知道有大功在前等着,还得再苦闷几日。"

夜天凌一眼扫过,道:"便是这个意思。"

卿尘见无异议,再提笔写了几个字,取出一枚小印蘸了朱红印泥清晰地压在下方。

十一看她纤细的手指收笔执印,觉得整个军营里肃杀的铁血气氛都在她举手投足中慢慢收敛,稳而不戾,静而不躁,本来因战事而飞浮的心就这么沉定下来,恢复了清宁。他静了会儿,不禁叹说:"改日我也得娶个这样的王妃,才不输给四哥。"

卿尘微笑,白玉般的脸上若隐若现安静的温柔,夜天凌抬眼看十一:"急什么,天都还有人等着你大婚呢。"

十一愕然失色,卿尘不禁莞尔,促狭地对他眨了眨眼,十一狠狠瞪她一眼,回头想起那殷家大小姐,一声长叹,满脸郁闷。

出了十一的营帐,有军将前来禀报事务,夜天凌便站在营前略作交代。卿尘静静立在他身旁,握着那幽灵石串珠举目望向已然灰沉的天际。

落日低远,在幽州军营起伏的原野间暗入西山。傍晚长空下大地模糊了轮廓,一种昏黄的空旷弥漫其间,显出遥远的苍凉。

北风萧索,她的目光追随着长野落日微微有些恍惚,收回来落在手中的串珠之上,她一颗颗拈着那冰凉的珠子,若有所思。突然手边一紧,袖袍下夜天凌握着她的手不轻不重加大了力道,叫她觉得微微有些疼,却拉回了游离的心神。

抬眼看去,夜天凌依然在和那副将说着什么,神情清淡目不斜视,唇角微微抿成一道薄锐的线条,暮色下看起来却异常鲜明。他似乎有意用这种方式打断她独自思想的空间,提醒她或者亦有些强迫的意味,要她将心思收拢至他处。

一丝浅笑不期然覆过容颜，卿尘便将目光流连在他的侧脸。他似乎感觉到了她的注视，眼底轻微地一动，事情也差不多交代清楚，副将行礼退了下去。

夜天凌转身，握着卿尘的手放开，却揽上她的腰，目光审视她的眉眼慢慢落到了她手中的串珠上，停住。

营帐四周已燃起了篝火，通透的灵石在火光之下淡淡闪着幽美的色泽，一丝一丝映在夜天凌深寂的眼中。他似乎看了那串珠很久，才伸手从她指间挑起，淡淡道："你还是想要这些灵石串珠？"

冷风吹起发丝，卿尘的笑在火光深处微微有些魅惑："很漂亮，不是吗？你刚刚也这样说。"

夜天凌抬头望向已经黑下来的夜幕，深眸入夜无垠，再没有说话，只是挽着她往自己营帐走去。

进了营帐，夜天凌再也没有提起这件事，直到卿尘忍不住问他："四哥，你不喜欢？"

夜天凌静静地看着她一会儿："你想回去？"

卿尘眉梢往鬓角轻轻掠去，一双凤目便挑了起来："如果……你欺负了我，我便回去。"

夜天凌眉目间不动的清冷，却望穿她的眼睛透入她心间，慢慢道："那么这些东西你永远也不会用到。"

"谁知道呢？"卿尘神情带笑，"听说男人都不可靠，誓言更不可靠。"

夜天凌终于紧起了剑眉，沉声道："我不会给你机会。"

隐含着温柔的话被他用如此霸道的语气说出来，卿尘眉眼一带，流出妩媚的笑意，她闭上眼睛，轻轻靠上他的臂弯，嘴角弧度渐渐扬起，那是一种温柔而满足的微笑。

第二十一章 不意长风送雪飘

一夜北风轻，小雪点点飘了半宿，细盐般洒落冬草荒原，不经意便给严寒下的萧索添了几分别样的晶莹。

翌日，天空仍旧意犹未尽地阴沉着，冷风洋洋洒洒卷起夜间积下的薄雪，偶尔一紧，打在衣袍上似是能听到细微的破碎声。

十一立在右军营帐不远处，好整以暇地看着前方。因臂上有伤，他并未穿战甲，只着了件玄色紧身窄袖武士服，腰间紫鞘长剑嵌了冰雪的寒凉安静地置于一侧，远远看去，他整个人亦像一把明锐的剑，英挺而犀利。

三军左都运使许封押送的粮草辎重卯时便已抵达，正源源不绝地送入大营，车马长行肃然有序。

行军打仗粮草向来是重中之重，身为主帅自然不能忽视，必要亲自到场加以巡查。然而如同既往，十一脸上很少见所谓主帅应有的凝重，调兵遣将、兵马筹略都在那轻松的笑意间，漫不经心，却无处不在。

此时他也只闲立近旁，目光穿过营中猎猎招展的军旗落在极远的云层之端，与其说他在思量什么，不如说他在欣赏平野落雪的冬景。

北方入冬日益寒冷，呼吸之间，眼前凝出一片白白的雾色。冰冷的空气使人头脑越发清醒，十一扬唇一笑，这场战事顺利地推进，得心应手。他毫不怀疑最终的结果，并享受着走向这结果的过程，运筹帷幄决胜千里，他似是透过风雪看穿离此几十里外的敌方军营，眼中有着意气风发的豪情。

身后传来轻微的脚步声。他起初并未在意，但来人一直走至近旁，他心底微动，突然回身看去，倒将那人吓了一跳。

卿尘臂上搭着件貂氅站在他身后，微微吸气后，毫不客气地抱怨："吓死人了！"

十一顿时哭笑不得，但看着她显然不打算讲道理，只好道："这么说是我该道歉？"

"那是。"卿尘道，将貂氅递给他，"到处都找不到你，你不在营帐歇息怎么自己站在这儿？"

十一顺手接过她递来的貂氅，却没有披上，目光往她眼底一落，将手一伸："还我。"

"什么？"卿尘不解相问，但她心思灵透，随即便明白了他的意思，将手腕上的串珠在他眼前一晃，立刻藏到身后，"送了人的东西岂有要回去的道理？"

十一剑眉一拧："早知如此，说什么也不能给你。"

卿尘调侃道："堂堂王爷什么时候变得这么小气了？"

十一看着身前白衣翩然的女子，薄薄的雪色深处莽原连天，风过雪动，忽而竟有种遥远的感觉，想起夜天凌所说的离奇之事，眸色深了几分："平白给四哥添堵，快些还我。"

"小小串珠而已，添什么堵啊？"卿尘满不在乎地看他，手在身后把玩那串珠。

"你说呢？"十一瞪她一眼，却在看到她眼底一掠而过的灵黠笑意时，终于耐不住笑了。

清扬的笑声破开寒冬初雪轻轻荡在两人之间，卿尘觉得大概只有在十一面前她才会这样笑，一时间极为开心。十一方要再说什么，却忽然看向她身后，眼底笑意一凝，上扬的唇角骤然停住，随之而来的是明显的诧异。

她顺着十一的眼光回头看去，十一出声喝道："郑召！带你身边的人过来！"他声音极为严肃，甚至带着一丝不满。卿尘甚是困惑，她很少听到十一这样呵斥帐下将士。

不远处刚刚经过的两人闻言停住，其中一个身着参将服色的军士抬头往这边看来，面露犹豫之色，但却不敢违抗命令，立刻来到近前。

"末将参见殿下！"两名将士一前一后行礼。

十一并未让郑召起身，目光落在后面那名士兵身上，声音微冷："你抬起头来。"

那士兵身子不易察觉地一颤，反而下意识地将头埋得更低。

卿尘心间顿觉疑惑，凝神打量那士兵。因他深深低着头，军服铠甲将模样遮去大半，看不确切，卿尘的眼光掠过那人的双手时突然停住，长眉淡淡一拢，眸底微波。

那是一双小巧的手，指甲修长而有光泽，肌肤细嫩柔滑，交叠在黑色的军甲上显得异常白皙，像是陈列着一件美丽的玉雕，此时手指下意识地攥紧了军服的皮革，因用力隐隐透出玫瑰样的血色。

"抬起头来！"十一加重了语气，他认真起来的时候，那种天生的贵气与威严便叫人无法抗拒。

那士兵迟疑片刻，终于慢慢地抬头。

卿尘看清那张清秀的脸庞,心底着实一惊。眼前这人,竟是殷家嫡女,湛王的表妹,十一内定的王妃殷采倩。

十一面色一沉,剑眉飞扬,喝问郑召:"这是怎么回事儿?"

郑召慌忙俯身谢罪:"殿下恕罪,这……这……"

他不知该如何措辞的解释被殷采倩打断:"是我逼他帮我隐瞒的,与他无关。"

十一猛地扫视她:"军营重地,岂是你随便能来的地方?"

殷采倩却也将柳眉一挑:"我本来也没想来西路军营,我是要去找湛哥哥!"

"七哥中军难道不是军营?"十一冷声道,"郑召,你竟敢任女子扮作士兵私自混入军中,该当何罪!"

这郑召亦是天都贵胄之子,平日里常与殷采倩等士族女子相邀游猎,自来相熟。殷家因急于笼络苏氏门阀,一心欲使长女联姻。殷采倩对此事坚决不从,数度与父亲争执吵闹,但见殷皇后心意已决,任谁也无法挽回,知道终有一日违拗不过,竟索性来了个一走了之。她溜出天都后本想去湛王军中,天高地远也不会被父亲发现,谁知阴差阳错混入了西路的粮草大军。郑召发现她后原本也想即刻送她回天都,但经不过她软硬兼施地请求,竟帮她一路蒙混至此。

郑召知道此事再也隐瞒不下去:"末将知罪,请殿下责罚。"

"杖责三十军棍,就地执行!"十一身后突然传来一个极冷的声音,仿佛将这严寒风雪深冻,没有丝毫温度。

夜天凌带着数名将士不知何时到来,郑召暗自叫苦,此事在澈王手里或还有商量的余地,但以凌王治军的手段,恐怕怎也不能善罢甘休了。

卿尘看了夜天凌一眼,并未作声,十一面色未霁,犹带怒色。

玄甲军侍卫一声应命,就地行刑。

殷采倩看到夜天凌,本来心中一阵惊喜,这时却大惊失色。战甲摩擦的声音伴着军棍闷响将她自一瞬间的冰封中惊醒,刑杖已动。

"住手!"她向前挡在郑召身旁,"此事不能怪他!"

刑杖在离她身子半寸处生生收势,玄甲侍卫目视夜天凌,等待他的指示。

夜天凌面无表情,那道娇俏的身影撞入眼帘,未在他眸底掀起丝毫波动。此时三军左都运使许封匆匆赶来,至前行下军礼:"末将参见两位殿下!"

夜天凌道:"你可知发生何事?"

许封往殷采倩处一瞥,眉头紧皱:"末将刚刚得知。"

"该当如何?"

"末将自当受罚。"

"为何领罚?"

452

"驭下不严，部属触犯军法，将领当负其责。"

"本王着你同领三十军棍，可有怨言？"

"并无怨言。"说话间许封扶右膝叩首，自己将铠甲解下，露出脊背跪在雪中。

夜天凌始终不曾看殷采倩一眼，冷冷道："继续。"

"慢着！"殷采倩以手挡住军棍，倔强地道，"要打连我一起打！"

夜天凌漠然道："你以为本王不会？"

天空阴云欲坠，浓重的灰暗压向大地，凛冽长风吹起细微的冰粒，刮得人肌肤生疼，眼见一场大雪将至。

夜天凌玄色披风迎风飘扬，在殷采倩面前一闪而过。她曾在梦中无数次细细描摹的清冷身影于那锐利的战袍下透出峻肃与威严，那沉冷若雪的目光，和想象中的他完全不同。

殷采倩来不及细想，坚持护在郑召身前："凭什么这样责罚他？三十军棍，还不要了人半条命去！"

"军中私留女子，依律责三十军棍，除三月俸饷。"

"那他便是因我而受罚，我不能坐视不管！"殷采倩道，"要怎样你才免他惩罚？"

"军法如山。"夜天凌扔出了简短的四个字，挥手。

殷采倩还要争论，夜天凌抬眸扫视过来，她心头一震，话竟再难出口。

卿尘瞬目轻叹，眼前这般形势，恐怕得下令将殷采倩拖开方能实行军法，但硬要士兵把殷家大小姐架开的话，传到皇后耳中怕不妥当。她往夜天凌看去，却见夜天凌也正将目光投向她这边。她会意地将眉梢轻挑，上前拉开殷采倩："别再胡闹了，这是军营。"

殷采倩反身质问道："你也是女子，为何便能在军中？"

卿尘淡淡道："我是奉旨随军。"

身后军棍落下，声音干脆，毫不容情。殷采倩大急，无心同卿尘分辩，转身欲拦，但手却被卿尘紧紧握住，不大不小的力道，让她挣脱不开。

面前那双眼睛微微清锐地透入心间，她听到卿尘低声说了句："你难道没有听说过四殿下治军无情？若再闹下去，这三十军棍怕要变作六十，届时生死难说。"

她闻声停止挣扎，迟疑地往夜天凌处看去，他冷酷的眉目没有她惯见的娇宠或是纵容，面对这样无情的面容，除了顺从，她分明没有更多选择的余地。

郑召和许封两人背上从白变红由青生紫，而至皮开肉绽飞溅鲜血，滴在衰草薄雪之上灼人眼目。

殷采倩何时见过如此血肉横飞的景象，惊怒惧怕，更掺杂了无力与不甘，顿时眼中泪水打转。她扭头一避，眼泪断珠般落了下来，只狠咬着嘴唇不肯出声。

三十军棍很快打完，许封同郑召咬牙俯身："谢殿下责教。"

"扶他二人回帐，上药医治。"夜天凌道，"长征，调派人手，明日送她回京。"说罢，拂衣率众而去。

积了终日的大雪到底纷纷扬扬落了下来，山川原野万里雪飘，天地苍茫，瞬间便将整个军营掩在了纯净的雪色之下，一眼望去银装素裹，风光肃穆。

寒冷在雪的阻挡下似乎收敛了些，卿尘靠着一方紫貂银丝垫，微笑看着对面兀自生着闷气的殷采倩，她伸长了手指在火盆上方暖了暖，玉白的肌肤衬得火色越发艳红。

炭火的暖意将风雪带来的潮气逼得如水色般浮上半空，飘漾着镜花水月般的迷蒙，素色屏风一清如洗，随着空气微微地涌动。

殷采倩抱膝坐在那里，只是盯着眼前发愣，或许是累了，一言不发。这一路她虽有郑召护持，却也受了不少苦，平日娇生惯养的千金小姐混在将士之间风餐露宿行军千里，现在却要被送回天都，她以沉默无声地抗议。

夜天凌既下了军令，便是令出必行，卿尘思索着该怎样劝她才好。

"王妃！"帐外有人求见。

卿尘将目光自殷采倩身上移开，淡声道："进来。"

随军医正黄文尚入帐，躬身向卿尘请教几个关于外伤医治的问题。殷采倩闷闷坐在旁边，倍感无聊，不由得抬头打量起卿尘来。只见她闲闲而坐，白袍舒散身后，发丝轻绾，束带淡垂，周身似是笼着清隽的书卷气，平和而柔静。她时而伸手为黄文尚指出一些穴位脉络，玉色指尖如兰，纤白透明，似是比语言神态更能表现她的从容和安然。不知为何，殷采倩忽然便想起了夜天湛。

风神照人的湛王，每次谈到这个女人的时候总会用一种悠远的语调，飘离的神情，意味深长而带笑，笑中不似往日的他，但又说不出有什么不同。

她曾听夜天湛坐在王府的闲玉湖边反复地吹奏一首曲子，玉笛斜横，临水无波。那笛音落在碧叶轻荷之上仿似月光，恍惚柔亮，婉转多情。

她曾因好奇追问这是什么曲子，夜天湛只是笑而不语，目光投向高远的天。

然而在夜天湛大婚之后她就再也没有听到那首曲子，确切地说，是再未见他的玉笛。

她很怀念那笛声，后来靳慧告诉她，那是一首古曲《比目》。

待黄文尚离开，卿尘觉得有些累了，重新靠回火盆前静静翻看一本医书，却见殷采倩欲言又止，她抬眸以问。

殷采倩犹豫了一下，问她道："我听说你的医术很好。"

卿尘点头："还好。"说话间眸色澄静，带着淡定的自信。

殷采倩睫毛微抬："那你有没有好些的伤药？"

卿尘似是能看透她的心思："你想给郑召他们治伤？"

殷采倩点头，颇有些懊恼："我并不知军中会有如此重的责罚，是我连累了他们。"

卿尘道："我已经命人将药送去了，这个你倒不必担心。"

两人似乎没有什么多余的话可说，都沉默了下来。卿尘斟酌片刻，婉转问道："你此次是私自离开天都的？"

一提到这个话题，殷采倩顿时带了几分戒备，不悦道："我不回天都。"

"难道你还能此生都不回去吗？"卿尘目光落回书上，笑说，"殷相岂会不担忧？"

殷采倩言语冷漠："他们若还是逼我嫁人，我便不回去！"

这倒和十一的逃婚如出一辙，卿尘抬眸，淡淡一笑："殷相此举并没有什么错，你是族中嫡女，也应当多担待些。"

殷采倩一眼横来，卿尘不疾不徐又道："当然，我并不想你嫁给澈王。"

殷采倩眼中似是带出些嘲讽："族中嫡女，你就是因为这个才不嫁给湛哥哥，辜负他对你一片深情吗？"

夜天湛的名字骤然在卿尘心中带起几分涩楚，丝丝散开，化作百味纷杂。她半垂下眼帘，嘴角仍旧噙着丝幽长的笑意，道："我嫁的，是我想嫁的人。"

"我也只嫁我想嫁的人。"殷采倩未加思索，立刻道。

"你想嫁给谁？"卿尘淡声相问，眸色幽远，略带一丝清锐，落向她眼中。

殷采倩神情一滞，杏眸略抬，却在那道从容的目光下立刻避往一旁。卿尘笑而不语，只是静静看着她。

过了好一会儿，殷采倩幽幽问了一句："你不怕他吗？"

卿尘修眉淡舒，了然而澄明："你怕他。"

殷采倩竟然没有矢口否认，望向别处的目光透出些迷茫的色泽，夜天凌刚才杖责将士的冷酷不期然浮上心头。然而她脸上很快出现一抹倔强的痕迹，直言道："我喜欢他。"

"哦。"卿尘淡笑，不见惊怒，"我不介意你在军中多留些时日，只要你能违拗他的命令。"她好整以暇地将医书翻到下页，容颜淡隽半隐在水色微濛之后，如隔了一片琉璃世界。

殷采倩深深呼吸，压下无端加快的心跳，几乎有些挫败于卿尘的无动于衷，心底不由生出些恼意。就在她微觉不快的同时，卿尘忽然抬眸，展开一笑，清流恬适缓过碧野山林，微风带醉，碧空如洗。

如白云过境，她将衣袖轻轻一拂，合上手中的书，含笑道："你不妨多了解他，再言喜恶。军中都是男子多有不便，今晚你便在我帐中歇息吧。"

天幕入夜，冷月上东山。

夜天凌回到帐中，低头将落在肩上的轻雪拂去，卿尘正以手支颐看着那张展于案上的军机图。

案前燃了熟悉的撷云香，若轻云出岫，丝缕淡雾在略显空旷的大帐中盘旋，眷恋沉散。

帐外寒光清照，铁马冰川，关山万里，浸着苍远而豪迈的深凉。

这悠长的夜色如同漫漫岁月，流淌于春来秋去。夜天凌已记不清曾有多少个独宿军帐的夜晚，此时帐中安然的暖意仍旧多少让他有些不适应，军营中竟会有家的感觉，这想法让他略觉诧异。

卿尘抬头对他淡淡一笑。他走至案边坐下，见她眼中略有些倦意，低声道："在看什么，不是要你先睡吗？"

他身上仍带着未散的雪意，浸在裘袍中有冰冷的气息，卿尘微笑道："虞呈现在急于求胜，已经耐不住了吧，我在想他会自何处攻城。"

近来燕州形势微妙，频频传出些不利于虞呈的消息。湛王与幽州互通消息，调兵遣将虚晃一枪，适时让虞夙次子虞项小胜了两场，推波助澜。

虞呈这边开始频繁调动兵马，再不复之前一味拖延。幽州大营亦外松内紧，严阵以待，静候君来。

那军机图早已烂熟于胸，夜天凌也不再看，道："刚刚正和十一打了个赌，一赌断山崖北，一赌白马河，你怎么看？"

"斜风渡。"

"哦？为何？"

"因为你们俩都不想此处，"卿尘笑说，"如果我是虞呈，便走常人难料之处，斜风渡虽险滩急流，极难行军，但地形隐蔽，易于偷袭。"

夜天凌点头，表示她的话亦有道理，复又一笑："不管他自何处来，结果都一样。"

卿尘手指抵上嘴唇，示意他小些声音。

夜天凌沿着她的目光看去："这是为何？"屏风隐隐，幕帘如烟，他回头，语中微有不豫。

卿尘轻声道："既知道她在军中，总不能再让她和那些将士混在一起，但也不好张扬着另支行帐，便将就一晚吧，委屈你去十一那儿了。"

灯影疏浅，夜天凌静静凝视她一会儿，倒也没有表示不妥。

"明天真的送她回伊歌？"卿尘轻声问道。

"嗯。"

"只怕她不肯。"

"军中不是相府花园，岂由得她？"夜天凌淡淡道。

卿尘修眉淡挑，目光中略带着点儿别有深意促狭的神情。夜天凌唇间突然勾起一个轻笑的半弧，无奈摇了摇头，抬手轻抚她的肩膀，柔声道："早点儿歇息。"

卿尘安静地点头答应，夜天凌便拿了外袍起身。

两帅营帐相隔不远，十一见夜天凌过来，两人谈起没完没了的军务，一时都无睡意，不觉已夜入中宵。

营外不时传来侍卫走动的声音，轻微地响过，沉寂在深雪之中。

整个军营如同隐于黑暗深处的猛兽，卧守于幽州城一侧，似寐实醒，随时可能给侵犯者致命的一击。

这场精心策划的战事一旦结束，西路大军将彻底掉转守势，同中军齐头并进，攻取叛军中腹，合州、定州、景州、燕州、蓟州，都将近在眼前。

如今天都之中，人人都将目光放在北疆平叛的战况上。上次整顿亏空后，朝中悄无声息重布棋局，而北疆之战，便是这局新棋的关口。

夜天凌眼中颇含兴味地一笑，此次的征战，似是比以往任何一次都有趣得多。

外面忽然传来一阵脚步声，他和十一同时抬头，厚厚的垂帘微动，带出一片月光映着雪色冰寒，却是卿尘掀帐而入。

夜天凌见她紧蹙着眉，起身问道："怎么了？"

卿尘极无奈地叹口气："我刚才去看一个情况突然恶化的伤兵，回来后殷采倩人便不见了。"

第二十二章 断马斜风江湖剑

殷采倩驭马一阵急驰，微微勒缰，半黑将明的夜里，她穿过早已落叶稀疏的山林，打量近在眼前的高崖。方才仔细看了帐中的地图，此去不远当是白马河上游的斜风渡，渡河翻过这山岭，过合州、横岭一直东行，几日可入临安关，便离湛王大军不远。

月光下白雪皑皑，不时有晶亮的冰影闪烁，泛着安谧而神奇的美，偶尔轻风扫过，掠起微薄浮雪的风姿。

这样的雪夜里，马蹄声似乎显得格外突兀，她在原地停留了一会儿，桃色红唇微微下弯，像是要将今天恼人的事情统统丢开。夜天凌骇人的冰冷，十一不耐的神情和卿尘洞察一切的笑，尽皆堵在胸口不离不散，这简直是她自出生以来最为窝火的一天。

她下意识地拧眉，出气似的将身后挂着的飞燕嵌银角弓一摆，挥鞭往白马河而去。

片刻之后，她突然又停了下来。因为夜太安静，所有的声息都变得清晰可闻。除了自己的马蹄声外，她似乎听到轻微的马嘶，蹄声交错，甚至有战甲刀剑摩擦的声音、脚步声，和混在其中的一两声说话声。

斜风渡水流湍急，雪水夹杂着冰凌撞击河石，阵阵掩盖着这些奇怪的声音。幽州大营黑沉沉已不可见，前方却隐约轻闪出稀疏的火光。

她立刻带马隐到一方山石之后，悄悄看去。此处崖悬一线，鸟兽罕至，底下丛生急流乱石，极为险要。借着月色明亮，只见黑暗的山岩间人影晃动，已有几队人马悄然来到这岸。

深夜里刀剑生寒，悄无声息地散发着大战之前浓烈的杀气。

殷采倩震惊万分，这分明是虞呈叛军趁夜偷袭，山间星火蔓延，不知究竟有多少兵力。

心中无数念头飞闪而过，她立刻极小心地掉马回身，远撤几步，急速纵马往幽州大营奔去。

然而身后很快传来示警声："有探兵！"

急促的马蹄溅起飞雪，殷采倩在敌兵的追击下打马狂奔，心中只有一个念头，一定要在被他们追上前赶回军营。

十一带着几队侍卫同卿尘沿路寻来，雪战纵身跳上岩石，在四周转了一圈，轻巧地往白马河的方向跑去。

"那边。"卿尘看着雪战道。

十一随意一瞥，马鞭前指："地上有蹄印，想必没错。"

"再走便是斜风渡了。"卿尘沿着雪地蜿蜒的蹄印看去，"她居然挑了这么偏僻的路走。"

两人驭马前行，前方突然传来急遽的马蹄声，原本一望无际的雪地上飞驰而来一骑，身后有数人紧追不舍。

十一目光锐利，立刻认出当前那人正是殷采倩，剑眉一扬，带马迎面驰去。

殷采倩忽见十一，大喜过望，高声喊道："十一殿下，快！快调兵马！斜风渡有敌军袭营！"

此时身后追兵临近，纷纷引弓放箭，她低身闪躲，不料一支流箭却射中马身。那马吃痛猛失前蹄，一股大力便将她向前甩出。

她失声惊叫，腰间忽而一紧，十一倏至近前，俯身援臂，半空拦腰将她揽住，救至马上。接着反手一抄，马侧长枪落入手中，闪电横扫，一名追近的敌兵迎枪跌飞。

短兵相接，随行侍卫已同叛军杀作一团。

十一手中银枪再闪，逼退两人，回身喝道："卿尘！回营调兵增援！"

卿尘见敌军势众，情知刻不容缓，当机立断，猛提缰绳。云骋长嘶一声前蹄腾空，原地回身化作一道闪电白光，急奔幽州大营。

十一知道凭云骋的神骏无人能阻住卿尘，当下放心，沉声喝令："拼死阻击，不得放过一人！"

幸而叛军尚未尽数渡河，数十名侍卫浴血骁勇，以一当百，生生以血肉立阵布防，迎面阻住攻势。

十一手中银枪宛如白蛟腾空，枪影映雪，斜挑劈扫，敌军一旦遭逢，每每惨叫跌退，鲜血溅上月光弥漫出狂肆杀气，挡者披靡。

殷采倩在他身前略一喘息，抬眼望去，只见四周密密尽是敌军，己方将士死守一线，即将陷入重围。

眼前银光似练，炫亮夺目，十一一杆银枪如若神迹般纵横敌众之间，锋锐凌厉，手下几无一合之将，便在此时，他英气逼人的俊面上，仍旧带着一抹懒散的笑意。

敌人血溅三尺，他视若无睹，从容消受。

深雪惊碎，血泥飞溅。

殷采倩惊魂稍定，反手拽下背上飞燕角弓，她的箭尽数失在自己马上，摸到十一马侧挂的箭筒，道："借箭一用！"当即开弓搭箭，弦破生风，正中前方敌兵。

十一银枪绞上敌人长剑，势如白虹，贯胸毙敌，长声笑道："箭法不错！"

殷采倩重新引箭："天都女子春秋狩猎，无人是我对手！"

"有所耳闻。"十一说笑间再斩一敌，带马猛冲，敌军阵列混乱骚动。殷采倩箭如流星，命中敌人。

叛军不断增多，己方将士损伤过半，十一审时度势，不得已率众且战且退。

殷采倩毕竟从未到过战场，黑夜中惨烈的血腥如惊人噩梦，不由叫人手足发软。她起初箭劲尚足，慢慢也只能惑敌，此时探手一摸，惊觉箭已告罄，方要说话，猛见一点白光飙射，却是敌军弓箭手认准十一，冷箭袭来。

她骇然大惊，想也未想便扑向十一身侧，一声利啸，那箭自她肩膀穿透，掼得鲜血飞溅。

十一心神巨震，惊怒之下枪势暴涨，劈飞数人，单手护住她，喝道："殷采倩！"

冷箭频频袭来。便在此时，四周骤然响起尖锐的啸声，几道白羽狼牙箭精光暴闪，寒芒破空，横断敌箭，余势凌厉透敌胸腹，顿时杀伤数人。

随着豁然而起的喊杀声，东方一片玄色铁骑如潮水般卷向敌军。

怒马如龙从天而降，十一身边剑光亮起，黑暗中惊电夺目，敌首洒血抛飞。

寒光凛冽耀月华，战袍翻飞处，夜天凌冷眸如冰，映过雪色夺魂。

"四哥！"

"送她先走！"夜天凌沉声喝道，玄甲战士护卫十一，杀开血路。

行至安全处，十一将殷采倩抱下马背，只见一支短箭射中她右肩："你觉得怎样？"

殷采倩神志略有些昏沉，低声道："不疼……"

十一剑眉紧蹙，借着战士燃起的火把细看，心中猛然一沉，伤口血色黑紫，竟是毒箭。

"你何苦受这一箭！"他略有愠怒。

"战中……主帅……不能有失……"殷采倩胸口急遽起伏，不知是否因雪寒天冷，她浑身冰凉，呼吸渐渐急促。十一面色暗沉，一语不发，抬手将她袍甲解开。殷采倩只觉得伤处麻痒，好像有无数浓雾侵入眼前，昏昏欲睡，忽然肩头一凉，她挣扎道："你……你干什么！"

"忍着点儿。"十一将她拂来的手臂制住，未等她缓过神来，手起箭出。

殷采倩痛呼一声，神志一清，怒目瞪去。

伤口处尽是浓稠黑血，十一无视她气恼的目光，俯身吸出她伤口毒液，扭头啐于雪地。

殷采倩既惊且怒，挣脱不得，羞恼中眼前忽然一阵漆黑，随即坠入了无边的昏暗。

十二月癸未夜，月冷霜河。

玄甲铁骑如长刃破雪，迅疾拒敌，直插斜风渡。

虞呈叛军立足未稳忽逢阻击，被当中断为两截散兵，过河兵卒猝不及防，在玄甲军迅猛攻势之下溃不成军，高崖险滩横尸遍布。

澈王点平业将军柴项率精兵三千为先锋，同原驻守白马河、断山崖两部防军反客为主，急行出击，直捣叛军主营。

虞呈大营空虚，仓促点兵迎战，厮杀惨烈。

斜风渡叛军匆忙回防，玄甲军借势衔尾追杀，一路势如破竹，血洗长河。

主营叛军深陷重围，拼死顽抗。

清明破晓，叛军损失惨重，虞呈见大势已去，弃营北退，败走合州。

柴项乘胜追击，截杀穷寇，终于祁门关外鲜城荒郊一举歼敌，斩杀虞呈。

至此西路叛军全军覆没，几无生还。

虞凤痛失长子，勃然大怒。湛王配合西路大军胜势全力猛攻，三日之后再夺辽州。

辽州巡使高通冥顽不灵，破城后拒不悔悟，妖言惑众煽动军心，被湛王当庭处死，头颅悬于辕门示众，妻母子女亲者三十八人推出城外斩首坑埋。

即日起平叛军令昭示北疆：各州守将从叛顺逆者，杀无赦。

凌王平定西路叛军，稍事休整，即刻挥军兵临祁门关。

合州守将李步自叛乱伊始便投靠虞凤，此时严阵以待，凭祁门天险誓欲顽抗。

祁门关乃是天朝北边一道天然屏障，奇峰峻岭，绝壁深沟，七十里南北，四十里东西，关左临河，关右傍山，关隘当险而立，高崖夹道，仅容单马。合州城高耸峭立，顺山势之高下，削为垛口，背连祁山、别云山、雁望山，观山一脉形成固若金汤的防守，易守难攻。

当初此关一破，天朝中原门户大开，袒露于敌军觊觎之下。虞凤叛乱之所以能在起兵之初便长驱直入，便是因祁门关落入其手。

合州守将李步，江北永州人氏，出身寒门，曾任天朝从事中郎、军司马，后因功勋卓著受封骠骑将军。圣武十年随先储君夜衍昭讨伐南番，屡克敌兵，战功赫赫，深受先储君重用。

然南定归朝，尚书省及兵部官员却以"菲薄军令，擅自行兵，居功妄为"为由，申斥南征部将，李步等人首当其冲。后夜衍昭遇事，不久李步便左迁并州，圣武二十二年才调守合州。

便为此前后种种因由，李步心中积怨多年，虞凤深知其人其事，谋划叛乱之时多方拉拢，并故意示以"正君位"之名，终将他笼络，不费一兵一卒而得合州。

雪深风紧，天寒地冻，祁门关外百里成冰，更生险阻，即将使这场战役变得缓慢而艰难。

西路大军兵陈祁门关，碍于伤势，殷采倩回天都之事暂且无人再提。在卿尘亲自悉心照料下，她肩上之伤余毒去尽，只因失血而较为虚弱。

"见过十一殿下。"帐外传来侍卫的声音。

"免了。"剑甲轻响，橐橐靴声入耳，是十一入了外帐。

殷采倩匆忙撑起身子，柳眉一挑："不准进来！"因为起得太急，不小心牵动了伤口，突如其来的疼痛中夹杂着异样的感觉，像是在提醒着某些让她懊恼的事情。银枪的光芒映着潇洒懒散的笑，男子陌生的气息后有唇间温凉的触觉，随即而来便是一阵无处发泄的羞恼。春闺梦中少女的小小心思，本该月影花香，柔情似水，却不料在箭光枪影中演绎出这般情形。

殷采倩这话说得极为唐突，卿尘诧异，抬头却见她俏面飞红，满是薄嗔，隔着屏风怒视外面，低声道："……他……无耻！"

卿尘无奈苦笑，起身转出屏风。十一铠甲未卸，战袍在身，刚从战场回来，剑上仍带着锋锐迫人的杀气，衣摆处暗红隐隐，不知是沾了什么人的血迹。

卿尘细看他脸色，小心问道："怎么了？"

十一微微摇头，下弯的嘴唇自嘲一扬，将手中那张飞燕嵌银角弓递过来："这飞燕弓是日前落在战场上的，我已命人修好了。"他显然不愿多留，言罢转身，径自出帐。

卿尘举步跟上他，叫道："十一！"

十一停步帐前，放眼之处深雪未融，冬阳微薄的光在雪中映出一片冰冷晶莹。或许是由于那征战的戾气，他面色阴郁，冷然沉默。

卿尘笑着绕至十一身前："今天见识着了，原来咱们澈王殿下发起脾气来也这般骇人。"

十一似是被她的笑照得略一瞬目，心中微微轻松。他扶在剑上的手将战袍一拂，扭头往帐前看去，长长舒了口气，突然道："此事我必然有个交代，待回天都以后，我便马上向父皇请旨完婚。"

他不曾压低声音，显然是说给殷采倩听的，卿尘瞪他，低声道："你这是干什么？"

十一却将手一摆，虽说事出意外，但此时他若再行拒婚，对殷采倩甚至整个殷氏门阀都是莫大的侮辱，便是天帝那处也无法交代。他暗恨那一箭不如自己直接受了，省得此时不尴不尬地窝心。

人算不如天算，凭空横生枝节，如今进退都是麻烦。先前殷家借联姻来探夜天凌的心意，夜天凌明白拒回了，摆明各走各路。十一同夜天凌亲近，这是人尽皆知的事，而近年来他于军于政渐受重用，也是人人看在眼中。殷家横插这一步棋，不是没有道理。

人家落了一子，你如何能不应？

突然间大帐掀动，竟是殷采倩走了出来。她静立着，脸色苍白，眼中隐约带着些别于往日的情绪，忽然缓缓敛衽，对十一俯身拜下。

十一愣住，皱眉道："你这是干什么？"

殷采倩垂眸道："采倩年少不懂事，方才言语冲撞了殿下，请殿下见谅。"一句话拉开尊卑之分，她抬头，看向十一："殿下千金之躯，尊贵非常，采倩生性顽劣粗陋愚钝，实在不配婚嫁，还请殿下收回方才所言，不胜感激。那日之事……事出意外……殿下不必在意。"她轻咬着本无血色的唇，唇间渐渐浮起一层鲜明的红艳，衬得一双眼睛眸色光亮。

十一怔了片刻，道："你何出此言？"

"我也不知这样对不对，但殿下若因无奈而娶，我若因名节而嫁，终此一生，如何相对？殿下也是性情中人，是以我斗胆请殿下三思。否则……否则我不是白白离开天都？我不甘心！"

雪深，掩得天地无声，帐前静静立着三个人。卿尘唇角忽而带出若有若无的笑，不甘心？说了一通听起来像模像样的道理，最后竟是这么三个字。

十一打量殷采倩半晌，忽然朗声而笑："真情真性，今日方识殷采倩。好，方才的话当我没说，这一箭之情，日后必定还你！"

殷采倩扭头道："两清了，是殿下救我在先，何况我去挡那一箭时并没来得及细思。"

"现在细思了，不但心生悔意，是不是还想补给我一箭？"十一问道。

"采倩不敢。"殷采倩微挑柳眉。

"不是不想，是不敢。"十一道。

"那又怎样？"

"哈哈！"十一扬眉大笑，转身道，"这事到此为止，无论如何，我夜天澈欠你一个人情！"

殷采倩虽言语上毫不认输，却茫然看着眼前白雪皑皑，心中是喜是悲已经浑然不清。就在十一转身离开的刹那，她的眼泪无声地落下，悄然融入了雪中。

第二十三章 烟云翻转几重山

合州，白雪覆盖大地掩不住兵戈杀气，高高的城墙之上火把燃照，在阒黑的深城边缘投下深深的影子，大战在即的紧张亦在火光的明暗下若隐若现。

将军府前刚有部将策马离去，残雪凌乱，泥泞一片，此时深冷的冬夜寂静无声。

凌王大军兵临城下，李步已有数日未曾正经合眼，一灯未灭，他独自坐在席案前皱眉沉思，忽而抬头长叹，含着无尽的寥落。

府中侍卫入内递上一张名帖，李步微有诧异，如此深夜，是何人来访？他将名帖展开一看，竟猛然自案前站了起来："快请！"一边说着，大步迎了出去。

侍卫引着一名灰衣中年人步入将军府，李步人已至中庭，远远便抱拳道："不想竟是左先生！李步失迎。"南陵左原孙，军中智囊，天下闻名的谋士，若能得他相助，合州便是如虎添翼。

左原孙亦笑着还礼："李将军，在下来得唐突！"

李步将客人让进屋中，命侍从奉上香茗，道："多年不见，左先生风采依旧啊！"

左原孙摇头笑道："光阴易逝，两鬓见白，人已老了。李将军倒是勇猛不减当年，合州精兵猛将更胜往昔，在下一路看来，当真感慨万分。"

李步长叹一声："先生说笑了，如今合州的形势想必先生也知道，不知先生有何看法？"

左原孙缓缓啜了口茶，道："凌王其人心志坚冷，用兵如神，玄甲军攻无不克战无不胜，此次定川蜀、斩虞呈，挟幽州胜势兵临祁门关，顺应天时，于合州势在必得。但将军手握祁门天险，深沟绝壑，城坚粮足，占尽地利，两相比较，只剩一个人和。"他抬眼看了看李步："合州将士之中，有不少人当年曾随凌王征战漠北，想必将军也清楚。"

李步眉间皱纹一深，却听左原孙再道："我来此途中，听说自幽州北上一路城郡，百姓祈盼战乱消弭，见凌王大军而夹道迎送，不知是否真有此事？"

"依先生之见，合州此番败多胜少？"李步面无表情，"但能与凌王一战，无论成败，也不枉此生为将！"

左原孙悠然一笑："话虽如此，但我有一处不明，将军究竟为何要与凌王交战？圣武十九年，将军曾配合凌王出击突厥，大获全胜。圣武二十二年，凌王上表保荐，自并州偏远苦寒之地调将军镇守祁门关，委以重任。将军从虞凤叛逆，难道便是为了与凌王一战？"

李步眼中精光骤现，扫视左原孙。左原孙不慌不忙，平静与他对视。

"左先生是为凌王做说客来了？"李步声音微寒，暗中心惊，不知左原孙何时竟投在了凌王帐下。

左原孙神情淡定，适然品尝香茗，道："在下正是受凌王殿下之托，前来与将军一叙。"

李步起身踱步庭前，望向中宵冷月，猛然回身，言语愤懑："难道左先生已忘了瑞王殿下的旧恨？当今天子即位，晋为储君的德王，以及滕王、瑞王先后不明不白地亡故，我李步深受先储君大恩，怎咽得下这口气！"

左原孙抬手，对李步一揖："将军说得好，我左原孙便是为此，才不会任虞凤叛乱得逞。当年陷害瑞王殿下的柯南绪如今效忠虞凤，不取其首级，左原孙无颜以对旧主。不能平这场叛乱，亦对不住凌王殿下的知遇赏识。"他语中微冷，闲定中透着无形的凌厉。

"如此我二人是道不同不相为谋。"李步神情复杂，此时他只要一声令下先将左原孙扣留合州，便是断了凌王一条臂膀。

左原孙似是对他透出的杀机视而不见，起身道："话亦未必，有人想见将军，不知将军是否愿意一见？"

李步疑惑地看向他，心中忽然一动，左原孙做了个请的手势，不疾不徐，举步先行。

别云山北麓，山势略高，巨石平坦，雪压青松。

月悬东山，薄映深雪幽暗。一人负手立在石前，放眼山间月华雪色，神情闲朗，山风微起，吹得他襟袍飘摇，却不能撼动他如山般峻拔的身影。

李步踏上巨石，看到此人时浑身猛然一震。那人听到脚步声回头，左原孙抱拳施礼，退下回避。

一道如若实质的目光扫向李步眼底，那人淡淡道："怎么，不认得本王了？"

李步与之对视，目光垂下，稳住心神，手却不由自主地抚上剑柄，迟疑之中却又终于俯身拜下："李步……见过殿下。"

这一举一动落入夜天凌眼中，他嘴角笑意微勾："本王上次到合州还是二十二年自漠北回师，如今看来合州城变化不小，你这巡使做得不错。"他言语淡然，仿似过境巡查，随口褒赏。

李步此时已恢复了平静，眼中精光一闪："殿下好胆量，难道不怕末将调兵追杀吗？"

夜天凌眸色深沉："你方才不是正有此意，为何又改变主意？"

李步木然立了片刻，身上紧着的一股杀气缓缓散去，出声叹道："殿下多年来对末将提拔回护，末将岂会全然无知？此次与殿下兵锋相对已是无奈，岂能再做那等不义之事？"

夜天凌颇不赞赏地摇头："以你现在的气势，心中毫无战意，城中将士意志松散，明日如何能与我大军一战？"

李步震惊，夜天凌此言岂不是将行军计划相告？他心中电念飞闪，疑惑地看着夜天凌。夜天凌似是能看透他心中所想："本王明天将会自祁山垛口处攻城，你小心了，莫让本王失望。"

不攻而示之以攻，欲攻而示之以不攻，形似必然而不然，形似不然而必然。

兵中之道，向来是虚中实，实中虚，然而夜天凌此时句句予以实话，反让深知兵法的李步无所适从，顿时陷入迷潭。

"殿下冒险入城，难道就是来告诉我这些？"

夜天凌负手随步，走至他身前："本王今夜来此，是有几件事情要问你，明日大战一起，怕你便再没机会回答了。"

李步心中傲气被他激起，冷哼抬头："胜负难料，殿下此话未免过早。"

"好。"夜天凌剑眉一带，"这还像是当年斩了突厥浑日王的铁血将军。"

李步愣愕之时，他言语微冷，道："本王问你，圣武十年，衍昭皇兄是否当真是自尽身亡？你当初身为东宫府前亲将，其中始末原委可曾清楚？"

"殿下何故问到此事？"李步声音微有颤抖，其中隐着莫大的愤恨。

"还有，衍暄皇兄暴病身亡，本王不信你没有派人查过，当年澄明殿侍宴的宫女内侍，曾为衍暄皇兄诊脉的御医如今全无踪迹，此事你又知道多少？"

"殿下！"李步失声叫道。

"如实说来。"

李步抬头迎上的是一双深无情绪的眸子，然而那其中却压来居高临下的威严，在清冷的深处像一刃无声的剑。

"先储君确是自尽身亡。"李步咬牙，挤出一句压抑的话。

"原因？"

"殿下难道不知道？先储君为我们这些将领据理力争，遭了当今天帝斥责，一时想不开，此事天下人尽皆知，天帝还后悔莫及，痛悼不已。"李步冷笑。

"究竟斥责了什么？"夜天凌依旧平声相问。

"朕不如将这皇位早早让给你坐更好。"李步一字一句地道。

夜天凌眼中寒光深闪："衍暄皇兄呢？"

李步默默回忆了片刻，道："那病来得极为蹊跷，拖了数日便不治了，我虽没查出具体原因，但那几个侍从和御医并不是失踪，而是被用不同的法子暗中处死了。"

夜天凌背在身后的手紧握成拳，他仰头静看山间冷月，自齿间迸出一字："好。"

只言片语化作利刃般的冰，一转身，他对李步道："明日本王绝不会手下留情，你当全力应战，若战死祁门关，衍昭皇兄的血债亦不会就此落空，本王自会还他一个公道。"

李步心神剧震，上前一步："殿下究竟为何要追究这些事？还请给李步一个明白。"

夜天凌目光似与黑远的山野融成一片，沉如深渊，他微微侧首，用一种漠然的声音道："只因本王身上流着的是穆帝的血。"

李步如遭雷击，呆立雪中，心底似有千军万马狂奔而过，踩得血脉欲裂，他哑声道："殿下此话……当真？"

夜天凌眸光锐利，扫入他眼底，却一拂袖，不再逗留，举步往山下走去。

李步看着夜天凌坚冷的背影，突然往前疾踏一步，跪入雪中大声叫道："殿下！"

夜天凌足下微缓，停下脚步，唇间慢慢地逸出了一丝淡笑。

第二十四章 山河半壁冷颜色

离开合州,夜天凌回到大营,甫一入帐便错愕止步。帐中灯火通明,十一、唐初、卫长征、冥执等全都在,看到他回来似乎同时松了口气。案前一人背对众人面向军机图,听到他的脚步声回头,凤眸微挑,一丝清凌的锋芒与他的目光相触,凝注半空。

夜天凌夜入合州是瞒着卿尘去的,不料此时在军帐中见到她,抬眸往十一那边看去:"出什么事了?"

十一轻咳一声:"四哥平安回来便好,我们先回营帐了。"说罢一摆手,诸人告退,他走到夜天凌身边回头看了看,丢给夜天凌一个眼神。

夜天凌眉梢微动,却见卿尘淡眼看着他,突然也径自举步往帐外走去。

"清儿!"夜天凌及时将她拉回,"干什么?"

卿尘微微一挣没挣脱,听他一问,回头气道:"你竟然一个护卫都不带,孤身夜入合州城!两军大战在即,合州数万叛军人人欲取你性命,你怎能轻易冒这样的险?"

夜天凌料到卿尘必定对此不满,但终是没瞒过她,蹙眉道:"我吩咐过严守此事,谁这么大胆告诉了你?"

白裘柔亮的光泽此时映在卿尘脸上,静静一层光华逼人:"怎么,查出是谁让我知道要军法处置吗?"

夜天凌道:"不必查,定是十一。"

卿尘眉心微拧:"他们都不知你为何定要在此时独自去合州,除了遵命又别无他法,全悬着一颗心,怎么瞒得过我?"

夜天凌不管她正满面薄怒,心中倒泛起些许柔情,硬将她拉近身前环在臂弯里,道:"那你可知道我为什么去,又为什么瞒着他们?"

"你去找李步不光是为现在的合州,还有些旧事吧?"卿尘抬了抬眼眸。

夜天凌道:"既然清楚,你深夜把我军前大将都调来帐前,做什么呢?"

卿尘黛眉一挑，冷颜淡淡："天亮前你若不回来，挥军踏平合州城！"

夜天凌不由失笑，揽着她不盈一握的腰肢，徐缓道："王妃厉害，幸好本王回来得及时，否则合州今日危矣！"

卿尘抬眸看到夜天凌眉宇间真真实实的笑意，原本恼他瞒着自己孤身犯险，此时见人毫发无损，怒气便也过去了，但忍了半夜的担心害怕却突然涌上心头，眼底微微酸涩，扭头说了句："你以为十一他们不这么想？"

夜天凌道："李步此人我知之甚深，即便给他机会，他也不敢对我动手。何况这两日大军猛攻之下，合州将士军心早已动摇，连李步自己都在忐忑之间，城中看似险地，其实不足为惧，我心里有数。"

卿尘轻声叹道："你冒险总有你的理由，但你早就不是一个人了，拿你的命冒险和拿我的命冒险有什么区别？你不该瞒着我，难道如实告诉我，我还会受不住？"

夜天凌唇角带笑，挽着她的手臂轻轻收紧，却淡淡将话题转开："景州和定州你喜欢哪个？"

卿尘侧头看他，有些不解，随口答道："定州吧。"

夜天凌漫不经心地道："好，那咱们今晚就先袭定州，明天把定州送给你作为补偿，如何？"

卿尘惊讶："定州、景州都在祁门关天险之内，合州未下，"她忽而一顿，"难道李步真的……"

夜天凌道："我从不白白冒险，李步降了。合州留三万守军，剩余五万随军平叛，突袭景州。"

"李步竟肯回心转意？祁门关一开，取下定州，我们即日便可与中军会合？"

"不错。"夜天凌转身扬声道，"来人，传令主营升帐，三军集合待命！"

帐前侍卫高声领命，卿尘却轻声一笑："三军营帐早已暗中传下军令，所有将士今夜枕剑被甲，此时即刻便可出战。"

夜天凌笑道："如此倒节省我不少时间。"

卿尘却沉思一会儿，又问道："李步虽说终于弃暗投明，但毕竟曾经顺逆，军中有不赦叛将的严令，你打算怎么办？"

夜天凌反身更换战甲，道："所以才要命他助我们取景州、定州，而后随军亲自讨伐虞凤，将功补过。"

卿尘点了点头，上前替他整束襟袍，但觉得此事终究是个麻烦。

寅时刚过，天色尚在一片深寂的漆黑中。定州城已临边关偏北一线，祁山北脉与雁望山在此交错，形成横岭，地势险要，是北疆抗击突厥重要的关隘。黑夜下，城外关山原莽天寒地冻，城中各处都安静如常。北疆虽在战火之中，但人人都知道只要祁门关不破，定州便高枕无忧，所以并不见调兵遣将的紧张。

南门城头哨岗上，塞外吹来的寒风刮面刺骨，守城的士兵正在最疲累的时分，既困且冷，不时闭目搓手，低声抱怨。

终于熬到一岗换防，替班的士兵登上城头："兄弟辛苦了！"

"天冷得厉害啊！"先前一队士兵哈气道。

随便言笑几句，新上来的士兵在北风中亦打了个哆嗦，按例沿城头巡防一圈，四处无恙，铁甲发出轻微的摩擦声伴着军靴步伐橐橐，渐行渐远往下走去。走在最后的士兵猛地眼角光闪，瞥到黑暗中一抹冷芒，尚未来得及出声，颈间咻的一声轻响，颓然倒地，即时毙命。

前面几个士兵察觉异样，回身时骇然见方才走过的城头影影绰绰出现敌人，借着深夜的掩护鬼魅一般迅速杀来。

方才换岗的士兵尚未走远，便听到身后同伴的惨叫声夹杂着"有敌人"的示警，原本静然无声的黑夜被突如其来的杀气撕裂，城头火把似经不住风势纷纷熄灭，四周骤然陷入混乱之中。

夜天凌和卿尘驻马在不远处一道丘陵之上，定州城在前方依稀可见，似乎并无任何异样。但不过半盏茶功夫，城中一处突然亮起惊人的火光，紧接着火势迭起，烧红半边天空。定州城如同迎来了诡异的黎明，瞬息之间又被浓烟烈火笼罩。

随着火光出现，城外无边的黑暗里喊杀声层层涌起，悄然而至的玄甲战士不再如先锋营般靠飞索潜入，当前三营架起云梯，强行登城。

定州守军尚未摸清是何人攻城，仓促抵抗，阵脚大乱。

城头之上刀光寒目，贴身肉搏，厮杀惨烈，远远看去不断有人跌坠下来，不是早已丧命便是被城下乱石铁蹄践踏身亡。

随着守城之军防御匆忙展开，利箭丛丛如飞蝗般射下，竭尽全力企图阻止玄甲军攻势。

定州巡使刘光余睡梦中闻报，骇然大惊，根本无法相信是玄甲军杀至。

祁门关固若金汤，白天尚有军报西路大军仍被阻于关外，怎会半夜攻至定州？而此时定州军营已有半数陷入火海，神机营的玄甲火雷每发必燃，四处生乱，竟叫人觉得定州已然合城沦陷。

刘光余惊骇之余战甲都未及披挂，立马点将集兵，增援南门。

营中之兵尚未赶出行辕，便听东面轰然一声巨响，震得城墙乱晃，一响之后不曾间断，连连震撼。东门守军疾驰前来，滚瓜一般掉下马："大人！澈王大军强攻东门，城门已经无法抵挡！"

话音未落，南门来报："大人！南门失守！玄甲军攻进来了！"

刘光余心神剧震，大声疾喝："撤往内城！调弓箭手死守！快！各营士兵不得慌乱，随我拒敌！"

定州城中一道道血光于火影之中交织成遮天蔽日的杀伐，道道鲜血给雪地添加了触目惊心的猩红，瞬间便在冰冷的寒风下凝固成坚硬的一片，却又被随之而来的无情铁蹄驰掠粉碎。

强者的刚冷和弱者的消亡不需太多修饰，冷铁、热血、长风、烈火，在天地间淋漓尽致地划开浓重的一笔。

顺我者昌，逆我者亡。

黎明逐渐迫近，定州守军根本没能抵挡多少时候，四门沦陷，内城随即失守，全军溃败。

玄甲军甫一入城，迅速扑灭各处火焰，掌控要道，安抚平民，收编败军。不过一个多时辰，定州易主，重入天朝统治。

朝阳的升起并不因任何原因而改变，天边徐徐放亮，露出鱼肚样的颜色，一丝丝微光隐约可见，缓慢涂染，黑夜低眉顺目退避开来。

夜天凌同卿尘并骑入城，唐初正指挥士兵清理战场，上前请示道："殿下，定州巡使刘光余负伤被擒，如何处置？"

夜天凌下马审视城中情形："带来见我。"他与卿尘举步登临城头，越走越高，延伸于残雪的血迹、断剑冷矢、硝烟余火都遗留在身后，举目所见层层开阔。

脚下大地莽原无尽，铺展千里，长河一线，遥嵌苍茫，四野城皋依稀可见。祁山与雁望山雄伟的峰脉蜿蜒壮阔，越岭而过便是漠北民族纵横驰骋的草原大漠，天穹高广，远而无所至极。

此时天际遥远的地方，一轮朝阳破云而出，金光万丈耀目，将整个大地笼罩在光明的晨曦之中。

云海翻涌，冷风烈烈，夜天凌傲然站在城头遥视天光，脚下是刚刚臣服的定州城，身前可见大漠万里茫茫无际，身后城池险关错落，江山连绵如画。

刘光余在玄甲侍卫的押送下登上城头，看着眼前沐浴在晨光中坚冷的背影，身心俱震。玄甲军令人闻风丧胆的力量便是来自此人，轻而易举攻取定州，使数万守军瞬间兵败至此的亦是此人。

夜天凌听到脚步声回头："给他松绑。"

侍卫挑断绳索，刘光余活动了一下疼痛的手臂，僵立在几步之外，不知夜天凌将他带来此处是何用意。他衣袍之上虽血迹斑斑，但神情倒还平静。

夜天凌缓步至他身前："定州巡使刘光余。"

刘光余苦笑道："久仰殿下风神，却一直无缘相见，今日得见，不想却是这般情形。"

夜天凌看了他一眼："如今你有何打算？"

刘光余道："请殿下给末将个痛快，末将感激不尽。"

"你的意思是求死？"夜天凌淡淡道。

刘光余道："平叛大军不赦叛将，众所周知，末将早有准备，只求殿下宽待其他将士。"

"哦。"夜天凌喜怒不形于色，刘光余有些摸不清他究竟要怎样，听到旁边一个轻柔的声音道："刘大人，你应该算是'北选'的官员吧。"

刘光余扭头，见卿尘正浅笑问他。他方才便见凌王身边站着一人，城头长风飞扬处从容转身，一股清逸之气叫人恍然错神。如果说凌王是肃然而刚冷的，那么这人浑身散发出的便是一种极柔的气质，仿佛天光下清水淡渺，无处可寻而又无处不在。

所谓"北选"的官员，是因北晏侯属地向来都有自荐官吏的特权，遇到官员出缺、调动、升迁等事，往往由北晏侯府挑选合适之人拟名决定。日久以来，北疆各级官员、将领几乎都由虞夙一手指派，连吏部、兵部也难以插手，这些官员一般便被称为"北选"。

刘光余确实是经虞选凤调之人，虽不知卿尘是谁，但对她的问话还是点头承认。

卿尘淡淡一笑："但如果我没记错，你之前是以文官之职入仕，圣武九年参加殿试，金榜之上是钦点的二甲传胪，御赐进士出身，当年便提为察院监察御史。可是不到半年，你便因一道弹劾当时尚书省左仆射李长右的奏本遭贬，左迁为长乐郡使，四年任满后虽政绩卓著，却并未得到升迁，直到圣武十七年才平调奉州。不过你在奉州却因剿匪之功而声名大震，其后被虞夙选调定州，圣武二十三年居定州巡使之职至今。这样说起来你又不能完全算是北选的官员，你在北选之中是个异数，而且文居武职，这在戍边的将领中似乎也是第一人。"

刘光余诧异卿尘如此了解他的履历，信口说来分毫不错，之前为官的经历并不让他感到愉悦，只道："那又如何？"

卿尘目光落至他的眼前："我记得你的几句话，'兴兵易，平乱难，靖难易，安民难，安民之道在于一视同仁，如此则匪绝，则边患绝'，你现在还是这样认为吗？"

刘光余越发吃惊，问道："你怎会知道此话？"

卿尘道："我在你述职的奏章上见过，记得是你自奉州离任时写的吧。"

能随意浏览官员奏章的女子，天朝唯有修仪一职，刘光余恍然道："原来你是清平郡主。"

卿尘微笑道："凌王妃。"

"哦！"刘光余看了夜天凌一眼，夜天凌目光自定州城中收回来，"你兵带得倒还不错，但要以此绝边患，却还差得远。"

刘光余道："绝边患并不一定要靠武力，定州虽不是边防一线兵力最强的，但却向来很少受漠北突厥的侵扰，两地居民互为往来各尊习俗，长久以来相安无事。"

夜天凌唇角微带锋冷："战与和，从来轮不到百姓决定，即便他们能和平相处，突厥王族却不可能放弃入侵中原的野心。多数时候，仁义必要依恃武力才有实施的可能。"

刘光余着眼于一方之民，夜天凌看的是天下之国，两者皆无错误，卿尘淡笑问道："且不说边疆外患，眼前内患荼毒，刘大人又怎么看？虞凤兴兵，殿下平乱，都容易，但最难的还是安民，定州百姓怕是还需要有人来安抚，刘大人难道能置之不理？"

刘光余心中疑窦丛生："殿下军中人才济济，难道还在乎一名叛将？何况军令如山，末将纵然愿降，只怕仍是死路一条。"

夜天凌笑了笑，此时卫长征登上城头，将一封信递上："殿下，有李将军自景州的消息。"

夜天凌接过来，卿尘转头见李步信中写道："禀殿下，昨晚两万士兵诈入景州，各处都顺利。只是巡使钱统顽抗不服，叫嚣生事，被我在府衙里一刀斩了，还有两名副将是虞凤的亲信，不能劝降，也处死了，如今景州已不足为虑……"她莞尔一笑，李步是如假包换的武将，和眼前的刘光余可完全不同。

夜天凌看完信，竟抬手交给刘光余："你也看看。"

刘光余愣愕着接过来，一路看下去出了一身冷汗。祁门关中合州、定州、景州三大重镇，一夜之间尽数落入凌王掌握之中，顷刻天翻地覆。他被眼前的事实所震惊，感觉像是踩入了一个无底的深渊，根本不知道接着还会发生何事。

夜天凌将他脸上神色变换尽收眼底，道："李步用兵打仗是少有的将才，但行政安民比你刘光余就差些，若如钱统一般杀了你似乎有些可惜。"

刘光余抬头道："殿下是让末将看清楚钱统抗命不从的下场吗？"

夜天凌皱了皱眉。卿尘摇头道："殿下的意思是，他连李步都能如此重用，何况是你刘光余？钱统为官贪佞残暴，素有恶名，即便此时不杀，之后也容不得他，你要和他比吗？"

刘光余一时沉默，再扭头看定州城中，昨夜一场混战之后，现在各处仍透着些紧张气氛。几处大火虽烧的是军营，但依然波及了附近民居，玄甲军将士除了肃清各处防务，已经开始着手帮受累的百姓修整房屋，或暂且安排他们到别处避寒。阳光之下，有个年轻士兵抱起一个正在无助哭啼的孩子，不知说了什么，竟逗得那孩子破涕为笑。

卿尘正和刘光余一样微笑看着这一幕,而夜天凌的目光却投向内城之中,再一抬,与渐盛的日光融为一体,灼然耀目。卿尘转身道:"定州毕竟临近漠北,此时亦要防范着突厥才是。"

刘光余道:"漠北冰雪封地,突厥人主要靠骑兵,冰雪之上行军艰难,所以很少在冬天兴起战事,应该不会趁机侵扰。"

卿尘微微点头:"非常之时,还是小心为上。昨夜定州战死两名副将,军中殿下会亲自安排,府衙之中官员哪些能留哪些不能留,你要谨慎处置。"

刘光余心中滋味翻腾,这话是示意要他继续镇守定州,并且予以了极大的信任,他目光在定州城和眼前两人之间迟疑,胸口起伏不定。卿尘始终目蕴浅笑,淡静自如地看着他。刘光余突然长叹,后退一步拜倒:"殿下、王妃,末将败得心服口服,日后愿效命军前,万死不辞!"

夜天凌对他的决定似乎并不意外:"你去吧,先去接管昨晚投降的士兵,安置妥当,其他事宜我们稍后再议。"

刘光余再拜了一拜,转身退下,直觉现在烽火四起的北疆早晚会在凌王神出鬼没的用兵之道和深威难测的驭人之术前尽数落入其掌控,他甚至生出了一个更加惊人的念头,或者整个天朝都将不外如是。

第二十五章 山阴夜雪满孤峰

夜天凌在刘光余退下后握了卿尘的手，带她往横岭那边看去："知不知道横岭之中有一处绿谷？"

卿尘摇头道："从未听说过。"

夜天凌薄露笑意："离此处不算太远，明天我带你去。"

"去那里干什么？"

夜天凌道："你不想看看我真正学剑的地方吗？我带你去见一个人。"

"咦？"卿尘惊讶，"是什么人，值得你这时候特地去见？"

"此人与我虽无师徒之名，却有师徒之实。"夜天凌未及说完，见十一大步登上城头，剑眉紧蹙，步履匆匆，"四哥！"他到了近前道，"中军出事了。"

卿尘心下猛地一沉，方才谈笑的兴致瞬间全无。

"右都运使卫骞押送的大军粮草在固原山被劫，随行护送一万八千人全军覆没，无一生还，入北疆的粮道已经被从中切断。虞夙劫了粮草就地全部焚毁，出尽兵力将中军围困在燕州以北的绝地。燕州境内近日大降暴雪，中军在雪中十分吃亏，数次突袭都不能成功，反而在对方的强攻之下，被分作了两处。"

夜天凌神色慢慢凝重，他当初之所以不赞成兴兵北疆，便是因冬季北疆的恶劣气候。虞夙叛军常年驻兵在此，对于风雪严寒早已习惯，而天朝将士却来自各处，除了玄甲军以外，他们对这样的天气很难适应。虞夙趁此时起兵，便是要占这个天时地利，一旦遇上气候骤变，形势就可能发生极大的变化。

之前的胜与败，都将加诸这一时，虞夙深知此点，才要抢在对方两路大军会合之前将中军尽快解决，以便能全力对付夜天凌的西路军。而看来老天此时亦有相助之意，终以暴雪将北疆化作绝地，使得中军陷入了前所未有的困境。

卿尘被夜天凌握着的手渐渐变得冰凉，望向这冰天雪地的北疆，修眉深锁。

"命诸将入定州府议事。"夜天凌对十一说了句，回头深深看了卿尘一眼，"你先回行馆，议完此事我便过去。"

离定州府一箭之地的行馆中，卿尘安静地站在廊前。

晴日无风，冬天难得的好天气，阳光毫无遮拦地穿过落叶殆尽的枝丫，将覆盖在枝头檐上的残雪慢慢融化，淅淅沥沥落上庭前光滑的长石。

此时很难想象燕州境内的狂风暴雪是怎样一番情况，中军被困的大荒谷千山绝壁，鸟兽无踪，一旦断了粮草军需，大军人数越多就越容易被拖垮，统驭失策的话甚至可能出现兵败如山倒的惨重后果。

卿尘无声地叹了口气，定下心来听着檐前时有时无的水滴声。漏刻静流，转眼过了两个多时辰，夜天凌仍没有回来，她几次想转身过府去，却又生生忍住。她知道她和夜天湛之间的是非瓜葛，夜天凌自始至终心里都清楚，但他宽容着她所有的情绪，她亦不愿再在这微妙上多加诸半分。

冥执穿过中庭快步往这边走来，到了卿尘身后单膝行了个礼道："凤主。"

"怎样？"卿尘没有回头，问道。

"大军分三路，一路随唐将军取临沧，一路随澈王殿下夺横梁，剩下的殿下亲自领军，直袭燕州。"冥执声音平平无波，犹如卿尘现在面上的表情，她微微侧首，问道："中军那边呢？"

冥执道："没有安排。"

"什么时候出发？"

"后日。"

卿尘眉心不由自主地一拢，转身道："我知道了，你去吧。"却忽见殷采倩不知何时站在门前，瞪大眼睛看着她。

"四殿下居然见死不救！"殷采倩隐含惊怒，"我去找他问清楚！"

"回来。"卿尘徐徐说了一声，声音不大，但异常清晰。殷采倩脚下一滞，停下步子。

"你能说服他吗？"卿尘扭头掠了她一眼，缓步往室中走去。

殷采倩眼中带着几分焦急，往定州府看了一眼，回身道："我不能，可是你能改变他的决定，现在只有你能帮湛哥哥。"

卿尘微微而笑："你错了，他的决定不会受任何人左右，我也一样。"

殷采倩神情一变："你……你这么狠得下心！"

卿尘迈步入室，白裳轻曳，似将浮雪一痕带过。殷采倩数步赶上她道："你真和他一样铁石心肠，丝毫都不曾想想湛哥哥？湛哥哥对你痴心一片，当初姑母不同意他请旨赐婚，他不惜忤逆母亲也坚持要娶你。你大婚的时候，他违抗圣旨也要回天都，那天我和十二殿下跟着他离开凌王府，他有多伤心你知道吗？他娶王妃的时候，新婚夜里醉酒喊的都是你的名字！你即便对他无情无义，难道连这份援手的心都没有？就看着四殿下借刀杀人吗？"

卿尘双眸幽深，静静听着殷采倩的质问，她无法将记忆中夜天湛在大婚典礼上的俊雅身影同酒后的样子连成一线。那日他笑如春风，他温冷如玉，甚至没有多看她一眼，应付于宾客之间潇洒言笑，从容自如，此时想来，他或许真的喝了不少酒。

那时候她看到他挽着自己的王妃，时光支离破碎迎面斑驳，李唐拥着徐霏霏。

她透过深红焕彩，以一种繁复的心情细细揣摩他的模样，在他春风般的笑意中无声叹息。

那叹息中，是难言的酸楚，一点点浸透在心房最脆弱的地方，化作一片苦涩的滋味，溢满了每一个角落。

终此一生，不能挣脱的牵绊，他们两人都清楚，却以不同的方式装作糊涂。

有些事，本就是难得糊涂。

她不想让心中的情绪在任何人面前泄露半分，目视着殷采倩因怒意而越发明亮的眼睛，淡淡道："你若是真的为七殿下着想，刚才说过的每一句话最好都忘个干净，否则才是真正害了他。"

"你到底管不管？"殷采倩看着她幽静到冷漠的眸子，恨恨问。

"他不会有事。"

"呵！"殷采倩冷笑，讥讽道，"中军遇险，四殿下调兵遣将丝毫不见救援的意思。谁都知道这北疆战役非同小可，湛哥哥若是有个意外，军中朝中你们就都称心如意了吧？十一殿下也袖手旁观，这法子真是高明！"

卿尘唇角一勾，不愧是门阀之女，殷采倩虽刁蛮任性，有些事情却天生便看得明白，但也有些事她并不明白："我还是那句话，你该多了解一下四殿下。"她往案上一指："你打开看看。"

殷采倩不解地将卿尘所指的一幅卷轴打开，正是四境军机图。卿尘却不看，立于窗前随手侍弄白玉瓶里插着的几枝寒梅："临沧乃是虞凤叛军囤粮重地，燕州亦是北疆举足轻重的城池，他兵分两路取这两处，乃是围魏救赵之计，叛军定不会坐视不理。但这两处用兵是虚招，他真正的用意是取横梁。你看到横梁了吗？横梁地处横岭南支和固原山交界处，是中军脱困必取之路。此地一日在虞凤手中，中军便只能坐困愁城，而且，也只有控制了此处关隘，被断的粮道才能得以恢复。三路安排环环相扣，一旦十一与中军会合横梁，两路虚兵变为实攻，到时候燕州叛军将处于腹背受敌的死地，这才是他的目的。借刀杀人虽好，但他未必属于一用，更不会用在此时。"她不疾不徐，娓娓道来。

殷采倩并不像卿尘一般熟悉军机图，凝神看了半晌，方将信将疑："即便如你所说，为何要后天才发兵？拖一天中军便险一分。"

一瓣梅花轻轻落于掌心，卿尘无声地叹了口气："七殿下定会平安，你只要知道这一点就可以了。"

"你怎敢如此肯定？"殷采倩问。

"因为我相信他。"卿尘静静说了句，扭头看着殷采倩，"采倩，你此时可有一点儿能体会到，夹在家族亲人和凌王府之间是种什么样的滋味了吗？我能理解你对他的感觉，他一样让我心甘情愿地爱着。但你若不能了解他、相信他，这种感情迟早会毁了你，也并不能给他带来丝毫的欢喜。抱歉，我不会让这种事情发生，凌王府中只能有一个王妃。至于七殿下，我的心给了一个人，便再也容不下别人了。今天我把话都说明白，或许你以后也能轻松一些。"

殷采倩眉心越收越紧，突然眼中闪过惊诧。卿尘回头，竟见夜天凌站在门前。

殷采倩的吃惊却并不是因为夜天凌的出现，而是意外地看到他脸上带着一丝若有若无的笑意。她印象中从没见过夜天凌这样的神情，不是清冷不是孤傲亦不是凌厉和威严，而是削薄唇角一抹淡淡的微笑，在看着卿尘的时候他像是变了一个人，虽然只有刹那。

夜天凌带卿尘出了行馆，风驰和云骋早已等候在外。两人出定州城一路北行，夜天凌道："以风驰和云骋的脚程，我们明日日落前便能回来。"

卿尘问道："去绿谷吗？"

夜天凌点头，卿尘略微迟疑后道："一定要现在去？"

夜天凌目光在她脸上扫过，并没有错过她眸底淡淡的隐忧，却挑眉一笑："和我在一起，就别操心别人了。"

卿尘轻轻"嗯"了一声，眸光一抬同他相触。他微笑之后的深眸似古井，探不出风云兵锋的痕迹，如水如墨，清清冽冽，唯一所见便是一抹白衣素颜，荡漾在幽深底处清晰无比。

卿尘话说出口，没有刻意去掩饰，其实也并不求什么，有些事他答应了她，却也只能在那个底线，这点儿她清楚。中军必定有惊无险，但这笔败绩亦就此难免，这场平叛之战只有一个人能胜，这也是她和凤家的赌注。

夜天凌见她沉默不语，道："你也别小看了七弟，当年他率军平定滇地百越人之乱，在泥泽毒沼遍布之处都能和对手从容周旋，区区大雪封地比起深山密林中的毒虫瘴气也算不了什么。他自己一身武功不输于我，手下幕僚之中亦多有能人，困不死的。"

卿尘这才记起曾有几次见过夜天湛的身手，玉笛挥洒，克敌制胜，连凌厉也鲜见，那种温文尔雅总会叫人忽略些什么，她或者还不如夜天凌了解他多些。发丝被风带得飘扬，她微笑道："祁门关内三州都刚刚收复，总要有一天半日的安排才行，也不能即刻便调军离开，倒是你忙中偷闲似乎不合常理。"

夜天凌淡淡道："李步和刘光余都很得用，亦有十一弟在，我们快去快回便是。"

北疆草原漠漠无际，晴冷蔚蓝的长天之下阳光当空，穿透白云片片映出深银的颜色，阵阵风吹云动迅速掠过，好似阳光随风飘动在草原之上，形成奇异的景观。风驰和云骋亦如云之飘逸，一路翻过平原低丘，很快便入了横岭山脉。

雪战在卿尘马上待腻了，跳下去独自乱跑，卿尘也不在意，不多会儿它便会自己跟上来。横岭山脉悠长，一路北行更是冰天雪地，处处覆着皑皑白雪，阳光下反射出晶莹的光泽。夜天凌索性和卿尘共乘一骑，以风氅将她环在身前。卿尘暖暖地靠着他的身子，及目处四野寂静，飞鸟绝，人踪无，峰岭连绵在雪下显得格外开阔，她抬眸对夜天凌道："四哥，这里好安静，你说如果我们这样一直走下去，会走到什么地方？"

夜天凌遥望远山冰封，笑了笑："想知道？那我们走走看如何？"

卿尘抿唇不语，过了会儿方道："只有我们两个人。"

夜天凌点头："好，天大地大，你想去什么地方都行。"

"要走累了呢？"卿尘问。

夜天凌思索一下，道："那随便找个地方，城池坊间或是乡野村落，临水或是依山，你选好了咱们便住下。"

卿尘淡淡一笑，温柔中映着冰雪的颜色："为君洗手做羹汤，到时我可以天天做菜给你吃。"

夜天凌侧头看着她低声笑说："不怕麻烦？"

卿尘细眉一扬："那你做。"

她纤柔的手指被夜天凌拢在掌心，覆盖着淡淡真实的温暖，夜天凌满不在乎地道："只要你敢吃。"

他身上有种干净的男子气息，似雪的冰冷，又似风的清冽，低头时温热的呼吸却呵得卿尘耳朵轻痒。她微微一躲，却发现原来他是故意的，清脆的笑声响起在茫茫雪中。这一刻没有朝堂上的波诡云谲，没有战场上的厮杀谋略，素净的天地间似乎真的只剩了他们两人，相依相靠，双手相携，是风雪飒然，是百花齐放，是骄阳如火，是黄叶翩飞都笑对，春秋过境，漫漫长生，无论选了哪条路，无论将走向何处。

雪路茫茫，山有尽头。过不多会儿，夜天凌手中马鞭前指："前面便到了。"

卿尘沿途打量，发现越往前走，周围的山石由青灰色渐渐转成一种晶莹的深绿，雪地里远看竟如铺玉叠翠，一脉碧色迤逦沿着山谷深邃延伸。近处在白雪的掩映里，山石的色泽浓浅不一，有的如嫩柳初绽，有的似孔雀翠羽，衬在莹白的雪色上十分漂亮，她不由道："怪不得这里叫绿谷，竟然有这般奇景。"

夜天凌道："越往谷中走翠色越多，一直南去到我们第一次遇到的屏叠山渐渐才淡了。"

卿尘随口道："屏叠山离这儿近吗？我倒很想回去看看呢，总觉得那儿很特别，等空闲了我们回去一次好不好？到时候我带着灵石串珠，看看会不会再有神奇的事情发生。"

"不去。"夜天凌道。

"嗯？"卿尘奇怪道，"为什么？"

"都烧光了有什么好看的？"夜天凌淡淡道。

卿尘在马上转身抬头，不解地看他。夜天凌眼眸一低瞥过她的探询，伸手揉上她的头顶让她转回头去。卿尘突然感到他手臂紧了紧，似乎是下意识地，却牢牢环住了她。接着夜天凌将马缰在手腕上随意一缠，双手将她完全地圈在怀里，那是一种宣告占有和保护的姿势，却依稀又有点儿不确定的迟疑。

卿尘凤眸微抬，长长的睫毛下有灵丽的光影闪过："四哥，你该不是怕我回去吧？"她笑问道。

"哼！"夜天凌冷哼不语。

"是不是啊？"卿尘笑得有点儿不怀好意的调皮。

夜天凌像是铁了心不回答，却架不住卿尘耍赖般地追问，终于无奈道："你偶尔可以装装糊涂，也不是什么坏事。"

卿尘闻言大笑，却听夜天凌诧异地"嗯"了一声："人好像不在。"

两人下了马，卿尘见到前面是间依山而建的石屋，门前白雪无声，覆盖着大地，丝毫没有人出入的痕迹，四周不知为何显得异常寂静，在冬日早没的夕阳下显出一种幽宁的苍凉。

"在这儿等我，我先去看看。"夜天凌对卿尘道，快步往石屋走去，伸手推门处，白雪杂灰簌簌窣窣落满身前。

石屋前夜天凌描述过的模样在重雪的掩盖下难寻踪迹，唯有一方试剑的碧石隐约可见。卿尘缓步前行，忽见夜天凌身形一震，她察觉异样，上前问道："四哥，怎么了？"

夜天凌似乎没有听到她的声音，僵立在前面。卿尘越过他的肩头，看到残壁空荡，唯有一副石棺置于当中。

卿尘轻轻握住了夜天凌的手，浮灰之下棺盖上依稀刻着字，夜天凌清开灰尘，露出一些奇怪的文字。卿尘并不认识，却见夜天凌看过后，良久方叹道："怪不得他说不必称他为师父，我真没有想到，他竟是柔然族的长老，亦是母妃的叔叔。"

卿尘对夜天凌能看懂柔然族的文字并不诧异，夜天凌常年征战，对漠北诸族多有研究，何况是自己母亲的部族。她轻声道："怎么会这样？"

夜天凌闭目间平复了一下情绪，转而依旧是往常清冷的平淡："万物有生必有死，八十九岁一生亦不算短了。"他目光再落至石棺之上："万俟朔风，不知这人又是谁。"

"是他做了这个石棺？"卿尘问。

夜天凌点头，手指在棺盖复杂的文字上抚过："柔然一族对尊崇的长者有停棺后葬的习俗，看棺上的日期，过了今天便整整一年，已到了入葬的日子，我至少还能为他老人家做这一件事。"

卿尘自怀中取出丝帕，将蒙尘已久的石棺细心清理，同夜天凌一并动手葬棺入土。

夜天凌神色默然，旧棺新坟，生死两隔。待一切完成之后，夜幕已笼罩大地，月冷星稀，深谷无风，两人以枯落的松枝燃起篝火。卿尘坐在大石之旁，飞焰点点，凌乱地蹿动在无边的夜下。她静静看着夜天凌将一方碧石亲手凿刻，火光映在他的侧脸上，明暗中只见深沉。

夜天凌已有大半日不曾说过一句话，当最后一个字凿好，他轻轻举起手中长剑，火光明亮，压不住剑上寒气，映在他无底的眸心，清冷一片。

这把归离剑象征着天朝四海至尊的皇权，柔然族得到此剑，却不幸换来灭族的结局。当年穆帝攻伐柔然，虽是携美而归，但真正的目的还是这把号令天下的宝剑。即便已是身处权力巅峰的帝王，也一样不惜杀伐，挥军千里，只为索取一个统驭万方的象征。

柔然族还是保全了这柄剑，它致使莲妃归嫁天朝，亦让夜天凌诞生在俯瞰中原的大正宫中，不管他的父亲是谁，他身上有一半流着柔然族的血，柔然族将这归离剑，最终交到了他的手上。

夜天凌缓缓起身，将手中石碑立于新起的坟前，剑锋侧处，一抹炫冷的月光骤盛，风凌起，雪飞溅。

眼前空旷的雪地之上，月华之中，卿尘看着夜天凌身影四周剑气纵横，寒光凛冽，白练如飞。夜风残雪随着他手中剑啸龙吟越转越急，一套"归离十八式"发挥到极致，剑气狂傲，横空出世，凌厉锋芒迫得人几乎不能目视。

随着夜天凌一声清啸，胸中波澜激荡山野，归离剑光芒轻逝，寒意收敛，四周风雪纷纷扬扬飘落，瞬间和银白的大地融为一体。

雪尽处，月影孤冷，夜天凌握剑独立，在无尽的黑暗中抬头望向深不可测的夜空，轻声道："师父，我带着妻子来看你了，得归离者得天下，我绝对不会让你失望。"

第二十六章 横岭云长共北征

横岭深雪绵延千里，北疆大地在这样的林海雪原中气势苍茫，厚厚的冰雪下流淌着自然的血脉，不动声色地延伸于六合八荒。

驰上一道高丘，夜天凌勒马转身，往横岭之外漠北辽阔的土地看去："数十年前，横岭以北曾都是柔然族的领地。"

卿尘缓缓束缰："据《四域志》记载，自天朝立国始至穆帝兵败柔然之前，南以横岭北麓为界，北至叶伽伦湖，东至大檀山脉，西北至撒玛塔尔大沙漠，西南至达粟河，西北这片土地一直都是柔然国所属。"

夜天凌深邃的轮廓下隐藏着一种沉稳的倨傲，遥遥伸手将马鞭前指，似越过横岭划出一道无形而无穷的圆弧："总有一日，这片疆域都将划入天朝的领土，漠南、漠北、西域、吐蕃，甚至更远。"

卿尘随着他所指的方向望去，淡然道："还有更远的地方，四哥，我曾听有人问过这样一个问题，人死之后，不过需要长鞭所划这么大的地方埋葬，却为何要攻占那么多的土地？"

夜天凌薄唇微挑，依然看着天高地广的远方："以死而问生，原本便是荒谬。正是因为人人百年之后都是一抔黄土，几根白骨，方显出生时不同。若因为相同的死而放弃一切作为，那么活着便真正失去了意义。"

卿尘眼中带着悠远的光泽："我也常想，发问的人，或许永远也体会不到对方所经历的生。所谓开疆拓土，不过是生存中的追求和抱负，当一个不能企及的高度被征服时，生命也会因此变得精彩，这不仅仅是征服土地，更是征服自己，人生一世不同的足迹，会使看似相同的死亡各自相异。"

夜天凌带着风驰缓缓和她并骑前行，阳光照于雪岭，万千丛峰化作瑶石玉刃，不时反射出剔透的冰光。"我不管死后如何，现在我心里既装了这万里江山，这便是我要做的，若他日我的眼里只有一叶扁舟，这浩瀚疆土又算得了什么？人生在世如过客，这整个的世间在人生当中又何尝不是过客？生和死，死和生，谁又琢磨得透？"

卿尘道："生死轮回，无始无终，其实人死之后，生命也会以不同的方式在不同的人与事物间延续下来，死亡并非终点，更可能是另外一个开始。"

夜天凌点头道："就像师父他老人家，将一生心血和希望都寄托在我身上，我的生命中便有他一部分。"

卿尘柔声道："其实这世上并没有完全的死亡，生死无常，亦是平常，我们能做的只是不负此生罢了。"

夜天凌长舒了口气："不错，人生运命各不同，所有一切都是自己的选择。"

卿尘抬眸，微微挑眉："四哥，咱们该回去了。"

"走吧。"夜天凌说着，率先纵马自丘陵上冲下。

待快出了横岭山脉，卿尘下意识地侧身寻找，一直跟在身后的雪战不知跑去了哪里，许久不见踪影。她回头轻哨呼唤，忽见不远处的雪地中，雪战几乎与大地浑然一色的身影急遽前奔，它身后一只金雕神形凶猛，正做飞扑之势直冲而下，欲将其逮杀爪间。半空中另有一只飞雕盘旋，紧随之后。

雪战也非易与之兽，反身一个侧躲令那金雕俯冲之势尽皆落空，一爪撕上雕尾。不待卿尘喝呼，夜天凌手中一支狼牙长箭去如星逝，已直取金雕身躯。

那金雕倒也了得，在掠起之时斜翼拍过，竟惊险地躲开了夜天凌致命一箭，陡然冲上天空。

夜天凌连珠双箭尾随而至，破空追去，啸声凌厉。

那金雕似是知道弓箭厉害，奋力振翅闪躲。夜天凌箭上劲道非比寻常，岂容它再次侥幸，只见冷光闪处，金雕惨叫着坠往雪地。

另外一只金雕见状悲鸣，竟不逃命，振翅俯冲便往敌人头顶扑来。夜天凌面容冷冷，金弓再响，眼见这只金雕亦要丧命箭下，突然前方响起一阵尖厉的啸声，一支长箭闪电射来，正撞上夜天凌的箭，受此阻挡，夜天凌的箭便扫着金雕的翅膀穿上半空。

那金雕死里逃生，受此惊吓高高盘旋在空中，再不敢轻举妄动。

前方雪地之中有人长箭在弦，杀气袭人地对准夜天凌。夜天凌引弓搭箭，亦冷冷与之对峙。

那人身形魁梧高挺，着一身墨黑裘袍，腰佩宽刀。如此寒冷的天气中，他上身一半赤膊在外，露出强健的胸肌，衣袍之上隐有血迹，似乎刚刚经过一场激烈的搏杀，周身戾气未散，散发披肩，冷风中飘扬身后。目深鼻高，相格独特，显然不是中原之人，那双灼灼如鹰隼一般的眼睛，带着令人望而生畏的犀利。

剑拔弩张中，这人浑身散发着一种刚硬而狂野的气质，举手投足的霸气似乎不将任何事情放在眼中，比起夜天凌的峻冷似不遑多让。

　　再往后看去，他身后马上竟骇然挂着数个狼头，残颈之上鲜血尚未凝固，面目狰狞。从他身上衣物的撕痕和肌肤上几道血迹来看，这些恶狼应是在攻击他时反成了刀下猎物。

　　雪战此时早已跃至卿尘马上，一阵风刮过，吹得几人衣袍猎猎，那人一声呼哨，金雕从空中冲下落在他的肩头："你们为何要伤我的金雕？"

　　他说得一口字正腔圆的汉语，夜天凌和卿尘之前未想到这金雕是有人豢养的，都有些意外，卿尘道："我们并不知道这雕儿是有主人的，一时失手，还请见谅。"

　　先前那只金雕落在地上，长箭透胸而入，已经奄奄一息，夜天凌缓缓收箭："抱歉。"

　　那人却冷哼一声："一句抱歉就算了吗？"

　　夜天凌素来心气高傲，眼中冷芒微现，扫向那人："你想要怎样？"

　　那人夷然不惧他的目光，抽刀入手，却往一侧悬崖陡壁处指去："我这金雕得之不易，唯有捕捉幼雕驯养方可听命于人，你若能在我刀前将那雕巢中的幼雕取来，此事便作罢！"

　　他所指之处一刃冰峰高绝陡峭，隐约可见有雕巢半悬山崖之上。夜天凌抬眼一瞥，冷冷一笑："好，一言为定。"

　　卿尘见那悬崖本就险峻，兼之凝冰覆雪，滑溜异常，想必极难攀登。这人既如此准确地知道雕巢位置，想必本就为此而来。他的武功似乎不在夜天凌之下，攀崖之时如此争斗定当十分凶险，她却对夜天凌淡淡而笑："我在这儿等你。"

　　那人将宽刀就那么搭在肩头，踩着深雪大步上前："两位若有话说便快些，过会儿未必还有机会。"

　　卿尘凤眸微扬，浅笑道："不必了，倒是你不妨留下姓名，以防万一。"

　　那人原本口气极为自负，倒被卿尘柔中带韧的回答弄得一愣，不禁上下打量她。夜天凌唇角微抿，目光淡淡自那人身前掠过，两人眼中忽而皆见精光一闪，身形已动，同时便往悬崖掠去。

　　卿尘怀抱雪战缓缓往前走了两步，仰头看着两道人影在冰峰之侧如履平地般越攀越高，中途刀剑交锋，使得冰雪簌簌坠落，没等落到山脚便已粉碎。她目不转睛地随着夜天凌，那熟悉的身影一丝不漏地映在眼底，剑光紧密处却是一片淡然。她安静地站在雪中，生死输赢都在度外，只觉得这样喜欢看夜天凌用剑，那游刃有余的潇洒总也看不厌。

　　山崖的半腰处，寒芒光影挟风雪纵横似练，两人身形如鹤，冲天拔起，不分先后落在离雕巢不过半步之遥的一方岩石上。

夜天凌甫一站稳，归离剑已斜掠而去迎上对方刀势，两人都被彼此兵器上传来的一股柔劲逼得后退半步，心中同时称奇。岩石底下沙土天长日久松动，在他们的劲力压迫下七零八落纷纷坠下。夜天凌抢至山壁里侧，剑势陡然一变，至柔而刚，四周如冰凌暴盛，天罗地网般罩向对手。

那人后背凌空，不敢与他硬拼，顿时落了下风，但厚背宽刀在他凌厉的攻势下周旋，却也丝毫不见窘态。

不过数步见方的岩石之上，交击之声不绝如缕，原本坚硬的冰雪似不能承受这样的劲力，斜飞横溅，激人眼目。厚背刀虎虎生风势如蛟龙，归离剑行云流水光影横空。那人数次想抢占山崖一侧，却都被夜天凌从容逼回，眼见此非取胜之道，他忽然刀势横扫，挑向旁边那个雕巢。

夜天凌岂会容他先行得手，归离剑去如长虹，化作一道白刃后发先至袭向目标。在两股力道的震荡之下，雕巢猛然脱离依附的山崖，直线向下落去。

两人刀剑相交，掠至雕巢之下齐齐接住，空着的手却毫无取巧地硬拼了一招。

乍合即分，夜天凌化去对方掌中内劲，手臂竟隐隐发麻。那人身形微震，错步后移，夜天凌这一掌的劲道亦令他气血翻涌。他脚下岩石因是边缘之处，年深月久，已然风化，此时难以承受突如其来的强劲力道，咔嚓一声轰然塌陷。

那人身子一空，却临危不乱，足尖在碎石之上一点，借势拔起，竟一个鹞子翻身，凌空往夜天凌击下。

夜天凌大喝一声："好！"右肩一沉，左手一掌击出。

那人虽打中他的肩头，却被他这一掌之力震出岩石，再无落脚之处，直往峰下坠去。

夜天凌微微一惊，不想见他就此丧命，伸手相救。

谁知这一坠之势着实不轻，兼之岩石之上积雪成冰不易平衡，夜天凌虽拉住那人的手臂，却在他猛地一带之下连自己也跌落崖边。

但这一拉毕竟使下坠之势略阻，两人于半空中不约而同齐身回转，归离剑和厚背刀生生钉入悬崖之上，人便悬在山峰之侧。

此时那雕巢自上面掉落，电光石火之间两人同时往雕巢抢去。半空中单手过招，夜天凌抢先一步取中雕巢，猿臂轻伸，顺便将一只不幸翻出巢中的幼雕抄在手中。

那人大笑道："好身手！"

夜天凌将雕巢丢给他，淡淡道："恕不奉陪了。"归离剑拔出时人轻飘飘往下落去，在早已看准的岩石上一落，那人亦如他一般，慢慢往崖下滑去。

山岩之上处处冰滑，两人如此踩冰踏雪过了近一个时辰才脚落实地。卿尘走上前来,夜天凌随手一掸衣衫,归离剑反手回鞘,对她一笑。

卿尘亦微笑着看他,眸中虽烟岚淡渺,极深处却流动着一抹牵肠挂肚的滋味。刚才的淡定竟在此时有些后怕,那么高的悬崖,一个不慎便是粉身碎骨了。

那人对他俩抱了抱拳:"兄台身手不凡,在下十分佩服,之前多有得罪,亦叫尊夫人受惊了。"

夜天凌对他点点头,目光落在他的厚背刀上,若有所思。卿尘将一瓶伤药取出:"这药有些灵效,不知能不能救活你的金雕。"

那人倒没有推辞,抬手接过伤药。这时夜天凌突然道:"请问阁下的刀法师从何人?"

那人也正看了一眼他的归离剑,闻言哈哈笑道:"我这套刀法是祖上家传。今日得遇贤伉俪,当真不虚此行,但兄弟还有事在身,不能久留,若改日再见,定邀两位共图一醉。"

言罢拱手告别,金雕在半空高鸣一声,紧随那人马后离去。夜天凌上马之后回头看了一眼,卿尘问道:"四哥,怎么了?"

夜天凌道:"这人的刀法和归离剑相生相克,十分奇怪,若不是前方尚有军情,我定要和他再行切磋。"

卿尘道:"今天萍水相逢,说不定哪天便又见着了。"

夜天凌点头,两人便不再耽搁,远远往定州方向奔去。

第二十七章 轻笛折柳知为何

山口灌进来的冷风夹杂着冰雪的碎屑打着旋儿呼啸，夜天湛进帐前手腕一抖，被他随意掠了一把的帐帘高扬起来，啪地甩上去，抽得那道冷风也一散。

军帐中热气扑面而来，夜天湛脸上有些阴郁的意味，身后一人却并没有因他的脸色而噤声："殿下，这是唯一的法子，宜早决断，再迟便麻烦了。"

夜天湛瞥了一眼伺候在帐中的侍卫，不轻不重说了句："出去。"

两个侍卫知道这是他和巩思呈有要事商谈，不敢耽搁，屏气静声退了下去。

夜天湛将马鞭放下，解开披风往旁边一丢，露出里面穿着的一身帅服。金甲铁衣衬着他颀长的身段却优雅非常，一丝一毫都透着种与生俱来闲适的贵气，只是墨色映得那双温朗的眼眸深了几分。他手按在长案上沉吟片刻，再回头时俊面淡淡，刚才的一丝阴霾已不见了踪影。

"巩先生，"他语调中是那好听的温雅，"你要我即刻撤军，前方南宫竞那十万兵马弹尽粮绝再失援军，必定是全部覆没的下场，这个后果，你应该比我早想到的。"

巩思呈并不着甲胄，披风下一身干净的长袍表明他幕僚的身份，而袍子上拢边的一圈柔滑的貂毛以及不易多得的精纺面料却又叫他看起来与别的幕僚不同，他点了下头："确实如此，只是不断此臂，中军危矣，如今只能弃卒保车。此时中军尚能进退自如，但一旦柯南绪将那五行阴阳阵'阳遁三局'布置完成，我们便当真深陷其中，无路可退了。西路大军目前应该还在祁门关外，李步用兵很有一套，凌王再厉害也不可能三五日便破了祁门关。"

听到李步的名字，夜天湛一双湛湛清眸微眯了眯："弃明投暗，其罪难恕。柯南绪那阳遁三局难道巩先生也毫无办法？"

巩思呈叹了口气："柯南绪此人才绝江东，放眼天下，怕只有南陵左原孙能与之一较高下，我并没有十分的把握。而且最要紧的是粮草，这次粮草被劫倒真是没有想到的事。"

夜天湛眉心一蹙:"兵部派谁不好,偏派卫骞来,我已吩咐过此人不能用,是谁着他任的三军右都运使?"

巩思呈道:"现在汐王领着督运的职责,人员应该都是由他统调的。"

夜天湛随手握了盏茶,道:"这是给卫家示好呢。"

巩思呈笑了笑:"不如说是做给殿下看的,那位子轮不到汐王,这谁都清楚。这次出征前汐王在朝上站在咱们这边,他手中的京畿卫也颇有些分量。"

夜天湛缓缓啜着那香茗,薄薄的云盏在他指间转动,他似是品完了这茶香,方道:"先生也别小看了五皇兄,他一向行事稳重小心,这次在朝上我倒有些意外。"

巩思呈道:"汐王身份所限,容不得他有太多的想法,真正该防的是凌王,尤其皇上那里,似乎透着些叫人担忧的兆头。皇上好端端地让凌王插手户部,这就很耐人寻味,要不是我们防得严,户部恐怕早已大乱了。年前溟王的事,细细琢磨下来,分明和凌王府脱不了干系。最耐人寻味的还是清平郡主以暂代修仪的身份嫁入凌王府,皇上分明是将凤家放到了凌王那边,接着又封了莲贵妃……"

夜天湛起先凝神听着,忽而眼中微波一漾,握着茶盏的手指不着痕迹地紧了紧,不知为何竟突然想起延熙宫。

去年暮春初夏的时分卿尘还是延熙宫的女官,有一日他在延熙宫见到她,她正站在前面渐行渐高的台阶之上,一个人仰头望着远处。

时值黄昏,金乌将坠,淡月新升,大殿后面半边天空火烧般漾满云霞,流金赤紫交错铺陈,缓缓流淌在渐浓的天色下,透过碧檐金瓦、琼楼飞阁一直染到白玉般的阶栏,亦在人的衣襟晕了一抹若有若无的流光。

她站在高大的宫殿之前只是一道淡淡的身影,暖风穿过柳梢漾起月白宫装,裙袂飞扬的剪影有些飘逸不定的错觉,身后华丽的殿宇浓重的晚景都压不住她清淡的模样,叫人觉得如果一不留神她便会消失。

她似乎没有注意到有人进了延熙宫,只抬头看着另一半天边奇异的景象。身后浓霞似火,眼前淡月初升,绚烂的云光渐入西山,在天空让出纯净的色泽,一片青墨深邃。半弦弯月遥挂天幕,好似极薄的一片脆玉,微微有些苍白的光。

卿尘望着淡月出神,神情幽远,他便站在墨青色的天空下不远不近凝望着她,原来总有些空洞的心中忽然被填得毫无空隙,就像那渐没的暮云都落在了心里,刹那的温暖和宁静。

他没有去惊动她,直到卿尘不经意地回眸,看到他时有些惊讶,而后淡淡微笑,

那一笑隔着夜幕的烟岚。他在她面前驻足,静静望向她的双眸:"偌大的延熙宫好像就只剩了你一个人。"

她柔声浅笑："不是还有你吗？"

延熙宫的灯火次第燃亮，勾勒出火光深处庄穆的宫殿，层层铺展开来。晚风掠得她发丝轻拂，亦吹得他一身水色长衫起起落落，他闲话时并没有忽略她眸中若有若无的惆怅，不管在何时相遇，她眼底最先掠过的永远是这样一种情绪，在清水般的眸光后瞬息而没，却一丝丝拨着他心中深浅浮沉的柔情。

他不欲去问，只觉得还有时间转圜这样的若即若离，直到那一天轻红娇粉铺满了天都，就连怀滦郡中都感受到毫不吝啬的喜气，他踏进张灯结彩的凌王府看到她身上的大红嫁衣。向来看惯了的素白浅月忽然变成那样刺目的红，就像西山处斜阳如血的颜色，而她的笑却不再如半空那弯幽凉的月色，似天光水影绽放于极高的苍穹，铺天盖地地将他淹没。

闲玉湖前细雨中，他一朝错身，失之一生。

"殿下，殿下？"巩思呈的声音只得加大了力度。

夜天湛猛地抬头，手里的云盏一晃，琥珀色的香茗微凉，泼溅了几滴出来："刚才说什么？"

巩思呈暗中叹息，目光中尽是了然："南宫竟是凌王府的人，如今正是机会，他便如凌王左膀右臂，留不得。"

夜天湛深吸了口气，放开那盏凉茶。他重新取了个杯盏，仍是自斟自饮，举止一丝不乱，眸色中看不出情绪。他没有顺着巩思呈的话往下说，反而语气略有些加重："谁是对手这倒是其次，我更担心乱从内生。且不说上次歌舞坊的事，你看户部那些账，牵扯的都是些什么？我早提醒过舅舅，让他用人要有所约束。再者，卫家早就有一个太子妃生性懦弱，现在一个卫骞成事不足败事有余，还有个卫嫣自作聪明。"

巩思呈道："联姻卫家的事，我也不十分赞成，但殿下若不是前次那般顶撞娘娘，这次也不至于不好反对。"

夜天湛知道这指的是当初求娶卿尘时他和殷皇后的争执，后来还是巩思呈从中劝解，殷皇后才终于同意，然而事情最终却还是毫无结果。他整了整手腕处的束袖："先生同殷家几十年渊源，说起来母后和舅舅都该称你一声老师才对，母后还是肯听你的，这次我也知道不能再说什么，所以也没有反对。"他话说得轻描淡写，将眸中瞬息万变的神色一抹带过。

巩思呈显然和夜天湛之间并不需要过多的客套，也不谦辞，只道："说句不敬的话，娘娘的性子十分要强，殿下今后若有事，还是婉转些好。"

夜天湛笑了笑："先生的话我会仔细揣摩。方才说起撒军之事，南宫竟此人虽是难得的将才，却不可能为我所用，我亦不想留他。但他所率十万将士，皆上有父母，下有妻儿，一旦葬身北疆，我天朝十万家举丧，母痛其子，妻哭其夫，儿失其父，又岂止是十万人家破人亡，哀毁天伦？我若此时釜底抽薪，岂非不仁？再者，南宫竞之所以兵困大荒谷，是为保中军无恙，若非他当机立断自毁退路，整个大军难免要中柯南绪诱敌之计。我若弃之不顾，是为不义。"他话说得不紧不慢，语气却十分坚定："巩先生，此事非不能为，乃是不可为，我亦不屑用这样的手段。"

巩思呈原以为之前的话夜天湛都未往心里听去，谁知他此时说出来竟是已然深思熟虑过了："殿下，你还是不……"话说一半，他忽而长叹，"殿下今天说出这番话，我亦不知是喜是忧了！"

夜天湛眸色中的温雅微微也带着点儿深邃："我不愿这么做还有一个顾虑，便是夏步锋和史仲侯。他们这些神御军的大将都同南宫竞一样，是随四哥出生入死的人，必不会眼看南宫竞坐困死局。此时若弃前锋军撤退，难保军心动荡。"

巩思呈道："殿下明知他们都是凌王的人，当初用他们，究竟又是为何？"

夜天湛淡淡笑道："军求良将，若连这几个人都容不得，遑论天下？他们至少不误大局，好过用卫骞那种人。传我军令吧，命史仲侯率轻甲战士过岭寻路，我们争取两日内与南宫竞会合，再商讨对付柯南绪的法子。"

巩思呈拱手退出。雪倒是停了，风却未息，吹得人须发飘摇。一阵霰冰夹在风中呼啸而过，深不知路的山岭在重雪之下白得几近单调，看久了竟生出烦躁的感觉。他不能避免地缓缓叹了口气，方才那句没能说完的话不由得又浮上心头，湛王，还是不够狠啊！

第二十八章 婉翼清兮长相顾

天色暗淡，一支玄甲轻骑悄无声息地出现在半山悬崖。横梁渡前正薄暮，肆虐了数日的北风在余晖的光影下渐息渐止，夕阳拖着浅淡的落影逐渐消失在雪原一隅，静缓如轻移莲步的女子，在寒马金戈的空隙间悄然退往寥廓的天幕。

十一居高临下看着已近在眼前的叛军，战车源源，甲胄光寒，形势如前所料，叛军仍在不断往此处结集兵马，唯一的目的便是封死大荒谷出路，彻底孤立天朝中军。

敌兵分布尽收眼底，他掉转马头，对卿尘笑道："真想不通，四哥怎么放心让你跟我来。"

卿尘唇角微微一撇，她问夜天凌这个问题时，夜天凌专注于军机图，只言简意赅地道了句："唔，我放心你。"

现下夜天凌不在面前，十一便低声揶揄她："不管怎么说是七哥在这儿，他难道糊涂了？"

卿尘想着夜天凌在她的探问下抬起头来时不慌不忙的语调，那优游从容的样子还真有点儿恨人："嫁作凌王妃，你就没有曾经沧海难为水的感觉？"这算是什么回答，她颇无奈地道："他现在简直是有恃无恐。"

十一哈哈大笑："谁让你那天在合州那么紧张他？不如我教你个法子，你把那什么九转灵石找齐了，看他不急才怪。"

卿尘抿嘴，笑看他："四哥还不是因为要左先生镇守合州，才让我这半个弟子来助你应对柯南绪，你倒算计起他来，等我回头告诉他这法子是你教的。"

十一拿马鞭直指着她，啼笑皆非，半晌才说了一句："这真是……重色轻友！我以后再也不帮你了！"

卿尘向后指了指道："怎么，有了准王妃就不帮我了吗？到底是谁重色轻友？"

十一想起一同随军而来的殷采倩，面上顿现惆怅。卿尘不由抿嘴轻笑，扭头看向叛军:"我跟左先生学习奇门阵法,曾听他提到柯南绪,说此人行军布阵天纵奇才,怎么现在看来,这调兵遣将竟也平平?"

十一亦道:"我也正奇怪,想必盛名之下其实难副,或许是我们多虑了也说不定。"

两人正说着话,却听见空旷的山野间遥遥传来一阵琴音,其声悠扬,时有时无,飘忽几不可闻,却轻绕于高峰低谷,又清晰如在耳边。那琴声听去随意,轻描淡写间竟带出千军万马行营沙场的气概。卿尘和十一不约而同地回头,依稀见横梁渡前的敌兵缓缓布列成行。卿尘看了一会儿,脸上忽然色变:"阳遁三局!"

十一剑眉紧锁:"传令下去,三军备战!"

卿尘目不转睛地盯着横梁渡:"我们两个不知天高地厚,竟还在此说笑。柯南绪以琴御阵,此阵生门一闭,大荒谷即刻化作绝域,便是左先生亲至也无济于事了。"

十一倒十分冷静:"你有几分把握?"

卿尘道:"我只能尽力一试,现在看阵势,离位所在是大荒谷入口,你当取艮位,过震宫,但千万莫入中宫,否则触动阵势万难收拾,只不知中军能否见机突围。"

空谷夜暗,月色一层冷冷微光铺泻于薄雪残冰,幽静中诡异缥缈。一缕若有若无的雾气缭绕云峰,轻似淡纱飘忽不定,渐生渐浓,几乎将整个山谷收入迷雾的笼罩之中。

柯南绪的琴声便在这雪雾掩映处鸣响,纵横山水,进退自如。燕州军中,火光深处的高台上其人微闭双目,随手抚琴,大军阵走九宫,缓缓移动,逐渐化作铺天盖地的罗网。

冷月于云后漾出一抹浮光,毫无征兆地,一道铮然的琴音出其不意划拨空山,浩浩然旋绕天地,撩纱荡雾,刹那清华。

山风激荡,阵前火光摇晃,纷纷往两旁退开。柯南绪眼帘一动,手下未停,琴声依旧源源不断地抚出。那道清音飘逸入云,回转处忽若长剑凌空激水,一丝不错地击于他曲音的空当,长流遇阻,溅开万千浪,军中阵脚竟因此微生异样。

柯南绪双目刷地抬起,琴弦之上拂起一道长音,陡然生变。

利剑出鞘直击长天,双剑相交迸出剑芒四射,星散云空。对方似是不敌这样的交锋,斜斜一抹低音趋避而走,绕指成柔,作一缕清风穿帘分水,堪堪与之周旋。

而柯南绪分寸不让,琴音愈烈,时作惊涛骇浪,击石拍岸,雨骤风急;时作漠海狂沙,横扫西风,遮天蔽日。

那清音在咄咄逼人的来势之前便似化作谷中幽雾,毫不着力,飘忽不定,仿佛随时便会烟消云散,却偏偏轻而不败,微而不衰,穿雨过浪,追沙逐风,始终柔韧地透入激昂之间,不落不散,锲而不舍。低到谷底,盘旋萦绕,穿入群峰,缥缈连绵,军前奇阵被处处羁绊,便一时难以布成。

巩思呈匆忙掀帐而出，却见夜天湛早已来到帐外，他听琴辨音，急忙道："殿下，有人在阻柯南绪布阵！"

夜天湛却似对他的话闻如未闻，俊面映雪一片煞白。这七道冰弦万缕柔音每一丝都穿入他心房，反反复复来来去去，丝丝缕缕细细密密，抽得骨血生疼。他绝不会忘记这熟悉的琴音，听起来恍然在天边，却每每就在耳畔心头，他不能置信地低声道："是卿尘，她怎么可能在这儿？"

月光斜洒半山，卿尘身后一天一地的雪，瑶林琼枝间她纤纤素手如玉蝶片片，纷飞弦上。柯南绪曲中威势逐增，有如黑龙啸吟，一周周绕峰而上，越升越高，一峰尽处又至一峰，于滚滚的雷声中盘游三山五岳，翻覆江河。

卿尘喉头抑不住涌上阵阵腥甜，却凤眸静合，心如清渊，弦声展如流水，错层铺泻，极柔之处无所不为，极静之处无所不至，丝丝流长。

便在此时，两面此起彼伏的琴音间忽而飘起一道悠扬的笛声。

其声如练，其华灼灼，其情切切，其心悠悠。

笛声闲如缓步，柯南绪琴中气势却仿佛骤然错失了目标，瞬间落空。卿尘衣袂翻飞处，曲音行云流水，声走空灵，抬手间充盈四合，与那玉笛天衣无缝地合为一体。

悠悠比目，缠绵相顾，婉翼清分，倩若春簇……
闲玉湖上月生姿，清风去处云出岫。
有凤求凰，上下其音，濯我羽分，得栖良木……
凝翠亭前水扬波，碧纱影里雪作衣。

这玉笛一曲，曾在她最失落彷徨的时候陪伴身旁，曾泪眼看他执笛玉立，前尘如梦，曾醉眼看他俊眸含笑，花灿如星。

一琴，一笛，携着流光飞舞的记忆绽放于烟波湖上，仿佛幻影里莲华重重，一枝一瓣清晰，一叶一蔓缠连，光彩流离，明玉生辉。

峰谷间云雾缭绕，在这相顾相知如泣如诉的琴笛合奏间，柯南绪竟如痴了一般，脸面苍白颜色全失。他抚琴的手不能自抑地颤抖，弦调凌乱，一曲尽散。阵前火光残痕凝固，琴之清和，笛之悱恻，浴火重生般步步翩然，明亮通透，展现于绵绵天地间。

柯南绪神情复杂，忽喜忽悲，片刻后竟难再听下去，猛然站起来抬手用力一掀，那桐琴应声跌落高台，弦崩琴裂，摔个粉身碎骨。

便在此刻，大荒谷与横梁渡间冲起山崩地裂般的喊杀，巩思呈几乎和十一同时挥军发难。柯南绪却独立于高台，毫无反应，烽火光下，长泪满面。

正吟琴上,落红点点,蝶舞残血,如凝聚了毕生的精魂,长长划起一旋翩跹,是临去时绚烂的美。卿尘唇角残留着一丝惊目的血色,手边最后一抹清音消失在弦丝尽处,瞬间便被冲锋陷阵的铁蹄声滚滚淹没。

冷月深处,孤峰影里,笛声依稀仍余。一音寂寥,失落凡间,怅怅然,幽凉。

榻前纱幕外,点点微黄的灯影仍晕在柔软的锦毯之上,晨光已将几分清冽的气息透露进来,如同潺潺的流水,缓缓浸了一地。

卿尘朦胧中睁开眼睛,隔着帐帘看到有人身着甲胄俯在榻前,玄色披风斜斜垂落,被烛光染上了几分安静与柔和。心口一层层隐痛不止,她昏昏沉沉地叫了一声:"四哥。"

那人几乎立刻便抬起头来,上前拂开垂帐:"卿尘!"

焦灼而明亮的目光落在卿尘脸上,蓦地让她清醒了几分。夜天湛站在榻前,脸上浮起如释重负的微笑:"你醒了。"

他比几个月前看起来略微清减了些,微不可察的一丝疲惫下仍是那高贵而潇洒的神情,或许是因玄甲加身的缘故,清湛的眉宇间多添了锐利和果决,又叫人觉得和往常有所不同。

那一瞬间的对视,卿尘望着他缓缓一笑,晨曦千缕梳过云霭,晓天探破,春风闲来。就近处的眉眼如此清晰,夜天湛看过她眸底秋水般的沉静,那样柔软却一丝不乱的沉静。他低声道:"卿尘,真的是你,你不醒来,我还以为是在梦中。"

卿尘静静垂眸他处,勉力撑起身子,他已经伸手扶住,卿尘问道:"我是不是睡了很久?柯南绪大军败了吗?"

夜天湛摇了摇头:"也就是小半夜,我刚回来不到半个时辰。柯南绪确实厉害,昨晚那种情况,他竟能在我和十一弟两面夹击下从容而退。"

卿尘出神地想了会儿:"一曲琴音,高处激烈入云,低时自有多情,心志高绝,挥洒自如,奇人也!"她扭头微笑:"你又救了我一次,若不是你的玉笛,我斗不过他。"

夜天湛轻轻一笑:"这次好像是你来替我解围,怎么成了我救你?"

卿尘笑道:"那这真的是算不清楚了。"

夜天湛道:"算不清好。"

卿尘一愣,见他神色专注地看着自己。她眼中笑意沉默,微微避开他,似乎听到他叹了口气,此时却有人进了帐来。

殷采倩端着个玄漆托盘同十一一起进来,先悄眼觑了觑夜天湛的神色,才对卿尘道:"你醒了?正好趁热服药,看他们忙了半天我才知道,原来煎一碗药这么费劲。"她私自跑来军中,已被夜天湛斥责过。夜天湛语气中处处透着严厉,她自知理亏,连半

句嘴也没敢回。幸而夜天湛军务缠身又惦记着卿尘这里，才没有时间追究她。

十一见夜天湛竟亲自守在卿尘榻前，道："七哥，你昨晚也一夜未睡，先去歇会儿吧。"

夜天湛点了点头，却并未起身，伸手接过殷采情送来的药，递给卿尘："有点儿烫，你慢些喝。"

卿尘闻到药的苦味，下意识地皱了眉头。夜天湛轻声笑道："别以为皱眉头就能不喝了，良药苦口的道理你以前不是常说？"

殷采情回头和十一对望了一眼，随即在旁笑说："这药里多加了甘草，应该不是很苦，四殿下亲自嘱咐过，说你喝药怕苦，让人记着多添这味药。对了，你心口还疼吗？这药丸是你平常服用的，也是四殿下叫人多带了一瓶，怕万一急用，昨天还真用上了。你这一病，十一殿下可担足了心，没照顾好你，回去四殿下不找他麻烦才怪。"她脆声俏语连珠落玉般说了这一通，停都不停，气氛甚是轻松，但夜天湛眼中笑意却一分分沉了下去。

卿尘正诧异夜天凌哪有心思去吩咐这些零碎小事，十一却接了话头道："可不是，刚才命卫长征回四哥那里报个消息，他请示我，四哥若问起你来，该怎么回话，我正犯愁呢。四哥若知道你这样，我怎么交代？"

夜天湛听到这里，突然站了起来："军中还有事，我先走了。"他就这样转身出了营帐，十一看了卿尘一眼，快步跟了出去："七哥！"

帐外寒冷的空气叫人心头一清，夜天湛走了几步，脸色才渐渐有所缓和："四哥现在何处？"他问。

"我们兵分三路，此时四哥率玄甲军应该已近燕州城。"十一道。

"四哥已到燕州？"夜天湛披风一扬，转回身来，"机不可失，我们要即刻追击柯南绪。"

十一点头表示同意，前有玄甲军迎头阻拦，后面他们挥军追击，此次可能便让柯南绪无法生返燕州。他马上想到一个问题："看卿尘的身子，怕是要好好休息几天才行，若急速行军，她怎么受得了？"

夜天湛原本凝神在想事情，此时抬眼淡淡一笑，却笑得如同薄暮散雪，不甚明了中隐隐掺杂无奈："此事便拜托十一弟了，我率军和四哥取燕州，南宫竞那十万兵马留给你，加上你原本带来的这两万将士，足以保护卿尘安全，你们随后慢行，晚几天跟我们会合就是。"

夜天湛一走，殷采情俏生生的笑便断在了半空，无声无息消失在脸上，似是压根就没存在过。她盯着重重落下的幕帘，陷入沉默。

卿尘眼看着夜天湛离开，寒风从帐外灌进几片残雪，吹得帘幕轻飘。她低下头，缓缓将那碗药喝尽，苦涩的滋味自唇齿舌尖一路流下，沿着血液散遍全身，一丝丝穿插不休，逼得心口微痛。她无力地靠往榻上，轻微叹息："采倩，多谢你。"

殷采倩转头过来："谢我干什么？没用的，我刚才是昏了头了才那么说，也不知是真在帮湛哥哥，还是根本就是给他添堵。你看他那脸色，你见过他这样失态吗？湛哥哥看似温文，可他的刚硬都浸在骨子里，他一旦认真了，就谁也改变不了。"她伸手接过卿尘握着的白瓷药盏，却又不放下，自己细细端详："他对女子向来温柔，那是因为皇子天生的高贵和优雅，但刚才让你喝药的时候，他不是因身份而流露出温柔，他是真的心里对你好……"

"采倩！"卿尘淡淡地低喝了一声，纤柔的手指在丝被间握紧。她阻止了殷采倩继续说下去，因为所有的这些她都比任何人更能清楚地感觉到，那温柔的背后是她曾经刻骨铭心的眷恋，她因此牵肠挂肚，却也因此决绝此情，这是她心里解不开的结。

殷采倩幽幽说了句："四殿下也不在这儿，不怕他听到。"

卿尘平复了一下心中情绪，涩然一笑："不管怎样，多谢你刚才帮我想出那些话来。"

殷采倩奇怪地看着她："怎么是我想出来的？那是刚才听黄文尚说的。虽只是四殿下随口的吩咐，可他哪里敢不记着？"

卿尘愣了一愣："他吩咐的？怎么会呢？"

殷采倩眉梢轻挑："其实我也不太信。说实话，仔细想一想，他那样闷的性子，也只有你受得了，换成我一定选湛哥哥。"

卿尘淡淡一笑，抬眸时意味深长："他们两个，我看都不一定吧。"

第二十九章 双峰万刃惊云水

夜天湛趁势追击叛军，卿尘亦不愿耽搁太久，催着十一随后便启程。驻军处离燕州也就是一日的路程，十一却下令慢行，沿途多有歇息，直到第二日下午才近燕州。

面前银炭火炉十分温暖，一丝一袅漾出些木质清香。卿尘身上搭着件紫貂毛披风，半靠在车中闭目养神，耳边传来说话声，她嘴角微微扬起丝笑意。

十一和殷采倩骑马同行，正在车外有一搭没一搭地斗嘴。十一虽不像夜天漓那般吊儿郎当没正经，但也不是好惹的主，今天殷采倩不知为何总落下风，气呼呼地嚷道："有其弟必有其兄，你果然和十二殿下是一母同胞的兄弟！"

十一却慢条斯理地道："错了，十二弟那点儿本事都是我从小教出来的，不过平时懒得像他那般胡闹，你若诚心讨教，回头我告诉你怎么对付他。"

殷采倩方要反驳，前面一匹快马绝尘驰来，十一见了来人，笑道："长征，你这是干吗，风风火火的？"

卫长征兜马转到近前，马背上行了个礼："殿下，王妃可在车上？"

"派你来催，四哥等得挂心了吧？"十一刚笑说了句，却发觉卫长征面带忧色，问道，"有事？"

卫长征俯身低声回禀，十一眉间一皱："怎么闹成这样？"

车窗处一动，素手如玉撩起了垂帘，传来卿尘清淡的声音："长征，出什么事了？"

卫长征见卿尘眉眼倦倦，气色不比前日好多少，衬在裘衣下一色的苍白。他心中犹豫，最终还是上前道："王妃，殿下和湛王因为李将军的事动了气，现下两不相让僵持在那里，我们都说不上话，不知王妃什么时候能到大营。"

话未说完，卿尘已吩咐道："停车！"跟着便起身出了车外。云骋一直跟在近旁，此时见了主人，凑上前来，卿尘翻身上马："十一，我和长征先走一步，你们也快些。"

"你胡闹！"十一抬手便挽住了她的缰绳，卫长征急道："王妃，不急在这一时半刻！"

"不过这么一点路程，你们担心什么？"卿尘心里有些焦急，"这个时候他们若闹开，往后就更不能收拾了。"趁着十一一息动摇的工夫，她扬鞭催马，十一没能拦住，急命冥执带了一队侍卫随后护卫，传令全军加速前行。

路上卫长征将前因后果仔细说给卿尘。昨日经历大战，玄甲军和中军仍旧没有截下柯南绪，被他退回燕州。

然而也正因此战，柯南绪无暇顾及临沧。唐初略施诱敌之计，大张旗鼓正面佯攻，却有李步五万合州军奇兵突起，一举烧了半边临沧城，城中叛军粮草囤积损失过半。

此役大捷，叛军形势急转直下，唐初、李步率军返回，与凌王部下玄甲军、湛王统帅的二十万中军在南良峪会合，休整人马补充所需，准备即刻挥军燕州。

只要拿下燕州，虞凤孤守蓟州，便难再有作为，这场圣武朝最大的叛乱胜负已近分明。

然而三军会合之后，监军营竟以叛将之名将李步羁押，上报至中军帅营。此次李步虽然立了大功，却随虞凤叛国在先，后又在虞呈阵前倒戈，让湛王极为反感，见了请奏便吩咐依例处置。

军法早有先例，叛将罪无可赦，一律斩首示众，通报各州引以为戒。

中军帅令，令出如山。此前自辽州巡使高通之后早有数名叛将被斩，因此震慑幽蓟十六州其他存观望侥幸之心的守将无人再敢异动，北疆原本人心纷乱的局面在短时间内便肃然一清。

但此时要问斩李步，自合州而来的五万精兵岂会束手待毙？一时激愤，竟兵围监军军营，强令他们放人。这一闹不可收拾，终于惊动了两位王爷。

合州军胆敢如此放肆，夜天湛心中已是震怒，就凭纵容部下扰乱军营这一条罪，李步便不能宽赦。

夜天凌却认为目前要平合州军之愤，李步不能草率处死。更何况合州、景州以及临沧之战中李步功不可没，从叛一事也当酌情处置。但他的坚持却让夜天湛察觉到异样。李步因旧事而诽怨天帝，随虞凤起兵之时曾宣称宁附虞凤，不事天朝，其态度之坚决天下皆知。此时他竟肯献祁门关归降夜天凌，不仅是他，还有一个以文戍边、在幽蓟十六州极得民心的刘光余。这不由得人不思量其中玄虚。

夜天湛依据军法，执意要将李步问罪，他可以保全南宫竞，但绝没理由放过李步。

如此情势，几句话下来就僵持不下，几乎要演变成玄甲军和中军的对峙。从巩思呈到唐初、史仲侯、随军谋士、帐前大将皆在两位王爷面前无人敢置一词，连挑起事端的合州军亦意识到事态严重，屏声静气，不敢妄动。

大敌当前，军中生变。唐初等人苦无良策，商议之下，只得命卫长征快马加鞭赶去请凌王妃。

冬日天黑得格外早，卿尘和卫长征赶到大营时落日已没，一眼望去，营火初升，军帐间四处燃着火把，照得刀剑光寒人影幢幢。

快马溅雪驰往辕门，守将见来人长驱直入停也不停，喝道："什么人！"

卫长征沉声叱道："放肆！"挥鞭将欲上前阻拦的守将格开。那守将一惊，俯身道："末将没看清是卫统领，还请卫统领恕罪！"

便这一瞬，卿尘已带着冥执等数十名护卫纵马入了大营。她在监军营前悄然下马，只见中间空地上李步被监军士兵押在刀下，双目微闭，脸上既是悲愤又是惨然。

四周将士林立分作三支，合州军与中军两相对峙，玄甲军横断其中。偌大的地方聚集了数千人却不闻一丝话语，只能听见火把在风中噼里啪啦作响，偶尔惊起一两声马嘶，在黢黑的暗处突兀地带出不安。

众人的目光都聚集在军前两位王爷身上。一色玄甲衣袍下略似相同的眉眼，细看处温冷背后的刚硬，峻肃之中的深沉，那其中的目光如两柄离鞘的剑，月下光华清寒，深夜冷锋无声。

虽僵持着，然一个面色如玉，一个神情清峻，连一瞬逝去的冷光都叫人怀疑是否真实，唯有一股凛凛剑气，无法抑制地散发开来。

身经百战的将士都熟悉这样的气息，那是两军决战前的风云暗流，只需一点微小的火花便是烽火冲天，千万人屏息看着，各怀猜测。

军中悄悄让出一条道路，唐初和史仲侯等见了卿尘，低声道："王妃！"

卿尘微微点头，却徐步行至巩思呈面前："巩先生。"她和巩思呈在湛王府曾多次见过，只是话不投机，巩思呈和她始终颇为疏离。但她知道巩思呈在夜天湛幕僚之中举足轻重，巩思呈也清楚她对夜天湛意味着什么，何况凌王那边唯有她能劝。

"王妃，"巩思呈抬手一揖，直言道，"眼下大战在即，情势堪忧，还请王妃费心。"

卿尘淡声道："关键在李步。"

巩思呈道："李步并不是非杀不可，军情之前，杀也不在这时。"

无论如何，夜天湛只要"军令"两个字便已足够。见巩思呈等都抱着息事宁人的想法，卿尘放心一笑："有先生这句话便好。"她一抬头，忽而眸中闪过细微的惊诧。

巩思呈等顺着她的目光看去，都不约而同地察觉到一丝异样。

夜天凌的面容此时背对着火光，一概神情模糊在深处不见分毫，只能看到夜天湛惯有的微笑淡淡挂在唇角,甚至比平时还深了几分。然那笑之下若有寒霜,他突然自齿间冷冷掷出两个字:"放人!"

只言片语如冷风化成的刀刃,原本暗涌的激流戛然中断。夜天凌手中有样东西收了回去,微微一侧身,火把在他棱角分明的脸上映出深邃的轮廓,深眸之中静海无波。

形势如此逆转,众人都有些意外,没有人看清夜天凌手中拿的是什么,卿尘心底却涌起千般无奈。

那是一方玄玉龙符,如夜天湛手中的虎符、李步等戍边大将手中的豹符一样都是天朝节制军队的信物。所不同的是,玄玉龙符之上篆有两行铭文"甲兵之符,如朕亲临",小小八个金字,象征着天朝至高无上的调军之权,号令千军,莫敢不从。

历代之中,龙符作为天子随身之物很少交于带兵大将使用。然而天帝和夜天凌在北疆战略上不谋而合,临行前将龙符授予夜天凌,虞凤叛乱平定之后,夜天凌便将调集诸州兵马进攻突厥,彻底粉碎漠北虎视眈眈的敌人,接着兵临西域,整饬三十六国以遏制日渐强大的吐蕃。

功在一役,永靖西北。其中的信任和倚重,天知地知,父子心知,除此之外也只有卿尘明了。只是她没有想到夜天凌会在此时为了保全李步用上这道龙符,如此一来,他与夜天湛之间那种微妙的平衡和回避终于出现了第一丝明显的裂缝,沿着这道缝隙,将是各自不能回头的天陷地裂。

漠原之上风声厉厉,远处山影嶙峋起伏,没入已然尽黑的夜色下,将整个军营深深包围。四周看不到尽头的黑,唯有眼前跳动的火把是清晰的。

卿尘站在火光所不能及的暗处看着眼前万众瞩目的两个男人,这莫名其妙的一场人生,她没有太多珍惜的东西,唯独有些人,用他们的心留住了一缕缥缈的灵魂,他们融于她的骨血,一点一滴重塑了一个她,让她忘记了曾经沧海的荒凉,前尘如烟的空茫。

这一世一身,染了他的风华,着了他的心骨,然而浴火重生是痛的,这痛不知在哪里,一分一寸缠了上来。

面前刀光剑影是男人的世界,没有了事态的逼迫,她不想再往前迈一步。

这一刻她发现原来心底深处分外软弱,她不过是义无反顾地去面对早已预知的事实,在这样的直面中固执地坚强。

众将尚在事情的转变中有些疑惑,卿尘转过身去,轻声道:"史将军,你和唐将军一起送李步回营,一则宽慰其心,也提醒他管好自己的合州军,再有事如今晚,便是四殿下也不能再饶他。十一殿下和南宫将军随后便到,安排扎营,约束各部属养精蓄锐,不日还有战事,万勿松懈。"

史仲侯此时虽受中军调遣,但向来在凌王麾下习惯了,当即便和唐初领命而去,巩思呈眉头一紧。卿尘说完这几句话,在别人发现她之前便静静退开,不料巩思呈跟了上

来:"王妃请留步。"

卿尘停下脚步:"巩先生还有何事?"

巩思呈目光如电直视卿尘,暗带几分隐忧:"王妃,山有二虎,军有两帅,照今晚这等情形,军中各为政混乱至此,燕州一战何来胜算?"

卿尘背着火光,眼眸底处一片幽静。她极淡地一笑,笑影苍白,却透出从容自若的冷静,这让巩思呈记起早日在湛王府中数次的接触。

那时候她常陪湛王在烟波送爽斋,如花解语,如玉生香,是谈古风,笑当时,是薄汤武,非周孔,嬉笑怒骂各不同,她骨子里却总带着这样一种与生俱来的冷静,似乎飘于春光夏影之外,就那么不声不响地透在人的心腑。

一个女人的冷静,让巩思呈直觉上感到不同寻常,尤其是在她拒绝成为湛王妃之后,巩思呈便直接提醒过湛王,对她要慎重。然而有些事情并不会因为预知或是警醒便会改变既有的路程,比如感情。

此时巩思呈对着卿尘这双眼睛,那眼中一丝疲惫和伤感之后仍旧是不动不变的冷静,巩思呈熟悉。

卿尘淡淡道:"先生不妨记下一句话,三十万平叛大军只有一个主帅,那便是湛王殿下。"

巩思呈苍老的眼底精光一闪,接着逼问:"王妃此言却不知凌王殿下作何想法?"

卿尘仍旧那么安安静静地看着他:"我的话便如凌王亲口所言,巩先生可放心了?"

巩思呈的目光在她脸上停顿了一瞬,似是在考虑此话的分量。

卿尘此时看巩思呈的面容微微模糊,眼前的火光似乎正逐渐和夜色连成一片,变得影影绰绰,深深浅浅。过了片刻,巩思呈慢慢后退了一步,抬手长揖:"打扰了王妃,巩某先行谢罪。"

巩思呈说话的声音和四周起落不休的人马声混在一起,听起来有些飘忽,好似远处很吵,眼前却安静得一片空白。卿尘维持着唇角一丝微笑,勉强点了点头。她转身举步,冥执和卫长征护在一旁,见她步履有些不稳,却又不敢贸然上前相扶。此时身后一阵铿锵靴声,有人行至近前,从身后在卿尘腰上一揽,那强而有力的手臂立刻给了她稳定的支持。

"殿下!"

夜天凌一挥手,挽着卿尘低头问道:"长征说十一弟和你随后到,你怎么会自己在这儿?"

"我先回来了。"卿尘靠着他,他的手稳持有力,似乎将无尽的力量沿着掌心传递到骨髓血液,一切虚弱和痛楚都让步,如山的坚强,如海的温暖,不动声色地护着她离开人群。

"脸色这么差,出什么事了?"入帐后夜天凌扶了卿尘坐下,俯身审视她脸色,剑眉微蹙。

卫长征回来时,卿尘吩咐他只准报四个字:一切平安。夜天凌回头扫了卫长征一眼,卫长征上前单膝一跪:"长征知错!"

夜天凌冷然道:"你真是大胆了。"

卿尘握住夜天凌的手:"干什么为这点儿小事拿长征出气?话是我让他回的,你尽管找我便是,不过你让我先歇一歇,再和你解释。"说着抬眸示意卫长征先行退下,免遭池鱼之殃。

夜天凌回头瞪她,眼底那锋锐却微微一软,伸手轻抚她的面颊。卿尘贪恋着他掌心的温度,轻轻靠着他,柔声道:"四哥,我敌不过柯南绪,要破燕州还得请左先生来。你让李步回合州吧,免得再生是非。"

夜天凌声音冰冷:"柯南绪伤了你?"

卿尘笑笑:"我没占上风,但他也算不上赢。"

夜天凌道:"他昨天能冲破我玄甲军的拦截,的确是个好对手,可惜此人需留给左先生,我已派人去合州了。你先在帐中好好休息,若再让我看到这样的脸色,我就立刻送你回天都。"他的语气斩钉截铁,叫人不敢反驳。卿尘知道外面还有很多事等着他处理,乖乖闭上眼睛,想到件事情复又睁开:"对了,我刚才和巩思呈……"

她话未说完,夜天凌手掌盖到了她眼睛上,她被挡住了视线什么也看不见,但感觉到他轻轻一笑:"我听到了,'我的话便如凌王亲口所言',本王岂会拂王妃的面子?放心睡吧。"

卿尘眼前被罩着的黑暗微微一亮,夜天凌起身,挥手熄灭了灯火,帐中复又暗下来。卿尘看到他颀长的身影一闪出了大帐,她静静地望向微有淡光的前方,脸上还覆着他手掌的温度,身旁还都是他的气息,侧耳细听金柝声寒,铁甲冰剑戎马金戈的军营夜里,她在这一刻感觉到细微而分明的幸福。唇间不由自主地竟漾开浅笑,透过静谧的光影细细描摹他微笑的模样,仿佛有流水湛湛,三月芳菲的美,照亮她眉眼,微澜一漾,媚雅似水。

第三十章 此身应是逍遥客

左原孙于第三日下午到了燕州，巩思呈与他旧有同窗之谊，不料在此相见，既喜且惊。喜在左原孙一到，柯南绪布于燕州城外的奇阵指日可破；惊在究竟凌王用了什么法子，竟能请得左原孙效命军前。

左原孙长袍闲逸，两鬓微白，仍是一副机锋沉稳的气度，与老友见面略叙旧情，只说此次是为柯南绪而来，似对其他事情毫无兴趣，也绝口不谈。

卿尘这几日被夜天凌禁足在帐中，无聊之下每天推算那奇门遁甲十八局。八卦甲子，神机鬼藏，顺逆三奇六仪，纵横九宫阴阳。她虽小有所成，但有些地方总觉得心有余而力不足，是以左原孙刚刚见过夜天凌等人，便被她请来帐中仔细请教。

左原孙倒不急着开解她的疑问，问道："听说王妃和柯南绪较量过一阵，那柯南绪阵破琴毁，险些大败而归？"

卿尘想起那晚在横梁渡，仍旧觉得侥幸，摇头道："只能说我破的是柯南绪的琴，当时还有湛王相助。如今布在燕州城外的阵势仍是那阳遁三局，柯南绪不再以琴御阵，阵势一成，步步机锋，我便无法可施了。"

"柯南绪恃才自傲，从来自诩琴技独步天下，他以琴御阵是因自恃无人能在七弦琴上敌得过他，王妃使他败在此处，比破了他的奇阵更能乱其心志。"左原孙随手抽了柄长剑，在地上画出一道九宫图，挥洒之下已布出柯南绪用来防守燕州的阳遁三局。

卿尘专心看着，随口问道："先生好像对柯南绪十分熟悉？"

左原孙半垂着眼眸，手中长剑刷地划出一道深痕，所取之处正是阵中元帅甲子戊所在的震三宫："此人乃是我左原孙多年前引为知己之人，亦是此生唯一恨之入骨的仇人。"

卿尘一怔，抱歉道："先生似乎不愿提起此人，是我冒昧了。"

左原孙缓缓一笑，抬眸间春秋过境，那抹原本深厉的恨意皆在一瞬的失落中淡去，如历尽千帆的江流，风平浪静："王妃何出此言？我与柯南绪之恩怨牵涉瑞王，平时不愿提起，是怕有人无事生非，并非不可对人言。当年我曾是瑞王府中幕僚，柯南绪少年才高名满江左，时人知有我左原孙必知柯南绪。他来伊歌拜访于我，我们秉烛畅谈天下事，言语之中甚为投机，当真相见恨晚。我因欣赏他的才能，将他引荐给瑞王，瑞王十分重用他，他也尽心辅佐，宾主尽欢。谁知其后不久，他便开始怂恿瑞王与天帝抗衡，瑞王也因一些事情对天帝心存怨怼，便真谋划起大事来。我百般劝说无效，反而因此与瑞王生分了。坦白说，当初他替瑞王所做的谋划也可算天衣无缝，只没想到万事俱备，他竟在举事前夜密告瑞王谋反。天帝抢先下手兵围瑞王府，府中家眷四百余人尽皆问罪入狱。事后天帝念在太后求情，将瑞王流放客州。柯南绪却暗中买通押解的官员，半途置瑞王于死地。而后他便事虞凤为主，如今又助虞凤叛乱，王妃都已知道了。我左原孙一生之错便是交了这样一个朋友，实为恨事。"

一段恩怨左原孙说时平淡无奇，听来也多不过三两言唏嘘。然旧主蒙难，挚友反目，身陷囹圄，壮志东流，前事滋味如人饮水，冷暖自知。

卿尘眉心轻锁："听先生所言，此人当是个反复无常、不忠不义之小人，但我听他的琴却别有一番清高心境，气势非凡，这令人百思不得其解。"

左原孙道："我当初亦认为，琴心如此，人心自然，谁知终究是知人知面不知心。可见这世上之事自以为知道的，却往往错得最离谱，人心尤其如此。"

卿尘道："若能生擒柯南绪，届时自当问他何故背友卖主。左先生，这阳遁三局的玄妙我可惦记多日了。"

左原孙点头微笑，说到行兵布阵，他眼中自然而然便是那种游刃有余的自信："柯南绪所学乃是奇门遁甲中的地书奇门，他于九宫八卦之中另辟蹊径，独立见解，往往令人一见之下便心生困顿，不敢妄动，越是刻意去揣摩他阵法的变化，越会深陷其中。实际上他无论怎样布置，千变万化还是不离根本。"他用手中长剑指着面前的九宫图："后风创奇门一千零八十局，实为十八个活盘，也就是阳遁九局、阴遁九局。阳遁九局顺布六仪逆布三奇，阴遁九局逆布六仪顺布三奇，柯南绪再怎样才智高绝，也要应合此数。眼前甲子戊位居震三宫，由此可推断其他八宫分布，便得此阵为阳遁三局。那王妃可知他为何要用此局？"

卿尘抬眸以问："请先生赐教。"

左原孙道："奇门定局是按二十四天时循环，相配八卦、洛书而成。依洛书数，冬至居坎势数一，则冬至上元便为阳遁一局，冬至小寒及大寒，天地人元一二三，此时正是大寒上元。"

"所以柯南绪用的便是阳遁三局，那么接下来上元将尽，中元如何？"

"上元一定，局数推进六宫即得中元，阳遁顺推，阴遁逆推，大寒、春分

三九六。"

"则依此而推，大寒中元便为阳遁九局，先生的意思是柯南绪下一步的阵势将是阳遁九局？"

左原孙微微点头："就如花开花落四季交替，桃花不可能开在冬季，寒梅也不可能绽于夏时，柯南绪无法在大寒中元维持这阳遁三局。"

卿尘眸光一亮："如此说来，大寒中元时甲子戊将由震三宫移往离九宫，移宫换位的间隙便是破阵之机。"

左原孙道："正是如此，但柯南绪不会轻易将弱处示人。若我所料不错，他必过中宫而寄坤二宫，用以惑敌。"

卿尘依左原孙方才所说，正将奇门遁甲十八局一一推算，顿觉豁然开朗，有如走入了一个奇妙的天地，闻言抬头道："先生对柯南绪可谓知之甚深。"

左原孙深深一笑，淡然道："越是深交的朋友变成敌人便越可怕，柯南绪对我也一样了如指掌。"

一节三元，每元五天，隔日便是大寒中元。军中暗中布置兵马，左原孙与巩思呈参详商议指挥若定，静候佳机。如此难得的机会卿尘自然不想错过，趁夜天凌不在便溜出了军帐。

冥执当着守卫职责，一见她出来，顿时一脸苦相："凤主，让殿下知道，属下定受责罚。"

卿尘侧首看他，眉眼弯弯地一笑，做个悄声的手势："他一时也回不来，就算回来，我人好好的，他还能军法处置了你？"

冥执苦笑道："神机营和冥衣楼不同，殿下一句军法下来，属下便得挨着。"

卿尘笑道："你这次就还当没看见，他问起来有我。"转身又递了样东西给他："这个阵局我是刚跟左先生学的，你用心仔细琢磨透了，他以后行军打仗还要倚重你，哪里还能罚你？"

冥执继续一脸苦笑，卿尘施施然沿着军营一侧往高处走去，没走多远，便遇上十一在前面凝神看着雪地上什么东西，一柄长剑斜斜指着，兀自出神。

卿尘悄悄上前一看，却是地上画着幅八卦图，她笑问道："想什么呢？你何时也对这五行八卦感兴趣了？"

十一听脚步便知道是她，也不回头，道："我在想这八卦之中，一则至阴，一则至阳，相辅相融浑然天成，无往不利。若一旦各为其政，便孤阳不长，独阴难盛，终究会有所偏失，你说可是这个道理？"

卿尘闻声知意，迟疑道："他们是不是又起了争执？你夹在中间为难了吧？"

十一此时回头一笑:"没有,四哥还是四哥,虽山崩而色不变,七哥也还是七哥,温文尔雅胜春风,只是越看着如此,反叫人心里越不安。"

"你从来不说这些的,今天怎么了?"卿尘缓步走到他身边。

"倦了。"十一仍笑着,青影一闪长剑入鞘,拿起金弓,遥遥瞄准百步以外的箭靶,"兄弟虽还是兄弟,却毕竟和从前都不一样了。"

十一微微眯着眼,抬头看向晴冷的天空。天色极好,万里无云的湛蓝连着茫茫千山的雪,映得人眼底心底尽是干净的晴朗。也不过几日的时间,风雪严寒似乎都没有了先前的劲头,从西蜀到北疆,一晃冬季将尽,偶尔从空气中感觉到一丝回暖的微风,山川间扑面而来的已是别样的气息。

奔流而下的三川河穿过南良峪,远远地涌向燕州城。此时冰涛雪浪封盖着宽阔的河面,两岸挂着冰凌的密林层层错错不断伸展,仿佛一幅静止的羊脂白玉画,但却偏叫人感觉到枝头积雪消融,冰层下水流激缓,滔滔不绝,阳光似透过那冰色映入流水,依稀听到融冰破雪的轻响。

卿尘站在河边,天仍是冷的,呼吸间一团白雾顿时笼在眼前,她扭头笑了笑:"十一,我问你一句,都是皇上的儿子,他们想的事情,你难道就没想过?"

十一似是一愣,旋即露出个英气逼人的笑,他对卿尘挑了挑眉梢:"这种问题也只有你会问,也只有你问我才会答。凡是男人便有雄心壮志,更何况生为皇子,自小听的看的都非比寻常,心中岂会没有那般志向?功名富贵莫过天下,处在大正宫中,面对那个万人仰望的位子,有时候不可能不想那些事情,只是事有所为有所不为。我们这些皇子,都是皇族与士族之间的关键,苏家和凤家、卫家不同,自来立于朝堂的根本是不争。母妃性子柔弱,从来不曾想着宠冠后宫,却二十余年深受父皇宠爱。十二弟飞扬跋扈,在天都不知惹了多少事端,父皇却一再纵容,都是因苏家门庭清高,无党无私。所以在父皇眼中,在朝堂上,苏家的每一句话都有分量,没有人不看重苏家。"

"那你呢?"卿尘问道,"你又整天和四哥在一起,皇上不也一样重用你?"

十一想了想,笑道:"你既这么问,我不妨告诉你个秘密,我从小缠着四哥带我玩,其实是父皇命我去的。"

扑面一阵风来,仿佛大正宫中春日料峭。龙柱飞檐下幼小的十一站在父皇面前,父皇看着远处四哥修挺的背影,神情复杂:"澈儿,今后不妨和你四哥多亲近些。"

虽是答应下来了,心中却有几分不情愿,四哥那没劲的脾气,话都不多说的。然而从此还是总到延熙宫找四哥,很少有人去的莲池宫也因母妃的经常走动多了几分生气。

真正敬服四哥是那一年的春猎,四哥没带侍卫独自射杀了一头白额猛虎。

猎虎时他偷偷跟着,冷不防猛兽扑了过来,他吓呆了不知道躲,四哥纵身将他护住,自己的手臂却被伤得鲜血淋漓。

四哥对伤不屑一顾，反手连出三箭，猛虎是死是活不知道，他只被四哥的箭术震住了。

　　事后是被四哥抱回营地的，四哥伤了手臂撕烂了袍子一身狼狈，更遭了父皇责罚，但父皇训斥他们时眼中分明是赞赏和骄傲。

　　那猛虎被侍卫们抬了上来，庞然大物放在诸多山鸡獐鹿间如此醒目，少年的崇拜自此萌生。而在猛兽扑来之时四哥舍身救护，那一瞬间的感觉似是就此存留在心底最深的地方，四哥的暖只在这时候。

　　然而四哥终究还是不苟言笑，隔日去延熙宫，四哥站在后殿披着件修长的白袍，左手握着剑，右手还垂在身侧不能动，回头看见他便淡淡道："练不好箭术以后便别跟着我，免得麻烦。"

　　十一懒洋洋地舒展了一下筋骨，抬手挽弓，一箭中的，连续几射，箭无虚发。他眼中闪过一丝惬意的笑，这么多年了，每当弯弓射箭，总还感觉四哥在旁看着，百步穿杨，连珠射日，这都是四哥手把手教出来的。

　　卿尘听了十一的话十分惊讶，天帝这分明是将整个苏家暗中变成了一方靠山，给了莲贵妃，亦给了夜天凌。但她心中却又有一丝不安，忍不住问道："你和四哥好，难道只是因为皇上吩咐？"

　　十一抬手点了点她："你嫁了四哥真是心里眼里只剩他了，什么事都先替他想。"

　　卿尘挑挑凤眸，轻轻一笑，眼底写的是理所当然。

　　十一道："起初算是吧，但后来我是打心底亲近四哥。你对四哥有一分好，他表面上不说，却都记在心里，他会还你十分、百分甚至更多。四哥不知教了我多少东西，若说从小有什么人能让我敬服，就只有他一个。"他说到这里，看卿尘一脸开心的样子，不禁失笑："你没救了！"

　　卿尘坦然："是啊，你不用救我！难道只准你一个人崇拜四哥？"

　　十一笑了笑："自然不光我一个，其实即便是七哥，对四哥也是十分敬重的。"他又搭了支箭："你说父皇重用我，那是因为我凡事不误国。更何况有些事情虽然你我心中清楚，但在父皇那里毕竟都是暗的。"

　　卿尘招招手让他把弓箭拿来。她试着引弓搭箭，这金弓刚硬，她手上没劲，拉得有些吃力："我也告诉你一个秘密好了，四哥心里想什么，他要做的事情，其实父皇都清楚。临走前陪皇上下的那几天棋，他将这些都坦诚相告了。"

　　这次却是十一大吃一惊："怎么可能？这不是四哥行事的习惯。"

　　金弓上飞龙的纹路映着阳光微微一闪，卿尘扬眸笑得淡静："是我怂恿他这么做的。你以为所有事情父皇真看不明白？父皇是过来人，昭昭天日之下黑衣夜行，并非明智。士族门阀、百官拥护、边关兵权，都没用，天朝只有一个人能决定事情结果，那便是父皇。祺王以嫡出长子被废，溟王手握重兵却一夜之间身败名裂，便是因为父皇对他们已经大失所望。而湛王，中宫有皇后娘娘，身后有士族门阀，朝野有官民称贤，行事待人完美无缺，但他的势力太大了。父皇老了，他宠爱儿子，可也对你们所有的人都警惕着。四哥此时想整顿吏治，想扼制外戚，想充实国库，想平定边关，想开疆拓土，都说出来给父皇听，父子之间，事无不可坦言之。现在父皇眼中看到的四哥，便如年轻时的自己，何况他几乎连母妃都没有，他让父皇放心。"

十一听卿尘清楚道来，一时出神地看着她，叹道："四哥至少有你。"

卿尘摇头，神思淡远："我也是父皇给他的，就像小时候盼昐你一样，因为他什么也没有，因为父皇疼惜这个儿子。不过有些事情他可以和我说，可他是个男人，很多时候需要兄弟在身边，我即便与他心心相印，也取代不了你这弟弟。"

十一道："说得也是，就像今天这些话，我可以和你说，但就不会和四哥说。"他见卿尘仍在试着拉那金弓，笑她道："你省省力气吧。"

卿尘不服气地道："采情都能弯弓射箭，为什么我就不能？"

"采情用的是什么弓，我这是什么弓？"十一继续笑。

卿尘瞅了他一眼："采情？你老实交代，你现在把殷采情又当什么人？"

十一悠闲地靠在一旁，笑容晴朗："她啊，她是个孩子，我们这种人中难得一见的任性到底的那种孩子，只是总有一天她也会变的，天家士族，没有孩子容身之地。"

"所以你现在觉得她很新奇？"卿尘搭了支箭，十一道："没错。哎，你这样不行，两手两臂同时向反方向拉弓，要利用惯力和手臂的自然力，箭靠弦要稳。"他给卿尘纠正，却看到夜天凌正往这边走来。

夜天凌一边走一边对十一做了个噤声的手势，放轻脚步走到卿尘身后，抬手握住她的手。卿尘吓了一跳，夜天凌低头对她一笑，轻松地帮她将那金弓拉满，对远处的箭靶抬了抬眸。

卿尘沿着他的视线，在他手臂的带动下一箭射出，遥中目标，笑道："还是四哥厉害！"谁知夜天凌挑眉看着她，神情似笑非笑，她猛地醒悟，急忙道："四处走动走动能循环血液，有助于健康，我出来冥执不知道的。"

夜天凌面无表情地道："不知道便更该罚，你不用替他开脱，我已经命他不必再在这里当差了。"

卿尘明眸圆瞪："没有这个道理！"

夜天凌见她这模样，忍了忍没忍住，不禁失笑："怎么，难道我不能派他去护卫一下左先生？"

卿尘顿时无语。夜天凌看着她，目蕴淡淡笑意："你觉得身子好些了，出来走走也无妨。不过我听说你要挟冥执,说若是他敢让我知道你每天都溜出来的话,就把他和长征私下比试剑法的事告诉我,真有此事?"

卿尘嘟哝了一句:"真没出息,没等人问,就自己把这点儿事都告诉你了。"

十一在旁早已笑不可抑,卿尘修眉一扬瞪他:"笑!你好歹帮我说句话啊!"

十一摇手道:"得了,帮你挤对四哥,一会儿你想想心疼了再来找我麻烦,我才不自讨苦吃呢。"

卿尘没好气地扭头,却遥见燕州城外敌兵缓缓移动,阵走中宫,她眼中微笑一凛:"柯南绪变阵了!"果然话未落音,夜天湛中军已传下军令,应变而动。

第三十章 此身应是逍遥客

第三十一章 多情自古空余恨

自南良峪半山之上，可以将军前形势尽收眼底。

左原孙将大军尽数调往阵前，夜天湛亲自坐镇中军，营中唯有玄甲军留守。夜天凌似是对左原孙十分有信心，此时只是身着长袍腰悬佩剑，携卿尘居高临下观看两军交锋。

卿尘见了左原孙的布置，喟然惊叹，心忖以夜天凌的魄力恐怕都不会轻易将主营抽空，而左原孙才高胆大胸有成竹，聚雷霆之势誓下燕州，竟然倾注千军尽在一战。夜天湛对此并无异议，并将指挥权全然交付左原孙，也显示出他识人度势的心胸。

燕州军铁甲红袍，剑戟林立，在苍茫无边的雪色中望去恍若烈火燎原，带着触目惊心浓烈的气势，精兵雄盛，不可小觑。

此时四方令旗变幻，阵中中宫似一扇巨大的城门缓缓洞开，东方伤门、西方惊门逐渐横移，柯南绪带兵有方，万人移位进退有序，玄机天成，毫无破绽。

天朝大军皆是玄甲铁骑，除夜天湛所在的中军之外，由大将南宫竞、唐初、史仲侯、夏步锋、柴项、钟定方、冯常钧、邵休兵分八路，便如玄鞭长荡直指八方，阵前肃杀之气卷起雪尘滚滚，遮天蔽日。

惊雷动地来，划破长疆。

夜天凌和卿尘站在高处，眼看两军便如熊熊烈火遇上深海玄潮，在冰雪苍原之上席卷天日猝然交锋，一时间风云交会，纵横捭阖，当真惊心动魄。

天朝七路兵马虚晃一枪，势成合围，唯有南宫竞率领攻往坤二宫的兵马长驱直入，直捣燕州军帅位所在。

剑指眉心，气贯长虹，阳遁九局尚未形成，阵门被制，顿生乱象。

此时日过正午，燕州军阵中兑七宫突然升起无数银色盾牌，密密麻麻聚成一面宽阔的明镜，灼灼日光映于其上，瞬间反射出千百倍的强光，充斥山野。

在此刹那，整个燕州军便似猝然隐入雪色之中，大地之上烈焰尽熄，八支天朝铁骑顿时失去目标。但只交睫一瞬，燕州军身形再现，已化作了一个巨大的阴阳八卦，无锋无棱，无边无际，帅位深藏不露，更将南宫竞所率人马困于其中。

卿尘心中暗暗喝了声彩，但却并不担忧。柯南绪此阵上应天星，正是七衡六间无极图，左原孙当年亲创此阵，破阵自是易如反掌。

果然只见天朝军中令旗一扬，南宫竞手中长鞭数振，身边将士迅速以大将为中心分行九方，远远看去便如一张巨大的玄网覆落阵中。

九方齐动，疏忽聚散，如水漫地，无孔不入。九队奇兵以迅雷不及掩耳之势向西南方迅速突围，所到之处两阵交锋，燕州军顿时被冲得七零八落，人仰马翻。

唐初等此时亦随行变阵，七支铁骑骤然疾散，仿若万川入海一般，分别由东、西、东北、西北、东南覆向敌军。

烈马如风，惊溅深雪。一队队骑兵转折厮杀，看似全无章法，却在那漫山赤色之中流转不休，来去无踪，便似流水泻地无孔不入，顷刻间冲开敌军阻隔。不过片刻，九阵齐发，化作川流不息的铁潮，在密密层层的敌军中飘忽聚散，瞬间将燕州军冲得支离破碎。

小阵汇作大阵，进退无方却又自成法度，九出阵成，势如万川，奇兵驰纵，无人能抗。

卿尘当初在凌王府与左原孙以金箸交阵，事后左原孙也曾详细为她解说阵理。这九出阵脱胎于兵法十阵，变化灵巧，奥义精妙，正是七衡六间无极图的克星。卿尘当初虽曾耳闻，但此时居高临下看左原孙亲自指挥，将此奇阵发挥得淋漓尽致，自是不同昔日纸上谈兵，当真令人大开眼界。

燕州军逐渐不敌，眼见阵脚生乱。忽然，中军处响起一声高亮的号角声，八方令旗变换。

已呈乱象的燕州军闻声一振，原本溃散的阵势就此稳住，形如长轭，变成严密的防守阵势，抵住天朝军队诸面进攻。稍后号角再次长鸣，大军向中缓缓聚拢，好似不敌天军攻势，往朝阳川撤退而去。

左原孙毫不犹豫，抬手一挥，下令全军追击。

朝阳川山谷深远地势险要，极易设兵伏击，冥执在旁提醒道："左先生，敌军多有破绽，会不会是诱敌之计？"

左原孙沉着镇定，一双眼中透着深沉的锐利："利用对手疑心多虑玩弄虚实，柯南绪惯用此技，他正是要我们心生顾虑不敢冒进，全力追击，绝不会错。"

追近朝阳川，南宫竞与史仲侯率军在前，突然下令勒马停步。

宽阔的山谷当中，有一人负手立于军前，燕州军于其身后密密阵列。天高地远间，这人从容面对天朝铁骑，遥遥问道："请问可是左原孙左兄在军中？小弟柯南绪求见！"

瞬息之后，天朝大军往两旁整齐分开，左原孙自战车上缓步而下，行至军前，轻轻一抬手，大军整列后退，于谷口结成九宫阵形。

两军对峙，万剑出鞘，往昔知交，今日仇敌。

南良峪上已看不见谷中情形，突如其来的安静叫人不免心生猜测，卿尘对夜天凌道："四哥，我想去看看。"

夜天凌略一思索，道："也好。"

三川河的激流在朝阳川泻入深谷，宽逾数十丈的瀑布结冰凝雪，冰封在青黛色的山崖一侧，形成层叠错落的冰瀑奇景。日光毫不吝啬地照射在冰流之上，逐渐有融化的水流滴下，发出淅淅沥沥如雨的响声。双方军队军纪严明令人咋舌，列阵处千万人马不闻一丝声响，唯有独属战场的杀气，鲜明而肃穆地弥漫在山间。

望不见边际的兵甲，探不见尽头的静，一滴滴冰水坠入空谷，发出通透的空响，远远传来竟格外清晰。

柯南绪青袍纶巾，面容清癯，当年名震江左的文士风范尽显于一身傲气，与左原孙的平淡冲和形成鲜明对比。他本应比左原孙年轻数岁，但在丰神慑人的背后却有一种历尽经年的苍凉，竟让他看起来和左原孙差不多年纪。他此时拱手深深一揖："果然是左兄，一别多年，不想竟在此相见，请先受小弟一拜。"

左原孙面无表情，侧身一让："我左原孙何敢受你大礼，更不敢当你以兄相称，你我多年的恩怨今日也该做个了断了。"

柯南绪眼中闪过难以明说的复杂："小弟一生自恃不凡，唯一佩服的便是左兄。当年江心听琴，西山论棋，小弟常以左兄为平生知己，左兄于我唯有恩，绝无怨。"

左原孙冷冷一笑："不错，你柯南绪确实不凡。风仪卓然，才识高绝，精诗词，惯箫琴，通奇数，博古今。师从西陵，学游四方，游踪遍布中原；跃马扬剑，长歌啸吟，侠名冠誉江东。昔日登台迎风，酾酒临江，谈锋一起惊四座；挥毫泼墨，赋诗论文，提笔千言入万方；东极于海，南至五岭，纵观天下谁人能及你柯南绪？今日你挥军南下，西连边陲，北尽山河，天下谁人又在你柯南绪眼中？我左原孙不过区区村野之士，见识粗陋，有眼无珠，怎敢与你称兄道弟？"说到此处，他目光一利，言辞忽然犀锐："更何况，你欺主公，叛君王，背忠义，卖朋友，豺狼以成性，虺蜮以为心，人神之所共愤，天地之所不容，我左原孙一朝错看，与君为友，实乃平生之大耻！"

随着左原孙深恶痛绝的责骂，柯南绪脸上血色尽失，渐渐青白。他突然手抚胸口猛烈咳嗽，身子摇摇欲坠，似是用了全身力气才能站稳，良久，惨然一笑："左兄骂得

好，我此生的确做尽恶事，于君主不忠，于苍生不仁，上愧对天地，下惭见祖宗，但这些我从不言悔！唯辜负朋友之义，令我多年来耿耿于怀。当初我故意接近左兄，利用左兄的引荐陷害瑞王，事后更连累左兄蒙受三年牢狱之灾，天下人不能骂我柯南绪，左兄骂得！天下人不能杀我柯南绪，左兄杀得！"

左原孙丝毫不为所动，反手一挥，长剑出鞘，一道寒光划下，半边襟袍扬上半空，剑光刺目利芒闪现，将衣襟从中断裂，两幅残片飘落雪中："我左原孙早在十年之前，便已与你恩断义绝！今日不取汝命，当同此衣！"

柯南绪看着地上两片残衣，忽而仰天长笑，笑后又是一阵剧烈的咳嗽，神情似悲似痛："左兄割袍断义，是不屑与我相交，我也自认不配与左兄为友。"他抬手猛力一扯，撕裂袖袍："我当成全左兄！但左兄要取我性命以慰旧主，却怎又不问我当初为何要构陷瑞王？"

左原孙眼中寒意不曾有片刻消退，此时更添一分讥讽："以你的才智，但凡要做一件事，岂会没有理由？"

柯南绪面上却不期然闪过一抹掺杂着哀伤的柔和："不知左兄可还记得瑞王府中曾有一个名叫品月的侍妾？"

左原孙微微一怔，道："当然记得。"

瑞王府侍妾众多，左原孙对多数女子并无印象，之所以记得这个品月，是因她当初在瑞王府引起了一场不小的风波。

品月是被瑞王强行娶回府的。若说美，她似乎并不是很美，真正出色之处是一手琵琶弹得惊艳，亦填得好词好曲，在瑞王的一干妻妾中左原孙倒对她有几分欣赏。

瑞王对女子向来没有长性，纳了品月回府不过三两个月便不再觉得新鲜，将她冷落府中。有一天宴请至天都面圣的北晏侯世子虞呈，偶尔想起来命她上前弹曲助兴。席间虞呈看中了品月，瑞王自然不在乎这一个侍妾，便将品月大方相送。

不料品月平日看似柔弱，此时竟拒不从虞呈之辱，坚决不事二夫，被逼迫之下摔裂琵琶当庭撞往楹柱求死。旁边侍从救得及时，并未闹出人命，虞呈却大扫兴致。

瑞王有失颜面，自然迁怒于品月，因她以死求节，竟命家奴当众轮番凌辱于她，并以鞭笞加身，将她打得遍体鳞伤。

左原孙当日并不在府中，从外面回来正好遇上这一幕，甚不以为然，在他的规劝之下瑞王才放过此事。

然而第二天品月便投井自尽，瑞王闻报，虽也觉得事情做得有些过分，但并未往心里去，只昐咐葬了便罢。倒是左原孙深怜其遭遇，私下命人厚葬，并将品月曾填过的数十首词曲保存了下来。此后事过，他便也渐渐淡忘了这个人，直到今天柯南绪突然提起。

柯南绪仰望长空，眼中柔和过后尽是森寒的恨意，对左原孙道："左兄并不知道，那品月乃是与我自幼青梅竹马的女子，我二人两心相许，并早有婚约在先。我弱冠之年离家游学，本打算那一年回天都迎娶品月，谁知却只见到一座孤坟，数阕哀词。试问左兄若在当时，心中作何感想？我早存心志，欲游天下而求治国之学，少不更事，自误姻缘，品月既嫁入王府，是我与她有缘无分，我亦不能怨怪他人。可瑞王非但不善待于她，反而将她折辱至死。不杀瑞王，难消我心头之恨，无情薄幸至此，左兄以为瑞王堪为天下之主乎？"

瑞王礼贤下士善用才能是真，但视女子如无物，暴虐冷酷亦是实情。左原孙略一思忖，正色道："主有失德，臣当尽心规劝，岂可因此而叛之？我深受瑞王知遇之恩，当报之以终生，不想竟引狼入室，实在愧对瑞王！"

柯南绪神情中微带冷然："左兄事主之高义，待友之胸怀，为我所不及。但我从未当瑞王为主，叛之无愧！我杀瑞王，了却了一段恨事，却又欺挚友而平添深憾，如今瑞王、虞呈皆已伏诛，我负左兄之情今日便一并偿还。无论恩怨，左兄都是我柯南绪有幸结交，唯一敬佩之人，此命此身，以酬知己！左兄欲取燕州，我绝不会再设阵阻拦，城内存有蓟州布防的详细记录，亦尽数奉上为兄所用。在此之前，小弟唯有一事相求，还请成全。"

左原孙沉默片刻："你说。"

柯南绪道："我想请问那日在横梁渡，是何人与湛王琴笛合奏破我军阵？可否有幸一见？"

左原孙回头，见卿尘与夜天凌不知何时已至军前，卿尘对他一笑示意，他道："王妃便在此处，你有何事？"

卿尘向柯南绪微微颔首，柯南绪笑中深带感慨："无怪乎琴笛如鱼水，心有灵犀，原来竟是王妃。一曲《比目》，湛王之笛情深意浓，风华清雅，王妃之琴玉骨冰髓，柔情坦荡，堪为天作之合！琴心惊醒梦中人，那日闻此一曲，此生浑然困顿之心豁朗开解，柯南绪在此谢过，愿王妃与殿下深情永在，白首此生！"

误会来得突然，卿尘下意识便扭头看去。一旁夜天凌唇锋深抿，冷色淡淡，夜天湛温文如旧，俊面不波，两个人竟都一言不发目视前方，似是根本没有听到任何话语。

解释的机会在一愣中稍纵即逝，柯南绪已洒然对左原孙笑道："当年左兄据古曲而作《高山》，小弟今日亦以一曲别兄！"

左原孙完全恢复了平日淡定，在柯南绪转身的一刻忽然道："你若今日放手与我一战，是生是死，你我不枉知交一场。"

柯南绪身形微微一震，并未回头，襟袍飘然，没入燕州军中。

风扬残雪，飘洒空谷；七弦琴前，清音高旷。

巍巍乎高山，泱泱乎流水。

青山之壮阔，绝峰入云；长流之浩汤，滔滔东去！

弦音所至，燕州军同时发出一声惊天动地的震喝，兵马催动，发起最后的进攻。

柯南绪的琴音似并不曾被铁蹄威猛所掩盖，行云流水陡然高起，回荡峰峦，响彻入云。

面对震动山谷的敌兵，四周战马躁动不安地扬蹄嘶鸣，千军候命，蓄势待发。左原孙唇角微微抽动，片刻之后，目中精光骤现，抬手挥下。

随着身后骤然汹涌的喊杀，两军之间那片平静的雪地迅速缩小，直至完全淹没在红甲玄袍、鲜血冷铁的被盖之下，天地瞬息无声。

山水清琴，萦绕于耳，久久不绝。

千军万马之后，左原孙仰首长空，残风处，头飞雪，泪满面，鬓如霜。

燕州行辕内，夜天凌缓缓收起破城后取获的蓟州布防图，抬眸看了卿尘一眼。

卿尘侧首对左原孙道："先生执意要走，我们也不能阻拦先生闲游山野的意愿，只是此去一别，相忘于江湖，先生让我们如何能舍得？"

燕州城破，柯南绪咯血冰弦，丧命乱军之中。左原孙似乎不见丝毫喜色，眉宇间反而带着几分落寞和失意，此时极淡地一笑，道："殿下如今文有陆迁、杜君述等少年才俊，武有南宫竞、唐初等智勇骁将，外得莫不平相助，内中更有王妃辅佐，我此时即便留在殿下身边，亦不过是锦上添花而已。何况燕州既破，虞凤孤立蓟州，山穷水尽，已非殿下对手，我也确实无事可为殿下做了。"

夜天凌道："当年先生来天机府时我便说过，你我并非主臣，乃是朋友相交，来去皆由先生。只是先生要走也不急在这一时，不妨再小留几日，等攻下蓟州，我还想和先生对饮几杯，请教些事情。"

左原孙道："殿下可是想问有关巩思呈此人？也好，左右我并无急事，便再留些时日也无妨。"

卿尘道："那这几天我可要烦扰先生多教我些奇门遁甲之术，先生不如今日索性收了我这个徒弟吧。"

左原孙笑道："王妃若有问题我们一并参详便是，师徒一说未免严重。"

谁知卿尘起身在他身前拜下："先生胸中所学贯通古今，我是诚意拜先生为师，先生若不是嫌我顽愚不可教，便请成全。"

左原孙起身道："王妃……"

夜天凌淡淡抬手阻止："左先生请坐，便受她一拜又如何？"

左原孙短暂的愣愕之后恢复常态，继而无奈一笑，安然落座："殿下和王妃真是厉害啊！"他不再推辞，卿尘便郑重行了拜师的礼。但左原孙依旧决定先行离开，巩思呈与他彼此深知底细，此时已有了提防之心，他也不宜在军中久待。

　　左原孙告辞出去，卿尘亲自送至门外，转回身见夜天凌倚在案前，看着前方似是陷入沉思。

　　卿尘略觉无奈，这人真是什么事都只闷在心底。左原孙突然作别，分明叫人一阵空落，他面上却若无其事，甚至连挽留也只说延缓几天，想到这里她忍不住莞尔轻笑，却一抬头，正撞上夜天凌幽深的黑瞳。

　　"高兴什么？"夜天凌问道，"想让左先生留下的那点儿心思得逞了？"

　　卿尘坐到他身边："我才没你那么深的城府呢，不过想拜个师父，免得日后给人欺负了，没有靠山。左先生要走，我们难道真拦得住？"

　　夜天凌轻笑道："奇怪了，谁人敢欺负你？"

　　卿尘道："难说你就不会？"

　　夜天凌眼中兴味一闪，似乎有灯火的光泽在他眼中跳动，深深盯着她："欺负倒未必，只是有事想问问。"

　　"什么事？"卿尘问。

　　夜天凌沉声道："怎么没人告诉我，你和七弟合奏的那曲子叫什么《比目》？如鱼得水，心有灵犀，天作之合，情深意浓？"

　　卿尘斜斜地挑眉看他，琉璃灯下抬眸处，星光滢澈，碎波点点，唇间淡笑隐现，就只那么不言不语静静看着他。

　　夜天凌深邃的瞳仁微微一收，那纯粹的墨色带着蛊惑，叫人看得要陷进去，"嗯？"他探进那原本幽静的星波深处，缓慢地搅动起一点点细微的漩涡，越来越深，越来越急，直要侵吞了她整个的人。

　　卿尘却突然往后一靠，眸光流转，妩媚里闪动着慧黠。灯色在她的侧脸上淡淡覆了一层诱人的清柔，她慵然靠在长案前以手支颐，一边闲闲地去挑那灯芯，一边慢条斯理地道："都曾经沧海了，什么鱼水进了里面，还不没了影子？"

　　夜天凌明显愣了一愣，在卿尘促狭地看过来时忽然伸手将她拖到怀中，俯视她乐得没心没肺，却如鲜花般绽放在眼前的笑颜："现在不管教以后就没法收拾了，看你再得意！"

　　卿尘来不及躲闪，轻轻挣扎："外面有人呢！"

　　夜天凌直起身子，似笑非笑地在门口和她之间看了看，稍一用力就将她自身前抱了起来，大步迈往内室。

　　卿尘急道："干什么？"

"不干什么。"夜天凌不急不忙拥了她坐在榻上,"明天一早我和十一弟率玄甲军先攻漠城,恐怕要几日见不到你了。"

漠城和雁凉是现在唯一还与蓟州通连的两郡,玄甲铁骑擅长突袭,将以快袭战术先行孤立蓟州,随后大军围城,一举决战。

卿尘用手撑开他:"你要我随中军走?"

隔着淡青色的长袍,夜天凌缓慢而有力的心跳就在她掌心处,他将她在怀中揽紧:"别想着逞能,玄甲军可以人马不休地攻城略地,但不适合女人。你跟着中军会轻松很多,不过……"尾音一长,他的气息略带着丝霸道的不满,吹得卿尘耳边碎发轻拂脸颊:"我不想再听到什么《比目》。"

卿尘轻轻笑出声来,却冷不防被他反身压在身下,身旁的帷帐一晃飘落,带得榻前那盏白玉对枝灯绮色纷飞,似洒了一脉柔光旖旎如水。

卿尘静静地看着夜天凌墨色醉人的深眸,主动吻上了他的唇,再多的话都融化在这缠绵的温柔中。

得成比目何辞死,愿作鸳鸯不羡仙。

第三十二章 黑云压城城欲摧

清晨夜天凌离开的时候，卿尘睡得很沉，竟没听到一点儿声响。醒来后心里一阵空落落的，却在手边触到样温凉的东西，一看之下，是那枚玄玉龙符。

倒不是他忘了带，是特意留给她保管的。龙符是至关重要的东西，此时夜天凌把这个给她留下，就像是丈夫出门前嘱咐一句"家里便交给你照看了"，卿尘手抚那飘飞的纹路微微一笑。

大军简单休整随后出发，再次扎营已入蓟州边界。先前已有军报，玄甲军顺利攻下漠阳，最迟两日便可配合大军形成合围之势。

因为仍是在军中，卿尘平日还是长衫束发的打扮。殷采倩百般央求夜天湛，终于得以留下，却整日连铠甲都不脱，骑马射箭不输男子，有事没事就来卿尘帐中，倒真正和卿尘越发熟稔了。

黄昏时分，帐中早上了灯，殷采倩在卿尘这里待了会儿突然想起什么事，丢下句"我去下湛哥哥那里"便没了人影。

卿尘摇头笑了笑，左右无事，便拿了根竹枝在地上随手演化左原孙教习的阵法。帐外不时有风吹得帘帐晃动，忽然一阵旋风卷着什么东西撞上军帐，案前灯火猛地闪晃。卿尘手中无意用力，竹枝啪地轻响，竟意外折断在眼前。

她心头突地一跳，没来由地有些心绪不宁，微蹙着眉心瞅了会儿地上纵横的阵局，起身走出营帐。

天边长河落日，残阳似血，朔风扑面，漠原如织。大军沿河驻扎，数万军帐连绵起伏，长旗猎猎，尽在暮色下若隐若现。

她驻足帐前放眼眺望，耳边忽然飘来一阵辽远的笛声。

笛声飞扬在北疆寥廓的大地上，却不见醉卧沙场埋骨他乡的悲凉，于朔风长沙的高远处转折，飞起弹指千关，笑破强虏的挥洒，更带着号令三军，飞剑长歌的豪迈。卿尘侧首凝神听着,一时竟忘了天寒风冷,月白色的玉带随风飘扬,不时拂上脸庞,落日最后一丝余晖也缓缓地退入了大地深处。

笛声渐行渐远,慢慢安寂下来,卿尘望向大军帅营,一抹微笑透过轻暗的暮色漾开在唇角。

营帐前有人在说话,卿尘扭头看去,见卫长征同什么人一起走过来。

卫长征到了近前,微微一欠身:"王妃,中军那边派了两队侍卫过来加强防卫。"

卿尘已看到营前多了两队披甲佩剑的侍卫,眼前那人手抚剑柄,躬身道:"末将吴召见过王妃!"

卿尘认得他是夜天湛身边的侍卫副统领,再看那些侍卫的服色,也都是夜天湛近卫中的人,微笑道:"我这里其实也用不着这么多人。"

吴召恭声道:"此处离蓟州太近,只怕会万一突发战事,四殿下的侍卫目前只有半数在此,所以末将奉命来保护王妃。外面风大,王妃还是进帐歇息吧。"

卿尘也不再说什么,便道声"有劳"回到帐中。

夜色已浓,一时间四处安静,帐前没有闲杂人等随意走动,几乎可以听见外面营火舔着木柴噼啪作响。卿尘静了静心,随手翻了卷书来看,一边抚摸着趴在身上的雪战。

雪战乖巧地伏在卿尘膝头,本来微微往后抿着耳朵十分惬意,忽然间却撑起身子,竖耳倾听。

卿尘抬起头来,外面传来脚步声,她依稀听到有人呵斥了一句:"吴召你好大胆!连我也敢拦!"

声音隔着营帐尚远,听上去像是殷采倩。夜天湛的近卫都认得这位殷家小姐,自然知道她刁蛮的脾气,又哪里敢真的拦她?果然紧接着垂帘一掀,殷采倩进了帐来。

帐中被她带进一阵冷风,卿尘笑道:"这时候过来,不是又想赖在我这儿睡吧?"

殷采倩将披风的帽子往下一掀,露出的脸庞因着了几分寒气微带红润,灯下明艳照人的眉眼间却流露出匆忙而惊慌的神色。她几步走到案前:"你还有心思和我说笑,四殿下那边出事了!"

卿尘心中一惊,笑容凝固:"怎么了?"

殷采倩匆匆道:"他们遇到了突厥大军!虞凤知道大势已去,居然勾结了突厥人,暗中放突厥三十万大军入关反攻漠阳,他们只有一万玄甲军……"

殷采倩话未说完,卿尘便猛地站了起来。雪战被吓得从旁边狼狈跳开,灯影一阵乱晃,她的心似狠狠地往下一坠,生出陡然踏落空谷的惊惧,三十万突厥大军!

那慌乱的感觉一瞬在心头袭过:"什么时候的事?谁来报的?"卿尘立刻问道。

她眼中骤然锐利的清光吓了殷采倩一跳:"应该是入夜前便接到急报了,我从湛哥哥那儿出来,无意听到了他们说话。他们将人关了起来,要瞒下此事,借突厥之手置四殿下于死地！"她的声音微微有些颤抖，不知是惊还是怕。

这一消息比前者更加令人震骇，卿尘紧紧攥着手中的书，只觉得浑身冰冷："难道已经拖了半夜，中军按兵不动？"她将书卷掷于案上，疾步向外走去，却被殷采倩拦住。"你去哪儿？这样出不去的！吴召他们奉命借着安全的幌子分别将你和左先生困在营中，若不是他们不敢放肆，我也进不来。你先换我的衣服出去再说，你别怪湛哥哥，不是他派人来的。"

难怪中军突然要增派防守，找了这样冠冕堂皇的理由，叫人不疑有他。卿尘一手接过殷采倩递来的披风，却不穿上，心中电念飞转："湛王究竟知不知道此事？是谁下的命令？"她沉声问道，语气中已是近乎冰冷的镇静。

殷采倩摇头："我不知道湛哥哥是不是接到急报了，好像并没有，他们是……"她犹豫了一下，似乎并不想将那人说出来，卿尘冷声道："巩思呈！"

殷采倩只是沉默，巩思呈毕竟是殷家之人，她也不能不顾忌，卿尘紧接着问道："你为何要来告诉我？"

她沉着而幽深的目光在殷采倩眼中瞬时和一个人的重合，何其相似的眼神，冷光深藏，洞穿肺腑，殷采倩似乎感觉到了一种无声的压力，让人无法抗拒，回答道："我不想四殿下，还有……还有十一殿下出事。你快想办法吧，突厥三十万的兵力，再晚就来不及了。"

卿尘盯了她一瞬，将手中披风重新递给她："你现在去湛王那里，设法让他知道此事。"

殷采倩却犹豫不前，说了一句她原本极不想说的话："若是他根本就知道呢？"

卿尘微微闭目，呼吸了一口冰冷的空气，睁开眼睛："若所有的命令都是他下的，你便尽力将事情闹大，至少闹到惊动史仲侯和夏步锋。"

殷采倩低头想了想，微微一咬嘴唇："好！我听你的，那你怎么办？"

"我们分头行事，外面的人拦不住我。"

卿尘在殷采倩离开后迅速回忆了一下已看了千百遍的军机图，蓟州附近的形势从未像此刻一样清晰明了，城池地形历历在目。

片刻之后她起身出帐叫道："长征！"卫长征不料她这时候竟要出去，诧异道："王妃可是有事吩咐？"

营帐近旁依旧是凌王府的玄甲侍卫，吴召带来的人都在外围，也正因此，他们可以远远将来营帐的人先行拦下，令卫长征等人一时也难以察觉异样。

卿尘往阒黑的夜色深处扫了一眼："带上人跟我走！"

卫长征只听口气便知道出了事，不再多问，即刻率人跟上。

卿尘此时心中如火煎油烹，万分焦虑，战场胜负往往只在瞬间，或许现在根本已经

迟了。

谁也没有想到虞凤穷途末路之下竟走此险棋，突厥得此千载难逢的机会，定是想先除夜天凌而后兵犯中原。而对于夜天湛，卿尘不敢赌，也没时间去猜测他究竟是不是已经下了清除对手的决心。

她输不起，他是闲玉湖前翩翩如玉多情人，也是志比天高心机似海的湛王。

她已无暇去琢磨任何人的角色和目的，整个心间只余了一个人的影子，那个人生，她生，那个人死，她死。

千般计策翻滚心头，她紧紧握住手中的那块玄玉龙符，无论夜天湛是何态度，她已决定在最短的时间内不惜一切代价调军驰援，只盼望夜天凌和十一能借助玄甲军的骁勇支撑到那一刻。

果然没走多远吴召便带人迎上前来："这么晚了，王妃要去哪里？"他依旧是那种恭敬的语调，垂眸立着，却将去路挡下，言语中终究还是露出了些许异样。

卿尘冷冷一笑，脸色在营火下明暗不清："我去哪里是不是还要经吴统领准许？"

面对这突如其来的责问，吴召暗中微惊，但依旧挡在前面："末将是觉得外面太过危险，王妃还是请回吧。"

"你是请我，还是命令我呢？"卿尘足下不停地往前走去，"让开！"

吴召再上前一步，拦住去路："王妃万一有什么差池，末将不好交代！"

"用不着你交代，你既然是来保护我的，不放心可以跟着！"卿尘径直前行。吴召立在她身前，盔甲的遮掩下神色惊疑不定，忽然间视野中闯入一双月白靴子。如水似兰的清香拂面而至，骇得他匆忙抬头，却正逢营火一闪，卿尘那双微吊的凤眸在火光盛亮处如一刃浮光划过他的眼底，直逼心头，澈寒如秋水，冷凝如刀锋。

吴召几乎是狼狈地大退了几步，才避免和她撞上。卿尘视他如无物，步步前行。吴召无奈，仓皇再退，四周其他侍卫被卿尘的目光一扫，无一人敢抬头对视，遑论冒犯阻挡，纷纷退到一旁。

卿尘眼中澈澈寒意逼着吴召："长征，若有人胆敢放肆，无须客气！"

卫长征及所率玄甲侍卫手按剑柄随护身后，吴召不得已终于侧身让开。卿尘袍袖一拂，扬长而去，消失在黑夜中的白衣飞扬夺目，似一道利鞭狠狠地抽在吴召眼前。他背后风过一阵寒凉，竟已是浑身冷汗。

眼见卿尘带人直奔南宫竟营帐，吴召气愤地砸了一下剑柄，喝道："去报巩先生知道！"

营帐中，钟定方、冯常钧、邵休兵这几名亲近殷家的大将此时都坐在案前，反倒一向镇定的巩思呈反剪着双手不住踱步，似是满腹心事。

自从那日因李步引发争执之后，巩思呈心里便一直存着担忧。天帝既能连龙符都交付凌王，此后难说是不是会有更多的东西。他与左原孙同窗多年，深知左原孙此人心性高傲且极重旧情，自瑞王遇事后便心灰意冷退隐江湖，极少与人交往。此番左原孙虽说是为柯南绪而来，却显然同凌王关系非同一般，这两件事令他隐约察觉几分不寻常，北疆一战夺的是军权，现在想起来竟没有丝毫的把握。

"巩先生！"冯常钧出言问道，"你可是在担心什么事？"

冯常钧他们这些大将与南宫竞等人不同，爵位都是一门世袭，身份和皇亲贵胄的御林军倒是有几分相似。此时钟定方把玩着剑上精致的佩饰，抬头道："今晚的事毕竟还瞒着殿下，先生担心，也有道理。"话虽这么说，可他口气中却没有丝毫觉得不妥的意思，反倒带出几分满不在乎。

巩思呈停下脚步："我并非担心殿下知道，此事即便是报至帅营，殿下也自然清楚其中利害，借我们之手反而还让殿下免了为难。"

"那先生究竟顾虑些什么？"

巩思呈静默片刻，长出了口气："凌王的手段非同常人，此次若不能成功，日后恐怕就再没有这样的机会了。"

"哼！"一直没作声的邵休兵冷哼道，"不过是那个狐媚的女人弄出些麻烦，先帝被她祸害得盛年早逝，也不知皇上怎么就也迷上了那女人。凌王再厉害也是一半异族的血统，他有什么资格和殿下争？"

"邵将军慎言！"冯常钧在几人中较为稳重，虽然邵休兵所言也是他的想法，可祸从口出，这样犯忌讳的事还是不说的好。

巩思呈亦对邵休兵递去一个谨慎的眼神，却不由自主又叹了口气——话虽如此，只是皇上却未必这么想啊！

他正蹙眉沉思，忽然吴召掀了帐帘匆匆进来，显然是有急事，连在座几位将军都没顾上招呼："巩先生，那边出事了！"

巩思呈一惊："何事？"

"凌王妃知道了前方的急报，带人离开了营帐！"

"什么？"巩思呈声音忍不住略微一高，"去了哪儿？"

"看方向是南宫竞的大帐。"

巩思呈极懊恼："我早便说过，南宫竞此人当初就不该留！"

钟定方站起来："马上去阻止他们，别将事情闹出去！"

邵休兵将原本握在手中的玉佩一掷："我带人封了出路，不信他们还能硬闯！"

巩思呈抬手阻止："犯不着这么大张旗鼓，就只一个字便可——拖！已经过了半夜，玄甲军纵有通天之能，又能在三十万突厥大军前抵挡多久？"

第三十三章 但使此心能蔽日

卿尘与卫长征不期而至让南宫竞颇为意外，而卿尘在他帐中竟见到史仲侯和夏步锋则一阵惊喜。

她也不及细说，只将事情大略言明。夏步锋脾气急躁，几乎是自案前跳起来便吼道："这帮狗娘养的竟敢……"

"步锋！"南宫竞及时喝止他信口粗言，"王妃，我们即刻点兵动身，但原先十万先锋军已整归中军指挥，恐怕兵力不足。"

夏步锋道："只要一声令下，神御军兄弟们哪个不为殿下效命？怕他什么兵力不足！"

卿尘道："龙符现在在我这里，我们可以此调遣神御军。"

史仲侯一直未曾表态，此时却道："来不及了，即便有龙符，调遣大军也需时间，更何况能不能过湛王那一关尚未知。眼下我们三人手中能用之兵大概也有三万，事情紧迫，唯有先行增援！"

"就先调这三万。"卿尘略一思索，"立刻动身。"

南宫竞等人自来在夜天凌的要求之下带兵严格，不过半刻工夫，三万兵马齐集，当即毫不停留直奔辕门。不料辕门处却早已有重兵把守，两列并不明朗的火把下，邵休兵与钟定方缓骑而出，拦住去路。

巩思呈身在两人之前，对卿尘拱手行礼，问道："时值深夜，敢问王妃要去何处？"

卿尘以前也曾有恨过怨过的人，但此生至今，却从未觉得有人如巩思呈这般可恨可杀。迫于势态无暇与他啰唆，只冷冷道："巩先生还请让开，我要去何处你心知肚明。"

巩思呈道："王妃的行动我等也不能干涉，但王妃带兵出营却似乎不妥，今晚并未听说有军令如此布置。"

卿尘听他说话不急不慢，又寻事纠缠，立刻明白了他的意图。时间流逝一分，希望便沉没一分，她当即取出龙符，扬声道："龙符在此，如圣上亲临，调兵遣将，三军皆需听令，还不让开！"

巩思呈没料到卿尘手中竟有龙符，自是震惊，但心念一转已有了对策："我朝调军龙符向来由圣上交与领兵帅将以节制兵马，从未听说任何一府的王妃可凭此调遣大军。王妃手中的龙符是真是假我们无法分辨，当由监军营校验此符，以确保万一。若龙符真伪无误，自然无人敢再阻拦王妃。"

卿尘眼中锐光骤现，面笼寒霜，已是动了真怒。如此拖延下去，便是到时给她这三十万大军又有何用！她修眉微挑，冷声叱道："放肆！巩思呈，你不过是殷相府中一名幕僚，凭什么要求校验龙符？这营中大军是我天朝的，是皇族的，还是你殷家的？便是我朝没有王妃持符调兵的先例，难道南宫将军他们你也有权利过问？再不让开，莫怪我不客气！"

巩思呈不想平日沉静柔和的女子一旦发作，竟处处犀利，一连串质问言辞锋锐，令他一时也无法反驳。却见邵休兵带马上前："巩先生虽无军衔，但我们皆是军中大将，难道也没资格过问此事？"

南宫竞看了他一眼："邵将军，你我同为御封的三品领军将军，我奉龙符调兵如何还要向你交代？"

邵休兵道："南宫将军莫要忘了，此时大军的主帅是湛王殿下。我奉命巡护营中安全，眼前这么多兵马调动岂有不问清楚的道理？既有龙符便拿来验明真伪，否则没有中军军令，谁也不能出大营！"

南宫竞等靠军功提拔起来的将领同邵休兵这些门阀贵胄向来互有成见，嫌隙颇深，此时各为其主，话中都带了十足的火药味。

卿尘同南宫竞对视一眼，心中一横，他们即便校验过龙符也不难寻出其他理由阻挡，时间如何耽搁得起，说不得就只有硬闯了！

夏步锋可没有那般耐性，拔剑喝道："谁再敢拦路啰唆，我先取他性命！"

呛啷数声响动，辕门前诸兵将先后拔剑出鞘，邵休兵等人也铁了心不计后果，一时间剑拔弩张。南宫竞眼中精光闪过，抬手刚要下令，只听有人喝道："住手！"

橐橐靴声震地，全副武装的侍卫迅速插入即将兵刃相见的双方之间，另有两队侍卫雁翅状分立开来，其后源源不断的士兵片刻便将所有人包围一处，剑甲分明，肃然而立。

玄色披风一闪，夜天湛已到近前，火光映在他湛然如水的双眸中似柔和的一抹波光，却叫人丝毫探不见情绪，他眼光一掠扫过身旁，巩思呈等纷纷下马："殿下！"

夜天湛目光未在他们面前停留，却直接落在了卿尘身上。

不知为何，卿尘见到他的那一刹那竟有一股涩楚的泪水直冲眼底。夜天湛见她一动不动地看着自己，却又似穿透了他望向了未知的遥远的地方。她明澈的眸波深处似喜似悲，似忧似急，甚至难以察觉地带了一丝哀求的意味。那是他从未见过的一种眼神，蓦然便在心头掀起天裂地陷的漩涡，几乎要将呼吸都抽空。

夜天湛垂在披风之内的手下意识地握紧，落在众人眼中的却还是潇洒的神情，道："王章。"

随着他润雅平和的声音，中军长史王章却扑跪在面前，声音竟微微有些颤抖："下官……下官在。"

"今晚可有收到前方军报？"夜天湛淡淡问道。

王章身子猛地颤了下，犹豫抬头，夜天湛静视前方根本就不曾望向他，他又转而看了看巩思呈，却听那温和的声音中带了一丝漠然："如实道来。"

"回殿下，有……有……"王章俯身回道。

"为何不报本王？"夜天湛此时才看了他一眼。

"当时……收到军报……已……已报入中军帅营。"

"报知何人？"

"报知……报知……"王章此时不知是因紧张惊骇，还是不欲直言，竟结结巴巴一时说不出个所以然。

"报知何人？"夜天湛再问了一遍，他身后的吴召和另一位副统领上前一步，抚剑跪倒，"回殿下，当时是我二人当值。"

夜天湛目光一动，移至吴召身上。王章只觉得浑身那种压迫感一松，几乎就要瘫软在地上。

夜天湛见吴召如此回话，淡笑着点了点头："你们报知本王了吗？"

吴召叩了个头，道："末将一时疏忽，请殿下责罚。"

夜天湛缓声道："你们跟随我多年，该清楚规矩。"

四周侍卫及诸将心底皆是一惊，立刻跪了一地，却无人敢开口求情，唯有巩思呈硬着头皮道："殿下……"

"嗯？"夜天湛清淡的一声，巩思呈到了嘴边的话再说不出来。

"军法处置。"夜天湛淡淡说了句，立刻有执行官上前，将吴召两人押至空地，手起刀落，不过半息工夫，提了两颗人头回身复命。

王章则被拖下去，将嘴一封，施以杖责，八十军棍打完，怕也是性命难保。

四周将士一片死寂。铁血军营，不是没见过斩首杖责，但见湛王淡噙微笑，温雅如月，举手间便处斩了两名随身多年的侍卫统领，只比雷霆震怒更叫人心悸。

千万人的目光中，夜天湛看了一眼呈至身前的人头："厚待家人。"说罢望向卿尘："你这是干什么？"

卿尘虽见夜天湛一连处置了数人，但仍不敢确定他是否会即刻发兵救援，毕竟他要拖延调军简直易如反掌。方才一番手段，也没有人敢再怀疑他会从中作梗，一切将不会留下丝毫痕迹。

一息息时间过去，就像是把她的生命丝丝在抽空，卿尘道："急报已过了半夜，不能再耽搁，让我们先行增援。"

夜天湛神情淡然："就这么点兵力去对抗突厥三十万大军，岂不是胡闹？先回营帐去，我自有安排。"

卿尘听不出他的心意，换作任何事，她都有放手一试的胆量，但此时她却无论如何也不敢拿夜天凌和十一的性命做赌注，她在夜天湛的注视下坚持道："我要先行增援！"

夜天湛眸底漾出深暗的复杂，卿尘话中的不信任他如何感觉不到？他缓缓问道："若我绝不准你去呢？"

这一句话，可以翻云成雨，换日为月。

卿尘默默地看了他片刻，忽然抬手抽出马上一柄短剑，剑光一闪，对准自己心口，夜天湛骇然惊喝："卿尘！"

卫长征、南宫竞等亦大惊失色："王妃不可！"

卿尘平静地看着夜天湛，一字一句道："去与不去，我生死随他。"

那一柄利剑握在卿尘苍白的指间对准着她的心窝，却恰如悬在夜天湛心头。寒气沿着剑尖寸寸浸入，使他整颗心脏逐渐变得坚硬而冰冷，在随后那短短数字的碰撞之下骤然碎成粉末，每一颗粉末都如尖锐的冰凌毫不留情地散入血液，竟带来锥心刺骨的痛感。

夜天湛站在原地看着卿尘眼中的决绝，脸色一分分变得铁青，终于自齿间掷出数字："让他们走！"

卿尘闻言浑身一松，她赌赢了！然而心中没有丝毫的高兴，她用以一搏的所有筹码都是夜天湛给的，她赌上了他对她的所有，也用自己的全胜赢了他的所有。

"殿下！"巩思呈等尚欲挽回局面，各自想说的话却都被夜天湛一声"放行"压了回去。

南宫竞等人立刻率军驰出辕门，尘雪滚滚的夜色下卿尘手中剑刃的冷光轻微闪动，她怔怔地看着夜天湛，夜天湛亦立在不远处，幽深的眼底全是她握剑在前的影子。

三万兵马渐要没入远处深夜，卿尘颤声对夜天湛道："……多谢。"言罢反手一鞭，云骋快如轻光，向援军方向疾驰追去，遗下身后黑夜茫茫。

烟尘尽落，满眼满心，一人一马即将消失的时候，夜天湛缓缓闭上双眼，那抹白色的身影却越发变得清晰，深深地印入了他眼前的黑暗中。

夜天湛平复了一下情绪，睁开眼睛扫视了一周，片言不发，转身离去。巩思呈和邵休兵等人疾步跟上。

待入了帅帐，夜天湛停步帐中，他背对着众人，披风垂覆身后纹丝不动，冷冷淡淡，极尽疏离。

身后几人对视一眼，心中忐忑。他们深知夜天湛的脾气，平日有何行差言错，最多不过当面几句训责，若真正怒极了反不见动静。他这么久不说话，那是多少年没有的事，一时间无人敢出一言，都垂首立着。

也不知过了多长时间，夜天湛以一种平静到冷然的语调道："你们都听清楚了，凌王可以死在任何人手里，包括本王的剑下，但绝不能死在突厥人手中。"他缓缓转身："你们这是误国！"

如此简单一句话，听在众人耳中已是极重的斥责，自巩思呈而下无不在心头惊起一阵惶恐。夜天湛见他们僵立着，淡淡"哼"了一声："怎么，都站在这儿等什么？难道现在该怎么做还要本王教你们？"

钟定方醒悟得快，立刻暗中一拖邵休兵，跪下领命："末将等这就去安排！"

三人尚未退出帅帐，却听夜天湛突然道："慢着，还有一句话你们记住，本王只说一遍——你们的主子是夜氏皇族。"

此言一出，巩思呈瞳孔微微收紧，话的后半句夜天湛没有说出来，但其中警告已再清楚不过——你们的主子是夜氏皇族，不是殷家。

夜天湛淡声对他道："巩先生，玄甲军派回来的人，你也应该知道怎么处置，速去办吧，免留后患。"

此时巩思呈着实有些摸不透夜天湛心中究竟如何打算，事到如今，不便多言，只得躬了躬身，也退出了帅帐。

众人走后，夜天湛强压着的怒气再难抑制，唇角那抹轻缓的笑容瞬间拉下，手中下意识地握住案前什么东西，只听砰的一声，一只雪色玉盏便在他手底碎成了数片，鲜血立刻随着残片滴落，他却浑然不觉。

"湛哥哥！"

突如其来的叫声让夜天湛一惊，才记起殷采倩一直在内帐等他回来。

殷采倩急忙上前看他的手，想说什么却又踌躇，半晌，小声问道："湛哥哥，你会杀了巩先生吗？"

夜天湛微怔："我为何要杀巩先生？"

殷采倩拿绢帕替他裹着手："你方才进帐时，看巩先生的眼神太可怕了，巩先生今晚做的是不对，但也是为你好。"

"吓着你了？"夜天湛勉强一笑，"巩先生没做错，我何必要他性命？"

殷采倩却愣住："巩先生没做错？那……难道是我错了？"

夜天湛温言道："你也没错，我还要谢谢你，否则，她不知会闹出什么事来。"他极轻微地叹了口气，掌心的疼痛此时丝丝传入了心间，逐渐化作浸透心神的疲惫。

殷采倩微蹙着眉，神情间有些迷惑："湛哥哥，你在说什么？巩先生没错，我也没错，你说的话我越来越听不懂了。"

夜天湛眸心的光泽微微敛了下去，淡淡道："此事你不要再管。这世上很多事不只有单纯的对错，对的事也有不能做的，错的事有时却必须做，你以后就会明白。"

殷采倩想了想，问道："这就奇怪了，那你告诉我什么事对却不能做，错却必须做？"

夜天湛微微摇头："我没法子告诉你。"

殷采倩看着他，低声道："湛哥哥，你怎么和以前不一样了，我……有些怕你。"

夜天湛沉默了一会儿，唇角浮现出往日温润的笑，难得殷采倩还会直言怕他。他溺爱地拍了拍殷采倩的肩头："你从天都到这里来，不也慢慢变得和以前不同了吗？若一直那么调皮任性，我倒是还要怕你呢。"

殷采倩听他语气中略微轻松起来，说话间的疼爱似与儿时一般无二，她不由得抬头对他一笑。夜天湛望着她明妍的笑容，心底却无法避免地掠过阴霾。

方才他断然处死两名侍卫统领，却不仅仅是因延误军情的罪，殷家连跟随他多年的人也能指使，今后还有什么事情不能做？外戚，门阀，他要用，也要防啊！

第三十四章 百丈原前百丈冰

云骋速度极快,不过片刻,卿尘已赶上前面军队。南宫竞道:"王妃,若全速行军,大概天亮前能找到殿下他们。"

卿尘却下令停止前进,略作思索,道:"南宫将军,我们在这里分头行事,你带一半人马去雁凉。"

"去雁凉?"

"对,给你一万五千人,两个时辰,不惜一切代价攻下雁凉城。"

南宫竞随即明白,即便加上玄甲军,他们这几万人面对突厥大军也无异是以卵击石。雁凉虽是北疆小城,但可以作为屏障,只要玄甲军尚未全军覆没,两面会合后退守雁凉,无论如何也能多抵挡一阵。

南宫竞翻身下马,抚剑而跪:"末将遵命!定在天亮前拿下雁凉!"卿尘心中微微一震,南宫竞对她行的是军礼,这便是立下了军令状。

两路人马分道扬镳,卿尘他们一路疾驰北行。月色渐淡,天空缓缓呈现出一种暗青色,昭示着黎明即将到来。沿途路过一座边城,所过之处断瓦残垣荒芜满目,显然是曾历战火,几乎已经废弃,想必原本居住在此的百姓不是丧命战乱便是背井离乡。

穿过此城,卿尘骤然一愣,眼前是一个三岔路口,分别通往不同的方向。夏步锋在身旁急躁地骂了一声,问道:"王妃,走哪边?"

卿尘修眉深锁,这次冥衣楼随行的部属倒都熟悉北疆地形,但冥执带他们尽数跟随夜天凌,此时竟一个也不在身边,而玄甲军派回来的人早已生死不明,他们如何能找到玄甲军所在?她之前曾推断,玄甲军定是在离开漠阳转攻雁凉的途中遭遇突厥大军,那最大的可能便是两郡之间的百丈原,但眼前哪条路能通往那里?她紧抿的嘴唇透露着焦虑,扭头看往卫长征和史仲侯等人:"你们有谁清楚去百丈原的路?"

几人都有些犹豫,史仲侯想了想,马鞭前指:"若是百丈原,或许该走这边。"

卿尘看着前路，不知为何却有些迟疑："有几分把握？"

史仲侯道："我也只是按方向猜测。"

夏步锋道："总不能待在这里不走！"

卿尘微一咬牙："好，就走这边！"提缰带马方要前行，云骋忽然惊嘶一声扬蹄立起，冷不防有个人影扑在前面。

卿尘吃了一惊，卫长征喝道："什么人！"借着微薄的天光，卿尘看到一个衣衫褴褛的乞丐正拦在她马前，这人刚刚靠在半截倾颓的城墙边上，众人急着赶路，竟都没看到他。

那乞丐像是要拦卿尘的去路，伸手欲拽她马缰，嘴中"呜呜"乱喊，却原来是个哑巴，根本说不出话。

卿尘在他抬头时仔细一看，心下骇然。这人面目极为丑陋，整个头脸几乎全是疤痕，像是曾被一桶滚油自顶浇下，没有一处完好的皮肤，一只眼睛已然失明，另一只半睁着直直看着她，不停地摇头摆手。

卫长征护在卿尘身旁，叱道："大胆！竟敢惊扰王妃！"说着便欲扬鞭清路。

卿尘见那乞丐总是摇手指向路口，心中一动："长征，别伤他！"她问那乞丐："你可是有话要跟我说？"

那乞丐一边点头，一边再指着先前他们要走的路，继而又指另一条路。

卿尘问道："你是这城中百姓吗？是不是认得去百丈原的路？"

那乞丐急忙点头，口中"呜哦"不清，一直指另外的路。

卿尘再问："难道那边才通往百丈原？"

那乞丐拼命点头，夏步锋不耐烦地道："从哪里冒出个乞丐？王妃莫要和他啰唆，赶路要紧！"

史仲侯亦道："此人举止怪异，恐不可信，王妃慎重。"

卿尘心中极难下决断，只觉这乞丐出现得离奇。此时那乞丐突然往前走了几步，面对着卫长征做了个手势，卫长征尚未有反应，卿尘却目露诧异。

这个手势她曾经见夜天凌做过，那是夜天凌少年时在军中用过的一个暗记，早已多年弃之不用，唯有自少跟随他诸如卫长征这样的人才知道，就连夏步锋、史仲侯等亦不曾见过。卿尘闲时总喜欢央夜天凌讲些他在军中的琐事，因觉得好玩，便将这手势学了来。这时她无法确定之前的路是否正确，也无法分辨这乞丐是否可信，唯有一种直觉盘绕在心底——当理智和实际不能给予帮助的时候，所余的唯有直觉，那种天生的独属女人的直觉。

那乞丐望着卿尘的一只独目中似透露出与其身份相异的光芒，卿尘静了静心，沉声

问道:"你是否能带我们从最近的路去百丈原?"

那乞丐一面点头,对着卿尘单膝跪下,卿尘这时注意到,虽一条腿行动不便,他行的却是一个标准的军礼。

卫长征见了那个手势,心中正惊诧,不由打量那乞丐。夏步锋是个直肠子,一时想不了那么多,两人都等卿尘示下,唯有史仲侯皱眉道:"王妃,此时岂可相信这个来历不明的乞丐?万一误了大事如何是好?"

"我相信的是我自己。"曾经多少次,在天机府中与左原孙将那军机图寸寸描绘,北疆大地的山川城池似乎历历在目,卿尘抬头,朦胧的天光之下北方有一颗星极亮地耀于天际,在她沉着的眼底映出夺目的清澈一闪而过,仿佛划破暗夜深寂,乍现明光。"给他一匹马。"她吩咐下去,身后立刻有士兵匀了马出来,那乞丐似是极激动,竟对卿尘深深磕了个头,吃力地翻上马背。

卿尘冷眼看去,他在马上的姿势带着曾经严格训练的痕迹,这些蛛丝马迹都不曾漏过她的眼睛。她无视随行诸人怀疑的神情,下令前行。

那乞丐带他们沿左边那条路往南,再岔入山中,走的尽是平常不易发现的山路。约过了小半个时辰进入一道山谷,刚刚穿过山谷,众人便听到模糊却又嘈杂的人马厮杀、刀枪交击的声音,似乎已距离不远,不由都是一喜。

那乞丐回身示意他们快走,率先奔上一道低丘,山陵起伏的百丈原立刻出现在面前。

将明还暗的天色下,百丈原上尽是突厥骑兵,密密麻麻的大军前赴后继,不断向西北方为数不多的一批玄甲战士发起进攻。

卿尘乍见玄甲军,一时无法看清,急问卫长征:"见到殿下了吗?"未等得到回答,她复又惊喜,"他在阵中!"

突厥大军的包围下,玄甲军虽占劣势,却阵形稳固,分占诸方,正是当初左原孙在朝阳川大败柯南绪时所用的九出阵。

数千玄甲战士在突厥大军之中飘忽不定,势如川流,好似锋锐的漩涡将靠近的突厥军队席卷粉碎,时而前突后击,刺透重围,时而舒卷开合,毫无破绽,杀得四周突厥士兵七零八落,人仰马翻,突厥人数虽众,却一时也奈何不得他们。

玄甲军中能将此阵运用得如此出神入化之人,除夜天凌外不作他想。卿尘大喜过望,迅速看清百丈原上形势,回身道:"夏将军,你带七千人自正东与突厥交锋,一旦冲乱敌军阵脚即刻往西北方撤退,切记不要恋战,不可硬拼。"她怕夏步锋一个不慎反而自陷重围,特地加以嘱咐。

夏步锋领命:"王妃放心,我晓得利害。"言罢率兵而去。

卿尘再对卫长征道:"你可记得左先生所说的九出阵?"

卫长征近日跟随卿尘身边，左原孙所传的阵法卿尘常常与他演练，早已烂熟于胸，当即答道："末将记得！"

卿尘道："好，你也率七千人，兵取西方，以此阵之水象青锋阵势突入敌军，与玄甲军会合后一同退往雁凉！"

"末将遵命！"卫长征带马转身，忽然又犹豫，"王妃这儿……"

卿尘修眉一挑："还不快去！南宫竞若攻下雁凉，必然会来接应，告诉殿下我们在雁凉见！"

卫长征不敢抗命，长鞭一振，七千骑兵急速驰向百丈原。

卿尘对史仲侯道："史将军，命剩下的人就地砍伐树枝缚在马尾上，我们沿高丘往西急行。"

史仲侯眼中一亮："王妃是要用惑敌之计？"

卿尘微微笑道："对，突厥人若误以为援军大队已杀至，必心存顾忌，如此我们就有机可乘。"

史仲侯亲自带人去布置，卿尘见那乞丐自到了此处后便呆呆地看着百丈原前的大军，此时一侧头，疤痕狰狞的脸上却显露出不能抑制的激动。她柔声问道："你究竟是什么人，可是以前便认识凌王？我是他的王妃，你今天帮了玄甲军的大忙，我先替他谢谢你。"

那乞丐滚下马背，俯身在地，只是苦不能言，抬起头来，看向卿尘的残目中已隐有浊泪。

玄甲军与突厥大军抗衡至此，虽一路借助各方地势巧妙周旋，未呈败象，但面对突厥漫山遍野的攻势已是人马疲惫，仅凭阵势精妙苦苦支撑，一边拼死血战，一边设法离开百丈原这样开阔的平原，往西北方突围。

突厥大军稍作整顿，又一轮攻势接踵而来。

夜天凌看着一同征战多年的将士逐渐在身边倒下，刀剑飞寒，血染战袍，他此时心中唯有一个念头，定要将这些兄弟活着带出百丈原。

剑气袭人，势如惊电，他手中长剑所到之处幻起层层光影，横空出世，碎金裂石，乱军之中似有急雨寒光纵横飞泻，突厥士兵无一人堪为一合之将，挡者披靡。

一道夺目的冷光之下，身前的突厥士兵喉间溅血，颓然倒地。剑如流星，斜掠偏锋，一阵血雨飞落，再斩一敌。

十一在夜天凌身后，一杆银枪出神入化，如飞龙穿云，长蛟出海，所到之处敌军跌撞抛飞，接连毙命。他挑飞一敌，忽然觉得身前压力一松，东方敌人似乎阵脚大乱，紧接着西方厮杀声起，敌后有军队破阵而入，兵锋迅猛，急速往这边杀来。

长枪劲抖洞穿双人，十一长声笑道："四哥，九百七十三！"

援军杀至！玄甲军士气大振！"杀出敌阵再算不迟！"夜天凌回他一句，反手替他劈飞身旁一个敌人，振剑长啸。玄甲军兵走龙蟠，瞬间变作突击阵形，且战且行，不多会儿便与西方援军会合一处。

双阵合一，威力大增，突厥大军虽悍猛却也一时难敌。

玄甲军如虎添翼，冲杀敌阵锋芒难挡，不过瞬息工夫，便在突厥大军中杀出一条血路，如潜龙出渊，冲天凌云，顿时逸出重围。

突厥大军方欲堵截，西边山坡的密林处扬起滚滚烟尘，蹄声震地，似有千军万马远远驰来，声势惊人。

突厥人骤然摸不清援军情势，不敢冒进，过了一会儿却未见天朝兵马，方才察觉有异，立时调集所有兵力，全力追击。

此时夏步锋所率人马也已杀至。夜天凌何等人物，一朝脱困，岂会再容敌军重布罗网？战机千变，唯在一瞬，玄甲军虎归山林，龙入大海，纵千军在前也再难阻挡。

百丈原离雁凉只有二十余里路程，半路南宫竞增援的一万兵马赶至，他们已于半个时辰前攻下雁凉。原本的劣势豁然逆转，三方会合进入雁凉城，城门缓缓闭合，突厥大军随后追到，已被阻在城外。

破局而出，重围脱困，真正是快意人心！

玄甲军战士寒衣浴血，飞马扬尘，齐声挥剑高呼，雁凉城中一片豪气干云！

南宫竞、卫长征、夏步锋翻身下马，跪至夜天凌身前，南宫竞叫了声："殿下！"声音中隐含着一丝激动："末将等来迟！"

夜天凌见雁凉城中早已布防得当，各处严谨有度，点头赞道："做得好！"

十一站在他身边，银枪随意搭于肩头，一身战袍血迹斑斑，也不知是他的血还是敌人的血，脸上却笑得潇洒无比，英气逼人。他朗声对夜天凌道："四哥，我比你先杀过一千突厥人，这次你可输了我一阵！"

夜天凌唇角一挑，剑眉微扬："让你一次又何妨？"他虽和十一说笑，心中却不知为何总有些异样的感觉，似乎有什么地方不妥，却偏偏又说不出来。

他回头审视追随他的诸将士，这次虽是玄甲军从未遭逢的一次重创，损伤近乎过半，但战士们横剑立马，豪情飞扬，此时依旧队列整齐，并不见松弛下来的颓废。他随即吩咐唐初，清点伤亡人数，迅速就地休整。

此时却听夏步锋在旁对南宫竞道："你们都杀得痛快，王妃却单命我不准硬拼，当真是不解气！"

夜天凌心头忽地一动，转身问道："王妃也来了吗？她人在何处？"

夏步锋愣住，看向卫长征，卫长征怔了怔，又看南宫竞，南宫竞见状道："王妃不是和你们在一起吗？"

卫长征愕然："王妃和史将军一路，说是先与你会合再到雁凉，你难道没有遇到他们？"

一种莫名的沉落感袭过夜天凌心底，他蹙眉道："他们多少人？"

卫长征道："只有……不足三千。"

夜天凌本还以为卿尘是和天朝大军在一起，闻言脸色陡然一变："不足三千！"

十一亦吃了一惊："他们现在何处？"

此话却无人作答。众人都从方才的轻松中惊醒过来，冥执更是一把抓住卫长征衣领质问："我带兄弟们跟随殿下，不是说了让你保护好王妃吗？怎么现在不见了人！"

当时情况紧急，卫长征奉命离开卿尘身边是迫不得已，现在心中懊悔至极："殿下……我……"

夜天凌眸底尽是惊怒，不及多言，反身便捞马缰，十一及时阻止他："四哥！你去哪儿？"

夜天凌被他一拦，心中蓦然冷静下来，立在风驰之前片刻，狠狠地将马缰一摔，一时沉默。大军未至，突厥重兵压城，双方兵力悬殊，此时雁凉城单是防守已然吃力，遑论其他。

十一道："四哥先别着急，史仲侯身经百战，不是鲁莽之人，他必不会带三千人去和敌人冲突。卿尘既和他在一起，未必会出什么事。"

夜天凌一时关心则乱，此刻强自压下心中莫名的焦躁，沉声吩咐："长征，你同冥执带身手好的兄弟们设法暗中出城，给你们两个时辰，务必找到王妃他们人在何处！"

突厥大军因尚未摸清雁凉城中情况，只是屯兵围城，暂时未曾发起进攻。

夜天凌与十一登上城头。长天万里，乌云欲坠，破曙的天光压抑在阴云之后，力不从心地透露出些许亮色，放眼望去，平原上尽是密密列阵的突厥铁骑，黑压压旌旗遍野。

虞凤同东突厥始罗可汗、西突厥射护可汗一同亲临阵前，正遥遥指点雁凉，商讨该如何行事。

此时的雁凉城看起来防守松懈，似乎唾手可得，但突厥与虞凤却都对夜天凌顾虑甚深，一时间不敢贪功冒进。

夜天凌冷眼看着突厥大军，长风扬起玄色披风衬得他身形清拔如剑，不动声色的冷然中，隐约散发出一种慑人的倨傲。他与眼前几人并非第一次交锋，深知对方禀性，此时故意示弱，反虚为实，算准了他们不敢轻易发起进攻，从容布置。但虞凤竟能将分裂多年的东、西突厥笼络一处，借得大军，却不知用了什么手段，或是许了突厥什么条件，想至此处，夜天凌深邃的眼中掠过一道无声的锋芒。

十一脸上亦透出几分凝重，却出言宽慰道："四哥且先宽心，卿尘是个聪明人，当知如何自保。"话虽如此说，心里总惴惴不安，倘真有万一，后果不堪设想。

"她是糊涂！"夜天凌声音一时带着丝怒意，"竟敢如此冒险，她若有意外，我……"一句话断在眼前，她若有意外，只要一想，那份沉如渊海的冷静便荡然无存，再说什么也无益。

一个多时辰过去，几个随卫长征出城的侍卫先行回城，几人匆匆赶至夜天凌身后，互相看了看，踌躇不言。

夜天凌回头看去，十一问道："怎样了？可找到他们？"

其中一人颤声道："回殿下，属下等探查清楚，王妃……被掳到突厥军中去了！"

一句话不啻晴天霹雳裂破长空，夜天凌浑身一震，厉声喝问："你说什么！"

身前侍卫惊得跪了一地："王妃……王妃与史将军遇上了东突厥统达王爷，被掳到突厥军中去了。"

第三十五章　满目山河空念远

二十余年，发怒也是有过，十一却从未见到夜天凌如此声色俱厉的模样。

整个雁凉城似乎在那一刹那陷入了令人战栗的死寂，躁动的战场中心弥漫出绝对的安静。夜天凌紧握成拳的手竟在微微颤抖，有猩红的血浸出铠甲，沿着他手背滴下，是用力过猛迸裂了臂上一道伤口，他却浑然不觉。

"四哥……"十一试探着叫了一声。

夜天凌闻如未闻，过了良久，他将目光转向了城外阵列的敌军，缓缓问道："除此之外，还有何消息？"他声音中的沉冷似带着一种压迫力，逐渐散布开来，眸底幽深，如噬人的黑夜。

侍卫答道："我们一得到消息，便奉卫统领之命护送几个幸存的弟兄回城禀报，并不知道现在的情形。"

"他们人呢？"

"卫统领他们设法潜入了突厥军中。"

夜天凌再不说话，方要挥手遣退侍卫，有个人自两个玄甲战士的搀扶下挣扎滚落在他身前，闷哼了一声后便再也动弹不得，半边身子鲜血淋漓，只是喉间发出嘶哑的声音，艰难喘息。

"什么人？"夜天凌俯身看时，饶是他定力非常，见到那人满脸血污和疤痕的狰狞模样也吃了一惊。

一名战士答道："这乞丐先前带我们抄近路到了百丈原，帮了大忙。但他身受重伤，王妃吩咐我们趁敌军主力被吸引时设法离开，无论如何也要将他送至雁凉城。"

那乞丐躺在夜天凌脚边，一只眼睛死命睁着，叫人感觉有无数话想说却又苦不能言。他仿佛凝聚了全身的力量，弯曲食指吃力地点地，缓缓的三下，似在对夜天凌叩首行礼，夜天凌掠起披风在他身旁蹲下："你是何人？"

那乞丐紧紧盯着夜天凌，他的一个僵硬的手势落在夜天凌眼中，夜天凌蓦地一愣，目光犀锐扫过他眼底，片刻沉思之后，忽而问道："你是……迟成？"

听到这话，那乞丐原本毫无生气的眼中骤然亮起一层微光，伴着粗重而急促的呼吸，他几乎微不可察地点了下头。

这叫众人都甚为意外，身边正扶他的一个玄甲战士吃惊道："叛投突厥的迟成？"

"不得胡言！"夜天凌冷声喝止，"无论何人叛我，迟成绝不会，他不可能投靠突厥！"

听到此话，迟成身子颤抖，一颗浑浊的眼泪自他残废的眼中滑落，冲开污秽的泥血，洗出一道清白的痕迹。

夜天凌几乎无法相信眼前这奄奄一息之人便是自幼追随他出生入死的大将，痛心问道："究竟发生何事？是谁下此狠手，将你折磨成这样？"

迟成的呼吸越来越急，却越来越弱，他胸前挨的一刀已然致命，此时便是大罗金仙也回天乏术。他说不出话，只看着夜天凌，手底拼着残存的力量，一点点在地上划出扭曲的字迹："小……心……"

待写到第三个字，只写了一道歪曲的"一"，他忽然浑身一颤，手指无力地松弛下来，就此停在那里，大睁着眼睛，再也不动。

一只残目，饱含不甘与愤恨，定格在夜天凌面前。夜天凌慢慢伸手，将他难以瞑合的眼睛拂上，起身道："将他厚葬。"

阴云压顶，不时丝丝坠下冷雨，眼见天气越发恶劣。

城外飞箭如雨，战车隆隆，突厥大军终于向雁凉城发起进攻。

风中弥漫着杀戮的气息，战场之上从来不见迟疑或悲悯，血的炙热与铁的冰冷，在交错的瞬间翻覆生死，渲染大地。

玄甲战士轮番死守，以一当百，如同一道铜墙铁壁几番重挫敌军。对方损兵折将，却并未因此放弃攻城，一时间战况极为惨烈。

卫长征与冥执冒死潜入突厥军中，终于探明卿尘与史仲侯都被囚禁在统达的大营。因有重兵把守无法靠近，他们只得设法回到雁凉，再议对策。

夜天凌问清详情，立即吩咐："传我军令，神机营所有人即刻撤下各处防守，休整待命。"

十一上前道："四哥，让我去。"

夜天凌看他一眼，并不同意："不行。"

十一道："一旦不见了你，突厥便会知道我们袭营救人，他们现在多方顾忌都是慑于你在，你若一走，雁凉谁人能够镇守？卿尘要救，雁凉也要守，最好是你能设法吸引大军的注意力,我带神机营救人。"

夜天凌略一沉思,眉心微锁,稍后道:"不管谁去,都要等到入夜方能行事。"

卿尘多在敌人手中一刻,便多一分危险。十一心中亦是忧急,但此时唯有耐心等待最有利的时机。城下突厥军队再次受挫,整兵暂时后退,十一道:"只怕他们攻城不下,以卿尘性命相要挟,到时候便难办了。"

夜天凌何尝不曾想到此处,眸底深色更浓,凌乱冷雨打上盔甲,透身冰凉。

此番敌军后退,却不像先前几次稍作整顿后轮番攻城,竟然久无动静。过了些时候,突厥军中战鼓再响,遥遥望去,千百军阵数万铁骑,于城外密密布列。

始罗可汗等来到阵前,几名士兵将一个女子押上战车,以绳索缚于长柱之上,十一面色一凛:"四哥,是卿尘!"

那女子散乱的发丝如同一幅墨黑色的长缎,被风吹得纷飞飘零,遮住模糊的容颜,纤弱的身影在一袭白衣中更显单薄,似乎摇摇欲坠。灰暗的天穹下这抹苍白的颜色如一道生刺的钢鞭,狠狠抽上夜天凌心头。统达纵马出阵,向雁凉城喊话,其意不言而喻,自是要逼夜天凌开城投降。

统达此次有人质在手,十分嚣张,策马在阵前洋洋得意,却忽然见城头之上夜天凌手中挽起金弓,引弦搭箭,弓如满月,箭光一闪,遥指此处。

统达虽自恃夜天凌有所顾忌不敢轻举妄动,但那弓箭的锋锐似针芒在背如影随形,凛然一股杀气隔着飘飞的雨雾兜头而来,令他不由自主地勒马后退了几步。他对夜天凌的箭术畏惧甚深,慌忙喝令左右护卫。盾牌手上前密密列成一排,夜天凌却并未发箭。统达避于铁盾之后,心头恼怒,索性拔剑指向战车上的女子:"夜天凌,你若再顽抗下去,便等着给你的王妃收尸!"

那女子被统达的剑尖指在喉间,凄然喊道:"殿下!救我……"

呼救声恻然,似乎还未及传到城头便在急风中四散消失。夜天凌眼底冷芒骤盛,长箭倏地对准了战车上女子的心口。

十一大惊失色,一把拦住:"四哥!你要干什么!"

夜天凌手中弓箭稳定而有力,紧紧锁定那女子,冷声道:"她不是卿尘。"

十一回头看了一眼,急道:"你怎能如此肯定?"

夜天凌断然道:"绝对不是。"

话音甫落,金弓微微一震,避开十一的阻拦。一道利光啸声凌厉,似将天地间的雨雾都吸入四周,带得乌云翻涌,直坠而去。那女子的呼救声未再出口,便血溅三尺,殒命军前。

夜天凌连珠箭发,箭箭不离统达。统达仗着四周铁盾保护,几乎是连滚带爬地退回中军,狼狈至极。突厥怎也未料到如此情形,军前哗然大乱,而雁凉城中的将士们却陷

入了一片不能置信的沉默。

急风狂肆，唯有城头战旗猎猎作响。夜天凌凝视前方，神情清冷如霜。

半晌之后，冥执从震惊中回过神来。他是冥衣楼的人，终究与其他将士不同，只道卿尘已丧命在夜天凌箭下，急怒之下，冲上前喊道："即便同他们硬碰硬也未必救不出凤主！你为何要这么做！"

夜天凌单手一挥便将冥执震开数步："我说过她不是卿尘。"

卫长征见状忙将冥执拦着，冥执被卫长征阻挡，吼了一句："她若是呢！"

夜天凌微微仰头，阴暗的苍穹下风雨潇潇，洗出他轮廓坚冷，他淡淡道："若是，她生我生，她死我死。"

夜天凌长箭射出的刹那，一抹清淡的微笑勾起在卿尘唇边。

微雨扑面，长风吹得衣衫飘摇，那道箭光耀目清晰，四周万马千军的声息皆退却，她的笑宁静如玉。

"不想夜天凌连自己的王妃都下得了手，都说他生性凉薄，冷面无情，果然传言非虚。我本以为你与别人不同，现在看来也并无区别。"身后说话的人似是颇含感慨，平原一侧不高的山崖上，十余名士兵散布在不远处。卿尘便立在山崖之前，回身看了说话的人一眼，淡淡道："你小看我们夫妻了。"

她身后之人腰佩宽刀，一身突厥将军服饰，黑发拢于脑后露出宽阔的前额和一双略带野性的眼睛，装扮虽截然不同，却正是那日曾在横岭与夜天凌交手的那个异族人，这时听了卿尘的话问道："哦？此话怎讲？"

卿尘举目遥望雁凉城，那个熟悉的身影在蒙蒙风雨下依稀可见，修挺如山。目所能及的距离却如隔千山重岭，她的心似被一根细丝紧紧地牵着，那一端连着他。

"你们以为让别人换上我的衣服，装作我的模样便是凌王妃了吗？真正的凌王妃纵使利剑加身，也绝不会在两军对垒的阵前求他放弃数万名将士的安危来换取性命。我若如此，便不配是他的妻子；他若屈服于你们，也不配做我的丈夫。"

那人神情微有愣愕，随即再道："若真被押上阵前，那你又如何？"

卿尘唇角漾起一丝微不可察的笑："我不会给你那样的机会，你也不会那么做。"

那人道："你敢如此肯定？"

卿尘静静注视他："我现在身陷敌营，与其说是在百丈原遭遇了统达的军队，不如说是因你用兵出奇，截断了我回雁凉的唯一退路。统达在营中对我心存不轨，你便设法令他打消念头。他们想以我为要挟，你便寻理由令他们用别人代替。你这样做，必然是要从我身上得到更大的益处，在此之前，岂会要我轻易送命？你想要什么，不妨现在说出来也罢。"

那人道："两军对敌，我还能要什么？"

"不，"卿尘摇头道，"你并不想攻克雁凉，亦并非想要他的性命。"

那人眼底精光微微一盛："愿闻其详。"

卿尘垂眸思量，她已经暗中琢磨这人很久，心中早存了不少疑问："你在突厥国中虽身居高位，深受统达的重用，可一旦不必在统达面前做戏，你眼神中根本是另外一个人。你在营中所说的那些对策，包括令人代替我去阵前，看似处处帮着突厥，实际上模棱两可，你不过是在利用统达。"她看向不远处的那些士兵，"而且，你对手下的突厥士兵极为残忍，丝毫不将他们的性命放在眼中，唯有这几个人能得你另眼相看，你究竟是什么人，意欲何为？现在可以不必遮掩了。"

那人哈哈笑道："王妃果然心思细密。你如今命悬我手，若能猜出我的身份，便算有资格和我谈条件。否则，便只能听命于我。"

卿尘沉默不语，那人等了一会儿，见她始终迟疑，道："看来你得遵从我的命令行事了。"

他刚刚迈步准备离去，卿尘唇间轻轻吐出一个名字："万俟朔风。"

那人倏地转过身来，眼中利芒迸现："你怎知道这个名字？"

卿尘一瞬不瞬地盯着他的眼睛，将他震动的神情看得分明，她优美的唇线挑起一道浅浅的月弧："现在有资格了吗？"

万俟朔风回头将她审视，手指叩在刀柄上轻轻作响，忽然朗声笑道："不想夜天凌竟有这么个聪明的王妃，你是如何想到的？"

卿尘微微一笑："我们曾在横岭山脉相遇，若我没有猜错，你是落在了我们后面赶去绿谷埋葬石棺。归离剑法传自柔然一族，你的刀法与之相生相克，显然同出一宗。那日之后我便曾猜测过你的身份，你此时处处掩饰得天衣无缝，但方才望着突厥大军时却流露出极深的恨意。万俟是柔然的王姓，你应该是柔然王族的遗脉，我的说法可有道理？"

万俟朔风锐利的眼睛微眯，点头道："你能想到这些，省了我不少口舌，那你自然也该想到我需要你做什么。"

卿尘眸光落于他的眼底，如清水一痕微浮："我劝你不要拿我做赌注，他不是个喜欢受人胁迫的人。"

万俟朔风道："喜不喜欢未必由得他选择。"

卿尘道："你可以试试看，但定会后悔就此错过与他合作的唯一机会。"

万俟朔风道："我与他尚谈不到合作，此话未免言之过早。"

卿尘道："你想对突厥复仇，复兴柔然，就必然已经想过现在谁最有可能助你做到这些。"万俟朔风神情一动，卿尘看着他："现在你没有这个力量，而他有。你可以选

择与他为敌，或者为友。"

万俟朔风冷声笑道："他是天朝的皇子，连自己的母妃都仇恨的人，凭什么心甘情愿助我柔然复国？"

卿尘轻叹了口气："不会有儿子会真正仇视自己的母亲，他身上毕竟流着一半柔然的血脉，柔然永远是他的母族。"

万俟朔风道："但凭这点儿血脉感情便相助柔然，这话无人会信，你劝我与他联手，又是作何打算？"

卿尘抬眸："至少现在，我不会放过任何自救的机会。而将来，漠北大地归属天朝，必要有人统管，柔然对于我们是最好的选择。"她轻轻一笑，"你要用我来胁迫他，不也正是想借助他的力量吗？"

万俟朔风道："漠北归属天朝，此话未免言之过早。"

卿尘只笑了笑，也不与他分辩："以柔然族所余的力量，根本无力对抗突厥，你竟能隐藏身份，混取突厥右将军的高位，此等手段我十分佩服。你甘冒奇险，蛰伏于突厥军中，看来是想打统达的主意。统达此人子不类父，是个十足的草包，你左右他容易，但若想他登上突厥汗位统一漠北则难。即便你做到了，离柔然复国也遥遥无期，这其中即便不出任何意外，亦至少需要三代人的经营。但若我们肯助你，柔然一族重领漠北，不过指日可待，你不妨好好考虑。"

万俟朔风浓眉深蹙，似在思量卿尘的话，稍后道："你说的话，并不代表夜天凌的想法。"

卿尘道："如此大事，我即便代他给你绝对的承诺，你也不会轻易相信。我能说的唯有这些，他最终的决定取决于你。"

万俟朔风道："与他合作，我亦要冒同样的风险。"

卿尘道："险中方可求胜。"

悬崖前一阵急风扫过，扬起秀发拂面，卿尘一双凤眸淡淡地掠向鬓角，丝毫不曾放过万俟朔风脸上细微的表情。万俟朔风心机深沉，自不会即刻做出什么决定，当下不置可否，命人将卿尘押下山崖。

接近突厥驻军的山道中，一队突厥士兵迎面而来，见到万俟朔风后奔上前来："将军，小王爷正派人寻你！"

万俟朔风面无表情，点头道："前面带路。"

走不过多远，万俟朔风却越行越慢。卿尘忽然见他对身侧亲卫打了个眼色，那几人几乎同时一步上前，前面的突厥士兵尚未有所反应，便被一人一刀结果了性命。有人未立时气绝，捂着冒血的颈部瞪大眼睛，声音嘶哑地指着万俟朔风："你……你……"

一刃刀光亮起，说话的人已变作一具尸体，一个年纪略大的柔然人对万俟朔风一躬身:"主上!"

眼前数人毙命,血染冻土,立刻散布出一股浓重的腥气,万俟朔风丝毫不为所动,却对卿尘笑道:"我万俟朔风向来喜欢冒险,今晚入夜,我陪王妃入雁凉城一游。"

第三十六章 人生长恨水长东

冷雨如星，一道漆黑的绳索在薄暮的遮掩下轻轻一晃，悄无声息地搭上雁凉城头。

万俟朔风手上稍微用力，试了试绳索是否牢靠。丝丝点点的细雨将他的眉眼洗得闪亮，黑衣贴身，勾勒出他充满力度的身形，微明的光线下看起来如一头蓄势待发的豹子。

卿尘打量四周，此处正是雁凉城一个死角，大军攻城虽难，但对万俟朔风来说，带一个人入城却并不算什么。

"可以了。"万俟朔风低声道，转头见卿尘凝神看着城头，便露出个似笑非笑的神情，"这么着急？"

卿尘收回目光，轻声道："他在等我回去。"

万俟朔风方要说话，脸上忽然带出一丝凝重，扭头往雁凉城中看去，继而眼底浮起十分明显的不解。

卿尘捕捉到他神情的变化，问道："怎么了？"

万俟朔风蹙眉道："夜天凌怎么回事？竟主动引诱突厥大军攻城。"

卿尘闻言微微一凛，此时隔着若隐若现的细雨已能听清大战厮杀的声音，她心中竟莫名地涌起一种不祥的感觉。她和万俟朔风突然同时抬头看向对方，各自的眼神表明他们想到了同一件事。

"夜天凌竟为了你铤而走险，稍有不慎，他将毫无优势可言。"万俟朔风单手缠上绳索轻轻一抖，不慌不忙地道。

卿尘心底焦虑烧灼，脸上却平静无波："你反悔的话，现在还来得及。"

万俟朔风哈哈大笑："你不必用激将法，我说过我向来喜欢冒险，我决定了的事，便无反悔之言。"

"我并无意激将于你。"卿尘不似与他玩笑，"你若心志不坚，必然连累于他。如果你对此事有丝毫动摇，便现在回头，否则对双方都无任何好处。"

万俟朔风剑眉高挑，重新将她审视："你倒替他打算得周详，我若回头，带你一起回突厥吗？"

卿尘淡淡道："悉听尊便。"话未落音，万俟朔风有力的手臂已经圈上她的腰间，狂肆的笑容近在咫尺："我将这么个难得的王妃送还，夜天凌怎么也该心存感激吧。"说罢卿尘只觉身子一轻，万俟朔风借了绳索之力，几个起落便登上雁凉城头。

"什么人！"此处虽僻静，但亦有将士巡守，万俟朔风并未刻意隐藏形迹，立刻便被发现。

两道长枪破空袭来，万俟朔风脚踏奇步，身形一动，锵的一声刺耳的摩擦，宽刀并不出鞘，看似平淡无奇地穿入两枪空隙，却借力打力将凌厉夹击化解于无形。两名士兵只觉得有种怪异的真力沿枪而上，长枪几乎拿捏不稳，大退了几步方站定，卿尘疾声喝道："住手！是我！"

带兵的将领借着微弱的雨色看清竟是凌王妃，大喜过望，趋前拜倒："王妃！"

刀枪交锋与战马嘶鸣的声音此时越发清楚，卿尘急急问道："殿下呢？"

"殿下在前城。"

卿尘得知夜天凌尚在城中，心里如重石落地："快带我去！"

半空频频有冷箭飙射，阴雨遮断暮空，不断冲洗着战火与血腥，深夜里浓重的杀伐之气，舔舐着着早已裂痕斑驳的城墙。

城头接连不断地坠落死伤的士兵，巨大的青石被层层鲜血染透，又被急落的雨水洗刷。

断剑残矢，横尸遍地。突厥人彪悍凶残，兵力甚众，守城将士已然杀红了眼，有你无我。

绵绵阴沉的雨幕之中，夜天凌唇角一刃锋冷半隐半现，刻出难以动摇的沉着。即便这一日斩杀千军，对战激烈，他身上战甲却似不曾沾染半分血腥，冷冷带着一种天生的清贵之气，恰似他眼眸中一波不起的从容。

脚下城墙每一次震动都代表着一波硬撼交锋，因是主动出击，诱敌却敌都落在他的掌握中，分毫不乱地按着某种既定的轨迹进行。玄甲军平日非人的训练此时发挥出不可思议的韧性，突厥大军攻守之间处处掣肘，似乎极为被动。

入夜之前，十一带神机营五百战士与冥衣楼此次随军而来的兄弟早已分批出城，夜天凌将战况越牵越杂，几乎使大半敌军都卷入混乱中，只要突厥后营有一丝空虚，十一他们便有机可乘。

居高处黢黑的原野尽收眼底，夜天凌目光始终注视着大军之后。不过多时，透过冷雨纷飞，可以看到战场远处突然升腾起一股浓烈的黑烟。他唇角微不可察地一掠，除了神机营的玄甲火雷，还有什么能在阴雨中引火作乱？

腰间佩剑轻轻响动，他无意中扭头，眼角突然捕捉到一个白色的身影，心中似被一根细丝抽过，蓦地转身。相隔不远的夜色下，赫然竟是卿尘向这边跑来。

"四哥！"卿尘远远喊他。夜天凌几疑自己眼花，片刻愕然之后，快步向前赶去，待到身前，他猛地伸手将卿尘带入了怀中。触手可及的温软这般切实，淡淡如水的清香如此熟悉，怀中的人伏在他身前，隔着微凉的战甲他能感觉到她轻微的呼吸，急促地起伏。他微微垂眸看去，卿尘抬头迎上他的目光，这一望似已历了几世生死，隔了数度阴阳。

夜天凌眼中似惊似喜，一丝佯怒瞬间没入卿尘眸心绽开的欣喜中，荡然无存。

卿尘颤声道："四哥，我回来了。"

夜天凌手臂越发收紧，他忽然抬头长笑："太好了，不想十一弟竟能这么快救你出来！"

卿尘闻言诧异，急忙问道："我没有见到十一，他做什么去了？"

夜天凌眉心一锁："十一弟袭营救人，你怎会没见到他？"

卿尘眸底惊起骇意："我根本就没有在突厥营中！"

此言一出，夜天凌面色微变，他回头看往烽烟弥漫的战场中心，已知不妙："不好！十一危险！"他立刻传令调兵，转身握住卿尘肩头："我需亲自增援。"

卿尘干脆地道："雁凉有我。"

夜天凌深深看她，她一点头，他转身举步。

此时万俟朔风突然在旁道："突厥营中布置我最为熟悉，可陪殿下走一趟。"

夜天凌先前便见到他与卿尘一路而来，只是没有来得及理会，听到此话，目光扫视过去。万俟朔风抱拳道："在下万俟朔风，先父乃是柔然国六王子，茉莲公主的同胞兄弟。殿下，有幸再会。"

卿尘道："四哥，是他帮我摆脱突厥的。"

夜天凌乍听到母妃曾在柔然族的封号，万俟朔风的身份令他心中微微一震。情势急迫，无论万俟朔风是谁，卿尘已肯定了他可信，这便足够。他亦抬手还了一礼："如此有劳。"

城深夜重，冷雨激溅如飞。

刀光剑影、人吼马嘶，传到城头只是些纷乱交杂的声音与光影。卿尘抬手扶上城墙，触手处青石硬冷，冰雨刺骨。她静静站在那里，注视着两军交战，激烈的杀伐在这一隅似乎退回平定，弥漫开清冷的镇静。

南宫竞匆匆步上城头："王妃，城中箭矢已全部备好。"

卿尘点头道："一旦他们率军回城，即刻倾全力以劲矢压制敌军，万勿有失。"

南宫竞躬身道："末将遵命，王妃……"

卿尘见他欲言又止，问道："还有何事？"

南宫竞面带隐忧："将士们多已疲惫不堪，一旦城中箭矢用尽，我们恐怕便支撑不了多久。末将斗胆，请王妃劝两位殿下先行离开。"

卿尘眸色清透："你跟了殿下这么多年，如何说出这样的话？"她声音微带肃穆，令南宫竞一时沉默下来。她回头淡淡一笑："只要撑得过今晚，援军便也就到了。"

南宫竞道："援军是否能到，尚未可知，湛王那里怎敢说是不是按兵不动？"

卿尘望着面前无垠的黑夜，黛眉微蹙："殿下若在北疆有失，天朝将会是何等情况，你可想得到？"

南宫竞摸不清她为何这样问，只如实答道："我朝自圣武十五年以来，四境边疆的担子几乎都在殿下一人肩上。如今内患当前，外敌压境，殿下若有万一，何人能再担得起疆国安危？此事天朝上下怕是人人都看得到，末将对这点也从不怀疑。"

卿尘依旧目视着遥远而墨黑的天际："那你认为，湛王比殿下如何？"

南宫竞一愣："末将不敢妄加评论。"

卿尘唇角无声轻抿："但说无妨。"

南宫竞抬眼向她看过去，略作思忖，答道："平心而论，湛王之才智手段并不输于殿下，甚至在朝中声望，有过之而无不及。"

"那众人都看得到的事，他又岂会不知？"卿尘极轻地叹了口气，"他纵有千番打算，却绝不是个糊涂误国之人，其实这一点我也早该想到的。"她恍然记起在军营前，她用短剑对准自己胸口时夜天湛眼中的撕痛，山崩地裂般席卷了他春水般的笑。那里面除了突如其来的惊急，还有因她的置疑而激起的怒气。只是那一刻，无论有多么了解夜天湛，她也不敢孤注一掷，她并不是无所畏惧，她只是一个女人。

南宫竞突然想到现在情势有所不同，王妃亦在雁凉，湛王或许当真不会袖手旁观。但这话是不能说的，只在他唇边打了个转，又落回肚中。

"湛王会发兵的，突厥虽未必那么容易让他增援，但也该到了。"卿尘自远处收回目光，雨丝染黑了秀发如缕，一片晶莹。

便在此时，眼前突厥军中忽有一队人马杀出，直奔雁凉，其后黑压压的突厥骑兵衔尾急追。

马上有两人回身出箭，突厥军中顿时便有数人中箭，纷纷落马。

南宫竞见状喝道："是两位殿下！还有史将军！"

卿尘上前数步："弓箭掩护！"

随着夜天凌和十一等人越来越近雁凉城，待到一定射程之内，南宫竞一声令下，城头万箭齐发，劲矢如雨，突厥追兵纵多，亦被这密集的箭势阻得一滞。

　　此刻早有数条绳索急速坠下城外，夜天凌等趁此空隙弃马登城。但随后数十名战士却不约而同反身杀入敌阵，以血肉之躯拼死阻下追兵。

　　眼前如此良机，突厥岂会轻易放弃，一面紧追不舍，一面调集弓箭手，一时间流箭纷飞，劲袭城头，直取众人要害。

　　夜天凌纵身如飘羽，半空借力，手中长剑化作一个密不透风的光盾，敌军冷箭被剑气纷纷激落，难近其身。

　　十一与万俟朔风、史仲侯、冥执等人紧随左右，施展身法挡避箭雨，几个起落便已接近城头。

　　四周利箭疾似飞星，忽听异响大作，一箭飞来，箭上劲道非凡，迥异于寻常箭矢。

　　夜天凌手中暴起一团光雨，剑锋斜掠，挡飞此箭，手臂竟觉一阵微麻。

　　一箭过后，劲矢接连而来，箭箭不离夜天凌和十一周身。射箭之人似是认准他两人，必要取其性命。

　　万俟朔风听得风声便知不妙，认出是始罗可汗帐下第一勇士木颏沙。此人武艺箭术都十分厉害，平时即便是他也轻易不去招惹。

　　几人之中当属冥执轻功最佳，一道黑影疾如轻烟，率先落上城头，反身便帮身边士兵拽拉绳索，谁知方一入手，原本紧绷的绳索猛地一松，竟被木颏沙当中射断。

　　冥执不能控制地大退了几步，震惊之下匆忙扑回城头，只见十一身形急坠，城外潮水般的敌兵涌近，已见刀光凛冽。

　　此时夜天凌几乎与万俟朔风同时一松手，下坠之势直追十一。

　　夜天凌与十一相隔最近，长剑横空到处，十一凌身一转，点上剑尖，身子陡然拔起。

　　就这稍纵即逝的空隙，半空中乱箭逼身，已近眼前。

　　万俟朔风单手牵着绳索迅速荡起，刀光急闪，将射向夜天凌的长箭多数挡下，但那最为凌厉的一箭破空而至，带出急风般的尖啸，直奔夜天凌心口，却已避无可避。

　　众人看得分明，卿尘只觉浑身血液瞬间被抽空，眼前天旋地转："四哥！"

　　千钧一发之际，十一原本上掠的身形忽然急速翻落，半空顺势而下，便已挡在夜天凌身前。

　　一箭透胸，鲜血飞溅满襟。

　　夜天凌厉喝一声："十一弟！"接住十一下坠的身子同时，人已翻上城头。

　　万俟朔风等陆续落地，卿尘顾不得其他，扑上前来察看十一伤势，一见之下，心神透凉。

夜天凌抱着十一半靠在怀中，急道："怎么样？"

触手处鲜血横流，卿尘手指不能抑制地颤抖，几乎答不出话来。

长箭穿胸而过，正中心口。十一唇角不断呛出血来，呼吸急促，战甲之上已不知是雨还是血，一丝温热也无，冷冷淌了一地。

卿尘反手一把撕裂衣襟，压着十一的伤口抬头四处寻找，什么也没有，她所知的器械、药剂，一无所有！

不是不能救，她知道该怎么救，却偏偏束手无策！只能眼睁睁地看着十一的血漫过手掌，染透衣衫，在城头急雨洗过的青石之上蜿蜒而下，仿佛带走了鲜活的生命，消失在黑冷的夜中。

那箭横在眼前，只要一动便致命。卿尘跪在夜天凌身旁，不停地将手边唯一能找到的伤药敷在伤口四周。十一一阵猛烈的咳嗽，勉力抬手制止了她，艰难道："别……别费劲了……"

卿尘死咬着嘴唇摇头，泪水瞬间急如雨下，噼里啪啦落在十一手上。

十一看着她泪流满面的样子竟轻轻一笑："我答应……你的……都做到了……你记得也答应过我……"

卿尘心中痛如刀绞："我知道，我都记得！十一，你撑住，我想办法……"

夜天凌手掌贴在十一背心，将真气源源不断地输入，护住他的心脉。十一似是振作了一下，他脸上始终带着英气俊朗的淡笑，抬头看向夜天凌："四哥……你……欠我一醉……"

夜天凌双目赤红，点头表示他知道，却只觉输入的真气如泥牛入海，而十一的呼吸越来越弱。他哑声道："别说话……"

十一果然不再说话，笑着闭上眼睛，身侧的手却缓缓垂下。

卿尘从他的身上再也感觉不到一丝生机，失声哭道："十一！我会有办法的……你别睡过去！"

然而十一再也没有回答她。

夜天凌紧紧将十一护在臂弯，许久一言不发，忽然间仰天长声悲啸，震彻云霄。

黑如深渊的原野上此时响起惊天动地的喊杀声，漫山遍野风雨，天边似有一道滚滚的乌云掩向突厥大军，战火猎猎，席卷大地，冷雨潇潇。

山野叠翠，绿林枝头阳光透亮如水，湛蓝的天空划过云影淡淡，潇洒如男儿清澈的笑。

清风已无痕。

第三十七章 重来回首已三秋

雁凉城白幡如海,一夜冷雨成冰,早已回暖的日子居然又纷纷扬扬落雪满天。

飞雪静谧,飘落人间,原野上连绵数十里的硝烟战火,血流成河,都被这悄然降临的白雪无声覆盖。广袤大地白茫茫一片,静悄悄,连风声也无,只是无穷无尽的白,宁静而祥和。

默默无声的雪帘,长垂于天地。卿尘轻轻迈入雪中,漠然望着遍布城中的白幡,苍白的容颜似比这雪色更淡。

一战全胜,天朝援军杀至,叛首虞凤战死乱军之中,突厥兵退四十余里……这一切似乎都是匆匆一梦,空惹啼笑。

眼前挥之不去浓稠如血的感觉,纠缠凝滞在胸间,她缓缓抬手压上心口,仰头任冷雪落了满身。

弹指间,今非昨,人空去,血如花。

眼前再也不会有人回头一笑,连万里阳光都压下,空茫处,只见雪影连天。

痛如毒蛇,噬人骨髓,几乎要用尽全身的力量去抵挡。当厚重的棺木要把十一的笑容永远遮挡在黑暗中时,她冲上去用了全身的力量想要阻挡,内心深处觉得只要那棺盖不落,十一便不会离开,一切就都是假的。

只是噩梦,梦总会醒,只要棺盖不落,十一就还在。

不知是谁将她带离了灵堂,无尽的昏暗淹来,那一瞬间,是深无边际的哀伤。

醒来这一望无际的白,琼枝瑶林,美奂绝伦,然而有什么东西永远失去了,再也寻不回来。

轻雪散落肩头,卿尘站了许久,慢慢向前走去,到了离灵堂不远的地方,却终究还是停下脚步。眼前的景象似已模糊一片,她黯然垂眸,驻足不前,却在此时听到夜天凌的声音从里面传来:"你终于心满意足了。"

她微微一愣，一段凝重的沉默后，有人道："四哥定要怪我，我也无话可说。"这熟悉的声音温雅，淡若微风，此时却似风中雪冷，萧瑟万分。

短短的两句话后，再无声息，四周一阵逼人的死寂。

打破死寂的是一声锐利的清鸣，突然间冷风卷雪，安静的空间内杀气陡盛，金玉相交之声连串迸射。卿尘猛然惊醒，快步上前。

激雪横飞，乱影丛生，面前雪地之上白衣青衫交错，剑光笛影纵横凌乱，原本安静的雪幕化作旋风肆虐，眼见竟都是毫不留情的打法。

卿尘一时呆在当场。剑气之间，夜天凌眼中的杀机清晰如冰刃，淡淡冷意，逼人夺命。

夜天湛一身白衣飘忽进退，看似洒脱，手中玉笛穿风过雪，攻守从容，面上却如笼严霜。不知为何，数招之后他忽然频频后退，渐落下风。

夜天凌手中剑光暴涨，四周冰雪似都化作灼目寒芒，遽然罩向身前。夜天湛面色微变，剑笛碰撞，一声喑哑金鸣，玉笛竟脱手而出。

夜天凌攻势不减，长剑啸吟，如流星飞坠，直袭对手。

卿尘心下震骇，急喊一声："四哥不可！"不及细想，人已扑往两人之间。

夜天凌剑势何等厉害，风雨雷霆，一发难收。忽然见卿尘只身扑来，场中两人同时大惊失色！

夜天凌剑势急收，夜天湛飞身错步，单掌掠出，不偏不斜正击在他剑锋之上，一道鲜血飞出，长剑自卿尘眼前错身而过。饶是如此，剑气凌厉，仍哧的一声利响，将她半幅衣襟裂开长长的口子。

回剑之势如巨浪反扑，夜天凌踉跄数步方稳住身形，胸中气血翻涌，几难自持。夜天湛手上鲜血长流，滴滴溅落雪中，瞬间便将白雪染红一片："卿尘！你没事吧？"他一把抓住卿尘问道。

惊险过后，卿尘方知竟在生死之间走了一遭，她愣在原处，稍后才微微扭头："四哥……"

夜天凌手中长剑凝结在半空，斜指身前，惊怒万分。那神情便如这千里冰雪都落于眼中，无底的冷厉，铺天盖地的雪在他身后落下，衬着他青衫孤寂，一时天地无声。

许久的沉默，一阵微风起，枝头积雪啪地坠落。夜天凌剑身一震，冷冷道："让开。"

语中深寒，透骨生冷，卿尘知他确实动了真怒，一旦无法阻拦，后果不堪设想，她摇头道："四哥，你不能……"

"让开。"短短两字自齿缝迸出，夜天凌越过她，冷然看着夜天湛。

卿尘上前一步："你要杀他，便先杀我！"

夜天凌目光猛地扫视过来，直刺眼底。卿尘手掌微微颤抖，却没有退让："你不能杀他。"

夜天湛将卿尘拦住，声音同样冰冷："卿尘，你让开。"

卿尘迅速扭头，她一句话不说，只用一种难以名状的目光盯着夜天湛。

夜天湛眼梢傲然一挑，方要说话，忽然见她清澈的眼底浮起一层若隐若现的雾气，那深处浓重的哀伤几近凄烈，揪得人心头剧痛。他剑眉紧蹙："卿尘……"

夜天凌冷冷注视着这一切，面若寒霜："你是铁了心要护着他？"他面对卿尘，深黑的眸底是怒，更是滔天的伤痛。

卿尘道："四哥，你冷静点儿……"

不等她说完，夜天凌慢慢点头："好，好，好！"他连说了三个"好"字，反手狠狠一掷，三尺长剑没柄而入，深深攥入雪地。他再看了卿尘一眼，决然拂袖而去，顷刻之间，身影便消失在茫茫雪中。

卿尘痴立在原地，冰冷的雪坠落满襟，她似浑然不觉。一段时间的沉默后，夜天湛缓缓开口道："你不必这样做。"

卿尘看向他："兄弟三人领兵出征，若只有一人活着回去，无论那个人是你还是他，都无法跟皇上交代。"

夜天湛目光落在她脸上，忽而一笑，像是明白了些什么，那笑如飞雪，极轻又极暗。他突然以手抚胸，压抑地呛咳出声，伤口鲜血淋漓染透衣襟，在雪白的长衫上触目惊心蜿蜒而下。

卿尘见他面色分外苍白，蹙眉问道："你怎么了？"

夜天湛微微摇了摇头，暗中调理呼吸，稍后哑声道："你恨我吗？"

卿尘眸色渐渐暗下，一抹幽凉如残秋月影，悄然浮上："这条路是我们自己选的，你、我、四哥、十一，谁也没有资格恨谁。"她凄然抬头，仰望飘雪纷飞，眸中是难言的寂寞："无论是恨，还是怨，十一再也回不来了。"

如此平缓的语气，如此清冷的神情，夜天湛却如遭雷殛，身形微晃，几乎站立不稳。他似用了极大的力气才支撑着自己，许久，方道："不错，再也回不来了，一旦走上这条路，我们谁又能再回头？"字字如针，冷风刺骨，凉透身心。

卿尘幽幽地看着他："所以我谁也不怨。"

夜天湛道："我已尽力了。"

卿尘点了点头："我知道。"

夜天湛望向她的目光渐渐泛起柔和的暖意，他唇角淡淡勾起，无声地一笑，再也未说一句话，转身离开。

薄薄急风掠过眼前平旷的空地，雪光刺目，逼得眼中酸楚夺眶而出。

一行清泪，零落辛酸，卿尘孑然独立于连绵不绝的雪幕之中，乱风吹得发巾轻舞，白衣寂寥。

两只青鸟自枝头振翅飞起，惊落碎雪片片，遥遥而去，相携投入茫茫雪林中。不期然身后有人轻咳一声，卿尘抬手拭过微湿的脸庞，转身看去。

出乎她的意料，身后之人竟是万俟朔风，一身墨黑劲袍负手身后，他眼中是颇含兴味的打量。

卿尘没有说话，万俟朔风悠然踱步上前，挑眉一笑："你方才其实没必要去挡那一剑。"

他话中别有意味，卿尘静静抬眸望去："何以见得？"

万俟朔风目光移向不远处的雪地，白底之上新鲜的血迹似红梅轻绽，薄薄已添一层新雪，他道："再有一招，夜天凌便会发现对手身上有伤，我想以他的性子，恐怕不会在此时下杀手。"

卿尘眼前闪过夜天湛极为苍白的脸色，细思之下确实不同平常，只是刚才无心顾及，竟完全没有察觉，她眉心轻轻紧起："怪不得，原来他受了伤。"

万俟朔风道："说起来，我倒是很佩服你们这位湛王殿下，他竟这时候便赶到了雁凉。我原先以为以射护可汗的十万大军，怎么也能拦他两日。"

卿尘道："射护可汗人在雁凉，重兵围城，哪里又来十万大军？"

万俟朔风道："射护可汗是在雁凉不错，但西突厥右贤王赫尔萨暗中率精兵十万阻击天朝援军，其中不乏数一数二的高手，又岂是那么容易应付？即便没有这十万大军，自蓟州至雁凉也颇费时间。不过比起这个，其实我倒更有兴趣知道，你当时为何能这么快便带兵赶到百丈原？"

若非当日路遇迟戍，赶抄捷径，卿尘与南宫竞等亦无法及时增援。迟戍一事乃是军中禁忌，卿尘只道："自蓟州到百丈原，不是只有一条路。"

万俟朔风并未追问，看似漫不经心地道："湛王非同一般对手，他们两人早晚还会有冲突，你拦得了一时，难道还能拦这一世？"

卿尘道："若论漠北的形势，我自问不如你熟知，但天帝的心思，你却不会比我更清楚。这件事，我不能不管。"

万俟朔风道："愿闻其详。"

卿尘轻轻伸手，一片飞雪飘落指尖，转而化作一滴晶莹的水珠。她薄薄一笑，道："天帝心中最忌讳的便是手足相残、兄弟阋墙，他可以容忍任何事情，却绝不会允许此事发生。他们兄弟若有任何一人死在对方的手中，另外一个也必将难容于天帝，所以他那一剑，我是一定要拦的。"

万俟朔风神情似笑非笑，语出微冷："有些事不必亲自动手一样能够达到目的，我想夜天凌应该比你更明白这个道理。"

卿尘心中一惊，凤眸轻掠，白玉般的容颜却静然，不见异样："你能这么说，看来我丝毫不必怀疑你的诚意了。"

万俟朔风点头："不错，我踏入雁凉城后，越发觉得此次冒险值得。"

卿尘抬眸以问，万俟朔风继续道："夜天凌能用那样的眼神看他心爱的女人，能为兄弟浴血拔剑，我相信你说的话，柔然永远是他的母族，而对我来说，他应该也是……兄弟。"他话语间略有一丝苍凉的意味，似残冬平原落日，茫茫无际。柔然仅存的一脉孤血，举目世间，唯有血仇满身，恨满心，"兄弟"两字说出来，陌生中带着异样的感觉。

卿尘似被他不期流露的情绪感染，微微轻叹，稍后道："我只劝你一句，不要算计他，不要和他以硬碰硬，你待他如兄弟，他自会视你如兄弟。"

万俟朔风笑道："多谢提点。"话音方落，他眼角瞥见一个白点自城中飞起，极小的一点白色，落雪之下略一疏忽便会错过，但却没有逃过他锐利的目光。他眉心骤紧，口中一声呼哨过后，随身那只金雕不知自何处冲天而起，破开雪影，直追而去。

不过须臾，那金雕在高空一个盘旋，俯冲回来，爪下牢牢擒着一只白色鸽子，正拼命挣扎。

万俟朔风将鸽子取在手中，金雕振翅落上他肩头。他随手将鸽子双翅别开，便自它腿上取下一个小卷，里面一张极小的薄纸，打开一看，他和卿尘同时一惊，这竟是一张雁凉城布防图。

卿尘沉声道："有人和突厥通风报信。"

万俟朔风若无其事地将手中的鸽子反复看了看，道："这正是我想告诉你们的，天朝军中一直有人和东突厥暗中联系。当初玄甲军攻漠城，转雁凉，之前便有人将行军路线透露出去，所以突厥大军才能这么顺利地阻击玄甲军。那日在百丈原，我能分毫不差堵截你和史仲侯的军队，也是相同的原因。"

卿尘眸底渐生清寒，冷声道："是什么人？"

万俟朔风却摇头："究竟是什么人连统达都不清楚，唯有始罗可汗一人知道。我也设法查过，但此人十分谨慎，我只知道他用鸽子传信，所以刚才看到有信鸽从城中飞出，便知有异。"

卿尘手中缓缓握起一把冰雪，难怪玄甲军如此轻易便被截击，难怪她百般周旋仍迎头遇上突厥大军，风雪冷意压不下心中一点怒火，幽幽燃起。她深吸了口气，对万俟朔风道："要查明此人唯有从雁凉城中入手，烦你将鸽子和信带给四殿下。"

万俟朔风抬眼看了看她："你为何不自己去？"

卿尘拧眉与他对视,片刻之后道:"这是你取得他信任的最好机会。"

万俟朔风果然愣了愣,继而笑出声来:"若说你痴,你处处冰雪剔透;若说你聪明,你又真是不可救药,不知你到底是聪明还是痴!"

卿尘微微转身,清浅眉目,浮光淡远,望着细细密密的飞雪,默然不语。

第三十八章 边城纵马单衣薄

雁凉行营，万俟朔风入内见到夜天凌，顿时有些后悔挑了这个时候。

漠北三千里冰雪，压不过周围逼人的静。夜天凌负手独立窗前，一袭清冷笼于周身，寒意深深，望过来的目光隐带犀利，饶是万俟朔风这般狠戾的人物，与他双眸一触，亦从心底泛起十足冷意。

万俟朔风与夜天凌对视了片刻，索性将手中的鸽子往前一掷："殿下请看！"

那鸽子在夜天凌面前一个扑棱，展翅便飞，却哪里逃得出去，青衫微晃，白鸽入手。万俟朔风抬手一指："腿上。"说罢径自跪坐于案前，看着夜天凌的反应。

出乎他的意料，夜天凌将鸽子身上的密函取出，就那么淡淡瞄了一眼，脸上风平浪静，然后将密函恢复原样，重新系回鸽子腿上，推窗将手一松。鸽子挣扎一下，向前飞起，很快便消失在雁凉城外。

夜天凌目送鸽子远去，微雪穿窗飘过身畔，零星几点寒气。他回身看了万俟朔风一眼，万俟朔风不由拧眉，不得其解，一时未言。

片刻地停顿，夜天凌吩咐道："来人，传南宫竞。"

外面侍卫应了一声，不过须臾，南宫竞入内求见。紧接着半炷香的工夫，夏步锋、唐初、史仲侯，包括冥执在内，玄甲军大将先后闻召，夜天凌分别做出不同的吩咐。

诸将对突然换防都有些意外，但无人表示异议，接连领命退下。

万俟朔风在旁听着，暗生钦佩。寥寥数语，军中布置乾坤颠倒，调整得天衣无缝。难得的是表面看来，各将领受命之处都可能成为防守的唯一弱点，他们要找的人若在其中，就必然会再次冒险通知突厥，以免放过如此良机。

夜天凌不动声色地看着最后一人离开，眼底冷然寂静，眸心一缕利芒稍纵即逝，如烈阳光灼，洞穿一切。指掌间，一张无形的网，已悄然笼向雁凉城。

万俟朔风扭头道："大军几十万人，殿下如何这么肯定叛徒就在玄甲军中？"

夜天凌淡然抬眸："领兵对敌，若连自己所用之人都不清楚，仗便不必打了，能做到此事的，也不过便是数人而已。"

万俟朔风道："殿下对我倒似信得过，竟不怕这人原本便是我？"夜天凌尚未说话，却听他又道："难道就是因为王妃信我，殿下便对我毫无怀疑之心？"

话方出口，便见夜天凌脸色一沉，冷冷说了句："是又如何？"

万俟朔风却似不怕死的样子，道："方才与王妃发现此事，王妃有句话，不是卫长征，看来殿下也这样认为。"

夜天凌虽面色不善，还是道："有些人至死也不会背叛我，卫长征便是其中一个。"

万俟朔风眉梢挑了挑："殿下与王妃当真心有灵犀。"在夜天凌压抑的不满即将发作时，他忽然正色道："突厥退兵不过是暂时的，当务之急，应该尽快攻克蓟州，万不能让蓟州落入突厥手中。"

夜天凌深吸一口气，压下心头怒意，淡淡道："蓟州之后，过离侯山，先灭东突厥。"

"好！"万俟朔风拍案道，"不妨先取左玉，继而苏图海、四合城。"

夜天凌情绪冷淡的眼中出现了一丝激赏，道："所见略同。"

万俟朔风目光炯炯慑人："虞凤前夜命丧湛王手中，东西突厥难再联手，如今三城之中，苏图海是漠北重镇，最难攻克。"

夜天凌自案前站起来，徐徐踱了数步："你有何想法？"

万俟朔风面上含笑，眼中却有一抹嗜血的杀气逐渐升腾："给我三万骑兵，一日时间，我可兵破苏图海。"

"哦？"夜天凌轩眉略扬，"三万骑兵，一日时间？"

万俟朔风道："我曾以突厥右将军的身份驻守苏图海，柔然有人在城中。"

夜天凌点了点头："我怎也未想到，柔然王族居然一脉尚存，而且是在突厥军中。"

万俟朔风神色漠然："我能活下来，不过是因为突厥在血屠日郭城的时候忽略了一个被藏在枯井中的孩子，他们就在那井外奸杀了我的母亲。"随着这话，他深眸微细，便泛出阴寒与森冷，"而我至今都没有找到父亲的头颅。"

"日郭城。"夜天凌道，"离此也不远了。"

"不错！"万俟朔风长身而起，道，"殿下，我有个不情之请。"

"说。"

"破城之后，请殿下将城中所有的突厥人交给我处置。"万俟朔风语中的狠辣，令这原本平静的室内蓦然一冷。

"唔。"夜天凌毫不在意地应了声，看着窗外连绵不断扑进室内的雪，"你可以一个不留，我只要木颏沙一人。"

"一言为定！"

夜天凌不急不缓转身："你还想要什么？"

雪落无声，夜天凌的目光亦平定，他仿佛只看着对方眼睛，却叫人觉得浑身上下无一不在他眼中，清冷后是无从捉摸的深邃。相互间的试探，如一道无形之刃，锋芒于暗处，微亮。

终于还是万俟朔风开了口："漠南、漠北本是柔然国的领土。"

夜天凌点头，目光仍旧锁定万俟朔风："柔然不过是天朝境内一族。"

万俟朔风霍地抬眼，似有话到了唇边，又硬生生压回。夜天凌看在眼中，声色不动。

卿尘的忠告在此时翻上万俟朔风心头，他略一思量，道："殿下身上本就流着天朝与柔然两国王族的血脉，这样说，我并无异议。但若要让柔然臣服天朝，我要一个保证。"

夜天凌道："你凭什么和我谈条件？"

万俟朔风道："凭此时我能令殿下攻城略地事半功倍，亦凭此后横岭以北长治久安。"

夜天凌扫过他眼底，一停："你的条件。"

万俟朔风道："柔然绝不会臣服外族，但却可以臣服殿下。我的条件很简单，只要殿下能入主大正宫，柔然一族便是天朝的臣民。"

夜天凌语中带出了一丝冷傲："此事不必你操心。"

话虽冷然，但万俟朔风已会意，躬身一退，微微拜下，再抬头时从怀中取出一件东西，叫了声："四弟，请你将这个带给茉莲姑母。"

这一声"四弟"显然令夜天凌颇为意外，他愣了片刻，将东西接过来，原来是个雪玉雕成的莲花坠。

万俟朔风暗中看着他的反应，继续道："茉莲姑母与我父亲自幼感情深厚，她远嫁中原前将这朵玉莲花送给了父亲，我当日便是凭此物确认父亲尸首的，如今留在我这里，不如物归原主，请替柔然族人问候姑母。"

雪玉晶莹，每一瓣莲花都如月光般莹润，似凝结了昆仑山畔寒冰剔透，微微一点渺远的凉意。夜天凌手掌握起，道："我会的。"

万俟朔风感觉到他身上那种迫人的气势和若隐若现的疏离似乎悄然淡去，不由承认卿尘的提醒极为正确——你待他如兄弟，他自会视你如兄弟。

冷月半洒，入夜的雁凉城静然，人马安寂。

风过中庭，茫茫白净的雪地中，殷采倩低头缓步而行，一行足印蜿蜒残留，身影暗长。

推门而入,她将风帽抬手拨下。夜天湛靠在软榻上闭目养神,几簇灯焰之下他看上去脸色极苍白,却衬得那丹凤眼线墨玉般斜挑入鬓,灯影深浅,将他俊雅的面容勾勒得分明。

听到有人进来,他未有丝毫动作,似乎连看也不想去看,始终半合双目。殷采倩走上前去,将两个小瓷瓶放在案前:"湛哥哥,大瓶外敷,小瓶内服,忌怒、忌寒,尤忌劳心。"

瓷瓶无意碰撞,一丝极轻的响声,落于耳中。夜天湛仍未睁开眼睛,眉间淡淡掠过一丝轻痕。不必看,冰瓷玉声,萧山越窑有名的制作,仅供宫里及各王府使用,当初延熙宫尤常用。月弧般的瓶身,偶也有八棱形的,她喜欢用雪色的绫绢垫了灵芝木封口,薄绢有时沿瓶身洒下,便半遮着瓶上手绘的兰花。

"为何只画兰花?"

"……因为我只会画兰花。"答话时她微扬着眉,神情略有些无奈,又带着诱人的俏皮,轻抿着唇,耳畔秀发微拂。

"你若喜欢别的,改日我帮你画。"

"出水清莲,你画得极好。或者,梨花怎样?"她侧目看来,眸光似水,清清荡漾。

"白瓷梨花,太素净了。"

她失笑,眉眼轻弯,羽睫细密:"巴掌都不够的小瓶,你总不能画国色天香牡丹图吧?"

他轻抱了双臂,微微摇头:"牡丹虽美,我却不觉得国色天香。"

她眸中带了好奇,廊前风过,衣袂轻飘,太液池微波轻泛,带来她身上淡淡药草的芬芳,午后暖阳融融,安神静气。

他温柔笑说:"国色天香,仍是兰花。"

人如画,岸芷汀兰,临水娉婷。

她明眸剔透,却只转出一笑,举步向前走去,稍后回头:"画梅花,照水或紫蒂,花色都极好,衬这冰瓷,一枝梅先天下春。"

他闲步随后,含笑道:"寒梅衬这冰瓷,是妙手回春。"

张开眼睛,雪色的底子上仍是一株素兰,柔静而清秀,三两点纤蕊,修叶隽然。灯下看去,三分风骨似携了冰魂雪魄,幽幽一抹兰芝清香浮动,穿插如幻。

"她知道了?"夜天湛徐徐开口,眉宇间带着难掩的倦色。

殷采倩点了点头,应了声。

夜天湛眉心愈紧:"我不是吩咐过不准说吗?"

殷采倩道:"你伤得不轻,难道瞒得了她?昨天便将药给了黄文尚,谁知你根本不召医正。你何苦这么逞强,便是那天和四殿下,难道不能好好解释,非要兵刃相见吗?"

夜天湛温朗的眸子微微一抬,眸光却十分冷淡:"解释什么?"

殷采倩道:"你亲自领兵,突围增援,有些事即便要怪,也不能全怪在你头上。"

夜天湛唇角极轻地带出一笑,却不同往日潇洒,七分傲气,三分漠然:"你让我和他解释这些?告诉他我尽力了,请他息怒?还是告诉他我恨自己没早赶到一刻,铸成大错?"

殷采倩道:"难道不是吗?你也是澈王殿下的哥哥,心里不也一样难过?"

"既然早晚要发生的事,何必用解释去拖延。"夜天湛重新合上眼睛,似是不愿再多说。

只差了一刻,弹指刹那,九天黄泉。怒气总要有人来承担,那一刻雪飞影溅、金玉交震,是各自无法再用理智掌控的情绪,相同的哀痛,相同的恨怨,相同的苛责。

他扶在案上的手不自觉地轻叩,极缓极细的声音,却异常沉重。自作主张,欺上瞒下,此时此刻,那些人叫他如何再容得?

殷采倩只觉得心中压了千言万语,却无从说,无人说。怔怔站了片刻,她听到夜天湛长叹一声:"采倩,什么都不要管,你谁也管不了,过几日,我派人送你回天都。"

殷采倩看着灯影幢幢,低声道:"湛哥哥,走过这趟漠北,即便回去,天都也不是那个花团锦簇、琴瑟风流的天都了。"说完这话,她默然转身离开。风晴雪霁的夜色下只见自己来时的足迹,她走出去,漫无目的地踩着松软的雪,月半弯,雪色清冷。

突然间她停住了脚步,数步之遥,是今日落葬的新坟,因日后要迁回天都,且依军制暂留雁凉,入土为安。如今四周落了一层轻雪,月夜下,孑然空旷。

冰雪地里,有道颀长的人影独立着,青衫一角冷风微过,飘飘摇摇。

他似乎已经站了很久,枯枝萧瑟,风卷薄雪,坟前祭着烈酒一壶。

他手中亦拎着酒,此时仰首饮下,饮尽松手,酒壶噗地落入深雪:"十一弟,待替你报了仇,四哥回来陪你一醉!"

言罢,他霍然转身举步,不料竟见到殷采倩立于身后,月光清影下,她已泪流满面。

他停步:"是你。"

殷采倩面上泪痕未干,目光越过他的肩头,看向前面,幽幽道:"再也见不到这个人了,却发现你竟然会为他流泪;原以为喜欢的那个人,你竟然开始恨他。"她自夜天凌身边轻轻走过,来到十一坟前,静立在那里:"就像饮过烈酒之后,所有的一切,都变得荒谬无比。醉了能醒,却只怕醒来,物是人非。"

夜天凌未曾答话，殷采情转身道："殿下，原来我真的无法像她一样懂你，我不知道你是不是个好王爷、好将军，我只知道你不是一个好哥哥。两个弟弟，一死一伤，你有什么资格责备别人？"

　　夜天凌猛然扭头，眸中映雪一抹寒光骤现，殷采情却扬眸与他对视，隔着夜色，泪眼蒙眬。

　　夜天凌似是被她激怒，却在回首那一瞬间目光落于她身后，神情微凉。片刻的沉默，他抬头望向月色难及的一方虚空，墨玉似的天幕深处孤星遥挂，冷芒锋亮，逼得月痕无光，他哑声道："你说得对，我的确不是个好哥哥。"说罢，他头也不回地大步离开。

　　殷采情看着夜天凌的背影消失在夜色深处，将地上的酒拿在手中，也不管雪中石冷，就那么坐在十一坟前。

　　她喝了一口酒，举壶向前空敬，将酒倾洒在地上："我借四殿下的酒陪你喝一壶，可能你并不在乎我来陪你，但有人一起喝酒总不是坏事对吧？我其实一直有件事想告诉你，你前些日子笑我箭射得花哨，现在想想，你的箭法确实比我好，我服了。但是有件事我想问问你，你欠我的人情，现在怎么还？"她仰头又灌了两口酒，"对了，你总说我是个孩子，我是比你小些不错，可你怎么就不给人一个长大的机会？我说四殿下心冷，其实你也不差，你不过是笑起来比他好点儿罢了，嗯，你笑起来有时候还真叫人生气……"

　　不远处略高的地方，月光透过积雪的枝叶洒下斑驳光影，一袭石青色的斗篷笼着纤瘦的身子，卿尘悄然立在月痕影下，安静看着前方的新坟，看着夜天凌祭坟，看着殷采情灌酒。

　　她比夜天凌来得还早，夜天凌离开时，冥执在她身后小心翼翼地提醒："凤主……"

　　"嗯。"卿尘应了一声，回身，"走吧。"

　　冥执随她举步，发现她并没有去夜天凌那边的意思，忍不住再道："凤主，殿下像是去行营了。"

　　卿尘停了下脚步，冥执的意思她岂会不明白，然而她只问了一句："我吩咐你的事办了吗？"

　　冥执答道："钟定方、冯常钧、邵休兵他们的人脉过往，大小事宜都已有人着手翻查，一个月内便会有消息送来。"

　　卿尘微微点头，淡静的眸中泛起一层雪玉样的冷色。在朝为官，没有人是干干净净的，十一的血不会白流，她一点一滴都记在心里，巩思呈、钟定方、冯常钧、邵休兵，他们每一个人都要为此付出代价。她清楚地知道，夜天凌也绝不会放过出卖玄甲军的人，更不会放过，突厥。

她轻轻拢了拢身上的斗篷，抬头望着遥远而清晰无比的那颗天星，那灼目的锋芒在她深潭般的眼底化作秋水一痕，静冷微澜，绽开星光。

第三十八章　边城纵马单衣薄

第三十九章 青山何处埋忠骨

一连三日，夜天凌召随军医正黄文尚问话。

第一日，黄文尚答："王妃说不必下官诊脉，湛王殿下不曾召下官诊脉。"

第二日，黄文尚答："下官请脉，王妃说安好，不必。湛王殿下说，不需要。"

夜天凌不言语，冷眼扫过去，黄文尚汗透衣背。

第三日，黄文尚走到行营外便踌躇，料峭春寒，额前微汗。

卫长征看在眼里，颇替他为难，上前提点几句，黄文尚有些醒悟，入内求见。

夜天凌坐在案前未抬头，掷下一字："说。"

黄文尚答："王妃身子略有些倦，但精神不错，常用的药换了方子。这几日饭用得清淡，夜里睡得迟，早晨醒得亦迟些。湛王殿下气色尚好，想来无大恙。"

说完了站在案前，心里忐忑，夜天凌终于抬了抬头："为何换方子？"

黄文尚张了张嘴，再踌躇，稍后回道："王妃医术远在下官之上，下官着实不敢妄言，但看药效，应该是无碍的。"

夜天凌蹙了眉，一挥手，黄文尚如蒙大赦，走出行营擦了把汗，对卫长征道："多谢卫统领！"

卫长征笑道："何必客气，黄医正辛苦了。"

冥执在旁看着黄文尚，叹了口气，于他的处境心有戚戚焉，这几天他也很是头疼。

前日在王妃面前回："殿下在行营一夜，灯燃至天亮，酒饮了数瓶。"王妃点头，轻紧了紧眉。

昨日在王妃面前回："殿下在行营处理军务，召见了几人，未睡。"王妃倦靠在软椅上，半阖眼眸，眉心淡痕愈深。

方才在王妃面前回："昨夜万俟朔风又带了只鸽子见殿下，两个人行营议事，到天亮。"

王妃清淡淡的眸子微抬，问了一句："卫长征怎么回事儿，不知道劝吗？"

冥执极无奈，卫长征苦笑。

两人在行营前发愁，卫长征看着将化未化的雪，不由感慨："若是十一殿下在，便没事了。"

清晨时分，突厥整军攻城，乘势而来，铩羽而归，损兵折将数千。

一日将尽，夜天凌安坐行营，玄甲军一兵不发，尽数待命，城外战事便似阳光下的轻雪，无关痛痒。

此时阵前一个校尉赶来对卫长征传了句口信，卫长征即刻入内在夜天凌身旁低声禀报。夜天凌听完，起身道："传我军令，玄甲军所有将士都到穆岭集合待命。"

卫长征一怔，随口问了句："穆岭？"

百丈原一役，单玄甲军一万人中便折损了四千八百七十三人。因当时战况惨烈，其后接连数日激战再逢大雪，雁凉城外尸骨如山，残肢断骸遍布荒野，早已分不清敌我。

无奈之下，夜天凌只得吩咐尽力收拾将士们的骸骨，所获遗骨在雁凉城郊的穆岭山坡合葬一处，立坟刻碑。

夜天凌听到卫长征这一问，肃容道："不错，今日我要亲自祭奠阵亡将士的英魂。"

穆岭黄昏，西风烈，苍山如海，残阳似血。

荒原漠漠，一马平川。坦荡天际，风沙残雪呼啸而过，玄色蟠龙大旗在风中猎猎飘扬，数千玄甲军战士肃立于山坡，面对着眼前忠骨英魂，人人脸上都挂着肃穆与沉痛，平野空旷，只闻风声。

南宫竞等大将清一色面无表情，虽不明白夜天凌为何一反常态亲行祭奠，却人人都察觉今日将有不寻常的事情发生。

夜天凌玄甲墨袍登上祭台，以酒祭天，倾洒入地。

千万男儿，天地为墓，硝烟漫天，血如涛，都作酒一杯。

祭台之下，众将士依次举酒，半洒半饮。酒劲剧烈，激起豪情悲怆，热血沸腾。西山下，飞沙蔽日，叱咤风云的铮铮男儿，眼前一片烟岚模糊。

夜天凌转身看着这些跟随他南征北战的玄甲战士，徐徐道："圣武十四年，本王自军中挑选战士组建玄甲军，次年以一万精兵大败西突厥，一战成名，迄今已整整十三年。这十三年里，平南疆，定西陲，战漠北，玄甲军生死胜败，皆是一万兄弟，万人一心。"他顿了顿，深夜般的眸子缓缓扫视。虽隔着不近的距离，众人却不约而同地感觉被他的目光洞穿心腑，那幽邃精光，如冷雪，似寒星，透过漠原苍茫，直逼眼前。

只听夜天凌继续道："一战功成万骨枯，男儿从军，人人都是刀剑浴血，九死一生。我玄甲军战死沙场的儿郎无数，为国捐躯，死得其所，但是，却绝容不得有冤死的将士，更容不得有出卖兄弟的人。可是眼前，却有人偏偏要犯这个大忌。"

此话一出，如重石落湖，激起巨浪，眼前哗然一片惊诧，但碍于军纪约束，片刻又恢复绝对的安静。

夜天凌深眸一抬，落至几员大将身前。随着他的视线，数千人目光皆聚焦在南宫竞等人身上。

死一般的静，山岭间只闻猎猎风声。夜天凌负手身后，天边落日残血遍涂苍穹，他的声音似随这斜阳千里，遥遥沉入西山，然而却清晰地传遍场中："是谁，本王给你一个机会自行认罪，如若不然，便莫怪本王不念旧情。"

长风掀起玄氅翻飞，他周身似散发出迫人的威严，场中静可闻针，人人都在这气势下屏声静气，暗中猜度。

诸将中似乎掠过极轻的一丝波动，但人人目视前方，无人作声。

稍后，夜天凌冷声道："好，你既不肯承认，本王便请人帮你说。万俟朔风，当日在百丈原，突厥是如何得知玄甲军行踪的？"

万俟朔风便在近旁，见他问来，拱手道："当日突厥能够准确截击玄甲军，是因有人透露了玄甲军的行军路线，此人与突厥联系，用的是飞鸽传书。"

夜天凌微微点头，再叫一人，那人是冥衣楼现在玄甲军神机营的属下，捧上一个笼子，掀开黑布，里面是两只体形小巧的信鸽。

夜天凌道："告诉大家，这鸽子来自何处？"

那人躬身答道："属下奉命暗中搜查，在史将军住处发现了这两只鸽子。"

四周空气赫然一滞，紧接着夏步锋猛地揪住史仲侯大声吼道："史仲侯！你竟然出卖兄弟！"

夏步锋本来嗓门就大，这一吼当真震耳欲聋，眼前山风似都被激荡，一阵旋风乱舞。

事关重大，身后士卒列阵肃立，反而无一人喧哗。夏步锋一声大吼之后，场面竟安静得近乎诡异，一种悲愤的情绪却不能压抑地漫布全场。

南宫竞将夏步锋拦住："殿下面前，莫要胡来！"

史仲侯抬手一让，避开了夏步锋的喝问，他深思般地看向万俟朔风，上前对夜天凌躬身："末将追随殿下征战多年，从来忠心耿耿，亦与众兄弟情同手足。单凭此人数句言语，两只鸽子，岂能说末将出卖玄甲军？何况此人原本效命突厥，百丈原上便是他亲自率突厥军队劫持王妃，现在莫名其妙投靠我军，十分可疑，他的话是否可信，望殿下明察！"

他一番言语并非没有道理，南宫竞和唐初不像夏步锋那般鲁莽，道："殿下，玄甲

军自建军始从未出过背叛之事,唯有迟戍也是遭人陷害,此事还请殿下慎重!"

万俟朔风将他们的话听在耳中,并无争辩的意思,只在旁冷笑看着,眼底深处隐隐泛起一丝不耐与凶狠。

夜天凌没有立刻说话,薄暮下众人看不清他的神色,唯见他唇角轻轻下弯,形成一个峻冷的弧度。他似是在考虑史仲侯的话,稍后只听他缓缓道:"圣武十七年,西域诸国以于阗为首不服我天朝统治,意欲自立,本王率军平乱,那时候你是镇守西宁的统护偏将,本王可有记错?"他说着看向史仲侯。史仲侯突然听他提起多年前的旧事,微微一怔,与他目光一触,竟似不敢对视,垂首低声道:"回殿下,是。"

夜天凌点了点头,再道:"西域平叛,你领兵横穿沙漠,逐敌千里,大破鄯善、高昌、精绝、小宛、且末五国联军,而后率一百死士夜袭鄯善王城,不但取了鄯善王性命,还生擒其大王子回营。剩余几国溃成散沙,无力再战,纷纷献表臣服,西陲平定,你居功至伟。"

西域一战,史仲侯得夜天凌赏识,从一个边陲偏将连晋数级,之后在玄甲军中屡建奇功,名扬天下。这时想来心底不免百味驳杂,他默然片刻,低头道:"末将不敢居功。"

夜天凌纡徐的语气中似带上了一丝沉重:"你很好,论勇论谋,都是难得之才。千军易得,一将难求,本王将你调入玄甲军,算来也有十年了。你跟本王征战十年,想必十分清楚,本王从不打无把握之仗,也绝不会让身边任何一人蒙冤受屈。"

他肃静的目光停在史仲侯身前,似利剑空悬,冷冷迫人。史仲侯虽不抬头,却仍感觉到那种压迫,如同瀚海漩涡的中心,有种无法抗拒的力量逐渐要将人拖入死地,纵然拼命挣扎,亦是无力。他抚在剑柄上的手越攥越紧,终于扛不住,单膝一跪,"殿下……"

夜天凌神情冷然:"本王必定让你心服口服。长征,带人来!"

卫长征应命,不过片刻,带上两名士兵,一名医正。

那两名士兵来自神御军营,正是当日跟随卿尘与史仲侯那三千士兵中的幸存者。两人都有伤在身,夜天凌命他们免行军礼,道:"你们将昨日对本王说的话,再对史将军说一遍。"

其中一名士兵拄着拐杖往前走了一步,他看了看史仲侯,大声道:"史将军,那天在百丈原,迟将军原本引我们走的是山路,万万遇不到突厥军队,但你后来坚持南入分水岭,却与突厥大军迎头遇上。三千弟兄,唯有我们七个人侥幸没有战死,亦连累王妃落到敌军手中,此事不知你怎么解释?"

另外一名士兵伤得重些,若不是两名玄甲侍卫搀扶着,几乎不能站立,神情却极为愤慨:"史将军,你没想到我还活着,更没想到当时虽然混乱,我却看到是你下的手吧?"他将身上衣衫一撕,露出胸前层层包扎的伤口,"我身上这一剑拜你所赐,险些便命丧当场!迟将军又与你有何怨仇,你竟对他暗下杀手?你以为别人都认不出你的手法吗?将军的剑法在军中威名赫赫,谁人不知?却不想杀的竟是自己兄弟!"

那医正此时上前,虽不像两人那般激动,却亦愤愤然:"下官奉命查验迟将军的尸首,那致命的一剑是反手剑,剑势刀痕,不仔细看便真如刀伤一般,实际上却是宽刃剑所致。"

玄甲军中史仲侯的反手剑素有威名,回剑穿心,如过长刀,这是众所周知的。除了夜天凌与万俟朔风,南宫竟、唐初等都被几人的话震惊,不能置信地看着史仲侯。而史仲侯单膝跪在夜天凌身前,漠然面向前方,嘴唇却一分分变得煞白。

夜天凌垂眸看着他:"这一笔,是神御军三千弟兄的账。冥执!"

得他传唤,冥执会意,从旁出列:"属下那天与澈王殿下率五百弟兄潜入突厥军中救人,在找到王妃之前先行遇到史将军,他告诉我们,说王妃被囚在统达营中。我们深入敌营,却遭伏击,而实际上王妃早已被带走,史将军根本不可能知道她身在何处!我们后来虽得殿下增援突围,但神机营五百兄弟,甚至澈王殿下,却没有一个能活着回来!"他恨极盯着史仲侯,若不是因夜天凌在场,怕是立刻便要拔剑拼命。

夜天凌待他们都说完,淡淡道:"你还有什么话说?"

史仲侯脸色惨白,沉默了短暂的时间,将红缨头盔缓缓取下,放至身前,俯首道:"末将,无话可说。"

夜天凌深潭般的眸中渐渐涌起噬人的寒意:"十三年来,除了当年可达纳城一战损兵三千,我玄甲军从未伤亡过百,此次折损近半,却因遭人出卖,而这个人,竟是你史仲侯。即便本王能饶你,你有何颜面面对战死的数千弟兄,又有何颜面面对身后曾同生共死的将士们?"

玄甲军将士们虽不喧哗,却人人眦目瞪视史仲侯,不少人拳头攥得咯咯作响,更有人手已握上腰间刀剑,恨不得立时便上前将史仲侯碎尸万段。

史仲侯面色却还算平静,他微微抬头,但仍垂目不敢看夜天凌的眼睛,道:"我做下此等事情,便早知有一天是这般下场,殿下多年来赏识提拔的恩情,我无以为报了,眼前唯有一死,以谢殿下!"

说话之间,他反手拔剑,便往颈中抹去。

谁知有道剑光比他还快,眼前寒芒暴起,当的清鸣声后,史仲侯的剑被击落在地。

飞沙漫漫,夜天凌玄袍飘扬,剑回腰间。

史仲侯脸上颜色落尽,惨然惊道:"殿下!"十多年间,他深知夜天凌的手段,待敌人尚且无情,何况是出卖玄甲军之人,若连自尽也不能,便是生不如死了。

夜天凌冷玉般的眸中无情无绪:"你没那个胆量自己背叛本王,不说出何人指使,便想轻轻松松一死了之吗？"

史仲侯闻言，嘴唇微微颤抖，心里似是极度挣扎，突然他往前重重地一叩首："殿下！此人的母亲当年对我一家有救命之恩，我母亲的性命现在亦在他手中，我已然不忠不义，岂能再不孝连累老母？还请殿下容我一死！"说罢以头触地，额前顿见鲜血。

唐初与史仲侯平素交好，深知他对母亲极为孝顺，但又恨他如此糊涂，唉的一声，顿足长叹，扭过头去，不忍再看。

夜天凌亦知道史仲侯是个孝子，他负手身后，静静看了史仲侯片刻，问道："那么你是宁死也不肯说了？"

史仲侯不说话，只接连叩首，七尺男儿死前无惧，此时却虎目含泪。

夜天凌道："好，本王只问你一句话，你如实作答。那人的母亲，是否曾是含光宫的人？"

含光宫乃是皇后的寝宫，史仲侯浑身一震，抬起头来。夜天凌只看他神情便知所料不差，淡声道："此事到此，生死两清。你死之后，我会设法保全你母亲性命，你去吧。"

史仲侯不想竟得到他如此承诺，心里悔恨交加，已非言语所能形容。他呆了一会儿，神色逐渐趋于坦然，站起身来斟了两盏酒，将其中一盏恭恭敬敬地放在夜天凌身前，端着另外一盏重新跪下，深深一拜："史仲侯已无颜再求殿下饮我敬的酒，若来生有幸，愿为牛马，以报殿下大恩！"

他将手中酒一饮而尽，叩头。夜天凌目光在他身上略停片刻，对卫长征抬眼示意，卫长征将酒端起奉上。夜天凌仰头一倾，反手将酒盏倒扣下来，酒尽，十年主从之情，亦就此灰飞烟灭。

玄甲军几员大将相互对视，唐初命人倒了两盏酒，上前对史仲侯道："你我从军以来并肩杀敌，历经生死无数，我一直敬你是条好汉。想当年纵马西陲，笑取敌首今犹在目，但这一碗酒下去，你我兄弟之情一刀两断！"

史仲侯惨然一笑，接过酒来与他对举一碰，仰首饮尽。

随后南宫竞端酒道："史兄，当年在南疆，我南宫竞这条命是你从死人堆里背回来的，大恩无以为报，这碗酒我敬你。今日在这漠北，诸多兄弟也因你丧命，酒过之后，我们恩断义绝。"

史仲侯默然不语，接酒喝尽，南宫竞叹了口气，转身离开。

夏步锋性情粗豪，端着碗酒上前，恨恨道："史仲侯，你的一身武艺我佩服得紧，但你做出这等卑鄙无耻的事，我就看不起你！从今往后，我没你这样的兄弟！"说罢将酒一饮，将碗一掷，呸地吐了口唾沫，扭头便走。

三人之后，玄甲军中史仲侯的旧部一一上前，多数人一言不发，与他饮酒一碗，就此作别。亦有心中愤恨难泄的将士,如夏步锋般出言羞辱,史仲侯木然承受。

不多会儿几坛酒尽,史仲侯独立在空茫的场中,仰首遥望。

苍天漠漠,四野苍苍,最后一丝光线亦没落在西山背后。风过如刀,刮得脸庞生疼,玄甲军猎猎大旗招展眼前,怒龙翻腾,仿佛可见当年逐敌沙场的豪迈,傲啸千军的激昂。

暮色逐渐将视线寸寸覆没,他伫立了片刻,弯腰将方才被夜天凌激飞的剑拾起,郑重拜倒在地:"史仲侯就此拜别殿下,请殿下日后多加小心!"

言罢,反手一掼,剑入心口,透背而出,一道血箭喷射三尺,染尽身后残雪,他身子一晃,仆倒在地。

夜天凌凝视了史仲侯的尸体许久,缓缓道:"以阵亡的名义入葬,人去事过,到此为止,若有敢肆意妄论者,军法处置。"

军中领命,数千将士举酒列阵,面对穆岭肃然祭拜。

酒洒长天,夜天凌负手回身,青山遥去,英魂何在,暮霭万里,风飞扬。

第四十章 一片幽情冷处浓

圣武二十七年春，玄甲军克蓟州，歼北晏侯残部，靖幽蓟十六州叛乱，撤北藩，立北庭、武威都护府。

同月，天帝降旨撤东侯国，设东海都护府。至此，把持天朝四境近百年的诸侯国尽遭裁撤，军政重权逐步分入州府，四海之内唯皇权独尊。

夜天凌安定十六州后，即刻以龙符调动诸路兵马、粮草军需，集四十万铁骑于蓟州，挥军北上。

大军以唐初、南宫竞为左右统军，兵分两路，配合万俟朔风十万先锋军在前，连克左玉、苏图海、四合、下沙、日郭、玉斗、青木川、甘谷、弋马九座城池，兵逼可达纳。

万俟朔风率军每过一城，不纳降俘，坑于路者堆骨如山，横穿漠北大地的玉奴河血染江流，浪涛滚滚，残骸沉浮，以致数月不清。

大战过后，九城之内绝突厥人，离侯山以北、瀚海以东多数土地，尽数归于天朝版图。

可达纳城自圣武十九年遭玄甲军破城后，始罗可汗一边与天朝虚与委蛇，一边苦心经营，在王都四周扩建外城，城墙之间每隔十数步开出洞口，修筑了厚逾数寸、半尺见方的金铜炮管，其后设有火油机关，运转如轮。一旦遇到敌军攻城，各处机关同时发动，管中便有火油喷出，瞬间即燃，直倾城下，仿若火瀑喷溅不休，伤人无数，名为"劫天龙"。有此机关防守，几乎没有军队能够攀墙攻城，数十丈内云梯战车一旦靠近便被摧毁，更勿论将士骨肉之躯，可达纳从而成为北疆最难攻破的城池之一。

如今天朝兵临城下，东突厥大将木颏沙率军坚守此城。劫天龙的杀伤力极大，甫一交锋，天朝军队不曾防备，首战吃了暗亏。

唐初等人数次率兵强攻，都无法靠近城池。火油喷射范围之内，入者非死即伤，若被正面击中，纵使钢筋铁骨也立时化作灰烬，以万俟朔风的身手也险些不能幸免，众将一时苦无良策。

夜天凌传令暂时退兵弋马城，一面补充粮草，一面召诸将商议对策。

这日众人都已到齐，却迟迟不见冥执身影。直到时近响午，冥执方匆匆入内求见。夜天凌从依照可达纳城四周地势仿制而成的沙盘前抬起头来，南宫竞等人都替冥执捏了一把冷汗。

冥执心中虽有计较，但被夜天凌目光一扫，仍觉十分忐忑，急忙赶在夜天凌发作前递上一样东西："殿下，属下有破城之计，请殿下过目！"

夜天凌淡淡瞥了他一眼，方往他递来的牛皮卷上看去。唐初站在近旁，随口道："这不是可达纳城的地图吗？"

冥执点头道："是可达纳的城池图没错。"

唐初道："敌城的布置咱们不是不知，只是如今在那劫天龙的压制下，我们根本无法靠近城池，地形再熟又有何用？如今唯一的办法恐怕便是等雨雪天气再行攻城了。"

冥执急道："万万不可，那劫天龙喷出来的乃是产自西北地下的黑油，提炼后加以硫硝等物，经机关喷射化作烈焰，遇水不灭，反而会燃烧更甚，倘若雨天强行攻城，恐怕我军的损失会更加惨重。"

南宫竞奇道："竟有这等事情？还从未听说有遇水不息的火焰。"

冥执道："我们不曾听过，却不是没有。这配置火油的法子是从域外传来的，是以中原少有听闻，尤其水上作战用以摧毁船只最是厉害，万万不可与之硬抗。"

夏步锋最是性急，顿时叫道："照你这么说，岂不还是无法可施？"

冥执笑道："我既说了有法子，自不叫你失望。"说着将图纸放下，指着上面几处红点道："殿下请看。这几处标记乃是敌城中储存火油的地方，可达纳城中防库共有十座，掘地为大池，纵横丈余，当中全是劫天龙所用的火油。这些火油每隔月余便要另外筑池存放，否则便会遇物成火，自焚屋舍，本身便是十分危险之物。这情报是咱们神机营的兄弟费了不少功夫暗中探出的，所有位置都十分精准，若于此处着手破坏机关，叫他们城中自焚，不战而乱。"

诸位将领扭头互视，都还有些不得要领。夜天凌转回座上道："继续说。"

冥执道："殿下可还记得蜀中那个制作烟花的老工匠？"

夜天凌目光微微一动，似是记起了什么事情："自然。"

冥执将牛皮卷拂开呈上，道："先前神机营在蜀中向那老工匠请教，曾经私下里研究出一样物件，原本不甚完善，这几日连夜改制，弄出些名堂，或许能派上用场，请殿下过目。"

众人聚上前来，只见其上绘着个形如飞鸟的图样，看去似是以细竹或芦苇编织而成，鸟翼两侧复有两支圆筒装置，鸟腹亦藏一筒，尾部修长设有引信，看去甚是奇特。夏步锋围着图纸看了两圈，道："这是个什么鸟？不能叫不能吃，画来作甚？"

冥执道："你懂什么？此物名为'神火飞凰'，乃是我神机营特制的飞火机关。"

唐初等不似夏步锋鲁莽，纷纷道："别打岔，听他说。"

冥执便指点道："这飞凰双翼之上装有两支起火，内中火药经引信点燃，可将飞凰射至空中，此时腹下火药点燃，再次发力，最远可达百丈有余。飞凰腹中装的是我们的玄甲火雷，并经特殊配置，加以草乌头、狼毒、巴豆、砒霜等药物，入城燃爆，光是毒烟便足够突厥人消受。何况鸟身一旦爆开，火雷贴地流窜，如此满城火发，必中敌军藏油池，毁其油料，则劫天龙机关形如废物，便再无用处，此城可下矣！"

万俟朔风在旁听着，点头道："如此甚好，只是我们受劫天龙压制，近不得城池，这机关竟能两次催发，直至百丈开外？"

冥执笑道："这有何难？你没见过蜀中工匠所制的烟花，一次点燃节节升空，层层爆开直入云霄，那才叫精彩。"

南宫竞拍案道："不错，此法可行！不知这机关制作起来是否麻烦？若要全面攻城，保证燃中对方的藏油池，怕不得有个上百只才行。"

冥执道："放心，神机营这两天都在赶制了，三五日内想必可得百只。"

眼见困扰大军的问题立等可解，诸将都是一阵兴奋。万俟朔风抬头，却见夜天凌起身步到案前，负手垂眸看着案头皮卷，似在欣赏上面的图画一般，神情淡淡，唇角竟带着丝若有若无的笑。

他几疑自己看花了眼，顺着夜天凌的目光看去，只见那飞凰机关旁边一行清雅的小字，飘逸如风，秀稳如兰，沿着粗糙的皮卷一路书下，却丝毫无损笔触之清美，望去赏心悦目。

片刻过后，夜天凌一手自图卷上轻轻掠过，抬头往冥执看去："好法子。"

冥执一直留意夜天凌的神色，顿时松了口气，道："殿下若觉得此法可行，请移步城郊一看，神机营的兄弟们正在试验飞凰机关，想必又有些新眉目。"

夜天凌微微颔首，却道："欲以火攻，必得将天气、风向通盘考虑，更兼机关之中设有毒烟，一个不慎恐将误伤己营，你们可有想过此点？"

冥执随口便道："王妃说一定要选北风……呃……"话一出口，顿觉不对，不由得停下来看夜天凌。不料夜天凌唇角微微一扬，只示意他说下去。冥执便继续道："这神火飞凰不能逆风发射，唯有顺风才能远达百丈。至于毒烟，王妃自然配得解药，事先分发至各营，可保万无一失。"

南宫竞等近来都察觉凌王和王妃不知为了何事十分疏离，却摸不着半点儿头绪，在夜天凌面前更是连提也不敢提，因此连日行军议事都打起十二万分小心，免遭池鱼之殃。今日冥执一不小心说漏了嘴，众人不约而同地去看夜天凌的反应，没人说话，唯有夏步锋向来直来直去，脱口便道："原来是王妃的主意，我就说冥执你怎么又连什么风向、草叶都懂了……"

话说一半，南宫竞扭头瞪他，夏步锋愣道："怎么，难道我说错了？"

南宫竞极无奈，却也只好道："话是没错。"

夏步锋道："没错为何不让我说？"

唐初在旁有些撑不住，轻咳一声，忍着笑道："多思少言，殿下平日嘱咐你最多，偏你忘得最快。"

夏步锋挠头往夜天凌看去，仍是一脸迷茫。夜天凌起身对冥执道："去看看吧，若此法可行，功过相抵，免了你今日迟到之罪，否则严惩不贷。"

语中平静，雷声大雨点小，冥执躬身应声，脸上忍不住牵起丝微笑。"功过相抵，他不会治你迟到之罪。"王妃还真是料事如神，对凌王的脾气摸得一清二楚，竟连说辞都一样。

众人走了几步，夏步锋忽然悄声问南宫竞："殿下和王妃闹别扭了？"

南宫竞啼笑皆非："我就想不通，嫂子当初怎么会看上你这个一窍不通的老粗？"

不料夏步锋居然正色道："老粗咋了，老粗自有老粗的好处。"

这两句话说得声大，大家都听得清楚，纷纷笑起来。夜天凌负手走在前面，薄唇微挑，阳光下冷冽的眼底亦笑意浓浓。

城郊五里外的山坡上，神机营的将士们人来人往，正一番有条不紊地忙碌。

夜天凌等人走至近前，见那制成的神火飞凰约有一尺来长，周身以竹篾编织，糊以油纸，前后共装有四支火箭，腹藏火雷，果然如图所绘。

众人正端详这完成的机关，却听远处轰然数声巨响，对面山上炸开团团惊人的火光，随着山石崩裂，浓烟滚滚而起，原来是其他战士正在试验飞凰机关的威力，只是为安全起见，不曾加入有毒的火药。

万俟朔风看得双眸一亮，泛起冷光："可达纳指日可破了！"

夜天凌微微点头，有了劫天龙存放火油的精准位置，再加上致命的毒烟，烈火一起，如焚巨雷，再坚固的城池也抵挡不了几时。不知是否因了一桩麻烦事，他看来心情不错，与诸将仔细看过飞凰机关，商定下攻城的方略后，一路说笑回城。

行至城门，前面大路上两人双骑迎面驰来，却是卫长征带着一名侍卫，风尘仆仆的样子，像是刚赶了远路回来。

卫长征见了夜天凌，下马行礼。夜天凌问道："办妥了？"

卫长征道："附近城中居然都没有，属下去了一趟青木川，总算买到了。"

夜天凌微带马缰，交代了一句："给冥执吧。"便继续往前走去。

卫长征便从马上取下两小包东西，交给冥执："倒没想到正好你在。"

冥执问道："什么东西？"

卫长征一笑："看看便知。"接着便策马随夜天凌去了。

冥执落在后面，不由得满心疑问。大战在即，这时候有什么重要的东西还要卫长征亲自跑一趟青木川？他低头打开包裹，万俟朔风在他近旁，扭头看见，十分奇怪："麝香？"

冥执低声笑道："麝香和白檀香，王妃配药用的，漠北这边不太好买，但却少不得。"

万俟朔风会意地挑了挑眉。前面卫长征回头笑看过来，冥执遥遥抱拳，无声地做了个口型："辛苦！"

卫长征耸耸肩，一回头见夜天凌已扬鞭催马，忙跟了上去。

入城之后，众人各去操练布置，准备攻城事宜。卫长征随夜天凌回到行营，未进辕门，忽然夜天凌勒马止步，扭头看向一旁。

卫长征顺着他的目光看去，发现有团白乎乎的东西窝在几块山石旁，蜷成一团，被冷风吹得正瑟瑟发抖。他下马走到近前去看，原来竟是只小兽。

那小兽听到有人过来，耳朵一竖，警觉抬头，一双蓝色的眼睛如同白雪中两颗冰水晶石，妖娆中充满敌意地看着卫长征，喉间呜呜低叫，将身子挣扎着往后蹭了蹭。

卫长征心下称奇，除了眼睛色泽相异，这小兽简直与雪战生得一模一样，似狐非狐，似貂非貂，说不上是什么动物。

他正想蹲下去仔细研究，有人从旁伸手，二话不说便将那小兽拎了起来。

那小兽呜的一声，在夜天凌手中挣扎，欲拿前爪挠人。夜天凌皱了皱眉，毫不费力便制住那两只不老实的爪子，小兽随即可怜兮兮地吊在半空，大大的尾巴收作一团，身子微微颤抖。卫长征此时才发现原来它后腿受了伤，雪白的皮毛上血迹斑斑，看来伤势还不轻。

夜天凌拎着小兽看了会儿，抬手丢到卫长征怀里："给冥执。"

卫长征手忙脚乱地接过来，当场便被小兽挠了一爪子，颇有些哭笑不得，伸手将意图挣脱的小东西按住，匆匆寻冥执去了。

三日后，北风大作，天朝大军万事俱备，挥军攻城。

夜天凌自用万俟朔风后，已极少亲自领兵上阵，只放手让他大展身手。万俟朔风生性好战，兼之对漠北与突厥了如指掌，攻城略地无往不利。唐初、南宫竞等人先时对他尚存疑心，几战之后，不由已成莫逆之交，称兄道弟，极为相熟。夜天凌亦常与他把酒长谈，谈文论武薄古非今，彼此心中都有相见恨晚之叹。

万俟朔风嘴上虽不说，心中对夜天凌却佩服至极。不说别的，单凭夜天凌连可达纳城这样的大战都放心交给他，他纵然恃才傲物，却也自问无此气度胆略。

运筹帷幄，成竹在胸，城外剑戟林立，兵马如山，夜天凌却连铠甲都不着，长袍清淡，闲坐行营。

闭目养了会儿神，近处突然传来极轻的一声响动。他睁眼看去，雪战蹲在窗格处微侧着头，金瞳熠熠，正瞅着他。

他与那小兽对视了片刻，起身往外走去。走至廊前，忽然一愣。清风微凉，琼光淡淡，有个熟悉的身影正仰头看着树上，一脸的无奈。

月色轻裘，衣袂微飘，澄澈的光线穿透漠北细芽初绽的枝叶半洒上她的侧颜，一支羊脂白玉簪轻绾秀发，因着了阳光的色泽通透而明净。发如云，人如玉。他站在这里可以看到她柔和而优美的下巴微微抬起，露出修长的脖颈，几缕碎发自发簪间悄然滑下，软软地垂于她耳侧，偶尔春风轻过，漾起几丝微澜。

她半侧着头，黛眉轻蹙，柔软的红唇微微抿着，带了一丝俏皮的模样。这一颦一笑看过千百次也不厌，若即若离的距离，他安静地站在那里看着眼前的人，俊眸含笑。

"雪影，伤还没好就乱跑，居然还敢爬树，快下来。"

树枝上，一只雪白的小兽蹲在那儿，侧眼看向树下有些无奈的卿尘，蓝瞳晶亮，倒映着淡雅的身影。

突然间，雪影扭头看向旁边，一道白影轻俏闪过，它已从树上跳了下去。

卿尘回身，正见夜天凌负手站在廊前，静静看着她。淡金色的阳光自万里无云的长空投下，落满他衣襟，修袍利落长身玉立，带着三分峻冷风色，然那深邃的眸底却浸着无垠的柔和。

卿尘愣住，不曾料到这时候夜天凌竟在行营，凝眸望他，却见他忽然暖暖一笑，山清水澈，云淡风轻。

几度红尘，几度回眸，每一次寻找他的身影，他总在离她最近的地方。无声无言，但是他在，漫漫此生，携了她的手，终此生生世世，不离亦不弃。

卿尘轻轻扬起唇角，却不说话，夜天凌笑容愈深，淡淡道："怎么，不认识了？"

卿尘修眉轻挑，笑道："似曾相识。"

夜天凌眼底深色微微波动，忽然察觉身边白影微闪，还没来得及躲开，雪影已经蹿上了他肩头。他剑眉一蹙，伸手便将那小兽拎了起来，谁知雪影一急，前爪勾住他的衣服，竟说什么也不松开。

卿尘看着一人一兽僵持不下，不由哑然失笑。人人敬畏的凌王殿下岂容一只小兽蹲在肩头睥睨四方，平日里雪战为此没少吃亏。再看夜天凌已有些忍无可忍，她忙上前拎起雪影的小爪子将它从夜天凌手中救出来，一边笑一边道："它调皮得很，比雪战还叫人头疼，也不知长征怎么打仗时还有这番闲情，居然捡了这么个小东西回来。"说话间清灵灵的凤眸微抬，笑靥如花。

雪影此时倒老实了，委屈地趴在卿尘怀里，自她手臂处楚楚可怜地望向夜天凌，目光哀怨，似在控诉夜天凌方才极不温柔的行径。

"嗯……哼！"夜天凌盯了它一眼，愣了愣，冷哼出声。

卿尘将雪影放下地去，见他面色不善，笑盈盈问道："你不会是在和这小家伙计较吧？"

她清泉般的笑容在夜天凌面前妩媚绽放，几日不曾细看，那如画的眉目间竟奇异地多添了几分温婉与成熟的风韵。他几乎已记不清发生过何事，似乎每一次相见都是一个开始，每一次相对都是刻骨铭心，柔情似水。

他的妻子，他寻找了半生的那个人，此时婷婷站在面前，看着他，浅笑宁静。

他微微叹了口气，叹息中却是愉悦的神情："世上唯女人与小兽难养，奈何我身边怎么越来越多。"

卿尘眨了眨眼睛："哦？这么说来，难道殿下这几天又纳了新人？"

夜天凌没料到卿尘问出这么一句，细细将她打量，皱眉道："本王即便再纳新人，你也不必这么高兴吧？"

卿尘瞅着他的脸色，施施然欲转身："那我便逍遥了嘛。"

未等举步，夜天凌伸手将她挽住，细眸微眯："逍遥什么？是谁当初那么霸道，偏说我是她一个人的？"

卿尘轻笑，理直气壮："我！"

"那你去哪儿逍遥？"

"凌王府啊！"卿尘笑说，"你是我的，凌王府是你的，自然也是我的，你有什么新人，还是我的。我府中地方大，看门洒扫有时人不够用，添几个也是应该的。"

她侧着头一本正经地打算着，夜天凌闻言失笑。便在此时，远处猛然传来一声巨响，跟着接二连三，似山崩海啸，声势惊人。

卿尘不曾防备，吃了一惊，未及转身已被夜天凌轻伸手臂，护在了怀中。

城北方向烧起冲天大火，浓烟四起，很快将天空层层遮蔽。硝烟之中战火隐隐，泛出血染的颜色，整个漠北大地似乎被扯开一个巨大的口子，让人感觉山峰城池缓缓下陷，天地颠覆。

卿尘下意识地皱了皱眉头，夜天凌一手替她掩住耳朵，轻轻将人揽在身前。

久违了如此清净的气息，宽阔的怀抱，稳持的臂膀，卿尘静静靠在夜天凌怀中，贴着他的胸膛,耳边一声一声是他的心跳,清晰地盖过一切。突然间动乱的四周缓缓陷入平静,她像是浮在澄透的湖水中,轻轻漂荡,波光粼粼,静谧的夜色下星子满天,那温暖叫人慵然欲睡。

金戈铁马都遥远,唯有他的拥抱如此真实。

过了许久,爆炸的声音渐渐低去,夜天凌淡淡道:"可达纳城破了。"

卿尘自他怀中轻轻仰首,幽静的眸光投往远处,仿佛透过烽烟漫漫的苍穹看到了青山云外透彻如水的晴空,她似自言自语,又似在对着缈缦天光轻声道:"可达纳城破了,东突厥亡了。"

城破国亡,又如何呢?

第四十一章 英雄肝胆笑昆仑

碎石、残垣、断剑、败甲，昔日漠北第一繁华的王都可达纳如今一片战火狼藉，再不复往昔车马如云、商贾往来的盛况，俨然已成一座废城。

漠云长空，残烟袅袅，日月无光。

城郊古道放眼望去，四处横尸杂陈，断石枯木，悲风四起。吹面不寒的杨柳风，夹杂着来自大漠的沙尘，模糊了苍穹的轮廓，带来几分深深的苍凉。

轻衣纵马，剑甲鲜明，夜天凌与万俟朔风并骑入城，一个清峻从容，一个谈笑自如，四周战况惨烈都不入眼中，惯经杀伐的漠然已入骨髓，再多的生死也不过只是弹指花开，刹那凋零。

卿尘静静随行于夜天凌身侧，一路沉默。

整个可达纳城在漫天的风沙下分外荒凉，血腥的气息寸寸弥漫，如同死寂的深海卷起暗流，悄然将人笼罩。半明半暗的烟雾下，墙脚路旁的突厥人像熟睡一样躺在冰冷的大地上，几乎可以看到曾经嬉笑怒骂的眉目，然而再也无声，再也无息。

天高地远，生如死域，非是天灾，乃是人祸。

到了行营前，卿尘下马驻足回身，风色在她眉间悄悄笼上了极淡的忧郁，明净的弱水双瞳中浮起的那丝哀伤却越来越浓。

夜天凌本来已走出几步，发觉卿尘没有跟上来，转身寻她。只见她扶着云骋站在原地，纤弱的身影风中看去，竟有几分悲凉与疲惫，他伸手挽住她："怎么了？"

卿尘静默了片刻，抬头看他，缓声道："四哥，我不想看到万俟朔风再屠城。"

夜天凌目如寒星，清光一动探入她潜静的眸心，稍后，他抬手拂过她被微风扬起的发丝，道："好，我知道了。"

卿尘微微一笑，略带着些倦意。她越过夜天凌肩头，看向广袤而寂静的漠原，轻轻道："空造杀孽，必折福寿，这一城生灵其实是丧命在我手中。"

夜天凌眉心微蹙："别胡思乱想，我先送你去休息。"

他将卿尘送入行营，独自往帅帐走去，想起卿尘方才的话，心头竟莫名地有些滞闷。

"殿下！"冥执迎面寻来，躬身施礼，自怀中取出一封密函递上，"前些日子王妃命我们在天都暗中追查邵休兵等人，现在有些眉目了。"

夜天凌拆开密函抬眼扫过，眼底一刃精光暗掠，冷笑澹澹："勾结盐商，借军需之由贩运私盐，胆子不小。"他将密函递回给冥执，负手前行，"传信回去，命褚元敬等人即刻联名弹劾。"说话间又一顿，心思微转，褚元敬这些御史还不够分量，事情揭发出来容易，要扳倒这些门阀贵胄还需费些力气。他略一沉思，再对冥执道："还有，转告莫先生，让他去拜访长定侯，告知此事，然后设法让秦国公得到你们手中的证据。"

老而弥辣的长定侯，生性耿直，疾恶如仇，一旦得知此事，绝不会坐视不理。而秦国公，早年因旧事与邵休兵不和，结怨甚深，若让他得到这样的机会，岂会不闻不问？

冥执一一记下，道："只是现在巩思呈那里却半点儿把柄都抓不到。"

夜天凌冷冷一笑："巩思呈？他自身行事谨慎，滴水不漏，可惜儿子都不争气，这几年不过是殷家回护得周全罢了，此事不足为道。"

冥执便知他已有打算，不再多言，只笑道："如此王妃便少费神了。"

"嗯，"夜天凌淡淡应了声，"以后这种事情你直接回我，不必惊动她。"

冥执俯身应下，暗地里不由微笑，突然又想起什么事："殿下，我刚才遇到黄文尚，他说以后不用那么多麝香和白檀香，王妃嘱咐药中不要再用。"

夜天凌停步回头，问道："为何？"

冥执道："属下也不是很清楚。"

"唔。"夜天凌剑眉微锁，目光遥遥看出去，若有所思。

两人正说着话，万俟朔风大步过来，浑身杀气腾腾，见了夜天凌便道："活捉了木颏沙！哼！不是你要活口，我定取他性命！"

夜天凌转身自他身上扫过，淡淡笑道："怎么，吃了亏吗？"

万俟朔风皱眉冷哼："不愧为突厥第一勇士，手底果然够硬，若不是中了毒烟，未必能将他生擒。现在死不低头，正在前面破口大骂，你看着办吧！"

"看看去。"夜天凌举步前行，突然又回头对冥执道，"过会儿让黄文尚来帐中见我。"

偌大的校场中央，木颏沙被反绑在一根粗木柱上。

此人身形威猛，面色黝黑，身上战袍虽占满血污，却无损他浑身彪悍的气势，此时因愤怒而须发皆张，更显得人如鬼神，暴烈似火。

他双手双脚都被缚住，高声叫骂，以示怒意。四周将士因不通突厥语，即便知道他是在骂人，也不十分清楚骂的什么。万俟朔风却脸色铁青，手不由自主地按上刀柄，已是忍无可忍，深眸之中杀意冷冷，眼见便要发作。

夜天凌听到木颏沙言语中尽在怒斥万俟朔风背叛突厥、忘恩负义，难怪万俟朔风如此恼怒，扭头道："南宫竞他们想必已在帅帐等候，你先去吧。"

万俟朔风知道他一番好意，强忍下心中那股怒火，抬手躬身，话也不说，拂袖而去。

夜天凌缓步走进校场，木颏沙本来正骂得起劲，忽然见有人迎面走来，衣袍似雪，神情如冰，那双看似清淡的眼睛冷然将他锁定，竟让人有种被利箭穿心的感觉，他猛地一愣，到了嘴边的话就那样收住。

夜天凌在他面前站定，淡声道："你就是木颏沙？"

木颏沙虽从未见过夜天凌，但看这份慑人的气度亦能猜出他的身份，见他会说突厥语，大声道："我就是木颏沙！你用阴险手段将我擒来，不是英雄好汉！我们突厥最看不起这种人！"

他原本料想夜天凌必然大怒，谁知夜天凌冰冷的唇角反而掠起一丝笑意："不错，你说得有道理，我即便这样杀了你，你也不会服气。"

木颏沙双目圆睁，瞪着夜天凌："我自然不服！"

"好，"夜天凌将手一挥，"给他松绑，将兵器还给他。"

场外玄甲侍卫应命上前，拔剑一挑，斩断木颏沙身后的绳索，其后便有人将木颏沙的弯刀取来。

木颏沙接过兵器，尚对夜天凌此举摸不着头脑。

夜天凌遥望天际漠漠云沙，片刻之后，转身再对侍卫吩咐："取银枪来。"

玄甲侍卫会意，快步离去，不多时，取来一杆雪缨银枪，恭敬奉上。夜天凌抬手接过来，触手温凉的枪杆，光滑如玉，依稀映出熟悉的笑。微锐的锋芒，似穿透云雾的光，豪情飞扬，意气逼人。

挺拔如松，劲气如霜。

他的手沿着银枪缓缓抚下，力透之处，银枪一寸寸没入脚边的土地。他松开手，面对木颏沙卓然而立，冷冷道："你若赢得了这杆银枪，来去任你自由，但若丧命枪下，便只能怪自己无能。本王定会让你死得心服口服。"

木颏沙久经沙场，在突厥国中更是从无敌手，对兵刃较量毫不放在心上，弯刀半横，喝道："你来吧！"

夜天凌傲然道："你元气未复，本王让你三招，三招过后，你自求多福。"说罢负手从容静立，微风飒飒，吹得他衣角飘摇，一股凌云霸气已缓缓散布开来。

木颀沙得获求生之机，岂会轻易放过，当下大喝一声，刀光如电，挟着雷霆万钧之势迎面劈向夜天凌。

劲气扑面，夜天凌负手身后，足下踏出奇步，一瞬间白影晃目，木颀沙声势惊人的一刀全然落空。

木颀沙不愧为武学高手，竟身不回，头不转，刀势反手而去，第二招又至。

但见电光石火间夜天凌仰身侧过，刀光中倏忽飘退，飘然如在闲庭。

木颀沙已然被夜天凌激起凶性，双手握刀，刀下隐有风雷滚滚之声，如万马奔腾，电闪交集，化作长弧一道，横劈疾袭。

刀风凛冽，夜天凌遵循三招之约，只守不攻。场中两人错身而过，木颀沙刀锋迅猛，只听哧的一声轻响，竟将夜天凌衣襟划开长痕！

夜天凌眼中异芒精闪，沉声喝道："好！"

三招已过！夜天凌忽然单手拍出，化掌为刃，骤然袭向木颀沙胸口。

木颀沙猝不及防，被逼退半步。但随即猛喝一声，展开刀势，劲风烈烈，大开大合，威猛不可抵挡。

四周玄甲侍卫忍不住纷纷喝彩，如此刀法，刚猛无俦，难得一见。

夜天凌空手对敌，意态逍遥，在对手摧肝裂胆的刀风下不急不迫，进退自如。

木颀沙刀下罡风厉啸，卷得四周飞沙走石击人眼目。夜天凌身形却如一叶扁舟逐浪，顺势飘摇，始终于风口浪尖傲然自若。

其身若水，水利万物而不争，无形而无处不在，无意而无坚不摧。

木颀沙如此迅猛的刀法原本便极耗内力，与对手缠斗乃是大忌，他数次抢攻都摸不着夜天凌身法，时间一长，不免心浮气躁。

便在此时，夜天凌周身忽然像是卷起一个巨大的漩涡，如他寒意幽深的冷眸，一切靠近身边的东西尽皆被吞噬。

木颀沙心叫不妙，却为时已晚，夜天凌原本无踪无迹的劲气化柔为刚，浩浩然铺天盖地，灭顶袭来。

木颀沙的刀便如撞上一堵坚硬的城墙，双方劲气相交，木颀沙大退一步。

蛟龙腾空，银枪入手，随着夜天凌一声清啸，一道白虹直贯天日，黄沙漫天，破云开雾。

盛亮的阳光自天穿洒照而下，染满了白衣如风，夜天凌轻轻抬头，金光刺目，是酸楚的灼痛。

木颀沙弯刀坠地，捂着腹部步步倒退，突然反手将透腹而入的银枪一把拔出，长声笑道："痛快！痛快！"

血箭喷射，横流身前，四周观战的将士们都悚然动容。

夜天凌眸心微波轻翻，缓缓道："好刀法，好气魄！"他回头，木颀沙身子摇摇欲坠，支撑着一晃，扑倒在地，眼见便不能活了。

夜天凌神情漠然，眼底深处却流露出不易察觉的惋惜，淡声吩咐道："传黄文尚来看看，是否还有救。"

不过片刻，黄文尚匆匆赶来，俯身查看一番，摇头道："殿下，伤得太重，已很难救治了。"

夜天凌轻轻挥手，示意玄甲侍卫将木颀沙抬下，却听有个清柔的声音道："慢着，还有救。"

他转身看去，见卿尘自众人身后缓步走出，她低头静静看着木颀沙身前血流满地，复又抬头看向夜天凌："你要救他？"

夜天凌从她眼中看到了一丝冷漠与悲悯错杂的情绪，似恨非恨，似愁非愁，清利背后偏又带着柔软，似一片枯叶，轻轻压上心头。方才刀光剑影下的那抹凛冽杀气悄然淡去，夜天凌道："不必了。"

卿尘凝视他片刻，突然轻叹一声，侧首道："黄文尚，你来帮我。"

黄文尚应了一声，走上前去。

木颀沙在半昏半醒间似乎看到一双清隽的眼睛正默默注视着自己，那不染铅华的明净，如同漠北草原湛蓝的天，美玉样的湖水，风吹草低，牛羊如白云朵朵，一望无际的原野上有野花的清香，静静地流淌在最遥远的梦中。

那双眼睛离开了他，他眼前的景象渐渐模糊，剧痛从四面八方传来，黑暗无边。

血迹在白玉般的手指间绽放成妖冶的花，静冷的眉眼淡淡，漠然的唇微抿着，三军将士远远围在校场四周，连一丝声息也无。

如此重的伤势，昔日她不能救，今日，她在想了千遍，试了千遍之后，在费尽思虑耗空心血之后，在多少个夜里辗转难眠之后，这用她珍视之人的生命换来的医术，阴错阳差，用在了她恨之入骨的人身上。

这个人的箭，夺去了那个与她笑饮高歌的男子。碧落黄泉，一别参商，酒空敬，弦空响，高山毁，流水殇。

知己红颜，纵双影相伴，笑傲苍天，天若有情，从此寂寥。

然而她是医者，在一个真正的医者眼前，永远也没有见死不救。

各为其主，生死是非尽不同。

不知过了多久，卿尘轻轻舒了口气，站起身来对黄文尚道："小心上药，送到你那里去照看，若明天能醒来，性命可保。"

黄文尚忙接过卿尘手中的药，旁边早有侍卫端水奉上。卿尘转身净手，方才一心在伤者身上倒不怎样，此时放松下来，只觉得眼前血腥的气息格外刺鼻，胸臆间一阵不适，抬手用清水扑了把脸，微微闭目，修眉紧蹙。

夜天凌原本在看黄文尚用药，此时无意扭头，突然发现卿尘面色极苍白，他微觉诧异，低声问道："清儿？"

谁知卿尘似没听到他的声音，匆匆转身，快步便往校场外走去。

夜天凌心觉不对，随后跟上，却见卿尘几乎是急跑了数步，方出校场，便扶住路旁树木呕吐起来。

夜天凌急忙上前将她扶住："清儿，怎么了？"

卿尘一时吐出来，略觉轻松，但胃里翻江倒海的还是难受，轻声道："不碍事……是那血腥味太重了。"

夜天凌剑眉紧锁，待她好些后，小心地将她横抱起来，命人急召黄文尚来行营。

卿尘怕这样子在行营里被人撞见，道："我自己走，你不用叫黄文尚，我没事。"却被夜天凌一眼瞪回去："还说没事？"

卿尘身上无力，挣脱不得，只得认命地靠在他怀里，低低道了句："有事没事，我比黄文尚清楚。"

夜天凌不理她，只丢了句"不准说话"出来，径自抱她入了行营。黄文尚已赶在后面跟来，上前请脉。

夜天凌在旁看着，见他诊了右手，又请左手，眉际隐添不安，正欲开口询问，黄文尚躬身笑道："恭喜殿下，王妃这是喜脉。"

话出口，夜天凌先是一愣，黄文尚本以为他是惊喜，谁知他脸色猛地沉下，回身往卿尘看去。

卿尘半合着双目靠在榻上，虚弱地对他一笑。

夜天凌盯了她片刻，问黄文尚："情况如何？"

黄文尚觑见他面色有异，小心答道："王妃已有两个多月的身孕，依下官之见，王妃身子弱，向来便怕劳累伤神，此时更需好好调养才是。"

夜天凌听完后道："你下去吧。"

黄文尚退了出去，卿尘见夜天凌反身坐在一旁也不说话，颇觉奇怪，轻声道："四哥？"

夜天凌闻言转头，唇角像往常不悦那般冷冷抿着，目光扫来竟带怒意。卿尘意外："你怎么了？真的没事。"

这话不说还好，夜天凌听了拂襟而起，不由怒道："这么大的事你竟瞒着我？两个多月的身子，你跟着大军转战千里，没事，若有事呢？你不顾孩子，也不顾自己？"

他突然发怒，实在叫人始料不及，卿尘身子不舒服，心中不免有些烦躁，柳眉一挑，欲要驳他，却只说了句："你……"胸中气息紊乱，忍不住呛咳起来。"你出去。"她亦恼了。

夜天凌愣住，入登朝堂，出战沙场，所遇者恭敬畏惧尚不及，有几个人敢用这种语气命令他？原本是火上浇油，他不等发作，却见卿尘掩唇靠在榻前，脸上苍白的底色因频频咳嗽泛起嫣红，黛眉紧锁，眸中一层波光清浅，柔软空蒙，楚楚怜人。

他下意识地便上前扶住她，卿尘因咳嗽得狠了，刚刚平息下去那反胃的感觉又涌了上来，难过得不想说话。夜天凌处理朝事手到擒来，带兵打仗无所畏惧，此时却真有些手忙脚乱，心里明明惊怒未平，却又心疼妻子，一时深悔刚才话说得重了，平日里那些从容沉稳荡然无存，只轻轻替卿尘抚着后背，盼她能舒服些。

好一会儿，卿尘似是缓过劲儿来。夜天凌身上清峻而冷淡的气息尚带着微风里丝丝缕缕的春寒，如同冰水初融，山林清新的味道，让她觉得那股不适渐渐淡去。他稳持的手臂挽在她背后，似乎借此将温暖的力量带给她，让她放心地靠着。

她闭目窝在他臂弯里，他抬手取过茶盏："好些了？"

卿尘密密的睫毛抬了抬，赌气般侧身。夜天凌无奈，却仍旧冷着脸，问她道："我说错了吗？"

卿尘不答话，夜天凌从来没见她这般发脾气，奇怪道："瞒了我这么久，你倒理直气壮的。"

卿尘转身扬眸，回了一句："你也没问过，怎么说我瞒你？"

夜天凌道："多少日见不到你，我问谁？"

卿尘道："你自己不想见，如何又怪我？"

夜天凌沉默了片刻，缓声道："我不见你，是气你不知认错。"

卿尘淡扬着眉，略有些咄咄逼人："我又哪里错了，你这般恼我？"

夜天凌眼底隐有愠怒，冷下眉目："现在还说没错，你让我怎么不生气？你可想过，若那一剑收不住会怎样？你用自己的身子去挡我的剑，将心比心，换作剑从你手中刺往我身上，你心里又作何滋味？"

他手底一紧，卿尘被往怀里拉过几分，她不料听到的竟是这番言语，悄眼抬眸，只见他峻肃的神情冷冽，看去平静却难掩微寒，是真恼了。她轻咬薄唇，这下麻烦，但心头竟莫名地绕起一丝柔软，暖暖的，带着清甜。

夜天凌见她半晌不吱声，低头。卿尘倏地垂下眼眸，忍不住，又悄悄自睫毛底下觑他。夜天凌就这样看着她不说话，稳如泰山般，目光却不叫人轻松，她无奈，轻声道："那一剑我若是不挡，你就没想过后果吗？你真刺了下去，怎么办？"

那一剑她若是不挡呢？

夜天凌微微抬头，目光落在身前空旷处。静谧的室中清灵灵传来几声鸟鸣，春光透过微绿的枝头半洒上竹帘，逐渐明媚着，如同阳春三月的大正宫。

那是曾经一起读书习武的兄弟，曾研棋对弈，吟诗泼墨，一朝风流冠京华；曾轻裘游猎，逐鹿啸剑，纵马引弓意气高。

也争，也赌，也不服，然而年年闲玉湖上碧连天，凝翠影，醉桃天，斗酒十千恣欢谑，击筑长歌，月影流光。

多少年不见闲玉湖的荷花，如今曲水流觞逐东风，旧地故人，唯余空盏断弦。

若那一剑她不挡呢？他真的刺得下去吗？夜天凌低头看向自己的手，哑然失笑。他眼中的清寂极淡极轻，默默无语，流落在那丝笑中，如轻羽点水，飘零无痕。那时的心情，只有旗鼓相当的对手才当得起，他也只想到七弟一个人。

一缕青丝自卿尘发间流泻，纠缠在他指尖，他轻轻将她的发丝绾起："清儿，不必为我做什么，甚至不必去想那些事，你只要在我身边就好。"

卿尘温柔看着他："同甘不共苦，那怎么叫夫妻呢？"

夜天凌微微一笑，摇头道："陪着我，相信我，便足够了。"

他的眼中倒映着她的容颜，她望着他，侧头靠在他胸前，笑说："你把事情都做了，那我做什么啊？"

夜天凌轻笑一声："你啊，照顾好本王的儿子。"

卿尘凤眸轻转："谁说是儿子，难道女儿不行？"

夜天凌冰冽的眼底有宠溺的柔和，道："好，女儿，你说是女儿便是女儿。"

卿尘失笑，突然抚着胃部皱眉。夜天凌紧张地看着他，眼中满是询问。卿尘苦着脸："我觉得……饿了！"

夜天凌怔了怔，随即笑着将她从榻上抱了起来，大步往外走去："千月坊的点心是没有了，去看看有什么合你胃口。"

卿尘惊道："这样怎么行！"

夜天凌大笑，不理她抗议。廊前一阵浅笑嬉闹，遥遥送入阳光媚丽，暖风微醺，已是春来。

第四十二章 树欲静而风不止

春风暗度玉门关，关外飞沙，关内轻柳，野花遍地闲。

如云的柳絮，纷纷扬扬，似天际的飞雪蒙蒙，又多了暖风缱绻，扑面而来，绕肩而去，微醺醉人。

此时的天都应是浅草没马蹄，飞花逐水流的春景了呢。卿尘闲坐中庭，半倚廊前，抬手间一抹飞絮飘落，轻轻一转，自在逐风。

身前的乌木矮案上散放着素笺竹笔，通透温润的玉纸镇轻压着笺纸一方，微风流畅，如女子纤纤玉手掀起纸页轻翻，偷窥一眼，掩笑而去。

雪战凑在卿尘身边窝成一团，无聊地扫着尾巴。雪影不知跑到哪里去嬉戏，转瞬溜回来，一跳，不料踩到那翠鸟鸣春的端砚中，小爪子顿成墨色。往前走去，雪笺上落了几点梅花小印。卿尘扬手点它脑袋，它抬爪在卿尘手上按了朵梅花，一转身便溜了个不见踪影。

卿尘哭笑不得，便将那笺纸收起来。雪战本来安稳假寐，无奈雪影总在旁打转，闹得它也不安生，爬起来伸了个懒腰，突然间支棱起耳朵。

卿尘仍合着眼，入耳若隐若现的有马蹄声，马儿轻微地打着响鼻，夹杂寥寥数语的交谈，剑甲铮铮，在靴声间磨蹭碰撞，惊得飞鸟唧喳。她可以想象有人大步流星穿过庭院，飞扬的剑眉，墨黑的眸子，削薄的唇带着一丝坚毅，正配那轮廓分明的脸庞。

唇边一缕笑意还不及漾起，他清冷而熟悉的气息便占满了四周。卿尘微微睁眼，夜天凌低头看着她，星眸深亮，薄唇含笑。

她懒懒地起身，夜天凌握了她的手："外面还凉，不要坐得太久。"他将自己的披风解下，往她身上一罩，挽着她入内去："今天好吗？"

卿尘微笑道："好，没想到你这么快回来了。"

可达纳城破之后，天朝驻军此处，以为大营，同时出骑兵穿瀚海，趁势发兵西突厥。

夜天凌此次亲自领兵,在尧云山大败西突厥的军队,斩敌两万有余,俘虏三万人,其中包括西突厥右贤王赫尔萨和射护可汗的大王子利勒。西突厥经前年一役败北之后,国疲兵弱,大片土地被东突厥借机占领,此时面对玄甲铁骑无异于以卵击石。

可达纳城破当日,因有木颏沙拼死断后,始罗可汗侥幸得以逃脱,流亡西突厥。

当初虞凤为抵抗天朝大军,暗中拉拢东西突厥暂修友好,歃血为誓,订下三分天下的盟约。此时虞凤兵败身亡,盟约便成了一纸空文,射护可汗记起多年宿怨,耿耿于怀,当即发兵追捕始罗,将其生擒活捉。

如今天朝挥军临境,玄甲军余威未消,再添连胜,西突厥一国上下人心惶惶,朝中众臣皆以为战之必败,不如求和。

射护可汗亦觉走投无路,只得遣使者押送始罗面见凌王,请求息战。

使者入营递上降表,夜天凌峻冷睥睨,不屑一顾,若非两国交战不斩来使,早已翻脸无情。但始罗可汗却没么幸运,当庭便被斩首祭旗,称霸漠北数十年的一代雄主,含恨殒命。

西突厥使者吓得瘫软在地,夜天凌掷下话来:"给你们五日时间调军备战,最好准备充足,别让本王失望!"

使者捡得性命,屁滚尿流仓皇回国。射护可汗得知回复,仰天悲叹——天亡突厥!

卿尘随夜天凌入了室内,却仍是觉得身上懒懒无力,便随意靠坐在榻前。夜天凌自己动手脱去甲胄,仰面躺在她身旁,闲散地半闭双目,浑身放松。

卿尘以手支颐,凝眸看着他,只觉他今日心情似是格外好,都不像是带了兵刚回来的人,清俊而愉悦的眉目,看得人暖融融,笑盈盈。秀发散落身前,她玩心忽起,牵了根发丝欲痒他。他看似毫不察觉,却在她凑上前的一刹那大力将她揽至怀中。

"哎呀!"卿尘惊声失笑,挥拳捶他,夜天凌笑道:"转什么坏心思?"

卿尘撇嘴,枕着他的手臂寻了个舒服的姿势,夜天凌胳膊收紧,拉她靠近自己。卿尘奇道:"今天遇着什么事了,这么好心情?"

夜天凌惬意地扬起唇角:"也没什么,回来时和万俟朔风深入尧云山,沿途逐草驰骋,十分快意。尧云山往西相连昆仑,山湖连绵,云雾缭绕,景色奇特。听说一直西行,冰封千里处有湖水经年不冻,缥缈似仙境一般,被柔然族称为圣湖。原来母妃未嫁之时常在山中游玩,我带了尧云山的山石回来,回天都送给母妃,她说不定会喜欢。"

卿尘道:"你该再去圣湖盛一罐水,有山有水,便都全了。"

夜天凌摇头:"我没往圣湖那边去,等你身子方便了我们再去。清儿,天高地广,任我笑傲,那时我要你和我一起。"

卿尘柔声道："好，上穷碧落下黄泉，都随你就是了。"

夜天凌笑说："人间美景无尽，足够你我纵马放舟，黄泉就不必了。"

卿尘仰面看着帐顶，一边笑着，一边哼唱："你我相约定百年，谁若九十七岁死，奈何桥上等三年……"低柔的嗓音，婉约的调子，如芳草清新的江南，一枝梨花春带雨，小桥流水，莺燕芳菲。

夜天凌听着，扭头盯着她笑问："不是说了上穷碧落下黄泉都随我，怎么还让我等？"

卿尘道："怎知道是你等我，若我等你呢？"

夜天凌微皱了眉，道："这话我不爱听。"

卿尘道："那你说的我也不依。"

夜天凌故作肃冷，将脸一沉："冥顽不灵，不可教也！"

卿尘做了个鬼脸："谈崩了！"

两个人四目相投，对视不让，突然同时大笑起来。卿尘俯在夜天凌身上闹够了，两人止了笑，四周仿佛渐渐变得极为安静。

罗帐如烟，笼着绮色旖旎，卿尘只觉得夜天凌看过来的目光那样清亮，似满天星辉映着湖波清洌，他淡淡一笑，那笑中有种波澜涌动，任是无情也动人。

意外地感觉到他的心跳如此之快，她微微一动，忽然脸上浮起一抹桃色媚雅。

夜天凌哑声低语："不是说过了三个月便不碍事了吗？"

卿尘轻轻点头："你轻点儿，别伤着孩子。"

夜天凌小心翼翼地抚上她的小腹，俯身看着她，那专注和深沉几欲将人化在里面，切实的热度在人心底搅起潋潋滟滟的暖流，叫人无处可逃。

一缕乌发萦绕卿尘耳畔，雪肤花貌，明媚动人。夜天凌目光在她脸上流连片刻，俯身吻上她柔软的唇，却听外面卫长征的声音传来："殿下！"

夜天凌一怔，无奈地撑起身子，卿尘挑眉看他，不由掩唇而笑。

夜天凌瞪她一眼，清了清声音："什么事？"

卫长征回道："白夫人她们已到行营。"

"哦，"夜天凌道，"知道了，让她们过来见王妃。"

卫长征应声而去，卿尘诧异道："白夫人？"

夜天凌笑道："走，看看去。"

两人步出内室，白夫人、碧瑶带着几个年轻些的侍女早已等候在外，纷纷上前问安。

碧瑶见了卿尘，快步上前叫声"郡主"，满面喜色，白夫人等亦笑得合不拢嘴。卿尘对夜天凌道:"你把白夫人她们都接来,竟也不事先告诉我一声。"

夜天凌笑了笑,道:"是皇祖母得了喜信着急,本打算着先送你回天都,但沿途又不放心。白夫人是宫里的老人了,照顾起来稳妥,碧瑶又是跟你惯了的人,有她们在身边,凡事都方便些。"

白夫人打量卿尘着一件月白云锦罗衣,外罩一袭水蓝色透青云裳,眉目从容,潜静含笑,虽三个多月的身子还不太显,但细看下人已比先前在天都时丰腴了些许,眼底不期流转的那丝娇媚神韵更似杏花烟润,粉荷垂露,分外动人,笑问道:"王妃身子可好?太后娘娘百般不放心,特地让宫里两个有经验的女官一并前来,过会儿便来见王妃。"

卿尘微笑道:"这可真是劳师动众了。"

碧瑶正命侍女们将带来的东西送进来,回头道:"太后和皇上、皇后娘娘宫里都有恩赏出来。啊,对了,"她自怀中取出一样东西交给卿尘,"这是贵妃娘娘让冥魔送来的。"

卿尘伸手接过,有些好奇。打开牡丹色的轻绢,手心中是一个平安符,看去颜色已有些古旧,普普通通的缎面,平织云纹,打着如意结的绦子,寻常佛寺中都能见到。

白夫人在旁看着,突然道:"这……是不是殿下儿时戴过的那个?"

夜天凌皱了眉,略有些迷茫:"什么?"

白夫人笑道:"看着像是,不过殿下当初好像是弄丢了,我也说不确切。"

卿尘凤眸淡扬,揶揄他道:"这么丢三落四?"

夜天凌轻轻一笑,笑中有些黯然。若不是白夫人提起,他还真不愿记起这个平安符。

是十岁那年的生辰,依天家惯例,皇子们生辰向来要在母妃宫中赐宴。然而莲池宫终年的冷清并未因四皇子的成长而有丝毫改变,作为母亲的莲妃,如瑶池秋水寂冷的冰色,日复一日,年复一年,拒人于千里之外。

于是像往年一样,赐宴设在延熙宫,因着太后的宠爱,席间热热闹闹,夜天凌亦颇为开心,直到莲池宫来人,送上了这道平安符。

朱漆描金的圆盘,暗黑的底子托着这么一道吉符。内侍上前接过来送到面前,近旁也不知是谁悄悄说了句:"寻常佛寺到处都有,宫外有点儿头脸的人家都不去求这样的吉符,莲妃娘娘够不经心了。"

却更有人接茬:"往年连这也没有,今年倒奇怪。"

极轻的数句闲话,偏听在了夜天凌耳中,年少气盛的他按捺不下心中那股傲气,宴席刚刚结束便独自闯去了莲池宫。

说"闯",是因为莲妃的侍女传了"不见"的话出来,他听了更添气恼,径自大步入内。轻烟薄雾般的垂纱后，他艳绝六宫的母妃半侧着身，他看不清她脸上的神情，那令日月无光的容颜遥远而陌生，仿若隔着万水千山。

青莲缠枝的香鼎，迷蒙的淡烟，袅袅缠绕。

不知为何，那一刻，冲动的怒气忽而不再，取而代之满心的苍凉，他在空旷的大殿中站了片刻，将那平安符放下，头也不回地离开。

转身的刹那，莲妃在幕纱内凝眸相望，那静漠眼中的情绪他当时未懂，多年来都是心中徘徊的困惑。

那是记忆中唯一一次踏入莲池宫，当年秋天他随衍昭皇兄初经疆场，自那以后开始屡屡征战，便是天都亦去多留少了。

卿尘拿起这个平安符，只觉得入手沉甸甸的，似有些不同。她仔细打量，发现这吉符竟是个小袋子，倒置过来轻轻一顿，竟从里面掉出了另外一个吉符。

银线织底，精工细作，不同于一般的工艺，两个小小的和田玉坠，雕成精致的双锁系在柔顺的丝绦上，似曾经无数次的抚摸而呈现出润雅的光泽。半寸见方的吉符，正反面都用纯金丝线绣了几个小字，不是汉字，她不懂，抬头去看夜天凌。

夜天凌伸手接过来，一见之下，心中震动。那是柔然的文字，正面绣了"喜乐安康"，反面正是他的生辰。一针一线，丝丝入扣，带了岁月的痕迹，深刻而繁复。他一时间心潮翻涌，几难自制，将平安符握在掌心，微微抬头躲避了一下卿尘探询的目光。

昔日孤傲的少年，怎会猜透母亲的心？他甚至都没有耐心去发现那份深藏的祝福。而如今，他愿用漠北广袤的土地和天朝的盛世江山博母亲一笑，但愿从此慈颜舒展，得享欢欣。

过了许久，夜天凌心中情绪稍稍平复，他垂眸，伸手掠起卿尘散在肩头的长发，将平安符替她戴在颈中。

卿尘道："是给孩子的吗？"

夜天凌点头："嗯。"

"那你怎么戴在我身上？"

夜天凌缓缓一笑："是母亲给孩子的。"

卿尘听得糊涂，待要再问，见卫长征自外面进来，像是有事，便暂且放下了话题。

白夫人和碧瑶知道定是有事要谈了，一并告退。卫长征上前回道："殿下，前几日长定侯上书弹劾邵休兵，而后秦国公抖出军中大将涉足私盐买卖的诸多证据，朝中有旨，命革除钟定方、邵休兵、冯常钧三人军衔，即刻押送回京受审。"

"哦？这么快？"夜天凌眉梢微挑，"那边怎么说？"

卫长征道："湛王殿下没有任何吩咐，只调派了其他人督运粮草。不过听回来的人

第四十二章 树欲静而风不止

说，巩思呈之前曾恳求湛王设法保全三人，想是未得应允。"

卿尘反身坐在一旁，唇角淡笑冷冷。巩思呈聪明一世，糊涂一时，他千错万错，就错在不该擅作主张。夜天湛温文风雅，但绝不表示他可以任人摆布，在某些需要的时候，他的绝情狠辣未必逊于夜天凌。邵休兵等三人是决计保不住了，巩思呈也算略有眼光，想必也已看到了今后的路。

夜天凌点了点头，问卫长征道："粮草到了多少？"

卫长征道："第一批已过蓟州，大概最迟后日便可抵达。湛王殿下接连召见了诸州巡使，亲自督办，想必不会耽误五日后发兵突厥。"

夜天凌淡淡道："很好。"

此时外面远远传来些喧哗声，夜天凌一抬眸，眉梢微紧。卫长征转身出去，叫过当值侍卫一问，回来道："殿下，是侍卫们在和木颜沙较量武艺。说起来木颜沙伤势已痊愈，该如何处置，还请殿下示下。"

夜天凌沉思了片刻："带他来这里见我。"说罢一停，看了看卿尘，再道："去行营吧。"

卿尘微微一笑："人都救了，你还怕我不高兴吗？带他过来吧。"

夜天凌一扬唇角，对卫长征示意，不过片刻，卫长征带了木颜沙进来。

木颜沙入内后也不跪拜，也不行礼，昂首站着，与夜天凌对视。夜天凌只不动声色地抬了抬眸，过了会儿，木颜沙有点儿耐不住，皱眉一扭头，冷不防看到卿尘正坐在近旁不远处。

一双清灵的眼睛，静静地看着他。他猛地一呆，张了张嘴，突然用生硬的汉语道："多谢王妃那天救我性命！"

卿尘黛眉轻掠，淡然看过去，仅仅笑了一下，未言。

木颜沙恭恭敬敬地行了个礼，便对夜天凌大声道："你的武功我服了，你的王妃也救过我的命，但是你想要我归顺天朝，我却不肯，要杀要剐，你痛快些吧！"

夜天凌俊眉轻扬，似笑非笑："你这一身功夫，倘若杀了，还真有些可惜。"

木颜沙道："你想怎样？"

夜天凌道："我倒很想知道，你为何不肯归降天朝？"

木颜沙冷脸道："你要我替你打仗，去杀突厥人，我自然不肯。"

夜天凌道："我什么时候说过要你上阵打仗，这仗你打不打，突厥的结果都是一样。"

木颜沙道："不打仗，干什么？"

夜天凌道："我随身近卫中一直少名副统领，你可有兴趣试试？"

木颜沙不由得瞪大了眼睛，愣了半天方问道："你……你敢用我做近卫副统领？"

夜天凌淡淡道:"为何不敢？"

木颏沙道:"难道你不怕我刺杀你？"

夜天凌道:"我既用你，便不做此想。"

木颏沙尚未答话，卫长征上前一步，匆忙劝道:"殿下……"

夜天凌抬眼扫去，他话便没说下去。王府近卫向来负责凌王与王妃的安全，责任重大，非极为可信之人不便任用。木颏沙身为敌将，一旦真有行刺之心，后果不堪设想。卫长征焦急地看向卿尘，想请她劝阻夜天凌，卿尘笑了笑，微微摇头，示意他少安毋躁。

木颏沙此人是名良将，要用，也只有如此招募。他既惜此人才，她岂会从中阻挠？他要救，她便救；他要冒险，她便陪他冒险也就是了。

终于，木颏沙沉默了许久后，道:"我现在知道可汗为什么败在你手中了。"

夜天凌傲然一笑，那目光早已将他看得通透:"我给你三天时间考虑，三天之后，你去留自愿。"

木颏沙问道:"你不杀我？"

夜天凌道:"我没有滥杀的习惯。"

木颏沙沉思过后，抬头道:"我与可汗喝过血酒，生死只忠于可汗一人。我虽然佩服你，但你是可汗的仇人，也是突厥的仇人，你今天不杀我，将来我也不能再找你报仇，但也绝不会投降于你！你现在便是反悔要杀我，我也还是这句话！"

夜天凌朗声笑道:"好汉子！我夜天凌又岂是言而无信之人？长征，给他马匹，送他出大营，任何人不得为难。"

卫长征大松了口气，高声应命。木颏沙退出时走了几步，突然回身以手抚胸，对夜天凌行了个突厥人极尊贵的重礼，方才离去。

卫长征走到中庭，迎面有侍卫带着个人匆忙上前:"卫统领，天都八百里急报！"

卫长征见是急报，不敢怠慢，再看信使的服饰竟是来自宫中，彼此招呼一声，即刻代为通报。

信使入内奉上急报，卿尘见八百里加急用的白书传报，心中隐隐不安，却见夜天凌拆开一看，神情遽变，竟猛地站了起来。

很少见他如此失态，卿尘着实吃了一惊，忙问道:"四哥？"

如雪的薄纸自夜天凌手中滑落，她低头只看到四个字——莲贵妃薨。

第四十二章 树欲静而风不止

第四十三章 子欲养而亲不待

细雨霏霏铺天盖地，风一过，斜引廊前，纷纷扬扬沾了满襟。

远望出去，平衢隐隐，杳无人踪，千里烟波沉沉，轻舟独横。夜天灏立在行驿之前，看向风平水静的渡口，绵绵密密的小雨已飘了几日，几株粉玉轻盈的白杏经了雨，点点零落，逐水东流。江边经历了多年风雨的木栈之上亦缀了片片落樱，素白的一片，恰如天都合城举哀的清冷。

夜天灏微微叹了口气，自古红颜多薄命，想那莲贵妃艳冠天下，风姿绝世，却如今，花落人亡，红消香断。

凌王他们说是今日到天都，却已过晌午仍不见船驾，想是因为风雨天气，卿尘又不能劳累，所以便慢了些。

夜天灏儒雅温文的眉宇间覆上一层阴霾，使他整个人看起来比往昔多了几分沧桑与稳重，那深深的担忧在远望的目光中却显得平淡。

是自尽啊！莲池宫传出这消息的时候，正逢早朝议政。他沉稳如山的父皇，高高在上威严从容的父皇，几乎是跟跄着退朝回宫。

大正宫内掀起轩然大波。众所周知，前一日在御苑的春宴上，莲贵妃因态度过于冷漠，惹得殷皇后十分不满，不但当众没给好脸色看，更是冷言斥责了几句。

莲贵妃当时漠然如常，谁料隔日清早却被宫人发现投缳自尽，贴身侍女迎儿亦殉主而去。

冷雨潇潇弥漫在整个莲池宫，深宫幽殿，寒意逼人。莲雕精致，美奂绝伦，幕帘深深，人去楼空，几丝冰弦覆了轻尘，静静，幽冷。

天帝勃然怒极，痛斥殷皇后失德，几欲行废后之举。殷皇后又怨又恨，气恼非常，三十年夫妻，三十年恩宠，虽说是母仪天下享尊荣，到头来锦绣风光尽是空。

镜中花，水中影，莲池宫中那个女人才是真正集万千宠爱于一身，夺了日月的颜色，直叫后宫粉黛虚设。

废后，非同小可的事，举朝哗然。

殷皇后自天帝龙潜之时便随侍在侧，素来品行无差，岂能因一个本就不该出现在大正宫的女人轻言废黜？

殷家一派接连上奏规劝，以期平息天帝之怒，而朝中自然不乏别有用心者，意图扳倒皇后这个殷家最硬的靠山，一时间纷争激烈。

出乎所有人的意料，此时最应该落井下石的中书令凤衍却上了一道保奏皇后的表章。

当年孝贞皇后在世时，尚为贵妃的殷皇后与之明争暗斗，凤家与殷家各为其主，难免互不相让。本来凤家因孝贞皇后位居中宫，颇占上风，但自孝贞皇后去世后，殷皇后执掌六宫，一时无人盖其锋芒，殷家水涨船高，时常压制着凤家。现在有如此良机可以扳倒殷皇后，殷家本最担心的便是凤衍借题发挥，谁知他竟上了这么一道表章。

言辞恳切，情理并茂，如同一个平坦的台阶送到了天帝面前。辅国重臣的话，分量还是非同一般的，群臣众议，顺势而止。

卫宗平事后回思，不由冷汗涔涔，凤衍啊，他是早看出天帝不过一时迁怒，并非决意废后，将圣意揣摩在心，通透到了极致，如此千载难逢的机会亦能放手，必是有了更好的决断。斗了这么多年，他此时竟忽有力不从心的感觉了！

群臣却更看了个清楚，就如当初一意孤行、娶嫂为妃一样，从登基至今，莲贵妃在天帝心里的分量始终没变，因此便有不少人想到了凌王与储位。

但莲贵妃毕竟不在了，皇后虽然受了委屈，却想来也合算。母妃薨逝，做皇子的无论身在何处必要回京服丧，漠北战事已箭在弦上，如此一来，几十万兵马的指挥权便尽数落在了湛王手中。比起那反复无常的恩宠，这是实实在在的兵权。

斜雨扑面而来，一阵微凉。侍卫轻声提醒："殿下，不如到驿馆里面等吧，凌王殿下他们想必还要过些时候才能到。"

夜天灏点了点头，却只随意踱了数步，突然记起身后尚有礼部、皇宗司等一同前来的几名官员陪着，便对侍卫道："请几位大人入内吧，不必都候在这里。"

然而他不走，自然无人移步，他微微一笑，便负手往里面先行去了。

驿馆内早已备了热茶细点伺候，夜天灏只端了茶盏沾沾唇便放下了。或许因为毕竟带着丧事，众人显得有些沉闷，但多数心里都在掂量着即将回京的凌王，偶尔有人低声交谈几句。

朝野上下对皇族妄加猜测的事夜天灏早已见怪不怪，他只安静地坐在那里握着茶盏，平和的眼睛始终望向窗外。

细雨轻扬，眼见是要停了。他无声地叹了口气，不知四弟回来会做如何打算。天家这无底的深潭，处处透着噬人的漩涡，他自里面挣扎出来，是经了彻骨的痛，舍了多少人梦寐以求的东西，便如此也还是常常不得安宁。这条路是难见尽头的，若没有冷硬如铁的心志，那便是一片令人绝望与疯狂的死域。

"殿下。"侍卫的声音打断了夜天灏的沉思，"凌王殿下的船驾已经到了。"

终于到了，夜天灏起身，快步向外走去。

雨势已收，天空中阴云蒙蒙，缓缓随风而动，江水滔滔，不时拍岸。两层高的座舟在其他小船中显得格外醒目，夜天凌正回身亲自扶了卿尘下船，轻风飒飒中，一身白衫修挺俊冷。

"四弟！"

夜天凌转身，携了妻子上前见过皇兄。夜天灏抬手虚扶了一下："原以为你们上午便该到了，路上可好？"

夜天凌道："有劳皇兄惦念，一路顺利。"

卿尘安静地立在夜天凌身边，身上搭着件云色披风，容颜清瘦，乌鬟斜绾，唯一一件水色玉笄衬在发间，周身素淡。皇宗司来人已将孝衣备好奉上，白麻斩榱，按例制母丧子归，尊礼成服，是要先戴了孝仪才能入天都。

捧着孝仪的内侍趋前跪下，恭请凌王与王妃入孝。夜天凌垂眸看了看："不必了。"声音漠然。

皇宗司与礼部的官员在旁听着，同时一愣，虽说凌王与王妃都是一身白衣，但毕竟不是孝服，于情不符，于礼亦不合。

"殿下……这恐怕……"礼部郎中匡为谨慎地提醒了一声，被夜天凌抬眼看来，心底微凛，顿住，后半句咽回腹中，便拿眼去看夜天灏。

夜天灏虽心知四弟与莲贵妃素来隔阂，却对他这番绝情也着实无言，沉吟一下，对匡为轻轻挥手，命他退下，问夜天凌道："贵妃娘娘已移灵宣圣宫，四弟是先回府，还是先去宣圣宫？"

夜天凌扭头看向卿尘，卿尘正自轻浪翻涌的江面上收回目光，与他略带关切的眼神微微一触，道："去宣圣宫。"

夜天凌略作思忖，点头道："如此便请皇兄与他们先回吧。"

苍穹低沉，乌云细密，金瓦连绵的宣圣宫似是隐在轻雾蒙蒙的阴霾中，寂静而肃穆。

殿前殿后，原本雪压春庭的梨花早已过了花期，随着几日淅淅沥沥的雨，满园凋谢，零落成泥。

所有的内侍宫娥都被遣退，越发显得这宫殿庭院寂静无声。朱栏撑着飞檐，孤单地伸向灰蒙蒙的天空，清冷的白玉石阶被雨水冲洗得分外白亮，看过去，略微有些刺目。

卿尘与夜天凌一同行至殿前，举步迈上玉阶。夜天凌走得极慢，沉默地看着前方，这神情看在刚刚退出去的内侍眼中只是平静异常，身不披孝，面无哀色，唯有无尽冷然。

迈上最后一层台阶，夜天凌突然停步不前，卿尘多走了一步，回身看他。只见他抬手扶着白玉栏杆，站在了大殿门外，猝然闭目。他的手握成拳，狠狠砸在冰冷的玉栏之上，一缕鲜红的血液很快自他的指间蜿蜒而下，在飞云缭绕的雕栏上勾勒出一道血痕。

"四哥！"卿尘轻呼一声，握了他的手迫他松开，他掌心是一朵晶莹的莲花玉坠，净白的莲瓣沾染了血色，刺目妖娆。

卿尘忙自怀中取出绢帕替他包裹伤口，心疼至极，却又不忍出言责备他。夜天凌一动不动地看着她纤细的手指交错在绢帕之间，一点刺痛的感觉此时像涌泉喷薄，极快，而又极狠地覆没了他所有的意识，就连呼吸都觉得困难。

他下意识地握拳，卿尘手指轻轻放入他的掌心，阻止了他的动作。她柔声道："四哥，你握着我的手。"

隔着绢帕依然能感到卿尘手心柔和的温度，夜天凌平复了一下情绪，终于看向她，哑声道："清儿，我不进去了，你帮我……把这个莲花玉坠给母妃。"

卿尘并不反对，徒增伤悲，何苦相见，她将玉莲花上的血迹仔细擦拭干净："母妃看了会心疼。"

夜天凌紧抿着唇，缓缓转身，卿尘便独自往大殿走去。

莲贵妃的棺柩用的是寒冰玉棺，整块的寒冰玉石稀世难得，皇族没有这样的先例，连当年孝贞皇后大丧也无此殊荣。但是天帝降旨之后，举朝上下却竟无人反对。

或许真正在每个人的心中，也唯有莲池宫中无双的容颜配得上这玉洁冰清，或许人人也都想将这绝代的风姿留存，任岁月无情，沧桑变幻，这一份沉睡的美丽，永远都不会老去，永远都不会凋零。

清透的寒冰之后莲贵妃静静地躺着，明紫色的宫装朝服衬得她肌肤胜雪，眉目如画。卿尘放轻了脚步，似乎生怕将她从那片没有纷争和痛苦的梦中惊醒，她轻合的双目是墨色分明的浅弧，红唇淡淡依稀带着微笑，这安然的睡颜美好如斯，安宁如斯。时间在冰封般的玉石背后停止了步伐，悄悄地将那风华绝代留驻永存。

白幔轻舞，深深几许。

卿尘俯身郑重地在灵前行了孝礼，轻声道："母妃，我和四哥回来了，您别怪四哥不进来看您，他心里难过的时候是要自己静一静才过得去。有件事情您听了一定会高兴，四哥将日郭城从突厥手中夺回来了，他还去了尧云山，带了礼物给您。我们在漠北遇到了一个人，他叫万俟朔风，是柔然族六王子的亲生骨肉，也是柔然现在的首领。柔然没有亡,漠北的大地早晚有一天会在四哥和万俟朔风的手中变得繁荣富饶,母妃,您放心吧。"她站起来,取出那朵莲花玉坠,细长的银链碰撞着冰玉,轻微作响:"这是万俟朔风托我们带给您的,柔然没有恨您,万俟朔风说过,您永远是柔然最美的女子,是他们的茉莲公主。"

  卿尘走到寒冰玉棺前,静立了片刻,抬手抚上了那层冰冷的棺盖,稍一用力,棺盖便缓缓地滑动打开。轻渺的雾气缭绕逸出,刺骨的寒意顿时扑面而来,她微微打了个寒战,将莲花玉坠轻轻放在莲贵妃胸前,接着又小心地握着银链替她戴好。谁知莲贵妃原本交叠的衣领被牵动,露出了修长的脖颈,于是一道缢痕便显了出来。

  极淡的缢痕,却在这雪肤花貌的安宁中格外触目惊心,卿尘心中一阵酸楚,不忍再看,忙抬手去整理,却突然手下一顿,停在了那里。

  那缢痕是白练所致,并不十分明显,她犹豫了片刻,皱眉沉思,稍后像是已做出了什么决定,重新将莲贵妃的衣领解开,仔细地看了下去。

  缢痕延伸,交于颈后!而在这道略呈郁椒色的缢痕旁边,尚有一道青白色几乎不见血印的痕迹。卿尘猛然震动,这绝不可能是悬梁自尽留下的,分明是有人从后面勒紧了白练,然后为造成自缢的假象,又设法将人空悬,才会有这样两道不同的缢痕。

  她几乎无法相信眼前这个推测,一时间呆立在当场,直到玉棺越发冰冷的寒气使她觉得有些受不住,她才微微颤着手将莲贵妃的衣衫整理好。她扶着玉棺强压下心中震骇,眸中逐渐浮起冷冷寒意。是他杀,这些日子她一直想不通莲贵妃怎会因殷皇后几句斥责而寻短见,这一切竟都是有人在谋划。

  是殷家吗?她心中立刻掠过了这样的想法,随即便自己予以了否定。她所认识的夜天湛虽有他的谋略与果决,却绝不会用这样的法子夺取军权。虽然殷家有可能从中作梗,但自从出了雁凉的事情,夜天湛真正发了狠意。冥衣楼暗中得到的消息,夜天湛不知用了什么法子整饬了殷家。面对他的决然,就连殷皇后都未敢干涉,这次邵休兵等几员大将被顺利惩处便是一个很好的例子。

  誉满京华的湛王仍旧翩翩文雅,但他温和背后那把锐利的剑已然出鞘,他首先面对的不是咄咄逼人的对手,而是已不堪重用的腐朽士族、高楣门阀。就连夜天凌亦对此暗中赞佩,毕竟,这一棵盘根错节的大树,不是所有人都有胆魄和能力如此处理,更何况稍不留神便会反累自身。夜天湛几乎以完美的手段做到了这一点,目前的殷家、靳家以及卫家正一步步握在他收紧的掌心,逐渐容不得他们有半分挣扎。

  如果不是湛王这边的人,那么又会是谁?是什么人竟会用如此狠绝的手段,他们又为什么会选择对莲贵妃下手?

  卿尘秀眉微攒,原本奉命留在莲池宫的冥魔自出事之日就失去了踪迹,冥衣楼多方寻找,却至今不见消息。冥衣楼要找的人居然石沉大海,这本就是极不寻常的事,何况这个人是冥魇。

莲贵妃薨，生生阻拦了夜天凌平靖西北的步伐，更让夜天凌与殷家甚至湛王之间再添新恨。这是坐山观虎斗的布局，卿尘暗自想着，却又隐约觉得有什么地方不对。只是除此之外，她找不出有人要杀莲贵妃的动机。最重要的是，是什么人会这样清楚莲贵妃对夜天凌意味着什么？

四周寒意越来越重，卿尘微微咬唇，快步往外走去。一出殿外，便见夜天凌背着身子站在台阶的最高处，天空中乌云压得格外低，他孤独地站在那灰色的苍穹之下，单衣萧索，一身的清冷。

冷风推着云层缓缓移动，几丝残花卷过，零星仍见点点雨丝。

夜天凌听到了卿尘的脚步声，却没有回头，他一动不动地凝望着那毫无色泽的天穹，眼中是一脉深不见底冰封的孤寂。

"四哥。"

风微过，凉意透骨，卿尘听到夜天凌用一种缓慢而苍凉的声音道："师父、十一弟、母妃，他们都走了，近者去，亲者离，孤绝独以终，这是孤星蔽日，天合无双呢。"

卿尘心头似是被一把尖利的匕首抵住，泛起隐痛刺骨。她上前一步，紧紧握住夜天凌的手，用力将他整个人扳过来面对着她："不是！什么孤星蔽日，都是胡说的。四哥，你还有我。我不信这天命，只要我还在你身边，你就不是什么孤星！"

夜天凌眸中深深浅浅，是难以名状的哀伤，更有一丝复杂的感情不期然流露出来。他轻轻地将卿尘拥入怀中，下巴抵在她的头顶，声音暗哑："母妃一点儿都不留恋这个世界，也不在乎我这个儿子，清儿，我只有你了。"

卿尘只觉得他浑身冰冷，没有一丝温度。她微微挣开他的手臂，抬头看去，他清瘦的面容之上是她从未见过的消沉，那眼中的阴霾如轻云遮蔽了星空，令天地失去了颜色，更如夹着冰凌的潮水，沿着她的血液散布，将心头的隐痛一丝丝牵扯。

她几乎是焦虑地在他眼中寻找往日的神采，他只是低头看着她，像是要将她看进心里去，清寂的目光使原本坚冷的轮廓平添了几分柔和，却叫人不由得害怕。她紧握了他的手，近乎尖锐地一扬眉："四哥！你错了！母妃是被人杀害的，她不是自尽！"

夜天凌神情骤然僵住："你说什么？"

"我刚刚看过了，缢痕在颈后相交，这不可能是自尽留下的痕迹。事情本来就蹊跷，好端端的母妃为什么要自尽？宫中的冷言冷语她听了一辈子，难道还在乎皇后几句斥责？还有迎儿，她平日里最是开朗，怎会眼见母妃求死不但不劝，反倒殉主而去？有什么天大的事情她们会都想不开？"

夜天凌沉声问道："你是说，有人潜入宫中杀了母妃，又为掩人耳目，造成自缢的假象？"

　　卿尘道："不错，白夫人到北疆之前，母妃还派冥魇送来了平安符。她怎么会不在乎你？她日日都盼着你平安回来，更盼着我们的孩子出生。她的心思别人不懂，莫非我们还不懂吗？"

　　这一句句的话，在夜天凌心中掀起难以遏制的悲愤，然而他周身是静冷的，杀意，阴沉沉让人如坠冰窖的杀意，深冷而凌厉，可以将一切洞穿粉碎，寸甲不留。他双手紧握成拳，薄唇透出一种苍白的冷厉："是什么人做的？"

　　卿尘道："先查当初来莲池宫的御医，他若非渎职，便是受人指使，隐瞒实情。"

　　"冥魇，她不可能毫不知情。"夜天凌道，"派出冥衣楼所有人手，冥魇生要见人，死要见尸。能在莲池宫行凶的人，必然对宫里情况极其熟悉，也肯定有其他的帮手，要找主凶，便从这些爪牙入手。"他眼中深光隐隐，犀利迫人。那一瞬间，卿尘重新看到了那个傲视天下的男子，那种滴水不漏的冷静，将所有事握于指掌的沉定与自信，她无比熟悉。

　　风吹进眼中微凉，卿尘轻轻闭目，只觉得浑身松弛了下来，竟有种失而复得的感觉。她从来都不曾这样清楚，他原来已经如此深刻地化作了自己血肉的一部分，悲欢与共，生死相连，每一丝波动都牵动着彼此，再不可能有一个人独活。

　　冷风阵阵，吹得殿前白幔翻飞，化作一片波浪茫茫的深海。旧仇新恨，满心悲痛，夜天凌面色如霜，一字一句道："我夜天凌不报此仇，誓不为人！"

十四夜 作品

醉玲珑（下）

十年珍藏版

浙江出版联合集团
浙江文艺出版社

目录
·下册·

599 _ **第一章**
机关算尽太聪明

607 _ **第二章**
明朝更觅朱陵路

615 _ **第三章**
踏遍紫云犹未旋

622 _ **第四章**
杜曲梨花杯上雪

626 _ **第五章**
前程两袖黄金泪

634 _ **第六章**
何处逢春不惆怅

642 _ **第七章**
山登绝顶我为峰

649 _ **第八章**
公案三生白骨禅

657 _ **第九章**
千尘雪底东风破

663 _ **第十章**
无限月前沧波意

671 _ **第十一章**
一川明辉光流渚

678 _ **第十二章**
桂宫长恨不记春

689 _ **第十三章**
水随天去秋无际

700 _ **第十四章**
伤心一树梅花影

708 _ **第十五章**
万里同心别九重

714 _ **第十六章**
玉寒雪冷轩辕台

719 _ **第十七章**
激浊浪兮风飞扬

726 _ **第十八章**
山明落日水明沙

735 _ **第十九章**
莫损心头一寸天

743 _ **第二十章**
麒麟吐玉盛阳春

747 _ **第二十一章**
万树桃花月满天

752 _ **第二十二章**
暮雨潇潇闻子规

758 _ 第二十三章
　　　琼台金殿起秋尘

764 _ 第二十四章
　　　长宵永夜花解语

768 _ 第二十五章
　　　兰池春暖露华浓

773 _ 第二十六章
　　　曾经沧海难为水

780 _ 第二十七章
　　　除却巫山不是云

784 _ 第二十八章
　　　世事如棋局局新

792 _ 第二十九章
　　　云去苍梧湘水深

796 _ 第三十章
　　　碧落黄泉为君狂

802 _ 第三十一章
　　　天河落处长州路

808 _ 第三十二章
　　　奇花凝血白灵脂

813 _ 第三十三章
　　　玉漏无声画屏冷

817 _ 第三十四章
　　　傲骨冰心彻明寒

821 _ 第三十五章
　　　九天阊阖风云动

826 _ 第三十六章
　　　袖里乾坤卧潜龙

830 _ 第三十七章
　　　华容翠影怜香冷

834 _ 第三十八章
　　　昆山玉碎凤凰鸣

839 _ 第三十九章
　　　千古江山万古情

844 _ 第四十章
　　　海到尽头天作岸

849 _ 后记

目录 ·下册·

第一章 机关算尽太聪明

风过，云动。

深远的宫门前，御林禁卫持戈而立，见到刚回天都的凌王后几乎是不约而同地一凛，整肃军容，同时行礼。

夜天凌眉梢微紧了一下，稍纵即逝，他只抬了抬手，并不急着入宫，反而在宫门前静立了片刻。现在已是御林军统领的方卓正巡视至此，快步过来，扶剑往前一拜："见过殿下！"

四周安静，整个禁宫此时无人往来，白玉甬道宽阔地显出一种肃穆下的庄严，巍峨大殿，层叠起伏。

夜天凌垂眸往方卓看去，竟连一句"免礼"也没说，只是负手身后，凝视于他。

那目光中有种压力，方卓甚不得解，抬头看去，夜天凌眼波一动，环视周围："御林军很好，没让本王失望。"

现在御林军虽已不再归凌王掌管，但当初那些在凌王手中的日子却让每个侍卫刻骨铭心，终生难忘。方卓道："殿下的教诲，我们时刻铭记在心。"

夜天凌眼光忽而一锐，唇角微冷，举步往宫中走去，在他转身的时候方卓听到一句话："那么也别忘了，御林侍卫一入禁宫，只拜天子！"

雪色的袍角微微掠起，仿佛一道犀利的闪电无声划过，方卓霍然惊觉，才知眼前有何不妥，低声道了句："末将疏忽！"即刻退开。

便在此时，一阵急促的马蹄声远远响起，瞬间便接近宫门。已经走出数步的夜天凌闻声回头，他眼力极好，穿过幽深的门洞尚隔着段距离便已看见了马上来人，心中竟难以抑制地猛然震动，但只一瞬，却又恢复了平静。

朗目如星，身姿潇洒，是像极了十一啊！但敢在禁宫门前肆意纵马疾驰，除了飞扬不羁的十二皇子夜天漓却还能有谁？

黑骥如风，眨眼的工夫已到近前。十二甩镫下马，将马鞭一掷丢给了侍卫，大步向前走去，玄衣玄袍，一身犀利。

夜天凌立在原地未动，十二笔直走到夜天凌面前站住，盯着他问："十一哥呢？"

夜天凌深黑的瞳孔紧紧一缩，十二再逼问道："十一哥呢？"

夜天凌脸色有些苍白，过了片刻，他缓缓道："三个月前的奏章中已经写得很清楚，我不想再说第二遍。"

十二双拳紧握，喉间因激动而轻轻发抖，他在与夜天凌对视了许久之后，哑声再问："好，我只想知道，是不是七哥？"

夜天凌目光平静地看向他，如极深的夜，隐藏着天幕下所有的情绪，或者，根本就不曾有过丝毫情绪："不是。"

这个回答显然出乎十二的意料，他愣在夜天凌的注视下，那目光像在人心上当头浇了一桶冷水，浇灭熊熊燃烧的火焰，他皱了眉："那究竟是什么人害死了十一哥？"

夜天凌语调依旧平缓："统达丧命乱军之中，始罗祭了我灭亡突厥的战旗，史仲侯已经以命抵命，邵休兵等人现在都入了刑部大牢。如果你一定要追究，可以怪我。"

十二眉间蹙痕越收越紧，原本攥着的拳头却松弛下来，稍后，他语中略含歉意："四哥，抱歉，我不是来责怪你的。"

夜天凌淡淡道："我知道。"他转身往致远殿的方向走去，十二自后面跟上："你为何要替七哥开脱？别以为我不知道，这事和他脱不了关系！"

夜天凌缓步走着："我并没有兴趣替别人开脱。"

十二道："难道不是因为援军迟来，才害得你们被困雁凉？"

夜天凌道："换作是我，在那种情况下也未必能早到一刻，七弟尽力了。"

十二恨声道："既然殷家动了手，他如何能置身事外？"

夜天凌道："一个殷家，有些时候并不是湛王府的全部。"

十二一向放浪率性的眼中透出薄冰般的寒意："但我绝不会放过殷家。"

夜天凌迈上了大殿最高一层的玉阶，忽然停步。薄云散开，阳光逐渐耀目，他站在微风飒飒的高处，回身看向十二："十二弟，不要让苏家卷进任何事。"

十二看了他一眼，突然笑了："四哥，自从十一哥和你形影不离那日起，苏家便已站在了你的背后，难道你不知道？父皇早就默许了这一点，难道你也不知道？"

夜天凌神情漠然，不曾因这话而有丝毫震动："我知道，但我不需要。"说完之后，他转身长步离去，孤傲的身影很快消失在渐行渐深的大殿中。

沿着两排飞龙腾云的楹柱走去，轻风缓动，层层悄然静垂的金帷偶尔翻露出繁复精致的绣纹。跨经一道道雕金嵌玉的高槛，致远殿中越来越安静，便显得那高擎在两侧缀珠九枝座上的长明灯逐渐明亮起来。

孙仕上前躬身行礼，夜天凌微微点头，迈入宣室，光洁的黑玉地面上照出修长的影子。

"儿臣，参见父皇。"

云龙金幄之前的广榻上，天帝闭目半靠："凌儿，是你回来了？"

夜天凌道："是，父皇。"

"回来了。"天帝似是喟叹一声，问道，"有没有去莲池宫见过你母妃？"

孙仕心中一惊，不禁就往凌王那边看去。地面上倒映着干净的身影，乌靴、白衣，再往上是一片模糊的神情，如隐在层层水雾的背后，看不清，探不透。

却听见夜天凌平定的声音："回父皇，今日辰时三刻，儿臣护送母妃灵柩迁入东陵，申时礼部的奏报已上呈御览了。"

毫无波澜的答话，竟像是君臣奏对的格式。话音一落，殿中突然泛起一阵令人屏息的寂静，过了许久，才听到天帝道："哦……朕竟忘了，莲儿已经不在了。"

天帝坐起身子，缓缓伸手拨开半垂的云幄，孙仕急忙上前搀扶。天帝看着夜天凌一身素白的袍子，俊冷的眉眼，半晌，慢慢道："凌儿，你像极了你的母妃，天生一副冷性子，倔强得很，也该改改了。"他站起来，挥手遣退孙仕，步下龙榻。

夜天凌静静道："儿臣谨遵父皇教诲。"

天帝走到他面前，目光落在他毫无情绪的脸上："你也像极了朕。"他抬手扶上夜天凌的肩膀，语出感慨。

夜天凌略觉意外，下意识抬起眼帘，心底竟不能抑制地微微震动。他从未想到父皇已如此苍老，与大半年前竟判若两人，那一向威严有神的眼睛此时仿佛被一种莫名的空茫遮挡了光泽，迟缓而毫无神采，眼角的刻痕深深显露出岁月的痕迹，撑在他肩头的手是无力的，几乎要靠他的力量去支撑才行。

原本即便贵为皇子，亦不能同天帝这样并肩而立，但夜天凌却感觉只要失去了这个依恃，天帝便随时可能会倒下，所以他只是将眼眸微垂："父皇。"

天帝似乎是在审视他，继续道："莲儿终究是不肯原谅朕，不过她把你留给了朕，很好。"

夜天凌唇角牵着无形的锋锐，像初冬时分湖面上一丝薄冰，微冷。然而他的声音依然平稳："儿臣这次让父皇失望了。"

天帝在孙仕的搀扶下落座："蜀中安澜，四藩平定，漠北扩疆三千里，你做得很好。"

夜天凌沉默了片刻："如此兴师动众却未竟全功，儿臣惭愧。"

天帝只挥了挥手，阻止了他另外尚未出口的自责，却问道："你去过日郭城吗？"

夜天凌道："儿臣去过。"

"嗯。"天帝轻合上眼睑，缓缓道，"朕记得，日郭城是很美的地方。"

夜天凌道："是。"

天帝不再说话，似乎陷入了极遥远的回忆中。

轻纱飞天，是丛林翠影中一抹如云的烟痕，歌声如泉，银铃叮咚。

古城落日，边角声连天，战旗招展中，又见那临风回眸的一望，雪衣素颜，于黄沙漫漫的天际缥缈。

长案上静陈着一摞未看的本章，最上面一本正是不久前礼部上呈的奏章。透过雕花的长窗，斜阳的影子一点点映上地面，尘影浮动，光阴寸寸，在无声的岁月中回转，流逝。

"陛下。"不知过了多久，孙仕谨慎地请问，"凤相和卫相他们都已经来了，今天还见不见？"

天帝睁开眼睛，孙仕再道："说是有军报。"

"让他们进来。"

见到凌王这时候也在，凤衍和卫宗平多少还是有点儿意外，殷监正心中自然更是平添揣酌。孙仕接过兵部呈上的战报，天帝目光在上面停了停，"凌儿。"

孙仕伺候天帝几十年，闻声知意，转身将战报递至凌王手中，殷监正眉梢一挑。

夜天凌对众人表情视若无睹，将战报展开看过之后，简单地道："父皇，西突厥亡。"

是捷报，湛王大军连战告捷，大破西突厥王都。突厥一族纵横漠北数十年，至此死伤万千，几乎折损殆尽，少数幸存之人远走大漠深处，流亡千里，从此一蹶不振。天朝铁骑饮马瀚海，驰骋漠北，放眼再无对手。

夜天凌声音中没有丝毫波动，他似是早料知了这结果，天帝亦然，只是在场的几位辅臣跟上了恭颂的场面话。

"唔，"天帝点头沉思了片刻，"战事已久，是时候该撤军了。"

短短数字，却叫眼下心思各异的人猜测纷纭。大军动向关系着军权去留，卫宗平同殷监正暗中交换了一个眼神，凤衍唇边浮起隐隐冷笑，已抢先道："近来大军每月消耗的粮草已令国库吃紧，陛下仁慈，平息干戈，实乃圣明之举。"

殷监正接着道："陛下，粮草军需不足顾虑，国有所需，臣等岂敢不鞠躬尽瘁，为君分忧！"

卫宗平亦恭声道："北疆初定，人心浮动，陛下，此时撤军是不是为时尚早？"

天帝闭目不看他们，对这些话只是听着，似乎另外在等待着什么。众人话音落了，夜天凌将手中战报交还孙仕，方徐徐道："父皇，北疆一定当借此良机整饬西域，否则便是给吐蕃坐大的机会。那赤朗伦赞并非池中之物，必不甘久居人下，若让他联合西域诸国，则难保不是第二个突厥。"

此言一出，就连凤衍都忍不住看向他，卫宗平等更是难掩那份惊讶。如此收回军权的良机夜天凌抬手放过，让他们已想好的大篇措辞便在此落了空。

剑出鞘，骤然失去对手，一阵轻松之后，殷监正不喜反忧，摸不透看不着的对手，岂不是最可怕？

但无论如何，若能紧紧把持兵权在手，湛王文武风华尽展于天下，便是众望所归了。

此时天帝目光落在了夜天凌静肃的神情中，脸上忽而浮出一笑，越发显得唇角那皱纹更深："你的意思是兵慑西域？"

"对，兵慑。乘此胜势，整兵过境，以示军威，告诫西域诸国不要有异心妄动，否则突厥便是先例。"

"兵慑，过硬了些，驻军甘州，让湛王出使吧。"天帝重新闭上眼睛，"你们可有异议？"

"臣附议！"

"臣附议。"

"臣，附议。"

殿中片刻的静默之后，天帝抬手，孙仕轻轻躬身，众人跪安后依次退出宣室。

站在致远殿的台阶上，凤衍看着凌王修挺的背影在落日的金光中从容远去，向来宠辱不惊的眼中泛起几许深思。几十年朝堂风雨，他太了解天帝了，只是此后，是否也能像了解天帝一样把握凌王的心思？

"让湛王继续统领兵权，震慑西域？"简慢而阴柔的声音，在汐王府的静室中微微回荡，似乎并不着太多的力，却叫人听了心里像被塞进一把冰雪，许久之后仍有丝丝凉意，凝聚不散。

胡三娘慵然倚在近旁，红罗缠腰，长绢曳地，勾勒出曼妙的身段，深深美目如丝如媚，她悄声打量着。说话的人坐在汐王对面，一身灰衣洁净讲究，身形消瘦，言行之间毫无情绪牵动，似乎不论谈到什么事都是一副平波无澜的表情，与此相比，那只扶在案上的手倒反而更能表现主人心中真实的想法。

净白细润的手，保养得极好，此时修长的中指缓缓叩着桌案，食指却微微弯曲与拇指抵在一起，因用力而使原本柔和的骨节略微突起，这表示手的主人正在思考一个难题。

过了会儿，那灰衣人略一抬眸，一双狭长而妖媚的眼睛闪过，波澜涌动的明光几欲刺目，虽是稍纵即逝，却让那张原本平淡无奇的脸瞬间神姿迥异，生出诱人的蛊惑。胡三娘呆了片刻，一直替汐王揉着肩头的手不由自主地停了停，心底竟泛起一股凉意。若这双眼生在了女人身上，不知能颠倒多少男子，勾摄多少神魂，只是生在这样一个男子身上，总叫人觉得不安，是太妖异了，连她这见惯风月的人都有些受不住呢！

"殿下，"那人再开口说话，分明是谋士的身份，语气中丝毫没有对主上的恭敬，"你难不成是想和凌王争这一份兵权？"

夜天汐正看似漫不经心地把弄着一柄乌鞘短剑："兵权是什么分量，庄先生难道不知道？"

庄散柳似乎冷笑了一声，笑无笑颜，连那丝略带讥诮的冷声都叫人听不太清："我早就提醒过殿下，不要从凌王手中打兵权的主意，别说是你一个，就算所有人加在一起，也抵不过一个凌王。"

"哦？"夜天汐像是对庄散柳这副态度已见怪不怪，倒不十分在意，"此话未免言过其实了吧？"

庄散柳眼帘微垂，一刃妖冶的锋芒瞬间隐下："夜天凌三个字，在天朝将士眼中是战无不胜的神，是他们崇拜追随的军魂。什么圣旨虎符，在凌王面前不过是一纸镶了金的空文、一块雕得好看点儿的石头罢了。知己知彼方能百战百胜，殿下难道至今对自己的对手还这么不了解？"

夜天汐皱眉："难道就这么看着兵权旁落，无动于衷？"

庄散柳面无表情，一张脸静如死水，只无法隐抑的是眼中几分嘲弄："殿下想怎么动？论军功，你不及凌王，手中唯有京畿卫尚可一用；论声望，你不及湛王，对门阀士族毫无影响力；便是单论出身，你还不及济王，定嫔娘娘在宫中三十年了，若不是去年册封殷皇后陛下加恩后宫，到如今也只是个才人。这兵权要夺，也轮不到殿下，除非凌王和湛王两败俱伤，否则殿下你没有任何机会做那个上位者。"

如此直白而不留情面的话，夜天汐霍然抬眸，目光如剑直刺过去。庄散柳仍旧面不改色，只是眼中那份妖异愈深，阴森迫人。

夜天汐握着短剑的手掌渐渐收紧，额前一道青筋微微一跳，但只短短刹那，他面色便恢复了平定，"既然如此，你岂不是找错了人？"

庄散柳冷眼看着夜天汐克制怒意，语气满不在乎："我既找了殿下，便有我的理由。至少殿下你比济王聪明些，也比湛王手段够狠。暗中拉拢长门帮与碧血阁这种江湖帮派，借天舞醉坊的案子弹劾湛王；鼓动京畿卫和御林军发生冲突，对太子落井下石；勾结突厥，暗害凌王；这次又泄露军情，以至澈王丧命疆场。不显山不露水，这些事殿下做得天衣无缝，高明！但是想要对付凌王，我早就说过，上马征战，没人能胜他手中之剑；下马入朝，一样也没人能比他多占几分上风。殿下不妨记下我这句话，对凌王，

除了用非常手段，别无他途。"

听庄散柳将一桩桩旧事清楚道来，夜天汐瞳孔深处缓缓收紧，一抹杀机隐现其中。只是怒气越盛他脸上反而越带出几分笑容："非常手段？比如说莲贵妃？"

"莲贵妃？"庄散柳阴沉的话语透着寒意，"莲贵妃最多只是让凌王的脚步略停一刻罢了，能不能挑起他与湛王相争尚属未知。别怪我没有提醒殿下，那个御医留着夜长梦多，以凌王的手段，早晚会察觉异样，凡事先下手为强！"

夜天汐虽恨极庄散柳说话的方式，却始终在那文质彬彬的面容之上不露分毫。眼前此人傲气凌人是不错，但他说的句句都是实话，难听且刺耳的实话跟着阴毒的主意，至少眼下凌王已折了一条臂膀，再加上丧母之痛……若能扳倒这样一个强敌，简直等于扫清了前进的道路。这个庄散柳显然对凌王有着切齿的痛恨，顾虑非常，也知之甚深。不仅是凌王，朝堂局势但凡有一点儿风吹草动，他都了如指掌，应变而动，每收奇效。吴州庄家，从未听说过还有这么号人物，他深思的眼神不由又落在庄散柳那张刻板无情的脸上，逡巡探察，却丝毫不得端倪。那是精细的人皮面具，惟妙惟肖，几可乱真，虽细看也不是看不出来，但面具这种东西本来也不过就是告诉你，我不想让你知道我是谁，所以你也不必在这张脸上多费心思了。

庄散柳知道夜天汐在打量他，却似有恃无恐，并不放在心上，他瞥了一眼胡三娘，傲慢地问道："殿下身后那个女人应该不是只会捏肩捶腿吧？"

胡三娘与他的目光一触，只觉得像是有只冰凉的手逼到近前，说不出的怪异，定了定心神，水蛇腰一扭，往汐王那边靠得更近些，媚声道："庄先生，若不是三娘认出了冥魇那个死丫头在莲池宫，你哪里那么容易知道凌王母子的关系？"

庄散柳冷哼一声："想从莲池宫查出的事石沉大海，莲贵妃人却已经死了，剩下一个活着的，你至今拿她没办法。连个毫无反抗之力的女人都对付不了，殿下当初将你从京畿司的大牢里面弄出来，难道就存了这么点儿期许？"

胡三娘美目微瞪，待要发作，却被夜天汐一眼扫来，又生生忍住。庄散柳看在眼中，视若无睹："长门帮虽然毁在了湛王手里，但碧血阁完好无损，我所说的非常手段，殿下想必已经清楚了吧？"

夜天汐眼底精光骤现："你是说……"

"这世上最令人轻松的对手，是死人。"庄散柳丢下这句话，起身道，"殿下既然明白了我的意思，庄某便拭目以待。不过殿下千万别忘了，无论你用什么法子，不要动凌王身边那个女人，她是我的。"

夜天汐看着庄散柳扬长而去，待那个狂妄的身影彻底消失之后，他眼中凶光骤盛，猛然挥手。嗖的一声厉啸，他手中的短剑穿过精致的花窗直击中庭，在一株碗口粗的树上没柄而入，惊得几多飞鸟仓皇而起，一时间乱声叽喳。

胡三娘亦吓了一跳，回过神来忙柔声道："这个庄散柳也不知究竟是什么人，如此不知天高地厚，殿下何必和他动气？"

　　夜天汐面色阴沉，狠狠道："不管他是什么人，本王总有一天让他死无葬身之地！"

　　胡三娘一双柔若无骨的手缠上他的脖子，吐气如兰："殿下息怒，待到登临九五的那一日，什么人还不在殿下指掌之间？到时候殿下让他三更死，阎罗也不敢放他到五更。"

　　夜天汐怒气稍平，反手捏起她小巧的下巴，胡三娘闭目逢迎，主动送上香吻。

　　春光缠绵中，夜天汐却冷冷睁着眼睛，丝毫没有表露出沉醉于温柔的迷乱，目光阴鸷，清醒骇人。

　　兵权，叫他怎能甘心放弃！即便以非常手段铲除凌王，篡夺皇位，如今手握重兵的湛王始终都是最可怕的威胁。一旦他破釜沉舟兵逼天都，士族门阀又岂会袖手坐视？中枢大乱，那将是一种什么样的局面？

　　然而他却始终没有想到，这个目中无人的庄散柳，究竟是为了什么要搅起这一潭浑水？难道仅仅是为了凌王身边那个女人吗？

第二章 明朝更觅朱陵路

万里无云的春日，晴空耀目，碧蓝如洗。

阳光极好，透过娇艳含羞的花枝洒开一地碎影明媚，柳色舒展，榆槐成荫，浓浓翠翠已是一片秀润。望秋湖上水光淡淡，暖风如醉微波点点，飞花轻舞，落玉湖，飘香榭，轻轻袅袅，安闲自在。

微风阵阵吹得珠帘轻摇，沿着天机府后殿走进去，巨大的水磨青石地面平整深远，安静无声，四处仍泛着些许的凉意。

忽然有轻微的脚步声自殿外传来，一人迈步拖沓，一人步履落地却几不可闻，一前一后，深入大殿而去。

细花透亮的冰盏，清清爽爽漂着几朵舒展的黄菊，纤柔的手指衬在似能沁出水来的天青细瓷上，隽秀而雅致。

"凤主，人带来了。"

卿尘静静放下手中茶盏，凤眸微抬，越过冥则那张和他的声音同样古板的脸，看往他身后。

"下官……见过王妃！"

卿尘柔软的唇边露出一丝轻缓的微笑："王御医，我今天觉得有些不舒服，辛苦你来府中一趟了。"

御医王值今早刚出伊歌城便被拦个正着，糊里糊涂进了凌王府，额前隐隐带着丝冷汗，垂首道："这本是下官分内之事，但在王妃面前，下官不敢班门弄斧。再说……再说今日下官并不当值，所以什么都没有带，恳请王妃准下官回去拿才好。"

卿尘微微扬了扬头："若是为此，便不必了，金石针药凌王府中一应俱全，你可以随意取用。此时出了这里，只怕你去得，回不得。"

王值心虚地抬眼看了看上面，宁静的殿宇中，一幅长长的素色屏风绘着轻云出岫的奇山景致。屏风前凌王妃一身湖色衣服如笼着烟水，清雅的眉眼，沉静的唇角，在那抹清透的目光下他只觉得无处遁形，仿佛心中想什么都被看得一清二楚，连一句谎话都无心再去搜罗："王妃……下官……下官……"

卿尘徐徐道："我要问什么，想必你自己心里也清楚，把你知道的说出来，凌王府绝不会为难你。"

王值低声道："下官愚钝，实在不知王妃所言何事。"

卿尘眸光潜静，声音也淡淡："哦，看来需要我提醒一下你了，这样吧，不如你先见几个人。"微一示意，冥则转身出去，不多会儿冥衣楼部属抬了几副担架进来，白布一掀，竟是几个已死去多时的黑衣人。

王值唬了一跳，颤声道："王妃……这……这是何意？"

卿尘对几具尸首视而不见，只静静看着王值："这前两个人是昨晚凌王府的侍卫在你家宅后院截下的，后两个是死在伊歌城外，半夏亭。"

听到"半夏亭"三个字，王值浑身一震，匆忙垂下眼睛，身子因惧怕而微微颤动："下官……什么都不知道，不知道。"

冥则见他一口咬定毫不知情，冷声道："凤主，将他交给属下吧，半个时辰之内属下定让他一字不漏地说清楚。"

卿尘笑了笑，道："你们那些法子，王御医恐怕经受不住，不过看看也好，看过后能想起些什么也说不定。"

"是！"

王值战战兢兢地被冥则带到数步之遥的一间暗室，刚一开门，他忽然惊恐地叫了一声，伸手抵住门边欲后退。

卿尘端起手边的茶，似是没听到那声充满恐惧的惊呼，缓缓啜了一小口。冥则冷哼一声，手下只加了几分力度便将王值推入室内，眼见门便要关上，王值失声惊叫："王妃！王妃！我说，我全都说！王妃饶命！"

"冥则！"卿尘并不高的声音淡淡响起，冥则黑着脸将已经手足酸软的王值拎起来带回原处。

淡淡一抹微苦的花香四溢，卿尘将茶盏放下，润雅的水色中，几朵菊花身不由己，浮浮沉沉，慢慢又恢复了平静。

冥则一松手，王值扑倒在前面，几欲失声痛哭："王妃，不是下官不想说，下官一家老小都在他们手中，下官是不敢说啊！"

卿尘道："你一家四口人本是被带去了半夏亭等你，若凌王府的人去晚一步，加上你五个人，现在恐怕已经在路上了。不过这条路却不是离开天都重获自由的路，而是黄泉之路。你的父母妻儿现在都在一个安全的地方，把你知道的事情一五一十地说出来，

我不会为难你。"

王值匍匐在地，本以为今日可以与家人脱离险境，谁知前狼后虎，处处都是死路一条，心中惨然不已。卿尘却像是能看透他的心思，淡声道："你放心，我无意拿你的家人胁迫你，想让你说实话有很多种方法，我并不十分喜欢用这一种。即便今日你不说，我也会派人将他们送出天都好好安置，但是要不要和他们一起走，却需要你自己想清楚。"

事已至此，王值走投无路，只得道："下官……愿意说。"

卿尘垂眸看向他："贵妃娘娘究竟是怎么去的？"

王值声音发涩："表面看起来是自缢，其实在悬梁之前便已经有人下了毒手了。"

卿尘道："什么人做的？"

王值急忙道："这个下官确实不清楚。"

卿尘谅他也不可能知道具体，便再问："那么是谁授意你大胆瞒下此事？"

王值道："是……是定嫔娘娘，我一时贪财……只想贵妃娘娘在宫中向来没有人注意，不会有什么事，谁知……谁知……"

卿尘声音微冷："你大概忘了一件事，贵妃娘娘是四殿下的母亲。"

王值语音发抖，颤颤道："四殿下……啊！是……是……下官该死，下官该死……"

卿尘一时间不再说话，王值伏在地上，明明是清凉的大殿，他额头却汗淋淋一片，一滴接一滴落下，不多会儿身前的地面上便洇了深青色一片。

定嫔，卿尘神情静漠地望着那一盏菊花漂浮，果然是汐王。她纤细的手指在光洁的案面上轻轻划下一道横线，沿着这道横线写下去，是一个"五"字。最不惹人注目的一个，隐在暗处的，伺机而动的，一匹狼。

若说这大正宫中还有哪个皇子比四皇子更沉默，那便是五皇子夜天汐。

闲玉湖上泼墨吟诗没有他的身影，昆仑苑中纵马飞猎不见他出现，太极殿前文武汇聚也听不到他的高谈阔论。默默无闻的人，虽统领着京畿司，却着实是天都最出力不讨好的差事。

但他是踏实的，似乎甘心被湛王的风华所遮盖，也甘心追随在凌王如日中天的战功威名之后，甚至有些时候人们都记不起还有这样一位皇子。

他的母亲定嫔，出身卑微，相貌平凡，在三宫六院的妃嫔之中随时可能被忽视。承平宫常年门庭冷落，一年之中怕也唯有几次盛大的宴会才有机会见着天帝，深宫岁月，白头寂寥。

然而野心不会因为这些而被磨灭，相反，如同野草，即便处于贫瘠的石缝，风吹雨淋，当它滋生蔓延的时候，任何事情都挡不住，任何人都无法逃脱。

卿尘抬手轻轻拂过，案上留下的痕迹瞬间被抹杀，她看向王值："你跟他们走吧，会有人送你们离开天都。我给你一个忠告，从今天起忘了贵妃娘娘，忘了定嫔，最好连王值这两个字也忘掉，凌王府护不了你们一辈子，你好自为之吧。"

温婉的声音似在耳边，却又高高在上："谢……谢王妃开恩！"王值以额触地，抬起头来，只见凌王妃早已起身，沉静的衣袂如云岚，从容飘逸，隐隐消失在大殿深处。

又是一年暮春初夏，延熙宫的忍冬藤缠绵招展攀满回廊，浓荫曼影，青翠欲滴。金银两色的小花点缀在修长的枝叶间，阳光落了淡淡一层，温暖中带着几分清香可人。

夜天凌从延熙宫出来，或许是映在眼底的光线过于耀眼，他紧锁着眉，似乎并不因阳光的煦暖而感到愉悦。皇祖母老了，他看在眼中，来延熙宫的次数越来越频繁，至少不管多忙每日都会前来问安。然而无论是天子王侯抑或是美女英雄，岁月的脚步并不会因此而停留，他心底十分清楚。

迎面罗衣窸窣，环佩轻响，夜天凌抬头看去，是苏淑妃带着几个侍女正往太后寝宫过来。舒缓的步伐，袅娜的身姿，阳光下的苏淑妃有着一种柔和的美，芙蓉绢裳秀婉如水，春风不着力，缓缓掠过她温丽的面容。

"淑妃娘娘。"因为十一的缘故，夜天凌对苏淑妃并不生疏，此时苏淑妃到了近前，她唇角轻轻含笑，但那美好的眉目间略带的一丝憔悴却那样清晰地落在了夜天凌眼中。

苏淑妃在见到夜天凌的瞬间，便不由自主地往他身后看去，接着眼中无法掩藏地掠过忧伤与失望，夜天凌竟也下意识地回身。

清风空过，物是人非。

夜天凌唇角微紧："……娘娘请保重身子。"

苏淑妃眼中泛起淡淡清光，侧首垂眸，定了定心神，稍后，她柔声道："这些日子也难为你了。"转身命侍女们退开，慢慢向前走去。夜天凌迟疑了片刻，并未像以前一样就此告退。

挺拔的身姿，俊冷的神情，苏淑妃淡眼看夜天凌默默陪在身边，他并不说话，似乎是不知道该说什么，只是缓缓地迈着步子。苏淑妃停下脚步，立在了青枝缠蔓的浅影下，看向夜天凌："在这深宫里，贵妃娘娘和我算是亲近的，不知此时你可愿叫我一声母妃？"

按宫中的惯例，除了对皇后要用"母后"的敬称之外，皇子只对亲生母亲称母妃，其他妃嫔皆按品级以娘娘相称。听了苏淑妃的话，夜天凌略有片刻的沉默，随即他往后退了一小步，轻轻一撩衣襟，竟对苏淑妃行了正式叩拜的大礼："母妃。"

他的声音清淡而坚定，如他一贯的作风，只要决定了的事，从来没有敷衍。

苏淑妃忙抬手挽他起身，心中竟狠狠地一酸，眼中的泪禁不住便落了下来。

夜天凌低声道："母妃……是我没有保护好十一弟，我……"面对一个母亲，向来坚硬的心中似乎也有那么一处会软化。然而该说什么呢？能说什么呢？纵自责千遍，又有何用？多少个夜里不眠，多少次也想借酒消愁，只是都无益。志在必得啊！有时候他心里只余了这四个字，坚冷而狠硬地深刻在眼前，直渗进骨血里去。

片刻的失态，苏淑妃很快恢复了平静："这不怪你，自从澈儿真正领兵，我便知道早晚会有这么一日，虽然总想拦着他，但我还是放他去了。他若是个女儿，我怎么也时时将他护在身边，但他不是，他是天朝的皇子，马踏山河，逐敌护国，这是男儿的志向。我虽终究是留不住他，但却替他高兴，你们之中，我的澈儿是活得最潇洒最快乐的孩子，因为他一直在做着自己喜欢的事。我是他的母亲，没有人比母亲更了解孩子，只要他心里没有遗憾，我便也放心了。凌儿，你不必自责，若看不透，活着的苦痛远比死亡更甚。"

夜天凌静静听着苏淑妃的话，缄默沉思，而后淡声道："母妃所言，儿臣受教了。"

苏淑妃微微一笑，却又叹了口气："但我却不放心漓儿，澈儿向来跟你在一起，纵有年少气盛的时候，骨子里终究是稳当的。但漓儿自小被我宠得无法无天，皇上也纵容他，着实叫人担心。如今在朝中，你要帮我多看着他。"

夜天凌微紧了紧眉梢。近来十二皇子频频奏本参劾，先前羁押在大牢的邵休兵等人被连加重罪。刑部迫于这等压力，将其由原本判定的夺爵流放直接改判斩监候，秋后处决。紧接着便有与苏家关系密切的几位殿中侍御史，联名弹劾工部年前修缮宣圣宫北苑宫殿时贵买木材，以次充好，私吞造项，而当初负责此事的正是殷监正的长子殷明瑭。

这虽确有其事，但殷家这些事既敢做，自然做得天衣无缝。殷明瑭有惊无险，只是被弄得灰头土脸极狼狈，恼羞成怒中亦指使官员上本参劾，暗地里直指十二皇子在天都飞扬跋扈，行事张狂，有失体统。

这样几次下来，朝堂上风起云涌火星迸射，一向处事中和的苏家大有与殷家势不两立之意。天帝近来龙体欠安，已多日不曾早朝，见了几道这样的折子大为光火。夜天凌冷眼看十二闹得厉害，即刻命褚元敬在御史台设法压下那些御史，又看似随意地与凤衍提起了此事。凤衍会意，此后十二皇子的奏本只要到了中书省便留中不发，殷家这类的本章当然也过不了这一关。

起初殷家尚不善罢甘休，倒是卫宗平看得明白，暗劝殷监正不要凭空树出苏家这样的强敌。殷监正亦顾虑事情若真闹大了不好对湛王交代，因此偃旗息鼓，悻悻作罢。

十二被连压了几道本章，知道凤衍还没那么大胆子作这种主张，直接找到凌王府。夜天凌深知他那性子和十一不同，桀骜难驯，最是吃软不吃硬，索性来个避而不见，只是卿尘笑吟吟地迎了出去。

卿尘将十二请到四学阁，命人备了好酒陪他闲聊。廊前清风徐徐，幽静的缦纱浅影中，十二对着卿尘款款淡笑，再看看她娇弱的身子，便是真有满腔火气也发不出来了，一时气闷，只低头自斟自饮。

想当年初到天都，卿尘与十二并骑同游，笑闹玩耍，最是畅快，极少见他如此神情落落的样子，心里很不是滋味。闷酒易醉，她怕十二喝多，便故意寻些当时的趣事引他说话。十二倒也应景，她说，他便答，只是那酒仍旧一杯杯地饮，不见停。谁知几句下来，难免便提到了湛王府，十二斟酒的手一停，卿尘的话语微微一顿。

静了半响，却是十二先开了口："没多久七哥就要回天都了，我要在此之前打压殷家，否则七哥一回来，便没这个机会了。"

卿尘沉默了片刻，道："要在他手中动殷家，确实不易。"

十二饮一杯酒："七哥人在西域，手在天都，我倒不是怕他包庇殷家，最近他自己对殷家的狠别人不知道，我却看得清楚。但他无论下多狠的手，后面总给殷家留着退路，那些可能出事的隐患也都抹得干干净净，他不会动殷家的根本。等到他回天都的时候，殷家这把剑便彻底磨利了，顺手了，所以我说，便没机会了。"

卿尘眼底隐隐掠过诧异，不承想十二会说这样的话。十二似笑非笑，看她一眼："我知道四哥是怕我闹得无法无天，惹怒父皇。其实父皇不会把我怎样，大不了就是一顿训斥，最多闭门思过。看在十一哥的分上，父皇再恼也不会重责于我。至于四哥自己，不是不需要，他就是那样的脾气，这个你应该比我清楚。你帮我转告四哥，便是再硬再挺的肩膀，他一个人能担得了多少？到了这等地步，这潭浑水没人躲得开，不必总想法子把我护在外面。眼下便是我想避开，他们又岂会让苏家置身事外？最好的防守，是进攻。"

十二在说这话的时候轻轻把玩着手中的酒，满庭翠色渐渐透出的浓荫映在他英气勃勃的侧脸上，于那明亮的眼底覆上了深浅不定的光泽。白玉色的杯，琥珀色的酒，清润，微辣。

当卿尘将这话转述给夜天凌时，中庭花冷，月在东山。夜天凌看着一天清辉似水，淡淡挑眉，唇角有一抹傲岸的笑，那是夜家每一个男子骨子里相同的东西，谁也不曾例外。

回了凌王府，卿尘午睡未醒，夜天凌不欲扰她，独自一人沿着望秋湖漫步，低头想着事情，不觉便走入了竹林深处。微风淡淡，翠影幽然，只叫人心思宁静，神清气爽。

如此转过一道小径，忽然听到轻盈的脚步声，紧接着钗环轻响，幽香依稀，便有女子的说话声传入耳中："这便要回牧原堂吗？多日不见你来，却坐一会儿又要走了。"

一个略清脆些的声音道:"千泖,你别总是这样闷在府里,好歹出去走走,也没多久不见你,人竟越发瘦了。"

千泖道:"你每次来都拉我出去,连歌舞坊都带我去,那是什么地方?"

那清脆些的声音笑说:"歌舞坊不好玩吗?你总还是这样。我在牧原堂跟张老神医学习医术,男女老少每日不知要见多少人,并不觉有什么不妥。对了,上次陪你去挑的那支簪子怎么不戴,可是不喜欢?"

"簪子是好看,可是我戴给谁看……"千泖话说了一半,眼前猛地闯入了一个清拔的身影,她急急停了步子,似乎想避开,但已然来不及了,夜天凌正往她们这边看来。

近在咫尺俊冷的面容,那深邃的目光太黑太亮,如繁星璀璨的夜,降临的瞬间便攫取了万物的光泽,近乎毁灭地笼罩一切。然而那片天空是极远的,遥不可及的距离让她连仰望的勇气都没有,冷冷的星子清寒,没有丝毫的温暖,亘古不变。

她怯怯地站在那里,一时完全不知如何是好。倒是陪在身边的写韵落落大方,含笑福了一福:"殿下!"

千泖这才回神,忙行礼下去,轻声道:"殿下……"

夜天凌只是看了她一眼,似乎并没有听出她的声音中微微的颤动,淡声道:"起来吧。"写韵经常回王府他是知道的,前几日还听卿尘赞她聪慧,如今在牧原堂已经能单独看诊了。然而他并未在意这些,在此遇到也不过停了一停,便继续漫步前行。身后千泖再抬头的时候,只见到一个修挺的背影逐渐消失在幽径深处,心头空落落凄凉万分。

仍旧是沿着望秋湖,转回漱玉院,遥遥便听见三两点琴声,夜天凌停了步子,负手细听,便知是卿尘醒了。

闲雅的清音,漫不经心如珠玉散落,听来便可想见自那拨弦的指尖往上,半幅云衣散散流泻,碧玺晶莹剔透衬着皓腕似雪,暗起木兰花纹的领口熨帖地勾勒出玉颈修长,沿着线条柔和的下颌,那淡淡樱唇必是慵懒含笑的。想到此处,夜天凌嘴角禁不住便也噙了丝笑意,只听那琴声似有似无地隔着烟波水色传来,倒叫人也兴致忽起呢!

卿尘原本小睡初醒,闲坐水榭,遥看湖波盈盈,随性撩拨琴弦,只为听那薄冰脆玉般的弦声。微风里轻纱游走,曼妙多姿,却突然一缕清俊的箫音如自天外飘来,点宫过羽,潇洒一转,几欲带得人翩翩起舞,那粼粼波光如洒碎金,反射出一片耀目的明亮。

羽睫微抬,卿尘唇边笑意略深,扬手轻拂,一抹流畅的弦音流水一般飘起,如穿帘如分水,恰恰和入了那箫声。

红尘三生熙熙攘攘,千万人中转身,便看到了你,那一刻便似早已等了千年,这千年,为你而过,这一回眸,因你展颜。

轻纱外,湖光上,夜天凌悠然靠在竹廊前,修长的手指抚过紫竹箫,扬眉看来,明眸深亮。

箫音如风，琴声似水，一个疏朗峻远，一个淡雅隽永，风骨清傲，水色淡渺，携着湖风飘荡起起落落，比翼婉转于烟波翠影的望秋湖上。

忽然之间夜天凌指下微峭，箫音峻拔高起，仿若一道龙吟清啸直上云霄。卿尘浅笑淡淡，手挥冰弦，玲珑清音灿然飘起，扶摇而上。龙游云海，凤舞九天，相伴相顾，盘旋翱翔，一箫一琴间，浩浩天光万里，玉宇澄清，那傲然风神，那凌云心志，开云破雾，直将九霄遨游。

风云激荡，俯瞰九州万里，江山如画。

自那虚无缥缈的天际，箫声轻转，琴音低回，碧水花飘，暗香游走于浮光掠影间，一个是白衣卓然，玉树临风，一个是不染铅华，空谷幽兰。

两两相望，浑然忘却周遭一切，微风轻撩飞纱，惊鸿般的一瞥。她仿佛自那烟波浩渺的云山之间款款而来，步步生莲，迈入这明光灿烂的红尘。星眸澄净，世间繁华三千，弱水三千，他只见这一波的潋滟。幽然清泉，缱绻心田，早已化作了深流奔腾，穿过了漫漫人生，长河岁月。

几番喧嚣，几多浮华，都在这悠然飘逸的箫琴合奏中低眉敛目，悄声退去。清风逍遥，流水山高，繁荫翠影的凌王府中行者止步，言者无声，正在林间采摘鲜花的侍女放下了身前的竹篮，侧耳倾听；正在湖中放船养莲的侍从停下了手中舟楫，回身伫立。

落英缤纷的小径深处，千泖子然独立，痴痴望向那近乎遥不可及的望秋湖，不觉潸然泪下，一片痴心碎落，凄凉满襟。

第三章 踏遍紫云犹未旋

《禁中起居注》卷一百二十八,第十章,起自天都凡一百零三日。

二十七年,六月,帝恙,降旨停朝。辛卯,疾病加剧,移驾清和殿,退御医不宣……

圣武二十七年的初夏,伊歌城一片繁花似锦,宽阔的天街两侧浓荫匝地,偶尔已能听到蝉声点点,时有时无地吟唱在似火的骄阳下,给车水马龙的上九坊更添了几分热闹。

而朝堂之上,许是因为天帝的病情,倒着实安静了一阵子。只是湛王大军即将班师回朝,为将各项事宜筹备仔细,各处也都十分忙碌。

如今伊歌城九九八十一坊上下,所有的酒楼茶肆都盛传着湛王平藩乱、灭突厥、定西域的种种奇闻。其中最令言者津津乐道、男儿击节慨叹、女子暗怀遐思的,却莫过于湛王单骑入于阗、只身退却吐蕃使者的传说。

五月初时,天朝大军兵驻甘州,与早已等候在此的天朝使团会合。湛王除剑戈、去戎装,以皇子身份率包括一千护卫在内的使团入使西域诸国。与此同时,吐蕃赞普赤朗伦赞为笼络西域各国势力,亦遣使北行。

西域三十六国,以楼兰、焉耆、车师、于阗、龟兹、疏勒等几国国力最强,势力最大。其中楼兰、龟兹、疏勒等早已归服天朝统治或与天朝交好,唯有于阗因与吐蕃国境最为临近,一向态度暧昧。

天朝使团西行至于阗,因吐蕃使者早一步到达,先入为主,于阗国王既素来亲善吐蕃,便以护卫人数过众为由,拒绝天朝使团入境。

湛王闻报,命副使周镌率众候于戎卢,仅留十名扈从相随前往。

于阗护国将军哈努尔奉命前来迎接,出动大军万人,名义上设贵宾之礼,却设法刁难随从。谁料湛王遂不带侍卫，不佩刀剑，只身与哈努尔并骑入城。玉冠白马，缓带轻衫，一尘不惊，谈笑自如。万剑丛中过，如入无人之境，倒叫哈努尔暗自心惊，亦不由佩服，不复之前态度嚣张。

当晚，于阗王设宴王宫之中，吐蕃使者位列上席。席间那吐蕃使者频频挑衅湛王，于阗王故作不见。湛王举酒笑谈，从容周旋，犀利却偏不温不火的语气，高傲却又缓若春风的神情，言辞风雅，才识渊博，见解独到，寥寥几句笑语便叫对方处处受制，自打嘴巴。

一场鸿门宴，于阗国在座的王族亲贵慑于湛王高贵气度，无不心有倾服，反而冷落了原本被视作上宾的吐蕃使者。宴后，湛王与于阗王密谈至深夜，一直亲善吐蕃的于阗王竟于第二日一早便下令将吐蕃使者逐出境内，以隆重的国礼迎接天朝使团入朝。

于阗态度的转变，令天朝在西域的统治更加不可动摇。湛王究竟用了何等法子达到了这样的目的，不免叫人猜测纷纭。但传闻中最为旖旎神秘的，却莫过于于阗王主动提出将二女儿朵霞公主嫁与湛王为妃的事情。

那朵霞公主乃是于阗王的掌上明珠，貌美如花，天姿聪慧，因自恃美丽与才智，不知曾拒绝过邻国多少公侯王子的求婚，将西域诸国才俊皆未放在眼中。不料此次王宫晚宴之后，她深深折服于湛王之潇洒风华，甘愿委身相嫁。

于阗王虽顾虑两国关系反复，不太情愿，但公主心意已决，执意请求，亦力劝父王不要把持不定，摇摆于两国之间，以免各不讨好。于阗王最后觉得公主言之有理，于是向天朝提出联姻，愿结秦晋之好。

面对于阗提出的婚事，湛王慨然笑纳，命八百里飞骑回报天都，请奏天帝。得到准许后，以明珠千斛、黄金万两，各色丝、绸、绢、罗、锦、缎及极为罕见的奢华珍玩为聘礼，迎娶朵霞公主回朝。其中仅一小块拳头大的龙涎香便已价值连城，更莫说其他奇珍异宝，一时轰动西域诸国。

此事传回天都，自然化作了各种离奇的版本。湛王回朝的日子一定，伊歌城中凡是能见到城门的酒楼都已被抢订一空。礼部与皇宗司拟定仪程，虽因天帝龙体未愈有所顾忌，并不敢有当年天子亲临神武门犒军的浩大声势，但满城官民万众瞩目，尽要一睹湛王与公主的风采，大街小巷沸沸扬扬。

湛王尚未离开于阗，一些自西域归来的行旅商人便早已将各色传说带回天都。湛王如何孤身入于阗，如何应对吐蕃使者，如何与公主两情相悦，携美而归……说得绘声绘色，如同亲历。

不过当然没有任何一个人会去想，任你惊才绝艳，天纵英姿，这世上没有凭空的获得。神话的背后，辉煌的底处，永远都是智谋与胆略较量，永远需要长远的眼光、过人的勇气，以及，无所不为的手段。

于阗一行之艰难，湛王进入西域之前便心中有数。天朝大军名义上驻扎甘州，实际上使团尚在楼兰国时，已有神御军轻骑三万借道龟兹，在龟兹国向导的引领下横穿沙漠，顺利抵达于阗边境和田河畔，悄然陈兵。

湛王之所以单身赴险，亦是深知于阗国内不乏来自天朝的商人。这些富商巨贾无不与富甲天下的殷氏门阀有着千丝万缕的联系。他们在于阗国内与那些王公贵族相交熟络，已然形成能左右于阗政局的一股势力，更是湛王此行坚实的财力后盾。

湛王只要召见几个商人，便能了解于阗王生性多疑、贪财好色，当即以天朝使团的名义向于阗王赠送了一批珠宝金银，外加数十名如花美女。而酒宴当晚，便有吐蕃使者酒后强行调戏这些女子的消息传到于阗王耳中，于阗王自然大怒。

此时被侍从请到花园散心平息怒气的于阗王，便顺理成章地遇到被朵霞公主邀请来鉴赏美玉的湛王。一次宾主尽欢的会面，湛王同于阗王和公主笑谈风雅，却貌似无意提起此次随他前来的副使周镶多次往返西域，已然开辟了一条自玉门关始，经楼兰、高昌、尉犁、龟兹、姑墨等国直达疏勒，从而西出葱岭的商路。天朝因国事纷争，考虑到商旅安全，大有完全弃用原来古道之意。

西域古道过鄯善、且末、精绝等国，再经于阗而达疏勒，一直是这些国家商贸繁荣的重要依赖。一旦行禁令、绝商旅，天朝的丝绸、茶叶、铁器、金银以及一些精美的奢侈品将在于阗国内身价倍增，而于阗所产的玉石、香料、药材等物品也将乏人问津。于阗即便能与吐蕃交好，吐蕃地处荒芜，即便国势再盛，又岂能与天朝的繁华相比？

于阗王虽不是什么明君圣主，行事反复无常，眼下却也看得清楚此点，再加上朵霞公主从旁规劝，当即见风使舵，驱逐吐蕃使者出境，向天朝示以诚意。

与她的父王相比，朵霞公主显然更具有过人的智慧与眼光，不但设法促成了两国间的交好，更为自己选定了一个风华无双的夫君。然而正如天朝的百姓不会想到国与国之间合纵连横的复杂一样，朵霞公主也永远不会了解，眼前这个翩翩如玉潇洒倜傥的男子，在对她温柔含笑之时心中所思所想，却是多年前在伊歌城京畿司的大牢里一个白衣素颜的女子曾说过的话：商旅贸易远比战争更容易控制一个国家……

这句话在他面对着万里大漠飞沙时如此鲜明地浮现在脑海中，夜色下美丽的月牙泉如她清澈明亮的眼睛，而静陈于泉底深处的沙石却如他此时的心情，在经过了白天烈日火烧般的曝晒之后，夜晚冰寒的幽凉透骨而来，一切繁华与骄傲皆没落，冷月随波，寂寂然，无声。

于阗王遣使者三百人，携上乘五色美玉、良马美酒等丰盛的陪嫁以及朝贡物品随湛王东行，送朵霞公主入嫁天朝，朝见天帝。但是这番两国联姻的盛举却让原本便愁云惨雾的御医院雪上加霜，只因天帝病势沉重，日渐不起，令人苦无良策。其中最叫御医们头疼的是天帝自移居清和殿之后便弃医不就，除了偶尔召见几位宰辅重臣并命苏淑妃侍驾外，不见朝臣妃嫔，连皇后都拒之门外。药无从下，医无从医，如何不让御医左右为难？

三省六部一台九司，举朝上下束手无策，如此拖至六月末，钦天监正卿乌从昭上了一道表章：

寅酉年乙亥，土盛枯水，木弱逢金。今太白经天，白虎犯日，太岁位正西，上侵紫宫，易避西方而居北坎位，远命属虎年之人，女子尤甚……

这道表章在通政司停了不到半个时辰，直接由内廷女官送入含光宫。

六月癸巳戌时，遵含光宫皇后懿旨，皇宗司、掖庭司清查大正宫中所有妃嫔、女官、侍女，凡遇虎年所生者，已有封号的妃嫔一律送至千悯寺，未经传召不得私自入宫，未曾侍驾的女官及侍女则放出宫去，各归家门。

深夜之中，大正宫灯影穿梭，脚步密集，掖庭监司亲自带人盘查各宫，不停有侍女被带走，一片人心惶惶。皇宗司则早已将几名不宜留在宫中的妃嫔遣送出去，连夜前往千悯寺，这其中便包括住在皇宫最西面承平宫中的定嫔。

翌日，汐王上表请奏，恳求天帝恩准他将定嫔接入汐王府奉养。与乌从昭的表章不同，这道表章经通政司进入中书省，在凤相手中压了三天，留中不发。

再隔了一日，已多日未曾进宫的凌王妃前来给天帝请安。不过多会儿，清和殿传出口谕，命御医院上呈日前所用药方御览，此时已晋为御医的黄文尚候在外殿，等候宣召。

这一候便是两个多时辰，眼见日上正中，一日已过去大半，黄文尚方见凌王妃自内殿中缓缓踱步而出，一身黛青色的宫装端丽雅致，广袖燕襟，披帛修长，虽已有数月身孕隐约也看得出，却是别有一份绰约风姿。润和通透的玉环绶随着她的脚步轻摇，发出悦耳的声音，给这着了几分暑气的大殿带来了丝丝清凉。

"见过王妃！"

随着黄文尚的问安，卿尘在他面前停下脚步："皇上先前都用的什么药？"

黄文尚回头示意了一下，身后两个内侍躬身将托着药方的漆盘呈上。卿尘便站在那里，一一细看下去，稍后道："取笔墨来。"

其中一个内侍应声退下，很快取来笔墨奉上。卿尘提笔垂眸，在御医院列出的方子上略加添减，笔下龙飞凤舞，看得黄文尚暗自心惊。

卿尘写完之后，对黄文尚道："从今天起照这个方子奉药，记住石决明先煎，钩藤后下。以后每日巳时来清和殿请脉，若脉象弦滑则加龙胆草五钱、菊花三钱、牡丹皮三钱同煎，若弦细便佐以尚药监所制的金匮肾气丸。你仔细记下，切莫有误。"

黄文尚匆忙将她的吩咐记下，拿着药方心中忐忑不安，一抬头，见她已经往殿外走去，三步并作两步追上："王妃！王妃……"

卿尘止步转身，面带询问。黄文尚踌躇道："王妃，这方子上有几味猛药，下官惶恐，实在不敢妄用。"

卿尘微微一哂道："你们御医院是不是也该改改那些中看不中用的太平方子了？"

黄文尚低声道："凡疾病当三分治，七分养，若未待脏腑调和便以猛药医之，恐生意外。下官丢了性命事小，圣体安危为重！"

话说完后，却半日不见卿尘回应。黄文尚抬头看去，见她正静静望向云檐龙壁的清和殿，有种幽深的意味映在她清透的眼底，一漩明锐浮光掠影般消失在那黑亮的瞳仁深处，微澜温冷。

只一瞬，卿尘自远处收回目光，淡声道："只怕皇上已等不到你们调和脏腑，安神定气了。"

黄文尚瞠目结舌呆立在那里，当时便汗透衣背，一句话也说不出来。卿尘见他这副模样，却淡淡一笑："你也是深知医理的人，我用的药有错吗？"

黄文尚道："药对病症，确实没错，只是……"

卿尘未等他说完，便道："既然药没错，我敢让你用，便自然有把握保你前程性命，难道你是不相信我？"

黄文尚急忙道："下官不敢！"

"那便好，这药用不用，你自己斟酌吧。"卿尘不再多言，转身继续前行。迎面正有殿前内侍快步在前引着凤衍入清和殿见驾，见卿尘和黄文尚站在殿外，凤衍停下脚步，那引路的内侍躬了躬身，先往殿内去了。

黄文尚见到凤衍倒如同见了救星一般，匆匆上前施礼："凤相！"

凤衍见他一脸惶惶不安的神情，皱眉道："什么事？"

黄文尚犹豫的空当，卿尘微笑道："我在和黄御医商讨给皇上用药的方子，黄御医对几味药有些疑问，不敢用。"

"哦！"凤衍看了黄文尚一眼，"既然是王妃列的方子，你便放心用吧。"

这简单的一句话却像给黄文尚吃了定心丸，他似乎舒了口气，道："下官遵命，那下官先行告退了。"

凤衍挥了挥手，黄文尚躬身退下。卿尘目光一抬，在黄文尚的背影上停了一停。凤衍笑容慈蔼："皇上果然肯用你的药，可见对你是信任有加啊！"

卿尘却只若有若无地笑了笑："我至少得让皇上看起来比以前有所好转，否则让御史台挑出钦天监的不是，乌从昭也不好交代。"

凤衍点头，顿了顿，问道："皇上究竟……"

略长的尾音，话不必说完，意思已明了，卿尘冰雪聪明，岂会不知其意？微微摇头:"尽人事,听天命。"

凤衍会意,也不再多问,却突然见卿尘脸上带过极轻的微笑,回头看去,却原来是夜天凌远远迈上了白玉石阶,显然是往他们这边来。

因是入宫,夜天凌今日穿的是玄色的亲王常服,墨色底子上飞天云水纹衬绣五爪衮龙,王仪尊贵,不怒自威,冕冠束发,玉带缠腰,在平素的清冷中更添倨傲,令人不敢仰视。他在与卿尘目光相触的片刻微微扬唇,原本严邃迫人的星眸流露出淡淡笑意,一时神采飞扬。

待到了近前,他对凤衍道了声:"不料凤相也在。"便伸手挽住卿尘,低声道:"怎么这么久?"

卿尘道:"陪皇上多说了会儿话,你怎么来了?"

夜天凌道:"你身子不方便,还是早些回府,莫要太过劳累才好。"

卿尘含笑点头,凤衍看在眼中,笑道:"殿下如此体贴卿尘,老臣这做父亲的看在眼中,着实替她高兴。"

夜天凌淡挑唇角,并未接话,却道:"今日在文澜殿,凤相费心了。"

凤衍呵呵一笑:"玄甲军的编制蒙圣上钦准,十余年来不曾有过异议,老臣不过是身处其位,职责所在罢了。"

夜天凌神色淡定,语气疏朗:"说起军中编制,方才兵部倒提了一事,天都中京畿卫的人数如今已是两万有余,似乎与制不符。"

凤衍笑容不减:"看来军中确有逾制之事,不以规矩,无以成方圆,该整顿的自不应马虎了事。"

夜天凌淡淡道:"凤相辛苦。"

凤衍笑道:"分内之事。"

熏风暖阳下,两人寥寥闲话,轻描淡写,叫人感觉不到丝毫的火药味,殊不知就在几个时辰前,文澜殿中因此事剑拔弩张,闹得不可开交。卫宗平与凤衍在联席朝议上又针锋相对地较量了一场,此时正在门下省值房中来回踱步,酝酿弹劾的折子,而凤衍却借问安的名义,直接来了清和殿。

事情源自玄甲军的增编。

年初漠北之战虽最后以天朝的胜利告终,但对于玄甲军来说却不过只是一场惨胜。百丈原上一万战士损失近半,事后夜天凌亲自从各处军中挑选了一批战士预备增补兵力,此次回天都一路察看,再经过近几个月的反复考较,最后确定了三千二百六十九人,报备兵部更换军籍。

按常例,此事经兵部上报,由中书省发敕令执行即可。谁知中书省核准的敕令转到门下省,却被以"逾制"的名义封驳,送回中书省重新拟定。

依天朝军制，帝都内外两城驻军除御林军两万士兵常驻大正宫、东宫与宣圣宫外，另有神御、神策两军驻扎外城。御林军直属天子，历来有受东宫太子统领的惯例，而神御、神策两军则由亲王以上的皇子分别统率，并由兵部从旁协助。此三军凡遇征调需以天子所授符印为信，实际上皆对天子负责，是皇族用来拱卫帝都、防范叛乱的直属军。

这几处驻军之外，天都内城另有京畿卫一万五千，由京畿司调派指挥，负责维护天都内外八十一坊日常安定。各王府中亦设有亲兵禁卫，其人数按品级高低各有不同，品级最高的九章亲王府可养兵一千五百，以此类推，亲王府一千，郡王府八百，公侯府五百。

除了此次回朝即将加封九章亲王的湛王外，天朝皇子中唯有凌王于圣武二十六年以平定西蜀之功晋封九章亲王，赐九珠王冠，有殿前佩剑、宫中驰马之特权，则依制凌王府中可设亲兵一千五百人。但由于凌王常年领兵在外，玄甲军自建军之日起便由他亲手调教指挥，这一万将士名义上隶属神御军，实则与凌王府之禁卫一般无二。

凌王素有城府，深知功高震主之大忌，纵重兵在握，却向来行事磊落，张弛有度，是以天帝即便清楚他在军中的威信却并不觉顾虑，多年来但凡有军务，也放心由他处置。何况玄甲军军纪严明，从骠骑大将到普通战士都洁身自爱，不结派，不党争，不张扬，不生事，令天帝甚为赞赏，因此玄甲军的存在实际上是在天帝的默许之下。

然而此时天帝病情反复，朝堂形势不明，玄甲军便格外引起了一些人的注意，这才有了文澜殿朝议的激烈争论。只是有些事虽然各人心知肚明，真正搬到台面上却从来没有敕令明示玄甲军乃是凌王的亲兵，如今要以"逾制"裁撤便十分没有道理。

文澜殿中凌王几乎是连话都懒得说，冷眼看着别有用心之人义正词严慷慨激昂，这态度不言而喻。凤衍那里却以中书省的名义接连责问门下省何以无中生有封驳敕令，咄咄逼人。兵部则不冷不热地请门下省给个合理的理由，既然有裁撤玄甲军之意，自然得对将士们有个交代。

两派各执其理，唇枪舌剑，往来不休，直看得一些中立的大臣忧心忡忡，心惊胆战。

忧的是天帝缠绵病榻精神日衰，朝堂之上波云迭起，改天换日近在眼前。惊的是如此情势之下，神御、神策两军北伐突厥，西镇边陲，如今这看似繁华锦绣、歌舞升平的伊歌城，竟已是一座无军镇守的空城。

第四章　杜曲梨花杯上雪

夜天凌与卿尘出宫回府，冥执早等候多时，显然是有事禀告。

"殿下、凤主……"站在他两人面前，冥执话说出口，突然看了看卿尘，欲言又止。

卿尘眉眼淡挑，笑意浅浅："有他给你们撑腰，凡事就瞒着我吧，以后便是让我听我也不听了。"

冥执笑道："属下不敢，但事多劳心，还请凤主保重身子。"

卿尘上次亲自见了王值，恰巧次日有些心慌疲倦，不知为何胎动得厉害。虽这只是气血亏虚的常症，以前也有过几次，服药静养些时候便就好了，却着实惹得夜天凌不满。自此冥衣楼部属在卿尘面前便报喜不报忧，小事不报，大事简报，有事尽量不来烦扰她。卿尘今天却也真觉着累了，懒得过问，便先行回了漱玉院。

冥执待卿尘走了，便道："殿下，找到冥魇了。"

"哦？"夜天凌抬眸，"人在何处？"

冥执方才脸上那点儿笑容消失得无影无踪，神情异常愤恨："居然在承平宫，我们一直觉得奇怪，只要人还在天都，怎会这般毫无头绪？谁知他们根本没有出宫城。"

"承平宫？"夜天凌缓缓踱了几步，"可有遇到汐王府的人？"

冥执道："没见到，密室中六人都是碧血阁的部属。属下先行请罪，这六人没留下活口，只因他们太过狠毒！冥魇身上至少有十余种毒，伤及五脏六腑，双手双脚全部断筋错骨，一身功夫尽废。我们不敢惊动凤主，若非有牧原堂张老神医在，冥魇怕是连命都不保。"

夜天凌神情微冷："人在牧原堂？"

"是。"

"看看去。"

与开阔的前堂不同，牧原堂侧门拐过了一个街角，乌木门对着并不起眼的小巷，墙头几道青藤蔓延，丝丝垂下绿意，看起来倒像是一户寻常人家的后院。

然而沿着这道门进去，眼前便豁然开朗，成行的碧树下一个占地颇广的庭院，药畦片片，芳草鲜美，阵阵花香药香扑面而来，直叫人觉得是入了曹岭山间，悠然惬意。

写韵正在院中选药，一身青布衣裙穿在身上干净大方，叫人见了不由想起那雨后新露，丽质清新，与一年前凌王府中那个轻愁幽怨的侍妾判若两人。

一个布衣长衫、形容清癯的老者正背着手缓步自内堂走出，一脸的沉思。

写韵放下手中的事情，恭恭敬敬道："师父。"

张定水停下脚步，目光在满园青翠的药苗上停了片刻："方才我用针的手法，你看清楚了吗？"

"看清楚了。"写韵答。

"从今日起每日两次，你来用针。"张定水道，"内服五味清骨散，外用九一丹，好生照料。"

写韵却有些踌躇："师父，我来用针，万一有所差池……"

张定水目光落在她脸上："你入牧原堂已然一年有余，每日随我看诊练习，却为何还如此不自信？当初凌王妃研习这金针之术只用了半年时间，此后疑难杂症，针到病除，从未见她这般犹豫迟疑。"

写韵微咬着唇，道："王妃天人之姿，我不敢和她相比。"

张定水意味深长地道："你可知这半年里，她自己身上挨过多少针？这半年后，她在牧原堂日诊数十，又经了多少历练？天纵奇才，我从未听过她说这个，她是历尽钻研，胸有成竹。"

写韵轻轻道："师父教诲得是，我还是不够努力。"

"你的天赋不比她差，努力也不比她少，究竟差在何处，不妨自己好好想想。"张定水看了看她，举步向前走去，"我要入山采药，一个月后才回来，自明日起牧原堂的病人都由你自己看诊。"

写韵听了怔住，回过神来一时忐忑，一时兴奋，师父的意思是完全放心她吗？她目露欣喜，轻轻拨弄着手边的药草，还差在何处呢？师父也是在说她仍旧不及凌王妃啊！她蹙眉，却又突然一笑，何必想这么多啊，她是她，凌王妃是凌王妃。

思量间抬起头来，正见夜天凌和冥执沿着小径进了院中，那个修挺的身影她似乎非常熟悉，却也陌生到极致。

有些人注定不是你的，有些人注定只能用来仰望，她并不敢奢望和这样的人并肩站着，她只想努力做她自己。

离开凌王府,有这样广阔的天地可以尽情地飞舞,她开出的药方,她手中的金针,也能让啼哭的孩子安然入睡,也能让呻吟的伤者苦楚减轻,也能让痛苦的病人略展愁眉。她永远会记得凌王妃在她离开时说过的话,男女之间本无高低贵贱,只是在男人的世界中,因为是女人,便更要知道自己该怎么活……

是自信,她轻轻扬起头,微笑上前,盈盈福礼,将夜天凌和冥执引入内堂。

并肩而行,她能感觉到夜天凌身上冷水般的气息,他目不斜视地走在她身边,每一步都似乎自她的心中轻轻踩过。她挺直了身子,尽量迈出从容的脚步。这个男人曾经是她的天,但那是太高太远的地方,无垠的清冷足以令人窒息。她情愿放手,在羽翼尽折之前,回头寻找真正属于她的海阔天空。

内堂里莫不平、谢经、素娘等都在:"殿下!"

夜天凌微微颔首,往一旁纱帘半垂的榻上看去,饶是他定力非常,见到冥魇时心中亦觉震惊。苍白的脸,苍白的唇,曾经冷艳的眉眼暗淡无光,英气勃勃的身姿形如枯木,若不是还有一丝几不可闻的呼吸,他几乎不能肯定她确实还活着。

然而就在他看过去的时候,冥魇微微睁开了眼睛,模糊中她看到那双清寂的眸子,如星,如夜,如冰。

筋脉俱断时利箭穿心般的痛楚下,毒发后万虫噬骨般的煎熬中,这双眼睛是唯一支撑着她的渴望。曾千万次地想,他在险境中,他的敌人隐在暗处虎视眈眈,刀山火海,只要还活着,便能见到他,告诉他,提醒他。

他现在就在面前啊!冥魇艰难地想撑起身子,却力不从心,声音微弱:"殿下……"

素娘急忙上前相扶。"别动。"夜天凌沉声阻止,伸手搭在冥魇关脉之上。一股暖洋洋的真气缓缓游走于经脉之间,如深沉广阔的海,叫人溺毙,叫人沉沦,深陷其中,万劫不复。

冥魇贪恋地望着夜天凌的侧脸,目不转睛,唇角含笑。夜天凌脸色却一分分阴沉下来,末了霍然起身,深眸寒意丛生。

经脉俱损,筋骨碎折,是什么样的毒,什么样的刑,如此加诸一个女子身上!便是有血海深仇不共戴天,也不至于这般折磨!

写韵担心地看了他一眼,轻声道:"殿下,若日后细心调治,冥魇的身子还是能恢复的。"

夜天凌扭头看向冥魇,即便身体能康复,一身武功却是尽毁于此,再也不可能恢复了,这对自幼练武身处江湖的人来说,岂非生不如死?

此时,冥魇却在素娘的扶持下轻轻道:"殿下,冥魇失职,没能保护好贵妃娘娘,请殿下责罚！"

夜天凌将手一抬："此事不能怪你，是我太托大了。"

冥魔靠在素娘身上，慢慢道："碧血阁竟知道冥衣楼和皇族的渊源，他们夜入莲池宫为的是先帝赐给娘娘的紫晶石，若不是娘娘至死不肯说出串珠的下落，他们也不会容我活到今天。当年那胡三娘根本没有被处置，就是她带了十二血煞害死贵妃娘娘的！"

此时夜天凌怒极而静，反倒面色如常，徐徐转身道："莫先生，本王的部属绝没有白受委屈的道理，冥魔流的血，碧血阁必要用百倍的血来偿还。查其总坛所在，今后本王不想再听到碧血阁这三个字。"

那一瞬间，冥魔眼中有泪夺眶而出，沿着惨白的面容迅速滑下，夜天凌冷峻的身影在眼前变得一片模糊。

莫不平沉声道："属下已经调派人手追查，天璇宫刚有了回报，他们在绿衣坊济王前些年购下的一座宅院里。今晚之后，属下保证江湖上不会再有碧血阁。"

"胆子不小，竟敢隐匿在上九坊。"夜天凌冷冷道，"玄甲军会调拨人手从旁协助，你们不必顾忌汐王、济王两府。"

"属下遵命！"

夜天凌微微转身，目光在冥魔身上停留了片刻，似乎想说什么，然而却终究不曾再言，举步离开。

冥魔撑着全身的力气看着他的背影消失在门外，浑身一松，软软倒了下去。素娘匆忙扶她，却见她仰面静静看着如烟如尘的纱帐，一丝微薄的笑轻轻漾开在苍白的唇角……

第五章 前程两袖黄金泪

秀润的黄花梨木翘头小案，醉红的荔枝，伴着几个剥开的碧色莲蓬，水灵灵清湛湛地盛在小巧的琉璃盘子中，看上去似乎还带着清露的滋润湖水的气息，新鲜可人。花草繁茂的夏日，越是一日将尽越觉暑气逼人，阳光炎炎，过了回廊半洒入水榭，细细点点同光可鉴人的湘妃竹木交织成片，四周水汽氤氲，才淡淡泛出些清凉。

卿尘轻合着眼靠在榻前假寐，雪影穷极无聊，有一爪没一爪地捞着她垂在身旁的衣带，见她始终不理睬，扭头跳到小案上东踩踩西踩踩，一个回身打翻了琉璃盘。哐当一声轻响，荔枝滚了满地，小小莲蓬四落，吓得雪影跳起来迅速蹿走。

卿尘被响声惊醒，懒懒地睁眼一看，笑着以手撑额叹了口气。正奇怪外面侍女怎么没动静，碧瑶已放轻脚步走了进来，一见卿尘醒了，再看这满地的果子，回身便找雪影："又是你乱闹，前几天刚掉到湖里呛了个够，还不知收敛！"

雪影自知闯祸，上蹿下跳地绕着碧瑶躲，瞅着卿尘似笑非笑不是很有维护的意思，扭头就往回廊上跑。卿尘和碧瑶只听到一声哀鸣，企图逃匿的小兽被人拎着带回现场。夜天凌微皱着眉扫了眼地面，雪影可怜巴巴地吊在半空。

这真是欺软怕硬，卿尘失笑，看热闹的雪战对雪影投去了同情的一瞥，扬尾巴，往卿尘怀中蹭了蹭，免遭池鱼之殃。谁知还没趴稳，一只手伸来，身子腾空而起，不等挣扎便被丢到了碧瑶怀中。夜天凌拂襟在案前坐下，清冷冷的目光一带，两只小兽往后缩了缩，立时乖巧地被碧瑶带走了。

卿尘撑起身子笑道："半天不见你，出府去了吗？"

夜天凌点头道："嗯，刚回来。"

卿尘细看他神色："出什么事了？"

夜天凌抬眸，清朗一笑："没事。"

卿尘淡淡笑了笑，便也不再追问。

外面细碎的脚步声由远及近入了水榭,随着淡淡清香,一个小侍女托着两个薄瓷小盏进来,低眉俯身放在案前:"殿下、王妃请用。"

"这是什么?"夜天凌见盏中碧色盈盈,淡香袭人,随口问了句。

那小侍女抱着漆盘刚要退出,忽然听到他发问,竟吓了一跳,怯怯地不知该怎么回答。凌王府中的侍女一向对夜天凌有些害怕,卿尘见她年纪尚小,温言笑问:"是荷叶露吗?"

那小侍女急忙点头,细声回答:"回王妃,是莲子荷叶露,白夫人……让奴婢送来的。"

卿尘道:"知道了,你去做事吧。"

小侍女一直不敢抬眼看夜天凌:"是,奴婢告退。"说罢放轻脚步匆匆退了出去。

卿尘调侃道:"整日在府中不苟言笑的,谁见了你都害怕。"

夜天凌抬手取过瓷盏,悠闲地搅动着:"那怎么又不见你害怕?"

卿尘以手支颐,斜靠在锦垫之上,闭目养神:"天道之数,一物降一物,若都怕你还了得?"

却听夜天凌轻笑一声,倒没驳她,竟是默认了那一物降一物的话。卿尘乌墨般的眼线轻挑,笑意流泻,忽然清香扑鼻,睁开眼睛一看,夜天凌将他手里搅开的荷叶露递到了她面前:"怎么不尝尝?"

卿尘懒懒摇头,夜天凌见她这几天总吃得极少,不免担心道:"便是没胃口也多少吃点儿,两个人反倒比一个人吃得少了,这怎么行?"

但见那荷叶露玉冻一般盛在白瓷盏中,几粒去了心的莲子缀在上面赏心悦目,卿尘于是伸手接过来:"这个看着倒清爽。"

夜天凌便随手拿了她那一碗,搅几下,尝了尝:"味道不错。"

卿尘慢慢吃了小半碗便放下了,听湖上远远传来细语笑闹,却是侍女们划了小舟在采莲。轻舟破水,花叶碧连天,看得人心头痒痒的,她回头软声道:"四哥……"

夜天凌笑着站起来,扬声吩咐:"晏奚,着人备船游湖!"

外面伺候着的晏奚利落应声,马上去办。夜天凌扶了卿尘起身:"不能久了。"

卿尘笑应道:"就一会儿。"刚站起来,忽然间心口骤生剧痛,紧接着天旋地转,腥甜之气冲上喉间,不觉猛地喷出一口鲜血。

夜天凌大惊失色,匆忙撑住她摇摇欲坠的身子:"清儿!"

卿尘只觉得心头似有千万把尖刀在搅,胸中血气翻涌,压也压不下,忍不住又是一口鲜血呕出。低头看去,只见手腕上一道血色红线隐隐出现,蜿蜒而上。红尘劫!她勉力抓住夜天凌的手,想要提醒他荷叶露中有毒,却只是不断咯血,身子软软的一丝力气也无,眼前逐渐模糊,似乎阳光太烈,欲将一切烧灼成灰。

她竭尽最后一丝清醒望向他，耳边传来他惊怒交加的声音。他应该没事，他的怀抱还是温暖而坚实，可以放心地依靠，惨红一片的血色淹没过来，越来越浓，骤然化作了黑暗。

红尘劫，源出西域，连环奇毒。绝神志，断脉息，逆血全身，关脉三寸处隐有红线如镯，镯绕九指，无解。

张定水枯瘦的指下，一道触目惊心的红线正在逐渐加深，缓缓地又沿着卿尘苍白的肌肤绕上一圈。

比起内外慌成一团的众人，夜天凌神色还算镇定，张定水刚一抬头，他立刻问道："怎样？"

张定水缓缓收回手："可解。"

本应如释重负的时候，夜天凌依旧剑眉紧锁，而张定水的神情也并没有多出轻松的痕迹："毒可解，但却要殿下舍得王妃腹中的胎儿……"

夜天凌眼中蓦然一震，截下他后面的话语："我只要她平安！"

张定水点头道："依方才所言，下毒之人实则针对的是殿下，若这毒真的入了殿下体内，便是我也无能为力了。现在红尘劫的本毒可用血魂珠化解，血魂珠有归血通脉的功效，但本身亦是剧毒。红尘劫之所以名列天下奇毒，便是因其毒中缠毒，解毒亦是种毒，生生不息，永无休止，说是有解，可谓无解。但眼下王妃体内有一个受体，我可以金针引导，借血脉运行之机将血魂珠逼入胎儿中，胎儿脱离母体，则毒随之而去。"

红镯妖娆，缠着卿尘皓腕似雪，却如毒蛇噬心，夜天凌强压下动荡的情绪："哪里能找到血魂珠？"

张定水道："血魂珠虽不多见，牧原堂却也不缺。只是有一事我必得让殿下清楚，王妃腹中胎儿已有七个多月，精气已聚，形体已成，且极有可能是个男婴。若此时产出母体，我有把握保其平安，殿下是否要再行斟酌？"

夜天凌薄唇一抿，"不必！"

张定水微微喟叹："殿下既然心意已决，我也不再多说，定保王妃无恙便是。"

极深的海底，四周很宁静，没有一丝光线，没有一丝声响，沉沉的死寂一片。

卿尘恢复第一丝意识的时候，是尖锐的刺痛。仿佛有一种力量将冰封的海水缓缓推动，一个接一个的漩涡卷来，夹杂着冰凌的液体逐渐在血脉中奔流，那痛无处不在，铺天盖地地纠缠上来。她忍不住轻声呻吟，立刻听到一个声音在耳边响起："清儿，清儿！"

清儿……谁在叫她？是父亲吗？和小时候赖床不起时一样，父亲是没有时间和她认真的，赖一下便过去了。她昏昏沉沉地想着，只想再次沉入海底，便可以躲避那如影随形的痛楚。

然而那个声音始终执着地在催促，她挣扎了一下，有什么吸引着她，却又有种压力反扑过来，两相抗衡中那声音锲而不舍地霸道地将她往水面上拉，终于身子越升越快，有浮动的光亮逐渐接近，仿佛猛地破开灭顶的压力，眼前光亮大盛，一双深亮而焦灼的眼睛带着几分狂喜和惊痛，她看清了他："四哥……"

夜天凌一直紧握着卿尘的手，眼见那一圈圈夺命的红线正在缓缓褪去，指尖不禁微微颤抖。"我在！"他轻声道。

卿尘看到他毫发无伤地在身边，露出一个虚弱的微笑，吃力地道："幸好……你没有喝那碗荷叶露……"

夜天凌心中已分不清是痛还是恨，千言万语堵在喉间一句话也说不出来，如枪剑丛生，扎得骨肉鲜血淋漓，他只能紧紧将她的手握着，似乎想借此分担她的痛苦。

卿尘神志逐渐有些清醒，恍惚感觉到金针入穴，在浑身的疼痛下不甚清晰。

张定水行针的手极稳，气定神闲，专注而果断。

天突……华善……膻中……巨阙……建里……神阙……气海……卿尘恍然一震，立刻醒悟到张定水用针的意图，惊痛万分，竭力想撑起身子："不要……不……"

夜天凌眼中满是苦楚，压住她想要护住腹部的手，哑声道："清儿，你别动。"

卿尘无力挣扎，只能哀哀看着他："四哥……这……这是你的骨肉……你不能……"她的目光是他从未见过的乞求、无助，眼中泪水夺眶而出点点滑落，如滚油浇心，令人五内俱焚。

夜天凌牙关狠咬，卿尘的话撕心裂肺，逼得他不敢再看着那双满是哀求的眼睛。他冷冷抿唇扭头，那一分刚硬果决如铁，他绝不后悔这个选择，他可以不要一切，包括他的骨血，只要她无恙。如果可以，他愿意用自己的性命去换取，哪怕让她少痛一丝也好。

张定水终于抬头，暗叹一声，重新取出两枚金针，手起针落，刺入卿尘耳旁要穴。卿尘神志瞬间模糊，重新陷入了昏睡。

两个时辰后，宫内得凌王府急报，凌王妃意外早产，一个近七个月大的男婴刚刚出生便已夭折。

夜幕深落，夜天凌步履疲惫地走出王府寝殿，细月一弦，斜挂青天。

眼前灯火通明，次第而上，照亮已完全压抑在夜色中寝殿的轮廓。广阔的前庭中，一面是黑衣黑巾的冥衣楼部属，一面是玄甲玄袍的玄甲军士兵，见到他出来，上千战士同时单膝跪下。整个黢黑的夜里，只闻齐刷刷衣襟振拂的响声，雪亮的剑，夺目的杀气。

夜天凌缓缓仰头看向那刀锋般的冷月，掷下话语如冰："踏平绿衣坊，挡者，杀无赦！"

凌王妃中毒之后，当初送荷叶露入水榭的小侍女立刻便被查出。那女孩儿起初哀哀喊冤，但冥衣楼的手段连铁板都能撬开，何况一个弱不禁风的小姑娘。

不过片刻，小侍女便供出投毒的主使者——凌王侍妾，千泇夫人。

白夫人恨极，命王府中的掌仪女官将千泇自思园带出审问，千泇却着实惊骇欲绝，怎么也不承认买通小侍女是要投毒谋害凌王与王妃。

最后在掌仪女官的严词逼问下，千泇才说出荷叶露中所放的不过是可令人意乱情迷的药物。

千泇留恋王府却无望得凌王宠幸，终日郁郁寡欢，前几日被写韵邀出府去散心，回来路上转去寺庙上香时无意中遇到一个叫三娘的女子，自称是城中某位官宦家的小妾。

两人似乎一见如故，三娘说起在家中被正妻欺凌，眼泪涟涟。千泇想起自己的处境，不由将满腹哀愁也说给她听。三娘眼泪来得快，去得快，转眼便出主意给她，只说眼下王妃有孕在身，也不是没有法子让凌王来思园。

千泇即便知道凌王永远不可能垂爱于她，却只紧紧抓着心中一丝残念，拿着三娘给的药，唯想一夜之后若能幸而得子，她就知足了。

她只执着于编织着这番幻想，却并不知这微薄的念头已成了他人手中恶毒的刀，刀锋上淬着蛇蝎般的毒穿心透骨，就此将她推入毁灭的深渊。

白夫人以往怜惜千泇，一直对她多有关照，但如今纵怜其不幸，更恨其不争，言语中再不留情面："你当用这种见不得人的法子便能乱了殿下心志？依殿下的性子，他若是不想做的事，便是天塌下来也没用！纵然殿下真撑不住，王妃一手医术起死回生，难道还奈何不了这种下作的药？你也未免太小看殿下和王妃了！做出如此糊涂之事，就凭这个你如何配得上殿下？眼下我也护不得你了！你若还有脸见殿下，自己去求他饶你性命吧！"

千泇如遭五雷轰顶，两个掌仪女官丢下手，她身子便软软瘫倒在地上。

白夫人的话近乎残忍地覆灭了她所有幻想中的美好，光明普照在天涯的尽头，她在纵身而去时感到了急速坠落的快感，灰飞烟灭的一刻才知道，原来纵使飞蛾扑火，自己却连那双翅膀都不曾拥有。

汐王府的门前向来只有两盏半明半暗的悬灯，与相隔不过两条街、当年明辉煊煌的溟王府相比，未免显得有些寒碜。但如今溟王府华灯尽落人去楼空，汐王府还是这两盏悬灯，在过亮的月色下看去可有可无。

王府最深处的偏殿，异于常日地上了灯火，原本明亮的屋室却偏偏因两个人的脸色而阴晴不定。一丝微不可察的紧张的气氛悄然蔓延，烛焰偶尔一跳，晃得人心中一抖。

暗银的紧身武士服，细长的眼眸，如敛了万千灯火的妖媚，庄散柳声音却阴沉得像能捏出水来："非但凌王安然无恙，反而打草惊蛇，成事不足败事有余！我早就提醒过不要动那个女人，你当我是说笑吗？"

夜天汐心中正窝着火，近来手中诸事差错，四处不顺。先是手下数名朝臣连遭弹劾罢黜，接着定嫔被逐出宫，凤家与殷家朝堂相争，又莫名其妙一把火烧到了京畿司。今日中书省加急敕令，命军中各处整饬编制，京畿卫首当其冲，被勒令裁汰士兵近三千人。本来最为得力的碧血阁刚刚损兵折将丢了冥魇，眼下又出了这等事，如何叫他不恼火？因此冷哼一声，说出的话便也格外不入耳："什么了不得的事？无非是一个女人，别说人还没死，便是死了又如何？值得这么大惊小怪！"

庄散柳眸中寒光骤现，语出阴冷："无非一个女人？她若是死了，你今晚就得给她陪葬！你以为你是谁？这个女人的命比你值钱！"

嚣张至极的态度，直气得夜天汐脸色铁青，勃然大怒："你当自己是什么人，敢对本王如此说话！本王对你一再忍让，莫要敬酒不吃吃罚酒！"

庄散柳今日像是存心来给他添堵的，阴阳怪气地道："原来殿下很清楚凭自己的实力除了隐忍别无出路？那还是继续忍下去的好，免得前功尽弃，后悔莫及！"

夜天汐眼底清楚地闪现出一线杀机，忍无可忍，狠狠道："本王今日倒要看看你又有多少本事！"话音未落，拍案而起，出手如电，便往庄散柳面上揭去。

庄散柳身子飘飘往后一折，避开脸上面具，横掌击出，掌风凌厉。两人半空单掌相交，双双一震，夜天汐手中精光暴闪，剑已入手，杀气陡盛，庄散柳足尖飞挑，面前几案应声撞向夜天汐。

便是这电光石火的一刹，庄散柳已飞身而退。夜天汐既起了杀心岂会就此罢手，剑势连绵直逼上前，摄魂夺魄。庄散柳飘退三步反守为攻，空手对敌丝毫不落下风，眼中一抹冷笑浮动，如刀如刃。

银影黄衫此起彼伏，两人身形闪出殿外，迅速缠斗在一起。

响动声立刻惊动了外面胡三娘等人，王府侍卫团团围上，一时难以插手。胡三娘厉声娇叱，短刀出手，袭向庄散柳后背。

却听月下铮然一声水龙清吟，胡三娘眼前一花，骇然发现眼前庄散柳身形鬼魅般闪过，自己的短刀竟迎面刺向夜天汐的胸口。她大惊之下猛然弃刀抽身，惊出一身冷汗，定睛一看，夜天汐一动不动立在庭中，一把水光流溢的软剑轻轻架在他颈后，沿着那剑，一双邪魅的眸子，异芒阴暗，一身银色的长衫，风中微动。

剑影潋滟着月色，不知出自何时，不知来自何处，似乎只要轻轻一丝微风，那月色便要随着波光散去。持剑的人似笑非笑的眼波微微一转，却叫周围横剑持刀的侍卫们不约而同向后退了一步。

胡三娘颤声喝道："庄散柳！你……你别乱来！"

一声冷笑吹得月光微动，夜天汐只觉得那细薄的剑锋轻颤，沿着他的肌肤缓缓前移。剑上寒气刺得人汗毛倒竖，颈后却有温热的气息贴近，一股若有若无的熏香味道让他忽然感觉异常熟悉。

"殿下，我知道你早就想要我死了，不过现在杀了我对你没有任何好处，还不如省下力气想想该怎么应付凌王。等收拾了他，我再陪殿下好好玩也不迟。"

傲慢而阴柔的声音低如私语，依旧叫人恨得牙根痒痒，夜天汐却也着实不一般，方才那番震怒已不见踪影，此时全然无视利刃压颈，镇定转身，缓缓笑说："庄先生好身手，本王领教了。"扭头对侍卫喝道："还不退下！本王与庄先生切磋剑法用得着你们插手？"

侍卫们四下往后退开，人人惊疑不定。庄散柳眼尾满不在乎地扫过那些明晃晃尚未入鞘的刀剑，扬手一振，那柄软剑嗖地弹起，灵蛇般缠回腰间，化作一条精致的腰带。

夜天汐心中忽然闪电般掠过一个影子，蓦地惊住。

庄散柳随手掸了掸衣襟："今晚到此为止，庄某告辞了。殿下可要小心些，免得改日我再想找人切磋剑术，却没了对手。"

未等夜天汐有所反应，他身形飘然一晃，已跃上王府高墙，银衣魅影瞬间消失在月色下。

一阵风过，空气中隐约还残留着那股熏香的气息，龙涎香！夜天汐悚然记起这个味道。这种难得的香料当朝只有含光宫常用，日前殷皇后曾以此赏赐湛王迎娶于闽公主，除此之外，天朝皇族中唯一曾被准许使用此香的，便是孝贞皇后生前最为宠爱的小儿子，九皇子，夜天溟。

夜天汐身上倏然掠过一阵凉意，不寒而栗，胡三娘试探着叫了声："殿下？"他猛地回头吩咐："立刻去查溟王府当年的案子！庄散柳……本王要知道他究竟是谁！"

胡三娘不明所以地应下，方要细问缘由，一个碧血阁的部属浑身是血冲入了王府，跌跌撞撞扑至夜天汐脚下："冥衣楼夜袭绿衣坊！玄甲军……玄甲军……"话未说完，人已倒地气绝。

夜天汐一脚踢开拽住他袍角的尸身，抬头看时，绿衣坊那边早已火光冲天，映红了伊歌城风轻云淡的夜空。

一道高起的屋脊上，庄散柳脚步略停，回头望向不远处火光烧天，细眸下一抹妖娆

血色深浅明暗，化作阴沉的冷笑。

　　当他得知凌王妃早产的真正原因时，便清楚凌王必不会让碧血阁活过今晚。而他却对汐王绝口不提，更毫无道理地与其纠缠了半天，让他根本无暇及时应对凌王的行动。没了碧血阁，汐王还有什么能耐来取人性命？何况他现下能否在凌王手下赢得活路尚属未知。

　　这场火烧得好，连济王一并卷入了其中。当初他暗中设法帮汐王拉拢济王做帮手，便从没想让济王从这潭浑水中干净地出去。

　　一箭三雕！那双眼中映着的火光魅异盛亮，虽然事情并没有完全按他所预计的轨道发展，但并不妨碍他达到目的，这番龙争虎斗的乱局正中下怀。现在他唯一需要知道的便是，当天都这漫天巨浪逐渐沸腾到顶点的时候，他所想要的那个人将会身在何处？

第五章　前程两袖黄金泪

第六章 何处逢春不惆怅

《天朝史·帝都》，卷八十。

圣武二十七年七月丁卯夜，广岳门私烛坊爆燃，火势迅猛，祸连左右，京畿司守兵渎职，扑救不及。

凌王闻报，调三千玄甲军迁移民众，引水救火。寅半，大火熄灭，私烛坊化为灰烬。

戊辰，牧原堂尽数收容灾民，资建房屋，民安。大理寺查，济王纵家奴私开爆竹坊，以致此祸。帝怒，削济王俸禄两千户，命其闭门思过。

史笔如刀，然而再利的刀锋也刻不尽所有真相，在光明与黑暗之间，那一刃模糊的灰色沉淀着岁月光阴最真实的痕迹，永远在迷离中戴着隐约的面纱。

绿衣坊那一夜，是胡三娘最后一次见到属于火的华丽。

她站在灼热的青石地上看着火舌贪婪舔舐着碧血阁包括十二血煞在内所有的灵魂，狂舞的明焰飞蹿上红楼碧阁，直冲霄汉。

那个自烈焰中缓缓走出的身影如同来自地狱的冥王，剑锋下魑魅魍魉哀号惨叫，雪衣白刃斩尽残败哭歌，火影纷飞下冷冽如斯。

寂灭众生的双眼，冰封了灼灼烈火、冲天热浪，仿佛和世界隔了一匹白练，底下血污虫蛇都与他无关，天地悲号，他站在极尽的高处，冷眼相看。

"胡三娘。"

这是她第一次听到他说话，他的声音如他的剑，冰雪千里。

火光动荡下她看不清他的脸色，唯有那种居高临下的威严压得人透不过气来。她知道穿过了烟火夜色他正看向她，那无形的目光似乎将她的身子洞穿，让人在这样的注视中灰飞烟灭。

她着实禁不住如此压迫，软软扑跪在夜天凌面前，娇声微颤："殿下……饶命！"媚媚地低头，几缕青丝荡漾："汐王他们的事奴家都知道，请殿下饶奴家一命，奴家什么都愿说！"

楚楚艳骨，万种风情，勾魂夺魄的眼中似有泪光泫然欲滴，几要将众生尽颠倒。可一抬眼，无声的寒气透心而来，那双眼睛中冰雪的痕迹不曾消融半分，只听到冷硬的一个字："说。"

凌王一字千金，这已是应了不杀她？胡三娘心中一喜，尽量保持着媚人的风姿，便怯怯道："奴家原本也是良家女子，那年在天都被湛王逼得走投无路，只好投靠汐王，汐王他……他原来是一心想图谋大事！"

她为讨好夜天凌，立刻将汐王暗地里的事统统抖搂了出来。汐王早与碧血阁沆瀣一气，笼络卫骞，利用天舞醉坊敛取不义之财。事发之后，他故意给了卫骞督运粮草的要职，让他到北疆去送死，并想借此陷湛王于死地。

当初出征漠北，他泄露凌王的行踪给东突厥，联络始罗可汗派人暗杀，同时构陷凌王身边得力大将迟成。一次不成，便又利用史仲侯，逼他用凌王的命来换母亲的命。

定嫔住在承平宫，无意中发现有密道通往宫外。碧血阁从密道里的一些蛛丝马迹查到了冥衣楼，后来又查到莲贵妃手里有穆帝赐给的紫晶串珠。于是他们派人潜入莲池宫，威逼莲贵妃未遂，便动手将她杀害。

"这几年来他一直想借突厥人的手除掉殿下，谁知殿下竟真灭了突厥王族，他便动起了用毒主意，那毒……"胡三娘急急抬头往四周看去，抬手指着肖自初横在不远处的尸身，"是他配的！奴家还劝过他们不要这么歹毒，反而被他们斥责打骂！"

夜天凌自始至终没有说一个字，胡三娘想不出还能说什么，小心翼翼往前看去，只一触那目光便骇得垂下眼睛："还有……还有……最近好些主意都是庄散柳给汐王出的，他也不知是什么人，厉害得很，连济王都有把柄抓在他手里，济王现在凡事就都帮着他们。这庄散柳好像很恨殿下，还一心觊觎王妃。对了，汐王今晚让我们去查溟王府，好像和他有关。"

她能说的都说了，只是不见夜天凌有所满意，心里着实忐忑慌乱，轻愁含怨地抬头："奴家以后情愿服侍殿下，殿下要奴家做什么都行！"她故意抬手拢了拢凌乱的衣衫，看似羞怯地垂下头去，青丝散垂，细腰一拧，领口处那凝脂般的肌肤却越发露了出来，映在火光下艳色跳动，柔光似水，只显得妖冶动人。

忽然颈间一凉，夜天凌手中清光冷冽的剑已抵在了她咽喉，她失声惊呼："殿下！殿下答应了饶过奴家的！"

夜天凌剑尖微微用力，抬起她的脸："没错，本王是答应了不杀你，如此千娇百媚，杀了未免可惜。"

胡三娘美目之中泪光隐隐，似颦似愁，娇声道："殿下！"

夜天凌面无表情地收剑入鞘，淡淡对旁边道："毁了这张脸，剜目断舌，送到下九坊吧。"说罢转身往外走去，再也没有多看胡三娘一眼。

胡三娘呆在当场，忽然反应过来，大叫一声，几近疯狂地往前扑去："夜天凌！你……你还是不是人！你……"后面的咒骂断在一声凄厉的惨呼中，夜天凌的身影已然消失在烟火弥漫的黑夜。

玄甲金戈，绿衣坊内外一律戒严。除了碧血阁前来增援的人被刻意放行，自广岳门火起后便再没有任何多余的人能进入绿衣坊，包括先后赶来的京畿卫和济王府的侍卫。

夜天凌缓缓纵马出现在封锁绿衣坊的玄甲军前时，济王正大发脾气，一众玄甲军战士却目视前方置若罔闻，全然不买这位王爷的账。

一见到夜天凌，济王立刻将满腔的怒火发到了他身上："四弟！你这是什么意思？这府园好歹也在我济王府的名下，出了这么大的事，凭什么把我们拦在外面？就算我管不着这事，连京畿司都不能进去，你玄甲军想干什么？"

夜天凌只拿眼角往他身上一带，语调冷然："三皇兄知道这是大事便好，有和我理论的时间，不如好好管管家奴，若是再多几家这样的私烛坊，小心下一把火烧到济王府，恐怕谁也救不得你。"

济王根本就不知这座闲宅里是碧血阁的人犯了夜天凌的大忌，听到这般刚冷无情的话，气得浑身发抖："你……你说什么！"济王府靠私营爆竹坊牟取暴利也不是一年两年了，原本事情隐秘得很，谁知去年不巧让京畿司查到了蛛丝马迹。天都中除少府司外严禁私造爆竹，这是不小的罪名，幸而汐王倒是个聪明人，替他瞒了下来不说，还表现得对此事很有兴趣，渐渐两府之间便往来频繁。今夜这私烛坊突然出事，对济王来说可真是火烧眉毛，天帝正在病中，这案子一牵出来定不会轻饶，如何不让他跳脚？关键是时值夏日，私烛坊根本是半歇业的状态，怎么就会突然事发？

夜天凌没理睬济王铁青的脸色，冷哼一声："至于京畿卫，防范懈怠，玩忽职守，明日等着听参吧！"他从头到尾都没有正眼看身前诸人，对站在济王身后不远处的汐王更是视而不见，说完此话，打马扬尘而去，玄甲铁骑紧随其后，人马飞驰，很快消失在黢黑的长街尽头。

"夜天凌！"济王指着玄甲军留下的一片狂肆飞尘几欲暴跳如雷，肩头忽然被一只手压住，汐王半张脸隐在随风晃动的火光下，明暗阴沉，"三哥，他是要和我们来硬的了，这时候故意弄出此事，摆明了是连你也不放过，先下手为强，后下手吃亏啊！"

济王愣了愣："故意弄出此事？"

汐王道："三哥难道没见这迁出的百姓都毫发无损吗？玄甲军分明是起火前便到了

绿衣坊，早有准备。"

济王被那只手压得站稳身子，心头的火却一跳一跳地冲上头顶，怒道："仗着父皇现在宠他吗？来硬的又怎样！难道我还怕了他？"

"三哥说得是。"汐王站在他身后，眼底寒意瘆人，唇角却不易察觉地牵出了一丝阴冷的笑。

凌王府今晚的灯火并不比往常明亮许多，却几乎是人人无眠。

处理好一切事情已近凌晨，夜天凌屏退左右，独自往寝殿走去。一天烟火尘埃落定，月淡西庭，夜风微凉。

碧瑶正从外面拿了什么东西回来，双目略微红肿，显然是哭过，见了他轻声叫道："殿下。"

夜天凌转身问道："她怎样了？"

"郡主已经醒了。"

听了此话，夜天凌微锁的眉头却未见舒展，只道："你们都下去吧。"

碧瑶像是还有话要说："殿下……"

夜天凌抬手阻止了她，碧瑶无奈，往寝殿的方向看了看，轻轻退了下去。

当夜天凌步入寝殿的庭院时，突然停下了脚步。寝殿之前跪着个人，身形单薄，摇摇欲坠，显然已经跪了很久，听到脚步声，转身看到他，哀声叫道："殿下……"

夜天凌脸色瞬间便冷了下来，置之不理，径自往前走去，千泇膝行两步赶在他面前："殿下！殿下！"

夜天凌眼中冷芒微闪："你在这里干什么？"

千泇重重叩了几个头，钗钿凌乱："千泇自知罪孽深重，百死莫赎，只求再见殿下一面。"

夜天凌看了她一会儿，突然冷笑："你是嫌毒不够分量，来看看本王死了没有？"

千泇脸色煞白，摇头哭道："不是……不是！我从来都没有想过要害殿下！我不知道那是毒啊！如果知道，我宁肯自己喝了也不会给殿下的！"

夜天凌眼底冰寒："那本王真要多谢你了。"

千泇满脸是泪，伸手想拉他的衣襟："大错已成，千泇唯有以死赎罪，千泇不敢求殿下原谅，只要能死在殿下手中，死而无悔。"

夜天凌猛地一拂襟袍，目露厌恶："杀你脏了本王的剑。"

千泇在他无情的话语中抬起头来，痴痴看着他，神情惨恻。冷风扑面，渗渗凉意如针似芒，一点点将她的心挑得粉碎，挑起那心底深处久藏着的哀怨孤苦，他刚冷的轮廓淡在迷离的水雾中，"是啊，我糊涂了，殿下是连杀我都不屑呢！从太后娘娘将我赐给你的那天起,你从来都没有正眼看过我。你每次来思园,都是为了应付太后派来的女官,天不亮便走。人去楼空,我就天天一个人守着那么大的园子,守着凌王府给我的锦衣玉食。我从来也不敢奢求和王妃争你的宠爱,只不过是求你看我一眼,哪怕偶尔对我笑一笑,万分的爱里能给我一分,我就知足了。我是不是真的一无是处,这么惹人厌烦?"她越说越是绝望,分不清究竟是爱还是恨,只是死死看着眼前这个男人。

夜天凌站在离她一步之遥的地方,静静地听着她的哭喊。忽而青光一闪,他腰间佩剑出鞘,千泇的声音随着那抹清冷的光微微一浮,停住,她仰起头来对着他的剑锋,惨然而笑。

然而出乎她的意料,那袭人的剑气并没有加诸她的身上,但她看到长剑在黑暗中划出凌厉的亮光。

"殿下!"

当的一声,那剑滴着血掷在她面前。夜天凌小臂之上一道长痕深现,顿时鲜血横流,他的声音漠然平稳:"你要的我给不了你。我若欠了你,也已经用我的骨肉、我的血还你了,从此两清,我以后不想再见到你。"

血沿着他的指尖越滴越快,迅速在青石地上积成一汪血泉,风卷残叶,他的衣角在千泇眼前飘摇,转身一扬,绝然而去。

一行血迹,两身清冷。

千泇难以置信地看着夜天凌消失在她的视线中,过了许久,她缓缓低头看向眼前血染的长剑,脸上突然浮现出一丝凄凉的笑容。

她仔细理了理自己的鬓角,将那散乱的钗钿端正,慢慢伸手拾起了那柄剑,青锋耀目,剑上残留着他的血,他的温度。

抬头,夜幕青天,月影遥远而冷淡,便如她的一生,从来都没有清晰过。

转过青石道,夜天凌一步步迈上寝殿的台阶。他走得极慢,甚至在迈上最后一个台阶时完全停下了脚步,伫立片刻,缓缓地在那殿阶上坐了下来。

一切都安静了,他此时却有些不敢进入寝殿,碧血阁夺命的刀剑也好,济王的怒吼指责也好,汐王的阴谋诡计也好,都不曾让他有这般感觉,无所适从。

手搭在膝头,臂上的血不停地滴下,一波一波的疼痛已经开始由肌肤渗透到骨髓,他却丝毫没有处理伤口的想法。方才那一瞬间,似乎只有自己的血才能粉碎这样的荒谬,他几乎是痛恨自己,如果是他欠了谁的情,为什么要用清儿的痛去还?

他抬手遮住眼睛,黑暗中却如此鲜明地浮现出一双清澈的眸子。她那样看着他,她在求他保护他们的孩子,可他依旧作出了那个残忍的决定。

那双眼眸黑白分明,因有着剔骨割肉的痛楚而更加清晰,利如薄刃,竟让他想起来

不知该如何面对。

二十年傲啸纵横，踌躇滋味，今宵始知。

他不由得紧紧握拳，伤口流血时带来那种尖锐的痛，倒叫人心里痛快些。这时他突然听到寝殿深处传来几不可闻的啜泣声，压在额头的手微微一松，他睁开眼睛细听，霍然回身，站起来快步往寝殿走去。

宫灯画影，层层帷幕深深。他赶到榻前，看到卿尘正孤单地蜷在锦衾深处。她的手紧紧抓着被角，身子却微微颤抖，那压抑的哭泣声埋在极深处几乎要听不清楚，却让他顿时心如刀绞。

"清儿……"

卿尘听到声音迅速地将泪抹去，但看到夜天凌，她竟然向后躲去，避开了他。

夜天凌僵在那里，清冷的眼中似乎有什么东西崩塌裂陷，直坠深渊，声音满是焦急："清儿，你听我说。"

卿尘隐忍下去的泪水猛地又冲出眼眶，她神情有些迷乱，只是一双眼睛灼灼逼视着他，哑声质问："你为什么不要他，他难道不是你的孩子吗？他已经七个月大了啊！他能活下来的，你为什么不要他？"

"我……"夜天凌伸出的手定在半空，他一句话也说不出来，只是心疼地看着卿尘憔悴的模样，面带焦灼。可是面前那眼中的责问太锐太利，他生平第一次觉得无法和一个人的眼神对视，终于闭目扭头。

泪沿着凌乱的丝锦，洒了一身，失去了质问的目标，卿尘似被抽空了所有力气，目光游移恍惚，无力地垂下。她漫无目地地转头，却猝然看到夜天凌垂在身旁的那只手臂满是鲜血，已然浸透了衣袖，滴滴落在榻前。

刹那间脑中一片空白，她骇然吃惊，颤声叫道："四哥！"

夜天凌听到她的叫声，回头看到她起身向他伸出手，他几乎是立刻便抓住她带到了怀里。卿尘挣扎道："你的手怎么了？"

夜天凌对她的问话充耳不闻，只是紧紧地抱着她，一瞬也不肯放松。卿尘此时身子虚弱，自然拗不过他，触手处感觉到他血的温热，原本心里那种悲伤不由全化作了慌乱，她不敢乱动，只好向外喊道："来人！"

听到凌乱的脚步声，夜天凌才被迫放开了卿尘。张定水并没有离开凌王府，第一时间被请到了跟前。

侍女们已捧着清水、药布等东西跪在榻前，卿尘看着夜天凌满手的血惊痛万分："怎么会这样？你，你干什么去了？"她勉力撑着身子要看他的伤口，张定水上前道："王妃，我来吧。"

夜天凌虽任卿尘离开了他的怀抱，却依然用另外一只手紧紧攥着她。伤口较浅的地方血迹已经有些干结,张定水将衣衫剪开,轻轻一动,他没防备,不禁微抽了口冷气。

卿尘眼见伤口极深,竟是新添的剑痕,一时心乱如麻,轻声问道:"很疼吗?"

夜天凌扭头看她,她脸上依稀仍见斑驳泪痕,黛眉轻颦,愁颜未泯,但眼底却全是他熟悉的关切与柔软。他摇头表示没事,凝视着她,居然缓缓而笑,那是从心里透出来的如释重负的笑,那样真实,那样愉悦,仿佛千里阳光洒照在雪峰之巅。

卿尘在此时已经知道了她刚才所询问的那个答案。他的一点伤,已能让她揪心忐忑,不需要再多的原因,他所做的一切只因他们已是彼此心头最柔软的那部分,人可以舍得了骨血,却如何剜得出自己的心?

服了几日张定水开出来的药,红尘劫的余毒尽清,但卿尘却因此元气大伤,时常觉得晕眩乏力,一日里倒有大半日靠在榻上合目静养。

让碧瑶和白夫人她们十分不解的是,以往卿尘若是略有不适,夜天凌无论多忙总会抽空相陪,如今出了这样的事,他却时常不在府中,现在更是一连几天都未曾回府。

卿尘对此并不多问,只是有一次在卫长征回来说殿下今晚耽搁在凤府后,她轻轻合上手中的书卷,看着天际浮云缥缈久久不语,随后召来吴未昐吩约束府中诸人,近日一律不准随意出府。而王府中除了之前的玄甲侍卫外,亦多添了许多冥衣楼的部属。

第三天入夜时分,夜天凌回府了。

卿尘靠在榻上,看他就那么站在那里喝了碧瑶端进来的一碗灵芝羹。他挥手遣退侍女,自己动手去了外衣,仰身躺在她身边。

卿尘枕在他的肩头抬眸,他正低头细细地将她打量,那眼中清淡淡的一层光亮,暖意融融,却隐不下微红的血丝。

"四哥。"过了会儿,她轻轻叫他。夜天凌应了声,声音有些含糊,将她再往怀中搂紧几分,稍后低声道:"我睡一下,过会儿陪你说话。"

卿尘便抬手放了云帐,榻前一片静谧的安然,回头时他竟已经沉睡过去。

她在他臂弯里安静地躺了一会儿,却睡不着,躺得久了隐隐觉得心口有些闷痛,便轻轻起身坐着。往日只要她一动夜天凌便会醒,今天他却睡得格外沉。卿尘将手边的薄衾给他搭在身上,黑暗中看到他的眉眼,在睡梦中平静而真实。

明月穿窗,月光似水,幽幽铺泻一地,覆上眉间眼底。在他身边的一刻,前尘已逝,来日方长,过去的宁文清、将来的凤卿尘都只是远远的幻影。

卿尘微微仰头,目光透过雕花的窗棂迎着那明净的月色,心中什么都不想,只愿这样陪着他,在日月交替光阴流淌的岁月中停驻在只属于他们的此刻,如此静谧,如此安宁。

夜天凌睡了不过小半个时辰,蒙眬中抬手,忽然觉得卿尘不在身边,立时惊醒过来:"清儿!"

卿尘闻声扭头,夜天凌见她手按着胸口,很快起身问道:"是不是心口又疼了?"

卿尘笑着摇了摇头,夜天凌眼中那丝紧张才淡了去。他下意识地抬手压了压额头,突然有双柔软的手覆上他的眉心,迎面是卿尘淡淡的笑。他将她的手拉下来握着,卿尘隔着月光看了他一会儿,轻声问道:"都好了吗?"

夜天凌注视她,反问道:"你信不信我?"

卿尘道:"信。"

夜天凌唇间扬起一个峻峭的弧度:"那便好,这些事都让我去做。"

卿尘目光和月色交织在一起,清透中略带着明锐:"四哥,即便不能如你手中之剑一般锋利,我也不愿变成你的弱点。你爱我怜我,将我护在那些风浪之外,可他们又怎会容我安宁?更何况有些人,原本便是冲着我来的。"

夜天凌眼底异样平静,一层慑人的光芒漾出在幽暗之中:"他们已经不可能有机会了,我不会再让你受到任何伤害,绝对不会。"

卿尘静了半晌,莞尔笑道:"那好,我明日去度佛寺找敬戒大师喝茶去,顺便小住几日,讨个清闲。"

夜天凌略作沉吟,点头道:"好,我派人送你去,那里清静,也安全。"

卿尘道:"让冥衣楼跟着我吧。"

夜天凌低头端详她,她只笑得一派清淡,见他若有所思,她问道:"怎么,你不信我能与敬戒大师品茶论法?"

夜天凌唇角往下弯了弯,吐出一个字:"信。"

第七章 山登绝顶我为峰

圣武二十七年七月丁丑，对在大正宫中度过了大半生的孙仕来说，是个永生难忘的日子。若许年后，每当他翻开《天朝史》看到关于那一夜的寥寥几行记录时，都会想起那惊心动魄的一夜。

夜深人静，露水微凉，月辉在通往宫阙的天街之上洒下神秘重纱。伊歌城中万千人家街道纵横，如同一盘巨大的棋局，铺展在天地之间。

一阵阵马蹄声打在上九坊的青石路上，落如急雨，凭空给这深宵月华蒙上了一层肃杀之气，遥遥远去，先后消失在宫城深处。

承平宫本就是皇宫中较为偏僻的一座宫殿，自从定嫔被逐出宫，便更是人迹罕至，青苔露重，草虫轻鸣。然而相对于重兵把守的各处宫门来说，它离天帝此时居住的清和殿也不过隔着几座宫院和一个占地较广的御苑而已。

承平宫中密集的脚步声并没有为这座沉寂的宫殿带来光明，夜天汐站在一片黑暗中望向四角庭院的上方那片暗青色的天空。

曾几何时，幼小的他也曾站在这庭院中抬头，身后灯下是母亲孤单寂寞的身影。

一抹轻云遮月，在他脸上覆上了渐暗的阴影。

"五弟！"济王在前面催促了一声，他举步往前走去，身旁尽是全副武装的京畿司侍卫。从这里踏入了大正宫，离金碧辉煌的太极殿便只有一步之遥，他似乎已经看到了路的尽头。

夜天汐嘴角浮起别有意味的隐笑，随着他抬手挥落，叛乱的刀光划破了整个宫阙的宁静。

在汐王和济王的策划之下，近日来被各方势力频频打压的京畿卫借着承平宫中的密道发起兵变，一路未遇多少阻拦，直闯清和殿。

清和殿中，孙仕刚刚服侍天帝就寝，深夜闻讯，不免被震在当场。

飞奔前来报信的内侍跪在地上抖成一团，寝殿之中顿生慌乱。孙仕从震惊中恢复过来，厉声喝止众人，匆匆赶去禀报天帝，却见黄龙寝帐内天帝已然起身，挥手拂开云帷。

"孙仕，外面为何喧闹？"

孙仕趋前跪倒："陛下！济王和汐王带兵攻入宫城，要求面见陛下！"

天帝一愣，霍地直身坐起来："所为何事？"

孙仕道："外面报说，京畿卫抵制兵员裁撤，欲请陛下收回成命。济王怕是因封爵被削，心存不满。"

天帝心下顿生惊怒，以手击榻："混账！"

此时外面隔着夜色传来一声巨响，似有无数重物齐声落地，震得大殿地面微颤。一个内侍跌跌撞撞地跑进来奏道："启禀陛下！凌王率玄甲军入宫护驾，玄甲巨盾已将叛军挡在了殿前！还请陛下示下！"

孙仕先松了口气，却见天帝眼中闪过一丝诧异，脸上神色由惊怒逐渐转为一种异样的凝重。孙仕毕竟也是跟了天帝几十年的人，久历风浪，立刻想到玄甲巨盾乃是军队对阵常用之物，巨大坚固，沉重异常，宫中并不曾常备。想到此处心底没来由地一凉，忽听天帝沉声道："御林军何在？命方卓即刻调集五部禁军殿前待命！"

话刚说完，已听殿外有人道："御林军统领方卓、副统领秦展叩请圣安！"

须臾之后，内殿传出天帝沉稳的声音："朕安。"

自前太子被废后，御林军在凌王手中整治了四个月，此后废黜了由东宫统调的惯例，直接对天子负责。不久凌王大婚，主动让出神御军兵权，紧接着溟王事发，神策军亦不再由任何一名皇子统调。至此，帝都三军已完全在天帝亲自掌控之中，这便如在当时因储位空虚而逐渐升温的朝堂上当头浇下一场冷雨，令众人都清楚地意识到，如今依旧唯有一人能左右整个天朝，那便是大正宫的主人，天帝。

历经整饬之后的御林军大改其观，几可与出自战场的正规军相较。因此虽神御、神策两军远征在外，帝都内有御林军，中有京畿卫，外有玄甲军，依然是固若金汤。而此三方平均实力相若，亦处于一种基本的平衡中，任何一方也不可能单独与其他两方抗衡。

方卓在殿外请罪道："末将失职，未能及时防范，致使叛军惊动圣驾，罪该万死！"

天帝并无降罪之意，命令道："玄甲军平叛你们不必插手，自此刻起没有朕的口谕，任何人不得擅入清和殿。"

"末将遵旨！"

大正宫中风吹灯影，四处陷入慌乱，刀光之下，宫人奔走躲避，叛军杀至清和殿前，正被玄甲军迎头截下。

随着铁墙般玄甲巨盾的出现，四下宫门轰然阖闭。

清和殿前火光如昼，密密麻麻的玄甲铁卫居高临下张起劲弩，琼玉高阶之上尽是手持长戈的御林军，排排布列，肃杀阵势逼人生寒。

叛军阵脚大乱，被断在宫门外的少数立遭镇压，困于殿前广场中的大部分顿成瓮中之鳖。

刀剑交击，甲戈碰撞，高墙外喊杀声冲起高潮，很快陷入平定。

殿前负隅顽抗的叛军被玄甲铁盾慢慢逼至一处，只见大殿龙阶玉壁之前，御林军如金凤展翅般裂开一条通道，一人玄衣劲甲出现在殿阶尽处。

圆月当空，月色金辉笼罩在他卓然峻峭的身形之上，仿佛整个天地间，只余他一人独立。

他遥遥站在那至高处，只往挣扎困局的叛军看了一眼，转身的一刻轻轻抬手。

手落之处，明火骤熄，黑暗中，箭如雨下。

大殿深宫，千万灯火盛亮，将四周腾云驾雾的九龙雕柱映得流光溢彩，金帷云纹，绮丽生辉。

一层层织锦飞花，一道道金楹华贵，夜天凌步履从容地沿着这条曾走过无数遍的路独自迈入了此时灯光辉煌的清和殿，孙仕见到他的时候，只觉得头脑一片空白，几乎连浑身血液也停止了流动。

上万禁军镇守清和殿，凌王不得天帝传召如入无人之境，这其中意味已不言而喻。

琉璃玉灯映上凌王清冷的容面，那双深海般的眼睛成为孙仕至死难忘的印象。二十七年前他曾见过这样一双眼睛，那是一个站在紫禁之巅的男人，傲岸自信、睥睨天下的神采。

"孙仕，让他进来。"天帝的声音如往常一样稳定而威严，孙仕闻声，移身退往一旁。

夜天凌迈过了最后一道高槛，安静的大殿，龙榻居中，金幄如云。

"儿臣叩见父皇。"一抹玄色衣襟微扬，在这片凝滞的安静中带起一道涟漪。

天帝自宽阔的龙榻处走下："说吧。"

夜天凌道："京畿卫叛乱已平，天都十四门由玄甲军暂时接管，并有凤相亲自前往镇守，请父皇放心。"

天帝垂眸看了他一会儿："你的哥哥和弟弟呢？"

夜天凌道："济王、汐王起兵逼宫，蓄意谋反，一者受伤被擒，现在囚禁在皇宗司，一者已死于乱军之中。"

天帝语气渐生凌厉："好啊！你真是下得了手！"

夜天凌缓缓抬头，俊面无波："儿臣查知，今年三月，汐王派人暗中潜入莲池宫，内应定嫔，勒杀莲贵妃，事后买通御医造成自缢假象，欺瞒天听。想必父皇查知此事，亦不会让他活到明日。至于定嫔，今晚儿臣命人将她从千悯寺带入宫中，她目睹了汐王谋逆事败，已经自尽谢罪。"

他话说到一半，天帝脸上已然色变，待他全部说完，天帝脸上全是惨白，踉跄后退了一步，伸手扶住旁边的高案才稳住身子。

夜天凌面无表情地跪在殿中，眼波静冷。

过了好一会儿，天帝脸上的惊痛震怒皆落尽，突然盯着他徐徐笑道："平身吧，你已加封九章亲王，又替朕平叛安乱，屡立奇功，朕都想不出该如何封赏你了。不如你自己说还想要什么，朕看看能不能给。"

夜天凌长身而起，抬眸与天帝对视了片刻。

殿中的九莲灯漏水声隐约，时辰流逝，云珠转动，越发显出四周的静。他薄唇轻挑，淡声道："禀父皇，儿臣，想要这大正宫。"

短短数字，如一层凉冰扩散，刹那封冻了整座大殿，似连金光明烁的灯火也被凝结在半空，四周静得能听见心跳。

孙仕指尖冰凉，心中如坠深渊，却见天帝广袖一挥，叮地将什么东西掷到离他不远处："孙仕！给他！"

孙仕稳住心神，俯身捧起那一对金铜铸成的钥匙，往御案后走去。当他的手触到温润的黄花梨木柜时，心底突然恢复了平静。仿佛回到二十七年前那个夜晚，从光明走向黑暗，从黑暗走向光明，当在临界的一点踏出脚步，那种令人身心战栗的快感如电流般击中全身，而后，涌起一片无边无际的寂静。

他稳稳地将钥匙插入锁洞，锁钥碰撞发出轻微的声响。他自柜中取出了一个翡翠盘龙的扁长玉盒，又用另一把钥匙打开了上面的金锁，小心翼翼地捧出一卷金章封印的诏书，呈到夜天凌面前。

夜天凌抬手接过，指下微微用力，封印应手碎裂。他抬手一抖，金帛开展，龙纹朱墨，赫然是一道早已拟好的传位诏书：

"朕闻生死者物之大归，修短者人之常分，圣人达理，古无所逃。朕以寡德，祗承天命，励精理道，勤劳邦国，夙夜惟寅，罔敢自逸。焦劳成疾，弥国不瘳，言念亲贤，可付国事。四皇子凌天钟睿哲，神授莫奇，仁孝厚德，深肖朕躬。朕之知子，无愧天下，必能嗣膺大业。中外庶僚，亦悉心辅翼，将相协力，共佐乃君……"

夜天凌面上始终毫无情绪，诏书在他指间缓缓收起："多谢父皇。"他冷冷道，"'深肖朕躬'，儿臣想必没有让父皇失望。"

天帝看着眼前冷然酷似自己年轻时的面容，慢慢道："不错，你确实是朕的儿子中最像朕的一个。"话音落地，他身子摇摇欲坠，脸色青白如死，突然猛地一晃，便往后倒去。

孙仕疾步抢上前去将他扶住，大叫道："陛下！"

天帝张了张嘴，却什么也再说不出来，只睁眼瞪视着上方精雕细琢的朱梁画栋，嘴角居然一分分强牵出僵硬的笑容。

不知来自何处的风穿入大殿，扬起帷幕深深。

没有人知道他看到了什么，没有人知道在这一刻，他究竟以一种怎样的心情审视着这座宏伟雄壮的大正宫，在这座他耗尽一生心血的宫殿中，他是否得到了真正想要的一切……

御医奉召赶来，清和殿中乱成一片。

首辅重臣中，凤衍自然比卫宗平早到一步。御医跪在地上颤声道："陛下之病症，乃是上气不足，脉络空虚，因虚而致淤热，积累已久。今夜忽逢触动，引发风阳，此时邪侵五脏，故肌肤不仁，口舌难言，更有神志不清之兆，臣等无能，仅可挽救一二，实在难以恢复如常……"

夜天凌凝视着已然力尽神危的天帝，那苍老与脆弱在他无情无绪的眼中化作一片漠然寂冷。

片刻之后，清和殿中传出天帝退位诏书，着凌王即皇帝位，入主大正宫。天帝称太上皇，移居福明宫休养。

中书令凤衍及内侍省监孙仕一同对外宣旨，孙仕念完圣旨扑地痛哭。卫宗平等一干重臣尚在震惊中未曾回神，御林军统领方卓前跨一步，扬衣抚剑，叩拜凌王。

凤衍及大学士苏意、杨让等人也正襟叩首，拥立新帝。

卫宗平浑身剧震，难以置信地看着眼前一幕，这意味着上万禁军早已落入凌王掌控，除了凤家之外，向来中立的苏氏门阀也公然表明立场，支持凌王。

殿外束甲林立、兵戈整齐的御林禁卫随着方卓等的动作同时俯拜，次第而下的殿阶前，金甲遍地，层层渐远，如一片汹涌金潮转瞬覆盖了整个清和殿，近万名将士山呼万岁，响彻云霄。

御林禁军入大正宫，只拜天子。

卫宗平等眼见此景，大势所趋，此时难以抗争，无奈之下只得俯首称臣。

夜天凌独自站在龙阶尽头，举目远望。

月华渐远，即将破晓，东方天边骤然大亮，一颗天星当空跃起，那不可一世的光芒万丈夺目，凌照九天。

天幕之上众星失色，月影苍白，纷纷在这绝冷的光芒下黯然，唯有一颗奇异的亮星,静静存在于天际,它和那孤星离得那样近,却丝毫不曾被它的凌厉光芒掩盖。

星镇紫微,万宇天清。

黎明将至,大正宫中叛乱初平,含光宫悄然潜入了几个黑衣人。

即便半夜被异变惊醒,在所有消息尽被封锁之时心急如焚,殷皇后依旧保持着高贵庄重的仪容。宫装典丽,繁复有序,云鬓凤钗一丝不乱,映着明丽的灯火华美慑人。

含光宫不知何时早已被禁军封锁,包括皇后在内的所有人等皆无法迈出一步,外人更是不得擅入其中。

然而殷皇后看到出现在寝宫内的几个黑衣人却未有丝毫惊骇,只因这些人原本便是殷家重金豢养的死士,此时正是用到他们的一刻。

为首的黑衣人跪在殷皇后面前低声道:"凌王挟持陛下篡夺皇位,大正宫已落入他们掌控。湛王殿下大军现在齐州境内,即刻便将赶到天都,娘娘不宜留在此处,请速随我等出宫!"

殷皇后自凤椅上站起来:"陛下现在何处?"

"陛下重病昏迷,不知人事。凤衍等借机矫旨颁下传位诏书,将陛下移居福明宫,御林禁军层层把守,任何人等不得入见。"

殷皇后嘴唇微颤,她抬头往福明宫的方向遥遥看去,伫立许久,却终于一个字也没说,决然转身。

几个黑衣人迅速与含光宫偏门处陷入昏迷的御林禁卫交换了服饰,护送殷皇后鸾驾往太华门而去。一路上遇到巡逻,见都是御林禁卫,虽不知就里,却也无人贸然阻拦。

殷皇后掌管后宫多年,早在宫中安插下不少亲信,此时太华门已有人接应,万无一失。

岂料未至太华门,忽然前面橐橐靴声震地,两队禁卫迅速拦住去路,将殷皇后鸾驾挡住。殷皇后心中泛起不祥的预感,玉手一扬,掀起珠帘喝道:"何人大胆,竟敢阻拦本宫去路!"

却见禁卫之前,同样一乘鎏金宝顶垂绛色罗帷的肩舆停了下来,珠帘微启,旁边侍女伸手搀了里面女子步出。

牡丹宫装,云带婉约,轻轻一移莲步,温水般柔静的人。苏淑妃缓缓往前走了几步,柔声问道:"夜深风凉,请问皇后娘娘要去何处?"

殷皇后冷下面容:"本宫之事什么时候轮得到你来过问?"

苏淑妃微微一笑:"太华门已然重兵把守,娘娘若要出宫,怕是有些不便,还请回宫歇息吧。"

殷皇后又惊又怒,不想平日温婉柔顺的苏淑妃会有此能耐控制了后宫,猛地自鸾舆中站了起来：“我倒没想到你有这番手段，说什么不争，原来往常那些温柔清高都是装出来的！”

苏淑妃不慌不忙抬头看向殷皇后，宫灯丽影下她秀丽的面容隐约如画，宁静而淡雅，不着一丝微澜。

早在多年前孝贞皇后执掌后宫之时，天帝身边嫔妃无数，恩宠无常，唯有两个女人在孝贞皇后的打压之下始终荣宠不衰，一个是后来的殷皇后，另一个，便是苏淑妃。

若无三分心机手腕，一个女子如何能在这宫廷中始终立足不败？皇族深宫本就是权位支配下女人的战场，暗处的血，深处的刀，一分分将单纯与软弱连骨带肉地剔除，看得见的永远都是一片千娇百媚、争奇斗艳。熬不过的花落人亡，几人知晓，几人怜惜？

苏淑妃并没有因殷皇后的怒斥而气恼，只是淡淡道："我可以不为自己争，但我的澈儿不能白白牺牲。"

殷皇后道："若是为了澈王，殷、苏两家好歹也有姻亲之名，你竟助他人谋逆夺位，如何对得起陛下？"

苏淑妃柔眸轻抬，唇角祭出丝冷笑："若不是那联姻，澈儿岂会一心求战？若不是殷家，澈儿又岂会丧命战场？娘娘又哪里是为了陛下？陛下心意早定，亲笔拟旨传位凌王，是我亲眼所见，何来谋逆夺位之说？"

她难得言辞锋锐，几句话下来，殷皇后竟被问得无言以对，半晌后怒道："凌王乃是柔然那个狐媚子所生，陛下怎会将大位传给他？你休要蒙骗本宫！"

苏淑妃仔细看着殷皇后高贵的脸庞，多少年来她一直是这个样子，艳光夺目，傲气逼人，无论何时也不屈尊半分。也正是如此，她才成了天帝所需要的那个女人。

当年天帝为了打压外戚凤氏，平衡势力，一方面封卫家女儿为太子妃，一方面专宠那时的殷妃，任她在后宫与皇后针锋相对，几有同辉之势。

三十年河东，三十年河西，此时的殷家，何尝又不就是当年的凤家？

苏淑妃想至此处，倒是感慨万千，对殷皇后道："我何必蒙骗你？其实你我都明白，这几十年来，我们同样爱上了一个并不爱自己的男人，只是我唯愿到死也顺着他的心意，而你想从他那儿要的东西，太多了。"她说完此话，不欲再做停留，吩咐禁卫："送娘娘回宫。"转身走向鸾舆。

听着别人说出真相，往往比自己知道的更加可怕。冰凉的珠帘，握在殷皇后的手中情不自禁地颤抖，玉声碎响，刺手生疼。

此时的她，竟莫名想起多少年前的一个夜晚，那个英姿勃发的男子绾起她秀发的一刻，珠帘玉户如桂宫，牡丹香醉，人比花娇，情深若海。

如今人已暮年，争斗一生，究竟所求何事？她站在这繁华宫影的深处，一天月落星稀，韶华已远，余生茫茫。

第八章 公案三生白骨禅

月朗风清，山间夜长。

淡茶，带着一缕苦香，静室空灵。

敬戒大师手中的一个粗木茶杯用了多年，其上纹理光滑清晰，原先粗糙的木刺消磨殆尽，茶的清香苦涩皆浸入其中，回味悠长。

其心茶，心是何味，茶是何味。

对面的女子，白衣素颜，喝茶的时候唇角总带着一丝难言的浅笑。多少年来，这其心茶令饮者困惑，往往一试之下退避三舍，不求再饮。却唯有两个人，每来此间必饮此茶。如今一个小住寺中，而另一个，敬戒大师白眉静垂，遥听山间松涛阵阵，怕是就要来了吧。

数年前那人第一次喝这茶，美异的眼睛在水汽纠缠中细成光彩照人的一刃，似乎极是享受。第二次，斟水布茶，引经论道，在此和他辩了半日的禅，盛气凌人，咄咄不让。第三次也是这么一个月夜，空谷风急，那个男子在这间静室独自坐了一夜，只是品茶，鲜见地一言不语。

此后多少年里每逢朔月必然来度佛寺，将那其心茶喝了千遍仍不厌，将那佛经法道驳了万遍自张狂的人，如今已有许久未见了。

然而茶，还是茶，其心其味，其味其心。

"方丈的茶要凉了。"清水般的声音淡淡响起，敬戒方丈张开眼睛，笑容平和。

"老衲方才记起一句禅语，不知王妃是否愿听？"

"方丈请说。"

"此有故彼有，此生故彼生，此无故彼无，此灭故彼灭。"

卿尘文静的眸子在敬戒大师话音落时微微一抬，片刻后道："方丈说得好，既已生此，则彼必生，因果轮回，便是此理。"

敬戒大师道:"彼再生此,此又生彼,生生不息,敢问王妃,何时是终,何时是了?"

卿尘道:"是故绝此则绝彼,各自往生便罢。"

敬戒大师低宣佛号,道:"世上之事,即便同因同缘,却又因人而异,因心而异,则所得各异。王妃通慧之人,何苦以生死绝之?"

卿尘静默,而后道:"凡俗纷纭惊扰了佛门净地,还请方丈见谅。"

敬戒大师微微一笑:"佛门本就是普度众生之处,众生之苦皆佛门之苦,何来惊扰。"

卿尘道:"方丈又怎知其人可度呢?"

敬戒大师道:"佛度有缘人。"

卿尘细细地紧了紧眉,眼里浮现出一抹身影——山寺佛前,跃马桥上,佛国地狱,其心皆苦,她一时想了进去。

敬戒大师没有扰她,起手斟茶。

不多会儿冥执求见,禀告说人已到山下,卿尘淡声吩咐了一句:"你们去吧。"

敬戒大师深邃睿智的眼睛并未因此话而有所波动,一缕茶香袅袅,伴着青灯安宁。

忽而卿尘缓缓笑了笑:"方丈,是我着相了。"

敬戒大师合十道:"阿弥陀佛!"

卿尘道:"一切还要有劳大师。"

月圆,庄散柳踏入度佛寺山门,暗银色的衣衫映在月色下一片淡淡的光芒,足下石阶玉色,清辉流水。

数道黑影陆续出现在度佛寺佛殿四周,其中一人掠至庄散柳面前,跪下道:"主上,人果然在寺中。"

庄散柳一切的表情都隐在那张面具之下,唯有双眸映着月光粲然生媚,金光涌动。

他回头往天都的方向看去,可以想见现在宫城中已经是一片血雨腥风。汐王和济王,果然如他所料发动了兵变,心甘情愿替他引开了凌王的注意。这番龙争虎斗,对他来说没有任何悬念,那个他想要的人,才是所有计划中的关键。

空静的佛院,一个女子袅娜的身影立于月下,明红轻纱修长曳地,月华湘水裙,玉钗斜横绾乌鬓,青丝婉转。

香案横陈,桂子轻落,三炷清香,袅袅直上青天。

听到脚步声,卿尘回头看去。月下容颜朦胧,一片清淡,庄散柳心头却如雷电空闪,眸中阴郁迷乱,喃喃叫了一个名字。

卿尘道:"你是何人?"眼前人影一闪,庄散柳已到了身前,"王妃只要跟我走,便知道我是谁了。"

卿尘喝道："既知我是凌王妃，竟还敢如此放肆，来人！"

岂料话未说完，庄散柳抬手在她后颈准确地一击，力道不重，却顿时让人陷入昏迷。

软软的身躯跌入臂弯，庄散柳俯身望向怀中的人，月色挡在身后，暗影阴沉，他的声音便如深夜私语，充满了磁性的蛊惑："凤卿尘，我早就说过，你会是我的人。"

庄散柳抱着卿尘踏出佛院，肆无忌惮地沿着大佛殿前的白石广台向外走去。

便在此时，大佛殿中灯火忽盛，紧接着附近殿宇一一燃亮，灯火顺势而下照亮佛道山门，广台四周数百尊以金铜制成的罗汉像映着火光现出身形，仿佛形成了一道铜墙铁壁，与佛殿内肃穆的金像相映生辉。

异变初起，一批黑衣人迅速聚集到庄散柳周围，围成一圈。

是杀气，宝相庄严的佛殿下涌动的杀气。灯火之中肃杀迅捷的脚步声，一队队整齐的玄甲战士如展开的雁翅，立刻将广台层层包围。原本潜伏在暗处正准备动手的谢经等人停止了行动，静观其变。

然而那杀气并非来自他们任何一方，庄散柳立于广场中央，精神集中在巅峰的一刻，猛地眼中异芒爆闪，腰中软剑毒蛇般弹起。

此时半空中一点白光似雪正到近前，遽然散作寒光漫天。劲风激烈，枪剑相迎，刺耳的一声交击，枪影中一个年轻男子现身落在广场中，横枪侧扫，几个黑衣人应声跌退，枪身劲挺，再次对准庄散柳。

借着灯火月色，庄散柳看清那男子面目，蓦然震惊，脱口道："夜天澈！"

那男子朗目光锐，唇角一丝冷笑："很意外是吧？放下你手中的人！"

庄散柳眼中妖魅的颜色如漩涡狂卷，深浅翻涌："你居然还活着？"

那男子剑眉飞挑："彼此！"

话音刚落，银枪激射，直逼近前，庄散柳手中软剑声厉，一道光练裂空，单手迎战！

剑气漫空，枪影夺月，一时无人能近其前。

庄散柳怀抱一人，单手对敌，起初尚应付自如，渐渐却在对手烈火燎原般的枪势下落了下风。

他剑底劲气陡增，逼开对方数步，正要趁势将人放下，忽然惊觉腰间一紧，眼前飞纱轻掠，怀中女子离开他臂弯的瞬间手中一道银鞭射出，卷中他后翻身带回，竟顿时将他拉回枪势笼罩之下。

事出意外，庄散柳未曾防备，软剑光魅，锋芒斜掠，欲要扳回劣势，一星寒光已然点上咽喉，而他的剑也在电光石火之际架在了那女子颈间。

飞纱如雾，飘落于夜色中，庄散柳眼波阴沉浮动，锁住面前对手："你不是夜天漖！"

那男子显然并没打算否认，神情渐渐冰冷，一字一句道："我和十一哥本就相像，你是突然看到十一哥心惊了吧，九哥！"

庄散柳身子明显一震，夜天漓继续道："九哥难道不嫌这张面具碍事吗？"

他说完此话，庄散柳眼中的震惊已然转成一种目空一切的狂放，随着嚣张的笑声，他挥手便将脸上面具揭去。

黑夜深处，月华底下，露出一张完美无瑕的脸。月光、剑光、火光甚至佛殿金光，尽皆落入了那双细魅的眼睛，暗下去，暗到极致，忽然绽出摄魂夺魄的妖异。薄而独具魅力的唇角散漫地勾起，那光芒便似随着这薄笑流转，诡异处充满了难禁的蛊惑。

他眼光一转，一抹阴森却落到了剑下的女子身上，夜天漓亦转过头去，目露疑问。

那酷似卿尘的女子伸手在脸上抹过，竟是素娘，手中亦是一张精致的人皮面具。

庄散柳霍然色变，此时想起方才凌王府中那个小侍从，当在他的胁迫下说出凌王妃在度佛寺时，那人眼底深处原来根本就不是因怕死而慌乱，那是一种伪装。

这不过是一个布局，便如猎人用自己来引诱一只危险的野兽，早已在四周布下了天罗地网。

想至此处，心中狂怒，他竟无视锐枪在喉，身形微晃，长剑便斩往素娘颈上。

素娘被迫放开银鞭翻身滚避，那一刻夜天漓手中银枪已然刺入了庄散柳的肌肤，却后劲不发，未尽全力。

银光在庄散柳锁骨处挑过，血色惊现。素娘虽避过了庄散柳致命的一剑，却被他跟上的一掌击中后心，伴着一口鲜血跌落台下。

谢经飞身抢到近前将她接住，随着他的出现，冥衣楼部属瞬间占据了广台四周。

庄散柳站在层层包围之中，伸出两根手指漫不经心地抹过颈中血迹，阴恻恻地问道："怎么了，十二弟，下不了杀手吗？"

夜天漓紧握银枪，霍然一横："你以为我当真不会杀你？"

庄散柳大笑道："若真换上十一弟，那就不好说了，不过你，恐怕真的杀不了我。"他扫视冥衣楼众人，对属下吩咐道："杀了他们！"

谁知那些黑衣人并未应声动手，反而同时向后退了一步，退入了冥衣楼阵中。

庄散柳这时才真正震惊，却听夜天漓冷冷道："九哥难道忘了，你手中这些死士多数是当年效忠于孝贞皇后之人，他们最初的主子可都是凤家！"

为首的黑衣人率众跪倒，对庄散柳重重叩首："主上，属下等对不起您！还请主上日后保重！"说罢，众人竟同时举刀，利刃刎颈，自裁身亡。

三尺之内，血流成河。

　　诡艳的血色，在庄散柳眸中染透妖异，阴森骇人。

　　夜天漓道："这些人倒确实真心效忠九哥，愿用他们的性命，对凤家换九哥一命。我不杀你，不过是因为凤家答应了他们而已！"

　　庄散柳缓缓自牙缝挤出两个字："凤衍！"

　　"不错，是凤衍泄露了你的身份。他心里清楚得很，孝贞皇后的三个儿子，现在并不如自己一个女儿来得可靠。更何况，他已有两个女儿断送在你身上，难道还真的将最后一个女儿也交给你毁了？"

　　庄散柳怒到极致，反而放声长笑："好啊，那么我倒要看看，你们打算拿我怎么办？"山风激荡，他一身银衫如水月飞扬，狂肆逼人。

　　夜天漓缓缓举起银枪，周身戾气隐隐："你能对四哥和十一哥痛下杀手，难道当我真就奈何不了你？"

　　庄散柳道："那你便试试看！"

　　剑锋，如来自冥界的魂魄，幽光四溢。银枪，静如沉渊，一股凌厉霸道沿枪放肆，在两人之间卷起汹涌的劲气，星月无光。

　　就在这劲气抗衡即将到达顶点的一刻，整个山中蓦然响起庄重悠扬的钟声，穿透了层层夜色，直入每一个人的心间。

　　双方对峙的杀气仿佛突然落入了浩瀚深邃的海洋，消失得无影无踪。

　　随着这钟声，一个接一个的僧人自大殿后鱼贯而出，手挂佛珠，双掌合十，数百人逐渐走入广台四周的空地，竟不闻一丝脚步声，甚至连呼吸也听不见，前后排成整齐的数排，垂眉静目，宝相庄严。

　　钟声正来自广台四角巨大的铜钟，大佛殿的殿门徐徐打开，敬戒大师缓步而出。众僧齐诵一声佛号，随即在广台四周盘膝而坐。

　　敬戒大师沿着大佛殿的白石台阶登上高台，随着他的到来，庄散柳与夜天漓都感到有种温和的劲气如一股无形的水流隔空而来，那剑与枪竟都有些无所适从。

　　夜天漓手中银枪放了下来："大师！"

　　敬戒大师对他微微合十，转身向庄散柳和颜一笑："阿弥陀佛，庄施主，久违了。"

　　庄散柳脸上阴晴不定，似是惊疑、迷惑、戒备……百感交集，然而终究还是将剑收回，单掌直立，对敬戒大师回执佛礼。

　　敬戒大师道："老衲得知施主今夜会来，特地为施主备下了清茶一杯。"

　　庄散柳盯了敬戒大师片刻，哈哈笑道："大师的其心茶苦味四溢，在下已然不感兴趣了。"

敬戒大师不以为忤："施主不妨再品一下，或者苦中别有洞天。"

庄散柳越发笑得张狂："大师下一句，莫非就要说'放下屠刀，立地成佛'？"

敬戒大师道："阿弥陀佛，佛度众生！"

庄散柳似是听到了最好笑的事情，直笑得身子发抖，再问道："佛有舍身饲虎，称肉救鸽，大师既要度我，敢问是舍身，还是割肉呢？"

敬戒大师合目微笑，在他狂妄的笑声中指尖轻轻一弹，当！钟楼之上的铜钟发出雄浑的钟声，遥遥传遍整个山寺，那笑声便被淹没在其中。

庄散柳骤然一惊，以他的目力，即便在黑暗中也能清楚看到敬戒大师抬手的时候弹出了一粒佛珠。

一粒佛珠竟能隔空远去，使数百斤的铜钟发出如此巨响，在场的所有人都陷入绝对的安静，目光集中在平台之上。

却见敬戒大师在平台之上从容盘膝而坐，道："苦海无边，回头是岸，老衲此身，悉听尊便。"

庄散柳一瞬愣愕，转而冷笑："大师难道真以为佛法无边吗？"

敬戒大师低声念道："两行秘密，即汝本心，莫谓法少，是法甚深……"随着他的声音，四周僧人手捻佛珠，齐声诵经。那低沉的经声祥和深远，如流水不断，在整个夜空中覆上了一层神圣与静远。月光笼罩着大殿之上的琉璃顶，佛殿金光，异彩涟涟。

"临欲涅槃时。以佛神力。大悲普覆。欲摄众生。出大音声。其声遍满。乃至十方。随其类音。普告众生。今如来应正遍知。怜悯众生。覆护众生。摄受众生。如是一子……"

庄散柳眸中全是幽冷阴暗，浑身上下散发出危险的气息，软剑斜指，一步步往敬戒大师走去。

周围的经声仿佛从四面八方往身边聚来，每迈出一步，他便感觉自己身边的空间收紧一分。经文逐渐清晰，好似每一个字都不过眼耳口鼻，而是直接遁入了心底，深印交错，逐渐化作烈火纷飞，一寸一寸自低处盘绕飞旋，愈烧愈烈，愈烧愈痛，即将吞噬所有。

经声似乎越来越快，往昔岁月，荣华富贵，尊王封侯，情仇爱恨，生死往来，在眼前走马灯似的穿杂不休。

曾经是走马快意少年游，曾经是玉雪堂前花解语。

曾经是，母尊子贵，万千宠爱人艳羡。曾经是，郎情妾意，且把风流醉今宵。

却一朝，雨落风摧百花残，劳燕分飞尽苍茫。

红衣曼舞是谁？轻言巧笑是谁？晏与台上红花飘落，烈火影中断肠的酒，摧心的毒，面具之下功名利禄熏透的心，好似被一双清透的眼睛看着，是怜悯，是不屑，是同

情,是憎恨……究竟是什么?

似看前尘,似看今生,似看来世,四处皆空。

其心荼苦,其心皆苦,情到绝处是深情。

此身非此身,此心非此心,这一身,早已是空空皮囊,大千世界诸般物相,无常生妄,真我何从?

"无归依者,为作归依;未见佛性者,令见佛性;未离烦恼者,令离烦恼;无安隐者,为作安隐;未解脱者,为作解脱;未安乐者,令得安乐;未离疑惑者,令离疑惑;未忏悔者,令得忏悔;未涅槃者,令得涅槃……"

随着这不休不息的经声,庄散柳忽然丢开手中长剑,仰天狂啸。啸声入云,震动山野,直令鸟兽惊散,众人色变。

经声始终保持着纡徐有致的节奏,似被啸声掩盖,却无处不在,连绵不绝,宁静而平和。

随着这闭目长啸,庄散柳一头长发四散飘扬,圆月之下迎风而落,缓缓掠过他绝美的脸庞。

丝丝缕缕,寸寸片片,那一肩妖魅闪亮的乌发如同着染了月华,逐渐化为一片雪白,披泻在他肩头,如雪如霜,如梦如幻。

庄散柳徐徐睁开眼睛,原本异芒四射的双眸,此时一片深黑无垠的安静,再不着半分颜色。

他往前迈出了最后一步,站在敬戒大师面前,双手合十,雪发轻垂:"庄散柳多谢大师。"

敬戒大师面含微笑:"佛由心生,恭喜施主。"

庄散柳复又转身,再对站在一旁的夜天漓深深行礼。夜天漓方从刚才的震惊中回神,接着又呆了刹那,不由叫道:"九哥!"

庄散柳对他的叫声置若罔闻,回身步下白玉广台。

在他转身的一刻,度佛寺深处悠然传来了瑶琴清音,女子清透的嗓音如冰水流云,遥遥飘荡在层叠山林:

怅怅莫怪少时年,百丈游丝易惹牵。
何岁逢春不惆怅,何处逢情不可怜。
杜曲梨花杯上雪,潮陵芳草梦中烟。
前程两袖黄金泪,公案三生白骨禅。
老后思量应不悔,衲衣持钵院门前。

凤凰火树，菩提花落，庄散柳在听到琴声时脸上化出了一抹奇异而通透的微笑，和着琴声高唱，大步往山门走去。一路冥衣楼和玄甲军诸多部属，却没有一个人想要上前拦他，明辉净水般的月色下，他一身银衣飘逸，就此消失在无尽的山中。

第九章 千尘雪底东风破

圣武二十七年七月戊寅，凌王登太极殿视朝，接受群臣朝拜。

庚申，昭告天下，继天子位，称昊帝，立王妃凤氏为皇后，改元帝曜。

由于京畿卫谋逆，天都临近宫城、皇城的内五门统治权移交御林军。为防止叛军余党生事，外九门亦由玄甲军重兵封禁。

朝中连降圣旨，皇长子祺王晋封灏王；十二皇子晋封漓王；三皇子济王革除亲王爵位，由皇宗司负责囚禁；五皇子汐王夺爵除封，革出皇宗，长子赐死，其余眷属尽数发配涿州，永不赦归。

殷皇后虽被幽禁宫中，殷家却绝不甘就此落败。很快伊歌城中便谣言四起，声称凌王发动御林禁卫逼宫夺嫡，伪造圣旨，并就此嫁祸济王、汐王。

济王、汐王两府眷属趁机哭跪喊冤，天都之中流言纷纭，人心动荡。

便在此时，神御、神策两军星夜驰归，湛王兵逼天都，请见天帝圣安。

局势陡变，伊歌城中一片山雨欲来风满楼，处处可见兵戈雪亮，甲胄肃杀，夺目惊心。

此时殷家亦联合卫家、靳家及其他门阀势力，纠集拥护湛王的四品以上朝臣，罢朝不上，在太极殿前敲响登闻鼓，求见天帝。

天朝士族制衡皇权、左右朝政已近百年，此次即便凤、苏两家不在其中，却依然声势惊人。

更有三朝老臣孙普等人，一生忠于皇族，顽固耿直，此次不知如何被殷监正花言巧语所动，亦参与到此事中来。

登闻鼓隆隆震天传遍整个宫城，太极殿前紫袍绯服黑压压跪了一地。

却不料从正午跪到天黑，一连三日，烈日炎炎晒得一群文臣头昏眼花，皇上却连面都未露。唯有凤相面带笑容来说了几句场面话，蟒袍玉带，权臣的气度非常。

群臣中为首的卫宗平恨得牙根痒痒，却也终于领教到，新帝性情冷硬果然名不虚传。

傍晚忽然一阵雷雨，闪电划过，溅得大殿之上琉璃翠瓦雨声急促，白日灼热的玉阶前暑气四扬，反而更添了几分闷热。

潮湿的风挟着雨意充满了宫殿深深，九枝玉莲灯映在晶莹剔透的珠帘上，夜幕渐落，光影幽然。

太极殿前君臣对峙闹不到后宫，刚刚沐浴完毕，卿尘斜倚在凤榻前若有所思地拿玉梳理顺着长发。外面灯下静立着当值的侍女，她挥了挥手，碧瑶会意，转身带了侍女们退下。

慵然合上眼睛，心里却并不平静，都在料想之中，终究是人人到了这一步。

太上皇骤然昏迷，虽经医治救醒过来，却也口不能言，神志昏聩。

英雄末路，岁月迟暮。昔日英明神武的君主，眼下只是一个等待死亡的老人，江山天下对他来说已经没有任何意义。

四十万大军兵临天都，其后尚有西域三十六国的势力在，内中士族门阀鼎力相助，夜天湛不是没有胜算。

即便他只是求见天帝圣安，并未公开质疑帝位，但彼此心中早已透亮。

然而早在此之前，夜天凌暗中支持西北柔然一族迅速壮大，逐渐取代突厥昔日的威势，重振雄风。于情于理，万俟朔风绝不会让西域诸国有机会介入天朝政局，一旦西域异动，柔然铁骑必然为夜天凌挡下来自西域的兵锋。而各州布政使奉诏调集天下兵马，此时此刻或许已经逼近两军后翼。

螳螂捕蝉，黄雀在后，环环相扣的战火一旦点燃，将又是九州动荡的战乱。

一缕发梢滑过指间，卿尘眉心下意识地掠过一丝微痕。她并不担心夜天凌会在任何对决中失利，只是眼前内乱将起，自相残杀的局面，着实让人无法谈笑以对。

漠北烽烟初熄，中原兵戈再起，将有多少战士葬送在这内乱之中？原本应是保家卫国的铁血男儿，却要牺牲于皇权更迭的斗争，生命的价值，究竟几何？

他们为谁而战？谁又能无愧于他们的流血与牺牲？

战争，大概终究还是不适合女人。

卿尘自嘲般一笑，当她站在他身边，选择了这条路的时候，就已经意味着放弃了风平浪静，仁慈与安宁是对敌人的怜悯，亦是对自己的利刃。

然而，那个人，他是敌人吗？

她将脸庞轻轻埋入水缎般的发丝中，雨声渐渐沥沥，将尽将停。她只觉得是一种错

觉，遥远的夜色中有一抹悠然的笛音渐渐传来，依稀是熟悉的曲调。

这么听了一会儿，她霍然惊醒，直起身子来。

笛声很远，如在天边，却又如此清晰，似乎穿透了雨幕夜色回荡在伊歌城每一个角落，飘入这重院深深的宫城。

她惊出一身冷汗，若非人在天都，宫城内不可能这么清楚地听到笛音，难道……她不敢想下去，将纱衣一扯，竟赤足下了卧榻，匆匆便往殿外走去。

刚走出几步，她顿住了脚步。

殿门处，夜天凌不知何时站在了那里。玄金龙袍，广袖静垂身后，纹丝不动，一股肃杀之气淡淡笼罩在他周身。

琉璃灯下，他的脸色清冷，无声地锁视卿尘片刻，一抹决断的利刃破水裂冰，他忽然转身大步向外走去。

"四哥！"卿尘一急，赶上几步拦住他，"不要！"

夜天凌回身，冷声道："他既大胆前来，难道还怕与我一见？"

卿尘情知他已然听出了这一曲《比目》，怒在心头，此时怕是越劝越乱，当即反问他："你又岂知他们不是以计相诱？这般形势下，他敢夜入天都，自不会空冒奇险！"

夜天凌唇角一道冷弧倨傲迫人："是又怎样，当我奈何不了他吗？"

卿尘深知他这份倔强与自负，只觉无奈，心念转处，明眸一扬，往后退了半步，俯身拜道："臣妾叩请圣上三思！"丝衣委地，长发如瀑沿着两肩倾泻而下，她的神情却端丽庄重，仿若这一拜是凤冠朝服在庙堂之巅，而非两两相对的寝宫深殿。

夜天凌一愣，剑眉紧蹙，抬手将卿尘拉起来带到身前，目不转睛地盯着她，眸光锐利，直探入她的眼底。

卿尘静静与他对视，只见他眉心微拧，眼底血丝隐隐，深掩着疲惫。一连数日内外交攻，百事杂乱，这么不眠不休，便是铁打的人也难熬。众所能见的皆是他神采慑人，游刃有余，他只因着一身傲气，绝不肯将艰难示于人看，或者只有在她面前，才会有这样不加掩饰的真实。一阵心疼更莫名地掺杂着层层焦虑担忧，殿前风扬，未尽的夜雨斜斜扑上衣襟，她禁不住打了个寒战，一扭头，夜天凌却牢牢地将她抱在了怀中。

夜空里一道轻闪倏忽划过，照亮了夜天凌的脸，他徐徐道："你在怕什么？"

卿尘低声道："他就和十一一样，是你的亲人，也是我的亲人。"

突然间下颌一紧，夜天凌伸手将她的脸庞抬起，深眸熠熠，星星点点微锐的光从幽暗的湖底浮出，缓缓地，遮了满天："那我呢？"

卿尘扬眸侧首，凝视于他，踮起脚尖在他的唇上轻轻一吻，不说话，复又笑吟吟地看着他，眼中深深尽是柔情。

夜天凌微微动容，伸手沿她修长的脖颈滑下，低头便封上了她的唇。

呼吸缠绵，宫灯丽影一片流光飞转，殿外细雨纷纷扬扬，似点点银光洒满一天。

许久，夜天凌才放开卿尘，看着她霞染双颊的妩媚，他突然皱眉说了句："我讨厌那首曲子！"

卿尘呆了刹那，几疑自己听错了话，眼前这男人站在雄伟的大殿前，广袖翻飞，神情桀骜，盯着人的目光锋利如剑，却说出这么一句孩子气的话。她斜斜扬眉打量过去，看他着实不像是在玩笑，终于忍俊不禁，笑出声来。

夜天凌手臂紧紧将她一勒，卿尘边笑边道："人在面前，偏跟一首曲子较真，你这算怎么回事儿？"

夜天凌冷哼道："其心可诛！"

卿尘听了这话，心里还是没来由地一沉，迟疑片刻，道："四哥，或者我可以去试试。"

夜天凌断然道："不行！"

卿尘知道商量没用，便激他道："你难道不相信我？"

夜天凌似能将她的心思看透："少用这激将的法子，我不信他。"

卿尘待要再说，夜天凌目光一动，殿外卫长征求见，步履匆匆，显然是有急事。

细雨淋得卫长征铠甲半湿，他单膝一跪："陛下，皇宗司遣人来报，戍卫一时看管不慎，济王趁夜自禁所逃脱，不知去向！"

皇宗司位于皇城之内，其守卫虽略逊于宫城，却也是戒备森严。济王手中无兵伤势未愈，如何能从皇宗司的看守中逃出皇城？卿尘眉目间温冷一片，暗暗思量，士族门阀根基深厚，果然不能小觑，竟连皇宗司也能做进手脚。济王若想从谋逆的罪名中洗脱，唯一的机会便是投靠湛王军中，反诬夜天凌挟持天帝，矫诏篡位，则湛王亦出师有名，即刻便能打破此时的僵局，两相对决，至少胜负各半。

却见夜天凌眼底一丝精光如亮电裂空，一闪即逝，瞬间恢复了黑夜般的深沉："传朕密旨，天都戍卫若遇济王，不必阻拦，让他出城。"

卫长即刻征领旨去办，卿尘看向夜天凌的目光中隐含震惊。

他们要这个理由，他便给他们理由，他们想化僵局为战局，他比他们更愿意打破眼前的对峙。

他遥望夜空的神情冷傲睥睨，那是胜券在握的自信、无所畏惧的坚毅。

卿尘顿时明白济王的逃脱并不是借助了殷家或者卫家的势力，这一切都握在他的手中。万事俱备，他是在等待，甚至亲手制造一个机会，用面前那张金碧辉煌的龙椅，引诱对手自取灭亡。

男人的天地，杀伐决断、刀光剑影、血流成河，徒增一笑而已。

卿尘压下翻涌的心情，缓步上前，站到了他身边。她伸手试了试不时飘入大殿的风雨，对他道："连皇宗司都如此疏漏，可见宫城、皇城两面也该整顿一下了，事已至此，该出宫的出宫，该换的就换吧。"

夜天凌扭头，唇角勾出淡淡浅弧："清儿，有你同行，有时竟盼这山再高些、路再远些。"

卿尘亦笑道："山高路远，走走看就是。真到了那绝顶，还有别的山，千山美景千山看，又何尝不好呢？"

夜天凌低头看着她道："不错，怎么都好。"

夜雨略急，夜天凌将卿尘揽在怀中，避开了雨中寒气，一起往殿内走去。

进了寝宫，卿尘将案前一摞奏章指给他："大概都好了，只是有几道你再看看，我拿不准。"

夜天凌在案前坐下，和她对视一眼，两人眼中竟都有些小小的恶作剧得逞的意味。若此时有人在旁看到，定会忍不住猜想是什么人不小心落入了他们的算计。

当真说起来，群臣罢朝也不是闹着玩的小事。如此庞大的一个国家，从中枢到地方环环相扣处处关联，上下协调才能保证正常运转，如果忽然断掉这么多环节，诸事堆积如山，其影响自然非同小可。这也正是但凡有群臣击鼓跪谏，历朝皇帝无不如临大敌，被迫退让的原因之一。

但如今却似与以往不同。跪谏当日，中书省便宣旨，六部九司可将无法定夺之事直接送达天听，听候天子亲笔圣裁。

圣旨一出，致远殿中奏本倍增，众臣都等着看皇上如何能有三头六臂独自处理这么多朝政。谁知送进去的奏本第二天必定决断分明退发各处，御笔朱墨事无错漏，当真让群臣瞠目结舌。更有一些臣子看了本章朱批，竟汗颜退出了跪谏之列。据说老臣孙普读完朱批后，合本深叹了一句"国之德者，幸哉"，此后闭门称病，未曾再至太极殿半步。

自然不会有人知道，这一笔朱批出自两人之手。皇上没有三头六臂，只有一个可以信任如己的皇后而已。

夜天凌翻看了几道奏本，卿尘亲手取来一盏镂银宫灯放在案头，空气中立刻有股袅袅的淡香散发开来，宁神静气。

她见夜天凌取过朱笔在奏章上迅速写了几个字，再看他果然是将新帝即位大赦天下的奏请驳回了，笑着揶揄了一句："薄凉寡恩。"

夜天凌未曾抬眸，目光专注在下一道奏章上："我用不着赦这些作奸犯科之人笼络人心。"说着朱笔一挥，一份秋决的名单勾了出来，上面赫然便有邵休兵等人的名字。

如此很快处理了几件朝事，夜天凌只觉得今晚异常困倦，传殿中内侍将批好的奏章取走，以便明日一早发回各部司办理，他松弛了一下筋骨，往后靠在榻上闭目养神。

卿尘伸手替他揉着肩头，夜天凌闭着眼睛握了她的手，却不知不觉便沉沉睡去。

待他睡得深了，卿尘轻轻将手从他掌中抽出，起身将案头那盏光亮的灯火熄灭，悄声步出了寝宫。

寝宫殿前的禁卫都是严密挑选过的心腹之人，其中不少来自冥衣楼。卿尘将冥执叫来，低声吩咐："随我出宫一趟，不要惊动他人。"

第十章 无限月前沧波意

夜雨如幕，细针一般洒在深黑色的披风上。夜天湛负手站在一壁高起的山崖前，白皙的手指间那支玉笛被雨洗得清透，而他的人亦如这美玉，气度超拔，风神润泽。

他像在等待着什么人的到来，却又似乎没有任何目的，只是站在这里看着笼罩在深夜风雨中的天都。

细雨无声，越飘越淡，先前的急促仿佛都融入了他的一双眼眸深处，只余一片清湛的水色，浮光微亮。

雨已尽，天将晓，他已无法再做停留，他的身后还有数十万将士枕戈待命，还有多少士族更迭门阀兴衰尽系于此。

披风一扬，他转身举步，隐在暗处的黑衣铁卫随着他的动作无声而有序地悄然离开。

该来的，不该来的，终究都没有来。

想见的，不想见的，到底都未曾见。

他竟说不出此时心中是何滋味，隐隐有着失望，却又好像松了口气。那么他究竟是在盼望着什么，又紧张着什么？

沿着宝麓山脉逐渐离开天都范围，与楚堰江相连的易水已近在眼前。夜天湛勒马微停，扭头远远地看了一眼，雨意寥落，乌云缓收，又一个黎明便要到了。

就在这一刻停留的时候，他突然听到江上传来缥缈的琴声，随着这易水江流轻涛拍岸，琴音高远而逍遥。大江之畔，一叶扁舟独系。他瞬间从震惊中回醒，扬鞭纵马，疾驰而去，江水纷纷飞溅，那琴声越来越近。

轻云隐隐，雾绕江畔，舱内一灯如豆，浅影如梦。

夜天湛在掀起船舱那道幕帘的瞬间停住了动作，深深呼吸。江上风吹云动，徐徐散开黛青色的天底，琴声渐停，幕帘飘扬，一只纤纤玉手挽起了垂帘，一个白衣女子缓步走出。

她仿佛自烟雨深处轻轻抬头一笑,云水浩渺如她的眼波,江风轻扬是她的风姿。不该出现在这里、让他不敢想象的人,近在咫尺。

卿尘唇角淡噙一丝浅笑:"我听到了那首曲子,原来真的是你。"

夜天湛看着她:"真的是你来了。"

卿尘将他让进船舱,看似随意地问了一句:"若不是我,你希望是谁?"

夜天湛眼中的笑意一顿,渐缓下来:"我希望来的人是你。"

卿尘眼角微垂,指尖拭过冰弦如丝:"我来了。"

"为谁?"

"为我自己。"

两人间忽然降临的寂静令舱外涛声显得分外清晰,过了些时候,夜天湛打破了沉默,开口问道:"父皇好吗?"

卿尘道:"好。"

夜天湛再问:"母后呢?"

卿尘顿了顿,道:"不好。"

夜天湛眼眸骤抬,目光锐利:"母后怎么了?"

卿尘道:"今晚之前,我有把握保她安然无恙,但过了今晚将会如何,却取决于你。"

夜天湛一瞬不瞬盯着她:"你今晚来此,是为了他。"

卿尘指下用力,丝弦微低,她复又慢慢松手,抬手覆在琴上:"我只是来做我想做的事情。"

夜天湛眼底似有微澜一晃:"那么你来见我,又是想要我做什么?"

卿尘抬眸道:"回天都,公主入嫁的大礼、册封九章亲王的典仪都已准备停当,等你率军凯旋。"

夜天湛唇角那抹笑始终如一,却渐渐掺杂了雪样的冰冷:"你是要我对他拱手认输,俯首称臣!"

卿尘语音沉静:"除非你当真要与他兵刃相见,让这些本该为国而战的将士在天都流血牺牲,只为了抢夺太极殿上那张龙椅。更有甚者,你还要舍下自己的母亲和整个殷氏家族,让他们首先成为这场战争的代价!"

夜天湛猛地自案前站了起来,面色如笼薄冰。

卿尘亦徐徐起身。夜天湛似乎在极力克制着冲上心头的怒意,迅速转身面对着舱外,脊梁紧绷,肩头因急促的呼吸而频频起伏。

卿尘却紧逼不舍:"即便是放手一战,你又有几分把握能赢他?"

夜天湛回头时一道精电般的目光闪落她眼底，他素来文雅的脸上此时隐有几分犀利与冷傲："你以为，他真的是战无不胜的神吗？"

卿尘道："折冲府十三路兵马已经如期抵达，伊歌城内尚有一万玄甲军，两万御林军，两军交锋，胜算几何？"

夜天湛道："神策、神御两部乃是天军精兵之重，岂是各州散骑兵马所能抵挡？"

卿尘立刻问道："倘若神御军阵前倒戈呢？"

夜天湛眼底一沉，卿尘接着道："神御军十余年来都在他统率之下，他若要调遣神御军，如臂使指，我不信你没有想过。"

夜天湛神色平静："你既知我必定想过，便应该知道我自会有所防范。让他们立刻完全忠于我虽不易，但要他们为此一时而战，我自信有把握做到。"

卿尘并不怀疑他的话，凭他在朝野的声望，要做到此点的确绝非难事。她无法直接否认他："你只是在赌。"

"他又何尝不是在赌？"夜天湛双眸中已逐渐恢复了往日温雅，只是暗处细密的锋锐隐隐，如针如芒，"不到最后一刻，鹿死谁手，尚难定论。我只问你一件事，当日清和殿变乱，传位的旨意究竟是真是假？"

卿尘道："传位诏书乃是太上皇亲笔所书，御印封存，绝无半丝疑义。"

夜天湛的目光似要将她看穿，她从容迎对："自相识以来，我从来不曾欺瞒于你，现在不会，将来也不会。"

夜天湛身子微微震动，脸上难以掩饰地浮起一抹伤感与失落，他仰面抬头，怅然叹道："父皇，你终究还是不相信我能做个好皇帝。"

卿尘摇头道："并不是太上皇不信你，而是你做得太好了。自从太子被废之后，整个天朝从门阀士族到六品以上在京官员，大半唯你马首是瞻。你抬手将天舞醉坊牵出那么大的案子，却又反手便能压下；京隶赈灾，那些门阀权贵一毛不拔，但只要你一句话，他们却肯慷慨千金。太上皇皇子众多，各具贤能，而举荐太子，你独占鳌头。如果你是他，会作何感想？"

江风飘摇，夜天湛目光遥遥落在翻飞的幕帘之外，稍后，他面无表情地说了四个字："危机在侧。"

"不错。"卿尘道，"锋芒毕露，几可蔽日，太上皇岂能容得？而最先看出此点的便是凤衍，所以他怂恿溟王上了一道手折。"

夜天湛俊眉微拧，忽然转身："那道请旨赐婚的手折！"

卿尘轻轻颔首，低声道："是。凤衍此人工于权术，城府极深，他深知用什么办法能使你步入没有退路的境地，也清楚你不可能对此坐视不理，你果然便没有退步。"

夜天湛眼梢轻挑，唇间一抹笑痕却淡薄，隐含苦涩："我不可能退步，若不如此，你岂非变成了溟王妃?"

"其实太上皇也顾忌凤家,那时候,他未必会将我指给溟王。反而是你们两个同时求旨,使他心中警觉,才将目光放到了别处。"

随着卿尘的话,夜天湛脸色渐渐有些发白:"你是说,是我亲手将你推给了四皇兄?"

卿尘静静道:"不,那是我自己的选择。我不喜欢受别人的左右,所以我说服了一个人帮我。"

夜天湛略一思量,立刻道:"孙仕!"

卿尘钦佩他心思敏锐,点头表示正确。夜天湛道:"孙仕对父皇忠心耿耿,他怎么可能这样帮你?"

卿尘道:"只因他深知在大正宫中,务必要给自己留一条后路。"

夜天湛道:"你的意思是,父皇从那时起就已经做了决定?"

卿尘道:"我不知道,那一切只是猜测而已。我只知道太上皇最后作出的那个决定,御笔朱墨,写在诏书之中。"

夜天湛满是遗憾与痛楚的目光笼在卿尘身上,感慨道:"卿尘,这便是你与那些女子的不同,我所爱所敬,便是这个你,若得妻如你,天下又如何?"

卿尘只觉得心间五味杂陈都化作了歉意重重:"你当时不该作出那样的决定,尤其是为我。"

夜天湛听了此话,突然扬眸而笑,温文之中尽是坚定不移:"不可能,便是现在回到当时,我还是会上那道请旨赐婚的手折。"

卿尘深深望着他:"那现在这一刻,也是你的坚持吗?"

夜天湛静默不语。卿尘侧首垂眸,低声再问了一句:"你也并不在乎,为此将付出什么?"

夜天湛语气中带出莫名的苍凉,唇间每个字都似格外沉重:"二十余年,我已经付出了很多。"

他意外地见卿尘身子微微晃了晃,当他急忙伸手扶她时,却见一道晶莹的泪水,缓缓沿着她的脸庞滑下。卿尘刻意仰头避开他,慢慢道:"你只是付出了努力,却未曾尝过自己的亲人、骨肉为此而离去的滋味。是的,既然是自己选的路,所有一切便没有后悔的余地,也不可能回到当时重新选择了。我只有努力去争取,我不想看着你们任何一个人再离开我,不管是因为什么。"她倔强地抬着头,但是眼泪偏不争气地纷纷坠落,碎如散珠,溅在夜天湛手背之上,却烫如滚油。

一行清泪,满身萧索。这一刻的她似乎格外柔弱,如同一枝秋霜中的荻花,瑟瑟凄然,楚楚难禁。夜天湛心中既急且痛,手臂一紧将她带入怀中,低声安慰。

卿尘此时分不清心中是什么滋味，只是很久以来埋藏至深的一种悲伤突然间无法压抑地翻涌上来，便如千里之堤裂开一丝薄纹，轰然崩溃，洪水排山倒海般将人没顶卷入，再难抵挡。

她被动地抵在夜天湛肩头，他的衣服上有些许雨水冰凉的气息，与她的泪水交织，然而怀中却温暖深深。他抬手抚着卿尘的后背，动作轻柔却又显得生疏无措。卿尘从来都没有发现，原来她如此害怕他和十一一样，消失在她生命中，再也看不见，再也找不到。她不知道自己是否还能承受再一次的生离死别，如果可以阻止这一切的发生，她愿意倾尽全力。

夜天湛抱着她微微发抖的身躯，柔声道："卿尘，不怕，还有我在。"

卿尘竭力压下心头那股悲哀，轻轻退了半步。夜天湛并没有强迫她，松开手，替她拭干眼泪："我派人从西域送回来的药，你收到了吗？"

卿尘点头。那次意外之后，她曾有很长一段时间十分虚弱。夜天湛当时人在西域，却对天都之事了如指掌，曾派人千里迢迢飞马送回一批西域特有的珍贵药材，其中一朵天水冰莲只有在极寒之地才生长，是十分罕见的灵药。张定水看过以后如获至宝，用以入药，卿尘服过以后果见奇效，身子才慢慢有所恢复。此事就连夜天凌也十分感激，并曾特地派人去湛王府转达谢意。

一阵微风穿入船舱，带来些许凉意，夜天湛仔细端详卿尘的脸色。"药管用吗？"他再问。

卿尘道："药效很好，多谢你。"

夜天湛温和一笑，却又冷下神情，沉声含怒："究竟怎么回事儿？他难道就是这样照顾你，竟然会允许这种事情发生？是不是三皇兄和五皇兄，他们用了什么卑鄙手段？"

出事之后，凌王府对外只是宣称王妃意外小产，知情人少之又少，所以夜天湛也无法尽知事情原委。卿尘不想再提旧事，只是惨然道："妄造杀孽，必折福寿。这并不怪他，他平安无事，已是不幸中的万幸。"

夜天湛皱眉："你就这么护着他，即便是拿自己的命换他的命也情愿？"

卿尘眸光沉静："百世修得共枕眠。既是夫妻，不管他要做什么，我一定会站在他身边。若连我都不能这样对他，还有谁能呢？"

夜天湛看住她，若有所思，突然问道："那对我呢？你心里，是不是只有他一人？"

卿尘幽幽而笑，淡淡答道："我今晚背着他出宫，你以为我只是为他吗？若你们当真兵戎相见，你有几分把握赢得了他？"

夜天湛眸色渐深，却唇角微扬，似玩笑，似认真："你难道就没有想过，倘若我把你扣留在身边会怎样？"

卿尘仍旧笑着："若如此，你就不是我认识的夜天湛了。"

"你认识的我又是什么样？"

卿尘没有看他，将目光投向了外面。穿过幕纱飘扬似乎看到了轻雾飞绕、云月半照的江面，她像是沉醉在自己的思绪中，慢慢道："君子如玉，明玉似水。"

夜天湛仰首闭目，笑叹："卿尘，你这是要我的命啊！"

待睁开眼睛，他深深凝视着眼前这个女子，那眼中浮光幽暗，便仿佛方才落入其中的雨丝都悄然浸透出来，带着些许忧伤与执着逐渐蔓延到人的心口，漾得满满的，轻凉而涩楚。

卿尘只觉得心脏沉重又艰难地跳动，几乎无法再承受他的目光。他看着她，仿佛要将接下来的话烙在她心底："我曾问过你，如果我愿尽我所能给你所有想要的，你可愿答应。我夜天湛只要对你说过的话，就一定会做到，无论结果如何，我都会去做。这一生只要你想要的，我便给你，今天你要的，我答应你。"

卿尘心中悲喜交集，无法相信她听到的话，亦不知该对他说什么。他轻轻低头在她耳边："回天都去，明天，等我凯旋。"

他的呼吸吹过她的发际，丝缕纠缠。卿尘几乎可以听清他的心跳，如舱外大江波涛，层层击岸，由缓渐急，忽然飓风排空，浊浪滔天。他猛地将她带入怀抱，俯身吻上了她的唇。

清新而湿润的柔唇，她整个的人似乎化作了一缕微苦的淡香，一道冰凉的溪流，慢慢织成细密的天罗地网，将他禁锢在中央，画地为牢，无处可逃。

然而他不想逃，这任凭感情毁灭所有理智的刹那，无日，无月，无星，无光，仿佛世界到了尽头。他只是夜天湛，她只是凤卿尘。无关其他，无关过去与将来，无关生与死、悲与喜、对与错，无关这苍苍茫茫、爱恨红尘。

他唇间炙热的温度与雨意风凉瞬间交撞冲上了头顶，卿尘霍然抬眸，目光落在夜天湛脸上时他立时察觉。

四目相对，明眸透澈，如一泓冰冽的秋水，清冷如斯。

夜天湛手上力道加重，眼中几乎带上了狠厉的深沉。卿尘以一种冷静到极致的眼光默默凝视着他，他忽然从这双眼睛里看到了别人的影子，那样固执地存在于幽深底处，一天雪水，漫空罩下。

江风刺骨，他唇边生出一丝浸满了涩楚的苦笑，终于缓缓放开了她。

灯下，阴郁如乌云，完全遮盖了他明湛的眼眸，夜深，云重。

幽暗的冷焰光影轻摇，似隔着万水千山，两两相望，无声无言。

卿尘眼中尽是愧疚，看在夜天湛的眼里却如冰凌钻心。此时此刻，他宁肯她愤怒斥

责，也不愿看到她这样的眼神。

惨然一笑，笑黯天地，他蓦地转身，往舱外大步而去。

幕帘纷乱，江深雾浓，卿尘默默回首，久久望着那道修长的背影消失在一片空蒙远处。他却似乎越走越近，径直步入了她的心底，停驻，永存，与那最柔软的一处血肉相融。

黎明悄然而至，天边遥远的晨曦渗出一线若有若无的轻光，缓慢而清晰地透过了白雾茫茫，终于绽放出霞光万道。江风飒飒，轻舟顺水，卿尘站在船头举目远望沐浴在天光中宏伟的天都，这一刻，归心似箭。

七月甲申，笼罩了伊歌城数日的阴雨消停，金日耀空，光芒遍洒大地。

自通往皇城召和门的玄武大街始，数十里泼金飞彩的锦毯遥遥铺道，金旗迎风，御林禁军十步一卫，直通往天都外城。

百官云集，时间一点点接近午时，这多日之前便为湛王回京而备下的盛大典礼，现在却谁也不知将是什么局面。

前来迎接的朝臣中，湛王一派的人个个面色木然。湛王下令羁押济王、遵旨入城的消息传来时，卫宗平顿足长叹，殷监正呆立在太极殿前，呕出一口鲜血，当场昏厥过去。

此时所有的人心里都只有一个疑问——湛王，他何以突然放手言和，情愿称臣阶下，让近日一切努力付诸东流？

午时整，随着几声礼炮高鸣，天都乾门缓缓打开，万众瞩目的城门处，湛王缓步而入。

他未着甲胄，甚至未穿亲王常服，一身水色长衫蓝若晴空明波，纤尘不染，飘逸清华。他不曾骑马，徒步迈上柔软的锦毯，孤身一人，未有一兵一卫跟随其后。本该随行入城的四十万铁骑以及迎送公主的使团全部留在城门之外，原地静候。

沿途金甲禁卫明戟亮戈，耀目光寒，原本使整个天都都笼罩在一种肃穆与森严的阵势下，却因他的出现突然化作了一片云淡风轻。偌大的伊歌城陷入绝对的安静，似乎天地间只有那一片湛蓝的衣角随着他从容不迫的脚步轻轻飘扬，如在闲庭。

他走得并不快，步履徐缓，神色平静如玉，唇边隐带微笑。

长路尽头是代表着至尊皇权的华盖龙幡，天威浩然，昊帝亲至召和门，将在此册封湛王为九章亲王。天子仪仗之下，昊帝负手独立，身形峻峭，玄袍之上九龙腾云，尽显王者风范。

通天大路上，湛王步伐孤单；路之尽头，昊帝形容清冷。

独行孤立，他们间的距离越来越近，彼此锁定了对方的眼睛。目光交撞的刹那，半空中炙热的阳光如结薄冰，迫得万人噤声，尽皆心寒。

空气凝重得似能被刀切开，湛王唇边笑意却愈深，而昊帝脸上竟也出人意料地掠开薄笑一缕。

孤独处忽逢对手，双方的精神似乎不约而同陡然攀上一个前所未有的巅峰，仿佛无形之间两柄利剑，龙吟声起，那是对于决战一刻的渴望。

湛王举步迈上了最后一层台阶，临风卓立。四周只闻衣衫金旗猎猎风中的轻响，这瞬间的停步却让文武百官觉得漫长无期，须臾，只见湛王含笑轻撩前襟，跪拜："臣，叩见吾皇万岁！"

昊帝亦淡淡抬手："七弟辛苦了。"

掌仪侍官急忙高声通报仪程，大典终于有条不紊地按着预期轨道缓缓开始。

钟磬鼓乐声中，当湛王自昊帝手中接过那代表天朝亲王中最高封爵的九章纹剑时，立在御驾之旁的卫长征清楚感觉到一股浓重而锋锐的杀气。

他霍然警觉，抬手迅速压上腰间剑柄，却只见昊帝面如平湖，湛王颜若和风。什么都没有发生，典礼按部就班地进行着，一切平静如初。

那股强烈至斯的杀气同时来自于持剑对峙的两人，那剑因此寒意陡生，直逼眼睫，却终究未曾出鞘。

午时二刻，礼成。

风和日丽，瑞云呈祥。这兵息干戈的一拜，低下的是铮铮傲骨，高贵与雄心，换来的是四宇安定，江山依旧风流。

第十一章 一川明辉光流渚

含光宫中，几个宫女依次跪捧着九翟凤冠、钗钿襢衣、金丝织绣真红霞帔、褙子、中单等冠服环绕四周，一个掌仪女官在旁详细地奏报着几日后册后大典的仪程。

繁复的衣料窸窣轻响，不时夹杂着玉坠环佩叮咚，静静回荡在寝殿深处。碧瑶正和两个侍女帮卿尘将冠服之后云纹飘曳的霞帔整好："娘娘，正合身呢。"

卿尘轻轻抬手示意身旁的女官停下，转身问道："多长时间？"

女官答道："回娘娘，整个大典共三个时辰。"

卿尘眉梢微紧："这么久？"

女官恭敬地道："此次是陛下册后的正典，所以时间格外长些。"

卿尘微微颔首："知道了，你们下去吧。"

待掌仪女官退下，有侍女进来禀道："娘娘，陛下今晚传膳含光宫。"

卿尘应了一声，碧瑶忍不住惊喜，问道："娘娘，尚衣监昨日送来那几件新制的宫装都很是用了心的。那件茜红底子的就很不错，显得人精神，不过我记得有件流岚色绣木兰花的也好，既贵气又雅致，我让她们都拿来看看可好？"

卿尘此时只穿了件杏色软丝中衣："不必了，我有些冷，把那件披帛给我。"

碧瑶反身取了披帛替她搭在肩头，一袭云色婉转，双肩若削，盈盈瘦弱，卿尘随意靠在凤榻上，丝毫没有起身梳妆更衣的意思。

碧瑶忍不住催她："陛下一会儿就到了，娘娘不换衣服吗？"

卿尘抬眼应了一句："他是来看衣服的？"

碧瑶愣道："当然不是。"

卿尘复又合眸。

碧瑶不由替她着急，劝道："娘娘，都几天了，陛下现在分明是先行和好，您就服下软吧。"

卿尘闭目不语，那日她外出回宫，未入上九坊便遇上卫长征等带着玄甲军寻来。护城水师竟出动了虎贲战船，楚堰江中森严一片战备状态。回宫后只见夜天凌脸色铁青，一句解释也不听，当即命将冥执等随卿尘出宫的侍卫各掌二十军棍。卿尘极力阻拦，他冷冷无视，殿前一片杖击之声，鲜血横飞。卿尘恨极，一怒之下拂袖回宫，已经几天没和夜天凌说过一句话。夜天凌亦不似往常每日来含光宫就寝，再加上朝事繁多，两人倒真像就这么生分下来，只看得碧瑶她们暗暗着急。

碧瑶见卿尘这般倔强，低声再劝："内廷司都已经上了添选妃嫔的议章，陛下毕竟是天子，您这样怎么能行呢？"

卿尘那晚在江上着了点风寒，这几天一直不太舒服。刚才被那些冠服折腾了半天，此时只觉周身乏力，听了此话不免更添烦闷，闭着眼睛道："我睡一会儿，陛下来了你再叫我。"

碧瑶见她十分困倦，又深知她的脾气，也不能再多说什么，只得仔细关了花窗，悄声退出。

碧瑶走了后，卿尘却翻来覆去地睡不着，索性起身拢着披帛坐在那里。面前铜镜映出她的容颜，她漫无目的地垂眸看着云帛散开在脚边，那丝丝入扣的纹路看在眼中却不时有些模糊。她抬手撑着额角，突然瞥见铜镜中多了个人影，不知何时出现在那里，站在她身后不远处。

青衫淡淡，她看不清他脸上的神色，却能感觉到他目光深邃，静静望着镜中的她。

寝殿中长明的宫灯轻微一跳，卿尘低声轻叹，站起身来。不料眼前竟猛地一黑，她急忙伸手去扶镜案，谁知却正按在打开的妆奁之上。玉声乱响，凤簪翠环飞落一地，夜天凌已经疾步上前将她扶住。碧瑶她们被东西落地的声音惊动，匆忙赶进来，只见满地狼狈，皇上抓着皇后的手一脸怒容。

随后而来的宫娥内侍跪了一地，都不知道发生了什么事，谁也不敢说话。只有碧瑶战战兢兢叫道："陛下，娘娘……"

卿尘一阵晕眩过去，见碧瑶等人都十分惶恐地看着他俩，缓声道："这里没事，都下去吧。"

碧瑶心里七上八下的，看这样子倒像是两人真吵起来了，却又怕贸然相劝适得其反，斗胆说了句："陛下，娘娘身子不舒服，您……"

卿尘眸光淡淡往这边一扫，碧瑶便不敢再说，无法可施，只好带着众人暂时退出殿外。

卿尘靠着夜天凌的搀扶坐下，夜天凌不悦道："觉得不舒服怎么不宣御医，你这又是跟谁赌气？"

卿尘眸色一黯，无心和他争吵，只道："不过是刚才试冠服站得久了有些累，这些凤冠霞帔看来并不适合我。"

听她这么说，夜天凌脸色微沉，这几天心里窝着的火气不禁被勾起苗头，隐隐便要发作。

两人僵持着，殿中一时异常安静。

卿尘倚着凤榻，倦倦合上眼眸。她原本便是强打着精神，现下更觉得胸口滞闷，忍不住频频咳嗽。突然一只手覆上额头，接着便听夜天凌愠怒的声音道："传御医！"

卿尘自己清楚这症状，待要说不用御医，却又不想和他争辩，便任御医赶来请脉开药，不一会儿侍女们先奉了姜汤上来。

她素来不喜姜汤的味道，却在夜天凌的注视下端起来一饮而尽，将玉盏掷回盘中，转身向内静躺着。侍女们细碎的脚步陆续消失在殿外，四周空空荡荡便显得格外冷清，卿尘身上却搭来薄衾："怎么，背着我做出那么大胆的事，还跟我发脾气？"夜天凌话语低沉，颇为不悦。

卿尘并不后悔那晚出城惹得他不快，道："我若做错了，你罚我便是，为何却拿冥执他们出气？何况我已经回来了，四十万大军平安入城，我又哪里做错了？"

话未说完，夜天凌剑眉猛蹙，伸手硬将她从榻上拉起来面对自己，怒道："你若是回不来呢？我夜天凌十余年铁血征战，踏平山河万里，区区四十万大军能奈我何？用得着你夜出天都，孤身犯险？你是怕我输了这一阵，还是怕他丧命于我剑下？"

他几乎是声色俱厉，目光严邃冷冽，迫得人如坠冰窖，卿尘脱口便道："我确实是怕，我怕你们任何一个再变成第二个十一！"

夜天凌脸色猛地僵住，额前青筋隐现，眼中的凌厉却在一瞬间灰飞烟灭。

说出这话，卿尘也呆了片刻，转而侧首垂眸，满身尽是黯然："当年击鞠场上和你并肩作战的五个人，如今只剩下他和十二了。你若真的信我，就不该恼我，我虽是胆大行事，却也是深思熟虑过。现在非但你与他安然无恙，近百万将士也不必自相残杀，这些许冒险难道不值？"

夜天凌狠狠揽着她，眸中戾气低沉："若不是因为信你，我当晚便已下令挥军平叛。我虽信你有把握全身而退，但你若当真有所闪失，天都中岂止是血流成河的局面？但那有什么用？难道还能再有奇迹，再让我隔着千年万年遇到一个宁文清，或是一个凤卿尘？"

他霸道得不给人丝毫喘息之机，那字字句句像是丛丛炙热的火焰，灼得人心中又暖又痛。卿尘向来言辞不输于他，此时却说不出话来，只紧紧攥着他的衣襟，触得他的心跳在手底起伏不平，当真已是怒极。

卿尘愣愕间，只听他再道："这江山王位，不过就是游戏一场，我岂会用你的安危去换取，又岂容他人觊觎于你？我若连自己的妻子都保护不了，还谈什么天下！"

卿尘心里早已柔软一片，面上却不服软，下颌微扬："我既然是你的妻子，难道还怕了这点儿风险？我若连自己都保护不了，又凭什么做你的妻子？"

夜天凌一怔，顿时哭笑不得，又气又恨："是我的妻子就得听我的，你要是再敢背着我自作主张，我……"

他说到这里顿住，卿尘修眉一挑，问道："你怎样？"

夜天凌见她眸中黑盈盈一片，尽是柔情暖意，近在眼前地这么看着他，硬将那满腔怒火包围、缠绕，寸寸化作了无奈。他终于长叹一声，将她拥入怀中："老天怎么送了你这么个女人来！"

卿尘头抵着他的肩膀，幽幽道："我这女人既让你如此不满，他们已准备了天下美女供你挑选，想必总有善解人意的。"

夜天凌微怔，扳过她身子问道："什么？"

卿尘淡淡抬眸，看住他："内廷司已拟好了添选妃嫔的标准，六宫中一后、四妃、九嫔之下，婕妤九人，美人九人，才人九人，宝林二十七人，御女二十七人，采女二十七人。八品之下六局二十四司掌仪女官各四名，司二十八人，典二十八人，掌二十八人，其他无品级女官人数不定。"

夜天凌听得大皱眉头："什么时候的事，我怎么不知道？"

卿尘道："议章两天前便送致远殿了，你难道没见着？"

夜天凌失笑："没留意，光那些朝事的奏章还不够我看？哪有时间看这些。"

卿尘见他眼中倦色淡淡，想必又是几夜未曾安眠，不忍再同他去计较这些，只是静静与他相拥。夜天凌抚着她披泻肩头的长发，良久，突然一笑："明天下旨让内廷司整顿宫闱去，免得他们没事找事做。"

卿尘笑笑不语，往他怀中靠了靠，他身上温暖的男子气息淡淡笼下来，仿佛惊涛骇浪里一湾平静的桃源。该说的话她早就说过了，不必再重复。他不曾信誓旦旦地给她任何承诺，只是他懂她要什么，有些事情他会去做，他会护着她，她知道。一股倦意压了过来，她闭上眼睛，留恋于熟悉的怀抱，什么都不再想。

夜天凌不料卿尘就这么依偎在怀里睡去，颇为无奈，轻轻伸手抚摸她的脸庞，此时此刻心中却只余爱怜。

气她恨她，却又岂会不知她为何甘冒奇险？她从来就不是他的弱点，她是与他心心相印的知己，风雨同舟的伴侣，一路相随，一生相伴，因彼此而精彩，共比翼而同辉。他就这样低头看着怀中的人，安静不动。几天来的冷淡一旦揭开，才发现原来心里眼里早都是她的影子，再看一生也看不够，什么三宫六院、娇娥粉黛，都不及她一颦一笑。

这世上有了她，他眼中便只有她；这世上若无她，他便一无所有。

过了些时候，卿尘正睡得昏昏沉沉，晏奚在殿外求见。夜天凌没说话，只是示意他进来。

晏奚到了榻前，怕惊动卿尘，压低了声音禀道："陛下，湛王求见殷娘娘，已经来了快两个时辰了。"

夜天凌皱眉，沉声只说了一句话："让他回去。"

夜天凌即位后，加封太后为太皇太后，追封莲贵妃为和惠皇太后。天帝的妃嫔中，除了苏淑妃晋为皇太妃外，都依例送往千悯寺居住。殷皇后虽是正宫娘娘，却并没有受到尊封，如今迁居清泉宫，身份颇为尴尬。湛王回京后曾数次请见母后，却都未得准许，晏奚看皇上的脸色，情知多说无益，正欲退下，卿尘却听到声音醒了过来："晏奚，慢着。"

晏奚躬身留步："娘娘。"

卿尘垂眸思忖片刻，对夜天凌一笑，赤足步下凤榻，站在案前写了几个字，回头吩咐晏奚："带给湛王。"

晏奚迟疑地看向夜天凌，夜天凌下颔轻抬，他便取了笺纸，退出含光宫。待进了致远殿偏殿，便见湛王负手站在窗前，午后的阳光穿窗落在他身上，耀得那身亲王常服上的五爪云龙栩栩如生，背在身后的手稳持，清雅的面容淡定。他平静地看着御苑中草木葳蕤，秀水碧流，似乎从晏奚走时便一直这样站着，分毫未动。

听到脚步声，夜天湛回头看去，晏奚上前道："王爷，陛下现在含光宫，恐怕一时不会回来。"

尚未抬头，便感到一道明锐的目光落在身前，湛王温润如冰丝的声音淡淡响起："本王在这里等。"

晏奚抬眼看去，只见湛王已然重新看向窗外，眼前唯余背影挺拔。他将笺纸呈上，再道："这是皇后娘娘给王爷的，请王爷过目。"

夜天湛意外地回身，接过笺纸展开，上面只写了四个字：视如我母。

清墨乌亮，化作他眼中一丝震动。他虽然一直见不到殷皇后，却也知道殷皇后除了名分上未得晋封之外，一切吃穿用度皆保持先前皇后之例，不曾有分毫更改。既然有卿尘在，他倒并不担心母后会受委屈，此事也不能操之过急。他沉思良久，唇边逸出一丝极轻的叹息，没再说什么，只是终于转身举步离开了致远殿。

晏奚走后，夜天凌没问卿尘刚才写了什么，也没有起身，扶着膝盖又坐了会儿，方才慢慢站起来，只一动，便暗中抽了口冷气。

卿尘看他神色便明白了怎么回事儿，忙说："快走走，活动下气血。"

夜天凌一边捶着肩膀，一边回头，忽然轻轻一笑，深眸中满是戏谑的意味。

卿尘有些脸红，低了头又从睫毛下瞥他，终于忍不住又问："好些了？"

夜天凌血气在全身流转一周后,那种酸麻的感觉逐渐消退,笑着扬声吩咐道:"来人,掌灯!"

立刻便有两排绯衣侍女鱼贯而入,每人手中都捧着一盏青玉缠金灯,步履轻巧,将寝殿中灯火一一点燃。

夜天凌转回卿尘身前,伸手试试她额头:"要不要再睡会儿?这几天养好精神,待到册后大典,天下人可都看着你呢。"

卿尘睡时出了一身汗,身上虽略微轻松了些,却仍旧软软乏力,靠回凤榻之上,问道:"怎么突然要举行什么册后的大典?这些日子我都快要被那些女官折磨死了。"

夜天凌指尖抚过她修长的黛眉,淡笑道:"我要昭告天下,你是我的妻子。"

卿尘悠然笑问:"难道没有册后大典,我就不是你的妻子了?"

夜天凌道:"不一样。"

卿尘淡声道:"怎么不一样?你是夜天凌也好,是王爷也好,是天子也好,对我来说不过是我的夫君,就这么一个人,都一样的。"

夜天凌躺在她身边,一只手垫在脑后,目光遥遥望出去:"清儿,这天下只要是我的东西,便是你的;只要能给你的,我都要给你。我的妻子,我不要她有半分委屈或是遗憾。"

卿尘以手支颐,长发散垂在他脸侧,随着她侧首浅笑的动作,微有兰若的清香。他伸手穿过那道墨色的幕帘,如同穿入了神秘的梦境,她的美无处不在,无处可藏。

卿尘抬手与他十指相握,贴在面颊旁,微笑道:"你待我的心意,我知道便足够,不必非让别人也清楚。四哥,你让他们把册后的典礼取消了吧,我想要的,你早已给了我,我并不在乎这个。这一次大典,前后耗内银近十万两,劳师动众,却不过只是给天下人看个风光。如今北疆战乱方休,百事待兴,稳定西域、南治大江都等着国库的银子,有多少人盼着我们顾此失彼。十万两银子虽不是什么大数目,却还是用在刀刃上更好。再说,我也实在没精神应付那些礼仪,不如让我清闲一日更好。"

夜天凌静默片刻:"你若坚持不要,便依你。我今天看了他们的奏本,那些仪程确实太过烦琐,正想问你的意见。外面暑气太盛,你身子又不舒服,我也怕你吃不消。"

卿尘心满意足地柔声道:"如此多谢圣上恩典。"

夜天凌垂眸看她,扬眉淡笑:"免了。"他抬手拥着卿尘,卿尘见他许久不说话,似乎有什么事情想得出神,不由问道:"四哥,你在想什么?"

夜天凌扭头看向她,此时他双目熠熠,精光慑人,先前的些许疲惫早已荡然无存:"清儿,你可知我有多少事想做?"他伸开手掌在面前徐握成拳,"这帝王之业不在手握王权的一刻辉煌,而在于盛世大治、国富民强。给我十年之期,我不会让你、让我的臣民失望,甚至我的对手,也必以与我对敌为荣。"

卿尘仿佛看到了昔日大漠飞沙，千军万马前他睥睨群雄的一刻，他冷对众生，他雄心万丈。这个男人征服了她，亦征服了天下；她征服了这个男人，亦与他携手，共赴天下。

"四哥，一山尽处是一山，峰高路险，正是好风景，我已经忍不住想去攀登游览了呢！"

夜天凌拥她在怀，长声笑道："今日天朝有帝如我，有后如你，必将千古传颂，万世景仰。你我此生痛快！"

卿尘笑搂着他的脖颈，笑靥如花，吐气如兰，夜天凌一瞬不瞬地注视着她，忽然翻身吻住了她柔美的红唇。卿尘星眸轻合，调皮地伸手探进他的衣衫，指尖温软，沿着他的脊背流连辗转，一路滑下。

夜天凌呼吸逐渐急促，低声道："清儿。"卿尘含糊地应他，温香软玉，雪肤凝琼，兰芝般的清香缠绵，诱人心悸。她肌肤间的温度沿着他掌心的轻抚烧起爱恋缠绵，他却突然将头埋在她颈间懊恼地叹息一声，撑起身子坐在榻边，背对着她。

卿尘十分奇怪，勾住他的腰探身过去，询问地看他。

夜天凌一把蒙住她的眼睛，深深呼出一口气："身上还发着热，好好躺着去。"

卿尘一愣，随即笑着蹭往他怀里，夜天凌紧揽着她，声音微哑："别闹，要是睡不着了，就陪我看会儿奏章。斯惟云的手本今天送来了，你也看看，有几条建议很是不错。"

卿尘听他这么说，便不闹他了。夜天凌命人去致远殿将奏章取来此处，传了晚膳。用过膳后，他坐在案榻前专注于未尽的政务，卿尘便靠在近旁细细翻看斯惟云的手本。

两人不时交谈几句，不觉夜入中宵，宫灯影长，满室静谧，偶尔无意抬眸，目光相遇，会心一笑。

第十二章 桂宫长恨不记春

翌日，殿中内侍传昊帝旨意取消了原定于月末的册后大典，凤衍听说后，心下不免泛起隐忧。

近日来宫中多有帝后不和的说法，据传言昊帝曾在含光宫大发雷霆，似乎为的是湛王之事。凤衍在中书省值房内负手踱步，中宫皇后，这可是凤家最大的依恃。当初她远湛王，弃溟王，一手替凤家选中出人意料的凌王，现在大局初定，她却又在这当口因湛王与之失和，岂能叫人不生担忧？

再过几日，天气日渐炎热，帝后同赴宣圣宫避暑。昊帝却只在行宫逗留了一天，第二天便起驾回宫，将皇后独自留在宣圣宫。

如此一来不但凤衍心中疑惑，人们都开始议论纷纷。从当年的种种传说到如今凌王登基湛王回京，多数人都猜测皇后不过是昊帝牵制湛王的棋子，或是凤家联姻皇族的手段。更有不少人唏嘘湛王爱美人不爱江山，叹有情人难成眷属。

这些传言卿尘并非没有听到，却充耳不闻，自在宣圣宫静心休养。那次意外之后她身子越发不如从前，些许风寒竟反复难愈，接连数日低热不退。夜天凌甚为担心，仔细问过御医后，亲自送她到宣圣宫静养。

卿尘不耐烦宫中御医随侍，夜天凌也不坚持，只派人去牧原堂将张定水请来，要他在行宫小住一月。卿尘不由笑他小题大做，但平时与张定水谈医论药，倒十分惬意。既无事烦扰，心情又轻松，身子便大有好转。

静苑幽林，三两盏淡茶，清风白云，流水自在山间。转眼盛暑已过，卿尘觉得精神渐好，便准备回銮天都，只因入秋之后不久，便是太皇太后大寿之日。

此次大寿宫中原想热闹庆祝一番，但太皇太后自去年冬天便卧病在床，身体衰弱，已没有精力出席寿筵大典，只命一切从简。

当日大正宫中政权更迭，夜天凌早便调拨御林禁卫驻守延熙宫，是以外面天翻地覆，却也不曾惊扰到太皇太后。只是事后太皇太后得知天帝与汐王、济王的情况，不免伤心不已。卿尘虽医术精湛，却也只能治病医痛，并不能阻止衰老，皇宗司私底下已经开始筹划殡仪，只恐怕太皇太后与太上皇都熬不过今年冬天，到时候手忙脚乱。

到了大寿那日，文武百官在圣华门叩祝太皇太后慈寿福安，延熙宫女官宣太皇太后懿旨，颁下赏赐，免外臣觐见。苏太妃与皇后率内外命妇、二品以上臣工内眷入延熙宫朝贺。献礼、祝寿之后，各命妇、夫人依序退出，只留内宫妃嫔及诸王妃赐宴。

早朝一过，夜天凌便直接赶来延熙宫，灏王、湛王、漓王亦随后而至。太皇太后由侍女扶着自寝宫走出，夜天凌见皇祖母步履艰难，颤颤巍巍，明明是喜庆的日子心中却没来由生出伤感，敛了神情，快步上前亲自搀扶。

太皇太后握了夜天凌的手，看着灏王几个兄弟趋前叩请皇祖母寿安，突然长叹一声："今年人少了，明年皇祖母不知还能不能再见着你们来贺寿。"

众人笑意都是一滞，四周略见沉闷，却接着便听夜天湛朗朗笑道："皇祖母不见今年还多了人吗？"

笑语春风，将凝滞的气氛顿时带了过去，众人的眼光也被吸引到他身旁的女子身上。

那女子见夜天湛微笑对她颔首，便移步上前。她身材窈窕，婀娜修长，薄纱半遮面容，让人看不太清她的模样，但露在外面的那双眼睛却明亮妩媚，顾盼间风姿尽现。

这正是于阗国朵霞公主，大家都往朵霞看去的时候，皇上目光却只在她那里一停，随即看向湛王，而与此同时，湛王也正向他这边看来。两人视线半空相遇，似乎在那一瞬间达成了某种心照不宣的共识。

湛王携于阗公主回天都之后，朝中形势一直处于一个微妙的临界点。大臣之间明显分为两派，拥护湛王之人并不减少，相反湛王息战止兵之举更让众人称颂，甚至一些军中将士也敬服湛王统御军队爱惜士兵，纷纷以"贤王"称之。湛王这番以退为进收获奇效，夺嫡宫变的刀光剑影逐渐淡去，一场没有硝烟却更为凶险的战争正缓缓拉开帷幕。

只是此时，无论是皇上还是湛王，却没有人愿意将这些在太皇太后面前表露半分。

朵霞大大方方地上前给太皇太后贺寿，她汉语说得很是不错，语调明朗轻快，入耳动听。太皇太后见了朵霞这般形容，忆起些许往事，对苏太妃道："这倒叫我想起一人来。"

苏太妃情知说的是谁，当年天帝带着茉莲公主回京时的情景亦清楚地浮上心头，她柔声道："母后，隔着这面纱，什么人都有几分像的。"

太皇太后道："想是我老了，有这面纱在，便看不清楚人了。"

十二在旁笑说："七哥让公主遮着面纱，可是怕公主的美貌被别人看去？这未免太小气了吧！"

夜天湛呵呵一笑,尚未答话,便见朵霞明眸流转,道:"轻纱遮面是我们西域的习俗,只为了遮挡风沙日晒,中原女子到了我们那里也是这样的。你们若是不喜欢,我便不戴了。"说着玉手轻扬,便将面纱落下。只见她肌肤白得异乎寻常,琼鼻桃腮,丹唇皓齿,那双美目深嵌在秀眉之下,骤然搭配上这近乎完美的五官,只叫众人眼前一亮,心中不约而同涌起惊艳的感觉。

卿尘早就听说过朵霞的美貌以及她与湛王在西域的传闻,淡淡笑着往夜天湛看去。这一转头,却发现夜天湛也正看着她,眸底深处专注的神情脉脉无言,动人心肠。却只瞬息,他扬唇一笑,笑里全是满不在乎的潇洒,对太皇太后道:"皇祖母让朵霞摘了面纱,待会儿回府时我的侍卫们怕是要不够用。"

太皇太后指着他:"看他得意的,凌儿,今晚你让御林侍卫给他把公主送回府去。"

夜天凌答应:"皇祖母放心,待会儿再让内廷司看看库里还有多少丝缎,都送到湛王府,以后但凡公主出府,便让七弟护个严实。"

这一说大家都笑了,一时间其乐融融。卿尘示意内侍传宴,特地让朵霞公主与她同席,陪伴太皇太后说话,再往下便是靳慧与湛王世子元修。

湛王身边是王妃卫嫣,一直颇含敌意地看着朵霞公主。朵霞却就当没看见,偶尔抬头时黑宝石般的眼眸明光闪耀,随即高傲地扬起下颔。卫嫣心头便似被猫抓了一把,而更让她耿耿于怀的却是于近旁静坐着的卿尘。

想起近来沸扬天都的传言,自己的夫君便是为了这个女人连皇位都拱手出让!她一句话,竟让他连命都敢赌上,竟让他将王府中的妻儿、将所有追随他的士族都弃之不顾!如今这个女人位居正宫,一身鸾红凤服明媚端秀,那红如汩汩的鲜血浇灌入心,催得嫉恨野草一般疯狂生长,似要湮没人的理智。卫嫣手压着嵌金象牙箸禁不住恨得发抖,却忽然觉得一道温冷的目光落在身上,只见夜天湛笑握玉盏,正自旁看过来:"我们该给皇祖母敬酒了。"

他的呼吸带着淡淡的暖酒的香气就在耳边,鸦鬓修眉下一双略挑的丹凤眼在宫灯影里深浅难辨,卫嫣身不由己地随他起身,端盏、微笑、祝酒……几乎不知道说了什么,只能听到他温文从容的声音,回荡心头。待到重新落座,席间众人谈笑依旧。夜天湛斟了酒对她举杯,低声道:"我这一年多征战在外,府中辛苦你了。"

体贴的话语如玉磬轻击,清水入盏,低沉而轻缓,卫嫣微垂蝤首:"这都是妾身分内之事,只要王爷在外平安就好。"

夜天湛微微一笑,将酒饮尽。那早已预料的一笑,几分疏淡在光影中一晃而过,快得叫人不及捕捉便已无影无踪。他把玩着玉盏,盯着卫嫣漫不经心地道:"这些日子慧儿和朵霞一直相处得不错。"

闲话中若有若无的深意,卫嫣心里突地一跳,抬头时他却早已望向对面,目光落处,靳慧正抱着元修温柔地微笑着。元修清秀可爱的模样便如满桶冰水将刚刚暖起来的心头浇了个通透,卫嫣修长的指甲缓缓嵌进掌心,无声垂眸。

元修已经一岁多了,正是要学着调皮的时候。他似乎特别喜欢卿尘,坐在靳慧怀中不时地要往卿尘那边扑,口中咿咿呀呀不知说什么。靳慧被他闹得没辙了,便要让人带他下去,卿尘却伸手接过元修,笑道:"任他闹吧,皇祖母看着也高兴,我抱着他就是。"

元修被卿尘抱着,立刻喜笑颜开,小手抓着她鸾服上的绶带不放。卿尘环着元修在膝头,孩子小小的身体带着醇浓的奶香,那样娇嫩柔软,叫人忍不住去呵护。元修有一双像极了夜天湛的眼睛,眼角微挑,眸心乌黑晶亮,望着人的时候总似带上笑意。那乌溜溜的眼珠看得卿尘心里有一处地方轻轻塌陷下去,她情不自禁地便想,这若是她的孩子该多好,若是她的孩子,她会不知道要怎么疼他。一股酸楚便那么泛上心头,她极轻地叹息,不期然抬头,却见夜天凌正看着这边。

四目相对,他眼神中带着无尽的疼惜和歉疚,格外深邃柔和。她对他微微一笑,不必说什么,彼此早已心意相知。她从来没有怪他,又怎么能怪他呢?他的痛丝毫不比她少啊!只要他还平安地在身边,她还有什么不知足?

元修不安分地在卿尘怀里蹭来蹭去,卿尘教他喊太祖母,他似懂非懂,依着卿尘示意的方向口齿不清地道:"菜祖母!"

大伙儿顿时都乐了,卿尘啼笑皆非地点着元修额头:"是太祖母,太……祖母。"

元修侧首看太皇太后,好像很认真地想了一会儿:"太祖母!"这下喊得正确无比,太皇太后慈怀大悦,忙着答应,谁料元修回头仰着小脸看卿尘,清晰地对她叫道:"母亲!"

卿尘愣在那里,诧异低头,元修顺势搂住她的脖子,软嘟嘟的小嘴一下子便亲在她脸上。他咯咯笑着抱卿尘,卿尘还没回过神来,十二已在对面打趣道:"不得了,这么小年纪就学会唐突佳人,长大了可怎么办?"

卿尘此时疼极了元修,护着他:"长大了只要不像他十二王叔,怎么都好!"

十二道:"这话我倒要找皇祖母评评理了。哎!抱元修离皇祖母和公主远点儿,你们前后左右都是美人,别让他小小年纪就看花了眼!"

太皇太后笑骂十二嘴贫,朵霞公主倒不以为意,反而觉得十二不像夜天凌那样清冷,不像灏王那样淡远,也不像夜天湛那样难以捉摸,最好相处,不禁就对他笑了过去,倒把十二笑得一怔,俊面微红。

夜天湛此时却没注意朵霞公主,只凝神望着卿尘和元修。

卫嫣冷眼旁观,他唇角那抹笑全然不是平素的高贵与疏离,笑得这般真实,一缕刻骨的柔情在那笑中缓缓流淌,轻轻蔓延,卫嫣几乎可以感觉到他此时此刻心中的念想,他盼望着那个抱着元修的女子就是孩子的母亲，哪怕只一刻看着都是令他愉悦的。他这样由衷的不加丝毫掩饰的笑，她曾经多少次热切地盼望过，眼前她看到了，却偏偏又恨极了这样的笑。

她若是什么都蒙在鼓里，什么都不知道该多好。可是新婚之夜她听得那样清楚，他叫着别人的名字！她似乎已经站到了悬崖的边际，底下是万丈深渊，而他的笑在前方诱惑着她，纵身跃下。

"娘娘既然这么喜欢元修，不如请陛下降旨接元修入宫来住好了，也好陪伴太皇太后身边，常常得见。"

卫嫣的话突兀地响起，夜天湛笑意猛收，难以置信地看向她，靳慧的脸色瞬间变得煞白，一声惊呼已经到了嘴边，生生忍住。

殿中欢声笑语刹那全无，在场之人纷纷看向皇上。

原本亲王世子入宫教养也是平常之事，但眼前这形势，元修一旦入宫，便如殷皇后般成了牵制湛王的人质。只要皇上有这个心思，这自然是再好不过的时机。

所有人都在等着夜天凌一句话，却只见他唇边一抹淡笑，讳莫如深。片刻后，他将手边金箸放下，好整以暇地看了卿尘和元修一眼。

元修此时玩得累了，抓着卿尘的衣襟渐渐要睡过去，幼小的孩子丝毫不知自己正面临什么样的危险。卿尘轻轻拍着他，温柔含笑道："孩子还小，离开母亲难免会不适应。"她抬头和夜天凌对视了片刻，"等到元修再长大些，自然是要进宫学习的。到时候不妨请大皇兄做师傅，咱们交给十二王爷不放心，交给大皇兄总是放心的吧？"

十二接话道："怎么又扯上我？文才我是比不上大皇兄，但武功大皇兄就不如我了，到时你们别求我来教啊！"

这时夜天凌淡笑道："七弟文武双全，虎父无犬子，元修将来必定如他般出众，岂用得着他人操心？"

夜天湛先前一刻的惊怒早已恢复如常，随即道："还要请皇兄多加教诲才是。"

夜天凌道："孩子还小，说这些未免过早了，难得此时能在母亲身边撒娇，何苦逼迫他们。"

夜天湛不料他会有这样的话，这话中之意似明未明，竟像说这代人的事与下代无关。再想想汐王和济王，除了赐死了汐王长子之外，倒真是没有过分牵连。便是这份心胸气度，他扬眉往上看去，只觉有此对手，竟叫人胸怀舒畅。

卿尘说完那话，便只低头哄着元修入睡，自始至终都没有向挑起事端的卫嫣看一眼。夜天凌的话别人或许不懂，她却听懂了，己所不欲，勿施于人，她的意思他也懂了。

眼见着元修睡得沉了，她小心地将他交给靳慧。靳慧早急得揪心，立刻便接过孩子来紧紧抱着，眼泪几欲夺眶而出。卿尘对她安慰地一笑，轻声道："放心。"

靳慧微噙着泪："多谢娘娘。"

卿尘此时才往卫嫣那里看去，只淡淡一瞥，眼中一锋锐利盯得卫嫣脸色青白，她转身徐徐笑道："坐了这么久，想必皇祖母要累了，陛下，咱们还是请皇祖母早点歇息吧。"

太皇太后确也已经精神不济，夜天凌便率众人再为太皇太后上寿，卿尘亲自扶了太皇太后入内安歇。这时一个女官匆匆入内，在卿尘身前轻声禀报了什么。卿尘眉心一拢，还未及说话，殿前内侍已经高声通报："殷娘娘到！"

夜天湛闻声浑身一震，转身便往殿外看去。

金檐华柱下，殷皇后正快步走来，身后跟着若干女官内侍，仓皇小跑。她身着明红鸾裙凤衣，云鬓高耸，钗钿华美，妆容精致，仪态高贵，眼底些许的憔悴并没有影响她骄傲的身姿，端庄雍容，一如从前。

原本已经要退出的众人都停住了脚步，殷皇后到了殿中，先给太皇太后行礼："母后大寿，我险些便不能来，如今晚了一步，还请母后不要怪罪。"

太皇太后命她平身，殷皇后环视众人，眼中光彩迫人。夜天湛上前一步跪倒在地："母后！"卫嫣等人也急忙随他拜下。

殷皇后低头看向儿子，神情之中爱恨交加。她握着夜天湛的手微微发抖，似是想说什么，却终究忍了下去，再一抬头看到了朵霞，有些惊讶。夜天湛忙道："母后，这是朵霞公主。"

谁知殷皇后立刻眉眼一落，冷声道："生得这般妖媚，这些异族女人除了蛊惑男人祸国殃民之外做不出半点儿好事，你给我记住了，离这种狐媚子远些！"

众皆闻言色变，谁都听得出她这不光扫了朵霞的颜面，分明更是意有所指。夜天凌眸色陡深，隐见怒意，却只碍着在太皇太后面前没有发作。

朵霞身为公主，在于阗备受国王宠爱，入嫁天朝也被视为上宾，礼遇有加，何曾听过这般话语？她美目一挑，脱口便道："娘娘，自古只要有耽迷美色误国误民的事，都将女子说成是红颜祸水，却不知本是那些男人自己昏庸无道。若是心志清明，谁能蛊惑得了他们？若原本便糊涂，即便没有绝色当前也是一样。我仰慕王爷志高才俊，情愿随他远嫁中原，倒不认为他是那种区区美色便能迷惑的昏聩之人。"

大家都没想到朵霞如此大胆，竟然当面顶撞殷皇后。殷皇后更是出乎意料，顿时气得说不出话来。

夜天湛迅速看了朵霞一眼，回头即刻给殷皇后请罪："母后，朵霞年轻不懂事，话说得有些过了，儿臣替她给母后赔不是。儿臣不是糊涂之人，还请母后放心。"

殷皇后盯住他："放心？你叫我怎么放心？别说是你，便是你父皇一世英明，到最后不还是坏在那异族妖女手中！你又哪里不糊涂了？"

夜天湛沉声截断她的话："母后！"

殷皇后甩开他的手，对太皇太后道："母后，您也都看在眼里，夜氏皇族从始帝往下，哪个不是困在这个'情'字里？穆帝、天帝，还有眼前这些，无一例外的！我管不了，您也不管吗？二十七年前那些事，纸里包不住火，您心里再清楚不过，现在这个皇上，到底是……"

她话未说完，太皇太后厉声喝道："住口！"

夜天凌眸中深暗处冷冷泛出杀意。殷皇后下面的话没说出来，别人不知，卿尘却清楚是什么，心谷遽沉。若再说下去，就算是她，也保不了殷皇后性命了。

太皇太后扶着卿尘的手面对众人，徐徐道："灏儿，带着你的弟弟们跪安吧。所有人都退下，没有我的吩咐，一律不准进殿。"

看过眼前儿孙，太皇太后老迈的眼中隐透着与年龄不相称的光泽，那是历经岁月的睿智与通达，看尽人世的平静与深沉。些许的病态都被这光泽掩盖，此时的太皇太后似是换了一个人。

内侍宫娥首先依序退出，夜天湛不放心母亲，迟疑不愿举步。十二走到他身边，攀住他的手臂："七哥。"夜天湛对上那双素来散漫率性的眸子，那其中稍纵即逝的锐光如他臂上现在感觉着的力道，强迫他压下心中翻腾不已的情绪。他回头，殷皇后站在大殿中七彩灿烂的琉璃灯下向他投来一瞥，二十多年来他第一次感觉到母亲原来离他这般遥远，生他养他的人，竟最无法了解他。

随着脚步渐渐消失，大殿中只剩下太皇太后、殷皇后、夜天凌和卿尘四人，变得异常安静。

冷酒残宴，丝毫不再有寿辰的喜庆，变得沉闷无比。卿尘重新搀扶着太皇太后坐下，殷皇后下颌微抬，面对着夜天凌，继而转头对太皇太后道："母后没有想到那件事还会有人知道吧？当初莲妃不慎动了胎气早产，偏偏就在来延熙宫给母后问安的时候。母后一向不喜欢莲妃，那时却肯替她保证，天帝自然不会怀疑孩子究竟是谁的。如今想想，莲妃素来故作冷淡，原来是恐怕这个秘密被人察知。"

太皇太后双目半阖，略加思量，道："哦，你们是找到了当年那个御医。"

殷皇后道："母后原来还记得那个御医。"

太皇太后微微点头："不错，我虽然老了，这么个人还是记得起来的。当初我一时心软，便留了他活口，不想终究还是生出后患。也难为你们能想到此事，也还能找到这个人。"

殷皇后道："这便是天意，查了这些年，本以为不可能，却到底还是找到了。"

太皇太后道："看来你们是早就有心了，不过现在你们知道了，又怎样呢？"

殷皇后道："母后将这秘密隐藏了这么多年，纵然是念在他是穆帝之子的分上护着他，却不想想莲妃那种狐媚子，谁知她当初怀的究竟是什么人的孩子？"

砰的一声，夜天凌一掌击上御案，他再好的涵养，听到殷皇后当面如此侮辱母亲，也不禁怒火中烧，"你说什么！"

卿尘心中一惊，太皇太后扭头喝道："凌儿！"

夜天凌向来对太皇太后尊敬有加，手掌一握，终是强忍下心中怒意。卿尘将手覆在他手上，他脸上冷意稍缓，但依旧骇人。

殷皇后下意识退了一步，但随即站定，毫不相让地继续道："他既然不是天帝的儿子，有何资格继承大统？即便天帝曾有传位诏书，也分明是被蒙骗所致！他篡位夺嫡，如今又将天帝幽禁在福明宫，生死不知，母后难道就袖手旁观吗？"

太皇太后眸眼一抬，竟有种威严的气势从那目光中射出："你既然来找我，想必还没忘记天帝是怎么登上这帝位的，当年若不是我保他登基，他又有什么资格继承大统？"

殷皇后道："正是母后那时英明决断，才有这数十年的安定，如今天朝百年基业岂能毁在别人手中？还请母后做主！"

太皇太后道："你也能想到天朝的基业，那你可知我当时为何要保天帝登基？"

殷皇后怔了片刻，答道："母后自然是为国择贤君而立。"

太皇太后隐隐一笑，道："不错，正是如此。当年穆帝驾崩，身后留有两子，我不立他们，固然是因为他们年幼，却更是因为他们坐不了这个位置。那两个孩子，衍昭生性冲动，爱感情用事；衍暄胆小懦弱，难当大任。若将这偌大的国家交给他们，如何叫人放心？国立幼主，在旁虎视眈眈的士族必掌重权，我们孤儿寡母，岂不艰难？所以我设法迫使他们拥立天帝即位，便是如此，天帝登基之初也是步履维艰，苦心经营多年才有后来的局面。昔日我立天帝，现在我护着凌儿，都不是因为我有什么私心，只为这天朝的基业不能葬送在我这里。凌儿是我从小一手带大的，我深知他必不会让我失望。"

殷皇后道："母后这样说，我倒要问了，难道湛儿就不如别人吗？"

太皇太后目光落在她脸上，意味深长地道："湛儿很好，平心而论，有些地方他甚至胜过凌儿。但可惜的是，他偏偏有你这个母亲。"

殷皇后纤眉细挑，神色傲然不悦："母后这话是什么意思？"

太皇太后不急不缓地道："其实你也很好，这些年来我在旁看着你执掌后宫，从来没出过半分差错，这已经很是难得了。论手段，论精明，这后宫之中没人比得上你，但唯独有一点，你的野心太大，太自以为是。"

殷皇后冷笑道："是人便有野心，这皇宫里谁是干干净净清高着的？若没有野心，又哪来站在这里的皇上？大家便都安稳了。"

太皇太后道："我知道你不服气，我说湛儿坏在你手上，你不妨就看看你让他娶的那个王妃，真是委屈了我的皇孙！我的话你眼下不明白没关系，你也不需要明白了。那个秘密既然我守了快三十年，岂会让你生出什么是非？我便告诉你，只要我还活着一天，就谁也别想兴风作浪！"说话间她眼底凌厉渐生，声音略提，"来人！"

常年随侍太皇太后的两个掌仪女官无声地走入大殿，垂目立在近旁。太皇太后看住殷皇后："我今天说过的话你想通了，便也不会觉得委屈了。"她冷声对掌仪女官道："送她回清泉宫，赐酒一杯，白绫三尺！"

卿尘蓦然惊住，就连夜天凌也未曾料到这般结果，一时诧异。

殷皇后脸色一片雪白，这听着熟稔的话她曾不知说过多少遍，如今落到自己耳中，方知是如此滋味。她死死盯着太皇太后，却只见到太皇太后苍白的眉梢淡扫着冷意，绝然无情，那平静的目光迫过来，竟让她止不住浑身发抖，连发间的钗环也颤得轻声作响。她狠狠握着凤服华带的一角，冰滑的丝缎深凉刺骨，两个女官面无表情地移步上前。

"慢着！"卿尘出声阻止，趋前跪在太皇太后面前，"皇祖母，殷娘娘罪不至死！"

太皇太后嘴角泛起缓笑，是慈祥，也是坚决："卿尘，心慈手软，必留后患，我岂会在同一件事上错两次？你也好好看着，要执掌这后宫并不容易。有些人无罪，却必须死。"

这道理卿尘不是不知，却再求道："皇祖母，事有可为不可为！"

她苦苦坚持时，夜天凌上前将她挽起，立在那里淡声道："皇祖母，请您开恩。"冰冰冷冷的话语，却也是求情了。卿尘如释重负地看向他，他平视前方，似不察觉，只是揽在她腰间的手臂越收越紧。

太皇太后待夜天凌说了这话，含笑凝视他良久，而后唇边转出一声松弛的微叹，挥手道："带她下去，从今日起不准踏出清泉宫一步，不准见任何人。"

两名掌仪女官俯首应命，殷皇后从生死震骇中回转过来，惧恨交替，神色青白惨恻。她一一看过眼前三人，猛地广袖长挥，头也不回地往殿外而去。

太皇太后一直看着殷皇后骄傲的背影消失不见，身子一晃，扶住几案，似乎所有的精神都已用尽，取而代之尽是疲惫。卿尘和夜天凌匆忙赶上前去，扶持在侧，卿尘看了看太皇太后的情形："皇祖母，我宣御医奉药进来。"

太皇太后摇头止住卿尘，看向夜天凌："原来你都知道了。"

夜天凌道："不敢隐瞒皇祖母，孙儿确实已经知道了。"

太皇太后一阵轻咳，微微喘息："你可恨皇祖母？"

夜天凌道："皇祖母何出此言？"

太皇太后微合着眼，歇息半晌，又似是在回忆着什么："她今天说的有句话倒是对的，夜氏皇族这些男儿，几乎个个都困在'情'字里。当年穆帝因你的母亲发兵西北，待你母亲入宫后，更是将国事荒废一旁，常常数月不朝，以至于权臣当道，内外混乱，民生困苦。我辛苦压制那些门阀士族，扶持天帝继位，原将希望都寄托在他身上，却不想他竟也迷恋上你母亲。我担心他重蹈覆辙，与穆帝一般糊涂，曾想要赐死你母亲，他就跪在这寝宫外面，求了我一天一夜。我本铁了心不管他，可是第二天，莲妃竟也来求我，那时候她已经有了你。"她抬手轻轻拍着夜天凌的手臂，长长叹息，"我的皇孙啊，叫我如何狠得下心来？我答应帮她保住孩子，隐瞒事情真相，但却要她发誓绝不准迷惑天帝，哪怕连对他笑一笑也不行，亦要她从此就当这个孩子不是她的，交给我来抚养。二十七年，她也算是做到了，我也不曾食言。凌儿，你心里的苦皇祖母知道，你若要恨皇祖母，皇祖母不怨你。"

长久以来萦绕心头的疑惑，在太皇太后的一席话中拨开云雾。夜天凌此时眼前尽是母亲的容颜，邈远、凄清，掩在忧伤下的那双眼睛曾经多少次暗暗留驻于他，他又曾经多少次报以冷漠与怨恨。

他不由自主地站了起来，独自转身面对着空阔寂静的大殿。二十七年前，他的母亲就是在这里发下誓言，用一生的笑容换取了他的平安。一股悲怆的情绪直冲上心头，他非但没有体谅母亲，更加没有保护好母亲。孤星蔽日，这个荒谬的预言原来从他出生那一刻起便紧随着他，莫不平啊，还真是不愧他天朝星相第一人的名号。他几乎要笑出声来，堪堪嘲弄自己的自负，事实真相，果然总是千疮百孔。

突然间，他耳边响起卿尘淡定的话语："皇祖母，四哥怎么会恨您呢？若不是有您护着，我们哪里能有今日？天朝又怎么会有现在这番局面？我们让皇祖母这样操心，该请您不要怪罪我们才是。"

夜天凌陡然醒觉，回身重重跪在太皇太后面前："皇祖母……孙儿多谢皇祖母！"

太皇太后不让他再说，只是伸手握着他，满目欣慰地看向卿尘："好啊，我没看错我的皇孙，也没看错你这丫头，总算不枉我让天帝把你指给了凌儿。丫头，你当初跪在我这里说不嫁的时候，心里可害怕？"

卿尘吃惊道："皇祖母……"

太皇太后道："皇祖母没有老眼昏花，你真以为一个孙仕，便能让天帝做出那样的决断？"

卿尘眉梢轻扬，匆匆瞥了夜天凌一眼，他亦望她，黑亮的眼中浮起淡淡的暖意，可与那时雨中凶狠的样子判若两人。她忍不住就暗中瞪他，他抱歉一笑，似也想起当时来。

只见太皇太后眯着眼睛端详过来，卿尘低声道："什么都瞒不过皇祖母。"

太皇太后召殿外的女官取来印玺，拟下一道懿旨交到卿尘手中："这是皇祖母能为你们做的最后一件事了，你们今天替她求情，这道懿旨用还是不用，也都在你们自己。"

虽然以后夜天凌要处死殷皇后易如反掌，但若是太皇太后的懿旨则更为妥当。卿尘慢慢将诏书收好，凤眸之中幽静，尽是一片深思。

太皇太后将他两人深深看着，岁月无情，在她眼中沉淀了历尽风雨的波澜。弹指一生，数十年已往，不觉就历了四朝的更迭，直到了眼前这一刻才真正觉得松缓下来。想这一代代的绵延，多少男儿英豪，多少红颜翩翩，谁人不为情苦？谁又不为情所困？只是若遇对了那个人，何处不是清欢？待哪日到了九泉之下，却不知能否见着那些先她而去的人，她总算也是不负他们，可以放心去了。

第十三章 水随天去秋无际

寿筵之后，太皇太后重病不起，殷皇后因忤逆太皇太后被幽禁冷宫，无论何人一律不得入见，包括湛王。

夜天凌与卿尘日夜侍奉太皇太后榻前，却终究无力回天。深秋霜冷，延熙宫中一片菊花次第而开，素色如海的日子，太皇太后含笑而逝，走完了八十四岁的人生。

帝都九城缟素，天下举哀。昊帝停朝三日，亲奉太皇太后灵柩入葬西陵，三日后复朝听政，面无哀色，言谈如常。

群臣对此窃议不休，昊帝却在复朝第一天便亲自召见御史台三院御史，三日下来，连续革除、调换侍御史四人、监察御史七人。继而发布两道敕令，一着天下九道布政使、三十六州巡使分批入帝都朝见，面陈政情。二令尚书省督办户部清查国库，明清账目，以备审核。

这立刻令人想起圣武二十六年户部的那次清查，多少人放回肚子里的心被一把揪起，七上八下，忐忑不安。

烟波送爽斋，秋风穿廊过水凉意瑟瑟，夜天湛凭窗而立，眉宇紧锁下清朗的脸庞始终笼着一层阴霾。他已在窗前站了许久，这时回身踱步，坐至案前，重新持笔疾书。

柔韧的软毫透着丝犀利的劲道，于雪丝般的帛简之上一气呵下，将至尽处，他却突然停住，眼梢冷挑，挥袖掷笔于案。他盯着眼前的奏章，压在上面的手缓缓收拢，猛地一握之下，通篇俊雅的字迹便尽毁于指间。他深深呼吸，压下那心浮气躁的感觉，这道手本还是不能上。

殷皇后在冷宫的情况他自有办法了解，皇上虽因太皇太后的病逝颇有迁怒，卿尘却也尽力护得周全。视如我母，她不是空说此话，此时他若为殷皇后求情，恐怕还会适得其反。

想到此处，夜天湛将那奏章松开，现在时机未到，即便为母亲的处境忧心如焚，他也深深告诫自己不能乱了阵脚。

谋国之事，胜负不在一时分晓。一棵参天大树，其下根基之深远必然盛于表面的枝繁叶茂。用不了多久，天朝的命脉便会尽收于他掌中，虽然北疆战后意外频出，但却分毫不曾动摇他的心志。他认定了的事，绝不会轻易放弃。

他自怀中取出一支玉簪，轻轻握在手中。极简单的簪子，样式并不新奇，用料亦是普通，只是不知经过了多少次的抚摸，玉色上润有一种莹透的光泽，便显得格外雅致。

想当初钱庄上的管事将这玉簪送来的时候，他忍不住便去了四面楼，只想看看那个令人琢磨不透的女子到底要做什么。四面楼的清雅倒真是吸引了他，就如深纱垂幕后的那个人。隔帘听琴，静坐品茶，顺手帮她打发那些别有心的人，真像看着叛逃离家的孩子在外面玩闹。就让她随性逍遥也罢，他本也不想拘束她，她让他只是想呵护着，看她笑得自在，玩得开心。

他暗自苦笑，即便事到如今，却竟仍是这种感觉。他只怀疑是前世欠了她的，今生她是来讨债，连本带利，要拿尽最后一分一毫才肯罢休。

人生若只如初见，初见那一瞬心花无涯的惊艳，却错落成点点滴滴的寂寞。

没有她，他不知孤独为何物。遇上她，他在大千世界中，梦中，梦醒，孑然一身。

她看得那样清楚，他不只是夜天湛，而此时的她，也不再只是凤卿尘。

想得出神，他几乎没有听到轻快入内的脚步声，直到水榭前珠帘扬起，他手指一翻，不动声色地将玉簪收入袖中，方才抬头看去。朵霞明媚的脸庞已在眼前，她目光亮亮地端详他，伸手问道："藏什么了？"

夜天湛随意挡住她探入袖中的手："出去过？"

朵霞绕过书案，随便跪坐在他身边："在击鞠场遇上漓王，原本说下午一起去昆仑苑狩猎，谁知道陛下传他入宫，就没去成。"

她秀发斜绾，紧身骑装勾勒得匀称高挑的身形窈窕动人，随着她摇头的动作耳边一对玉珰轻轻晃荡，风情美艳，亮人眼目。夜天湛淡淡笑说："昆仑苑往宝麓山里深入，有不少好玩之处，以后再让十二弟带你去，断不会让你失望。"

朵霞道："让他带我去，你又怎么不陪我？听他说你也是击鞠的高手，我可从来都没见过。"

夜天湛便道："好，改日有时间我陪你去。"

朵霞乜斜着看他："敷衍了事，我不稀罕。你这么大方让漓王陪我，看来真没把我当你的女人。"

夜天湛温润的眸子一抬，对她微笑道："我们在于阗成亲时便说得很明白了，你有你的目的，我也有我的目的。我帮你保住于阗，也给你完全的自由，只要你不胡闹，我不会干涉你。"

朵霞扬头的动作略带着高傲:"我也没让你失望,西域三十六国,如今不大都在你的手心里了?"

夜天湛道:"你比你的父王聪明,我在去西域之前,倒真没想到于阗会有这么个美丽聪明的公主。"

朵霞问道:"那日你在王宫晚宴上,就是这么想的?"

夜天湛道:"你邀我入宫赏玉的时候是怎么想的,我在晚宴之上便是怎么想的。"

朵霞笑声清脆,伸手环住他的脖颈,柔软的语气中却有些挑衅的意味:"我想的却未必和你一样,那天在太皇太后寿筵上,我没有说给你听吗?我可是仰慕王爷志高才俊,才情愿随他远嫁中原的。"

她身上龙涎香的味道混在秋日水榭淡爽的空气中勾魂醉人,夜天湛迎着她美目之中野性而妩媚的光亮,伸手在她腰间一勒,两人离得越发近:"朵霞,不要总是这样考验我的耐性,你会后悔的。"

朵霞只盯着他眸心,他说着这样危险的话,眸光却清明如那一天秋水,温文尔雅的笑是早就准备好的,他的喜怒哀乐都在那背后,隔着薄薄一层淡光依稀分明,却就是看不到,摸不着。这样的男人,她从来没见过。那日他在群敌环伺中就是这么一转眸,神情朗朗地向她微笑,让她想起万里飞沙中一片碧色起伏的绿洲,不知中原的春风是否也如他的笑,她便在那时兴起了大胆的念头。

"不管为什么,我已经是你的妻子了,你却为何连碰都不碰我,我不够美吗?还是你有别的女人比我更好?"

夜天湛松开朵霞,一笑摇头:"你是西域最美的公主,任何人问我,我都会这样回答。我若想要女人,身边多的是,国色天香任我挑拣,但让我欣赏的女人却少之又少,恰好你是一个。情爱之事在于你情我愿,我欣赏的东西,不会去勉强。"

朵霞反问道:"你怎知我又是勉强?若非心甘情愿,难道我会嫁给你吗?或者……"她不满地盯住夜天湛,"你的意思是娶了我很勉强?"

夜天湛仰首笑得潇洒:"看来你还没弄清楚,朵霞,你不过是没有遇到过我这样的人,感到好奇罢了。你嫁给我,总不会真是一场晚宴便一见钟情吧!"

朵霞被他说得一愣,随即细起眼睛:"我现在只是好奇,你欣赏的另一个女子是谁?到底是什么样的女子,让你这种人也能如此死心塌地?"

夜天湛眼底泛起一波别样的深味,却只笑问:"我是哪种人?"

朵霞目光在他脸上逡巡探究,最后道:"我说不出来。按你说的,我若是说得出来,便也就对你不感兴趣了,现在便该回于阗去做我的公主。"

夜天湛含笑点头:"不错,难得你这么快便明白我的意思。"他往后靠在书案上,微微松散了一下筋骨，略作思索，"西域那边你是早晚要回去的，只是等我让你回去的时候，你就不只是于阗的公主了。"

朵霞自然而然地靠在他身边，片刻静默后开口道："你……"

夜天湛轻抚她的肩头："放心，我答应你的事，自然会一一帮你做好。哦，有件事还没告诉你，现在的于阗，已经只有你一个人可以继承王位了。"

朵霞吃惊地撑起身子："那我姐姐……"

夜天湛抬手阻止她："你只要知道她已经失去了这个资格便足够。"

朵霞就近看着他，只能见那让她觉得深不可测的笑容，压抑下心中情绪起伏，她转而一笑："那我便多谢你了。只是目前的形势，你又要怎么办？你们的皇上恐怕也不会轻易允许我回西域去。"

夜天湛微微合目，眉心隐有一丝不易察觉的蹙痕，声音却润朗如旧："你不必替我担心，该回去的时候我自会有法子让你回去，谁也拦不住。"

却冷不防听到朵霞问："天都最近的传言都是真的吗？"

夜天湛双眸一抬，神色微滞，但随即一笑置之。朵霞立刻道："果然是真的。"

夜天湛苦笑："美丽又聪明的女人看来还真不好应付。"

朵霞似是想从他那异样的笑容中读出什么，却想起在于阗他那番坦然的话语。眼前他清朗中深藏的忧郁，淡笑中只让人以为是错觉。

"当初在于阗你告诉我，除了这颗心，我要什么你都可以帮我得到，原来你这颗心早给了人。不过既然是你喜欢的女人，她怎么会成了别人的皇后？"

夜天湛倒不敷衍她："你这可真就问住我了。"

朵霞道："难道是她不喜欢你？"

夜天湛扭头看向窗外，远处晶蓝色的天空烟岚淡渺，闲玉湖上，残荷萧萧。一转眼几年过去了，仍时常觉得她站在这烟波送爽斋中笑语嫣然，这里的每一件摆设都如从前，她曾经动过的东西，固执地摆放在原处。

那一场秋雨，淅淅沥沥穿过了日升月落的光阴，每一滴都是她的身影，清晰地落入心间，模糊成一片。

他无可奈何地轻笑，回头面对朵霞的疑问，淡淡道："如果她曾喜欢我，那是将我当成了别人。待她知道了我是谁，却又已经爱上别人了。"

朵霞听了皱眉："世上这么多人，又不是非这一个不可。换作是我，若是别人不喜欢我，我定不会对他念念不忘。"

夜天湛不置可否地笑笑："那你就比我想象的还要聪明。"不知今天怎么会愿意和朵霞谈起这些。他原也不信谁就非要这一个人不可，但等到真的遇上了，才知道如果不是那个人，如果相知不能相守，原来一切便都可有可无。

夜幕已淡落，卿尘缓步走出福明宫，孙仕送到殿外，弯腰，"恭送娘娘。"

卿尘微微侧首，在一溜青纱宫灯的光影下看向孙仕，突然发现他鬓角丝丝白发格外醒目，才想起他也和天帝一般，竟都已是年过半百的人了。

秋夜风过，给这人少声稀的福明宫增添了几分凄冷，让人想起寝殿中风烛残年的老人。

自登基之日后，夜天凌不曾踏入过福明宫半步，天帝的病也从不传召任何御医入诊，唯每隔三两日，卿尘会亲自来施针用药。

进了这福明宫，她只把自己当作个大夫，不管那床榻上的人是谁。而她能做的，大概也只有这些。

她无法消除夜天凌对天帝的芥蒂，夜天凌对天帝究竟是种什么心情，恐怕连他自己也无法尽知。这个人，是他弑父夺母的叔父，又是教养护持他的父皇，让他失去了太多的东西，同时也给了他更多。

他将天帝幽禁在福明宫，废黜夺权，却又不允许任何人看到天帝苍老的病态，一手维护着一个帝王最后的尊严。他将天帝当作仇人来恨，同时又以一种男人间的方式尊敬着他。

生恩，养恩，孰轻孰重？站在这样混沌的边缘，横看成岭侧成峰，谁又能说得清楚？

卿尘回到寝宫，夜天凌今日一直在召见大臣，到现在也没空闲。秋深冬近，天色黑得便越来越早，碧瑶已来请过几次晚膳，卿尘只命稍等。碧瑶也知道皇上每天晚膳一定在含光宫用，这已经成了宫中的惯例，只是不知今天为何这么迟。

再等了一个时辰还是不见圣驾，派去致远殿的内侍回来，却说皇上不知去了何处。卿尘随意步出寝宫，在殿前站了会儿，便屏退众人，独自往延熙宫走去。果然不出她所料，夜天凌正一人坐在延熙宫后苑的高台上，正望着渐黑的天幕若有所思。

卿尘步履轻轻，沿阶而上，待到近前夜天凌才发觉。她在他面前蹲下来，微笑仰头看他："让我找到了。"

夜天凌也一笑："找我做什么？"

卿尘道："这么晚了，领回去吃饭啊。"

她含笑的眼睛清亮，如天边一弯新月，那样纯净的笑容，带着温暖。夜天凌摇头失笑，拉她起来："过会儿吧，不是很有胃口。"

卿尘牵着他的手坐在旁边，托着腮侧身看他："那我做给你吃，会不会有胃口？嗯……现在蟹子正肥，倒可以做那道葱姜爆蟹，若是想清淡点儿，咱们吃面好不好？不过就怕做出来你不喜欢吃。"

夜天凌微微动容，低叹一声，握了她的手："我没那么挑剔，你想把尚膳司弄个人仰马翻？"

卿尘俏皮地眨眨眼睛，柔声问他："见了一天的人，是烦了吧？"

夜天凌笑意微敛，淡淡道："今日一天，我罢了五州巡使。"

卿尘先前不知道这事，不免吃惊："这才第一批十二州巡使入朝，怎么就罢了一小半？"

夜天凌低沉的语气叫人听着发冷："鹤州巡使吴存，一入天都便携黄金千两拜访卫府，朝中三品以上官员十有八九受其贿赂。江州巡使宋曾，昨夜在楚堰江包下十余艘画舫宴客，与人争抢歌女，大打出手。吴州巡使张永，连自己州内管辖几郡都不清楚，还要朕告诉他。这江左七州出来的官吏真是叫人长见识了。"

卿尘听得皱眉，略一思量，却缓声劝道："话虽如此，但连续罢黜官员，是不是有些操之过急？朝中难免会惶恐不安。"

夜天凌道："杀鸡儆猴，正是要让他们都知道朕要的是什么样的官吏。借这次清查国库提调罢免一批官员，一朝天子一朝臣，原本便也是这个道理。"

卿尘道："清查国库牵连甚广，眼前还没有完全稳下局面，只怕给人以可乘之机。"

夜天凌想起今日户部的奏报，眼中透出一抹极深的锋锐，沉声道："你可知道，如今太仓储银仅余四百万两？圣武一朝，四境始终征战不断，原本便极耗国力，哪里再经得起这些人负国营私，中饱私囊？国库尚且如此，各州也一塌糊涂，江左七州号称富庶天堂，却只富在吴存、张永这些官吏身上，于国于民，没有半点儿益处。四百万两储银，每月光是天都官员的俸禄便要三十万，拿什么去安抚边疆？若哪一州再遭逢天灾，又拿什么应急？斯惟云治水的想法你也看过，今年雨水适中，各处江流平稳，正是应该着手实施，却就因此一拖再拖。清查一事刻不容缓，势必行之。"

卿尘静静看向他。天帝在位这二十七年，平定边境，废黜诸侯，将穆帝时的混乱不堪整治到今天已属不易，只是终究没有压过士族势力。门阀腐朽，士族专权，国库空虚，税收短缺，天都中只见纸醉金迷，却谁管黎庶苍生苦于兵祸，伤于赋役？门阀贵族高高在上，便是连皇族都难遏其势。九州之中，百废待兴，四海之下，万民待哺，他一手托起这天下，背后是多少艰难？

夜色深远，天星清冷，在他分明的侧脸投下坚毅与冷峻，却牵动卿尘心中柔情似水。她自然不是反对他清查国库："这一仗要打，就只能赢，不能输。要赢得漂亮，就必得有深知下情、手段得力之人才行。"

夜天凌其实一直在考虑这个问题："难，就是难在这个人上。"

卿尘有一会儿没说话，静静看着渐黑的天幕，稍后方道："有一个人。"

夜天凌顿了顿，不必问她说的是谁，只是道："那就更难了。"

卿尘道："但没有人比他更了解天下的财政，也只有他镇得住那些门阀贵族。"

夜天凌道："正因他比谁都清楚，所以可能会是最大的阻碍。"

卿尘没有反驳他，微抿着唇，将下巴抵在膝头，心中无端泛起遗憾。

那年秋高气爽，烟波送爽斋中清风拂面，她曾听那人畅言心志，深谈政见。扬眉拔剑的男儿豪气，白衣当风的清贵风华，有种奇异的震撼人心的力量，让她深深佩服。早在那时，他便看清了天朝的危机，高瞻远瞩，立志图新。他笼络士族门阀，同他们虚与委蛇，何尝又不是知己知彼的探求？唯有知之，方能胜之。

富国强民，盛世中兴，这都是不谋而合的见地啊，他会成为最大的阻碍吗？如果要亲手摧毁这些，不知他心里又将是什么滋味。

权力这柄双刃剑，总是会先行索取，能得到什么，却往往未知。

卿尘收拾心情，抬眸道："四哥，太可惜了啊！"

夜天凌看向她："清儿，你实话告诉我，之前常和我说的一些建议究竟有多少是你自己的看法，有多少是他的？"

卿尘笑笑："你看出来了。"

夜天凌淡淡一笑："我了解你，而且，也不比你少了解他。"

卿尘想了想："他以前和我聊过太多自己的想法，其实我都有些分不清了，很多你也赞成，对吗？"

夜天凌道："治国经邦，他确实有许多独到的见解。此事若他也肯做，就有了十足的把握。"

卿尘道："皇祖母曾嘱咐过，你们不光是对手，还是兄弟。"

太皇太后的临终遗言，夜天凌自不会忘记，道："我还答应过皇祖母，绝不辜负这份江山基业。待为皇祖母建成昭宁寺，以后每做成一件大事，我便要在寺中修一座佛塔，皇祖母知道了，定然欣慰。"说着他将手枕在脑后，仰身躺倒在高台之上，深深望着那广袤的星空。

卿尘亦如他一般躺下，静静仰首。一道宽阔的银河绚烂如织，清晰地划过苍穹，天阶如水，繁星似海。躺在这样的高台之上，人的心灵随着深邃的夜空无限延伸，仿佛遨游乾坤，探过宇宙间遥不可知的神秘，而生命在这一刻就与无边无垠的星空融为了一体，永无止境，宁静中充满了生机。

两人似乎都陶醉在这样的感觉里，谁也不愿说话打破此刻的宁静。四周只闻啾啾草虫的低唱，微风拂过面颊，所有的烦恼与喧嚣都如云烟，湮没在清明的心间，不再有半分痕迹，反而更使得血脉间充斥了斗志昂扬的力量，夜天凌忍不住缓缓握起了双拳。

罗裳流泻身畔，青丝如云，卿尘伸出手，星光萦绕指间，一切都像触手可及。她轻声道："四哥，皇祖母一定在天上看着我们呢，还有母后、十一，或许，也还有我的父亲和母亲。我常常很想念他们，不管是前世还是今生，只因为有了他们，我才是现在的我。"

夜天凌侧头看她，突然想起什么，拉她坐起来，将一样东西递到她面前。

繁星之下，一串晶石托在他的掌心，点点莹光通透，泛出淡金色纯净如阳光的色泽，竟是那串金凤石串珠，夜氏皇族专属皇后的珍宝。卿尘惊喜地接过来，心里竟难抑一阵激动，并非因宝饰贵重，这已是第八道玲珑水晶了。

那点轻微的喜悦没有逃过夜天凌的眼睛。这么多年，她从来没有忘记收集这些串珠，这个念头突兀地出现，竟在心底深处化成一缕失落，几乎就要让他后悔把串珠给了卿尘。

这时卿尘抬头一笑，对他举起右手，手腕上松松挂着那串黑曜石："四哥，其实我还是喜欢这串黑曜石。"

夜天凌道："为什么？"

卿尘抱膝而坐，遥望星空，轻声道："每一串晶石都有着主人的记忆，这上面有你的气息，戴着它，感觉就像是你时时都在我身边。"

夜天凌心底微微一动，卿尘突然满是期盼地看着他，问他："四哥，如果有一天，我是说如果，我可以回到原来的世界，你会愿意和我一起吗？"

夜天凌笑笑，回答她："好。"

卿尘欣喜问道："真的？"

夜天凌道："真的。"

卿尘扑在他怀中，笑得像个孩子般开心。夜天凌冷峻的眼中似也感染了她的喜悦，一片清亮与柔和。他拥着她，淡声道："不管你想去哪里，我都陪你。"

卿尘眉眼一弯，调皮地凑到他耳边，悄声道："现在我们去尚膳司弄吃的好不好？不让他们知道。"

夜天凌垂眸看了看她，眉梢一挑："那走吧。"

卿尘雀跃地跳起来，拉着他的手便往高台下跑去。

一个时辰后，尚膳司总管内侍于同跪在含光宫外磕头请罪。夜天凌手头还有政事没处理完，没空搭理他，带着尚未转过弯来的晏奚先回了致远殿。

卿尘听碧瑶说于同在外面急得满头大汗，拢着件云色单衣施施然步出寝宫，站在于同面前想了会儿，丢出句话："尚膳司居然藏了那么好的酱，御膳中从来都没见过，于同你真是好大的胆子。"

于同惶恐至极,都不清楚自己回了什么话。现在尚膳司小厨房里一片狼藉,几个当值的内侍刚刚醒过来,还一头雾水,不知究竟怎么回事儿。卿尘打发了于同,心想是玩得有点儿过了,弄乱了尚膳司,敲晕了几个人便罢,还差点儿惊动了御林禁卫,这若是让那些御史知道了还了得?

不过……今晚的面倒真是不错啊,尚膳司特制的金丝龙须面,配上那不知是什么做成的酱,鲜美得很,两人可是抢着吃的。夜天凌居然下手煮面,她唇角怎么也抑不住地就要扬起来。

碧瑶带着几个侍女将鸾榻周围的紫烟绡纱帐一一放下,博山炉里燃起撷云香,袅袅淡淡,四处透着宁静。隔着珠帘轻晃,只见卿尘自顾自低头微笑,灯影明淡,她笑里漾着蜜样的清甜,温柔透骨,直叫人看得挪不开眼睛,不由得便也跟着她笑起来。转眼想想心里又发虚,上前跪坐在榻旁:"娘娘,这若让白夫人知道,又少不了一通说法。"

卿尘眼波轻转,又是一笑。白夫人现在受封代国夫人,外面虽赐了府宅,但特许入住宫城,以便协助皇后管理后宫。

上次发生济王自皇宗司逃脱之事,皇宫两城更换了大批宫人,皇宗司、掖庭司、内侍省等要处也先后调换人选。原凌王府总管太监吴未擢升内侍省监,代替了原来的孙仕,而内廷则以白夫人为最高女官,分别随侍帝后,执掌两宫内政。

卿尘竖起一根手指在唇边,对碧瑶做了个噤声的手势:"不准告诉白夫人。"

碧瑶拧着眉道:"哪里还用我去说,明天啊,等着听唠叨吧。"

卿尘道:"那明天咱们想法子躲了白夫人。"她和碧瑶相识这些年,也曾患难扶持,情谊不比寻常侍女,碧瑶对她也少些拘束,叹气道:"宫里备了一桌子的御膳等着,偏自己去弄面吃,难道还做出别样滋味来了?"

卿尘斜倚着凤榻,想着那热腾腾的香气,还有夜天凌手忙脚乱的样子,笑道:"这你就不知道了,美味佳肴还真是没有比这滋味更好的。"

碧瑶按她指的将案上几卷书取过来:"那若是不留神烫着了怎么办?可不能再有下次了。"

卿尘撑住额角:"哪里就有那么娇贵?真不得了,你快要和白夫人一样唠叨了。"

碧瑶道:"好好,我不说了,都留着让白夫人说去。"

卿尘随手翻开书卷,笑而不语。碧瑶知道她临睡前习惯静着看会儿书,便不再扰她,将琉璃灯中的光焰挑亮几分,正准备退下,便听外面白夫人求见。

碧瑶和卿尘都觉得意外,尚膳司这点儿事怎至于让白夫人这么晚来?但白夫人进来后根本无暇提尚膳司,匆匆道:"娘娘,清泉宫殷娘娘薨了!"

卿尘手一散,握着的书卷就落在了身前:"什么?"

白夫人道:"清泉宫来人报说,亥时三刻,陛下以鸩酒赐死了殷娘娘。"

卿尘被这消息惊住，自凤榻上起身。碧瑶忙上前来扶，却见她立在那里凝神想了会儿，忽然凤眸一眯："白夫人，马上封锁清泉宫，拘禁所有宫人，逐个严审盘查，这绝不可能是陛下的旨意。"

白夫人立刻去办，碧瑶侍奉卿尘略作梳妆，亦起驾清泉宫。

殷皇后身在宫中乃是湛王最大的顾忌，在这个节骨眼上，赐死她除了引发与湛王及士族门阀间的矛盾外毫无益处。何况即便真要赐死，放着太皇太后的遗诏不用，特地去下一道圣旨，这分明就是要激怒湛王。不必去问，卿尘也知道夜天凌不会做这样不明智的决定。

当务之急是查清事情真相，那矫诏传旨的内侍虽已自尽身亡，但掌仪女官很快审出几个可疑的宫女。殷皇后平日贴身之人都不得自由，反倒是不招人耳目的宫女身上出了问题，卿尘缓步自那几个宫女面前走过，目光一扫，便注意到有个宫女很快垂下了眼帘，手指握着裙襟，微微发抖。

她在那宫女面前站住，那宫女猛地见一双飞凤缀珠绣鞋停在眼前，竟骇得后退了一步。卿尘抬头示意："带她进来。"说罢转身入殿。

掌仪女官将这名宫女随后带来，卿尘落座殿中，那宫女站在面前，惶惶不安。

卿尘将银丝披帛轻轻一拂，问道："你叫采儿？"

采儿答道："回娘娘，是。"

卿尘再问："昨夜有人见你在偏苑烧毁什么东西，可有此事？"

采儿颤声道："娘娘，奴婢昨晚一直在自己房中，从来没有出去烧什么东西，定是他们看错了，奴婢冤枉！"

卿尘淡淡道："你不必害怕，我问你三个问题，你只要据实回答，我不会为难你。"

采儿壮着胆子道："娘娘问话，奴婢怎敢有所欺瞒？但是奴婢即便说实话，也只怕娘娘不信。"

卿尘唇角浅笑微冷："是真话假话，我自然分辨得出，你只要回答便是。若不肯说实话也没关系，自有掖庭司掌刑宫正帮我去问，你可听明白了？"

听到"掖庭司"的字样，采儿身子微微一颤，应道："是。"

卿尘看住她，和颜问道："你今年多大了？"

采儿不想这问题竟是这个，答道："奴婢今年十九岁。"

"嗯，"卿尘颔首道，"进宫几年了？"

这已经是第二个问题，采儿急忙再答："奴婢十岁进宫，已经九年了。"

谁知话音方落，便听卿尘紧接着发问："你在苑中烧的东西是谁交给你的？"

采儿张嘴便道："是……啊……奴婢没有烧东西。"

卿尘凤目一凛，清声叱道："来人，带去掖庭司！"

两名掌仪女官上前，采儿惊叫一声，挣扎道："娘娘！娘娘！奴婢说的是实话，奴婢冤枉！"

卿尘冷冷道："我若冤枉了你，便枉为这六宫之主。我再问你一次，你烧的东西是谁交给你的？实话说来！"

采儿扑跪在地上，浑身打战："娘娘开恩，奴婢不敢再欺瞒娘娘，请娘娘开恩。"

卿尘制止了两个女官，垂眸静静看着采儿，不发一言。采儿只觉得落在身前的目光冷冽逼人，不知皇后要如何处置自己，只是磕头求饶。过了片刻，才听到卿尘徐徐开口："这是最后一次机会，你说吧。"

采儿拿手紧紧抠着地上的锦毯，道："那些东西是殷娘娘身边的女官交给奴婢，让奴婢带出宫去给湛王的。清泉宫被封禁，奴婢出不去，又不敢把东西留在身边，只好趁夜烧了。"

卿尘逼问道："是什么东西？"

"是……是殷娘娘要湛王起兵谋反的遗书！"

卿尘霍然震惊，站起来步下坐榻，抬手遣退身边诸人，大殿中只剩她和采儿。

半个时辰后，掖庭司奉懿旨将殷皇后随身四名女官带走。待到天色放亮，白夫人独自带着三份供词入内禀报："娘娘，除了一名女官坚持不肯吐露实情，咬舌自尽外，其他三名女官都已如实招供，这是她们亲笔写下的供词。"

卿尘手持三份供词，翻看下去，脸色越来越冷，心中惊怒非常。

看完之后，她轻阖双目平静心气，将几份口供收入袖中，淡声吩咐："告诉掖庭司，所有知情之人一个不留。"

第十三章 水随天去秋无际

第十四章 伤心一树梅花影

深秋几场雨后，天气渐寒。帝都中接连两次大殡过后，上九坊中处处肃静清冷，冬日似乎已然悄然降临。

卫宗平进了烟波送爽斋，殷监正、巩思呈和户部尚书齐商早已在这儿。室内正中放着只金铜狻猊火盆，夜天湛正靠在书案前和齐商说话，见到他后略点点头。寒暄过后，齐商继续道："这次挑的多是五品以下的官吏，不光在户部，工部、司农寺、少府寺的人都有，全是些熟知账目、精于核算的人。"

卫宗平已与殷监正低语几句，知道是在说新近设立的正考司，从怀中取出一道敕令，递上前去，"王爷，这是中书省刚刚出来的敕令，从今往后，中枢及各州郡一应钱粮奏销事务，全部由正考司清厘出入之数，核实后方可销兑。而且在年前，自三省以下所有部司需将明年的花销列出预算，统一奏报正考司，正考司核对后将预算转发户部。自明年始，户部据此预算奏销各部花费，不得再行先销后报。"

他说话间夜天湛已大概看过那道敕令，转手递给殷监正，没有立刻表态。殷监正看完后交给身边两人，道："这是冲着户部来了。"

齐商一边看，一边点头："如此一来，户部是多了不少麻烦。"

齐商说完这话，一直闭目沉思的夜天湛突然说了两个字："高明。"

卫宗平问道："王爷是指这道敕令？"

夜天湛睁开眼睛，握手压在嘴边轻咳了几声，方道："不错，这道敕令根本不是针对户部，里面走得极深啊。"

这时巩思呈才看完了敕令，叹了口气："王爷已经看出来了，若只是针对户部，哪用得着这么周详的法子？"

齐商道："不是户部？"

夜天湛淡淡道："收了奏销之权，你户部不过是少了那些部费，那些送不上部费的，难道不比你还着急？"

殷监正神色一凛："王爷是说，他接下来当真要动亏空了？"

夜天湛微微冷笑，道："他不只要动户部的亏空，还想从中枢到地方彻底清查。三十六州巡使他都已经摸了个清楚，若我所料不差，前些时候擢升入察院的那些监察御史很快便会入驻各州，今年这个年，各州郡都别想安稳过了。"

在座的三人都是一惊，卫宗平习惯性地捋着花白的胡须，道："这若真查起来，可是举国牵连的大事，咱们总得有个对策。"

夜天湛眉宇间掠过一丝阴沉："不必，让他查好了。"

卫宗平微愣，待要问，只见夜天湛目视前方，一双微挑的丹凤眼微微锐着抹清光，看上去竟叫人心中一寒，话到了嘴边便又打住。

自从殷皇后薨逝之后，湛王便称病不朝，宫中派来的御医皆连面都见不到便被打发回去，整整两个月安静得异乎寻常，几乎让他怀疑先前的那步棋已经成了废棋。夺嫡对峙，卫家因湛王态度的突然转变，在朝中频频失利，声势大不如从前，再这么下去，可就越发艰难了。

卫宗平抬了抬眼，殷监正已将他的疑问说了出来："让他查，户部这里有这么一道把着，谁也再做不进手脚，必然要动到不少人。这些人都是多少年的根基，我们不保，谁还能保？"

巩思呈亦道："若是朝堂因此生乱，正是笼络人心的好机会，白白放过了可惜。就算王爷不想保，此时也不能不保。"

夜天湛明显眉心一紧，压抑着已冲到唇边的咳嗽，停了停，方道："不用保，往下知会一声就行，若凭几个新提调的御史就能查出什么，这些官也不叫官了。"

殷监正道："话虽如此，但稽查奏销这一招实在是厉害，开了这个头，往后定是越来越棘手。"

夜天湛却撇开此事，问道："年赋有结果了吗？"

齐商道："九道转运使已经在回天都的路上，想必再过几日陆续就到天都。"

夜天湛道："多少？"

"九百三十万。"

夜天湛听了这个数字，唇角冷冷一挑："很好，让各处该上折子的上吧，这个年既然不想过了，那大家就都别过了。明年的预算，想法子让各部往高了报，我倒要看看他们怎么办。"

齐商答应着，忽然见卫宗平递了个眼神过来，便又道："王爷，这九百三十万里面，只鹤州、江州和吴州三处就占了四百多万。"

"哦。"夜天湛应了一声，卫宗平接着道："这三州是新调任了巡使，我们插不上手。"

夜天湛往他那处看过去，那眼光似不经意，却盯得人透心。鹤州吴存，江州宋曾，这两个先前被罢免的巡使都是卫府门生，他岂会不知，缓缓道："罢掉几个也好，免得官当得久了鬼迷心窍。后面若再有这样的事，谁也保不了他们，让他们都好好想想该干什么，不该干什么。"

这番话说得颇重，几人都不敢接口，唯有卫宗平干咳了声，道："王爷说得是。"

夜天湛语气不疾不徐："我也不是专说谁，只是凡事都有个度，由着他们乱来，早晚惹出大乱子，卫相别多心。"

卫宗平道："还是王爷想得远啊，也是该给他们点儿警醒了。只是孩子自己打，打轻打重都无妨，若放在人家手里，就不好说了。"

话一落，殷监正等都暗地里称是，不愧是和凤衍斗了一辈子的老臣，这话说在点子上，外软里硬，明明白白。屋里没人再接口，都等着夜天湛是什么态度，谁知他只一领首："知道了。"

又是这三个字，近来不管说什么事，最后都是这不轻不重的三个字。一句知道了，后面接下来便只有乾纲独断的坚决，倒叫他们这些臣子谋士形同虚设一般。隔着那似曾常有的笑，卫宗平只觉湛王周身都笼着股漠然，这感觉往常也不是没有，只是近来格外分明，咫尺间拒人于千里之外，竟让他莫名地想起朝堂上那个人来。四周炭火温暖，卫宗平想到此处却打了个寒战。

夜天湛端起茶盏，浅啜半口，随即皱眉放下。他抬手压上额角，往身后的软垫上靠去，过会儿直起身来，俊眉微挑，抽纸润笔写了几封信。其中一封写得简单，只几句话便交给巩思呈："烦先生照这个斟酌措辞，附上我的印信密发各州。"巩思呈接了信，看过后即刻便在旁润色，一气呵成后誊写几份，加了印信，再看另外两封，一封是给于阗国王，一封却是给国子监祭酒靳观。

夜天湛将两封亲笔信封好，站起来道："秦越，去请……"他话说到一半，猛然顿住，脸色霎时变得惨白，那两封信啪地便从手中掉落。

巩思呈见他脸色不对，叫道："王爷……"夜天湛扶住案头，死死握着那虎雕纹饰，僵了片刻，忽然间喷出一口鲜血，身子便往前栽去。

这变故将在座的几人惊住，齐商离得最近，几乎是扑上前去撑住他，他只低声说了句"别慌"，就此不省人事。

好在卫宗平等久居高位，都是处变不乱的稳重人，只是把闻声赶进来的秦越吓得面无人色。众人先将湛王扶到软榻上，命人急传御医入府。

湛王府中顿时慌乱起来，今日卫嫣和朵霞公主都不在府中，靳慧闻讯带着侍女匆匆赶来烟波送爽斋，只见里外侍女内侍慌成一团，站下皱眉道："怎么乱成这样，都没规矩了？"

她掌管湛王府多年，素来受人尊重，虽说现在府中凡事都由卫嫣做主，但她一开口，仍没人敢怠慢。大家都定了神，一个侍女道："王妃，王爷他……"话一出口，忽然打住，当场就变了脸色。她是叫惯了靳慧做王妃，脱口喊了出来，接着想起去年曾有几个侍女因此被卫嫣下令毒打之后逐出府去，骇得说不出话来。

靳慧岂不知这缘由，但也不怪她。卫嫣那番狠辣手段王府上下多是既怕且恨，不过人人也都看得明白，虽说卫嫣处处咄咄逼人地压着靳慧，但王爷那里却没有半点儿偏心的意思，尤其还有小世子在，往后究竟怎样，谁也说不准。这两年下来，卫嫣刚入嫁时那股说一不二的势头日渐衰落，如今又有了朵霞公主两妃并尊，她更是威风不复往日。

靳慧此时却哪有心情去想这些，只吩咐道："秦越带人在外面伺候着，既知道王爷病了，都安静点儿。还有，哪个要是敢乱传话，定不轻饶！"说罢急忙入内去看情形，不过片刻御医也赶到了。

殷监正等见来的竟是老御医令宋德方，不免意外，但也都顾不上细想，忙请到榻前诊脉。宋德方细细诊了半晌，放下手沉思，过会儿问道："王爷前些时候可是受过伤？"

他问这话时看的是靳慧，靳慧却迷茫，从不知道有这事，卫宗平、殷监正等也都是毫不知情的神态。却是巩思呈沉吟了一下，道："是，当初在百丈原，王爷为及时增援雁凉，曾亲自领兵阻击西突厥大军，受过伤。"

百丈原之战众人多少也都知情，但没人料想还有这番惊险。靳慧手指在绢帕间绞得发白，声音微颤："巩先生，这么大的事，怎么从来都没听人提起？"

她平素性情温婉，极少严词待人，眼下却很有责问的意思。巩思呈知道她是关心则乱，也不介怀，只是道："夫人，那时王爷下了严令，一概不准将此事泄露出去，何况伤得不重，所以也就几个人知道而已。"

靳慧眼中已隐见泪光，只是在人前强忍着："不管伤得重不重，也得说一声啊，这算怎么回事儿？"

巩思呈张了张嘴，所想的话终究没有说出来。当时的情况，因澈王的事和凌王闹成僵局，王爷心里也是压着股傲气吧。巩思呈不由自主地叹息，百丈原那一战，或者是他此生大错特错的决定。不！他立刻又推翻了这个想法，若是真做到绝了，哪里还有现在的昊帝？半途而废，终究导致了今天这局面，他也深知湛王虽待他一如从前，那件事却已是主从间无法逾越的鸿沟。不过也没什么可顾虑的了，身为谋士，原本就是这个境地，君主可以仁慈，谋士心里面总得是满腹的阴谋计谋，若事败，固然身败名裂，即便事成，也无非是兔死狗烹、鸟尽弓藏的下场，古来如此，又岂止今时？

定一定神，他问宋德方："宋御医，王爷这病难道和那时的伤有关？"

宋德方道："王爷受伤后非但没有及时调养，反而操劳过度，病根就是那时候种下的。王爷是习武之人，向来身子康健，定是没把这伤放在心上，其实伤势只是压了下去，并未痊愈啊。"

巩思呈叹道："战事在前，将士们都是枕戈待旦，王爷又岂能安心歇息？白日亲临战场，晚上帐中议事，深夜有军情那是常事。北疆战后，接着出使西域，那三十六国哪一处又容易应对？这西北两面，不说让人心力交瘁，也是殚精竭虑了。"

宋德方蹙眉道："所以王爷的病，已非一日两日，只是仗着年轻硬撑着罢了。病根已种，本源已亏，王爷近日又悲痛太甚，思虑过度。哀思而损五脏，郁气积于内，便是再好的身子也支撑不住。时值冬日天寒，这是时症引发了旧疾，不可谓不凶猛。"

话说到这里，靳慧脸上已然血色褪尽，殷监正赶着问了一句："照这话说，王爷的病岂非……极重？"

宋德方道："说极重倒还不至于，但也不轻，万万马虎不得，一旦调养不当，便麻烦了。"

这片刻的工夫，靳慧似是镇定下来，道："无论怎样，请宋御医先开方子入药，如何调养再详细告知。"

宋德方道："方子倒简单，关键不在药上。王爷必须安心静养，若再劳思伤神，便是有灵丹妙药也无效。"

卫宗平他们相对目语，神情中都带了丝复杂，眼下这情形，如何能静养得下来？反而靳慧秀眉淡蹙，思索了片刻，道："我知道了。"

宋德方便列了药方，交代下细节。靳慧送走宋德方，命秦越带人在榻前照看，将卫宗平等人请去外室。肃清了左右侍从，她敛襟对眼前几人行了一个极郑重的鞠礼，几人惊诧："夫人这是何故？"

靳慧正容面对这些重臣谋士，秀婉的眼中十分平静，柔声道："宋御医的话几位大人和巩先生也都听到了，王爷的病来得凶猛，看来必得静养些时日才行。我想请几位大人和巩先生答应我，从今日起不管有什么事都暂且压一压，让王爷好好歇息几日，待身子好些，再行商议。"

这时候没有宋德方在，几人说话也都少了些顾忌，殷监正道："话确实如此，只是恐怕王爷静不下心来养病啊！"

靳慧道："要说一点儿心事都不想，自然不可能，但外面的杂事少听少想，便也就是静养了。"

卫宗平一手背在身后，一手抚着胡须，居高临下地看着靳慧道："夫人想必不了解，这些杂事哪一件都非同小可，不是说放下便能放下这么简单。何况有些即便是王爷想放，却未必能放。"

靳慧微微笑道:"有几位大人和巩先生在,这些一定还是应付得来的,未必事事都要王爷亲自处理。"

这话听在巩思呈等人耳中便也罢了,卫宗平却觉得格外不中听。他重重咳了一声,道:"究竟怎么办,还是等王爷醒了再说,至少府中也要听听王妃的安排。"

靳慧也察觉那话让卫宗平不悦,便淡然一笑,轻声道:"卫相说得是,这等大事自然是该由王妃做主。"

殷监正看了卫宗平一眼,道:"无论如何,若王爷的身子有个差池,便什么都是空话。即便是王爷自己放不下朝事,我们也必得想法子让他静心调养,一会儿我们得多劝着王爷才是。"这时秦越自里面小跑出来,"王爷醒了!"

待他们进去,夜天湛已经起身半坐在榻上,正挥手命侍女退下。靳慧急忙上前扶住他,他见了她有些意外,随即面露温和,靠在她放来背后的软垫上,便道:"方才那两封信立刻送出去,靳观来了让他来见我。"

秦越在旁答应了赶紧去办,事关政务,靳慧不好说话,便往殷监正那里看去。殷监正道:"王爷近来忧劳过度,这些事还是暂且放一放,待……"

夜天湛抬手打断他:"我自己的身子自己清楚,该交代的事交代给你们,十日之内除非有重大变故,否则不必来见我。"大家原本担心劝不住他安心休息,不料他如此干脆。巩思呈和殷监正相顾点头,是这个状态了,他这是真清楚,连半分意气都没有。

夜天湛微紧着眉想了想,目光落在齐商身上:"我的信到了西域,过些日子,户部必然会备受压力,你心里要有个准备。"

他话说得极慢,却有种沉稳而慎重的力度在里面,齐商低头应道:"是,臣记下了,些许压力户部还是扛得住的。"

夜天湛再道:"卫相,这几日若议到春闱都试,不要沾手,便是让你主考也要推掉,最好便推给凤衍。"

卫宗平等人都觉诧异:"殿下这是为何?"

夜天湛没那么多精力一一解释,也不想解释,只道:"照我说的做,另外告诉工部,昭宁寺……"他突然停了下来,静静地看了前方一会儿,方道:"让他们全用最好的料。"说完此话他似乎不胜其乏地往后靠去,闭目道:"你们去吧,这十日莫生事端。"

卫宗平等人不敢再多言,告辞出去。轻轻重重的脚步声消失在外面,夜天湛勉强撑起身子,忍不住便剧烈咳嗽起来。

靳慧急忙递了暖茶过来,待他好些后,小心扶着他躺下。夜天湛静躺了片刻,缓缓睁开眼睛对她一笑:"我没事,吓着你了吧。"

靳慧眼中的泪控制不住就冲了出来,怕惹他烦心,忙侧了头。夜天湛轻声叹息,从被中伸出手替她拭了泪。他的手冰凉如雪,靳慧忙抬手握着,此时不像刚才那样慌张,立刻觉出他身子隔着衣衫也烫得吓人。她吃了一惊，急着站起来要叫人。夜天湛拉住她，摇头："陪我一会儿，难得我这样有空闲，现在什么人都不想见，就和你说会儿话。"

他的声音不像方才交代事情时那样稳，低缓而无力，却因此让这原本便柔和的话语听起来格外轻软，若有若无，填满了人的心房。靳慧顺着他的手半跪在榻旁："你身上发着热呢，这病来得不轻，得好好歇着才行。"

夜天湛淡淡笑笑："竟然病了。小时候最烦便是生病，总认为生病弱不禁风，还要人照顾，只有女子才那样。即便偶尔有个不舒服，也要撑着读书习武。怎么现在反倒觉得，只这个时候才有理由松下来，原来生病也好啊。"

他好像漫不经心地说着，靳慧却听着酸楚，拿手覆着他越来越烫的额头，又着急，又心疼，柔声道："生病有什么好的，我只盼着你平平安安的才是好。"

夜天湛在枕上侧首看她，细细端详了一会儿，道："慧儿，嫁给我这些年，也真是委屈你了。"

靳慧微笑，"能嫁给王爷是我的福分，我只觉得高兴，哪里会有什么委屈呢？"

夜天湛眸光静静笼着她，渐渐就多了一丝明灭的幽深："我带兵出征一走便是年余，待到回来，元修都学会说话了。这两年府里的事我心里也有数，是我委屈了你们母子，你怨不怨我？"

靳慧见他神色抑郁，便与他玩笑："你可是天朝的王爷，跺一跺脚这帝都都要震三分，我怎么敢怨你？"

夜天湛叹气，倦然闭上眼睛。靳慧等了许久都没有听到他说话，以为他太累睡了过去，轻轻替他掖好被角。他却突然低低问道："慧儿，若我不是什么王爷，你还愿意嫁给我吗？"

靳慧被他问住了，她好像从来没有想过这个问题。从她第一次见到他，他便是天家的皇子，尊贵的王爷。那是什么时候，似乎久远得在记忆中只留下烟柳迷蒙、浅草缤纷的梦影，他在众人的簇拥下纵马过桥，扬眉间意气风发，夺了春光的风流。她想起来了，她是想过的呢！豆蔻梢头的年纪，带着羞涩的憧憬盼望过，如果那个少年不是皇子该多好，没有了这样的身份，他便不是高不可攀了……她脸上微微地泛起绯红，温柔凝视着他："不管你是谁，我都愿意。"

夜天湛的声音虚弱而乏力："可我不只有你一个妻子。"

靳慧摇头道："我只要能在你身边，不求你只有我一个人。我不会和她争，若争起来，岂不让你在母后那儿为难？家和万事兴……"她忽然停住，深悔话中提起殷皇后，只怕夜天湛听了伤心。

果然，夜天湛疲惫地转过头，怔怔看着一缕微光透过窗棂映在软如轻烟的罗帐之上，兀自出神。眼前阵阵模糊，那些花纹游走于烟罗浮华的底色上，仿佛是谁的笑，轻渺如浮尘。笑颜飘落，沉沉压下来都化作纷飞的怀疑与责问，一片片一层层地覆落，冷如寒雪。可是他心里却像烧着一团烈火，寒冷与火热冲得头痛欲裂，他紧蹙了眉，固执地不肯呻吟出声。一只柔软的手抚上他的额头，眼前姣好的面容已经渐渐有些遥远，心里却越来越难受，满满的，要令人窒息。

靳慧见他不说话，心里忐忑不安，突然听到夜天湛恍惚间像是叫她的名字："慧儿，你可知道，有段日子我常常不愿回这王府。不知从什么时候开始，我感觉这里不像是个家了，总想避开在外面。都说我出征是为了那兵权，可是我自己清楚，我只是想离开天都，我想躲开母后。"他的眼神不像方才那般清朗，似一层深深的迷雾遮住了黑夜，"你一定从来没见过我这样不孝的人，母后走了，我心里难过得很，可是偏又觉得那样轻松，好像我竟盼着这么一天。我……我是个什么儿子啊！母后是为了我才去的，我知道，她想我做什么我也都知道，可我就是不肯做……"靳慧觉出他的手微微轻抖，抖得整个人都在发颤，出其不意地，一行泪水自他的眼角滑下，沿着脸颊浸入了鬓发。靳慧慌了神，她从没想过夜天湛会流泪，那个风华俊彦的男子，他应该永远是微笑着的啊！

夜天湛苍白脸色上有着不正常的红晕，靳慧看眼前这样子，知道定是高热烧起来了，焦急地劝道："王爷，你别多心责备自己，母后不会怪你，你的孝心母后都明白。"

夜天湛却突然又笑了，笑得满是凄伤："母后不明白，她根本不明白我要做的事。他们想的就只有皇位。你说，那个皇位要来干什么？"靳慧哪里答得上他的话，他却本也没期望得到回答，只因他心中早已清清楚楚问了自己千遍，答了自己千遍，"我要那个皇位，我要的是天朝在我手中盛世大治。可他们眼里皇位就只是皇位，没有人知道我想做的事，就连母后也不知道，母后为什么要这样逼我？她不肯相信我。父皇也一样，他根本不看我到底在做什么。没有人知道！"

靳慧听着这话，心里绞成一片，她不懂他究竟是怎么了，但她能感到他的苦。他从来不曾说过这样疲累又伤心的话，那个从容自若的他，微笑底下却同别人如此疏远，只是因为没有人懂他吗？她失措地环住他的身子，顺着他道："王爷，你别难过，怎么会没有人知道呢？我知道，父皇和母后也总会知道你的苦心的。"

夜天湛目光漫无目的地移过来，却又好像并不看她，低声道："是啊，你知道，我跟你说过，就在这烟波送爽斋，只有你懂。可是那又怎样？你还是成了别人的妻子，其实你也不懂，你连我是谁都不知道……"

他昏昏沉沉自语，越说声音越低，渐渐地昏睡过去。靳慧怔怔听着，全失了心神。

这个男人，他要的不是她，可她偏狠不下一丝心来怨他，她只要看着他，守着他，便这一生都是满足，但是他却为何如此伤心？她守在榻前，一动不动地看着夜天湛沉睡过去的容颜，待他安静下来后悄悄要将手从他的手中抽出，他忽然叫了一个名字，紧攥着她的手不放："别走。"靳慧痴立在那里，不觉泪就流了满面。

第十四章 伤心一树梅花影

第十五章 万里同心别九重

赶在寒冬冰封大江之前，负责押运天朝三十六州年赋的官船陆续抵达了天都。再有一个多月便是春节，往年这个时候，朝野内外必是有些忙碌的喜气，只因年赋是一年中最后一件大事，如今顺利到了天都，再忙上几天，便可以封印领赏，舒舒服服过个吉祥年了。

齐商揣着年赋的奏报进了致远殿，皇上正和斯惟云在议事，现在已是左都御史的褚元敬亦随侍在侧。斯惟云刚刚奉旨从湖州赶回天都，入调正考司。他一直以来监修西蜀、江左几大水利工程，估算账目不可谓不精，而且严谨刚正，心志坚韧，正是清查亏空之不二人选。夜天凌此次将他调回天都，乃是有了重用的打算。

听说是年赋的奏报，斯惟云觉着十分及时。兵部和工部刚刚呈上奏折，一列了今年戍边军队的冬需，一呈上昭宁寺的预算，再加上年末各级官员的封赏和北疆十六州那边，几项下来便有近千万的银子等着用。现在年赋到了天都，这些便都不足为虑，清查亏空也有了缓冲的余地，可以从长计议。

夜天凌一边和斯惟云说着话，一边自晏奚手里接过奏报："这些都最好趁着年前……"话到一半，突然顿住，目光停在那"九百三十万"几个字上。

齐商垂首站在下侧，一阵安静过后，感觉有道清冷的目光落至身前，纵然早有准备，还是心中一凛。

夜天凌将那奏报从头再看了一遍，唇角无声一挑，似是现出一抹淡薄的笑意。斯惟云和褚元敬都是凌王府的旧臣，深知皇上的脾气，看到他这样的神情，便知是出了事。夜天凌将奏报掂在掌心，看向齐商那身紫袍玉带的三品官服："齐商，你这个户部尚书做了几年了？"

齐商谨慎地答道："臣是圣武二十二年调到户部，二十三年任的户部尚书，已经五年了。"

"你倒是给朕说说，去年的年赋是多少？"

"回皇上，三千六百四十二万。"

"前年。"

"四千五百五十万。"

"那今天这九百三十万的年赋，朕想听听你的理由。"御案前广袖一扬，皇上随手将奏报丢在了一旁，淡淡问道。

斯惟云和褚元敬同时吃了一惊，谁也没料到今年的年赋居然只是往年的零头。年赋向来是下年财政的主要来源，这么一来，国库可等于全空了。两人都不约而同地想到，此次年赋收缴，湛王派系的人除了齐商领着户部尚书的职避无可避，其他一概不曾出面，现在便出了这样的结果。

面对这样一问，齐商是早有准备，低头奏道："陛下，今年与往年有些不同。西北两边战乱初平，陛下体恤民情，恩旨免了不少州的赋税。西蜀与北疆，都是我朝税收之重，这一来便去了小半。东海那边因频遭海寇，今年贸易不畅，这笔税收也减了很多。"

这自然也是理由，但即便如此，光江左七州也至少应有一千五百万以上的税银。这年赋不是没有，是收不上，收不上，是因为去的不是湛王的人。夜天凌淡声一笑，点头："这些心思动得倒齐全，你是不是接下来要告诉朕，若非还有你齐商一力为国，这九百三十万都未必能有？"

齐商背心顿时凉意丛生，一抬眼，正撞上皇上那瀚海般的目光，心底一沉，竟有种一脚踏空的感觉。面前静冷的注视居高临下，仿佛一丝一毫的心思都逃不过那双眼睛，进殿前想好的种种借口到了唇边，却偏偏一个字也说不出来。一旁褚元敬已躬身道："陛下，臣要参户部尚书齐商有失职守，欺君罔上！"

齐商闭目暗叹，今日不巧褚元敬在，都御史纠举百官，此事正是送上门去给他弹劾，撩起襟袍跪下："臣，听参。"

"欺君罔上，你打算怎么听参？"夜天凌漫不经心地问了一句。

齐商浑身冷汗涔涔，欺君之罪可大可小，若真要坐实了，抄家砍头都不为过。他喉间紧涩，艰难地开口道："臣……臣不敢欺瞒陛下，请陛下明察。"

夜天凌目光落在那黄绫覆面的奏折之上，果然不出所料，最先动的便是年赋，湛王府的势力究竟根深到了什么地步，也由此可见了。他自案前起身，殿中一时静极。此时却有殿中内侍瞅了没人说话的空隙，小心地进来禀道："陛下，鸿胪寺卿陆迁求见，说是有急事面奏。"

夜天凌抬头："宣。"

陆迁手携卷轴帛书入内，没料到这么一番情形，颇为意外，瞥了一眼跪在那里的齐商,行礼奏道:"鸿胪寺刚刚收到西域国书,请陛下过目。"

晏奚接了国书呈上,夜天凌展卷阅览,眸中一道微光划过,瞬间沉入深不可测的渊底,唇边薄笑却似更甚。他缓缓步下案阶:"好手段!"

齐商深低着头,眼前突然映入一幅玄色长袍,丝帛之上流云纹路清晰可见,青黛近墨的垂绦衬着冷玉微晃,皇上已驻足在面前:"看看吧,都与你户部有关。"

一阵微凉的气息随着皇上的袖袍拂面而过,齐商在帛书掷下时慌忙两手接着,根本不用看,他也知道这其中的内容。天朝能与西域诸国交好,是因国中有强大的财力支持,此次为安定西北压制吐蕃,曾与于阗等国各有协商,许以重资扶助。现在西域几大国共进国书,请求天朝兑现承诺,兹事体大,关系邦交,不比国内诸事可以商讨延缓,已是逼上眉睫。

国书上都写了些什么齐商几乎是过目不知,只是记着湛王嘱咐过的话,稳下心神,将国书重新呈上,俯地叩头:"陛下!"

夜天凌负手站在案阶之前,声音淡漠,甚至颇有些不屑一顾的高傲:"拿着这国书回去好好想想,若有不明白的地方,可以去问湛王,西域诸事都是他亲手经办的,定会告诉你怎么准备。三日后没有解决的方案,你就回府待罪听参去吧!"

齐商汗透重衣,惶惶磕头退出致远殿,撑着走到殿外,腿脚一软,几乎要坐倒在龙阶之上。他紧握着那烫手的国书,深吸了口气,迎着冷风抹了把脸,匆匆便往湛王府赶去。

致远殿内外一片肃静,夜天凌在案前缓缓踱步,他不说话,谁也不敢妄言。这时内侍省监吴未入内求见,捧着一摞卷册呈上来:"陛下,皇后娘娘命人将这些内廷司的卷册面呈皇上过目。"

夜天凌接过其中一卷翻看了会儿,问道:"皇后还说什么了?"

吴未道:"娘娘说陛下若有空闲,便请移驾内廷司,娘娘在那里恭候圣驾。"

夜天凌见几本卷册都是内廷司库存丝绸的记录,一时没弄清卿尘何故送来这些,转身道:"去内廷司。"

到了内廷司,夜天凌遣退众人,独自往里面走去。

此处是内廷司的丝绸库,步入殿内,四处都是飘垂的绫罗绸缎。看花纹样式,白州的新缎、梅州的贡绢、华州的云丝……应有尽有,无不是巧夺天工、美奂绝伦之物。

午后的阳光透过长窗淡落在如云如雾的轻纱垂锦上,明媚的华丽与缥缈交织游荡,点点洒下浮动的明光。殿中安静得连自己的脚步都无声,丝锦铺垂的殿廊一层层深进,望不到尽头。

夜天凌走了几步,忽然停住,身后一声浅笑,有人从后面环住了他。兰绡轻扬,卿尘身上那种熟悉的水样的清香便飘来了身旁，他反手把她拽出来："叫我来就是要和我捉迷藏？"

卿尘侧首端详他，"好像四哥兴致不高，没有心情和我玩。"

夜天凌道："确实一般。"

卿尘道："是为西域的国书吗？"

夜天凌伸手抚过她脸侧垂下的一缕秀发："你怎么知道？"

卿尘道："刚才我去致远殿找你，听到你正和他们议事，就没进去。一定是那国书让你心烦，对不对？"

夜天凌眸色深深，静看了她一会儿："让我心烦的不是国事。"

卿尘眼底神情略滞，随即又轻松地微笑："若是家事，那便怎么都好说。"

夜天凌淡淡道："是吗？"

卿尘双手搂着他的腰，抬头一瞬不瞬地望着他："是。"

夜天凌眼中微冷的光泽一闪："但若家事变成国事，就未必了。"

卿尘牵他的手，"要是解决了呢？"

夜天凌道："你可知那国书中写的是什么？"

卿尘道："我不知道国书怎么写的，但我知道他是如何与西域诸国交涉的。四哥，你看这内廷司里的丝绸，历年来各地朝贡的丝绸，再加上为你备下赏赐六宫妃嫔的那些，足有几百万匹了。"

夜天凌道："那又如何？"

卿尘笑："都赏了我吧，你舍不舍得？"

从见到她的第一天，对着她这样的笑容，夜天凌总是有些无奈，薄唇微微一抿，"我又没有六宫妃嫔可赏，你若要，什么不是你的，何必还特地来问我？"

卿尘眉梢轻挑："只因这个事关国库，四哥，丝绸可也是银子啊！"

夜天凌略作思忖，大概明白了她的意思："你是说将内廷所存的丝绸送往西域，以此代替诸国索要的财物？"

谁知卿尘却摇头："若如此，一匹丝绸就只是一匹丝绸的价钱，我天朝即便是普通的丝绸，一旦西出葱岭也价比黄金，更何况是宫中的上品，若好处都让西域诸国占尽了，有什么意思？"她挽了一幅绛红如意妆金祥云束锦送到夜天凌面前，"你看，内廷司中这些丝绸都是外面罕有一见的精造贡缎，随便哪一件送出都是价值不菲。"夜天凌饶有兴趣地听着，她眉眼一弯，露出他常见的那种调皮模样，"我想让这些丝绸翻上几倍的利润，只是，要四哥你做次恶人。"

夜天凌道："说来听听。"

卿尘将手中锦缎扯起，映着亮光细看那些繁美的花纹，说了两个字："折俸。"

夜天凌一顿，扬声失笑："再加上追讨亏空，天下百官可真要骂尽朕无恩无情了！"他虽这么说着，神情却满不在乎。卿尘一松手，温凉的锦缎滑落在他手中："那还有个更简单的法子。"

"哦？"夜天凌扬眉。

卿尘抬手到他面前，衣袖轻落，手腕上是那串紫晶串珠，颗颗晶石衬着她雪色的肌肤，阳光下清透璀璨。夜天凌深眸微眯，握着那串珠将她的手压下："用不着。"

卿尘凤眸斜挑，瞅他："逞强。"

夜天凌一笑："靠着列祖列宗保江山，不是本事，这点儿事不算什么。他们既然想把国库掏空，那就自己去填吧，亏空的那些填满三个国库也绰绰有余。我正没有合适的借口动亏空，他们便送上门来了，如此甚好。"

卿尘道："原来你已有了打算，早知道我就不费这心思了，那这恶人你还做不做？"

夜天凌唇角笑意愈深："既要查亏空，无恩无情已是在所难免，那就不差这点儿了。说说吧，折俸之后又怎样？"

卿尘道："通商。湛王与西域间的国契约定，其中内容虽众所周知，却没有人真正明白。表面上看，他是承诺了西域极大的好处，但其实早已给天朝做了周详的打算。那国契之中，无论从细节到措辞，其重点就只在两个字，通商。"

夜天凌道："我朝与西域诸国一直有商旅往来，怎么此时又有通商之说？"

卿尘道："四哥你也忽略了呢，圣武十七年，我朝因与西域关系恶化，曾颁下禁商严令，这道禁令如今仍在。只是十余年形势变化，中原与西域渐渐往来频繁，这几乎已经被人遗忘。如今在西陲边关，这禁令实际上变成了关权与商人之间的一种交易。那些商人只要奉上足够的金银便可以西行出关，而他们所贩卖的货物之中，最受限制的便是丝绸。我们天朝的丝绸造坊都是官坊，多数只供内廷使用，民间不易多得，所以便格外贵重，西域诸国无不希求。湛王出使西域之前，曾在韦州、凉州、宁州等数处关权恢复禁商令，从而加大了与西域诸国谈判的筹码，我想这是他此行顺利得归的重要原因。而且不知四哥你注意到没有，他在和西域诸国的国契之中答应的是天朝会'让'诸国获得重资，而不是天朝要'给'诸国重资，这就是重点。"

夜天凌掂量着手中沉甸甸的寒丝，仔细回忆："你这么一说，我倒也想起来了，当年的确曾有这么一道禁令。你怎么会知道这个？"

卿尘用指尖轻轻划着丝绸上细密的花纹："这道禁令的副本，我曾在烟波送爽斋中看到过，有关这道禁令的利弊，湛王在很早之前便详细研究过。"

夜天凌眉梢一动，卿尘坦然迎上他的目光："他本来是为天朝做了一件功不可没的大事，可是他自西域出使归来，正逢天都生变，所以此事的关键他便没有机会，也不可能告诉任何人。"

"唔，"夜天凌颔首道，"我记得也曾有人上书弹劾，说他耗尽国库，买一方安定，空博虚名。"

卿尘点头，若不是因为这种弹劾，她也不会去翻看夜天湛带回来的国契。她深知他不是那种人，果然细究之下，被她发现了其中端倪。只是当时却也没有想到，这个发现会用在今天，亲手与他博弈对峙。她心里蓦地就有股怅然的滋味涌起，一双眸子便轻轻垂下去。忽然间夜天凌放开了那匹丝缎，伸手拍了拍她的脸颊："我知道了，不说了，走，看看你喜欢什么样的丝缎，我们去挑一匹。"

卿尘抬眸，却没有移动脚步："四哥，你答应过我的话，现在还算吗？"

夜天凌似是能读懂她眼底的每一分情绪，片刻静默之后，他淡淡道："若只是家事，闹翻天也无妨，但只有一点，不能误国。"

卿尘道："你知道他不会。"

夜天凌道："但愿如此，我可以等他，只希望他不要让人失望。"

卿尘展开笑颜，放下心来。

第十六章 玉寒雪冷轩辕台

霰雪轻碎，打在碧彩金辉的琉璃瓦上，薄薄地盖了一层。冷风吹过，直往人脖子里灌，刺骨的凉，转眼已入三九严冬了。

卫宗平掀开帘子进了尚书省值房，炭火的暖气迎面扑来。殷监正面前叠着一摞卷宗，从案前抬头，见是卫宗平，起身道："卫相。"

院里的细雪随着帘子的起落灌进一片，吹得这声音不冷不热，卫宗平并没有注意到，抖落大氅上的雪，将几份诏令递了过去："看看吧，这个月又是丝绸，丝绸折俸，自古哪一朝听说过？又逢年节，群臣非议啊，舆情看也不看，这算什么事！"

殷监正接了诏令，翻看一下。说是舆情难平，不过是造出个声势罢了，但凡中枢要员有几个只靠俸禄度日？折俸，只是委屈了那些品级小的官员。但若说委屈，现在看来倒也未必，价比黄金的丝绸，从内廷一放出来便被坊间商号哄抢一空，始终抬着高价不落，官吏们所获之资比起原先的俸禄分毫不少。接着西境废除禁令，只要严冬一过，中原西域必定车旅不绝，商路通顺，西域那边也无话可说。这还真是兵来将挡水来土掩，应对得天衣无缝。但最令人恼火的还不是这个，正考司奉圣命督查户部，不但今年的钱粮奏销屡遭审核，历年来的账目也一一清算，查出亏空已是在所难免。不过所幸一月前御史台派出去的监察御史几乎全部未建寸功，各州郡早有准备，任谁也查不出端倪。

"雪这么大，就几份诏令还烦卫相亲自过来，让人送来就行了。"

这是客气话，卫宗平当然不是为了这几份诏令来尚书省："王爷的病已无大碍了吧，可有什么说法？"

湛王静养了这些时日，按理说应该好得差不多了，可至今不曾见他们。殷监正将眼睛垂下去，似乎继续在看那些诏令，他是早已见过湛王的，湛王只是有人想见，有人不见罢了。"不是一天两天的病根，想必还不是很好，我们也不好去打扰。多事之时，我这里忙乱得很，还没去给王爷问安，不比卫相这般轻松。"

卫宗平道："入了年关，各部都忙，我也不得空闲啊！"

殷监正抬眼看看："总比我们好，至少皇恩浩荡，卫家的族人门生都奉公廉洁。"

卫宗平终于从话中听出些不寻常的味道："这话是什么意思？"

殷监正也不多说，就是一笑："陛下对卫相的倚重人人都看在眼里，恭喜卫相。"

卫宗平直起身子："你这是说我卫家奉他为主！"

殷监正道："新主临朝，趋前侍奉，这也是明哲保身的上策。陛下如今六亲不认，连凤家都动到了，却唯独卫相府上安然无恙，可见圣眷优渥呢！"

"这……"卫宗平语塞。这次清查亏空的旨意一下，闹得满朝沸扬。那斯惟云奉旨办事，铁板样地连滴水都泼不进去，奏销的账目往他手中一过，立刻便知对错。按以往户部的惯例，只要私下打点好部费，差不多的账睁一只眼闭一只眼也就过去了。偏偏斯惟云软硬不吃，真金白银送到眼前，他在正考司官署前搭设高台，凡有贿赂便命人放到台上，下面列出何人何时所送，跟着便是此人亏空的数目详情，为此不知得罪了多少人。亏空清查不到十日，便听说斯府失火，一座府宅毁了小半边，隔日斯惟云照常办事，面不改色。正考司的高台上除了那些重礼之外，跟着便多了些其他东西，有暗器，有刀剑，下面就写着何时何地所遇劫杀，平均下来，每隔三日高台之上必然多出新的东西，但斯惟云始终毫发无伤，出入从容，唯有中枢各处的亏空接连遭查，一连串的官吏身涉其中。

情况激烈可见一斑，但就是这样，卫家从族人到门生，不过隔靴搔痒地办了几个无关紧要的人，让卫宗平也很是意外，一面暗暗松了口气，一面却又费解，难道真如殷监正所说，圣眷优渥？

"陛下究竟是个什么心思，老夫也正琢磨不透。"

殷监正微微冷笑："陛下的心思，想必卫相比谁都清楚，不过卫相可也别忘了，令郎还有几十万的亏空在这里。"

想起独子卫骞，卫宗平心里一阵发紧，白首丧子，哀莫大焉，殷监正这话着实令人恼怒，当即便拉下脸来："人都不在了，一了百了，提这些干什么？"

殷监正一点案上的诏令："卫相难道没看见？陛下可是连死路都不给，人死了还有父母儿孙、子弟亲友，一样追讨。杀人不过头点地，这追债却追到阎王爷那里去，令郎安生得了吗？卫相当心还要替死人还债！"

卫宗平怫然不悦："老夫的事何用你来操心！"

且不说殷家和卫家本来也不算和睦，就为近来的事，殷监正认定卫家吃里爬外，早便心存不满，当即一拱手："既然如此，卫相请便吧！"

卫宗平也是火暴脾气，拂袖而起，怒道："各走各路，告辞！"

门帘被一把掀起，哐当掷下来，连风带雪扑了半室，殷监正狠狠地将手中诏令一掷,起身向外喊道:"来人,备车!"

小雪未停,飘飘洒洒地打着旋儿落下。车马已经走了半天,殷监正心里的火气还没消,快到湛王府时,他随手一掀车帘,忽然喊了声:"停车!"

马车停在原地,前面一座青石拱桥上,有人站在高处。他下了车快步往桥上走去,到近前叫道:"王爷!"

那人回身,竟是湛王,散雪纷飞中他身披一件纯白色的鹤氅,发间玉带轻扬,俊逸的脸庞隐带消瘦,身形略薄。

他肩头落了不少雪,看起来已经在这里站了有一会儿。"王爷,天寒雪冷,你怎么站在这儿?"

夜天湛见是他,微微抬头示意,殷监正便往桥对面看去。那边正是上九坊最繁华的商市所在,三千余肆,遥望如一,这样的雪天里依旧车马拥行,川流不息。行人中有不少外州商贾,更不乏胡商,一匹匹丝绸出入运送,忙碌非凡。

殷监正叹气:"这还是雪天,又近新年,前几日人还要更多,为抢购内廷丝绸,各地的商旅都来了伊歌。"

桥边一枝寒梅虬枝伸展,雪染香冷,飘落肩头,夜天湛并没有如他一般望着上九坊,目光沿着细雪轻盈,却看向了银装素裹的大江远山。

"商旅繁荣,物货流通,将给我天朝子民带来丰资厚利,使我国力昌盛,天威远扬。区区西域小国,现在还需兵逼利诱,不出十年,他们会心甘情愿对我天朝俯首称臣,再想坐谈条件也没有资格了。"

殷监正不料他想的是这个,道:"王爷,但是现在……"

夜天湛眼中神情随着雪落渐渐冷下来:"你方才说,已近新年了。"

殷监正道:"是没几天了,但看他们的意思,至少正考司不封印,也没有年假,这样一来,这年还怎么过?"

夜天湛道:"我早便说过,这个年谁也别想过了。他们怕是忘了,伊歌城,甚至天下的财商到底是握在谁的手里。传我的话下去,从今天起,哪家商坊若是再购进一匹内廷丝绸,九州八方殷家名下所有的生意都与他一刀两断;哪个官员要是再卖出一匹折俸的丝绸,以后便也不用来见我了。"

殷监正大喜:"王爷,臣早就等着你这句话了。"

夜天湛脸上却没有丝毫愉悦,握手在唇轻轻咳嗽,漠然转身:"回府吧。"

殷监正想起来湛王府所为何事,与他并行,将方才与卫宗平的情形大概说了说,而后又道:"卫家终究是不可靠,这次弄出个丝绸折俸来,说不定便是卫宗平泄露了关键。"

夜天湛脚步一滞，两道剑眉便蹙起，声音冷淡："卫宗平还没那么大能耐看出这其中关键，你高估他了。"说完这话，他便举步上了车。

四周隔绝了风雪，突然安静得很，夜天湛靠在车内闭目养神，心里却诸事翻腾。

终于和卫家闹开了，虽说有些早，但也正中下怀。卫宗平今天敢说"各走各路"这样的话，想必也是以为昊帝真有笼络的心思，而若不是太了解昊帝，他也几乎以为这是一手反间计。

但他却清楚得很，昊帝不动卫家，这是替他留着呢，留着这些胡作非为的门人子弟，也留着那个搅风搅雨的王妃。他在等着自己选，是选择继续放着这个硬被塞来的包袱，还是忍无可忍亲自动手收拾，让满朝文武齿寒心冷。

知己知彼啊，这确实是个好对手。但他并不可怕，可怕的是他身边有人更加了解自己，这才是足以致命的弱点。想到这里，夜天湛心里一阵烦躁，回了王府在书房中静不下心来，便信步踏雪，去了靳慧那里。

步入回廊，便听到阵欢快的笑声。垂帘刚掀起，一个小小的人影跌跌撞撞冲到眼前，夜天湛手疾眼快，一把扶住，小人免了跌跤，抬脸看他，咯咯地笑。

原来是元修刚学会走路，正乱跑，后面侍女们怕他跌倒赶着来扶，没想到夜天湛进来，险些也撞在一起，急忙跪下："王爷！"

乌鬓低垂，绣帛长衣依次委地，夜天湛挥一挥手让她们免礼，抱起元修。元修前些日子认生，还有些怕他，现在已经学会叫父王，攀着他的脖颈连叫了两声。

靳慧上前见过他："王爷别让这小魔星缠上，快先暖暖身子，还有些咳嗽，再着了寒气可不好。"

她将元修抱过来，翡儿替夜天湛掸了身上的雪，奉上香茗。

院中雪落纷纷，屋里温煦如春，麒麟铜炉里丝丝银炭烧得正暖，空气中散着木樨枝的淡香，几分疲乏不觉就松散下来。夜天湛舒心地深吸一口气，面前靳慧的脸被炭火映得微红，那抹轻霞般的浮晕让她看起来有种娇媚的韵致，海棠色的重锦罗裳，雪凝般的肌肤。她正拿了一个冬梨亲手削给他，梨子水灵灵的薄片自她的指尖落入翡翠玉盏，仿佛一片白石沉入碧潭深翠，她就像临水的一株虞美人，婉约而娴静。

看着眼前美妻娇儿，听着外面窸窸窣窣的雪声，夜天湛忽而起了兴致，转头吩咐道："来人，去取府中藏酒，难得好雪景，应当围炉煮酒、把盏赏雪才是。"

翡儿忙答应着去办，过不多会儿却匆匆忙忙回来，酒没有拿来，只悄悄将靳慧请到一旁说了几句话。靳慧听后似乎有些惊讶，皱眉不语。

夜天湛正将手笼在炭火上取暖："什么事？"

靳慧勉强笑笑："一点儿小事，也没什么，我去看看就回来。"

夜天湛也不追问她："翡儿？"

翡儿见他问过来，不敢再瞒，跪下求道："王爷，求您和夫人救救桃儿吧，她快要让王妃打死了。"

夜天湛抬眸："怎么回事儿？"

翡儿犹豫，靳慧道："是我不好，没约束好下人，桃儿忘了规矩，那天错叫了我一声'王妃'，我过去赔个礼就行了。"

夜天湛眼角冷冷一挑，抬手便将那镶金拨钳掷进了炭火，火星飞溅，落了一地。

第十七章 激浊浪兮风飞扬

昊帝登基的第一个新年,天都一如既往地铺金张彩,焕然一新。瑞雪锦绣,轻盖红楼碧阁,让这天地显得格外静谧。比起其他地方,一向热闹的上九坊虽也是鞭炮起伏、车水马龙,但却有种凝重的气氛如雪下冻层,厚厚沉积,经久不化。

从初一清早直到初十,湛王府门前轻车走马,络绎不绝,从未间断。正考司中账册如山,珠算连响,昼夜无休。

新正元日,昊帝携皇后登明台接受朝臣朝贺,赐宴太华殿,却取消了其他庆祝活动,接连颁下数道圣旨,督促清查亏空。其决心之大令那些门阀贪蠹心惊胆战,更令不少清官直吏拍手称快。

中枢亏空查得顺利,致远殿龙案之上很快堆满了大臣请罪的奏疏。夜天凌显然对这些东西并无兴趣,全部发回通政司,真正让他关心的是入驻各州的监察御史们每隔三日八百里快递入朝的奏报。

和中枢相比,各州可谓全军覆没。谁都知道这所谓的政治清明必有隐情,但却始终无法切中要害。究其原因,问题还是出在用人上,那些监察御史虽然是刚正廉洁,但毕竟自来在天都为官,不能完了解下情,仅仅监督各州官员自行清查,官官相护,串通一气,自然难以奏效。因此这个新年成了夜天凌和卿尘最不轻松的新年。

初十复朝,抱病已久的湛王重新入朝理事。早朝时间未到,大臣们三三两两聚在肃天门前,他一出现,大家纷纷上前见礼。

湛王如往常般温言缓笑,因还在孝中,他穿的是一身素锦五龙冠服,不加纹饰,不缀金玉,虽看起来形容清减了些,举手投足间那风采却依旧夺人眼目。朝臣众星捧月般围在四周,他如白鹤独立,卓然不群,俨然冠领群伦。面对众臣的逢迎问候,他一律是淡笑相对,卫宗平站在离他数步之遥的地方,思量着该如何上前招呼。

那天在尚书省和殷监正闹得不欢而散,卫宗平回去以后气性平息,倒生出些悔意。

最近清查亏空、丝绸折俸，大多数朝臣都对昊帝腹诽颇深。年前有几家大的绸缎坊突然闭门歇业，坊间火热的丝绸生意一下子便冷了下来，官员手中的丝绸眼下无人敢买，也无人敢卖。紧接着，天都中又流传起一些说法，暗指莲贵妃当年所育并非皇族血脉，朝野上下传言纷纭，渐生动荡。卫宗平审时度势，湛王看来是越发占了上风，步步先发制人。何况再怎么说，湛王妃可是卫家的女儿，这他不得不思量。

但是年初三卫嫣回门相府，竟然满腹怨怼。卫宗平和夫人追问方知，她前些日子为点儿小事责罚府中一个侍女，湛王却当着府中众人驳她面子，不但亲自拦了下来，还将人从她那里带走。最令她无法忍受的是，隔日府中掌仪女官前来知会，湛王竟给了那女子侍妾的名分，命其随侍烟波送爽斋。

卫嫣气得不轻，认定湛王这是借此事偏袒靳慧。卫宗平听了后立刻敏感地想到最近和湛王的关系不甚融洽，这莫不是一个警醒？想到此处，他往湛王看去，湛王的目光正巧越过几个大臣落在他这边，清俊的眸子勾起一笑。

卫宗平忙拱手："王爷！"

夜天湛微微颔首："卫相早。"

卫宗平道："王爷身子康复，能够入朝主事，着实让我们松了口气。"

夜天湛道："有劳卫相挂心。"简简单单几个字，点到为止了。卫宗平原想和他多聊几句，缓缓近日来的僵局，恰巧太极殿前三通鼓响，肃天门缓缓洞开，早朝时辰已到，卫宗平只得让了让，"王爷请。"

夜天湛淡笑，举步先行。

鼓声刚停，禁钟响起，天都凡四品以上王公官吏肃衣列队，分文东武西鱼贯入肃天门，登阶循廊分班侍立。其余四品以下的官员候于肃天门外，行三拜九叩之礼后，向北拱立静候旨意。

丹陛煊彩，紫檐飞云，朝阳穿透云霞，在御道龙阶上照出一片夺目的金光。太极殿前三声清脆的鞭响，传旨内侍悠长透亮的嗓音传闻内外："陛——下——驾——到！"

刹那间，从肃天门外广场之上，到殿前御道两侧以及金台御幄下东西檐柱之间，近千名文武百官同时叩跪，原本四处窃窃私语的场面顿时变得鸦雀无声，肃穆非常。

昊帝冕冠衮服，登临御座，淡淡垂眸之间，众臣叩首，山呼万岁之声响彻入云。御座前玄色广袖微抬："众卿平身。"

"谢陛下圣恩！"百官叩首谢恩，起身按部就班而立，准备奏事。却听静鞭再响，先有两名殿前内侍手捧圣旨步下金阶，黄帛一展，高声宣读：

"……为臣之道，职在尽忠，其有朋党比周，负国谋私，事资惩戒，必正典刑。户部尚书同中书门下平章事文澜阁大学士齐商，久从禁署，谬列鼎台，恣意妄为，政行贪蠹。朕初临万邦，务于宏大，每存容恕，冀有悛心。而乃不顾宪章，敢行欺罔。宜从贬削，以儆效尤！齐商领旨谢恩！"

御旨天威，当头一个晴天霹雳，将齐商震蒙在殿前。殿中内侍立刻上前除去他的官袍玉带，就地罢免，回身复旨。齐商跪俯于地，惶然抬头看向立于群臣之首、御台之旁的湛王。却接着便听第二道圣旨下——正考司卿斯惟云擢升户部，授尚书仆射兼户部尚书。年前礼部尚书空缺，由钦天监正卿乌从昭接任。

这两道圣旨未经中书门下两省拟审直接颁布，当朝革办、提调三品大员，事先谁也不曾知情。圣旨中明着是斥责齐商，但朋党之类分明暗有所指。殷监正按捺不下，便要上前奏保齐商，却被湛王盯来一眼压了下去。他正不明所以，只见湛王目光往卫宗平身上落去，似乎漫不经心地，便和卫宗平打了个照面。

卫宗平心头一凛，片刻之后，他拱手出班，上前奏道："陛下，齐商自圣武朝始便入主户部，素来行为端谨。户部亏空虽确有其事，也不能全怪在他身上，是否应该贬黜，宜再商讨。再者，钦天监责任重大，突然将乌从昭调至礼部，一时也难有合适之人接任，还请陛下再行斟酌。"

卫宗平说着，抬了抬眼，却见御座之上，皇上唇角微挑："钦天监职责特殊，有别于各部，立时找人代替乌从昭的确并非易事。朕体谅你们的难处，已帮你们选了一个人。"一抬头，"宣莫不平。"

传旨内侍立刻高声传旨："宣莫不平！"

一声声传召远出殿外，直入紫云丹霄。众臣尽皆惊诧，纷纷相顾议论，翘首看望。

二十余年前，莫不平便曾主理钦天监，其星相预言料事如神，屡言屡中，在当时声名斐然。天命之说，神鬼莫测，时人笃信甚深，趋近追从，无形中便在莫不平身边形成一股不可小觑的势力。以至于后来，钦天监每发一言几可左右朝局，逐渐令天帝心生忌惮。莫不平有所察觉，随即辞官而去，那时也在朝中引起过不小的震动。此时他复出朝堂，群臣心中不免生出同样的想法——天命所归。

不过须臾，莫不平登阶入殿，灰衣布袍飘然，一身仙风道骨，眼中精光落于人身，如透肺腑，却只一掠而过，至御前，行九叩之礼，朝见天子。卫宗平深知莫不平在朝野的声望，此时方知前些日子皇上以帝师之礼延请莫不平还朝，传言非虚。

夜天凌此时令莫不平免礼，俯视殿前众臣，含笑问道："朕欲以莫先生为钦天监正卿，众卿以为如何？"

凤衍眼角往卫宗平那里一瞥，随即先行奏道："陛下圣明，识人为用，莫先生得归社稷，实乃我朝之福，天下之幸！"

"卫卿意下如何？"夜天凌看向卫宗平，淡淡再问。

云淡风轻的问话后，一道深邃的注视落在身上，卫宗平虽不愿附和凤衍，却不得不俯身道："莫先生德高望重，臣……并无异议。"

夜天凌听了这话，唇角那丝笑意缓缓加深，点头道："朕今日得莫先生入朝辅弼，实为一大幸事。太上皇昔日所用的股肱老臣，朕都一样敬重。日前中书有表，翰林大学士穆元、弘文、孙普等几位老臣已年逾古稀，仍旧每日早朝，十分辛苦。朕心不忍，特许他们一月一朝，赐座太极殿，免跪叩之礼。"

"臣谢陛下隆恩！"几位老臣相继出列，叩谢圣恩，龙阶之前高冠朱缨、皓首白须，一片颤颤巍巍。卫宗平心里又往下沉了几分，穆元等人都是与湛王关系密切的老臣，在朝中说话极有分量。眼前皇上几句温言话语，一番宽仁体恤，实则是将他们逐出朝堂，这无疑是大大削弱了湛王的影响力。他看往湛王，湛王那温朗的面容之上亦无法掩抑地掠过了一丝阴霾。

面对这接二连三的强硬措施，夜天湛心底那阵焦躁过后，当即恢复了冷静。此时斯惟云正奏报近来亏空清查的几处大项，随着他肃正的声音，已有几名大臣跪前请罪。皇上尚未表态，但刚有齐商的前车之鉴，可以想见这几人的下场。夜天湛目光转往御史台那面，当众廷议，接下来就是御史弹劾跟着罢免了，他整一整思绪，平心静气地继续听下去。

斯惟云奏毕，大殿中鸦雀无声，落针可闻。唯有皇上清冷的声音传下："你们还有什么话可说？"

阶下跪着的几个大臣无不汗流浃背，惶恐难言。突然，丹陛之前有人道："陛下，斯惟云方才所言之事，臣有异议。"

润玉般的声音，清若流水，缓似清风，淡淡响起在大殿冷凝的气氛中，令人浑身一松。沿着那声音，是一双温文尔雅的眼睛，眼梢轻挑，正对上皇上的目光。

满朝文武，有谁敢和皇上这般对视？那眼中含着笑，皇上亦神色清淡，朝臣们却人人心弦紧绷，屏声敛气。

"你有何异议？"片刻之后，皇上徐徐开口。

湛王有条不紊地奏道："陛下，各部的账目冗杂繁多，正考司成立日短，想必对其中有些情况并不是很清楚。据臣所知，方才说的几笔亏空实际都有去处。第一笔一百七十二万，是圣武二十二年永、和两州通汶江渠，工部预算不足，由户部追加补齐；第二笔八十五万，是圣武十七年东州蝗灾，颗粒无收，曾自中枢拨粮赈济；第三笔一百四十万，是圣武十九年平定东突厥之后，临时拨往边城的军费，与此相同，后面还另有两次北征，共比预期多耗库银近三百万。最近的一笔是圣武二十五年为迎接吐蕃赞普及景盛公主东来中原，礼部及鸿胪寺筹备典仪的实际花销，数目不多，大概只有四十万左右。再者就是京隶瘟疫、怀滦地动两次天灾，太上皇当时曾下旨出内币赈灾，这笔钱实际上是由户部先行垫付……"他条理有序，缓缓道来，斯惟云方才所奏之事几

乎无一疏漏，天朝这些年的政情皆在胸间，信手拈来。有些不熟财政的大臣难免一头雾水，但明白的却已经听出其中关键。

就这么几句话，避重就轻，原本近千万的贪污一转眼变成了挪用。贪污罪大，挪用罪轻，何况这种挪用难以界定查处，也没有人知道究竟有多少流入了大臣的私囊，要追讨就更是遥遥无期。

湛王说话的时候，御座上皇上始终面色冷淡，一双深眸，喜怒难辨，此时问道："若照这说法，搬空了国库也是情有可原，朕非但不该严查，还得谢他们为国尽忠了？"

湛王从容道："陛下要查亏空，是清正乾坤之举，臣甚以为然。但臣身领户部之职，既知其中隐情，便应使之上达天听。此臣职责所在，还请陛下明察。"

有湛王撑腰，殿下几名大臣不似方才那般忐忑，慌忙叩首附和："臣等惶恐，请陛下明察！"倒像受了莫大的冤屈。

夜天凌抬眼扫向他们，冷冷一笑："湛王提醒得好，朕还真是忽略了这一点。既如此，朕便先查挪用，再查亏空，每一笔账总查得清楚，该索赔的一分一厘也别想侥幸。"

湛王的语气仍旧不疾不徐，问题却见尖锐："臣请陛下明示，这挪用该怎么查？其中赈灾的内帑，当年为太皇太后庆寿所拨的丝绸赏银，户部是否该去找太上皇和太皇太后追讨？"

话音一落，大殿前惊电般的一瞥，半空中两道目光猝然相交，隔着御台龙阶，透过耀目的晨光，如两柄出鞘之剑，剑气如霜，锋芒冷然，直迫眉睫。

"问得好！朕日前颁下的旨意中早就说过，亏空之事，不能偿还者，究其子孙。涉及太皇太后和太上皇的挪用，朕来还！"

夜天凌此话一出，群臣相顾失色，就连湛王也没想到他连太皇太后和太上皇的旧账也不放过，顿时愣愕当场。

漓王素来是应付朝堂，懒得参与政议，这时突然拱一拱手："陛下，臣向来花钱没数，没有多少家底，但愿意共同偿还这部分挪用，为陛下分忧。"

夜天湛脸色一白，心神骤然定下，他反应极快，当即道："臣以微薄之力，也愿替太上皇及太皇太后偿清款项。"

夜天凌垂眸看向他，缓缓道："难得你有这份孝心，不枉太皇太后临终前对你牵挂不下，百般叮嘱于朕。既然如此，昭宁寺即将动工，正没有合适的人去督建，朕便将此事交给你了。"

太极殿中微微掀起骚动，昭宁寺选址在伊歌城外近百里之地，命湛王前去督建，实与削夺权柄、贬出天都无异。殷监正当即上前跪奏："陛下，王爷病体未愈，实难经此重任，还请陛下三思！"

他这一跪，大臣们纷纷跟随，黑压压跪下大半。凤衍揣度形势，现在贬黜湛王容

第十七章 激浊浪兮风飞扬

易,但却不能不考虑随后而来的连串反应,于是率众跪下,却一言未发。

面对一殿朝臣,夜天凌面上峻冷无波,却隐隐透着股迫人的威势,忽然轻笑一声:"朕倒疏忽了,那朕便再准你三个月的假,即日起朝中停九章亲王用玺,你在府中好好静养吧。"

这也已经近乎幽闭,但却总比离开天都要好。相对于众臣,首当其冲的湛王却显得极为镇定,躬身领旨:"臣谢陛下恩典。"

正当这里闹得不可开交之时,殿外内侍匆匆入内,跪地禀道:"启奏陛下,定州巡使刘光余求见!"

殿中君臣都十分意外,刘光余镇守定州,责任重大,何故突然未经传召来到天都?除非是定州出了大事。夜天凌抬手道:"宣!"

不过片刻,刘光余在鸿胪寺官员的引领下大步流星步入太极殿。常年边关的生活磨炼再加上一身的风尘仆仆,使他那原本文秀的轮廓颇有几分硬朗之气,但照面之下令人印象深刻的却是他神情中的愤懑。他行至御台之前,拂衣跪倒,高声道:"臣定州巡使刘光余参见陛下!"

夜天凌蹙眉:"刘光余,你为何擅离职守,前来见朕?"

刘光余重重叩首:"臣今天来天都,是要请陛下给定州数万将士做主!"说着自怀中取出一袋东西,双手举过头顶。

群臣窃窃私议,皆不知刘光余这是所为何事。夜天凌抬头示意,一名内侍上前将东西接过来,捧到御座之前,打开袋子,里面盛着不少谷物。

"你让朕看这些谷物是何用意?"

刘光余双拳紧握,神情十分愤慨:"陛下,这是前几日经时州调拨给定州的军粮。请陛下细看,这些军粮都是陈年的黄变米,却掺杂在一些新米之中送入军营。最近定州军中突然许多人浑身无力、呼吸困难,经查正是吃了这些有毒的军粮所致!臣走的时候,定州已经有三十多名士兵不治身亡!"

这话如一块巨石,重重掷进原本便波澜暗涌的水中。文武百官闻言震惊,殿前哗然一片。夜天凌眼光陡然凌厉:"岂有此理!时州粮道是谁,调拨的军粮怎么会是陈年霉米谷?"

此话无人敢答,停顿片刻,凤衍道:"回禀陛下,负责时州粮道的是颍川转运使巩可。"

夜天凌惊怒过后,瞬间冷静,即刻便明白了事情缘由。年前北疆各州军需短缺,国库因赋税不足而吃紧,便自产出富饶的时州、陵州等地征借了一批钱粮暂时应急。照这样看来,时州府库表面上钱粮充足,实际上定然亏空甚巨,官员们想办法蒙蔽清查并非难事,但中枢忽然调粮,他们无以应对,便以次充好,用变质的稻米冒充好米。想到此处,当真火上浇油:"传朕旨意,命有司即刻锁拿巩可,时州巡使、按察使停职待罪,听候发落!中书马上八百里疾驰令告合、景、燕、蓟诸州,仔细检查外州调拨的军粮,谨防此类事情再度发生。"

刘光余再道："陛下，北疆现在天寒地冻风雪肆虐，药材粮食紧缺，中毒的士兵们不是昏迷不醒便是全身无力，连站立都困难，没有中毒的都空着肚子，还要在这样恶劣的天气下戍卫边境。这些军粮已经无法食用，臣恳请陛下先调粮救急，否则这样下去，难保不会出现饿死将士的情况！那臣……臣百死难赎！"他一向爱护将士，这时悲愤至极，不由喉头哽咽，两眼已见泪光。

现在莫说自天都调粮根本来不及，便是来得及，国库一时又到哪里去筹措这么多军粮？夜天凌几乎立刻便往湛王看去，若不是因为亏空，定州怎会出这样的乱子？

湛王的脸色并不比他好多少，青白一片，震惊之中带着愠怒，与平日潇洒自若判若两人。他不光是因定州出了这样的事始料未及，更恼的是颖川转运使巩可正是巩思呈的长子。像是感觉到眼前的注视，他一抬眸，原本平静的眼底如过急浪，瞬息万变，复杂至极。

暗流汹涌，从殿前两人之间弥漫到整个朝堂，就连刚刚到达、不明就里的刘光余也隐约感觉到些什么，被面前这种无声却冷然透骨的对峙所震慑，噤口无言。

只是片刻的工夫，却煎熬得所有人站立难安。湛王承受着御台之上由震怒渐渐转为深冷的迫视，忽然躬了躬身，很快道："请陛下给臣五日时间，五日之内，臣保证定州将士有饭可吃，绝无后顾之忧。"

殷监正恨不得顿足长叹，不过这么短的时间，从中枢到地方乱象已生。湛王只要彻底置之不理，哪怕是被幽闭府中，朝中早晚也要请他出面，那时岂不今非昔比？如此大好时机，湛王却偏偏抬手放过！

湛王这时候出言请命，似乎根本已忘了先前发生过何事，肃立殿中，静候旨意。

现在所有人都在等着皇上发话，是准，还是不准。若准，刘光余进殿之前的那些话都成了空话，湛王不但仍稳在中枢，更让人意识到他举足轻重的地位；若不准，朝中形势胶着，定州事态紧急，又如何平定此事？

湛王这一步进退有据，顿时将先前的劣势扳了回来。但每一个人也都清楚，以皇上刚冷孤傲的性子，倘若执意要以定州为代价处置湛王，也是易如反掌。凤衍揣摩圣意，即刻上前奏道："陛下，眼下所需的军粮可从汉中四州征调，最多不过十日，便也到定州了。"

湛王闻言俊眸一眯，殷监正和卫宗平同时恼恨地看向凤衍，不料却见皇上抬手止住后面所有大臣的奏议，目视湛王："若五日之后，军粮到不了定州，又当如何？"

这便是默认了湛王的请奏。对视之间，湛王眼中明光微耀："若有分毫差错，臣听凭陛下处置。"

一段时间的沉默，夜天凌缓缓道："朕给你十天时间，你好自为之。"

第十七章 激浊浪兮风飞扬

第十八章　山明落日水明沙

这一日的朝会直到近午才散，退朝后夜天湛并没有像众人想象的那样忙于筹调军粮，只对刘光余交代下一句"回定州之前来王府见我"，便打马回府。

刘光余另行去致远殿见驾，详述了定州现在的情形后，准备连夜赶回。临走前记着湛王的嘱咐，先行赶往湛王府。

在门厅候了不过片刻，湛王身边的内侍秦越迎了出来，笑着问候一声："刘大人里面请，我们王爷在书房等大人。"

刘光余随秦越到王府内院，沿着雪落薄冰的闲玉湖，入了烟波送爽斋。正值冬日，这书房临湖近水，原应是分外冷清的地方，却因烧了地暖让人丝毫感觉不到深冬的寒意。四周有一股近似檀木的淡香被暖意催得飘浮在空气中，往里走去，一进进都是字画藏书，颇给人目不暇接的感觉。

刘光余本是文官出身，精通书画，一边走，一边着目欣赏，不免感叹湛王之风雅名不虚传。待走到一间静室，秦越抬手请他入内，自己则留在外面。

里面十分安静，刘光余见湛王合目半躺在一张软椅之上，室内暖得让人穿不住外袍，他身上却还搭着件银灰色的貂裘。刘光余觉得此时的湛王和先前似乎不太一样，在太极殿中见到他，即便是当时那情形之下，他身上始终是那种卓然尊贵的神采，明珠美玉般慑人，而现在他却好像有些疲惫，微紧的眉心使人直觉他并不愿被打扰，刘光余便犹豫要不要开口说话。

他正迟疑，夜天湛已睁开眼睛向他看来。抬眸之间，刘光余只见那墨玉样的眸中透出丝锐亮，如同太阳下黑宝石耀目的光芒，但转眼又被平静与倦然所取代。

"王爷。"

"哦，是你来了。"夜天湛坐起来，指一指近旁书案上的两封信，"你回定州之前，先拿这两封信去找禹州巡使林路、嵩州转运使何隶，定州的军粮从他们那里暂调，却一下子从软椅上直起身子，身上的貂裘半落于地。

面前，卿尘淡笑而立，一身男儿袍服像极了以前她要出王府去玩时的装扮。他几乎脱口就要问她今天是要去听讲经还是逛西山，若是有闲暇，他会陪她一起去。但这样的距离下他看得清楚，她的眉眼间多了一种妩媚的温柔，这温柔是他所陌生的，提醒他，人虽在，昨日休。

他眼中刚刚现出的欣喜霎时落了下来，卿尘仔细看他的脸色，向他伸出手。他往后一靠，语气疏淡："娘娘今天来，又想找臣要什么？"

卿尘轻叹，跪坐在他身旁："手给我。"

夜天湛没有动，卿尘将滑下的貂裘重新搭到他身上，执过他的手腕平放，手指搭在他的关脉间。她半侧着头，黛眉渐紧，过了会儿，要换另外一只手重新诊脉，夜天湛突然反手将她手腕狠狠扣住，他身上冷雪般的气息兜上心头，温热的呼吸却已近在咫尺。

"你来干什么？"

他手上力道不轻，卿尘深蹙了眉，却不挣扎，任那冰凉修削的手将她紧紧钳着，道："宋德方见你一面都难，他的药你是不是根本没用？难怪四哥说你气色不好，我若不来，你就这么下去，难道真不顾自己的身子了？"

夜天湛道："他让你来的？"

卿尘道："是。"

夜天湛拂手松开她，漠然道："回去转告他，我死不了，请他放心。"

卿尘从未见过他如此冷冰冰的样子，眉眼沉寂，默不作声。她转身研墨执笔，细细思量，写就一服药方，便起身走到门口："秦越。"

秦越一直伺候在外面，闻声而来。卿尘道："照这个去煎药，另外差人去牧原堂告诉张定水，就说我请他每隔三日来一趟湛王府，替王爷诊脉。"

秦越答应着离开，卿尘回到夜天湛身边，静静站了会儿，自袖中取出两份纸卷给他。夜天湛本不想看，但卿尘固执地将东西送到眼前，他终于接了过来。打开其中一卷看下去，他突然微微色变，逐渐将身子坐起来，紧盯着手上，迅速翻阅，看完之后，霍然扭头："这是什么！"

卿尘看着他因惊怒而有些苍白的脸色，回答："这是殷娘娘薨逝当晚，我审问她身边几名女官和清泉宫中侍女的口供。另外一份，是太皇太后留给皇上的懿旨。"

夜天湛手抑不住有些发抖，他当然看得出这些是什么。以他的心智，也曾想到过处死殷皇后未必是夜天凌的意思，他一直以为殷皇后是自行求死。但从这几份口供中却可以看出，一手导演此事的，居然是卫家，而配合卫家完成此事的，也正是殷皇后自己。

卫家安排宫中内侍送去那杯赐死殷皇后的鸩酒，殷皇后事先就已知情。在此之前，卫嫣曾与殷皇后暗通书信，说湛王之所以始终按兵不动，完全是顾忌她身在宫中。换言之，殷皇后已经成了湛王最大的绊脚石。殷皇后本就心高气傲，再加上太皇太后那晚说过的话，她越想越心灰意冷，也早已对身遭幽禁的境地难以忍受，所以心甘情愿饮鸩自尽。

这些倒还是其次，最让夜天湛怒火中烧的是，卫嫣始终是借湛王府的名义规劝殷皇后顾全大局。那对于殷皇后来说，这杯致命的毒酒，无异于她的儿子在皇位和母亲之间做出了最后的选择，不管她是不是愿意饮下那杯酒，她在这人世间最后的一刻曾经是何等心情？

几份供状被夜天湛紧攥着，片片落下来，尽毁于指间。他心中陡然冲起一股悲愤之气，强忍着无处发泄，猛地一侧头，自唇间迸出连串剧烈的咳嗽。卿尘忙扶他，他却用力一把将她拂开，袖袍掠过她身前，上面已是点点猩红。

卿尘惊道："你怎么样了？"

夜天湛抬手缓缓将唇边血迹拭去，眼中千尺深寒，是恨之入骨的杀意，但此刻他心中却比任何时候都清醒。皇上先是放着卫家不动，又在这个关头将殷皇后之死的实情告知于他，是料定他绝对再容不下卫家。这是在逼他对卫家动手，要他亲手扫清清查亏空道路，打开门阀势力的缺口，那将一发不可收拾。

他的心里像是烈火焚烧，忽然被塞进了一把刺骨的冰雪，火与冰的翻腾，煎熬骨髓。他竭力稳住了自己的声音，挥手将破败不堪的供状和那道懿旨丢去："拿走，我不信。"

卿尘任那些东西落在地上，看也不看："我没有骗你，信与不信在你自己。"

夜天湛眸心骤然紧缩，转头目视于她，生出丝冷笑："好，那我问你一件事，你若敢对我说实话，我便信你。"

"你问。"

"夜天凌是不是父皇的儿子？"

卿尘修眉一紧，眼底却依然沉静如初，过了良久，她淡淡说出两个字："不是。"

她的回答着实让夜天湛万分意外，抬眼问道："你可知道这两个字从你嘴里说出来意味着什么？"

卿尘道："意味着我说过的话，我这一生，绝不欺瞒你。你心里明白，若留着卫家，迟早更生祸端，长痛不如短痛。"

夜天湛道："卫家，我容不下，现在他也一样容不下。你知道我的耐性并不差，我等得起，他若还想将事情做下去，就会比我先动手。不过别怪我没有提醒，这是和天下士族为敌，若有一丝不慎，我不会再放过第二次机会。"

卿尘道："他究竟要做什么，你比我更清楚。难道你看不出这其中有多少曾是你的构想？你自己立下的宏图壮志，你在这烟波送爽斋中说过的话，你若忘了，我没有忘，我不信你真的愿意让他功亏一篑！"

夜天湛身子微微一震，脸上却漠然如初："你只要相信我能就行了。"

卿尘摇头道："别再在国库和亏空上和他纠缠，你不可能真正逼他到山穷水尽。何况，我不会坐视不理。"

夜天湛道："你又能怎样？"

他的目光锐利而冷漠，透着刚硬如铁的坚决，那冷厉的中心似一个无底的黑洞，越来越深，越来越广，看得卿尘心惊。她细密的睫毛忽而一抬，对他说出了四个足以令任何人震惊的字："皇族宝库。"

夜天湛眼底蓦然生波："你说什么？"

卿尘却只静静望他："如果到了那一步，就真的是无法挽回了。你可想过，那根本是两败俱伤的局，必然祸及整个天朝。就像今天，不管你再征调多少军粮，不管我再教御医院多少治病解毒的法子，定州三十七名士兵已经死了，我们愧对他们。"

夜天湛盯了她半晌，忽然乏力地靠回软椅，长叹："卿尘，你究竟想怎样？你替他出谋划策，现在却又帮着我，事事坦诚相告，你到底要干什么？"

听了这话，卿尘在他身边坐下，抱起膝头，望着别处，缓缓摇一摇头："我不知道，眼前这般情势，我想怎样有用吗？你若下了狠手，我便帮他；他若逼得你紧了，我便帮你，我还能干什么？你们谁能放手？就连我自己也放不开手。"

夜天湛平静地问道："倘若有一日分了生死呢？"

卿尘无声一笑："他死，我随他。"

"若是我呢？"

"我拼死护着。"

夜天湛微有动容，卿尘说完突然又笑道："奇怪了，怎么听起来倒成了我左右都是死。"

夜天湛紧紧一皱眉头："别再说这个字，我不想听。"

卿尘道："是你先说的。"

夜天湛没有就此和她论究，他突然专注地端详着她，仿佛从来没有见过她一般。他眼中凌厉的锋芒渐渐褪去，墨色荡漾，那泓澄净如同最黑的夜、最深的海洋，缓缓地流动出浓烈的色彩。"卿尘，"他低声叫她的名字，"做我的女人吧，我放手，只要你。"

这不像是他会说的话，低沉的柔，淡倦的暖，丝丝令人心酸，却真诚地发自肺腑。他一瞬不瞬地看着她，等待她的答案。卿尘回视他，丹唇轻启："可能吗？"

她的眼睛倒映在夜天湛的眸底，幽静澄澈，冷静到绝美，他从这几乎令人发狂的冷静中看到了一切。隔了片刻，夜天湛突然轻声笑起来，神情间却是万分落寞。他终于挪开了目光,望向眼前一方空处,缓缓摇头。

卿尘静了会儿,道:"我是他的妻子。"

夜天湛道:"我知道。"

然后两人都没有再说话,一人躺着,一人坐着。屋里安静得可以听到空气的流动,隔着帘幕屏风,透过来檀木枝暖暖的淡香。卿尘扭头,突然发现夜天湛书案之上的每样东西都如从前,分毫未变。还是那方麒麟瑞池砚,还是那种薛涛冰丝笺,一盆清雅的水仙花放在左侧,透花冰盏里面是她丢进去的几粒紫玉石。一支黄玉竹雕笔是他惯用的,向来放在右首边,笔架上空出的位置,当初被她挂上去一个晶莹剔透的玉铃铛,如今仍悬在那里。

她伸手轻轻碰触铃铛,薄玉微响,清脆和润。听到声音,夜天湛淡淡一笑:"烦心的时候听听铃声,烦恼就都不见了,这是你说的。"

"管用吗?"

"嗯。"

卿尘也笑一笑,索性频摇铃铛。叮叮当当的玉声响满一室,突然让人忘了眼前所有的事情,唯有红炉画屏,香暖雪轻,人如玉,笑如花,夜天湛看着卿尘轻叹,但神情间渐渐泛起愉悦。

卿尘侧头靠在自己膝盖上,和他的眼神相触,明眸坦亮。这一刻,屋中似乎格外温暖。她看着他,他也看着她,时光仿佛悄然倒流,回到多年前曾有的一刻,回到记忆中久远的场景。一幕幕似曾相识,几世的纠缠,心头似有万般思绪缓缓流淌,浓得令人叹息。彼此熟悉的面容,目光中沉淀下淡淡的安宁与微笑。

这时候外面秦越隔着帘子禀道:"娘娘、王爷,药好了。"

卿尘扭头道:"拿进来吧。"

秦越入内将药放在旁边,便识趣地回避开来,退出门外后走了没几步,迎面见卫嫣进了水榭,急忙站住:"王妃!"

卫嫣也不看他,径自往前走着,一边走一边问:"干什么呢?"

秦越道:"刚给王爷送了药。"

"怎么这时候奉药?谁在王爷这儿?"

秦越心想现在王爷定然不愿有人打扰,却又没有理由拦卫嫣,支吾道:"是新换的方子……王爷……呃……"

"怎么回事儿?"卫嫣见他吞吞吐吐,顿时不悦,自己拂开垂帘便步入静室。秦越没来得及拦下她,忙跟在后面喊了声:"王爷,王妃来了。"

卫嫣转过烟水流云屏风,突然间看到一身男装打扮的卿尘,猛地收住脚步。夜天湛见到她,眉心一锁,脸色霎时便沉了下来。

待卫嫣看清屋里的人是卿尘，脸上立刻有嫉恨的神情一闪而过，她向前福了一礼："不知皇后娘娘驾到，有失远迎。娘娘怎么不差人先通知一声，府中也好开中门迎驾。"

卿尘抬眸，淡缓一笑："不必了，我只是听说王爷身体欠安，过来看一看。"

卫嫣目光在夜天湛和卿尘之间转过，看到旁边的药盏，便知道秦越刚才说新换的药定是卿尘开出的方子，不由得微微冷笑："真是有劳娘娘，娘娘开方子下药，我们怎么敢用？"

卿尘听出她话中别有他意，漫不经心地挑眉："是吗？"她侧首看向夜天湛。

夜天湛自从卫嫣进来便一直冷冷目视于她，这时也没有移开目光，回手拿起身旁的药盏，仰头便一饮而尽。

他这样不给情面，卫嫣又惊又气："王爷！你怎就这么喝了！"

夜天湛一字一句地对她道："我不妨告诉你，只要是她给的，就算是穿肠的毒药，我也照喝不误！"说罢将药盏往地上一掼，哐的一声脆响，冰瓷四溅，他霍然起身，喝道："来人！"

秦越立刻领着几个内侍进来，夜天湛袖袍静垂，寒声道："带她回住处，从今天起不准踏出屋门一步，有谁敢往外面传半个字，别怪本王无情！"

卫嫣始料未及，直接被吓愣在那里，张了张嘴，颤声问道："王爷，我做错什么了，你要这样对我？"

夜天湛缓步来到她身前，冷笑如霜。他一把捏住她的下巴，将那张美艳的脸庞抬起来："你做过什么，自己心里清楚，本王此生最失败的一件事，就是娶了你这个王妃！"

他的指尖冰凉，衣袖划过眼前有雪样的气息，夹杂着一股清苦的药香。卫嫣睁大眼睛看着他，他眼底的寒意更胜严冬，让人如坠冰窖。那样温文的一个人，他在发怒，他的手缓缓移到了她的脖子上，似乎只要稍一用力便能断送她的性命，她从来没有觉得他这样可怕。

夜天湛脸色白得几近透明，额前青筋隐现，表明他在极力控制着自己的情绪，他挥手松开卫嫣："滚！"

在水榭中的都是夜天湛的近身心腹，平常早对卫嫣的颐指气使忍无可忍，只因她是王妃，勉强还算恭敬，秦越上前道："王妃请吧。"

卫嫣恼怒地挣开他们，抬手指着卿尘，气得浑身发抖，对夜天湛道："我知道，你……你就是为了这个女人，你是为她疯魔了，你……"

她话未说完，卿尘便慢慢拂开了指向眼前的手，眼底一抹清光迫人："卫嫣，你不妨仔细想想你和卫家都做过些什么，这样的话你若再多说一句，我便让整个卫家给你陪葬。"

　　卫嫣顿时明白了夜天湛今天为何如此震怒，惨白着脸看着面前两人，若他们联手要亡卫家，卫家绝无活路。那种绝望的感觉从天而降，她像是被扼住了喉咙，再也说不出一个字，身子摇摇欲坠。秦越往旁边递了个眼神，两名内侍立刻上前半请半扶地将她带出了水榭。

　　人都走了，夜天湛却一动不动地站在原地，方才凌厉的神态早已不见，取而代之的是一种疲惫的伤感。他身子微微一晃，卿尘担心地叫他一声，伸手想要扶他，他对她摇了摇手："我没事。"

　　他没有看她，自己转身慢慢坐了下来。她还在身边，他能感觉到她关切的目光，其实很想告诉她，卫嫣说对了，他就是为她疯魔了，她已经让他不是他了，但是他终究什么也没说。

第十九章 莫损心头一寸天

位于临仙坊的归鸿楼向来是伊歌城中把酒清谈的好去处，登楼闲坐，放眼大江，泼墨挥毫，击筑笑歌，都是宾客们常有的雅兴。眼前虽还不十分暖和，但二月一过，楚堰江冰消雪融，走马长街，迎面而来轻风料峭，已带了桃红柳绿的清爽气，让人深吸一口便心生惬意，浑身轻松起来。

归鸿楼开阔的前堂人声喧哗，宾客如鲫，和往常一样颇为热闹，这几天多数人都在乐此不疲地谈着同一件事情。

今年二月甲申，昊帝纳钦天监正卿莫不平之议，设祀礼，行大典，携皇后登宣圣宫五明台遥祭惊云山。

当日，天都上空日月同辉，照临万方。惊云山境内紫云缭绕，面南一侧山崖无故崩裂，失踪数十年的皇族至宝归离、浮翾二剑重现踪迹。

得归离者得天下，双剑同出，更是皇权天授、帝后并尊的祥瑞吉兆。

昊帝在继位之前，外御强敌、内肃九州的形象早已深入民心。他深知多年战乱，民生不安，称帝之后薄徭赋，废苛政，与民休养生息，复又罢贪官，惩酷吏，兴农工，通商路，破格提拔有识之士，这一切都使寒门士子及百姓深为拥戴。而皇后亦是出身名门，爱民如子，之前更曾数次救民于大难之中，亲善贤德有口皆碑。如今天降神兆，双剑合璧，天朝诸州人人奔走相告，无不称颂天命所归。

开国神剑一事越传越是神秘莫测，紧接着昊帝颁诏天下，废强征兵役，废奴役贱籍。此举使得天子威望日盛，先前些许流言蜚语很快湮没在这来势汹汹的天命之中。

虽已事隔多日，但无论走到天都何处，都常能听到"归离剑"、"浮翾剑"的字眼。此时归鸿楼中正有乐女曼声弹唱关于此事的唱曲，瑶琴轻鼓，隔着珠帘玉户不时传入里面略为安静的一间雅室。

巩思呈凝神听了会儿，喟然一叹，对面前的人道："双剑出世，四海咸服。莫先生技高一筹，在下佩服。"

　　莫不平眉梢微动，呵呵笑道："天佑我朝，圣主应命而生，神剑失而复得，实为幸事。"

　　巩思呈明知此事另有蹊跷，却也清楚莫不平不可能露出半点儿口风，只得随他笑笑，道："莫先生神机妙算，常常救人于危难，今天我请先生来，正是有事相求。"

　　莫不平道："请讲。"

　　巩思呈道："想必先生早已知道，犬子不争气，惹下大祸，还望先生救他一命。"

　　十日之前，原颍川转运使巩可被押至天都，如今正关在大理寺刑牢。定州之事虽尚未定案，但任谁都知道，巩可此番已难逃一死。

　　莫不平端起面前的天青玉瓷盏，却不急着饮茶："此事你应该去求湛王殿下，何故找到我这里？"

　　巩思呈颓然摇头："莫先生是明白人，定州出了这样的乱子，我还有何颜面再去求湛王？他没怪罪于我，已是看在多年宾主的分上，给足了我情面。眼下唯有先生能救小儿，将伯之助，义不敢忘，请先生务必成全！"

　　莫不平道："定州之事交由三司会审，证据确凿，老夫也无能为力。"

　　巩思呈不想他这样直截了当地拒绝，脸上立时一白："莫先生……"

　　莫不平倒并非绝然无情之人，只是这事的确无法相帮："你应该很清楚，究竟是谁想要令郎的性命，又是为了何事。实不相瞒，一个时辰前，御史台又有奏本弹劾府上二公子国丧之中宴酒行乐，这道奏本已明发廷议，很快便见结果，你还是有个准备吧。"

　　巩思呈脸上已是苍白如死："百丈原之事全是我一人过错，各为其主，娘娘若因此要取我性命，我无话可说。烦请先生代为转告，我愿以此身告慰澈王在天之灵，请娘娘高抬贵手，放过小犬。"

　　"娘娘并不想要你的性命。"莫不平叹道，"痛失至亲是何等滋味，想必你现在也已明白一二，我能说的也只有这些了。"他起身告辞，终究还是有些不忍，便再道："其实有个人你不妨去试试，他若愿帮你，令公子或许有救。"

　　巩思呈忙问："是谁？"

　　莫不平道："漓王。"

　　伊歌城南以射日台为中心的骑射场周回二十余里，占地广泛，最多可容纳骑兵两万、步兵三万，是平时天军操练的主要场地。

　　圣武朝以来因战事频繁，天下尚武之风逐渐盛行，无论是士族子弟还是平民百姓，大都骑马射箭，修习武艺。久而久之，士族之中除了游园击鞠、清谈宴乐之外多以此为消遣游戏，骑射场中处处不乏他们的身影。

夜天漓在封王之前便是天都大名鼎鼎的放浪人物，一等一的疏懒，一等一的纨绔，虽然现在接管了京畿司也丝毫不见收敛，照样寻欢作乐，显然没有做个良臣贤王的打算。从那道委他以重任的诏令下后，京畿司中从来不见他的影子，非但如此，他还一声令下将数千京畿卫大半赶出府营，任他们出入赌坊青楼也不过问。

　　满朝皆知漓王圣恩隆宠，昊帝对他简直就是纵容。他这般行事，惹得一群老臣忧心不已，频频上书规劝。可偏偏最近天都中上报有司的案件逐日减少，城坊间治安良好井然有序，谁也挑不出什么错处，昊帝放任不理，漓王我行我素，十分逍遥。

　　天气回暖，骑射场上就比往常多出几分热闹，京畿卫的士兵们近来最怕的便是随漓王来校场，一见到漓王手中那杆银枪，人人心中发怵。

　　漓王的枪法现在是越来越出神入化，这几个月兴致极好，几乎每天都点十几名京畿卫陪练枪法，哪个花拳绣腿让他看不顺眼，当即便逐出京畿司，连委屈诉苦的地方都没有。

　　场中银光暴闪，一柄长刀当地被激上半空，四周侍卫们齐声叫好。夜天漓潇洒地将银枪一掷，丢给身旁近卫："刀都拿不稳，回头练去！"

　　方才和他对练的士兵已在他手下走了近百招，正跪在面前惴惴不安，闻言喜形于色，知道今天算是过关了："多谢王爷指教！"

　　夜天漓往外走去，刚才就听到相隔不远的左营校场闹闹嚷嚷，一边走一边问道："那边吵什么？"

　　侍卫立刻回道："是麟台少卿巩行和殷家大小姐在较量箭法。"

　　夜天漓奇道："怎么回事儿？"

　　侍卫道："听说年前殷家和巩家订了婚约，殷小姐想必是不愿，却父命难违，便带人找上了巩行，好像是要逼他退婚。"

　　夜天漓听罢，心里便将殷监正暗骂了一声，他到底把女儿当什么？转念又一想，道："走，去看看。"

　　左营校场中除了围观的将士和一些前来射猎的士族公子外，另有十余名身着骑装的女子围在四周，个个冠带束发，英姿飒爽，看来是随殷采倩一同来助声势的。

　　这时候原本乱糟糟的吵闹声渐渐低了下来，夜天漓没让侍卫惊动别人，先站在了外围往场中看去，却见这哪里是在比箭。殷采倩骑在一匹紫骝马上，身着雪貂镶边骑装，足踏乌皮勒金靴，手中飞燕银弓弯如满月，正隔着数步的距离不偏不倚地对准巩行，面如寒霜："巩行，我话说得够明白了吧？你到底答不答应！"

　　这巩行正是巩思呈的二公子，此人平时舞文弄墨，自命风流，除了斗鸡走狗花天酒地外倒也没什么劣迹，至少比起他的兄长要好得多。此刻被殷采倩拿箭指着，倒也不慌张："大小姐何必如此？父母之命，媒妁之言，岂是我一句话就能作罢？你我自幼相熟,也算是青梅竹马,这婚约也无不妥当,怎么至于动刀动枪呢?"

殷采倩柳眉冷挑:"胡说!谁和你青梅竹马了?再说就算是要定青梅竹马的婚约也轮不到你!"

巩行笑道:"这么说,大小姐难道是心有所属?却不知是哪家的公子,何不请来一见?"

殷采倩向来崇拜的是霸气英武的男儿,对他这种油腔滑调的花花公子最是厌恶,银牙咬碎,脸上没有半分好颜色:"对!我就是心有所属,非他不嫁。他好过你千倍百倍,你若不服,先赢了我手中的箭,再去和他较量!"

即便天朝民风并不拘谨,在场的也大多是生性豪爽的将士,但有女子当众说这样的话还是引得四周哗然一片。她话音落后,人群里却传来阵掌声,只见夜天漓缓步迈入场中:"说得好!"

突然见漓王前来,巩行和身旁诸人纷纷上前见礼。殷采倩也不能再这样拿箭指着巩行,收弓下马:"王爷。"

夜天漓盯了她一会儿,挑一挑唇角,慢悠悠转身对巩行道:"巩行,你好大的胆子,也不先问问她是谁的人,就敢订下婚约。本王倒想看看你有多少能耐,还能逼她嫁你不成?"

这话让所有人愣住,人人心中都冒出一个念想——殷采倩方才所说的人,难道竟是漓王?若果真如此,按漓王平时飞扬跋扈的性子,这事绝不会善罢甘休。

巩行呆了呆,凭他的身份,如何敢惹眼前这位骄横王爷,先时应对自如的模样全无:"王……王爷,我并没有逼她嫁我,这是两府长辈替我们订下的婚约,我只是遵从父命而已。"

夜天漓眉梢一吊:"殷采倩早有婚约,尚未解除,岂能随便嫁与他人?你们两家若糊涂了,本王给你们提个醒。"

巩行道:"敢问王爷此言何意?我们从来不曾听说殷小姐另有婚约啊。"

夜天漓道:"圣武二十六年,殷皇后做主将殷采倩指为澈王妃,虽当时因虞凤叛乱,十一皇兄带兵出征没来得及大婚,但此事早就内定下来,这不是婚约是什么?你巩行吃了熊心豹子胆,敢娶澈王妃?"

众人都不承想他说的竟是这件事,顿时面面相觑。当初这指婚虽确有其事,但澈王战死沙场后,这事便无人再提,可偏偏现在漓王一说,大家却又都觉得无法反驳。宫中从来没有旨意废除这婚约,那么殷采倩在名义上,的确应该是尚未举行大婚典礼的澈王妃。

巩行愣了半天才道:"可是澈王……"话说到一半,夜天漓一道锋利的眼神直刺过来,竟骇得他没敢说下去。夜天漓显然不打算和他讲什么道理,警告过后,将目光转到

了殷采倩身上，待要看她什么反应，却意外地发现殷采倩正目不转睛地看着他，神情间一丝迷离的哀愁，让他有些不解。

殷采倩见他看过来，往前走了一步，对巩行道："王爷说得没错，我与澈王的婚约从来都没有解除。我刚才就已经说过了，我喜欢的人，他比你好千倍百倍！"她一抬下颌，扬声让所有人都听得清楚，"无论澈王生死，我殷采倩非他不嫁！我现在就入宫请旨完婚，巩行你要是有胆量的话，咱们去请皇上和娘娘圣裁！"

她此举大出夜天漓的意料，因为澈王的事，夜天漓恨极了殷家和巩家，对殷采倩的态度也大不如从前。他今天插手此事，原本就是想让这两家骑虎难下，就算不陷入两难的境地，也要颜面尽失，落人笑柄。至于殷采倩是不是真要为澈王守节，这原本并没在他的考虑之中。突然听到殷采倩要履行那时的指婚，惊愕之余，不免有些震动："你要和十一皇兄完婚？"

殷采倩道："不错，我要和他完婚。"她决心已定，当即翻身上马，便出校场而去。

夜天漓比殷采倩迟了一会儿，没能在入宫之前拦住她。他赶到致远殿，才知皇上和皇后都在清华台。

清华台殿阁玲珑，因在宫城偏南一方，临近岐山地脉，有温泉之水接引而成五色池，池水色泽深浅多变，清气馥郁，常年不竭。每到冬季，四处冰寒雪冷，唯独这里温暖如春。五色池四周遍植兰芷，这时候修叶娉婷，已袅娜绽放，淡香缥缈于兰台凤阁，那股出尘的安静与外面翦翦风寒的冷意自不相同。

卿尘因怕冷，入冬以后便常居此处，一来避寒，二来那温泉之水略具疗效，对身子十分有益，便于调养。夜天凌除了召见外臣，平日批阅奏章、处理政事也都在这里，今天正和卿尘商量什么事情，神色沉肃，卿尘脸上亦略带伤感。殷采倩和夜天漓先后求见，一个提出这样离谱的要求，一个站在那里欲言又止，夜天凌听着眉间便见了几分深色，也不看殷采倩，只问夜天漓："怎么回事儿？"

夜天漓迟疑片刻，便将刚才的事大概说了，而后又对殷采倩道："我在校场说的话只是存心让巩行难堪，你何必当真？再说当初那赐婚，十一皇兄也没答应，并不算数。"

卿尘见殷采倩神情坚决地跪在面前，轻声叹道："刚刚才和陛下在商量，要将澈王的灵柩迁回天都入葬东陵，你们倒好，先闹上这么一场。"她移步上前，伸手扶了殷采倩，"你起来，这样的事岂能拿来儿戏？"

殷采倩顺着她的手抬起头来，不料早已满脸是泪："求娘娘成全我，我是真的愿意嫁给澈王，当着那么多人说下的话，我并不是玩笑。"

卿尘垂眸看她，羽睫投下深影如扇，堪堪掩住眉宇间的凄然，轻声道："澈王已经不在了，我成全不了你。你与他的婚约我替你们取消，当时你离家出走不也就是为此吗？如今，各得其所吧。"

殷采倩脸上涟涟泪水溅落在冰凉的青石地上，只是向前叩首："采倩心意已决，求娘娘成全！"

卿尘原本便心绪不佳，略有不悦，蹙眉道："你在幽州军营前，曾当着我的面请澈王收回请旨完婚的话，与他彼此两清，难道忘了？"

殷采倩道："当时当日，他不识我，我不知他；今时今日，我敬他胸怀磊落，爱他快意潇洒，念他生死情重。那时候我离家出走，并不是因为澈王殿下不好，而是……"她突然有些怯懦，停了停，最终鼓起勇气往夜天凌那边看去："我喜欢着别人。后来等到我想清楚了很多事，但是，却都晚了。"

卿尘眼底浮起云水般的颜色，一时间深浅难辨。殿里撷云香的气息沉沉渺渺地散开，如轻微的叹息遥遥的思念，飘落锦屏御案，渐渐地落了满地。

眼前的殷采倩分明已不再是当年那一味刁蛮任性的小姑娘，她如含苞初绽的花朵，正逐渐盛开属于自己的美丽，那一双杏眸中不仅仅带着明艳与俏丽，两年的时日已在其中沉淀了太多东西，泪光之后，黑若点漆。

蓦然邂逅，擦肩而过，生命中本就有太多的来去匆匆，快得甚至让人来不及去遗憾。过往与相逢或许在深夜梦回中残留下淡淡的痕迹，纵不能相忘，已无处可寻。

不管现在殷采倩对十一究竟是什么样的感情，这份情义终究是有的，就因此卿尘也再狠不下心斥责她，言语便也温和许多："漓王刚才只是无意说了那话，你若执意如此，倒让他不好收场了。"

这时夜天凌目光扫过殷采倩，突然问道："你真的想清楚了？"

殷采倩一闭双眼，泪水自脸上划出两行清痕："回陛下，想清楚了。"想清了，看透了，伤透了，那个荣耀的家族能带给她的都是什么，她无法选择，就这么守着那个男子风一样远逝的笑容一生一世，也好。

夜天凌站起身来，在殿中缓缓踱步，腰间龙佩垂下深青色的丝绦随着他的脚步轻微晃动，一步步无端透出沉重的压力。过了些时候，他道："既如此，你随行去雁凉，先将澈王的灵柩迎回天都再说。"

他的声音清冷冷的，不辨喜怒，卿尘闻言一震，却接着叹了口气，没有出言反对。让殷采倩去一趟雁凉也好，来回几个月，想必等她回来，情绪便也定下来了。

殷采倩对夜天凌原本便心存敬畏，而他称帝之后威严与日俱增，言行号令，越发让人不敢忤逆，她呆了一刻，轻声道："采倩遵旨。"

夜天凌往殿外看了会儿，对夜天漓道："礼部已经拟好了仪程，让别人去不妥当，你便亲自去一趟雁凉，护送你十一哥回来吧。"

夜天漓肃容道："臣弟领旨。但是她……"

夜天凌抬一抬手，让他不必多言，拿起案前一道奏疏给殷采倩："至于巩行，你带这个回去给殷监正，让他自行斟酌。"

殷采倩上前接过来，翻开一看，是御史台弹劾巩行的奏疏。贬迁涿州的定论之上赫然是明红的朱批，简单一个"准"字锋峻峭拔，扑面而来竟带凌厉之气，看得她手心涔涔尽是冷汗，心里百感交集。这样一来，与巩家的婚事自然不复再议，但巩行日后的境地也由此可见。

夜天漓和殷采倩一并出了清华台，殷采倩极沉默地走在前面，夜天漓一反常态，也默不作声。

到了宫外，殷采倩低头行了个鞠礼，便要转身上马，夜天漓忽然叫住她："哎，你等等！"

殷采倩站住脚步，夜天漓皱着眉头："抱歉，我今天并不是想让你为难，你也别再赌这份气，若十一哥知道了，倒要怪我了。"

殷采倩目光淡淡投过他身边，并不看他："王爷今天说得并没错，不必跟我道歉，我往后就为澈王守一辈子灵，念一辈子佛，也是我应该的。"

"你这算什么？"夜天漓脸上冷了下来，"想替殷家赎罪吗？"

殷采倩摇头："若要说罪，你们男人的恩恩怨怨，轮不到我来赎。我就只记着在北疆最难过的时候，是澈王他陪着我，虽然他那时候也没把我当成未来的澈王妃，但他陪我喝酒聊天、骑马射箭，现在想起来，还真是开心。你们争你们的恩怨，我陪他喝杯酒、说说话，难道不好吗？"她半仰着头看那透蓝的天，衣袍纷飞，微风轻寒掠过鬓发，"又要去北疆了呢，我倒是想，犯不着一定要回天都，他应该更喜欢北疆，可以纵马驰骋、仗剑啸傲的地方，才适合他。"

夜天漓心底滋味难言，沉甸甸压得人难受，喝了句："别说了！"

殷采倩终于看向他，细看了会儿，怅然道："方才在校场见着你，我真以为是澈王回来了。可是现在仔细看，是像，可又不十分像。他发起怒来更像皇上，冷冰冰地不说话，想想也挺怕人呢。"

夜天漓有些恼火，话中就带了狠意："我们本就是兄弟，像有什么奇怪？你回去告诉殷监正，十一哥这笔账，我和殷家没完！"

殷采倩将头一转，眼中酸楚刺痛，凄凉难耐："王爷要怎样便怎样吧，只是别误了去北疆的正事。"说罢翻身上马，娇叱一声，紫骝马放蹄而去，很快便消失在青石平阔的大路上。

夜天漓满心情绪无处发泄，紧绷着脸打马回府，身边人都看出他心情恶劣，格外小心翼翼。府中内侍见他回来，有事情欲上前禀报，看看他脸色却又犹豫。

夜天漓转头没好气地道："有事就说，干什么吞吞吐吐的？"

那内侍忙俯身道："是，王爷，巩思呈又来求见，等了王爷半天了。"

夜天漓挥手将缠金马鞭掷下，心头噌地就是一阵怒火。巩思呈昨天便来过漓王府，夜天漓心知他是为巩可之事而来，见都不见，没想到他今天还来。

那内侍跟着夜天漓大步往前走去，眼见他将身上披风一扯兜头撂了过来，转身站住："让他来见我！"

内侍躬着身去了，不多会儿引了巩思呈前来。夜天漓已经进了寝殿，内侍前去通报，巩思呈站在阶下等。高檐华柱之前他独立的身子有些佝偻，花白鬓角，风霜苍老。他抬头往殿内看去，宫幔遥遥，深不见底，无端令人觉得压抑和不安。原本连着两天都见不到漓王，他早有些心灰意冷，只是现在除了漓王外，没有人能在皇上和皇后面前说上一句话，不管漓王是什么态度，他总是要试一试，这毕竟是最后的希望了。

过了好一会儿，寝殿深处终于有人走了出来，正是漓王。巩思呈来不及细思，忙趋前几步："王爷。"

夜天漓此时已经换了一身云锦长衫，扣带镶玉，箭袖缠金，头绾攒珠七宝冠，玉面俊俏，带着高贵与冷傲。他缓步在殿前站住，居高临下看向巩思呈，脸上倒也不见先前的怒意，只是阴沉沉有些骇人，骄狂之中透着几分煞气。

他不出声，巩思呈只得弯腰候着。良久听到上面冷笑一声，夜天漓道："你想保巩可一命？"

他直接就这么问，巩思呈倒愣住，接着道："逆子混账，百死莫赎，但请王爷救他一救。王爷若肯说话，皇上定会开恩。"

夜天漓道："好，本王答应你。"

他如此痛快，非但没有之前料想的羞辱，连一句推诿都不见，巩思呈意外至极，随后匆忙道："……多谢王爷！"

夜天漓盯着他，唇角慢慢生出抹极冷的笑："用不着谢本王，皇上说了，巩行既然定了贬去涿州，巩可，就发配定州充军，你谢恩吧。"剑眉一挑声音一扬，"来人，送客！"说罢头也不回径自转回殿中去了。

他那句话如同晴天霹雳，巩思呈眼前几乎漆黑一片，仿若由死路直堕地狱。天下三十六州，单单发配到定州，巩可军粮一案害死定州数十名将士，定州军民早恨不得将其扒皮抽筋，生啖其肉，落到他们手里，这是生不如死啊！巩思呈僵立在原地，混浊的眼中一片空茫，冷风袭来，寒彻心骨。

第二十章 麒麟吐玉盛阳春

春江水暖，远山吐翠，几痕堤带横陈。

楚堰江上轻舟画舫，穿梭如织，江水东西，往来南北，既有商贾侠客，亦有名士鸿儒。这几日正是三年一度的春闱都试，各州士子齐聚天都，登科应试，一时风华云集。

楚江杏林是天都里一大胜景，时逢春至，繁花锦绣如云似雪，连绵西山三十里，直至江畔。春闱收试之后，江上舟舫不断，游人比肩，锦衣雕鞍，笑语偎偯，几乎比金科放榜还要热闹。临江一艘巨大的石舫依山带水迎风，乃是登舟饮酒、遥看花林的好去处，此时聚集着来自各地的士子，船上寒暄之声此起彼伏。

都是同年参试应考，士子们呼朋引伴，落座品酒，不免便要说起今年都试。这个话题一开，顿时高谈阔论沸沸扬扬，细听之下，其中竟有不少非议之词。

今春都试一反常例，重时策而轻经史，夒州士子卢纶以一篇平实无华的《南滇茶税考述》竟得以金榜题名，御笔钦点为今科状元，同榜探花梅羽先的《平江水治说》更有诽经谤道之言，十分惹人争议。这次都试因与历年的惯例大相径庭，令不少人措手不及以至名落孙山，难免颇有微词。

应试的士子大都是些年轻人，自负诗书满腹，你一言我一语各抒己见，越说越是喧闹，再加上推杯换盏，酒助谈兴，渐渐竟要指责起朝政来。

隔着几转屏风，这石舫往里面便是分隔开来的清阁雅室，其中一间几面花窗正对着那些士子聚集的地方。窗前青帘半卷，点点筛进些阳光。素席清酒，落花片片，室内几人也都是普通文士的打扮，但却显然不是今年应试的士子。坐在当中一张低案之后的人身着水天色素锦长衫，发结银丝青玉带，身形颀长，神色清峻，正透过花窗遥看着那边人声鼎沸的场面。他只是坐在那里，闲握杯酒，浑身上下却透着叫人不敢逼视的尊严气度，目光淡定间仿佛尽览一切，沉稳深邃有种掌控全局的力量。

外面喧哗的声音传到这里已经弱了不少，但依旧听得清楚。坐在他身旁的人一边听着这纷纷的议论，一边抬手轻拈了落在席前的落蕊，腕上那道幽光冥亮的墨色串珠一晃而过，沉静夺目。

这人听了会儿，突然笑道："都说文人的嘴最为刻薄，果然如此，让他们这么一说，如今这朝政竟是混乱不堪，恐怕不出三年便要天下大乱了。"

那青衫人笑了笑，随意说了一句："年少气盛，难免自以为是，也是人之常情。"

那边士子中有个白衣黄衫的年轻人，一直是众人间最活跃的一个。这时仰首饮尽杯中酒，酒壮胆色，在大家的簇拥中铺纸蘸墨，牵袖挥毫，片刻间将一篇指责都试政策的文章一挥而就，众人传看之下，纷纷叫好。

那人将笔一掷，扬声道："诸位同年，今年都试废经取仕，摒弃礼制，小弟实不敢苟同。我等寒窗苦读，十年一试，却遭逢这样不公平的待遇，诸位若觉得小弟今天这一篇告文写得有理，大家一同去都试放榜的宸文门前张贴起来，请朝廷给个公论，必使之上达天听，以陈谏言。"

众士子闻言而起，颇有一呼百应之势。雅阁中坐在下首的陆迁有些忍耐不住："主上，不能任他们这么闹下去，让我过去约束一下吧。"

眼前两人正是为了解仕情微服出宫的昊帝和皇后，都试这番调整必然在朝野引起震动，夜天凌早已有所预料，唇角淡淡一挑："你可压得住他们？"

陆迁俊秀的面庞上一派自信洒脱，笑道："这点儿把握还是有的。"

"不急在此时，"夜天凌一抬头，"冥执，去想法子将他们写的那篇告文弄来看看。"

冥执领命去了，远远见他和那群士子周旋一阵，也不知用了什么法子，过不多会儿，拿着一张墨渍簇新的告文回来。

夜天凌着眼看去，先见其字龙飞凤舞，潇洒遒劲，再看文章，辞藻并茂，通篇锦绣。内容虽诽谤朝政，但一气读下，酣畅淋漓，倒似乎句句切中人心，极具煽动性。他将告文递给卿尘，笑赞道："好文章，可问了那人是谁？"

冥执道："此人是云州士子秋子易，今年都试也榜上有名，点了二甲进士出身。"

夜天凌对陆迁道："云州果然出才子，先有你陆迁名冠江东，现在又出一个秋子易，想要轰动京华。"

陆迁道："先前倒也听说过他，似乎是个极放浪的人物，平时恃才自傲，在士林中颇有些名声。"

"的确好文才。"卿尘看完了告文，想了会儿，"越州巡使秋翟，和他可有关系？"

经她一提，陆迁记起来："云州秋家是当地名门望族，秋翟是这秋子易的嫡亲叔父。"

"哦。"卿尘眉梢略紧，后面的话便没再说。越州巡使秋翟，那是殷监正的门生。

夜天凌若有所思，徐徐浅酌杯中酒。此时忽闻马蹄声紧，遥见江边堤岸上一骑飞马快奔而来。马上也是个年轻男子，寻到石舫这里，下马快步踏上石桥，远远便道："子易兄，诸位，诸位！国子监那边出大事了！三千太学士因今年都试题制废经典轻礼制，偏颇取士，联名上书以示不满，现在全都在麟台静坐，请求圣上重新裁夺！"

这消息传来，顿如烈火添柴，众皆哗然，一时群情激昂。陆迁眼见那群士子便要趁势起闹，忙道："主上，让他们再推波助澜，怕会酿成大乱。"

夜天凌轻叩酒盏，信手放下："你去吧，压住那个秋子易，传朕口谕，准他们自圣仪门入麟台参议此事。"

陆迁听到这样的安排，十分吃惊，但随即拱手一鞠，低声道："臣领旨。"便快步离去。

陆迁离开后，夜天凌站起身来，说了一句意味深长的话："三千太学士联名奏表，圣武年间也有过一次。"

卿尘手指笼在袖中，不由略微收紧——圣武二十六年天帝诏众臣举荐太子，国子监三千太学士曾联名上书，具湛王贤，请立储君。

春盛，日暖，风轻。麟台之内，气氛却凝重。

正午的阳光在鱼鳞般层层铺叠的琉璃瓦上反射出耀目的色泽，连带着殿前的琼阶玉壁也似映着光彩，然而透到靳观心底下，却深凉一片。

面对着眼前人头攒动，靳观怎么也没想到昊帝敢让国子监太学士与今年新科进士们同台辩论，并准天都士子麟台参议。

都是些血气方刚的士子新贵，这要是控制不下场面，可是要生大乱的。更令他心惊的是，刚才进来的时候，见到麟台四周已经遍布玄甲禁卫，重兵环伺，为首的是上军大将军南宫竞。

金钉朱漆的巨大宫门缓缓闭合，靳观脸上镇静，背心已是一片冷汗，眼前尽是昊帝那张冷峻无情的脸，仿佛那深不可测的眸光就在身后，刺得人如坐针毡。

若是麟台中真闹出事来……他没敢往下深想。原本默许太学士联名上书，他自认是进是退，总有把握控制局面，可眼前伸来只手轻轻一翻，棋盘颠覆，下棋的人反成了棋子，那强有力的手就这么扼在关键处，顿时叫人进退两难。

好在场面目前还算稳定，靳观环目四视，除了深衣高冠的太学士们，麟台之东是今年金榜题名的新科进士，一律冠服绿袍，循阶而立，引领他们的，是银青光禄大夫杜君述。麟台之西，是服色各异的天都士子，原本这应是最混乱的一面，此时倒也秩序井然。靳观一眼便看到在他们之中正与秋子易相谈甚欢的陆迁，眼角不自觉地牵了牵。

江左陆迁，少时素有才名，尚在弱冠之年便因不满当时云州科场营私舞弊、贪墨昏暗，曾放肆行事，在云州贡院外墙之上泼墨挥毫草书狂诗一百二十句，直刺考场弊端。随后纠集江左士子近千人弃书罢考，以至于那年云州巡使、江左布政使相继遭贬，甚至牵扯到数名中枢要员。陆迁自己也因此被革去功名，险些废除士籍，但在士林之中却从此声名鹊起。

一晃十年有余，现在的陆迁也尚不到而立之年，站在那些士子当中，仍是意气飞扬。以他的经历与名声，自然极易镇抚这些士子的情绪，效果如何，只看眼前秋子易的态度便知。

以前只知昊帝手下精兵猛将所向披靡，却不料如今出一个斯惟云，就敢清查百官；出一个莫不平，可以牵引朝堂；出一个陆迁，又领袖士林。再看看身旁坐着的灏王，这是前太子，曾经一人之下万人之上的储君，按理说新皇即位是最容不得这样的人，但灏王却频受重用，甚至连春闱都由他主试。还有一个漓王，平时看上去不务正业，偏偏就能掌控京畿司，协理天都两城八十一坊大小事宜。

志在云霄，心如瀚海，纵横棋盘，落子不多，却每一步都在关键处啊！

"王爷，"靳观正了下心神，侧身对灏王道，"麟台辩论这是从来没有过的事，也无先例可循，不知皇上到底是个什么意思？"

坐在他身边的灏王微微一笑："为水者决之使导，为民者宣之使言，这便是皇上的意思。他们既然有话要说，就让他们说，至于说得对不对，不妨公论。今天在麟台，皇上就是给他们畅所欲言的机会，等到说完了，结果也就出来了。"

靳观道："皇上开天下士子之言路，实为圣明之举。不知王爷对这场辩论的结果可有预料？"

阳光下，一身金绣蟠龙的亲王常服稳稳衬着灏王高华的气度，他始终温文含笑："靳大人该对我们选出来的新科进士们有些信心，本王相信他们哪一个也不是徒博功名之人，若他们输了，那就是你我有负圣望了。"

靳观心中突地一跳，作为今年考试的两名主试之一，这些新科进士可都是他和灏王共同遴选的，若他们名不副实，那岂不是主试官员严重失职？靳观苦不能言，捏了一手冷汗，只点头道："王爷言之有理。无论结果如何，这都是天朝士林一大盛事。"

灏王侧过头来一笑："的确如此，时间已到，也可以开始了。本王只是奉旨监场，有劳靳大人费心主持，该怎么控制场面，大人多多斟酌吧。"

报时金鼓隆隆响起，这绵里藏针的话听在耳中却异常清晰，靳观心底长叹一声，躬身应命，便整束衣襟，往台前去了。

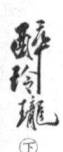

第二十一章 万树桃花月满天

车马行行，不疾不徐地沿着江岸离开杏林石舫。卿尘松手将车帘放下，转头问道："四哥，闹出这样的事，靳观这个国子监祭酒难辞其咎，你却一再用他，不知他会怎么想？"

夜天凌淡声道："他怎么想不重要，关键不在他。"

卿尘同夜天凌目光一触，迎面深不见底的双眸，似一泓寒潭，敛着冰墨样的颜色，春光也难入其中，她话到嘴边，复又无言。这漫天明枪暗箭，夜天凌因势利导，反为己用，自始至终都还留着一分余地。这里面是他对她的一言承诺，也是他高瞻远瞩，于国于民之期望。但是这仅有的忍让在接踵而来的冲击之下，还能维持多久？还有什么理由要维持？就这么一步步走下去，她已经可以预见结果，但却无计可施。

其实从一开始便无比清楚，这是无法平衡的局面。就像是一个濒危的病人，只能靠针药延缓着衰弱，最后终究还是要面对死亡。此时此刻，她似乎是提前触摸到结局，冰冷的滋味从指尖悄然而上，渐渐蔓延成怅然与失落。她不由自主地将手笼在唇边呵了口暖气，似是自言自语："是啊，关键不在他。但我也无能为力了。"

夜天凌闻言突然一笑，握住她的手："还有我。"

卿尘抬头，只见他脸上近乎自负的骄傲，淡淡地，带着一抹潇洒。他俯视她，薄唇微挑。如果有什么事做不到，还有他；如果有什么得不到，还有他；如果觉得倦了累了失望了，还有他。

无论何时，都有他。

卿尘仰头看着他，自从那次意外之后，她总觉得他和以前有些不同，但是到底哪里不同，又说不上来。

昨天在清华台，她倚在他身边闲翻书，无意问道："古时烽火戏诸侯，也不知是个什么场面，你说有什么好笑的呢？"他搁下手中的事低头答了句："你若是哪天不笑了，我也戏给你看，看你笑不笑。"卿尘便道："四方侯国都被你撤了，哪里还有的戏？你先叫人撕些绸帛来听听，说不定我便笑了呢？"谁知夜天凌扬声便命晏奚去取绸帛来，卿尘又气又笑："你真当我是亡国的妖后啊！"夜天凌道："你非要做那样的妖后又有什么办法？朕只好陪你当昏君了。"

虽是玩笑话，卿尘过后却想了好久，换作以前，这样的话他会说吗？

她几乎是在他的宠溺下随心所欲，就在他身边，她放纵自己的喜怒哀乐，就在她面前，他也才是那个谁也看不到的他。她喜欢那种感觉，他就是他，无关其他任何的身份，她也就是她，是他的清儿，他的女人。

她一时间有些走神，突然面前一只修长的手将她的头抬起来，夜天凌目带研判与深思，看了她一会儿："在想什么？"

卿尘见他深邃的眸中倒映出自己的影子，轻微地漾过亮光。她便也这般看着他，在他的注视下，淡淡转出一笑："其实我什么都不想要，我只要你。无论怎样，我都只要你。"

捏在下颌的手略微一紧，夜天凌唇边却勾起抹笑，他细起眼眸，"你不要行吗？"

卿尘叹息一声，顺从地伏向他的怀中，将退缩和厌倦都藏在他的温暖之下，如一只逃避寒冷的小兽。过了一会儿，她道："四哥，我们去武英园好吗？"

武英园一直保持着原来的样子，一石一泉一草一木和十一在的时候并没有区别。寻径而入，遥见桃色点点，碧枝万树，云霞铺展，犹胜当年。

亭台楼阁，朗声笑语犹在耳，夜天凌陪着卿尘缓步往园子深处走去，心中不免生出丝感慨。不过几年而已，物是人非，这世间还有几个人能兄弟相称，把酒言欢，畅谈天下事？曾经桃李琼筵，羽觞醉月，群季在座，谈笑赋诗，如今也只剩这一园寂寥了。他轻叹一声，无意一抬头，突然停下了脚步。

卿尘扭头，沿着他的目光看去，意外地发现前面半山之侧八角亭中，竟是夜天湛独自一人坐在那里。

一棵老树虬枝苍劲，自山岩缝隙扎根而生，树干斜伸，如伞如盖半遮亭上。落花在山侧，在亭中，在衣袂飘飘间转瞬而去，一天花雨下，亭中白衣素服的人遥望远处，满身竟是难言的孤单与萧索。

夜天湛听到脚步声回头，忽然见到夜天凌和卿尘，瞬间愣愕，随即拂襟而起，淡淡躬身："见过陛下、娘娘。"

飘逸俊雅的姿态，从容沉着的话语，轻风扑面，衣袖微扬，带来他身上一股微苦的药香夹杂着甘洌的酒气，幽州"洌泉"，那是十一独爱的美酒。

亭中桌上，落红点点，几个细泥封口的酒瓶放在那里，已经空了两瓶。卿尘问道："你怎么会在这儿？"

夜天湛轻轻一抬眸，回答："明日，是十一弟的生辰。"本来是想避开别人，却谁知这般巧合，该来的，竟避也避不开。

卿尘看向漠然立在身旁的夜天凌，又将目光转回夜天湛身上，夜天湛视线和她微微一触，他脸上因酒的缘故颇有几分倜傥神采，然而那笑却勉强。

夜天凌坐到桌前，拿起那酒来："不想你也知道十一弟喜欢这幽州洌泉。"

夜天湛道："在北疆时曾和十一弟一起喝过。他嫌天都桃夭太过醇浓，失了酒的豪气，说只有这酒烈中缠绵，最合他的口味。"

夜天凌指下微挑，捏破泥封，仰首倾酒入喉："清含冰雪之气，浓有风焰之魂，是好酒，朕还欠着十一弟一醉，到现在也不曾还他。"

卿尘眼底蓦然一酸，眼前桃林盛放，胭脂色，灿如云，尽成了一片模糊的浮影。

身边是一阵无声的沉默，亭前风过，花落如雨。

百丈原前，痛失手足，兄弟反目，刀剑相见。从那以后再无人提过此事，大家好像都在回避着什么，但即便不愿提、不想提，这却始终压在心头。

恩恩怨怨纠缠得深了，反而变得谁也说不清楚，是非黑白，成败对错，早已一言难尽。

夜天湛抬手灌了一口酒，修长的手指握在瓶颈处略显得苍白，透着紧致的力度，似乎再用一分力气，那酒瓶便会迸碎在他的指间。"四哥，抱歉。"他的声音极淡，说话时好像只是在看那片桃林，目光遥遥落在亭子外面，唇角微抿。

夜天凌亦没有看他，只是突然将手中的酒一饮而尽，在放下酒瓶的时候，他望着前方说出了同样的两个字："抱歉。"

卿尘诧异地看向他们两人，稍后，她往后退了一步，轻声道："你们聊，我去下面走走。"

夜天凌和夜天湛同时看了她一眼，但都没有开口。

依山连水的武英园，半边青峰，奇石叠嶂，两道流瀑如注，自岩石间长挂垂泻，一前一后汇入其下深深清潭。潭水碧色翻涌，如翠如玉，风过发间，水雾纷纷扑面，似微雨漫天。

幽潭深不见底，倒映着卿尘白衣绦缦，她望着那飞溅而下的瀑布出神，耳边水声隐隐，却似乎静得要令人窒息，听不到任何其他声音。

男人与男人之间，自有他们处理事情的方法，她不想在此时介入其中。她盼望着他们能深谈一次，然而亭中是极漫长的沉默，也不知过了多久，终于隐约传来那两人的说话声，开始还是语气平和，紧接着越说越快，逐渐就变成了激烈的争吵。

夜天凌的声音深沉凌厉，夜天湛的声音冷淡犀利，两人都不再见平素那不动声色的沉稳和耐心，各持己见，措辞锋锐。

麟台之前，一场天朝开国未有的辩论正在进行；武英园里，两个掌控着天朝兴亡的男人亦正针锋相对。

是君臣，是兄弟，是对手，是朋友。是君子胸怀，是王者气度，是放眼苍生，是心怀天下。

曾同窗共读，曾一朝为王，曾并肩作战，龙争虎斗之下，是对彼此至深的了解。人之一生，如果没有旗鼓相当的对手，没有惺惺相惜的知己，男儿英雄亦寂寞，雄心壮志也孤单。

卿尘仰首闭目，任纷飞的水雾洒了满身，点点清凉让心头翻滚的焦灼淡下几分。她修削的指甲直嵌进掌心里，连疼痛都不觉得。日影渐西，将眼前瀑布清流渐渐染上琥珀的色泽，时光一刻一刻难熬，仿佛千万年也走不完，等不到那个尽头。

谁也不知道结果会是怎样，她唯有相信这两个男人，除此之外，别无选择。

突然间，上面的说话声中断，卿尘不由自主地抬头。过了会儿，才听几声低低的咳嗽后，夜天湛的声音重新响起："的确，各州究竟有些什么手段应付清查，我清楚得很。四哥若想知道，我也不怕据实相告。但知道归知道，要让他们把吞进去的银子吐出来，哪里那么容易？"

夜天凌沉声道："要说容易，继续放任他们侵吞国库盘剥百姓倒容易，可惜别人能容，我容不得。"

夜天湛道："负国营私，法理难容，其心可诛，任谁也容不得！四哥要清查亏空，我倒先要问，查到什么地步？若只是解决一时之困，像以前那样点到为止，不如趁早。"

夜天凌道："查到什么地步？查到天下无官不清，查到国库充盈，还民以富足，一天不达目的，我一天不会放手！"

夜天湛停顿片刻，缓缓道："清查天下百官，必招众怒，却不知四哥你是否当得这苛刻寡恩、凉薄无情的骂名？"

夜天凌冷笑一声："刻薄寡恩又如何？我岂用姑息养奸去博这明君圣主的虚名？今日我便把话说在前面，你若怕得罪天下官吏，可以置身事外，我不想，也没有太多耐性和你周旋！"

夜天湛声音略提："笑话！我会怕得罪他们？四哥若想看看，我们不妨较量一下，你查中枢，我查地方，三年之后，看谁办得干净彻底！"

"好！"夜天凌也一扬声，"三年为期，分个高下又如何？就怕你做不到。"

夜天湛情绪缓下来："做到做不到，届时便知，但我有个条件在先。"

"说。"

"四哥可敢答应我，各州各府，清查之中罢什么人、用什么人，都由我说了算？"

这句话要的是天下三十六州的官吏任免之权。卿尘浑身的血液凝滞于一瞬，不愧是湛王，他不是一时意气，更不是就此向对手妥协。天都城外，他可以兵息干戈，以退为进；朝堂之上，他可以摒弃前嫌，顾全大局。这一场较量，他是深思熟虑，甘冒奇险，决定放手一搏。

那么夜天凌，他是否也愿赴此豪赌，给这场死局以生机？

他会答应吗？

四周恢复了漫长的沉寂，卿尘没有再听下去，缓步往桃林中走去，笑容相映了桃花。

金乌西坠，明月东升。

武英园外不知何时悄无声息地布满了玄甲禁卫，渐深的夜幕下，十步一哨，肃然而立。

夜天凌和夜天湛一起走下山亭，身上都已带了几分酒意。月朗天清，微风拂面，两人心间竟不约而同有股舒畅的感觉油然而生。夜天凌负手缓步，目光遥遥望向墨玉般的天际，忽然淡淡一笑，转头道："不知今年闲玉湖上的荷花怎样，似乎好些年没再见了。"

一抹月华落在夜天湛文雅的面容上，清晰明亮，他似是轻叹了一声，道："这么多年，荷花倒是年年盛放，皇兄若有兴致，臣弟备下美酒，恭迎圣驾。"

夜天凌点头："朕记得你府中那菡萏酒似乎也不错，不妨叫上大哥和十二弟，再去尝尝。"

夜天湛俊眸轻抬，顿了一顿："臣弟遵旨。"说到这里突然停住，他看到了卿尘。

桃林前，月湖旁，一抹清丽的身影独对明月，合十身前，默默祷祝。

万树桃花，清辉满天。夜风吹皱湖中波光浅影，吹起她衣带当风，袖袂飘举，她半仰的秀颜沐浴在月色之下，发丝轻扬，似将乘风归去。

月中花落，林空人静。那一刻，时间缓缓停驻，他眼底心中，唯有她的影子。

相逢相知，只是红尘一梦。

情丝万丈，几世芳华，一身爱恨，一生风月，都作浮云飞烟。

他听到夜天凌叫她的名字，她回眸的一刻月华流转，湖光如梦，仿佛隔了千年，她的目光终于越过了夜天凌的肩头，穿过漫天纷扬的花雨看向他。

那一瞬对视，他向她展开淡然的笑，在看到她的泪水前，潇洒转身。

第二十二章 暮雨潇潇闻子规

麟台之议的三天，每日例行朝会因此暂停，昊帝御驾亲至麟台，并由湛王率百官旁听参议。

钟鼓钦钦，韶乐宏扬，名士学子泱泱齐聚，鸿儒俊才举袖如云。千百之众，皆在鸿胪寺官员的指引之下进退如仪，各陈己见。

湛王代百官上言，巧妙引导，指点经纬。昊帝虚位求贤，恩威并施。原本颇具火药味的对立在这样的暗牵明引之下，变成天朝开国以来前所未有的一场畅开言路、广纳谏议的大朝会。

三天议论，各家之言百花齐放，异彩纷呈，不少颇具才华的士子脱颖而出，崭露头角，即刻便获重用，在士林之中引起不小的轰动。

鸿胪寺卿陆迁临场而作《麟台赋》记此盛事，华赋文章，纸笔相传，天子威穆，维烈四方。

帝曜二年春，昊帝正式下诏重新修订科考例制，依据中枢六部所需，开六科取仕之路，废文试题制限定。

同月，诏令天下，广招贤才，并允许异族有识之士入朝为官。

天朝自此盛开明之风，更加亲融四域，在许多昏庸贪婪之臣因亏空而被纷纷淘汰出局的同时，一大批年轻有为的臣子为中枢注入了新鲜血液，朝堂之上，风气焕然一新。

七月仲夏，湛王寿辰，宫中除了例行丰厚赏赐之外，另比往年多了一卷御笔亲书。

夜天湛在烟波送爽斋展书而阅，上面是皇上峭拔有力的笔迹——兄弟齐心，其利断金。

抬眼望，闲玉湖上风清云朗，碧荷连天。

是年秋，历经三朝的宰相卫宗平因贪弊案获罪入狱，亲族门人皆受牵连。一夜之间，四大士族之一的卫氏门阀颓然崩塌，昔日朱门画堂，而今只余黄叶枯草，秋风瑟瑟。

大理寺刑牢，甬道深长，灯火昏冥，勉强可以看到粗重的牢栏之后，卫宗平囚服散发，形容委顿，再不见权臣风光。

一阵脚步声由远及近，停在牢房前。随着铁锁咔啦啦的响声，引路的牢子讨好地躬身下去，对身前的人道："凤相请。"

凤衍锦衣玉带，负手踱入牢房，上下打量四周，面带笑容："多日不见，卫相近来可好啊？"

多年的宿敌了，眼前天壤之别的境地，凤衍那得意之情溢于言表。卫宗平抬了抬眼，并无激烈的反应，不过冷笑了一下："有劳凤相挂念。牢狱不祥之地，敢问凤相屈尊前来有何贵干？"

凤衍笑道："这么多年的同僚共事，老夫是该来看看的，何况刚刚得了个消息，特地来告知卫相一声。"

卫宗平道："不知何事竟劳动凤相大驾？"

凤衍道："今日中宫有旨，湛王妃私通宫闱，多行悖妄之事，废为庶人，发千悯寺为尼。湛王领旨废妃，干脆得很啊！"

卫宗平眼角青筋猛跳，卫家最后一丝希望破灭，连日后翻身的机会也彻底丧失。这几日来，他在心中将这灭顶横祸反复琢磨，骤然就在此时想通了一件可怕的事情——湛王显然不仅是知道了殷皇后之死的真正原因，而且，他已经与昊帝联手了。

这个念头让卫宗平怔在当场，凤衍以一种胜利者的姿态欣赏着卫宗平的每一丝神情，十分惬意。不料卫宗平突然看着他仰首大笑，花白的胡子颤颤直抖，笑得凤衍略微恼怒："你笑什么！"

卫宗平好不容易止住了笑，原本暗无精神的眼中猛地生出一丝精亮，俨然仍是往日与他分庭抗礼的宰辅之臣："我笑你自以为是。凤衍啊凤衍，我们两个斗了三十几年了，谁也占不了谁多少上风，你我心里都清楚，你以为我真是败在你的手中吗？"

凤衍袖袍一拂："手下败将，还敢大言不惭，如今你已是阶下之囚，还有什么可说的？"

卫宗平道："你别忘了，这天下归根到底是姓夜。敢问凤相与皇上，难道近得过皇上与湛王兄弟之情？百年士族风光将尽了，今天是一个卫家，明天就是凤家，我不过先行一步，在前恭候凤相。"

凤衍似乎听到了极为好笑的事："皇上与湛王？哈哈，看来你真是糊涂了。卫家之后，是殷家、靳家，凡是与我凤家作对的，早晚都是这个下场，就算湛王也一样。"

卫宗平眯了眯眼睛打量凤衍，半明半暗的灯影下，扫除自满与手中滔天的权势在凤衍脸上明明白白地写着不可一世，换作三十年前凤家鼎盛的时候，卫宗平都没有见过凤衍这种表情。

聪明一世，糊涂一时啊！卫宗平唇角噙着不明所以的笑，凤衍显然低估了昊帝，就像他也从头到尾低估了湛王。这两个人联手的力量究竟是什么样子，他有些难以想象，想必即使没有殷皇后的事，卫家也难逃今天的结局，凤家就更不会例外。不过他现在乐得装糊涂，在对手欣赏着他落败窘态的同时，他也满意地看着对手逐渐走向相同的结局。

秋夜深静，白露轻寒，流光飞转的宫灯下，卿尘青丝半绾，以手支颐，正看着面前几串水晶灵石。

七色碧玺、冰蓝晶、月华石、紫晶石、血玲珑、幽灵石、金凤石，她将那串黑曜石也放入其中，轻声慨叹。转眼多少岁月已往，这一串串灵石似乎穿连着她在此经历过的点点滴滴，虽然悲欢离合不尽相同，但对她来说都别有含义，如那串冰蓝晶，如那串幽灵石。灵石中仿佛沉淀了记忆的痕迹，当触摸到的时候她会想起一些人，一个微笑，或者一句戏语，那跨越了千年的相逢，抑或是，离别。

三生之后他们是谁？三生之前他们又是谁？轮回之中她与他们生命的交集深深浅浅，流转不休，不知始于何时，不知止于何处。

心口又有些隐隐作痛，她并不喜欢这种虚弱的感觉，但却早已习惯。习惯了做凤卿尘，习惯了做他的妻子，如果真的能陪他一生一世，那便不枉这人生一场，想必他也是愿意的。

正独自出神，肩头一暖，夜天凌不知什么时候回了寝宫，自后面将她环住："想什么呢，我进来都不知道？"

卿尘仰头看他："想你。"

夜天凌问："想我什么了？"

卿尘道："没什么，就是想你。"

夜天凌淡淡笑说："我说怎么刚才总静不下心来，原来是你作怪。"

卿尘轻轻一笑："是我，怎样？"

夜天凌挑了挑眉梢，笑着挽她转身。这时外面碧瑶禀报了一声，侍女们像往常一样奉了皇后每天该用的药进来。金盘玉盏，药香微苦渐渐散了满室，将秋夜中清风的气息、殿中安宁的淡香都盖了过去，莫名地便在卿尘心里牵出一丝难过的情绪。

她对着药盏发了会儿呆，慢慢将药喝了下去，秀眉微锁。待侍女们都退出去后，夜天凌见她许久不说话，问道："怎么突然愁眉苦脸的？"

卿尘垂眸道："我以后不喝这药了。"

夜天凌道："为什么？"

卿尘道："喝了没有用，我不喝了。"

夜天凌原本含笑的眼中微微一滞，却温声道："谁说没有用，你最近气色好多了。"他坐来她身旁，抬手拢住她的肩头，隔着衣衫她单薄的身子不盈一握，却是比先前更见消瘦。

卿尘不看他，有些任性地重复道："我不喝了。"

夜天凌沉默了片刻，复又一笑："好，你说不喝就不喝了。"他眼底倒映着烛火的微光，清淡而柔和，却有一抹寂然渐渐沉淀在那幽深之中。

"四哥。"过了会儿，卿尘叫他，他却好像没有听到，"四哥？"

"哦！"夜天凌似乎从某种思绪中突然被惊醒，答应了一声。

卿尘轻声道："这药里，一直用的有麝香。"

夜天凌不解，以目相询。卿尘在他耳边轻轻说了一句，他面露恍然之色。"那也不能停了药。"他低声道。

"停了也无妨的。"卿尘道，"是药三分毒，多用了也不好。四哥，我有分寸。"

玉枝宫灯淡淡的光影下，夜天凌眸光深邃，凝视于她，随后点点头，道："刚才说了，都依你。"

迟迟钟鼓，耿耿星河，夜已三更。

安静的寝殿中银烛低照，画屏朦胧，龙榻凤衾，明黄绡帐层层低垂，四处无声。

卿尘早已枕着夜天凌的肩头沉睡过去，而夜天凌却一时无眠，独自望着帐顶出神。隔着夜里薄薄的微光，卿尘的脸色极淡，似乎破晓前一抹月痕，渐渐要隐去在天幕的底色中，柔弱而苍白。方才她任性地说不想再吃药，他原本绝不会答应，但就在触到她眸光的那一刻，却突然又改变了主意。在一起一年也好，十年也好，百年也好，去到哪里，他都陪着她便是，只要她觉得开心，他倒并不很在乎其他，生生死死，也都无妨。

他淡淡笑了笑，闭目歇息，半睡半醒间听到外面突然传来阵嘈杂的脚步声，不过片刻，便听帐外晏奚低声道："陛下。"

卿尘夜里向来睡得浅，被这样惊动，早已醒来，夜天凌转身问道："什么事？"

晏奚的声音隔着帷帐听起来，有些遥远和飘忽："福明宫刚才来人禀报，太上皇……怕是不成了。"

静垂的罗帷霍然被掀开，晏奚低着头看到一角雪色单衣飘掠过眼前，上面飞龙暗纹在鎏金灯下一闪，落回榻前背光的低影处，是皇上猛地坐起身来。

然而再没有什么动静，晏奚等了会儿，抬一抬眼："陛下？"

"知道了。"就这么三个字，晏奚看到的是一张清冷平静的脸，恰似更深夜沉，秋风露重。

帝曜二年秋,太上皇崩于福明宫。

秋雨成幕,已经淅淅沥沥下了整天。雨水急急,洗过翠瓦碧檐,垂落细流如注,沿着玉石琼阶上的瑞雕祥纹倾泻而下,天地间一片飘摇的雨色,红墙金殿,依稀可见。

偌大的福明宫中,连雨声也渐暗,孙仕低头垂眸走过那道漫长曲折的回廊,玄衣墨袍犹如天低处黑沉沉的深苑,没在蒙蒙雨中,一眼望不到尽头。

偏殿幽深,转进去宫灯点点,雨意氤氲如雾。深碧似墨的罗幕之后,淡淡人影绰约。前面引路的碧瑶轻声禀报后,退出殿外,孙仕有些吃力地俯身跪叩下来。

帘幕拂动,玉环声轻,眼前落来一袭淡墨色的广袖,示意他免礼,一阵沉静的木兰清香飘下,如这秋雨的气息。

看着孙仕一头苍苍白发,行动迟缓,卿尘心里五味杂陈。不过几年时间,一转眼的空隙,生老病死,各有各的归路。人去灯灭,不知九天黄泉再相见,都是个什么境地,那一代的爱恨,可有了终了?

"为太上皇守了这么多天,委实辛苦你了。"

孙仕低垂眼帘:"伺候太上皇,本便是老奴分内的事。"

卿尘轻叹道:"你跟了太上皇三十几年,不曾有过半分疏漏,皇上和我都念着你的忠心。如今太上皇宾天,你年纪也大了,也是时候该歇一歇了。"她转身,执了凤案之前的玉壶清酒,缓缓斟了一杯。酒色冰澈,在碧玉盏中旋起流转的縠纹,碧色渐浓,沉淀成一泓幽暗平静。

深深浅浅的雨声穿透幕帘灯影传来,在殿中沉下濛重的湿意。这结局在当初凌王迈入清和殿的那一刻便早已落定,孙仕没有任何惊惧,弯腰接过酒盏,复又叩首:"老奴谢皇上恩典。"

"孙公公,"卿尘在他将酒盏举到唇边的时候静静地道,"喝了这盏酒,自会有人送你出宫,今后你便将这大正宫忘了,将自己也忘了吧。"

孙仕手一抖,本来死寂的脸上突然生出了震动:"娘娘……"

"酒是皇上赐的,去处是我给你的,从此以后,你好自为之。"

孙仕将酒盏放了下来,抬头只见到一双淡定的眸子,蒙蒙如烟湖深远,手中已是微微颤抖:"老奴在大正宫过了大半辈子,该活的都活过了。太上皇偏居废殿,娘娘一直多方照拂,老奴早已感激不尽,娘娘何苦再为了老奴这条贱命违拗皇上的意思,这叫老奴如何受得起?"

卿尘浅淡一笑:"你不必担心我和皇上。我和皇上能结连理,也是你当年尽了一份心力,我并没有忘记。既然大半生都耗在宫里了,日后便换个地方,安安稳稳,过些清

静的日子去吧，便算是我谢你那份成全之情。"

孙仕眼中老泪难禁，一时语声哽咽："多谢娘娘仁慈。老奴已是风烛残年，也再没有什么能为娘娘效力的地方了，但有样东西娘娘或许以后用得着。"他抖着手自怀中取出一个金丝锦囊，奉给卿尘。

卿尘疑惑，接过来打开，里面封着一道朱墨御旨，其上赫然压着天帝的龙玺金印。她看过内容，周身渐生凉意，这是一道节制皇权的密旨，若昊帝行为有差，凭此可行废立之举，上面的日期正和天帝的传位诏书一致，想必是同日所书。她压下心中震惊，缓缓抬眸："这是太上皇的手书？若没有今天，你打算怎么办？"

孙仕怅然道："贵妃娘娘故去之后，太上皇自知不久于人世，将毕生的心愿都寄托在了皇上身上，只是皇上毕竟有一半柔然族的血统，太上皇不能不顾忌万一，所以，当日是留了两道诏书。不瞒娘娘，皇上对太上皇绝情至此，老奴曾想过要设法将这诏书交给湛王，但太上皇一直不曾应允。娘娘知道，太上皇虽言语困难，可他心里清楚，直到弥留之际他都认得老奴。太上皇到底都惦记着贵妃娘娘，现在好了，太上皇终于又能见着贵妃娘娘了。事到如今，这道诏书对老奴来说已没有任何意义，便请娘娘收着吧。老奴说句不该说的话，皇族宫闱，恩宠无常，或者什么时候娘娘能用上也说不定。"

卿尘将那诏书收好，重新放回锦囊中，徐徐步下案阶，走向近处的寂静燃烧的灯烛。

琉璃金灯在青石地上拉出一道修长的影子，她背对着孙仕，纤柔的手指挑着那个锦囊靠上焰火。

哗地一阵明焰冲起，孙仕看到沿着那婉转曳地的宫装，燃烧的锦囊落向脚下，那瞬间的明亮在皇后飘垂的罗裳云带一角划出淡金光影，流岚一般的颜色。

"娘娘！"

卿尘看着那密旨渐渐化成灰烬，安静转身，淡然而笑："我不需要这个。"

第二十三章 琼台金殿起秋尘

雨过天凉,秋风满阶。

放眼御苑,百花凋零,落木萧瑟,唯有清湖碧波连天色,秋空万里,黄叶翩飞。

沿着湖中横跨两岸的练云堤,一个着深青笼纱袍服的内侍快步自武台殿方向过来,因为走得太急,帽冠上垂下的缀珠长缨急剧晃动,他却根本顾不得整理。

待进了清华台,那内侍脸上已经渗出薄薄一层热汗,到了寝殿前急忙对当值的侍女道:"烦请通报一下,求见娘娘。"

这时正好碧瑶从寝殿里出来,问了他几句,便道:"你跟我来吧。"

那内侍跟着碧瑶入了寝殿,深殿之中越走越暖,空气中隐约飘浮着杜若清香。转过静长的殿廊,入了内宫,碧瑶让他在外稍等,先行去禀报。

那内侍屏息静气站在下首,悄悄抬眼看到锦绣流云屏风之后,侍女层层挽起紫绡纱帐,依稀便见皇后斜倚在凤榻之上。碧瑶近前低声说了什么,一个柔和而略微慵然的声音似透过屏风上的云水传了出来:"是什么事?"

那内侍忙趋前跪下,低头道:"启禀娘娘,晏公公命小人速来请娘娘,请銮驾移步武台殿。"

皇后问道:"怎么了,皇上今天不是在武台殿吗?"

那内侍道:"皇上今天在武台殿议事,笞责了数名大臣,连秦国公、长定侯等都要牵连上了,眼下没人能劝得住皇上,只好来请娘娘。"

轻轻一声环佩清响,凤榻之上皇后由侍女扶着起身。那内侍觑见皇后移步转出了屏风,轻柔的月色云裳散披在身上,乌发如瀑,衬得双眸幽深似秋水,而那声音亦比方才静冷了几分:"这是为什么?"

"似乎是为了太上皇与和惠太后合葬的事,诸位大人奏本上谏,结果惹怒了皇上,就成了这般局面。"

卿尘缓缓移步，蹙眉细想，一转身，对碧瑶道："换朝服，去武台殿。"

武台殿前，晏奚站在皇上身后不远处，心急如焚。阶前执刑内侍往上看来，他不动声色地将足尖向外挪移，阶下会意，动杖行刑。

几名大臣除去官服，俯身撑地，笞杖在内侍手中高高举起，半空中划出一个凌厉的弧度抽上脊背，啪的一声震响，不过数下便已鲜血横飞。

血色点点，落上青石地，接连不断笞杖落下的响声，听得人心惊胆战。好在执刑内侍得了晏奚暗示，明白皇上是要杖下留人，手下声势虽骇人，却都留了余地。否则重笞下去，不用见血便能摧筋裂骨，这些文臣又哪里经受得住？

秋风肃杀，卷得殿前广场之上枯叶乱飞。皇上负手立在高高撑起的华盖金伞之下，冷眼看着下方继续死谏不休的大臣，面色淡淡，喜怒难辨。

天帝入葬东陵，牵扯到帝后合葬的事宜。按仪制，天帝生前所册封的孝贞皇后、殷皇后以及事后追封为和惠太后的莲贵妃都应该合陵同葬。然而却有不少大臣认为和惠太后先后侍奉过穆帝与天帝，此时不应与天帝合葬，因此上书表示异议。

但意想不到的是，皇上看过奏表后，居然降旨开穆帝陵，迁太后灵柩入葬。这一来朝臣们更是无法接受，连日具表奏谏，面折廷争，竟逐渐发展为太后是否能入葬皇陵的争论。今日一早，有名殿院侍御史怀揣奏表长跪武台殿前，又是为了此事。

皇上置谏不纳，命人将坚持苦谏的御史逐出殿外。谁知这位侍御史竟手抱廊柱大声疾呼："陛下能开天下士人之言，何以独不听臣之谏？臣今日以死谏言，以正天听！"说罢反身就撞往廊柱上，若不是内侍拦得及时，当真就要血溅朝堂。

这一来更激起在场大臣们同心之气，纷纷趋前跪奏，言辞激烈。却谁也没有料到，一向宽仁的皇上当场震怒，即刻下令架出为首的两名大臣廷前笞责，命众臣出殿观刑，再有敢言此事者便按此例，严惩不贷。

"陛下此举有悖礼制，臣窃恐社稷危乱，为陛下忧之……"秦国公话未说完，便见皇上龙袖重重一甩："带下去！"

立刻有两名内侍上前将秦国公架起来，群臣大惊，旁边的长定侯连忙叩首苦劝道："陛下开恩，秦国公元老之臣，年事已高，岂能承受得了这笞杖重责？"

众人一求求情，秦国公却一边仍是死谏："不以礼法，国之将危，臣死不足惜，还请陛下以国为重！"

皇上平素对这些元老重臣礼遇有加，今天却像是动了真怒，目视前方，眼角也不曾往下瞥一下，那副神情决然坚冷，无端令人心寒。

湛王在旁看得透彻，这段时间整顿亏空，皇上手段之利落，决心之坚定，行事之彻底，让朝中不少人闻风自危。今天这些大臣中有些的确是食古不化，抱着礼法不放，却有更多是妄图借此生事，搅乱朝局。皇上今天一反往日从谏如流的做法，甚至不惜行廷杖之举，显然是心中有数，有意为之。面对这些士族门阀、皇亲公侯，想要将亏空顺利查下去，必要有雷霆手段慑服朝堂。所以对于皇上的冷酷行事，他不能劝。

但他身边的灏王性情仁和，眼见情势愈演愈烈，终于忍不住上前劝道："陛下，朝事有异议，大臣劝谏并无过错，即便所言不当，也应宽以待之。陛下此举，恐使今后谏官畏言，群臣缄口，还请陛下多加斟酌。"

湛王眉梢轻微一紧，随即扭头看向皇上，只见皇上眼中掠过一丝不易察觉的微澜。这时忽听殿前内侍亮声禀道："皇后驾到！"

晏奚心中大喜，湛王也暗中松了口气，这场风波闹得太大也不行，也只有皇后能从中缓和了。

皇后凤冠朝服，妆容端肃，在几名女官的随侍下沿着白石御道步入武台殿，侧首看过殿前正受责罚的大臣，神色沉静。待到阶前，她轻敛襟带，盈盈拜下："臣妾参见陛下。"

夜天凌冷肃的神情略缓，亲手扶她："皇后平身。"

卿尘却没有顺着他的手起身，看了看阶下，婉转道："臣妾尝闻，自古刑不上大夫。今有朝臣当廷受责，臣妾实不忍相见，恳请陛下先宽恕他们。"

夜天凌手上一僵，垂眸见那九翟四凤冠上翠钿柔静，衔珠低垂，卿尘这样跪拜在身前，明红鸾衣的长襟铺展身后，纹丝不动，不折不扣是一个贞静贤淑的正宫娘娘。他冷冷收回手："你也是来劝朕的？"

卿尘抬头道："臣妾听说陛下欲开启穆帝寝陵，如此一来，岂不惊动穆帝灵宫？想必太后泉下有知也是不忍的。陛下仁孝，定不会令穆帝与太后难安。朝臣纵言辞激烈了些，陛下罚也罚过了，便不要继续追究了吧。"

夜天凌眸心清寂的色泽无声沉下，仿佛整个寒秋的深凉都敛在了其中："那么太后与穆帝合葬一事，你也反对？"

卿尘道："臣妾确实以为不妥。"说这话的时候她与夜天凌两两对视，细密的羽睫淡淡一扬。

殿前静极，夜天凌看了卿尘良久，霍然拂袖转身："朕已说过，再有谏议此事者，当同此例，你难道没有见到？"

卿尘仍旧静稳俯身："臣妾既为皇后，则对陛下有劝谏之责，陛下即便因此要责罚臣妾，臣妾亦无怨言。"

夜天凌背对着她，抬眼往殿前扫去，群臣只见他面色一沉："来人！将皇后带下去！"

此时若说带下去，便是就地受责。众臣闻言惊骇，就连坚持死谏的秦国公也是一呆。

旁边内侍皆不敢相信这亲耳听到的旨意，面面相觑，不知所措。晏奚惊得魂飞魄散，没想到连皇后前来都无济于事，急忙跪下求道："陛下，娘娘千金之躯，怎经受得了杖责……"

夜天凌皱眉打断他："皇后恃宠而骄，忤逆犯上，送长宵宫闭门思过。"

长宵宫乃是掖庭冷宫，专门幽闭犯错妃嫔。夜天凌话音落后，四周大臣哄地一乱，随即化作一片死寂，无人再敢多言。

"臣妾遵旨。"卿尘垂眸说着，缓缓起身。

这时大殿前突然有两个声音同时响起，拦下了近旁的内侍："臣有话要奏！""请陛下三思！"一个是凤衍，一个却是湛王。

夜天凌对他们的话恍如未闻，漠然道："朕的话都没听到吗？"

内侍们只得上前，却无人敢放肆，只低声道："娘娘请。"

卿尘举步而行，似乎无意转眸看过夜天湛，随即便被带出了武台殿。夜天湛蓦地一愣，卿尘目光中有着阻止他的意味，而那转头的瞬间，他分明还自她眼中看到了一丝别样的光芒。

秋风淡，秋草长，椒房空旷，秋尘四起。

碧瑶自外面回来，气得眼中带泪，不过是去寻一床被衾，处处都受冷言羞辱，这长宵宫中人情势利，凉比秋风。

梁间蛛网积尘，地上碎叶枯败，屋中只有一方冷硬的低榻，旁边放着个黄木几案，简陋至极。卿尘素衣散发，立在窗前静静望向那片清透遥远的天空，对眼前的处境倒是安然。

碧瑶快步上前道："窗口风凉，娘娘快别站在这儿。"她一边说着一边转身去掩窗子，不料窗棂上满是灰尘，一动便飞了满身，呛得她一阵咳嗽。

卿尘走到低榻前，长袖轻扬，扫开榻上浮尘，坐下来细看碧瑶的神色，笑道："早说了让你别去，碰钉子了吧？"

碧瑶恨恨地蹙了眉："都是些什么东西！一个个拿腔作势。我好言相求，他们……"她说了两句，怕惹卿尘不快，强忍下来，只是看着屋子犯愁，"这样子晚上怎么办呢？不行，我找这里的掌宫女官去。"

卿尘道："我的话你都不听了？哪儿也别再去。我刚才见外面倒有不少菊花，陪我出去看看。"她一边说着一边站起来，便往外面走去。

碧瑶怔住："娘娘，你怎么还有心情看这些，这是什么地方啊？"

卿尘微笑道："这地方怕是得住上些时日，四壁徒然看着怪单调，不如院子里好些。"

碧瑶急忙跟上她："娘娘不快想想办法,看这些花草有什么用?"

卿尘道："想什么办法?"

碧瑶忍不住道："也不知道皇上这是怎么了……"

卿尘淡淡一回头,碧瑶话就只说了一半。卿尘也不再多说什么,只是步出回廊,信手撷了一朵菊花。碧瑶见她神情悠然,闲步赏花,攒着眉道："人都说皇上不急急死太监,这倒好,娘娘不急,急坏我这丫头。这不过是些自生自长的菊花,有什么好看的?"

卿尘在一丛金菊面前站下,风一过,点点素香落了满袖："一花一世界,一叶一菩提,你心不静,自然看不出这花自生自长的妙趣。"

碧瑶愁道："静得下来吗?"

卿尘笑而不语,突然听到脚步声传来,紧跟着有人道："皇后娘娘倒真有雅兴,这时候还有心情赏花。"她和碧瑶转身看去,见几个青衣玄裙的女官站在身后,为首的一个年约四十,眉眼苛刻,面带冷笑,正打量着卿尘。

卿尘看一眼她的服饰,对她这样不敬的态度倒也不意外,淡声道："这长宵宫中的菊花开得不错,宫苑也清静。"

那女官道："娘娘以后在这里可以慢慢清静,日子还长着呢,但就怕娘娘熬不住。"

她话中连讽带刺,显然是存心来寻事的,碧瑶气道："皇后娘娘面前,你这是怎么说话呢?"

那女官冷笑道："皇后娘娘?我在这宫中几十年,还从没见哪个娘娘进了这里还能走出去,皇后娘娘又怎样?到了长宵宫,就要按长宵宫的规矩,任谁都一样!"

"你……"碧瑶气得不轻,卿尘以目光制止她,问道："你是掖庭女官?"

"不错。"

"各宫各殿的琐事,我平日里过问得不多,倒不知道长宵宫原来还有自己的规矩,说说吧,都是些什么规矩?让我也听听。"

卿尘语气轻缓,目光扫过眼前,无喜无怒。那女官似乎一掌击在水中,空不着力,浑然不觉已经溅了一身的水："长宵宫的规矩娘娘很快就知道了,别的不敢说,千悯寺里湛王妃怎样,娘娘今后在这儿也绝不会差了半分。"

卿尘一双凤眸略略一细,尚未及说话,便听到一声厉斥："大胆!竟敢对皇后娘娘放肆,还不掌嘴!"

那女官往说话的人看去,脸上顿时色变,来人竟是内侍省监吴未。随着吴未的出现,一阵阵整肃的靴声传来,数列御林禁卫入驻长宵宫,由内而外,迅速布守各处。那女官心中惊疑，忙俯身退往一旁，屈膝行礼："见过吴公公。"

吴未却正眼都不看她们，转身毕恭毕敬地对皇后行礼："娘娘。"

卿尘点点头，却往那女官看去。虽说是长宵宫这种偏僻冷宫，但历经前后两次清洗，卫家也已然门庭倾颓，宫中竟仍有残余势力，无怪乎皇上，甚至湛王都无法再容忍外戚门阀。

那女官看着被重兵把守的长宵宫，再看对皇后恭敬如常的吴未，早已隐觉不妙，一抬头，触到皇后静冷的眼神，心头一惊。

卿尘缓缓踱步走过那女官身边，容色清冷："我倒不记得千悯寺中还有个湛王妃，吴未，既然有人糊涂，就送她去看清楚吧。"

吴未低头道："老奴遵旨。"

那女官被吓愣在那里，待她清醒过来，先前嚣张的样子早不复再见，腿一软，扑通跪在了地上："娘娘……娘娘开恩！奴婢知错！"

皇后素衣飘飘，早已举步离开，那清傲的背影从容远去，连半丝挣扎的余地都未留，是彻头彻尾的不屑一顾。

吴未往身后挥一下手，命内侍遵懿旨处置，亦不再理会那女官，跟随皇后而去。

除了封锁宫门的禁卫，另有四名内侍、四名宫女随吴未前来。不过一炷香的工夫，先前的宫室便被整理妥当，罗帐锦衾、裘衣暖炉一应俱全，榻前一个瑞凤呈祥金铜炉，置了清华台中常用的木兰香，袅袅烟轻，和着秋风干净的气息，满室清宁。吴未恭声道："娘娘看看可还缺什么？"

卿尘步入室中，闻到这熏香的味道便一笑，回头道："难为你想得周到，我枕旁有本未看完的书，让人送来，这几天你不必再来这儿。"

"老奴记下了。"

第二十四章 长宵永夜花解语

宣室之中灯火通明，殿前内侍又换了一班，个个低眉垂目站在华柱深帷的暗影里，不闻一丝响动。

晏奚笼着袖袍静立在御案之侧，有些犯愁地抬眼看了看那些奏疏。

连着几天了，皇上每晚与湛王议事过亥时，紧接着便是这没完没了的奏章，待看个差不多，也到了早朝的时间。湛王蒙御赐九章金令，可以随时出入宫城，但如此连夜奉召却也少见，而且是密召，接连几天下来，朝堂上的局势又是一番不显山不露水的改观。

夜天凌略紧着眉，放下手中一份手本。这是漓王的手本，今年五月，漓王与华翊郡主殷采倩启程前往雁凉，到达雁凉后不久，却一同奏本回京，请求将澈王灵柩安于北疆，不再迁葬。

夜天凌与卿尘几经商议，终于准他二人所奏，降旨修王陵，建祭祠，并将雁凉改名武英。之后复迁附近郡中百姓三万余户，扩城通衢，在原武威都护府与北庭都护府间增设武英都护府，使之成为镇守西北边疆的重镇。

天帝驾崩，漓王奉旨回京赴丧，昨日刚刚到达伊歌，除了带回殷采倩请求留在武英的奏章，又接连上了两道手本，一道是例行述职，另一道自然就是为了皇后迁居长宵宫的事。

面前还有一堆没有处理的政事，夜天凌却有些心浮气躁，站起来在室中走了会儿，便缓步踱往殿外。晏奚见状忙跟了上去，却见他在阶前一站便是半个多时辰，不动也不说话。

左右宫人都知皇上这几日心情欠佳，处处小心。晏奚和殿前当值的卫长征对视一下，卫长征悄悄沿着皇上目光去处，往宫城西北角方向抬了抬眼。晏奚掂量了一番，便上前道："陛下，今晚月色倒不错，看了这么久折子，不如走动走动，松缓下筋骨。"

夜天凌倒没反对，月色极好，清清静静铺了一天一地，琼殿瑶阁，玉池秋水，缥缈如仙境。他心里有事，一直若有所思地负手而行，不知走了多久，忽听晏奚低声道："陛下，再往前就是长宵宫了。"

夜天凌脚步一顿，目光掠往晏奚身前。晏奚低着头心里七上八下，大气也不敢出，但再一抬头，却见皇上已往长宵宫走去。

宫宵影重，幕灯摇曳，长宵宫平檐素阁，庭园清寂，月洒青玉瓦，霜华千里白。

碧瑶服侍皇后睡下，刚要转身熄了宫灯，听到帐中低低叫道："碧瑶。"

碧瑶转身，见皇后拥了被衾坐起来："娘娘，还有什么事？"

卿尘抬手，牵着罗帐静了半响："我睡不着。"她起身步下帐榻，碧瑶忙给她披了件长衣。她侧身看着穿窗斜洒的月色，那月光直照到心头，浮浮沉沉，一片如水的明亮。她突然拢了衣裳，转身便往外面走去。

"娘娘你去哪儿？"碧瑶连忙跟上。卿尘越走越快，心头异样的感觉呼之欲出，仿佛前面有什么在等待着她。这里不像含光宫那般宫深殿广，她数步便出了寝室，转到外面，步上阶前。

碧瑶跟在身后，往前一看，"啊"地轻呼出声。

园中清辉似水，有人独立庭前，玄裳半湿，素衣深凉，不是皇上又是谁？

月上中天，秋风白露玉阶寒。卿尘立在离夜天凌数步之遥的地方，飘摇云裳似携了月华，青丝半散，落落风中。两两相望，夜天凌忽然大步上前，猛地抬手将她抱入了怀中。碧瑶眼中微觉酸楚，悄然屏息退下。

卿尘被夜天凌紧紧抱着，他身上带着秋寒浸透的微凉，却又有温暖的气息透过衣衫包围了她，她轻轻推一推他："你怎么来了这里？事情解决了没有？"

夜天凌没有松开她，只点了点头。他自登基以来始终不立妃嫔，众人皆知皇后独尊后宫，极受宠爱。武台殿前一番争议，连皇后都因此被打入冷宫，谁人还敢忤逆抗旨再犯龙鳞？帝后合葬之事，无人敢再置一词，朝堂上下清肃。

卿尘在夜天凌怀中仰头："那怎么还闷闷不乐？"

夜天凌看向她，伸手轻轻抚摸她的面颊，良久，深深一叹："清儿，这江山天下，我终究还是委屈了你。"

卿尘却笑道："这是什么话？你怎么不说我在武台殿做得好不好？你们兄弟两人最近一个唱黑脸，一个唱白脸，朝里朝外风生水起，好歹也给我个机会。若说这样的话，那你盖座金屋子把我藏起来，风吹不着，雨淋不到，可是会闷坏人啊！"

夜天凌抬头，环视这长宵宫，复又凝视于她，低声道："我只觉得，好像有多少年没见着你了。"他执了她的手放在心口，"这里空荡荡的，什么黑脸白脸、好了坏了，都没细想。十二弟昨日回来,进宫找我大吵了一通,口口声声问我这是要干什么,我也只有苦笑的份。想他说得也对,我若连你也容不得,就该等着去做孤家寡人。"

他心口的温度从掌心传来,化作一片暖流荡漾。卿尘修眉轻挑:"这个十二,也就他敢跟你这样。太妃娘娘那么温柔的人,他这个脾气也不知道是像谁。"

夜天凌道:"幸而他还敢,七弟这几日天天进宫,他分明也是有话想说,却一忍再忍,绝口不提。清儿,现在连你也不肯和我争执了,我要让母后和父皇合葬,你不赞成,却始终也不曾和我说。"

夜天湛果然还是比十二老练些,看来她临去那一眼,他终究还是明白了。非但如此,他或许也是在避嫌,无论皇上对穆帝的态度也好,对皇后的态度也好,站在他的立场,说得越多,越可能适得其反。卿尘松了口气,她知道夜天凌现在口中的父皇是指穆帝,柔声道:"我不是不愿和你说,我只是觉得,于情于理,你怎样做都没有错。再者,即便天下人都说你错,我也会在身边支持你。那些大臣,我们总有法子让他们退步。"

夜天凌微微动容,眉心却并不见舒展。福明宫传来丧讯之后,他第二天便下旨将御书房迁至武台殿,表面上无动于衷,一切丧礼如仪,然而心底那种感觉却连自己都不能解释。一直以来在他心中,穆帝的形象是如此模糊,所能见的唯有《禁中起居注》中一些书于卷册的记载。求仙问道、耽于享乐、荒废国政、重用外戚……这些都没给他留下任何好印象,相反,往日天帝爱责教训,却历历在目。他甚至有时候会想,若天帝早几年登基,说不定天朝的情况会比现在要好得多。

丧礼祭祀,面对着宗庙中那些高高在上的牌位,他似乎发现,那个他叫了二十七年父皇的人,理所当然地比那个应该是他父皇的人更像他的父皇,以至于他时常会怀疑,是不是母后和皇祖母弄错了事情的真相?"这件事,你说母后她会希望怎样?"他突然低头问卿尘。

卿尘想了会儿,道:"我觉得母后对天帝是有恨,却也有情,而天帝对母后怎样,你我都看在眼里。四哥,你想让亲生父母合葬,这自然是人之常情,但若肯成全母后和天帝,又何尝不是一份孝心?"

夜天凌的声音如同这深深长夜,幽凉浓重:"他是我的杀父仇人。"

"不要让恨迷了自己的心。"卿尘低声道,"这是很久前母后让我转告你的话。"

"母后?"夜天凌抬头遥望寒夜,"嗯,我是恨他,所以我要用那样的法子夺取皇位,我让他病老深宫,孤苦凄凉。"他眼中现出一丝复仇的快感,伴随着落寞交替而下,丝丝牵人心疼。他忽然轻笑一声:"可是他死了,我心里竟会觉得难过。你说,这不可笑吗?"

卿尘拥着他,轻声道:"不可笑,四哥,二十七年父子相称,恨他敬他,都是真实

的你，何必分得这么清楚？你只要做你想做的事情就行了。你是天子，是皇上，一句话生杀予夺，一抬手予人荣辱，你可以让万人哭、万人笑，你的恨会让他一无所有，但你也能给他一份成全，只要你愿意。"

夜天凌俯身盯着她，卿尘眸光澄透："恨过他，成全他，从此一刀两断。上一代过去了，可我们都还有很长的路要走，难道要停在这儿，纠缠不休？"

夜天凌抬头，望向那无垠的夜空，明月清亮，直透心间，如水浮沉。一切忽然便那样静了下来，多少年来的心结梗在心头，始终难以开解，天帝的死触动了他积压至深的情绪，却亦如一把锋利的剑，堪堪斩在那死结之上。是啊，该到此为止了，死者已矣，生者将往，将该恨的恨了，该还的还了，还有多少事等着他去做？比起恨来，成全，需要更大的智慧和勇气。

他豁然一笑，有些自嘲，又带几分洒脱，忽而喟叹："生我者父母，知我者清儿。"

卿尘轻抿着唇，含笑相望。月光淡淡照出两人的影子，斜斜投映在地上，无声交叠。夜天凌眸底深深一亮，突然抬手将卿尘横抱了起来，大步便向外走去。

卿尘吓了一跳，轻呼道："你干什么，去哪里啊？"

夜天凌边走边道："回寝宫。"

卿尘道："才这么几天，你这样会穿帮的，一台戏好歹也要唱到底！"

夜天凌低头道："这出戏朕不唱了，这么多天若还镇不住那帮大臣，朕不如退位让贤。今天念在十二弟求情，赦你这一回，但你又小瞧夫君，罚你回含光宫侍寝……"

"谁跟你回含光宫，我去清华台……"卿尘攀着他的脖颈，话语声落，月光飘飘淡淡如梦，渐远渐轻。

《禁中起居注》，卷七，第四十六章，起自天都凡一百一十二日。

……后当朝忤帝，帝怒迁之长宵宫，重兵幽闭，内侍宫人皆不得近。漓王力求于御前，中书令凤衍上表三章，具后素日之德，群臣请赦。帝有感，迎后归含光宫，复恩嘉。

十二月，迁和惠太后灵，伴天帝，合葬东陵。

第二十五章 兰池春暖露华浓

轻轻洒洒一夜的小雪，装点了肃穆宏伟的帝宫，又是一年秋去冬来。

旋转飘飞的轻雪落到清华台，未及积下便化作了雪水，暖融融的地气一呵，四处落得兰露点点，芬芳清洌，倒似进了细雨滋润的晚春。玉兰树下，凤鸟鸾鹤闲步展翅，不时一声清啼婉转，空灵悦耳。

两排紫衣侍女手挑盛着兰花的竹篮，袖袂飘曳，穿过琼苑步入清华台，翩跹恍若瑶台仙子。五色池旁水雾缥缈，卿尘正仰面躺在玉榻之上，身上随意罩了件夜天凌的衣袍，宽襟长衣散散垂落，别有一番娴雅的风韵。

夜天凌倒是端身坐在榻前，一手有意无意地抚着卿尘散泻身旁的长发，一手在眼前奏疏上批了几个字。五色池的内池连着殿中温室，刚刚沐浴过后，一时不想去御书房，他便命人将今天的奏疏取来。事情不多，和卿尘谈笑间便大概处理妥当，难得清闲的一天。

侍女们进来将池中残余的药草清理干净，复又将玉勺中的兰花撒入池中，碧池兰若，微香清淡。卿尘拍了拍趴在身上的雪影，将手里一份奏疏放回案上："真让殷采倩留在北疆吗？"

夜天凌低头嗯了一声，稍后道："她既执意请求，便成全她。"

卿尘想了一想，道："也好吧。"然后反手又去取下一份奏疏，刚刚摸到，突然手底一空，那奏疏已被夜天凌抽走，转手放到了案头她拿不到的地方。

"干什么？这边你不是都看完了吗？"卿尘问道。

夜天凌没回答，只点了点剩下的那些奏疏："你看这些。"

这意思便是那份不让她看，卿尘奇怪道："为什么那份不给我看？"

夜天凌道："无聊琐事，不看也罢。"

卿尘转过身来琢磨他的神情，夜天凌原本低头写东西，被她盯了会儿，一笑将笔搁下："刚才我进来,你藏了东西不给我看,先说说那是什么?"

卿尘侧首,眨眨眼睛:"不告诉你。"

夜天凌就指了指那奏疏,对她一摇头。卿尘凤眸一瞥,绾了头发站起来,雪影从她身上跳下来凑往夜天凌身边。她拨开珠帘,一边走一边道:"你不给我看,我也知道是什么。"

夜天凌道:"那便不必看了。"

"不看就不看。"卿尘身上外袍滑落,沿着浅阶步下五色池,浸入水中,浮香氤氲乌发飘散,池水温暖得让人心骨松散。她半合双目靠在玉石池边,信手拨弄着一朵清兰,心思还是转到那道奏疏上去了。

定然又是请求皇上册立妃嫔的奏疏,上次冷宫之事后,这种奏疏就没断过。皇上即位三年多,至今六宫虚设,臣子们早就不以为然,尤其与凤家对立的门阀势力不愿见凤家之女把持内宫,自然要在此事上动些心思。先前他们都还摸不透皇上的想法,只见帝后情深意重,便是有些奏议,也轻描淡写,可突然出了冷宫之事,便好像积蓄已久的洪水终于找到了出口,一时汹涌而来。

夜天凌极少和她提起这些,但这几个月来见他接连提拔凤家亲族,卿尘便也能知道大概。中枢平衡,没有什么比让这些士族门阀自行牵制最有效,凤家无论如何也不会容他人动摇了皇后的地位。而夜天凌最终同意殷采倩留在北疆,或许也有此事的缘故吧。

他替她守着呢,他和她的家,谁也别想踏足一步。卿尘缓缓吐一口气,往水中沉下几分,突然听到身后一声低笑。她回头,夜天凌正看着雪影从垂帐后面叼出的一样东西,笑不可耐。卿尘一愣,险些从水里就那么站起来:"雪影!"

雪影闻声,噌地蹿到了夜天凌怀里,尾巴一摆缩起来,一双蓝晶晶的眼睛斜瞅着卿尘。卿尘气结,雪影叼出的正是她刚才不肯给夜天凌看的东西,这时候却拿在夜天凌手里,是一条腰带,玄玉色的底子,金丝嵌边,上面绣的是……

夜天凌端详着,面上笑意加深,看了又看,问:"这是……龙?"

卿尘恨不得把雪影揪过来打一顿,攀着池边伸手:"还给我!"

夜天凌闲步到池边,一直强忍着笑:"到底是不是?"

卿尘俏脸飞红,银牙轻咬:"你看不出来啊!"

夜天凌似乎实在是忍不住了,笑得双肩微抖:"开始确实是,没看出来。"

卿尘哭笑不得,她是绣的……好吧,是针法差了点儿,但也不至于看不出是什么吧?眼见夜天凌一脸的戏谑,雪影三两下跳到夜天凌肩头,蹲在那里神气活现,也不知它最近是怎么讨好的夜天凌,现在时不时连肩头都可以蹲一下了。"卖主求荣的家伙。"她信手丢了朵兰花过去,雪影身形一转,急忙跑掉了。

夜天凌含笑在池边蹲下来,白衣微松,襟怀半敞:"绣给我的?"他低声问道。

卿尘斜飞他一眼："不是！"

"哦？"夜天凌低下身来，笑看着她，"不是给我，那是给谁？"

卿尘抬手抢那腰带，被他一闪躲开了，深深的眸光笼着她："是不是给我的？"

卿尘半仰着头，妩媚地看他，唇角浅浅带笑："你是天子，腰带上都要绣龙才行，我这又不是龙，怎么是给你的？"

夜天凌蓦然失笑，心中极是畅快，拿着那腰带再看。卿尘便问道："是不是龙啊？"

夜天凌挑眉："嗯，你这么一说，好像还真是。"

卿尘抿着嘴，双手环上他脖颈："真的是？"

"嗯，"夜天凌一本正经地点头，"真的越看越像。"

卿尘眼中狡黠的清光微闪，攀着他的手略一使劲，就将他往玉池中拉来。夜天凌也不反抗，顺势将她抱住，两人双双坠入池中。卿尘顽皮心起，站稳之后便拿水去泼他，夜天凌这身刚换的衣衫反正已经被她弄得湿透，索性抄水反击。两人孩子一样在玉池中笑闹躲让，层层水珠飞溅，竟玩得不亦乐乎，哪里还有半点儿帝后的样子。

直到卿尘玩累了耍赖，夜天凌将她抱回榻上擦干了身子，舒舒服服窝在那里。雪影凑过来被卿尘抓住，点着它的脑门要罚，雪战不知从哪里玩回来了，围着卿尘直转圈。卿尘对夜天凌笑道："四哥你看，还来了个求情的。"

夜天凌眯着眼靠在榻上："那就请皇后娘娘高抬贵手，饶了它吧。"

卿尘道："陛下圣谕，臣妾岂敢不从？"说着拎着雪影的手一松，雪影忙不迭地就往夜天凌身边躲。

夜天凌显然心情不错，破例允许雪影趴来胸前，刚刚抬手摸上它的脑袋，卿尘却伸手把雪影拎开："谁准你趴在这里了？"

雪影被丢到雪战身边去，两只小兽滚成一团。清香淡雅袖袂拂面，她已经舒舒服服地枕上了他的胸膛。他唇边勾起惬意微笑，这个女人，居然和一只小兽吃醋。

他垂眸看她，目带笑谑之意，她扬一扬修挑的眉梢，一副理所当然的样子。

夜天凌感慨一句："女人。"这时忽听外面晏奚隔着屏风急声道："启禀陛下，韦州八百里急报！"

夜天凌拂开珠帘步下龙榻，晏奚拿了急报入内，火漆红印，竟是军报。

夜天凌看过之后，眼底几分笑意深深一沉，眼底精光熠熠，剑锋般明锐，转身对卿尘道："这个万俟朔风，居然和吐蕃开战了。"

圣武朝之前，西北一带的大片领土原来一直控制在西突厥手中。天朝与突厥交战，吐蕃趁机北扩，夺取领地。柔然族取代突厥之后，双方一直对峙。

赤朗伦赞此人野心勃勃，圣武二十七年景盛公主病逝，吐蕃与天朝关系曾一度陷入紧张。三年前湛王兵慑边陲，联姻西域，使得吐蕃暂时不敢轻举妄动。万俟朔风那时也刚刚站稳脚步，休养生息，培植势力，尽量避免事端。

这几年天朝内政不稳，吐蕃趁机又蠢蠢欲动。夜天凌一面厚赐嘉封，示以安抚，一面扶植万俟朔风，助他扫清突厥残余势力，先后灭掉同罗、仆固等散游部落，统一漠北。如今柔然今非昔比，与吐蕃的矛盾也日益显露。

五日之前，万俟朔风借事主动挑起争端，亲引三万铁骑，以快袭战术突袭吐蕃军队。赤朗伦赞也非平庸之辈，即刻引兵北上，双方在疏勒河一带短兵相接。

夜天凌三年来对吐蕃退以忍让，暗中部署，这份军报一入天都，他当即决定发兵西北。

帝曜四年二月，夜天凌在宣圣宫光武台祭天封将，命上军大将军南宫竞、武卫将军唐初率轻骑二十万兵分两路进击吐蕃。

月末，南宫竞所率左路军在大非川击败吐蕃军队，曾被吐蕃吞并的吐谷浑一带重归天朝。与此同时，万俟朔风调集柔然骑兵，挥军猛攻，吐蕃两面遇敌，战事吃紧。

赤朗伦赞审时度势，欲与天朝暂时修好，以缓和局势。夜天凌面告使臣，命吐蕃退出碎叶、扦弥等一直在他们控制之下的西域诸国，赤朗伦赞拒绝。

夜天凌态度强硬，当即驱逐来使，支持于阗发兵南下。十日之后于阗攻陷扦弥国都城，尽歼城中吐蕃军队。扦弥国国君被驱逐出境，流亡吐蕃，继位的新国君对天朝俯首称臣。

四月，夜天凌调川蜀精兵，以岳青云为左卫大将军、西州都督，自原州通山路，越白水，向西夹击吐蕃。

战报如雪，一日数封飞报天都。武台殿灯火长明，昼夜不歇。

吐蕃在赤朗伦赞多年苦心经营之下，国力强盛，骑兵勇猛，不乏与天朝对抗的资本。连月以来，战事时有反复，朝中大臣很快分成主战与主和两派。

夜天凌心志坚毅，一旦决定彻底遏制吐蕃势力，毫不动摇。在此事上夜天湛与他意见一致，朝中主战一派正是以他为首。

这是湛王继麟台之议后又一次明确支持皇上的政见，太极殿上唇枪舌剑争论的结果是一战到底。

夜深人静，主和一派为首的凤相灯下踱步，湛王温润淡笑下犀利的词锋，御座之上皇上高深莫测的注视，竟让他不由得记起卫宗平在狱中曾说过的那些话。

这次对战吐蕃夜天凌不曾亲临战场，但运筹帷幄，仍是以往用兵果决之风格。排除朝中反对意见后，逐步稳定战局，继而发动大军，配合万俟朔风连战快攻。

六月初,他与万俟朔风设诱敌之计,假作双方失和,故意放归吐蕃俘虏,引诱赤朗伦赞进攻掖城。

赤朗伦赞果然中计,十万大军在鸣沙海被团团围困,几乎全军覆没。

天朝、柔然两军乘胜追击,五战皆胜,赤朗伦赞亦在战中被万俟朔风所伤。

之后天朝大军一鼓作气,接连收回西域数镇,万俟朔风则率领柔然铁骑驰战千里,直接攻入吐蕃境内。

捷报传来,举朝上下争相庆贺,战局已然明朗。

赤朗伦赞遭此大败,难以为继,终于意识到柔然和突厥情况不同,想要对抗他们,就绝不能与天朝失和,于是再次遣使向昊帝请求息战。

吐蕃使臣到了天都,朝见之前先私下拜会凤衍,赠送异宝舍利佛珠。次日使者入朝,凤衍出班力主受和,昊帝此次终于降旨接受。吐蕃对天朝称臣、纳贡,退出西域,承认天朝对西域的绝对统治。

是年七月,三方正式退兵,各遣使节至玉门关,立和盟碑,歃血而誓,结大和盟约,旧恨消泯,更续新好。

第二十六章 曾经沧海难为水

此次天朝平定西陲，国威远扬，四方番国皆遣使来贺，各国使臣云集天都，觐见朝拜。

昊帝降诏，册封万俟朔风为柔然可汗，册封赤朗伦赞为归义王。八月仲秋，南宫竞、唐初班师回朝，赐宴宣圣宫澄明殿，举朝同庆。

澄明殿，殿高九丈，琼阶铺玉，层檐入云，筑于太宵湖中摇光台上，四面云波浩渺，霞雾缭绕，二十四道玲珑浮玉桥贯通临岸，另有复道飞阁相连各处宫殿。远远望去，宫女们环鬓轻衣，绰约而行，凌波微步，丝竹缥缈，恍如瑶池仙宫。

辰时初刻，亲王皇宗、文武臣工入宫候驾，殿廊之前问候寒暄，已是显而易见分明的两派。一方是秦国公、长定侯、凤衍、殷监正等耄耋老臣、宗亲士族，一方是杜君述、陆迁、斯惟云、南宫竞、唐初等后起之秀、寒门武将，此次战和之争，也正是这两派一场激烈的对立。

安定吐蕃，战事大捷，这让朝中少壮之派扬眉吐气。南宫竞和唐初此次凯旋，分别受封骠骑将军、抚军大将军，入进中枢，官比三公，随征诸将各晋封赏。

寒门将士陡然崛起，羽翼渐丰，已俨然要与士族门阀分庭抗礼。殿前相见，拱手笑语间不免便带了些许刀光剑影，隐隐浮动。

然而此时有一个人不曾进殿，站在两方臣子之外，汉白玉栏前，负手面向烟波浩渺的明池碧水，丰神秀彻的面容之上一抹清俊淡笑，广袖飘拂间，竟有些遗世出尘、孤清的味道。

却是湛王，不亲不疏，不远不近，不冷不热，明明身在局中，偏似置身事外的湛王。凤衍隔着华柱飞檐看着那身影便眯起眼睛，眼角皱纹划出深刻思忖。

若说前两年还有些混沌不明，那么今年，大概所有人都看了个清楚，导致朝中新旧官员交替更迭的这场亏空清查，昊帝并不是孤行独断，真正在旁鼎力相助的，竟是湛王。扳倒卫家的是湛王，调换各州军政要员的是湛王，丰盈国库的是湛王，在朝中处处压制凤家的，也是湛王。这分明是一场台前幕后天衣无缝的配合，将满朝文武都算计在了其中。

那个立在广殿琼台之上的身影忽然让凤衍生出不寒而栗的感觉，就像数年前在太极殿上，昊帝登基即位，抬袖命众臣平身，俯瞰天下的一刻，那倨傲的目光让他有过这样的感觉，那是，如临深渊。

凤衍暗中皱眉，忽然间听到身旁殷监正叹了口气，他也正从湛王那里收回目光。

面对突然看来的凤衍，殷监正一反常态地和颜招呼："凤相。"

凤衍老眉微动，眼底掠过复杂神色，面上却笑着："捷庆之日，殷相何故叹气，莫非是忽有所感，起了兔死狐悲之心？"

这话说得颇有些嘲讽之意，殷监正反问一句："秋风渐起，凤相心不悲乎？"

凤衍脸上笑意略收："殷相多虑了吧。"

殷监正抬眼一看他："那苏意、杜君述补调门下省，斯惟云升任中书侍郎也有些日子了，凤相感觉如何？"

卫宗平被罢官贬黜之后，由大学士苏意、光禄大夫杜君述共同接任门下侍中，从此恢复了中书、门下两省各设两名尚书、两名侍中的旧例。天朝三省并相，这相当于无形中分化了宰相的权力，虽然中书省并未真正增添中书令，但却调入了一个斯惟云任侍郎，这便也和分权无异了。此事对于凤家、殷家都有不小的冲击，但两家却一如从前，仍旧对立着。凤衍闻言冷哼："殷相身在其中，何必来问我？若不是感同身受，方才何必望凤悲秋呢？"

殷监正道："呵呵，凤相说得好，老夫方才想起卫宗平，确实是一时感慨，但凤相却似乎并无此忧。"

凤衍神情中颇带自负："有劳殷相挂心了，凡事不尽相同，岂可同一而论？"

殷监正明白凤衍指的是凤家有皇后这尊靠山，也不多言，只是徐缓说了一句："这天朝究竟是姓夜啊！"

这和卫宗平异曲同工的话，令凤衍心头一惊，此时忽闻钟磬鸣奏，九韶乐起。待内侍宣驾之声传来，远处华盖遥遥，仪仗分明，五明金扇迤逦随后，圣驾莅临。

凤衍与殷监正中断谈话，连忙整肃仪容，与王公百官跪迎圣驾。

不过片刻，便见皇上携皇后入殿，龙行虎步间玄袖飘飞，沉峻气度王者威仪，傲然不可逼视。皇后含笑缓步随行，云鬟凤冠，玉绶翠带，百尺铺绣金鸾衣长曳身后，秀稳如仪。两人并肩而行，过玉阶，登明台，似自那云中天阙飘然而来，神仙眷侣，风华天姿，不禁令人神夺。

"吾皇万岁万万岁！"

山呼声中，众臣俯拜，玉冠朱缨、乌纱金簪于两廊之侧依序低俯，次第而下。皇上略一抬手，殿侍宣旨免礼，众臣再拜，谢恩平身。

湛王抬眸而视，隔着金阶玉帘，眼前忽然淡淡一亮。

卿尘在那光彩玲珑的垂帘之后转身，明华宫妆下那点淡匀的笑意，映入秋水潋滟的凤眸，似是灼灼秋阳洒上一碧千顷的太宵湖，清波炫目，摄魂夺魄，令这金碧辉煌的大殿华彩尽失。流金云裳伴在龙衮玄袍之侧，相映同辉，这一点清缓的笑，便让皇上冷玉般的脸上带了几分暖色，待湛王回过神来，皇上已步到金龙御案之前，含笑携了皇后的手，亲自引她至左侧凤翔青玉案，并肩入座，转而笑道："众卿平身就座，不必拘礼。"

众臣见惯了皇上喜怒不形于色，少见他这般笑容，便都知他今日心情极好。天朝经此一役，国威大盛，一番中兴之气历了许久的酝酿、积压，终成气象，大有浩荡四域、一扫乾坤之势。这几年的艰难化作胸中豪情振奋，使得人心怀畅快。夜天凌环视殿下，心有感触，目光一动落到了湛王身上，眼中笑意却突然一缓。

麒麟金案之后，湛王正凝视卿尘明丽笑颜，神思专注。他似是感到了夜天凌的扫视，微一抬头，夜天凌却已转而往卿尘看去。卿尘自湛王处回眸，便对夜天凌嫣然而笑。

剪水双瞳，玉色流光，澄净里透着妩媚，清清明明浮浮沉沉，尽是她似幻似真的喜悦。夜天凌眉梢淡淡轻挑，便也以微笑回应。再扭头看向湛王，湛王未曾回避他们任何一人的注视，浅笑温文，毫不掩饰地欣赏，随即起身，率文武群臣举酒朝贺。

夜天凌环视群臣，有意无意间，独对湛王举了举杯。湛王欣然回礼，对视之间，各有一笑。

三贺之后，殿前作《韶箾》之舞。舞毕，番邦使者在鸿胪寺官员引导下依次觐见。

卿尘坐在夜天凌身畔，饶有兴趣地欣赏各国使臣的服饰举止。待到吐蕃使臣上前，她便格外留意，吐蕃此次战败，被迫称臣，使臣在天都也有些底气不足，却不知会有什么说辞。

但见那使者依照天朝礼仪，行三跪九叩之礼，一通赞誉天朝的得体话语之后，手按胸前，弯腰深鞠："……吐蕃不自量力，冒犯天威，我王不胜悔之，决心与天朝重修旧好，故遣臣来朝，除纳双倍岁贡之外，愿送嫁卓雅公主东入天都，以示诚意，恳请陛下不辞为恩。"

吐蕃此举并不让人意外。柔然族在西北逐日壮大，万俟朔风野心勃勃，现在与吐蕃间的和平未必能维持太久。万俟朔风与昊帝有母族之亲，朋友之义，双方各取所需，关系稳固，他得天朝支持，使吐蕃腹背受敌，吐蕃要挽回眼前劣势，重新修补与天朝的关系，唯一的法子便是和亲。

在此之前，天朝曾有华瑶、景盛两位公主入嫁吐蕃，吐蕃也曾有两位公主与天朝皇族子弟联姻。如今赤朗伦赞主动提出和亲，而且入嫁的是他的胞妹，景盛公主的亲生女儿卓雅公主，这是尽最大的努力拉近与天朝的关系，以对抗柔然。

御座之上，夜天凌微微笑了笑，吐蕃要防，但西北不能没有吐蕃，尤其是不能只有柔然而没有吐蕃，赤朗伦赞这一番和亲的美意，他当然不会拒绝。

"天朝与吐蕃早有联姻之谊，再结亲好更为美谈，朕准此请。秦国公，宗族中可有合适子弟迎娶卓雅公主？"

身兼皇宗司正卿的秦国公站起来道："陛下，臣对此事有提议。"

"你有何提议？"

秦国公花白的胡子垂在胸前，恭谨严肃："吐蕃此次虽触犯圣威，但愿送公主和亲，足见其诚意。陛下后宫空置已久，四妃九嫔皆形同虚设，臣建议，陛下可纳卓雅公主为妃，既成吐蕃和亲之愿，亦置后宫以为和美。"

夜天凌闻言，眸色已略略沉了下来，然削薄的唇角仍似带笑，侧首道："秦国公之议，皇后以为如何？"

以为如何吗？卿尘睨他一眼，这人今天兴致还真是好，换作平常，怕不早冷下脸来了。此前秦国公便多次提过选立妃嫔，这样的话她已听到懒得再听，他要她不必管，她便什么也不理会。总之有他护着，她就是任性，堪堪视天下群臣如无物，善妒也好，失德也好，她不在乎，他亦我行我素，哪管他人非议。

这时来问她意下如何，卿尘眸光一转，探进他深不见底的笑容。那笑里的锋芒直抵人心头，如剑，将出长鞘，寒气已漫空，再熟悉不过的眼神了。她眉梢淡挑，便放下手中玉盏，款款笑问秦国公："秦国公可读过灏王所作的《列国奇志》？"

秦国公微怔，不知皇后怎么问起这个，据实答道："臣读过。"

卿尘徐徐道："《列国奇志》第六卷，吐蕃国志里曾提起过，吐蕃国素有习俗，男女通婚皆以血缘为界，称作'骨系'，凡有嫁娶者必出五系之外。"她扭头问灏王："王爷，我可有记错？"

昔年卿尘在松雨台默记书稿，婉转相劝天帝的情景仍记忆犹新，灏王淡然而笑，起身道："确有其事，吐蕃国有一本《择偶七善业仪轨》，据此书记载，吐蕃男女凡有父系血缘者，一律不得通婚，有母系血缘者通婚必在五系之外。否则通婚之人会全身变黑，给自己和族人带来灾难，尤其所生子女皆为痴傻怪异之胎，生生世世遭受神灵诅咒。"

卿尘点头，语声闲淡："王爷当真是博闻强识，熟知各国风土人情。秦国公或许忘了，吐蕃卓雅公主的母亲景盛公主乃是云凰长公主的女儿，云凰长公主是先帝的表姑母，到了皇上这里虽又远了一代，但还在五系之内。按吐蕃的俗礼，皇上与卓雅公主算是近亲，通婚不祥。"

话中几位公主、几门宗亲，秦国公掌管皇宗司，自然清楚得很。且不管对不对，意思已经十分明了，皇后这是当廷驳议，不准卓雅公主入宫为妃。

秦国公心中不满，口气便强硬："我天朝四海广域，人口泱泱，从未有姑表之亲不能通婚的说法。便是皇族之内，也曾有抚远侯尚华毓公主，亲上加亲，陛下纳卓雅公主为妃并无不妥。"

卿尘道："抚远侯尚华毓公主，公主连有三子，皆夭折于襁褓之中，自己也悲郁早逝，这一段姻缘岂为美满？"

"但华毓公主为抚远侯纳妾数名，生儿育女，可谓贤德。"秦国公脾气急躁，众所周知，这时他自恃资望，倚老卖老，便是皇后也不十分放在眼里。

卿尘凤眸轻掠，容色清雅温和，却断然命道："吐蕃虽是我朝邦属之国，也该尊重他们的习俗，以卓雅公主为妃的事不必再提了，秦国公尽快自皇宗中选定子弟，迎娶公主吧。"

她再次否了秦国公的提议，毫无商量的余地。夜天凌但笑不语，将龙雕玉盏轻轻把玩于修长的指间，深邃目光锁定秦国公，顺带着亦看过长定侯等老臣，当然，并没有漏过凤衍。如今还挡在面前的，唯此而已了。他缓缓坐直了身子，杯盏之中冰色清冽，倒映出一抹沉冷锋锐的光泽。

听了皇后的话，秦国公昂首向前，硬邦邦地回了一句："据臣所知，皇族中并没有十分合适的人选。"

皇后一笑，笑中隐透静凉："照此说来，皇上若不纳卓雅公主为妃，我朝便要拂了吐蕃结亲的美意了？"

"娘娘所言不差。"秦国公一抬头，只见皇后含笑回眸，对皇上道："陛下既已答应吐蕃和亲的请求，自不应食言。但远有吐蕃习俗禁忌，近有华毓公主丧子之痛，卓雅公主也不宜入宫为妃。秦国公既然找不出和亲的人选，臣妾却有个法子或能两全其美。"

皇上唇角淡噙薄笑一缕："皇后但说无妨。"

玉帘光影细细摇曳，洒上帘后之人柔和的侧颜，一道清利的目光穿透那晶莹光色，皇后居高临下，看住秦国公："卓雅公主与皇上有兄妹亲缘，不宜婚嫁，若愿东来，可封为长公主，亲善待之。素闻秦国公的孙女仪光郡主才貌出众，品德贤淑，宗室诸女无人能及，可晋公主封号，下嫁吐蕃赞普，以成两国和盟之亲。"

轻描淡写，寥寥数语，秦国公骤然变了脸色，几疑自己听错了话。震惊抬头，只见珠帘后秀稳仪容沉着淡定，其旁皇上无波无澜的声音传下来："准奏。"

简短的两个字，便决定了一个女子要离开天都，远嫁吐蕃，或许终其一生都难以再回故土。从此之后万水千山，与亲人天各一方，纵有公主之荣耀，却是万里飞沙，千里荒凉，生离死别。

殿上透心而来的目光深凉似水，秦国公又惊又气，浑身发颤。此时才明白过来，皇后，更确切说昊帝，这是敲山震虎，警告这些从内政到外战，甚至后宫之事都要指手画脚的老臣，他的容忍到此为止。

顺者昌，逆者亡，这就是皇权。

殿下诸臣尚未从震惊中清醒过来，却听湛王润朗的声音响起："秦国公为君分忧，忠心可贵，仪光郡主以公主身份出嫁，臣以为秦国公可加封太公，以彰荣表，请陛下恩准。"

皇上淡淡道："湛王所言极是，便依此奏。传朕旨意，秦国公加为太公，封仪光郡主为公主，择日和亲吐蕃。"

太公封号虽然尊荣，但毫无实权，这相当于完全架空了原本在朝中举足轻重的秦国公，群臣此刻都已体会出些山雨欲来的意味。一朝天子一朝臣，昊帝的手段这几年来人人深有体会，现在再加上一个外柔内刚的湛王，不知不觉中竟已改天换颜。所有人都像处于一鼎悄然升温的温水中，等真正意识到的时候，已经是最后水沸汤滚，无力挣扎了。

"陛下！"秦国公出席跪至阶前，"臣……"

"秦国公还有何异议？"御案后一声询问，十分清冷。

"臣领旨谢恩！"秦国公不能违抗圣旨，但心里惊恨不已，一张老脸涨得紫红，双手微颤，"但臣还有话要说，陛下迟迟不肯册立妃嫔，臣不敢苟同！即便卓雅公主不能入宫，陛下也该选贤德之女子立为妃嫔，同主六宫，方为社稷之福！"

此话分明是暗指皇后失德，湛王朗朗俊眉不易察觉地一动，不由抬眼便看向卿尘。卿尘安静地坐在夜天凌身侧，唇畔淡笑非但不减，依稀更见加深。眼眸底处不见忧喜，只一味深静下来，幽湖般敛着宫灯丽影，澄透无垠，无意触到湛王目光的时候，淡淡晕开一层细碎的縠纹。

他看着她，神情间有着怜惜的柔和，似是在问她，很久以前他给不了的，现在那个人是否能给她？然而那目光并不咄咄逼人，只无端让卿尘觉得温暖。

卿尘淡淡地一笑，便听夜天凌道："朕后宫家事，自有分寸，不劳秦国公操心，此事不必再提。"

秦国公执意再奏："天子家事当同国事，臣岂敢不为陛下忧虑？臣早多次谏言，陛下登基数年，始终无嗣，国无根本，何以所托？请陛下以社稷为重，江山为重，听从众议，莫要再一意孤行！"

天子无嗣，国将如何！卿尘霍然抬眸，目光直刺秦国公，大殿下蓦然死静。

众臣皆知，以前曾有臣子在朝中提过皇嗣的问题，惹得皇上怫然不悦，此后没有人敢当朝再议此事，唯有秦国公和几个老臣一味上表奏谏，却都被留中不发。卿尘心底恍然，夜天凌不让她看的那些奏疏，并不单纯是请立妃嫔的谏议，他不愿她见到那些，是怕触及她心事，一片苦心。

秦国公之语，似密密细针揉入心头，流云广袖低垂，卿尘纤细的手指紧紧扣住凤座之旁的浮雕，指节苍白，面上笑容却纹丝未动，只是那目光已如冰雪，渐渐寒凉。

窒息的感觉，像是被人缓缓压入水中，越沉越深，越深越冷，明明可以挣脱，却心灰意冷，动也不能动。

此时，大殿中忽然冷冷响起夜天凌的声音："朕尚安在，你们便急着考虑储君，是盼着朕早些让出这个位子，让你们安心吗？"

这话说得极重，满朝文武惊出浑身冷汗，秦国公张口结舌，匆忙叩首："臣……臣不是这个意思，臣不敢！"

"哼！"夜天凌一声冷哼，"不敢？朕看依你所言，江山社稷都要毁在朕手中了。"秦国公惊惶不敢再言，殿下左右两席窸窣一片衣衫碎响，群臣纷纷离座，跪于一旁，乌压压直到外殿，尽是低俯的锦衣帽冠。静若死域的大殿中，只余秦国公沉重的呼吸，一声又一声，似已不胜负荷，随时都要被扼断在咽喉之间。

辉煌金玉琉璃灯在御案前转过一抹浮沉的暗影，夜天凌刀削般坚毅的轮廓笼在其中，喜怒难辨，唯见玄袍之上飞扬倨傲的金龙，不怒自威，森然迫人。

"朕今天告诉你们，即便朕无子嗣，却上有兄，下有弟，兄弟皆有子有女，皆是夜氏皇族的血脉。我天朝福祚绵长，江山亡不了。今日往后，若有人再提妃嫔子嗣四个字，以谋逆罪论！"

掷地有声的话，前所未有的决断，不但惊呆了群臣，更让卿尘如遭雷殛。他竟回护她至此，卿尘痴痴看着夜天凌冷如坚玉的侧颜，一股汹涌的热浪漫过心头，直冲眼眶。她匆忙一扬眼睫，傲然抬头，留在群臣眼底的是高高在上的微笑，母仪凤姿，清华夺目。

第二十六章 曾经沧海难为水

第二十七章 除却巫山不是云

一路未语，龙辇御驾落停凝云殿前，卿尘与夜天凌步下车驾，穿过明阶御道，脚步却越走越快，身后内侍宫娥急急跟随，几乎是要小跑起来。夜天凌陪在她身边走了会儿，突然快走一步，伸手将她挽住："清儿。"

晏奚、碧瑶等都知趣，忙带着侍从们远远屏息退开。

卿尘被夜天凌拦得脚下一个踉跄，却不曾回身，只站定看着前方，雕栏玉砌，瑶池天阙，尽皆迷蒙一片。

夜天凌轻轻扳过她的身子，却见明玉灯下，清光隐隐，她脸上已是泪水成行。

"清儿。"他皱眉低声唤她，有一点儿欲言又止的歉意。

卿尘抬头，忽然猛地扑入他怀中，力气之大竟推得他后退一步，险些撞上身后的檐柱。"四哥，给我个孩子。"卿尘声音微哑，直视着他的双眼，华柱暗影落在她的脸上，投下难以化开的浓浓凄楚。

夜天凌眉心骤然蹙拧，看了她半晌，环在她腰间的手紧紧勒住了她，他低头，慢慢道："我虽然说过你要什么我都给你，但是清儿，不要为别人来要，尤其是这个。我不喜欢你带着任何的目的跟我说这样的话，不管是为了什么。"

卿尘凄然道："你是天子，是一国之君，你不能没有子嗣。"

夜天凌眸底那无边无际的深黑似要将她湮没，他静视着她："我刚才说过的话，不要让我再重复了。有我在，你不必理睬任何人，听清楚，记住了，除了我，不准你在乎任何人。"

他抬手抚上她的面颊，动作轻柔。卿尘强撑着的力气在他的凝视下丝丝消散，原本近乎锋利的眼神渐作失落，随泪水幽然滑落，她缓缓摇头："可我想要一个身上有着你的血脉、我的骨肉的孩子，我不管他们，我只想给你生一个孩子。"

夜天凌眼中泛起一丝疼惜的暖意，拥她入怀，轻声道："我中有你，你中有我，老天若给我们一个孩子，那是意外之幸，若不给，这一生我们便是彼此的孩子。"

他似乎遥遥看向云雾缥缈的瑶池，看向广袤的夜空深处，声音低沉回响在她耳畔，带着奇异的力量。天地仿若退回远古混沌的一刻，只余他们两人，一切都化作了虚无。

无边的孤独中，有你有我的相守，四目交投，绽放整个尘世的繁华。

无忧亦无怖，无惧亦无悲，心中落下沉缓而满足的叹息。卿尘一瞬不瞬看着夜天凌，他缓缓勾起唇角，淡笑之下清癯的面容那样清晰，触手可及。不知过了多久，他低声叫她，声音略哑，带着磁性的诱惑："清儿，我想要你。"

卿尘足尖一踮，长袖飘飘扬起，伸手便搂上他的脖颈，吻向他灼热的双唇。

夜天凌抱起她大步走向寝宫中，丹纱帐，柔丝锦，欺霜赛雪的肌肤，展若流瀑的发。幔帐朦胧灯色媚，他霸道的气息如若汪洋大海，她星眸中迷离光彩如丝如媚蛊惑着他，柔和而强劲的漩涡席卷下来，爱恋痴欲都化作他对她的渴求。

他轻吻她，沿着那栩栩如生的凤蝶，流连于那雪玉凝脂般的柔软。她在他炽热的啮吻下轻轻战栗，仿佛含羞带露的一朵幽兰，夜色下冶艳的美，如妖似魅，引诱他狂热难遏。

他狠狠将她拥住，抬手拂灭摇曳的灯烛，黑暗中冰丝凌乱，只余她轻微的喘息伴着幽香缠绵。这一刻，她完全地属于他，他探入她灵魂至深处，熔化她在激狂之下。

他就是她，她便是他，彼此占有一切，付出一切。他们在一起，灰飞烟灭也罢，拥有了所有，却什么都不再需要，只飘浮在无边无际之中，无止无尽。

她痴缠着他，唤他的名字，这世上只有她一个人这样叫他，也只有他会叫她清儿。

清儿，她只有这一个名字，只有这一个名字是她。

她是为他而生的，为他穿越了千年岁月，来世今生，都只为他，与他携手共赴这熙熙攘攘的红尘，甘愿永世沉沦。

夜已深，人已静，此生已成痴。

《天朝史·帝都》卷一百零三。

四年秋，于阗国王重病，帝遣玄甲军五千人，送朵霞公主西归，继国王位。五年，封于阗女王为西海女王，立西海都护府。

平湖秋波三十里，一天秋月似水，一湖碎波如星。

湖心月影，遥遥轻舟独泊，一波一漾，似要飘入那清寒空远的月宫中去。船舱之侧，夜天湛独倚望月，手中半壶清酒，一身闲疏。

举酒再倾入喉，旁边船舱中款款走出个女子，伸手一捞，将他手中酒壶抢走，如兰似麝的幽香随着她袖间绡纱荡过面颊，夜天湛半阖双目，悠然笑道："朵霞，还我。"

朵霞却不理他，转身将手一松，那酒壶噗地坠入湖心，清波里摇摇曳曳，一抹玉瓷淡影刹那间便沉入了难以见底的深湖。

"不准你再喝了。"

夜天湛睁开眼睛，唇角轻挑，弯出个优雅的弧度，低沉笑语传来："好，就听你一回也罢。"

朵霞以手支颐，慵然倚靠在船舷之上，夜风拂袂飘过她美丽的面颊，她看着夜天湛，轻声道："明天，我便走了。"

夜天湛立在她身畔，一身白衣似浸染了月色清寒，他淡淡含笑："嗯，明天就走了。"

"你没有什么话想对我说吗？"朵霞浓密长睫下弯弯的双眸，让夜天湛想起沙海之畔的月牙泉，细亮的一刃妩媚，是大漠飞沙下绝艳的风景。他欣赏着她的美，她是他名义上的王妃，却更像一个朋友。为妻为伴，因为知道最终要送她远去，所以在她面前轻松得近乎真实。

"于阗国内我已替你安排妥当，此程有玄甲军护送你，万无一失，你可以放心。"

"只有这些？"

清风月华，化作他眼中淡笑翩然："无论在西域遇到什么事，你都可以修书与我，湛王府仍然是你的家。"

"那你呢？"

"我也依旧是我。"

朵霞看了他一会儿，挪开目光，低垂的长睫在她眼底覆上了一层浅浅的暗影，"我从来没有想过，到了这一天会是玄甲军送我回去。"

夜天湛笑叹："我也一样没有想到。"

朵霞问道："你不后悔？"

夜天湛微微仰头，月光洒上他俊秀的脸庞。"三年了，"他淡淡道，"这整整三年的时间，你可知道我做了什么吗？"

微风凌波，衣衫飘然。他的身影映入澄净的湖面，映入朵霞明媚的眼底，缥缈如一道幻影："我只看到你事事操心，夙夜辛劳，你为了她，要把自己的心掏出来吗？"

"你错了。"夜天湛洒然回身，俊眸之中精光一闪，穿透月华尽是雄姿英发的豪气，傲然隐有王者之风，"这三年，朝中吏治清正，已非昔日可比，国库存银五千余万，民生渐丰，吐蕃西域尽皆安定，边患肃靖。政清国晏，四海咸服，这虽然还有很长的路要走，但总有一日天朝会在我手中盛世大治，你记得我这番话，那一天不会太久。"

他俊朗的脸上因沾了酒气而透出一股风流神采，全然不是往日周旋于朝堂之上的沉着从容，亦不复宫中府中说一不二的雍容威严，举手投足间的潇洒融入那指点江山的泱泱气度，魅力逼人。

朵霞一时愣在他面前，看得出神。他的风雅，他的孤独，他的霸气，哪一个他才是真正的他？她全然不知了，眼前这个男人心底藏了太多的东西，沉淀在那双明澈的眼睛里，是波澜万顷的风华。

"朵霞，多谢你陪了我这么多年。"

千里明月清秋色，莫道离别。

心中莫名地泛起愁绪依恋，朵霞向前扑入了夜天湛的怀中。夜天湛愣了愣，慢慢伸手，拥住了她。

他身上的气息，淡淡春风般地暖，吹透黄沙飞天，落日残阳。他的微笑是她一生永不会忘的记忆，坚毅如山的怀抱，给她力量和勇气，她可以笑着转身，一别之后是天涯。天涯路，轻纱飞天，驼铃声远，玉笛轻折悠扬，婉转成千年的辽远与思念。

夜天湛唇间清扬的笛声荡漾于波光粼粼的湖面，起起伏伏，悠然飘洒。朵霞倚在他身边，心里空无所有，只余这笛声。

此身，如梦。

月落天清。

西出雍门，阳光下秋高气爽，风扬旌旗。五千玄甲军轻骑护卫朵霞公主归国，仪仗浩荡，绵延数里。

因答应了朵霞，夜天湛并未出城送行。朵霞启程的一刻，他站在城头高阁之上遥遥看着她远去的背影，心间是她明朗的笑语：如果有一天，你厌倦了这里，记得有一个人在西域等你。

第二十八章 世事如棋局局新

朗日如金，折射在武台殿雀羽色青蓝水透琉璃瓦上，将阳光幻出一片宝光潋滟。一个青衣内侍匆匆迈上殿阶，进了殿中，下意识便放轻了脚步。

深色近墨的檀木地板光洁如镜，倒映出重重金帷肃垂的影子，锦字花纹飘浮如云，一直延进幽深的内殿。当值宫人都远远屏息站着，人人低眉敛目，不闻半丝声响，内侍的足音落在空寂的殿中仍旧格外清晰，不觉背心已见了微汗。待见到御前常侍晏奚，他低声禀报了什么，晏奚斟酌了片刻，便往宣室走去。

隔着一段殿廊，宣室中隐隐传来说话声。晏奚行至最后一道九龙墨玉屏风跟前，听到皇上沉冷的声音便迟疑了一下，虽有急事，但也不敢轻易打扰。却只这么一站，里面的话声停住："什么事？"

晏奚趋步上前，转过屏风，只觉得气氛凝重迫人。里面除了湛王，只有凤衍、杜君述和斯惟云三名重臣，人人面无表情，唯湛王一双微挑的眸子淡淡看着对面的凤相，颇有几分犀利的味道。

晏奚俯身垂首，目不斜视，禀道："陛下，含光宫刚才急召御医入见。"

夜天凌黑沉沉的眸底轻微一波，连带着湛王也抬眸。这消息对凤衍来说却来得最为及时。果然，皇上将手中的奏疏一合，丢下话来："回去想清楚该作何处理，明日奏本上来。"言罢拂袖出了宣室，起驾含光宫。

凤衍躬身领了，转身退出时暗中瞥了湛王一眼，心下恨恨。

今年夏天，沧浪江遭遇水患，连续不断的暴雨使得江水决溢，河道泛滥，湖、云两州十七郡田毁城淹，尽成一片泽国。这样的洪水已有多年未遇，昊帝急调江左水军出动战船迁移百姓，抢修因洪水而决口的广安渠，复又两次拨银赈灾。七八月过后大水渐退，由于赈济得当，两州未再出灾疫乱情，忙乱了数月，各方都松了口气。

不料此时，帝曜二年的金榜探花，接替斯惟云督修广安、广通双渠的梅羽先，却一道奏表将凤衍的长子，身兼工部侍郎、江左布政使重任的凤京书参到了御前。参他私自挪用修渠造项，使得广通渠迟迟不能竣工。大雨来临，江水暴涨，广通渠不能发挥预期作用，以致广安渠不堪重负，决堤千里，尽毁两州房舍良田。

这一弹劾到了御前，昊帝极为震怒。近年清查亏空，第一查的便是挪用，这本便犯了大忌，何况又造成毁堤淹田的重灾，即刻传凤衍入宫见驾。

凤衍一到武台殿便觉出气氛不对，跪拜后未听到叫起，劈面一道奏疏落在了面前："自己看吧。"

黄绫奏疏落地，赫然展开在眼底。梅羽先刚劲挺拔的笔迹力透纸背，墨迹深亮，字字如刃，看得凤衍渐渐冒出一身冷汗。正恼火这一个微不足道的六品外官，哪里来这么大的胆量弹劾凤京书，一抬眼，正看见湛王淡笑间一抹亮刃般的眼神。

凤衍心念电闪，将奏疏重新呈上，俯身叩首："陛下，奏疏中所言事涉犬子，按定制臣当避嫌，不便多言。"

湛王乌墨似的眼梢轻轻一挑，唇边笑意隐隐加深几分，处变不惊，稳而不乱，不愧是三朝宰辅相臣。

御案之后，夜天凌冷眼看向凤衍："广安渠毁坝决堤，水淹千里，你身居中枢之要，难道也没有话说？"

"臣等失职，未能事先防患于未然，以致发生这样的事情，臣请陛下降责。"凤衍先行请了罪，继续道，"但广安渠究竟何故决口，臣以为应先查清原委。堤坝出了问题，负责督造的官员难辞其咎，难免会为了要推卸责任寻些借口，其言不可全信。"

话音一落，身旁响起湛王的声音："这几年清查亏空，各部的缺漏都一一补齐，唯有工部一直以两渠工程浩大为借口，一拖再拖。现在亏空仍旧在，广通渠工程停滞，广安渠毁于洪水，不知工部的造银究竟用在了何处？凤相不说造银的事，却将原因归咎于其他，这是为何？"

凤衍立刻道："王爷，臣刚才只是回陛下的话。至于修渠的造银，若要问，当先由尚书省追究负责此事的户部。王爷若想知道，臣尽快发文尚书省，让他们责查。"

听似恭谨的语调，却因为太过恭谨，便带出了些非同寻常的意味，仿佛皇上的问话可以暂且放下，湛王的话却不能不答。

湛王如何听不出凤衍是想将殷家拖下水，冷笑道："何必如此麻烦，此事只需问一问凤京书便明白了。听说凤京书在司州故里修了一座佛寺替凤相夫人祈福，以南岭檀香为木，东海白玉为阶，自称连陛下为太皇太后修筑的昭宁寺也不能及，不知此事凤相以为如何？"

凤衍暗惊，不想凤京书酒后一句醉话，千里之外湛王竟知道得如此清楚，除此之外，不知还有多少事落在了他手中。当即道："小儿为母捐资礼佛一事，事先曾蒙皇后娘娘准许,娘娘还因此恩赐修缮之资。山野小庙岂敢与昭宁寺相提并论?昭宁寺的规模造项王爷最为清楚,此话岂不荒谬?"

湛王眼中冷芒一沉,对面杜君述和斯惟云同时皱眉,凤衍果然姜老弥辣,这一招攻守兼备,不但搬出了皇后,更是将皇上与湛王间的一笔旧账也暗暗算在里面。

想当初湛王与皇上不甚和睦,因深知皇上诚孝祖母,对昭宁寺不肯有半分马虎,命人将昭宁寺的造价成倍提高,造金为佛,琢玉成塔,划方圆百里之地,斥建寺之资千万,使得国库越发吃紧。昭宁寺竣工之后,堪称天下佛寺之首,寻常寺院无一能出其右,如今不仅是皇家寺院,更是天竺、西域、吐蕃等僧侣东入中原论法的圣地,弘扬佛法,教化民众,香火十分鼎盛。

这几年湛王尽心为政,国库充盈,皇上虽心知其中曲折,但并不欲追究,只是话自别人嘴里说出来,难免让兄弟两人心中都生出些微恙。

湛王抬眸间与凤衍凛然凝对。凤衍眼中森森阴冷,湛王唇角那丝清雅的笑容已缓缓淡了下来,尚未说话,便听皇上道:"朕问的是广安渠之事,与昭宁寺何干?广安渠耗资四十余万,三年始成,现在毁于一旦,明年若再有暴雨,你们想让朕置江左百姓于何地?"

两人都肃容不再作声,这时旁边斯惟云忙顺着将话题带回了修渠之事:"陛下,当务之急还是要抢修广通渠,此次若不是广通渠未成,湖、云两州不至于遭此灾难。但梅羽先也有不当之处,洪水来时,既知广通渠不能使用,便应该及时在上游开闸泄洪,则可以毁泸阳、沣知等几郡的代价,保全两州十七郡,亦使广安渠无恙。"

这话说得公正,谁也不偏帮,杜君述接着道:"梅羽先一个六品郡使,年纪轻轻,怕是难做此决断,说起来也不能完全怪他。"

斯惟云点头道:"陛下,不如还是让臣回湖州吧。"

夜天凌沉思片刻,却问湛王:"你觉得呢?"

湛王道:"臣弟以为事情关键倒不在人上,而在于例制。就拿这修渠的造项说,经户部到工部,入布政使司,再到州府,其中多少无用之功,费时费力。其实各处造项完全可由户部直接调拨给督造处,不但提高效率,亦可杜绝那些贪赃枉法之事。"

凤衍方要说话,忽然瞥见夜天凌冷淡的目光往这边一带,听到四个字:"此事可议。"

凤衍霍然警觉,双目微眯,眼缝里一道精光暗闪。

天下三十六州九道布政使统管所辖州府军政,无不重权在握,眼前明摆着皇上是有心要收权中枢。湛王看准了这个时机,猝然发难,梅羽先弹劾凤京书定然是早已设计好了的。

九道布政使中有四人是凤家嫡系亲族,再议下去,湛王必是拿凤家的人开刀,凤京书首当其冲。凤衍心知一不留神，这步是落在了下风，正要设法周旋，恰巧晏奚的禀告打断了议事。

皇后虽体弱多病，但向来很少传御医，突然急召，定是出了什么意外。莫说是皇上，便是在座所有人都悬起了心神。

退出武台殿，凤衍出宫回府，一路盘算。有皇后在，看来皇上还是给凤家留着情面的，否则今天这弹劾直发廷议，那便无论如何都无法挽回了。湛王如今势头逼人，这关口皇后可不能有任何不妥，但只靠着皇后，凤家却也步步都在险中。凤衍前思后想，正焦虑难平，不料此时，宫中却传出了喜讯——皇后有妊。

去年澄明殿之后，有了秦国公的例子，朝臣都不敢再提储君一事。但天子无嗣始终是大事。如今御医已证实皇后得嗣，举朝内外都松了口气，纷纷上书贺表，凤衍亦借机再上了一道请罪的奏疏。

不知是不是因为中宫的喜讯，昊帝并未严惩凤京书，只是革了他的户部侍郎，限日填补挪用造项。日前那场风波便暂且被压了下来，朝中湛王和凤家的势力依旧均衡，一时都不能占上风。

刚入十月，天气略微有些转凉，卿尘有孕之后身子畏寒，便比往年早些移居清华台。夜天凌早增拨了数十名宫女随侍，指派御医每日请脉，格外紧张她，只差没下道圣旨将人禁足在寝宫。

卿尘虽笑他小题大做，但自己也很是小心。所幸数月下来，除了开始那段时间略有不适，一切还算平安。

这时新年渐近，四域藩属之国纷纷来朝觐见，一些准备来年提调使用的官员也奉旨入天都述职。夜天凌诸事缠身，每天不得空闲，却不管多忙，隔几日必定亲自召见御医令黄文尚。

黄文尚自圣武朝入宫，多经历练，一手医术在御医院中已是佼佼者。去年老御医令宋德方告老还乡，他便担任御医令一职，主理御医院。这日入宫，因皇上一直与湛王在议事，他便候在偏殿，等了一个多时辰，才有内侍前来宣见。

转过阶廊，黄文尚远远在殿前见湛王从里面出来，温玉样的脸上似笼着层淡霜，不甚清晰。再看时，沿着雪色冷清的龙台玉阶，那白袍玉冠、风华俊雅的背影已遥遥而去。

穿过殿廊进了内殿，内侍通禀后退了下去，黄文尚俯身叩首，头顶传来皇上淡淡的声音，"起来吧。"

黄文尚起身，略微抬头，见皇上斜倚龙榻，身上搭着件云青长袍，身旁银炭添沉香四足卧兽点金炉一丝烟火气也无，暖得四周空气微微浮动，却难掩他神色间一股倦意。

不见垂问,黄文尚便躬身立着。过了会儿,皇上放下手中看着的奏疏,半合双目往后靠去,问道:"去清华台请过脉了?"

黄文尚回道:"臣刚从清华台过来,皇后娘娘脉象平安,胎息安稳,并无不妥,只还是心血不足,身子太弱了些,臣仍担心再过几个月生产的时候,会很辛苦。"

夜天凌睁开眼睛:"你究竟有几分把握?"

黄文尚迟疑,道:"要看娘娘这几个月调养得是否得当。"

夜天凌道:"宫中难道还缺滋补的药品?该用什么药便用,怎么会调养不当?"

黄文尚听得他语气中有些不悦,心想或许今天来得不是时候,回话便分外小心:"回陛下,娘娘平时并不常用御医院配的药。"

夜天凌也知道因为卿尘医术精湛,御医们在她面前都十分谨慎,而她也不很习惯让御医看诊。中宫设有专门的尚药司,平日卿尘所用之药一般都按自己的方子,御医除了奉召入宫外,只负责替她遴选药材。他倒不是要责备黄文尚,但见其欲言又止,皱眉道:"有什么话便说。"

黄文尚便道:"臣刚才在娘娘那里见到几味药材,似乎有些不妥当。"

"药有何不妥?"

黄文尚道:"臣见那些药,其中几味有破血催产的功效,还有些比较罕见,臣也不十分认得,不能清楚药效。若寻常人用药倒好说,但如果有孕在身,还是要仔细些。以娘娘的身子,万一用了什么不该用的药,后果不堪设想。"

"皇后怎么说?"

"娘娘用药向来自有主见,臣不敢多问。"

"皇后那里的药材不都是由御药房挑选的吗,你们怎么不提醒着点儿?"

黄文尚低头垂目:"那些药材是湛王府送入中宫的,并没有经过御药房,臣也是偶尔所见。"话音方落,便感觉到皇上眼眸一抬,他心头就像被丝缕薄刃一掠而过,顿时不敢再多言。

空气中有片刻的凝滞,继而被一声低低的轻咳打破,随之而来是皇上徐缓的话语:"皇后熟知药理,应该自有分寸。"

黄文尚抬眼觑了觑皇上的神色,只见一色漠然无痕,叫人探不出丝毫端倪。夜天凌坐起来,突然身形一停,深深蹙眉,稍后才道:"你退下吧。"

"是。"黄文尚察言观色,跪安前试探着问了一句,"陛下似乎不太舒服,要不要臣请下脉?"

夜天凌坐了会儿,淡声道:"也好。"

黄文尚便上前跪着请了脉,仔细斟酌后,道:"陛下近日太过操劳了,怕是有些引发昔年的旧伤。倒不必特地用什么药,只是静养一下便好。若再觉得不适,也可以用一

点儿南诏进贡的玉灵脂，有镇痛提神、除劳解乏的功效。"

夜天凌这几日常觉得旧伤处隐隐作痛，事情一多便有些疲乏，听了这话，点头道："你明天呈药上来吧。"复又嘱咐了一句，"直接送到武台殿，不得惊动皇后。"

黄文尚领旨退出后，夜天凌闭目似在歇息，但从他搭在龙榻之旁扶手上轻轻叩动的手指却可以看出，他正在思量什么事情。

过些时候，他重新拿起刚才看着的奏疏，再次浏览那洋洋洒洒长篇大论，修长的手指在那精美的金龙浮雕之上微微收紧，略泛出些苍白，忽然间广袖一扬，便将那奏疏迎面掷在了御案上。

那是中书令凤衍弹劾湛王的奏疏。

入春之后天朝有几项极大的盛典，是一年之中最热闹的时候。四月中旬，正逢一年一度天都春猎，昊帝起驾宣圣宫，自亲王以下皇亲士族尽皆随行。皇后如今身子沉重，连本应由她亲自主持的亲蚕礼都免了，此时这些狩猎、射典之类的便不曾参加。

昆仑苑中，天子行营旌旗连绵，御林侍卫哨岗密集，人声马嘶，遥遥可闻。

宝麓山原野起伏，奇峰深谷，颇有些珍禽走兽，羚羊、白鹿、猛虎、金豹都不在少数。夜天湛尚为皇子的时候便常入山中狩猎，对宝麓山的地形极为熟悉。他对行营附近那些被驱赶出来的小兽并不十分感兴趣，这日带了侍卫一路深入山中，纵马引弓，收获颇丰，眼见暮云四起，落日西沉，一日已近黄昏。

天边一片火色的云彩连绵不绝，飞鸟自晚霞间成群飞过，纷纷投入密密的山林中。夕阳余晖在陡峭的岩石上落下最后的光影，更使得山色深远，层叠峻峭。夜天湛正停马欣赏这山野暮色，突然听到身边侍卫叫道："王爷，那边有鹿群！"

他扭头看去，果然见近百只野鹿自山谷那边成群而过，鹿的数量越来越多，像是被人驱赶至此。夜天湛忽然看到当先一只居然是极为罕见的白鹿，十分惊奇，将手一挥："追！"

侍卫们闻声应命，纷纷打马，随他追入山谷。几支流箭过去，鹿群受惊，渐生混乱，那白鹿立刻被和其他鹿冲散开来。夜天湛目标是那只白鹿，纵马紧追，不由便深入山谷。天色渐暗，道路愈窄，四处密林丛生，两边山势也越发嶙峋参差。

夜天湛座下之马乃是大宛名驹，十分神骏，穿过一片丛林，逐渐便追上那白鹿。他自马上反手抽箭，遥遥引弓，箭如流星，直取猎物。便在此时，身边响起一声尖锐的啸声，一支狼牙羽箭自不远处闪电般射来，几乎和他的箭同时而至，正中白鹿。

那白鹿身上中箭，复又奔出数步，撞倒在山林间。夜天湛奇怪是什么人的箭如此凌厉，便勒马回头，不料却见射箭的人竟是皇上。夜天凌自林间纵马过来，白衣乌靴，手挽金弓，他和十二一路追猎群鹿至此，也没想到会遇上夜天湛。

夜天湛翻身下马:"见过皇兄!"

"免了。"夜天凌抬手命他免礼。十二随后而至,见了夜天湛便笑道:"哈哈,原来是七哥,我正奇怪这是谁的箭,竟能和四哥一较高下。"

夜天湛闻言一笑,眉宇间却略带了几分异样的神情。最近天都内外虽是一片兴盛热闹,但朝堂上一直不甚平静,漩涡的中心,便在湛王府与凤家。

上次广安渠的事情过去不久,梅羽先自湖州入调天都,任了工部郎中。凤家对梅羽先弹劾凤京书一事怀恨在心,对他百般打压。不料梅羽先毫不畏惧,再次奏本弹劾,这次竟是针对凤衍,参他曾经私下会见吐蕃使臣,收受贿赂,通敌误国。凤衍惊怒之余,明白事情绝不是一个梅羽先这么简单,即刻将矛头直接对准了湛王。事有凑巧,今年三月,天都出现一次日食。凤衍借此机会再次上书昊帝,言"日有食,象阴之侵阳,臣之侵君",以为大不吉,暗指湛王有不臣之心。面对这番局面,昊帝不曾有任何表态,但朝局波澜暗涌,湛王与昊帝间便渐渐生出些难以明说的隔阂。

侍卫们尚未赶到,夜天湛便跨过山石去看那白鹿。想起近来朝中诸多事端,皇上的态度一直十分耐人寻味,他不由微微蹙眉,这一天游猎的兴致便淡下了几分。

两支羽箭皆穿颈而过,鹿死谁手已然难以分辨。夜天湛手握长弓,淡淡笑了笑,转身道:"皇兄这一箭后发先至,臣弟甘拜下风。"

夜天凌亦缓缓带马上前,半明半暗的暮色下,两人目光一触,突然间,夜天湛听到十二惊呼一声:"七哥小心!"他看到夜天凌眼中锐光骤现,身后似有一阵猛风袭来,眼前精芒如电,夜天凌手中利箭已迎面射来。电光石火间,他几乎是未假思索,引弓一箭,抬手射出,箭势凌厉,直袭夜天凌。

夜天凌先前一支长箭从他左侧擦身而过,手下连珠箭出,千钧一发之际,双箭半空相交,当的一声,刺目的白光应声飞溅,撕裂昏暗的夜幕。

一切都在眨眼之间,十二的惊呼,凌厉的箭啸,随即伴着一阵猛兽嘶吼的声音,身后重物落地,夜天湛第二支箭亦搭在了弓上。

对面,夜天凌手中的金龙长弓也同时弦满箭张,利芒一闪,冷冷对准了他。

弓如满月,隔着数步的距离,几乎可以看清对方箭尖上雪白的利芒,冷如冰,寒似雪。

这时两面随行的侍卫先后赶至,突然见到这番局面,尽皆震惊。卫长征将手一挥,御林侍卫迅速围上前去。湛王府的侍卫都是忠于湛王的死士,也立刻应声而动。

夜天凌和夜天湛却对此视而不见,两人一动不动地锁定对方,夜天凌眼中寒意凛冽,夜天湛面如严霜。对视之间复杂而锐利的锋芒,随着两张长弓逐渐紧致的力道,慢慢溢出慑人的杀气。

四周无人敢妄动,只怕一丝声响,便能引发血溅三尺的局面。

面对着皇上深冷的注视，夜天湛唇角紧抿，脸上渐渐泛出一丝杀气。十二手已经压上剑柄，往前迈了一步，沉声道："七哥！"

　　夜天湛沿着十二的目光缓缓扭头，猛地一怔。身后离他半步之遥的地方，一只豹子翻倒在地，依稀可见鲜血溅满四周岩石树木。夜天凌先前那支长箭洞穿豹子的额头，直没箭羽，一箭毙命。他心中如惊电闪过，霍地回身，夜天凌面无表情地看着他，手中金弓纹丝不动，长箭锋锐。

　　夜天湛心中瞬间掠过无数念头，片刻之后，他迅速将弓箭一收，随即单膝跪下："皇兄，臣弟……鲁莽了！"

　　白衣肃杀，身形坚冷，众人只见皇上寒意凛凛的箭依然锁定在湛王身上，渐浓的暮色下，谁也看不清皇上的表情。山风忽起，旁边马匹似已经受不住这样的杀意，不安地嘶鸣。湛王始终低着头，手却在弓箭间越握越紧，无论如何，方才那一箭，已是死罪。

　　时间似乎凝滞在这一刻，也不知过了多久，皇上终于将金弓缓缓放下，似乎轻笑了一声："起来吧。"

　　夜天湛抬头，夜天凌从马上看了他一眼，转身道："回头把这只豹子送到湛王行营。"说罢反手一带马，扬鞭先行。

第二十九章 云去苍梧湘水深

时入五月,清华台中兰花盛放,修枝翠叶葳蕤繁茂,雪色素颜,玉骨冰心,丛丛簇簇点缀于兰池御苑,美不胜收。

夜天凌今天来清华台,正遇上卿尘小睡未醒,便独自在她身边坐了一会儿。兰香如缕,淡淡绉绉,萦绕琼阶玉栏,午后的清华台安静得似乎能感觉到兰芷飘浮的香气。夜天凌看着卿尘宁淡的睡颜,只觉身边再有多少繁杂之事也并不如何,可是想到她因有孕而欣喜的样子,御医私下说的话仍旧沉沉压在心头。

卿尘诊出身孕的当天,御医便如实禀告了他。卿尘上次因剧毒小产,使得身子亏损甚重,幸而近几年有良医良药悉心调治,才不至于缠绵病榻。但她素有心疾,怀孕生子都是极危险的事,几名御医谁也不敢保证安然无恙。眼见着数月过去,产期将近,她虽表面上一切安好,人已明显消瘦下来,明明时常精神不济,却总在他面前硬撑着,只要一问,就是没事。他似乎觉得这个孩子是慢慢拿她的气血精神去养成的,那点将为人父的喜悦早已全然不见,取而代之尽是担忧。更何况此时此刻,这个孩子是天子唯一的血脉,多少人等着看着,心思各异。

"陛下,"碧瑶进来轻声禀道,"湛王求见。"

夜天凌点点头,起身步出殿外。他走不多会儿,卿尘便也醒了,虽说醒了,却浑身懒懒的不愿起来,以手撑额靠在榻上,过了会儿,问碧瑶道:"是不是皇上刚才来过?"

碧瑶笑说:"皇上坐了好一会儿呢,娘娘睡得沉,都没有醒。方才湛王来了,皇上便去了前殿。"

卿尘点点头,虽是天天进宫,但湛王极少到清华台面圣,今天突然过来,或者是有什么急事也说不定。最近不知为什么,皇上与湛王似乎不像以前那样融洽,虽然夜天凌对此只字不提,但女人的心思最是敏感,岂会察觉不到他们两人间微妙的变化?形势在变,人也在变,在天家与权力这条路上,没有永远的对手,也没有永远的朋友。

卿尘心中微微轻叹，这时候外面不知为何传来些慌乱的声音，她蹙眉问道："怎么回事？"

碧瑶出去看了看，过会儿回来道："前殿一个侍女拿错了东西，惹得皇上发怒，没什么事。"

卿尘凤眸掠过垂帘，复又落回碧瑶身上，淡声道："别拿这些搪塞我，到底怎么了？"

碧瑶见她静静看住自己等着回话，显然是不信皇上会为这点儿小事责罚侍女，犹豫片刻，最后还是道："湛王……不知怎么和皇上吵起来了，皇上震怒，连晏奚都被赶了出来。"

天际云低，廊下风急。前殿之外，内侍宫女前前后后跪了一地，晏奚那乌漆笼纱帽下鬓角微乱，缕缕尽是薄汗，神情间难掩狼狈。

卿尘踏上殿阶，晏奚吃了一惊，忙道："娘娘怎么来了？"

卿尘往大殿里看一眼，问道："为了什么事？"

晏奚方要回话，忽听殿中铮然一声脆响遥遥传来，似是杯盏落地飞溅，紧接着一阵无声的死寂之后，脚步声起。

卿尘蓦然抬头，幽深的大殿中，只见湛王快步而出。

因有大半年未曾见面，乍然相遇，夜天湛一愣，卿尘心底亦涌起莫名滋味。

依然是长身玉立，依然是丰神秀彻，风雨浪涛并没有在他身上留下岁月的痕迹，举手投足间仿佛仍是当年楚堰江上那个翩翩公子。只是抬眸相对，千帆已过尽。

他像换了一个人。若说昔日是春风下明波风流的湖水，那么眼前的他便是秋雨过后的长空。

秋空风冷，如他此时看她的眼神。

风过面颊，吹起衣衫乱舞，夜天湛只停了一下，神情冷漠，转身举步。

"王爷，"卿尘在他经过身边的时候叫住他，略一思量，温声道，"许久未见了，不知王爷愿不愿陪我散散步？"

清华台，御苑兰若万丛，深处翠竹三千。

修竹幽篁，苍翠如海，天低云暗，密密翠墨的颜色随风长倾，如轻涛拍岸，层层起伏，飘飘摇摇。

夜天湛站在竹亭之中，一言不发，神情冰冷，卿尘立在他身后，亦不知该如何开口。

风吹衣袖，急急振响，夜天湛看似平静的表面下却是满心翻江倒海。自恃权重，目无君上，现在就只差没有明指他觊觎皇位，意图对未出世的皇子不利，甚至对皇后心怀不轨！他覆手竹栏之上，修长的手指静衬着竹丝的纹路，如玉温文，却不由得重重往下一沉，只听咔啦一声碎响，那竹木被他当中震开，裂痕深深，直透两端。

风乱，几片竹叶翻飞而下。

夜天湛心中翻腾的那股怒火随这一击泄去不少。卿尘微微吃惊，过了一会儿，柔声道："皇上就是那样的脾气，吃软不吃硬，有些事，你别和他硬顶，缓一些反而会更好。"

若是能缓，又何至于到今天？夜天湛冷笑，掷下一句话："卿尘，抱歉了。"

卿尘心间一凛，夜天湛眼底波澜翻涌，转身，一丝笑容却淡若微风："事情总会有结果的，不是今天，便是明天。但有件事我还没有放弃，他能给你的，我一样能给。卿尘，你可愿再考虑一下？"他的话语低缓而平和，却让卿尘心底凉意陡生。

他在面前凝视着她，让她觉得这是他最后一次说这样的话，如此坚韧的目光，深深隐在他清朗的眼眸底处，逐渐划出一道万丈深渊。

卿尘周身如坠冰窖，匆匆道："无论如何，结果都是一样的。"

夜天湛看她一会儿，一次又一次，她总是用这种最真实的冷静来回答他的话。他唇角渐渐转出一丝薄笑："你这个女人，有时候真让人觉着不像女人。"

卿尘心里纷乱，下意识地回答了一句："我只是个女人。"

夜天湛徐徐笑说："我当然知道，否则我也不要。"

卿尘一时无言以对。夜天湛却忽而笑容一收，极认真地说了一句："卿尘，那对我来说不一样。"

"不一样吗？"

"不一样。"

卿尘扬眸与夜天湛对视，心中忽然平静如水。曾经恩怨，曾经爱恨，起起落落兜兜转转，终于还是到了这一刻。误入这红尘一场，多少岁月，这两个在她生命中至关重要的人给了她所有，此生此情，她可以用所有孤注一掷。

就在这一刹那间，卿尘的注视竟让夜天湛莫名地生出些不安，仿佛她心里下了一个重要的决断，而使得那目光摄魂夺魄，要将他看成透明的一个人，他听到她用极轻的声音道："这一生，我欠你的。"

一句话，便是一生吗？

夜天湛道："欠着吧，多欠一点儿，说不定你早晚要还我。"

卿尘道："让我想想，该怎么还。"

夜天湛轻轻一叹，不语。

卿尘道："你若没有急事回府，便陪我再走走吧，很久不见你，倒觉得有不少话想说，这时不说，也不知道以后还有没有机会再说。"

夜天湛闻言，神情间闪过一丝阴郁，终究没有拒绝。

穿过竹林，九曲回廊曲折，下临兰池，岸芷汀兰烟波三千，一片迷蒙浩渺。

风满楼，雨意渐浓。卿尘却同夜天湛淡淡说笑，不知不觉已绕这长长回廊沿湖走了数周。夜天湛几次问她累不累，她都笑着摇头，将话题岔开。夜天湛此时觉得她的脚步越来越慢，看她一眼，便站下道："坐一会儿吧，我走累了。"

卿尘面上略有些倦色，见他看过来，微笑着点了点头，扶着雕栏坐下。夜天湛毕竟心中有事，一时看着烟波沉沉的湖面出神，突然听到卿尘问他："王爷，如果我能说服皇上支持你清除凤家，你愿不愿答应我，绝不会做任何对他不利的事？"

夜天湛惊诧回头，几疑自己听错了话："你说什么？"

卿尘道："若我保证皇上也不会对你不利，你能否答应，终此一生，待他如兄、如君？"

夜天湛僵了片刻，霍然起身："不可能！你给不了我这个保证，我也一样给不了你。"

如果以前还有这个可能性，但现在，一切的可能都已变成了不可能。

卿尘道："如果我能呢？"

夜天湛盯着她，目光深黑一片："事到如今，这岂是一句承诺便能解决的问题？你不妨问一问他，他做得到吗？"他重重一甩袍袖，叮的一声脆响，有什么东西从他袖中掉出，落在卿尘身旁。

一支淡色玉簪，简单的样子，润泽的光。卿尘愣了一愣，吃力地弯腰去捡，旁边迅速伸来一只手扶住了她。

苍白的玉，苍白的手，苍白的面容。

夜天湛将玉簪捡起来，突然察觉卿尘的手在他掌心微微颤抖，冰凉似雪，抬头见她脸上已毫无血色，身子摇摇欲坠。

"是那支玉簪吗？"她低声道。

"是。"夜天湛来不及掩饰尴尬，匆匆问道，"你是不是不舒服？"

卿尘勉强微笑："原来你还留着这支簪子，其实那时候，我很想跟你道一声谢。这些年来，我知道你一直处处护着我，这……是最后一次……你……"

"卿尘！"夜天湛低喝了一声，卿尘慢慢道："孩子……要出生了。"

夜天湛猛地低头，惊见卿尘襦裙上已是鲜红一片，那红迅速蔓延，不过片刻便浸透了轻薄丝绢落到细花雕纹的玉砖之上，缠蔓花枝染了血色，浓重刺目。卿尘却似无所觉："我说过，他死，我随他……你死，我用我的命护着……你相信我……如果……如果我撑不过去……你们……"

周身不知来自何处的痛楚越来越重，越来越急，卿尘紧紧咬着牙关，想凝聚一点儿力量把话说完，却连呼吸都艰难起来，只死死看着夜天湛，目露哀求。

夜天湛面上一片雪白，额角青筋隐现，不知是他的手攥着卿尘，还是卿尘的手攥着他，那支玉簪不堪重力，咔地断成两截，碎面直刺掌心，剧痛钻心。

他忽然极快地低声说了一句："我答应你。"俯身迅速将卿尘抱起来。

卿尘心头蓦然一松，身子便软软地坠落在他的臂弯中。

第三十章 碧落黄泉为君狂

雨急风骤，唰唰抽打着殿阶，一列青衣内侍匆匆穿过廊前，当先一人捧着药炉步履慌忙，其后数人手托药匣急急跟上。

他们刚转进内殿，便有几名绯衣侍女端着铜盆鱼贯而出，盆中尽是浓重的血水。再有侍女端了清水进去，片刻出来仍是骇人的血色。

殿中烛火忽明忽暗，人影幢幢，来往宫人，进退无声。唯有皇后低抑的呻吟声自屏风重帐之后传来，断续落在窒闷的雨声中。

天黑近墨，闷雷滚滚震动琉璃重瓦，夜天凌在殿中左右踱步，困兽一般，身前十几名御医匍匐跪地，人人汗出如浆。

雨声越急，似乎渐渐盖过了寝帐内的声息，忽听一声乱响，两名御医仓皇步出，险些将屏风撞倒。

夜天凌霍然回身，两人已扑跪在面前，为首的御医令黄文尚磕头颤声道："陛下……时间太久，娘娘怕是撑不住了，臣请陛下示下，用不用参汤？参汤能让娘娘撑到孩子出生，但是……但是……"

夜天凌喝道："但是什么？"

一旁的何儒义急忙接道："但参汤极易引起血崩之症，只能保孩子。"

"混账！"话未说完，夜天凌勃然怒道，"朕什么时候说过让你保孩子？"

何儒义以额触地："请陛下三思！"

夜天凌一把将他从地上拎起来，冷冷的声音直逼到眼前："你给朕听清楚了，皇后要是有什么不测，你们谁也别再来见朕！"

"陛下！"

"陛下！"

众人叩首跪劝，夜天凌充耳不闻，只一声毫无余地的怒喝："还不快去！"

眼见皇上盛怒，黄文尚与何儒义再不敢多言，匆忙叩头退回内帐。

一阵斜风撞上窗棂，哐地将长窗吹开，风扬金帷，雨湿鸾幕。霎时间外面一个身影落在夜天凌眼中，激起他眼底厉厉寒芒。

殿外廊前，夜天湛一直未曾离开，雨已将他半边衣衫湿透，更将他襟袖之上的血迹染得浓重。

那是卿尘的血，从他将她抱到寝宫的一路上，她的血就没有停止过，渗进丝帛的纹路附在他的身上冰凉刺骨，带来深重的恐惧。

是恐惧，他独入敌国千军万马，面对天都巨变惊涛骇浪、朝堂之上明枪暗箭都从未感觉到的恐惧。

那些时候退也好，输也好，无论失去什么他都有十足的信心还能赢回来，但此时，如果失去了，便终此一生再无法弥补。

闭目仰头，一阵雨水扑面而来，他激灵灵打了个冷战，身后却有一股更深的寒意陡然而起，如剑在侧。

他猛地回身，正撞上夜天凌怒海狂涛般的眼睛。

夜天凌双手在身边紧握成拳，根根筋骨分明，见他转身，眼中利芒闪现，挥掌如刀，劈面击来。

夜天湛抬手隔出，风雨下两人掌风相交，激起冰水飞溅，一股排山倒海样的劲气直将夜天湛逼退数步，身形一飘，落入雨中。

铺天盖地的雨浇下来，夜天凌步步逼近，指着他怒问："你究竟和她说了些什么？她痛成那个样子，就只跟朕说了四个字，善待湛王！孩子和她都危在旦夕，你现在满意了？你是不是想要她的命？"

夜天湛悲恨交加，亦怒喝道："我说了什么，我还能说什么？我答应她待你如兄如君，答应她绝不对你有任何不利！孩子是你给她的，你明知道她身子不好，还一次次让她受这样的苦，是我要她的命还是你要她的命！"

"你当朕要这个孩子？"夜天凌人整个笼在雨中，神情模糊一片，"你想要这江山皇位，朕给你又如何？但她若有什么不测，朕绝不会放过你！"

夜天湛冷冷道："皇兄想要我的命也不是第一次了，今日她若有不测，你我，就再没什么好说的了。"

一道电闪伴着雷鸣划破长空，撕裂天地，照亮雨幕昏暗。

稍纵即逝的电光下，夜天湛脸上苍白如雪，夜天凌身形冷如冰峰。

瓢泼雨落，将愤怒与怨恨冲刷成无尽的悲哀，黑暗空旷，只余两个孤单的身影，一片荒凉。

对峙在这即将失去的一刻,才发现原来说出来的恨都已无力。

如果她有什么不测,生死又如何?天下又如何?你我又如何?

便在此时,寝殿中忽然传来一声婴儿的啼哭,半空惊雷劈下,夜天凌浑身剧震,猛然转身,便往殿内冲去。

迎面而来的内侍宫娥仓皇跪避,白夫人抱着一个小小的襁褓转出画屏,连忙俯身:"恭喜陛下,是个小公主。"一抬头,却见夜天凌直直盯住她手中的婴儿,那神情竟似看到鬼魅一般。

四周只有孩子微弱的哭声,帷帐中一片死寂。夜天凌往前走了一步,猛地急痛攻心,身子一晃,一口鲜血直喷而出,溅上屏风,落满襟前。

白夫人大惊失色:"陛下!"随后赶出来的御医正见此景,扑上前来扶,殿中骤然慌乱。

夜天凌挥手拂开众人,再不看那孩子一眼,急步入内。

宫灯如影,绡帐似血。

凤榻之上,卿尘紧闭双目,乌黑长发散泻枕旁,触目惊心的墨色衬着一片冰冷的白缎,安静得仿佛睡了过去。

夜天凌赶到榻前,俯身将她拥在怀中,哑声唤她:"清儿,清儿!"

卿尘仿佛听到了他的呼唤,缓缓睁开眼睛,想要对他笑一笑,却只虚弱地牵动了唇角。每一次呼吸都如此艰难,底下侍女惊呼御医的声音传来,似是什么从身体中渐渐逝去,她已经分不清,只看得清他的眼睛,心痛如狂。

温热的液体落上她的面颊,滑落在心底。卿尘勉力想抬起手来,夜天凌立刻便握住了她,声音嘶哑,"别睡过去,清儿,看着我,我不准你睡,你听到了吗?"

她听到了他落泪的声音,望着他,目光中尽是留恋和不舍。

眼前似有一片空茫的寂静,无声无息,无忧无怖,渐渐令人坠入其中,不经此时,不知生离死别。

生离死别,阴阳万重山,白骨成灰,此生难再,可她不愿,不能,不要!

早答应了谁,承诺了谁,是十一曾经含笑的眼眸——我做到了,你也要做到,是夜天湛不久前惊痛的话语——你若撑不下去,我不会履行方才的诺言!

是他,霸占了千年后的凤卿尘,千年前的宁文清,凝望她低语入耳——你要陪我生生世世……

生生世世,不能毁约,九天黄泉都无用,只在这一世,只在这一天……

急雨如幕,快马驰出重阙高墙的宫城,沿着几乎空无一人的长街狂奔而去,雨水激溅,四散如花。

待到牧原堂门前，那马被主人猛勒的缰绳带住，一声急嘶几乎人立而起，马上之人早已飞身而下，一掌震开了牧原堂虚掩的大门。

正在堂前的写韵被吓了一跳，来人已焦急问道："张定水张老神医在不在？"

写韵看清了眼前这衣衫尽湿、形容狼狈的人，惊诧俯身，"王爷！"

夜天湛充耳不闻，只急问："张老神医呢？"

写韵道："师父每隔几个月都会入山采药，近来并不在堂中。"

"哪里能找到他？"

"深山路远，又是这样的雨，怕是难寻。"

只这一句话，似乎扫落了夜天湛脸上所有的颜色，他踉跄退了一步，眼中焦灼迫目的精光瞬时变得空洞无着，隐透着绝望。

写韵急忙问道："王爷可是府上有病人，需要大夫？"

夜天湛颓然摇头，低声道："不必了，除了张定水的金针，谁还能救她。"

写韵见状，知这定是有重病之人，略略咬唇，抬头道："师父的金针之术我不敢说尽知，但也学得一二，王爷若是信得过，不妨让我前去一试，哪怕有半丝希望也好。"

夜天湛目光微微一亮，审视她片刻，一把抓住她："你跟我走！"

写韵伏在马背上，一路只见宫门深深，重重御道直入天阙，似乎遥不见尽头。

身前握缰的是一双稳持有力的手，隔着一层斗篷，身后那男子的气息在雨中冷冽如斯。这样疾驰赶路，风雨无阻，不知他是为了什么人。

夜天湛打马连闯数道宫门，凡有御林侍卫上前欲拦，一见那道九章金令，纷纷退避。殿前可佩剑，禁中可驰马，那令牌象征着主人一人之下万人之上的高贵身份，挡者无赦。

雨势略缓，楼台殿阁都在一片飘摇的雨雾中若隐若现，邈远至极。

过玉阶，穿朱廊，写韵快步随夜天湛进入寝殿，四周都是散不去的药味，夹杂了鲜血的气息在潮湿的雨雾中，浓重窒人。

如此幽深的大殿，起初外面还见忙乱的宫娥医侍，越到里面越是森静，只见被赶出来的御医官人们跪伏在地，珠帘的影子在地上微晃，隔出生死两重天。

屏风后，鸾榻前，写韵又见到了那个曾令她魂牵梦萦的身影。地上是摔裂的药盏，打翻的金盆，他一动不动地坐在榻前，痴痴凝望着怀中的女子。那样温存的注视，像要这样看到地老天荒去，他的精神随着她的生命慢慢流逝，在她柔软而眷恋的回望中，一起灰飞烟灭。

写韵跪至榻前，连请了几声，他才恍然抬头，灯下，竟一脸泪痕纵横。

写韵不敢抬头，低声道："陛下，您放下娘娘，让我看一看。"

夜天凌怔视着她，写韵再叫一声："陛下！"他突然惊醒一般，眼中瞬间恢复了一簇清冷的光，小心翼翼地放下卿尘，将写韵让到了榻前。

写韵见了皇后的情况，心底生凉。一咬牙，反身取出金针，针在手，对准的是皇后的心口，却微抖，迟疑。

她抬头，不料见到皇后的目光静静落了过来。

人已近灯枯，但她没有昏睡过去，不知是一股什么样的力量让她撑在这里，不肯放弃，那样虚弱的身体里，是如此柔韧的心志，丝丝都是对生的渴求、对眼前之人无尽的留恋。

写韵似乎从那平静如水的目光中看到了信任，她是神医张定水唯一的弟子，医人病痛，活人生死，都是这一针。

她深吸一口气，手起针落，刺入皇后心口要穴。

屏风之外，夜天湛石人一样立在灯下，半盏灯火，照不亮深宫影重。

雨已停，时已黄昏，天色仍是抹不开的昏暗，窗外风萧萧，凉意透骨。

宫灯一隅，氤氲的沉香残飘，一盏七宝莲花灯漏水流静静，夜天湛凝神瞅着那里，一声声，都是时间的流逝。

也不知过了多久，寝帐里面脚步声响起，写韵走出来，白夫人等人迎了上去，夜天湛仍旧立在原地一动也不动。

隔着数步的距离，他清楚听到写韵唇间落出极轻的四个字："皇后平安。"

那一瞬间，仿佛身子里一下空了，脸上想笑却又笑不出来，强作的镇定猛然一松，竟有些站立不稳，他缓缓地沿着几案跪坐了下来，伸手一抹，脸上冰冷一片，心里翻江倒海，已不知是什么滋味。

仿佛有人在身边叫了声"王爷"，他将胳膊撑在案上，也不抬头，只是无力地摆了摆手。

人都退了下去，四周只是一味地静，静得人什么也不愿想。

极度的安静中再次传来脚步声，夜天湛终于抬头，只见夜天凌走出屏风之外，步履沉沉，似已疲惫至极。

四目交视，两人互相看着彼此前所未有的狼狈，突然间同时笑出声来，笑得无奈，笑得嘲弄。

夜天凌走过来，靠着长案在夜天湛身边坐下，如释重负地吐出一口气。谁也不再扭头看对方一眼，两人都盯着高高隐没在光影下雕梁画栋精美的刻痕发呆。

大殿空寂，几乎不闻一丝声响，面对这自幼便熟悉的宫殿，却仿佛什么皇上王爷天子公侯都在梦里，荒谬得无以复加。脱掉了那尊荣的外衣，赤裸裸相对，只是两个再普

通不过的人，有伤，有痛，有恨，有情，好像有话想说，却根本不知从何说起。

过了好一会儿，夜天凌突然徐徐道："七弟，多谢你。我刚才一直在想，这个位子，你若……"

他话未说完，夜天湛猛然打断了他："四哥！"他转身，继而叩首下去，"陛下，臣……今日出言无状，行事狂悖，忤逆圣颜，实在罪无可赦，请陛下责罚。"

夜天凌默然看他良久，长叹一口气，伸手扶在他的肩头。夜天湛抬头，徐缓一笑："四哥，人真正知道自己想要什么，原来要付出这么大的代价，幸好现在还不晚，我会谨守自己的诺言。但是，日后你若是负她一分一毫，我绝不会坐视不理。"

夜天凌剑眉微蹙，唇角却亦牵出一丝笑容："难得你肯和我说这样掏心的话。"

他还想说什么，却被外面请见的声音打断。内侍急匆匆地进来，手捧一份奏报跪道："陛下，东海急报！"

殿中两人同时一凛，夜天凌接过奏报，一路看下，神色渐渐凝重。他看完转身将奏报递给夜天湛，负手思量，一转身，听夜天湛沉声道："陛下，臣弟请战！"

第三十一章 天河落处长州路

东海战报，带来震动朝野的消息。

五月甲申，东海倭寇矫称入贡，奇袭琅州重镇横海郡。

天朝水军不曾防备，仓促应战，遭遇惨败，七十五艘战船全军覆没，无一得归。横海郡使宗干当场战死。

三十里高台，八千里烽火，飞报天都。副使聂计退守城中，率横海将士与倭寇恶战连日。

倭寇二百余艘战船聚集海上，日夜攻城。

三日之后，海面浮尸千里，城下血流成河。

琅州沿海流寇徐山等人勾结倭寇，里应外合，引狼入室。

丁亥，横海城破。

聂计与部下十二将士死守至终，复又杀敌八百余人，于观海台自尽殉国。

倭寇入城杀戮百姓，抢夺财物，掳走城中女子数百人，继而纵火焚毁全城。

横海乃东海重镇，此城一破，琅州腹地袒露，邻近州郡应变不及，尽遭入侵。

倭寇由此直入琅州，攻文州，在东海沿岸肆行劫掠。

更有流寇如徐山等，原是东越侯藩府重将，削藩后不服东海都护府管束，自行聚众成寇，横行海上，这时与倭人狼狈为奸，改穿倭服，乘坐倭族八幡船，烧杀掳掠，气焰嚣张。

短短数日之内，东海连有五座城池遭劫，倭寇凶残暴虐，民众被杀者三万有余。

怒海惊涛，席卷而来，天朝沿海一线城郡皆作一片人间地狱。

东海民众奋起反抗，在琅州巡使逢远的带领下退守鳌山，拼死卫国，阻击倭寇，但势单力薄，急待天都增援。

战报送入天都，立刻引起轩然大波。

倭寇之患，历年来并非没有，但如此猖狂入侵实属罕见。

是可忍，孰不可忍！

朝堂之上，文臣武将义愤填膺，皆以为国耻奇辱，非战不能雪清。

众口一心，别无异议，漓王更是当朝出班请战，誓灭倭贼。

翌日，圣旨下。

追封横海郡使宗干为靖义将军、副使聂计及十二部将为忠烈士，于琅州观海台立祠受封，厚抚阵亡将士。

擢琅州巡使逢远为镇东将军，统领东海四州军务。

限折冲府平江道十万水军三日内赶赴琅州，配合文州、现州、靖州三路天军抗击倭寇。

授湛王玄龙符、天子剑，以九章亲王身份亲赴琅州督战。

不是漓王，是湛王。潇洒倜傥的湛王，风雅尊贵的湛王，与皇上貌合神离、几欲反目的湛王，唯一还能威胁皇位的湛王。

东海之行，在众人眼中俨然是一条不归路。

然两日之后，圣旨再下。

皇后之女赐名元语，封兰阳公主，赐邑三千。

湛王世子元修封长陵郡王，赐邑五千，入大正宫住读，由皇后亲自教养。

最后这道晋封湛王世子的圣旨不啻来自东海的战报，震惊内外。

含光宫中，明池春水，层层紫藤花盛放，如蝶舞成行，垂玉玲珑，一天一地深深浅浅的紫，宁静淡香幽幽飘零。

九曲廊前青藤深碧，花蔓低垂，遮起一片细细碎碎的浓荫，卿尘倚在廊前竹榻上，手中握着一支玉簪，淡淡的光影底下，眉目静远。

素手如玉，白玉凝脂。

和润的白玉当中嵌入了缕缕薄金，刻作一朵雅致的兰花，枝叶修然，恰好遮挡了那断裂的痕迹，构思精巧，天衣无缝。

三个多月前，当她从几天的昏昏沉沉中清醒过来时，夜天湛已远赴东海，唯有这一支玉簪，盛在同样雕刻兰花的木盒中，放于枕旁。

她轻轻抚摸玉簪上精美的镶嵌，触手处没有丝毫的破绽，那一道裂痕在细致的金箔之下修补得如此完整，牢牢连接着断裂的两端，巧妙的点缀让这支原本普通的簪子显得与众不同。

这么久了，她依旧虚弱得几乎无法离开床榻，但却每天都能听到他的消息。

五月末，琅州水军在萧石口近海击败倭军，摧毁敌军战船二十八艘，歼敌五千余人，收复横海。

首战告捷后，天朝水军略作休整，丁未夜子时，在当地几名老渔人的引领下，百艘战船精兵四万奇袭浪岗岛，直捣贼寇徐山老巢，生擒徐山。三日后，复以诱敌之策将另一支流寇势力引至近海，尽歼之。

湛王下令将徐山等三十余名通倭贼寇斩首示众，以敌血奉观海台，祭奠聂计等忠烈将士。

琅州民众对徐山等人恨之入骨，人人额手称庆。徐山虽死，民愤仍难平息，尸首最终被百姓千刀万剐，抛入大海喂鱼。

六月初，倭寇再袭鳌山卫。天朝水军迎面出击，重创倭寇，斩敌近万，军民士气大振。

湛王挥军乘胜追击，在陆上骑兵的配合下，六万精兵围困被倭寇侵占的沧南郡，双方血战两日之后，倭寇不敌，弃城而逃。

此后，天军在琅州九战九捷，痛歼入侵琅州之敌，并分路出击，连续夺回成山、乐清、临台等数处倭寇盘踞的郡城，倭寇被迫退回海上。

然而战事却并未到此结束，昊帝御旨再下，派遣漓王坐镇纪州，再次对东海增兵十万，粮草补给源源不断自汴水、连水运往琅州。

湛王兵力充足，全无后顾之忧，大军整装待发，预备反守为攻远征东海一域，彻底清除沿海倭患。

东海之滨，是浪涛万里、炮火纷飞的战场，没来得及与她说一句话，他请战出征，远离天都而去。

多少日子了，眼前仍是那天他沉痛的注视："我答应你。"

这一次，她赌赢了。

筹码是她的命，是他的心。

他终于给了她那个珍贵的承诺，一诺定江山。

多年前凝翠亭中他低语相询，从那时起，就注定了这一生的情分。他给了所有她想要的，而她却给不了他分毫的回报。

原来以为是他欠了她的，现在才发现，她欠他的，其实永远都无法偿还。

爱了谁，欠了谁，或许来世再爱下去，来世要还给谁。数十年人世一游，你来我往，织就万丈红尘，悲欢离合。若有一日回去了，可是无悔无憾？

"写韵叩请娘娘万安。"一声柔和的问安将卿尘从思绪中惊醒，阳光下，花影间，写韵一身青衣布裙在席前盈盈福礼，抬头微笑，明眸秀丽。

"快起来。"卿尘有些吃力地撑起身子，写韵忙上前扶住，"娘娘今天好些了吗？"

卿尘扶着她的手坐起来："有你每天来给我调养，是觉得一天比一天好，你这金针之术可是得了张老神医的真传了。"

写韵一边取出金针，一边笑了笑，道："在牧原堂跟师父学了七八年了，若还不得其意，岂不丢师父的脸吗？往后还要请娘娘多指教才是。"

卿尘见她手底行针稳当，胸有成竹，点头称赞，再过几年，可真就要青出于蓝而胜于蓝了。看着写韵，她仍不免想起另一个害死了她的孩子、也差一点儿断送她性命的女子。同是绮年玉貌，同是红颜翩翩，一人白骨已成灰，一人却于那生死一线妙手回春。

若说不悔当年的骄傲与自负，那是自欺欺人，然而此刻，心中终究还是归于一片宁和，她不由轻叹："我真没想到，那日会是你救了我。"

细细金针的影子映在写韵清秀的杏眸中，光泽静稳，她道："我的医术是娘娘一手成全的，本就应报答娘娘这份恩情。"

卿尘道："人都是自己成全自己，这是你自己的福分。"

写韵抬头，卿尘和她相视而笑，淡金色的阳光下，花影婆娑，微风送暖，廊前传来侍女们的轻声细语和小公主的笑声。待写韵收了金针，碧瑶将小公主抱了过来，一边笑说："娘娘，你看小公主又笑了，小公主这双眼睛笑起来和娘娘的眼睛一模一样，漂亮极了。"

元语虽然早产了些时候，却十分健康，此时刚刚睡醒，不哭不闹，乌溜溜一双漆黑的眸子四处乱看，待看到卿尘，开始在襁褓中动来动去，小手小脚不安分地伸展，像要往母亲这边来。

卿尘忙对碧瑶道："让我抱抱她。"

碧瑶半蹲着将元语送到她怀里，卿尘手上无力，只是搂着元语，仍由碧瑶在旁扶着，一心温柔却满满地像要溢出心口。

这是她的孩子，她和夜天凌的骨肉，眼睛像她，那略挺的鼻梁和薄薄的唇却像夜天凌。小小的身子里流着他和她的血，相融相守，神奇地成长为一个生命，再也分不开。

看着元语漂亮的小脸，她此时仍像在梦中，那些痛过的苦过的一切全都值得，从未有过的满足。

元语躺在母亲怀中，笑嘻嘻地摇晃小手，最后终于攥住了卿尘的手指，咯咯直乐。写韵道："这么爱笑的孩子，和皇上的脾气可不像，小公主让人看着是从里到外都像娘娘。"

卿尘逗着元语，心里竟有几分自豪的感觉。是的，她希望孩子像她，如她一般幸运，即便历尽风雨，却能得一心相守的爱人、可托生死的知己。她更希望孩子比她健康，能够平安长大，用自己的智慧和勇气，去尽情追寻生命的精彩。

这是个爱笑的孩子，自己将她带到这个世界上，希望从此以后这世界带给她的是快乐，希望她能享受这世界的美，也希望她同样带给这世界无尽的美丽。

她不禁面露微笑，忽见身旁侍女依次跪了下去，回头看时，夜天凌已到了身后，正看向她和元语。细碎光影洒落他眼底肩头，难掩一身尊贵峻肃，略带疲惫的神情中却尽是暖暖笑意。

"陛下。"写韵忙站起来。

夜天凌见她在，淡笑颔首，问道："皇后可好些了？"

写韵回道："陛下放心，娘娘只要别操心劳神，慢慢调养些时日身子就会恢复过来，只是毕竟亏损了气血，怕也得有个一年半载才行。"

夜天凌道："每天都进宫来，也辛苦你了。"

写韵微笑道："写韵不敢当，这是医者的本分。"

夜天凌站在廊前和写韵闲话了几句，卿尘将元语交给碧瑶，他反身看了元语一眼，抬手让碧瑶等带她退下，写韵便也跟着跪安了。

夜天凌在卿尘身边坐下，他已经几日没来中宫，这原是很少有的事，此时却只淡淡说了一句："东海大捷。"

虽听着捷报，卿尘眉间却掠过丝怅然，这几个月夜天凌对元语虽恩宠有加，却始终并不太亲热，她略略沉默，终于问道："四哥，你是不是不喜欢元语？"

夜天凌一怔："怎么这么说？"

卿尘道："你不那么喜欢她，我感觉得出来，因为她是女儿吗？"

夜天凌眉心微拧，侧首道："女儿和儿子不都一样，女儿像你，我怎么会不喜欢？"

卿尘静静看住他的眼睛，他突然有些尴尬，扭头避开，过一会儿，才转回头道："你别胡思乱想，我只是……看到这孩子，总会想起那天，我……"他好像有些不知道如何措辞，皱了眉，眼底竟出现一丝狼狈的神情，下意识地便将她紧紧揽在了怀中，"清儿，别再有那样一次了，我不敢想。"

卿尘心里酸酸软软的，竟说不出话来，一时欢喜，一时涩楚。他这样刀锋般的男人，一笑叱咤风云，一怒杀伐千里，天下都在他手中，此时此刻在她面前却只是一个普普通通的人，摘下了坚硬的面具，不再掩饰他的软弱与恐惧。

那一天，他在榻前看她的眼神，她永远也忘不了。

那时她真真正正触摸到了死亡的气息，但他那样固执地守在她身边不放手，让这一缕即将消散的灵魂留恋尘世，久久不肯离去。

同死哪如同生，她还有太多事想和他一起去做。她熬过来了，即便再有千次百次，她还是会熬过来，只要他还在。

她伏在他的肩头，依偎着他的温暖，柔声道："四哥，再不会了，十年，二十年，一百年，这一生我都陪着你。"

　　夜天凌轻轻抚过她的秀发，语声低沉："我要生生世世。"

　　卿尘微笑道："下一世那么远，谁又知道呢，若走丢了怎么办？"

　　夜天凌抬起她的脸庞，深深看着她，似是要看尽她的一切，他突然俯身在她额头印下一吻，低声道："生生世世，以此为凭。"

　　卿尘淡淡含笑，温柔吻上他的唇："生生世世，以此为凭。"

　　峻如青峰傲然，神似秋水逍遥，廊下玉湖明波，照出俪影双双，两人的影子重叠在一起，相携相伴，再无分离。

第三十二章 奇花凝血白灵脂

东海这场战事从帝曜六年一直持续到七年春，倭寇被逐出陆地后变得异常狡猾，攻之则退避远遁，一旦沿海有所松懈，便卷土重来。

天朝水军与之周旋，常有激战，胜败不一。七年五月初，探兵在琉川岛发现倭军隐匿于此的战船，湛王下令调集所有水军主力，准备与其一决胜负。

几道战报送达天都，恰巧正是兰阳公主周岁生日。昊帝百忙之中亦不曾忽略此事，特在宫中赐宴，以示庆贺。

侍女将鸾服上飘逸的绶带帮卿尘整理好，卿尘转身，铜镜中映出个纤挑的影子。千尺深红织霞锦，流云一样铺开，那明红的底子太艳，衬得脸色有些苍白。

她略一笑，抬手沾了朱砂，双颊再添胭脂色，在那雍容与苍白中带出妖娆的绝艳。

天下人的皇后，永远该是国色天香的华贵，仪态万千的美，便如天下人眼中的皇上，也唯有不苟言笑的威严，进退予夺的从容。

人生如戏，一张面具万千颜色，悲喜都在幕后，不与外人知。

"皇上还在武台殿吗？"

"回娘娘，皇上在武台殿。"

卿尘经过这近一年的调养，身子已颇见起色，想起都快有一年时间没去过武台殿，突然想给夜天凌一个惊喜，决定前去邀他一起赴宴。

鸾舆落至殿前，正是暮色四合，仰头望去，辽阔的天际之下，落日流金般的光辉勾勒出武台殿雄伟轮廓，巍峨壮丽，俯瞰万方。

南疆漠北，东海西域，中原三十六州一千五百八十八郡，每日多少国事军政汇聚在这里，又有多少决策诏令从这里发出，担起这天下民生万千。卿尘缓缓踏上殿阶，驻足回头处，整个伊歌城隐约可见，偌大的城池此时在眼中仅如一掌可覆，遥遥没入了暮色红尘。

她一笑转身，却见廊前几名医侍往殿中过来，手捧玉匣金盏，走得有些匆忙，到了近前忽然见到她，急忙躬身退避在一旁。

"拿的什么？"卿尘问道。

"启禀娘娘，是南诏进贡的玉灵脂。"一名医侍低头答道。

"给谁用的？"

御医院送往武台殿来的药，除了皇上用，自然没有别人，卿尘无非是确定一句。那医侍早得了吩咐，武台殿这边的事绝不允许惊动皇后，此时踌躇不敢言。

卿尘修眉一蹙，那医侍答也不是，不答也不是，站在那里惶惑得紧，一抬眼正见晏奚从内殿出来，忙叫了声："晏公公！"

晏奚原是出来催药的，没料想皇后在此："娘娘万安。"

卿尘问道："皇上怎么了，为什么进药过来？"

晏奚见此情景，心知是瞒不过去了，只好如实答道："皇上这些日子身子略有不适，御医们说是因积劳引发了旧伤，所以用了药……"

话还没说完，眼前凤衣飘扬，皇后已快步往殿内走去，他急忙接了医侍手中的药随后跟上。

卿尘走至玄玉屏风外，便听里面低低一声咳嗽，转入屏风，夜天凌听到脚步声却未抬头，只是指了指案前几道奏疏："这些即刻送中书省，传斯惟云、南宫竞来见朕。"

低头看着的奏疏前忽然伸来只手，不由分说地将那奏疏一合。夜天凌皱眉不悦，抬头一看却怔住："清儿，你怎么来了？"

卿尘道："我若不来，你瞒我到什么时候去？"

夜天凌看后面晏奚手捧药匣低头站着，便猜出了八九分。这一年多卿尘怀子生产，险中万幸母女平安，便是静养着还怕有什么不妥，是以宫中早有禁令，六宫内外无论何事，一律不得惊扰皇后。内侍宫女谨守严令，无一人敢多嘴，中宫能听到的除了好消息，还是好消息。就像这东海战况，其中多少反复曲折，但到了皇后那里就只是一帆风顺。皇上龙体欠安，更是只有武台殿几名近侍知道，自然不会传到中宫去。

夜天凌笑道："什么大不了的事，也值得这般大惊小怪。"

卿尘坐下来伸出手，夜天凌倒也配合，便放平了手给她把脉。卿尘试了他的脉搏，眉心渐渐蹙得紧了，停了一停，夜天凌问道："放心了？"

卿尘反问他："将心比心，换作是你，你急不急？"

夜天凌不想这话倒给她学了去，无奈摇头，薄唇微抿，一阵冲到嘴边的咳嗽生生抑下。卿尘试他脉象浮而无力，脉位浅显，竟是阳气不畅，虚损甚深，不由十分诧异，示意晏奚先将药拿来，道："这样你也瞒着我，当初那一箭伤得不轻，你自己丝毫不放在心上，又怎么叫人放心？"

夜天凌淡笑道："不瞒你说，想这半生征战受过的伤，最是那一箭伤得值得。"

卿尘低着头，只抬眸瞋他一眼，手里将盛药的玉盒打开。白玉凝脂般的药膏，泛一抹血红隐隐纠缠其中，既美且艳。南诏玉灵脂，取八种奇花精髓凝炼而成，医伤镇痛素有奇效，亦是滋补的良药。

卿尘用清露将药化开，药脂散融在玉盏中带出丝缕异香若有若无。她拿金勺缓缓搅动，突然手底一顿，眸间掠过丝异样，随即取了一点儿药自己尝了尝，仔细分辨之下，心里悚然震惊，人竟猛地自案前站了起来："这是哪里来的药？"

晏奚在旁吓一跳，忙答道："回娘娘，陛下用的药皆来自御药房。"

"谁下的方子？"

"御医令黄文尚。"

"这药陛下用了多久了？"

"陛下……陛下去年便用过，但只有三两次。也就是这几个月因东海战事操劳得过了，才开始天天用的。"

皇后素来淡静温和，少有如此声色俱厉的时候，着实把晏奚吓得不轻。夜天凌见卿尘一句句追问晏奚，脸色都变了，心知有异，却只一握她的手，让她坐下："怎么了？"

卿尘手心已经涔涔尽是冷汗，回头道："这药不是玉灵脂。"

太液池前浮玉影，琼阁照水，玉树流光。

时至入夜，御苑中早已悬起千盏玲珑宫灯，星星点点，迤逦蜿蜒，沿着临水殿阁转折相连，丝竹声声轻歌曼，四处碧草兰芝芬芳幽然，浮绕九曲回廊，袅袅醉人。

笑语琳琅花满目，美酒斟过水晶盏。因是家宴，殿中满座都是皇族亲贵，王孙公侯，气氛轻松热闹。

当中御案之后，皇上与皇后并肩而坐。小公主由乳母照看着坐在旁边，紫衣绣罗，颈缀明珠，冰雪般的小人儿，粉雕玉琢的模样，一笑起来眉眼弯弯，摇得手上玉铃叮当作响，万般惹人疼爱，只让上前祝酒庆贺的人赞不绝口。

若是在平时，卿尘必定是欣喜非常，但今日只一味神思不属，虽握着杯盏浅笑如常，却不时往夜天凌那边看去。华灯影下只见他削薄唇角淡淡含笑，与众人举酒言谈，神情间毫无异样，不知是因为那笑还是几分酒意，脸上反而更添几分俊逸之气，分外引人注目，但越是如此，却越让她心神纷乱。

南诏玉灵脂，他服了几个月的药分明不是那医伤的良药。

若说不是，却也是；若说是，实则已不是。只因那八种奇花中加重了其中一味的剂量——阿芙蓉。

阿芙蓉，又名子夜韶华，花殷红，叶千簇，媚好千态，丰艳不减丹蔻。《本经》载其药，有镇痛之神效，能骤长精神，去除疲劳，价值千金。然其治病之功虽急，却遗祸甚重。

用以医人可为药，用以杀人可为毒。不会立时置人于死地的毒，但让人服食成瘾，终至身体羸弱，意志消沉，一旦断之，钻心噬骨，生不如死。

没有人会比卿尘更清楚这药的可怕，她亲眼见过因此而痛不欲生的人，那种痛苦常人根本无法想象。只要一想到这样的毒已沉淀在夜天凌的身体里，便觉无底的恐惧。

是御医用错了药，还是有人别有所图？若是有人蓄意而为，是谁？堪堪选在她卧病静养的时候，用了这样阴毒而不易察觉的方法？

方才在武台殿发现此事，一切未曾声张，只是御医令黄文尚以及御药房平时奉药的几名医正奉召入宫，立刻便被秘密羁押。

夜天凌虽身子不适，但小公主的生日庆宴却照旧举行，仍是一片欢庆喜气。

卿尘前思后想，并没有十足的把握能化解那阿芙蓉的毒性，此时心中如煎似灼，全无心思在这华宴之上，竟连掌仪女官禀报小公主行试周礼的声音都没有听到。夜天凌眉间微微一动，便伸手握了她的手，低声道："女儿等着我们了。"

卿尘回过神来，发现元语已被人抱走，夜天凌起身，携她一起步下玉阶。

她在袖底间牵着他的手，只觉那指尖冰凉如雪，然而他脸上笑意却前所未有地温煦，深黑眸中尽是令人安定的沉着，对她看来，淡声问道："想让女儿抓到什么？"

殿中早已摆好了锦席玉案，上置金银七宝玩具、文房书籍、胭脂水粉、彩缎花朵、官楷钱陌、女红针线并各色宝器珍玩，大家都等着看小公主会先拿哪一样，以为佳谶。卿尘无暇细思，只道："什么都好，她喜欢哪一样便是哪一样。"

夜天凌一笑，小公主被抱到锦席之上，一双清澈乌亮的眼睛四处看去，扫过案前诸物，却似乎没有一样感兴趣。过了一会儿，她自己摇摇晃晃地从锦席上站了起来，竟转身张开小手朝夜天凌清楚地喊了一声："父皇！"接着便蹒跚着往他身上扑来。

这一声"父皇"猛地揪在卿尘心头，元语长到一岁，这"父皇""母后"等话也不只教了她一遍两遍，她却无论如何都不肯学说一个字，今日莫不竟是父女连心？

女儿扑入怀中，却让平素沉稳的夜天凌冷不防有些失措，手忙脚乱地将她接住，耳中传来孩子银铃般的笑声，元语已将他腰间一块玄龙玉佩扯住了不放。

灏王在旁笑说："这倒是奇事，眼前多少东西她不要，偏偏看上这块龙佩，难不成竟是不爱胭脂爱乾坤？"

那掌仪女官也跟着道："小公主龙章凤姿，是看不上这些俗物呢！"

众人纷纷称奇，夜天凌微一用力抱起元语，当即便将那象征天子身份的龙佩赏给了她,朗声笑道:"朕的女儿,便是要这天下又如何?朕一样给她。"说罢看着卿尘,剑眉淡淡一挑。

卿尘如何不明了他的意思,他是切切实实地告诉她,皇子还是公主,他才不在乎,只要是他们的孩子,他就可以用天下去宠她。

但是此时此刻,整个天下对她来说却抵不上他一分一毫。

事涉皇储,殿中无人敢接皇上的话,一时间多少人脸上神情各异,精彩纷呈。位列尊席的凤衍目光一抬,便落到了皇后身旁湛王世子元修身上。

那孩子年方八岁,却生得俊眉朗目,天资迥异,立在皇后身边,一身锦袍珠冠之下风仪秀彻,活脱脱便是另外一个湛王。如今皇后生下公主,御医早已断言皇后不宜再育子嗣,湛王世子晋爵封王,奉旨入宫教养,这背后意味着什么,颇有些不言而喻的意味。

若是今后立了湛王世子,那凤家就注定走到绝路了。凤衍看着殿中身形冷峻的皇上,笑容温润的灏王,再想想现在战功卓著的湛王,暗自冷哼,眼底浮起一片阴森。凤氏一族百年显赫,岂会束手待毙,任人宰割,就算是皇族又如何?

第三十三章 玉漏无声画屏冷

钦天监，祁天台。

高台之上夜风飒飒，浮云飘掠如雾，萦绕不散，登台而望，四周唯见空旷夜色，抬头星空隐隐，深远无极。

莫不平灰衣布袍立于高台，仰观天象，风吹得他发须衣袖飘摇不定，却吹不透他凝重的神色。

紫微星宫遥居天宇，帝星孤远，隐于风雾之后，几不可见。西现凶星，直逼紫宫，东有天星在伺，势如天狼，星芒熠熠，隐带兵锋杀气。

星相大凶，莫不平白眉深蹙，负手沉思。忽而眼前一亮，他几乎以为是错觉，紫微宫中突然异芒大盛，明澈光芒穿云破雾，刹那笼罩天宇，稍纵即逝，夜空复又化作一片浩瀚宁静。

莫不平蓦然震惊，再看紫微宫中，星芒清亮，静静耀于天际，光华凛然。"双星镇宫！"他不能自已地道，"天行紫微，千古奇象竟在今朝得见！"

这时一道人影奔上祁天台，一个冥衣楼部属趋前跪道："凤主急召，请护剑使即刻入宫。"

时值寅末，大正宫早已九门禁闭，莫不平会同谢经、冥则之后，由上重门悄然入宫，毫不停留，速往中宫而去。

宫城之中不见如何，却早已暗中增调数部禁军戍卫，黑夜之中，隐有兵戈之气。此时含光宫外的侍卫以及内殿宫娥都只余冥衣楼嫡系部属，宫中禁卫内侍一律不得入内，沿路而来无人阻拦，进到内殿，冥执早已等候多时。

殿中似乎空无一人，唯有一盏青玉凤鸣灯高悬在侧，纹金重幕投下沉滞的影子。光线暗处，莫不平等看到垂幔后静静立着个人影，一袭清光流潋的乌发泼墨般衬在瘦削的肩头，白衣之下纤弱的身子，绰约而立，脊背挺直。

"属下见过凤主！"

卿尘回头，莫不平隔着垂幔看到一双清锐的眸子，一刃微光破开幽暗，直照人心。

"皇上病了。"卿尘开口道，那声音在灯影底下暗暗如一缕夜风，低哑微凉。

莫不平心下一紧，若因皇上病了急召冥衣楼，那这病显然非同小可，立刻问道："皇上现在情况如何？"

情况如何？卿尘轻轻抬手，袖边点点仍有血迹未干，是他的血，灯下看去，几点暗红溅滴在白衣上，几见狰狞。

宴罢回宫，夜天凌刚刚踏入寝殿便一口鲜血呛咳出来，这几个月一直靠玉灵脂的药性硬将旧伤镇服下去，一旦停了用药，顿时发作，来势汹汹。在女儿的庆宴之上，他是一直强自支撑。然而这并不是最可怕的，可怕的是阿芙蓉的毒性，深深潜伏，伺机而动，不知什么时候便是致命的发作。

现在还算平稳，用别的药缓住伤痛，人已安睡过去，但一切只是暂时，就如风暴来临前的海面，死域般的安静里暗流涌动，随时会掀起灭顶的风浪。

卿尘步出垂幔，缓缓道："眼下尚好，毒性还未发作，但一旦发作起来便难说了。"

"毒？"莫不平惊问，"毒从何来，难道连凤主都不能解？"

"毒是不是能解，唯有看皇上能不能撑得下去，只要能撑下去，一切都好说。"

变故重大，莫不平也顾不得避讳了，大胆相问："若撑不下去呢？"

"若撑不下去，便是万劫不复。"卿尘语声静缓，淡淡不见一丝波澜，所过之处却冰封雪冷，凤眸一带，对冥执微微示意，"去将黄文尚带来。"

片刻，黄文尚被带至此处。黄昏时分入宫即遭禁闭，独自被关在不见天日的静室，半夜时间忽蒙传讯，黄文尚早已骇得手足冰凉，昏冥灯色下见到莫不平等人，更是难掩惊恐之色。

"你给皇上用的药从何而来？谁让你这么做的？"淡极冷冽的问话传入耳中，竟有冰刃刺骨的感觉，黄文尚依稀听得是皇后的声音，却又极不切实，头也不敢抬，只颤声道："皇上……皇上所用乃是南诏进贡的玉灵脂。"

"我问的是阿芙蓉，不是南诏的玉灵脂。"

一句话，仿若雪水当头浇下，最后一丝侥幸全然破灭，黄文尚情知事发，汗出如雨："臣……臣……不……"惊慌之下，竟话不成句。

"让他抬起头来。"

随着这话，黄文尚脖颈后面猛然吃力，迫不得已便抬头面向眼前之人。暗影里只见皇后居高临下地看着自己，昔日美若天人的容颜冷到极处，灯火冥暗，隐隐在那玉雕般的脸上覆上一层煞气，穿心洞肺的目光直刺眼底。

"我没有耐心和你啰唆，不要说你不清楚药性，也别说什么无人指使的废话，如实回话，或许还能留个全尸。"

黄文尚身如筛糠般乱抖，抬着头却不敢看那眼睛，双目紧闭："臣，臣确实不知！"

皇后唇边冷笑如丝，玉齿轻启，丢下话来："冥则，帮他想想。"

黄文尚颈后那只手在话落之时忽然一紧，一股灼热的感觉猛地便自经脉传入身体，瞬间化作千万把烈焰铸成的刀，似分筋错骨，似烧心沸血。他周身剧痛难当，张口欲喊，却被人钳住下颌，只发出断续嘶哑的低声，挣扎间满脸涨红如血，突目圆瞪，痛苦至极。

皇后就站在离他一步之遥的地方，裙袂流落如雪，看着他扭曲的面目毫无表情，只见冷然，满眼无底的冷与那烈火碰撞，几可毁天灭地。

也不过就是半息，冥则将手一松，黄文尚稀泥一样瘫软在地上，身子仍不住抽颤。

"谁指使的？"问话复又响起，黄文尚浑身脱力，几乎口不能言，冥则将他从地上拖起来，反手拍上几处穴道，低喝道："回话。"

黄文尚哆嗦着，费了好大的力气，终于说出几个字："湛……湛王。"

夜阑珊，天将明，卿尘独自站在寝殿一侧，身后明黄绡纱罗帐静垂，帐中的人沉睡未醒。

残烛明灭，在流云画屏之上投下一道修长的影子，幽然凝驻，许久一动不动。

羽纱窗外天色渐渐泛白，寝殿各处却依然灯影幢幢，似乎晨光透不过浓重的冥暗，也透不过心底的寒凉。

"娘娘，早朝时间快到了。"隔着屏风，晏奚低声提醒。卿尘微微合目，似可以想见此时通往宫城的大道之上轻车走马，天都文武百官自四面八方依次入宫，过奉天门而至太极殿，一年三百六十五日，早朝议政风雨无阻。

修罗云裳缓缓曳地，晏奚看到皇后自内室走出，清秀的眉宇间隐见疲惫，声音微哑："传旨今日免朝，便说皇上龙体欠安。"

"是。"晏奚垂眸应命，此刻眼前似乎仍见皇上失血的脸色。跟了皇上这么多年了，他心里从未像这时一样七上八下，竟似全无着落。先前旧伤发作不过是略觉隐痛，只要用了药，很快便见平复，昨晚却是大口的血咳了出来，要不是皇后针药得当，恐怕根本镇不住。但那竟是毒，连皇后都毫无把握的毒，若皇上有什么意外……晏奚周身一个寒战，不敢再想，只见皇后立在那里凝望一盏静燃的灯火，素颜如水不波，凤眸淡淡转过，那分沉定竟无端令人安下心来。

"晏奚。"帐内传来一声低抑的轻咳，是皇上的声音，晏奚匆匆抬头，皇后已经快步转进屏风。

垂帐半启，夜天凌不知何时已经醒来，起身坐在榻前，灯底下丝绫单衣如雪，却苍白不及他的脸色。卿尘急忙上前扶住，轻声道："四哥。"

夜天凌缓缓对她笑了一笑，转向晏奚："取朝服。"

"陛下！"

"不行！"卿尘欲起身，手腕忽被夜天凌扣住，病中修削的手指清瘦，底下力道却不容抗拒："去。"他对晏奚抬头。

晏奚不敢违逆，俯身领命退了出去。夜天凌握着卿尘的手慢慢一收，只说几个字："东海战事紧。"

东海战事。卿尘紧咬的唇间泛起异样的红艳，对上他深黑的眸子。

天朝水军重兵结集，与倭寇决战在即，中枢一举一动都能影响战况，轻则令此次东征功亏一篑，重则数十万将士葬身大海。东海军民，文臣武将，天下人都在等着皇上的决策，此时若天都生乱，后果不堪设想。

这个道理卿尘岂会不知，终于在他的注视中点头："我拿药。"

夜天凌放开她，卿尘反身取了药来，举止镇定，不见一丝慌乱。心如刀割，面带微笑，所有人都可以惊慌无助，她不能，她必要如他一般沉稳，此时此刻唯有她能够支撑他的病弱，支撑东海的战局，甚至整个天下。

"这药虽不能立见奇效，但可缓得住痛楚。"她只语声温柔，令他心安。

玉盏送到唇边，夜天凌却猝然扭头，难再隐抑的呛咳中衣袖落下，点点又见猩红，胸口剧痛袭来，发际密密尽是冷汗。

卿尘手执罗巾匆忙去拭，听他沙哑的声音问道："那药，真的不能再用？"

心中悚然，她坚决摇头："不能，若用下去，就再也摆脱不了它，必定生不如死。"

停顿片刻，夜天凌渐缓过劲儿来，伸手接过玉盏，仰头将药一饮而尽，薄笑清淡："我知道了。"

第三十四章 傲骨冰心彻明寒

天光似水，自遥遥天际漫上龙壁殿阶，落在玉色流岚宫装之上，蒙蒙清洌，依稀是几分静寒。

冥执步到殿前，对自此望向太极殿的皇后禀道："娘娘，小王爷来了。"

"元修叩请皇伯母万安！"身后一声尚带稚气的问安传来。卿尘转身，淡淡晨光之下，湛王世子元修身着水色锦绣单袍，头绾瑞珠冠，身量虽小，举手投足间却潇洒，端端正正一个跪礼之后，抬起头来。

明湛双眸，眼波一漾，竟直撞进人心里，卿尘刹那有些恍神。

赫然便是那个人，温文尔雅含笑的唇，无论何时何地都无懈可击的风仪，一言一笑，令人如饮甘醴，如沐春风。

却不知这时，他在千里之外的战场上，又是怎样一番情形。

她伸出手，让元修过来。元修小时候调皮爱闹，长大后性子却渐渐安定，尤其封王入宫之后时常跟随皇后，倒叫不少人私下议论，小王爷形貌像湛王，脾气禀性却越来越肖似皇后。

卿尘将元修打量一会儿，问道："皇伯母想让你这几天搬来含光宫一起住，你愿不愿意？"

元修上前牵了她的手，仰头笑道："能跟随皇伯母身边，我当然愿意。"

"那便好。"卿尘颔首，便带他往殿中走去，元修突然问她："皇伯母，你的手怎么这么凉，是不是身子不舒服了？"

卿尘却一笑不答，只道："方才去请你的那个侍卫冥执，你可认得清楚？"

元修道："我认得他，他是含光宫的侍卫统领。"

卿尘道："那你记着我的话，从今天起，若不是和我一起，或是冥执来带你，不要跟任何人离开含光宫。"她在凤案旁坐下，轻轻击掌，两侧垂幕后悄无声息地出现几个青衣宫女，跪至面前，"这几个宫女会照顾你的饮食起居，如果不是她们送来的东西，记得不要吃。"

她平稳的话语终于让元修觉得诧异，不解地扭头看向她，她问道："记住了吗？"

孩子清澈的眸子隔着凤案倒映在卿尘眼中，秋水无痕，静如薄冰。"记住了。"元修抬起眼睛回答，"那这几天我还去临华殿听师父们讲课吗？"

"暂时不必了，你跟着我，我这里有很多书你可以看，若有不明白的地方，都可以问我。"

"好。"元修答应着，对卿尘展开一个干净的微笑。

日头的光影照进金漆殿门，却几步之遥便停滞不前，一半明光渐静渐暗延伸进华柱垂幔，大殿幽然森凉，一如往日。

清墨的气息带着微苦的松枝香味，一幅冰丝笺纸垂下低案。元修收了最后一笔，抬头见皇伯母仍是站在那里，此时放下手中一卷医书，却在案前缓缓踱步，双眉微锁，似是遇到了不易开解的难事。

他看了一会儿，终于叫道："皇伯母。"卿尘转身，元修关切地道："你坐下歇一会儿吧，站了这么久会累的。"

卿尘笑容中露出些许疲倦，扶着低案在他对面坐下，看了眼他写的字，问道："是哪位师父教的？"

元修道："我临摹的是皇伯父的字，不过，还不是很像。"

卿尘道："为什么临摹皇上的字？"

元修道："皇伯父的字有气度。"

卿尘闻言便淡淡一笑，执起笔来，将整幅笺纸抬手一拂，牵开云袖，随笔落墨。

元修见她笔下所书：

莫道崎岖路难通，明日青山又几重，
人生运命各不同，但求屹立天地中。

这几句还是清隽正楷，下面笔锋忽转：

势似奔雷，威震山河动，剑如白虹，出鞘追元凶……

如冰似雪的纸面上乌墨分明，一气行书龙飞凤舞，纤毫之下，转折孤峭，险峻处力透纸背，最后一笔带出决绝锋芒如刃，铮然迫目而来。卿尘写完后扬手便将笔掷回案

上，凝眸看过。

那字中气势几将元修震住，片刻才道："皇伯母，原来你的行书写得和皇伯父一样好，我见过这几句词。"

卿尘诧异抬眸，元修道："我在父王的书中见过，原还以为是皇伯父写的呢。"

"哦。"卿尘眉心淡淡一拧，当年初到湛王府，她无事可做，无处可去，将这一首词何止临摹了千百遍，这手字便是那时候练出来的。

此时回想，曾经在湛王府的那段日子原来那样轻松和快乐。没有任何目的，甚至混沌迷茫的自己，就像一个刚刚出生的孩子，可以无所顾忌地对待周围的一切，直到变成了这世界的一部分，一切从此改变。

从此贪恋痴嗔由心生，大千世界，万相如幻。

卿尘垂眸看向自己张扬跋扈的字，从昨日起心间一股仄闷之气随这笔墨尽出，长袖静拂，自案前站了起来。忽见一个内侍惶急奔进殿来，近前跪倒，匆忙间连礼数都不顾，急喘道："娘娘，快，皇上……皇上退朝了。"

话音方落，卿尘已急步往外走去，走到殿外在冥执面前一停："禁守宫门，任何人不得随意接触长陵郡王！"

日光刺目，炽烈如灼，玉栏琼阶琉璃瓦连成一片浮光白亮，尖锐的一声脆响划破凝滞的空气，碎瓷纷落的声音自宣室中传来，直刺人心。

外面侍从前前后后跪了满地，黑压压直到阶下，晏奚心急如焚，远远见皇后赶来，奔上前去："娘娘，皇上自己在里面……"

卿尘不及答话，步履匆匆直往殿内，走到阶前霍然停步，拂袖回头，淡声喝道："跪在这里干什么？都退下，未经传召不得近前。"

转身对晏奚略一示意，等众人惶惶抬头，只见皇后修挑的身影早已消失在深殿之中。

阳光太亮，将晏奚的神情模糊成一片，他手中拂尘扬落，面对阶下道："都去偏殿候着，谁敢私自出入，当场打死！"

立刻有侍卫将所有宫人一并带往偏殿，武台殿四门禁闭，一切闲杂人等皆不得出入，皇上急病的消息暂被封锁，内外无人得知。

晏奚看似镇定的背后早已汗透衣背，想起皇上方才的样子，急忙回身往殿内跑去，脚下却一个踉跄，几乎绊倒在阶前。

卿尘喝退众人，急急推门入内。

宣室中垂帘四落，光线静暗，只有丝缕微光穿过透雕螭纹玉版的缝隙洒在迎面一地玉瓷碎片上，支离破碎的幽光凌乱四处，割裂这满室深静。

夜天凌强撑着身子站在案前，听到声音霍地扭头，身形摇晃，面无血色，唯一双眼睛红丝密布，暗处狂乱的神情骇人，呼吸急促。

但他却看清是卿尘，哑声喝道："别过来！"

"四哥！"卿尘急步上前，夜天凌挥手便将她推开："出去，离我远些！"

卿尘冷不防被他推开数步，脚下踩得碎瓷纷纷乱响，险些撞上桌案。她不管他拦阻，扑过去伸手抱住他："四哥，你忍一忍，忍过去就好了，很快会没事的。"

夜天凌扣住她的肩头，力道之大，几乎要将她骨头都捏碎，手却一直难抑颤抖，声音嘶哑几难分辨："我会伤到你……快出去！"

卿尘紧紧抱着他不放，拼命摇头，只说一句话："我不会让你一个人！"

夜天凌眼底尚存一丝清醒，死死盯住她的眼睛，幽暗中只见她焦灼晶亮的眸光，倒映出那几近崩溃的神志。身体里似有万箭穿心，利刃附体，似洪水猛兽四处冲撞，似万蚁噬骨剧痛难当，但能见这熟悉的眸子，黑暗中只剩这一双清湖般的眼眸，冰色的光，微凉的暖，让他凭着残余的理智控制着自己，不致坠入万劫不复的深渊。

卿尘本拗不过他的力气，不料他紧抿的薄唇猛地牵动，突然大口鲜血喷溅而出，伴着他剧烈的咳嗽落上她衣襟，顿时便将白丝染作血红一片。

卿尘手上身上尽是他的血，随着这鲜血的涌出，他身子虚弱地倒下，再无力支撑。身边长案翻倒，玉瓶碎，金盏裂，砸落一地狼藉。

她勉力扶他至榻前，绡纱影深，他脸色惨白不似活人，唇间血色更见惊心，紧攥的双拳几要将骨节捏碎，那痛楚煎熬自她的手上一路割到心尖，痛得她鲜血淋漓。

"四哥，只要忍过这一时，就这几天，我陪着你，一定能熬过去。"卿尘将他扶在怀中，和他说话，温暖他冰冷的身子，泪至眼睫，却死咬着唇咽下，不落一滴。

他听到她的声音，终于张开眼睛，看着她。冰浇火灼，挫不碎一身傲骨，他竟自唇边狠狠抿起一刃薄笑，声音低微，却不肯示弱半分："没事，没有什么朕……熬不过去……"

日西斜，夜深沉，晓风寒，灯影落。

沉重的朱漆描金殿门被缓缓推开，一抹清幽的身影迈过金槛步了出来，乏力地靠在了盘龙飞起的门柱旁。

云鬓散覆，凌乱流泻腰畔，几乎遮住了容颜，一身白衣之上血迹宛然，是苍白与墨黑间唯一的颜色，分外刺人眼目。大殿里一个人也没有，一丝声响也无，一丝光亮也无，只听见自己低低的呼吸，卿尘抬手抚过面颊，没有泪水，反而是一缕轻涩的苦笑，透过冰凉的指尖落了下来。

殿门的缝隙中满地断玉残瓷，只见一角明黄帷幔低垂，榻上的人已昏沉睡去，隔着如烟的罗帐，疲惫而安静。

第三十五章 九天阊阖风云动

檐下风起，空中浮云低压在大殿上方，略见阴霾。

武台殿前凤衍、殷监正等数名大臣站在那里等候召见，人人眉头暗锁，面色凝重。

自几日前皇上偶感微恙，已有数日未朝，也不曾召见任何一位大臣，这是登基至今从未有过的事。皇上向来勤于朝政，即便略有不适也断不至于如此，何况眼前东海战事正在关键，这自然非同寻常。

御医令黄文尚宫宴当晚奉召入内便再未出来过，自此两宫戒备森严，任谁也得不着准确的消息，照这情形唯一的可能便是皇上重病，但每日送来武台殿的奏章却全经御笔亲阅，第二日送发三省分毫不错。日前更有一道敕令颁下，予湛王临机专断之权，命他率东海五百战船三十二万大军兵分三路，全面发动对倭寇的进攻。

现在已是中书侍郎的斯惟云看到那些奏章敕令时，心里却更添不安，一样跟随了帝后多年的杜君述也有同感。

昔年凌王府几位亲近旧臣都知道，这世上有一个人能将皇上的笔迹学得惟妙惟肖，几可乱真，但无论再怎么像，却毕竟略有差异，一旦有心仔细去看，便发现这些奏章根本不是皇上批阅的，而是皇后。

此时在殿前，两人都从对方眼中看到几分忧心忡忡的痕迹，再等了一会儿，只见御前常侍晏奚从殿中出来，站在阶前传了口谕："皇上宣凤相觐见，诸位大人还请稍候。"

在旁的殷监正眉心更紧，凤衍将袖袍一整，随晏奚入内。一路晏奚只低头引路，眼也不抬，却不是去平日见驾的宣室，也不进寝宫，转过通廊往里直入，到了一间静室前停步，抬手将那檀香透雕门推开，仍低着头："凤相请。"

凤衍心生诧异，室内绣帷低掩，隔着如烟垂幕，珠帘隐隐，竟是皇后坐于其后，身旁不见宫人随侍，唯一缕幽幽渺渺的凤池香淡绕如丝。

"臣，参见娘娘。"

"父亲快请起。"珠帘后传来清柔低哑的声音，凤衍眉心一动，这一声"父亲"显然是以家礼相对了。

待他起身，便听皇后问道："外面大臣们可还是坚持要见皇上？"那声音虽平静，却透出一丝难掩的倦意。

凤衍道："皇上数日未朝，敢问娘娘，究竟是何缘故？"

帘后一声低叹，似苦无着落，软软无力："不瞒父亲，皇上重病。"

短短几个字令凤衍心头猛跳，眼底暗光隐隐，探问道："皇上一向圣体康健，怎会突然重病？"

皇后静默了片刻，隔着珠玉轻曳凤衍只能见一袭羽白宫装的影子，若隐若现的眉眼，玉帘后雪雕般的人周身似无一丝暖意，连那声音也淡薄："今天请父亲来，便是要和父亲商量此事。皇上这病是有人下了毒手，御医令黄文尚亲口招供，受湛王指使给皇上用了毒。现在毒已入骨，只能靠药镇服着。皇上若有不测，天下再无人能压得住湛王，咱们凤家必遭大祸，便是女儿也难以幸免，眼下必要有万全对策才好。"

凤衍眸光闪烁，话语却未见慌乱，问到关键，"皇上待湛王不薄，甚至命湛王世子入宫住读，湛王何以如此？"

皇后声音微冷，仿佛一片薄雪落下："皇上念着太皇太后昔日的嘱咐，一直宽纵湛王，但终究水火难容。父亲有所不知，湛王曾意图谋害皇嗣，元语出生的时候，女儿险些死在他手中，皇上早便有了杀他的心，他们两人其实已经翻脸了。皇上命湛王出征东海，原本就是要将他遣离天都，世子入宫也是为了牵制于他，现在已经被我囚禁在含光宫，任何人不得见。"

凤衍道："湛王在朝中势力非常，娘娘欲将他如何？"

"东海战事一平，湛王归京之日，便应将他问罪。只是此事还要父亲从旁相助，往后朝中也必要仰仗父亲。且不说皇上如今这样，便是皇上平安无事，女儿不能诞育皇子，皇上虽信誓在前，恩宠在身，但心中岂会全无他意？天恩无常，再过几年色衰爱弛，女儿岂不自危？"

最后一句语声清弱，凤衍只见皇后侧了脸，绡帕拂上面颊。什么从容骄傲，什么淡定自如，什么果决聪慧，眼前只是一个失了倚靠的女子，前路堪忧。冠上了凤家的姓氏，入了这深宫似海，除了家族权势，她还有什么可倚靠？

他微微眯起了眼睛，抬头望穿那珠帘，目不避讳，原本恭谨的姿态顿见跋扈。皇上重病难起，湛王远在千里之外，再将皇后控制在手中，以凤家内外的势力，自可一手遮天。但皇上究竟是个什么情形，还是让人顾忌着。

"皇上的病到底怎样？"

"日前从朝上回来便咯血不止,接连几日高热昏迷,人事不省,父亲稍后去看看便知。那毒虽还不至于立时致命,但皇上的身子却是毁了。"

"还能撑多久?"凤衍眉下眼色深沉,隐透精光,这一句已问得十分大胆。

皇后纤细的手指绞握罗帕,语音轻淡:"一年半载,已是万幸。"

"那娘娘岂不该早作打算?一年半载之后,娘娘又该如何?"

抄家灭族的话语直说出来,似乎惊得皇后顿失了颜色。静室中升起一股寒意,皇后隔着玉帘细碎与凤衍四目相对,四周雪帛玉脂冷冷的白,只见一双漆黑凤眸,浮光掠影一晃折进了羽睫深处。

王朝深宫,臣子们位高权重靠的是皇上,后妃们荣华富贵靠的是皇上,若没了这份依恃,任你曾经宠冠六宫母仪天下,后半生唯一能见的光景也只有青灯古佛。

"还请父亲指点。"皇后一时定下心来,婉转相询。

"如今之计除了除去湛王,必要令皇上得嗣才好,否则日后大权旁落,一样堪危。"

"女儿身子不争气,皇上又是这般情形,如何能有皇嗣?"皇后垂了眸,眉心微蹙。

"娘娘若真想让皇上有,皇上便能有。后宫之中唯娘娘独尊,只要娘娘说是皇嗣,谁人敢有质疑?"

瞬间一阵静寂,云香浮绕,玉帘微光折射,落于皇后铺展的凤衣之上,仍是淡冷幽凉,皇后却笑了,清隽凤眸自那笑中稳稳抬起,刹那间竟有摄魂夺魄的亮色:"还是父亲想得周全,如此便万无一失了。"

风渐急,云随风势掠过大殿雄伟高耸的金龙宝顶,密密低下,遍布天际。

殿前大臣等了近一个时辰仍不见任何旨意,天色阴霾。似有雷雨将至,低抑的空气令众人心中皆生焦躁,只觉时间漫长。

也不知过了多久,终于见凤衍自殿中缓步踱出,脸上似笑非笑,难以掩抑地带出几分权臣的骄纵。方才见过皇上,果然是积重难返,命在旦夕,皇后虽面上镇定,却显然疲累无助,那份憔悴任谁也看得出来。他便和言安慰,皇后毕竟不是寻常女子,倒还不至于全然慌乱。湛王重兵在握,不易应对,皇后写下书信一封,真假难处尽在其中,言辞哀切凄婉,请求湛王速速赶回天都。如今已定下诸般大计,湛王一除,再以非常手段扶植储君,此后还有谁能与凤家抗衡?

众人见凤衍出来,纷纷上前相询,凤衍抬了抬眼:"皇上龙体欠安,都听旨意吧。"说罢率众面北候旨。

众臣随后肃立,但听脚步急急,数名内侍先行站上阶前,紧接着环佩声轻,淡香飘摇，却是皇后步出殿来。惊疑之中，殷监正无意一抬头，忽见武台殿前后多出数十名禁军戍卫，明晃金甲在渐渐昏暗的天色下分外刺目，心底顿生不祥预感。

玉阶之上，传来皇后清缓的声音："皇上近日圣体违和，一切朝议暂免，有旨意。"

随着这话，众人依次跪在阶下，旁边晏奚展开一卷黄帛，高声宣下圣旨——封凤衍为太师，总领朝政，凤衍长子凤京书由江左布政使擢入中书省，次子凤呈书封左翊卫将军，统领两城禁军……接连之下调动数处要职，皆是凤家门生亲族。瞬息之内，几乎天翻地覆，凤家迅速掌控朝政，甚至连两宫禁军都握在手中。

殷监正瞠目结舌，震惊间已顾不得礼数，难以置信地抬头向上望去，不料却见皇后波澜不惊的凤眸中忽而泛起寒冽冷意，冰刃般扫过阶下，一现即逝。殷监正看着皇后唇边那缕淡漠笑痕，寒意涌遍全身，直觉大事不妙。不及说话，便又听到皇后的声音，却是对斯惟云道："皇上另有口谕给你。昨日湖州奏报两渠工程已近尾声，为防有所差池，命你前去督建完工，即日启程。"

斯惟云眉间猛蹙，湖州工程不日完工，一切顺利，何须多此一举？他俯身道："臣领旨。"身旁杜君述却已道："娘娘，请问皇上究竟是何病症？现在情况如何？朝中诸多大事等候皇上裁决，臣等却数日未见圣颜，亦不见御医脉案，还望娘娘告知一二。"

皇后淡淡垂眸："皇上并无大碍，朝事每日都有御批圣谕，你等照办便是。"

杜君述道："微臣斗胆，敢问娘娘那些送到三省的奏章可当真是皇上亲自批阅？"

皇后修眉微挑，静冷注视隐见锋锐："你何出此言？"

眼见朝中生变，杜君述心中忧急，直言道："微臣曾见娘娘的字，和皇上如出一辙，往日的奏章，今天的圣旨，敢问是否出自御笔？"

"大胆！"皇后凤眸一扬，冷声喝道，"皇上御笔朱批岂容你胡乱猜疑？身为朝廷重臣言语无状，有失体统，你自今日起不必再进宫来，回府闭门思过，等候宣召吧！"

不过寥寥数语，便有两名重臣直接被逐出中枢，一贬一罚，在场大臣惊惶之下，纷纷跪地求情，唯有凤衍面露笑意。

杜君述还欲再言，忽然被斯惟云暗中扣住手腕，硬生生将他阻住。

斯惟云抬头看去，正遇上皇后一瞥而过的目光，眼前赫然浮现出当年在雍水大堤上，凌王妃下令开闸泄洪，水淹大军的情景。那一双眼睛，也如现在般略带杀伐之气，夺人心神，深底里却是与皇上一模一样的深邃与沉定，冷锐与傲岸。

多少年君臣主从，他或许会有伴君如伴虎的顾虑，但却从未怀疑过皇后分毫。皇后平素言行历历在目，非但待他如师如友，更待皇上情深意重，有些人可以令他终此一生深信不疑，他当年曾言但凡她有吩咐，在所不辞，今时今日，便是如此。

"娘娘！臣等请见皇上，皇上圣体欠安，臣等却数日不得探视，不知究竟为何？眼前圣旨是真是假，还望娘娘明示！"

听过杜君述所言，殷监正断定皇上是出了意外，凤衍和皇后内外联手意图控制各处，若让他们得手，便是大祸临头。心中万般对策电闪而过，立刻先行责问。

皇后神情冷隽，不见喜怒，淡声道："皇上刚刚服了药睡下，殷相若非有什么事关国本社稷的大事要奏，还是以皇上龙体为重吧。"

"臣自然是有要事启奏，才敢惊扰皇上。"

"哦？"皇后语声清婉，"敢问殷相有何要事，难道比皇上身子还重要？"

"臣要奏请皇上早立储君，以定国本，以安社稷！"

放眼皇族，皇上膝下仅有兰阳公主；灏王昔日遭逢变故，从此不纳妻妾，府中世子乃是收养而来；济王获罪多年，世子亦遭牵连；汐王有子流放边疆；溟王、澈王皆无子嗣；漓王有子尚在襁褓之中。若要册立储君，非湛王世子莫属。眼前宫中生变，凤家夺权，形势急转直下，唯有在此才能扳回劣势。

此话一出，殷监正忽见皇后唇边淡笑缓缓加深，便听到凤衍森然的声音："殷相怕是忘了吧，皇上早有圣谕，若有臣子再提储君之事，以谋逆罪论！"

字句如刀，阴森透骨，殷监正如遭雷殛，方才察觉皇后从刚才说什么国本社稷，便是知道他必有这个念头，丝丝引诱，等他入扣，一时不慎，竟被他们抓住把柄。

"来人，将此逆臣带下去！"

随着皇后清声令下，御林禁卫按下殷监正，立刻除去他身上官服，殷监正怒不可遏："妖后乱政！我要求见皇上！"

皇后目不斜视，云袖挥落，侍卫不由分说便将这股肱老臣架出庭前，分毫不留情面。

不过片刻，皇后竟接连贬黜朝中重臣，架空中枢，自来后宫涉政未见如此，余下几位大臣人人惊惧失色，一时噤言无声。

雄浑大殿前，皇后立于龙阶之上，风扬袖袂猎猎微响，身后天际风云变幻，御林禁卫如凤翼展翅，分列侍立，肃然不动。她缓缓将目光转向凤衍，凤衍抚须点头，骄横身姿映入那双凛然凤眸，随着渐暗的天光陷入无尽的幽深。

第三十六章 袖里乾坤卧潜龙

宣元坊斯府，庭前两株梧桐树被狂风吹得枝叶乱摆，地上飞沙走石，暴雨将至。

斯惟云现在虽已位极人臣，但府第仍如以前。帝曜初年清查亏空，四进院落被人纵火烧了半边，昊帝降旨赐他新宅却被他上书辞谢，只重新修缮了一下，依旧安居此处。

今日自宫中回府，斯惟云忧心忡忡，不料刚刚迈进府门，管家急步迎上，低声道："老爷，卫统领等候您多时了。"

卫长征？斯惟云闻言一震："人在何处？"

"在西厅。"

斯惟云屏退随从，快步赶去西厅书房，迎面便见卫长征轻甲佩剑站在窗前。

"斯大人！"卫长征见了他也不多礼，直接一拱手，"宫中有旨意。"

斯惟云振衣欲跪，被他阻住："不必了，是密旨，请大人亲自过目。"说着取出密旨递上。

斯惟云双手接了，拆开一看，明黄云笺，加印丹砂金龙行玺，的确来自御书房不错，一路看下，不由惊出满身冷汗。

卫长征待他看完，将另一封金漆密信取出："自湖州东行，最多三日便可赶至琅州，玄甲铁卫已等候在外，请大人速携此信前去，务必转交湛王。"

斯惟云心中已然雪亮。皇上近年来提拔寒门将相，惩贪腐，任循吏，步步削夺士族重权。凤家已觉利刃在颈，危机四伏，不欲坐以待毙，竟勾结御医谋害皇上，妄图反戈而击，颠覆天日。这些年来清查亏空得罪无数门阀权贵，朝中多少人对他斯惟云恨之入骨，一旦士族掌权，定不会放过他和杜君述等人，方才皇后在武台殿将他贬黜至湖州，原来竟是明贬实保。

此时皇上病重，凤氏一族在朝中势大根深，若与之硬碰，胜负难料。更何况，凤家外有四道布政使控制十六州军政重权，除了天都附近重要州府之外，另有文州、纪州、现州、琅州等正处东海军需要道之上，一旦有变，湛王腹背受敌，必将陷入危境。皇后这是在以缓兵之计稳住凤家，欲确保东海战事顺利。

然而这些都还在其次，最让斯惟云震惊的是，皇后此时同凤衍虚与委蛇，一手将凤家托至云端，当机立断，借凤衍之手扫除殷家，复又飞书湛王，暗中调兵遣将，剑锋直指凤家。环环相扣步步为营，她究竟要干什么？面对这些，手握重兵的湛王又将会怎样？斯惟云想到此处不由打了个寒噤，稳了稳心神，问卫长征："这究竟是圣旨，还是娘娘的懿旨？"

卫长征一笑，道："斯大人看笔迹难道还不知吗？是圣旨还是懿旨，这又有何区别？事不宜迟，大人速速启程吧，我还要到杜大人府上走一趟。"

斯惟云深吸一口气，沉声道："烦请转告娘娘，斯惟云定不辱命！"

不知何时下起了大雨，卿尘站在殿外，耳边尽是唰唰急落的雨声。

雨落如注，瓢泼而下，激溅在开阔的白石广场之上，水花成片。肃穆庄严的大正宫笼罩在雨势之中，远远模糊成一片浮金琉璃。

举目之下雨幕苍茫，天地间一片无止无尽的安静，心中没有一丝念想，似被这雨冲刷得无比干净。心灵随着大雨无垠伸展，几与这天地融为一体，每一滴雨都清晰，浇注心头，透彻淋漓。

檐下冷风扑面，吹得卿尘衣袂飘摇不定。雨丝斜落衣襟，她却始终站立不动，任雨水溅落发际，湿了面容，把那一双眼眸洗得清亮。

已经多少天了，任她用尽针药，夜天凌始终昏迷不醒。那毒一次发作，似乎被他自己的意志强压下去，再不曾反复，但他的身体也到了所能承受的极限。

看着他一动不动地睡着，仿佛灵魂被掏空，缓缓填满了恐惧。如果……她不敢想这两个字，深夜里独坐榻前，握着他的手，发现原来有很多话想和他说。她便一点儿一点儿地说给他听，曾经她记忆里的世界，她所向往的将来，她藏在心里细微的忧愁与欢喜。初相遇，再相逢，心相印，情深种，不觉已近十年，万千岁月如水过，花开花落，朝朝暮暮，还有多少个十年……

他就在身边，却不曾如往常般侧首凝注听她低语，不曾勾起唇角对她一笑，不曾用那样清淡的声音答她的问话，他只安静得令她一字一句都凄凉。但只有这样的诉说，才能驱散那生满心间的恐惧，她才不会在那样寂静的夜里独自被黑暗吞噬。于是便这样一直说下去，片刻都不停，直到曙光破晓，又是一天。

又是一天，明处刀光剑影，暗处虎狼环伺，三千宫阙连绵，万里山河。一天的雨，孤独的冷，无力的疲惫，丝丝浸入了骨髓。

卿尘闭上眼睛，指尖狠狠嵌进掌心，忽然将眉一扬，往前迈了一大步，直接站在了雨中。

"娘娘！"身后落下轻重不同的脚步声。

卿尘自雨中回身，莫不平率冥衣楼部属、卫长征与南宫竟等心腹将领跪于殿前，檐柱撑起高殿深广，低暗的光线中稳敛的眼神，玄衣铠甲坚锐的身姿，多少令人心安。

"如何了？"卿尘缓缓拭去脸上冰冷雨水，步回廊前，淡声问道。

"禀娘娘，十八铁卫已护送斯大人顺利出城！"

"冥执已持密信赶往纪州，面见漓王殿下！"

"两城禁军尽在掌握，无有异动！"

"玄甲军将士枕戈待旦，随时听候调遣！"

"唐初亲自调兵出京，司州凤家之处请娘娘放心！"

"好。"清缓一笑掩去了满眼憔悴，卿尘的声音十分平静，甚至透出冷然，"不要惊动对方，确保东海战事无恙，动手之时务必干净利落。"

"是！"简短而有力的声音落入雨幕之中，莫不平抬头问道："娘娘，皇上可有好转？"

卿尘紧抿着唇，纤眉淡锁，不语。莫不平见状，有些话也不得不说了，便斟酌道："事到如今，娘娘是否应该做下最坏的打算？"

不料卿尘霍然将眼一抬，道："他绝不会有事！"她眼底血丝隐隐，似悲似恨，苦涩难言。莫不平等都低了头不敢看她，更不能再说其他，只默默立在面前。

卿尘心头一阵撕裂般地剧痛，身子竟微微一晃，险些站立不稳，忽见晏奚急匆匆自里面奔了出来，到了近前扑跪在湿地上，激动得连声音都走了调："娘娘！皇上……皇上醒了！"

众人大喜过望，卿尘反身便往殿中跑去。晏奚跟在身后，从未见皇后如此步履仓促，再不是素日静稳风仪。他一路小跑，跟到了屏风之前突然停住脚步，低头退了下去。

寝室中落着垂帘，满室药香清苦，静如深夜，外面雨声淅沥几不可闻，卿尘只听见自己急促的脚步声，到了榻前忽地停住，痴痴望向云帷之后。

夜天凌倚在枕上，半合双目，面色如雪更添瘦削，眉心蹙痕半没于灯色浅浅，轻似浮影，锐如剑锋。听到声音他睁开眼睛，看到她，唇角慢慢带出一丝笑容。卿尘一步跪在他身旁，无声地抱住了他，紧紧贴着他的身子，将脸埋在温凉的丝帛之间。

夜天凌吃力地抬手抚上她的肩头，哑声问道："下雨了吗，怎么浑身都湿透了？"

卿尘身子微微发抖，喉间涩楚难当，多少话语堵在那里，却一句都不能言。他的手很凉，浑身没有分毫暖意，她亦冷如雪人一般，只是难抑颤抖。肌肤相贴，拥抱间仅有的温热自心口漾起，温暖着彼此的冷，彼此的孤零。一层绡帐，方寸天地，静得没有一丝声息，唯有两人的呼吸纠缠如缕，夜天凌轻轻拍着她的后背，淡淡笑了："不怕，有我在。"

他的声音因虚弱而低哑，却如此真实地就在耳边。卿尘终于抬头，凝眸看向了他，却只一眼，便泪落襟前。明明止不住的泪，却偏又笑着，眸光清清澈澈，春波般柔亮，几可鉴人。

夜天凌指尖划过她面颊，微蹙了眉，无奈道："都是做母亲的人了，还像个孩子样地又哭又笑，不怕女儿笑话。"

卿尘也不和他分辩，此时只觉得他说什么都是好的，握了他的手贴在脸上，柔声道："四哥，你觉得好些了吗？还有没有哪里不舒服？"一面又仔细试他的脉象，越发放下心来，"撑过了这几天，毒性已弱，慢慢再用药拔除余毒，调养旧伤，便无大碍了。"

夜天凌满脸倦意深深，眼中却阒黑无底，隐见冷峻："区区药毒，能奈我何？"他似若无其事，刀山火海过来了，那抽筋剔骨的痛苦落在这话中，只见不屑与傲然。说话间他低低一声咳嗽，却叫卿尘心疼到极致，忙反身取了药，坐到榻前，拿玉匙轻轻舀了，送至他唇边。

药中微苦，夜天凌却并不在意，倚枕靠着静静看着她，嘴角噙着一丝温软笑意，将那药一勺勺喝尽。卿尘托了药盏，微微抬眸，忽然便定定停在他的凝视中。光阴退流，仿似回到多年前一晚，他们初遇山间，萍水相逢，蓦然回眸，灯火阑珊中，落定的尘缘。

那时她不知他是夜天凌，他不知她是宁文清，就只在那一回首，一抬眸，浩然相对，今夕何年。

如果她是为他来这一世，那他这一世就只是为了等她。碧水潭中伸手相救，屏叠山下取箭疗伤，早已在冥冥之中将彼此的性命相交，再也难分，再也难舍。

雪衣素颜，秋水明眸，仿佛再过千年也不会变的模样，是他梦里前生曾见，今生命定。相视中夜天凌微微而笑："清儿，若不是那一箭，我便错过了那屏叠山，也错过你了。"

灯下泪痕在卿尘脸上映出淡淡清光，他的话让她心底一酸，轻声道："可是那一箭，也差点儿让我失去了你。"

夜天凌疲倦地向后靠去，唇边笑意缓缓加深："不过一箭而已，还是值得。只可惜那竹屋毁在了火中，等哪一日咱们回去，重新建一个给你。"

卿尘伸手握住他，十指相扣，心里只余柔软一片。夜天凌微微扭头过来："放舟五湖，遨游四海，你想先去哪里，东海吗？"

卿尘愣愕："四哥？"

夜天凌低声淡淡道："我都知道，你这几天说的话我都听得见。"他伸出手去，轻轻抬起卿尘的脸颊，唇边笑容俊傲，病中微凉的手指似乎修弱无力，但那底下蕴藏的力量，只要反手一握，便是九州天下风云变，翻覆四合八荒。"待东海战事平定，我带你去那云海仙山繁华地，又有何难？只要你想，只要我在，天下无处不可去。"

卿尘凝眸于他，静静转出一笑："只要你在，四海皆是我家，何处都一样。"

第三十七章 华容翠影怜香冷

繁华尽去,已是清晨。

清灯影落,流云屏风之上烟岚回转,撷云香缥缈如一层淡雾薄纱,凝凝练练,缭绕不去。

卿尘轻轻替夜天凌拢好锦衾,放下帷幄垂帘。他仔细交代了一些事情,终于累极睡去,睡时握着她的手,呼吸平稳,容颜安宁。

卿尘侧身靠在他旁边,看他偶尔微微蹙眉,似仍在忍受着身体的不适,此时的他褪去了凌厉与果决,如一片安静的深海,仍给她无尽的力量。

方才他带着清弱的微笑听她怎样学他的笔迹披阅奏章,怎样用龙符调兵遣将,怎样孤注一掷,布下那天罗地网。风云诡谲都在她低稳的声音中化作无形,今夜之前,她每一步都如临深渊。如果他不能醒来,那么她无论如何都是一败涂地。现在有他在身后,她可以肆无忌惮地行事,哪怕颠覆这世界也无惧。

幽深眼底渐渐浮起晨曦般的淡凉,卿尘将目光投向朦胧的帐顶,虽然倦意深深,却又无法入睡,所思所想尽是东海的战况。这时东海之上可能已打响了最后的决战,还没有新的战报传来,仍不敢有丝毫松懈。她心中各种事务纷杂,最后归于夜天湛俊朗的身影。

此时此刻,她将真真正正兑现曾经对他的承诺。却不知他,又是否能相信她?

一切输赢胜败,现在已取决于他的态度,她在等待他最终的决定。

扭头看到一个人影停在屏风外,似乎是白夫人,卿尘慢慢自夜天凌指间抽出手来,悄然步下龙榻,转出屏风轻声问道:"什么事?"

白夫人道:"凤家昨晚将人送进宫来了。"

卿尘凤眸轻轻细起,微一颔首,抬手示意白夫人不要惊动皇上:"带她们来见我。"

天穹低远，阴雨蒙蒙，深深浅浅浓重的雨意里，殿宇楼阁一片烟色迷离。

翠瓦低檐下雨落如帘，琼阶微凉，朱栏半湿。紫竹静廊从御池旁曲折而过，点滴雨声，一池绿萍浮沉，碧色幽浓。

穿过长廊，几个眉目秀婉的女子随白夫人入了内殿，沿着寂静的殿廊越走越深，渐闻幽香轻暗，最后到了一道珠帘之外。几个女子垂首敛声站在下方，只见眼前瑞纹祥云玉砖之上满是冰晶样的光影，其后木兰纱绡静垂下缥缈的花纹，依稀有个清淡的身影斜倚鸾榻之上，合眸养神，手边垂下一道明黄色的奏折。

白夫人见皇后似乎睡着，不忍惊扰，只命几人跪候在旁，轻声上前将落在榻下的奏折拾起来。却只这点细微的声响，皇后已然醒来，白夫人将奏折递过去，低声道："娘娘，人带来了，其中两个已有了身子。"

卿尘目光在那奏折上一停，以手撑额，静了会儿，抬眸往下看去。面前四个女子皆不过十七八岁模样，绿鬟纤腰，容貌姣好，低眉敛目跪在近前，看去都是姿态楚楚，秀丽动人。

她眉梢微微蹙起，抬手指了其中一个女子："让她过来。"

白夫人将榻前绡帘挽入银钩，引了那名女子上前，命她将手放平。

那女子跪在镶金脚踏之上，只觉拂面一阵若有若无清苦的药香，皇后手指已搭上了她的关脉。片刻之后，她忽觉腕上一紧，冷玉样的冰凉划过肌肤，眼前袖袂重重拂开，皇后已松开她手腕："伺候过什么人？"

冷水般的声音近在眼前，那女子心中慌乱，下意识往前看去，迎面一道清利目光直落眼底，似将人骨肉血脉都看得透彻。她匆忙低了头，不敢隐瞒，怯声答道："回娘娘，是……是……二公子。"声音细若蚊蝇，满脸羞红。

皇后凤眸微挑，一抹清光透过珠帘摇曳扫向其他人："你们呢？"

几个女子皆惴惴不敢作答，只有一个声音忐忑响起："凤相……"

卿尘心间顿时泛起一阵厌恶，不由银牙轻咬。好一招偷龙转凤，此事凤家显然已谋划良久了。那阿芙蓉之毒一旦深种，害人身体，毁人意志，乱人精神，长久下去，服食者几与废人无异。凤衍收买御医令以药毒控制皇上，再将这样的女子送入宫中，一旦成功，天朝江山易姓，改天换日，近百年基业一朝尽毁，落入他人掌中。

凤衍行事阴毒至此，胆大至此，确实令人出乎意料。只是现在要铲除这祸患，却不得不顾忌凤家手中十六州兵权，若轻易动手，逼反凤家，则小半个天下都会陷入动乱，得不偿失。

小不忍则乱大谋，卿尘深深吸了口气，慢慢恢复了冷静。凤衍一样也不会想到，病如弱柳的皇后，凤家嫡亲的女儿，此时竟落下了一步不可思议的绝棋，那双纤纤素手已悄然拨乱了棋盘。

流着凤家血液的身体里装着别样的灵魂,眼前的凤卿尘,可以令凤家步步登上荣耀的巅峰,便可以让其坠入万劫不复的地狱。什么家族,什么血缘,什么亲人,什么依恃?天地之广,岁月之长,她只有一个亲人,生死相随,甘苦与共。与他为友便是她的朋友,与他为敌便是她的敌人,任何人都不例外。

卿尘起身步下弯榻,缓步走至案前,将那奏折丢下,垂眸抬手,执笔而书。鲜红的朱墨划出浓重转折,泅进雪丝般的笺纸中,浸透纸背。卿尘放下笔,将手一扬:"带她们下去,赐药。"

一张雪笺,两服药方;一笔重墨,两条生命。

几名女子惊惧的神情在卿尘眼底化作一片怜悯,然而那底处静冷无边。

最后一丝哭求隐约消失在耳畔,卿尘默然伫立案旁,纤眉淡拧,缓缓抬手抚上心口,白玉般的脸上越发失了颜色。

世上有多少情非得已,有多少无可奈何,明知是剜心彻骨的痛仍要加诸他人,明知是无辜的牵连却不能心慈手软。这便是她和他选择的那条路,人世间至高无上的权力,放眼宇内,众生俯首,帝业辉煌,千古流传。在阴谋诡计的暗影中托起繁华风流,在铁血征战的毁灭中靖安四域山河。

踏血海尸山,指点江山万里,他和她携手一路走来,峰登绝顶,绝顶之处,路便要到尽头了。

孤峰之巅万山苍茫,路到尽头,又是什么呢?

卿尘闭目站在那里,过了好一会儿,心口传来的阵阵悸痛才略缓下来,转身低头,重新打开那道奏折。奏折上张狂的字迹映入她幽静的眼中,一连串人名官爵首尾相接,都是为凤氏一族拟定的封爵。

她唇角浮起一丝淡漠的笑,无声无形,笔到字成,一个朱红的"准"字落于纸上,色如血,利如锋。

帝曜七年春,天都伊歌始终笼罩在阴雨连绵之下,轻寒料峭。

对于天朝众臣来说,这无疑是一段不见天日的日子。

五月初,昊帝忽染重疾,无法视朝,遂以皇后佐理朝事。自此始,内外令皆出于中宫,太师凤衍把持朝政,凤氏一族独揽大权,权倾天下。

不过数日之内,凤家仅封侯者便有五人,其余提调升迁者不计其数,亲党遍布朝野。凤衍排除异己,扶植私党,素与凤家对立的殷家首当其冲。身为宰辅老臣的殷监正被以"妄议皇储"的罪名罢官夺爵,若非因皇后为皇上祈天纳福,不欲行杀戮之事,殷监正怕是性命难保。与当年卫家一样,几乎是一夜之间,门阀殷氏由盛转衰,一蹶不振。

朱门金楼玉马堂，墙倒楼倾尽作空。

自此之后，朝中大臣但有非议者皆遭排挤，顺之者升，逆之者迁。凤衍擅权乱政，恣意妄为，举朝慑于其淫威，怒不能言，人人侧目以视。

天朝自开国始，士族荒淫靡乱至此达到极致。朝野内外几乎是政以贿成，官以赂授，冠冕名士道貌岸然，公卿大夫骄奢淫逸，令不少有识之士扼腕长叹，痛呼哀哉！

朝臣欲面圣而不得，不日宫中令下，晋皇后为天后，垂帘太极殿听政视朝。百官群僚、番国使臣朝贺天后于肃天门，山呼千岁，内外命妇人谒。帝后并尊，自古未见，群臣震惊之余却无人敢有二言，三公之下，望风承旨。

太极殿前珠帘后，一双清醒到寒冷的眼睛静静看着这一天滚水沸腾。士族的骄横弄权，已让天下人无不愤恨，之后纵有滔天巨浪血洗门阀，也将是雨露甘霖当头浇，众望所归。

第三十八章 昆山玉碎凤凰鸣

长岭古道，数骑骏马飞驰而过，落下满天烟尘滚滚，一路东行，直奔琅州。

数名玄甲铁卫护送斯惟云自天都出发，马不停蹄，披星戴月三千里，只用了不到五天时间便赶入东海都护府境内。待看到高耸的琅州城时，斯惟云似乎略微松了口气，但心中焦虑反而有增无减。

因在战时，琅州城下精兵重防，对往来人员盘查严格。守城将士刚拦下这队人马，忽见当前一人手中亮出道玄色令牌，为首的中军校尉看清之后，不免吃了一惊。圣武年间便随昊帝征战南北的玄甲军，在天朝军中始终拥有无可比拟的声望和地位，玄甲军令，如圣旨亲临，所持者必是昊帝亲卫密使，身负重任。

那校尉抚剑行礼，抬头看去。玄甲铁卫中唯有一人布衣长袍，形容文瘦，虽满身风尘仆仆却难掩周身清正气度，叫人一见之下，不由肃然起敬。由玄甲铁卫护送而来的人，必定非同寻常，校尉从他微锁的眉间看到深思的痕迹，转眼带出的肃然之气，竟隐隐迫人眉睫。

斯惟云沿琅州城坚固深远的城门往前一看，随即问清湛王行辕所在，打马入城。

城中四处戒严，不时有巡防的兵将过往，剑戈雪亮。三日之前，湛王亲率天朝四百余艘战船、二十万水军主力全面进攻琉川岛，胜负在此一战。此时此刻，琅州，甚至整个东海军民都在等待战事结果。

斯惟云入城之后秘密见过留守的琅州巡使逄远，便往城东观海台而去。登上观海台，眼前霍然天高海阔，远望波涛无际，长风迎面，带来潮湿而微咸的气息，令人心神一清。边城哨岗之上，不时可见阳光耀上剑戟的精光，在沿海拉起一道严密的防线，牢不可破，湛王治军严整由此可见一斑。

但这时却不知琉川岛战况如何，倘若兵败，天朝必将立刻陷入内外交困的境地，情势堪忧。这场战事，也是所有布局成败的关键所在。

斯惟云深深呼吸海上清爽的空气，一路的劳顿困乏都掩在了脸上的静肃之下，心中思绪翻涌。回首遥望远隔崇山峻岭的天都，依稀能想见那个秀稳的身影。她手底一步棋竟走到了如此深的地步，命他赶来琅州，连东海战后安民之事都早有打算，那纤柔的肩头到底压着多重的担子？娇弱的身躯中，究竟装着怎样的灵魂？他似乎不由自主地便随她同赴一场豪赌，却义无反顾，甘心为之。唇角隐隐泛出丝苦笑，斯惟云微一闭目，耳边忽然响起遥远的号角声，紧接着远远海天一线处，隐约出现了一片深色的浪潮。

随着那浪潮的接近，渐渐可以看清是数百艘大朝水军战船旗帆高张，乘风破浪，浩荡驶来。

不过片刻，战船上猎猎金龙战旗已清晰可见，万里波涛中连成一片整齐威肃的玄色，几可蔽日。号角再次响彻长空，不远处瞭望台上的将士们猛然爆发出一阵欢呼，接着便有嘹亮的号角声呼应而起，传遍整个琅州城。

"琉川岛大捷！"

"琉川岛大捷！"

城中立刻有战士扬起军旗，打马疾驰，将战讯传告全城。百姓听到这号角讯息，纷纷奔走出户，人人相携欢呼。得闻捷报，斯惟云喜形于色，反身往观海台下快步而去。

此时琅州城东门开启，巡使逢远率城中将士飞骑出迎。

天朝战船相继泊入近海，四周虎贲战舰缓缓驶开。但见其后数百艘战船之上精兵林立，战甲光寒，剑犹带血，大战而归的杀气尚未消散，充斥四周，震慑人心。

惊涛拍岸，长浪如雪。

随着当中主舰甲板上一长剑高扬，二十万将士同时举戈高呼，震天动地的喊声盖过浪涛奔腾的海潮，刹那豪气干云，席卷天地。

逢远所率的骑兵战士亦闻声振剑，呼声起伏，汹涌如潮，整个琅州几乎都淹没在这铁血豪情的威势中，大地微颤，山野震动。

就在今日，天朝水军远征琉川岛大败倭寇主力全胜而归，一举摧毁倭船五百余艘，杀敌数万，倭国首领剖腹自绝，余者奉剑乞降，战败称臣。

至此，天朝四境之内战祸绝，九州咸定。

夜天湛率军凯旋，驰马入城。飘扬的海风吹得他身上披风高高扬起，一身银甲白盔在碧空之下反射出耀目寒光，跃马征战的历练，在他温雅风华中增添了几分戎武之气，峻拔身姿，清越凌云。

琅州军民夹道相迎，满城沸腾的欢呼映入他清朗的眼中，尽皆敛入了那从容潇洒的微笑。

逢远相随在侧，快到行辕之时带马上前，在他耳边低声说了几句话。夜天湛俊眸一抬，吩咐道："带他来见我。"

步入行辕，斯惟云微微拱手，逢远知晓分寸，先行退了下去。

此时夜天湛已换下战甲，着一身月白色紧袖武士服，正坐在案前拆看几封书信，微锁的眉心下略有几分凝重的神情，与他周身未褪的杀伐之气相映，使得一室肃然。

斯惟云躬身道："王爷。"

夜天湛闻声抬头，清锐的目光在他身上一落，直接问道："你为何会来琅州？宫中出了什么事？"

斯惟云将皇后所托的书信奉上，说了四个字："中宫密旨。"

夜天湛拆信展阅，目光在那熟悉的字迹之间快速掠过，手腕一翻，便自案前站了起来，负手踱步。

两封截然不同的书信，一是措辞哀婉，依依相求，只看得人怜惜之情百转心间；一是锋毫利落，落纸沉稳，一钩一画似极了他皇兄的笔迹。都是要他速回天都，却是不同的人送来，截然不同的目的。

一笔之下，两番天地，孰真孰假？即便后者是真，又真到何处？倘若凤家从中设下了陷阱，倘若皇上依旧不放心他，此去天都便是以性命相赌。他能相信谁？

斯惟云在旁注视着湛王脸上每一丝表情，只见他霍然扭头，问道："皇上现在究竟如何？"

斯惟云缓缓道："臣离开天都时，皇上病势危急，尚在昏迷之中。"

一抹精锐的光泽自夜天湛眼底倏地闪过，湛湛明波沉作幽深冰潭，深不可测。满室明光之下，他挺拔身形如一柄出鞘之剑，背在身后的双手不由自主地握紧，几乎迫出指节间苍白的颜色，暗青色的血脉分明，使得那双手透出一种狠稳的力量，似乎要将什么捏碎在其间。

斯惟云一言不发地看着湛王。在此一刻，眼前这已是一人之下万人之上的亲王，他可以引兵护驾，也可以作壁上观，甚至可以借东海之胜势拥兵自立，天下又有几人挡得住他的锋芒？一切都在他一念之间，包括他斯惟云的生死。

在来琅州之前，这一趟的凶险斯惟云也早已尽知。谁也不敢断言湛王的反应，皇后走这一步险棋，究竟有几分把握？

千般念头飞掠，眼前却只不过一瞬时间。夜天湛回头之时正对上斯惟云看来的目光，心中忽然一动。来人是斯惟云，举朝上下再找不出第二个人比他更加刚正不阿，甚至有时连皇上都拿他无可奈何。无论是皇上还是凤家，若另有图谋，都不可能让这样一个严谨耿直的人前来。然而她派来了斯惟云。

沉默对视中，斯惟云忽见湛王唇角勾起了一丝锐利的笑容。

目若星，鬓若裁，一笑似清风。

武台殿中，平时用作皇上练功之处的西偏殿，透雕殿门紧闭，挡住了殿外的光与暖，里面不断传来刀剑的声音。

晏奚不敢进殿去，在门外焦急万分，苦苦求道："陛下……陛下您歇一会儿吧，陛下……"

殿中毫无回应，晏奚束手无策，急得团团转，突然听到身后有人道："晏奚，你先下去，这里有我。"

晏奚回头，不知什么时候皇后站在了身后，目光似乎静静透过乌木之上细致的镂空雕纹看向殿中，黛眉微拢，描摹出清浅忧伤的痕迹。

"娘娘。"

"去吧。"卿尘轻轻一挥手，晏奚便只得低头退了下去。卿尘缓步迈上最后一层殿阶，并没有像晏奚那样请求夜天凌开门，只是站在门前轻声说了一句："四哥，我在外面等你。"

说罢她靠着高大的殿门慢慢坐下来，殿中的声音依稀有一刻停顿，然后便继续了下去。卿尘以手抱膝，抬头望着面前清透的天空，淡金色的阳光洒下，落在她的衣角发梢。四周连风声都沉寂，唯有大殿中断续的剑啸声一次次传来，每一下都像划过心头，让她感觉难言的痛楚。

就这么几天的时间，身子根本没有恢复元气，换作常人怕是连清醒也难，他居然硬撑着自己站起来，重新将剑拿在了手中。他是怎么做到的？那几乎被摧毁的身子中到底蕴藏了什么样的力量？听着声声长剑落地，卿尘几次想站起来去阻止他，却又一直忍着。她知道他的骄傲，在狼狈的时候不愿任何人看到，甚至是她也一样。同情与怜悯，他并不需要。从来就是这一身傲气，不肯服输，不肯低头，永远要比别人强，流血流汗都无所谓。

日渐西斜，在殿前投下廊柱深长的影子。当卿尘觉得快要熬不住的时候，身后传来一声轻响。她闻声回头，夜天凌撑着殿门站在那里，手中仍握着一柄流光刺目的长剑。

"四哥！"卿尘急忙上前，触手处他那身天青长衫像被水浸过，里外湿透。他扶着她的手微微喘息，唇角却勾出孤傲的笑，如那剑锋，无比坚冷。

卿尘扶他在阶前坐下，他手中的剑一松，便仰面躺倒在大殿平整的青石地上，微合双目，久久不说一句话，胸口起伏不定，汗水一滴滴落下，很快在光洁的地面上洇出一片深暗的颜色。卿尘牵着他的手，他修长的手指微微有些发颤，却猛一用力便握住了她。卿尘柔声道："四哥，你这样子着急会伤到经脉的，欲速则不达，要慢慢来才行。"一边说，一边轻轻压上他手臂的穴位，替他松弛因过度紧张而僵硬的肌肉。

夜天凌手底松了松，这时缓过劲儿来，转头看向她，淡声道："我若连剑都拿不稳，又如何保护你？"

一句话，卿尘满心心疼与担忧都漾上眼底，喉间似有什么滞在那里，一时不能言语。她忙将头侧过，只觉他手心里传来沉稳的温度，如每一个相拥而眠的夜，平静，温暖。

执子之手，与子偕老。

在风雨之中，在生死之间，谁也不曾松开谁的手，似乎可以一直这样，到地老天荒，到海枯石烂，任沧海变为桑田，任千年化作云烟。

"我只要你好好的，那我便什么都不怕。"卿尘极低地说了一句，夜天凌忽然长叹一声，慢慢将她的手覆在脸上，冰冷的唇划过她柔软的掌心，深深印上她的心底。

卿尘坐在他身旁，安静地听着他的呼吸声，温柔含笑。过一会儿，才想起什么事来，道："四哥，忘了告诉你，今天琅州传来捷报，咱们到底赢了。"

夜天凌对东海捷报似早有预料，并不十分意外，只缓缓一笑："七弟果然没让人失望。"

卿尘微笑道："再有两天，他便到天都了。"

夜天凌撑起身子，深深看向她，墨玉般的眸心划过淡淡光芒："清儿，无论如何，我不会让你独自去面对那般风浪。"

第三十九章 千古江山万古情

《天朝史·帝都》，卷九十三。

帝曜七年春，东海大捷。五月甲辰，湛王凯旋，后设宴太极殿……

巍巍太极殿，嵯峨入云霄。

夜色无尽，万盏次第辉煌的灯火勾勒出大正宫殿宇起伏雄伟的轮廓，琼阶御道流光似水，天边满月如金。

高高在上的帝宫天阙，在万丈光影交错中俯瞰人世苍生，千百年岁月，岿然不动。每一次盛世辉煌，每一次乱世风雨，都在龙阶玉壁上刻下无声的痕迹，铸就这座宫殿的壮丽与繁华。

大殿之中，百官云集，一场盛大的华宴即将举行。

今日正午，率军平定东海的湛王奉旨归京，三十万大军驻留琅州，仅有五百轻骑相随。宫中降旨，当晚在太极殿设宴以庆湛王得胜而归。

钟鼓钦钦，琴瑟和鸣，笙磬悠扬，韶乐泱泱。天都六品以上官员皆从宴饮，如此空前规模的庆典尽显天朝国力昌盛，但赴宴的群臣却多数面无喜色，行事默然。

大殿之上龙椅庄严，鎏金夺目，却并不见昊帝出席，空设在此。其下一阶，左置凤座鸾案，右置麒麟金案。一边轻垂玉帘，天后盛装华服端坐其后，一边竟赫然是太师凤衍，就连湛王的席位也在其下。

再往下数阶，乃是公侯亲贵及三品以上重臣之席，此时放眼看去，十有八九尽是凤氏亲党，人人面露得意之色，趾高气扬。

凤衍身着紫锦蟒袍，峨冠金缨，白眉长髯，一双狭长的眼睛半睬半合扫视四周。目光落在大殿四面层层深进的华帷龙柱之后，唇角带出得意的冷笑。宫中一切已尽在掌握，凤氏一门三十年荣华风光，今晚之后，就连整个天朝都将是凤家的天下，再也无人与之争锋。想至此处，凤衍骄狂之态尽现于面，斜眸睨视阶下文武朝臣。

百官俯身恭迎天后入座，雅乐毕，殿前内侍宣礼声中，一众臣子却尴尬立于殿中，人人跪也不是，站也不是。

本是三跪九叩朝见天子的大礼，此时昊帝抱病，由天后代为受礼便也罢了，凤衍却与天后一样并坐殿上，这一拜下去，是拜天子、拜皇族，还是拜他凤家？

非但如此，那麒麟案前置的是鎏金盘、紫玉盏，这已是逾制的器物，凤衍此举，狼子野心昭然若揭。

天朝众臣志气虽短，风骨犹存，多数立在那里不肯行礼。殿中侍御史韩渤当即越众而出，昂首奏道："臣启奏娘娘，自古以来，君臣上下非礼不定，我朝为国以礼，礼废则国危。今日殿堂之上尊卑混淆，仪制相悖，实与礼法不符。还望娘娘明鉴。"

玉帘之后，天后面色淡冷，垂袖静坐，闻言缓缓道："礼制为尊，固不可废，则如你所言，我是不是也不该坐在这里了？"

韩渤顿了顿，俯身叩首，再道："臣职责所在，还望娘娘恕罪。"

面对这素来以刚正直言著称的侍御史，卿尘微微蹙了下眉头，但还未等说话，便听凤衍冷哼一声："无知臣子，在此一派胡言，娘娘何必与他多费口舌？逐出殿去便是，来人！"他当着天后和众臣传召侍卫，一指韩渤，"将他带出去！"

卿尘心底怒意陡生，眸光一锐，但看到近旁另外空着的那张麒麟金案，却生生压下了怒气。凤衍的专横与放肆，令众臣人人惊怒。殿下韩渤挣开上前推押的侍卫，突然对着御座顿首痛呼："陛下！奸臣当道，国将不国，臣今日宁肯一死以报圣恩，也绝不能坏了我朝君臣纲纪！"他重重叩头，抬起头来，满面已是鲜血。殿中大臣，尤其是那些御史被激起心中血性，立刻便有数人上前跪谏。

凤衍面色一沉，方要发作，卿尘搭在凤座之旁的手霍然一紧，喝道："御前喧哗，都成何体统？"

殿中原本已有些混乱的局面静了一静，这时忽听外面长长一声通报："湛王殿下到！"

内侍高亮悠长的声音传来，如浪破水，瞬间冲破眼前僵局。众臣尽皆回身，便见湛王一身云龙常服，缓带轻衫，纤尘不染，踏玉阶，登天阙，携月色清辉翩然而来，笑若熏风，步若闲庭，明湛俊眸惊鸿一瞥带过殿前，绝然风神连凤衍都看得一呆。

国宴庆典他竟姗姗来迟，凤衍暗中冷哼，单凭此点便可治他君前失仪。殿中群臣有惊有喜有忧，不少人亦为湛王捏了把冷汗。

待湛王入殿，御前内侍按照礼仪，再次高声宣道："跪——叩——"

湛王却毫无行礼之意，负手立于阶前，目光扫过韩渤等大臣，往殿上看去，灼灼眸光正对上凤衍骄横的眼神，眼梢一挑，竟似有几分挑衅意味。

凤衍亦不起身，沉声道："敢问王爷为何怠慢圣旨，故意来迟？入殿不拜，又是何意？"

湛王面色淡淡，冷笑一声，傲然道："本王上拜天地君父，下可拜君子豪杰，此时这太极殿中无君无父，宵小之徒妄居高位，凤相想让本王参拜何人？"说着广袖一甩，径直往席前走去。

凤衍心火渐盛，他此时有恃无恐，竟不把湛王放在眼中，当廷呵斥道："大胆！天后在此，你竟视若无睹，意欲何为？"

湛王闻言一笑，悠然转身，目光在玉帘之前一停，便对天后拱手长揖："臣，参见娘娘。"这一拜却是家礼。

"王爷辛苦。"玉帘之后淡淡飘出一句话，如珠玉轻击，冷冷传入众人耳中。

凤衍忽然直觉有些异样，扭头往銮座看去。水晶光影洒下片片晶莹，轻微一晃，似冰丝细刃，若秋水剑痕。天后一双修长冷媚的凤眸穿过玉光剔透迎面看来，复往湛王那边一转。电光石火之间，两道目光交于刹那。

湛王唇角始终噙着一抹淡笑，他这时步上金阶，沉声道："殿中侍御史何在？"

韩渤和另外两名侍御史闻言，上前一步："臣在！"

湛王问道："臣子殿中逾制，该当何罪？"

韩渤抬头往凤衍看去，愤然道："臣子失礼逾制，乃是僭越之罪，为大不敬，轻可削职为民，重可诛族！"

湛王点头，一转身，声音冷淡："凤相可听清楚了？"

凤衍目视湛王，眼中精光暴现，四周依稀仍闻钟磬清和，笙乐飘飘，殿前却已是剑拔弩张。众臣提心吊胆肃声而立时，忽见凤衍拂案而起，手中盘螭玉盏咣的一声铮然落地，美玉碎，琼浆溅。

似是响应这声脆响，大殿四周的暗影中，毫无征兆地出现了数百名御林侍卫，迅速将宴台包围其中。随着剑甲撞击的轻响，橐橐落地的靴声，太极殿高大沉重的殿门缓缓闭合，轰然一声震响，将夜色天地隔绝于外，整个大殿顿时变成了一个金碧辉煌的牢笼。

惊天变故将殿中群臣震在当场，凤衍脸上露出不可一世的狂妄，胸中野心急剧膨胀，几乎就要放声大笑，手指殿下，高声道："湛王结党谋逆，左右侍卫，速速将其拿下！"

这时殿中突然传来湛王清脆的击掌声，他仿佛刚刚看过一场精彩的好戏，忍不住击节而赞，风雅淡笑，倜傥无俦，直对四周刀剑林立视若无睹。

"凤相好手段！"伴着他一声声潇洒地击掌，殿前御林禁卫应声而动。两队侍卫刀剑出鞘，快步踏上龙阶，却越过湛王身旁，直奔凤衍席前。其余诸人亦行动利落，迅速包围了所有凤家亲党。刀光剑影之下，四周响起一片惊呼怒骂，乱成一团。凤家诸人猝逢变故，不及反抗，片刻便被御林禁卫尽数押下。

事出突然，凤衍不由色变，既惊且怒，挣扎喝道："我所犯何罪？你等竟敢无礼！"

只见殿上玉帘轻摇，天后起身步下銮座。凤衣飘展，铺开华美尊贵，环佩清越，绰约风姿高洁，她沿着流光溢彩的玉阶前行，目光与湛王交会于半空。

他回来了，踏一路惊涛骇浪，来赴她生死之约，携一身风华傲然，托起这如画江山。

他漆黑的眸底如同浮华落后的深夜，如同风雨历尽的秋湖，沉淀着太多的东西，都在平静背后化作淡淡清雅的微笑。

君子坦荡，知己相逢。这一生总有些人，值得用生命去信任。

卿尘一步步行至殿阶正中，那安静的步履，含笑的面容，却让凤衍突然如坠冰窟。

"凤氏逆党指使御医令黄文尚谋害圣上，构陷湛王。送有孕之女入内侍寝，妄图冒充皇统，谋宫篡位。戕杀重臣，乱政误国，罪无可恕，当诛九族……"平淡而清晰的声音如一道冷冽溪流淌过原本慌乱纷纷的殿堂，所过之处似薄冰蔓延，人声落尽，话语寂然。

每一个人都静立在原地看着大殿之上的天后，是震骇，是惊讶，是质疑，是敬佩……然而有一人脸上却只见深深的疼惜。

伫立在殿阶旁的湛王，抬眸凝视。宫灯璀璨，华服美裳凤霞流金，她站在万人中央，光华耀目，却仿佛从来就不曾在此停留。

眼前仍是那个白衣素颜的女子，一颦一笑，是他一生难解的谜。他遇到了她，错失了她，却又在这一刻，真真正正拥有了她。

红尘万丈皆自惹，情深不悔是娑婆。

忽然，被禁卫押下的凤衍发出一阵大笑，似乎听到了世上最可笑的事情，昂首向上喝问："凤家罪无可恕，当诛九族！哈哈……难道你不是凤家的人，不是老夫之女，不在凤家九族之内！你以为就凭这几句话，凤家便会葬送在你手中吗？"

卿尘慢慢行至凤衍面前，淡淡一垂眸，清冽的光华直迫凤衍眼底，她微笑，轻声低语，一字一句只令凤衍听得清楚："你错了，我谁都不是，我只是夜天凌的妻子。"她将声音一扬，拂袖转身，"我只是天朝的皇后，国贼可杀，逆臣当诛，便是凤家也一样！"

处心积虑眼见手到功成，凤衍此时离那象征九五之尊的宝座如此之近，却不料最后一步毁在一个女人手中。他心中恨极，戟指怒骂："妖女！皇上早已重病不治，你与湛王内外勾结，谋夺皇位，难不成也想先奉兄长，再嫁其弟，悖礼乱伦？"

众臣惊哗，湛王忍无可忍，出声怒斥："住口！"忽闻殿上响起一个清冷的声音："凤衍，你可敢将此话当着朕的面再说一遍？"

凤衍闻声如遭雷殛，猛地抬头看去。龙阶之上，金帷之后，竟是昊帝缓步而出。大殿四周华灯错落，金辉明耀，映得他一身衮龙玄袍峻肃孤傲，高高在上，睥睨众生，一

抬眸，惊电般的目光穿透人心。

群臣乍见昊帝，喜出望外，韩渤等人惊诧之余竟哭跪在地，随着他们，殿前顿时乌压压跪了一片大臣，人人激动难言，唯有凤家党羽个个面如死灰。

夜天凌看向凤衍，冷声问道："凤家九族的确不可小觑，但朕今天便是要葬送他们，你又能如何？"

他最为顾忌的、本已垂死的人，突然出现在面前，凤衍僵立殿中，手指前方，嘴唇颤抖，却一个字也说不出来，只依稀听到御前侍卫统领卫长征、骠骑将军南宫竟、抚军大将军唐初等一一上前叩禀："殿中当场羁押凤氏逆党共一百一十七人。华岳坊凤府重兵封禁，无一人得出。司州凤氏宗族尽遭抄没。汉中布政使凤卢、广安布政使凤誉革职待罪，都已秘密入狱……"最后，凤衍听到湛王平稳清朗的声音："东海布政使凤柯纠兵顽抗，已被臣弟斩于剑下，文、现、琅、纪四州由漓王亲自坐镇，中书侍郎斯惟云、东海水军都督逄远率兵镇抚，军民安定。"

天翻地覆的动作竟没有一丝消息传回天都，天下在其掌心，四海为之倾覆。凤衍直勾勾地看着太极殿上那个冷峻迫人的身影，泰山压顶的恐惧毫不留情地将人打入深渊。他浑身一软，喃喃说出四个字："凤家完了。"眼前只觉一片黑暗，先前的嚣张狂妄被那冰冷注视摧毁殆尽。那般雷霆手段，决绝而无情的清扫，让人就连一丝反抗的念头都无法兴起。昊帝安然无恙，皇后临阵倒戈，湛王兵逼眼前，他自知绝路在前，死期已到。

卿尘淡淡垂眸，一丝悲悯浮掠而过，与眸底冷静的光泽交替，化作一片幽深。"带下去吧。"她将云袖挥落，玄甲侍卫齐声应命。

不过片刻，太极殿中尘埃落定，所有疯狂与贪念，所有野心与挣扎，都在辉煌的光影中消失无声，淹没于皇皇钟鼓声中。

韶乐再起，群臣正襟叩拜。隔着金辉玉阶，夜天凌对卿尘伸出手，薄唇微挑，含笑凝视。

他傲岸的笑容停驻在卿尘眼底，盛起绝美的光彩。携手此生，生死不离，笑看江山，天下为家。她对他粲然扬眸，从容举步，将手交到他的掌心。

再一次握了卿尘的手，夜天凌将她轻轻一带，与她共同立在大正宫最高处，四海苍生，匍匐脚下。

万千灯火耀出炫目明光，相映月华金辉，缔造这壮阔帝宫、人间天阙，气势恢宏，俯瞰众生命运悲欢。

浩瀚山河，无尽岁月，众臣高呼之声震彻四方，直入云霄。

天边满月，洒照寰宇，千里同辉。

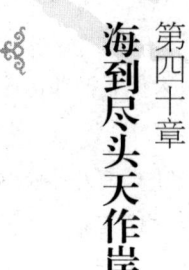

第四十章 海到尽头天作岸

《天朝史·帝都》，卷九十三。

帝曜七年五月，凤氏谋逆，事败。逆首凤衍及其二子腰斩于市，九族流徙千里。帝以仁政，未兴大狱。

……

六月，帝废九品世袭制，设麟台相阁。破格取仕，拔擢寒门才俊，布衣卿相自此始。

……

九月，颁均田令，清丈田亩，劝课农桑，轻徭薄赋。复止兵役，不夺农时。

……

十二月，湖州广安、广通渠成。两江连通，支渠纵横，尽从天利，灌田万亩。江东平原绝天旱雨涝之灾，岁无饥馑，年有丰余。

……

帝曜八年三月，帝诏修《天朝律》。尽削圣武所用酷峻之法，废酷刑十三种，减大辟九十六条，减流入徒者七十条，削繁去蠹，宽仁慎刑。

……

八月，废夷狄之别。迁中原百姓融于边城，四域之内，一视同仁。胡越一家，自古未有也。

……

帝曜九年，设琅州、文州、越州、明州、凉州等十一处商埠，四通贸易。异域来朝者数以万千，使臣、商旅、艺者、僧人云集于帝都……

……

宣圣宫，太宵湖。

轻舟悠然，波上寒烟翠。青山如屏，半世繁华影。

转眼又是一年，春已去，秋风远，望过了尘世风云，看不尽万众苍生，泛舟停棹，偷得浮生半日闲。

船舷之侧，夜天凌闲闲倚在那里，手中把玩着一支紫竹箫，青袍广袖随风飘扬，双目半合，神情惬意。卿尘坐在他身边，白衣如云，铅华不染，纤指弄弦，清音自正吟琴上流泻，婉转在她指尖，游荡在云波之上。

只是漫无目的地抚琴，只为与他泛舟一游。自从帝曜七年的那场宫变之后，卿尘因旧疾移居宣圣宫静养，此处山水灵秀，宫苑清静，她渐渐便很少再回大正宫，常住在此。这几年身子时好时坏，她也早已成了习惯，一手医术尽在自己身上历练得精湛。命虽天定，人亦可求。

或许是因卿尘回宫的时间越来越少，夜天凌来宣圣宫的次数便越发多了。今日随兴而至，四处不见她人，在这太宵湖上听到琴声，循声而来，却见她独自抚琴，遥望那秋色清远的湖面，思绪悠然。

点点曲音，轻渺淡远。夜天凌原本静静听着，忽而薄唇一扬，回眸相望，修长的手指抚上竹箫，清澈的箫音飘然逍遥，携那云影天光，顿时和入了琴声之中。

秋水潇然云波远，龙翔凤舞于九天。

七弦如丝，玉洁冰清；紫竹修然，明澈洒脱。卿尘笑看他一眼，扬手轻拂，琴音飘摇而起。

> 沧海笑，滔滔两岸潮，浮沉随浪记今朝；
> 苍天笑，纷纷世上潮，谁负谁胜出天知晓；
> 江山笑，烟雨遥，涛浪淘尽红尘俗事知多少；
> 苍生笑，不再寂寥，豪情仍在痴痴笑笑。

琴声飘逸，清风去，淡看烟雨苍茫。箫音旷远，波潮起，笑对沧海浮沉。

一曲沧海遥，那箫音与琴声流转合奏，如为一体，不在指尖，不在唇边，仿佛只在心间。心有灵犀，比翼相顾，共看人间逍遥；相携相伴，万丈红尘，且听潮起潮落。

琴音渐行渐远，箫声淡入云天。伴着最后一抹余音袅袅，卿尘似乎轻叹了一声，含笑问道："四哥，你还记得这首曲子？"

紫竹箫在夜天凌手边打了个转，他微微扬眉，看向卿尘："当然记得，我第一次听到你的琴，便是这首曲子。"

卿尘手指抚过冰弦，垂眸一笑。夜天凌缓步上前，低头问她："清儿，这一路，你陪了我十年了。"他抬起她清秀的脸庞,"开心吗?"

卿尘淡淡微笑:"既是陪你,自然开心。"

夜天凌唇角挑起清俊的弧度,微微摇了摇头,再道:"在想什么?告诉我。"

卿尘凝眸注视于他,他俊逸的笑容潇洒不羁,黑亮的眸心炫光明耀,一直透入她的心底,将她看得清清楚楚,那低沉柔和的声音似乎在诱惑着她,等待着她,纵容着她……

如此坦荡的目光,映着飒爽的秋空,碧空万里,一览无余。她突然扬眸而笑,看向这瑶池琼楼,金殿碧苑,慢慢问道:"方寸天地,天不够高,海不够阔,四哥,你可舍得?"

夜天凌朗声长笑,笑中逸兴傲然:"既是方寸之地,何来不舍?"

卿尘粲然一笑:"当真舍得?"

夜天凌抚上她的脸庞:"舍得,是因为舍不得。"他将卿尘带入怀中,手指穿过她幽凉的发丝,眸中满是怜惜,暖暖道:"清儿,我答应过陪你去东海,这俗世人间你已陪了我十年,以后的日子,让我来陪你。"

卿尘笑而不语,侧首靠在他温暖的怀中。两人立在船头,湖风清远,迎面拂起衣衫袖袂,轻舟飘荡,渐渐淡入了烟波浩渺的云水深处。

《天朝史·帝都》,卷九十四。

帝曜十一年三月,帝命湛王摄政,携天后东巡。四月,登惊云山,祭始帝。从江乘渡,过七州,抵九原。五月,至琅州,登舟出海,遇骤风。海狂浪急,袭散众船。浪息,帝舟不复见……

帝曜十一年暮春,天都本是暖风艳阳,繁花似锦,上下政通人和,四处歌舞升平,却忽然被东海传来的消息掀起轩然大波。

帝后东巡的座舟在东海遭遇风浪,竟然失去踪影。琅州水军出动二百余艘战船,战士数万,多方寻觅,仅在三日之后寻得随行船只二十一艘,其余诸船皆不得归。

帝后罹难,消息一经确实,举朝震骇,天下举哀。天朝三十六州百姓布奠倾觞,哭望东海,天地为愁,草木同悲。

天都内外一片肃穆悲凉,大正宫太极殿前,群臣缟素跪叩。此时已拜为麟台内相的斯惟云手捧昊帝传位诏书,率几位相臣跪在殿内,面对着的,是湛王白衣素服的背影。

噩耗传入天都已经过去一个多月,东海水军数十次出海寻找帝舟,却始终一无所获,昊帝与天后生还的希望已极为渺茫。但无论如何劝说,湛王始终不肯继承皇位。国不可一日无君,斯惟云等悲痛之余忧心不已,今日再次殿前跪求。湛王却一言不发,只是望着那金銮宝座，兀自静立。

斯惟云抬头，眼前那颀长的背影，在高大雄伟的殿堂前显得如此孤寂，他几乎能感到湛王心中的悲伤，那是一种刻骨铭心的痛楚带来的悲伤，无言、无声、无止、无尽，弥漫于整个辉煌的宫阙，天地亦为之寂寥。

"王爷！"斯惟云再次叩请湛王受命登基，身后众臣一并俯首。

湛王终于转过身来，殿前丧冠哀服一片素色如海，尽皆落在他幽寂的眼底："你们退下吧。"他缓缓说了一句。

"王爷！"

"退下吧。"

斯惟云与杜君述相顾对视，无奈叹息，只得俯身应命。

群臣告退，大殿内外渐渐空旷无声，暮色余晖落上龙阶檐柱，在殿中光洁如镜的玄石地上涂抹出静寂的光影。

夜天湛往前走去，空荡荡的大殿中只有他的脚步声清晰可闻，走过漫长的殿堂，迈上高高的玉阶，最后停在至高处那张龙椅面前。他伸出手，触摸到那鎏光金灿的浮雕，忽然猛地一用力，龙鳞利爪直刺掌心，尖锐的疼痛骤然传遍全身，心中万箭攒射的感觉仿佛随着这样的痛，稍微变得模糊。

他一瞬不瞬地看着这张龙椅，百般滋味，尽在心头。曾经他最想得到的，曾经他苦苦追求的，现在近在眼前，然而却有一个人，永远消失在他的生命中。

他得到了什么，失去了什么，在最不想得到的时候得到，在最不想失去的时候失去。

痛过之后，心中仿佛一片空白。他撑在龙椅之上，发现自己居然笑了出来。丝丝苦涩浸入骨髓，无声的嘲弄，无形的笑。

"父王。"身后突然有人叫他，夜天湛回头，见元修手中拿着什么东西站在大殿一侧。见他转身，元修便走到玉阶之前，抬头道："皇伯母去东海之前留给我这个木盒，嘱咐我在三个月后亲手交给你。"

夜天湛接过元修手中的木盒，熟悉的花纹，精致的雕刻，正是他昔年出征之前送给卿尘的。他急忙打开盒盖，里面仍是那支玉簪，白玉凝脂，木兰花静，旁边是一幅雪色的丝绢。随着他手腕一抖，丝绢上两行字迹展开在眼前。分明是两个人的笔迹，却神骨相合，如同出自一人之手——

托君社稷，还君江山。

元修站在旁边，看到父王的手在微微颤抖。"父王？"他忍不住上前叫了一声。

夜天湛双手紧握，猛地闭目抬头，久久不能言语。待到重新睁开眼睛，他眼底红丝隐现，唇角却缓缓地逸出了一丝通透而明澈的笑。

帝曜十一年七月，湛王登基即位，称圣帝，改元太和。

太和元年，册王妃靳氏为贵妃，皇长子元修为太子。九月，御驾东巡，驻跸琅州三月有余，至岁末，返驾天都。

数年后，天下大治。太和一朝，朝无贪庸，野无遗贤。九州岁收丰稔，米每斗不过二钱，终岁断死刑仅二十余人。东至于海，南极五岭，夜不闭户，路不拾遗，道途不惊，史称"太和盛世"。

琅州观海台，夜天湛负手独立在山崖之巅，浩瀚的东海举目无极，长风吹得他长衫飘摇，却不能撼动那挺拔的身姿。

遥远的天际仍笼罩在一片暗青色的苍茫之中，崖前是陡直的峭壁，前赴后继的海潮击上岩石，卷起惊涛万丈。碎浪如雪，半空中纷纷散落，随着汹涌的涛声遥遥退去，消失在波澜浮沉的远处。

潮起潮落，汹涌澎湃，一浪过后又是一浪，周而复始，无休无止。

碧浪无尽，天外有天。

夜天湛望着这片他曾经历尽风浪、一手缔造了安宁的东海。海天一线处渐渐露出一道晨曦，随着朝阳慢慢升起，海面上浮光绚丽，云霞翻涌，仿佛深处蕴藏着巨大的无法抗拒的力量。终于，一轮旭日喷薄而出，万丈光芒夺目，在天地间照出一片波澜壮阔的辉煌。

夜天湛浑身沐浴在这旭日的光辉之中，深邃的眼底尽是明亮与坚毅，回首处，长风万里，江山如画。

后记

太和九年，琅州商船东行过海，避飓风，不慎迷途。逐浪漂泊，茫茫不见归路，船行数日，忽遇仙山，山在海中，方圆不知几百里，云雾缥缈，烟岚缭绕，玉峰叠嶂，霞岭相连。遂停船登岸，寻路前行，适逢雨后新霁，青峰绕云，山野琼林落落，瑶枝缤纷，兰芝琪草，灵洁鲜美。中有玉湖清溪，碧澈几鉴人影，五色美玉散落水畔，光泽晶莹，俯仰可得。举目之处，青鸾择丹木而栖，彩凤翱翔以自舞，百鸟翩飞，清鸣之声悦耳。复行数百步，遇异兽成双，追逐嬉戏于前，状如貂狐，通体似雪，一金瞳，一碧睛，灵异不同寻常。林间有女三五人采撷芳草，笑语玲珑，轻歌悠然，见诸人，甚异之，闻其境遇，乃引谒其主。

沿山行，云境如幻，流连忘路之远近。前有屋宇列峰峦之体势，青竹为檐，紫篁为台，清瀑落而为帘，流岚浮以为幔，楼台高远，廊腰缦回，浮云飘然，气象万千，连绵难见全貌。极峰顶，登楼台，举目远眺，穷碧波于千里，凭虚御风，凌万顷之浩然。沧海桑田，茫茫不知其所止，天高地迥，渺渺不知身何处。气清神爽，忘人间之凡尘，飘飘乎心怀，羡仙世之逸然。

及见主人，男子青云衣，女子白霓裳，神度清傲，风姿出尘，逍遥神仙眷侣。闻客自天朝来，遂以宴饮，琼浆玉液、奇珍海味皆未曾见也。问天朝，众云盛世之治，欣然而笑。言及四海异域，妙语逸事，见识广博，谈笑惊讶诸人。有仆玄衣俊面，复引众人游观山岛，奇景不能尽述。见宝船泊于碧海，长四十余丈，宽约十丈，长楫巨舳，龙桅云帆，可容数百人不止。曰其主云游之舟，兴之所至，乘风破浪，东海、南溟、西洋无所不能及也。

停数日，辞归。为备清水粮蔬，赠以奇珍异宝，中有《西海图志》，绘西洋航路，详录诸国风俗，世所罕见。仆轻舟相引，离岸入海，遥闻箫音送客，浩渺云波，浪潮万里，仙山渐远。及琅州，仆舟不复见。同行者逢像，琅州巡使族亲也，归诣巡使，说此异事，以为奇。适逢帝东巡，引见圣帝，奉宝图。帝见之，乃大惊，即遣船入海，寻此岛，东海浩瀚，来路难再得。帝登观海台，临风远眺，慨然笑叹：天地逍遥，且看人间是仙境。遂不复求。云州陆迁，扈从东行，奉旨文以记之，甲申四月秋。